图书在版编目（CIP）数据

红楼梦 / 王燕改编 ；（清）曹雪芹著 . -- 湘潭 ：
湘潭大学出版社， 2024.3
（经典阅读书系 . 四大名著 ： 青少版）
ISBN 978-7-5687-1428-0

Ⅰ . ①红… Ⅱ . ①王… ②曹… Ⅲ . ①《红楼梦》—
青少年读物 Ⅳ . ① I242.4

中国国家版本馆 CIP 数据核字（2024）第 087099 号

红楼梦
HONGLOU MENG
王燕 改编 （清）曹雪芹 著

责任编辑：唐姝莹
封面设计：李 谈
出版发行：湘潭大学出版社
社 址：湖南省湘潭大学工程训练大楼
电 话：0731-58298960 0731-58298966（传真）
邮 编：411105
网 址：http://press.xtu.edu.cn/
印 刷：江西赣版印务有限公司
经 销：湖南省新华书店
开 本：880 mm×1230 mm 1/32
印 张：10
字 数：200 千字
版 次：2024 年 3 月第 1 版
印 次：2024 年 3 月第 1 次印刷
书 号：ISBN 978-7-5687-1428-0
定 价：198.00 元（全 4 册）

导读

《红楼梦》是中国古代四大名著之一，也是文学史上一部具有世界影响力的作品。这部小说以贾、史、王、薛四大家族的兴衰为背景，以贾宝玉、林黛玉、薛宝钗等人的爱情悲剧为主线，描绘了一个充满矛盾和斗争的封建贵族社会。

在这部小说中，我们可以看到丰富的情节和人物关系。贾宝玉和林黛玉的爱情故事是其中的一大看点，他们的感情纠葛、心理变化以及对待生活的态度都让人深感共鸣。同时，贾母、王熙凤、薛宝钗等人的形象也都栩栩如生，展现了封建社会的各种矛盾和问题。

《红楼梦》还蕴含了丰富的文化内涵。从衣饰到饮食，从建筑到诗词，作者曹雪芹通过对细节的描写，展现了封建社会的文化风貌。

阅读这部小说，可以让我们领略到古典文学的魅力。精妙的情节安排、立体的人物塑造以及深刻的文化内涵都让这部小说成了一个不可多得的文学宝藏。在阅读过程中，我们可以注意字句的含义、章节的阅读顺序以及可能出现的文化背景，这有助于我们更好地理解和欣赏这部伟大的作品。

总的来说，《红楼梦》是一部值得一读再读的经典之作。它不仅展示了封建社会的风貌，更揭示了人性的复杂和社会的矛盾。通过阅读这部小说，我们可以深入了解中国古代社会的文化、历史和人文精神。

---

*《红楼梦》原著篇幅较长、晦涩难懂，为了更适合青少年阅读，本书对章回结构、标题、语言文字等内容进行了改编和删减。原著中部分故事情节与当今社会主流价值观、法律法规相冲突，需放在特定社会历史背景下去理解。

目 录

第一回 贾宝玉衔玉降人世

❖ 要点思考

· 宝玉与无缘补天的五色石是什么关系？

· 你认为甄士隐是个什么样的人？

· 甄家的那个小丫鬟为什么叫“娇杏”？

关于《红楼梦》的故事要从一块灵石说起。

传说，当年**女娲炼石补天**[1]时，用掉三万六千五百块顽石，最后剩下一块，弃在青埂峰下。谁知这块石头已经有了灵性，想到别的石头都补了天，唯独自己被闲置，整天哀伤叹气。

一日，忽见一僧一道远远而来，说说笑笑来到青埂峰下，坐在这块石头边高谈阔论。先是说些云山雾海神仙玄幻的事，后来说到红尘中的荣华富贵。此石听了，不觉动了凡心，求那僧道带他到人间，去享一享这荣华富贵。那僧便念咒写符，大展幻术，将一块大石变成一块美玉，又缩成扇坠大小，装在袖子里，同那道人飘然而去。

后来，**金陵**[2]贾家荣国府贾政的夫人王氏，生了一位公子，说来稀奇，这位公子一落胎胞，嘴里便衔着一块五彩晶莹的美玉，于是取名叫宝玉。贾母对这个孙子爱

---

①女娲炼石补天：女娲是个美丽的女神，她用黄泥造了很多人，人民安居乐业。有一年，火神和水神打仗，天被砸了一个大窟窿，天河的水漏下来，洪水泛滥，人民遭遇空前灾难。女娲为了解救生灵，于是熔炼五色石来补天。

②金陵：《红楼梦》中的地名，有贾、史、王、薛四大家族。

如珍宝。

宝玉周岁时，政老爹要试他将来的志向，就将那世上所有物品摆了无数，让他抓取。谁知他一概不取，伸手只把女子的脂粉钗环抓来。政老爹便大怒了，说："将来是酒色之徒！"唯独史老太君还是命根一样溺爱孙子。

宝玉长到七八岁，虽然淘气异常，但聪明伶俐，一百个也比不上他一个。说起孩子话来也很奇怪，他说："女儿是水做的骨肉，男人是泥做的骨肉。我见了女儿，就觉清爽，见了男子，就觉浊臭逼人。"贾宝玉的姐妹，除了入宫的贾元春，还有迎春、探春、惜春。宝玉和她们一起读书，一起玩耍，好不快乐。

灵石的故事咱们先说到这里，接下来，我们再说一段关于"仙草"的故事。

西方灵河岸上**三生石**[①]畔，有绛珠仙草一株，神瑛侍者每天以甘露灌溉，使绛珠仙草得以久延岁月。后来这株仙草接受天地精华，又得雨露滋养，最终脱去草胎木质，幻化人形，变成了一个女孩。每日想到尚未报答神瑛侍者的灌溉之恩，心里就郁结着一段缠绵不尽的情意。恰逢这几日神瑛侍者凡心热切，想趁此太平盛世，下凡游历一遭。那绛珠仙子便道："他是甘露之恩，我没有甘露还他。现在他要下世为人，我也随他下世为人，把我一生所有的眼泪还他，也算是报答了他的恩情。"

---

①三生石：三生，佛教转世投胎之说，指前生、今生、来生。后来迷信的人把"三生石"说成前世姻缘的所在。

神瑛侍者和绛珠仙草，下凡到了人间，就是贾宝玉和林黛玉。好了，《红楼梦》的故事从这里正式开始。

姑苏①之地有一家**乡宦**②，姓甄，名费，字士隐。妻子封氏，情性贤淑，深明礼义。家中虽不很富贵，在本地也算望族了。甄士隐禀性恬淡，不好功名，美中不足的是，年已半百，膝下无儿，只有一女，乳名叫英莲，年方三岁。甄家隔壁葫芦庙里寄居了一个穷书生，姓贾名化，表字时飞，别号雨村。贾雨村想进京求取功名，却没有路费，只好暂寄庙中，每日卖字为生，所以士隐常与他交往。

有一天，雨村正翻书解闷，忽听到窗外有女子咳嗽。雨村起身往窗外一看，原来是甄家的一个丫鬟，在那里摘花，虽无十分姿色，却也有动人之处。雨村不觉看呆了。那丫鬟采了花，刚想走时，猛抬头见窗内有人，敝巾旧服，虽是贫窘，却生得腰圆背厚，面阔口方。这丫鬟忙转身回避，心下就想："这人生得这样雄壮，却又这样褴褛，想他定是我家主人常说的什么贾雨村了。难怪说他定非久困之人。"如此想来，不免又回头两次。雨村见她回了头，就认为这女子心中有意于他，于是狂喜不尽。

一日，又到中秋佳节。雨村想到空有抱负，怀才不遇，于是对天长叹，高吟一联：

玉在**椟**③中求善价，钗于**奁**④内待时飞。

---

①姑苏：苏州城的别称，因其西南有姑苏山而得名。

②乡宦：做过官又回到乡里的人。

③椟：匣子。

④奁：古代妇女梳妆用的镜匣。

恰巧士隐走来听见，笑道：“雨村兄抱负不浅！”就邀请雨村到家中饮酒。当头一轮明月，飞彩凝辉，二人愈添豪兴，酒到杯干。雨村此时已有七八分酒意，狂兴不禁，于是对月寓怀：

时逢三五便团圆，满把晴光护玉栏。

天上一轮才捧出，人间万姓仰头看。

士隐听了，大叫：“妙哉！兄必非久居人下者。明年正当**大比**①，兄应快速入都，**春闱**②一战，方不辜负兄之所学。盘缠费用，小弟代为置办。”当下即命小童进去，封好五十两白银和两套冬衣。雨村收了银衣，不过略谢一语。

转眼又是元宵佳节。士隐命家人霍启抱了英莲去看社火花灯。半夜中，霍启因要小解，就将英莲放在一家门槛上坐着。等他小解完了来抱时，哪还有英莲的踪影。士隐夫妻二人，半世只生此女，一旦失落，岂不想念，因此昼夜啼哭，两人都大病一场。

偏偏祸不单行，三月十五日，葫芦庙中炸供品，那些和尚不加小心，致使油锅火逸，烧着了窗纸。这里人家多用竹篱木壁，于是接二连三，将一条街烧得如火焰山一般。直烧了一夜，才渐渐地熄去，也不知烧了几家。只可怜甄家就在隔壁，早已烧成了一片瓦砾场。士隐只好安身田庄，后时景不好，只得又将田庄都折卖了，带了妻子与两个丫鬟去投靠他岳丈家。

---

①大比：科举考试中的乡试，这里泛指科举考试。

②春闱：科举考试中的会试，因在春天进行，所以又称春闱。

不想他的岳丈是个势利之人，见女婿这样狼狈而来，心中就有些不乐，后来骗了他女婿不少银子，还嫌弃士隐一家。甄士隐贫病交加，万念俱灰，最后和一个疯道人飘飘而去。

再说贾雨村，那年士隐赠银之后，他第二天就起身入京，到大比之期，考中了**进士**①，今已升任本地知府。雨村心里没有忘记那个小丫鬟娇杏，派人找过来，赠了甄家娘子不少银子，一顶轿子把娇杏抬走了。娇杏原本娶来是二房，只一年就生了一子，又半载，雨村的正妻患病去世，雨村就让她做了正室夫人。雨村因为又贪又狠，得罪了上司，不到一年，就被革职。他竟像没事人一样，将家人安顿妥当，自己游山玩水去了。

到了扬州地面，雨村想寻个安身之处。听说林如海家聘请家庭教师，雨村就应聘了进去。

林如海是前科的**探花**②，娶了荣国府贾母的女儿贾敏为妻，只有一个女儿，名叫黛玉，年方五岁。夫妻无子，对女儿爱如珍宝，又见她聪明清秀，就也让她读书识字。

雨村这个女学生年龄又小，身体又弱，功课不限多少，因此十分省力。又是一载的光阴，谁知黛玉的母亲一疾而终。女学生侍汤奉药，哀痛过伤，本自怯弱多病，又触犯旧症，于是连日不曾上学。

后来听说朝中要起复旧员，雨村就去央求林如海，求

①进士：科举考试的最高等级为殿试，皇帝亲自主考，得中者统称为进士。

②探花：科举考试中殿试所选拔出来的进士第三名，仅次于状元和榜眼。

他转向京都央求贾政。如海道："天缘凑巧，因**内人**[1]辞世，岳母念及小女无人依靠教育，早就派了男女船只来接，因小女未曾病愈，故未及行。此刻正想报答教育之恩，遇此机会，岂有不尽心之理。我已修下荐书一封，转托**内兄**[2]务为周全协助。"雨村谢不绝口。如海又说："我已择了日期送小女入京，兄长可同路而往。"雨村**唯唯**[3]听命，心中十分称意。

雨村带了两个小童，随同黛玉进京。到了京都，贾政竭力协助，为他谋了一个金陵应天府的缺位。雨村拜辞了贾政，择日上任去了。

❖ 精华赏析

绛珠仙草，为草木之身，林黛玉的"林"又为双木；神瑛侍者，"瑛"为玉石，贾宝玉衔玉而生，所以宝玉、黛玉的前世情缘叫"木石前盟"。

❖ 成长启示

书中的贾宝玉就像那块"无材补天，幻形入世"的顽石，既无法适应封建社会的要求，又具有难以被世俗改变的思想性格。作者的这个设计让我们明白，每个人都有自己独特的性格和天赋，而这些天赋可能会在某些时刻对个人和社会产生重要的影响。

①内人：对别人称自己的妻子。
②内兄：对别人称自己妻子的哥哥。林如海之妻贾敏是贾政的妹妹。
③唯唯：恭敬顺从的应答声。

第二回 林黛玉离父进京都

要点思考

· 林黛玉为什么回答宝玉时说“不曾读书”？

· 黛玉、宝玉为什么都有似曾相识的感觉？

· 王熙凤的出场表现了她什么样的性格？

起初林黛玉不愿意离开父亲，但是无奈外祖母一定要她去，父亲也劝她前往。黛玉这才收拾东西，带奶妈、丫鬟一起登船，远去京城投靠外祖母。

黛玉那日弃舟登岸时，早有荣国府打发了轿子车辆等候了。林黛玉常听母亲说，外祖母家与别家不同，因此步步留心，时时在意，不肯轻易多说一句话，多行一步路，唯恐被人耻笑了。行了半日，忽见街北蹲着两个大石狮子，三间兽头大门，门前列坐着十来个华冠丽服之人。正门之上有一匾，匾上大书“**敕造**[1]宁国府”五个大字。黛玉想道：这必是外祖的**长房**[2]了。又往西行，不多远，照样也是三间大门，方是荣国府了。几个穿红着绿的丫头，见黛玉来了，笑迎上来，一面回话：“林姑娘到了。”

黛玉刚进入房间，只见两个人搀着一位鬓发如银的老母迎上来，黛玉便知是外祖母。正要拜见，早被外祖母一把搂入怀中，心肝儿肉叫着大哭起来，黛玉也哭个不住。一时众人慢慢解劝住了，黛玉方拜见了外祖母。贾母一一

---

①敕造：奉帝王的命令建造。敕，皇帝的诏令。

②长房：家族中长子的一支。

指给黛玉："这是你大舅母，这是你二舅母，这是你先珠大哥的媳妇珠大嫂子。"黛玉一一拜见过。贾母又说："请姑娘们来。今日远客才来，可以不必上学去了。"众人答应了一声，便去了两个。

不一时，只见三个**奶嬷嬷**①和五六个丫鬟，簇拥着三个姊妹来了。第一个肌肤微丰，合中身材，腮凝新荔，鼻腻鹅脂，温柔沉默，观之可亲。第二个削肩细腰，长挑身材，鸭蛋脸面，俊眼修眉，顾盼神飞，文彩精华，见之忘俗。第三个身量未足，形容尚小。她们钗环裙袄，都是一样的妆饰。黛玉忙起身迎上来见礼，互相认识过，大家归了座。丫鬟们斟上茶来。又说了些黛玉母亲如何得病，如何请医服药，如何**发丧**②之类的话。贾母不免又伤感起来，说："我这些儿女，所疼者独有你母，今日却先舍我而去，连面也不能一见，今见了你，我怎不伤心！"说着，把黛玉搂在怀里，又呜咽起来。

众人见黛玉年貌虽小，但其举止言谈不俗，身体面庞虽怯弱不胜，却有一段自然的**风流**③态度，便知她有不足的病症。于是问："常服什么药？"黛玉道："我从会吃饮食时就吃药，到今日未断，请了多少名医，都不见效。那一年我三岁时，听说来了一个癞头和尚，说要化我去出家，我父母固是不从。他又说若要病好，除非从此以后总不许见哭声，除父母之外，凡有外姓亲友之人，一概不见，

①奶嬷嬷：乳母，老年女仆。
②发丧：办理丧事。
③风流：这里指有才学和风韵而不拘礼法。

方可平安了此一世。疯疯癫癫，也没人理他。如今还是吃人参养荣丸。”贾母道：“正好，我这里正配丸药呢。叫他们多配一料就是了。”

一语未了，只听后院中有笑声，说：“我来迟了，不曾迎接远客！”黛玉**诧异**[①]道：“这些人个个敛声屏气，这来者是谁，这样放诞无礼？”心下想时，只见一群媳妇丫鬟围拥着一个人从后房门进来。这个人打扮与众姑娘不同，彩绣辉煌，恍若神妃仙子。一双丹凤三角眼，两弯柳叶吊梢眉，身量苗条，体格风骚，粉面含春威不露，丹唇未启笑先闻。黛玉正不知以何称呼，只见众姊妹都忙告诉她道：“这是琏嫂子。”黛玉虽不识，也曾听见母亲说过，大舅贾赦的儿子贾琏，娶的就是二舅母王氏的**内侄女**[②]，自幼假充男儿教养的，学名王熙凤。黛玉忙赔笑见礼，以“嫂”称呼。这熙凤携着黛玉的手，上下细细**打量**[③]了一下，仍送到贾母身边坐下，笑道：“天下真有这样标致的人物，竟不像老祖宗的外孙女，竟是个嫡亲的孙女，怨不得老祖宗天天口头心头一时不忘。只可怜我这妹妹这样命苦，怎么姑妈偏就去世了！”说着，就用手帕擦泪。贾母笑道：“我才好了，你倒来招我。你妹妹远路才来，身子又弱，才劝住了，快不要再提这话。”这熙凤听了，忙转悲为喜道：“正是呢！我一见了妹妹，一心都在她身上了，又是喜欢，又是伤心，竟忘记了老祖宗。该打，该打！”又

①诧异：惊讶，奇怪。

②内侄女：娘家的侄女。王夫人是王熙凤娘家的姑姑。

③打量：观察（人的衣着、外貌）。

忙携黛玉的手，问：“妹妹几岁了？可也上过学？现吃什么药？在这里不要想家，想要什么吃的，什么玩的，只管告诉我，丫头老婆们不好了，也只管告诉我。”一面又问婆子们：“林姑娘的行李东西可搬进来了？带了几个人来？你们赶早打扫两间下房，让她们去歇歇。”

贾母又让黛玉去见两个母舅。到了二舅贾政住处，二舅母王夫人对黛玉说：“我有一句话嘱咐你：我有一个**孽根祸胎**[①]，是家里的‘混世魔王’。你以后不要理睬他，你这些姊妹都不敢沾惹他的。”黛玉也常听母亲说，二舅母家的表哥，衔玉而生，顽劣异常，厌恶读书，最喜与女孩子厮混，外祖母又极溺爱，无人敢管。于是赔笑道：“舅母说的，可是衔玉所生的这位哥哥？在家时也曾听见母亲常说，这位哥哥比我大一岁，小名就唤宝玉，虽然顽劣，说在姊妹情中极好的。”王夫人笑道：“你不知道，他嘴里一时甜言蜜语，一时有天无日，一时又疯疯傻傻，不要信他。”

黛玉一一都答应着。只见一个丫鬟来回：“老太太那里传晚饭了。”王夫人忙携黛玉去贾母房中。入门只见贾母正面榻上独坐，两边四张空椅。熙凤忙拉了黛玉在左边第一张椅上坐了，黛玉十分推让。贾母笑道：“你舅母你嫂子们不在这里吃饭。你是客，理应如此坐的。”黛玉方落了座。外间伺候的媳妇丫鬟虽多，却连一声咳嗽也听不

---

①孽根祸胎：因为贾宝玉是封建家族的叛逆者，所以在父母眼里他是“孽根祸胎”“混世魔王”。

见。寂然饭毕，各有丫鬟用小茶盘捧上茶来。当日林如海教女以惜福养身，说饭后等饭粒咽尽，过一时再吃茶，方不伤脾胃。今黛玉见这里许多事情不合家中规矩，不得不随的，少不了一一改过来，因而接了茶。早见人又捧过漱盂来，黛玉也照样漱了口。洗完手，又捧上茶来，这才是吃的茶。贾母说："你们去吧，让我们自在地说说话儿。"王夫人等人告退。贾母问黛玉念何书，黛玉道："只刚念了'**四书**[①]'。"黛玉又问姊妹们读何书。贾母道："读的是什么书，不过是认得两个字，不是睁眼的瞎子罢了！"

一语未了，只听外面一阵脚步响，丫鬟进来笑道："宝玉来了！"丫鬟话未报完，已进来了一位年轻的公子：面若中秋之月，色如春晓之花，鬓若刀裁，眉如墨画，面如桃瓣，目若秋波。虽怒时而若笑，即瞋视而有情。项上金螭璎珞，又有一根五色丝绦，系着一块美玉。黛玉一见，吃一大惊，心下想道："好奇怪，倒像在哪里见过一般，何等眼熟到如此！"只见这宝玉向贾母请了安，贾母就命："去见你娘来。"宝玉即转身去了。一时回来，再看，已换了冠带，越显得面如敷粉，唇若施脂，转盼多情，语言常笑。天然一段风骚，全在眉梢，平生万种情思，悉堆眼角。

宝玉早已看见多了一个姊妹，就料定是林姑妈的女儿，忙来**作揖**[②]。相见完毕归座，细看黛玉形容，与众人不同：

---

①四书：《大学》《中庸》《论语》《孟子》，是科举考试的必读必考之书。
②作揖：旧时的一种行礼形式，两手抱拳高拱，身体前躬，向人敬礼。

两弯似**蹙**[①]非蹙**罥烟眉**[②]，一双似喜非喜含情目。态生两靥之愁，娇袭一身之病。泪光点点，娇喘微微。闲静时如姣花照水，行动处似弱柳扶风。**心较比干多一窍**[③]，病如**西子**[④]胜三分。宝玉看罢，笑道："这个妹妹我曾见过的。"贾母笑道："又是胡说，你又何曾见过她？"宝玉笑道："虽然未曾见过她，然而我看着面善，心里就算是旧相识，今日只作远别重逢，也未尝不可。"宝玉就走近黛玉身边坐下，又细细打量一番，问："妹妹可曾读书？"黛玉道："不曾读，只上了一年学，稍微认得几个字。"宝玉又道："妹妹尊名是哪两个字？"黛玉便说了名。宝玉又问表字。黛玉道："无字。"宝玉笑道："我送妹妹一妙字，莫若'颦颦'二字极妙。"又问黛玉："可也有玉没有？"众人不解他的话，黛玉便猜测着因他有玉，所以问我有无，于是答道："我没有那个。想来那玉是一件稀罕物，岂能人人有的。"宝玉听了，顿时发作起痴狂病来，摘下那玉，就狠命摔去，骂道："什么稀罕物，连人的高低也不懂，还说'通灵'不'通灵'呢！我也不要这东西了！"吓得众人都争着去拾玉。贾母急得搂了宝玉道："孽障！你生气，要打骂人容易，何苦摔那命根子！"宝玉满面泪痕哭道："家里姐姐妹妹都没有，单我有，如今来了这么一个

①蹙：皱（眉）。

②罥烟眉：形容眉毛好看，像一缕青烟。罥，挂。

③心较比干多一窍：比干是商纣王的叔父。《史记·殷本纪》记载："（比干）强谏纣。纣怒曰：'吾闻圣人心有七窍。'剖比干，观其心。"古人认为心窍越多越有智慧。

④西子：即西施，春秋时期越国美女。西施心痛时"病心而颦（皱眉）"，样子非常好看，所以下文宝玉为黛玉取字"颦颦"。这里是说黛玉病弱娇美胜过西施。

神仙似的妹妹也没有，可知这不是个好东西。”贾母忙哄他道：“你这妹妹原是有这个的，因你姑妈去世时，舍不得你妹妹，没有办法，就将她的玉带去了。”说着，就从丫鬟手中接过来，亲自给他戴上。宝玉听如此说，想一想大有情理，也就不说别的了。

当晚宝玉已经睡了，丫鬟**袭人**①见黛玉还未安息，悄悄地进来，笑问：“姑娘怎么还不安息？”黛玉忙**让**②：“姐姐请坐。”袭人在床沿上坐了。**鹦哥**③笑道：“林姑娘正在这里伤心，自己淌眼抹泪地说：‘今儿才来，就惹出你家哥儿的狂病，倘若摔坏了那玉，岂不是我的过错！’”。袭人道：“姑娘快别这样，将来只怕比这个更奇怪的笑话儿还有呢！快别多心！”黛玉道：“姐姐们说的，我记着就是了。”大家又说了一会儿，方才安歇。

◈ 精华赏析

这一回的故事，通过黛玉的所见所闻，展示了贾府的具体环境和等级礼法。众多人物登场亮相，其中，王熙凤的出场很经典：未见其人，先闻其声。别人在贾母面前都是屏声敛气，她却放纵无礼，让我们未见到王熙凤就已经知道了她在贾府的地位和她泼辣的个性。

◈ 成长启示

林黛玉和贾宝玉之间的对话和互动充满了情感交流，这个场景向我们展示了情感交流的重要性，以及如何通过理解和尊重他人来建立良好的人际关系。

---

①袭人：宝玉的丫鬟，本姓花，因古诗有“花气袭人知骤暖”，所以宝玉将她改名为袭人。

②让：请人接受招待。

③鹦哥：原是贾母的丫鬟，后来贾母将她派给了黛玉。

第三回 葫芦僧乱判葫芦案

❖ **要点思考**

· 贾雨村是个怎样的人?

· 贾雨村做了什么恩将仇报的事?

· 薛宝钗一家为什么进京?又为什么住在了贾府?

次日起来，王夫人与熙凤在一处拆金陵来的书信看，黛玉虽不知原委，探春等却都晓得是议论金陵城薛家姨母之子薛蟠，倚财仗势，打死人命，正在应天府审理。母舅王子腾得了信息，故遣人来告诉这边，想让薛姨妈母子进京。

且说雨村，因补授了应天府，一下马就遇到了一件人命官司，乃是两家争买一婢，各不相让，以至殴伤人命。雨村传原告来审。那原告道："被殴死者乃小人之主人。因那日买了一个丫头，不想是拐子拐来卖的。这拐子得了我家的银子，又悄悄地卖与薛家，被我们知道了，去找卖主，夺取丫头。无奈薛家倚财仗势，众豪奴将我小主人竟打死了。小人告了一年的状，竟无人做主。望大老爷拘拿凶犯，剪恶除凶！"

雨村听了大怒，正要**发签**①让人将凶犯族中人拿来拷问时，只见案边立的一个**门子**②使眼色儿不让他发签。雨

---

①发签：签是官府派遣差役外出办事的凭证，长条形，插在签筒中，用时取出，称为发签。

②门子：旧时衙门里或贵族、达官家里看门管传达的人。

村心下甚为疑怪，只得停了手，即时退堂，只留门子服侍。这门子忙上来请安，笑问："老爷加官进禄，八九年来就忘了我了？"雨村道："只是一时想不起来。"那门子笑道："老爷真是贵人多忘事，把出身之地竟忘了，不记当年葫芦庙里之事？"雨村听了，如雷震一惊，方想起往事。原来这门子本是葫芦庙内一个小沙弥，因着火之后，无处安身，遂蓄了发，充了门子。雨村忙携手笑道："原来是故人。"又让他坐下谈，这门子不敢坐。雨村笑道："贫贱之交不可忘。你我是故人，既欲长谈，岂有不坐之理？"这门子听后，方才**斜签着坐**[①]了。

雨村问方才何故不让发签，这门子道："老爷既荣任到这一省，难道就没抄一张本省'护官符'来不成？"雨村忙问："何为'护官符'？我竟不知。"门子道："这还了得！连这个不知，怎能做得长远！如今凡做地方官者，皆有一个私单，上面写的是本省最有权有势、极富极贵的大乡绅名姓，各省皆然，倘若不知，一时触犯了这样的人家，不但官爵，只怕连性命还保不成呢！所以绰号叫作'护官符'。方才所说的这薛家，老爷如何惹他！"一面说，一面从顺袋中取出一张抄写的"护官符"来，递与雨村，上面写道：

贾不假，白玉为堂金作马。

阿房宫，三百里，住不下金陵一个史。

东海缺少白玉床，龙王来请金陵王。

---

①斜签着坐：侧身坐在凳子的边沿，表示谦恭。

丰年好大雪，珍珠如土金如铁。

这门子道：“这四家皆连络有亲，一损皆损，一荣皆荣，彼此扶持，都有照应。今告打死人之薛，就是丰年大雪之‘雪’。被打死的人，是本地一个小乡绅之子，名唤冯渊。老爷你当被卖的丫头是谁？”雨村笑道：“我如何得知。”门子冷笑道：“这人算来还是老爷的大恩人呢！她就是葫芦庙旁住的甄老爷的小姐，名唤英莲。”雨村道：“原来是她！如今这官司，如何判决才好？”门子笑道：“小的闻得老爷补升此任，是贾府王府之力，此薛蟠即贾府之亲，老爷何不做个人情，将此案了结，日后也好去见贾府王府。”雨村道：“你说的何尝不是。但事关人命，我实在不忍这样做。”门子听了，冷笑道：“古人云：‘大丈夫**相时而动**①。’又说：‘趋吉避凶者为君子。’还望老爷三思。”

雨村低了半日头，方说道：“依你看怎么样？”门子道：“小人已想了一个极好的主意：老爷明日坐堂，只管虚张声势，动文书发签拿人。原凶自然是拿不来的，原告固是定要将薛家族中及奴仆人等拿几个来拷问。小的在暗中调停，令他们报个暴病身亡。薛家有的是钱，老爷断一千也可，五百也可，与冯家做烧埋之费。那冯家也无甚要紧的人，不过为的是钱，见有了这个银子，想来也就无话了。老爷细想此计如何？”雨村笑道：“不妥，不妥。

①相时而动：看具体情况，灵活做事。

等我再**斟酌**[1]斟酌，或可压服众人的议论。”

次日坐堂，雨村详加审问，果见冯家人口稀疏，不过赖此欲多得些烧埋之费。雨村便徇情枉法，胡乱判断了此案。冯家得了许多烧埋银子，也就无话说了。雨村断了此案，急忙作书信二封，给贾政和**京营节度使**[2]王子腾，不过说“**令**[3]甥之事已完，不必过虑”等语。此事皆由葫芦庙内之沙弥新门子所出，雨村又恐他对人说出当日贫贱时的事来，因此心中不快，后来到底寻了个不是，远远地**充发**[4]了他才罢。

且说那买了英莲打死冯渊的薛公子，幼年丧父，寡母又怜他是个独根孤种，未免溺爱纵容，遂至老大无成。这薛公子学名薛蟠，表字文起，性情奢侈，言语傲慢。虽也上过学，不过略识几字，终日斗鸡走马，游山玩水。虽是**皇商**[5]，一应经济世事，全然不知，不过赖祖父的旧情分，户部挂虚名，支领钱粮，其余的事，自有伙计家人措办。寡母王氏乃现任京营节度使王子腾之妹，与荣国府贾政的夫人王氏，是一母所生的姐妹，今年方四十上下年纪，只有薛蟠一子。还有一女，比薛蟠小两岁，乳名宝钗，生得肌骨莹润，举止娴雅。

当日有他父亲在日，酷爱此女，令其读书识字，比其

---

①斟酌：考虑事情、文字等是否可行或是否适当。
②京营节度使：京城的最高军事长官。这是作者虚拟的官职名称。
③令：敬辞，用于对方的亲属或有关系的人。
④充发：充军发配。
⑤皇商：专为官廷采购各种用品的商人。

兄长高过十倍。父亲死后，见哥哥不能体贴母亲，便不以书字为事，只留心针线家计等事，好为母亲分忧解劳。近因皇上崇诗尚礼，征召有才之人，除聘选**妃嫔**[1]外，凡是官宦名家之女，还可备选为公主、**郡主**[2]的入学陪侍，充为**才人、赞善**[3]之职。自薛蟠父亲死后，各省中所有的买卖承局、总管、伙计人等，见薛蟠年轻不谙世事，便趁时拐骗起来，京都中几处生意，渐亦消耗。薛蟠听闻京都是第一繁华之地，正思一游，便趁此机会，一为送妹待选，二为望亲，三因亲自入部销算旧账，再计新支——其实则为游览上国风光之意。因此早已打点下行装**细软**[4]，以及馈送亲友各色土物人情等类，正择日起身，不想偏遇见了拐子重卖英莲。薛蟠见英莲生得不俗，想要买她，又遇冯家来夺人，于是喝令手下豪奴将冯渊打死。他便将家中事务嘱托了族中人和几个老家人，便带了母亲妹妹出发了。人命官司一事，他竟视为儿戏，自为花上几个臭钱，没有解决不了的。

那日已将入都时，却又听说王子腾升了九省统制，奉旨出京查边。薛姨妈就带着子女一路奔荣国府来。王夫人已知薛蟠官司一事，亏贾雨村维持了结，才放了心。又见哥哥升了边缺，正愁又少了娘家的亲戚来往，略加寂寞。过了几日，忽家人传报："姨太太带了哥儿姐儿，合家进

①妃嫔：妃和嫔，泛指皇帝的妾。
②郡主：亲王之女。
③才人、赞善：宫中女官名。
④细软：指珠宝、首饰、贵重衣物等便于携带的东西。

京，正在门外下车。”王夫人忙带了女媳人等，接出大厅，将薛姨妈等接了进去。姐妹们暮年相会，自不必说悲喜交集，泣笑叙阔一番。忙又引了拜见贾母，将人情土物各种酬献了，忙又安排酒席接风。

薛蟠已拜见过贾政，贾琏又引着拜见了贾赦、贾珍等。贾政便派人上来对王夫人说：“姨太太已有了年纪，外甥年轻不知世路，在外住着恐有人生事。咱们东北角上梨香院有十来间房空闲着，打扫了，请姨太太和姐儿哥儿住了甚好。”王夫人还未来得及挽留，贾母就遣人来说“请姨太太就在这里住下，大家亲密些”等语。薛姨妈正想同居一处，方可拘紧儿子，若另住在外，又恐他纵性惹祸，遂忙道谢应允。又对王夫人说：“一应花销费用都由我们自己出，才是长久相处之法。”王夫人知道她家并不艰难，也就顺从了她的心愿。从此后薛家母子就在梨香院住了。

精华赏析

贾、史、王、薛四大家族，一损皆损，一荣皆荣，做官的，如果没有“护官符”，不了解四大家族之间的关系，不但官位不保，甚至可能丢了性命，这就是当时黑暗的社会现实，也是《红楼梦》故事的社会背景。

成长启示

在这一回的故事中，贾雨村面对案件，本想据实评判，但是在得知薛家的背景后就徇私枉法。这种不能坚持己见、曲意逢迎的做法让人唾弃。做人应该诚挚正直，不为威逼利诱所动。

第四回　刘姥姥一进荣国府

❖ 要点思考

· 刘姥姥为什么来荣国府？
· 刘姥姥是怎样进入荣国府的？
· 周瑞家的为什么要帮助刘姥姥？

京郊有个刘姥姥，是个老寡妇，膝下无子，只靠两亩薄田度日，有女儿刘氏，女婿小名狗儿。两人生有一子一女，男孩叫板儿，女孩叫青儿。一家四口，以种田为生。因狗儿和刘氏白天都在田里耕作，板儿、青儿没人照看，就把岳母刘姥姥接来一起生活。

这刘姥姥是个有些见识的老寡妇，只靠两亩田地度日。现在女婿接来生活，很是高兴，就一心一意帮着女儿女婿过日子。这年秋尽冬来，天气冷了起来，可家里还没有过冬的东西。刘姥姥出主意道："我倒替你们想出一个办法来。早先你们是和金陵王家连过宗的，二十年前，他们很是照顾你们，如今是你们假装清高，不肯去亲近他们，所以疏远起来。想当初我和女儿还去过一遭。他们家的二小姐很爽快，会待人，不摆架子。如今是荣国府贾二老爷的夫人，只怕这二姑太太还认得咱们。你何不去走动走动，或者她念旧，有些好处。要是她发一点儿好心，拔一根汗毛比咱们的腰还粗呢。"刘氏一旁接着道："你老说得对，但你我这个样子，怎么好到她的门上去。不说别的，那些看门的人也未必肯去通报。”

谁知狗儿名利心最重，听姥姥这么一说，心里就有些活动起来。又听他妻子这话，就笑道：“姥姥既这么说，况且当年你又见过这姑太太一次，何不你老人家明日就走一趟，先试试风头再说。”刘姥姥道：“‘**侯门深似海**[①]’，我是个什么东西，她家人又不认得我，我去了也是白去。”狗儿笑道：“不妨，我教你老人家一个法子：你就带了外孙子板儿，先去找**陪房**[②]周瑞，若见了他，就有办法了。这周瑞原先曾和我父亲交往过，对我们极好的。”刘姥姥道：“我也知道他的。只是多时不走动，不知道他如今是什么样。这也说不得了，你又是个男人，拉不下脸来；我姑娘是年轻媳妇，也难抛头露面的；倒还是舍着我这老脸去碰一碰。真要有些好处，大家都有益，就是没银子来，我也到那公府侯门见一见世面，也不枉我一生。”

第二天天还没亮，刘姥姥就起来梳洗，又教训了板儿几句，祖孙二人就进城了。来到荣府大门前，只见轿马来来往往，刘姥姥不敢过去，掸了掸衣服，又教了板儿几句话，然后蹭到门前。只见几个挺胸叠肚指手画脚的人，坐在大板凳上，说东谈西呢。刘姥姥只好蹭上来问：“太爷们**纳福**[③]。”众人打量了她一下，就问：“哪里来的？”刘姥姥赔笑道：“我来找太太的陪房周大爷的，烦哪位太爷替我请他出来。”那些人听了，都不理睬，过了好半

①侯门深似海：形容官僚贵族之家宅大院深，门禁森严，难以进入。

②陪房：富家女子出嫁时，从娘家带过去的仆人。

③纳福：收福，受福，问候时的客套话。

天才说道："你远远地在那墙角下等着，一会儿他们家就有人出来。"那中间有一老年人说道："不要误她的事，不要逗她。"向刘姥姥道："那周大爷已往南边去了。他在后一带住着，他娘子在家。你从这边绕到后街后门上去问吧。"

刘姥姥听了谢过，拉着板儿，绕到后门上。只见门前二三十个小孩子在那里打闹。刘姥姥拉住一个道："我问哥儿一声，有个周大娘可在家吗？"那孩子引着刘姥姥进了后门，来到一院墙边，指给刘姥姥道："这就是她家。"又叫道："周大娘，有个老奶奶来找你呢。"

周瑞家的[①]在里面听说，忙迎了出来，问："是哪位？"刘姥姥忙迎上来问道："你好呀，周嫂子！"周瑞家的认了半日，才笑道："刘姥姥，你好呀！请家里来坐吧。"刘姥姥一边走着，一边笑道："你老是贵人多忘事，哪里还记得我们呢。"来到房中，周瑞家的又问刘姥姥："今天是路过，还是特意来的？"刘姥姥说："原是特来瞧瞧嫂子你，二则也请请姑太太的安。如果可以领我见一见更好，如果不能，就借嫂子你转达心意吧。"

周瑞家的听了，已猜着几分来意。前几年周瑞争买田地一事，多亏狗儿帮忙，今见刘姥姥如此而来，一则心中难以推辞，二则还要显弄一下自己的体面，就笑道："姥姥你放心。大老远诚心诚意来了，哪能不让你见个真佛就走呢？只是一件，姥姥有所不知，我们这里又不比五年前

①周瑞家的：周瑞的妻子。

了。如今太太不大管事，都是琏二奶奶管家了。你知道这琏二奶奶是谁？就是太太的内侄女，当日大舅老爷的女儿，小名凤哥的。”刘姥姥听了，吃惊道：“原来是她！难怪呢，我当日就说她不错呢。这么说来，我今儿还得见她了。”周瑞家的道：“这自然的。今儿宁可不会太太，倒要见她一面，才不枉来这里一遭。”刘姥姥道：“阿弥陀佛！全仗嫂子方便了。”

趁着午饭时刻，周瑞家的带着刘姥姥来到贾琏女儿大姐儿睡觉的房屋。刘姥姥在屋里等候，只见小丫头们一齐乱跑，说：“奶奶回来了。”周瑞家的与平儿命刘姥姥：“只管等着，到时候我来请你。”说着，都迎出去了。

刘姥姥屏声侧耳默默等候。半天沉静无声之后，忽见二人抬了一张炕桌来，放在这边炕上，桌上摆着碗盘，内有满满的鱼肉，不过略微动了几样。板儿一见了，就吵着要肉吃，刘姥姥一巴掌打了他去。忽见周瑞家的笑嘻嘻走过来，招手儿叫她。刘姥姥**会意**①，跟着她到那边屋去。

刘姥姥在地下拜了数拜，问姑奶奶安。凤姐忙说：“周姐姐，快搀起来，别拜吧，请坐。我年轻，不大认得，也不知是什么辈分，不敢称呼。”周瑞家的忙回道：“这就是我才说的那姥姥了。”凤姐点头。刘姥姥已在炕沿上坐了。板儿躲在背后，百般地哄他出来作揖，他死也不肯。

凤姐笑道：“亲戚们不大走动，都疏远了。知道的呢，说你们弃厌我们，不肯常来；不知道的那些小人，只当我

①会意：会心，领会别人没有明白表示的意思。

们眼里没人似的。”刘姥姥忙道：“我们家境太穷，走不起，来这里，没有给姑奶奶拿的。”凤姐笑道：“我们不过借着祖上的虚名，当了穷官儿，不过是个旧日的空架子。俗语说‘朝廷还有三门子穷亲戚’呢，何况你我。”说着，又问周瑞家的回了太太了没有。周瑞家的道：“等奶奶的吩咐。”凤姐道：“你去瞧瞧，要是有人有事就罢，有空闲呢就回，看怎么说。”周瑞家的答应着去了。

周瑞家的回来，向凤姐道：“太太说了，今日没空闲，二奶奶陪着也是一样。只是逛逛呢就罢，若有什么说的，只管告诉二奶奶，都是一样的。”一边说，一边递眼色给刘姥姥。刘姥姥会意，还没说先飞红了脸，想要不说，今日又为什么来？只好忍羞说道：“今日我带了你侄儿来，也不为别的，只因他老子娘在家里，连吃的都没有。如今天又冷了，越想越没办法，只得带了你侄儿奔了你老来。”说着又推板儿道：“你爹在家怎么教你来？打发咱们干啥事来了？只顾吃果子咧。”凤姐早已明白了，听她不会说话，笑道：“我知道了。若说起亲戚之间，原该不等上门来就该有照应才是。但如今家里杂事太多，太太渐渐上了年纪，一时想不到也是有的。况且我刚刚接管些事，都不知道这些亲戚。而且外头看着虽是轰轰烈烈的，殊不知大有大的难处，说给人听也未必信吧。今儿你既大老远地来了，又是头一次见我张口，怎好叫你空手回去呢？正巧昨儿太太给我的丫头们做衣裳的二十两银子，我还没动呢，你若不嫌少，就暂且先拿了去吧。”

那刘姥姥先听见说艰难，只当没希望了，心里突突地跳，后来听见给二十两，喜得又浑身发痒，说道："我也是知道艰难的。但俗语说'瘦死的骆驼比马大'，你老拔根汗毛比我们的腰还粗呢！"周瑞家的见她说得粗鄙，只管使眼色制止她。凤姐看见，笑了笑并不理睬，命平儿把昨儿那包银子拿来，再拿一吊钱来，都送到刘姥姥的跟前。凤姐说道："这是二十两银子，暂且给这孩子做件冬衣吧。若不拿着，就真是怪我了。天也晚了，也不留你们了，到家里该问好的问个好儿吧。"一边说，一边就站了起来。

刘姥姥千恩万谢，拿了银子钱，随了周瑞家的来到外面，又回到周瑞家。刘姥姥要留下一块银子给周瑞家孩子们买果子吃，周瑞家的如何放在眼里，坚决不肯。刘姥姥感谢不尽，从后门去了。

❖ 精华赏析

刘姥姥以自己的胆识赢得了一家人的温饱。王熙凤周济了刘姥姥，为刘姥姥二进荣国府做好了铺垫，也为最后刘姥姥搭救凤姐的女儿埋下了伏笔。

❖ 成长启示

在这一回的故事当中，刘姥姥到荣国府借钱，虽然遭到了别人的白眼和讽刺，但她并没有被打倒，反而坚持不懈地寻求帮助，最终获得了成功。这告诉我们，要勇敢地面对困境，不要轻易放弃，要努力寻找解决问题的方法。

第五回　林黛玉探病语含酸

要点思考

· 什么叫“金玉良缘”？

· “金玉良缘”对宝黛爱情有何影响？

· 黛玉为何说“哪里就冷死我了”？

宝玉这几日忙完了，想起近日薛宝钗在家养病，未去亲候，想要去看一看。宝玉来至梨香院中，先入薛姨妈室中来，正见薛姨妈与丫鬟们做针线活，忙上前去请安。薛姨妈忙一把拉了他，抱入怀内，笑说：“这么冷的天，难为你想着来，快上炕来坐着。”命人倒滚烫的茶来。宝玉问：“哥哥不在家？”薛姨妈叹道：“他是没笼头的马，哪里肯在家一日。”宝玉道：“姐姐身体可安好？”薛姨妈道：“她在里间，你去看看她，里间比这里暖和，我收拾收拾就进去和你说话儿。”宝玉听说，忙下了炕来到里间门前，只见吊着半旧的红软帘。宝玉掀帘一迈步进去，就看见薛宝钗坐在炕上做针线，头上挽着漆黑油光的发髻，蜜合色棉袄，玫瑰紫二色金银鼠比肩褂，葱黄绫棉裙，一色半新不旧，看去不觉奢华。唇不点而红，眉不画而翠，脸若银盆，眼如水杏。**罕言寡语**①，人谓藏愚，**安分随时**②，自云守拙。

宝玉一面看，一面问：“姐姐可大愈了？”宝钗抬头

①罕言寡语：很少说话，形容人沉默寡言。

②安分随时：安守本分，顺随时俗。

只见宝玉进来，连忙起身含笑答说："已经大好了，多谢记挂着。"说着，让他在炕沿上坐下，即命莺儿斟茶来。一面又问老太太姨娘安，别的姐妹们都好，一面看宝玉头上戴着累丝嵌宝紫金冠，额上勒着二龙抢珠金抹额，身上穿着秋香色立蟒白狐腋箭袖，系着五色蝴蝶鸾绦，项上挂着长命锁、记名符，另外有一块出生时衔下来的宝玉。宝钗笑着说道："整日说你这玉，一直未曾细细赏鉴，我今儿倒要瞧瞧。"说着便挪近前来。宝玉亦凑了上去，从项上摘了下来，递在宝钗手内。宝钗托于掌上，只见大如雀卵，灿若明霞，莹润如酥，五色花纹缠护。这就是大荒山中青埂峰下的那块顽石的幻相。

宝钗看毕，又重新翻过正面来细看，口内念道："莫失莫忘，仙寿恒昌。"念了两遍，回头向莺儿笑道："你不去倒茶，也在这里发呆做什么？"莺儿嘻嘻笑道："我听这两句话，倒像和姑娘的项圈上的两句话是一对儿。"宝玉听了，忙笑道："原来姐姐那项圈上也有八个字，我也赏鉴赏鉴。"宝钗道："你别听他的话，没有什么字。"宝玉笑道："好姐姐，你怎么瞧我的了呢？"宝钗被缠不过，说道："也是个人给了两句吉利话儿，所以刻上了，叫天天带着，不然，沉甸甸的有什么趣儿。"一面说，一面解了排扣，从里面大红袄上将那珠宝晶莹黄金灿烂的璎珞掏将出来。宝玉忙托了锁看，果然一面有四个篆字，两面八字，共成两句吉谶。

宝玉看了，也念了两遍，又念自己的两遍，说道："姐姐这八个字倒真与我的是一对。”莺儿笑道：“是个癞头和尚送的，他说必须刻在金器上——”宝钗不等说完，便让她去倒茶，一面又问宝玉从哪里来。

宝玉此时与宝钗很近，只闻一阵阵凉森森甜丝丝的幽香，竟不知是何香气，遂问：“姐姐熏的是什么香？我竟从未闻见过这味儿。”宝钗笑道：“我最怕熏香，好好的衣服，熏的烟燎火气的。”宝玉道：“既如此，这是什么香？”宝钗想了想，笑道：“是我早起吃了丸药的香气。”宝玉笑道：“什么丸药这么好闻？好姐姐，给我一丸尝尝。”宝钗笑道：“又胡闹了，药也是乱吃的？”

一语未了，忽听外面人说：“林姑娘来了。”话犹未了，林黛玉已**摇摇**[1]地走了进来，一见了宝玉，便笑道：“哎哟，我来得不巧了！”宝玉等忙起身让座，宝钗笑道：“这话怎么说？”黛玉笑道：“早知他来，我就不来了。”宝钗道：“我更不解这意。”黛玉笑道：“要来一群都来，要不来一个也不来，今儿他来了，明儿我再来，如此间错开了来着，岂不天天有人来了？也不至于太冷落，也不至于太热闹了。姐姐如何反不解这意思？”

宝玉见她外面罩着大红羽缎对衿褂子，问道：“下雪了吗？”婆娘们道：“下了这半日雪珠儿了。”宝玉道：“取了我的斗篷来不曾？”黛玉便道：“是不是，我来了他就该去了。”宝玉笑道：“我什么时候说要去了？不过拿来预备着。”宝玉的奶娘李嬷嬷说道：“天又下雪，就

①摇摇：传神地写出了黛玉不胜娇弱的体态与丰神灵秀的气质。

在这里同姐姐妹妹一处玩玩。姨妈那里摆茶果子呢。我叫丫头去取了斗篷来，说给**小幺儿**[①]们散了吧。”宝玉应允。李嬷嬷出去，命小厮们都各自散去。

这里薛姨妈已摆了几样细茶果来留他们吃茶。宝玉因夸前日在那府里珍大嫂子的好鹅掌鸭信。薛姨妈听了，忙也把自己做的取了些来给他尝。宝玉笑道：“这个须得就酒才好。”薛姨妈便令人去灌了最上等的酒来。李嬷嬷道：“姨太太，酒倒罢了。”宝玉央求：“妈妈，我只喝一盅。”李嬷嬷道：“不中用！当着老太太、太太，哪怕你吃一坛呢。想那日我一时没注意，不知是哪个，只图讨你的好儿，不管别人死活，给了你一口酒吃，害得我挨了两日骂。姨太太不知道，他性子又可恶，吃了酒更使性子。”薛姨妈笑道：“你只放心吃你的去，我也不许他吃多了。便是老太太问，有我呢。”一面令小丫鬟：“来，让你奶奶们去，也吃杯挡挡雪气。”那李嬷嬷听如此说，只得和众人去吃些酒水。这里宝玉又说：“不必暖酒了，我只爱吃冷的。”薛姨妈忙道：“这可使不得，吃了冷酒，写字手打颤。”宝钗笑道：“宝兄弟，难道你不知道酒性最热，若热吃下去，发散得就快；若冷吃下去，便凝结在内，以五脏去暖它，岂不受害？从此不要吃那冷的了。”宝玉听这话有情理，便放下冷酒，命人暖来方饮。

黛玉磕着瓜子儿，只抿着嘴笑。可巧黛玉的小丫鬟雪雁走来给黛玉送小手炉，黛玉含笑问她：“谁叫你送来

---

①小幺儿：未成年的男性仆人。又称小厮。

的？”雪雁道：“紫鹃姐姐怕姑娘冷，让我送来的。”黛玉一面接了，抱在怀中，笑道：“也亏你倒听她的话。我平日和你说的，全当耳旁风，怎么她说了你就依，比圣旨还快些！”宝玉听这话，知是黛玉借此奚落他，也无回复之词，只嘻嘻地笑两阵罢了。宝钗素知黛玉是如此惯了的，也不去理睬。薛姨妈道：“你身子弱，禁不得冷的，她们记挂着你倒不好？”黛玉笑道：“姨妈不知道。幸亏是姨妈这里，倘若在别人家，人家岂不恼？好像人家连个手炉也没有，巴巴的从家里送个来。不说丫鬟们太小心，还只当我平日是这等轻狂惯了呢。”薛姨妈道：“你这个多心的，有这样想，我就没这样心。”

说话时，宝玉已是三杯过去。李嬷嬷又上来拦阻。宝玉正在心甜意洽之时，和宝黛姐妹说说笑笑的，哪肯不吃。宝玉恳求道：“好妈妈，我再吃两盅就不吃了。”李嬷嬷道：“你可仔细老爷今儿在家，提防问你的书！”宝玉听了这话，便心中大不自在，慢慢地放下酒，垂了头。黛玉忙说：“别扫大家的兴！舅舅若叫你，只说姨妈留着呢！”一面悄推宝玉，使他赌气，一面悄悄地咕哝说：“别理那老货，咱们只管乐咱们的。”那李嬷嬷不知黛玉的意思，说道：“林姐儿，你不要助着他了。你倒劝劝他，只怕他还听些。”林黛玉冷笑道：“我为什么助他？我也**犯不着**[①]劝他。你这妈妈太小心了，往常老太太又给他酒吃，如今在姨妈这里多吃一口，料也不妨事。必定姨妈这里是

①犯不着：不值得。

外人，不当在这里的也未可定。”李嬷嬷听了，又是急，又是笑，说道：“真真这林姐儿，说出一句话来，比刀子还尖。”宝钗也忍不住笑着说道：“真真这个颦丫头的一张嘴，叫人恨又不是，喜欢又不是。”薛姨妈一面又说：“别怕，别怕，我的儿！来这里没好的你吃，别把这点子东西唬得存在心里，倒叫我不安。只管放心吃，都有我呢。越发吃了晚饭去，便醉了，就跟着我睡吧。”又说道，“再烫热酒来！姨妈陪你吃两杯。”宝玉听了，方又鼓起兴来。

吃完饭，黛玉问宝玉：“你走不走？”宝玉**乜斜**①倦眼道：“你要走，我和你一同走。”黛玉听说，遂起身道：“咱们来了这一日，也该回去了。还不知那边怎么找咱们呢。”说着，二人便告辞。

小丫头忙捧过斗笠来，宝玉便把头略低一低，命她戴上。那丫头便将大红猩毡斗笠一抖，才往宝玉头上一合，宝玉便说：“罢，罢！好蠢东西，你也轻些儿！难道没见过别人戴过的？让我自己戴吧。”黛玉站在炕沿上道：“啰嗦什么，过来，我瞧瞧。”宝玉忙就近前来。黛玉用手整理，轻轻拢住束发冠，将笠沿**掖**②在抹额之上，将那一颗核桃大的绛绒簪缨扶起，**颤巍巍**③露于笠外。整理完看了看，说道：“好了，披上斗篷吧。”宝玉听了，方接了斗篷披上。薛姨妈忙道：“跟你们的妈妈都还没来呢，且略

①乜斜：眯着眼睛，斜眼看人。
②掖：塞进（衣袋或夹缝里）。
③颤巍巍：颤抖摇晃的样子。

等等不迟。”宝玉道：“我们倒去等她们，有丫头们跟着也够了。”薛姨妈不放心，到底命两个妇女跟随他们才罢。他二人道了谢，一路径直回到贾母房中。

❖ 精华赏析

贾宝玉有宝玉，薛宝钗有金锁，这被称为“金玉良缘”，是富贵的象征，也是婚姻的象征。

❖ 成长启示

在这一回的故事中，通过贾宝玉、林黛玉和薛宝钗的对话，表现出了他们三个人有着不同的性格和价值观。他们在相处的过程中难免会有摩擦和冲突。但是，他们通过沟通和理解来解决分歧。这告诉我们，要学会理解和接受不同的性格和价值观，要学会尊重他人的想法和感受。

第六回 贾宝玉秦钟闹学堂

要点思考

· 宝玉要去上学，贾政却为什么骂他？
· 黛玉说“怎么不去辞辞你宝姐姐”，宝玉为什么笑而不答？
· 茗烟表现出了怎样的性格特点？

贾宝玉到宁国府玩耍，见到了秦可卿的弟弟秦钟，心里非常喜欢，二人你言我语，越觉亲密起来。秦钟的老师去年病故，一时无处读书，宝玉便让他到贾府的**家塾**[1]中来。因急于要和秦钟相见，宝玉择了后日一起去上学。

这天一早，宝玉见过贾母、王夫人，又来见贾政。贾政冷笑道：“你如果再提‘上学’两个字，连我也羞死了。依我的话，你玩你的去是正理。”听说宝玉正在读《诗经》，又对宝玉的仆人李贵说：“你去请学里**太爷**[2]的安，就说我说了：什么《诗经》古文，一概不用照例应付，先把“四书”一气讲明背熟，是最要紧的。”李贵忙答应“是”。宝玉又来辞黛玉，黛玉问道：“你怎么不去辞辞你宝姐姐呢？”宝玉笑而不答，同秦钟一起上学去了。

这学中虽都是本族人丁与些亲戚的子弟，不过俗语说得好：“一龙生九种，种种各别。”未免人多了，就会有下流人物混在里面。而宝、秦二人都生得花朵一般的模样，秦钟腼腆温柔，怯怯羞羞，宝玉又是天生情性体贴，话语

①家塾：家族设立的学堂。
②太爷：贾府学堂的老师贾代儒，下文贾瑞的祖父。

绵缠，因此这二人更加亲厚。宝玉、秦钟又与另外两个学生关系很好，引得那些**同窗**[①]十分**嫉妒**[②]，私下说一些污言秽语。可巧这日贾代儒有事，早已回家去了，将学中之事，命贾瑞暂且管理。秦钟趁此和一个好友挤眉弄眼，递暗号，二人假装出去小便，走到后院说**梯己**[③]话。刚说了一句，只听背后咳嗽了一声。二人吓得忙回头看，原来是叫金荣的同窗。那好友有些性急，恼羞成怒，问金荣道："你咳嗽什么？难道不许我们两个说话不成？"金荣笑道："许你们说话，难道不许我咳嗽不成？我只问你们：有话不明说，你们这样**鬼鬼祟祟**[④]的干什么？"二人又气又急，忙进去向贾瑞告金荣，说金荣无故欺负他们两个。这贾瑞是个品行不端的人，今见二人来告状，心中就不高兴，虽不好呵斥秦钟，反说他的好友多事。金荣更加得了意，摇头咂嘴的，口里还说了许多闲话。

谁知茗烟得知了这事。这茗烟乃是宝玉第一个得用的书童，且又年轻缺乏社会经验，如今听说金荣如此欺负秦钟，连他主子宝玉都牵连在内，就要给他个厉害。这茗烟无故就要欺压人的，如今得了这个信，就一头闯进来找金荣，也不叫金相公了，只说："姓金的，你是什么东西！"又一把揪住金荣，问道："你是好小子，出来动一动你茗大爷！"吓得满屋子弟都怔怔地看着。贾瑞忙喊道："茗

---

①同窗：同学。
②嫉妒：对比自己好的人心怀怨恨。
③梯己：贴心，知心。也写作"体己"。
④鬼鬼祟祟：形容行动诡秘，怕被人发现的样子。祟，鬼神给人带来的灾祸。

烟不得撒野！”金荣气黄了脸，说：“反了！奴才小子都敢如此，我只和你主子说。”就夺手要去抓打宝玉、秦钟。还没去时，从脑后嗖的一声，早见一方**砚台**①飞来，并不知是何人打来的，幸未打着，却又打在旁人的座上，这座上乃是贾兰、贾菌。

这贾菌与贾兰最好，所以二人同桌而坐。谁知贾菌年纪虽小，志气最大，极是淘气不怕人的。他在座上**冷眼**②看见金荣的朋友暗助金荣，飞砚来打茗烟，偏没打着茗烟，落在他桌上，正打在面前，将一个瓷砚水壶打了个粉碎，溅了一书黑水。贾菌如何依得，就骂：“你们什么东西，这不都动了手了么！”骂着，也抓起砚砖来要打回去。贾兰是个省事的，忙按住砚，极力劝道：“好兄弟，不与咱们相干。”贾菌如何忍得住，两手抱起书匣子来，照那边抡了去。终是身小力薄，却抡不到那里，刚到宝玉、秦钟桌案上就落了下来。只听哗啦啦一声，砸在桌上，书本纸片还有笔砚等物撒了一桌子，又把宝玉的一碗茶也砸得碗碎茶流。贾菌跳出来，要揪打那一个飞砚的。金荣此时随手抓了一根毛竹大板在手，地狭人多，哪里经得起舞动长板。茗烟早吃了一下，乱嚷：“你们还不来动手！”宝玉还有三个小厮：一名锄药，一名扫红，一名墨雨。这三个哪有不淘气的，一齐乱嚷：“打啊！动了兵器了！”墨雨抄起一根**门闩**③，扫红、锄药手中都是马鞭子，蜂拥而上。

---

①砚台：研墨的文具。

②冷眼：指冷静客观的态度。

③门闩：门关上后，插在门内使门推不开的木棍或铁棍。

贾瑞急得拦拦这个，劝劝那个，谁听他的话，肆意大闹。众顽童也有趁势帮着**打太平拳**[①]助乐的，也有胆小藏在一边的，也有直立在桌上拍着手儿乱笑，喝着声儿叫打的。顿时鼎沸起来了。

外边李贵等几个大仆人听见里边造起反来，忙都进来一齐喝住。问是何缘故，众说不一，这个这样说，那个又那样说。李贵喝骂了茗烟四个一顿，撵了出去。秦钟的头早撞在金荣的板上，打起一层皮，宝玉正拿衣襟替他揉呢，见喝住了众人，就命："李贵，收书！拉马来，我去回太爷，我们被人欺负了！不敢说别的，守礼来告诉瑞大爷，瑞大爷反倒派我们的不是，听着人家骂我们，还挑唆他们打我们茗烟，连秦钟的头也打破了。"李贵劝道："哥儿不要性急。太爷有事回家去了，为这点儿事去麻烦他老人家，倒显得咱们没理。依我的主意，哪里的事哪里了结，何必去惊动他老人家。这都是瑞大爷的不是，太爷不在这里，你老人家就是这学里的头脑了。众人有了不是，该打的打，该罚的罚，如何等闹到这步田地还不管？"贾瑞道："我吆喝着都不听。"李贵笑道："闹到太爷跟前去，连你老人家也逃脱不过。还不快拿主意**撕罗**[②]开了。"宝玉道："撕罗什么？我必是回去的！"秦钟哭道："有金荣，我是不在这里念书的。"宝玉道："这是为什么？难道人家来得，咱们倒来不得？我必撵了金荣去。"又问李贵："金荣是

①打太平拳：别人打架时，在旁边冷不防打几拳，因不易被人发觉，所以叫打太平拳。
②撕罗：解决纠纷。

哪一房的亲戚？”李贵想了一想道：“也不用问了。若问起哪一房的亲戚，更伤了兄弟们的和气。”

茗烟在窗外道：“他是东胡同里璜大奶奶的侄儿。哪是什么**硬正仗腰子**①的，也来吓我们。璜大奶奶是他姑妈。你那姑妈只会**打旋磨子**②，给我们琏二奶奶跪着**借当头**③。我眼里就看不起她那样的主子奶奶！”李贵忙断喝不止，说：“偏你知道，嚼这舌头！”宝玉冷笑道：“我只当是谁的亲戚，原来是璜嫂子的侄儿，我就去问问她来！”说着就要走，叫茗烟进来包书。茗烟包着书，又得意道：“爷也不用自己去见，等我到她家，就说老太太有话问她呢，当着老太太问她，岂不省事。”李贵忙喝道：“你要死！仔细回去我先捶了你，然后再回老爷太太，就说宝玉全是你调唆的。你闹了学堂，不说变法儿压息了，倒要往大里闹！”茗烟才不敢作声了。

此时贾瑞也怕闹大了，自己也不干净，只得委屈着来央求秦钟，又央告宝玉。先是他二人不肯，后来宝玉说：“不回去也罢了，只叫金荣赔不是便罢。”金荣先是不肯，后来禁不住贾瑞也来逼他去赔不是，李贵等只得好劝金荣说：“原是你起的头，你不这样，怎能了结？”金荣不得已，只好给秦钟作了揖。宝玉还不依，定要他磕头。贾瑞只要暂息此事，又悄悄地劝金荣说：“你既惹出事来，少不了下点气儿，磕个头就完事了。”金荣无奈，只得前来

---

①硬正仗腰子：硬的后台。仗腰子，指可当作依仗的靠山。
②打旋磨子：围着人打转转，向人献殷勤。
③借当头：向别人借去当铺典当的东西。

给秦钟磕头。

真是人生无常，后来秦钟竟染病去世，宝玉悲伤不已，虽日日思念，却也无可奈何。

◈ 精华赏析

贾宝玉厌恶读书科举，在贾政看来，这就是不务正业，没有出息，所以贾政听到贾宝玉主动要去上学，便出言讽刺。贾政倒也没有冤枉贾宝玉，贾宝玉主动要去上学，是为了和好朋友秦钟一起玩耍。

◈ 成长启示

在这回的故事中，贾宝玉和秦钟遭受了学堂里其他孩子的欺凌和攻击。他们没有退缩，而是通过自己的方式和手段来维护自己的权益和安全。这告诉我们，要学会用合理的方式和手段来维护自己的权益和安全。

第七回 王熙凤协理宁国府

要点思考

· 贾珍为什么要请王熙凤协理宁国府？
· 王熙凤为什么答应了贾珍的请求？
· 哪些事件表现出王熙凤非凡的才干？

这年年底，林如海身染重疾，写书特来接林黛玉回去。贾母听了，未免又加忧闷，于是要贾琏把黛玉送回去。凤姐儿自贾琏送黛玉往扬州去后，心中实在无趣，每到晚间，和平儿说笑一会儿，就胡乱睡了。

这日夜间，凤姐梦到秦可卿前来告别，说了会儿话，凤姐还要问时，只听二门上传事**云板**[①]连叩四下，将凤姐惊醒。有人回话：“**东府**[②]蓉大奶奶没了。”凤姐闻听，忙忙地穿衣，往王夫人处来。这时宁国府前，人来人往，哭声摇山振岳。

亲朋太多，贾珍迎来送往，事务繁杂。正忧虑时，宝玉向他推荐凤姐协理宁国府。贾珍喜不自禁，忙去请凤姐。那凤姐平日最喜揽事办，好卖弄才干，虽然当家妥当，但未办过婚丧大事，恐人不服，巴不得遇见这事，就答应了。

凤姐从贾珍那里接过宁国府的**对牌**[③]，来到三间一所

①云板：一种金属响器，用来报时或传事。连叩四下，说明有凶丧大事。
②东府：指宁国府。
③对牌：领取财务的凭证，竹木制成，分成两半，两半吻合，方可领取。

抱厦[①]内坐了，心想：头一件是人口混杂，遗失东西；第二件，事无专执，临期推诿；第三件，需用过费，滥支冒领；第四件，任无大小，苦乐不均；第五件，家人豪纵，有脸者不服约束，无脸者不能上进。此五件实是宁国府中风俗。

宁国府中都总管来升听说里面请了凤姐，就传齐同事人等说道："如今请了西府里琏二奶奶管事，如果她来支取东西，或是说话，我们要比往日小心些。每日大家早来晚散，宁可辛苦这一个月，过后再歇着，不要把老脸丢了。那是个有名的烈货，**脸酸心硬**[②]，一时恼了，不认人的。"众人都道："有理。"又有一个笑道："论理，我们里面也须得她来整治整治，都太不像话了。"

凤姐即命彩明钉造簿册。即时传来升媳妇，要来家中人口花名册查看，又限于明日一早传齐家人媳妇进来听差。大概点了一点数目单册，问了来升媳妇几句话，便坐车回家。一宿无话。

次日，宁国府中婆娘媳妇到齐，只见凤姐正与来升媳妇分派，众人不敢擅入，只在窗外偷听。只听凤姐与来升媳妇道："既托了我，我就说不得要讨你们嫌了。我可比不得你们奶奶好性儿，由着你们去。再不要说你们'这府里原是这样'的话，如今可要依着我行，错我半点儿，管不得谁是有脸的，谁是没脸的，一律处罚。"说着，便吩

---

①抱厦：围绕厅堂、正屋后面的房屋。

②脸酸心硬：不留情面，心肠很硬。

咐彩明念花名册，按名一个一个地唤进来看视。

一时看完，便又吩咐道："这二十个分作两班，一班十个，每日在里头单管人客来往倒茶，别的事不用他们管。这二十个也分作两班，每日单管本家亲戚茶饭，别的事也不用他们管。这四十个人也分作两班，单在灵前上香添油，挂幔守灵，供饭供茶，随起举哀，别的事也不与他们相干。这四个人单在内茶房收管杯碟茶器，若少一件，便叫他四个描赔。这四个人单管酒饭器皿，少一件，也是他四个描赔。这八个单管监收祭礼。这八个单管各处灯油、蜡烛、纸札，我总支了来，交与你八个，然后按我的定数再往各处去分派。这三十个每日轮流各处**上夜**①，照管门户，监察火烛，打扫地方。来升家的每日揽总查看，或有偷懒的，赌钱吃酒的，打架拌嘴的，立刻来回我，你有徇情，经我查出，三四辈子的老脸就顾不成了。如今都有定规，以后哪一行乱了，只和哪一行说话。平日跟我的人，随身自有钟表，不论大小事，我是皆有一定的时辰。**卯正**②二刻我来点卯，巳正吃早饭，凡有领牌回事的，只在午初刻。戌初烧过黄昏纸，我亲到各处查一遍，回来上夜的交明钥匙。第二日仍是卯正二刻过来。说不得咱们大家辛苦这几日，事完了，你们家大爷自然赏你们。"

说罢，又吩咐按数发放茶叶、油烛、鸡毛掸子、笤帚

---

①上夜：值班守夜。

②卯正：旧时把一天分为十二个时辰，每两小时为一个时辰，用十二地支来命名，分别为子、丑、寅、卯、辰、巳、午、未、申、酉、戌、亥。卯时为五点到七点，卯正指六点，下文的巳正指十点，午初指十一点，戌初指十九点。

等物。一面又搬取家伙：桌围、椅搭、坐褥、毡席、痰盒、脚踏之类。一面分发，一面提笔登记，某人管某处，某人领某物，记得十分清楚。众人领了，也都有了投奔，不似以前只拣方便的做，剩下的苦差没人做。各房中也不能趁乱失迷东西。便是人来客往，也都安静了，不比先前一个人正摆茶，又端饭，正陪举哀，又顾接客。如这些无头绪、慌乱、推托、偷闲、窃取等弊，次日一概都没了。

凤姐儿见自己**威重令行**[①]，心中十分得意。每日于卯正二刻就过来点卯理事，独在抱厦内起坐，不与众妯娌合群，便有堂客来往，也不迎会。

这日凤姐自入抱厦内来。按名查点，各项人数都已到齐，只有迎送亲客的一人未到。即命传到，那人已张皇愧惧。凤姐冷笑道："我说是谁误了，原来是你！"那人道："小的天天都来得早，只有今儿，醒了觉得早些，又睡迷了，来迟了一步，求奶奶饶过这次。"凤姐说道："明儿他也睡迷了，后儿我也睡迷了，将来都没了人了。本来要饶你，只是我头一次宽了，下次就难管了，不如现处罚的好。"立刻拉下脸来，喝命："带出去，打二十板子！"一面又扔下宁国府对牌："出去说与来升，革她一个月的银米！"众人听说，见凤姐恼了，不敢怠慢，拖人的出去拖人，执牌传话的忙去传话。那人身不由己，被拖出去挨了二十大板，还要进来叩谢。凤姐道："明日再有误的，打四十，后日的六十，有要挨打的，只管误！"说着，吩

---

①威重令行：权势很大，有令必行。

咐："散了吧。"窗外众人听后，各自做事去了。那时宁府、荣府两处管事的领牌交牌，人来人往不断，那抱愧被打的人含羞去了，这才知道凤姐的厉害。众人不敢偷闲，自此兢兢业业，事事周全。

凤姐忙得茶饭都没工夫吃，坐卧不能清净。刚到了宁府，荣府的人又跟到宁府；已回到荣府，宁府的人又找到荣府。凤姐见此，心中倒十分欢喜，并不偷安推托，恐落人褒贬，因此日夜不暇，**筹划**①得整齐严肃。全族上下无不称叹。

出殡那日，前来吊唁的王孙公子，不可胜数。**堂客**②算来也有十来顶大轿，三四十小轿，连仆人的大小轿车辆，不下百余十乘。连前面各色执事、陈设、百耍，浩浩荡荡，一带摆三四里远。

扬州那边，贾琏派人回来送信，说**林姑老爷**③去世了，林黛玉送灵回苏州，大约年底回来。

◈ 精华赏析

王熙凤上任之后，马上梳理出了宁国府的五种弊端。她眼光敏锐，思路清晰，威重令行，让宁国府马上变得井然有序。谁敢挑战她的权威，她就让谁好看。此后，众人兢兢业业，再也不敢怠慢。

◈ 成长启示

在这一回的故事中，王熙凤在协理宁国府之前，先冷静分析宁国府存在的问题，然后列出问题，再对症下药。这告诉我们，要善于分析问题，找出问题的症结所在，然后采取有效的措施解决问题。

①筹划：想办法，定计划。

②堂客：旧时对妇女、内眷的称呼。

③林姑老爷：林如海，林黛玉的父亲，贾琏的姑父。

第八回 贾元春归省庆元宵

要点思考

· 元妃省亲，为什么彼此都在哭泣？

· 贾元春为什么特别想见贾宝玉？

· 宝钗、黛玉都帮助了宝玉，她二人的帮助有何不同？

这日正好是贾政的生辰，宁荣二府的人都来庆贺。大家聚在一块儿，十分热闹。忽然听见下人来报，说是六宫都太监夏老爷特来传旨。贾赦、贾政等人也不知是何事，赶紧撤掉了酒席，摆上香案，到大门口跪着接旨。

原来，贾政的大女儿贾元春晋封为凤藻宫尚书，加封贤德妃。闻此，宁荣两处上下内外莫不欣然踊跃。后来，皇上恩准嫔妃**省亲**①，宁荣二府就大兴土木，修建省亲别院，又到姑苏采买唱戏的女孩子，银子花得淌海水似的。

不知历时几何，省亲别院竣工了，贾政等人前去查看验收。贾政听说宝玉虽不喜欢读书，却有一些歪才情，专能对对联，就命宝玉跟随，题写每处的**匾额**②对联。

此时王夫人那边非常热闹。原来贾蔷已从姑苏采买了十二个女孩子，并聘了教习，买了**行头**③。那时薛姨妈另迁到东北角一所幽静房舍居住，将梨香院早已腾挪出来，令教习在此教女孩子们演戏。又有林之孝家的来回："买

---

①省亲：回家乡或到远处看望父母或其他尊亲。

②匾额：上面题写着文字的长方形木牌（也有用绸布做成的）。

③行头：戏曲演员演出时用的服装。

的十个小尼姑、小道姑都有了。外有一个带发修行的，本是苏州人氏，祖上也是读书官宦之家。因这位姑娘自小多病，想了很多办法都不中用，最终这位姑娘亲自入了空门，病才好了，所以带发修行，今年才十八岁，法名妙玉。如今父母都已亡故。文墨也极通，经文也不用学了，模样儿又极好。”王夫人说：“既这样，我们何不接了她来。”林之孝家的回道：“她说‘侯门公府，必以贵势压人，我再不去的’。”王夫人笑道：“她既是官宦小姐，自然骄傲些，就下个帖子请她何妨。”林之孝家的答应了出去，让人写请帖去请妙玉。

直到十月将尽，省亲诸事才全都准备好了。于是贾政写本上奏。皇上准奏：次年正月十五上元之日，恩准贾妃省亲。贾府领了恩旨，更加昼夜不闲，年也没有过好。

至十五日**五鼓**①，自贾母等有爵位的，都按品服**大妆**②。园内各处，金银焕彩，珠宝争辉，静悄悄无人咳嗽。一直等到点灯时分，忽听外边有马跑之声。一时，有十来个太监喘吁吁跑来拍手儿，大家知道是来了。贾赦领全族子侄在西街门外，贾母领全族女眷在大门外迎接。一队队红衣太监过完了，后面才是八个太监抬着一顶金顶金黄绣凤**版舆**③，缓缓行来。贾母等连忙路旁跪下。早跑过来几个太监，扶贾母、邢夫人、王夫人起来。版舆抬进大门，贵妃到东边院落更衣，然后进园。只见园中香烟缭绕，花彩缤纷，

①五鼓：即五更，旧时将一夜分为五更，五更是拂晓时分。
②大妆：妇女按照等级穿着正式礼服。
③版舆：四壁用木板制成的华贵的轿子。

处处灯光相映，时时细乐声喧。

贾妃在轿内看此园内外如此豪华，不由默默叹息奢华过费。太监跪请登舟，贾妃下舆。只见清流一带，势如游龙，两边石栏上，都系着水晶玻璃各色风灯，亮得如银花雪浪。进入一石港，港上一面匾灯，写着“**蓼汀花溆**[①]”四字。这四字与“有凤来仪”等处，都是宝玉所写。贾政世代诗书，来往宾客皆才技之流，为什么要用宝玉的呢？

原来当日这贾妃未入宫时，自幼也是贾母教养。后来添了宝玉，贾妃是长姐，宝玉为弱弟，贾妃念母年将迈得子，怜爱宝玉，与诸弟不同。且同随祖母，一刻也未离开。那宝玉三四岁时，已得贾妃手引口传，教授了几本书，数千字在心里了。其名分虽是姐弟，其情状有如母子。自入宫后，时时带信出来与父母说：“千万好好扶养，不严不能成器，过严恐生**不虞**[②]。”眷念切爱之心，一刻未忘。前日贾政听塾师背后赞宝玉有些偏才，贾政不信，正巧遇园已落成，令其题写，试试他的才情。今日让贾妃看到，便知是她爱弟所写，也算没有辜负她的殷切期望。

众人分班见礼之后，贾妃更衣，备省亲车驾出了园。来到贾母正室，欲行家礼，贾母等都跪了下来。贾妃满眼垂泪，一手搀贾母，一手搀王夫人，三个人满心里都有许多话，只是都说不出，只管呜咽对泣。邢夫人、李纨、王熙凤和迎、探、惜三姊妹等都在旁围绕，垂泪无言。半日，

---

①蓼汀花溆：意指长着蓼草的汀州，开着花的水边。蓼，蓼草。汀，水边平地。溆，水边。

②不虞：意外的变故。

贾妃方忍悲强笑，安慰贾母、王夫人道："当日既送我到那不得见人的去处，好容易今日回家母女相会，不说说笑笑，反倒哭起来。一会儿我去了，又不知什么时候才来！"说到这句，不禁又哽咽起来。邢夫人等忙上来解劝。贾母等让贾妃归座，逐次一一见过，又不免哭泣一番。

贾妃问道："薛姨妈、宝钗、黛玉因何不见？"王夫人**启**①道："外亲无职，未敢擅入。"贾妃听了，忙命快请。一时，薛姨妈等进来，欲行国礼，也命免礼，上前各叙阔别之情。又有贾妃原带进宫去的丫鬟抱琴等上来叩见，贾母等连忙扶起，命人别室款待。母女姊妹们叙些离别情景，及家务私情。

贾政到帘外问安，又道："园中所有亭台轩馆，都是宝玉所题。"元妃听了，便含笑说："果然进步了。"贾政退出。贾妃便问："宝玉为何不进见？"贾母启道："无**谕**②，外男不敢擅入。"元妃命快引进来。小太监出去引宝玉进来，先行国礼毕，元妃命他进前，携手**揽**③于怀中，又抚其头颈笑道："比先前长了好些……"一语未了，泪如雨下。

尤氏、凤姐等上来启请贵妃赴宴。元妃起身，命宝玉导引。进园来看到"有凤来仪""红香绿玉""杏帘在望""蘅芷清芬"等处，灯光火树，奢华非常。贾妃劝道："以后不可太奢华。"到了正殿，令免礼归座，

---

①启：向上级进言。贾元春贵为皇妃，所以王夫人等对贾元春说话为"启"。

②谕：上对下的命令、指示。

③揽：拉到自己这方面或自己身上来。

大开筵宴。贾母等在下相陪，尤氏、李纨、凤姐等亲自侍奉。元妃命传笔砚伺候，选择几处最喜欢的赐名，将“有凤来仪”赐名曰“潇湘馆”，“红香绿玉”改作“怡红快绿”，即名曰“怡红院”，“蘅芷清芬”赐名曰“蘅芜苑”，“杏帘在望”赐名曰“浣葛山庄”，并将此园赐名“大观园”。写完，向姊妹们笑道：“姊妹各写一首诗，不要因我而受束缚。宝玉竟知题咏，是我意料之外。此中‘潇湘馆’‘蘅芜苑’二处，我极爱，次之‘怡红院’‘浣葛山庄’，此四大处，别有诗句方妙。前所题对联虽好，如今再各写**五言律诗**①一首，让我当面试过，方不负我自幼教授之苦心。”宝玉只得答应了，下来自去构思。

迎、探、惜三人之中，要算探春出于姊妹之上，然**自忖**②难与薛林争衡，只得勉强随众**塞责**③而已。李纨也勉强凑成一律。贾妃看完姊妹们写的，称赏一番，又笑道：“到底是薛林二妹之作与众不同。”原来黛玉一心今夜大展奇才，将众人压倒，不想贾妃只命写一首诗，不好多写，就胡乱写了一首**应景**④罢了。

宝玉还没写完，只刚写了“潇湘馆”与“蘅芜苑”二首，正写“怡红院”一首，草稿中有“绿玉春犹卷”一句。宝钗转眼瞥见，趁众人不注意，急忙回身悄悄推他道：“她因不喜‘红香绿玉’四字，改成了‘怡红快绿’，你这会

---

①五言律诗：格律诗的一种，每首八句，每句五字，讲究平仄、对仗、押韵。
②自忖：暗自思量。
③塞责：对自己应负的责任敷衍了事。
④应景：为适应当前的情况而勉强做某事。

儿偏用‘绿玉’二字，再想一个字改了吧。”宝玉见宝钗如此说，擦汗道：“我这会儿总想不起什么**典故**[1]出处来。”宝钗笑道：“你只把‘绿玉’的‘玉’字改为‘蜡’字就是了。”宝玉道：“‘绿蜡’可有出处？”宝钗见问，悄悄地咂嘴点头笑道：“亏你今夜不过如此，将来金殿**对策**[2]，你大约连‘赵钱孙李’都忘了呢！‘冷烛无烟绿蜡干’，你都忘了不成？”宝玉听了，不觉洞开心臆，笑道：“该死，该死！现成眼前之物偏倒想不起来了，真可谓‘一字师’了。从此后我只叫你师父，再不叫姐姐了。”宝钗悄悄地笑道：“还不快写上去，只管姐姐妹妹的。谁是你姐姐？那上头穿黄袍的才是你姐姐，你又认我这姐姐来了。”一面说笑，因又怕他耽延工夫，就抽身走开了。宝玉只得写好，共有了三首了。

此时林黛玉未能施展抱负，自是不快。见宝玉独写四首律诗，大费神思，何不代他写两首。想着，也走到宝玉案旁，悄悄问：“可都有了？”宝玉道：“才有了三首，只少‘杏帘在望’一首了。”黛玉道：“既如此，你只抄录前三首吧。等你抄完那三首，我也替你写完这首了。”说完，低头一想，早已吟成一律，写在纸条上，搓成个团子，扔在他跟前。宝玉打开一看，只觉此首比自己所写的三首高过十倍，真是喜出望外，赶忙抄好呈上。贾妃看完，喜之不尽，说：“果然进步了！”又指“杏帘”一首为前

---

①典故：引用的古书中的故事或词句。

②对策：应考的人在殿试中回答皇帝所问关于政治、经济等方面的问题。

三首之冠，因诗中有“一畦春韭绿，十里稻花香”一句，于是将“浣葛山庄”改为“稻香村”。

那时贾蔷带领十二个女**戏子**[①]，在楼下等着，见一太监出来，贾蔷急忙将锦册呈上，还有十二个花名单子。贾妃只点了四出戏，看完戏，贾妃赏赐众人，众人谢恩。

主管太监启道：“时已**丑正三刻**[②]，请驾回宫。”贾妃听了，不由得满眼又滚下泪来。却又勉强堆笑，拉住贾母、王夫人的手，紧紧地不忍释放，再三叮咛：“不须挂念，好生自养。如今天恩浩荡，一月准许进宫省视一次，见面总是有的，不必伤悲。倘若明年天恩仍许归省，万不可如此奢华**靡费**[③]了！”贾母等已哭得哽噎难言了。贾妃虽不忍别，怎奈皇家规范，违错不得，只得忍心上舆离去。这里众人好容易将贾母、王夫人安慰解劝好了，方才扶出园门进上房去了。

❖ 精华赏析

元妃回到家中，与祖母、父母、兄弟姐妹团聚，本应有说不尽的欢乐，但她却几次以泪洗面，泣不成声。被幽禁在皇家深宫中，她的内心充满了极度的悲苦和难言的隐痛。元妃强忍悲痛，强作欢颜，令人同情。

❖ 成长启示

在这一回的故事中，描述了元妃与贾母、王夫人等亲人相见时的感人场景，这展现了家庭和亲情的重要性。家是一个人最温暖的港湾，家庭和亲人对一个人的成长和发展都有着深远的影响。这告诉我们要珍惜家庭和亲人，保持紧密的联系，让亲人成为彼此间最坚实的依靠。

---

①戏子：旧时对戏曲演员的称呼（含轻视意）。

②丑正三刻：凌晨两点四十五分。

③靡费：奢侈浪费。

第九回 花袭人假言劝宝玉

❖ **要点思考**

· 宝玉到了袭人家，袭人有哪些表现？
· 袭人为什么骗宝玉说家人要赎她回去？
· 袭人规劝宝玉的具体内容是什么？

荣、宁二府为了元妃省亲用尽心力，筋疲力尽。办完事收拾东西，又是好几天。别人还可躲清闲，凤姐儿仍忙得团团转。贾宝玉闲极无聊，无所事事。

一天早上，袭人的母亲亲自回过贾母，接袭人回家去了，晚上才能回来。宝玉感到百无聊赖，就叫了茗烟，要去看看袭人在家做什么。

幸而袭人家不远，不过一半里路程，转眼已到门前。茗烟先进去叫袭人的哥哥花自芳。那时袭人的母亲接了袭人与几个外甥女、几个侄女来家，正在吃果茶，听见外面有人叫“花大哥”，花自芳忙出去看，见是他主仆两个，吓得惊疑不止，连忙抱下宝玉来，在院里嚷道：“宝二爷来了！”

袭人听了，忙跑出来迎接宝玉，一把拉着问：“你怎么来了？”宝玉笑道：“我怪闷的，来瞧瞧你做什么呢。”袭人听了，笑道：“你也太胡闹了！”一面又问茗烟：“还有谁跟来？”茗烟笑道：“别人都不知，就只有我们两个。”袭人听了，惊慌道：“这还了得！倘若碰见了别人，或是遇见了老爷，街上人挤车碰，马轿纷纷的，若有个闪失，也是玩得的？！你们的胆子比斗还大。”花自芳忙劝：“罢了，已经来了，也不用多说了。只是茅檐草舍，又窄又脏，爷怎么坐呢？”

袭人的母亲也早迎了出来，袭人忙拉了宝玉进去。宝玉见房中三五个女孩儿，见他进来，都低了头，羞惭惭的。花自芳母子百般怕宝玉冷，又让他上炕，又忙另摆果桌，又忙倒好茶。袭人笑道：“你们不用白忙，我自然知道。果子也不用摆，也不敢乱给他东西吃。”一边说，一边将自己的坐褥拿了铺在一个炕上，宝玉坐了，然后将自己的茶杯斟了茶，送给宝玉。她母亲哥哥已经齐齐整整另摆了一桌子果品。袭人见没什么可吃的，就笑道：“既来了，没有空去之理，好歹尝一点儿，也是来我家一趟。”说着，便拈了几个松子穰，吹去细皮，用手帕托着送给宝玉。

袭人又道：“坐一坐就回去吧，这个地方不是你来的。”一面又伸手从宝玉项上将通灵玉摘了下来，向她姊妹们笑道：“你们见识见识。平常说起来都很稀罕，恨不能一见，今儿可尽力瞧了。再瞧什么稀罕物儿，也不过是这么个东西。”说完，递给她们传看了一遍，仍给宝玉挂好。又让她哥哥去雇一乘小轿，或雇一辆小车，送宝玉回去。花自芳道：“有我送去，骑马也不妨了。”袭人道：“不为不妨，为的是怕碰见别人。”花自芳忙去雇了一顶小轿来，众人也不敢相留，只得送宝玉出去，袭人又抓果子给茗烟，又拿些钱给他买花炮，教他“不可告诉别人，不然连你也有不是”。一直送宝玉到门前，看着上轿，放下轿帘。花、茗二人牵马跟随，回到了贾府。

袭人回来后，宝玉笑着问袭人：“今儿那个穿红衣的是你什么人？”袭人道：“那是我两姨妹子。”宝玉听了，赞叹了两声。袭人道：“叹什么？我知道你心里想的，是说她哪里配红的。”宝玉笑道：“不是，不是。那样的不配穿红，谁还敢穿。我因为见她实在好得很，怎么也让她在咱们家就好了。”袭人冷笑道：“我一个人是奴才命罢了，难道连我的亲戚都是奴才命不成？”宝玉听了，忙笑道：“你又多心了。我说往咱们家来，必定是奴才不成？说亲戚就使不得？”袭人道：“那也般配不上。”宝玉便不肯再说，只是剥栗子。袭人笑道：“怎么不说话了？想是我刚才冒犯了你，明儿赌气花几两银子买她们进来就是了。”宝玉笑道：“你说的话，怎么叫我答言呢？我不过是赞她好，应该生在这深宅大院里。”袭人道：“她虽没这**造化**[①]”，倒也是娇生惯养的呢，我姨爹姨娘的宝贝。如今十七岁，各样的嫁妆都齐备了，明年就出嫁。”

宝玉听了“出嫁”二字，不禁又叹了两声，正不自在，又听袭人叹道：“我来这几年，姊妹们都不能在一处。如今我要回去了，她们又都去了。”宝玉听这话里有文章，不觉吃一惊，忙丢下栗子，问道：“怎么，你如今要回去了？”袭人道：“我今儿听见我妈和哥哥商议，叫我再忍耐一年，

①造化：福分、运气。

明年他们上来，就**赎**[①]我出去呢。”宝玉听了这话，更是怔了，于是问：“为什么要赎你？”袭人道：“这话怪了！我又比不得是你这里的**家生子儿**[②]，一家子都在别处，独我一个人在这里，怎么是个了结？”宝玉道：“我不叫你去。”袭人道：“从来没这道理。就是朝廷宫里，也有个定例，或几年一选，几年一入，也没有长远留下人的理，别说你了！”

宝玉想了一想，果然有理。又道：“老太太也不放你。”袭人道：“为什么不放？我也不过是个平常的人，比我强的多得很。如今我们家来赎，正是该叫去的，只怕连身价也不要，就开恩叫我去呢。若说为服侍得好，不叫我去，断然没有的事。那服侍得好，是分内应当的，不是什么奇功。我去了，仍旧有好的来了，不是没了我就不成了。”宝玉听了这些话，竟是有去的理，无留的理，心里更加急了，于是又道：“虽然如此说，我一心留你，不怕老太太不和你母亲说，多多给你母亲些银子，她也不好意思接你了。”袭人道：“我妈自然不敢不依。只是咱们家从没干过这倚势霸道的事，这比不得别的东西，因为你喜欢，加十倍利弄了来给你，那卖的人不吃亏，可以行得。如今无故凭空留下我，于你又无益，反叫我们骨肉分离，这件事，老太太、太太绝不肯的。”宝玉听了，思量半晌，说道：“依你说，你是去定了？”袭人道：“去定了。”宝玉听了，

①赎：即赎身，旧时奴婢等用金钱或其他代价换取人身自由。
②家生子儿：指家奴的儿女。按照清代法律，家奴儿女世代为奴。

自思道："谁知这样一个人，这样薄情无义。"于是叹道："早知道都是要去，你们就不该来，最后只剩下我孤身一人。"说着，就赌气上床睡去了。

原来这袭人在家，听见母亲、哥哥要赎她回去，她就说至死也不回去的，又说："当日是你们没饭吃，就剩我还值几两银子，若不叫你们卖，没有看着老子娘饿死的理。如今我吃穿和主子一样，也不朝打暮骂。况且家里又不难了，这会儿又赎我做什么？权当我死了，再不必起赎我的念头！"因此哭闹了一阵。她母亲、哥哥见她这样坚决，宝玉待她又很好，就再无赎身的念头了。

袭人自幼见宝玉性格异常，淘气憨顽超出其他孩子，更有几件千奇百怪的毛病。近来仗着祖母溺爱，父母也不能十分严紧拘管，更觉放荡弛纵，任性恣情，不务正业。每想劝时，料不能听，今日可巧有赎身之说，因此先用骗词，以探其情，以压其气，然后好去规劝。袭人自己来推宝玉。只见宝玉泪痕满面，袭人笑道："这有什么伤心的，你果然留我，我自然不出去了。"宝玉见这话有文章，说道："你倒说说，我还要怎么留你。"袭人笑道："我说出两三件事来，你果然依了我，就是你真心留我了，刀搁在脖子上，我也不出去了。"

宝玉忙笑道："你说，哪几件？我都依你。好姐姐，好亲姐姐，别说两三件，就是两三百件，我也依。只求你们看着我，守着我，等我有一日化成了飞灰，化成一股轻烟，风一吹就散了的时候，你们也管不得我，我也顾不得你们了。那时凭我去，我也凭你们爱哪里去就去了。”话未说完，急得袭人忙捂他的嘴，说：“好好的，正为劝你这些，倒更说得狠了。”宝玉忙说道：“再不说这话了。”袭人道：“这是头一件要改的。”宝玉道：“改了，再要说，你就拧嘴。还有什么？”

袭人道：“第二件，你真喜欢读书也罢，假喜欢也罢，只是在老爷跟前或在别人跟前，你做出个喜欢读书的样子

来，也教老爷少生些气，在人前也好说话。他心里想着，我家代代读书，自从有了你，没想到你不喜欢读书，他心里已经又气又愧了。你还在人前背后乱说那些混话，凡读书上进的人，你就起个名字叫‘**禄蠹**[①]’，又说只除‘**明明德**[②]’外无书。这些话，怎么怨得老爷不生气，不时时打你。叫别人怎么想你？”宝玉笑道：“再不说了，那原是小时不知天高地厚，信口胡说，如今再不敢说了。还有什么？”

袭人道：“还有更要紧的一件，再不许调脂弄粉，吃人家嘴上擦的胭脂了。”宝玉道：“都改，都改。再有什么，快说。”袭人笑道：“再也没有了。只是百事**检点**[③]些，不任意任性的就好了。”宝玉、袭人两人说着，不觉已是**三更**[④]，于是宝玉脱衣安歇，不在话下。

◈ 精华赏析

袭人对宝玉来说是已经不可或缺的家人。袭人利用这一点，编造赎身的谎言，对宝玉进行规劝。而宝玉之所以厌恶科举考试，是因为他的天性反对封建束缚，喜欢自由平等。

◈ 成长启示

在这一回的故事中，袭人之所以劝诫宝玉，正是因为她真心希望宝玉能够成为一个更好的人。她的劝诫并非出于责备或惩罚，而是出于对宝玉未来的担忧和期待。这启示我们，在关爱他人时，需要用心去理解和帮助他们，而不是仅仅停留在表面的关心和照顾上。

---

①禄蠹：比喻贪求官位俸禄的人。禄，俸禄。蠹，蛀虫。

②明明德：《大学》中的语句，意思是彰显完美的德行。

③检点：注意约束（自己的言语行为）。

④三更：二十三点到一点。

第十回 讲故事宝黛两无猜

要点思考

· 黛玉为何说宝玉是“天魔星”？
· 哪些情节表现了宝玉、黛玉相互的关爱？
· 黛玉为什么生气了？史湘云又是怎样的人？

次日起来，宝玉到黛玉房中看视。那时黛玉自己在床上睡午觉，丫鬟们都出去了，满屋里静悄悄的。

宝玉揭起绣线软帘，进入里间，只见黛玉睡在那里，忙走上来推她道：“好妹妹，才吃了饭，又睡觉。”将黛玉唤醒。黛玉见是宝玉，就说道：“你先出去逛逛。我前儿闹了一夜，今儿还没有歇过来，浑身酸疼。”宝玉道：“酸疼事小，睡出来的病大。我替你解闷儿，困意过去就好了。”黛玉只合着眼，说道：“我不困，只略微歇歇，你去别处闹会儿再来。”宝玉推她道：“我往哪去呢，见了别人怪烦的。”

黛玉听了，嗤的一声笑道：“你既要在这里，那边去老老实实地坐着，咱们说话儿。”宝玉道：“我也**歪**[①]着。”黛玉道：“你就歪着。”宝玉道：“没有枕头，咱们在一个枕头上。”黛玉道：“外头不是枕头？拿一个来枕着。”宝玉到外间看了看，回来笑道：“那个我不要，也不知是哪个脏婆子的。”黛玉听了，睁开眼，起身笑道：“真真

---

①歪：斜着身子靠着或躺着。

你就是我命中的‘**天魔星**[①]’！请枕这一个。”说着，将自己枕的推给宝玉，又起身将自己的再拿一个来，自己枕了，二人面对面躺下。

宝玉闻到一股幽香，却是从黛玉袖中发出，闻之令人醉魂酥骨。宝玉一把就将黛玉的袖子拉住，要瞧一瞧是何物。黛玉笑道：“寒冬十月，谁戴什么香呢？”宝玉笑道：“既然如此，这香是哪里来的？”黛玉道：“连我也不知道。想必是柜子里头的香气，熏染到衣服上了。”宝玉摇头道：“这香的气味奇怪，不是那些香袋子的香。”黛玉冷笑道：“难道我也有什么‘罗汉’‘真人’给我些香不成？就是得了奇香，也没有亲哥哥亲兄弟弄了花儿、朵儿、霜儿、雪儿替我**炮制**[②]。我有的是那些俗香罢了。”

宝玉笑道：“只要我说一句，你就拉上这么些，不给你个厉害，也不知道，今儿可不饶你了。”说着翻身起来，将两只手呵了两口，伸手向黛玉胳肢窝内两肋下乱挠。黛玉原本禁不起痒，宝玉两手伸来乱挠，就笑得喘不过气来，口里说：“宝玉，你再闹，我就恼了。”宝玉才住了手，笑问道：“你还说这些不说？”黛玉笑道：“再不敢了。”一边理鬓发，一边又笑道：“我有奇香，你有‘暖香’没有？”

宝玉见问，一时解不来，就问：“什么‘暖香’？”黛玉点头叹笑道：“蠢材，蠢材！你有玉，人家就有金来

---

①天魔星：指缠人的“冤家”。天魔，佛教语。

②炮制：用中药原料制成药物的过程。方法是烘、炮、炒、洗、泡、漂、蒸、煮等。

配你，人家有‘**冷香**[1]’，你就没有‘暖香’去配？”宝玉这才听出来。宝玉笑道：“刚才求饶，如今说得更狠了。”说着，又去伸手。黛玉忙笑道：“好哥哥，我可不敢了。”宝玉笑道：“可以饶你，你把袖子给我闻一闻。”说着，就拉了袖子笼在脸上，闻个不停。黛玉夺了手道：“这回该去了。”宝玉笑道：“去，不能。咱们斯斯文文地躺着说话儿。”说着，就又倒下。黛玉也倒下，用手帕盖上脸。宝玉有一搭没一搭地说些鬼话，黛玉也不理。宝玉问她几岁上京，路上见何景致古迹，扬州有何遗迹故事，风俗民情。黛玉也不回答。

宝玉只怕她睡出病来，哄她道：“哎哟！你们扬州衙门里有一件大故事，你可知道？”黛玉见他说得郑重，只当是真事，就问：“什么事？”宝玉见问，忍着笑顺口诌道：“扬州有一座黛山。山上有个林子洞。”黛玉笑道：“就是扯谎，从来没听说这山。”宝玉道：“天下山水多着呢，你哪里知道这些。等我说完了，你再评论。”黛玉道：“你且说。”宝玉又诌道：“林子洞里原来有群耗子精。那一年腊月初七，老耗子升座议事，就说：‘明日是腊八，世上人都熬腊八粥。如今我们洞中果品短少，要趁此打劫一些来。’于是拔令箭问：‘谁去偷米？’一耗子便接令去偷米。又拔令箭问：‘谁去偷豆？’又一耗子接令去偷豆。只剩了香芋一种了，又拔令箭问：‘谁去偷香芋？’只见一个极小极弱的小耗子回道：‘我愿去偷香芋。’耗

①冷香：薛宝钗吃的药叫“冷香丸”，黛玉以此讽刺宝玉和宝钗的“金玉良缘”。

子们见他这样，都不准他去。小耗子道：‘我虽然年小身弱，却是法术无边。’众耗听了，都道：‘你先变个香芋让我们瞧瞧。’小耗子摇身说‘变’，竟变了一位最标致美貌的小姐。众耗子忙笑道：‘变错了，变错了。原说变香芋，如何变出小姐来？’小耗子笑道：‘我说你们没见过世面，只知道香芋，却不知林老爷的小姐才是真正的香玉呢。’”

黛玉听了，翻身爬起来，按着宝玉笑道：“你个烂了嘴的！我就知道你是说我呢。”说着，便拧得宝玉连连央告，说：“好妹妹，饶我吧，再不敢了！我因为闻着你香，忽然想起这个典故来。”黛玉笑道：“你骂了人，还说是典故呢。”

一语未了，只见宝钗走来，笑问：“谁说典故呢？我也听听。”黛玉忙让坐，笑道：“你瞧瞧，有谁！他骂了人，还说是典故。”宝钗笑道：“原来是宝兄弟，怨不得他，他肚子里典故多。只可惜该用典故时，他偏就忘了。前儿夜里的‘绿蜡’就想不起来，别人冷得那样，你急得只出汗。”黛玉听了笑道：“阿弥陀佛！到底是我的好姐姐，你也遇见对手了，真是**一报还一报**[1]。”

这日宝玉饭后到宝钗这边来，他们正在说笑，忽见人说：“史大姑娘来了。”两人听了，一齐来到贾母这边。只见史湘云大笑大说的，见他两个来，忙问好相见。正值林黛玉在旁，就问宝玉：“在哪里了？”宝玉便说：“在宝姐姐家。”黛玉冷笑道：“我说呢，亏在那里绊住，不

①一报还一报：做了怎样的事，就会有怎样的报应。这是迷信的说法。

然早就飞了来了。”宝玉笑道：“只许同你玩，替你解闷儿。不过偶然去她那里一趟，就说这话。”林黛玉道：“好没意思的话！去不去关我什么事，我又没叫你替我解闷儿。你可以从此不理我呢！”说着，就赌气回屋去了。

宝玉忙跟了来，问道：“好好的又生气了？就是我说错了，你到底也坐在那里，和别人说笑一会儿。又来自己生闷气。”林黛玉道：“你管我呢！”宝玉笑道：“我自然不敢管你，只是不忍看你自己**作践**[①]了身子呢。”林黛玉道：“我作践坏了身子，我死，与你何干！”宝玉道：“何苦呢，大正月里死了活了的。”林黛玉道：“偏说死！我这会儿就死！你怕死，你长命百岁的，如何？”宝玉笑道：“要是只管这样闹，倒不如死了干净。”黛玉忙道：“正是了，要是这样闹，不如死了干净。”宝玉道：“我说我自己死了干净，别听错了话赖人。”正说着，宝钗走来道：“史大妹妹等你呢。”说着，就推宝玉走了。这里黛玉更加气闷，只在窗前流泪。

没两盏茶的工夫，宝玉仍来了。林黛玉见了，更加抽抽噎噎地哭个不住。宝玉见了这样，知难挽回，准备用千百样的温存话语来劝慰。不料自己还没张口，只见黛玉先说道：“你又来做什么？横竖如今有人和你玩，比我又会念，又会做，又会写，又会说笑，又怕你生气拉了你去，你又做什么来？死活凭我去罢了！”宝玉听了忙上来悄悄地说道：“你这么个明白人，难道连‘**亲不间疏，先不僭**

---

①作践：糟蹋。

后[1]，也不知道？我虽糊涂，却明白这两句话。头一件，咱们是姑舅姊妹，宝姐姐是两姨姊妹，论亲戚，她比你远。第二件，你先来，咱们两个一桌吃，一床睡，长得这么大了，她是才来的，哪有为她疏远你的？”林黛玉啐道：“我难道为叫你疏远她？我成了什么人了！我为的是我的心。”宝玉道：“我也为的是我的心。难道你只知你的心，不知我的心不成？”林黛玉听了，低头一语不发，半日说道：“你只怨人动不动就嗔怪你，你不知道你自己**怄人**[2]难受。就拿今日天气比，分明今儿冷得这样，你怎么反倒把披风脱了呢？”宝玉笑道：“何尝不穿着，见你一恼，我一急躁就脱了。”林黛玉叹道：“回头又该伤风了。”

精华赏析

宝玉怕黛玉睡出病来，就又是挠痒又是打闹，还给她讲故事，逗她一乐。两人形影不离，相互关爱，两小无猜。随着年龄的增长，宝玉、黛玉都有了心事，而宝玉与宝钗的接触，特别能触碰到黛玉敏感的心。

成长启示

在这一回的故事中，贾宝玉和林黛玉之间的互动展示了深厚的友谊和互相照顾的关系。这告诉我们，要珍惜情谊，与身边的人建立良好的关系，并在日常生活中互相关心和支持。

①亲不间疏，先不僭后：亲密者不会被疏远或离间，先到者不会被后来者超越。
②怄人：使人生气、不愉快。

第十一回 西厢记妙词通戏语

❖ 要点思考

· 贾宝玉读《西厢记》，为什么要偷偷地读？

· 哪些语句表现出宝黛二人朦胧的爱情？

贾元春在宫中忽想起那大观园中景致，自己游过之后，贾政必定敬谨封锁，不敢让人进去，岂不寥落。况家中现有几个能诗会赋的姐妹，何不命他们进去居住。又想到宝玉自幼在姐妹丛中长大，不比别的兄弟，若不命他进去，只怕他冷清了，一时不大畅快，未免贾母王夫人愁虑，须得也命他进园居住方妙。想毕，遂命太监夏守忠到荣国府来下一道谕，命宝钗等只管在园中居住，不可禁止封锁，命宝玉仍随进去读书。

于是，薛宝钗住了蘅芜苑，林黛玉住了潇湘馆，贾迎春住了缀锦楼，探春住了秋爽斋，惜春住了蓼风轩，李氏住了稻香村，宝玉住了怡红院。大家一齐住进去，顿时园内花招绣带，柳拂香风，不像原来那等寂寞了。

宝玉自进花园以来，心满意足，每日只和姐妹丫头们一处，或读书，或写字，或弹琴下棋，作画吟诗，倒也十分快乐。

那一日正是三月中旬，早饭后，宝玉携了一套《会真记》，走到沁芳闸桥边桃花底下一块石上坐着，展开《会真记》，从头细看。正看到“落红成阵”，只见一阵风过，把树头上桃花吹下一大半来，落得满身满书满地都是。宝玉要抖将下来，恐怕脚步践踏了，只得兜了那花瓣，来至池边，抖在池内。那花瓣浮在水面，飘飘荡荡，竟流出沁芳闸去了。

回来只见地下还有许多，宝玉正**踟蹰**[①]间，只听背后有人说道："你在这里做什么？"宝玉一回头，却是林黛玉来了，肩上担着花锄，锄上挂着花囊，手内拿着花帚。宝玉笑道："好，好，来把这个花扫起来，撂在那水里。我才撂了好些在那里呢。"林黛玉道："撂在水里不好。你看这里的水干净，只一流出去，有人家的地方脏的臭的混倒，仍旧把花糟蹋了。那畸角上我有一个**花冢**[②]，如今把它扫了，装在这绢袋里，拿土埋上，日久不过随土化了，岂不干净。"

宝玉听了喜不自禁，笑道："待我放下书，帮你来收拾。"黛玉道："什么书？"宝玉见问，慌得来不及隐藏，便说道："不过是《中庸》《大学》。"黛玉笑道："你又在我跟前弄鬼，趁早儿给我瞧。"宝玉道："好妹妹，若论你，我是不怕的。你看了，好歹别告诉别人去。真真这是好书！你要看了，连饭也不想吃呢。"一面说，一面递了过去。林黛玉把花具且都放下，接书来瞧，从头看去，越看越爱看，不到一顿饭工夫，将十六出俱已看完。虽看完了书，却只管出神，心里还默默记诵。

---

①踟蹰：心里迟疑，要走不走的样子。

②花冢：葬花的小坟墓。

宝玉笑道："妹妹，你说好不好？"林黛玉笑道："果然有趣。"宝玉笑道："我就是个'**多愁多病身**①'，你就是那'倾国倾城貌'。"林黛玉听了，腮耳通红，竖起两道似蹙非蹙的眉，瞪了两只似睁非睁的眼，微腮带怒，薄面含嗔，指着宝玉道："你这该死的胡说！好好的把这淫词艳曲弄了来，还学了这些混话来欺负我。我告诉舅舅、舅母去。"说到"欺负"两个字上，眼睛圈儿红了，转身就走。宝玉着急，拦住她说道："好妹妹，千万饶我这一遭，若有心欺负你，明儿我掉在池子里，变个大王八。"说得林黛玉嗤的一声笑了，道："吓得这个样儿，还敢胡说。'呸，原来是**苗而不秀**②，是个银样镴枪头。'"宝玉听了，笑道："你这个呢？我也告诉去。"林黛玉笑道："你说你会过目成诵，难道我就不能一目十行吗？"

宝玉一面收书，一面笑道："快把花埋了吧，别提那个了。"二人便收拾落花，刚掩埋好，只见袭人走来，说道："那边大老爷身上不好，姑娘们都过去请安，老太太叫打发你去呢，快回去换衣裳。"宝玉听了，忙拿了书，别了黛玉，同袭人回房换衣服去了。

林黛玉见宝玉去了，正欲回房，刚走到梨香院墙角上，只听墙内笛韵悠扬，歌声婉转。林黛玉便知是那十二个女孩子演习戏文呢。偶然两句吹到耳内，明明白白，一字不落，唱道是："**原来姹紫嫣红开遍，似这般都付与断井**

①多愁多病身：和下文的"倾国倾城貌"等都是《西厢记》中的词句。
②苗而不秀：和下文的"银样镴枪头"，都是中看不中用的意思。

颓垣[①]。”林黛玉听了，倒也十分感慨缠绵，便止住步侧耳细听，又听唱道是：“良辰美景奈何天，赏心乐事谁家院。”听了这两句，不觉点头自叹，心下自思道：“原来戏上也有好文章。可惜世人只知看戏，未必能领略这其中的趣味。”想毕，又后悔不该胡想，耽误了听曲子。又侧耳时，只听唱道：“则为你如花美眷，似水流年……”

林黛玉听了这两句，不觉心动神摇。又听到“你在幽闺自怜”等句，愈发如醉如痴，站立不住，便一蹲身坐在一块山子石上，细嚼“如花美眷，似水流年”八个字的滋味。忽又想起前日见古人诗中有“水流花谢两无情”之句，词中有“流水落花春去也，天上人间”之句，又兼方才所见《西厢记》中“花落水流红，闲愁万种”之句，都一时想起来，凑聚在一处。仔细忖度，不觉心痛神痴，眼中落泪。

◈ 精华赏析

贾宝玉和林黛玉两人共读《西厢》，一起葬花。这是“木石前盟”在两人心里荡起的爱的涟漪，是充满了纯真浪漫的爱的场景。

◈ 成长启示

在这一回的故事中，贾宝玉和林黛玉共读《西厢记》之后，有了更多共同的话题和情感共鸣，这进一步加深了他们之间的情谊。这告诉我们，要与朋友或家人之间保持沟通交流，分享彼此的兴趣爱好和思想观念，增进互相了解和情感联系。

---

①原来姹紫嫣红开遍，似这般都付与断井颓垣：和下文的“良辰美景奈何天”等句，都是《牡丹亭》中的唱词。《牡丹亭》，明代汤显祖的戏剧作品，讲述了柳梦梅和杜丽娘的爱情故事。

第十二回 薛宝钗戏蝶滴翠亭

❖ **要点思考**

· 宝玉说《西厢记》中的句子，黛玉为什么恼了？

· 红玉和坠儿说悄悄话，为什么害怕别人听到？

· 薛宝钗为什么要使个“金蝉脱壳”的办法？

这日，宝玉无事，闲逛至一个院门前，只见凤尾森森，龙吟细细。举目往门上一看，只见匾上写着“潇湘馆”三个字。

宝玉**信步**①走入，只见湘帘垂地，悄无人声。走到窗前，觉得一缕幽香从碧纱窗中暗暗透出。宝玉将脸贴在纱窗上，往里看时，耳内忽听到细细地长叹了一声：“**每日家情思睡昏昏**②。”宝玉听了，不觉心里痒起来，再看时，只见黛玉在床上伸懒腰。宝玉在窗外笑道：“为什么‘每日家情思睡昏昏’？”一边说，一边掀帘子进来了。

林黛玉自觉忘情，不觉红了脸，拿袖子遮了脸，翻身向里装睡着了。宝玉走上来要扳她的身子，只见黛玉的奶娘和两个婆子却跟了进来说：“妹妹睡觉呢，等醒了再请来。”刚说着，黛玉就翻身坐了起来，笑道：“谁睡觉呢！”那两三个婆子见黛玉起来，就笑道：“我们只当姑娘睡着了。”说着，就叫紫鹃说：“姑娘醒了，进来伺候。”一

---

①信步：随意走动，散步。

②每日家情思睡昏昏：与下文的“若共你多情小姐同鸳帐，怎舍得叠被铺床”，都是《西厢记》中的句子。

边说，一边都去了。

黛玉坐在床上，一边抬手整理鬓发，一边笑向宝玉道：“人家睡觉，你进来做什么？”宝玉见她睡眼**蒙眬**[1]，香腮绯红，不觉神魂荡漾，一歪身坐在椅子上，笑道：“你刚才说什么？”黛玉道：“我没说什么。”宝玉笑道：“我都听见了。”

二人正说话，只见紫鹃进来。宝玉笑道：“紫鹃，把你们的好茶倒碗给我吃。”紫鹃道：“哪里是好的呢？要好的，要等袭人来。”黛玉道：“别理他，你先给我舀水去吧。”紫鹃笑道：“他是客，自然先倒了茶来再舀水去。”说着倒茶去了。宝玉笑道：“好丫头，‘若共你多情小姐同鸳帐，怎舍得叠被铺床？’”林黛玉立刻沉下脸来，说道：“二哥哥，你说什么？”宝玉笑道：“我何尝说什么。”黛玉哭道：“看了混账书，也来拿我取笑儿。我成了爷们解闷的。”一边哭着，一边下床来往外就走。宝玉不知要怎样，心下慌了，忙赶上来：“好妹妹，我一时该死。我再要敢，嘴上就长个**疔**[2]，烂了舌头。”正说着，只见袭人走来说道：“快回去穿衣服，老爷叫你呢。”宝玉听了，打了个雷一般，也顾不得别的，急忙回来穿衣服。出园来，只见焙茗在二门前等着，宝玉就问道：“你可知道叫我是为什么？”焙茗道：“爷快出来吧，横竖是要见的，到那里就知道了。”一边说，一边催着宝玉。

---

①蒙眬：快要睡着或刚醒时两眼半开半闭，看东西模糊的样子。

②疔：疔疮。中医指发病迅速并有全身症状的小疮，坚硬而根深，形状像钉。

却说那林黛玉听见贾政叫了宝玉去，一日不回来，心中替他忧虑。晚饭后，听到宝玉回来了，心里要找他问问是怎么样。一步步行来，见宝钗进宝玉的院里去了，自己也就随后走了来。刚到了沁芳桥，只见各色水禽都在池中浴水，因而站住看了一会儿。再往怡红院来，只见院门关着，黛玉就以手叩门。

谁知晴雯和碧痕正拌了嘴，没好气，忽见宝钗来了，那晴雯正把气移在宝钗身上，正在院里抱怨说："有事没事跑了来坐着，叫我们三更半夜的不得睡觉！"忽听又有人叫门，晴雯更加动了气，也并不问是谁，就说道："都睡下了，明儿再来吧！"林黛玉知道丫头们的性情，她们彼此玩耍惯了，恐怕院里的丫头没听出是她的声音，只当是别的丫头来了，所以不开门，因而又高声说道："是我，还不开吗？"晴雯偏偏还没听出来，就使性子说道："凭你是谁，二爷吩咐的，一概不许放人进来呢！"林黛玉听了，不觉气怔在门外，想要高声问她，自己却又思想一番："虽说是舅母家如同自己家一样，到底是客居。如今父母双亡，无依无靠，现在他家栖身。如今认真淘气，也觉没趣。"一边想，一边又滚下泪珠来。正是回去不是，站着不是。正没主意，只听里面一阵笑语之声，细听一听，竟是宝玉、宝钗二人。林黛玉心中更加动了气，左思右想，忽然想起了早起的事来："一定是宝玉恼我要告他的缘故。但我何尝告你了，你也打听打听，就恼我到这步田地。你今儿不叫我进来，难道明儿就不见面了！"林黛玉越想越伤感起来，也不顾苍苔露冷，花径风寒，独立墙角边花荫之下，悲悲戚戚呜咽起来。

林黛玉正自悲泣，忽听院门一响，只见宝钗出来了，宝玉、袭人一群人送了出来。想要上去问宝玉，又怕当着众人问羞了宝玉，因而闪过一旁，让宝钗去了，宝玉等进去关了门，才转过来，望着门洒了几点泪。自觉无味，只好转身回来。

紫鹃、雪雁平日知道林黛玉的性情：无事闷坐，不是愁眉，就是长叹，好端端的不知为了什么，常常自己泪道不干。开始还有人解劝，怕她思父母，想家乡，受了委屈，只得用话宽慰解劝。谁知后来年年月月竟常常如此，把这个样儿看惯，也都不理会了。所以也没人理，由她去闷坐，只管睡觉去了。那林黛玉倚着床栏杆，两手抱着膝，眼睛含着泪，好似木雕泥塑一般，直坐到二更多天才睡了。

次日是四月二十六日，原来这日是芒种节。芒种一过，就是夏日了，众花都谢了，花神退位，须要饯行。女孩子们都在园中摆设各色礼物，祭饯花神，独不见林黛玉。迎春就说道："林妹妹怎么不见？好个懒丫头！这会儿还睡觉不成？"宝钗道："你们等着，我去闹了她来。"说着就丢下众人，径直往潇湘馆来。忽然抬头见宝玉进去了，宝钗站住低头想了想：宝玉和黛玉是从小儿一处长大，他兄妹间多有不避嫌疑之处，嘲笑喜怒无常，况且林黛玉好猜忌，好弄小性儿。此刻自己也跟了进去，一是宝玉不便，二是黛玉嫌疑。罢了，倒是回来为妙。想完转身回来。

刚要寻别的姊妹去，忽见前面一双玉色蝴蝶，大如团扇，一上一下迎风**翩跹**[①]，十分有趣。宝钗想要扑了来玩耍，就向袖中取出扇子来，向草地下来扑。只见那一双蝴蝶忽起忽落，来来往往，穿花度柳，将要过河去了。倒引得宝钗蹑手蹑脚，一直跟到池中滴翠亭上，香汗淋漓，娇喘细细。宝钗也无心扑了，刚想回来，只听滴翠亭里边**喊喊喳喳**[②]有人说话。原来这亭子四面都是游廊曲桥，造在池中水上，四面雕镂**槅子**[③]糊着纸。

宝钗在亭外听见有人说话，就停住脚细听，只听说道："你瞧瞧这手帕，果然是你丢的那块，你就拿着，要不是，就还芸二爷去。"又有一人说话："可不是我那块！拿来给我吧。"又听道："你拿什么谢我呢？难道白找来不成。"又答道："我既许了谢你，当然不哄你。"又听说道："我找来给你，当然谢我，只是捡的人，你拿什么谢他？"又回道："你别胡说。他是个爷们家，捡了我的东西，自然该还的。我拿什么谢他呢？"又听说道："你不谢他，我怎么回他呢？他再三和我说了，若没谢的，不许我给你呢。"半晌，又听答道："拿我这个给他，算谢他的吧。——你要告诉别人呢？须说个誓来。"又听说道："我要告诉一个人，就日后不得好死！"又听说道："哎呀！咱们只顾说话，看有人来悄悄在外头听见。不如把这槅子都推开了，就是有人见咱们在这里，他们只当我们说

---

①翩跹：形容舞姿轻快飘逸。

②喊喊喳喳：形容细碎的说话声音。

③槅子：上半部有格眼的落地窗、门扇或类似的屏障物。

玩笑呢。若走到跟前，咱们也看得见，就别说了。”

宝钗在外面听见这话，心中吃惊，想道：“难怪从古至今那些奸淫狗盗之人，都很有心机。这一开了，见我在这里，她们岂不羞了。刚才说话的语音，很像宝玉房里的红儿。她素来眼空心大，是个头等刁钻的人。今儿我听了她的短儿，一时人急造反，狗急跳墙，不但生事，而且我还没趣。如今就是赶紧躲了，料也躲不及，少不了要使个“金蝉脱壳”的法子。”还没想完，只听“咯吱”一声，宝钗就故意放重了脚步，笑着叫道：“颦儿，我看你往哪里藏！”一边说，一边故意往前赶。那亭里的红玉、坠儿

刚一推窗，只听宝钗如此说着往前赶，两个人都吓得怔了。宝钗反向她二人笑道：“你们把林姑娘藏在哪里了？”坠儿道：“何曾见林姑娘了。”宝钗道：“我才在河那边看着林姑娘在这里蹲着玩水的。我要悄悄地吓她一跳，还没有走到跟前，她倒看见我了，朝东一绕就不见了。别是藏在这里头了。”一边说一边故意进去寻了一寻，抽身就走，口里说道：“一定是又钻进山子洞里去了。”一边说一边走，心中又好笑：这件事算遮掩过去了，不知她二人怎样想。

谁知红玉听了宝钗的话，就信以为真，等宝钗走远，就拉坠儿道：“不得了！林姑娘蹲在这里，一定听了咱们的话！”坠儿听说，也半日不说话。红玉又道：“这可怎么办呢？”坠儿道：“就是听了，谁管谁的闲事，各人干各人的就完了。”红玉道：“若是宝姑娘听见，还倒罢了。林姑娘嘴里又爱刻薄人，心里又细，她听见了，如果走漏了风声，怎么办呢？”二人正说着，只见香菱、司棋、侍书等上亭子来了。二人只得掩住这话，且和她们玩笑。

◈ 精华赏析

在封建社会，儿女私情，传递信物，罪不可赦。薛宝钗为了避嫌远祸，用了个金蝉脱壳的办法，结果却让红玉怀疑了黛玉。

◈ 成长启示

在这一回的故事中，林黛玉由于晴雯生气而产生了误会，但林黛玉未能与贾宝玉及时沟通，使得二人产生了不愉快。这告诉我们，要重视沟通，在与人相处的时候，要及时表达自己的想法和情感，避免产生误会和矛盾。

第十三回 林黛玉葬花泣残红

❖ 要点思考

· 黛玉为什么说自己是“草木之人”？为什么总拿“金玉”说事？

· 为什么宝玉和宝钗的礼品是一样的？

林黛玉因夜间失眠，次日起来迟了，闻得众姐妹都在园中做饯花会，恐人笑她痴懒，连忙梳洗了出来。刚到了院中，只见宝玉进门来了，笑道：“好妹妹，你昨儿可告我了不曾？教我悬了一夜心。”林黛玉便回头叫紫鹃道：“把屋子收拾了，撂下一扇纱窗，看那大燕子回来，把帘子放下来，拿狮子倚住，烧了香就把炉罩上。”一面说一面又往外走。宝玉见她这样，还认作是昨日中晌的事，哪知是晚上的事情，还**打躬作揖**①的。林黛玉正眼也不看，出了院门找别的姐妹去了。宝玉心中纳闷，自己猜疑：看起这个光景来，不像是为昨日的事，但昨日我回来又没有见她，再没有冲撞了她的去处了。

宝玉看不见黛玉，便知她躲别处去了，想了一想，索性迟两日，等她的气消一消再去也罢。低头看见许多凤仙、石榴等各色落花，**锦重重**②地落了一地，叹道：“这是她心里生了气，也不收拾这花儿来了。待我送了去，明儿再问她。”说着，便把那花兜了起来，登山渡水，过树穿花，

---

①打躬作揖：弯身作揖，多形容恭顺恳求。

②锦重重：颜色鲜艳并且繁多零乱。

奔向那日同林黛玉葬桃花的去处来。快到了花冢，还没转过山坡，只听山坡那边有呜咽之声，哭得好不伤感。宝玉心下想道："这不知是哪房里的丫头，受了委屈，跑到这个地方来哭。"一面想，一面停住脚步，听她哭道：

花谢花飞花满天，红消香断有谁怜？
游丝软系飘春榭，落絮轻沾扑绣帘。
闺中女儿惜春暮，愁绪满怀无释处，
手把花锄出绣闺，忍踏落花来复去。
柳丝榆荚自芳菲，不管桃飘与李飞。
桃李明年能再发，明年闺中知有谁？
三月香巢已垒成，梁间燕子太无情！
明年花发虽可啄，却不道人去梁空巢也倾。
一年三百六十日，风刀霜剑严相逼，
明媚鲜妍能几时，一朝飘泊难寻觅。
花开易见落难寻，阶前闷杀葬花人，
独倚花锄泪暗洒，洒上空枝见血痕。
杜鹃无语正黄昏，荷锄归去掩重门。
青灯照壁人初睡，冷雨敲窗被未温。
怪奴底事倍伤神，半为怜春半恼春：
怜春忽至恼忽去，至又无言去不闻。
昨宵庭外悲歌发，知是花魂与鸟魂？
花魂鸟魂总难留，鸟自无言花自羞。
愿奴胁下生双翼，随花飞到天尽头。
天尽头，何处有香丘？

未若锦囊收艳骨，一抔净土掩风流。
质本洁来还洁去，强于污淖陷渠沟。
尔今死去侬收葬，未卜侬身何日丧？
侬[①]今葬花人笑痴，他年葬侬知是谁？
试看春残花渐落，便是红颜老死时。
一朝春尽红颜老，花落人亡两不知！

宝玉听了不觉痴倒。

林黛玉因昨夜晴雯不开门一事，错疑在宝玉身上。今日又是饯花之期，把一些残花落瓣去掩埋，由不得感花伤己，哭了几声，便随口念了几句。不想宝玉在山坡上听见，先不过点头感叹，听到“侬今葬花人笑痴，他年葬侬知是谁”“一朝春尽红颜老，花落人亡两不知”等句，不觉**恸**[②]倒山坡之上，怀里兜的落花撒了一地。

林黛玉正自伤感，忽听山坡上也有悲声，心下想道：“人人都笑我有些痴病，难道还有一个痴子不成？”想着，抬头一看，见是宝玉。林黛玉看见，便道：“我道是谁，原来是这个狠心短命的……”刚说到“短命”二字，又把口掩住，长叹了一声，自己抽身便走了。

宝玉悲恸了一会儿，忽然抬头不见了黛玉，便知黛玉看见他躲开了，于是抖抖土起来，下山寻归旧路，往怡红院来。可巧看见林黛玉在前头走，连忙赶上去，说道：“你且站住。我知你不理我，我只说一句话，从今后撂

---

①侬：我（多见于旧诗文）。
②恸：极悲哀，大哭。

开手。”林黛玉回头看见是宝玉，站住说道：“有一句话，请说来。”宝玉笑道：“两句话，说了你听不听？”黛玉听说，回头就走。宝玉在身后面叹道：“既有今日，何必当初！”林黛玉听见这话，由不得站住，回头道：“当初怎么样？今日怎么样？”宝玉叹道：“当初姑娘来了，哪不是我陪着玩笑？凭我心爱的，姑娘要，就拿去；我爱吃的，听见姑娘也爱吃，连忙干干净净收着等姑娘吃。一桌子吃饭，一床上睡觉。丫头们想不到的，我怕姑娘生气，我替丫头们想到了。我心里想着：姐妹们从小儿长大，亲也罢，热也罢，和气到了，才见得比人好。如今谁料到姑娘人大心大，不把我放在眼睛里，倒把什么宝姐姐凤姐姐的放在心坎儿上，倒把我三日不理四日不见的。我又没个亲兄弟亲姐妹。——虽然有两个，你难道不知道是和我异母的？谁知我是白操了这个心，弄得有冤无处诉！”说着不觉滴下眼泪来。

黛玉听了这话，说道：“你既这么说，昨儿为什么我去了，你不叫丫头开门？”宝玉诧异道：“这话从哪里说起？我要是这么样，立刻就死了！”林黛玉啐道：“大清早起死呀活的，也不**忌讳**[①]。你说有呢就有，没有就没有，起什么誓呢。”宝玉道：“实在没有见你去。就是宝姐姐坐了一坐，就出来了。”林黛玉想了一想，笑道：“是了。想必是你的丫头们懒得动，**丧声歪气**[②]的也是有的。”宝

---

①忌讳：因风俗习惯或个人理由等，对某些语言或举动有所顾虑。

②丧声歪气：说话不温和，恶声恶气。

玉道：“想必是这个缘故。等我回去问了是谁，教训教训她们就好了。”黛玉道：“你的那些姑娘们也该教训教训，只是我论理不该说。今儿得罪了我事小，倘或明儿宝姑娘来，什么贝姑娘来，也得罪了，事情岂不大了。”说着抿着嘴笑。宝玉听了，又是咬牙，又是笑。

宝玉很晚才回到怡红院，次日醒来，袭人道：“昨儿贵妃打发夏太监出来，送了一百二十两银子，叫在清虚观初一到初三**打三天平安醮**①，唱戏献供，叫珍大爷领着众位爷们跪香拜佛呢。还有端午的节礼也赏了。”说着命小丫头子来，将昨日所赐之物取了出来，只见上等宫扇两柄，红麝香珠二串，**凤尾罗**②**二端**③，**芙蓉簟**④一领。宝玉见了，喜不自胜，问：“别人的也都是这个？”袭人道：“你的同宝姑娘的一样。林姑娘同二姑娘、三姑娘，四姑娘只单有扇子同数珠儿。”宝玉听了，笑道：“这是怎么个缘故？怎么林姑娘的倒不同我的一样，倒是宝姐姐的同我一样？别是传错了吧？”袭人道：“昨儿拿出来，都是一份一份的写着签子，怎么就错了！”宝玉叫紫绡来：“拿这些到林姑娘那里去，就说是昨儿我得的，爱什么留下什么。”紫绡答应了，拿了去，不一时回来说：“林姑娘说了，昨儿也得了，二爷留着吧。”

宝玉听说，便命人收了。刚洗了脸出来，只见林黛玉

---

①打三天平安醮：道士设坛念经做法事，为人祈福消灾的仪式。

②凤尾罗：有凤尾图案的丝织品。

③端：旧时布帛的长度单位，二丈为一端，二端为一匹。

④芙蓉簟：有芙蓉图案的细致竹席。簟，竹席。

来了。宝玉赶上去笑道："我的东西叫你拣，你怎么不拣？"林黛玉昨日所恼宝玉的心事早又丢开，又顾今日的事了，说道："我没这么大福禁受，比不得宝姑娘，什么金什么玉的，我们不过是草木之人！"宝玉听她提出"金玉"二字来，不觉心动疑猜，便说道："除了别人说什么金什么玉，我心里要有这个想头，**天诛地灭**①，万世不得人身！"林黛玉听他这话，便知他心里动了疑，忙又笑道："好没意思，白白的说什么誓？管你什么金什么玉的呢！"宝玉道："我心里的事也难对你说，日后自然明白。除了老太太、老爷、太太这三个人，第四个就是妹妹了。要有第五个人，我也说个誓。"林黛玉道："你也不用说誓，我很知道你心里有妹妹，但只是见了姐姐，就把妹妹忘了。"宝玉道："那是你多心。"正说着，只见宝钗从那边来了，二人便走开了。

❖ 精华赏析

《葬花词》由花及人，借花喻己，不但抒发了个人的哀愁，而且写出了生命的感伤。葬花葬人，花落人亡，我们已经分不清这是悼花还是自悼。

❖ 成长启示

在这一回的故事中，贾宝玉和林黛玉之间的误会得以解开，得益于他们之间深厚的感情和相互理解。这告诉我们要珍惜身边的朋友和亲人，时刻关注和维护彼此间的关系，用理解和关爱来维系友谊。

①天诛地灭：比喻为天地所不容（多用于赌咒、发誓）。诛，杀死。

第十四回 林黛玉痴情更重情

◈ **要点思考**

· 为什么黛玉说宝钗留心“人戴的东西”？
· 众人都哭了，哭的原因分别是什么？
· “不是冤家不聚头”有何含义？

这日贾府主仆老少，到清虚观看戏。张道士要给宝玉提亲，对贾母道：“前日在一个人家看见一位小姐，今年十五岁了，生得好个模样儿。我想着哥儿也该寻亲事了。若论这个小姐模样儿，聪明智慧，根基家当，倒也配得过。但不知老太太怎么样。”贾母道：“上回有和尚说了，这孩子命里不该早娶，等大一大再说吧。”

张道士送来一盘子敬贺的物品，宝玉一件一件地挑给贾母看。贾母看见有个赤金点翠的**麒麟**①，就伸手拿了起来，笑道：“这件东西好像我看见谁家的孩子也戴着这么一个。”宝钗笑道：“史大妹妹有一个，比这个小些。”贾母道：“是云儿有这个。”宝玉道：“她这么往我们家住着，我也没看见。”探春笑道：“宝姐姐有心，不管什么她都记得。”林黛玉冷笑道：“她在别的上还有限，只有这些人戴的东西上更加留心。”宝钗听说，就回头装没听见。宝玉听见史湘云有这件东西，自己就将那麒麟忙拿起来揣在怀里。一面心里又想到怕人看见他听见史湘云有

---

①麒麟：古代传说中的一种动物，象征祥瑞。

了，他就留这件，因此手里揣着，却拿眼睛瞟人。众人都倒不大理会，只有林黛玉瞅着他点头儿。宝玉心里没好意思起来，又掏了出来，向黛玉笑道：“这个东西倒好玩，我替你留着，到了家穿上你戴。”林黛玉将头一扭，说道：“我不稀罕。”宝玉笑道：“你果真不稀罕，我就拿着了。”说着又揣了起来。大家看了一天戏，下午就回来了。

因昨日张道士提起说亲的事，宝玉一天心里不自在，回家来生气，嗔着张道士给他说亲，口口声声说从今以后不再见张道士了，别人也并不知为什么缘故。偏偏林黛玉昨日回家又中了暑。

宝玉见林黛玉又病了，心里放不下，饭也懒去吃，不时来问。林黛玉就说道：“你只管看你的戏去，在家里做什么？”宝玉因昨日张道士提亲，心中大不高兴，今听见林黛玉如此说，心里就想道：“别人不知道我的心还可恕，连她也**奚落**①起我来。”因此心中更比往日的烦恼加了百倍，由不得立刻沉下脸来，说道：“我白认得了你。罢了，罢了！”林黛玉听说，冷笑了两声，“我也知道白认得了我，哪里像人家有什么配得上呢？”宝玉听了，就上前来直问到脸上：“你这么说，是安心咒我天诛地灭？”林黛玉一时没明白这话。宝玉又道：“昨儿还为这个赌了几回咒，今儿你到底又说我一句。我就是天诛地灭，你又有什么好处？”林黛玉一听此言，才想起上日的话来。今日原是自己说错了，又是着急，又是羞愧，说道：“我要安心咒你，

①奚落：讥讽嘲笑。

我也天诛地灭。何苦来！我知道，昨日张道士说亲，你怕阻了你的好姻缘，你心里生气，来拿我出气。”

两个人原本是一个心，但都多生了枝叶，反弄成两个心了。那宝玉心中又想着：“我不管怎么样都好，只要你随意，我就是立刻因你死了也情愿。你知也罢，不知也罢，只由我的心，可见你和我近，不和我远。”那林黛玉心里又想着：“你好我就好，你何必为我而自失。难道不知你失我就失。可见是你不叫我近你，有意叫我远你了。”如此看来，都是求近之心，反弄成了疏远之意。

那宝玉又听见她说“好姻缘”三个字，更加违背心意，心里干噎，口里说不出话来，就赌气从脖颈上抓下通灵宝玉，狠狠地往地下一摔，道：“什么东西，我砸了你完事！”偏偏那玉坚硬非常，竟没摔坏，宝玉就回身找东西来砸。林黛玉见他如此，早已哭起来，说道：“何苦来，你摔砸那哑巴物件。有砸它的，不如来砸我。”

二人闹着，紫鹃、雪雁等忙来解劝。后来见宝玉下死力砸玉，忙上来夺，又夺不下来，见比往日闹得大了，不得不去叫袭人。袭人忙赶了来，才夺了下来。宝玉冷笑道：“我砸我的东西，与你们什么相干！”

袭人见他脸都气黄了，眼眉都变了，从来没气得这样，就拉着他的手，笑道：“你同妹妹拌嘴，犯不着砸它，如果砸坏了，叫她心里脸上怎么过得去？”林黛玉一边哭着，一边听了这话说到自己心坎儿上来，可见宝玉连袭人也不如，更加伤心大哭起来。心里一烦恼，刚才吃的解暑汤就承受不住，哇的一声都吐了出来。雪雁忙上来给黛玉捶背。紫鹃道："虽然生气，姑娘到底也该保重着些。如果犯了病，宝二爷怎么过得去呢？"宝玉听了这话说到自己心坎儿上来，可见黛玉还不如紫鹃。又见林黛玉脸红头胀，一边啼哭，一边气喘，又是泪，又是汗，不胜怯弱。宝玉见了这般，又后悔自己刚才不该同她较真，这会儿她这样情形，我又替不了她。心里想着，也不由得滴下泪来了。袭人见他两个哭，由不得守着宝玉也心酸起来，又摸着宝玉的手冰凉，想要劝宝玉不哭吧，一是怕宝玉有什么委屈闷在心里，二是怕轻慢了林黛玉。不如大家一哭，就丢开手了，因此也流下泪来。紫鹃一边收拾了吐的药，一边拿扇子替林黛玉轻轻地扇着，见三个人都**鸦雀无声**[①]，各人哭各人的，也由不得伤心起来，也拿手帕擦泪。四个人都无言对泣。

一时，袭人勉强笑对宝玉道："你不看别的，你看看这玉上穿的穗了，也不该同林姑娘拌嘴。"林黛玉听了，也不顾病，赶来夺过去，顺手抓起一把剪子来要剪。袭人、紫鹃刚要夺，已经剪了几段。林黛玉哭道："我也是白效力。他也不稀罕，自有别人替他再穿好的去。"袭人忙接了玉道："何苦来，这是我刚才多嘴的不是了。"宝玉向林黛玉道："你只管剪，我横竖不戴它，也没什么。"

里头闹得厉害了，那些老婆子见林黛玉大哭大吐，宝玉又砸玉，不知道要闹到什么田地，就一齐往前头回贾母、

①鸦雀无声：连乌鸦麻雀的声音都没有。形容非常安静。

王夫人知道，好不牵连了她们。

那贾母、王夫人见她们忙忙地当一件正经事来告诉，也都不知有了什么大祸，就一齐进园来瞧他兄妹。急得袭人抱怨紫鹃为什么惊动了老太太、太太，紫鹃又只当是袭人去告诉的，也抱怨袭人。那贾母、王夫人进来，见宝玉也无言，林黛玉也无话，问起来又没为什么事，就将这祸移到袭人、紫鹃两个人身上，说："为什么你们不小心服侍，这会儿闹起来都不管了！"因此将她二人连骂带说教训了一顿。二人都没话，只得听着。还是贾母带出宝玉去了，才平静下来。

过了一日，到初三那天，是薛蟠的生日，家里摆酒唱戏，来请贾府的人。宝玉因得罪了林黛玉，二人总未见面，心中正自后悔，无精打采的，哪里还有心肠去看戏，因而推病不去。林黛玉不过前日中了些暑热之气，本无什么大病，听见他不去，心里想："他是好吃酒看戏的，今日反不去，自然是因为昨儿气着了。再不然，他见我不去，他也没心肠去。只是昨儿千不该万不该剪了那玉上的穗子。他一定再不戴了，还得我穿了他才戴。"因而心中十分后悔。

那贾母见他两个都生了气，只说趁今儿那边看戏，他两个见了也就完了，不想又都不去。老人家急得抱怨说："我这老冤家是哪世里的孽障，偏偏遇见了这么两个不省事的小冤家，没有一天不叫我操心。真是俗语说的，'不是**冤家**①不聚头'。几时我闭了这眼，断了这口气，凭着

①冤家：这里指似恨实爱、给自己带来烦恼而又舍不得的人。

这两个冤家闹上天去，我眼不见心不烦，也就罢了。偏又不咽这口气。”自己抱怨着也哭了。这话传入了宝、林二人耳中。原来他二人竟是从未听见过“不是冤家不聚头”这句俗语，如今忽然得了这句话，好似**参禅**①一般，都低头细嚼此话的滋味，都不觉**潸然**②泣下。虽不曾会面，却一个在潇湘馆临风洒泪，一个在怡红院对月长叹。

袭人于是劝宝玉道：“千不是万不是，都是你的不是，往日家里小厮们和他们的姊妹拌嘴，或是两口子争论，你听见了，还骂小厮们蠢，不能体贴女孩儿们的心。今儿你也这么着了。明儿初五，大节下，你们两个再这么仇人似的，老太太更要生气，一定会弄得大家都不安宁。依我劝，你正经下个气，赔个不是，大家还是照常一样，这么也好，那么也好。”那宝玉听见了不知到底依与不依。

❖ 精华赏析

贾宝玉与林黛玉最厉害的一次争吵，就是因为张道士给贾宝玉提亲。两人内心有炽热的爱的火焰，却苦于无法交流。

❖ 成长启示

在这一回的故事中，由于贾宝玉和林黛玉之间的沟通不及时，两人之间产生了极大的误会。这告诉我们，在面对问题时要及时沟通，坦诚相待，以避免误会和矛盾的发生。

---

①参禅：佛教徒静坐冥想领会佛理。

②潸然：流泪的样子。

第十五回　龄官划蔷痴及局外

❖ 要点思考

· 黛玉为什么狠命地在宝玉额头上戳了一下？
· 宝钗为什么讽刺贾宝玉“负荆请罪”？
· 龄官为什么“画蔷”？宝玉为什么淋了雨？

话说林黛玉与宝玉口角后，也自后悔，因此日夜闷闷，如有所失。紫鹃劝道：“若论前日之事，竟是姑娘太浮躁了些。别人不知宝玉那脾气，难道咱们也不知道？为那玉也不是闹了一遭两遭了。”黛玉道：“你倒替人说我的不是。我怎么浮躁了？”紫鹃笑道：“好好的，为什么又剪了那穗子？岂不是宝玉只有三分不是，姑娘倒有七分不是。我看他素日在姑娘身上就好，皆因姑娘小性儿，常要**歪派**[①]他，才这么样。”

林黛玉正欲答话，只听院外宝玉叫门。林黛玉道：“不许开门！”紫鹃道：“姑娘又不是了。这么热的天，晒坏了他如何使得呢！”说着便去开门。宝玉进来，只见林黛玉又在床上哭。宝玉笑着走近床来，道：“妹妹身上可大好了？”林黛玉只顾拭泪，并不答应。宝玉挨在床沿上坐了，一面笑道：“我知道妹妹不恼我。但只是我不来，叫旁人看着，倒像是咱们又拌了嘴似的。若等他们来劝咱们，那时岂不咱们倒觉生分了？不如这会儿，你要打要骂，凭

①歪派：不正当的指责。

着你怎么样，千万别不理我。”说着，又把“好妹妹”叫了几万声。林黛玉哭道：“你也不用哄我。从今以后，我也不敢亲近二爷，二爷也全当我去了。”宝玉听了笑道：“你往哪去呢？”林黛玉道：“我回家去。”宝玉笑道：“我跟了你去。”林黛玉道：“我死了。”宝玉道：“你死了，我做和尚！”林黛玉顿时沉下脸来，问道：“想是你要死了，胡说的是什么！你家倒有几个亲姐姐亲妹妹呢，明儿都死了，你几个身子去做和尚？明儿我倒把这话告诉别人去评评。”

宝玉自知这话说得**造次**①了，脸上红涨起来，低着头不敢言语。幸而屋里没人。林黛玉直瞪瞪地瞅了他半天，气得一声儿也说不出来。见宝玉憋得脸上紫胀，便咬着牙用指头狠命地在他额头上**戳**②了一下，哼了一声，咬牙说道：“你这——”刚说了两个字，便又叹了一口气，仍拿起手帕来擦眼泪。宝玉心里原有无限的心事，又兼说错了话，正自后悔，又见黛玉戳他一下，要说又说不出来，自叹自泣，因此自己也有所感，不觉滚下泪来。林黛玉见了，便一面自己拭着泪，一面回身将枕边搭的一方绡帕子拿起来，向宝玉怀里一摔，一语不发，仍掩面自泣。宝玉见她摔了帕子来，忙接住拭了泪，又挨近前些，伸手拉了林黛玉一只手，笑道：“我的五脏都碎了，你还只是哭。走吧，我同你往老太太跟前去。”林黛玉将手一摔道：“谁同你

①造次：轻率，鲁莽。
②戳：一个“戳”字，与下文的“摔”字，都表现出林黛玉“爱之愈深，恨之愈切”的复杂感情。

拉拉扯扯的，这么**涎皮赖脸**[①]，连个道理也不知道。”

一句没说完，只听喊道：“好了！”宝、林二人不防，都吓了一跳，回头看时，只见凤姐儿跳了进来，笑道：“老太太在那里抱怨天抱怨地，只叫我来瞧瞧你们好了没有。我说不用瞧，过不了三天，他们自己就好了。老太太骂我，说我懒。我来了，果然应了我的话了。还不跟我走，到老太太跟前，叫老人家也放些心。”说着拉了林黛玉就走。宝玉在后面跟着出了园门。到了贾母跟前，凤姐笑道：“我说他们不用人费心，自己就会好的。老祖宗不信，一定叫我去说合。我刚到那里要**说合**[②]，谁知两个人倒在一处对赔不是了。哪里还要人去说合。”说得满屋里都笑起来。

此时宝钗正在这里。林黛玉一言不发，挨着贾母坐下。宝玉没什么说的，便向宝钗笑道：“姐姐怎么不看戏去？”宝钗道：“我怕热，看了两出，热得很，就来了。”宝玉笑道：“怪不得他们拿姐姐比**杨妃**[③]，原来也体丰怯热。”宝钗听了不由大怒，待要怎样，又不好怎样。想了一会儿，脸红起来，便冷笑了两声，说道：“我倒像杨妃，只是没一个好哥哥好兄弟可以做得杨国忠的！”宝玉自知又把话说造次了，便急回身又同别人**搭讪**[④]去了。

林黛玉听见宝玉奚落宝钗，心中着实得意，笑道：“宝姐姐，你听了两出什么戏？”宝钗因见林黛玉面上有得意

①涎皮赖脸：厚着脸皮跟人纠缠，惹人厌烦的样子。
②说合：调解争执，使之和解。
③杨妃：唐玄宗的爱妃杨玉环，身材丰满，肤如凝脂，是中国古代四大美人之一。
④搭讪：为了想跟人接近或把尴尬的局面敷衍过去而找话说。

之态，一定是听了宝玉方才奚落之言，遂了她的心愿，忽又见问她这话，便笑道："我看的是李逵骂了宋江，后来又赔不是。"宝玉便笑道："姐姐通今博古，怎么连这一出戏的名字也不知道，这叫《**负荆请罪**[①]》。"宝钗笑道："原来这叫作《负荆请罪》！你们通今博古，才知道'负荆请罪'，我不知道什么是'负荆请罪'！"一句话还未说完，宝玉、林黛玉二人听了这话早把脸羞红了。宝钗、凤姐去了，林黛玉对宝玉笑道："你也遇着比我厉害的人了。谁都像我心拙口笨的，由着人说呢。"宝玉正因宝钗多了心，自己没趣，又见林黛玉来问着他，越发没好气起来，待要说两句，又恐林黛玉多心，说不得忍着气，无精打采一直出来。

宝玉进了大观园，只见赤日当空，树荫合地，满耳蝉声，静无人语。刚到了蔷薇花架，只听有人哽咽之声。宝玉心中疑惑，便站住细听，果然架下那边有人。如今五月之际，那蔷薇正是花叶茂盛之际，宝玉便悄悄地隔着篱笆洞儿一看，只见一个女孩子蹲在花下，手里拿着根绾头的**簪子**[②]在地下抠土，一面悄悄地流泪，宝玉心想："难道这也是个痴丫头，又像颦儿来葬花不成？"这女孩子面生，像是那十二个学戏的女孩子之内的。再留神细看，只见这女孩子眉蹙春山，眼颦秋水，面薄腰纤，袅袅婷婷，大有林黛玉之态。宝玉不忍弃她而去，只管痴看。只见她虽然用金

①负荆请罪：原指廉颇向蔺相如请罪，后泛指真心诚意地向人道歉。
②簪子：别住发髻的条状物，用金属、玉石等制成，也有装饰作用。

簪划地，并不是掘土埋花，竟是向土上画字。宝玉用眼随着簪子的起落，一笔一画地看了去，原来就是个蔷薇花的“蔷”字。宝玉想道：“必定是她也要作诗填词。这会儿见了这花，因有所感，或者偶成了两句，一时兴至恐忘，在地下画着推敲，也未可知。且看她底下再写什么。”一面想，一面又看，只见那女孩子还在那里画呢，画来画去，还是个“蔷”字。再看，还是个“蔷”字。里面的原是早已痴了，画完一个又画一个，已经画了有几千个“蔷”。

外面的不觉也看痴了，两个眼睛珠儿只管随着簪子动，心里却想：“这女孩子一定有什么话说不出来的大心事，

才这样个情景。看她的模样儿这般单薄，心里哪里还搁得住熬煎。可恨我不能替你分些过来。”**伏**①中阴晴不定，片云可以致雨，忽一阵凉风过了，唰唰地落下一阵雨来。宝玉看着那女子头上滴下水来，纱衣裳顿时湿了。宝玉想道：“这时下雨。她这个身子，如何禁得骤雨一激！”因此禁不住便

①伏：指三伏时期，一年中最热的时候。

说道："不用写了。你看下大雨，身上都湿了。"

那女孩子听说倒吓了一跳，抬头一看，只见花外一个人叫她不要写了，下大雨了。一则宝玉脸面俊秀，二则花叶繁茂，上下俱被枝叶隐住，刚露着半边脸，那女孩子只当是个丫头，再不想是宝玉，便笑道："多谢姐姐提醒了我。难道姐姐在外头有什么遮雨的？"一句提醒了宝玉，"哎哟"了一声，才觉得浑身冰凉。低头一看，自己身上也都湿了。说声"不好"，只得一气跑回怡红院去了，心里却还记挂着那女孩子没处避雨。

❖ 精华赏析

戏班里的女孩子爱上了贾蔷，所以在花荫下画了几千个"蔷"字，淋了雨都不觉得。宝玉提醒了她，却不知自己也淋了一身雨。

宝玉尊重女性，爱着自己的姐妹们，特别是爱着自己的林妹妹，更可贵的是，他也爱着那些丫鬟。他对那些女孩子的关心无处不在，他的痛苦与快乐大多与女子有关。

❖ 成长启示

在这一回的故事中，贾宝玉和林黛玉在争吵之后，能够坦诚地沟通自己的感受和想法，最后终于和好。这告诉我们，在处理人际关系问题时，要学会表达自己的想法和情感，倾听他人的意见，以达成相互理解和信任。

第十六回 撕扇子晴雯千金笑

❖ 要点思考

· 晴雯表现出什么样的性格特征？
· 晴雯撕扇是恃宠而骄吗？
· 黛玉叫袭人“嫂子”，表现出什么性格？

这天是端午节。王夫人摆了酒席，请薛家母女赏午。宝玉见宝钗淡淡的，也不和他说话，自知是昨儿的缘故。王夫人见宝玉没精打采，也只当是昨日金钏被打的缘故，就更不理他。原来昨日金钏和宝玉开玩笑，被王夫人打了一巴掌。

宝玉心中闷闷不乐，回到自己房中长吁短叹。偏偏晴雯上来换衣服，不防又把扇子失了手跌在地下，将**股子**①跌折。宝玉就叹道：“蠢材，蠢材！将来怎么办？明日你自己当家立事，难道也这么顾前不顾后？”晴雯冷笑道：“二爷近来气大得很，行动就给脸子瞧。何苦来！要嫌我们就打发我们，再挑好的使唤。”宝玉听了这些话，气得浑身乱颤，就说道：“你不用忙，将来有散的日子！”

袭人在那边早已听见，忙赶过来向宝玉道：“好好的，又怎么了？真是我说的‘一时我不到，就有事故’。”晴雯听了冷笑道：“姐姐既会说，就该早来，也省了爷生气。自古以来，就是你一个人服侍爷的，我们原没服侍过。”

①股子：折扇张合的骨架，多用竹子做成。

袭人听了这话，想要说几句话，见宝玉已经气得黄了脸，不得不自己忍了性子，推晴雯道："好妹妹，你出去逛逛，原是我们的不是。"晴雯听她说"我们"两个字，自然是她和宝玉了，不觉又添了酸意，冷笑几声，道："我倒不知道你们是谁，别教我替你们**害臊**①了！就是你们鬼鬼祟祟干的那事儿，也瞒不过我去。"袭人羞得脸紫胀起来，想一想，原来是自己说错话了。宝玉一面说："你们气不过，我明儿偏**抬举**②她。"袭人忙拉了宝玉的手道："她一个糊涂人，你和她争什么？"晴雯冷笑道："我原是糊涂人，哪里配和我说话呢！"袭人听说道："姑娘倒是和我拌嘴呢，还是和二爷拌嘴呢？要是心里恼我，你只和我说，犯不着当着二爷吵；要是恼二爷，不该这么吵得万人知道。我就不多说，让你说去。"说着就往外走。

宝玉向晴雯道："你也不用生气，我也猜着你的心事了。我回太太去，你也大了，打发你出去好不好？"晴雯听了这话，不觉又伤心起来，含泪说道："为什么我出去？"宝玉道："我何曾经过这个吵闹？一定是你想要出去了。不如回太太，打发你去吧。"说着，站起来就要走。袭人忙回身拦住，笑道："往哪里去？"宝玉道："回太太去。"袭人笑道："就是她真的要去，也等把这气下去了，等无事中说话儿回了太太也不迟。这会儿急急地当作一件正经事去回，怎不叫太太犯疑？"宝玉道："太

①害臊：害羞。
②抬举：看重某人而加以称赞或提拔。

太必不犯疑，我只明说是她闹着要去的。”晴雯哭道：“我什么时候闹着要去了？只管去回，我一头碰死了也不出这门儿。”宝玉道：“你又不去，你又闹些什么？我经不起这吵，不如去了倒干净。”说着一定要去回。袭人见拦不住，只得跪下了。宝玉忙把袭人扶起来，叹了一声，在床上坐下，向袭人道：“叫我怎么样才好！这个心使碎了也没人知道。”说着不觉滴下泪来。袭人见宝玉流下泪来，自己也就哭了。

晴雯在旁边哭着，正想说话，只见林黛玉进来，就出去了。林黛玉笑道：“大节日怎么好好的哭起来？难道是为争粽子吃争恼了不成？”宝玉和袭人嗤地一笑。黛玉道：“二哥哥不告诉我，我问你就知道了。”一边说，一边拍着袭人的肩，笑道：“好嫂子，你告诉我。必定是你两个拌了嘴了。告诉妹妹，替你们和劝和劝。”袭人推她道：“林姑娘你闹什么？我们一个丫头，姑娘只是乱说。”黛玉笑道：“你说你是丫头，我只拿你当嫂子待。”宝玉道：“你何苦来替她招骂名。就是这么着，还有人说闲话，还禁得住你来说她。”袭人笑道：“林姑娘，你不知道我的心事，除非一口气上不来死了倒罢了。”林黛玉笑道：“你死了，别人不知怎么样，我就先哭死了。”宝玉笑道：“你死了，我做和尚去。”袭人笑道：“你老实些吧，何苦还说这些话。”林黛玉将两个指头一伸，抿嘴笑道：“做了两回和尚了。我从今以后都记着你做和尚的遭数。”宝玉听到，知道是她点前儿的话，自己一笑也就罢了。

黛玉去后，就有人说“薛大爷请”，宝玉只得去了。晚上回来，已带了几分酒意，**踉跄**[1]来到自己院内，只见院中早把乘凉枕榻设下，榻上有个人睡着。宝玉只当是袭人，一边在榻沿上坐下，一边推她，问道：“可好些了？”只见那人翻身起来说：“何苦呢，又来招我！”宝玉一看，原来不是袭人，却是晴雯。宝玉将她一拉，拉在身旁坐下，笑道：“你的性子更加惯娇了。跌了扇子，我不过说了那两句，你就说上那些话。说我也罢了，袭人好意来劝，你又带上她，你自己想想，该不该？”晴雯道：“怪热的，拉拉扯扯做什么！叫人来看见像什么！我这身子也不配坐在这里。”宝玉笑道：“你既知道不配，为什么睡着呢？”晴雯没话说，嗤地又笑了，说：“你不来就使得，你来了就不配了。”宝玉笑道：“既这么着，你去拿果子来吃吧。”晴雯笑道：“我慌张得很，连扇子还跌折了，哪里还配打发吃果子。如果再打破了盘子，还更不得了呢。”宝玉笑道：“你爱打就打，这些东西原不过是借人所用，你爱这样，我爱那样，各自性情不同。比如那扇子原是扇的，你要撕着玩也可以使得，只是不可生气时拿它出气。就如杯盘，原是盛东西的，你喜听那一声响，就故意地碎了也可以使得，只是别在生气时拿它出气。”晴雯听了，笑道：“既这么说，你就拿了扇子来我撕。我最喜欢撕的。”宝玉听了，就笑着递给她。晴雯果然接过来，嗤的一声，撕了两半，接着嗤嗤又听几声。宝玉在旁笑着说：“撕得好，再撕响

①踉跄：走路不稳。

些！”正说着，只见麝月走过来，笑道：“少作些孽吧。”宝玉赶上来，一把将她手里的扇子也夺了递给晴雯。晴雯接了，也撕成了几半，二人都大笑。麝月道：“这是怎么说，拿我的东西开心？”宝玉笑道：“打开扇子匣子你拣去，什么好东西！”麝月道：“既这么说，就把匣子搬了出来，让她尽力地撕，岂不好？”宝玉笑道：“你就搬去。”麝月道：“我可不造这孽。她也没折了手，叫她自己搬去。”晴雯笑着，倚在床上说道：“我也乏了，明儿再撕吧。”宝玉笑道：“古人云，‘**千金难买一笑**①’，几把扇子能值几何！”一边说着，一边叫袭人。袭人换了衣服走出来，大家乘凉。

❖ 精华赏析

晴雯坦荡爽朗，率真勇敢。贾宝玉没完全把她当丫鬟看，她也没完全把贾宝玉当主子看，“晴雯撕扇”不是恃宠而骄，而是和贾宝玉叛逆的共鸣。

❖ 成长启示

在这一回的故事中，晴雯因为摔了扇子顶撞贾宝玉，又因为撕扇子和贾宝玉和好。这告诉我们，不要过于敏感，学会宽容、学会分享和给予才是更好的选择。

①千金难买一笑：花费千金，难买美人一笑。寓意不惜重金，博取美人欢心。

第十七回 诉肺腑心迷活宝玉

❖ 要点思考

· 黛玉为什么“又喜又惊，又悲又叹”？

· 宝钗为什么说金钏是“失了脚掉下去的”？

宝玉的金麒麟不慎丢失，却恰好被湘云捡到。宝玉看到失而复得的麒麟，心中甚是欢喜，笑道：“亏你拣着了，你是哪里拣的？”史湘云笑道：“幸而是这个，明儿倘或把印也丢了，难道也就罢了不成？”宝玉笑道：“倒是丢了印平常，若丢了这个，我就该死了。”袭人斟了茶来与史湘云吃，一面笑道：“大姑娘听见前儿你**大喜**①了。”史湘云红了脸，吃茶不答。

正说着，有人来回说：“兴隆街的大爷来了，老爷叫二爷出去会。”宝玉听了，便知是贾雨村来了，心中好不自在。袭人忙去拿衣服。宝玉一面蹬着靴子，一面抱怨道：“有老爷和他坐着就罢了，回回定要见我。”

史湘云摇着扇子，笑道：“自然你能会宾接客，老爷才叫你出去呢。”宝玉道：“哪里是老爷，都是他自己要请我去见的。”湘云笑道：“主雅客来勤，自然你有对他的好处，他才只要会你。”宝玉道：“我可不敢称雅，俗中又俗的一个俗人，并不愿同这些人往来。”湘云笑道：“还是这个性情不改。如今大了，你就不愿读书去考举人

---

①大喜：祝贺别人有喜事的词语，这里指有人来相亲了。

进士的，也该常常地会会这些为官做宰的人们，谈谈讲讲些**仕途经济**[①]的学问，也好将来**应酬世务**[②]，日后也有个朋友。没见你成年家只在我们队里搅些什么！”宝玉听了道：“姑娘请别的姐妹屋里坐坐，我这里仔细污了你知经济学问的。”

袭人道：“云姑娘快别说这话。上回宝姑娘也说过一回，他也不管人脸上过得去过不去，他就咳了一声，拿起脚来走了。这里宝姑娘的话也没说完，见他走了，顿时羞得脸通红，说又不是，不说又不是。幸而是宝姑娘，那要是林姑娘，不知又闹到怎么样，哭得怎么样呢。”宝玉道：“林姑娘从来说过这些混账话不曾？若她也说过这些混账话，我早和她生分了。”

林黛玉知道史湘云在这里，宝玉又赶来，一定说麒麟的缘故。因此心下忖度着，近日宝玉弄来的外传野史，多半才子佳人都因小巧玩物上撮合。今忽见宝玉亦有麒麟，便怕**节外生枝**[③]，同史湘云也做出那些风流佳事来。因而悄悄走来，见机行事。不想刚走来，正听见史湘云说经济一事，宝玉又说：“林妹妹不说这样混账话，若说这话，我也和她生分了。”林黛玉听了这话，不觉又喜又惊，又悲又叹。所喜者，果然自己眼力不错，平日认他是个知己，果然是个知己。所惊者，他在人前一片私心称扬于我，其亲热厚密，竟不避嫌疑。所叹者，你既为我的知己，自然

---

①仕途经济：做官的道路，治国的道理。
②应酬世务：应对社会上的事。
③节外生枝：比喻在问题之外又岔出了新的问题。

我也可为你的知己，既你我为知己，又何必有金玉之论；既有金玉之论，也该你我有之，又何必来一宝钗！所悲者，父母早逝，虽有铭心刻骨之言，无人为我主张。况且近日每觉神思恍惚，病已渐成，医者也说我气弱血亏，你我虽为知己，我恐怕不能长久；你纵为我知己，怎奈我薄命！想到此间，不禁滚下泪来。待进去相见，自觉无味，便一面拭泪，一面抽身回去了。

这里宝玉忙忙地穿了衣裳出来，忽见林黛玉在前面慢慢地走着，便忙赶上来，笑道："妹妹往哪里去？怎么又哭了？又是谁得罪了你？"林黛玉回头见是宝玉，便勉强笑道："好好的，我何曾哭了。"宝玉笑道："你瞧瞧，眼睛上的泪珠儿未干，还撒谎呢。"一面说，一面禁不住抬起手来替她拭泪。林黛玉忙向后退了几步，说道："你又要死了！做什么这么动手动脚的！"宝玉笑道："说话忘了情，不觉动了手，也就顾不得死活。"林黛玉道："你死了倒不值什么，只是丢下了什么金，又是什么麒麟，可怎么样呢？"一句话又把宝玉说急了，赶上来问道："你还说这话，到底是咒我还是气我呢？"林黛玉见问，方想起前日的事来，遂自悔自己又说造次了，忙笑道："你别着急，我说错了。这有什么的，筋都暴起来，急得一脸汗。"一面说，一面禁不住近前伸手替他拭面上的汗。宝玉瞅了半天，方说道"你放心"三个字。林黛玉听了，怔了半天，方说道："我有什么不放心的？我不明白这话。你倒说说怎么放心不放心？"

宝玉叹了一口气，问道："你果真不明白这话？难道我平日在你身上的心都用错了？连你的意思若体贴不着，就难怪你天天为我生气了。"林黛玉道："我不明白放心不放心的话。"宝玉点头叹道："好妹妹，你别哄我。不明白这话，不但我平日之意白用了，且连你平日待我之意也都辜负了。你皆因总是不放心的缘故，才弄了一身病。但凡宽慰些，这病也不得一日重似一日。"林黛玉听了这话，如**轰雷掣电**①，细细思之，竟比自己肺腑中掏出来的还觉恳切，竟有万句言语，满心要说，只是半个字也不能吐，却怔怔地望着他。此时宝玉心中也有万句言语，不知从哪一句上说起，却也怔怔地望着黛玉。两个人怔了半天，林黛玉只咳了一声，两眼不觉滚下泪来，回身便要走。

宝玉忙上前拉住，说道："好妹妹，且略站住，我说一句话再走。"林黛玉一面拭泪，一面将手推开，说道："有什么可说的。你的话我早知道了！"口里说着，却头也不回竟去了。

宝玉站着，只管发起呆来。原来方才出来慌忙，不曾带得扇子，袭人怕他热，忙拿了扇子赶来送与他，忽抬头见了林黛玉和他站着。一时黛玉走了，他还站着不动，因而赶上来说道："你也不带了扇子去，亏我看见，赶了送来。"宝玉出了神，见袭人和他说话，并未看出是何人来，便一把拉住，说道："好妹妹，我的这心事，从来也不敢说，今儿我大胆说出来，死也甘心！我为你也弄了一身的病在

---

①轰雷掣电：雷声隆隆，电光闪闪。比喻突然出现的令人震惊的情况。

这里，又不敢告诉人，只好掩着。只等你的病好了，只怕我的病才得好呢。睡里梦里也忘不了你！”袭人听了这话，吓得**魂飞魄散**[1]，只叫“神天菩萨，坑死我了！”便推他道：“这是哪里的话！怕是中了邪？还不快去？”宝玉一时醒过来，方知是袭人送扇子来，羞得满面紫胀，夺了扇子，便忙忙地抽身跑了。

袭人见他去了，自思方才之言，一定是因黛玉而起。正猜疑间，宝钗从那边走来，笑道：“大毒日头底下，出什么神呢？”袭人忙笑道：“那边两个雀儿打架，倒也好玩，我就看住了。”二人聊着，一句话未了，忽见一个老婆子忙忙走来，说道：“金钏儿姑娘好好的投井死了！”原来前日金钏和宝玉说了几句玩笑话，不料被王夫人听见，王夫人一气之下打了她一个嘴巴，并把她赶出府去。金钏儿苦苦哀求，王夫人也不肯收留，金钏儿只好含羞忍辱地走了。

宝钗来到王夫人处，只见鸦雀无声，独有王夫人在里间房内坐着垂泪。宝钗便不好提这事，只得一旁坐了。王夫人便问：“你从哪里来？”宝钗道：“从园里来。”王夫人道：“你从园里来，可见你宝兄弟？”宝钗道：“看见了，他穿了衣服出去了，不知哪里去。”王夫人点头哭道：“你可知道一桩奇事？金钏儿忽然投井死了！”宝钗见说，道：“怎么好好的投井？这也奇了。”王夫人道：“原是前儿她把我一件东西弄坏了，我一时生气，打了她几下，

---

①魂飞魄散：形容非常惊恐。在封建社会，直接表白爱情，是严重违背礼教要求的。

撵了她下去。我只说气她两天，还叫她上来，谁知她这么气性大，就投井死了。岂不是我的罪过。”宝钗叹道：“姨娘是慈善人，固然这么想。据我看来，她并不是赌气投井。多半她下去住着，或是在井跟前憨顽，失了脚掉下去的。她在上头拘束惯了，这一出去，自然要到各处去玩玩逛逛，岂有这样大气的理！纵然有这样大气，也不过是个糊涂人，也不为可惜。”

王夫人点头叹道：“这话虽然如此说，到底我心不安。”宝钗叹道：“姨娘也不必念念于兹，十分过不去，不过多赏她几两银子**发送**①她，也就尽主仆之情了。”王夫人道：“刚才我赏了她娘五十两银子，原要还把你妹妹们的新衣服拿两套给她**妆裹**②。谁知凤丫头说可巧都没什么新做的衣服，只有你林妹妹做生日的两套。我想你林妹妹那个孩子平日是个有心的，况且她也三灾八难的，既说了给她过生日，这会儿又给人妆裹去，岂不忌讳。因为这么样，我现叫裁缝赶两套给她。要是别的丫头，赏她几两银子就完了，只是金钏儿虽然是个丫头，平日在我跟前比我的女儿也差不多。”口里说着，不觉泪下。

宝钗忙道：“姨娘这会儿又何用叫裁缝赶去，我前儿倒做了两套，拿来给她岂不省事。况且她活着的时候也穿过我的旧衣服，身量又相对。”王夫人道：“虽然这样，难道你不忌讳？”宝钗笑道：“姨娘放心，我从来不计较

---

①发送：办理丧事。

②妆裹：装裹，用布帛、衣服装殓尸体。

这些。”一面说，一面起身就走。王夫人忙叫了两个人来跟宝姑娘去。

宝钗取了衣服回来，只见宝玉在王夫人旁边坐着垂泪。王夫人正才说他，因宝钗来了，却掩了口不说了。宝钗见此光景，于是将衣服交割明白就离开了。

王夫人把金钏儿的母亲叫来，赏了几件簪环，又吩咐请几众僧人念经超度。金钏儿的母亲磕头谢了出去。

❖ 精华赏析

林黛玉和贾宝玉之所以能相爱，是由于两人思想相近，三观一致，两人都追求个性自由，反对仕途经济。经过了那么多的猜疑和争吵，他们的爱情终于冲出阴霾，流入平坦。

❖ 成长启示

在这一回的故事中，史湘云劝贾宝玉学习仕途经济，然而，贾宝玉更倾向于追求自由和真实。这告诉我们，要尊重每个人的选择和决定，不要试图将自己的价值观强加给他人。

第十八回 贾老爷怒打不肖种

要点思考

· 宝玉挨打的具体原因有哪些？

· 宝玉挨打后，众人的表现有何不同？

· 王夫人的哭，除了爱子心切，还有什么原因？

宝玉会过贾雨村，回来就听说金钏含羞赌气自尽了，心中早已五脏摧伤，又被王夫人数落教训，也无话可说。

宝玉茫然不知何往，背着手，低着头，一边感叹，一边慢慢地走着，信步来到厅上。刚转过门，不想对面来了一人正往里走，可巧儿撞了个满怀。

只听那人大喝一声：“站住！”宝玉吓了一跳，抬头一看，不是别人，却是他父亲，不由得倒吸了一口气，只得垂手一旁站了。贾政道：“好端端的，你垂头丧气什么？刚才雨村来了要见你，叫你半天你才出来，出来了，全无一点儿慷慨挥洒谈吐。我看你脸上一团愁闷气色，这会儿又**唉声叹气**[①]。你哪些还不足，还不自在？”宝玉平日虽是口角伶俐，只是此时一心为金钏儿感伤，恨不得此时也身亡命殒，跟了金钏儿去。如今他父亲说的这些话，他竟不曾听见，只是呆呆地站着。

贾政见他这样，应对不似往日，原本无气的，这一来倒生了三分气。正想说话，忽然有人来回：“忠顺**亲王**[②]

---

①唉声叹气：因伤感、烦闷或痛苦而发出叹息的声音。

②亲王：清朝时，皇帝的兄弟封为亲王。

府里有人来，要见老爷。”贾政听了，心下疑惑，暗暗思量道：“平日并不和忠顺府来往，为什么今日打发人来？”一边想一边令“快请”，急走出来看时，却是忠顺府**长史官**①，忙接进厅上坐了献茶。那长史官先就说道：“下官奉王命而来，有一件事相求。”贾政听了这话，抓不住头脑，忙赔笑起身问道：“望大人说明，**学生**②好遵命承办。”那长史官就冷笑道：“我们府里有一个做小旦的琪官，一向好好在府里，如今竟三五日不见回去，各处去找，又摸不着他的道路，因此各处访察。都说他近日和衔玉的那位**令郎**③交往很多。王爷说：‘若是别的戏子呢，一百个也罢了，只是这琪官很合我老人家的心，万万少不了此人。因此求老大人转告令郎，请将琪官放回。”

贾政听了这话，又惊又气，马上命人唤宝玉来。宝玉也不知什么缘故，忙赶来时，贾政就问：“该死的奴才！你在家不读书也罢了，怎么又做出这些无法无天的事来！那琪官是忠顺王爷的人，你是何等**草芥**④，无故引逗他出来，引祸给我。”宝玉听了吓了一跳，忙回道：“实在不知此事。连‘琪官’两个字也不知为何物。”说着就哭了。贾政还没开口，那长史官冷笑道：“公子也不必掩饰。或隐藏在家，或知其下落，早说了出来，我们也少受些辛苦。”宝玉连说不知。那长史官冷笑道：“现有据证，何必还赖？

---

①长史官：总管王府内务的官员。

②学生：明清时期，读书人或官场中自称的谦辞。

③令郎：敬辞，称对方的儿子。

④草芥：小草。比喻最微小的、无价值的东西。

既说不知此人，那红**汗巾子**[①]怎么到了公子腰里？”宝玉听了这话，不觉魂飞魄散，目瞪口呆，心下自思：“他连这样机密的事都知道了，大概别的也瞒不过，不如打发他去了，免得再说出别的事来。”就说道：“听说他在东郊离城二十里有个什么紫檀堡，他在那里置了几亩田地几间房舍。说不定是在那里。”那长史官听了，笑道：“这样说，一定是在那里。我且去找一回，若有了就罢，若没有，还要来请教。”说着，就忙忙地走了。

贾政此时气得目瞪口歪，一边送那长史官，一边回头命宝玉“不许动！回来有话问你”，径直送那官员去了。才回身，忽见贾环带着几个小厮一阵乱跑。贾环见了他父亲，吓得骨软筋酥，忙低头站住。贾政就问：“你跑什么？带着你的那些人都不管你，由你野马一般！”贾环见他父亲盛怒，就趁机说道：“只因从那井边一过，那井里淹死了一个丫头，我看见人头那么大，身子那么粗，泡得实在可怕，所以才赶紧跑了过来。”贾政听了惊疑，问道：“好端端的，谁去跳井？我家从无这样事情。若外人知道，祖宗颜面何在！”贾环忙上前拉住贾政的袍襟，贴膝跪下道：“父亲不用生气。此事除太太房里的人，别人一点儿也不知道。我听见我母亲说……”说到这里，就回头四顾一看。贾政知意，看了众小厮一眼，小厮们明白，都往两边后面退去。贾环就悄悄说道：“我母亲告诉我说，宝玉哥哥前日在太太屋里，拉着太太的丫头金钏强奸不成，打了一顿。

①汗巾子：系在腰上的长巾。

那金钏就赌气投井死了。”话没说完，把个贾政气得面如金纸，大喝：“快拿宝玉来！”

那宝玉听见贾政吩咐他“不许动”，早知凶多吉少，哪想到贾环又添了许多的话。正在厅上干转，只见贾政的小厮走来，逼着他出去了。贾政一见，眼都红紫了，喝令：“堵起嘴来，往死里打！”小厮们不敢违背，只得将宝玉按在凳上，举起大板打了十来下。贾政嫌打轻了，一脚踢开掌板的，自己夺过来，咬着牙狠命打了三四十下。众门客见打得不好了，赶忙找人进去报信。

王夫人不敢先回贾母，急忙赶往书房来。王夫人一进房来，贾政更如火上浇油一般，那板子更加下去得又狠又快。按宝玉的两个小厮忙松了手走开，宝玉早已动弹不得。贾政还要打时，早被王夫人抱住板子。王夫人哭道：“宝玉虽然该打，老爷也要自重。况且老太太身上也不大好，打死宝玉事小，倘若老太太一时不自在了，岂不事大！”贾政冷笑道：“我养了这不孝的孽障，教训他一番，又有众人保护，不如今日勒死，以绝将来之患！”说着，就要拿绳索来勒死。王夫人连忙抱住哭道：“我如今已将五十岁的人，只有这个孽障。今日一定要他死，岂不是有意绝我。既要勒死他，快拿绳子来先勒死我。我们娘儿俩不敢含怨，到**阴司**①里也有个依靠。”说完，趴在宝玉身上大哭起来。贾政听了此话，不觉长叹一声，在椅上坐了，泪如雨下。王夫人抱着宝玉，只见他面白气弱，底下的小衣

①阴司：迷信指人死后灵魂所在的地方。又叫阴间、阴曹、地府。

都是血渍，禁不住解下汗巾看，由臀到胫，或青或紫，或整或破，竟无一处好的，不觉失声大哭起来："苦命的儿啊！"因哭出"苦命儿"来，忽又想起贾珠来，就叫着贾珠哭道："若你活着，就是死一百个我也不管了。"此时里面的人听说王夫人出来，李纨、王熙凤与迎春姊妹早已出来了。王夫人哭着贾珠的名字，别人还可，只有李纨禁不住也放声哭了。贾政听了，泪珠更似滚瓜一般滚了下来。

忽听丫鬟来说："老太太来了。"一句话未了，只听窗外颤巍巍的声气说道："先打死我，再打死他，岂不干净了！"贾政见他母亲来了，又急又痛，连忙迎接出来，只见贾母扶着丫头，气喘吁吁地走来。贾政上前躬身赔笑道："大热天，母亲有何生气亲自走来？有话只该叫了儿子进去吩咐。"贾母听说，就止住步喘息一下，厉声说道："你原来是和我说话！我倒有话吩咐，只是可怜我一生没养个好儿子，叫我和谁说去！"贾政听这话不好，忙跪下含泪说道："儿子教训他，也为的是光宗耀祖。母亲这话，我做儿的如何禁得起？"贾母听说，就骂道："我说一句话，你就禁不起，你那样下死手的板子，难道宝玉就禁得起了？你说教训儿子是光宗耀祖，当初你父亲怎么教训你来！"说着，不觉就滚下泪来。贾政又赔笑道："母亲也不必伤感，都是做儿的一时性起，从此以后再不打他了。"贾母就冷笑道："你的儿子，我也不该管你打不打。我猜着你是厌烦我们娘儿们。不如我们赶早儿离开你，大家干净！"说着就令人去准备轿马，"我和你太太、宝玉立刻回南京去！”贾政苦苦叩求认罪。

贾母一边说话，一边又记挂宝玉，忙进来看时，只见今日这顿打不比往日，又是心疼，又是生气，也抱着哭个不停。王夫人与凤姐等解劝了一会儿，才渐渐地止住。早有丫鬟媳妇等上来，要搀宝玉，凤姐骂道：“糊涂东西，也不睁开眼瞧瞧！打得这么个样儿，还要搀着走！还不快进去把那春凳抬出来呢。”众人听说连忙进去，抬出春凳来，将宝玉抬放凳上，随着贾母、王夫人进去，送到贾母房中。

这时贾政见贾母气未全消，不敢**自便**①，也跟了进去。看看宝玉，果然打重了。贾母含泪说道：“你不出去，还在这里做什么！难道于心不足，还要眼看着他死了才去不成！”贾政听说，才退了出来。

众人围着宝玉，灌水的灌水，打扇的打扇，都替宝玉疗治。贾母令“小心抬到他的房里去”。众人答应，七手八脚，忙把宝玉送回了怡红院。

❖ 精华赏析

亲王向贾宝玉要人，贾环诬告宝玉逼死丫头金钏儿，再加上贾政对宝玉的一贯不满，终于，贾政下狠手打了贾宝玉一回。王夫人说要宝玉的命就是绝了她的命，贾母也出门斥责贾政，最后，保住了贾宝玉。

❖ 成长启示

在这一回的故事中，贾宝玉被父亲惩罚到几乎丧命，这是因为他们之间的沟通和理解出现了问题。这告诉我们要学会与家人进行有效的沟通，理解彼此的想法和需求，避免类似的冲突和误解发生。

①自便：指随自己的方便做事，按自己的意思行动。

第十九回 林黛玉旧帕题绝句

❖ **要点思考**

· 宝钗为什么话没说完就“红了脸”？
· 宝钗和黛玉都来看望宝玉，有何不同？
· 宝玉送手帕，为什么派晴雯而不是袭人？

众人把宝玉送入怡红院内自己床上卧好，又乱了半日，方渐渐散去。

宝钗手里托着一丸药走进来，向袭人说道：“晚上把这药用酒研开，替他敷上，把那淤血的热毒散开，就好了。”说毕，递与袭人，又问道：“这会儿可好些？”宝玉一面道谢说：“好了。”又让座。宝钗见他睁开眼说话，不像先时，心中也宽慰了好些，便点头叹道：“早听人一句话，也不至今日。别说老太太、太太心疼，就是我们看着，心里也疼。”刚说了半句又忙咽住，自悔说的话急了，不觉就红了脸，低下头来。宝玉听得这话如此亲切稠密，大有深意，忽见她又咽住不往下说，红了脸，低下头只管弄衣带，那一种娇羞怯怯，不是可以用语言形容，不觉心中大畅，将疼痛早丢在九霄云外。宝钗起身说道：“明儿再来看你，你好生养着吧。方才我拿了药来交给袭人，晚上敷上管就好了。”说着便走出门去，袭人赶着送出院外。

袭人回来后，见宝玉沉思默默似睡非睡的模样，因而退出房外，自去梳洗。宝玉默默地躺在床上，无奈臀上作痛，如针挑刀挖一般，更又热如火炙，略辗转时，禁不住“哎哟”之声。那时天色将晚，因见袭人去了，却有两三个丫鬟伺候，此时并无呼唤之事，就说道：“你们且去梳洗，等我叫时再来。”众人听了，也都退出。

宝玉昏昏默默，半梦半醒，忽觉有人推他，**恍恍惚惚**①听得有人悲戚之声。宝玉从梦中惊醒，睁眼一看，不是别人，却是林黛玉。宝玉犹恐是梦，忙又将身子欠起来，向脸上细细一认，只见两个眼睛肿得桃儿一般，满面泪光，不是黛玉，却是哪个？宝玉还欲看时，怎奈下半截疼痛难忍，支持不住，便“哎哟”一声，仍就倒下，叹了一声，说道：“你又跑来做什么！虽说太阳落下去，那地上的余气未散，走两趟又要受了暑。我虽然挨了打，并不觉疼痛。我这个样儿，只装出来哄他们，好在外头布散与老爷听，其实是假的。你不可认真。”此时林黛玉虽不是号啕大哭，然越是这等无声之泣，气噎喉堵，更觉得厉害。听了宝玉这番话，心中虽然有万句言语，只是不能说得，半日，方抽抽噎噎地说道：“你从此可都改了吧！”宝玉听说，便长叹一声，道：“你放心，别说这样话。就便为这些人死了，也是情愿的！”一句话未了，只见院外人说：“二奶奶来了。”林黛玉便知是凤姐来了，连忙立起身说道：“我从后院去吧，回头再来。”宝玉一把拉住道：“这可奇了，好好的怎么怕起她来。”林黛玉急得跺脚，悄悄地说道：“你瞧瞧我的眼睛，又该她取笑开心呢。”宝玉听说赶忙

①恍恍惚惚：神志不清，精神不集中。

放手。黛玉三步两步转过床后，出后院而去。凤姐从前头已进来了，问宝玉："可好些了？想吃什么，叫人往我那里取去。"接着，薛姨妈又来了，贾母又打发了人来。

袭人送她们出去，刚要回来，只见王夫人派了个婆子来，口称："太太叫一个跟二爷的人呢。"袭人想了一想，便回身悄悄地告诉晴雯、麝月、檀云、秋纹等说："太太叫人，你们好生在房里，我去了就来。"说毕，同那婆子径直出了园子，来到上房。

王夫人正坐在凉榻上摇着芭蕉扇子，见袭人来了，问道："我**恍惚**[①]听见宝玉今儿挨打，是环儿在老爷跟前说了什么话。你可听见这个了？"袭人道："我倒没听见这话，为二爷霸占着戏子，人家来和老爷要，为这个打的。"王夫人摇头说道："也为这个，还有别的缘故。"袭人道："别的缘故实在不知道了。我今儿在太太跟前大胆说句不知好歹的话。论理……"说了半截忙又咽住。王夫人道："你只管说。"袭人笑道："太太别生气，我就说了。"王夫人道："我有什么生气的，你只管说来。"袭人道："论理，我们二爷也须得老爷教训两顿。若老爷再不管，将来不知做出什么事来呢。"王夫人一闻此言，便合掌念声"阿弥陀佛"，由不得赶着袭人叫了一声："我的儿，亏了你也明白，这话和我的心一样。我何曾不知道管儿子，先时你珠大爷在，我是怎么样管他，难道我如今倒不知管儿子了？我已经快五十岁的人，只剩了他一个，他又长得单弱，

①恍惚：（记得、听得、看得）不真切，不清楚。

若打坏了，将来我靠谁呢！”说着，由不得滚下泪来。

袭人见王夫人这般悲感，自己也不觉伤了心，陪着落泪。又道：“今儿太太提起这话来，我还记挂着一件事，要来回太太，讨太太个主意。只是我怕太太疑心，不但我的话白说了，且连葬身之地都没了。”王夫人听了这话内有因，忙问道：“我的儿，你有话只管说。你方才和我说的话全是大道理，正和我的想头一样。你有什么只管说什么，只别教别人知道就是了。”袭人道：“我只想着讨太太一个示下，怎么变个法儿，以后让二爷搬出园外来住就好了。”王夫人听了，吃一大惊，忙拉了袭人的手问道：“宝玉难道和谁**作怪**[①]了不成？”袭人连忙回道：“太太别多心，并没有这话。这不过是我的小见识。如今二爷也大了，里头姑娘们也大了，况且林姑娘、宝姑娘又是两姨姑表姐妹，虽说是姐妹们，到底是男女之分，日夜一处起坐不方便，由不得叫人悬心，便是外人看着也不好。二爷平日性格，太太是知道的。他又偏好在我们队里闹，倘或不防，前后错了一点半点，不论真假，人多口杂，那些小人的嘴有什么避讳。若要叫人说出一个不好字来，二爷一生的声名品行岂不完了。”王夫人听了这话，如雷轰电掣一般，想起了金钏儿之事，心内越发感爱袭人不尽，忙笑道：“我的儿，你竟有这个心胸，想得这样周全！我何曾又不想到这里，只是这几次有事就忘了。你今儿这一番话提醒了我。难为你成全我娘儿两个声名体面，真真我

①作怪：这里指男女私情。

竟不知道你这样好。罢了，你且去吧，我自有道理。只是还有一句话：你今既说了这样的话，我就把他交给你了，好歹留心，保全了他，就是保全了我。我自然不辜负你。”袭人连连答应着去了。回来正值宝玉睡醒，宝玉心下记挂着黛玉，满心里要打发人去，只是怕袭人，便设一法，先使袭人往宝钗那里去借书。

袭人去了，宝玉便命晴雯来吩咐道：“你到林姑娘那里看看她做什么呢。她要问我，只说我好了。”晴雯道：“平白无故，做什么去呢？到底说句话儿，也像一件事。”宝玉道：“没有什么可说的。”晴雯道：“若不然，或是送件东西，或是取件东西，不然我去了怎么搭讪呢？”宝玉想了一想，便伸手拿了两条手帕子撂与晴雯，笑道：“也罢，就说我叫你送这个给她去了。”晴雯道：“这又奇了。她要这半新不旧的两条手帕子？她又要恼了，说你打趣她。”宝玉笑道：“你放心，她自然知道。”

晴雯听了，只得拿了帕子往潇湘馆来。只见春纤正在栏杆上晾手帕子，见她进来，忙摆手儿，说：“睡下了。”晴雯走进来，满屋**魆黑**[①]。并未点灯。黛玉已睡在床上，问是谁。晴雯忙答道：“晴雯。”黛玉道：“做什么？”晴雯道：“二爷送手帕子来给姑娘。”黛玉听了，心中发闷：“做什么送手帕子来给我？”问道：“这帕子是谁送他的？必是上好的，叫他留着送别人去吧，我这会儿不用这个。”晴雯笑道：“不是新的，就是家常旧的。”林

①魆黑：形容黑暗。

黛玉听见，越发闷住，着实细心搜求，思忖一时，方大悟过来，连忙说："放下，去吧。"晴雯听了，只得放下，抽身回去，一路盘算，不解何意。

林黛玉体贴出手帕子的意思来，不觉**神魂驰荡**①：宝玉这番苦心，能领会我这番苦意，又令我可喜；我这番苦意，不知将来如何，又令我可悲；忽然好好地送两块旧帕子来，若不是领我深意，单看了这帕子，又令我可笑；再想令人私相传递与我，又可惧；我自己每每好哭，想来也无味，又令我可愧。如此左思右想，一时五内沸然炙起。黛玉由不得余意绵缠，于是命人掌灯，也想不起嫌疑避讳等事，便向案上研墨蘸笔，便向那两块旧帕子上走笔写道：

眼空蓄泪泪空垂，暗洒闲抛却为谁？
尺幅**鲛绡**②劳解赠，叫人焉得不伤悲！

其二

抛珠滚玉只偷潸，**镇日**③无心镇日闲，
枕上袖边难拂拭，任他点点与斑斑。

其三

彩线难收面上珠，**湘江旧迹**④已模糊，
窗前亦有千竿竹，不识香痕渍也无？

林黛玉还要往下写时，觉得浑身火热，面上发烧，走

---

①神魂驰荡：形容陶醉其中，心神不定。

②鲛绡：传说中美人鱼所织的丝绢，泛指薄纱。

③镇日：整日。

④湘江旧迹：传说尧的两个女儿，娥皇和女英，都嫁给了舜。舜到南方巡视，死于苍梧。她们前去寻找，得知舜已死，泪染青竹，泪尽而死。后人称娥皇和女英为"潇湘妃子""湘夫人"。湘江旧迹，即指娥皇女英哭丈夫舜，洒在竹上的泪迹。

至镜台揭起锦袱一照，只见腮上通红，自羡压倒桃花，却不知病由此生。一时方上床睡去，犹拿着那帕子思索。

精华赏析

宝玉被打，薛宝钗和林黛玉都来探望他。袭人成了这件事最大的受益者。袭人对王夫人说的那一席话，充分展现了她的胆大心细。

宝玉派晴雯去给黛玉送手帕。黛玉心领神会，写下爱的诗篇，也流下了眼泪。

成长启示

在这一回的故事中，贾宝玉挨了板子之后，薛宝钗和林黛玉都来看望他，表现出对朋友的关心和爱。这告诉我们，要学会关心他人，尤其是在他人遇到困难时，要及时给予帮助和支持。

第二十回 贾探春诗结海棠社

要点思考

· 宝钗为什么给宝玉封号“无事忙”？
· 你认为他们的诗歌各有什么特点？
· 为什么宝玉请李纨“斟酌”评比结果？

话说贾母见宝玉一日好似一日，心中很是欢喜。因怕将来贾政又叫他，就命人将贾政的亲随小厮唤来，吩咐这几个月宝玉不能见外人。又命袭人等将此话说给宝玉，使他放心。

那宝玉本来就懒与士大夫交谈，得了这句话，更加得意了，不但将亲戚朋友一概杜绝了，而且连家庭中**晨昏定省**①干脆都随他的便了，日日只在园中游卧，不过每日一清早到贾母、王夫人处走走就回来了，却常常甘心为丫鬟们充役，竟也十分逍遥自在。

有时宝钗劝导几句，他反倒生起气来，说：“好好的一个清净洁白女儿，也学得**沽名钓誉**②，入了**国贼禄鬼**③之流。”因此祸及古人，除“四书”外，竟将别的书烧了。众人见他如此疯癫，也都不向他说那些正经话了。只有林黛玉自幼不曾劝他去立身扬名，所以宝玉深敬黛玉。

宝玉的伤渐渐好了。袭人不但取得了王夫人的信任，

---

①晨昏定省：旧时早晚问候长辈的日常礼节。
②沽名钓誉：故意做作或用某种手段获取名誉。
③国贼禄鬼：指损害国家利益、钻营名利的人。

而且被内定为姨娘，涨了月例。一日，宝玉正在午睡，宝钗看到袭人绣的花实在可爱，不由得拿起针，替她绣起来。刚做了两三个花瓣，忽见宝玉在梦中喊骂说："和尚道士的话如何信得？什么是'金玉姻缘'，我偏说是'木石姻缘'！"薛宝钗听了这话，不觉怔了。

近日无聊，贾探春发帖，召集兄弟姊妹们成立诗社，宝玉、宝钗、黛玉、迎春、惜春遂齐聚探春的秋爽斋，李纨自荐当了社长。

黛玉道："既然定要起诗社，咱们都是诗翁了，先把这些姐妹叔嫂的称呼改了才不俗。"李纨道："何不大家起个别号。我定了'稻香老农'。"探春笑道："我就称'蕉下客'吧。"又笑着对黛玉道："我已替你想了个极好的美号。"又向众人道："当日娥皇女英洒泪在竹上成斑，所以斑竹又名湘妃竹。如今她住的是潇湘馆，她又爱哭，将来她想林姐夫，那些竹子也是要变成斑竹的。以后都叫她'潇湘妃子'就完了。"大家听说，都拍手叫妙。林黛玉低了头不说话。李纨笑道："我替薛大妹妹也早已想了个好的，我封她'蘅芜君'。"探春笑道："这个封号极好。"宝玉道："我呢？你们也替我想一个。"宝钗笑道："你的号早有了，**'无事忙**①'三字恰当得很。"探春道："你的号多得很，又起什么？我们爱叫你什么，你答应着就是了。"宝钗道："还得我送你个号吧。天下难得的是

---

①无事忙：宝玉在贾母的庇护下，生活本来清闲，但他常常甘心为丫鬟们做事，所以叫"无事忙"。薛宝钗用这个封号来讽刺贾宝玉。

富贵，又难得的是闲散，这两样再不能兼有，不想你兼有了，就叫你‘富贵闲人’吧。”宝玉笑道：“当不起，当不起，倒是随你们混叫去吧。”李纨道：“二姑娘、四姑娘起个什么号？”宝钗道：“她住的是紫菱洲，就叫她‘菱洲’，四丫头在藕香榭，就叫她‘藕榭’就完了。”

李纨道：“我们七个人起社，我和二姑娘、四姑娘都不会作诗，我们三个各分一件事。若是要推我做社长，我一个社长自然不够，一定要再请两位副社长，就请菱洲、藕榭二位来，一位出题限韵，一位誊录监场。”迎春、惜春本性懒于诗词，又有薛、林在前，听了这话深合己意，二人都说：“极好。”

探春道：“只是原系我的主意，我须得先做个**东道主人**①。”李纨道：“既这样说，明日你就先开一社如何？”探春道：“明日不如今日，此刻就很好。你就出题，菱洲限韵，藕榭监场。”李纨道：“刚才我来时，看见他们抬进两盆白海棠来，倒是好花。你们何不歌咏它呢？”迎春道：“既如此，待我限韵。”说着，走到书架前抽出一本诗来，随手一翻，这首竟是一首**七言律诗**②，递给众人看了，都该作七言律诗。迎春又向一个小丫头道：“你随口说一个字来。”那丫头正靠门立着，就说了个“门”字。迎春笑道：“就是门字韵，头一个韵定要这“门”字。”说着，又要了韵牌匣子过来，又命那小丫头随手拿四块。那丫头

①东道主人：请客的主人。

②七言律诗：格律诗的一种，每首八句，每句七字，讲究平仄、对仗、押韵。

就拿了“盆”“魂”“痕”“昏”四块来。宝玉道：“这‘盆’‘门’两个字不大好作呢！”

侍书一样预备下四份纸笔，大家都悄然各自思索起来。焚香限时，四人写毕。

宝玉道：“稻香老农虽不善写却善看，又最公道，你就评阅优劣，我们都服的。”众人都道：“自然。”于是先看探春的稿上写的是：

咏白海棠 限门盆魂痕昏

斜阳寒草带重门，苔翠盈铺雨后盆。
玉是精神难比洁，雪为肌骨易销魂。
芳心一点娇无力，倩影三更月有痕。
莫谓缟仙能羽化，多情伴我咏黄昏。

再看宝钗写的是：

珍重芳姿昼掩门，自携手瓮灌苔盆。
胭脂洗出秋阶影，冰雪招来露砌魂。
淡极始知花更艳，愁多焉得玉无痕。
欲偿白帝凭清洁，不语婷婷日又昏。

李纨笑道：“到底是蘅芜君。”说着又看宝玉的，写道：

秋容浅淡映重门，七节攒成雪满盆。
出浴太真冰作影，捧心西子玉为魂。
晓风不散愁千点，宿雨还添泪一痕。
独倚画栏如有意，清砧怨笛送黄昏。

大家看了，宝玉说探春的好，李纨才要推宝钗这诗写得好，于是又催黛玉。黛玉道：“你们都有了？”说着提笔**一挥而就**[①]，丢给众人。李纨等看她写道：

半卷湘帘半掩门，碾冰为土玉为盆。

看了这句，宝玉先喝起彩来，只说“从何处想来！”又看下面写道：

偷来梨蕊三分白，借得梅花一缕魂。

众人看了也都不禁叫好，说：“果然比别人又是一样心肠。”又看下面写道：

月窟仙人缝缟袂，秋闺怨女拭啼痕。

娇羞默默同谁诉，倦倚西风夜已昏。

众人看了，都说是这首为上。李纨道：“若论风流别致，当然是这首；若论含蓄浑厚，还是蘅芜君。”探春道：“这评得有理，潇湘妃子当居第二。”李纨道：“怡红公子是压尾，你服不服？”宝玉道：“我的那首原不好了，这评得最公。”又笑道：“只是蘅潇二首还要斟酌。”李纨道：“原是依我评论，不与你们相关，再有多说者必罚。”宝玉听说，只得罢了。

①一挥而就：一挥笔就完成了。形容诗文、书画很快就写好了。就，完成。

李纨道："从此后我定于每月初二、十六这两日开社，出题限韵都要依我。"宝玉道："到底要起个社名才好。"探春道："刚才是海棠诗开端，就叫海棠社吧。虽然俗些，因真有此事，也就无妨了。"说完大家又商议了一番，才各自散去。

宝玉回来，先忙着看了一回海棠，到房里告诉袭人成立诗社的事。袭人也把打发人给史湘云送东西去的话告诉了宝玉。宝玉听了，拍手道："偏忘了她。我自觉心里有件事，只是想不起来，亏你提起来，正要请她去。这诗社里若少了她还有什么意思。"宝玉转身往贾母处来，恳求叫人接史湘云去。

❖ 精华赏析

有了诗社之后，大观园真正成了姐妹们的乐园。

薛宝钗是典型的封建淑女，她写的诗矜持内敛。林黛玉敏感多情，她写的诗凄婉动人。《红楼梦》中的诗词，都是为塑造人物服务的，恰如其分地展现了人物的性格特征。

❖ 成长启示

在这一回的故事中，贾宝玉和众姐妹在大观园内开诗社，展示了他们是如何通过文学创作来展示自己的内心世界和情感的。这告诉我们，要重视文学和艺术，培养自己的文化素养和审美能力。

第二十一回 刘姥姥二进荣国府

❖ 要点思考

· 刘姥姥二进荣国府的目的是什么？

· 为什么刘姥姥称呼贾母“老寿星”？

上次来**打抽丰**[1]的那位刘姥姥和板儿又来了，他们送来了新鲜的枣子、倭瓜和野菜。贾母知道了，说：“我正想有个**积古**[2]的老人家说话儿，请了来我见一见。

见到刘姥姥，贾母道：“老**亲家**[3]，你今年多大年纪了？”刘姥姥忙立身答道：“我今年七十五了。”贾母向众人道：“这么大年纪了，还这么健朗。我要到这么大年纪，还不知怎么动不得呢。”刘姥姥笑道：“我们生来是受苦的人，老太太生来是享福的。若我们也这样，那些庄家活也没人做了。”贾母道：“我老了，都不中用了，眼也花，耳也聋，记性也没了。不过嚼得动的吃两口，睡一觉，闷了时和这些孙子孙女儿玩笑一回就完了。”刘姥姥笑道：“这正是老太太的福了。我们想这么着也不能。”贾母道：“什么福，不过是个老废物罢了。”说得大家都笑了。贾母又道：“今儿既认着了亲，别空空儿的就去。不嫌我这里，就住一两天再去。”凤姐儿见贾母喜欢，也忙留道：“我们这里虽不比你们的场院大，空屋子还有两间。你住两天

①打抽丰：旧时指假借某种名义向别人索取财物。又作打秋风。

②积古：见多识广、阅历丰富。

③亲家：称儿子的岳父母或女儿的公婆。这里泛指亲戚。

吧，把你们那里的新闻故事儿说些与我们老太太听听。”贾母笑道：“凤丫头别拿她取笑儿。她是乡屯里的人，老实，哪里搁得住你打趣她。”刘姥姥吃了茶，便把一些乡村中所见所闻的事情说与贾母。正说着，凤姐儿便令人来请刘姥姥吃晚饭。贾母又将自己的菜拣了几样，命人送过去与刘姥姥吃。

凤姐知道合了贾母的心，吃了饭便又打发过来。刘姥姥坐在贾母榻前，又搜寻些话出来说。此时宝玉姐妹们也都在这里坐着，他们何曾听见过这些话，自觉比那些**瞽目先生**[①]说的书还好听。刘姥姥虽是个村野人，却有些见识，见贾母高兴，哥儿姐儿们都爱听，便没了说的也编出些话来讲。就说道：“去年冬天，接连下了几天雪，地下压了三四尺深。我那日起的早，还没出房门，只听外头柴草响。我想着必定是有人偷柴草来了。我爬着窗户眼儿一瞧，却不是我们村庄上的人。”贾母道：“必定是过路的客人们冷了，见现成的柴，抽些烤火去也是有的。”刘姥姥笑道：“也并不是客人，所以说来奇怪。老寿星当个什么人？原来是一个十七八岁的极标致的一个小姑娘，梳着溜油光的头，穿着大红袄儿，白绫裙子——”刚说到这里，忽听外面人吵嚷起来，贾母忙问怎么了，丫鬟回说：“南院马棚里**走了水**[②]，已经救下去了。”宝玉忙着问刘姥姥：“那女孩儿大雪地做什么抽柴草？倘或冻出病来呢？”贾母道：

①瞽目先生：说书的盲人。瞽目，瞎眼。

②走了水：失火，避讳的说法。

"都是才说抽柴草惹出火来了，你还问呢。别说这个了，再说别的吧。"宝玉听说，心内虽不乐，也只得罢了。刘姥姥便又想了一篇，说道："我们庄子东边庄上，有个老奶奶，今年九十多岁了。她天天吃斋念佛，谁知就感动了观音菩萨夜里来托梦说：'你这样虔心，原来你该绝后的，如今奏了玉皇，给你个孙子。'原来这老奶奶只有一个儿子，这儿子也只一个儿子，好容易养到十七八岁上死了，哭得什么似的。后来果然又养了一个，今年才十三四岁，生得雪团儿一般，非常聪明伶俐。可见这些神佛是有的。"这一席话，实合了贾母、王夫人的心事，连王夫人也都听住了。

宝玉心中只记挂着抽柴的故事，一时散了，背地里宝玉拉了刘姥姥，细问那女孩儿是谁。刘姥姥只得编了告诉他道："那原是我们庄北沿地埂子上一个小祠堂里供的。有个老爷没有儿子，只有一位小姐，名叫茗玉。可惜茗玉小姐生到十七岁，一病死了。因为老爷太太思念不尽，便盖了这祠堂，塑了茗玉小姐的像。如今日久年深，那个像就成了精。"宝玉忙道："不是成精，这样的人是虽死不死的。"刘姥姥道："阿弥陀佛！原来如此，她时常变了人出来各村庄上闲逛，我才说这抽柴火的就是她了。村庄上的人还商议着要打了这塑像平了庙呢。"宝玉忙道："快别如此。若平了庙，罪过不小。"刘姥姥道："幸亏哥儿告诉我，我明儿回去告诉他们就是了。"宝玉又问她地名、庄名，来往远近，坐落何方。刘姥姥便顺口胡诌了出来。

宝玉信以为真，次日一早，便给了茗烟几百钱，按着刘姥姥说的方向地名，让茗烟去查看。茗烟去后，宝玉等到日落，方见茗烟兴兴头头地回来。宝玉忙道："可有庙了？"茗烟笑道："爷听得不明白，叫我好找。那地名坐落不似爷说的一样，所以找了一日，找到东北上田埂子上才有一个破庙。"宝玉忙说道："刘姥姥有年纪的人，一时错记了也是有的。你且说你见的。"茗烟道："我连忙进去，一看泥胎，吓得我跑出来了，哪里有什么女孩儿，竟是一位青脸红发的瘟神爷。"宝玉听了，啐了一口，骂道："真是一个无用的杀才！这点子事也干不来。"茗烟道："二爷又不知看了什么书，或者听了谁的混话，信真了，把这件没头脑的事派我去碰头，怎么说我没用呢？"宝玉见他急了，忙抚慰他道："你别急。改日闲了你再找去。若真是有的，我必重重地赏你。"正说着，只见二门上的小厮来说："老太太房里的姑娘们站在二门口找二爷呢。"

❖ 精华赏析

刘姥姥又来了，但这一次她不是来寻求帮助，而是带着家乡的特产来报答大家。但她又有了意外收获，贾母"正想有个积古的老人家说话儿"。

刘姥姥有着极好的表演天分，她给众人讲乡村的新闻故事，"比那些瞽目先生说的书还好听"。

❖ 成长启示

在这一回的故事中，来自贫寒家庭的刘姥姥，通过讲故事为荣国府的众人带来了独特的价值。这告诉我们，要尊重多样性和具有包容性，不要以贫富、地位等来衡量一个人的价值。

第二十二回 刘姥姥嬉游大观园

❖ 要点思考

· 凤姐和鸳鸯为什么要戏弄刘姥姥？

· 刘姥姥进大观园，有哪些滑稽的表演？

· 很多人认为刘姥姥是个丑角，你觉得呢？

次日清早起来，天朗气清，贾母要在大观园里给史湘云还席，刘姥姥也来到了园里。

丫鬟捧过一个大荷叶式的翡翠盘子来，里面盛着各色的折枝菊花。贾母拣了一朵大红的簪在鬓上。回头看见了刘姥姥，忙笑道：“过来戴花儿。”一语未了，凤姐拉过刘姥姥，笑道：“让我打扮你。”说着，将一盘子花横三竖四地插了一头。贾母和众人笑得不得了。刘姥姥笑道：“我这头也不知修了什么福，今儿这样体面起来。”众人笑道：“你还不拔下来摔到她脸上呢，把你打扮得成了个老妖精了。”刘姥姥笑道：“我虽老了，年轻时也风流，爱个花儿粉儿的，今儿老风流才好。”

贾母稍微歇一会儿，自然要领着刘姥姥见识见识。先到了潇湘馆。一进门，只见两边翠竹夹路，土地下苍苔布满，中间一条羊肠石子路。刘姥姥让出路来给贾母众人走，自己却走土地。琥珀拉着她说道：“姥姥，你上来走，仔细苍苔滑了。”刘姥姥道：“不要紧的，我们走熟了的，姑娘们只管走吧。可惜你们那绣鞋，别沾脏了。”她只顾上头和人说话，不防底下滑了，咕咚一跤跌倒。众人拍手都哈哈地笑起来。贾母笑骂道："小**蹄子**[①]们，还不搀起来，只站着笑。"说话时，刘姥姥已爬了起来，自己也笑了，说道："**才说嘴就打了嘴**[②]。"贾母问她："可扭了腰了不曾？叫丫头们捶一捶。"刘姥姥道："哪里说得我就这么娇嫩了。哪一天不跌两下子，都要捶起来，还了得呢。"

凤姐同探春、李纨、鸳鸯、琥珀带着端饭的人等，抄近路到了秋爽斋。鸳鸯笑道："天天咱们说外头老爷们吃酒吃饭都有一个**篾片**[③]相公，拿他取笑儿。咱们今儿也得了一个女篾片了。"凤姐知道说的是刘姥姥了，也笑说道："咱们今儿就拿她取个笑儿。"二人便如此这般地商议。正说着，只见贾母等来了。贾母说："把那一张小楠木桌子抬过来，让刘亲家近我这边坐着。"众人听说，忙抬了过来。凤姐一面递眼色给鸳鸯，鸳鸯拉了刘姥姥出去，悄悄地嘱咐了刘姥姥一席话，又说："这是我们家的规矩，若错了我们就笑话呢。"安排好了，然后归座。

鸳鸯一边侍立，一边悄悄向刘姥姥说道："别忘了。"刘姥姥道："姑娘放心。"那刘姥姥入了座，拿起筷子来，沉甸甸的不顺手。原来凤姐和鸳鸯商议定了，单拿一双老年四楞象牙镶金的筷子给刘姥姥。刘姥姥见了，说道："这叉爬子比俺那里的铁锨还沉。"说得众人都笑起来。

只见一个媳妇端了一个盒子站在当地，一个丫鬟上来

①蹄子：旧时对女子的蔑称。这里是贾母的玩笑话。
②才说嘴就打了嘴：才夸了口，就自己出丑。
③篾片：旧时称在富贵人家帮闲凑趣的人。

揭去盒盖，里面盛着两碗菜。李纨端了一碗放在贾母桌上。凤姐偏拣了一碗鸽子蛋放在刘姥姥桌上。贾母这边说声“请”，刘姥姥站起身来，高声说道：“老刘，老刘，食量大似牛，吃一个老母猪不抬头。”自己却鼓着腮不语。众人先是发怔，后来一听，上上下下都哈哈大笑起来。刘姥姥拿起筷子，只觉不听使唤，又说道：“这里的鸡儿也俊，下的这蛋也小巧，怪俊的。我且**攮**[①]一个。”众人才住了笑，听见这话又笑起来。贾母笑得眼泪出来，琥珀在后面捶着。贾母笑道：“这定是凤丫头**促狭鬼儿**[②]闹的，快别信她的话了。”那刘姥姥正夸鸡蛋小巧，要攮一个，凤姐笑道：“一两银子一个呢，你快尝尝吧，冷了就不好吃了。”刘姥姥伸筷子要夹，哪里夹得起来，满碗里闹了好一阵子，好容易撮起一个来，才伸着脖子要吃，偏又滑下来滚在地下，忙放下筷子要亲自去捡，早有地下的人捡了出去了。刘姥姥叹道：“一两银子，也没听见响声儿就没了。”众人已没心吃饭，都看着她笑。贾母见她如此有趣，吃得又香甜，把自己的也端过来给她吃。又命一个老嬷嬷来，将各样的菜给板儿夹在碗上。

一时吃完，凤姐笑着对刘姥姥说：“你别多心，刚才不过大家取笑儿。”一言未了，鸳鸯也笑道：“姥姥别恼，我给你老人家赔个不是。”刘姥姥笑道：“姑娘说哪里话，咱们哄着老太太开个心儿，可有什么恼的！

---

①攮：用刀刺，这里指用筷子夹。

②促狭鬼儿：使坏捉弄人的人。

你先嘱咐我，我就明白了，不过大家取个笑儿。我要心里恼，也就不说了。”

那刘姥姥因为喝了些酒，且吃了许多油腻饮食，口渴多喝了几碗茶，不免腹泻起来，蹲了半日才完。出了茅厕，只觉得眼花头眩，辨不出路径。转了两个弯子，见有一房门。于是进了房门，只见迎面一个女孩儿，满面含笑迎了出来。刘姥姥忙笑道：“姑娘们把我丢下了，我乱撞到了这里。”说了，那女孩儿却不答。刘姥姥赶来拉她的手，“咕咚”一声，撞到板壁上，把头碰得生疼。细瞧了一瞧，原来是一幅画儿。一转身得了一个小门，找门出去，哪里有门？左一架书，右一架屏。刚从屏后得了一门转去，只见她亲家母也从外面迎了进来。刘姥姥笑道：“你好没见过世面，见这园里的花好，你就**没死活**[1]戴了一头。”她亲家也不答。心下忽然想起：“常听说富贵人家有一种穿衣镜，这别是我在镜子里头呢。”说完伸手一摸，再细一看，可不是，四面雕空紫檀板壁将镜子嵌在中间。刘姥姥迈步出来，忽见有一副最精致的床帐。她此时又带了七八分醉，又走乏了，就一屁股坐在床上，只说歇歇，不想身不由己，前仰后合，蒙眬着两眼，一歪身就睡熟在床上。

袭人进了怡红院，就听到**鼾声**[2]如雷。忙进来，只闻见酒气熏天，满屋一瞧，只见刘姥姥**扎手舞脚**[3]地仰卧在床上。袭人这一惊不小，慌忙赶上来将她没死活地推醒。

①没死活：拼命。
②鼾声：打呼噜的声音。
③扎手舞脚：手脚胡乱伸张的样子。

那刘姥姥惊醒，睁眼见了袭人，连忙爬起来道："姑娘，我失错了！并没弄脏了床帐。"一边说一边用手去掸。袭人怕惊动了人，只向她摇手，不叫她说话。刘姥姥跟了袭人，到小丫头们房中，命她坐了，向她说道："你就说醉倒在山子石上打了个盹儿。"刘姥姥答应知道。又给她两碗茶吃，才觉酒醒了，于是问道："这是哪个小姐的绣房，这么精致？我就像到了天宫里一样。"袭人微微笑道："这个嘛，是宝二爷的卧室。"那刘姥姥吓得不敢作声。袭人带她从前面出去，见了众人，只说她在草地下睡着了，带了她来的。众人都不理会，也就罢了。

第二天，刘姥姥要带着板儿回家了，太太奶奶们送了她很多值钱的东西，她念了几千声的佛，千恩万谢地走了。

❖ 精华赏析

刘姥姥是个非常聪明的老人。当凤姐和鸳鸯拿她取乐时，她心领神会一点就通；当凤姐与鸳鸯给她赔不是时，她大方豁达心明如镜。她乐于装疯卖傻，心里却坦坦荡荡；她敢于推销自己，表现得不卑不亢。

❖ 成长启示

在这一回的故事中，刘姥姥在面对大观园的豪华和精致时，表现出的是惊奇和喜悦，而不是自卑和胆怯。她的乐观心态使她能够尽情享受这个新奇的世界，给大家带来了欢乐。这告诉我们要保持乐观心态，不论面对什么环境，都要积极面对，寻找乐趣。

第二十三回 林黛玉苦吟风雨词

◈ 要点思考

· 宝钗寄居贾府和黛玉有何不同？
· 薛宝钗是一个什么样的女子？
· 《秋窗风雨夕》为何那样凄凉？
· 哪些细节表现了宝黛之间的关爱？

宝钗见天气凉爽，夜又渐长，于是到母亲房中弄些针线来做。白天到贾母和王夫人处问候两次，又到园中姊妹处闲话一会儿，所以不大得闲，每夜做**女红**①到三更才睡。

黛玉每年到春分、秋分之后，必犯咳嗽，今秋又遇贾母高兴，多游玩了两次，近日又咳嗽起来，觉得比往常更重，所以总不出门，只在自己房中静养。

这日宝钗来看望她，说起这病症来，宝钗道："这里的几个太医虽都还好，只是你吃他们的药总不见效，不如再请一个高明的人来瞧一瞧，治好了岂不好？"黛玉道："不中用。我知道我这病是不能好的了。"宝钗点头道："古人说：'食谷者生。'你平日吃的竟不能添养精神气血，也不是好事。"黛玉叹道："'死生有命，富贵在天'，也不是人力可强求的。今年比往年反觉又重了些似的。"说话之间，已咳嗽了两三次。宝钗道："昨儿我看你那药方上，人参肉桂觉得太多了。虽说益气补神，也不宜太热。

①女红：旧时指女子所做的纺织、缝纫、刺绣等工作和这些工作的成品。

依我说，每日早起拿上等**燕窝**[①]一两，冰糖五**钱**[②]，用银铫子熬出粥来，若吃惯了，比药还强，最是滋阴补气的。”

黛玉叹道：“你平日待人，原本是极好的，然而我是个多心的人，只当你心里藏奸。我母亲去世得早，又无姊妹兄弟，我长到今年十五岁，竟没一个人像你一样教导我。你刚才说叫我吃燕窝粥的话，虽然燕窝易得，只因我身上不好，每年犯这个病，也没什么要紧的。请大夫，熬药，人参肉桂，已经闹了个天翻地覆，这会儿我又兴出新样来熬什么燕窝粥，老太太、太太、凤姐姐这三个人没话说，那些底下的婆子丫头，又要嫌我太多事了。你看这里这些人，见老太太多疼了宝玉和凤丫头两个，他们还**虎视眈眈**[③]，背地里**说三道四**[④]的，何况对我？况我又不是他们这里的正经主子，原是无依无靠投奔了来的，他们已经多嫌着我了。如今我还不知进退，何苦叫他们咒我？”宝钗道：“这么说，我也是和你一样。”黛玉道：“你如何比我？你又有母亲，又有哥哥，这里又有买卖土地，家里又仍旧有房有地。你不过是亲戚的情分，白住了这里，一切大小事情，又不沾他们一**文**[⑤]半个，要走就走了。我是一无所有，吃穿用度，一草一纸，都是和他们家的姑娘一样，那些小人哪有不多嫌的。”宝钗笑道：

---

①燕窝：金丝燕的窝，是珍贵的营养品。

②钱：重量单位，十钱等于一两。

③虎视眈眈：形容贪婪而凶狠地注视。

④说三道四：随意评论，乱加议论。

⑤文：指旧时的小铜钱。

"将来也不过多费一副嫁妆罢了，如今也愁不到这里。"

黛玉听了，不觉红了脸，笑道："人家才拿你当个正经人，把心里的烦难告诉你听，你反拿我取笑儿。"宝钗笑道："虽是取笑儿，却也是真话。你放心，我在这里一日，我与你消遣一日。你有什么委屈烦难，只管告诉我，我能解的，自然替你解一日。我虽有个哥哥，你也是知道的，只有个母亲比你略微强些。咱们也算同病相怜。你才说的也是，多一事不如省一事。我明日家去和妈妈说了，只怕我们家里还有，给你送几两，每日叫丫头们就熬了，又方便，又不惊师动众的。"黛玉忙笑道："东西事小，难得你多情如此。"宝钗道："这有什么放在嘴上的！只怕你烦了，我先去了。"黛玉道："晚上再来和我说句话儿。"宝钗答应着便去了。

这里黛玉喝了两口稀粥，仍歪在床上，不想日未落时天就变了，淅淅沥沥下起雨来。秋霖脉脉，阴晴不定，那天渐渐地黄昏，且阴得沉黑，更兼那雨滴竹梢，更觉凄凉。知道宝钗不能来了，便在灯下随便拿了一本书，却是《**乐府**[①]杂稿》，有《秋闺怨》《别离怨》等诗。黛玉不觉心有所感，于是吟成一首诗，仿照《**春江花月夜**[②]》的格式，命名为《秋窗风雨夕》：

秋花惨淡秋草黄，耿耿秋灯秋夜长。

已觉秋窗秋不尽，那堪风雨助凄凉！

---

①乐府：即乐府诗。乐府是古代的一个官署，职责是采集民间歌谣或文人的诗，这些诗歌统称为"乐府诗"，简称"乐府"。

②春江花月夜：唐代张若虚的一首诗。

助秋风雨来何速？惊破秋窗秋梦绿。
抱得秋情不忍眠，自向秋屏移泪烛。
泪烛摇摇**爇**[①]短**檠**[②]，牵愁照恨动离情。
谁家秋院无风入？何处秋窗无雨声？
罗衾不奈秋风力，残漏声催秋雨急。
连宵脉脉复飕飕，灯前似伴离人泣。
寒烟小院转萧条，疏竹虚窗时滴沥。
不知风雨几时休，已教泪洒窗纱湿。

吟罢搁笔，正要安寝，丫鬟报说："宝二爷来了。"一语未完，只见宝玉头上戴着大**箬笠**[③]，身上披着**蓑衣**[④]。黛玉不觉笑了："哪里来的渔翁！"宝玉忙问："今儿好些？吃了药没有？今儿一日吃了多少饭？"一边说，一边摘了笠，脱了蓑衣，忙一手举起灯来，一手遮住灯光，向黛玉脸上照了一照，**觑**[⑤]着眼细瞧了一瞧，笑道："今儿气色好了些。"

黛玉看宝玉脱了蓑衣，里面只穿半旧红绫短袄，系着绿汗巾子，膝下露出油绿绸撒花裤子，底下是掐金满绣的棉纱袜子，脚着蝴蝶落花鞋。黛玉问道："上头怕雨，底下这鞋袜子是不怕雨的？也倒干净。"宝玉笑道："我这一套是全的。有一双**棠木屐**[⑥]，才穿了来，脱在廊檐上了。"

---

①爇：燃烧。
②檠：灯架，烛台。
③箬笠：用竹篾、箬叶编成的宽边帽。
④蓑衣：用蓑草编成的像衣服一样的雨具。
⑤觑：把眼睛眯成一条细缝（注意地看）。
⑥棠木屐：用棠木制作的木鞋。

黛玉又看那蓑衣斗笠不是寻常的，十分细致轻巧，于是说道："是什么草编的？难怪穿上不像那刺猬似的。"宝玉道："这三样都是北静王送的。他闲了下雨时在家里也是这样。你喜欢这个，我也弄一套来送你。别的都罢了，只有这斗笠有趣，上头的这顶儿竟是活的，冬天下雪，戴上帽子，取下顶子来，只剩了这圈子。下雪时男女都能戴，我送你一顶，冬天下雪戴。"黛玉笑道："我不要它。戴上那个，成个画儿上画的和戏上扮的渔婆了。"等说了出来，才想起话未思量，与刚才说宝玉的话相连，后悔不及，羞得脸飞红，便伏在桌上咳个不住。

宝玉见案上有诗，就拿起来看了一遍，又不禁叫好。黛玉听了，忙起来夺在手里，向灯上烧了。宝玉笑道："我已背熟了，烧也无妨。"黛玉道："我也好了许多，谢你一天来几次瞧我，下雨还来。这会儿夜深了，我也要歇着，你且请回去，明儿再来。"

宝玉说道："原该歇了，又扰得你劳了半日神。"说着，披蓑戴笠出去了，又翻身进来问道："你想什么吃，告诉我，我明儿一早回老太太，难道不比老婆子们说得明白？"黛玉笑道："等我夜里想好了，明儿早起告诉你。你听雨更加紧了，快去吧。可有人跟着没有？"有两个婆子答应："有人，外面拿着伞点着灯笼呢。"黛玉笑道："这个天点灯笼？"宝玉道："没关系，是**明瓦**①的，不怕雨。"黛玉听说，回手向书架上把个玻璃绣球灯拿了下来，命点

①明瓦：古代富贵人家使用的玻璃替代品，材料为半透明的贝壳、云母片等。

一支小蜡来，递给宝玉，道："这个又比那个亮，正是雨里点的。"宝玉道："我也有这么一个，怕她们失脚滑倒了打破了，所以没点来。"黛玉道："跌了灯值钱，跌了人值钱？你又穿不惯木屐子。那灯笼命她们前头照着。这个又轻巧又亮，你自己手里拿着这个，岂不好？明儿再送来。"宝玉听说，连忙接了过来，前头两个婆子打着伞提着明瓦灯，后头还有两个小丫鬟打着伞。宝玉将这个灯递给一个小丫头捧着，宝玉扶着她的肩，径直去了。

蘅芜苑的一个婆子，打着伞提着灯，送了一大包上等燕窝来，还有一包雪花洋糖。紫鹃收起燕窝，然后服侍黛玉睡下。黛玉自在枕上感念宝钗，一时又羡她有母兄，一面又想宝玉虽平时和睦，但总有嫌疑。又听见窗外竹梢蕉叶之上，雨声淅沥，清寒透幕，不觉又滴下泪来。直到四更将尽，才渐渐地睡了。

◈ 精华赏析

薛宝钗做女红，知礼节，稳重平和，行止得体，八面玲珑。对上迎合，对下关心，博得了所有人的欢心。她对黛玉说了一番体贴的话，还派人送来燕窝和洋糖，使一向挑剔的林黛玉，也把她认作知己。

◈ 成长启示

在这回的故事当中，林黛玉生病咳嗽后，薛宝钗和贾宝玉都来看望她，这体现了他们之间的深厚友情和相互关心。这告诉我们，要珍惜友情，学会关心他人，尤其是在他人遇到困难时，要及时给予帮助和支持。

第二十四回 鸳鸯女誓绝鸳鸯配

❖ **要点思考**

· 邢夫人有苦说不出的原因是什么？

· 贾赦是个什么样的人？

· 鸳鸯表现出了什么样的品质？

且说贾赦因看上了老太太的鸳鸯，要娶她在房里，便叫邢夫人和老太太讨去。

这日，邢夫人先和凤姐商量了一番，又自己来到鸳鸯的卧房。只见鸳鸯正坐在那里做针线，见了邢夫人，忙站起来。邢夫人笑道："做什么呢？我瞧瞧，你扎的花儿更加好了。"一边说，一边接她手里的针线瞧了一瞧。放下针线，又浑身打量。只见她穿着半新的藕荷色的绫袄，青缎掐牙背心，下面水绿裙子。蜂腰削背，鸭蛋脸面，乌油头发，高高的鼻子，两边腮上微微的几点雀斑。鸳鸯见邢夫人这样看她，自己倒不好意思起来，心里就觉得诧异，笑问："太太，这会儿不早不晚的，过来做什么？"邢夫人坐下，拉着鸳鸯的手笑道："我特来给你道喜来了。"鸳鸯听了，心中已猜着三分，不觉红了脸，低了头不发一言。邢夫人道："你知道你老爷跟前竟没有个可靠的人，心里再要买一个，又怕那些**人牙子**[①]家出来的不干净。于是满府里要挑一个**家生女儿**[②]收了，冷眼选了半年，这些

①人牙子：介绍人口买卖的经纪人，也指人贩子。

②家生女儿：指世代都为奴仆的家族所生养的女孩。

女孩子里头，就只你是个尖儿。意思要和老太太讨了你去，收在屋里。你一进门，就封你姨娘，又体面，又尊贵。跟了我回老太太去！”说着拉了她的手就要走。鸳鸯红了脸，夺手不去。邢夫人知她害臊，又说道：“这有什么臊的？你又不用说话，只跟着我就是了。”鸳鸯只低了头不动身。邢夫人见她这样，就又说道：“难道你不愿意不成？若果然不愿意，可真是个傻丫头了。放着主子奶奶不做，倒愿意做丫头！错过这个机会，后悔就迟了。”鸳鸯只管低了头，仍是不语。邢夫人又道：“你这么个爽快人，怎么又这样**积粘**[①]起来？有什么不称心之处，只管说给我，我管你顺心如意就是了。”鸳鸯仍不语。邢夫人又笑道：“想必你有老子娘，你自己不肯说话，怕臊。你等他们问你，这也是理。”

邢夫人叫鸳鸯的嫂子来劝说，被鸳鸯骂了回去。鸳鸯一夜没睡。第二天，她哥哥金文翔要接她回家，贾母答应了。鸳鸯想要不去，又怕贾母疑心，只得勉强出来。她哥哥将贾赦的话说给她，又许她怎么体面，又怎么当家做姨娘。鸳鸯只咬定牙不愿意。她哥哥无法，不得不回复了贾赦。贾赦怒起来，说道：“我这话告诉你，叫你女人向她说去，就说我的话：‘自古嫦娥爱少年’，她必定嫌我老了，大约她恋着少爷们，多半是看上了宝玉，只怕也有贾琏。真有此心，叫她早早歇了心，我要她不来，此后谁还敢收？此是一件。第二件，想着老太太疼她，将来自然往

①积粘：不爽快。

外**聘**[1]做正头夫妻去。叫她细想，凭她嫁到谁家去，也难出我的手心。除非她死了，或是终身不嫁男人，若不然，叫她趁早回心转意，有多少好处。”贾赦说一句，金文翔应一声“是”。贾赦道：“你别哄我，我明儿还打发你太太过去问鸳鸯，你们说了，她不依，就没你们的不是。若问她，她再依了，仔细你的脑袋！”

金文翔忙应了又应，退出回家，也不等告诉他女人转说，竟自己对鸳鸯说了这话。把个鸳鸯气得无话可回，想了一想，就说道：“就是愿意去，也得你们带了我回声老太太去。”她哥嫂听了，只当回心转意，都喜之不胜。她嫂子即刻带了她上来见贾母。

可巧王夫人、薛姨妈、李纨、凤姐、宝钗等姊妹，都在贾母跟前凑趣儿呢。鸳鸯拉了她嫂子，到贾母跟前跪下，一边哭，一边说，把邢夫人怎么来说，她嫂子又如何说，今儿她哥哥又如何说：“因为不依，刚才大老爷就说我恋着宝玉，不然要等着往外聘，我到天上，这一辈子也跳不出他的手心去，终究要报仇。我是横了心的，当着众人在这里，我这一辈子莫说是‘宝玉’，就是‘宝金’‘宝银’‘宝天王’‘宝皇帝’，横竖不嫁人就完了！就是老太太逼着我，我一刀抹死了，也不能从命！若有造化，我死在老太太之前；若没造化，服侍老太太归了西，我或是寻死，或是剪了头发当尼姑去！若说我不是真心，天地鬼神，日头月亮照着嗓子，从嗓子里头长疮烂了出来，烂化成酱在这里！”

①聘：女子出嫁。

原来她一进来时，袖子里就藏了一把剪子，一边说着，一边左手打开头发，右手就铰。众婆娘丫鬟忙来拉住，已剪下半绺来了。众人看时，幸而她的头发极多，铰得不透，连忙替她绾上。贾母听了，气得浑身乱颤，口里只说："我总共剩了这么一个可靠的人，他们还要来算计！"李纨一听见鸳鸯的话，早带了姊妹们出去。众人都惊慌无措，不敢说话。

丫鬟回说："大太太来了。"贾母说道："我听见你替你老爷说媒来了。你倒也**三从四德**①，只是这贤惠也太过了！我这屋里就剩了她一个，年纪也大些，我的脾气性格儿她还知道些。这会儿她去了，你们弄个什么人来使唤？我正要打发人和你老爷说去，他要什么人，我这里有钱，叫他只管去买，就只这个丫头不行。留下她服侍我几年，就比他日夜服侍我尽了孝的一般。你来得也巧，你就去说。"邢夫人碰了一鼻子灰，心里有苦却说不出。

❖ 精华赏析

贾赦想讨贾母身边的丫鬟鸳鸯做妾，让邢夫人去说媒，还对鸳鸯的兄嫂威逼利诱。然而，鸳鸯断然拒绝，还当着贾母众人的面发下毒誓。

❖ 成长启示

在这一回的故事中，鸳鸯表现出了强烈的自我意识和独立精神。她不愿意为了迎合权势而放弃自己的尊严和价值观，选择了坚守自我。这告诉我们，要珍惜自己的独立性和自主权，不轻易被他人的意见或利益所左右，要坚持自己的信念和追求。

①三从四德：封建礼教束缚、压迫妇女的道德标准之一。三从，指未嫁从父，既嫁从夫，夫死从子。四德，指妇德（品德）、妇言（辞令）、妇容（仪态）、妇功（女红）。

第二十五回 慕雅女香菱苦学诗

要点思考

· 香菱的第三首诗好在哪里？

· 香菱学诗，对我们有哪些启发？

“海棠诗社”成立之后，活动需要经费开支，于是社长李纨和发起人探春来找凤姐。

探春笑道：“我们起了个诗社，头一社就有人不到。我想必得你去做个监社**御史**①，铁面无私才好。”凤姐儿笑道：“你们别哄我，哪里是请我做监社御史！分明是叫我做个进钱的铜商。你们弄什么社，必是要轮流做东道的。你们的**月钱**②不够花了，想出这个法子来，好和我要钱。是不是这个主意？”李纨又笑道：“我且问你，这诗社你到底管不管？”凤姐儿笑道：“这是什么话，我不入社花几个钱，不成了大观园的反叛了，还想在这里吃饭不成？明儿一早就到任，下马拜了印，先放下五十两银子给你们慢慢做会社东道。”说得众人都笑起来。

薛蟠游山玩水去了，香菱陪着宝钗住进了大观园。香菱见大家都在作诗，非常羡慕，吃过晚饭，宝钗等都往贾母处去了，自己就往潇湘馆中来。

此时黛玉已好了大半，见香菱也进园来住，自是欢喜。香菱笑道：“我这一进来，也得了空儿，好歹教给我作诗，

①御史：古代负责监察的官职名称。

②月钱：旧时富贵人家每月按等级发给家人的零用钱。

就是我的造化了！”黛玉笑道：“既要作诗，你就拜我为师。我虽不通，大概也还教得起你。”香菱笑道：“我就拜你为师。你可不许厌烦的。”黛玉道：“不是什么难事。不过是起承转合，当中承转是两副对子，平声对仄声，虚的对实的，实的对虚的，若是有了奇句，连平仄虚实不对都使得。”香菱笑道：“难怪我偷空儿看一两首旧诗，又有对得极工的，又有不对的，所以天天疑惑。如今听你一说，原来这些规矩竟是小事，只要词句新奇为上。”黛玉道：“正是这个道理，这叫‘不以词害意’。你若真心要学，我这里有《王摩诘全集》，你且把他的五言律诗读一百首，细心揣摩透熟了，然后再读一二百首杜甫的七言律诗，再读李白的七言绝句一二百首。你又是一个极聪敏伶俐的人，不用一年的工夫，不愁不是诗翁了！”

香菱听了，笑道：“好姑娘，你就把这书给我拿出来，我带回去夜里念几首也是好的。”黛玉听说，便命紫鹃将王右丞的五言律诗拿来，递给香菱，又道：“你只看有红圈的都是我选的，有一首念一首。不明白的问你姑娘，或者遇见我，我讲给你就是了。”香菱拿了诗，回到蘅芜苑中，诸事不顾，只向灯下一首一首地读起来。

一日，黛玉刚梳洗完，只见香菱笑吟吟地送了书来，又要换杜律。黛玉笑道：“共记得多少首？”香菱笑道：“凡红圈选的我都读了。”黛玉道：“可领略了些滋味没有？”香菱笑道：“领略了些滋味，不知对不对，说给你听听。”黛玉笑道：“研究讨论，才能长进。你且说来我听。”香菱笑道："据我看来，诗的好处，有口里说不出来的意思，想去却是逼真的。有似乎无理的，想去竟是有理有情的。"黛玉笑道："这话有了些意思，只不知你从何处见得？"香菱笑道："我看他《塞上》一首，那一联云：'大漠孤烟直，长河落日圆。'想来烟如何直？日自然是圆的。这'直'字似无理，'圆'字似太俗。合上书一想，倒像是见了这景似的。若说再找两个字换这两个，竟再找不出两个字来。还有'渡头余落日，墟里上孤烟'这'余'字和'上'字，难为他怎么想来！"

正说着，宝玉和探春也来了，也都入座听她讲诗。黛玉笑道："你说他这'上孤烟'好，你还不知他这一句还是套了前人的来。我给你这一句瞧瞧，更比这个淡而现成。"说着就把陶渊明的"暧暧远人村，依依墟里烟"翻了出来，递给香菱。香菱瞧了，点头叹赏，笑道："原来'上'字是从'依依'两个字上化出来的。"探春笑道："明儿我补一个请柬，邀你入社。"香菱笑道："姑娘何苦打趣我，我不过是心里羡慕，才学着玩罢了。"香菱又逼着黛玉换出杜甫律诗来，又央求黛玉、探春二人："出个题目，让我**诌**[①]去，诌了来，替我改正。"黛玉道："昨夜的月最好，我正要诌一首，竟未诌成，你竟作一首来。"

香菱听了，高兴地拿回诗来，又苦思一会儿作两句诗，又舍不得杜诗，又读两首。如此茶饭无心，坐卧不定。宝钗道："何苦自寻烦恼。都是颦儿引的你，我和她算账去。

①诌：编造（言辞）。

你本来呆头呆脑的，再添上这个，更加弄成个呆子了。”香菱笑道：“好姑娘，别扰乱我。”一边说，一边作了一首，先给宝钗看。宝钗看了笑道：“这个不好，不是这个作法。你别怕臊，只管拿了给她瞧去，看她是怎么说。”香菱听了，就拿了诗找黛玉。黛玉看时，只见写道是：

月挂中天夜色寒，清光皎皎影团团。
诗人助兴常思玩，野客添愁不忍观。
翡翠楼边悬玉镜，珍珠帘外挂冰盘。
良宵何用烧银烛，晴彩辉煌映画栏。

黛玉笑道：“意思却有，只是措辞不雅。把这首丢开，再作一首，只管放开胆子去作。”

香菱听了，默默地回来，索性连房也不入，只在池边树下，或坐在山石上出神，或蹲在地下抠土，来往的人都诧异。李纨、宝钗、探春、宝玉等听到此信，都远远地站在山坡上瞧看她。只见她皱一会儿眉，又自己含笑一会儿。宝钗笑道：“这个人定要疯了！昨夜嘟嘟哝哝直闹到五更天才睡下，没一顿饭的工夫天就亮了。我就听见她起来了，忙忙碌碌梳了头就找颦儿去。回来了，呆了一日，作了一首又不好，这会儿自然另作呢。”宝玉笑道：“这正是‘地灵人杰’，老天生人再不虚赋情性的。我们整日叹惜她这么个人竟俗了，谁知到底有今日。可见天地至公。”宝钗笑道：“你能够像她这样苦心就好了，学什么有个不成的。”宝玉不答。

只见香菱兴兴头头地又往黛玉那边去了。探春笑道：

“咱们跟了去，看她有些意思没有。”说着，一齐都往潇湘馆来。只见黛玉正拿着诗和她讨论。众人问黛玉写得如何。黛玉道：“这一首过于**穿凿**[①]了，还得另作。”众人要诗看时，只见写道：

非银非水映窗寒，试看晴空护玉盘。
淡淡梅花香欲染，丝丝柳带露初干。
只疑残粉涂金砌，恍若轻霜抹玉栏。
梦醒西楼人迹绝，余容犹可隔帘看。

宝钗笑道：“不像吟月了，月字底下添一个‘色’字倒还使得，你看句句倒是月色。”香菱自为这首妙绝，听如此说，自己扫了兴，不肯丢开手，立刻思索起来。因见她姊妹们说笑，就自己走到阶前竹下闲步，挖心搜胆，耳不旁听，目不别视。宝钗道：“可真是诗魔了。都是颦儿引的她！”黛玉道：“圣人说：‘**诲人不倦**[②]’，她又来问我，我哪有不说之理。”

各自散后，香菱满心中还是想诗。到晚上对灯出了一会儿神，到三更以后上床卧下，两眼**鳏鳏**[③]，直到五更才蒙胧睡去。一时天亮，宝钗醒了，听了一听，她安稳睡了，心下想：“她翻腾了一夜，不知可作成了？这会儿乏了，且别叫她。”正想着，只听香菱从梦中笑道：“真是有了，难道这一首还不好？”宝钗听了，又是可叹，又是可笑，连忙唤醒了她，问她：“得了什么？你这诚心都通了仙了。

---

①穿凿：非常牵强地解释，把没有某种意思的说成有某种意思。
②诲人不倦：教育人极有耐心，不知疲倦。出自《论语》。
③鳏鳏：忧愁而睁眼不眠的样子。

学不成诗，还弄出病来呢。”

原来香菱苦志学诗，精血诚聚，日间作不出，忽在梦中得了八句。梳洗已完，就忙录出来，自己并不知好歹，就拿着又来找黛玉。刚到沁芳亭，只见李纨与众姊妹正从王夫人处回来，宝钗正告诉她们说她梦中作诗说梦话。众人正笑，抬头见她来了，都争着要诗看。

香菱迎上去笑道：“你们看这一首。若可以，我就还学；若还不好，我就死了这作诗的心了。”说着，把诗递给黛玉及众人看，只见写道：

精华欲掩料应难，影自娟娟魄自寒。
一片砧敲千里白，半轮鸡唱五更残。
绿蓑江上秋闻笛，红袖楼头夜倚栏。
博得嫦娥应借问，缘何不使永团圆！

众人看了笑道：“这首不但好，而且新巧有意趣。正是俗语所说：‘天下无难事，只怕有心人。’社里一定请你了。”

后来，大观园里又来了薛宝琴、邢岫烟等人，诗社得到了大发展。此时大观园中比先前更热闹了。

❖ 精华赏析

香菱拜黛玉为师，学习作诗。她勤奋好学，专心致志，废寝忘食。功夫不负有心人，虽然几经失败，但是最终她吟出了妙句华章。

❖ 成长启示

在这一回的故事中，香菱对学诗产生了浓厚的兴趣，她不断地努力学习和尝试，最终取得了不小的进步。这告诉我们，只要对学习有兴趣，就能在任何领域取得成绩。

第二十六回 勇晴雯病补雀金裘

❖ **要点思考**

· 请你概括晴雯的性格特征。
· 请你简述“晴雯补裘”的原因和过程。
· 哪些细节表现出宝玉对女孩子的关爱？

袭人因母亲病重回家去了。这天晚上，只有晴雯和麝月在宝玉屋里上夜。

到三更后，宝玉醒了，想要吃茶，叫醒了晴雯、麝月。宝玉吃完茶，麝月笑道：“你们两个别睡，说着话儿，我出去走走回来。”晴雯笑道：“外头有个鬼等着你呢。”宝玉道：“外头自然有大月亮的，我们说话，你只管去。”一边说，一边咳了两声。

晴雯等她出去，就想吓她玩耍。仗着平日比别人气壮，不畏寒冷，也不披衣，只穿着小袄，蹑手蹑脚地下了熏笼，随后出来。正要吓麝月，只听宝玉在里面高声道：“晴雯出去了！”晴雯忙回身进来，笑道：“哪里就吓死了她？”宝玉笑道：“倒不为吓坏了她，一则你冻着也不好，二则她不防，不免一喊，如果吓醒了别人，不说咱们是玩闹，倒反说袭人才去了一夜，你们就见神见鬼的。你来把我的被子掖一掖。”晴雯听说，就上来掖了掖，麝月慌慌张张地笑着进来，说道：“吓了我一大跳。黑影子里，山子石后头，只见一个人蹲着。我才要叫喊，原来是那个大锦鸡。”

一边说，一边洗手，又笑道："晴雯出去我怎么不见？一定是要吓我去。"宝玉笑道："我若不叫得快，肯定吓一跳。"晴雯笑道："也不用我吓去，这小蹄子已经自怪自惊的了。"一边说，一边回自己被中去了。麝月道："你就这么打扮得伶伶俐俐的出去了不成？"宝玉笑道："可不就这么去了。"麝月道："你死也不拣好日子！你出去站一站，把皮不冻破了你的。"说着，又将火盆上的铜罩揭起，将熟炭埋了一埋，仍旧罩了，才睡下。

晴雯因刚才一冷，如今又一暖，不觉打了两个喷嚏。宝玉叹道："如何？到底伤了风了。"麝月笑道："她早起就嚷不**受用**[①]，一日也没吃饭。"宝玉问："头上可热？"晴雯咳了两声，说道："没什么，哪里就这么娇嫩。"说着，只听外间房中的自鸣钟当当两声，外间值宿的老嬷嬷咳了两声，说道："姑娘们睡吧，明儿再说吧。"宝玉悄悄地笑道："咱们别说话了，又惹她们说话。"说着，大家睡了。

到次日起来，晴雯果然鼻塞声重，懒怠动弹。宝玉忙请了大夫诊疗。晴雯服了药，夜间虽有些汗，还未见效，仍是发烧头疼。

宝玉往贾母处来，贾母还没有起来，知道宝玉要出门，贾母道："下雪呢吗？"宝玉道："天阴着，还没下呢。"贾母命鸳鸯来："把昨儿那一件乌云豹的**氅衣**[②]给他吧。"鸳鸯答应，走去取了来。宝玉看时，金翠辉煌，碧彩闪灼。

---

①受用：身心舒服（多用于否定式）。
②氅衣：披在外面的大衣。

只听贾母笑道："这叫'雀金呢'，这是俄罗斯国拿孔雀毛拈了线织的。"宝玉磕了一个头，便披在身上。贾母笑道："你先给你娘瞧瞧再去。"宝玉到了王夫人房中，给王夫人看了，然后又回到贾母房中回说："太太看了，只说可惜了的，叫我仔细穿，别糟蹋了。"贾母道："就剩下这一件，你糟蹋了再没了。"说着又嘱咐他："不许多吃酒，早些回来。"宝玉应了几个"是"。

这里晴雯吃了药，仍不见病退，急得乱骂大夫，说："只会骗人的钱，一剂好药也不给人吃。"麝月笑劝她道："你太性急了，俗语说：'病来如山倒，病去如抽丝。'又不是老君的仙丹，哪有这样的灵药！你只静养几天，自然就好了。"掌灯时分，宝玉回来了。进门就**嗐**[①]声跺脚。麝月忙问缘故，宝玉道："今儿老太太欢欢喜喜地给了这个褂子，谁知不防后襟子上烧了一块。"一边说，一边脱下来。麝月瞧时，果然见有指顶大的烧眼，说："这必定是手炉里的火迸上了。这没什么，赶紧叫人悄悄地拿出去，叫个织补匠人织上就是了。"说着就用包袱包了，交给一个妈妈送出去。说："赶天亮做妥才好。千万别给老太太、太太知道。"婆子去了半日，仍旧拿回来，说："不但能干的织补匠人，就连裁缝绣匠和做女红的也问了，都不认得这是什么，都不敢接。"麝月道："这怎么办呢！明儿不穿也罢了。"宝玉道："明儿是正日子，老太太、太太说了，还叫穿这个去呢。偏头一日烧了，岂不扫兴。"晴

---

①嗐：叹词。表示伤感、惋惜、悔恨等。

雯听了半日，忍不住翻身说道："拿来我瞧瞧吧。没个福气穿就罢了。这会儿又着急。"宝玉笑道："这话倒说得对。"说着，递给晴雯，又移过灯来，细看了一会儿。晴雯道："这是孔雀金线织的，如今咱们也拿孔雀金线就像**界线**①似的界密了，只怕还可混得过去。"麝月笑道："孔雀线现成的，但这里除了你，还有谁会界线？"晴雯道："没办法，我**挣命**②罢了。"宝玉忙道："这如何使得！才好了些，如何做得活。"晴雯道："不用你**蝎蝎螫螫**③的，我自知道。"一边说，一边坐起来，绾了绾头发，披了衣裳，只觉头重身轻，满眼金星乱迸，实在撑不住。若不做，又怕宝玉着急，不得不狠命咬牙挨着。就命麝月只帮着拈线。晴雯先将里子拆开，用茶杯口大的竹弓在背面钉牢，再将破口四边用金刀刮得散松松的，然后用针纫了两条，分出经纬，如界线之法，先界出地子后，依照本衣的纹路来回织补。补两针，又看看，织补两针，又端详端详。无奈头晕眼黑，气喘神虚，补不上三五针，伏在枕上歇一会儿。宝玉在旁，一时又问："吃些开水不吃？"一时又命："歇一歇。"一时又拿一件斗篷替她披在背上，一时又命拿个枕头给她靠着。急得晴雯央道："小祖宗！你只管睡吧。再熬上半夜，明儿把眼睛**眍䁖**④了，怎么办！"宝玉见她着急，只得胡乱睡下，仍睡不着。一时只听自鸣钟已敲了

①界线：缝纫或刺绣术语，指一种特殊的纵横线织法。
②挣命：拼命。
③蝎蝎螫螫：形容人婆婆妈妈，胆小怕事的样子。
④眍䁖：眼珠子深陷在眼眶里面。

四下，刚刚补完，又用小牙刷慢慢地剔出绒毛来。麝月道：“这就很好，若不留心，再看不出的。”宝玉忙要了瞧瞧，说道：“真真一样了。”晴雯已咳了几阵，好容易补完了，说了一声：“补虽补了，到底不像，我也再不能了！”哎哟了一声，就身不由己倒下。

宝玉见晴雯已累得力尽神危，忙命小丫头来替她捶着。没一顿饭的工夫，天已大亮，且不出门，只叫快传大夫。一时王太医来了，诊了脉，疑惑说道：“昨日已好了些，今日如何反严重起来，敢是吃多了饮食？不然就是劳了神思。这汗后失了调养，非同小可。”一边说，一边出去开了药方进来。宝玉忙命人煎药，一面叹说：“这怎么办！如果有个好歹，都是我的罪孽。”晴雯睡在枕上嗐道：“好太爷！你干你的去吧，哪里就得痨病了。”宝玉无奈，只得去了。到下半天，说身上不好就回来了。晴雯此症虽重，幸亏她平时是个用力不用心的，又谨慎服药调治，如今调养了几日，就渐渐地好了。近日园中姊妹都各在房中吃饭，做饭也很方便，宝玉自能变法要汤要羹给她调停。

精华赏析

贾母给了宝玉一件雀金裘，却被宝玉不小心烧了一块，而且第二天还得穿这件衣服，又找不到能修补的人，宝玉着急跺脚，大家束手无策。发着高烧的晴雯只得挣命，带病补雀金裘。

成长启示

在这一回的故事中，晴雯即使自己生病了，也要尽力完成补雀金裘的任务，体现了她的责任感和担当精神。这告诉我们，要在自己的职责范围内尽力做好每一件事情，即使面临困难也要坚持下去。

第二十七回 欺幼主刁奴蓄险心

❖ 要点思考

· 那些媳妇为什么敢藐视贾探春？
· 贾探春发威动怒的原因有哪些？
· 平儿表现出什么样的性格特征？

腊月时节，离年日近，王夫人与凤姐治办年事。王子腾升了**九省都检点**[①]，贾雨村补授了**大司马**[②]，协理军机参赞朝政。刚将年事忙过，凤姐儿便流产了，在家一月，不能理事，天天两三个太医用药。王夫人便命李纨、探春、宝钗代理家政。

众人先听见李纨独办，个个心中暗喜，以为李纨平日原是个厚道多恩无罚的，自然比凤姐儿好**搪塞**[③]。便添了一个探春，也都想着不过是个未出闺阁的青年小姐，且平日也最平和恬淡，因此都不在意，比凤姐儿前更**懈怠**[④]了许多。只三四日后，几件事过手，渐觉探春精细处不让凤姐，只不过是言语安静，性情和顺而已。李纨和探春每日皆在厅上起坐。宝钗每日在上房监察，至王夫人回方散。每天夜间临寝之前，坐了小轿带领人各处巡察一次。因而里外下人都暗中抱怨说："刚刚倒了一个**巡海夜叉**[⑤]，又添了

①九省都检点：作者借用的古代高级武官名。
②大司马：古代武职的最高长官，明清时兵部尚书的别称。
③搪塞：敷衍塞责。
④懈怠：松懈懒惰。
⑤巡海夜叉：和下文的镇山太岁都比喻凶恶之人。

三个镇山太岁，连夜里偷着吃酒玩的工夫都没了。”

这日李纨与探春吃茶时，只见吴新登的媳妇进来回说：“赵姨娘的兄弟赵国基昨日死了。昨日回过太太，太太说知道了，叫回姑娘奶奶来。”说毕，便垂手旁侍，再不言语。彼时来回话者不少，都打听她二人办事如何：若办得妥当，大家则安个畏惧之心，若稍有嫌隙不当之处，不但不畏服，还要编出许多笑话来取笑。吴新登的媳妇心中已有主意，若是凤姐，她早已献殷勤说出许多主意，又查出许多旧例来任凤姐儿拣择施行。如今她**藐视**[①]李纨老实，探春是年轻的姑娘，所以只说出这一句话来，试她二人有何主见。探春便问李纨。

李纨想了一想，便道：“前儿袭人的妈死了，听见说赏银四十两。这也赏四十两罢了。”吴新登家的听了，忙答应了是，接了对牌就走。探春道：“你且回来。”吴新登家的只得回来。探春道：“你且别支银子。我且问你：那几年老太太屋里的几位老姨奶奶，也有家里的也有外头的这两个分别。家里的若死了人是赏多少，外头的死了人是赏多少，你且说两个我们听听。”吴新登家的笑道：“我查旧账去，此时却记不得。”探春笑道：“你办事办老了的，还记不得，倒来难我们。你平日回你二奶奶也现查去？若有这道理，凤姐姐还不算厉害，也就是算宽厚了！还不快找了来我瞧。再迟一日，不说你们粗心，反像我们没主意了。”吴新登家的满面通红，忙转身出来。众媳妇们都

①藐视：轻视，小看。

伸舌头。

一时，吴家的取了旧账来。探春看时，两个家里的皆赏过二十两，两个外头的皆赏过四十两。还有两个外头的，一个赏过一百两，一个赏过六十两。这两笔底下皆有缘故：一个是隔省迁父母之柩，外赏六十两，一个是现买葬地，外赏二十两。探春便递与李纨看了。探春便说："给她二十两银子。把这账留下，我们细看看。"吴新登家的去了。忽见赵姨娘进来，李纨、探春忙让座。赵姨娘开口便说道："这屋里的人都踩下我的头去还罢了。姑娘你也想一想，该替我出气才是。"一面说，一面眼泪鼻涕哭起来。探春忙道："谁踩姨娘的头？说出来我替姨娘出气。"赵姨娘道："姑娘现踩我，我告诉谁！"探春忙站起来，说道："我并不敢。"李纨也站起来劝。赵姨娘道："你们请坐下，听我说。我这屋里熬油似的熬了这么大年纪，又有你和你兄弟，这会儿连袭人都不如了，我还有什么脸？连你也没脸面，别说我了！"

探春笑道："原来为这个。我说我并不敢犯法违理。"一面便坐了，拿账翻与赵姨娘看，又念与她听，又说道："这是祖宗手里旧规矩，人人都依着，偏我改了不成？也不只袭人，将来环儿收了外头的，自然也是同袭人一样。这原不是什么争大争小的事，讲不到有脸没脸的话上。她是太太的奴才，我是按着旧规矩办。太太满心疼我，因姨娘每每生事，几次寒心。我但凡是个男人，可以出得去，我必早走了，立一番事业，那时自有我一番道理。偏我是女孩儿家，一句多的话也没有我乱说的。太太满心里都知道。如今因看重我，才叫我照管家务，还没有做一件好事，姨娘倒先来作践我。倘或太太知道了，怕我为难不叫我管，那才正经没脸，连姨娘也真没脸！”一面说，一面不禁滚下泪来。

赵姨娘气得问道：“你不当家我也不来问你。你如今现说一是一，说二是二。如今你舅舅死了，你多给了二三十两银子，难道太太就不依你？分明太太是好太太，都是你们尖酸刻薄，可惜太太有恩无处使。姑娘放心，这也使不着你的银子。明儿等出了阁，我还想你额外照看赵家呢。如今没有长羽毛，就忘了根本，只拣高枝儿飞去了！”

探春没听完，已气得脸白气噎，抽抽咽咽地一面哭，一面问道：“既这么说，环儿出去为什么赵国基又站起来，又跟他上学？为什么不拿出舅舅的款来？何苦来，谁不知道我是姨娘养的，必要过两三个月寻出由头来，彻底来翻腾一阵，生怕人不知道，故意地表白表白。也不知谁给谁没脸？幸亏我还明白，但凡糊涂不知理的，早急了。”李纨急得只管劝，赵姨娘只管还唠叨。

忽听有人说：“二奶奶打发平姑娘说话来了。”赵姨娘听说，方把口止住。只见平儿进来，赵姨娘忙赔笑让座，又忙问：“你奶奶好些？我正要瞧去，就只没得空儿。”李纨见平儿进来，问她来做什么。平儿笑道：“奶奶说，赵姨奶奶的兄弟没了，恐怕奶奶和姑娘不知有旧例，若照常例，只得二十两。如今请姑娘**裁夺**[①]着，再添些也使得。”探春早已拭去泪痕，忙说道：“又好好的添什么，你主子倒好，叫我开了例，她做好人，拿着太太不心疼的钱，**乐得**[②]做人情。你告诉她，我不敢添减，混出主意。她添她施恩，等她好了出来，爱怎么添了去。”平儿一来时已明白了对半，今听这一番话，越发会意，见探春有怒色，便不敢以往日喜乐之时相待，只一边垂手默侍。

时值宝钗也从上房中来，探春等忙起身让座。未及开言，又有一个媳妇进来回事。因探春才哭了，便有三四个小丫鬟捧了沐盆、巾帕、靶镜等物来。探春刚伸手向面盆中盥沐，那媳妇便回道：“回奶奶姑娘，**家学**[③]里支环爷和兰哥儿的一年公费。”平儿先道：“你忙什么！你睁着眼看见姑娘洗脸，你不出去伺候着，先说话来。二奶奶跟前你也这么没眼色来着？姑娘虽然恩宽，我去回了二奶奶，只说你们眼里都没姑娘，你们都吃了亏，可别怨我。”吓得那个媳妇忙赔笑道：“我粗心了。”一面说，一面忙退出去。

探春一面匀脸，一面向平儿冷笑道：“你迟了一步，还有可笑的：连吴姐姐这么个办老了事的，也不查清楚了，就来混我们。幸亏我们问她，她竟有脸说忘了。我说她回你主子事也忘了再找去？我料着你那主子未必有耐性儿等她去找。”平儿忙笑道：“那是她们瞅着大奶奶是个菩萨，

---

①裁夺：考虑决定。

②乐得：某种情况或安排恰合自己心意，因而顺其自然。

③家学：家族设立的学堂。

姑娘又是个腼腆小姐，固然是托懒来混。”说着，又向门外说道：“你们只管撒野，等奶奶大安了，咱们再说。”门外的众媳妇都笑道：“姑娘，你是个最明白的人，俗语说‘一人作罪一人当’，我们并不敢欺蔽小姐。如今小姐是娇客，若真惹恼了，死无葬身之地。”

平儿冷笑道：“你们明白就好了。”又赔笑向探春道：“姑娘知道二奶奶本来事多，哪里照看得了这些，保不住不忽略。俗语说‘旁观者清’，这几年姑娘冷眼看着，或有该添该减的去处二奶奶没行到，姑娘竟一添减，头一件于太太的事有益，第二件也不枉姑娘待我们奶奶的情义了。”话未说完，宝钗、李纨皆笑道：“好丫头，真怨不得凤丫头偏疼她！本来无可添减的事，如今听你一说，倒要找出两件来斟酌斟酌，不辜负你这话。”探春笑道：“我一肚子气，正要拿她奶奶出气去，偏碰了她来，说了这些话，叫我也没了主意了。”一面说，一面叫进方才那媳妇来问：“环爷和兰哥儿家学里这一年的银子，是做哪一项用的？”那媳妇便回说：“一年学里吃点心或者买纸笔，每位有八两银子的使用。”探春道：“凡爷们的使用，都是各屋领了月钱的。环哥的是姨娘领二两，宝玉的是袭人领二两，兰哥儿的是大奶奶屋里领。怎么学里每人又多这八两？原来上学去的是为这八两银子！从今儿起，把这一项免了。平儿，回去告诉你奶奶，我的话，把这一条务必免了。”平儿笑道：“早就该免。旧年奶奶原说要免的，因年下忙，就忘了。”那个媳妇只得答应着去了。

平儿出来，指着众媳妇悄悄说道："你们闹得太不像话了。她是个姑娘家，不肯发威动怒，这是她尊重，你们就藐视欺负她。她撒个娇儿，太太也得让她一二分，二奶奶也不敢怎样。你们就这么大胆子小看她，可是鸡蛋往石头上碰。"

赵姨娘已去，三人在板床上吃饭。宝钗面南，探春面西，李纨面东。众媳妇皆在廊下静候，里头只有她们紧跟常侍的丫鬟伺候，别人一概不敢擅入。这些媳妇们都悄悄地议论说："大家省事吧，别安着没良心的主意。连吴大娘才都讨了没意思，咱们又是什么有脸的。"等三人出来，众媳妇们方慢慢地一个一个地安分回事，不敢如先前轻慢疏忽了。

◈ 精华赏析

贾探春精明能干，性格直爽。她不怯懦，敢于用才情与胆识为自己赢得尊重。贾探春代理家政的时候，管家婆子故意不说旧例，想看探春的笑话。探春查了旧账，定了赏银。思路清晰，决策果断。即使亲生母亲来了，又哭又闹，探春也没有给她商量的余地。

◈ 成长启示

在这一回的故事中，贾探春在代理家政的过程中不断地学习和实践，她通过观察、请教和实践逐渐提高了自己的能力。这告诉我们，要注重学习和实践能力的培养，提高自己的能力和水平。

第二十八回 敏探春兴利除宿弊

❖ 要点思考

· 为什么作者称探春为“敏探春”？
· 探春兴了哪些利？除了哪些弊？
· 你如何评价探春的改革措施？

平儿陪着凤姐吃了饭，服侍洗漱完，往探春这里来。只见院中寂静，只有丫鬟婆子在窗外听候。平儿进入厅中，她姊妹三人正议论些家务，说的是赖大家花园中的事。见她来了，探春命她**脚踏**①上坐了。

探春说道：“我想的事不为别的，因想着我们一个月有二两**月银**②外，丫头们又另有月钱。前儿又有人回，要我们一个月所用的头油脂粉，每人又是二两。这又同刚才学里的八两一样，重重叠叠，事虽小，钱有限，看起来却不妥当。你奶奶怎么就没想到这个？”平儿笑道：“这有个缘故，姑娘们所用的这些东西，每月**买办**③买了，令女人们各房交给我们收管，不过预备姑娘们使用就罢了，没有我们天天各人拿着钱找人买头油买脂粉的理。所以外头买办总领了去，按月按房交给我们的。姑娘们的每月这二两，原不是为买这些的，原为的是一时当家的奶奶太太或不在，姑娘们偶然一时可巧要几个钱用，省得找人去。这

---

①脚踏：放在床或坐具前面垫脚的矮木凳。
②月银：即月钱。
③买办：旧时官府或富贵人家中负责采购物品、办理杂务的人。

原是怕姑娘们受委屈，可知这个钱并不是买这个才有的。如今我冷眼看着，各房里的我们的姊妹却是现拿钱买这些东西的。”探春道：“钱费两起，东西又白丢一半，不如把买办的免了为好。此是一件事。第二件，年里往赖大家去，你也去了，你看他那小园子比咱们这个如何？”平儿笑道：“还没有咱们这一半大，树木花草也少多了。”探春道：“我和他家女儿说闲话儿，谁知那么个园子，除他们带的花、吃的笋菜鱼虾之外，一年还有人包了去，年终足足剩余二百两银子。从那日我才知道，一个破荷叶，一根枯草根子，都是值钱的。”

探春又接着说道：“咱们这园子只算比他们的多一半，加一倍算，一年就有四百银子的利息。不如在园子里所有的老妈妈中，拣出几个本分老成懂园圃的，派定她们收拾料理，也不要她们交租纳税，只问她们一年可以孝敬些什么。一则园子有专定之人修理，花木自是一年好似一年，二则也不至于作践了东西，三则老妈妈们也可借此小补，不枉年日在园中辛苦，四则也可以省了这些花儿匠山子匠打扫人等的工费。”

李纨笑道：“好主意。这么一行，太太必喜欢。省钱事小，第一有人打扫，专司其职，又许她们去卖钱。使之以权，动之以利，再无不尽职的了。”平儿道：“这件事须得姑娘说出来。我们奶奶虽有此心，也未必好出口。此刻姑娘们在园里住着，不能多弄些玩意儿去陪衬，反叫人去监管修理，图省钱，这话绝不好出口。”宝钗忙走过来，摸着她的脸笑道："你张开嘴，我瞧瞧你的牙齿舌头是什么做的。你说这些话，一套一个样子，也不奉承三姑娘，也不说你奶奶没想到，也没有三姑娘说一句，你就说一句是，横竖三姑娘一套话出，你就有一套话进去，总是三姑娘想到的，你奶奶也想到了，只是必有个不可办的缘故。远愁近虑，不亢不卑。你奶奶就是不和我们好，听你这一番话，也要自愧地变好了，不和也变和了。"大家道："大家商议两件兴利除弊的事，也不枉太太委托一场。"平儿忙道："我已明白了。姑娘说谁好，派谁就完了。"探春道："须得回你奶奶一声。你奶奶是个明白人，我才这样行，若是糊涂多心的，我也不肯，倒像抓她错一般。怎能不商议了再行。"平儿笑道："既然这样，我去告诉一声。"说着去了，半日才回来，笑说："我说是白走一趟，这样的好事，奶奶哪有不依的。"

探春听了，便和李纨命人将园中所有婆子的名单要来，大家商议，大概定了几个。又将她们一齐传来，李纨大概地告诉给她们。众人听了，无不愿意，也有说："那一片竹子单交给我，一年工夫，明年又是一片。除了家里吃的笋，一年还可交些钱粮。"这一个说："那一片稻地交给我，一年这些玩的大小雀鸟的粮食不必动官中钱粮，我还可以交钱粮。"

众婆子去后，探春便向册上指出几人来给她三人看。平儿忙去取笔砚来。她三人说道："这一个老祝妈是个妥当的，况她老头子和她儿子代代都是管打扫竹子，如今就把这所有的竹子交给她。这一个老田妈本是种庄稼的，稻香村一带凡有菜蔬稻谷之类，须得她去。”探春又笑道：“可惜，蘅芜苑和怡红院这两处大地方竟没有出利息之物。”李纨忙笑道：“蘅芜苑更厉害。如今香料铺卖的香料香草儿，不都是这些东西？算起来比别的利息更大。怡红院别说别的，单说春夏天一季玫瑰花，共下多少花？还有一带篱笆上的蔷薇、月季、金银藤，单这没要紧的花草干了，卖到茶叶铺药铺去，也值几个钱。”探春笑道：“原来如此。只是弄香草的没有在行的人。”平儿忙笑道：“跟宝姑娘的莺儿她妈就是会弄这个的，上回她还采了些晒干了编成花篮葫芦给我玩的，姑娘倒忘了？”宝钗道：“万万使不得！你们这里多少得用的人，一个一个闲着没事办，这会儿我又弄个人来，叫那些人连我也看小了。我倒替你们想出一个人来，怡红院有个老叶妈，她就是茗烟的娘。那是个诚实老人家，她又和我们莺儿的娘极好，不如把这事交给叶妈。她有不知的，不用咱们说，她就找莺儿的娘去商议了。哪怕叶妈全不管，竟交给哪一个，那是她们私情儿，有人说闲话，也就怨不到咱们身上了。如此一行，你们办事又公又妥。”李纨、平儿都道：“好极了。”探春笑道：“虽如此，只怕她们见利忘义。”平儿笑道：“不要紧，前儿莺儿还认了叶妈做干娘，请吃饭吃酒，两家好得很呢。”探春听了，才罢了。又共同商议出几人来，都是她们四人平日取中的，用笔圈出。

探春与李纨明示众人：某人管某处，按四季除家中定例用多少外，余者任凭你们采了去得利，年终算账。探春笑道："我又想起一件事，若年终算账归钱时，自然归到账房，仍是上头又添一层管主，还在他们手心里，又剥一层皮。这如今我们兴出这事来派了你们，已是跨过他们的头去了，心里有气，只说不出来，你们年终去归账，他们还不捉弄你们等什么？如今这法是我的新创，别入他们手，每年归账，归到里头来才好。"宝钗笑道："依我说，里头也不用归账，这个多了那个少了，倒多了事。不如问她们谁领这一份的，她就揽一宗事去。不过是园里的人的动用。我替你们算出来了，有限的几宗事：不过是头油、胭粉、香、纸，每一位姑娘几个丫头，都是有定例的，再者，各处笤帚、簸箕、掸子和鸟、鹿、兔吃的粮食。不过这几样，她们包了去，不用去账房领钱。你算算，就省下多少来？"平儿笑道："这几宗虽小，一年总共算了，也省得下四百两银子。"宝钗笑道："一年四百，两年八百两，取租的房子也能看得了几间，薄地也可添几亩。虽然还有剩余的，但她们既辛苦一年，也叫她们剩些，贴补贴补自家。虽是兴利节用，也不可太吝啬。如今这园里几十个老妈妈，若只给了这个，那剩的必抱怨不公。我才说的，她们只供给这么几样，也未免太宽裕了。一年除了这个之外，叫她每人拿出若干钱来，散给园中这些妈妈。她们虽不料理这些，却日夜也是在园中照看当差之人。一切粗糙活计，都是她们的差使，一年在园里辛苦到头，分内也该沾带些。否则，她们虽不敢明怨，心里却都不服，假公济私地多摘你们几个果子，多掐几枝花儿，你们有冤还没处诉。她们沾带了些利息，你们有照顾不到，她们就替你照顾了。”

众婆子听了这个议论，又不受账房的辖治，又不与凤姐去算账，一年不过多拿出若干钱来，个个欢喜异常，都齐说：“愿意。强如出去被人揉搓着，还得拿出钱来呢。”那不得管地的听了每年终又无故能分钱，也都喜欢起来，口里说：“她们辛苦收拾，是该剩些钱的。我们怎么好白吃的？”宝钗笑道：“妈妈们也别推辞了，这原是分内应当的。你们只要日夜辛苦些，别躲懒放纵人吃酒赌钱就是了。我如今替你们想出这个额外的收入来，也为大家齐心把这园里周全得谨谨慎慎，让那些有权管事的看见如此严肃谨慎，且不用她们操心，她们心里无不敬服。你们仔细想想这话。”家人都欢声鼎沸说：“姑娘说得很对。从此姑娘奶奶只管放心，姑娘奶奶这样疼顾我们，我们再要不体上情，天地也不容了。”

❖ 精华赏析

贾探春免去了宝玉、贾环、贾兰上学的开销，免去了每月买给姑娘们的头油脂粉，因为这两项均为重复开支。她将大观园的日常管理承包给婆子们，让她们自负盈亏，利人利己。

❖ 成长启示

在这一回的故事中，贾探春在发现重复支出后，通过思考和调查，采取了有效的改良措施解决问题。这告诉我们，要学会寻找解决问题的方法，通过思考和实践来解决问题。

第二十九回 慧紫鹃谎辞试宝玉

❖ 要点思考

· 紫鹃为何要以谎话试宝玉？

· 请你概括紫鹃的性格特征。

· 袭人和紫鹃都试探过宝玉，有何不同？

这日宝玉去看黛玉。正值黛玉才歇午觉，宝玉不敢惊动。

宝玉见紫鹃正在**回廊**[①]上做针线，就与她搭话。紫鹃道："几日前你们姊妹两个刚说起'燕窝'的事，赵姨娘就进来了，后来再没提，我正想着问你。"宝玉道："我想着宝姐姐也是客人，既吃燕窝，又不可间断，若只管和她要，也不太妥。我已经跟老太太说了，一日给你们一两燕窝。"紫鹃道："原来是你说了。我们正疑惑，老太太怎么忽然想起叫人每日送一两燕窝来呢？"宝玉笑道："天天吃惯了，吃上三二年就好了。"紫鹃道："在这里吃惯了，明年回家去，哪里有这闲钱吃这个。"宝玉听了，吃了一惊，忙问："谁？回哪个家去？"紫鹃道："你妹妹回苏州家去。"宝玉笑道："你又乱说话。苏州虽是原籍，因没了姑父姑母，无人照看，才投靠了来。明年回去找谁？可见是撒谎。"紫鹃冷笑道："你太小看人了。你们贾家独是大族人口多的，除了你家，别人只能一父一母，房族中再

①回廊：回环曲折的走廊。

无人了不成？我们姑娘来时，原是老太太心疼她年纪小，虽有叔伯，不如亲父母，因此接来住几年。大了该**出阁**①时，自然要送还林家的。林家虽穷，也是**书宦**②之家，绝不肯将他家的人丢在亲戚家，落人的耻笑。所以早则明年春天，迟则秋天。这里纵不送去，林家也必有人来接的。”宝玉听了，就如头顶上响了一个焦雷一般。紫鹃只不作声，看他怎样回答。忽见晴雯来找宝玉，紫鹃就回房去了。

晴雯见宝玉呆呆的，一头热汗，满脸紫胀，忙拉他的手，一直到怡红院中。袭人见这样，慌起来，只说是热汗被风扑了。无奈宝玉发热还是小事，两个眼珠儿直直的，口角边津液流出，都不知觉。给他个枕头，他便睡下，扶他起来，他便坐着，倒了茶来，他便吃茶。众人见他这样，一时慌起来，又不敢去回贾母，先差人出去请李嬷嬷。

一时李嬷嬷来了，看了半日，问他几句话也无回答，用手向他脉门摸了摸，嘴唇人中上边用力掐了两下，掐的指印很深，竟也不知疼。李嬷嬷只说了一声“可了不得了”，“呀”的一声就搂着放声大哭起来。袭人忙拉她说：“你老人家瞧瞧，可怕不怕？且告诉我们去回老太太、太太去。你老人家怎么先哭起来？”李嬷嬷捶床捣枕说：“这可不中用了！我白操了一世心了！”袭人等因她年老多知，所以请她来看，如今见她这样大哭，都信以为实，也都哭起来。

---

①出阁：出嫁。

②书宦：读书做官。

袭人忙到潇湘馆来，见紫鹃正服侍黛玉吃药，也顾不得什么，走上来问紫鹃道："你刚才和我们宝玉说了些什么？你瞧他去，你回老太太去，我也不管了！"说着，就坐在椅上。黛玉忽见袭人满面急怒，又有泪痕，举止大变，不免也慌了，忙问怎么了。袭人哭道："不知紫鹃姑奶奶说了些什么话，那个呆子眼也直了，手脚也冷了，话也不说了，李妈妈掐着也不疼了，已死了大半个了！连李妈妈都说不中用了，在那里放声大哭。只怕这会儿都死了！"黛玉一听此言，哇的一声，将腹中之药一概呛出，痛声大咳了几阵，喘得抬不起头来。紫鹃忙上来捶背，黛玉伏枕喘息半晌，推紫鹃道："你说了什么话，趁早儿去解说，他只怕就醒过来了。"紫鹃听说，忙下了床，同袭人到了怡红院。

谁知贾母、王夫人等都已在那里了。贾母一见了紫鹃，眼里冒火，骂道："你这小蹄子，和他说了什么？"紫鹃忙道："并没说什么，不过说几句玩笑话。"谁知宝玉见了紫鹃，才"哎呀"了一声，哭出来了。众人一见，才都放下心来。宝玉一把拉住紫鹃，死也不放，说："要去连我也带了去。"众人不解，细问起来，才知是紫鹃说"要回苏州去"一句玩笑话引出来的。

正说着，有人回林之孝家的、单大良家的都来瞧哥儿来了。贾母道："难为她们想着，叫她们来瞧瞧。"宝玉听了一个"林"字，就满床闹起来说："了不得了，林家的人接她们来了，快打出去吧！"贾母听了，也忙说："打出去吧。”又忙安慰说：“那不是林家的人。林家的人都死绝了，没人来接她的，你只放心吧。”宝玉哭道：“凭他是谁，除了林妹妹，都不许姓林！”贾母道：“没姓林的来，凡姓林的我都打走了。”一面吩咐众人：“以后别叫林之孝家的进园来，你们也别说‘林’字。”众人忙答应，想笑又不敢笑。一时宝玉又一眼看见了**十锦格子**[①]上陈设的一只金西洋自行船，就指着乱叫说：“那不是接她们的船来了，在那里呢。”贾母忙命拿下来。袭人忙拿下来，宝玉要来塞进被中，笑道：“可去不成了！”一边说，一边死拉着紫鹃不放。

大夫来了，诊脉拿药，按方煎了药来服下，果然比先安静。无奈宝玉只不肯放紫鹃，只说她去了就是要回苏州去了。贾母、王夫人无法，只得命紫鹃守着他，另派琥珀去服侍黛玉。

无人时紫鹃在侧，宝玉又拉她的手问道：“你为什么吓我？”紫鹃道：“不过是哄你玩的，你就认真了。”宝玉道：“你说得那样有情有理，如何是玩笑话。”紫鹃笑道：“那些玩笑话都是我编的。林家没了人口，纵有也是极远的。纵有人来接，老太太必不放去的。”宝玉道：“就是老太太放去，我也不依。”紫鹃笑道：“你知道，我并不是林家的人，我也和袭人、鸳鸯是一起的，偏把我给了林姑娘使唤。偏偏她又和我极好，比她苏州带来的还好十倍，一时一刻我们两个离不开。我如今心里却愁，她若要去了，

①十锦格子：摆放小型用具装饰品的木头格子。

我定要跟了她去的。我是合家在这里，我若不去，辜负了我们平日的情分；若去，又弃了本家。所以我疑惑，编出这谎话来问你，谁知你就傻闹起来。”宝玉笑道：“原来你是愁这个，所以你是傻子。从此以后再别愁了。我只告诉你一句话：活着，咱们一处活着；不活着，咱们一处化灰化烟，如何？”紫鹃听了，心下暗暗筹划。

林黛玉听说宝玉如此情形，未免又添些病症，多哭几场。见紫鹃回来了，就让琥珀回去服侍贾母。夜间**人定**①后，紫鹃已宽衣卧下，悄悄向黛玉笑道：“宝玉的心倒实，听见咱们去就那样起来。”黛玉不答。紫鹃停了半晌，笑道：“我倒是一片真心为姑娘。替你愁了这几年了，无父母无兄弟，谁是知疼知热的人？趁早儿老太太还明白硬朗的时节，定了大事要紧。像姑娘这样的人，有老太太一日还好一日，若没了老太太，也只能凭人去欺负了。姑娘是个明白人，难道没听俗语说‘万两黄金容易得，知心一个也难求’？”黛玉听了，说道：“这丫头今儿不疯了？怎

①人定：十二时辰之一，是二十一点到二十三点。此时人已睡下，安定下来。

么去了几日，忽然变了一个人。我明儿必回老太太退回去，我不敢要你了。”紫鹃笑道：“我说的是好话，不过叫你心里留神，并没叫你去为非作歹，何苦回老太太，叫我吃了亏，又有何好处？”说着，自己睡了。黛玉听了这话，口里虽如此说，心里未尝不伤感，等她睡了，直哭了一夜，到天明才打了一个盹儿。

❖ 精华赏析

紫鹃与林黛玉名为主仆，却情同姐妹。她见林黛玉常常为贾宝玉而泣，于是编了一套说辞试探贾宝玉的想法。

没想到一试试出了大乱子，宝玉听说林黛玉可能要走，变得失魂落魄。虽然紫鹃被贾母责骂，被袭人埋怨，但测试的目的达到了：贾宝玉的心里果真唯有一个黛玉。

❖ 成长启示

在这一回的故事中，紫鹃关心林黛玉的婚姻和未来，因此想办法试探贾宝玉的心思。这告诉我们，要像紫鹃一样，理解他人的情感，关注自己和他人的感受，以及关注重要的人和事。

第三十回 判冤案平儿行决权

要点思考

· 请你简述柳家母女获罪的过程。
· 贾宝玉为何把事揽到自己身上？
· 平儿是如何处理的？表现出何种品质？

厨房里柳家的有个女儿，排行第五，就叫五儿。因身体虚弱，没有得差事。柳家的见宝玉房中的丫鬟差事轻人又多，想要送她到那里。这柳家的最小心殷勤，服侍得芳官等人比别人都好，芳官等也待她们极好，柳家的就央求芳官去和宝玉说。宝玉虽是答应，只是近日病着，还没说好。芳官向宝玉要些玫瑰露给柳五儿吃。宝玉忙道："有的，我又不大吃，你给她去吧。"说着命袭人取了出来，见瓶中已不多，就连瓶给了芳官。

柳家的得了玫瑰露，谢过芳官，又给她侄儿倒了半盏去。临走时，她嫂子送了一个纸包给她，笑道："这是昨儿粤东的官儿来拜，送了上头两小篓子茯苓霜。另外给了门上人一篓当作门礼，你哥哥分了这些。这地方千年松柏最多，所以单取了这茯苓的精液和了药，最补人的。我们想着，正适合外甥女儿吃。"

柳氏道了谢，作别回来，打发她女儿喝了一点儿汤，吃了半碗粥，又将茯苓霜一节说了。五儿听罢，心里想分些赠芳官，就用纸另包了一半，趁黄昏人稀之时，自己悄悄地来找芳官。

刚要回去，忽见林之孝家的带着几个婆子走来，五儿藏躲不及，只得上来问好。林之孝家的问道：“我听见你病了，怎么跑到这里来？”五儿赔笑道：“这两日好些，刚才我妈让我到怡红院送家伙去。”林之孝家的听她**闪烁其词**[①]，又因近日玉钏儿说那边正房里丢了东西，心里就起了疑。可巧小蝉、莲花儿和几个媳妇走来，见了这事，就说道：“林奶奶倒要审审她。这两日她老往这园里跑，鬼鬼祟祟的，不知干些什么事。”小蝉又道：“正是。昨儿玉钏姐姐说，太太房里的柜子开了，少了好些东西。琏二奶奶打发平姑娘和玉钏姐姐要些玫瑰露，谁知也少了一罐子。”莲花儿笑道：“这话我没听见，今儿我倒看见一个露瓶子。”林之孝家的正因这些事没主儿，每日凤姐儿派平儿催逼她，一听此言，忙问在哪里。莲花儿就说：“在她们厨房里呢。”林之孝家的听了，忙命打了灯笼，带着众人来寻。五儿急说：“那原是宝二爷屋里的芳官给我的。”林之孝家的说：“不管你方官圆官，现有了赃证，我只呈报了，凭你到主子跟前辩去。”一边说，一边进入厨房，莲花儿带着，取出露瓶。又细细搜了一遍，又得了一包茯苓霜，一并拿了，带了五儿，来回李纨与探春。

那时李纨正因兰哥儿病了，不理事务。探春已归房，正在沐浴，命他们找平儿回凤姐去。凤姐刚刚歇下，听见此事，就吩咐：“将她娘打四十板子，撵出去，永不许进

---

①闪烁其词：形容说话吞吞吐吐，躲躲闪闪。

二门。把五儿打四十板子，立刻交给庄子上，或卖或配人。”平儿听了，出来告诉了林之孝家的。

五儿吓得哭哭啼啼，给平儿跪着，细诉芳官之事。平儿道：“这也不难，等明日问了芳官就知真假。但这茯苓霜前日人送了来，还等老太太、太太回来看了才敢打动，不该偷了去。”五儿见问，忙又将她舅舅送的一节说了出来。平儿听了，笑道：“这样说，你竟是个平白无辜之人。此时天晚，奶奶才歇下。先将她交给上夜的人看守一夜，等明儿我回了奶奶，再做处理。”林之孝家的不敢违拗，只得带了出来交给上夜的媳妇们看守。

这里五儿被人软禁起来，一步不敢多走。平日与柳家不和的人，见了这般，十分称心，都来奚落嘲笑她。五儿心里又气又委屈，竟无处可诉，且本来怯弱有病，这一夜茶水未进，呜呜咽咽直哭了一夜。

谁知和她母女不和的那些人，巴不得一时撵出她们去，唯恐次日有变，大家先起了个清早，悄悄地来买通平儿，一面送些东西，一面又奉承她办事简断，一面又讲述柳家的平日许多不好。平儿一一地都应着，打发她们去了，却悄悄地来访袭人，问她是否芳官给五儿露了。袭人说：“露确是给的芳官，芳官转给何人我却不知。”袭人于是又问芳官，芳官听了，吓了一跳，忙应是自己送五儿的。芳官又告诉了宝玉，宝玉也慌了，说：“露虽有了，若勾起茯苓霜来，她自然也实供。若听见了是她舅舅门上得的，她舅舅又有了不是，岂不是人家的好意，反被咱们陷害了。”

于是忙和平儿计议："露的事虽完，然这霜也是有不是的。好姐姐，你叫她说也是芳官给她的就完了。"平儿笑道："虽如此，只是她昨晚已经同人说是她舅舅给的了，如何又说你给的？"晴雯走来笑道："太太那边的露再无别人，分明是彩云偷了给环哥儿去了。"平儿笑道："如今就是从赵姨娘屋里起了赃来也容易，我只怕又伤着一个好人的体面。别人都不管，这一个人岂不又生气。我可怜的是她，不肯为打老鼠伤了玉瓶。"说着，把三个指头一伸。袭人等听说，知道她说的是探春。大家都忙说："我们这里应了起来为好。"平儿又笑道："也须得把彩云和玉钏儿两个业障叫了来，问准了才好。不然她们得了好处，不说为这个，倒像我没本事问不出来，她们以后更加偷的偷，不管的不管了。"平儿命人叫了她两个来，说道："不用慌，贼已有了。"玉钏儿先问贼在哪里，平儿道："现在二奶奶屋里，你问什么她应什么。我心里明知不是她偷的，可怜她害怕都承认。我想要说出来，又怕伤了一个好人的体面，因此为难，不得不央求宝二爷应了，大家无事。如今反要问你们两个，还是怎样？若从此以后大家小心存体面，这便求宝二爷应了；若不然，我就回了二奶奶，别冤屈了好人。"彩云听了，不觉红了脸，一时**羞恶**[①]之心感发，说道："姐姐放心，也别冤了好人，也别带累了无辜之人伤了体面。偷东西原是赵姨奶奶央告我再三，我拿了些给环哥。如今既冤屈了好人，我心也不忍。姐姐带了我回奶

①羞恶：对自己或别人的坏处感觉羞耻和厌恶。

奶去，我一概应了完事。”众人听了这话，一个个都诧异，她竟这样有肝胆。宝玉忙笑道：“彩云姐姐果然是个正经人。如今也不用你应，我只说是我悄悄偷的逗你们玩，如今闹出事来，我原该承认。只求姐姐们以后省些事，大

家就好了。”彩云道：“我干的事为什么叫你应，死活我该去受。”平儿、袭人忙道：“不是这样说，你若应了，不免又翻腾出赵姨奶奶来，那时三姑娘听了，岂不生气。不如宝二爷应了，大家无事。”彩云听了，低头想了想，就依了。于是大家商议妥帖，平儿带了她两个和芳官往前边来，到上夜房中叫了五儿，将茯苓霜一节也悄悄地教她说是芳官所赠，五儿感谢不尽。

平儿出来吩咐林之孝家的道：“事已查明，五儿是冤了的。大事化为小事，小事化为没事，才是兴旺之家。若一点子小事，就乱折腾起来，不成道理。如今将她母女带回，照旧去当差。再不必提此事。只是每日小心巡察要紧。”

最终，平儿洗清了柳家母女的冤屈，也让那些想看柳家母女笑话的人，碰了一鼻子灰。

❖ 精华赏析

对于失窃事件，平儿既不像凤姐一样简单粗暴，也不像宝玉一样大包大揽，而是经过走访调查，很快查清了事件的来龙去脉。她两头兼顾，处理得宜，既训诫了偷者，又保护了好人，以自己的善良与公允赢得了大家的口碑。

❖ 成长启示

在这一回的故事中，平儿在处理五儿的事情时，没有偏袒任何一方，而是通过调查了解了真相。这告诉我们处理事情时，要以事实为依据，做出公正和公平的决策。

第三十一回 寿怡红群芳开夜宴

❖ 要点思考

· 为什么宝钗和牡丹花很配？

· 从哪些细节可以看出宝玉关爱女孩子？

· 芳官、宝玉同榻而眠反映了什么？

宝玉生日已到，宝琴、岫烟、平儿也是这天生日，四人相同。这日清晨，宝玉来到前厅院中，上香行礼，奠茶焚纸后，方回到房中。宝玉刚吃了半盏茶，只听外面咭咭呱呱，一群丫头笑着走来，说："拜寿的挤破了门了，快拿面来我们吃。"探春、湘云、宝琴、岫烟、惜春都来了。宝玉忙迎出来，笑说："快预备好茶。"进入房中，不免推让一回，大家归座。袭人等捧过茶来，才吃了一口，平儿也打扮得花枝招展地来了。

探春说道："可巧今儿里头厨房不预备饭，一应饭菜都是外头准备。咱们就凑了钱叫柳家的来揽了去，只在咱们里头准备就好。"众人都说是极。探春一面遣人去问李纨、宝钗、黛玉，一面遣人去传柳家的进来，吩咐她内厨房中快收拾两桌酒席。探春又邀了宝玉，同到厅上去吃面，等到李纨、宝钗一齐来全，又遣人去请薛姨妈与黛玉。因天气和暖，黛玉之疾渐愈，故也来了。花团锦簇，挤了一厅的人。

探春让宝琴、岫烟二人在上，平儿面西坐，宝玉面东坐。

探春又接了鸳鸯来，二人并肩对面相陪。西边一桌，宝钗、黛玉、湘云、迎春、惜春，一面又拉了香菱、玉钏儿二人。三桌上，尤氏、李纨又拉了袭人、彩云陪坐。四桌上便是紫鹃、莺儿、晴雯、小螺、司棋等人围坐。大家对点的对点，划拳的划拳。这些人因贾母、王夫人不在家，没了管束，便任意取乐，呼三喝四，喊七叫八。满厅中红飞翠舞，玉动珠摇，真是十分热闹。玩了一会儿，大家方起席散了一散，倏然不见了湘云，派人各处去找，哪里找得着。

一个小丫头笑嘻嘻地走来："姑娘们快瞧云姑娘去，吃醉了图凉快，在山子后头一块青板石凳上睡着了。"众人听说，都笑道："快别吵嚷。"说着，都走过来看，果然见湘云卧于山石僻处一个石凳子上，香梦沉酣，四面芍药花飞了一身，满头脸衣襟上皆是红香散乱，手中的扇子在地下，也半被落花埋了，一群蜂蝶闹嚷嚷地围着她，又用鲛帕包了一包芍药花瓣枕着。众人看了，又是爱，又是笑，忙上来推她，说道："快醒醒儿吃饭去，别睡出病来呢。"湘云慢启秋波，见了众人，低头看了一看自己，方知是醉了。连忙起身扎挣着同人来到红香圃中，吃了两盏浓茶，又喝了一些酸汤，方才觉得好了些。

宝玉回到房中与袭人商议："晚间吃酒，大家取乐，不可拘泥。想吃什么，好早说给她们去办。"袭人笑道："你放心，我和丫头们凑的银子，早已交给了柳嫂子，预备四十碟果子。我和平儿说了，已经抬了一坛好绍兴酒藏在那边了。我们八个人单替你过生日。"宝玉听了，喜得忙说："她们哪里的钱，不该叫她们出才是。"晴雯道："她们没钱，难道我们是有钱的！这原是各人的心，只管领她们的情就是。"宝玉听了，笑说："你说的是。"

已是掌灯时分，听得院门前有一群人进来。大家隔窗悄视，见林之孝家的和几个管事的女人走来，前头一人提着大灯笼。晴雯笑道："查夜的人来了。等她们出去，咱们好关门。"林之孝家的查完，带了众人，又查别处去了。晴雯忙命人关了门，摆上酒果，把花梨圆炕桌子放在炕上。宝玉说："天热，咱们都脱了大衣裳才好。"众人笑道："你要脱你脱，我们还要轮流**安席**①呢。"宝玉笑道："这一安就安到五更天了。知道我最怕这些俗套子，在外人跟前不得已的，这会儿还怄我就不好了。"众人听了，都说："依你。"于是先不上坐，且忙着卸妆宽衣。

一时将正装卸去，头上只随便挽着纂儿，身上皆是长裙短袄。宝玉说："咱们**占花名儿**②。"晴雯笑道："正是早已想弄这个玩意儿。"袭人道："这个玩意虽好，人少了没趣。"**小燕**③笑道："依我说，咱们悄悄地把宝姑娘、林姑娘请了来玩一会儿，到**二更**④天再睡不迟。"袭人道："又开门喝户地闹，倘或遇见巡夜的问呢？"宝玉道："怕什么，咱们三姑娘也吃酒，再请她一声才好。还有琴姑娘，你们快去请。"小燕、四儿忙命开了门，分头去请。

---

①安席：酒宴入座时向别人敬酒。
②占花名儿：一种酒令游戏。将花名签子装在筒中，抽取花签并按签上的规定饮酒。
③小燕：和下文的四儿都是贾宝玉的丫鬟。
④二更：二十一点到二十三点。

晴雯、麝月、袭人三人又说："她两个去请，只怕宝、林两个不肯来，须得我们请去，死活拉她来。"于是袭人、晴雯忙又命老婆子打个灯笼，二人又去。果然宝钗说夜深了，黛玉说身上不好，她二人再三央求说："好歹给我们一点体面，略坐坐再来。"探春听了却也欢喜，心想："不请李纨，倘或被她知道了倒不好。"便命翠墨同了小燕也再三请了李纨和宝琴二人，会齐，先后都到了怡红院中。袭人又死活拉了香菱来。炕上又并了一张桌子，方坐开了。宝玉忙说："林妹妹怕冷，过这边靠板壁坐。"又拿个靠背垫着些。袭人等都端了椅子在炕沿下一陪。

晴雯拿了一个竹雕的签筒来，里面装着象牙花名签子，摇了一摇，放在当中。又取过**骰子**[1]来，盛在盒内，摇了一摇，揭开一看，里面是五点，数至宝钗。宝钗便笑道："我先抓，不知抓出个什么来。"说着，将筒摇了一摇，伸手掣出一根，大家一看，只见签上画着一枝牡丹，题着"艳冠群芳"四字，下面又有镌的小字一句唐诗，道是：任是无情也动人。又注着："在席共贺一杯。"众人看了，都笑说："巧得很，你也原配牡丹花。"说着，大家共贺了一杯。

宝钗又掷了一个十六点，数到探春，探春笑道："我还不知得个什么呢。"伸手掣了一根出来，自己一瞧，便掷在地下，红了脸，笑道："这东西不好，不该行这令。"众人不解，袭人等忙拾了起来，众人看上面是一枝杏花，那红字写着"瑶池仙品"四字，诗云：日边红杏倚云栽。

①骰子：即色子，投掷以点数或颜色定输赢的赌具。

注云："得此签者，必得贵婿，大家恭贺一杯。"众人笑道："我们家已有了个王妃，难道你也是王妃不成。大喜，大喜。"说着，大家来敬。探春哪里肯饮，却被史湘云、香菱、李纨等三四个人灌了下去。

闹到二更以后，众人起身准备回去，袭人等直送过沁芳亭河那边方回来。关了门，大家又行起令来。**四更**[①]时分，酒坛已罄，众人方收拾洗漱睡觉。芳官吃得两腮胭脂一般，身子撑不住，便睡在袭人身上，道："好姐姐，心跳得很。"袭人笑道："谁许你尽力灌起来。"小燕、四儿也撑不住，早睡了。晴雯还只管叫。宝玉道："不用叫了，咱们胡乱歇一歇吧。"自己便枕了那红香枕，身子一歪，便也睡着了。袭人见芳官醉得很，只得轻轻起来，将芳官扶在宝玉之侧，由她睡了。自己却在对面榻上倒下。

大家一觉睡到了天明，袭人睁眼一看，只见天色大亮，忙说："可迟了。"向对面床上瞧

①四更：凌晨一点到三点。

了一瞧，只见芳官头枕着炕沿上，睡犹未醒，连忙起来叫她。宝玉已翻身醒了，笑道："可迟了！"又推芳官起身。那芳官坐起来，犹发怔揉眼睛。袭人笑道："不害羞，你吃醉了，怎么也不拣地方儿乱挺下了。"芳官听了，瞧了一瞧，方知道和宝玉同榻，忙笑着下地来，说："我怎么吃得不知道了。"宝玉笑道："我竟也不知道了。若知道，给你脸上抹些黑墨。"说着，丫头进来伺候梳洗。

◈ 精华赏析

这一回可以说是《红楼梦》中最美丽烂漫的场景了。群芳会集，花团锦簇，划拳行令，好不热闹。芳官喝醉了，竟然与宝玉同榻而眠，而宝玉没有责怪，芳官也只是笑笑。

◈ 成长启示

史湘云以她率性、憨直和豪爽的性格，让我们看到了一种不受束缚，自然洒脱的生活方式。无论在何种环境下，我们都要保持自己的本性和率真；同时，我们也要学会享受和欣赏生活中的美好。

第三十二回 尤三姐殉情归地府

❖ **要点思考**

· 你觉得贾珍父子和贾琏是什么样的人？
· 柳湘莲为什么要退婚？
· 尤三姐为什么殉情？

贾敬在道观修炼时突然去世了。尤氏见贾珍父子等都不在家，又看道观狭窄，便命人用软轿抬到铁槛寺来停放，且做起道场来等贾珍。

尤氏不能回家，就将她继母接来在宁府看家。她这继母只得将两个未出嫁的小女带来，一并起居才放心。贾蓉听说两个姨娘来了，就和贾珍一笑。父子加鞭快走，连夜换马飞驰。到了铁槛寺，贾珍下了马，和贾蓉放声大哭，从大门外跪爬进来，直哭到天亮喉咙都哑了才住。

贾琏早已听说尤氏姐妹之名，只恨无缘相见。近日贾敬停灵，贾琏乘机百般挑逗，眉目传情。那尤三姐只是淡淡相对，尤二姐却十分有意。贾琏对贾蓉夸说二姐如何标致，如何做人好，举止大方，言语温柔，无一处不令人可敬可爱。贾蓉猜出他的心思，笑道："我给叔叔做媒，说了做二房，如何？"贾琏笑道："敢情好呢，只怕你婶子不依。"

贾蓉道："叔叔回家，一点儿声色也别露，等我回明了父亲，和我老娘说妥，然后在咱们府后近旁买上一所房子，再拨些家人过去服侍。择了日子，神不知鬼不觉娶了过去，嘱咐家人不许走漏风声。婶子在里面住着，深宅大院，哪里就知道了。”贾琏谢道：“好侄儿，你果然说成了，我重重地谢你。”

这门亲事，贾珍欣然应允，尤氏却极力劝止。无奈贾珍主意已定，尤氏平日又是顺从惯了的，况且她与二姐本非一母，不便多管，因而也只得由他们闹去了。

唯独尤三姐不赞成二姐的婚事：“姐姐糊涂。他家有一个极厉害的女人，如今瞒着她不知，咱们才得安静。倘若一日她知道了，哪有罢休之理，势必有一场大闹，不知谁生谁死。”

贾琏娶了尤二姐，为报答贾珍，想让尤三姐嫁给贾珍，尤三姐竟骂道：“你们哥儿俩拿着我们姐儿两个当粉头来取乐儿，你们就打错了算盘了。我也知道你那老婆太难缠，如今把我姐姐拐了来做二房，偷的锣儿敲不得。我却要会会那凤奶奶去，看她是几个脑袋几只手。”

尤二姐也劝妹妹早定终身，三姐滴泪泣道：“如今姐姐得了安身之处，我也要自寻归结去，才是正理。但终身大事，一生到一死，非同儿戏。我只拣一个可心如意的人才跟他去。若凭你们挑选，虽是富比石崇，才过子建，貌比潘安的，我心里进不去，也白过了一世。”贾琏笑道：“这也容易。凭你说是谁就是谁，所有彩礼都由我们置办。”尤三姐泣道：“姐姐知道，不用我说。”贾琏问是谁，尤二姐笑道：“这人此刻不在这里，不知何时才来，也难为她的眼力。她说了，这人一年不来，她等一年，十年不来，等十年，若这人死了再不来了，她情愿剃了头当姑子去。”贾琏问：“到底是谁，这样动她的心？”二姐笑道：“说来话长。五年前我们老娘家里做生日，妈和我们到那里给老娘拜寿。她家请了一班票友，里头有个唱小生的叫柳湘莲，她看上了，如今要是他才嫁。”贾琏听了道：“难怪呢！我说是个什么样人，原来是他！果然眼力不错。你不知道这柳二郎，那样一个标致人，最是冷面冷心的。他最和宝玉合得来。只是不知哪里去了，他萍踪浪迹，不知几年才来，岂不白耽搁了？”尤二姐道：“我们这三丫头说得出来，干得出来，她怎样说，依她好了。”

贾琏出门去平安州办事，路上正巧遇到柳湘莲，叙谈一番后，贾琏笑说：“我正有一门好亲事说给二弟。”说着，就将自己娶尤氏，如今又要发嫁小姨一节说了出来。湘莲道：“我定要一个绝色的女子。如今既是兄长的好意，我无不从命。”贾琏笑道：“如今口说无凭，等柳兄一见，就知我这妻妹的品貌是古今有一无二的了。”湘莲听了大喜，说：“既如此说，等弟探望过姑母，月中就进京的，那时再定如何？”贾琏笑道：“你我一言为定，只是我信不过柳兄。你是萍踪浪迹，倘若滞留不归，岂不误了人家。须得留一定礼。”湘莲道：“既如此说，弟无别物，囊中有一把鸳鸯剑，是我家传代之宝，贾兄请拿去为定。”说完，各自上马，作别起程。

贾琏回到尤二姐处，将路上遇到湘莲一事说了出来，又将鸳鸯剑取出，递给三姐。三姐喜出望外，连忙收了，挂在自己绣房床上，每日望着剑，自笑终身有靠。

八月中湘莲进京见到了宝玉，就将路上的事一概告诉宝玉，宝玉笑道："大喜，大喜！难得这个标致人，果然是个古今绝色，很配你的为人。"湘莲道："既是这样，她哪里少了人物，如何只想到我。我自己疑惑起来，后悔不该留下这剑作定。所以后来想起你来，可以问个底细才好。"宝玉道："你原是个精细人，如何既许了定礼又疑惑起来？你原说只要一个绝色的，如今已经得了个绝色的，何必再疑？"湘莲道："你如何知是绝色？"宝玉道："她是珍大嫂子的继母带来的两位小姨。真真一对**尤物**[①]，她又姓尤。"湘莲听了，顿足道："这事不好，绝对做不得了。你们东府里除了那两个石头狮子干净，只怕连猫儿狗儿都不干净。"

湘莲作揖告辞出来，径直来找贾琏。贾琏正在新房中，听说湘莲来了，喜之不禁，忙迎了出来。吃茶之间，湘莲就说："旅居外地，谁知姑母在四月间为弟定了亲，若从了老兄背了姑母，似非合理。若是金帛定礼，弟不敢索取，但此剑是祖上所传，请赐回为幸。"贾琏听了，就不高兴，说："定者，定也。原怕反悔所以为定。哪有婚姻之事，出入随意的？"湘莲笑道："虽如此说，弟愿领责领罚，此事绝对不敢从命。"那尤三姐在房中明明听见。好容易等了他来，今忽见反悔，就知他嫌弃自己，不屑为妻。连

①尤物：指优异的人或物品（多指美女）。

忙摘下剑来，将一股雌锋隐在肘中，出来便说："你们不必再议，还你的定礼。"一面泪如雨下，左手将剑和鞘送给湘莲，右手回肘只往脖子上一横。可怜"揉碎桃花红满地，玉山倾倒再难扶"。

当下吓得众人急救不迭。尤老娘一边号哭，一边骂湘莲。贾琏忙揪住湘莲，命人捆了送官。尤二姐忙止泪劝贾琏："你太多事，人家并没威逼她死，是她自寻短见。你送他到官，又有什么好处，反而生事出丑。不如放他去，岂不省事。"贾琏此时也没了主意，就放了手命湘莲快去。湘莲反不动身，泣道："我并不知是这等刚烈贤妻，可敬，可敬。"湘莲反扶尸大哭一场。等买了棺木，眼见入殓，又俯棺大哭一场，才告辞而去。

湘莲不知所往，昏昏默默，自想刚才之事。原来尤三姐这样标致，又这等刚烈，自悔不及。最后抽出那股雄剑，将万根烦恼丝一挥而尽，随一道士，不知往哪里去了。

❖ 精华赏析

尤三姐风流标致，风情万种，但不愿像姐姐一样遭人玩弄。她以泼辣为武器，以死亡为阵地，捍卫自己的尊严。尤三姐拿到订婚的鸳鸯剑那刻，是她最幸福的时刻。可惜幸福总是短暂的，柳湘莲要退婚，可怜尤三姐最后竟自刎殉情。

❖ 成长启示

尤三姐是一个勇敢、独立的女性，她不愿被社会所束缚，用自己的方式捍卫自己的尊严和爱情。她的成长历程告诉我们，要坚持自己的信仰和原则，不要轻易妥协和放弃，用自己的力量去创造属于自己的幸福。同时也要学会珍惜自己的生命，不要轻易放弃生命，要相信生命中总会有美好的事情发生。

第三十三回 尤二姐自尽夜吞金

◈ 要点思考

· 你觉得尤二姐是个什么样的人?

· 王熙凤为什么要把尤二姐接到园中?

· 尤二姐为什么会吞金自尽?

贾琏偷娶了尤二姐，没过多久凤姐就知道了。正巧贾琏外出，凤姐先是把伺候二姐的兴儿骂了一通，接着用甜言蜜语把二姐哄进了大观园，然后又去宁国府找贾蓉、尤氏闹了个天翻地覆，还让尤氏赔了她五百两银子。

二姐到了园中，见园中姊妹个个相好，倒也安心乐业。谁知三日之后，凤姐派来的丫头善姐就有些不听使唤了。尤二姐说：“没了头油了，你去回声大奶奶拿些来。”善姐道：“二奶奶，你怎么不知好歹没眼色。我们奶奶天天伺候了老太太，又要伺候这边太太那边太太。这些**妯娌**①姊妹，上下几百男女，天天起来，都等她的话。一日少说，大事也有一二十件，小事还有三五十件，哪里为这点子小事去烦琐她。我劝你忍着些吧。”一席话，说得尤氏低了头，不得不**将就**②些罢了。

那善姐渐渐连饭也懒得端给她吃，或早一顿，或晚一顿，拿来的饭菜，都是别人剩下的。尤二姐说过两次，她反先乱叫起来。尤二姐又怕人笑她不安分，不得不忍着。

---

①妯娌：兄弟的妻子的合称。

②将就：勉强适应不很满意的事物或环境。

隔上五日八日见凤姐一面，那凤姐却是和容悦色，又说：“下人若有不到之处，你降不住她们，只管告诉我，我打她们。”尤氏见她这样的好心，心想：“既有她，何必我又多事。下人不知好歹，也是常情。我若告了，她们受了委屈，反叫人说我不贤良。”因此反替她们遮掩。

那贾琏办完事回来，先到了新房中，竟悄悄地锁着，只有一个看房子的老头儿。贾琏问他缘故，老头子细说**原委**①，贾琏只有顿足。不得不来见贾赦与邢夫人，将办完之事回明。贾赦十分欢喜，赏了他一百两银子，又将房中一个叫秋桐的丫鬟，赏他为妾。贾琏叩头领去，喜之不尽。见了贾母和家中人，回来见凤姐，不免脸上有些愧色。谁知凤姐反不似往日容颜，同尤二姐一同出迎。贾琏将秋桐之事说了，脸上有些得意之色。凤姐听了，忙命两个媳妇坐车到那边接了来。心中一刺未除，凭空又添了一刺，不得不先忍气吞声。

凤姐外面待尤二姐自不必说，只是心中又怀别意。无人处只和尤二姐说：“妹妹的名声很不好听，连老太太、太太们都知道了。这日久天长，这些个奴才跟前，怎么辩解。”说了两遍，自己又气病了，茶饭也不吃，除了平儿，众丫头媳妇无不说三道四，**指桑骂槐**②。尤二姐听了暗愧暗怒暗气。凤姐既然装病，就不和尤二姐吃饭了。每日只命人端了菜饭给二姐，那茶饭都是**不堪**③之物。

---

①原委：事情从头到尾的经过。

②指桑骂槐：比喻表面上骂这个人，实际上骂那个人。

③不堪：承受不了。

那尤二姐原是个花为肠肚雪作肌肤的人，如何经得起这样折磨，不过受了一个月的暗气，就**恹恹**[①]得了一病，四肢懒动，茶饭不进，渐次黄瘦下去。夜来合上眼，只见她小妹子手捧鸳鸯宝剑前来说："姐姐，你休信那**妒妇**[②]花言巧语，外做贤良，内藏奸狡，她发狠定要弄死你才罢。若妹子在世，决不肯让你进来，即使进来，也不容她这样。依我用此剑斩了那妒妇，不然，你也是白白丧命。"

尤二姐泣道："妹妹，何必又生杀戮，随我去忍耐。若天怜我，让我好了，岂不两全。"尤三姐听了，长叹而去。尤二姐惊醒，却是一梦。等贾琏来看时，趁无人在旁，就泣说："我这病不能好了。我来了半年，腹中也有身孕，但不能预知男女。如若上天可怜，生了下来还可；若不然，我这命还不保，何况是他。"贾琏也泣说："你只管放心，我请人来医治。"于是出去即刻请医生。

请了个姓胡的太医，谁知一剂药服下去，尤二姐腹痛不止，竟将一个已成形的男胎打了下来。尤二姐血流不止，昏迷了过去。

贾琏闻知，大骂胡太医。凤姐比贾琏更急十倍，只说："咱们命中无子，好容易有了一个，又遇见这样没本事的大夫。"于是天地前烧香礼拜，自己祷告说："我可有病，只求尤氏妹子身体大愈，再得怀胎生一男子，我愿吃斋念佛。"贾琏众人见了，无不称赞。

---

①恹恹：形容患病而精神疲乏。

②妒妇：指王熙凤。

晚上，贾琏在秋桐房中歇了，凤姐已睡，平儿过来瞧尤二姐。尤二姐拉着她哭道：“姐姐，我从到了这里，多亏姐姐照应。为我，姐姐也不知受了多少委屈。我若逃得出命来，我必报答姐姐的恩德，只怕我逃不出命来，也只好等来生吧。”二人哭了一回，平儿又嘱咐了几句，夜已深了，才去安息。

这里尤二姐心下自思：“病已成势，日无所养，反有所伤，料定必不能好。况胎已打下，无可牵挂，何必受这些零气，不如一死，倒还干净。”于是挣扎着起来吞金自杀，又赶忙将衣服首饰穿戴齐整，上炕躺下了。

第二日早晨，丫鬟媳妇们见她不叫人，就自己梳洗去了。平儿看不过，说丫头们：“你们就只配没人心地打着骂着使唤罢了，她一个病人，也不知道可怜可怜。她虽好性儿，你们也该拿出个样儿来，别太过分了，墙倒众人推。”丫鬟听了，急推房门进来看时，却见尤二姐穿戴得齐齐整整，死在炕上。于是吓慌了，喊叫起来。平儿进来看了，不禁大哭。众人虽平时惧怕凤姐，但想到二姐温和怜下，比凤姐强很多，如今死去，谁不伤心落泪，只是不敢让凤姐看见。

当下全府都知道了。贾琏进来，搂尸大哭不止。凤姐也假意哭：“狠心的妹妹！你怎么丢下我去了，辜负了我的心！”尤氏、贾蓉等也来哭了一场，劝住贾琏。

贾琏忙进去找凤姐，要银子**治办**[1]棺椁丧礼。凤姐笑

---

①治办：置办，采办。

道："家里近来艰难，你还不知道？昨儿我把两个金项圈当了三百银子，你还做梦呢。"恨得贾琏没话可说，只得开了尤氏箱柜，去拿自己的**梯己**[①]。等开了箱柜，一点儿无存，只有几件半新不旧的绸绢衣裳，都是尤二姐平时穿的，不禁又伤心哭了起来。

平儿又是伤心，又是好笑，忙将二百两一包的碎银子偷了出来，到厢房拉住贾琏，悄悄递给他说："你只别作声才好，你要哭，到外头哭去，别在这里点眼。"贾琏听说，便说："你说得对。"接了银子，又将一条裙子递给平儿，说："这是她家常穿的，你好好替我收着，留个念想。"平儿只得私藏了。

几天后，就在尤三姐的墓旁，破土埋葬了尤二姐。那日送殡的，只不过族中人与尤氏婆媳等人而已。

❖ 精华赏析

尤二姐爱慕贾琏的富贵，嫁给了贾琏。王熙凤利用秋桐，"借剑杀人"，步步紧逼。尤二姐倒下了，腹中的胎儿没了，最后在夜里吞金自尽。"红楼二尤"的陨落，既是个人的惨剧，又是家族的丑剧，更是社会的悲剧。

❖ 成长启示

尤二姐的悲剧告诉我们，追求物质上的满足并不能带来真正的幸福。她为了追求贾琏的富贵，不惜牺牲自己的尊严和幸福，但最终却落得个被他人利用，走向悲剧的结局。这启示我们，要珍惜自己的尊严和幸福，不要为了一时的物质满足而放弃自己的原则和信仰。

①梯己：家庭成员私藏的积蓄，俗称"私房钱"。

第三十四回 王夫人抄检大观园

❖ 要点思考

· 王夫人抄检大观园的原因是什么?

· 晴雯和贾探春有何表现?

王夫人听到了一些风言风语，怕那些不守规矩的丫鬟把宝玉勾引坏了，决定抄检大观园，整治园里的丫鬟们。

王夫人来到凤姐房中，叫了周瑞家的、**来旺家的**[①]等几家陪房进来，正嫌人少，忽见邢夫人的陪房王善保家的走来，就向她说：“你去回了太太，也进园里照管照管。”这王善保家的正因平日进园去那些丫鬟不大奉承她，心里大不高兴，要寻她们的错事又寻不着，听到王夫人委托，正撞在心坎上，说：“别的都还罢了。太太不知道，一个宝玉屋里的晴雯，那丫头仗着她的模样儿比别人标致些。又生了一张巧嘴，天天打扮得像个西施的样子，在人跟前能说惯道，**掐尖要强**[②]。一句话不投机，她就立起两个骚眼睛来骂人，**妖妖趫趫**[③]，大不成个体统。”王夫人听了这话，猛然触动往事，于是叫自己的丫头来，吩咐她到园里去，“只说我有话问她们，留下袭人、麝月服侍宝玉不必来，有一个晴雯最伶俐，叫她即刻快来。你不许和她说什么。”

---

①来旺家的：来旺的妻子，王熙凤的陪房。

②掐尖要强：争强好胜。

③妖妖趫趫：形容女人言行轻浮、妖媚。

小丫头答应了，走入怡红院，正碰上晴雯不舒服，睡中觉才起来，正在发闷，听如此说，只得随了她来。平日这些丫鬟都知道王夫人最嫌妆饰艳丽言语轻薄的，所以晴雯不敢出头。因连日不舒服，并没有十分妆饰，自以为无碍。等到了凤姐房中，王夫人一见她**钗亸**①鬓松，衫垂带褪，有**春睡捧心**②的遗风，而且形体容貌恰是上月的那人，不觉勾起刚才的火来，冷笑道："好个美人！真像个病西施了。你天天做这轻狂样儿给谁看？你干的事，以为我不知道呢！我且放着你，明儿揭你的皮！"晴雯一听如此说，心中大惊，知道有人暗算了她。虽然恼怒，只不敢作声。王夫人向王善保家的道："你们进去，好好防她几日，不许她在宝玉房里睡觉。等我回过老太太，再处治她。"又喝一声"去！我看不上这浪样儿！谁许你这样花红柳绿的装扮！"晴雯只得出来，这气非同小可，一出门就拿手帕捂着脸，一边走，一边哭，直哭到园门里去了。

王夫人向凤姐等自怨道："这几年我照顾不到，这样妖精似的东西竟没看见。只怕还有别的什么，明日倒要查查。"凤姐见王夫人盛怒，又因王善保家的是邢夫人的耳目，此刻也不敢多说，只低头答应着。王善保家的道："太太请养息身体要紧，这些小事交给奴才。如今要查也极容易，等到晚上园门关了的时节，里外不通风，我们给她们个猛不防，带着人到各处丫头们房里搜寻。"王夫人道："这

①钗亸：发髻上的钗饰将要脱落。亸，下垂的样子。

②春睡捧心：春睡，比喻杨贵妃的醉态；捧心，指西施蹙眉捧心之美。这里讥讽女子的娇慵病弱。

主意很好，不然一年也查不出来。”于是大家商议已定。

晚饭后，等贾母安寝了，王善保家的就请了凤姐一起入园，喝命将角门都上锁，先到怡红院中，喝命关门。当下宝玉正因晴雯不舒服，忽然见一群人来，不知为何直扑入丫头们的房里去，就迎出凤姐来，问是什么缘故。凤姐道："丢了一件要紧的东西，因大家诬赖，怕有丫头们偷了，所以大家都查一查去疑。”一边说，一边坐下吃茶。王善保家的等搜了一番，又细问这几个箱子是谁的，都叫本人来亲自打开。袭人见晴雯这样，知道必有**异事**[①]，又见这番抄检，只得自己先出来打开了箱子和匣子，任其搜检一番，不过是平常使用之物。放下又搜别人的，挨次一一搜过。到了晴雯的箱子，问："是谁的，怎么不打开让搜？”袭人等正要代晴雯打开，只见晴雯绾着头发闯进来，豁啷一声将箱子掀开，两手提着底子朝天，往地下尽情一倒，将所有之物尽都倒出。王善保家的也觉没趣，看了一看，也无什么**私弊**[②]之物。回了凤姐，要往别处去。凤姐道："你们可细细地查，若这一番查不出来，难回话的。”众人都道："都细翻看了，没什么差错东西。虽有几样男人物件，都是小孩子的东西，想是宝玉的旧物，没什么关系的。”凤姐听了，笑道："既如此咱们就走，再瞧别处去。”

又到探春院中，谁知早有人报给探春了。探春命众丫鬟**秉烛**[③]开门等待。众人来了，探春故意问何事。凤姐笑

①异事：特别的事件。
②私弊：私下的，不合法度的。
③秉烛：手持燃烧的蜡烛。

道："因丢了一件东西，连日访察不出人来，怕旁人赖这些女孩子，所以索性大家搜一搜，让人去去疑，倒是洗净她们的好法子。"探春冷笑道："我们的丫头自然都是些贼，我就是头一个**窝主**①。既如此，先来搜我的箱柜，她们所有偷来的都交给我藏着呢。"说着就命丫头们把箱柜一齐打开，将镜奁、妆盒、衾袱、衣包等大小之物一齐打开，请凤姐去抄阅。凤姐赔笑道："我不过是奉太太的命来，妹妹别错怪我。何必生气。"就命丫鬟们快快关上。平儿等忙着替侍书关的关，收的收。探春道："我的东西倒许你们搜阅，要想搜我的丫头，这却不能。我原比众人歹毒，凡丫头所有的东西我都知道，都在我这里间收着，一针一线她们也没收藏，要搜所以只来搜我。"凤姐知道探春平日与众不同的，只得赔笑道："我已经连你的东西都搜查明白了。"探春又问众人："你们也都搜明白了不曾？"周瑞家的等都赔笑说："都翻明白了。"那王善保家的**自恃**②是邢夫人陪房，连王夫人还另眼相看，何况别人。就上前拉起探春的衣襟，故意一掀，嘻嘻笑道："连姑娘身上我都翻了，果然没有什么。"一语未了，只听啪的一声，王家的脸上早挨了探春一掌。探春顿时大怒，指着王家的问道："你是什么东西，敢来拉扯我的衣裳！"凤姐等忙给探春整好衣裙，口中喝着王善保家的说："妈妈吃两口酒就疯疯癫癫起来。"又劝探春不要生气。那王善保

---

①窝主：窝藏罪犯、赃物等的人或者人家。

②自恃：自以为有所倚仗。

家的讨了个没意思，只说："罢了，罢了，这也是头一遭挨打。我明儿回了太太，仍回老娘家去吧。还要这个老命做什么！"凤姐直等服侍探春睡下，才出来。

来到迎春房里时，迎春已经睡着了，丫鬟们也才要睡，众人叩门半日才开。凤姐吩咐："不必惊动小姐。"就往丫鬟们房里来。因司棋是王善保的外孙女，凤姐倒要看看王家的藏不藏私，就留神看她搜检。先从别人箱子搜起，都无别的物品。等到了司棋箱子中搜了一下，王善保家的说："也没有什么东西。"才要盖箱时，周瑞家的道："且住，这是什么？"说着，就伸手抽出一双男子的锦带袜和一双缎鞋来。又有一个小包袱，打开看时，里面有一个同心**如意**①和一个字帖儿。一并递给凤姐。凤姐看那帖子竟是司琪的表弟写给司琪的情书。凤姐看罢，不怒反乐了。别人并不识字。王家的平日并不知道这姐弟有这些风流事，见了这鞋袜，心里已是有些不安，又见有一红帖，凤姐又看着笑，她就说道："必是他们胡写的账目，不成个字，所以奶奶见笑。"凤姐笑道："我念给你听听。"说着把情书从头念了一遍，大家都吓了一跳。这王家的一心想要拿别人的错儿，不想反拿住了她外孙女，又气又**臊**②。周瑞家的等都问她："你老可听见了？明明白白，再没得话说了。如今你老人家说，该怎么办？"这王家的只恨没地缝儿钻进去。凤姐只瞅着她嘻嘻地笑，向周瑞家的笑道："这倒也好。不用你这做

---

①如意：一种象征吉祥的器物，一般用竹、骨、玉等制成。

②臊：害羞，羞愧，羞辱。

老娘的操一点儿心，她鸦雀不闻地给你们弄了一个好女婿来，大家倒省心。”王家的气无处发泄，就自己回手打自己的脸，骂道：“老不死的娼妇，怎么造下孽了！说嘴打嘴，**现世现报**①在人眼里。”众人见她这样，都笑个不住，又半劝半讽。凤姐见司棋低头不语，也并无畏惧惭愧之意，倒令人惊异。此时夜深，不必**盘问**②，只怕她夜间自愧去寻死，就唤两个婆子看守起她来。带了人，拿了赃证回来，暂且安歇，等待改日处理。

◈ 精华赏析

“王夫人抄检大观园”中，晴雯“绾着头发闯进来，豁啷一声将箱子掀开”，表现出果决刚勇的反抗性；探春挺身而出，保护她的丫鬟，表现出凛然不可侵犯的尊严。此后，大观园众芳散尽，百花凋零。

◈ 成长启示

在抄检中，晴雯表现出果决刚勇的反抗性，而探春则展现出凛然不可侵犯的尊严。这个故事告诉我们，在面对不公正和压迫时，我们需要有勇气和智慧去反抗，维护自己的尊严和权利。

①现世现报：报迷信的人认为，人做了坏事，今生就会得到报应。意为报应很快。
②盘问：仔细查问。

第三十五回 俏丫鬟抱屈夭风流

❖ 要点思考

· 抄检大观园赶走了几个人？原因分别是什么？

· 你觉得晴雯是一个什么样的人？

王夫人命周瑞家的处理司琪等人。周瑞家的会齐了几个媳妇，先到迎春房里，回迎春道："太太们说了，司棋大了，她娘求了太太，太太已赏了她娘配人，今日叫她出去。"说着，便命司棋打点离开。

迎春听了，含泪似有不舍之意，因前夜已听别的丫鬟悄悄地说了缘故，虽数年之情难舍，但事关**风化**[①]，亦无可奈何。司棋也曾求了迎春，只是迎春语言迟慢，耳软心活，是不能做主的。司棋见了这般，知不能免，哭道："姑娘好狠心！哄了我这两日，如今怎么连一句话也没有？"周瑞家的说道："你还要姑娘留你不成？便留下，你也难见园里的人了。依我们的好话，快快收了这样子，倒是人不知鬼不觉地去吧，大家体面些。"迎春含泪道："想这园里凡大的都要去呢。依我说，将来终有一散，不如你自己去吧。"周瑞家的道："到底是姑娘明白。明儿还有打发的人呢，你放心吧。"司棋无法，只得含泪与迎春磕头，和众姐妹告别，又向迎春耳根说："好歹打听我要受罪，替我说个情儿，就是主仆一场！"迎春含泪答应："放心。"

①风化：风俗教化，社会公认的道德规范。封建社会，不允许自由恋爱。

于是周瑞家的人等带了司棋出了院门，又命两个婆子将司棋所有的东西都给她拿着。可巧正值宝玉从外而入，一见带了司棋出去，又见后面抱着些东西，料着此去再不能来了。忙拦住问道："哪里去？"周瑞家的等皆知宝玉平日行为，又恐唠叨误事，笑道："不干你事，快念书去吧。"司棋见了宝玉，拉住哭道："她们做不得主，你好歹求求太太去。"宝玉不禁也伤心，含泪说道："我不知你做了什么大事，晴雯也病了，如今你又去。都要去了，这却怎么好。"周瑞家的向司棋道："你如今不是副小姐了，若不听话，我就打你。如今和小爷们拉拉扯扯，成个什么体统！"那几个媳妇不由分说，拉着司棋便出去了。这时，几个老婆子走来，说道："你们小心，传齐了伺候着。此刻太太亲自来园里，在那里查人呢。只怕还查到这里来呢。又吩咐快叫怡红院的晴雯姑娘的哥嫂来，在这里等着领出他妹妹去。"又笑道："阿弥陀佛！老天开了眼，把这一个祸害妖精退送了，大家清净些。"

宝玉一听到王夫人进来清查，便料定晴雯也保不住了，早飞也似的赶了去，所以这后来的话竟未听见。宝玉到了怡红院，只见一群人在那里，王夫人在屋里坐着，一脸怒色，见宝玉也不理。晴雯四五日水米不曾沾牙，恹恹弱息，如今从炕上拉了下来，**蓬头垢面**①，两个女人才架起来去了。王夫人吩咐，只许把她贴身衣服扔出去，好衣服留下给好丫头们穿。又命把这里所有的丫头们都叫来一一过目。又

①蓬头垢面：形容头发很乱、脸上很脏的样子。

问："谁是和宝玉同一天生日？"本人不敢答应，老嬷嬷指道："这个蕙香，又叫四儿的，是同宝玉一天生日的。"王夫人细看了一看，虽比不上晴雯一半，却有几分水秀。视其行止，聪明皆露在外面，且也打扮得不同。王夫人冷笑道："这也是个不怕臊的。她背地里说的，同日生日就是夫妻。这可是你说的？以为我隔得远，就不知道。我身子虽不大来，我的心耳神意时时都在这里。难道就让宝玉凭你们勾引坏了不成！"四儿见王夫人说着她平日和宝玉的私语，不禁红了脸，低头垂泪。王夫人即命也快把她家的人叫来，领出去配人。又问："谁是芳官？"老嬷嬷们便将芳官指出。

王夫人道："唱戏的女孩子，自然是狐狸精了！上次放你们，你们又懒得出去，可就该安分守己才是。你就成精鼓捣起来，调唆着宝玉**无所不为**①。"又喝命，"唤她干娘来领去，就赏她外头自寻个女婿去吧。把她的东西一概给她。"王夫人又满屋里搜检宝玉的东西。只要是眼生的物品，收的收，卷的卷，命人拿到自己房内去了。王夫人说道："这才干净，省得旁人口舌。"又吩咐袭人、麝月等人："你们小心！往后再有一点分外之事，我一概不饶。因叫人查看了，今年不宜迁挪，暂且挨过今年，明年一并给我搬出去。"说毕，茶也不吃，遂带领众人又往别处去阅人。

晚间，宝玉独自出了后角门，央一个老婆子带他到晴

①无所不为：没有什么不干的，指什么坏事都干。

雯家去瞧瞧。先是这婆子百般不肯，只说怕人知道，“回了太太，我还吃饭不吃饭！”无奈宝玉死活央告，又许她些钱，那婆子方带了他来。这晴雯当日是赖大家用银子买的，那时晴雯才十岁。因常跟赖嬷嬷进来，贾母见她生得伶俐标致，十分喜爱。故此赖嬷嬷就孝敬了贾母使唤，后来到了宝玉房里。这晴雯进来时，也不记得家乡父母，只知有个姑舅哥哥。如今晴雯只有这一门亲戚，所以出来就在他家。

此时家里只有晴雯一人，在外间房内躺着。宝玉命那婆子在院门看着，他独自掀起草帘进来，一眼就看见晴雯睡在芦席土炕上，幸而衾褥还是旧日铺的。心里不知自己怎么才好，上来含泪伸手轻轻拉她，悄唤两声。当下晴雯又因着了风，又受了她哥嫂的歹话，病上加病，咳嗽了一日，才蒙眬睡了。忽闻有人唤她，勉强睁眼，一见是宝玉，又惊又喜，又悲又痛，忙一把死攥住他的手。哽咽了半日，方说出半句话来：“我只当见不到你了。”接着便咳个不停，宝玉也只有哽咽。晴雯道：“阿弥陀佛，你来得好，且把那茶倒半碗给我喝。渴了这半日，叫半个人也叫不着。”宝玉听说，忙拭泪问：“茶在哪里？”晴雯道：“那炉台上就是。”宝玉看时，虽有个黑沙吊子，却不像个茶壶。只得桌上去拿了一个碗，也甚大甚粗，不像个茶碗，未到手内，就先闻到油膻之气。宝玉只得拿了来，用水洗了两次，方提起砂壶斟了半碗。看时，绛红的，也太不成茶。晴雯扶枕道：“快给我喝一口！这就是茶了。哪里比得咱们的茶！”宝玉听说，先自己尝了一尝，并无清香，且无茶味，只一味苦涩，略有茶意而已。尝毕，方递与晴雯。只见晴雯如得了甘露一般，一气都灌下去了。

宝玉流泪问道：“你有什么说的，趁着没人告诉我。”晴雯呜咽道：“有什么可说的！不过挨一刻是一刻，挨一日是一日。我已知横竖不过三五日的光景，就要去了。只是一件，我死也不甘心的：我虽生得比别人略好些，并没有私情密意勾引你怎样，如何一口死咬定了我是个狐狸精！我太不服。今日既已担了虚名，而且临死，不是我说一句后悔的话，早知如此，我当日也另有个道理。不料痴心傻意，只说大家横竖是在一处。不想平空里生出这一节话来，有冤无处诉。”说毕又哭。宝玉拉着她的手，只觉瘦如枯柴，腕上犹戴着四个银镯，泣道：“且卸下这个来，等好了再戴上吧。”宝玉给她卸下来，塞在枕下。又说：“可惜这两个指甲，好容易长了二寸长，这一病又损好些。”晴雯拭泪，就伸手取了剪刀，将左手上两根葱管一般的指甲齐根铰下，又伸手向被内将贴身穿着的一件旧红绫袄脱下，和指甲都给宝玉道：“这个你收了，以后就如见我一般。快把你的袄儿脱下来我穿。我将来在棺材内独自躺着，也就像还在怡红院的一样了。论理不该如此，只是担了虚名，我可也是无可奈何了。”宝玉听说，忙宽衣换上，藏了指甲。晴雯又哭道：“回去她们看见了要问，不必撒谎，就说是我的。既担了虚名，索性如此，也不过这样了。”一语未了，只见她嫂子笑嘻嘻掀帘进来，道：“好呀，你两个的话，我已都听见了。”又向宝玉道：“你一个做主子的，跑到下人房里做什么？”宝玉听说，吓得忙赔笑央求道：“好姐姐，快别大声。她服侍我一场，我私自来瞧瞧她。”

她嫂子便拉了宝玉进里间来，笑道：“我早进来一会儿了，在窗下细听。还以为你们平日偷鸡盗狗的，屋内只你二人，谁知你两个竟还是各不相扰。可知天下委屈事也不少。如今我反后悔错怪了你们。既然如此，你放心。以后你只管来，我也不吵闹你。”宝玉听说，才放下心来，方起身整衣央求道：“好姐姐，你千万照看她两天。我如今去了。”说完出来，又告诉晴雯。二人自是依依不舍，也少不得一别。晴雯知宝玉放心不下，遂用被蒙头，总不理他，宝玉方出来。想要到芳官、四儿处去，无奈天黑，出来了半日，恐里面人找他不见，又恐生事，遂且进园来了，明日再做计较。来到后角门，小厮正抱铺盖，里边嬷嬷们正查人，若再迟一步门就关了。宝玉进入园中，且喜无人知道。到了自己房内，告诉袭人只说去了薛姨妈家。

宝玉离去之后，晴雯直着脖子叫了一夜，早起就闭了眼。宝玉得知后悲痛欲绝，丫鬟对宝玉说，晴雯去天上做了芙蓉花神。宝玉想起死后并未到灵前一祭，如今何不在芙蓉前一祭，岂不尽了礼，比俗人去灵前祭吊又更觉别致。于是，宝玉写了一篇祭文《芙蓉女儿诔》，夜月下，命丫鬟捧至芙蓉花前，将那诔文即挂于芙蓉枝上。

后来芳官跟随水月庵的智通出家去了，司棋殉情而死，宝钗也搬离了。至此，大观园里群芳逐渐凋零，昔日的繁华与热闹化为一片凄凉与惨淡。

❖ 精华赏析

王夫人认为宝玉被晴雯勾引带坏了，把病中的晴雯赶出了大观园。出身封建大家庭的宝玉不喜读书，不愿当官，只喜在内帏厮混。在王夫人眼里，这是一个反叛的形象。她不会从儿子的身上找原因，便将宝玉“反常”的原因归咎于宝玉喜欢的丫鬟身上，晴雯因此受到迫害。

❖ 成长启示

晴雯是一个勇敢、正直的女孩，她不愿意趋炎附势，也不愿意迎合他人，因此成了“抄检大观园”最大的牺牲品。这揭示了封建社会的残酷与不公。晴雯作为一个丫鬟，她的命运完全被主人所掌控，无法自主。即便她聪明、勇敢，但一旦触碰到封建礼教的底线，便会被无情地打压和抛弃。这让我们认识到，在封建社会中，个体的尊严和价值往往被忽视，人们生活在束缚和压迫中。

第三十六回 贾迎春误嫁中山狼[1]

❖ 要点思考

· 你觉得贾迎春是一个什么样的人？

· 贾迎春受折磨，贾宝玉是如何做的？

贾赦将迎春许给了孙家。这孙家祖上是军官出身，是当年宁荣二府的**门生**[2]，算来也是世交。如今孙家只有一人在京，现袭**指挥**[3]之职，此人名叫孙绍祖，生得相貌魁梧，体格健壮，年纪未满三十，且又家资丰富，正在**兵部**[4]等候提升。

这日宝玉给王夫人请安去，正遇见迎春的奶娘回来请安，说这孙绍祖实在不正经，“姑娘只有背地里淌眼抹泪，只想回家来舒心两日。”王夫人说：“我正要这两日接她去，因七事八事的都不称心，所以就忘了。前儿宝玉去了，回来也曾说过的。明日是个好日子，就接她去。”

迎春回到贾府，孙家的婆娘媳妇等人吃过晚饭，打发回家去了。迎春才哭哭啼啼地在王夫人房中诉委屈，说孙绍祖：“一味好色，好赌酗酒。稍微劝一劝，就骂我是‘醋汁子老婆拧出来的’。又说老爷曾收着他五千银子，不该

---

①中山狼：东郭先生救了中山上的一只狼，反而差点儿被狼吃掉。后以中山狼形容忘恩负义、恩将仇报的人。

②门生：泛指学生与弟子。

③指挥：京城设五城兵马司，长官叫指挥。

④兵部：官署名，掌管国家军事方面的事务。

用了他的。如今他来要了两三次也没给，他就指着我的脸说道：‘你别和我充夫人娘子，你老子用了我五千银子，把你卖给我的。如果不好，打一顿撵在下房里睡去。当日有你爷爷在时，贪图我们的富贵，高攀我们的。论理我和你父亲是一辈，如今强压了我的头。’”一边说，一边哭得呜呜咽咽，王夫人和众姊妹无不落泪。王夫人只得用言语解劝说：“已经遇见了这样不懂事的人，可怎么办呢。当日你叔叔也曾劝过大老爷，不叫做这门亲的。大老爷执意不听，一心情愿，到底不好了。我的儿，这也是你的命。”迎春哭道：“我不信我的命就这么不好！从小儿没了娘，幸而在婶子这边过了几年心净日子，如今偏又是这么个结果！”王夫人一边劝解，一边问她想在哪里安歇。

迎春道：“突然离了姊妹们，眠思梦想。二是还记挂着我的屋子，还能在园里旧房子里住三五天，死也甘心了。不知下次还能不能住了呢！”王夫人忙劝道：“快别乱说。年轻的夫妻，闲牙斗齿，也是千万人的常事，何必说这不吉利的话。”命人赶忙收拾紫菱洲的房屋，命姊妹们陪伴解释，又吩咐宝玉：“不许在老太太跟前走漏一点儿风声，如果老太太知道了这些事，都是你说的。”宝玉唯唯听命。

迎春这晚仍在旧馆安歇。众姊妹等更加亲热异常。一连住了三日，才往邢夫人那边去。先辞过贾母、王夫人，然后与众姊妹分别，都是悲伤不舍。还是王夫人、薛姨妈等安慰劝解，才止住了，过那边去。又在邢夫人处住了两日，就有孙绍祖的人来接。迎春虽不愿回去，无奈害怕孙绍祖，只得忍住悲情告辞了。

迎春归去之后，邢夫人像没有这事，倒是王夫人抚养了一场，很是伤感，在房中自己叹息了一会儿。只见宝玉走来请安，看见王夫人脸上似有泪痕，也不敢坐，只在旁边站着。王夫人见他呆呆地瞅着，似有欲言不言的情形，就道："你又为什么这样呆呆的？"宝玉道："并不为什么，只是昨儿听见二姐姐这种情形，实在替她难受。虽不敢告诉老太太，却这两夜只是睡不着。我想咱们这样人家的姑娘，哪里受得了这样的委屈。况且二姐姐是个最懦弱的人，向来不会和人拌嘴，偏偏又遇见这样没人心的东西，竟一点儿不知道女人的苦处。"说着，几乎滴下泪来。王夫人道："这也是没法儿的事。俗语说的，'嫁出去的女孩儿泼出去的水'，我能怎么办呢？"

宝玉道："我昨儿夜里倒想了一个主意：咱们索性回明了老太太，把二姐姐接回来，还叫她紫菱洲住着，仍旧我们姐妹弟兄们一块儿吃，一块儿玩，省得受孙家那混账小子的气。等他来接，咱们硬不叫她去。他接一百回，咱们留一百回，只说是老太太的主意。这个岂不好吗？"王夫人听了，又好笑，又好恼，说道："你又发了呆气了，胡说的是什么！大凡做了女孩儿，终究是要出门的，嫁到人家去，娘家哪里顾得，也只好看她自己的命运，碰得好就好，碰得不好也就没法儿。你难道没听见人说'嫁鸡随鸡，嫁狗随狗'，哪里个个都像你大姐姐做娘娘呢。况且你二姐姐是新媳妇，孙姑爷也还是年轻的人，各人有各人的脾气，新来乍到，自然要有些别扭的。过几年大家摸着脾气儿，生儿育女以后，就好了。你绝不许在老太太跟前说起半个字，我知道了是不依你的。快去干你的去吧，不要在这里胡说。”说得宝玉也不敢作声，坐了一会儿，无精打采地出来了。憋着一肚子闷气，无处可泄，走到园中，径直往潇湘馆来。

刚进了门，就放声大哭起来。黛玉刚刚梳洗完，见宝玉这个情形，倒吓了一跳，问：“是怎么了？和谁怄气了？”连问几声。宝玉低着头，伏在桌子上，呜呜咽咽，哭得说不出话来。黛玉就在椅子上怔怔地瞅着他，一会儿问道：“到底是别人和你怄了气了，还是我得罪了你呢？”宝玉摇手道：“都不是，都不是。”黛玉道：“那么为什么这么伤起心来？”宝玉道：“前儿二姐姐回来的样子和那些话，你也都听见看见了。我想人到了大的时候，为什么要嫁？嫁出去受人家这样的苦！还记得咱们初结‘海棠社’的时候，大家吟诗做东道，那时候何等热闹。如今宝姐姐搬走了，连香菱也不能过来，二姐姐又嫁了人了，几个知心知意的人都不在一处，弄成这样的情景。我原打算去告诉老太太接二姐姐回来，谁知太太不依，倒说我呆、胡说，我又不敢说话。这不多几时，你瞧瞧，园中光景，已经大变了。若再过几年，又不知怎么样了。因此越想心里就越难受起来。”黛玉听了这番言语，渐渐地眼圈红了。

后来时常听说迎春被孙绍祖打，甚至不给饭吃。就是贾府送了东西去，她也摸不着。

再后来，陪迎春到孙家去的婆子来报：“姑娘不好了。前儿闹了一场，姑娘哭了一夜，昨日痰堵住了。他们又不请大夫，今日更厉害了。”王夫人怕老太太听见不受用，忙叫彩云带她外头说去。哪知贾母偏偏听见，就道：“迎丫头要死了吗？”王夫人道：“没有。婆子们不知轻重，说是这两日有些病，怕不能好，到这里来问大夫。”贾母道：“瞧我的大夫就好，快请了去。”王夫人让彩云叫这婆子去回大太太，那婆子去了。这里贾母悲伤起来，说是：“她年轻轻儿的就要死了。留着我这么大年纪的人活着做什么！”王夫人、鸳鸯等劝解了好半天。

哪知那婆子刚到邢夫人那里，外头的人已传进来说：“二姑奶奶死了。”邢夫人听了，也就哭了一场。

可怜一位如花似月的女子，出嫁仅一年多，竟被孙家折磨而死。

◈ 精华赏析

封建社会对女性的压迫、迎春的懦弱、父亲的无情、丈夫的残暴是造成贾迎春命运悲剧的主要原因。说到底，贾迎春的悲剧是社会的悲剧。

◈ 成长启示

个人的懦弱、父亲的无情、丈夫的残暴以及社会的黑暗等因素共同导致了贾迎春的悲剧。这让我们深刻认识到，在面对生活中的困难和挑战时，我们需要勇敢地面对，积极地寻求解决方案。同时，我们需要认识到社会环境的改变对于个体命运的深远影响。因此，我们应该积极参与社会的进步和发展，为创造一个更加公正、平等的社会环境贡献自己的力量。

第三十七回 薛文龙悔娶河东狮

要点思考

· 你觉得夏金桂是一个什么样的人？

· 香菱受到了哪些折磨？

宝玉在大观园遇见了香菱，笑问道："我的姐姐，你这会儿跑到这里来做什么？"香菱道："为**你哥哥**[①]娶嫂子的事，所以要紧。"宝玉道："正是。说的到底是哪一家的？只听见吵嚷了这半年，今儿又说张家的好，明儿又要李家的，后儿又议论王家的。这些人家的女儿也不知道造了什么罪了，叫人家好端端议论。"香菱道："这如今定了，可以不用搬扯别家了。"宝玉忙问："定了谁家的？"香菱道："你哥哥上次出门贸易时，顺路到了个亲戚家去。这门亲原是老亲，且又和我们是同在户部挂名行商，也是数一数二的大门户。前日说起来，你们两府都也知道的。京城中，上至王侯，下至买卖人，都称她家是'桂花夏家'。"宝玉笑问道："如何又称为'桂花夏家'？"

香菱道："她家本姓夏，非常地富贵。其余田地不用说，单有几十顷地独种桂花，凡这城里城外桂花局俱是她家的，连宫里一应陈设盆景也是她家贡奉，因此才有这个**诨号**[②]。如今大爷也没了，只有老奶奶带着一个亲生的姑娘过活。"宝玉忙道："这姑娘可好？你们大爷怎么就

①你哥哥：指薛蟠。

②诨号：绰号，外号。

中意了？”香菱笑道：“一则是天缘，二则是‘情人眼里出西施’。当年又是通家来往，从小儿都一处厮混过。叙起亲是姑舅兄妹。虽离开了这几年，前儿一到她家，夏奶奶又是没儿子的，一见了你哥哥出落得这样，又是哭，又是笑，竟比见了儿子的还亲。又令他兄妹相见，谁知这姑娘出落得花朵似的了，在家里也读书写字，所以你哥哥当时就一心看准了。连当铺里老朝奉伙计们一群人糟扰了人家三四日，他们还留多住几日，好容易苦辞才放回家。你哥哥一进门，就咕咕唧唧求我们奶奶去求亲。我们奶奶原也是见过这姑娘的，且又门当户对，也就依了。和这里**姨太太**[①]、凤姑娘商议了，打发人去一说就成了。只是娶的日子太急，所以我们忙乱得很。我也巴不得早些过来，又添一个作诗的人了。”宝玉冷笑道：“虽如此说，但我听这话不知怎么倒替你担心呢。”香菱听了，不觉红了脸，正色道：“这是什么话！平日咱们都是客客气气的，今日忽然提起这些事来，是什么意思！怪不得人人都说你是个亲近不得的人。”一面说，一面转身走了。宝玉见她这样，便怅然如有所失，呆呆地站了半天，思前想后，不觉滴下泪来。

这夏家小姐今年方十七岁，生得也颇有姿色，也颇识得几个字。若论心中的丘壑经纬，颇步熙凤之后尘。只是小时父亲去世得早，又无同胞弟兄，寡母独守此女，娇养溺爱，凡女儿一举一动，皆百依百顺，因此竟酿成个**盗**

①姨太太：这里指王夫人。

跖[①]的性气。爱自己尊若菩萨，窥他人秽如粪土，外具花柳之姿，内秉风雷之性。在家中时就常和丫鬟们使性弄气，轻骂重打的。今日出了阁，自以为要做当家的奶奶，比不得做女儿时腼腆温柔，须要拿出这威风来，才压得住人。因她家多桂花，她小名就唤作金桂。她在家时不许人口中带出金桂二字来，凡有不留心误道一字者，她便定要苦打重罚才罢。

薛蟠本是个怜新弃旧的人，且是有酒胆无饭力的，如今得了这样一个妻子，正在新鲜兴头上，凡事未免尽让她些。那夏金桂见了这般情景，便也试着一步紧似一步。一月之中，二人气概还都相平，到两月之后，薛蟠的气概就渐渐低矮了下去。一日薛蟠酒后，不知要行何事，先与金桂商议，金桂执意不从。薛蟠忍不住说了几句话，赌气自行了，这金桂便气得哭如醉人一般，茶汤不进，装起病来。薛姨娘恨得骂了薛蟠一顿。薛蟠后悔不迭，反来安慰金桂。金桂见婆婆如此说丈夫，越发得意，便装出些姿态来，总不理薛蟠。薛蟠没了主意，只有自怨而已，好容易十天半月之后，才渐渐地哄转过金桂的心来，自此便加倍小心，不免气概又矮了半截下来。那金桂见丈夫旗纛渐倒，婆婆良善，也就渐渐地**持戈试马**[②]起来。先前不过**挟制**[③]薛蟠，后来倚娇作媚，将及薛姨妈，又将至薛宝钗。宝钗察觉出她的不轨之心，便随机应变，以言语压制。

---

①盗跖：人名，传说中的大盗。

②持戈试马：比喻一步一步试探着去做事。

③挟制：倚仗权势或抓住别人的弱点，强行使人服从。

香菱温顺可爱，大家都很喜欢她，然而，金桂却心生嫉妒，想方设法地折磨她。先是说香菱名字不通，菱角哪有什么香味？强迫她改名为秋菱。“香菱”这个名字原是宝钗取的，但香菱不好不从，只得依了她。一天晚上，金桂命香菱过来陪自己睡。香菱不肯，金桂说她必是图安逸，怕夜里劳动服侍，薛蟠也赶来骂香菱：“不识抬举！再不去就要打了！”香菱无奈，只得抱了铺盖来。金桂命她在地下睡。香菱无奈，只得依命。刚睡下，就叫倒茶，一会儿又叫捶腿，如此一夜七八次，总不让她安逸稳卧片刻。

过了半个月，金桂忽又装起病来，只说心疼难忍，四肢不能转动。请医疗治没有效果，众人都说是香菱气的。闹了两日，忽又从金桂的枕头里抖出纸人来，上面写着金桂的生辰八字，有五根针钉在心窝和四肢骨节处。于是众人乱起来，当作新闻，先报给薛姨妈。薛姨妈先忙手忙脚的，薛蟠自然更乱起来，立刻要拷打众人：“香菱如今是天天跟着你，她自然知道，先拷问她就知道了。”金桂冷笑道：“拷问谁，谁肯认？依我说装个不知道，大家丢开手罢了。横竖治死我也没什么，你再娶好的。”说着，痛哭起来。薛蟠更被这一席话激怒，顺手抓起一根门闩来，径直找着香菱，不容分说就劈头劈面打起来，一口咬定是香菱所为。香菱叫屈，薛姨妈跑来喝止说：“不问明白，你就打起人来了。这丫头服侍你这几年，哪一点不周到，不尽心？她怎肯做这没良心的事！”金桂听见她婆婆如此说，怕薛蟠耳软心活，更加号啕大哭起来，又哭喊说：“治死我，再拣富贵的标致的娶来就是了，何苦做出这些把戏来！”薛蟠听了这些话，更加着急了。薛姨妈见金桂句句挟制着儿子，百般恶劣的样子，十分可恨，只得赌气喝骂薛蟠说：“不争气的孽障！她既不好，你也不许打，我立即叫人牙子来卖了她，你就心净了。”说着，命香菱“收拾了东西跟我来”，一边叫人去，“快叫个人牙子来，多少卖几两银子，拔去肉中刺，眼中钉，大家过太平日子。”薛蟠见母亲动了气，早也低下头了。

金桂听了这话，隔着窗子往外哭道：“你老人家只管卖人，不必说着一个扯着一个的。怎么‘拔出肉中刺，眼中钉’？是谁的钉，谁的刺？”薛姨妈听到，气得身颤气咽道：“这是谁家的规矩？婆婆这里说话，媳妇隔着窗子拌嘴。亏你还是大户人家的女儿！满嘴里大呼小喊，说的是些什么！”薛蟠急得说又不好，劝又不好，打又不好，央告又不好，只是唉声叹气，抱怨说运气不好。薛姨妈早被薛宝钗劝进去了，只命人来卖香菱。宝钗笑道：“咱们家从来只知买人，不知卖人的。妈是否气得糊涂了，倘若叫人听见，岂不笑话。哥哥嫂子嫌她不好，留下我使唤，我正也没人使呢。”香菱早已跑到薛姨妈跟前痛哭哀求，只不愿出去，情愿跟着姑娘，薛姨妈也只得罢了。自此以后，香菱跟随宝钗去了。

此后金桂又吵闹了几次，气得薛姨妈母女只有暗自垂泪。薛蟠虽曾仗着酒胆顶撞过两三次，持棍要打，那金桂就递给他身子随意叫打；持刀要杀，就伸给他脖子。薛蟠实在不能下手，只得乱闹一阵罢了。薛蟠也没有办法，日夜悔恨不该娶了这**搅家星**[①]。

❖ 精华赏析

夏金桂嫁入薛家后，先压服了薛蟠，又百般折磨香菱。让香菱改名，又装病借纸人栽赃陷害香菱。薛姨妈来解劝，夏金桂就隔窗拌嘴，最终将薛家搅得鸡犬不宁。

❖ 成长启示

夏金桂对香菱的改名、折磨和栽赃都是极其不道德的行为，不仅伤害了他人，也让自己失去了尊严和信任。在面对困境时，应该以积极、理性和尊重的态度解决问题，而不是通过攻击和伤害来达到目的。同时，我们也要学会珍惜和保护自己的权益和尊严，不让他人随意侵犯。在处理家庭关系时，应该以相互尊重和理解为基础，通过沟通和协商来解决问题，而不是通过争吵和攻击来制造矛盾。

①搅家星：指制造是非，搅乱家宅的人。

第三十八回 病潇湘痴魂惊噩梦

❖ **要点思考**

· 林黛玉的噩梦表现出她的哪些担忧？

· 黛玉咳血，为什么紫鹃瞒着她？

宝钗派一个婆子给黛玉送东西来。那婆子进来请了安，也不说送什么，只是觑着眼瞧黛玉，看得黛玉脸上倒不好意思起来。

黛玉问道："宝姑娘叫你来送什么？"婆子笑着回道："我们姑娘叫给姑娘送一瓶儿蜜饯荔枝来。"说着，将一个瓶儿递给雪雁，又回头看看黛玉，笑道："怨不得我们**太太**[①]说这林姑娘和你们宝二爷是一对儿，原来真是天仙似的。"说着，颤颤巍巍告辞出去。

黛玉进了套间，猛抬头看见了荔枝瓶，不禁想起老婆子的那番话。黄昏人静，千愁万绪，堆上心来。想起自己身体不好，年纪又大了。宝玉心里虽没别人，但是老太太、舅母又不见有半点意思。遗憾父母在时，何不早定了这桩婚姻。又转念一想："倘若父母在时，别处定了婚姻，怎能够似宝玉这样的人才心地。"心中一上一下，辗转缠绵。叹了一会儿气，掉了几点泪，无情无绪，和衣倒下。

不知不觉，只见小丫头走来说道："外面雨村贾老爷请姑娘。"黛玉道："我虽跟他读过书，却不比男学生，

①太太：指薛姨妈。

见我做什么？”小丫头道：“只怕要给姑娘道喜，南京还有人来接。”说着，又见凤姐同邢夫人、王夫人、宝钗等都来笑道：“我们一来道喜，二来送行。”黛玉慌道：“你们说什么话？”凤姐道：“你还装什么呆。你难道不知道林姑爷升了湖北的**粮道**①，娶了一位继母，十分合心合意。如今想着你丢在这里，就托了贾雨村做媒，将你许了你继母的什么亲戚，还说是**续弦**②，所以派人到这里来接你回去。大约一到家中就要过去的，都是你继母做主。怕道儿上没有照应，还叫你琏二哥哥送去。”说得黛玉一身冷汗。黛玉又恍惚父亲真在那里做官的样子，心上急着硬说道：“没有的事，都是凤姐姐胡闹。”只见邢夫人向王夫人使个眼色儿，道：“她还不信呢，咱们走吧。”黛玉含着泪道：“二位舅母坐坐再走。”众人不说话，都冷笑而去。黛玉此时心中干急，又说不出来，哽哽咽咽。

恍惚又是和贾母在一处似的，于是两腿跪下去，抱着贾母的腰说道：“老太太救我！南边我是死也不去的！况且有了继母，又不是我的亲娘。我是情愿跟着老太太一块儿的。”只见老太太呆着脸儿笑道：“这个不关我的事。”黛玉哭道：“我若在老太太跟前，决不用这里分外的钱，只求老太太救我。”贾母道：“不中用了。做了女人，终是要出嫁的，你孩子家，不知道，在此地终非长久之计。”黛玉道：“我在这里情愿自己做个奴婢生活，自做自吃，

①粮道：官名，负责督运各省税粮。

②续弦：妻子死后再娶。古人以琴瑟比喻夫妻，故男子丧妻称断弦，再娶为续弦。

也是愿意。只求老太太做主。”老太太总不说话。黛玉抱着贾母的腰哭道：“老太太，你向来最是慈悲的，又最疼我的，到了紧急的时候怎么全不管！不要说我是你的外孙女，是隔了一层了，我的娘是你的亲生女儿，看我娘分上，也该**庇护**[①]些。”说着，撞在怀里痛哭，只听贾母道：“鸳鸯，你来送姑娘出去歇歇，我被她闹乏了。”黛玉知道求也无用了，不如寻个自尽，站起来往外就走。深痛自己没有亲娘，就是外祖母与舅母姊妹们，平时何等待得好，可见都是假的。

又一想：“今日怎么独不见宝玉？见他一面，看他有无办法？”见宝玉站在面前，笑嘻嘻地说：“妹妹大喜呀。”黛玉听了更急了，把宝玉紧紧拉住说：“好，宝玉，我今日才知道你是个无情无义的人了。”宝玉道：“我怎么无情无义？你既有了人家儿，咱们各自干各自的了。”黛玉拉着宝玉哭道：“好哥哥，你叫我跟了谁去？”宝玉道：“你要不去，就在这里住着。你原是许了我的，所以你才到这里来。我待你怎么样，你也想想。”黛玉恍惚又像果然曾经许给宝玉的，心中忽又转悲为喜，问宝玉道：“我是死活打定主意了。你到底叫我去不去？”宝玉道：“我说叫你住下。你不信我的话，你就瞧瞧我的心。”说着，就拿着一把小刀子往胸口上一划，只见鲜血直流。黛玉吓得魂飞魄散，忙用手捂着宝玉的心窝，哭道：“你怎么做出这个事来，你先来杀了我吧！”宝玉道：“不怕，我拿

①庇护：袒护，保护。

我的心给你瞧。”还用手在划开的地方儿乱抓。黛玉抱住宝玉痛哭。宝玉道：“不好了，我的心没有了，活不得了。”说着，眼睛往上一翻，咕咚就倒了。黛玉拼命放声大哭。只听见紫鹃叫道：“姑娘，姑娘，怎么**魇住**[①]了？快醒醒儿脱了衣服睡吧。”黛玉一翻身，原来是一场噩梦。

喉间还是哽咽，心上还是乱跳，枕头上已经湿透，肩背身心，只觉冰冷。想了一会儿：“父亲死得久了，与宝玉还没有**放定**[②]，这是从哪里说起？”又想梦中情景，无依无靠，如果宝玉真死了，那可怎么办呢！一时痛定思痛，神魂俱乱。又哭了一会儿，遍身微微地出了一点儿汗，挣扎起来，把外罩大袄脱了，又躺下去。翻来覆去，哪里睡得着。只听外面淅淅飒飒，又像风声，又像雨声。正要蒙胧睡去，听到竹枝上很多麻雀的声儿，啾啾唧唧，叫个不住。窗子上，渐渐地透进清光来。

黛玉已醒得双眸**炯炯**[③]，又咳嗽起来，连紫鹃都咳醒了。紫鹃连忙起来，捧着痰盒。这时天已亮了。黛玉道：“你把痰盒儿换了吧。”紫鹃答应着，忙出来换了一个痰盒儿。开了屋门去倒那盒子时，只见痰中好些血星，吓了紫鹃一跳，不觉失声道：“哎哟，这还了得！”黛玉里面问是什么，紫鹃自知失言，连忙改口道：“手里一滑，几乎扔了痰盒子。”黛玉道：“是不是痰里有了什么？”紫鹃道：“没有什么。”说这句话时，心中一酸，那眼泪

---

①魇住：做噩梦，被梦魇缠住。

②放定：旧俗订婚时，男方给女方送订婚礼物。

③炯炯：形容明亮（多用于目光）。

直流下来，声儿早已岔了。黛玉因为喉间有些甜腥，早自疑惑，刚才听见紫鹃在外边诧异，这会儿又听见紫鹃说话声音带着悲惨的情形，心中明白了八九分，就叫紫鹃：“进来吧，外头看着凉。”

紫鹃答应了一声，这一声更比前面凄惨，竟是鼻中的酸楚之音。黛玉听了，心凉了半截。看紫鹃推门进来时，还拿手帕擦眼。黛玉道：“大清早起，好好的为什么哭？”紫鹃勉强笑道：“谁哭来，早起起来眼睛里有些不舒服。我听见姑娘咳嗽了大半夜，依我说，还得自己想开些。身子是根本，俗语说的，‘留得青山在，依旧有柴烧。’何况这里自老太太、太太起，哪个不疼姑娘。”只这一句话，又勾起黛玉的梦来。觉得心头一撞，眼中一黑，神色俱变，紫鹃连忙端着痰盒，雪雁捶着脊背，半日才吐出一口痰来。痰中一缕紫血，紫鹃、雪雁脸都吓黄了。两个旁边守着，黛玉昏昏躺下。紫鹃看着不好，连忙努嘴叫雪雁叫人去。

◈ 精华赏析

梦中的情形使黛玉心惊胆寒。寄人篱下的生活是林黛玉噩梦的缘由，无人主张的婚姻是噩梦的内容，不能确定的爱情是噩梦的实质。身体病弱，咳血不止，使黛玉万念俱灰，现实的噩梦，距离黛玉真的不远了。

◈ 成长启示

黛玉的生活充满了忧虑和噩梦。她的婚姻由不得自己主张，爱情也无法确定，这让她感到极度无助和恐惧。黛玉的困境让我们意识到，人生中的挫折和磨难是无法避免的，但我们可以通过积极的态度和行动来应对它们。同时，我们也要珍惜自己的身体和生命，不要轻易放弃自己的梦想和希望。

第三十九回 蛇影杯弓颦卿绝粒

❖ **要点思考**

· 黛玉为什么绝食？

· 黛玉的病为什么又好了？

门客王尔调欲给宝玉与张老爷家的一位小姐说亲。贾母听说张家要女婿**赘**[1]在他家，就断然否决了这门亲事。

一日，紫鹃见雪雁一个人在发呆，走到她跟前问道："你这会儿也有了什么心事了吗？"雪雁只顾发呆，倒被她吓了一跳，说道："你别嚷，今日我听见了一句话，我告诉你听，奇不奇。你可别言语。"说着，往屋里努嘴儿。雪雁叫紫鹃同她出来，到门外平台底下，悄悄地道："姐姐你听见了么？宝玉定了亲了！"紫鹃听见，吓了一跳，说道："这是哪里来的话？只怕不真吧。"雪雁道："怎么不真，别人人概都知道，就只咱们没听见。"紫鹃道："你是哪里听来的？"雪雁道："我听见侍书说的，是个什么知府家，家资也好，人才也好。"紫鹃正听时，只听得黛玉咳嗽了一声。紫鹃恐怕她出来听见，便拉了雪雁摇摇手儿，往里望望，不见动静，才又悄悄地问道："她到底怎么说的？"

雪雁道："前儿我到三姑娘那里去，大家无意中说起宝二爷的淘气来，她说宝二爷已经说亲了，还是这么呆头

①赘：入赘，上门做女婿。

呆脑。我问她定了没有，她说是定了，是个什么王大爷做媒的。那王大爷是东府里的亲戚，所以也不用打听，一说就成了。”紫鹃又问道：“怎么家里没有人说起？”雪雁道：“侍书说是老太太的意思。若一说起，恐怕宝玉野了心，所以都不提起。侍书告诉了我，又叮嘱千万不可露风，说出来只道是我多嘴。”正说着，只听鹦鹉叫唤，学着说：“姑娘回来了，快倒茶来！”倒把紫鹃、雪雁吓了一跳，回头并不见有人，便骂了鹦鹉一声，走进屋内。只见黛玉喘吁吁地刚坐在椅子上，紫鹃搭讪着问茶问水。

黛玉问道：“你们两个哪里去了？叫不出一个人来。”说着便走到炕边，将身子一歪，仍旧倒在炕上，往里躺下，叫把帐子放下。紫鹃、雪雁心里疑惑刚才的话只怕被她听去了，只好大家不提。谁知黛玉一腔心事，又窃听了紫鹃、雪雁的话，虽不很明白，已听到了七八分，如同将身子丢在大海里一般。思前想后，竟应了前日梦中的预兆，千愁万恨，堆上心来。左右打算，不如早些死了，免得看见意外的事情，那时反倒无趣。又想到自己没了爹娘的苦，自今以后，把身子一天一天地糟蹋起来，一年半载，少不了身亡清净。打定了主意，被也不盖，衣也不添，竟合眼装睡。紫鹃和雪雁来伺候几次，不见动静，又不好叫她。点灯以后，紫鹃掀开帐子，见已睡着了，被子都蹬在脚后。怕她着了凉，轻轻拿来盖上。黛玉也不动，等她出去，仍然蹬开。

紫鹃问雪雁：“今儿的话到底是真是假？”雪雁道：

"怎么不真？"紫鹃道："先前咱们说话，只怕姑娘听见了，你看刚才的神情，大有缘故。今日以后，咱们倒别提这件事了。"说着，两个人也收拾要睡。紫鹃进来看时，只见黛玉的被子又蹬下来，又给她轻轻盖上。

黛玉有意糟蹋身子，茶饭无心，渐渐消瘦下来。半月之后，竟连粥都不能吃了。黛玉日间听见的话，都像宝玉娶亲的话，看见怡红院中的人，无论上下，也像宝玉娶亲的情景。薛姨妈来看，黛玉不见宝钗，更加起疑心，索性不要人来看望，也不肯吃药，只要速死。睡梦之中，常听见有人叫宝二奶奶。一片疑心，杯弓蛇影。一日竟然绝粒，粥也不喝，奄奄一息，**垂毙殆尽**①。贾母来看望黛玉，她竟不大说话。心里虽有时昏晕，却也有时清楚。贾母等见她这病不像无因而起，也将紫鹃、雪雁盘问过两次，两个哪里敢说。紫鹃想向侍书打听消息，又怕越闹越真，黛玉更死得快了。到了黛玉绝粒之日，紫鹃料无指望了，出来偷偷向雪雁道："你进屋来好好儿守着她。我去回老太太、太太和二奶奶去。"雪雁答应，紫鹃自去。

雪雁正在屋里伴着黛玉，见她昏昏沉沉，小孩家哪里见过这个样儿，只以为如此就是死的情形了，心中又痛又怕，恨不得紫鹃立刻回来才好。正怕着，只听窗外脚步走响，雪雁知是紫鹃回来，才放下心了，连忙站起来掀着里间帘子等她。只见外面进来了一个人，却是侍书。那侍书是探春打发来看黛玉的，见了雪雁就问道："姑娘怎么样？"

①垂毙殆尽：将要死亡。

雪雁点点头儿叫她进来。侍书跟进来，见紫鹃不在屋里，瞧了瞧黛玉，只剩下残喘微延，吓得惊疑不止，就问："紫鹃姐姐呢？"雪雁道："告诉**上屋**[①]里去了。"那雪雁此时只以为黛玉心中一无所知了，又见紫鹃不在面前，就悄悄地拉了侍书的手问道："你前日告诉我说的什么王大爷给这里宝二爷说了亲，是真话吗？"侍书道："怎么不真？"雪雁道："什么时候放定的？"侍书道："哪里就放定了。那一天我告诉你时，是我听见小红说的。后来我到二奶奶那边去，二奶奶正和平姐姐说呢，说那都是门客借着这个事讨老爷喜欢。老太太心里早有人了，就在咱们园子里。老太太不过因是老爷说的，不得不问问罢了。又听见二奶奶说，宝玉的事，老太太总是要亲上做亲的，凭谁来说亲，横竖不中用。"雪雁听到这里，也忘了神了，说道："这是怎么说，白白地送了我们这一位的命了！"侍书道："这是从哪里说起？"雪雁道："你还不知道呢。前日都是我和紫鹃姐姐说来着，这一位听见了，就弄到这步田地了。"侍书道："你悄悄儿地说吧，仔细她听见了。"雪雁道："人事都不省了，瞧瞧吧，不过这一两天了。"正说着，只见紫鹃掀帘进来说："这还了得！你们有什么话，还不出去说，还在这里说。索性逼死她算了。"

三个人正说着，只听黛玉忽然又咳了一声。紫鹃连忙跑到炕沿前站着，侍书、雪雁也都不说话了。紫鹃弯着腰，在黛玉身后轻轻问道："姑娘喝口水吧。"黛玉微微答应

①上屋：上房，正房。这里代指住在正房里的主人。

了一声。雪雁连忙倒了半盅白开水，紫鹃接了托着，侍书也走近前来。紫鹃和她摇头儿，不叫她说话，侍书只得咽住了。站了一会儿，黛玉又咳了一声。紫鹃趁势问道：“姑娘喝水呀？”黛玉又微微应了一声，那头想要抬起，哪里抬得起。紫鹃爬上炕去，爬在黛玉旁边，端着水试了冷热，送到唇边，扶了黛玉的头，喝了一口。紫鹃才要拿时，黛玉的意思还要喝一口，紫鹃就托着那杯不动。黛玉又喝了一口，喘了一口气，仍旧躺下。半日，微微睁眼说道：“刚才说话的不是侍书吗？”紫鹃答应道：“是。”侍书连忙过来问候。黛玉睁眼看了，点点头儿，又歇了一歇，说道：“回去问你姑娘好。”侍书见这番情景，只当黛玉嫌烦，只得悄悄地退出去了。

原来那黛玉虽病势沉重，心里却还明白。等听了雪雁、侍书的话，知道前头的事情议而未成，加上老太太要亲上做亲，又是园中住着的，不是自己又是谁？这样一想，心神顿觉清爽许多，所以才喝了两口水，又想要问侍书的话。恰好贾母、王夫人、李纨、凤姐听见紫鹃的话，都赶紧来看。黛玉心中疑团已破，自然不像先前寻死的情形了。虽身体软弱，精神缺少，却能勉强答应一两句了。凤姐叫过紫鹃问道：“姑娘也不至于那样，你这样吓人。”紫鹃道：“刚才看着实在不好，才敢去告诉的，回来见姑娘竟好了许多，也就怪了。”贾母笑道：“你也别怪她，她懂得什么？看见不好就说，这倒是她明白的地方，小孩子家，不嘴懒脚懒就好。”说了一会儿，贾母等料着无妨，也就去了。

黛玉的病渐渐减退，雪雁、紫鹃背地里都念佛。雪雁向紫鹃说道：“亏她好了，只是病得奇怪，好得也奇怪。”紫鹃道：“病得倒不怪，就只好得奇怪。想来宝玉和姑娘必是姻缘，人家说的‘好事多磨’，又说道‘**是姻缘棒打不回**①’。这样看起来，人心天意，他们两个竟是天配的了。再者，你想那一年我说了林姑娘要回南方，没把宝玉急死了，闹得**家翻宅乱**②。如今一句话，又把这一个弄得死去活来。可不是说的三生石上百年前结下的缘吗？”说着，两个悄悄地抿着嘴笑了一会儿。雪雁又道：“幸亏好了。咱们明儿再别说了，就是宝玉娶了别的人家儿的姑娘，我亲见他在那里结亲，我也再不露一句话了。”紫鹃笑道：“这就对了。”

❖ 精华赏析

黛玉得知宝玉订婚后，一心寻死。她被也不盖，衣也不添，茶饭无心，最后竟然绝粒，奄奄一息。后来得知这件事议而未成，老太太还要亲上做亲，黛玉的心神又顿觉清爽。又是虚惊一场，然而真实的悲剧却已经逼近。

❖ 成长启示

黛玉的生命全部寄托在爱情上，爱情的破灭对她来说意味着死亡。但生命中除了爱情还有其他很多重要的东西，例如自己的身体和生命、家人和朋友等等。我们应该珍惜自己的身体和生命，不要因为一时的情绪而做出损害自己的行为。

①是姻缘棒打不回：有姻缘的男女是拆不散的。

②家翻宅乱：形容家里乱起来。

第四十回 泄机关颦儿迷本性

要点思考

· 你对王熙凤的“调包之计”有什么看法？

· 黛玉得知宝玉婚事消息的瞬间，她的心情如何？

· 为什么黛玉和宝玉见面后总是在笑？

邢、王二夫人、凤姐等在贾母房中说闲话，说起黛玉的病来。贾母道：“我正要告诉你们，宝玉和林丫头是从小儿在一处的，我只说小孩子们，怕什么？以后时常听得林丫头忽然病，忽然好，都为有了些知觉了。所以我想他们若尽着搁在一块儿，毕竟不成体统。你们怎么说？”王夫人听了，便呆了一呆，只得答应道：“林姑娘是个有心计儿的。至于宝玉，呆头呆恼，不避嫌疑是有的，看起外面，却还都是个小孩儿形象。此时若忽然或把哪一个分出园外，不是倒露了什么痕迹了么。古人说：‘男大须婚，女大须嫁。’老太太想，倒是赶着把他们的事办办也罢了。”贾母皱了皱眉，说道：“林丫头的乖僻，虽也是她的好处，我的心里不把林丫头配他，也是为这点子。况且林丫头这样虚弱，恐不是有寿的。只有宝丫头最妥。”

王夫人道：“不但老太太这么想，我们也是这样。但林姑娘也得给她说了人家儿才好，不然女孩儿家长大了，哪个没有心事？倘或真与宝玉有些私心，若知道宝玉定下宝丫头，那倒不成事了。”贾母道：“自然先给宝玉娶了亲，然后给林丫头说人家，再没有先是外人后是自己的。况且林丫头年纪到底比宝玉小两岁。依你们这样说，倒是宝玉定亲的话不许叫她知道倒罢了。”凤姐便吩咐众丫头们道：“你们听见了，宝二爷定亲的话，不许混吵嚷。若有多嘴的，小心她的皮。”

不料，宝玉突然丢了通灵宝玉，变得痴呆糊涂起来。元春也忽得暴病离世，贾府上下悲痛不已。贾政又被任命为江西粮道，即将起程。贾政念家中人口不宁，又不敢耽误赴任。正在无计可施，只听见贾母那边叫：“请老爷。”

贾政急忙进去，贾母叫他坐下，说道：“我昨日叫人出去给宝玉算算命，这先生算得好灵，说要娶了金命的人帮扶他，一定要冲冲喜才好，不然只怕保不住。若说**服里**①娶亲，当真使不得。况且宝玉病着，也不可教他成亲，不过是冲冲喜，我们两家都愿意，孩子们又有金玉的说法。就挑个好日子**过了礼**②，照南边规矩拜了堂，可不是算娶了亲了吗？再者姨太太曾说，宝丫头的金锁也有个和尚说过，只等有玉的就是婚姻，说不定宝丫头过来，因金锁倒招出他那块玉来呢。从此一天好似一天，岂不是大家的造化。”贾政因为即将赴任，应酬很多，宝玉的婚事就听凭贾母、王夫人安排了。

袭人知道宝玉和黛玉从小就极好，害怕让宝玉和宝钗成亲，不能冲喜，反倒催命了，就把自己的忧虑告诉了王

---

①服里：贾元春去世，宝玉正在服丧期间。

②过了礼：旧俗，结婚前男家把彩礼送往女家。

夫人。王夫人听到后也很担忧，就去找贾母、凤姐商议。贾母叹道："别的事都好说。林丫头倒没有什么，若宝玉真是这样，这可叫人作了难了。"只见凤姐想了一想，说道："难倒不难，我想了个主意，不知姑妈肯不肯。"王夫人道："你有主意只管说给老太太听，大家娘儿们商量着办罢了。"凤姐道："依我想，这件事只有一个调包儿的法子。"贾母道："怎么调包儿？"凤姐道："如今不管宝兄弟明白不明白，大家吵嚷起来，说是老爷做主，将林姑娘配了他了。瞧他的神情儿怎么样。要是他全不管，这个包儿也就不用调了。若是他有些喜欢的意思，这事却要大费周折呢。"王夫人道："就算他喜欢，你怎么办呢？"凤姐走到王夫人耳边，如此这般说了一遍。王夫人点了几点头儿，笑了一笑说道："也罢了。"贾母就问道："你娘儿两个捣鬼，到底告诉我是怎么着呀？"凤姐怕贾母不懂，露泄机关，就也在耳边轻轻地告诉了一遍。贾母笑道："这么着也好，就是苦了宝丫头了。倘若吵嚷出来，林丫头又怎么办呢？"凤姐道："这个话原只说给宝玉听，外头一概不许提起，有谁知道呢？"

一日，黛玉早饭后带着紫鹃到贾母这边来，一则请安，二则也为自己散散闷。出了潇湘馆，走了几步，忽然想起忘了带**绢子**[①]，就叫紫鹃回去取来，自己慢慢地走着等她。刚走到沁芳桥那边山石背后，当日同宝玉葬花之处，忽听一个人呜呜咽咽在那里哭。黛玉停住脚听时，又听不出是

---

①绢子：手绢，手帕。

谁的声音，也听不出哭着叨叨的是些什么话。心里很是疑惑，便慢慢地走过去。等到了跟前，只见一个浓眉大眼的丫头在那里哭呢。那丫头见黛玉来了，也不敢再哭，站起来擦眼泪。黛玉问道："你好好的为什么在这里伤心？"那丫头听了这话，又流泪道："林姑娘你评评这个理。她们说话我又不知道，我就说错了一句话，我姐姐也犯不着打我呀。"黛玉听了，不懂她说的是什么，笑问道："你姐姐是哪一个？"那丫头道："就是**珍珠**[①]姐姐。"黛玉听了，才知道她是贾母屋里的，就又问："你叫什么？"那丫头道："我叫傻大姐儿。"黛玉笑了一笑，又问："你姐姐为什么打你？你说错了什么话了？"那丫头道："为什么呢，就是为我们宝二爷娶宝姑娘的事情。"黛玉听了这一句，如同一个疾雷，心头乱跳。略微定了定神，便叫了这丫头："你跟了我这里来。"那丫头跟着黛玉到那**犄角儿**[②]上葬桃花的去处，那里**背静**[③]。黛玉问道："宝二爷娶宝姑娘，她为什么打你呢？"傻大姐道："我和袭人姐姐说了一句：'咱们明儿更热闹了，又是宝姑娘，又是宝二奶奶，这可怎么叫呢！'林姑娘你说我这话碍着珍珠姐姐什么了吗？她走过来就打了我一个嘴巴，说我乱说，不遵上头的话，要撵出我去。我知道上头为什么不叫说呢？你们又没告诉我，就打我。"说着，又哭起来。

黛玉此时心里竟是油儿酱儿糖儿醋儿倒在一处的一

①珍珠：贾母的丫鬟。
②犄角儿：角落。
③背静：偏僻，清静。

般，甜苦酸咸，竟说不上什么味儿来了。停了一会儿，颤巍巍地说道："你别乱说了。你再乱说，叫人听见又要打你了。你去吧。"说着，自己移身要回潇湘馆去。那身子竟有千百斤重的，两只脚却像踩着棉花一般，早已软了。只得一步一步慢慢地走来。走了半天，还没到沁芳桥畔，原来脚下软了。走得慢，且又迷迷痴痴，**信着脚**[①]从那边绕过来，更添了两箭地的路。这时刚到沁芳桥畔，却又不知不觉地顺着堤往回里走起来。紫鹃取了绢子来，却不见黛玉。正在那里看时，只见黛玉面色雪白，身子晃晃荡荡的，眼睛也直直的，在那里东转西转。又见一个丫头往前头走了，离得远，也看不出是哪一个。心中惊疑不定，只得赶过来轻轻地问道："姑娘怎么又回去？是要往哪里去？"黛玉也只模糊听见，随口应道："我问问宝玉去！"紫鹃听了，摸不着头脑，只得搀着她到贾母这边来。

黛玉走到贾母门口，心里微觉明晰，回头看见紫鹃搀着自己，就站住了问道："你做什么来的？"紫鹃赔笑道："我找了绢子来了。刚才见姑娘在桥那边呢，我赶紧过来问姑娘，姑娘没理会。"黛玉笑道："我以为你瞧宝二爷来了，不然怎么往这里走呢。"紫鹃见她心里迷惑，就知黛玉必是听见那丫头什么话了，只有点头微笑。只是心里怕她见了宝玉，那一个已经是疯疯傻傻，这一个又这样恍恍惚惚，一时说出些**不大体统**[②]的话来，那时如何是好？

---

①信着脚：随意走动，漫无目的地走。

②不大体统：说话做事不太合乎体制规矩。

心里虽如此想，却也不敢违拗，只得搀她进去。那黛玉却又奇怪了，这时不似先前那样软了，也不用紫鹃打帘子，自己掀起帘子进来，却是寂然无声。因贾母在屋里歇中觉，丫头们也有出去玩的，也有打盹儿的，也有在那里伺候老太太的。倒是袭人听见帘子响，从屋里出来一看，见是黛玉，就让道："姑娘屋里坐吧。"黛玉笑着道："宝二爷在家吗？"袭人不知底细，刚要答言，只见紫鹃在黛玉身后和她努嘴儿，指着黛玉，又摇摇手儿。袭人不解何意，也不敢说话。黛玉却也不理会，自己走进房来。看见宝玉在那里坐着，也不起来让座，只瞅着嘻嘻地傻笑。黛玉自己坐下，也瞅着宝玉笑。两个人也不问好，也不说话，也无推让，只管对着脸傻笑起来。袭人看见这番情景，心里大不得主意，只是没法儿。忽然听着黛玉说道："宝玉，你为什么病了？"宝玉笑道："我为林姑娘病了。"袭人、紫鹃两个吓得面目改色，连忙用言语**岔开**①。两个却又不答言，仍旧傻笑起来。袭人见是这样，知道黛玉此时的迷惑不少于宝玉，就叫秋纹和紫鹃送黛玉回去。

那黛玉也就起来，瞅着宝玉只管笑，只管点头儿。紫鹃又催道："姑娘回家去歇歇吧。"黛玉道："可不是，我这就是回去的时候儿了。"说着，便回身笑着出来了，仍旧不用丫头们搀扶，自己却走得比往常飞快。紫鹃、秋纹后面赶忙跟着走。黛玉出了贾母院门，只管一直走去。紫鹃连忙搀住叫道："姑娘往这边来。"黛玉仍是笑着随

---

①岔开：离开原来的主题。

了往潇湘馆来。离门口不远，紫鹃道："阿弥陀佛，可到了家了！"这一句话没说完，只见黛玉身子往前一栽，哇的一声，一口血直吐出来。

❖ 精华赏析

宝玉的婚事被提上日程，贾母、王夫人决定让宝玉娶宝钗，王熙凤还献上了调包之计。当黛玉从傻大姐口中获知宝玉娶亲真相的那一瞬间，她的内心充满了痛苦和绝望。当她见到宝玉时，却无泪而笑。这笑的背后，是黛玉对世界和爱情的绝望。她知道，这次见面将成为她和宝玉的永别。

❖ 成长启示

宝玉娶宝钗，让黛玉彻底失去了希望。在现实生活中，我们可能会面对很多不公平和不如意的事情。但是，我们需要学会接受现实，不要一直沉浸在过去的痛苦中，而是要勇敢地面对未来。同时，我们也要学会独立自主地思考和判断，不要过分依赖他人，因为最终只有自己才能为自己的命运负责。

第四十一回 林黛玉焚稿断痴情

要点思考

· 黛玉为什么焚烧诗稿？

· 你觉得紫鹃是一个什么样的人？

黛玉走到潇湘馆门口，紫鹃说了一句话，更动了心，一时吐出血来，几乎晕倒。秋纹和紫鹃搀扶着黛玉到屋里来。秋纹去后，紫鹃、雪雁守着，见她渐渐苏醒过来，问紫鹃道："你们守着哭什么？"紫鹃见她说话明白，倒放了心，说："姑娘刚才打老太太那边回来，身上觉着不大好，吓得我们没了主意，所以哭了。"黛玉笑道："我哪里就能够死呢。"一句话没说完，又咳喘起来。原来黛玉因今日听得宝玉、宝钗的事情，这本是她数年的心病，一时急怒，所以迷惑了本性。等到回来吐了这一口血，心中却渐渐地明白过来，把前面的事一字也不记得了。这会儿见紫鹃哭，方模糊想起傻大姐的话来，此时反不伤心，唯求速死，以完此债。

次日凤姐吃了早饭过来，便要试试宝玉，走进里间说道："宝兄弟大喜，老爷已择了吉日要给你娶亲了。你喜欢不喜欢？"宝玉听了，只管瞅着凤姐笑，微微地点点头儿。凤姐笑道："给你娶林妹妹过来好不好？"宝玉却大笑起来。凤姐又问道："老爷说你好了才给你娶林妹妹呢，若还是这么傻，便不给你娶了。"宝玉忽然正色道："我不傻，你才傻呢。”说着，便站起来说：“我去瞧瞧林妹妹，叫她放心。”凤姐忍笑说道：“你好好儿的便见你，若是疯疯癫癫的，她就不见你了。”宝玉说道：“我有一个心，前儿已交给林妹妹了。她要过来，横竖给我带来，还放在我肚子里头。”凤姐听着竟是疯话，便出来看着贾母笑。贾母说道：“我早听见了。如今先不用理他，叫袭人好好地安慰他。咱们走吧。”

当晚薛姨妈过来，见过了贾母，到王夫人屋里来。凤姐道：“如今老爷又要起身外任，不知几年才回。老太太的意思，头一件叫老爷看着宝兄弟成了家也放心，二则也给宝兄弟冲冲喜，借大妹妹的金锁压压邪气，只怕就好了。”薛姨妈虽怕宝钗委屈，然而见到这样的情景，只得满口应承。薛姨妈回家将这些细细地告诉了宝钗，还说：“我已经答应了。”宝钗开始是低头不语，后来便独自垂泪。薛姨妈劝慰解释了好多话。

黛玉虽然服药，病却日重一日。贾府中上下人等都不过来，连一个问的人都没有，睁开眼，只有紫鹃一人。便挣扎着向紫鹃道：“妹妹，你是我最知心的，虽是老太太派你服侍我这几年，我拿你就当我的亲妹妹。”说到这里，气又接不上来。紫鹃听了，一阵心酸，早哭得说不出话来。迟了半日，黛玉又一边喘一边说道：“紫鹃妹妹，我躺着不舒适，你扶起我来靠着坐坐吧。”紫鹃同雪雁把她扶起，两边用软枕靠住，自己倚在旁边。

黛玉哪里坐得住，下身只觉**硌**[1]得疼，狠命地撑着，叫过雪雁来道：“我的诗本子。”说着又喘。雪雁以为要她前日整理的诗稿，就找来送到黛玉跟前。黛玉点点头儿，又抬眼看那箱子。雪雁不解，只是发怔。黛玉气得两眼直瞪，又咳嗽起来，又吐了一口血。雪雁连忙回身取了水来，黛玉漱了，吐在盒里。紫鹃用绢子给她擦了嘴。黛玉拿那绢子指着箱子，又喘成一处，说不上来，闭了眼。紫鹃道：“姑娘躺下吧。”黛玉又摇摇头儿。紫鹃料是要绢子，叫雪雁开箱，拿出一块白绫绢子来。黛玉瞧了，丢在一边，使劲说道：“有字的。”紫鹃这才明白过来，要那块题诗的旧帕，只得叫雪雁拿出来递给黛玉。紫鹃劝道：“姑娘歇歇吧，何苦又劳神，等好了再瞧吧。”只见黛玉接到手里，也不瞧诗，挣扎着伸出那只手来狠命地撕那绢子，却是只有打战的份儿，哪里撕得动。紫鹃知她是恨宝玉，却也不敢说破，只说：“姑娘何苦自己又生气！”黛玉点点头儿，塞在袖里，叫雪雁点灯。雪雁答应，连忙点上灯来。

黛玉闭了眼坐着，喘了一会儿，又道：“笼上火盆。”雪雁笼上火盆，黛玉点头，意思叫挪到炕上来。雪雁只得端上来，出去拿那张火盆炕桌。那黛玉却把身子欠起，紫鹃只得两只手来扶着她。黛玉将刚才的绢子拿在手中，瞅着那火点点头儿，往上一扔。紫鹃吓了一跳，想要抢时，两只手却不敢动。雪雁又出去拿火盆桌子，此时那绢子已经烧着了。紫鹃劝道：“姑娘这是怎么说呢？”黛玉只作

①硌：触着凸起的东西觉得不舒服或受到损伤。

不闻，回手把那诗稿拿起来，瞧了瞧又放下了。紫鹃怕她也要烧，连忙将身倚住黛玉，腾出手来拿时，黛玉又早拾起，扔在火上。此时紫鹃却够不着，干着急。雪雁正拿进桌子来，看见黛玉一扔，不知何物，赶忙抢时，那纸沾火就着，早已烘烘地着了。雪雁也顾不得烧手，从火里抓起来扔在地下乱踩，却已烧得所剩无几了。那黛玉把眼一闭，往后一仰，几乎把紫鹃压倒。紫鹃连忙叫雪雁上来将黛玉扶着放倒，心里突突地乱跳。想去叫人，天又晚了；不去叫人，自己和雪雁等几个丫头，又怕突然有什么事情。好容易熬过了一夜。

次日一早，黛玉又咳又吐。紫鹃看着不好了，自己来回贾母。哪知到了贾母上房，静悄悄的，只有两三个老妈妈和几个做粗活的丫头在那里看屋子呢。紫鹃问道："老太太呢？"那些人都说不知道。紫鹃听这话诧异，就到宝玉屋里去看，竟也无人。就问屋里的丫头，也说不知。紫鹃已知八九："这些人怎么竟这样狠毒冷淡！"又想到黛玉这几天竟连一个问的人也没有，越想越悲，索性激起一腔闷气来，一扭身就出来了。自己想了一想："今日倒要看看宝玉是何形状！看他见了我怎么过得去！那一年我说了一句谎话他就急病了，今日竟公然做出这等事来！可知天下男子的心真真是冰寒雪冷，令人切齿的！"一边走，一边想，早已来到怡红院。

只见院门虚掩，里面却又寂静得很。紫鹃忽然想道："他要娶亲，自然是有新屋子的，只不知他这新屋子在何处？”正在那里徘徊观望，看见墨雨飞跑，紫鹃就叫住他。墨雨过来笑嘻嘻地道：“姐姐在这里做什么？”紫鹃道：“我听见宝二爷娶亲，我要来看看热闹儿。谁知不在这里，也不知是几时。”墨雨悄悄地道：“我这话只告诉姐姐，就是今日夜里娶，哪里是在这里，老爷派琏二爷另收拾了房子。”墨雨走后，紫鹃发了一会儿呆，忽然想起黛玉来，这时候还不知是死是活。于是两泪汪汪，咬着牙发狠道：“宝玉，我看她明儿死了，你算是躲得过不见了！你过了你那称心如意的事儿，拿什么脸来见我！”一边哭，一边走，呜呜咽咽地独自回去了。

宝玉虽因失玉糊涂，但听见要娶黛玉为妻，真是从古到今天上人间第一件畅心满意的事了，那身子顿觉健旺起来，巴不得马上见到黛玉，盼到今日完婚，真乐得手舞足蹈，虽有几句傻话，却与病时的情形大不一样了。

大轿从大门进来，家里**细乐**①迎出去，十二对宫灯，排着进来，倒也新鲜雅致。**傧相**②请了新人出轿。宝玉见新人蒙着**盖头**③，**喜娘**④披着红扶着。旁边扶新人的你道是谁，原来就是雪雁。宝玉看见雪雁，还想：“为何紫鹃不来，倒是她呢？”又想道：“对了，雪雁原是她南边家里带来的，紫鹃仍是我们家的，自然不必带来。”因此见了雪雁竟如见了黛玉一般欢喜。傧相**赞礼**⑤拜了天地。请

①细乐：用丝竹管弦演奏的轻清之乐。与之相对的是锣鼓等音响大的音乐。
②傧相：接引宾客和主持仪式的人。
③盖头：传统婚礼新娘蒙在头上遮住脸的红色绸布。
④喜娘：陪伴照料新娘的妇女。
⑤赞礼：在旁宣读行礼项目，使人完成结婚仪式。

出贾母受了四拜，后请贾政夫妇登堂，行完礼，送入洞房。那新人坐了床就要揭盖头的，凤姐早已防备，请贾母、王夫人等进去照应。

宝玉此时到底有些傻气，走到新人跟前说道："妹妹身上好了？好些天不见了，盖着这东西做什么！"想要揭去，反把贾母急出一身冷汗来。宝玉又转念一想道："林妹妹是爱生气的，不可造次。"又歇了一歇，仍是按捺不住，只得上前揭了。喜娘接去盖头，雪雁走开，莺儿上来伺候。宝玉睁眼一看，好像宝钗，心里不信，自己一手持灯，一手擦眼，一看，可不是宝钗嘛！只见她盛装艳服，丰肩**愞**[①]体，真是荷粉露垂，杏花烟润了。宝玉发了一会儿怔，又见莺儿立在旁边，不见了雪雁。宝玉此时心无主意，自己反以为是梦中了，只管呆呆地站着。众人接过灯去，宝玉两眼直视，半语全无。贾母怕他病发，亲自扶他上床。凤姐尤氏请宝钗进入里间床上坐下，宝钗此时自然是低头不语。

宝玉定了定神，见贾母、王夫人坐在那边，就轻轻地叫袭人道："我是在哪里呢？这不是做梦吗？"袭人道："你今天好日子，什么梦不梦的乱说。老爷可在外头呢。"宝玉悄悄儿地拿手指着道："坐在那里的这一位美人儿是谁？"袭人捂了自己的嘴，笑得说不出话来，歇了半日才说道："是新娶的二奶奶。"众人也都回过头去，忍不住地笑。宝玉又道："好糊涂，你说二奶奶到底是谁？"袭

---

①愞：柔弱，怯弱。

人道："宝姑娘。"宝玉道："林姑娘呢？"袭人道："老爷做主娶的是宝姑娘，怎么乱说起林姑娘来。"宝玉道："我刚才看见林姑娘了，还有雪雁呢，怎么说没有。你们这都是做什么玩呢？"凤姐走上来轻轻地说道："宝姑娘在屋里坐着呢。别胡说，得罪了她，老太太不依的。"宝玉听了，糊涂得更厉害了。本来就有糊涂的病，加上今夜神出鬼没，更叫他不得主意，于是也不顾别的了，口口声声只要找林妹妹去。贾母等上前安慰，无奈他只是不懂。而宝钗在里面，又不好明说。知道宝玉旧病复发，只得满屋里点起**安息香**[①]来，扶他睡下。众人鸦雀无声，停了片时，宝玉便昏沉睡去。贾母等才略微放心，叫凤姐去请宝钗安歇。宝钗**置若罔闻**[②]，也就和衣在内暂歇。

精华赏析

黛玉在得知宝玉和宝钗的婚事后，一病不起，最终在临死前，她将宝玉送的旧帕和诗稿烧毁。黛玉一生与诗为伴，那些用身心所写的诗篇是她生命、青春和爱情的象征。黛玉生的希望破灭了，爱的牵挂断绝了，所以"唯求速死，以完此债"。

成长启示

林黛玉焚诗断情，众人冷漠，紫鹃却展现难能可贵的义气。这个故事告诉我们，在困难和挫折面前，人们往往展现出不同的面貌。有些人在困难时选择逃避、忽视他人的需要，而有些人则选择坚守、关心他人。我们应该学习紫鹃，无论环境如何变化，始终对陷入困境中的他人给予关注和支持。

①安息香：用安息香树脂制成的香。

②置若罔闻：放在一边不管，好像没听见一样。

第四十二回　苦绛珠魂归离恨天[1]

❖ 要点思考

· 宝玉发现娶的是宝钗后，有哪些表现？

· 试分析黛玉死前未说完的那句话。

宝玉旧病陡发，头昏脑闷，连饭也不能吃了。虽请医诊治，却服药无效，索性连人也认不明白了。大家扶着他坐起来，还是像个好人。一连闹了几天，那日恰是**回九**[2]的日子，若不过去，薛姨妈脸上过不去，若说去呢，宝玉又是这般光景。幸亏宝钗是新媳妇，宝玉是个疯傻的，由人摆布过去了。

到家，宝玉越加沉重，次日连起坐都不能了。薛姨妈等人各处遍请名医，服了城外破寺中穷医开的药，宝玉才清醒些。贾母、王夫人等放了心，请薛姨妈带了宝钗都到贾母那里暂且歇息。

宝玉拉着袭人的手哭道："我问你，宝姐姐怎么来的？我记得老爷给我娶了林妹妹过来，怎么被宝姐姐赶了去了？"袭人说道："林姑娘病着呢。"宝玉哭道："我要死了！我有一句心里的话，只求你回明老太太：横竖林妹妹也是要死的，我如今也不能保。两处两个病人都要死的，死了越发难**张罗**[3]。不如腾一处空房子，趁早将我同林妹

---

①离恨天：民间传说"三十三层天，离恨天最高；四百四十病，相思病最苦"。

②回九：旧时风俗，新娘在婚后第九天要回娘家，新郎必须陪同。

③张罗：料理。

妹两个抬在那里，活着也好一处医治服侍，死了也好一处停放。你依我这话，不枉了几年的情分。”袭人听了这些话，哭得哽嗓气噎。

宝钗恰好同莺儿过来，也听见了，就说道：“你放着病不保养，何苦说这些不吉利的话。老太太才安慰了些，你又生出事来。老太太一生疼你一个，如今八十多岁的人了，虽不图你的**封诰**[①]，将来你成了人，老太太看着也高兴，也不枉了老人家的苦心。太太更是不必说了，一生的心血精神，抚养了你这一个儿子，若是半途死了，太太将来怎么办呢？我虽是命薄，也不至于此。据此三件看来，你就是要死，那天也不容你死的，所以你是不能死的。只管安稳着，养个四五天后，这些邪病自然就没有了。”宝玉听了，竟是无言可答，半晌才嘻嘻地笑道：“你好些时候不和我说话了，这会儿说这些大道理给谁听？”宝钗听了这话，就又说道：“实告诉你说吧，那两日你不知人事的时候，林妹妹已经亡故了。”宝玉忽然坐起来，大声诧异道：“果真死了吗？”宝钗道：“果真死了。哪有无缘无故咒人死的呢？老太太、太太知道你姐妹和睦，你听见她死了自然你也要死，所以不肯告诉你。”宝玉听了，不禁放声大哭，倒在床上。

却说宝玉结婚的那一日，黛玉白天已昏迷过去，却心头口中一丝微气不断，把李纨和紫鹃哭得死去活来。到了晚上，黛玉又缓过来了，微微睁开眼，似有要水要汤的情

①封诰：封建王朝对官员及其先代、妻子授予爵位或称号。

形。此时雪雁已去，只有紫鹃和李纨在旁。紫鹃就端了一盏桂圆汤和的梨汁，用小银匙灌了两三匙。黛玉闭着眼静养了一会儿，觉得心里似明似暗的。此时李纨见黛玉稍缓，知道是**回光返照**[①]的情形，想着还有半天的拖延，自己回稻香村料理一下事情。

黛玉睁开眼一看，只有紫鹃、奶妈和几个小丫头在那里，就一手攥了紫鹃的手，使着劲说道："我是不中用的人了。你服侍我几年，原指望咱们两个总在一处。不想我……"说着，又喘了一会儿，闭了眼歇着。紫鹃见她攥着不肯松手，自己也不敢挪动，看她的情形比早半天好些，只当还可以好转，听了这话，又寒了半截。半天，黛玉又说道："妹妹，我这里并没亲人。我的身子是干净的，你好歹叫他们送我回去。"说到这里又闭了眼不说话了。那手却渐渐紧了，喘成一处，只是出气大入气小，已经急促得很了。

紫鹃慌了，连忙叫人去请李纨，可巧探春来了。紫鹃见了，忙悄悄地说道："三姑娘，瞧瞧林姑娘吧。"说着，泪如雨下。探春过来，摸了摸黛玉的手已经凉了，连目光也都散了。探春、紫鹃正哭着叫人端水来给黛玉擦洗，李纨赶忙进来了。三个人见了，来不及说话。刚擦着，猛听黛玉直声叫道："宝玉，宝玉，你好……"说到"好"字，便浑身冷汗，不作声了。紫鹃等急忙扶住，那汗越出，身

---

①回光返照：本指日落时天空因光线反射而短时发亮，这里比喻人临死前精神忽然兴奋的现象。

子便渐渐地冷了。探春、李纨叫人乱着拢头穿衣，只见黛玉两眼一翻，呜呼，香魂一缕随风散，愁绪三更入梦遥！

当时黛玉气绝，正是宝玉娶宝钗的这个时辰。紫鹃等都大哭起来。李纨、探春想她平日的可疼，今日更加可怜，也便伤心痛哭。因潇湘馆离新房子很远，所以那边并没听见。大家痛哭了一阵，只听远远的一阵音乐之声，侧耳一听，却又没有了。探春、李纨走出院外再听时，只有竹梢风动，月影移墙，好不凄凉冷淡！一时叫了林之孝家的过来，将黛玉停放好，派人看守，等明早去回凤姐。

凤姐避开宝玉，缓缓地将黛玉的事回明了。贾母、王夫人听到都吓了一大跳。贾母眼泪直流说道："是我弄坏她了。只是这个丫头也太傻气了！"说着，就要到园里去哭她一场，又惦记着宝玉，两头难顾。王夫人等含悲劝贾母不必过去，"老太太身子要紧。"贾母无奈，只得叫王夫人过去。又说："你替我告诉她的阴灵：'并不是我忍心不来送你，只为有个亲疏。你是我的外孙女，是亲的了；若与宝玉比起来，宝玉比你更亲些。倘若宝玉有些不好，我怎么见他父亲呢？'"说着，又哭起来。王夫人劝道："林姑娘是老太太最疼的，但**寿夭有定**①。如今已经死了，葬礼上要上等地发送。一则可以尽咱们的心，二则就是**姑太太**②和外甥女儿的阴灵儿，也可以安息了。"贾母听到这里，更加痛哭起来。凤姐怕老人家伤感太过，明仗着宝玉心中

①寿夭有定：长寿和短命都是命中注定。

②姑太太：指黛玉的母亲贾敏。

不很明白，就偷偷地派人来撒个谎儿哄老太太道："宝玉那里找老太太呢。"贾母听见，才止住泪问道："不是又有什么事情了？"凤姐赔笑道："没什么事情，他大约是想老太太的意思。"贾母连忙扶了珍珠，凤姐也跟着过来。

走到半路，正遇王夫人过来，将黛玉的情形一一回明了贾母。贾母自然又是哀痛的，只因要到宝玉那边，只得忍泪含悲地说道："既这么着，我也不过去了。由你们办吧，我看着心里也难受，只别委屈了她就是了。"王夫人、凤姐一一答应了。贾母才过宝玉这边来，见了宝玉，就问："你找我做什么？"宝玉笑道："我昨天晚上看见林妹妹来了，她说要回南方去。我想没人留得住，还得老太太给我留一留她。"贾母听着，说："使得，只管放心吧。"袭人扶宝玉躺下。

贾母出来到宝钗这边来。那时宝钗还未回九，所以见了人倒有些含羞之意。这一天见贾母满面泪痕，递了茶，贾母叫她坐下。宝钗侧身陪着坐了，才问道："听说林妹妹病了，不知她可好些了？"贾母听了这话，那眼泪止不住流下来，说道："我的儿，我告诉你，你可别告诉宝玉。都是因你林妹妹，才叫你受了不少委屈。你如今做媳妇了，我才告诉你。你那林妹妹没了两三天了，就是娶你的那个时辰死的。如今宝玉这一番病还是为着这个，你们先前都在园子里，自然也都是明白的。"宝钗把脸飞红了，想到黛玉之死，又不免落下泪来。贾母又说了一会儿话去了。

宝玉听说林妹妹已死，立刻要往潇湘馆来。贾母等只得叫人抬了竹椅子过来，扶宝玉坐上。贾母、王夫人即便先行。到了潇湘馆，一见黛玉灵柩，贾母已哭得泪干气绝。凤姐等再三劝住。王夫人也哭了一场。李纨请贾母、王夫人在里间歇着，仍在落泪。宝玉一到，想起未病之前来到这里的情景，今日屋在人亡，不禁号啕大哭。想起从前何等亲密，今日死别，怎不更加伤感。众人怕宝玉病后过哀，都来解劝，宝玉已经哭得死去活来，大家搀扶歇息。其余随来的，如宝钗，也都痛哭。只是宝玉一定要叫紫鹃来见，问明姑娘临死有何话说。紫鹃本来深恨宝玉，见如此，心里已回过来一些，又见贾母、王夫人都在这里，不敢冷落宝玉，就将林姑娘怎么复病，怎么烧毁手帕，焚化诗稿，并将临死说的话，一一地都告诉了。宝玉又哭得气噎喉干。探春趁此又将黛玉临终嘱咐带柩回南的话也说了一遍。贾母、王夫人又哭起来。多亏凤姐能言劝慰，略微止住一些，就请贾母等回去。宝玉哪里肯舍，无奈贾母逼着，只得勉强回去了。

◈ 精华赏析

黛玉留给这个世界的最后一句话是："宝玉，宝玉，你好……"宝玉成婚之际就是黛玉命丧之时，这样戏剧性的情节更体现了这段爱情的可贵和可悲。这对有情人最终还是未能逃脱封建势力的压迫，最后落得个阴阳相隔的下场。

◈ 成长启示

宝玉娶了宝钗，黛玉恨恨地离开了这个世界。黛玉的离世让人心痛，我们应该珍惜生命中的每一个瞬间，珍惜身边的人，勇敢地表达自己的情感，让人生无憾。同时，我们也应该珍惜当下，让生命更加充实和有意义。

第四十三回 悲远嫁宝玉感离情

◈ 要点思考

· 探春远嫁，众人的态度分别是怎样的？

· 紫鹃为什么“酸热之心一时冰冷了”？

宝玉渐觉神志安定，一想起黛玉，就心酸落泪。又想黛玉已死，宝钗又是第一等人物，方信金石姻缘有定。宝钗见宝玉无妨，于是自己心也安了，在贾母、王夫人等前行过家庭之礼后，便设法安慰宝玉。宝玉见宝钗举动温柔，也就渐渐地将爱慕黛玉的心肠略移在宝钗身上。

一日，贾政无事，在任所书房中看书。有人呈上一封书信，是镇海总督周琼发来的，请求结为儿女亲家。贾政看了，心想：“儿女姻缘果然有一定的。旧年见他就了京职，又是同乡的人，素来相好，又见那孩子长得好，在席间原提起这件事。因未说定，也没有与他们说起。后来他调了海疆，大家也不说了。不料我今升任至此，他写书来问。我看门当户对，与探春倒也相配。”贾政派人赶到京中，将总督求亲的事回明贾母，如若愿意，就将三姑娘接到任所。

这一天，宝钗在贾母屋里，王夫人将这门亲事告诉老太太。贾母说道：“好是好，只是道儿太远。三丫头这一去了，不知三年两年可能回家？若再迟了，恐怕我赶不上再见她一面了。”说着，掉下泪来。宝钗听得明白，也不敢出声，只是心里叫苦："我们家里姑娘们就算她是个尖儿，如今又要远嫁，眼看着这里的人一天少似一天了。"

袭人和宝钗在那里议论探春出嫁的事，宝玉听了，啊呀一声，哭倒在炕上。吓得宝钗、袭人都来扶起说："怎么了？"宝玉早哭得说不出来，定了一会儿神，说道："这日子过不得了！我姊妹们都一个一个地散了！林妹妹是成了仙去了。大姐姐呢已经死了，这也罢了，没天天在一块。二姐姐呢，碰着了一个混账不堪的东西。三妹妹又要远嫁，总不能见了。史妹妹又不知要到哪里去。这些姐姐妹妹，难道一个都不留在家里，单留我做什么！"袭人忙又拿话解劝。宝钗摆着手说："你不用劝他，让我来问他。"于是问宝玉道："据你的心里，要这些姐妹都在家里陪你到老了，都不要为终身的事吗？以为天下只你一个人爱姐姐妹妹呢，若是都像你，就连我也不能陪你了。大凡人念书，为的是明理，怎么你更加糊涂了。这么说起来，我同袭姑娘各自一边儿去，让你把姐姐妹妹们都请了来守着你。"宝玉听了，两只手拉住宝钗袭人道："我也知道。为什么散得这么早呢？等我化了灰的时候再散也不迟。"袭人掩着他的嘴道："又胡说。这两天身上才好些，二奶奶才吃些饭。若是你又闹翻了，我也不管了。"宝玉慢慢地听她两个人说话都有道理，只是心上不知道怎么才好，只得说道："我明白，只是心里闹得慌。"宝钗也不理他，暗叫袭人快把定心丸给他吃了，慢慢地开导他。

王夫人打发人来唤宝钗，宝钗连忙过来，请了安。王夫人道："你三妹妹如今要出嫁了，只得你们做嫂子的开导开导她，也是你们姊妹的情分。况且她也是个明白孩子，我看你们两个也很合得来。只是我听说宝玉听见他三妹妹要出嫁，哭得不得了，你也该劝劝他。如今我的身子是十病九痛的，你**二嫂子**[1]也是三日好两日不好。你还心地明白些，很多事也别说只管忍着不肯得罪人，将来这一番家事，都是你的担子。"宝钗答应着。

探春将要起身，又来辞宝玉。宝玉自然难舍难分。探春给他讲了很多道理，宝玉心里才宽慰一些。于是探春放心，辞别众人，上轿登程而去。

自从黛玉去世后，紫鹃就不理宝玉，脸上总有气。宝玉就对袭人说："好端端把个林姑娘弄死了。就是她死，也该叫我见见，说个明白，她死了也不抱怨我。那紫鹃为她们姑娘，也是恨得我不得了。你想我是无情的人吗？"

宝玉悄悄地来找紫鹃，走到窗下，只见里面还有灯光，就用舌头舔破窗纸往里一瞧，见紫鹃独自挑灯，又没有做什么，只是呆呆地坐着。宝玉轻轻地叫道："紫鹃姐姐还没有睡吗？"紫鹃听了吓了一跳，怔怔的半日才说："是谁？"宝玉道："是我。"紫鹃听着，似乎是宝玉的声音，就问："是宝二爷吗？"宝玉在外轻轻地答应了一声。紫鹃问道："你来做什么？"宝玉道："我有一句心里的话要和你说说，你开了门，我到你屋里坐坐。"紫鹃停了一会儿说道："二爷有什么话，天晚了，请回吧，明日再说吧。"

---

①二嫂子：指王熙凤。

宝玉听了，寒了半截。自己还要进去，怕紫鹃未必开门；想要回去，这一肚子的隐情，更加被紫鹃这一句话勾起。无奈，说道：“我也没有多余的话，只问你一句。”紫鹃道：“既是一句，就请说。”宝玉半日反不说话。紫鹃在屋里不见宝玉说话，知道他有呆痴的病，怕一时**抢白**[①]了他，勾起他的旧病倒不好了，就站起来细听了一听，又问道：“是走了，还是傻站着呢？有什么又不说，尽在这里气人。已经气死了一个，难道还要气死一个么？这是何苦来呢！”说着，也从宝玉舔破之处往外一望，见宝玉在那里呆听。紫鹃不便再说，回身剪了剪烛花。忽听宝玉叹了一声道：“紫鹃姐姐，你从来不是这样的铁石心肠，怎么近来连一句好好儿的话都不和我说了？我固然是个浊物，不配你们理我，但我有什么不是，只望姐姐说明了，哪怕姐姐一辈子不理我，我死了倒做个明白鬼呀！”紫鹃听了，冷笑道：“二爷就是这个话呀，还有什么？若就是这个话呢，我们姑娘在时我也跟着听俗了！若是我有什么不好呢，我是太太派来的，二爷倒是回太太去，左右我们丫头们更算不得什么了。”说到这里，那声儿就哽咽起来。宝玉在外知她伤心哭了，急得跺脚道：“这是怎么说，我的事情你在这里几个月还有什么不知道的。即便别人不肯替我告诉你，难道你还不叫我说，叫我憋死了不成！”说着，也呜咽起来了。

这里紫鹃被宝玉一招，心里更加难受，直哭了一夜。思前想后，“宝玉的事，明知他病中不能明白，所以众人

---

①抢白：当面责备或讽刺。

弄神弄鬼[1]地办成了。后来宝玉明白了，旧病复发，时常哭想，并非忘情负义之人。今日这种柔情，更加叫人难受，只可怜我们林姑娘真真是无福享受。如此看来，人生缘分都有一定，在那未到头时，大家都是痴心妄想。乃至无可如何，那糊涂的也就不理会了，那情深义重的也不过临风对月，洒泪悲啼。可怜那死的倒未必知道，这活的真真是苦恼伤心，无休无了。算来竟不如草木石头，无知无觉，倒也心中干净！”想到此处，倒把一片**酸热之心**[2]一时冰冷了。

❖ 精华赏析

贾探春的宣言是：“我但凡是个男人，可以出得去，我必早走了，立一番事业，那时自有我一番道理。”然而，由于时代和社会的限制，她无法实现自己的梦想，最后只能远嫁海疆。

❖ 成长启示

贾探春和紫鹃都是非常有个性和思想的女性角色。这些角色的命运和境遇，反映了当时女性的处境和社会的局限。同时，也提醒我们应该珍视女性的权利和机会，创造一个公正、平等的社会环境，让每个人都能够追求自己的理想和幸福。

---

①弄神弄鬼：比喻暗中耍手段捣鬼。

②酸热之心：悲伤同情的心。

第四十四回　施毒计金桂自焚身

要点思考

· 夏金桂为什么要毒杀香菱？

· 请你简述夏金桂死亡的原因。

· 夏金桂死后，众人有什么表现？

薛蟠在外闯下大祸，打死了人。薛家为了替他脱罪，花费了很多银子去疏通关系。**薛蝌**[1]不辞辛劳，四处奔波。薛姨妈为了薛蟠的这桩人命官司，几乎倾尽了家产，不知付出了多少银钱，才定了“误杀”的罪名。正当薛家准备将当铺抵押变卖，筹集银两以赎罪时，不想**刑部**[2]驳审，又托人花了好些钱，总不管用，依旧定了个死罪。薛姨妈又气又疼，日夜啼哭。

薛蟠入狱后，夏金桂便开始勾引薛蝌。但薛蝌是个正派人，又忙于处理薛蟠的官司，没有上她的当，使她大感失望。金桂见薛蝌有什么东西都是托香菱收着，衣服缝洗也是香菱，两个人偶然说话，她来了，急忙散开，这更激发了她的**醋意**[3]。她想要**发作**[4]薛蝌，却是舍不得，只得将一腔隐恨都搁在香菱身上。却又恐怕闹了香菱得罪了薛蝌，倒弄得**隐忍**[5]不发。一天，金桂正在纠缠薛蝌，正闹着，

①薛蝌：薛蟠堂弟，薛宝琴的哥哥。

②刑部：官署名，掌管国家刑法诉讼事务。

③醋意：嫉妒心（多指在男女关系上）。

④发作：发脾气，训斥。

⑤隐忍：把事情藏在心里，勉强忍耐。

忽听背后一个人叫道："奶奶，香菱来了。"把金桂吓了一跳，回头瞧时，却是宝蟾掀着帘子看他二人的光景，一抬头见香菱从那边来了，赶忙知会金桂。金桂这一惊不小，手已松了。薛蝌得便脱身跑了。那香菱正走着，原不理会，忽听宝蟾一嚷，才瞧见金桂在那里拉住薛蝌往里死拽。香菱却吓得心头乱跳，自己连忙转身回去。这里金桂早已连吓带气，呆呆地瞅着薛蝌去了。怔了半天，恨了一声，自己扫兴归房，从此把香菱恨入骨髓。那香菱本是要到宝琴那里，刚走出门，看见这般，吓回去了。

这一天，薛家的婆子突然来报，说夏金桂死了，王夫人忙派贾琏过去了。贾琏来了，给薛姨妈请了安，便道："想是为兄弟犯事怨命而死？"薛姨妈道："若这样倒好了。前几个月里，她天天蓬头赤脚地疯闹。后来听见你兄弟问了死罪，她虽哭了一场，以后倒搽脂抹粉起来。我若说她，又要吵个不得了，我总不理她。有一天不知怎么非要香菱去做伴，可怜这香菱带着病就去了。谁知道她待香菱很好，我倒喜欢。你**大妹妹**[1]知道了，说：'只怕不是好心吧。'我也不理会。头几天香菱病着，她倒亲手去做汤给她吃。昨儿晚上，又叫**宝蟾**[2]去做了两碗汤来，说自己同香菱一块儿喝。隔了一会儿，听见她屋里乱响，宝蟾急得乱嚷，后来香菱也扶了墙出来叫人。我忙着看去，只见媳妇鼻子眼睛里都流出血来，在地下乱滚，两手在心口乱抓，两脚

①大妹妹：指薛宝钗。

②宝蟾：夏金桂从娘家带来的丫鬟。

乱蹬，把我吓死了，问她也说不出来，只管直嚷，闹了一会儿就死了。我瞧那情形是服了毒的。宝蟾哭着来揪香菱，说她药死了奶奶。我看香菱也不是这么样的人，再者她病得起还起不来，怎么能药人呢？无奈宝蟾一口咬定。我的二爷，这叫我怎么办！只得硬着心肠叫老婆子们把香菱捆了。二爷你是明白人，这件事怎么好？”贾琏道：“夏家知道了没有？”薛姨妈道：“也得弄明白了才好报啊。”贾琏道：“据我看起来，必须经官才能了结。”正说着，只见荣府女人们进来说：“我们二奶奶来了。”宝钗进来见了母亲，又见了贾琏。薛姨妈也将前事告诉一遍。宝钗说：“若把香菱捆了，可不是我们也说是香菱药死的吗？妈妈说这汤是宝蟾做的，就该捆起宝蟾来问她呀。一边打发人报夏家去，一边报官才是。”薛姨妈听见有理，就问贾琏。贾琏道：“妹妹说得很对。报官还得我去，托了刑部里的人，验尸问口供的时候有个照应。”薛姨妈就叫人开门进去，宝钗就派了带来的几个女人帮着捆了宝蟾。

那夏家父亲已没，只有母亲，又过继了一个混账儿子，把家业都花完了，不时地常到薛家来要钱。金桂的母亲听见了，更哭喊起来，说：“好端端的女孩儿在他家，为什么服了毒呢！”哭着喊着，带了儿子，也等不得雇车，就要走来。那夏家本是买卖人家，如今没了钱，哪顾什么脸面。儿子在前面走，她跟了一个破老婆子出了门，在街上啼啼哭哭地雇了一辆破车，跑到了薛家。

那夏家母子进门就讨人命，索性撒起泼来，说：“知道你们荣府的势头儿。我们家的姑娘已经死了，如今也都不要命了！”说着，要奔薛姨妈拼命。正闹到危急之际，贾琏带了七八个家人进来，见是如此，就叫人先把夏家的儿子拉出去，便说：“你们不许闹，有话好好儿地说。快将家里收拾收拾，刑部里头的老爷们就来验尸了。”宝蟾见她家的人来了，就哭喊说：“我们姑娘好意待香菱，叫她在一块儿住，她倒药死了我们姑娘！”那时薛家上下人等都在，齐声吆喝道：“胡说，昨日奶奶喝了汤才药死的，这汤可不是你做的！”宝蟾道：“汤是我做的，端了来我有事走了，不知香菱放些什么在里面药死的。”金桂的母亲没等说完，就奔香菱去了。众人急忙拦住。薛姨妈道：“这样子是**砒霜**[①]药的，家里绝无此物。不管香菱、宝蟾，终有替她买的，回来刑部少不了问出来，肯定赖不掉。”宝钗道：“都是男人进来，你们将女人动用的东西检查检查。”只见褥子底下有一个揉成团的纸包儿。金桂的母亲瞧见拾起，打开看时，并没有什么，就扔掉了。宝蟾看见道：“可不是有凭据了。这个纸包儿我认得，头几天耗子闹得慌，奶奶回家与舅爷要的，拿回来搁在首饰匣里，必是香菱看见了拿来药死奶奶的。若不信，你们看看首饰匣里有没有了。”

金桂的母亲取出匣子，竟只有几支银簪子。薛姨妈说：“怎么好些首饰都没有了？”宝钗叫人打开箱柜，都是空的，便道：“嫂子这些东西被谁拿去了，这可要问宝蟾。”这宝蟾见问得紧，又不好胡赖，只得说道：“奶奶自己常

①砒霜：无机化合物，是不纯的三氧化二砷，有剧毒。

常带回娘家，我管得了吗？”众人便说：“好个亲家太太！哄着拿姑娘的东西，哄完了叫她寻死来讹我们。罢了，回头验尸就这么说。”宝钗叫人：“到外头告诉琏二爷说，别放了夏家的人。”

里面金桂的母亲忙了手脚，骂宝蟾道：“小蹄子别胡说了！姑娘几时拿东西到我家了？”宝蟾道：“如今东西是小，给姑娘偿命是大。”宝琴道：“有了东西，就有偿命的人了！快请琏二哥哥问准了夏家儿子买砒霜的事，回来好回刑部里的话。”金桂的母亲着急道：“这宝蟾必是撞见鬼了，胡说起来。我们何尝买过砒霜。若这么说，必是宝蟾药死了的。”宝蟾急得乱嚷说：“别人赖我也罢了，怎么你们也赖起我来呢！你们不是常和姑娘说，叫她别受委屈，闹得他们家破人亡，那时将东西卷包儿一走，再配一个好姑爷。这个话有没有？”金桂的母亲还未及答言，周瑞家的接口说道：“这是你们家的人说的，还赖什么呢。”金桂的母亲恨得咬牙切齿骂宝蟾说：“我待你不错呀，为什么你倒拿话来**葬送**①我呢！回头见了官，我就说是你药死姑娘的。”宝蟾气得瞪着眼说：“请太太放了香菱吧，犯不着白害别人。”

宝钗听出这**话里有话**②，叫人反倒放开了宝蟾，说：“你原是个爽快人，何苦白冤在里头。你有话索性说了，大家明白，岂不完事了吗？”宝蟾也怕见官受苦，便道：“我

---

①葬送：断送，毁灭。

②话里有话：话里暗含有别的意思。

老实说吧。昨儿奶奶叫我做两碗汤，说是和香菱同喝。我气不过，心里想着香菱哪里配我做汤给她喝呢？我故意在一碗里多抓了一把盐，记了**暗记**[1]，原想给香菱喝的。刚端进来，奶奶却拦着我到外头叫小子们雇车，说今日回家去。我出去说了，回来见盐多的这碗汤在奶奶跟前呢，我怕奶奶喝着咸，又要骂我。正没法的时候，奶奶往后头走动，我**眼错不见**[2]就把香菱这碗汤换了过来。也是应该如此，奶奶回来就拿了汤去到香菱床边喝着，说："你到底尝尝。"那香菱也不觉咸。两个人都喝完了。我正笑香菱没嘴道儿，哪里知道这死鬼奶奶要药香菱，必定趁我不在将砒霜撒上了，也不知道我换了碗，这可真是**天理昭彰**[3]，自害其身了。"于是众人往前后一想，真正一丝不错，便将香菱也放了。

金桂母亲心虚，还想争辩抵赖。薛姨妈等你言我语，反要她儿子偿还金桂之命。正在吵嚷，贾琏在外面道："不用多说了，快收拾停当，刑部老爷就到了。"此时只有夏家母子着忙，想来总要吃亏的，不得已反求薛姨妈道："千不是万不是，终是我死的女儿不长进，这也是自作自受。若是刑部验尸，到底府上脸面不好看。求亲家太太息了这件事吧。"宝钗道："那可使不得，已经报了，怎么能息呢。"周瑞家的等人说："若要息事，除非亲家太太自己出去拦验，我们就不提长短了。"贾琏在外也将她儿子吓住，

①暗记：秘密的记号。
②眼错不见：一时没看见，稍微不注意。
③天理昭彰：旧时认为，上天主持公道，善恶报应分明。

他情愿迎到刑部**具结拦验**[1]。众人依允。薛姨妈命人买棺入殓。

❖ 精华赏析

薛蟠杀了人，死罪难逃，夏金桂居然去勾引薛蝌，不仅如此，居然还要毒杀香菱。没想到弄巧成拙，反害了自己的性命，真是“多行不义必自毙”。夏金桂的冷血狠毒，实属罕见。

❖ 成长启示

在现实生活中，我们应该注重道德和品格的培养，坚持做一个有良知、有责任感、有同情心的人。我们要遵守道德规范，尊重他人的权利和尊严，不以任何手段去伤害他人来获取自己的利益。

①具结拦验：死者亲属出具文书，拦阻官府验尸，表示不追究死因。

第四十五回 锦衣军查抄宁荣府

❖ **要点思考**

· 贾府被抄家的原因是什么？
· 抄家时，贾府的人各自有何表现？
· 抄家的最终结果是什么？

贾政做江西粮道，为官清正不捞好处，倒把家里的银子贴出去不少。那些下属却瞒着他，胡作非为大捞好处。因此，贾政被参，遭到革职，官降三级，回到京城。

这日，贾政在家里摆设酒宴，请亲朋过来叙谈。忽见赖大急忙来回贾政道：“**锦衣府**①**堂官**②赵老爷带领好几位**司官**③说来拜望。请老爷同爷们快去迎接。”贾政等快步迎接，只见赵堂官并不说什么，径直走上厅来。贾政等心里不得主意，只得跟了上来让座。众人看见来头不好，也有躲进里间屋里的，也有垂手侍立的。贾政正要带笑叙话，只见家人慌张报道：“西平王爷到了。”贾政慌忙去接，已见王爷进来。赵堂官抢上去请了安，便说：“王爷已到，随来各位老爷带领府役把守前后门。”众官应了出去。贾政等知道事不好，连忙跪接。西平**郡王**④用两手扶起，笑嘻嘻地说道：“无事不敢造访，有奉旨交办事件，要贾赦

①锦衣府：又叫锦衣卫，明朝开始设置，原是护卫皇宫的军事机构，后演变为侦查逮捕的特务组织。
②堂官：明清时期对各衙署长官的通称。
③司官：清朝对各部属官的通称。
④郡王：古代皇帝封赏给皇子或功臣的爵位。

接旨。请众位亲友各散，独留本宅人听候。”那些亲友听见，一溜烟如飞地出去了。独有贾赦、贾政一伙人吓得面如土色，满身发颤。不多一会儿，只见进来无数**番役**[①]，各门把守。本宅上下人等，一步不能乱走。赵堂官转过脸来回王爷道：“请爷宣旨意，就好动手。”西平王慢慢地说道：“小王奉旨带领锦衣府赵全来查看贾赦家产。”

贾赦等听见，都俯伏在地。王爷站在上头说：“有旨意：‘贾赦勾结外官，依势凌弱，辜负**朕**[②]恩，有辱祖德，着革去**世职**[③]。**钦此**[④]。’”赵堂官一迭声叫：“拿下贾赦，其余都看守起来。”此时贾赦、贾政、贾琏、贾珍、贾蓉、贾兰等都在，只有宝玉推说有病，在贾母那边，贾环本来不大见人，所以就将现在几人看住。赵堂官随即下令：“传齐司官，带领番役，分头按房抄查登账。”吓得贾政上下人等面面相看，喜得番役家人摩拳擦掌，就要往各处动手。西平王说：“不必忙，先传信后宅，请内眷回避，再查不迟。”一语未了，老赵家奴番役已经拉着本宅家人领路，分头查抄去了。

锦衣司官跪禀说：“查出御用衣裙和很多禁用之物，不敢擅动，回来请示王爷。”一会儿，又有人拦住西平王，回说：“抄出两箱子房地契，又一箱借票，都是违法取利的。”老赵说：“好个重利盘剥！很该全抄！请王爷在此

①番役：明清官衙中专门负责侦查抓捕的差役。

②朕：第一人称代词“我”，自秦始皇起专用作皇帝的自称。

③世职：世袭的职位。

④钦此：皇帝诏书的结束套语。

坐着，叫奴才去全抄来再候定夺吧。”说着，只见有人禀报：“主上特命北静王到这里宣旨，请爷接去。”赵堂官听了心里欢喜说：“我好晦气，碰着这个酸王。如今那位来了，我就好施威。”一面想着，也迎出来。

只见北静王已到大厅，就向外站着，说：“有旨意，锦衣府赵全听宣。”说：“奉旨意：‘命锦衣官只提贾赦审讯，其余交西平王遵旨查办。钦此。’”西平王领了，好不欢喜，便与北静王坐下，命赵堂官提贾赦回衙。里头那些查抄的人听见北静王到，都一齐出来，听说赵堂官走了，大家没趣，只得侍立听候。北静王挑选两个诚实司官和十来个老年番役，其余一概赶出。西平王便说：“我正与老赵生气。幸亏王爷到来降旨，不然这里要吃大亏。”北静王说：“我在朝中听见王爷奉旨查抄贾宅，我很放心。不料老赵这么混账。不知现在政老及宝玉在哪里，里面不知闹到怎么样了。”众人回禀：“贾政等在下房看守着，里面已抄得乱腾腾的了。”西平王吩咐司员：“快将贾政带来问话。”众人命带了上来。贾政跪了请安，含泪乞求施恩。北静王起身拉着，说：“政老放心。”便将旨意说了。贾政感激涕零。王爷道：“政老，刚才老赵在这里的时候，番役呈报有禁用之物和重利借票，我们也难遮掩。这禁用之物原办进贵妃用的，我们声明，也无碍。独是借券想个什么法儿才好。政老且带司员将赦老家产呈出，也就了事，切不可再有隐匿。”贾政答应道：“犯官再不敢。但犯官祖父遗产并未分过，只各人房屋里的东西是为己有。”两王便说：“这也无妨，只将赦老那一边所有的交出就是了。”又吩咐司员依命行动，不许乱动。司员领命去了。

贾母那边女眷也摆家宴，大家正说到高兴，只听见邢夫人那边的人一直声地嚷进来说：“老太太、太太，不……不好了！很多穿靴戴帽的强……强盗来了，翻箱倒笼地来拿东西。”贾母等听着发呆。又见平儿披头散发拉着巧姐哭着来说：“不好了，我正与姐儿吃饭，只见来旺被人拴着进来说：‘姑娘快快传进去，请太太们回避，外面王爷就进来查抄家产。’我听了着忙，正要进房拿要紧东西，被一伙人推赶出来了。”王、邢二夫人等听到，都魂飞天外，不知怎样才好。只见凤姐先是圆睁两眼听着，后来一仰身栽到地下昏死过去。贾母没有听完，便吓得涕泪交流，连话也说不出来。一屋子人拉这个，扯那个，正闹得翻天覆地，又听见一迭声嚷说：“里面女眷们回避，王爷进来了！”

宝钗、宝玉等正在没法，丫头婆子乱拉乱扯的时候，贾琏喘吁吁地跑进来说：“好了，好了，幸亏王爷救了我们了！”众人正要问他，贾琏见凤姐昏死在地下，哭着乱叫，又怕老太太吓坏了，急得死去活来。还亏平儿将凤姐叫醒，令人扶着，老太太也回过气来，哭得气短神昏，躺在炕上。贾琏定定神将两王恩典说明，只怕贾母、邢夫人知道贾赦被拿，又要吓死，暂且不敢明说，只得出来照料自己的屋内。

一进屋门，只见箱开柜破，物件被抢得半空。急得两眼直竖，淌泪发呆。听见外头叫，只得出来。见贾政同司员登记物件，房地契纸，家人文书，也都封裹。只听两家王爷问贾政道："所抄家资内有借券，这是盘剥，究竟谁做的？政老据实说出才好。"贾政听了，跪在地下碰头说："犯官不理家务，这些事全不知道。问犯官侄儿贾琏才知。"贾琏连忙走上跪下，禀说："这一箱文书既在奴才屋里抄出来，敢说不知道么？只求王爷开恩，叔叔并不知道的。"两王道："你父已经获罪，只可并案办理。你今认了也是正理。将贾琏看守，其余散收宅内。政老，你须小心候旨。我们回朝复旨去了，这里有官役看守。"说着，上轿出门。

此时贾政魂魄才定，仍是发怔。贾兰便说："请爷爷进去瞧老太太，再想法儿打听东府里的事。"贾政急忙起身进去。只见人人泪痕满面，王夫人、宝玉等围住贾母，寂静无言，个个掉泪。只有邢夫人哭作一团。见贾政进来，都说："好了，好了！"便告诉老太太说："老爷仍旧好好的，请老太太安心吧。"贾母奄奄一息，微开双目说："我的儿，不想还见得着你！"一声未了，就号啕大哭起来。于是满屋里人都哭个不住。贾政怕哭坏老母，收泪说道："老太太放心吧。本来事情不小，蒙主上天恩，两位王爷的恩典，万般**轸恤**[①]。就是大老爷暂时拘留，等问明白了，主上还有恩典。如今家里这些也不动了。"贾母见贾赦不在，又伤心起来。

众人都不敢走散，唯独邢夫人回到自己那边，见门上

①轸恤：眷顾，怜悯。

都贴了**封条**[①]，丫头婆子也被锁在几间屋里。邢夫人无处可走，仍回到贾母那边。见眼前都是贾政的人，自己丈夫被拘，媳妇病危，现在身无归处，哪里禁得住。众人劝慰，李纨等令人收拾房屋请邢夫人暂住，王夫人拨了人服侍。

贾政此时着急异常，又听外面说："请老爷，内廷有信。"贾政急忙出来，见是北静王府长史，一见面就说："大喜。"贾政谢了，请长史坐下，"请问王爷有何谕旨？"那长史道："我们王爷同西平郡王进朝复奏，将大人的惧怕之心，感激天恩之语都代奏了。主上很是悯恤，并念及贵妃逝去不久，不忍加罪，着加恩仍旧担任**工部**[②]**员外**[③]。所封家产，只将贾赦的**入官**[④]，其余都归还。抄出的借券令我们王爷查核，如有违规重利的一概入官，定例生息的房地文书尽行给还。贾琏革去职衔，免罪释放。"贾政听完马上起身叩谢天恩，又拜谢王爷恩典。

贾琏开始害怕获罪，后蒙释放已是大幸，但想起历年积聚的财产不下七八万金，一朝而尽，怎能不痛。何况他父亲拘押在锦衣府，凤姐病重垂危，一时悲痛不已。

宁国府那边更糟。御史闻知贾珍强占良民妻女为妾，因其女不从，凌逼致死。贾珍、贾蓉都叫抓走了，妇女们都被衙役抢得披头散发挤在一处空房里，别的男女都像猪狗似的拦起来了。所有的都被抄出来，木器钉得破烂，瓷

①封条：封闭门户或器物时粘贴的纸条，上面注明封闭日期并盖有印章。
②工部：官署名，负责建造工程事务。
③员外：各部各司的主官叫郎中，副官叫员外或员外郎。
④入官：没收的财产上交官府。

器打得粉碎。

宁国府宅第入官，所有财产和家奴等都被没收。贾母命人将尤氏婆媳接了过来。可怜赫赫宁府只剩下她们婆媳两个并佩凤，偕鸾二人，连一个下人也没有了。

❖ 精华赏析

贾府是豪门世家，“元妃省亲”将贾府的豪奢展现得淋漓尽致。但是繁华的背后却隐藏着衰败的危机。

子孙的腐化，家族的腐败，终至抄家获罪。

❖ 成长启示

贾赦、贾珍和贾琏等人滥用权力、违法乱纪，最终导致了自身的失败。这告诉我们，权力应该被合理行使，不能用来压迫他人或谋取不正当利益。我们应该重视道德建设，培养正确的价值观和道德观念，坚守法律底线，维护社会公平正义。

第四十六回 史太君散资终福寿

要点思考

· 贾母“临终嘱咐”了哪些内容？

· 你觉得贾母是一个什么样的人？

· 贾母问起史湘云，鸳鸯为什么“不敢说”？

祖宗世职革去，子孙在监拘押，邢夫人、尤氏等日夜哭啼，凤姐病重垂危，贾母日夜不安，思前想后，眼泪不干。一日傍晚，自己挣扎坐起，叫鸳鸯去各处佛堂上香，又拄着拐来到院中，焚起斗香。

贾母上香跪下，含泪**祝告**①天地道：“皇天菩萨在上，我贾门史氏，虔诚祷告，求菩萨慈悲。我贾门数世以来，不敢行凶霸道。我帮夫助子，虽不能为善，也不敢作恶。必是后辈儿孙**骄奢淫逸**②，**暴殄天物**③，以致全家抄检。现在儿孙监禁，自然凶多吉少，都是我一人罪过，不教儿孙，所以至此。我今恳求皇天保佑：在监的逢凶化吉，有病的早早安身。全家罪过，情愿一人承当，只求饶恕儿孙。若皇天见怜，念我虔诚，早早赐我一死，宽免儿孙之罪。”默默说到此，不禁伤心，呜呜咽咽地哭泣起来。鸳鸯、珍珠一边解劝，一边扶进房去。

王夫人带了宝玉、宝钗过来请晚安，见贾母悲伤，三

---

①祝告：向神灵祷告。

②骄奢淫逸：骄横奢侈，荒淫无度。

③暴殄天物：任意糟蹋东西。殄，灭绝。

人也大哭起来。宝钗更有一层苦楚：想哥哥也在监，将来要被处决，不知可否减缓；公婆虽然无事，眼见家业萧条；宝玉依然疯傻，毫无志气。想到未来终身，更比贾母、王夫人哭得伤痛。宝玉见宝钗如此痛哭，他也有一番悲伤。想的是老太太年老不得安，老爷太太见此情景不免悲伤，众姐妹风流云散，一日少似一日。追想在园中吟诗起社，何等热闹，自从林妹妹一死，我郁闷到今。而宝姐姐来后，忧兄思母，日夜难得笑容，今见她悲哀欲绝，心里更加不忍，竟号啕大哭。

史家来了人，请了贾母的安，便说："我们家姑娘打发我来，说听见府里的事原没有什么大事，不过一时受惊。怕老太太老爷太太烦恼，叫我们过来问候一声。我们**姑娘**[①]本要自己来的，因不多几日就要出阁，所以不能来了。"贾母听了，说道："你回去替我问好。你家姑娘出阁，想来你们姑爷是不用说的了。他们的家境如何？"两个女人回道："家境倒不怎么着，只是姑爷长得很好，为人又和平。我们见过好几次，看着与这里宝二爷差不多，还听说才情学问都好的。"贾母听了，欢喜道："我前儿还想起我娘家的人来，最疼的就是你们家姑娘，一年三百六十天，在我跟前的日子倒有二百多天，混得这么大了。我原想给她说个好女婿，因她叔叔不在家，我又不便做主。她配了个好姑爷，我也放心了。月里出阁我原想过去吃杯喜酒的，不料我家闹出这样的事来，我的心就像在热锅里煎熬似的，

①姑娘：指史湘云。

哪里能够再到你们家去。你回去说我问好。告诉你家姑娘，不要将我放在心里。我是八十多岁的人了，就死也不算没福的了。只愿她过了门，两口子和顺，百年到老，我就安心了。”说着，不觉掉下泪来。

不久，传来圣旨，两个世职革去，贾赦往台站效力，贾珍往海疆效力，贾蓉因年幼获释。邢夫人、尤氏听见这话，更哭起来。贾母不忍，就问贾政道：“你大哥和珍儿现已定案，可能回家？蓉儿既没他的事，也该放出来了。”贾政道：“若按规定，大哥是不能回家的。我已托人徇个私情，叫我们大老爷同侄儿回家好置办行装，衙门内已经答应。想来蓉儿同着他爷爷父亲一起出来，只请老太太放心。”

贾母正在忧虑，贾赦、贾珍、贾蓉一齐进来给贾母请安。贾母看到这样的情景，一只手拉着贾赦，一只手拉着贾珍，就大哭起来。他两人脸上羞惭，又见贾母哭泣，都跪在地下哭着说道：“儿孙们不长进，将祖上功勋丢了，又连累老太太伤心，儿孙们是死无葬身之地了！”满屋中人看这情景，又一齐大哭起来。

贾母叫邢、王二夫人同鸳鸯等人，开箱倒笼，将做媳妇到如今积攒的东西都拿出来，又叫贾赦、贾政、贾珍等过来，一一地分派说：“这里现有的银子，交贾赦三千两，你拿二千两去做你的盘费使用，留一千给大太太另用。这三千给珍儿，你只许拿一千去，留下二千交你媳妇过日子。仍旧各自度日，房子是在一处，饭食各自吃吧。**四丫头**[1]

---

①四丫头：指贾惜春。

将来的亲事还是我的事。只可怜凤丫头操心了一辈子，如今弄得精光，也给她三千两，叫她自己收着，不许叫琏儿用。如今她还病得神昏气丧，叫平儿来拿去。这是你祖父留下来的衣服，还有我少年穿的衣服首饰，如今我用不着。男的呢，叫大老爷、珍儿、琏儿、蓉儿拿去分了，女的呢，叫大太太、珍儿媳妇、凤丫头拿了分去。这五百两银子交给琏儿，明年将林丫头的棺材送回南方去。"分派定了，又叫贾政道："你也是我的儿子，我并不偏向。宝玉已经成了家，剩下的这些金银等物，大约还值几千两银子，都是给宝玉的了。珠儿媳妇向来孝顺我，兰儿也好，我也分给他们些。"贾政见母亲如此**明断分晰**[1]，和众人都跪下痛哭。贾母又道："再剩的东西也有限了，等我死了料理后事时使用。"贾政等听到这里，更是悲痛不已。

贾母病倒了，并且日重一日，请医疗治不效。贾政着急，知道病重难医，就命人到衙门告假，日夜同王夫人亲奉汤药。

贾母病势日增，只想这些好女儿。一时想起湘云，便打发人去瞧她。回来的人悄悄地找鸳鸯，因鸳鸯在老太太身旁，王夫人等都在那里，不便上去，到了后面找到琥珀，告诉她道："老太太想史姑娘，叫我们去打听。哪里知道史姑娘哭得不得了，说是姑爷得了暴病，大夫都瞧了，说这病只怕不能好。所以史姑娘心里着急。又知道老太太病了，只是不能过来请安，还叫我不要在老太太面前提起。

①明断分晰：判断公正，分配明晰。

如果老太太问起来，务必托你们变个法儿回老太太才好。”琥珀听了，叹了一声，就也不说话了，半日说道：“你去吧。”琥珀也不便回，心里打算告诉鸳鸯，叫她撒谎去，所以来到贾母床前，只见贾母神色大变，地下站着一屋子的人，**嘁嘁**①地说“瞧着是不好了”，也不敢说话了。

这里贾政悄悄地叫贾琏到身旁，向耳边说了几句话。贾琏轻轻地答应出去了，传齐了所有家人说：“老太太的事就要出来了，你们快快分头派人办去。头一件先**请出板**②来瞧瞧，好挂里子。快到各处将各人的衣服量了尺寸，叫裁缝去做孝衣。那棚杠仪仗都去讲定。厨房里还该多派几个人。”赖大等回道：“二爷，这些事不用爷费心，我们早打算好了。只是这银子在哪里？”贾琏道：“老太太自己早留下了。刚才老爷的主意只要办得好，我想外面也要好看。”赖大等答应，派人分头办去。

贾琏回到自己房中，问平儿：“你奶奶今儿怎么样？”平儿把嘴往里一努说：“你瞧去。”贾琏进去，见凤姐正要穿衣，一时动不得，暂且靠在炕桌儿上。贾琏道：“你只怕养不住了。老太太的事今儿明儿就要出来了，你还脱得了么？快叫人将屋里收拾收拾，若有了事，你我还能回来吗？”凤姐道：“咱们这里还有什么收拾的。你先去吧，看老爷叫你。我换件衣裳就来。”

外面报太医进来了，贾琏接入，诊了一会儿，出来悄

---

①嘁嘁：小声说话或声音轻细的样子。

②请出板：抬出棺材板。请，敬辞。

悄地告诉贾琏："老太太的脉气不好，防备着。"贾琏会意，给王夫人等说了。王夫人急忙使眼色叫鸳鸯过来，叫她把老太太的**装裹**[①]衣服预备出来。鸳鸯自去料理。

贾母睁眼要茶喝，众人忙送上来，喝了一口，就说："我要坐起来。"贾政等道："老太太要什么只管说，不必坐起来才好。"贾母道："我喝了口水，心里好些，想靠着和你们说说话。"贾母坐起来说道："我到你们家已经六十多年了。从年轻的时候到老来，福也享尽了。自你们老爷起，儿子孙子也都算是好的了。就是宝玉呢，我疼了他一场。"说到这里，拿眼满地下瞅着。王夫人推宝玉走到床前。贾母从被窝里伸出手来拉着宝玉道："我的儿，你要争气才好！"宝玉嘴里答应，心里一酸，那眼泪就要流下来，又不敢哭，只得站着，听贾母说道："我想再见一个重孙子。我的兰儿在哪里呢？"李纨也推贾兰上去。贾母放了宝玉，拉着贾兰道："你母亲是要孝顺的，将来你成了人，也叫你母亲风光风光。凤丫头呢？"凤姐本来站在贾母旁边，赶忙走到眼前说："在这里呢。"贾母道："我的儿，你是太聪明了，将来修修福吧。那些吃斋念佛的事我也不大干，就是旧年叫人写了些《金刚经》送送人，不知送完了没有？"凤姐道："没有呢。"贾母道："早该施舍完了才好。我们大老爷和珍儿是在外头乐了，最可恶的是史丫头没良心，怎么总不来瞧我。"鸳鸯等明知缘故，都不敢说。贾母又瞧了一瞧宝钗，叹了口气，只见脸上发红。

---

①装裹：入殓的衣衾。

贾政知是回光返照，急忙进上参汤。贾母的牙关已经紧了，合了一会儿眼，又睁着满屋里瞧了一瞧。王夫人、宝钗上去轻轻扶着，邢夫人、凤姐等急忙穿衣，听见贾母喉间略微一响，脸变笑容，竟是**去**[①]了，享年八十三岁。

❖ 精华赏析

贾母年龄最大、辈分最高，她对贾府中的事情，虽不多闻多问，但每当有大事发生，她便要站出来作出最权威的决定。贾府遭到变故后，她虔诚地向上天祷告，还拿出了自己的全部财物，分给儿孙，一片慈母之心跃然纸上。贾府这个庞大的宗族，全靠贾母维系，她一旦死去，贾府也就树倒猢狲散了。

❖ 成长启示

贾母的行动体现了崇高的自我牺牲精神和对家族的深切关怀。日常生活中，我们要尊重长辈、关爱亲属，家庭成员间应该秉持着互相关心、帮助和支持的精神，共同维护家庭和谐。

①去：去世的委婉说法。

第四十七回 鸳鸯女殉主登太虚

要点思考

· 邢夫人为什么一再给凤姐使绊子？

· 凤姐在管事中遇到了哪些困难？

· 鸳鸯为什么会自杀？

贾母去世了，贾政等在外一边跪着，邢夫人等在内一边跪着，一齐举起哀来。外面家人各样预备齐全，只听里头信儿一传出来，从荣府大门起至内宅门扇扇大开，一色净白纸糊了，孝棚高起，大门前的牌楼立时竖起，上下人等登时成服。贾政报了丁忧。礼部奏闻，主上深仁厚泽，念及世代功勋，又是元妃祖母，赏银一千两，命礼部主祭。家人们各处报丧。众亲友虽知贾家势败，今见圣恩隆重，都来探丧。择了吉时成殓，停灵正寝。

凤姐仗着自己的才干，估量老太太死了她大有作为。邢、王二夫人知她曾办过秦氏的事，必是妥当，于是仍叫凤姐总管里头的事。凤姐应了，心想："这里的事本是我管的，那些家人更是我手下的人。银项虽没有了对牌，但银子是有的。外头的事又是**他**[①]办着。虽说我如今身子有病，想来也不致落不是，一定比宁府里还好办些。"心下已定，叫周瑞家的传出话去，将花名册取上来。凤姐一一地瞧了，总共只有男仆二十一人，女仆十九人，

①他：指贾琏。

余下的都是丫头，连各房算上，也不过三十多人，难以点派差使。正在思算，只见一个小丫头过来说："鸳鸯姐姐请奶奶。"凤姐只得过去。

只见鸳鸯哭得泪人一般，一把拉着凤姐说道："二奶奶请坐，我给二奶奶磕个头。"鸳鸯说着跪下。慌得凤姐赶忙拉住，说道："这是什么礼，有话好好地说。"鸳鸯说道："老太太的事内外都是二爷和二奶奶办，这银子是老太太留下的。老太太一辈子也没有糟蹋过银钱，如今这件大事，必得求二奶奶体体面面地办一办才好。我刚才听见老爷的意思是，老太太的丧事只要悲切才是真孝，不必浪费图好看。我想老太太这样一个人，怎么不该体面些！我想二奶奶是能办大事的，因此我请二奶奶来求做个主。我生是跟老太太的人，老太太死了我也是跟老太太的，若是老太太的事不体面，我将来怎么见老太太呢！"凤姐听了这话觉得古怪，就说："你放心，要体面是不难的。况且老爷虽说要省，那气派也错不得。就拿这项银子都花在老太太身上，也是该当的。"鸳鸯道："大太太是不管事的，老爷是怕招摇的，若是二奶奶心里也是老爷的想法，说抄过家的人家丧事还是这么好，将来又要抄起来，也就不顾老太太了，怎么办？"凤姐道："我知道了，你只管放心，有我呢！"鸳鸯千恩万谢地托了凤姐。

那凤姐出来问贾琏："银子发出来了没有？"贾琏道："谁见过银子！我听见咱们太太听了二老爷的话，极力**撺**

掇[①]二太太和二老爷，说这是好主意。叫我怎么着！现在外头棚杠上要支几百银子，这会儿还没有发出来。我去要，他们都说有，先叫外头办了回来再算。你想这些奴才有钱的早溜了，按着册子叫去，有的说告病，有的说下庄子去了。”凤姐听了，呆了半天，说道：“这还办什么！”正说着，见来了一个丫头说：“大太太问二奶奶，今儿第三天了，里头还很乱，供饭还叫亲戚们等着吗？叫了半天，来了菜，短了饭，这是什么办事的道理！”凤姐急忙进去，吆喝人来伺候。偏偏这一天人来得多，里头的人都不能应付。凤姐只得在这里照料了一会儿，又惦记着派人，赶紧出来叫了旺儿家的传齐了家人女人们，一一分派了。众人都答应着不动。凤姐道：“什么时候了，还不供饭！”众人道：“传饭是容易的，只要将里头的东西发出来，我们才好去照管。”凤姐道：“糊涂东西，派定了你们少不了的。”众人只得勉强应着。

鸳鸯见凤姐这样慌张，又不好叫她回来，心想：“她原先做事何等爽利周到，如今怎么**掣肘**[②]成这个样儿。我看这两三天连一点儿头脑都没有，不是老太太白疼她了吗？”哪里知道邢夫人一听贾政的话，正合了将来家计艰难的心，巴不得留下一些银两。况且老太太的事原是长房做主，贾赦不在家，贾政又是拘泥的人，有事就说请大奶奶的主意。邢夫人知道凤姐**手脚大**[③]，所以死拿住不放松。

①撺掇：鼓动，怂恿。

②掣肘：拉住胳膊，比喻阻挠别人做事。

③手脚大：大手大脚，形容花钱、用东西没有节制。

鸳鸯只知已将这项银两交出去了，见凤姐掣肘如此，就怀疑不肯用心，在贾母灵前唠唠叨叨哭个没了。

王夫人和刑夫人叫来凤姐，言语中有责怪她办事不用心的意思，凤姐只得含悲忍泣地出来，叫人传齐了众人，又吩咐了一回，说："大娘婶子们可怜我吧！我挨了上头好些说，为的是你们不齐心，叫人笑话。明儿你们豁出来辛苦些吧。"那些人回道："奶奶办事不是今儿个一遭儿了，我们敢违拗吗？只是这回的事上头过于累赘。只说打发这顿饭吧，有的在这里吃，有的要在家里吃，请了这位太太，那位奶奶又不来。还求奶奶劝劝那些姑娘不要挑剔就好了。"凤姐道："头一层是老太太的丫头们是难缠的，太太们的也难说话，叫我说谁去呢？"众人道："从前奶奶在东府里管事，要打要骂，怎么那样锋利，谁敢不依。如今这些姑娘都压不住了？"凤姐叹道："东府里的事是托办的，如今的事是自己的，人人能说话。再者外头的银钱也叫不灵，叫我有什么法儿呢？"众人道："二爷在外头还应付不了吗？"凤姐道："还提那个，他也是为难。第一件银钱不在他手里，要一件得回一件，哪里顺手。"众人道："怨不得我们听见外头男人抱怨说：'这么件大事，咱们一点儿也摸不着，净当苦差！'叫人怎么能齐心呢？"凤姐道："如今不用说了，眼前的事大家留些神吧。如果闹得上头有了什么说的，是不行的。"众人道："只是上头一人一个主意，我们实在难以周到。"凤姐听了没法，只得央求道："好大娘们！明儿且帮我一天吧。"众人听命而去。

邢夫人仗着“悲戚为孝”四个字，倒也都不理会。王夫人乐得跟了邢夫人行事，别人更不必说了。只有李纨瞧出凤姐的苦处，也不敢替她说话，只自叹道：“俗话说的，牡丹虽好，全仗绿叶扶持，若是三姑娘在家还好，如今只有她几个自己的人瞎张罗。老爷是一味地尽孝，家务上不大明白，这样的一件大事，不撒几个钱能办得开吗？可怜凤丫头闹了这些年，不想在老太太的事上，只怕保不住脸了。”于是抽空儿叫了她的人来吩咐道：“你们别看着人家的样儿，也糟蹋起琏二奶奶来。看见哪些人张罗不开，插个手儿也未为不可，这也是公事，大家都该出力的。”那些人都答应着说：“大奶奶说得很对。我们也不敢那么着，只听见鸳鸯姐姐的话儿好像怪琏二奶奶似的。”李纨道：“就是鸳鸯我也告诉过她，我说琏二奶奶并不是在老太太的事上不用心，只是银子钱都不在她手里，叫她巧媳妇还做得出没米的粥来吗？如今鸳鸯也知道了，所以也不怪她了。只是鸳鸯的样子竟不像从前了，这也奇怪。幸喜大老爷不在家才躲过去了，不然她有什么法儿。”

史湘云因她丈夫病着，贾母死后只来过一次，屈指算来是后日送殡，不能不去。又见她丈夫的病暂且不妨，只得**坐夜**[1]前一日过来。想起贾母平日疼她，又想到自己命苦，刚配了一个才貌双全的男人，性情又好，偏偏得了重病，不过拖日子罢了。于是更加悲痛，直哭了半夜。鸳鸯等再

①坐夜：为了守灵夜里坐着不睡。

三劝慰不止。

明日是坐夜之日，更加热闹。凤姐这日竟支撑不住，也无办法，只得用尽心力，甚至咽喉嚷破敷衍过了半日。到了下半天，人客更多了，事情也更繁了，瞻前不能顾后。正在着急，只见一个小丫头跑来说："二奶奶在这里呢，怪不得大太太说，里头人多照应不过来，二奶奶是躲着享受去了。"凤姐听了这话，一口气撞上来，往下一咽，眼泪直流，只觉得眼前一黑，嗓子里一甜，喷出鲜红的血来，身子站不住，就蹲倒在地。幸亏平儿急忙过来扶住。只见凤姐的血吐个不住。

仆人们等见凤姐不在，也有偷闲歇力的，乱乱吵吵，已闹得七颠八倒，不成事体了。到二更多天远客去后，孝幕里的女眷都哭了一阵。只见鸳鸯已哭得昏晕过去了，大家扶住捶了一阵才醒过来，便说"老太太疼我一场我跟了去"的话。众人都以为人到悲时都有这些话语，也不理会。

谁知此时鸳鸯哭了一场，想道："自己跟着老太太一辈子，身子也没有着落。如今大老爷虽不在家，大太太的行为我也瞧不上。老爷是不管事的人，以后便乱世为王起来了，我们这些人还不是任由他们摆弄了吗？谁**收在屋里**①，谁配小子，我是受不得这样折磨的，倒不如死了干净。"一边想，一边走回老太太的套间屋内，**自缢**②而亡。

贾政知道后，着实地感叹，说道："好孩子，不枉老

①收在屋里：指做小妾。

②自缢：上吊自杀。

太太疼她一场！”命贾琏出去吩咐人连夜买棺盛殓，“明日跟着老太太的殡送出，就停在老太太棺后，成全了她的心志。”贾琏答应出去。这里命人将鸳鸯放下，停放里间屋内。平儿也知道了，过来同袭人、紫鹃等都哭得哀伤欲绝。

精华赏析

贾母死后，凤姐感念贾母的恩德，想风风光光地为她操办丧事，可是邢夫人却为了省钱，处处使绊子，不给她钱使。墙倒众人推，上上下下抱怨不断。凤姐拖着病体，终至崩溃吐血。

贾母死后，鸳鸯自缢而亡，贾政感叹她的忠心。其实，这不是殉主，而是无路可走，与其将来受辱，不如以死保节。

成长启示

鸳鸯选择殉主，虽然体现了她对贾母的深厚情感，但也反映出她对生命的轻视和对死亡的误解。在现代社会，我们应该更加珍视生命，理性看待死亡，尊重每一个生命的价值和意义。

第四十八回 王熙凤临终托村妇

❖ **要点思考**

· 刘姥姥为什么又进荣国府？
· 贾琏对凤姐的态度有何变化？
· 凤姐托付了刘姥姥哪些事？

凤姐病情日重，那样子实在是不能好了。贾琏全没了先前的恩爱，竟像不与他相关。邢、王二夫人也只是打发人来问问，并不亲自来看。凤姐心里极为悲苦，此时只求速死。

只见尤二姐从房后走来，渐近床前说："姐姐，许久不见了，做妹妹的想念得很。要见不能，如今好容易进来见见姐姐。姐姐的心机也用尽了，咱们的二爷糊涂，也不领姐姐的情，反倒怨姐姐做事苛刻，把他的前程误了。我替姐姐气不平。"凤姐恍惚说道："我如今也后悔我的心太窄了，妹妹不念旧恶，还来瞧我。"平儿在旁听见，说道："奶奶说什么？"凤姐一时苏醒，想起尤二姐已死，心里害怕，又不肯说出，只得勉强说道："我神魂不定，必是说梦话。给我捶捶。"平儿上去捶着，见个小丫头进来，说是"刘姥姥来了，婆子们带着来请奶奶的安。"平儿急忙下来说："在哪里呢？"小丫头说："她不敢进来，听奶奶的吩咐。"平儿想凤姐病里必是懒得见人，就说道："奶奶现在养神呢。你问她来有什么事吗？"小丫头说道：

“问过了，没有事。说知道老太太去世了，因没有人报才来迟了。”小丫头说着，凤姐听见，便叫：“平儿，你来，人家好心来瞧，不要冷淡人家。你去请了刘姥姥进来，我和她说说话儿。”平儿只得出来去请刘姥姥。

刘姥姥带了一个小女孩儿进来，说：“我们姑奶奶在哪里？”平儿引到炕边，刘姥姥说：“请姑奶奶安。”凤姐睁眼一看，不觉一阵伤心，说：“姥姥你好？怎么这时候才来？你瞧你外孙女也长得这么大了。”刘姥姥看着凤姐骨瘦如柴，神情恍惚，心里也就悲惨起来，说：“我的奶奶，怎么这几个月不见，就病到这个份儿上。我糊涂得要死，怎么不早来请姑奶奶的安！”就叫青儿给姑奶奶请安。青儿只是笑，凤姐看了倒十分喜欢，叫小红招呼着。刘姥姥道：“我们乡下人不会病的，若病了就求神许愿，从不知道吃药的。我想姑奶奶的病不是撞着什么了吧？”平儿听着这话不在理，就在背地里拉她。刘姥姥会意，就不说话了。哪里知道这句话倒合了凤姐的意，挣扎着说：“姥姥你是有年纪的人，说得不错。你见过的赵姨娘也死了，你知道吗？”刘姥姥诧异道：“阿弥陀佛！好端端一个人怎么就死了？我记得她也有一个小哥儿，这怎么办呢？”平儿道：“这怕什么，他还有老爷太太呢。”刘姥姥道：“姑娘，你哪里知道，死了亲生的就不好，隔了肚皮是不中用的。”这句话又招起凤姐的愁肠，呜呜咽咽地哭起来了。

巧姐儿听见她母亲悲哭，就走到炕前用手拉着凤姐的手，也哭起来。凤姐哭着道：“你见过了姥姥了没有？你的名字还是她起的呢，就和干娘一样，你给她请个安。”巧姐儿就走到跟前，刘姥姥忙拉着道：“阿弥陀佛，不要**折杀**[①]我了！巧姑娘，我一年多不来，你还认得我吗？”巧姐儿道：“怎么不认得。那年在园里见的时候我还小，前年你来，我还和你要隔年的蝈蝈儿，你也没有给我，一定是忘了。”刘姥姥道：“好姑娘，我是老糊涂了。若说蝈蝈儿，我们屯里多得很，只是不到我们那里去，若去了，要一车也容易。”凤姐道：“不然你带了她去吧。”刘姥姥笑道：“姑娘这样的千金贵体，**绫罗**[②]裹大了的，吃的是好东西，到了我们那里，我拿什么哄她玩，拿什么给她吃呢？”说着，自己还笑，又说：“这么着，我给姑娘做个媒吧。我们那里虽说是乡下，也有大财主人家，几千顷地，几百牲口，银子钱也不少，只是不像这里有金的，有玉的。姑奶奶是瞧不起这种人家，我们庄稼人瞧着这样的大财主，也算是天上的人了。”凤姐道：“你说去，我愿意就给。”刘姥姥道：“这是玩笑话儿。大官大府的人家只怕还不肯给，哪里肯给庄稼人。就是姑奶奶肯了，上头太太们也不给。”巧姐走过去和青儿说话。两个女孩儿倒说得来，渐渐地熟起来了。

这里平儿怕刘姥姥话多，扰烦了凤姐，就拉了刘姥姥说：“你提起太太来，你还没有过去呢，我出去叫人带了你去见见。”刘姥姥就要走。凤姐道：“忙什么，你坐下，

①折杀：迷信的人认为享受过分的礼遇会减损福寿，也用来表示承受不起。也作折煞。
②绫罗：泛指丝织品。

我问你近来的日子还过得去吗？”刘姥姥指着青儿千恩万谢地说道：“我们若不仗着姑奶奶，她的老子娘都要饿死了。如今虽说是庄稼人苦，家里也挣了好几亩地，又打了一眼井，种些菜蔬瓜果，一年卖的钱也不少，尽够他们嚼吃的了。这两年姑奶奶还时常给些衣服布匹，在我们村里算过得去了。阿弥陀佛，前日她老子进城，听见姑奶奶这里**动了家**①，我几乎吓死了。昨日又听说老太太**没有了**②，我在地里打豆子，听见了这话，吓得连豆子都拿不起来了，就在地里狠狠地哭了一大场。我和女婿说，我也顾不得你们了，不管真话谎话，我是要进城瞧瞧去的。我女儿女婿也不是没良心的，听见了也哭了一回，今儿天没亮就催着我进城来了。没想到姑奶奶病得这么重。”说着，又掉下泪来。

平儿着急，也不等她说完拉着就走，说：“你老人家说了半天，口干了，咱们喝碗茶去吧。”拉着刘姥姥到下房坐着，青儿在巧姐儿那边。刘姥姥道：“茶倒不要。好姑娘，叫人带了我去请太太的安，哭哭老太太去吧。”平儿道：“你不用忙，今儿也赶不出城的了。刚才我是怕你说话不留神招得我们奶奶哭，所以催你出来的。别多心。”刘姥姥道：“阿弥陀佛，姑娘是你多心，我知道。倒是奶奶的病怎么好呢？”平儿道：“你瞧着好还是不好？”刘姥姥道：“说是罪过，我瞧着不好。”正说着，又听凤姐

---

①动了家：抄家的委婉说法。

②没有了：死亡的委婉说法。

叫呢。平儿到了床前，凤姐又不说话了。平儿正问丰儿，贾琏进来，向炕上一瞧，也不说话，走到里间气哼哼地坐下。只有秋桐跟了进去，倒了茶，不知嘁嘁喳喳地说些什么。回来贾琏叫平儿问道："奶奶不吃药吗？"平儿道："不吃药。怎么办呢？"贾琏道："我知道吗？你拿柜子上的钥匙来吧。"平儿见贾琏有气，又不敢问，只得出来凤姐耳边说了一声。凤姐不说话，平儿将一个匣子搁在贾琏那里就走。贾琏道："有鬼叫你吗？你搁着叫谁拿呢？"平儿忍气打开，取了钥匙开了柜子，问道："拿什么？"贾琏道："咱们有什么吗？"平儿气得哭道："有话明白说，人死了也愿意！"贾琏道："还要说吗？**前头的事**[①]都是你们闹的。如今老太太的事还差四五千两银子，老爷叫我拿公中的地账弄银子，你说有吗？只好把老太太给我的东西折变去罢了。"平儿听了，一句不说，将柜里的东西搬出。只见小红过来说："平姐姐快走，奶奶不好了。"平儿也顾不得贾琏，急忙过来，见凤姐用手空中乱抓，平儿用手攥着哭叫。贾琏过来一瞧，把脚一跺道："若是这样，要我的命了。"说着，掉下泪来。丰儿进来说："外头找二爷呢。"贾琏只得出去。

凤姐愈加不好，巧姐听见赶来。刘姥姥也急忙走到炕前，嘴里念佛，**鼓捣**[②]一番，果然凤姐好了些。凤姐心里信她求神祷告，就把丰儿等支开，叫刘姥姥坐在身边，告

①前头的事：指凤姐放贷，重利盘剥，被抄了出来，贾琏差点获罪的事。
②鼓捣：反复摆弄。

诉她心神不宁如见鬼怪的样。刘姥姥就说我们屯里什么菩萨灵，什么庙有感应。凤姐道："求你替我祷告，**上供**[①]的银钱我有。"就从手腕上褪下一只金镯子来交给她。刘姥姥道："姑奶奶，不用这个。我们村庄人家许了愿，好了，花上几百钱就是了，哪用这些。就是我替姑奶奶求去，也是许愿。等姑奶奶好了，要花什么自己去花吧。"凤姐知道刘姥姥一片好心，不好勉强，只得留下，说："姥姥，我的命交给你了。我的巧姐儿也是千灾百病的，也交给你了。"刘姥姥顺口答应，便说："这么着，我看天气还早，还赶得出城去，我就去了。明儿姑奶奶好了，再请还愿去。"凤姐说："你若肯替我用心，我能安稳睡一觉，就感激你了。你外孙女叫她在这里住下吧。"刘姥姥道："庄稼孩子没有见过世面，别在这里出丑了。我带她去

①上供：用供品供养神灵，以示虔诚。

的好。”凤姐道：“这就是多心了。咱们既是一家，这怕什么？虽说我们穷了，这一个人吃饭也不碍什么。”刘姥姥见凤姐真情，乐得叫青儿住几天，又省了家里的饭食。青儿因与巧姐儿玩得熟了，巧姐又不愿她走，青儿也愿意在这里。刘姥姥就吩咐了几句，辞了平儿，忙忙地赶出城去。

❖ 精华赏析

贾母死时，当然不会有人去向刘姥姥报丧，她知道后，却流着真诚的眼泪来了。始终不忘感恩，刘姥姥坚守了人性的根本。

靠山没了，家业败了，凤姐心里悲苦，只求速死。竟是刘姥姥给了凤姐生命最后的温暖。地位的悬殊消失了，留下的只有心的真诚。

凤姐让刘姥姥为她求神祷告，还把女儿的将来托给了这个值得信赖的老人。还有什么比临终的托付更恳切更动人的呢？

❖ 成长启示

我们在日常生活中与他人相处时，应该保持一颗感恩之心，珍惜人与人之间的信任和温情，而不是仅仅追求地位和财富所带来的虚荣感。只有这样，我们才能成为真正善良、宽宏的人。

第四十九回 刘姥姥智救贾巧姐

❖ 要点思考

· 贾环等人为什么要卖巧姐?
· 邢夫人是如何被蒙骗的?
· 刘姥姥是怎么救贾巧姐的?

贾府被盗贼抢劫，妙玉被贼人掠走，不知所终。王熙凤病重而亡，贾琏立刻派人去请他**大舅子**[①]王仁过来。惜春执意要出家，尤氏一劝她就要寻死，邢夫人、王夫人只好答应。紫鹃最终跟着惜春出家了。史湘云的丈夫也因痨病而亡故。

一日，突然闯进来一个和尚，把通灵宝玉送来了，宝玉竟死去复生，神气清爽，又加连日服药，一天好似一天，渐渐地康复起来。贾政见宝玉已好，现在丁忧无事，想起贾赦不知几时调赦，老太太的灵柩久停寺中，终不放心，要送回南方安葬。

宝玉此时身体复原，贾环、贾兰倒认真念书，贾政都交给贾琏，叫他管教："今年是大比的年头。环儿是**有服**[②]的，不能入场，务必叫宝玉和兰儿去考。能够中一个举人，也好赎一赎咱们的罪名。"贾琏等唯唯应命。贾政别了家人，带了林之孝等登船而去。

---

①大舅子：丈夫对妻子哥哥的称谓。
②有服：赵姨娘刚刚去世，贾环正在服丧期间。

一日，贾琏见了王夫人，说道："刚才接了我父亲的书信，说是病重得很，叫我马上去，迟了恐怕不能见面。"说到这里，眼泪就掉下来了。王夫人道："信上写的是什么病？"贾琏道："写的是感冒风寒起来的，如今成了痨病了。现在危急，侄儿必得快去才好。只是家里没人照管。蔷儿、芸儿虽说糊涂，到底是个男人，外头有了事还可传个话。巧姐没人照应，还亏平儿的心不坏。姐儿心里也明白，只是性气比她娘还刚硬些，求太太时常管教管教她。"说着眼圈儿一红，就跪了下来。王夫人也眼圈儿红了，说："你快起来，这是怎么说。只是孩子也大了，倘若你耽搁住了，有个门当户对的来说亲，是等你回来，还是**你太太**①做主？"贾琏道："现在太太们在家，自然是太太们做主，不必等我。"

贾芸、贾蔷送走贾琏，就进来见了邢、王二夫人。他两个轮换着在外书房住下，白天就与家人混闹，找朋友喝酒，甚至聚赌，里面哪里知道。邢大舅、王仁来了，瞧见贾芸、贾蔷住在这里，也就借着照看的名儿，时常在外书房设局赌钱喝酒。贾环、贾蔷等人甚至偷**典**②偷卖，**不一而足**③。贾环更是宿娼滥赌，无所不为。

邢大舅、王仁都在外书房喝酒，一时高兴，众人多喝了几杯，都醉起来。邢大舅说他姐姐不好，王仁说他妹妹不好。贾环听了，趁着酒兴也说凤姐不好。众人道："凤

①你太太：指邢夫人。

②典：典押实物来借钱。

③不一而足：不止一种或一次，而是很多。

姑娘仗着老太太那样厉害，如今**焦了尾巴梢子**①了，只剩了一个姐儿，只怕也要现世现报呢。”那两个陪酒的道：“这位姑娘多大年纪了？长得怎么样？”贾蔷道：“模样儿是好得很。年纪也有十三四岁了。”那陪酒的说道：“可惜生在府里这样的人家，若生在小户人家，父母兄弟都做了官，还发了财呢。”众人道：“怎么办？”那陪酒的说：“现今有个外藩王爷，要选一个妃子。若真成了，父母兄弟都跟去。可不是好事儿吗？”众人都不大理会，只有王仁心里动了，仍旧喝酒。

那贾芸又输了好些银钱，无所抵偿，就和贾环商量。贾环本是一个钱没有的，赵姨娘有点积蓄，早被他弄光了，哪能照应人家。又想起凤姐待他刻薄，要趁贾琏不在家摆布巧姐出气，就故意地埋怨贾芸道：“你们年纪又大，放着弄银钱的事又不敢办，倒和我没有钱的人商量。”贾芸道：“**三叔**②，你这话说得倒好笑，哪里有银钱的事。”贾环道：“不是前儿有人说外藩要买个妾，你们何不和王大舅商量把巧姐说给他呢？”说完在贾芸耳边说了些话。恰好王仁走来说道：“你们两个人商量什么，瞒着我吗？”贾芸就将贾环的话附耳低言地说了。王仁拍手道：“这倒是一件好事，又有银子。只怕你们不能，若是你们敢办，我是亲舅舅，做得了主。只要环老三在大太太跟前那么一说，我找邢大舅再一说，太太们问起来你们都说说好就是

---

①焦了尾巴梢子：骂人没有子嗣。

②三叔：贾环是贾芸叔叔辈，又排行老三，所以贾芸称贾环三叔。

了。”贾环等商议定了，王仁就去找邢大舅，贾芸就去回邢王二夫人，说得**锦上添花**[1]。

王夫人听了虽然入耳，只是不信。邢夫人听说邢大舅知道，心里愿意，就打发人找了邢大舅来问他。那邢大舅已经听了王仁的话，又可分钱，就在邢夫人跟前说道：“若说这位郡王，是极有体面的。若应了这门亲事，姐夫的官位早恢复了。”邢夫人本是没主意的人，被傻大舅一番假话，哄得心动，请了王仁来一问，更说得热闹。于是邢夫人倒叫人出去催着贾芸去说。王仁立刻找了人到外藩公馆说了。

平儿留神打听。那些丫头婆子都是平儿使唤过的，平儿一问，所有外头的风声都告诉了。平儿吓得没了主意，虽不和巧姐说，赶紧求李纨、宝钗去告诉了王夫人。王夫人知道这事不好，就去告诉邢夫人。怎奈邢夫人信了兄弟和王仁的话，反疑心王夫人不是好意，就说：“孙女也大了，现在琏儿不在家，我是她亲奶奶，这件事我还做得了主。况且是她亲舅爷爷和她亲舅舅打听的，难道倒比别人不真吗？我横竖是愿意的。若有什么不好，我和琏儿也怨不着别人！”

过几天，外藩就要来抬人，平儿、巧姐、王夫人急得团团转，可是一点儿办法也没有。有个婆子进来，回说：“后门上的人说，那个刘姥姥又来了。”王夫人道：“咱们家遇到这样的事，哪有工夫接待人。回了让她去吧。”平儿道：“太太该叫她进来，她是姐儿的干妈，也得告

①锦上添花：比喻使美好的事物更加美好。

诉告诉她。”王夫人不说话，那婆子带了刘姥姥进来。刘姥姥见众人的眼圈儿都是红的，也摸不着头脑，迟了一会儿，问道：“怎么了？太太姑娘们必是想二姑奶奶了。”巧姐儿听见提起她母亲，更加大哭起来。平儿道：“姥姥别说闲话，你既是姑娘的干妈，也该知道的。”就**一五一十**[①]地告诉了。把刘姥姥也吓怔了，等了半天，忽然笑道：“你这样一个伶俐姑娘，没听见过**鼓儿词**[②]么，这上头的方法多着呢。这有什么难的。”平儿赶忙问道：“姥姥你有什么法儿快说吧。”刘姥姥道：“这有什么难的呢，一个人也不叫他们知道，**扔崩**[③]一走，就完事了。”平儿道：“我们这样人家的人，走到哪里去？”刘姥姥道：“只怕你们不走，你们要走，就到我屯里去。我就把姑娘藏起来，立刻叫我女婿找了人，叫姑娘亲笔写个字儿，赶到姑老爷那里，少不了他就来了。可不好吗？”平儿急忙进去，将刘姥姥的话避了旁人告诉了王夫人。王夫人想了半天，总觉不妥当。平儿道：“要快走了才好，若是他们定了，就麻烦了。”一句话提醒了王夫人，便道：“那你快去办吧，这里有我呢。”于是王夫人回去，过去找邢夫人说闲话儿，把邢夫人先绊住了。平儿这里就派人雇了车来，将巧姐装作青儿模样，急急地去了。后来平儿只当送人，眼错不见，也跨上车去了。

外藩原是要买几个使唤的女人，得知是有功勋的皇亲

①一五一十：比喻叙述时清楚有序而无遗漏。

②鼓儿词：大鼓唱词。

③扔崩：多形容动作迅速。

国戚，就说："不得了！这是规定禁止的，几乎坏了大事！若有人再来说，快快打发出去。"这日恰好贾芸、王仁来送**年庚**[①]，只见府门里头的人说："奉王爷之命，再敢拿贾府的人来冒充民女，要拿住治罪的。如今太平时候，谁敢这样大胆！"这一嚷，吓得王仁等抱头鼠窜地出来，埋怨那说事的人，大家扫兴而散。

贾环在家候信，又听王夫人传唤，急得烦躁起来。见贾芸一人回来，赶紧问道："定了吗？"贾芸慌忙跺足道："不得了，不得了！不知谁露了风了！"贾环气得发怔说："我早起在大太太跟前说得那样好，如今怎么办呢？都是你们众人坑了我！"正没主意，听见里头乱嚷，叫着贾环等的名字说："大太太、二太太叫呢。"两个人只得蹭进去。只见王夫人来说："你们干的好事！如今逼死了巧姐和平儿，快快地给我找回尸首来！"两个人跪下。贾环不敢说话，贾芸低头说道："孙子不敢干什么，是邢舅太爷和王舅爷说给巧妹妹做媒，我们才回太太们的。大太太愿意，才叫孙子写帖儿去的。人家还不要呢。怎么是我们逼死了妹妹呢！"王夫人道："环儿在大太太那里说的，三日内就要抬走了。说亲做媒有这样的吗？快把巧姐儿还了我们，等老爷回来再说。"邢夫人如今是一句话儿也说不出了，只有落泪。王夫人骂贾环说："赵姨娘这样混账的东西，留的种子也是这样混账！"说着，叫丫头扶了回到自己房中。

---

①年庚：指人出生的年、月、日、时。

那贾环、贾芸、邢夫人三个人互相埋怨，说道："且不用埋怨，想来是不会死的，必是平儿带了她到什么亲戚家躲着去了。"邢夫人叫了前后门的人来骂着，问巧姐儿和平儿哪里去了。王夫人那边又打发人来催说："叫爷们快找来。"那贾环等急得恨无地缝可钻，又不敢盘问巧姐那边的人。明知众人深恨，一定是藏起来了。但是这句话怎敢在王夫人面前说。只得各处亲戚家打听，毫无踪迹。里头邢夫人，外头环儿等，这几天闹得昼夜不宁。

精华赏析

贾府败落，凤姐惨死。贾赦得了重病。山中无老虎，猴子称霸王。贾环、贾芸、邢大舅、王仁等人要将巧姐卖到外藩。巧姐的亲奶奶邢夫人，被蒙在鼓里，竟一口答应。危难之际，刘姥姥来了，而且马上有了办法："扔崩一走，就完事了。"刘姥姥既有农民的朴实善良，又有小市民的聪明狡黠，还有侠义之人的热心义胆。所以，刘姥姥成为贯穿全书的线索之一，也是最打动读者的人物之一。

成长启示

面对贾府的落败，刘姥姥并未远远地躲开或是落井下石，反倒是真诚地来探望和帮助。在其粗鄙的外表下，有一颗熠熠闪光的真诚、善良之心，其知恩图报的人格魅力更是值得我们敬仰和学习。

第五十回 中乡魁宝玉却尘缘

要点思考

· 贾宝玉为什么会出家？
· 请简要叙述“金陵十二钗”的结局。
· 读完本书，你最大的收获是什么？

贾政让宝玉和贾兰参加科考，在宝钗的耐心劝导下，宝玉竟然开始认真读书、研习文章。看到这一情形，王夫人心中无比欣慰。

到了**场期**[①]，宝玉、贾兰换了半新不旧的衣服，欣然过来见了王夫人。王夫人嘱咐道：“你们爷儿两个都是初次下场，但是你们活了这么大，并不曾离开我一天。就是不在我眼前，也是丫鬟媳妇们围着，何曾自己孤身睡过一夜。今日各自进去，孤孤凄凄，举目无亲，须要自己保重。早些作完了文章出来，找着家人早些回来，也叫你母亲媳妇们放心。”王夫人说着不免伤心起来。贾兰听一句答应一句。只见宝玉一声不哼，待王夫人说完了，走过来给王夫人跪下，满眼流泪，磕了三个头，说道：“母亲生我一世，我也无可答报，只有这一入场用心作了文章，好好地中个举人出来。那时太太喜欢喜欢，便是儿子一辈的事也完了，一辈子的不好也都遮过去了。”王夫人听了，更觉伤心起来，便道：“你有这个心自然是好的，可惜老太

①场期：科举考试的日期。

太不能见你的面了！”一面说，一面拉他起来。那宝玉只管跪着不肯起来，便说道：“老太太见与不见，总是知道的，喜欢的，既能知道了，喜欢了，便不见也和见了的一样。”李纨连忙过来说道：“太太，这是大喜的事，为什么这样伤心？况且宝兄弟近来很孝顺，又肯用功，只要带了侄儿进去好好地作文章，等着爷儿两个都报喜就完了。”一面叫人搀起宝玉来。宝玉却转过身来给李纨作了个揖，说：“嫂子放心。我们爷儿两个都是必中的。”李纨笑道：“但愿应了叔叔的话，也不枉——”说到这里，恐怕又惹起王夫人的伤心来，连忙咽住了。

此时宝钗听得早已呆了，宝玉走到跟前，深深地作了一个揖。众人见他行事古怪，又不敢笑他。只见宝钗的眼泪直流下来。众人更是纳闷。又听宝玉说道：“姐姐，我要走了，你好生跟着太太听我的喜信儿吧。”宝钗道：“是时候了，你不必说这些唠叨话了。”宝玉仰面大笑道：“走了，走了！不用胡闹了，完了事了！”众人也都笑道：“快走吧。”独有王夫人和宝钗娘儿两个倒像生离死别一般，那眼泪也不知从哪里来的，直流下来，几乎失声哭出。

到了出场日期，王夫人只盼着宝玉、贾兰回来。等到晌午，也不见回来，王夫人、李纨、宝钗三个人心里如热油熬煎，直等到傍晚才有人进来，见是贾兰。众人欢喜问道：“宝二叔呢？”贾兰也来不及请安，就哭道：“二叔丢了。”王夫人听了这话就怔了，半天也不说话，直挺挺地躺倒在床上。亏得彩云在后面扶着，狠命地叫醒过来哭着。宝钗也是**白瞪着两眼**①。袭人等已哭得泪人一般，对着贾兰哭道："你同二叔在一处，怎么他就丢了？"贾兰道："我们两个人一起去交了卷子，一同出来，在考场门口一挤，回头就不见了。叫李贵等人分头找去，我也带了人各处都找遍了，没有，所以这时候才回来。"王夫人哭得一句话也说不出来，宝钗心里却**已知八九**②。贾蔷等人不等吩咐，便分头去找。贾兰也忘却了辛苦，还要自己找去。倒是王夫人拦住道："我的儿，你叔叔丢了，还禁得起再丢了你吗？好孩子，你歇歇去吧。"贾兰哪里肯走。王夫人叫贾兰去了，一夜无眠。

次日天明，虽有家人回来，但都没有寻到宝玉。如此一连数日，王夫人哭得饮食不进，命在垂危。那一夜五更多天，外头几个家人进来到二门报喜。几个小丫头乱跑进来，也来不及告诉大丫头，进了屋子就说："太太奶奶们大喜。"王夫人以为宝玉找着了，就欢喜地站起身来说："在哪里找着的，快叫他进来。"那人道："宝二爷中了第七名举人。"王夫人道："宝玉呢？"家人不说话，王夫人仍旧坐下。外头又嚷道："兰哥儿也中了。"那家人赶忙出去接了报单回禀，见贾兰中了一百三十名。李纨心下欢喜，因王夫人不见了宝玉，不敢喜形于色。王夫人见贾兰中了，心下也是欢喜，只想："若是宝玉也回来，咱们这些人不知怎样乐呢！"独有宝钗心下悲苦，又不好掉泪。

---

①白瞪着两眼：吃惊地瞪着两眼，束手无策的样子。

②已知八九：宝钗了解宝玉，猜到宝玉已经出家。

那巧姐随了刘姥姥带着平儿出了城，到了庄上，刘姥姥打扫上房让巧姐、平儿住下。每日供给虽是乡村风味，倒也洁净。又有青儿陪着，暂且宽心。那庄上也有几家富户，知道刘姥姥家来了贾府姑娘，大家来瞧，都道是天上神仙。也有送菜果的，也有送野味的，倒也热闹。其中有个极富的人家，姓周，家财巨万，良田千顷。只有一子，生得文雅清秀，年纪十四岁，他父母请师读书，新近科试中了秀才。那日他母亲看见了巧姐，心里羡慕，自想："我是庄家人家，哪能配得起这样的**世家**[①]小姐！"呆呆地想着。刘姥姥拉着她说："你的心事我知道了，我给你们做个媒吧。"周妈妈笑道："你别哄我，她们什么人家，肯给我们庄稼人吗？"刘姥姥道："说着瞧吧。"于是两人各自走开。

刘姥姥惦记着贾府，叫板儿进城打听，那日到了宁荣街，有人告诉板儿："宁荣两府复了官，赏还抄的家产，如今府里又要起来了。只是他们的宝玉中了官，不知走到哪里去了。"板儿心里欢喜，就要回去，又见好几匹马停在门前。门上**打千儿**[②]请安说："二爷回来了，大喜！大老爷身上安了吗？"那位爷笑着道："好了。又遇恩旨，就要回来了。"板儿知道是贾琏了。也不用打听，赶忙回去告诉了他外祖母。刘姥姥听说，喜得眉开眼笑，去和巧姐儿贺喜，将板儿的话说了一遍。平儿笑说道："亏得姥

①世家：封建社会中门第高贵、世代做大官的人家。
②打千儿：旧时的敬礼，右手下垂，左腿向前屈膝，右腿略弯曲。

姥这样一办，不然姑娘也摸不着这好时候。”巧姐更是欢喜。正说着，给贾琏送信的人也回来了，说是：“姑老爷感激得很，叫我一到家快把姑娘送回去。又赏了我好几两银子。”刘姥姥听了得意，叫人赶了两辆车，请巧姐平儿上车。巧姐等在刘姥姥家住熟了，反而依依不舍，更有青儿哭着，恨不能留下。刘姥姥知她不忍相别，就叫青儿跟了进城，直奔荣府而来。

贾琏见有几辆屯车在门口，早知道是送巧姐回来的车。贾琏到了王夫人那里，跪下磕了个头，回道：“姐儿回来了，全亏太太。环兄弟太太也不用说他了。只是芸儿这东西，我才去了几个月，就闹成这样。回太太的话，这种人撵了他不往来也使得。”王夫人道：“你大舅子为什么也是这样？”贾琏道：“太太不用说，我自有道理。”正说着，彩云等回道：“巧姐儿进来了。”见了王夫人，虽然别不多时，想起逃难的情景，不免落下泪来。巧姐儿也大哭。贾琏谢了刘姥姥。王夫人拉她坐下，又说起那日的事来。贾琏见了平儿，外面不好说别的，心里感激，眼中流泪。自此贾琏心里更加敬重平儿，打算等贾赦回来要**扶平儿为正**①。

贾政扶贾母灵柩，贾蓉送秦氏、凤姐、鸳鸯的棺木，到了金陵，先安了葬。贾蓉自送黛玉的灵也去安葬。贾政接到家书，一行一行地看到宝玉、贾兰得中，心里自是欢喜。后来看到宝玉走失，复又烦恼，只得赶忙回来。

---

①扶平儿为正：让平儿做正妻。旧时把妾提到妻的地位叫扶正。

一日，行到**毘陵**[1]驿的地方，那天乍寒下雪，泊在一个清静处。贾政在船中写家书，写到宝玉的事，停下笔。抬头忽见船头上微微的雪影里面一个人，光着头，赤着脚，身上披着一领大红猩猩毡的斗篷，向贾政倒身下拜。贾政急忙出船，想要扶住问他是谁。那人已拜了四拜，站起来打了个**问讯**[2]。贾政才要还礼，迎面一看，不是别人，却是宝玉。贾政大吃一惊，忙问道："是宝玉吗？"那人不说话，似喜似悲。贾政又问道："你若是宝玉，如何这样打扮，又跑到这里？"宝玉未及回言，只见来了一僧一道，夹住宝玉说道："俗缘已了，还不快走。"说着，三个人飘然登岸而去。贾政不顾地滑，急忙来赶，哪里赶得上。

过了几日，贾政回家，众人迎接。此时贾赦、贾珍都已回家，大家历叙别来的景况。王夫人将宝钗有孕的话告诉了贾政。

贾琏对贾政说："巧姐亲事，父亲太太都愿意给周家为媳。"贾政昨晚也知巧姐的始末，便说："大老爷、大太太做主就是了。莫说村居不好，只要人家清白，孩子肯念书，能够上进。朝里那些官儿难道都是城里的人吗？"贾琏答应了"是"。贾琏打发人请了刘姥姥来，应了这件事。

薛蟠也被赦罪放出，母子兄妹见面，悲喜交集。薛姨妈做主，让香菱做了薛蟠的正房夫人。袭人的哥嫂将袭人许给城南蒋姓人家，这姓蒋的竟是宝玉好友蒋玉菡，始信

①毘陵：地名。

②问讯：僧尼跟人应酬时双手合十打招呼。又叫打问讯。

姻缘前定。

那贾雨村犯了贪腐的案件，审明定罪，今遇大赦，贬为平民。雨村叫家眷先行，自己带了一个小厮，一车行李，来到**急流津觉迷渡口**①。只见一个道者从那渡头草棚里出来，执手相迎。雨村认得是甄士隐，连忙弯腰施礼。雨村问道："请教老仙翁，那荣宁两府，尚可如前否？"士隐道："现今荣宁两府，善者得缘，恶者悔过，将来**兰桂齐芳**②，家族复兴，也是自然的道理。"

最终，那一僧一道，带了那块玉来到青埂峰下，将宝玉归还在女娲炼石补天之处，各自云游而去。这真是：说到辛酸处，荒唐愈可悲。由来同一梦，休笑世人痴！

❖ 精华赏析

贾宝玉的思想与封建礼教之间的矛盾贯穿了整个《红楼梦》。他渴望争取爱情自由和个性解放，但却受到封建礼教的束缚。黛玉的死亡促使他与封建家族彻底决裂。

❖ 成长启示

荣宁二府由盛而衰，宝玉最终离家出走，遁入空门。造成这一切的原因有很多，其中重要的一点是荣宁二府生活奢华，铺张浪费严重，这一点我们要引以为戒。

①急流津觉迷渡口：虚拟的地名。佛家认为尘世间为"迷途""苦海"。此地名喻有急流勇退、走出迷途之意。

②兰桂齐芳：比喻儿孙同时富贵发达。

附录一

好词好句欣赏

美中不足

释义：大体很好，但还有不足。
近义词：白璧微瑕
反义词：十全十美

万念俱灰

释义：所有的想法和打算都破灭了。形容极端灰心失望的心情。
近义词：大失所望、心灰意冷、万念俱寂
反义词：雄心勃勃、意气风发

爱如珍宝

释义：指对某人或某事物喜爱得像对待珍宝一样，非常珍惜。形容十分喜欢。
近义词：视如珍宝、掌上明珠
反义词：视如草芥、视如敝屣

依依不舍

释义：形容舍不得离开。
近义词：依依惜别、恋恋不舍、留连不舍
反义词：一刀两断

虚张声势

释义：假装出强大的气势。指假造声势，借以吓人。
近义词：装腔作势
反义词：不动声色

悲喜交集

释义：悲伤和喜悦的心情交织在一起。
近义词：悲喜交至
反义词：无动于衷、麻木不仁、心如枯井

指手画脚

释义：指说话时做出各种动作。形容说话时放肆或得意忘形。
近义词：评头论足、说三道四
反义词：沉默寡言、默然不语

百无聊赖

释义：精神上无所寄托，感到什么都没意思。
近义词：无所事事
反义词：兴高采烈、兴致勃勃

金蝉脱壳

释义：比喻用计脱逃而使对方不能及时发觉。
近义词：瞒天过海
反义词：瓮中捉鳖

喜不自禁

释义：抑制不住内心的喜悦。形容极其高兴。
近义词：欣喜若狂
反义词：悲不自胜

蹑手蹑脚

释义：形容放轻脚步走的样子。也形容偷偷摸摸、鬼鬼祟祟的样子。
近义词：鬼鬼祟祟、轻手轻脚
反义词：正大光明、高视阔步

闷闷不乐

释义：形容心事放不下，心里不快活。
近义词：郁郁不乐
反义词：喜不自胜

铭心刻骨

释义：形容人们对某些人与事记忆深刻，难以忘记。
近义词：镂心刻骨
反义词：浮光掠影、过眼烟云

目瞪口呆

释义：形容因吃惊或害怕或激动而发愣发傻的样子。
近义词：瞠目结舌、张口结舌、呆若木鸡
反义词：从容不迫、气定神闲、泰然自若

号啕大哭

释义：意思是放声大哭。
近义词：痛哭流涕
反义词：喜笑颜开

眉开眼笑

释义：形容人高兴愉快的样子。
近义词：笑逐颜开、喜出望外、眉飞色舞
反义词：愁眉不展、双眉紧锁

恼羞成怒

释义：意思是由于羞愧到了极点，下不了台而发怒。
近义词：气急败坏
反义词：心平气和

铁面无私

释义：形容公正严明，秉公执法，不怕权势，不讲情面。
近义词：明镜高悬、大公无私
反义词：假公济私

和容悦色

释义：形容和善可亲。同“和颜悦色”。
近义词：平易近人、和蔼可亲
反义词：横眉怒目、声色俱厉

喜新厌旧

释义：喜欢新的，厌弃旧的（多指爱情不专一）。
近义词：朝三暮四、见异思迁
反义词：坚定不移、地久天长、忠贞不渝

痛定思痛

释义：指悲痛的心情平定之后，回想当时的痛苦。
近义词：痛不欲生、悲痛欲绝
反义词：悠然自得

称心如意

释义：指事情的发展完全符合心意。
近义词：心满意足、如愿以偿、尽如人意
反义词：大失所望、事与愿违

手舞足蹈

释义：形容高兴到了极点。也指手乱舞脚乱跳的狂态。
近义词；兴高采烈、欢天喜地
反义词：闷闷不乐、怏怏不乐

翻天覆地

释义：形容变化巨大而彻底。也指闹得很凶。
近义词：天崩地裂
反义词：一成不变

面若中秋之月，色如春晓之花，鬓若刀裁，眉如墨画，面如桃瓣，目若秋波。虽怒时而若笑，即嗔视而有情。（形容贾宝玉的容貌）

两弯似蹙非蹙罥烟眉，一双似喜非喜含情目。态生两靥之愁，娇袭一身之病。泪光点点，娇喘微微。闲静时如姣花照水，行动处似弱柳扶风。心较比干多一窍，病如西子胜三分。（形容林黛玉的容貌）

宝玉掀帘一迈步进去，就看见薛宝钗坐在炕上做针线，头上挽着漆黑油光的发髻，蜜合色棉袄，玫瑰紫二色金银鼠比肩褂，葱黄绫棉裙，一色半新不旧，看去不觉奢华。唇不点而红，眉不画而翠，脸若银盆，眼如水杏。罕言寡语，人谓藏愚，安分随时，自云守拙。（形容薛宝钗的容貌）

只见清流一带，势如游龙，两边石栏上，都系着水晶玻璃各色风灯，亮得如银花雪浪。

林黛玉听了，腮耳通红，竖起两道似蹙非蹙的眉，瞪了两只似睁非睁的眼，微腮带怒，薄面含嗔。

林黛玉越想越伤感起来，也不顾苍苔露冷，花径风寒，独立墙角边花荫之下，悲悲戚戚呜咽起来。

花谢花飞花满天，红消香断有谁怜？

刚要寻别的姊妹去，忽见前面一双玉色蝴蝶，大如团扇，一上一下迎风翩跹，十分有趣。宝钗想要扑了来玩耍，就向袖中取出扇子来，向草地下来扑。只见那一双蝴蝶忽起忽落，来来往往，穿花度柳，将要过河去了。倒引得宝钗蹑手蹑脚，一直跟到池中滴翠亭上，香汗淋漓，娇喘细细。

林黛玉听了这话，如轰雷掣电，细细思之，竟比自己肺腑中掏出来的还觉恳切，竟有万句言语，满心要说，只是半个字也不能吐，却怔怔地望着他。

刘姥姥迈步出来，忽见有一副最精致的床帐。她此时又带了七八分醉，又走乏了，就一屁股坐在床上，只说歇歇，不想身不由己，前仰后合，蒙眬着两眼，一歪身就睡熟在床上。

只见她穿着半新的藕荷色的绫袄，青缎掐牙背心，下面水绿裙子。蜂腰削背，鸭蛋脸面，乌油头发，高高的鼻子，两边腮上微微的几点雀斑。（形容鸳鸯的容貌）

宝玉听了，就如头顶上响了一个焦雷一般。

喉间还是哽咽，心上还是乱跳，枕头上已经湿透，肩背身心，只觉冰冷。

谁知黛玉一腔心事，又窃听了紫鹃、雪雁的话，虽不很明白，已听到了七八分，如同将身子丢在大海里一般。

黛玉听了这一句，如同一个疾雷，心头乱跳。

那身子竟有千百斤重的，两只脚却像踩着棉花一般，早已软了。

附录二

主要人物解析图

主要人物解析图

- **贾宝玉**
  - 才华横溢的多情公子
    - 性格特点：多愁善感，情感丰富，对诗词歌赋有独到见解。
    - 主要事迹：与林黛玉、薛宝钗之间的爱情纠葛，最终在家族衰落中历经沧桑。
- **林黛玉**
  - 聪慧敏感的才女
    - 性格特点：敏感多疑，高傲孤僻，对诗词歌赋有极高天赋。
    - 主要事迹：与贾宝玉相爱却因家族利益而受到阻碍，最终在痛苦中香消玉殒。
- **薛宝钗**
  - 端庄贤淑的大家闺秀
    - 性格特点：稳重沉着，处事不惊，有大家风范。
    - 主要事迹：嫁入贾家成为贾宝玉的妻子，在家族衰落中坚守本分。
- **王熙凤**
  - 精明干练的心机女子
    - 性格特点：机智敏锐，行事果断，善解人意。
    - 主要事迹：在贾家掌握大权，却因贪婪和权谋陷入困境。
- **贾母**
  - 极有权威的贾家长辈
    - 性格特点：威严庄重，善于持家，对家族命运有深远影响。
    - 主要事迹：在家族兴衰中发挥了重要作用，为贾家命运把舵。
- **史湘云**
  - 活泼可爱的无拘少女
    - 性格特点：乐观向上，心直口快，不拘小节。
    - 主要事迹：与宝玉有着深厚的友谊，在困苦中依然保持着豁达的心态。
- **探春**
  - 精明能干的巾帼英雄
    - 性格特点：心思缜密，果敢决断，具有管理才能。
    - 主要事迹：在家族衰落中努力挽救家族命运，但最终无奈走向悲剧结局。
- **迎春**
  - 善良懦弱的逆来顺受者
    - 性格特点：温和善良，缺乏主见，容易受人摆布。
    - 主要事迹：因婚姻不幸而饱受折磨，最终在困境中离世。
- **惜春**
  - 冷静理智的看破红尘者
    - 性格特点：性格孤僻，不善言辞，对世俗看透。
    - 主要事迹：在家族衰落中看破红尘，选择出家为尼。
- **秦可卿**
  - 美艳动人的命运悲剧者
    - 性格特点：温柔婉约，心地善良，颇具魅力。
    - 主要事迹：因婚姻不幸而身败名裂，最终选择了自我解脱。
- **李纨**
  - 贞节善良的淡泊名利者
    - 性格特点：端庄稳重，恪守妇道，品行高尚。
    - 主要事迹：在家族衰落中坚守贞节，抚育贾兰成才。
- **妙玉**
  - 聪颖敏感的超脱尘世者
    - 性格特点：聪慧敏感，高傲孤僻，具有独特的审美观。
    - 主要事迹：因尘世烦扰而选择出家为尼，但仍与宝玉保持深厚情谊。

附录三

阅读思维导图

水浒传

经典阅读书系·四大名著（青少版）

王　燕 改编　(明)施耐庵 著

湘潭大学出版社
XIANGTAN UNIVERSITY PRESS

图书在版编目（CIP）数据

水浒传 / 王燕改编 ；（明）施耐庵著. -- 湘潭 ：
湘潭大学出版社，2024.3
（经典阅读书系. 四大名著 ：青少版）
ISBN 978-7-5687-1428-0

Ⅰ. ①水… Ⅱ. ①王… ②施… Ⅲ. ①《水浒》一青少年读物 Ⅳ. ① I242.4

中国国家版本馆 CIP 数据核字（2024）第 087103 号

水浒传

SHUIHU ZHUAN

王燕 改编 （明）施耐庵 著

责任编辑： 陈秀红
封面设计： 李 谈
出版发行： 湘潭大学出版社
社　　址： 湖南省湘潭大学工程训练大楼
电　　话： 0731-58298960 0731-58298966（传真）
邮　　编： 411105
网　　址： http://press.xtu.edu.cn/
印　　刷： 江西赣版印务有限公司
经　　销： 湖南省新华书店
开　　本： 880 mm×1230 mm 1/32
印　　张： 10
字　　数： 200 千字
版　　次： 2024 年 3 月第 1 版
印　　次： 2024 年 3 月第 1 次印刷
书　　号： ISBN 978-7-5687-1428-0
定　　价： 198.00 元（全 4 册）

导读

《水浒传》是中国四大名著之一，由元末明初的施耐庵创作。这部小说通过描述108位好汉在梁山泊集结起义的故事，展现了北宋末年社会的黑暗和人民的苦难。

在《水浒传》中，人物形象鲜明，各具特色。这些好汉虽然大多出身草莽，但每个人都有独特的性格和才能，如宋江的仗义疏财、吴用的足智多谋、林冲的武艺高强等。这些人物性格的刻画使得故事更加真实感人。

《水浒传》的主题深刻丰富，其中包括反抗压迫、崇尚正义等。这些主题通过梁山好汉的形象和他们的行动得到了充分展现。这些好汉虽然身处社会底层，但他们敢于反抗封建统治，追求自由和平等。这种反抗精神和对正义的追求不仅具有历史意义，也具有现实意义。

《水浒传》是一部充满激情、义气和英雄主义的作品。通过阅读这部小说，我们可以了解北宋末年的社会背景和人民的生活状况，同时也可以领略到梁山好汉们的英勇事迹和反抗精神。这不仅有助于我们提高文学素养和加深对中国古典文化的理解，还能激发我们的爱国情感和正义感。

---

*《水浒传》原著篇幅较长、晦涩难懂，为了更适合青少年阅读，本书对章回结构、标题、语言文字等内容进行了改编和删减。原著中部分故事情节与当今社会主流价值观、法律法规相冲突，需放在特定社会历史背景下去理解。

目录

第一回　洪太尉误放妖魔

要点思考

· 你喜欢故事中的洪太尉吗？

· 被放出的这些妖魔，在下面的故事中会扮演什么样的角色呢？

嘉祐[①]三年（1058年）三月，京师瘟疫盛行，百姓死伤无数。宰相赵哲、参政文彦博齐奏仁宗皇帝，请求大赦天下，减免赋税，并于寺庙大兴法事**禳**[②]灾。仁宗皇帝听奏，但此举之后，瘟疫却更加厉害。一日早朝，**参知政事**[③]范仲淹提议，宣张天师来朝，摆设法事，可消此灾。仁宗皇帝欣然应允，立即下诏，命殿前太尉洪信前往江西信州龙虎山，请张天师即刻来京，祈禳瘟疫。

洪太尉领了诏书，率众昼夜兼程赶往信州。一到信州，大小官员纷纷前来迎接，随即差人报知龙虎山上清宫的一众道士，让他们做好接诏准备。次日，官员们陪同洪太尉来到**龙虎山**[④]下，只见上清宫众多道士，鸣钟击鼓，香花灯烛，都下山迎接，直到上清宫前才请洪太尉下马。进入三清殿后，洪太尉询问天师下落，**住持**[⑤]回答说：“天师虽然住在山顶，可是行踪不定，无法请他下山。”洪太尉

①嘉祐：宋仁宗年号。

②禳：又叫禳解，指行使法术解除面临的灾难。

③参知政事：中国古代官职名。

④龙虎山：位于今江西省鹰潭市贵溪市西南，道教圣地。

⑤住持：主持一个道观或者佛寺事务的道士或僧尼。

焦急地说："如今瘟疫肆虐，百姓受苦，找不到天师怎么办？"住持建议："太尉可以沐浴斋戒后，带着诏书登上山顶，虔诚叩请天师。"洪太尉听后说："既然如此，我明天一早就上山。"

次日五更时分，洪太尉沐浴更衣，换上布衣麻鞋，用过素斋之后，便将诏书仔细地包裹在黄罗包袱中，背在背上。他手提银手炉，炉内焚着御香，准备启程。众道士一路送他到后山，为他指明了前行的道路。住持嘱咐他："太尉此行，若想拯救万民，务必坚定信念，不可轻言放弃。"洪太尉与众人告别，口诵**天尊宝号**①，毅然向山中进发。

初时，他还精力充沛，但翻过几个山头后，疲惫感涌上心头。他的腿开始发酸，步伐也变得沉重。虽然他没有说出口，但心中已有些动摇，暗自思忖："我身为朝廷命官，向来养尊处优，如今却为了寻访天师而受这份罪。"

正当洪太尉泄气之际，突然从松树后传来一声雷鸣般的虎吼。洪太尉被吓得魂飞魄散，惊叫一声："啊呀！"便跌倒在地。一只猛虎跳出，围着他转了几圈，发出震耳欲聋的咆哮声，然后跳下后山坡离去。洪太尉浑身战栗地躺在地上，直到老虎的身影完全消失，他才慢慢爬起来。他匆忙收拾起落在地上的香炉，继续前行。

又走了大约三五十步，他开始暗自抱怨受了惊吓。这时，一阵山风袭来，从山边的竹藤中爬出一条吊桶般粗细

---

①天尊宝号：天尊，道教对最高天神的尊称。宝号，指道教天神法号的敬辞。念天尊宝号表示祈福。

的花蛇。洪太尉见状更加惊恐，他扔下手炉大叫：“这回我死定了！”便倒在**盘砣石**[①]边。那条大蛇爬到盘砣石边，两眼闪烁着金光，紧紧盯着洪太尉。它张开血盆大口，吐出舌头，把毒气喷在洪太尉脸上，吓得洪太尉魂不附体。大蛇又观察了洪太尉一会儿，才缓缓溜下山去。洪太尉慌忙爬起身来，气愤地说道：“吓死我了！这些道士竟敢如此戏弄本官，如果在山上找不到天师，下去再找他们算账。”

洪太尉整理好身上的衣服，正要向前走，突然听到松树后面有隐隐的笛声传来，并且越来越近。洪太尉定睛看时，只见一个道童，倒骑着一头黄牛，横吹着一管铁笛，从山坳中走来。洪太尉便唤那个道童：“你从哪来？认识我吗？”道童不理睬，只顾吹笛。洪太尉连问了好几声，道童呵呵大笑，拿着铁笛，指着洪太尉说：“你是不是要找天师？”洪太尉大惊，说：“你怎么知道？”道童笑着说：“我早间在草屋中服侍天师，听天师说：‘仁宗天子要派洪太尉到山中请我去做法事，祈禳天下瘟疫。我现在就乘鹤驾云过去。’现在天师应该已经去了，不在草屋中。你不要上去了，山内毒虫猛兽很多，怕伤害了你的性命。”洪太尉又问：“你没有说谎吧？”道童笑了一声，也不回应，又吹着铁笛转过山坡去了。洪太尉心想：“这道童居然知道我此行的目的，想必他说的没错，不如就此下山，免得白白丢了性命。”于是，洪太尉就此下山。

洪太尉拿着手炉，沿着旧路，奔下山来。众道士迎接，

①盘砣石：螺旋形的石头。

请至屋内坐下。住持便问洪太尉："可曾见到天师？"洪太尉便把上山一路见闻说与众人听，还埋怨道士们不该骗他上山，让他差点丢了性命。住持听罢，解释说："本山的蛇虎并不伤人，只是天师在试探太尉是否诚心，而那位道童定是天师所扮。既然天师说已经动身去京都了，等太尉回京时，法事应该就做完了。"洪太尉听他这么说，才放下心来。随后，住持设宴款待洪太尉。

第二天早饭过后，众道士邀请洪太尉一同游山。他们走到上清宫的宫前宫后，欣赏了许多美景。参观完所有宫殿后，他们来到右廊的一间殿宇前。只见殿门紧紧锁着，檐前的匾额上镶有"伏魔之殿"四个金字。洪太尉指着门好奇地问："这是什么殿？"住持解释道："这是老祖大唐洞玄国师锁镇魔王之殿，每一代天师都要在上面加一道封印，命令后世子孙不得擅自打开。"洪太尉听后很是好奇，说："你们快打开门，我倒要看看魔王长什么样。"住持严肃地回答："绝对不行！"洪太尉发怒道："这世上哪有什么妖魔！如果你们不给我看，我就上报朝廷，说你们妖言惑众，把你们都发配充军。"众道士害怕太尉的权势，只得叫人揭开封印，砸开锁链，打开了殿门。

他们一起进入殿中，里面漆黑一片。洪太尉命人取来火把，照亮了四周。他们看见殿中央有一块石碑，下面垫着一只大石龟，碑上刻着"遇洪而开"四个大字。洪太尉看到这四个字，大为欣喜，对住持说："你们看，几百年前就已经注定让我来看这石碑了。魔王一定藏在这石碑之下。快多叫几个人来，用工具把它挖开。”

住持急忙劝阻，但洪太尉根本听不进去，一心只想快点找到魔王。住持无奈，只得聚集众人先把石碑推倒，再移开石龟，往下挖了三四尺深后，看见一块大青石板。他们合力把石板撬开，露出一个深不见底的洞穴。突然，洞穴内传出一声巨响，一股黑气猛烈冲出，在空中四散成百十道金光，飞向各个方向。所有人都被吓得逃出殿外，洪太尉也面色惨白地跑出殿去。他询问住持：“那是什么妖魔跑了？”那住持几句话说尽了个中缘由。原来殿内镇锁着三十六员**天罡星**①，七十二座地煞星，共一百零八个魔君。洪太尉听完，浑身冒冷汗，急忙收拾行李，匆匆下山回京。

◈ 精华赏析

洪太尉因好奇误放了妖魔，由此引发了北宋末年的天下大乱。此回可谓是进入正文的一个桥梁，洪太尉是谁或许并不重要，由洪太尉引入故事正文才是作者的目的。

◈ 成长启示

在第一回的故事当中，洪太尉误将妖魔放生，引发了一系列灾祸。这告诫我们要谨慎选择可信的信息源，不要轻易相信未经验证的传闻或谣言，更要学会判断和辨别事物的真实性，不要盲目行动，以免造成不必要的后果。而在错误发生之后，更要勇于承担自己的错误和后果，从中吸取教训，努力修正错误。

①天罡星：道教称北斗丛星中有三十六个天罡星和七十二个地煞星。

第二回　王进传艺收高徒

❖ 要点思考

· 你怎样看待高俅的升官发财？

· 你怎样看待史进与山贼称兄道弟？

张天师做了七天的法事，瘟疫消失，国泰民安。然而，洪太尉因害怕担责，没有将释放妖魔的事情上报给皇帝。如此多年，天下一直太平无事，皇位也平稳地传递到了哲宗皇帝手中。

话说开封府有个破落户子弟，姓高，排行第二，他整日游手好闲，善于吹拉弹唱、舞刀弄枪，尤其热衷于踢球，因此人们都叫他高毬。他后来发迹，便更名为高俅。虽然他也会写诗作词，但却不懂仁义礼智、信行忠良之道，整天只知道陪人玩乐。有一次，高俅引诱王员外的儿子去喝花酒，结果被告发，被判处四十**脊杖**①，发配出界。东京城的百姓都不愿让他借宿吃饭，他只好去投奔在淮西开赌坊的柳大郎。

三年后，哲宗皇帝感激风调雨顺，大赦天下，高俅便想趁机回到东京。柳大郎便让高俅带着书信去投奔他的亲戚董将士。但是董将士看出高俅并非诚实可靠之人，不想收留他，于是写了封书信介绍他去小苏学士府上谋生。小苏学士也不喜欢只会寻欢作乐的人，便推荐他去驸马府做

①脊杖：一种刑罚，用刑杖击打脊背。

了随从。一日，高俅奉命前往端王府送东西，正好遇见端王在**蹴鞠**[①]。球突然穿过人群滚到高俅身边，他鼓起勇气施展出**鸳鸯拐**[②]的技巧，将球踢回给端王。端王对他的球技大为赞赏，便邀请他一起踢球，高俅使出浑身解数表现自己的球技。端王非常高兴，将他收为自己的随从。不到两个月，哲宗驾崩，由于没有太子，文武百官便拥立端王为帝，号徽宗。

不久，高俅被擢升为殿帅府太尉。他上任点名时，八十万禁军**教头**[③]王进因病未到，高俅便认为王进看不起他，再加上其父曾教训过自己，便故意刁难他。王进自知大祸临头，便带着母亲逃出了东京。

一路奔波，王进母亲病倒了，二人在史家庄住了五七天，期间王进偶遇一年轻人练棒并点评其技巧，年轻人是史太公的儿子，史太公想让他拜王进为师，他拒绝，说除非王进能赢他。

王进笑着对史太公说："我怕误伤了您的儿子。"史太公回答："不要紧，就算他手脚受伤了，也是他自找的。"王进说："既然如此，那我就不客气了。"说完，便拿起一条棒，使了个**旗鼓**[④]。那个年轻人拿着棒冲向王进，但很快就被王进夺去了棒，倒在了地上。那个年轻人爬起来后，立刻拿来一张凳子请王进坐下，然后恭敬地拜师道：

①蹴鞠：踢球。
②鸳鸯拐：踢球的一种招式。
③教头：宋代军队中教练武艺的人。
④旗鼓：这里是架势、姿势的意思。

“我过去跟过许多师父，但他们的教导都不及您。师父，请您指导我。”王进说：“我和我母亲在这里打扰了这么久，无以为报，我会尽全力教你。”这个年轻人就是后来被人称为九纹龙的史进。半年后，王进见史进十八般武艺都学得精熟了，便去了延安府。

史进在王进走后整日练习武艺，一天，通过猎户李吉的情报，他得知了以朱武、陈达、杨春为首的贼寇盘踞在附近的少华山。为了保卫家园，史进召集了三四百史家庄户，以梆子为号，大家守望相助，共同防御贼寇的侵袭。陈达为掳钱粮欲打史家庄，带领着一百四五十人的队伍，敲锣打鼓地杀向史家村。史进当机立断，命人敲响梆子，三四百人迅速聚集在史家庄上。史进手握三尖两刃四窍八环刀，骑着火炭赤马，带领众人在村北路口摆开了阵势。

史进与陈达激战片刻后，故意卖个破绽，让陈达把枪捅向他的胸口，然而他腰身一扭，躲过了攻击，顺势将陈达和他的枪一同揽入怀中，狠狠摔在地上，成功擒住了陈达。朱武和杨春得知此事后，决定采用苦肉计来营救陈达。他们哭着来到史进马前叩首道：“小人等三个因为吃了官司才被迫**落草**[①]为寇，当初我们发誓要生死与共，如今陈达不听劝告冲撞了您，我们不求您的宽恕，只希望能让我们兄弟三人一同赴死。就算您把我们交给官府，我们也绝不会皱一下眉头。”史进听了，寻思道：“他们很讲义气，我若将他们送官，反教天下好汉耻笑。”于是史进便道：“你

①落草：进入山林当强盗。

们既然如此义气深重，我若送你们去官府，就不是好汉。我放陈达还你们怎么样？”朱武连忙道：“我们不能连累您，宁愿您把我们送给官府领赏。”史进笑道：“这怎么行得通？你们愿意与我共进酒食吗？”朱武道：“我们连死都不怕，何况是酒肉呢？”史进大为高兴，当下释放了陈达，并在后厅设宴款待了三人。

为了感谢史进的不杀之恩，朱武等人特意派人送来了三十两黄金。史进见他们对自己如此敬重，便派人前往县城购买了三匹红锦，并找裁缝制成了三件锦袄。此外他还烹制了三只肥羊，叫人一并送到了山上。自此以后，史进与朱武等人时常相互馈赠礼物和金钱，彼此之间的关系愈发亲近。

中秋要到了，史进想约三人于八月十五日晚上到庄上赏月饮酒，便将写好的信交给王四带去少华山。朱武三人欣然接受了邀请，还特意回了一封信。王四带着赏银，痛痛快快地喝了一顿酒，然后在回庄的路上，醉倒在了一片树林里。不巧的是，李吉正在附近抓兔子，发现了王四。他正要去扶王四，却看到了掉在地上的银子。心生贪念的李吉搜了王四的身，找出了那封信。于是，李吉拿走了银子和信，前往华阴县告状。王四一觉醒来，发现回信不见了，焦急万分。但他转念一想：“如果我回到庄上，告诉史进回信丢了，他肯定会大发雷霆，赶我出去。还不如告诉他没有收到回信，这样他也无从查证。”

中秋当夜，史进命人宰了一只羊，又杀了百十只鸡鹅，与朱武、陈达、杨春一起推杯换盏，共赏明月。突然，墙外响起一阵嘈杂声，火把通明。原来是华阴县县尉带着两个都头和三四百名士兵包围了庄院。史进不知所措，而朱武等三个头领却跪下道："哥哥，你是清白之人，不要被我们连累了。大哥可以把我们三人绑起来送出去请赏，以免让你**身败名裂**[1]。"但史进却坚定地说："这怎么行？这个时候把你们交出去请赏，只会让天下人耻笑我。要死一起死，要活一起活。你们快起来，让我去问问他们到底是怎么回事。"

史进登上梯子问道："你们两个都头为何半夜三更来我庄上？"都头答道："大郎，现在有原告人李吉在这里，你别狡辩了。"史进怒问："李吉，你为何诬告我？"李吉应道："我本来什么都不知道，但在林子里拾得王四拿的回信，就第一时间拿到县里，你和贼寇联系的事才败露。"史进问王四："你说没有回信，现在怎么又有了？"王四说："小人一时醉了，忘记了有回信。"史进破口大骂。两个都头忌惮史进的武功，不敢进庄捉人。史进看出来了，便说道："两位都头不要乱动，待我亲自绑出贼寇请赏。"都头也害怕史进，便答应了。史进下了梯子，就杀了王四，同时让人把东西都收拾好。史进和三个头领拿了刀，在庄里放了火，打开庄门，带人杀了出去。史进斩杀了李吉，陈达、杨春也一刀结果了两个都头的性命。县尉吓得骑马跑了，士兵也逃命散了。史进和三个头领且杀且走，上了少华山，朱武等人盛情款待了史进。

---

①身败名裂：地位丧失，名誉扫地。

家听说，王进在延安府**老种经略相公**[1]处做事，这里是小种经略相公镇守。你既是史大郎，咱一起去喝杯酒。”说着鲁提辖就挽着史进的手走出茶坊。

两人走到街上，看到有个使枪棒卖药的。史进认出他是教过自己武艺的师父——打虎将李忠。鲁提辖说：“既然是史大郎的师父，都与我喝酒去。”三人到了潘家酒楼，酒保认得鲁提辖，便问：“提辖官人，打多少酒？”鲁达说：“先打四**角**[2]酒。”酒保又问道：“官人，吃什么下饭？”鲁达说：“问什么？有什么就拿来，一并算钱，别只顾嚷嚷。”酒保随即去烫酒，把能下酒的肉食都拿来了。三人酒过三巡，交流枪法，正说得起劲时，听到隔壁阁子里有人哽咽啼哭。鲁达焦躁，摔了碟子，气愤地对酒保说：“你知道洒家是谁，洒家也没少给你酒钱，可你却胆敢让人在隔壁啼哭，扫了我们喝酒的兴致！”酒保说：“官人息怒，小人怎敢教人啼哭，打扰您吃酒。这个哭的是唱曲的一对父女，不知官人在此吃酒，只顾叫苦哭泣。”鲁达让酒保把这父女叫来，只见一个十八九岁的妇人和一个拿串拍板的五六十岁老人走了过来。那妇人抹着眼泪，道了三个**万福**[3]，说：“奴家本是东京人，随父母来渭州投奔亲戚，不想他们却搬到南京去了。母亲在客栈因病去世，我父女流落在此受苦。这里有个财主，叫镇关西郑大官人，

①老种经略相公：镇守边关的种家将军。老种经略相公和小种经略相公都是种家将。相公，是宋代对地方官的称呼。

②角：指盛一定分量的酒具。

③万福：妇女行礼时会说“万福”，后来万福就成为这种行礼的代称。

见到奴家，就强行要奴家做妾，谁知写的三千贯文书竟是卖身契约。不到三个月，他家娘子就将奴家赶出来，还追要三千贯。我和父亲在此卖唱还钱，但还钱时限已到，怕他来讨时羞辱我们，想到这样的苦楚无处申诉，就哭了起来。不承想冒犯了官人，望乞恕罪。”鲁达问：“你姓甚名谁？那镇关西在哪里住？”那老人答道：“老汉姓金，女儿叫翠莲。镇关西就是状元桥下卖肉的郑屠。”鲁达愤怒地说：“呸！我还以为是哪个郑大官人，原来是杀猪的郑屠。他投奔到俺小种经略相公门下，开个肉铺就这样欺负人，待洒家去打死他。”史进、李忠急忙将其劝住。鲁达凑了十五两银子给金老父女，让他们回东京。

第二日，鲁达来到店里，保护金家父女安全离开，然后来到郑屠肉铺前，说经略相公要十斤精肉，不带半点肥的，还让郑屠亲自切作**臊子**①。半个时辰后郑屠切好了，鲁达又要十斤肥的，也让郑屠切作臊子，待郑屠切好了，鲁达又要十斤软骨剁成臊子。郑屠笑道：“你不会是特地来消遣我的吧。”鲁达听了跳起来，把臊子扔在了郑屠脸上。郑屠大怒，右手拿着剔骨尖刀，左手就要去揪鲁达。鲁达顺势按住他的左手，向他小腹踢了一脚，郑屠就倒在了地上，鲁达又踩住他的胸脯，提起拳头说：“洒家自投奔老种经略相公，一路做到关西五路**廉访使**②，也不敢叫镇关西。你一个卖肉的屠户，狗一般的人，竟叫镇关西！你如何强骗了金翠莲？”说

①臊子：碎肉。
②廉访使：主管监察事务的官职名。

完，一拳打在了他的鼻子上，一拳打在了眼眶上，一拳打在了太阳穴上。只见郑屠脸色变了，挺在地上，动弹不得。鲁达寻思道："俺只想痛打他一顿，不想三拳真打死了他。洒家要吃官司，也没个送饭的，不如早点走。"鲁达拔腿便走，还回头说："你诈死，洒家和你没完。"鲁达回家匆忙拿些衣服盘缠，一溜烟就走了。鲁达逃生不择路，四处为家，半月之后来到了雁门县，看见很多人在十字路口看榜，也去凑热闹。他不识字，只听人读道："捉拿打死郑屠的犯人鲁达，凡捉到或告官可得赏钱一千贯。"鲁达正听着，突然背后一个人叫他："张大哥，你怎么在这里？"鲁达还没反应过来就被拉着走了。鲁达认出此人是自己在渭州酒楼救了的金老。到了僻静处，二人叙旧，鲁达才知翠莲给一个大财主赵员外做了外宅，丰衣足食。金老把鲁达带到翠莲的宅中，好酒好肉伺候，千恩万谢。到了晚上，突然一个骑着马的人带着二三十人，拿着棍棒在楼下叫嚷："不要让这个贼人走了！"金老赶忙下去解释了一番，原来那骑马的人便是翠莲的官人赵员外。赵员外听了鲁达打死镇关西的事，与他较量些枪法，一起饮酒聊天至深夜，第二日又请他到庄上住。几日后，金老来找鲁达说："前几天赵员外误听人报告，带人到宅上闹，后虽然散了，但人都有些疑心，传开了。昨日有三四个公差在邻舍街坊打听，只怕要来村里缉捕恩人。"鲁达说："若是如此，洒家走便是了。"赵员外说："若留提辖在此，恐有不测。若不留提辖，面子上也过不去。三十里外的五台山上有个文殊院，为首的智真长老是我弟兄，若提辖肯落发做和尚，所有东西赵某去办。”鲁达觉得自己无路可走，便答应了。

次日，上了五台山，众僧看鲁达面相凶恶，担心日后连累寺庙。智真长老却说：“此人上应天星，心地刚直。虽然现在凶狠顽固，但日后必修成正果，只管剃度他吧。”吉日良时，鲁达被引到法座下。净发人先把周围头发都剃了，要剃他的胡须时，鲁达请求只留下这胡须，众僧大笑。智真长老念道：“寸草不留，六根清净。与汝剃除，免得争竞。”之后为鲁达赐名智深。长老赐完名，把**度牒**①传下去，书记僧填写了度牒，交给鲁智深保管。长老又赐袈裟，教鲁智深穿上，道：“一要皈依佛性，二要归奉正法，三要归敬师友，此是三归。五戒者：一不要杀生，二不要偷盗，三不要邪淫，四不要贪酒，五不要妄语。”鲁智深不知要答应“是”“否”，只说：“洒家记住了。”众僧又笑了。结束后，僧人都向鲁智深送上自己的贺礼。都寺带着鲁智深参拜了师兄师弟们，又领着他去了僧堂后面林子里的**选佛场**②。当夜无事。

第二日，赵员外吃完早斋要走，对众僧说：“小弟智深乃是粗鲁耿直的人，将来礼数不周、言语冒犯、犯了清规的时候，还请念在赵某的薄面多担待。”又把鲁智深叫到偏僻处，低声吩咐道：“贤弟，你现在不比往常，凡事要自制忍耐，不可把事闹大，否则以后很难相见了。保重

---

①度牒：官方发给出家人的合法凭证。

②选佛场：禅堂的别称。

保重。”鲁智深说：“不管哥哥说什么，洒家都答应了。”赵员外这才放心地走了。

鲁智深回到选佛场，在禅床上倒头便睡。旁边的和尚推他起来，说：“使不得，既然要出家，怎能不学坐禅？”鲁智深说：“洒家睡自己的，干你啥事？”那和尚又说：“善哉！”鲁智深捋起袖子说：“鳖洒家也吃，什么‘鳝哉’？”和尚无奈地说：“却是苦也！”鲁智深却说：“鳖的腹部那么大、那么肥，很好吃，咋就苦呢？”和尚们都不理他了，由他睡了。鲁智深到晚上就横在禅床上睡觉，鼾声如雷，大小便都在佛殿后面解决。众僧意见很大，只是碍于赵员外的面子没跟他计较。

不觉过了四五个月，鲁智深寻思道：“俺往常好酒好肉每日不离口，如今让洒家做了和尚，饿得慌。赵员外最近也不送些东西给洒家吃，嘴里寡淡，要是能喝点酒就好了。”正想着呢，远远看见一个汉子挑着酒，唱着歌往山上来。鲁智深劫了那汉子的一桶酒喝完，醉了。他来到山门下，两个门卫拦住他，喝道：“凡和尚破戒喝酒，打四十棒。”鲁智深瞪起双眼骂道：“你两个要打洒家，俺便和你打。”门卫见势不好，一个跑去通报，另一个拦他却被打，后来长老来了，才算平息。

鲁智深自从吃酒醉闹了这一场，三四个月不敢出寺门。二月的一天，格外暖和，鲁智深下山让铁匠打一条六十二斤重的禅杖和一把戒刀，又到附近的一家酒馆买酒喝，店主却不卖给和尚，鲁智深连去了三五家酒馆都没买到酒。

最后，他走进一家村子里的酒馆，说自己是**行脚僧人**[①]，主人家才卖给他。鲁智深酒足肉饱，还揣了一只狗腿，往五台山走。他来到寺门前敲门，门卫见他这样不敢开。鲁智深看着门前的金刚石像，对它喊道：“你这大汉，不给俺开门，却握着拳头吓唬洒家，俺不怕你。”说着就折了木头打那尊金刚石像，见左右两座石像被打坏，鲁智深哈哈大笑，又大叫让人开门，不然就烧了寺。僧人只得开门并躲入房中。进了选佛场，鲁智深扯下狗肉就塞到别的和尚嘴里，四五个和尚来劝，他握紧拳头就朝人家脑门上打，大家都跑了出去。不一会儿，有一二百人，拿着杖叉棍棒进来。鲁智深情急之下扯了供桌的两条桌脚，把他们打得落花流水。

长老把鲁智深两次醉酒闹事告知了赵员外，赵员外愿赔偿损失，听他发落鲁智深。长老便写信让鲁智深去他师弟所在的东京大相国寺，并送了他四句话：“遇林而起，遇山而富，遇水而兴，遇江而止。”鲁智深下山拿了禅杖、戒刀，背上包裹就走了。

❖ 精华赏析

鲁达因自己豪爽耿直的性格受人尊敬，也因此成为通缉要犯，整个社会已容不下他这样正直的人，不得已去当了和尚，即使这样，他也不向世俗妥协，坚持自我，值得人深思。

❖ 成长启示

在第三回的故事当中，当鲁达听到金家父女被镇关西欺压的故事后，他主动提出要为他们报仇，表现出他的勇气和正义感。当我们在生活当中面对不公正的事情时，应该像鲁达一样，勇敢地站出来主持正义。

①行脚僧人：云游的僧人。

第四回 智深仗义行天下

❖ 要点思考

· 你怎样看待鲁智深抢走李忠金银酒器的事？

· 鲁智深的性格适合做个山寨大王，他为何还愿意去寺庙？

鲁智深走了半个多月，一天，天色将晚，他投宿在桃花村的刘老汉家。刘老汉用好酒好肉招待了鲁智深之后，叮嘱说：“师父今夜就在房里歇息，如果听到外面有什么动静，千万不要出来。”

鲁智深一问，才知道附近山上的强盗看中了刘老汉的女儿，今晚要来接人，刘老汉不愿意，可又不敢得罪他们，所以十分苦恼。鲁智深对刘老汉说：“小僧有个道理说给他，能让他回心转意，不娶你女儿。”刘老汉说：“他是个杀人不眨眼的恶魔，你怎么能使他回心转意？”鲁智深说：“洒家在五台山智真长老那里学得说因缘，即使是铁石心肠的人，也能回心转意。你只管照我说的做。”刘老汉把女儿藏到了隔壁庄上。鲁智深来到新房内，脱了衣服坐在床上，放下**销金帐**①等着。

到了晚上，一群人马飞奔来到庄上。只见明晃晃的枪械，四五对灯笼照着那大王。刘老汉慌忙斟了一杯酒，跪在了地上。那大王扶起他说：“你是我的岳父，怎能对我下跪呢？”刘老汉说：“老汉只是归大王管理的平民百姓

①销金帐：用金或金粉、金色丝线装饰的床帘。

而已。”那大王说：“我当你女婿，你也不吃亏。”大王进厅坐下，叫道：“岳父，我的夫人在哪里？”刘老汉说：“应该是害羞，不敢出来。”大王笑道：“我先和夫人见一面，等下再来吃酒。”刘老汉一心只想鲁智深劝他，便亲自带大王到新房前。那大王推开房门，见里面黑乎乎的，说：“我岳父真会过日子，连灯都舍不得点，让我夫人在黑屋里坐着。明天叫人扛一桶好油给他。”鲁智深听了暗自发笑。那大王一边叫着娘子，一边摸到销金帐，把手伸进去，摸到了鲁智深的肚皮，鲁智深顺势揪住他，按到地上就打，打得那大王叫救命。小喽啰听到后冲进房内，鲁智深忙起身拿禅杖打了出去。那大王乘机折了柳条，打马飞奔上山。刘老汉扯住鲁智深说：“师父，你可害苦了我们。我只希望你劝他，没让你打他。他肯定会带很多人来杀我全家。”鲁智深说：“即使一二千人马来，洒家也不怕，如若不信，你们提我的禅杖看看。”众人哪里提得动，鲁智深接到手里，却像拿根草一样耍了起来。刘老汉看后说：“师父不能走，要保护我们一家人啊。”鲁智深说：“这是什么话，俺死也不会走。”

此时那大王向大头领说了自己受辱之事，大头领便带着全部的小喽啰下山去。来到庄前，大头领在马上挺着长枪，喊道：“那秃驴在哪里？快来决个胜负。”鲁智深大骂道：“你这无赖，叫你认得洒家。”那大头领收了枪，大喊道：“和尚先不要动手，你的声音好熟悉，你叫什么名字？”鲁智深说：“洒家就是老种经略相公帐前提辖鲁达，如今做了和尚，唤作鲁智深。”大头领下马便拜道：“原来是鲁大哥，怪不得呢。”鲁智深仔细一看，却是打虎将李忠。兄弟相认，互相诉说了各自的经历，鲁智深劝李忠不要再提刘老汉这门亲。李忠将刘老汉接到山上，当面和二当家周通说清楚。周通便折箭为誓，答应不再登门。刘老汉拜谢后，还了金子、布匹，就回庄了。

鲁智深在桃花山住了几日，见李忠、周通不是慷慨之人，便打算离开。李忠、周通道：“我两个下山去劫得财来，全部送给哥哥做路费。”次日，两人得知消息便引领众人下山去了。鲁智深寻思道：“这两个人好生悭吝，放着许多金银不送与俺，却去打劫别人的钱来送与洒家。洒家且教这厮吃俺一惊。”鲁智深趁他们出去打劫，便打倒身边的小喽啰，把桌上的金银酒器都踩扁并包起来，拿上自己的东西就走。走到后山，看山很险峻，也没处躲藏。鲁智深就把身上东西先丢下去，自己滚着下山，也没受伤，拿起东西就走了。李忠、周通回来后，发现鲁智深跑了，担心即使追上也打不过他，只得算了，日后还好相见。

鲁智深走了五六十里路，来到瓦罐寺，什么也没找到，寻到厨房后面一间小屋，见到几个老和尚，得知寺庙被一个叫崔道成的和尚和一个姓丘的道人霸占了。鲁智深找到他们，大打出手，但他又饿又累，斗不过便走，走了几里，见前面有一片林子。鲁智深正看着，却见树影里有一个人探头探脑。鲁智深气愤地吼道：“那林子里的鸟人快出来！”那汉子听了，大笑道：“我晦气，他倒来惹我！”说着就拿着刀，跳了出来，鲁智深道："教你认得洒家！"抡起禅杖打那汉子。这汉子寻思，这和尚的声音很熟悉，叫道："和尚且慢，你的声音好耳熟，你姓什么？"鲁智深说："俺先和你斗三百回合再说。"两人打了十几回合，那汉子叫道："等等，我有话说。"那汉子又问鲁智深的姓名，鲁智深如实相告，那汉子说："认得史进吗？"鲁智深笑道："原来是史大郎，自渭州分别，你去了哪里？"史进说："我找师父王进，直到延州，也没找到，又去北京住了几天，盘缠用完了，就在这里赚些盘缠，不承想遇到你。哥哥为何做了和尚？"鲁智深把自己的经历一一相告。

史进听后，便把身上的干肉烧饼拿出来给鲁智深吃，两人吃完，就商量着回瓦罐寺拿回鲁智深的包裹。来到寺前，就看见崔道成和丘道人在桥上坐着。鲁智深大吼一声："你们两个家伙，来，今天和你们斗个你死我活！"崔道成笑道："手下败将还敢来叫阵？"鲁智深大怒，抡起禅杖奔向桥去。崔道成也拿起刀迎战。鲁智深有史进壮胆，又吃饱了，力气足，八九个回合就把崔道成打输了。丘道人赶紧上前相助，史进见了，便从林中跳出，和他斗了起来。鲁智深一禅杖把崔道成打下桥去。史进一刀杀了丘道人。寺庙中那几个老和尚，因见鲁智深输了去，怕崔道成、丘道人来杀他们，全都吊死了。鲁智深、史进在寺中吃饱喝足后，拿了财物，烧了寺庙，就下山了。史进要去少华山投奔朱武等人，鲁智深要去东京，两人便分开了。

鲁智深带着智真长老的书信来到了大相国寺。住持知道了他的来历和顽劣性格，便安排他去管理一个偏僻的大菜园。这菜园周围有二三十个**泼皮**[①]靠着偷菜生活。众泼皮见新人上任，想戏弄鲁智深一番。鲁智深交接完，就到菜园查看。只见那二三十个泼皮拿着果盒、酒礼，说道："听说你来主持菜园，特来祝贺。"鲁智深说："既然是邻舍街坊，都进屋来坐吧。"但为首的张三、李四却跪拜不起，想着鲁智深来扶，就动手把他弄进粪窖里。鲁智深看出了破绽，走向前去，张三、李四一个要去抱他左脚，一个要

①泼皮：无赖。

去抱他右脚。鲁智深趁他们不备，一人一脚把他们踢进了粪窖。其他泼皮惊得目瞪口呆，都想走。这时张三、李四顶着粪便和蛆虫，探出头来叫道："师父，饶恕我们！"鲁智深让其他人把张三、李四救上来，洗了一遍，叫他们到屋里叙话。鲁智深跟他们说："洒家因杀的人多，自愿到五台山出家，不要说你们这二三十人，就是千军万马，俺也能杀出去。"这些泼皮连连称是。

次日，众泼皮凑钱买了十瓶酒和一头猪来请鲁智深，他们有说有笑有唱地喝着酒。突然门外杨树上的乌鸦叫得人心烦，众人要上树把它的窝掏了，鲁智深走到树前，抱住树，直起腰就把杨树连根拔起。众泼皮佩服得五体投地，喊道："师父并非凡人，乃是真罗汉！人没有千万斤气力是拔不起的。"鲁智深说："这算什么，明天来看我练武。"自此，众泼皮对鲁智深服服帖帖，每天酒肉伺候，看他练武打拳。

◈ 精华赏析

鲁智深该出手时就出手，受到众人拥戴和赞赏。而喜欢大口吃肉、大口喝酒的鲁智深偏偏当了和尚，侧面反映了当时社会已到了是非颠倒的地步。

◈ 成长启示

在第四回的故事中，鲁智深在旅途中，看到不平之事就会出手相助。这体现了他正义和勇敢的品质，但他也有酗酒等缺点。这告诉我们，人无完人，每个人都有优点和缺点。重要的是我们要认识到自己的缺点并努力改正，同时也要看到别人的优点并尊重他们。

第五回 林冲误闯白虎堂

❖ 要点思考

· 你觉得林冲是什么样的性格？你喜欢吗？

· 你觉得陆谦坏在哪里？

· 请你想一想，林冲被鲁智深救了后，为什么不一走了之，而是去服刑呢？

几日之后，鲁智深自觉不能一味白吃他人之物，于是购买了一些水果、酒肉，回请那些泼皮。当时，天气炎热，鲁智深便将食物摆放在了槐树下。大家围坐一圈，大碗喝酒，大口吃肉，非常高兴。吃到高兴处，众泼皮道："师父，近日我们只见你练拳，却未曾见你使用兵器，要不师父给我们展示一下，让我们开开眼？"鲁智深欣然应允："此言有理。"于是，他回房取出了一根长五尺、重六十二斤的浑铁禅杖。众人看了都很吃惊，说："这根禅杖这么重，拿起来都费劲儿，如何要得了？"然而鲁智深却轻松自如地挥舞起来，全身无一处失误，看得众人连连叫好。

突然，墙外传来一声赞叹："确实使得好。"鲁智深收起禅杖，循声望去，只见墙缺口处站着一个豹头环眼、身高八尺、看上去三十四五岁的官人。鲁智深好奇地问道："这位官人是何人？"众人回答道："他就是八十万禁军的枪棒教头林武师，名叫林冲。"鲁智深邀请道："何不进来相见？"林冲闻言，跳入墙内。鲁智深道："我小时候曾去过东京，认识你的父亲林提辖。"林冲大喜，便认鲁智深为兄长。鲁智深又问道："教头今日为何在此？"林冲答道："刚刚和我的妻子一起去隔壁的庙里还愿。听到有人练棒，看了觉得非常好，就让女仆锦儿和娘子去庙里烧香，我在这儿边看边等，不承想遇到兄长。"于是两人便坐下来喝酒聊天。

突然女仆锦儿急急忙忙赶来，叫道："官人，不好了！娘子在庙里被一个无赖拦住了！"林冲别了鲁智深，赶到庙里，只见一个后生拦住林冲的娘子说："你到楼上去，我有话跟你说。"林冲把那后生的肩膀扳过来说："调戏他人娘子，当得何罪？"举起拳头正要打他时，才认出那后生是高俅的干儿子高**衙内**[①]，立马手软了。高衙内见林冲不动手，便说："林冲，要你多管闲事？"众多**闲汉**[②]连忙劝道："教头不要怪罪，衙内不认识，多有冲撞。"说着又哄高衙内出了庙，林冲只能怒气冲冲地看着高衙内走了。林冲带着妻小和锦儿走出来，见鲁智深领着二三十个泼皮冲到了庙里，便问道："师兄去哪里？"鲁智深说："我来帮你打架。"林冲说："那人是我上级高太尉的儿子，不认识我娘子，一时无礼。我本想打他，但得顾及高太尉的脸面，就先放他一马。"鲁智深说："你怕上级，洒家可不怕他！俺若撞见那鸟人，非让他吃我三百禅杖不可。"

高衙内是高太尉叔叔的儿子，因为高太尉膝下无子，所以不顾辈分收他为干儿子，对他非常疼爱。自从那一天

---

①衙内：官僚子弟。

②闲汉：无正当职业、以帮闲为生的人。帮闲，陪官僚、富豪等玩乐，为他们效劳，也指帮闲的人。

见到林冲的娘子后，高衙内就像丢了魂一样，整天郁郁寡欢。帮闲的富安看出了衙内的心思，便谄媚道："衙内不必害怕林冲，毕竟他在太尉手下当差，不敢轻易得罪太尉。小人有一计，能让衙内得到他那娘子。"高衙内听后大喜，承诺如果计划成功就重赏富安。富安于是找到林冲的好友陆**虞候**[①]陆谦，让他配合自己实施这个阴谋。而陆谦为了讨好高衙内，竟然也不顾和林冲的情分了。

一日，陆谦邀请林冲到自己家中饮酒，林冲的娘子叮嘱他："少喝点，早点回来。"两人在街上走着，陆谦便引着林冲进了一家酒楼，边喝边聊。林冲郁闷地叹了口气，说："我们这样的好汉，空有一身本领，却遇不到明主，只能在小人手下忍气吞声，真是让人憋屈。"陆谦假装关心地问："以兄长的能力，谁能让你受气？"林冲便把前日高衙内的事情告诉了他。之后又喝了八九杯，林冲便下楼去解手。

他刚转出巷口，就听到锦儿的叫声："官人和陆虞候出去，还不到半个时辰，就有一个男人急匆匆地来到家里，自称是陆虞候的邻居，说你一口气没上来就晕倒了，让娘子赶紧过去看看。娘子听到后急忙赶了过去，但是却看到前日调戏娘子的那个后生出现了，娘子还大声呼救。官人你赶紧去看看吧。"林冲听了，三步并作两步跑到了陆虞候家，直喊开门，林冲娘子听了，赶紧去开门，高衙内吃了一惊，从窗户跳出去跑了。林冲问娘子："没有被那浑蛋欺负吧？"

①虞候：宋代官僚雇佣的侍从。

娘子说："没有。"林冲气得把陆虞候家打得粉碎。

这高衙内两次没有得到林冲的娘子，反而被吓得病情加重。一天，富安和陆虞候来到高太尉府里，拦住了前来替高太尉看望衙内的总管。他们对他说："只需让太尉知道，要了林冲的性命，让林冲老婆和衙内在一起，这病就好了。"高太尉听了总管的汇报，说："既然如此，不能因为一个林冲就害了我儿的性命。"就唤富安和陆虞候二人来商议，在听完其计划后便吩咐按他们的计划行事。

一日，林冲与鲁智深并肩走到阅武坊巷口，忽然听到一个大汉嘟囔着："如此好刀，竟然没有人识得！"林冲闻言，回过头道："拿来一瞧！"接过刀，林冲端详片刻，确认此刀不凡，便询问价格。那大汉道："原价三千贯，给你算两千贯。"林冲摇了摇头："我只出一千贯。"那大汉叹了口气："罢了，就当金子卖成生铁价了。"林冲别了鲁智深，回家取钱给卖刀的大汉。林冲付过钱，翻来覆去地欣赏着刀，喜道："好刀！高太尉府中有一把宝刀，我几番借来看看都不同意。有了这把好刀，回头和他比试比试。"

次日，两名差役找上门来，对林冲说："太尉听说你购得好刀，特命你拿去比看。"林冲心中起疑："定是有人多嘴，让太尉得知了此事。"于是，他带着刀跟随差役来到太尉府。然而，他们在府中四处寻找太尉却不见踪影。差役道："教头，请稍等片刻，我们去请太尉。"林冲握着刀，在檐前静静等候。然而，时间一分一秒地过去，仍不见差役回来。林冲愈发觉得不对劲，探头一瞧，檐前牌匾写着“白虎节堂”。他恍然大悟：“此乃商议军机之地，非经召唤不得擅入！”他正欲离开，高太尉突然出现，面带愠怒：“林冲，你未经本官召唤，竟敢带刀闯入白虎节堂，莫非欲行刺本官？”林冲忙解释道：“**恩相**[1]，适才确有两名差役召我前来，说是太尉想看我的宝刀。”然而此刻那两名差役已不见踪影。高太尉厉声喝道：“一派胡言！我并未派任何差役！来人，将林冲拿下，押赴开封府，让滕**府尹**[2]好好审问！”

林冲被押至府前，双膝跪地，将妻子两度受辱、自己遭人陷害的来龙去脉详细陈述。滕府尹听后，将林冲收监。负责案宗的孙定为人正直友善，他明白林冲是遭人陷害的，便婉转地给府尹分析是非经过，说：“此事冤枉了林冲，应该帮他。”府尹说：“高太尉要定他手执利刃、故入白虎节堂、谋杀太尉的罪名，怎么帮？”孙定说：“这开封府不是朝廷的，是他高太尉家的？”府尹说：“胡说！”孙定说：“谁不知道高太尉位高权重，手下的人也无恶不作，只要有人触犯了他们，就被押到开封府，要杀就杀，还不是他家的官府？”府尹说：“那你说怎样帮林冲？”孙定说：“判他个不该带刀、误入白虎节堂的罪名，脊杖二十，刺配沧州。”滕府尹按章办事，高俅自知理短，便准了府尹的判罚。

这边林冲和岳父、妻子道别，那边陆虞候收买了押林冲去沧州的公差董超和薛霸，要他们半路杀了林冲。路上

---

①恩相：对长官、上司的尊称。

②府尹：掌府政的长官。

某一日晚，三人在村中客栈歇息。林冲拿出银子请店小二购买酒肉以款待两位公差。两人将林冲灌醉后，烧了一锅热水请他泡脚。林冲刚伸脚，就被薛霸按到了滚烫的水里，脚起了好多泡。次日早晨，林冲发现旧草鞋不见了，董超拿来一双新草鞋给他穿上。然而新鞋却刺破了脚上的水泡，鲜血淋漓，令林冲难以行走。在董超搀扶下，又勉强走了四五里路后，他们来到了一片野猪林。两个公差找了个借口要休息一会儿，便把林冲绑在树上。然后他们突然拿出木棍，狠狠地朝林冲的头部打去。

说时迟，那时快，一条禅杖从松树背后飞出，击飞了木棍。鲁智深大喝一声："洒家等你多时了！"便跳出来，要痛打两个公差。林冲急忙制止他，解释说："这是高太尉指使他们做的，与他们无关。"鲁智深愤慨道："洒家疑心有人要害你，跟了你一路，正要在这林子里等着杀了这两鸟人，他们却在此下毒手。洒家放心不下，送你去沧州。"快到沧州时，鲁智深见前方人烟稠密，料想那两个公差不敢再下黑手，便返回了。

❖ 精华赏析

林冲怀才不遇，虽其妻子三番五次受高衙内调戏，还是忍辱负重，仍想建功立业、报效国家。玩弄权力的人却为了一己私利，非要置这样的人于死地，为林冲一步一步对朝廷死心做了铺垫。

❖ 成长启示

在第五回的故事中，林冲误闯白虎堂是因为高俅设计陷害，他轻信了他人的话。这告诉我们，在日常生活中，尤其是涉及自己的利益和安全时，要保持警惕，不要轻易相信别人的话。

第六回　林冲风雪山神庙

❖ 要点思考

· 林冲为什么会冲撞草屋里的人？

· 林冲接下来会成功入伙吗？

林冲和两名公差来到一家酒馆歇息，但等了半个时辰也没人招呼，林冲就敲着桌子不耐烦地说："你们这店主可真是的，见我是个犯人就不理我，难道怕我不给你银子？"店主人说："你不知道，俺这村里有个大财主，叫柴进，江湖人称小旋风，是大周柴世宗的嫡系子孙，有**丹书铁券**①在家中，没人敢惹他。他喜欢招待往来的英雄，常叮嘱我们若有犯人经过这里就叫到庄上去，能得到资助。如果我卖你酒肉，他知道你有盘缠，便不会资助你了。"林冲听了，说："我在东京当教头时就听说了柴大官人的名声，他竟然在这里。"三人问了路，便投奔柴进去了。柴进久闻林冲大名，便盛情款待。

到了晚上，柴进府上的洪教头来了，问："大官人为何厚待流放的犯人？"柴进说："这位可是八十万禁军教头。"洪教头说："我不信他，他敢和我较量一下，我便信他是真教头。"林冲推说不敢，柴进也想看看林冲的本事，就说："先喝酒吧，等月亮升起来再说。"

五七杯酒的工夫，月亮就照亮了厅堂，柴进站起来说：

---

①丹书铁券：古代帝王颁给功臣，使其世代免受国法制裁的凭证。

“洪教头刚来这里不久，没有对手，小可正想看看二位教头的本领，林武师不要推辞了。”林冲听柴进这样说，就答应了。柴进让两公差开了枷锁。为了让两位教头都使出本事，还取出一锭二十五两的银子丢在地上。洪教头使了个“把火烧天”的招式，林冲使了个“拨草寻蛇”的招式。打着打着，林冲看洪教头脚步乱了，便一棒把他打倒在地。洪教头颜面扫地，离开了柴进府。柴进款待了林冲好几日，两公差催促要走。柴进对林冲说：“沧州府尹与我交情好，牢城**管营**[①]、**差拨**[②]也认得我，我写两封书信给他们，也能照顾到你。”到了沧州，两公差领了回文便回东京去了，林冲拿着柴进的书信到了牢城营，又使了不少银子，被免了一百**杀威棒**[③]，还被开了枷锁，没人管他，过得很自在。

一日，林冲走出营房闲逛，遇到了故人李小二。李小二夫妻两个如今在营前开了个茶酒店，便盛情款待林冲，又把他送回营房。之后，李小二不时送来酒肉和换洗的衣服，林冲也拿些银子给他。

早冬一日，有人到了李小二的店里，差他去请管营和差拨。李小二及其妻子偷听到差拨说了“高太尉”三个字，还说“包在我身上，早晚要了他的命”。李小二觉得这人来得不简单，便一一对林冲说了。林冲听了，就在街上买了把尖刀，带在身上回去了。

---

①管营：古代边远地区管理徒流充军罪犯服役的官吏。

②差拨：牢城内看管囚犯的差役。

③杀威棒：古代被发配充军的犯人一到边镇，为了杀杀他的气焰，一般都是先打十棍或者二十棍，称为“杀威棒”。

过了五天，没什么事，林冲提起的心慢慢放下了。第六天，管营对林冲说：“你来这里这么久了，却一直没有得到提拔，如今我们也该看在柴大官人的面子上提拔你了。东门外十五里有座草料场，以前由一个老军看管，现在你就代替他的位置，让你去看守。”林冲纳闷了：“不害我，还给我好差事，这是什么意思？”但只得收拾东西去了。

雪下得很大，林冲马不停蹄地到了草料场，和人办了交接，就放下包裹，坐下生起火来。林冲仰面看这草屋残破不堪，被大风吹得摇摇欲坠。林冲烤着火还是觉得浑身发冷，就拿些银子和酒葫芦，锁了门，买酒去了。走了不到半里路，看见一座古庙，林冲行礼拜道：“神明保佑，改日来烧纸钱。”又走了一会儿，来到酒店里，吃了酒和牛肉，又拿了些，就往回走。林冲迎着凛冽的北风回到了草料场，却看到两间屋子被雪压塌了，火盆都灭了，林冲只好去路过的那个古庙里暂住一宿。

林冲拿被子盖着腿，坐着吃起肉和酒来。这时，林冲远远地看到草料场里起火了，周围都烧着了，拿着枪正要开门去救火，却听到外面有人说话。其中一个人说：“这条计好吧？”另一个人答道：“多亏管营、差拨两位用心，回到京师，我一定向太尉举荐二位，保管让二位升官发财。”那人说：“我们杀了林冲，高衙内的病必能好起来。”又一个说：“小人爬进墙里，周围草堆上点了十来个火把！”另一个说：“即使逃得了性命，烧了大军的草料场，也是个死罪。”一个人说：“再看一看，拾几块他的骨头回京，高太尉和衙内也会说我们会办事。”林冲听出那三个人就是差拨、陆虞候和富安，寻思道：“老天可怜我林冲，让我到山神庙借宿，不然我一定会被这些奸贼烧死！”林冲挺着枪，一手猛拽开门，吼道：“奸贼哪里走？”三个人吓得呆住了。林冲一枪戳倒了差拨，又一枪刺死了富安，转身一枪打在了陆虞候胸上，把他打翻在雪地上。林冲脚踩他的胸脯，取刀架在他的脖子上，说：“奸贼！我和你无冤无仇，你为何三番五次害我！”陆虞候说：“不干小人的事，太尉差遣，不敢不来。”林冲骂道：“我和你自幼相识，今日却来害我，怎能不干你的事？先吃我一刀！”说着，就杀掉了陆虞候。回头看时，差拨正爬起来要跑，被林冲一刀杀死。

林冲顶着风雪远离了草场，见一草屋透出光来，便走进去，借火烘一烘衣裳。他见瓮中烫着酒，溢出的酒香诱人，便想买些来喝。一个老人说：“我们每夜轮流看守米仓，天气很冷，我们自己还不够喝呢，哪儿还能给你？”林冲说：“就给我三两碗挡挡寒。”众人说：“好心让你烘衣服、烤火，还要酒喝，赶紧走，不走就把你吊起来。”林冲听了十分生气，把人都打了出去，自己吃起酒来。林冲喝醉了，踉踉跄跄地走了，不到一里路就倒在了雪地里。草屋里的人拿着枪棒去找林冲，见他倒在雪地里，就把他绑到了一户庄院里。

林冲酒醒了，大吼道：“什么人敢吊我在这里？”众人听见，一齐去打林冲。只听一个人喊道：“大官人来了。”

那官人正是柴进，看到被绑的人是林冲，赶紧亲自解下，好酒好肉款待。几日后，官府通缉林冲，各地紧急搜捕。林冲听到消息，如坐针毡，怕连累柴进，便要告辞。柴进说：“山东济州有个梁山泊，方圆八百余里，有三个好汉在那里扎寨，大头领叫白衣秀士王伦，二头领叫摸着天杜迁，三头领叫云里金刚宋万，三个好汉聚集着七八百小喽啰。我与他们交情深厚，他们肯定会收留你。我写一封书信给你，你去那里如何？”林冲应下。柴进当日就带着二三十

人骑着马出城狩猎，让林冲混在中间出了城。

林冲走了十多天，进了一家酒店，遇到一个汉子，叫朱贵，是王头领的耳目。到了晚上，朱贵朝着芦苇丛射了一支响箭，叫船来接他们上了梁山。王伦接过柴进的书信，寻思道："我们三人本事平平，他若留下，迟早会取代我们的位置。"便对林冲说："敝寨庙小，恐误了你，给你些银两去别处吧。"朱贵说："柴大官人对咱有恩，不接纳他，脸面上不好看。"杜迁说："山寨里不差他一人。柴大官人知道了会说我们忘恩负义的。"宋万也劝道："不能让江湖人见笑啊。"王伦说："兄弟们不知，他在沧州虽然犯了弥天大罪，但却不知他的底细，可否让他表下忠心？"林冲说："小人犯了死罪，才来入伙，为何怀疑我？"王伦说："既然如此，你若真心入伙，就纳个投名状吧。"林冲说："请拿纸笔来。"朱贵笑着说："教头，你错了。入伙纳投名状就是让你下山杀一个人。"林冲说："这个不难，只是怕没人路过这里。"王伦说："给你三天时间，若三日内献上投名状，就让你入伙，不然休要怪我。"林冲答应了，郁闷地回去歇息。

❖ 精华赏析

林冲已被发配，高太尉等人却还不死心，一定要置他于死地，心肠歹毒至极。在这样的情况下，林冲被逼上梁山就是再合理不过的了。奸人当道，正直之人根本无生存之地。

❖ 成长启示

在第六回的故事中，林冲面对陷害和追杀，他冷静地处理问题，最终成功脱离了险境。这告诉我们要冷静应对困境，独立解决问题。只有坚强的意志才能帮助我们战胜困难。

第七回　汴京城杨志卖刀

❖ 要点思考

· 杨志是个怎样的人？

· 杨志和索超、李成、闻达之间又会有怎样的故事发生？

第二天一早，林冲叫一个小喽啰领自己下山，找了一条僻静的小路等路人经过。整整等了两天，都没有孤身赶路的人经过。林冲只好闷闷不乐地上了山。

到了第三天，林冲远远地看到山坡下有个人走过来。林冲等他走近，突然跳了出来，不承想那汉子扔下担子，就跑到山坡下了，林冲追赶不及。无奈之下，林冲让小喽啰先把东西拿上山，自己不甘心，又等着。突然山坡下出现了一个大汉，喊道："该死的山贼，洒家正要去捉你呢，你却送上门来，快还俺行李！"林冲见他来势汹汹，赶紧上前迎战。

两人斗了四十多回合，不分胜负。突然，从山上传来一声"两位好汉不要斗了"，林冲停下手，看到王伦、杜迁、宋万带着小喽啰往山下走，王伦说："两位好汉的刀法都出神入化。这是俺的兄弟林冲，敢问好汉姓名？"那汉子说："洒家是五侯杨令公的孙子，叫杨志。洒家时运不济，押运**花石纲**[1]在路过黄河时被风吹翻了船，不能回京交差，便四处逃难。如今皇上赦免了俺们的罪，洒家收拾了一担

①花石纲：纲，成批运输货物的组织。花石纲就是运输花石。

钱物，让下人挑回京去上下打点，却被你们夺走了，拿来还洒家如何？”王伦说：“既然是杨**制使**[1]，请到山寨喝杯酒，再还你行李如何？”杨志几番推却不成，只得从了。

酒至数杯，王伦指着林冲说：“这位兄弟就是豹子头林冲，因高太尉容不得好人，把他发配沧州，他在那里又犯了事，如今刚到这里。制使去东京当差，虽得赦免，但难复前职。而且高俅掌握军权，他如何肯容你？不如你留在山寨，有酒有肉有钱，一起做个好汉怎么样？”杨志说：“承蒙提携，只是洒家在东京有亲眷，望还了洒家行李，不然洒家只好空手走了。”王伦不好强留，第二天，杨志拿回行李后高兴地走了。而林冲留在了梁山泊，打家劫舍，排行老四。

杨志顺利地回到了东京，用那一担钱财到**枢密院**[2]**买上告下**[3]，想重当殿司府的制使。钱财都使尽了，才有机会去见高俅，高俅说：“十个运花石纲的制使，就你一人弄丢，还畏罪潜逃。虽然赦免了你的罪，但难以再重用你。”杨志闷闷不已，想：“洒家只为不玷污父母的名声而没听王伦的劝告，指望一身本事，博个**封妻荫子**[4]，光宗耀祖。不承想这高俅如此刻薄、毒辣！现在连盘缠都没了，只好卖了手中的宝刀，再想办法。”

杨志把宝刀标了价，站在街上去卖，过了两个时辰却

---

①制使：宋代的武官。

②枢密院：宋代的一个政府机构，掌管军政。

③买上告下：上下打点、贿赂。

④封妻荫子：妻子得到封号，子孙获得世袭的官爵，加官晋爵的意思。

无一人询问。他又去热闹的天汉州桥去卖，却撞见喝醉酒的泼皮牛二在撒酒疯。牛二问：“汉子，你这刀多少钱？”杨志说：“三千贯。”牛二一听，大叫起来：“什么破刀卖这么多钱！我三十文买把刀也能切肉、切豆腐。你这刀凭什么叫宝刀？”杨志说：“一能砍铜剁铁，刀口不卷；二能吹毛得过；三能杀人不沾血。”牛二讨了二十文当三钱，叠放在一起让杨志砍，杨志一刀砍作两半，众人喝彩。牛二又从自己头上拔下一把头发给杨志，杨志接过头发使劲一吹，那把头发分作两段飘到了地上。牛二下不了台面，问道：“第三能干什么？”杨志说：“杀人不见血，快速砍一个人，不会留下血迹。”牛二说：“我不信！你用刀杀一个人给我看看。”杨志说：“京城里怎敢杀人？你若不信，就拿只狗来杀给你看。”牛二说：“你说杀人，不曾说杀狗。”杨志说：“你不买就算了，缠着我干什么！”牛二说：“你刀拿给我看看。”杨志说：“你别没完没了！洒家不受你挑衅。”牛二说：“你敢杀我吗？”杨志说：“我和你往日无冤，昔日无仇，没来由杀你做什么？”牛二揪住杨志说：“我就要买你的刀。”杨志说：“你要买，拿钱来。”牛二说：“我没钱。”杨志说：“你没钱，揪住洒家干什么？”牛二说：“我要你这把刀。”杨志说不给，牛二说：“你若是个男子汉，就剁我一刀。”杨志大怒，把牛二推倒摔了一跤。牛二爬起来，钻入杨志怀里，杨志叫道：“街坊邻舍都做个见证，杨志没有盘缠才卖这把刀，这个泼皮强夺洒家的刀，又打了我。”围观的人都怕牛二，不敢上前劝说。牛二挥起拳头就打杨志，杨志躲了过去，一时急了，拿起刀朝牛二喉咙上刺了过去，牛二倒地，死了。

杨志叫道："洒家杀死了这个泼皮，怎肯连累你们！你们同洒家去官府里自首。"众人都聚集到一起，跟着杨志来到官府。杨志向府尹告状道："小人在街上卖刀赚些盘缠，想不到牛二这泼皮强夺小人的刀，还用拳打小人，小人一时性起杀了他，众邻舍可以做证。"众人也纷纷替杨志说话。府尹见他自首，就免了他入门的杖刑，押入死牢。

众多牢房头头见杨志杀死了泼皮牛二，都可怜他是个好汉，不问他要钱，还照顾他。天汉州桥下的人因杨志给他们除了一大祸害，都主动凑钱给他在牢里打点，还给他送饭吃。**推司**①见牛二家也没亲人上诉，就把罪状改轻了，发配北京大名府**充军**②，没收宝刀充公。杨志来到北京大名府留守司。这留守叫梁中书，是当朝太师蔡京的女婿，在东京时认得杨志，听了杨志的事，便放了他，留他在身边听用。杨志在梁中书府上早晚殷勤听候使唤。这梁中书看在眼里，有心升他做军中**副牌**③，只恐众人不服，因此传令告知大小诸将明日去东郭门**教场**④比试武艺。

次日，梁中书前遮后拥来到东郭门，传令副牌军周谨施展武艺，周谨使了几招枪法，众人叫好。梁中书说："杨志，我知你原是东京的制使军官，犯了罪发配到此地。现

---

①推司：掌管刑狱的官员。

②充军：罚犯人到边远地区充实军队。

③副牌：宋时的一个军职。

④教场：旧时操练和检阅军队的场地。

在是盗贼猖狂、国家用人之际，你若赢了周谨，就升你替代他的位置。”杨志说：“蒙恩相差遣，不敢有违**钧旨**[1]。”梁中书说：“先比试枪法。”有人建议为避免误伤，将枪头去掉，包上布，蘸上石灰，身上留下白点多的人就输了，梁中书采纳。两人斗了四五十回合，周谨恰似打翻了豆腐，斑斑点点，而杨志只左肩膀上有一个点。李天王李成不服气，又提议让周谨与杨志比试骑马射箭。而周谨射出的三箭都被杨志躲开了，杨志手下留情一箭只射中周谨的肩膀。

①钧旨：对上级命令的尊称。

梁中书大喜，刚要写杨志的任职文案，周谨的师父索超说：“小将愿与杨志比试，若输了，叫他替了小将的职务。”梁中书同意了。

两人骑马迎战，斗了五十余回合，不分胜负。梁中书看得目瞪口呆，众军官喝彩声不断。李成、闻达上禀梁中书说：“相公，这两人武艺相当，皆可重用。”梁中书大喜，叫杨志、索超听令，赏两锭白银与二人，都升做提辖。

自此，梁中书更爱惜杨志了，早晚与他不相离。索超见杨志武功高强，也佩服他。

时逢端午，梁中书和夫人吃完家宴，夫人提醒他自己父亲的生辰就要到了，不要忘了。梁中书说：“已花十万贯去买金银珠宝，只是去年的祝寿礼物被抢，至今都没抓到贼人。今年离丈人生辰还有四五十天，可等寿礼备齐了，再定人护送。”

❖ 精华赏析

杨志忠肝义胆，因自然灾害丢了官职，一心报国，使尽钱财也不得起用，被劝落草而不为所动，却因误杀一个官府都不管的恶棍而被押入死牢，幸得好人相救，只被发配到北京大名府，凭着一身过硬的本事又得到重用。

❖ 成长启示

在第七回的故事当中，杨志面对无赖牛二的挑衅，坚持原则，勇敢面对。这教育我们，面对困境时要冷静，做事要有原则，要有勇气面对问题，要善于变被动为主动。

第八回　晁盖仗义救刘唐

❖ **要点思考**

· 你喜欢这样的晁盖吗？

· 你怎么看刘唐去找雷横要钱的事？

新任山东济州郓城知县时文彬，在上任伊始，便召见了马兵都头朱仝与步兵都头雷横。朱仝，因容貌酷似关羽而赢得“美髯公”的雅号，家境殷实，慷慨大方，武艺精湛，深得江湖豪杰的友谊。而雷横，则以体力出众、武功不俗著称，能够一跃而过宽达二三丈的河流，因此人称“插翅虎”。他虽然也比较仗义，但是心胸有些狭隘。

时知县向他们说道：“我上任以来，就不断听闻梁山泊的水乡有强盗出没，他们成群结队，劫掠乡亲，所以派你们带兵出去巡逻。你们不要惊扰乡民，若有贼人，就押回来。”

朱仝带领人马从西门出发进行巡捕，而雷横则带着二十名士兵从东门出发进行巡察。他们走遍了每个角落，当路过灵官庙时，发现殿门洞开，雷横疑心有歹徒藏匿其中，于是众人手持火把进入庙内。只见供桌上，赤身裸体地躺着一个大汉，因天气炎热，他把一些破衣服团在一起当作枕头，正沉沉地睡着。大家上前将他绑了，押出灵官庙。雷横说：“我们先押这**厮**[①]去晁**保正**[②]庄上讨些点心吃，再

①厮：宋代对人轻视的称呼。

②保正：相当于村长。

押回县里审问。”

原来这东溪村的保正叫晁盖，是本县本乡的富户，平生仗义疏财，专爱结识天下好汉，只要有人来投奔他，不论好歹，便留在庄上住；人要走时还给银两作盘缠。他最爱刺枪使棒，身强力壮却不娶妻室，终日只是磨炼筋骨，人皆称他“托塔天王”。

雷横押着那汉子来到晁盖庄上，把那汉子吊在门房里。晁盖来接待，安排酒食款待。雷横说：“刚才有个大汉在前面的灵官庙睡着了，我看那厮不是良善君子，便把他绑了。本来要押去县里，一者太早了，二者让保正知道，以免日后官府询问，保正也好应变。那人现在就吊在贵庄门房里。”晁盖听了，谢过雷横，寻思道：“村里有什么小贼被他拿了，我先去看看是谁？”便叫管家来陪雷横，他谎称解手，就去门房了。晁盖打着灯笼看那汉子一身黑肉，毛茸茸的黑腿，鬓边有片朱砂胎记，问：“你是哪里人？我村中不曾见过你。”那汉子说：“小人是远乡人，来这里投奔一个叫晁保正的好汉，却把我当贼抓了，得给我个说法。”晁盖说：“你来找他干什么？”那汉子说：“他是天下闻名的义士好汉，如今我有一个发财的机会跟他说，所以来了。”晁盖说：“我就是晁保正，如果要我救你，你就认我做娘舅之亲。一会儿我送雷都头出来时，你就喊我阿舅，我便认你做外甥，就说四五岁离开这里，如今来寻阿舅，因此不认得。”那汉子说：“如果得救，深感厚恩。”

晁盖匆忙返回与雷横共饮。待至阳光洒满窗棂，雷横起身道："天亮了，小人告退，好去县里**画卯**[①]。"晁盖送至门外，恰逢士兵押着那名大汉出来。那大汉大声呼救："阿舅，救我！"晁盖瞟了他一眼，故作惊讶地问："这不就是王小三吗？"那汉子连忙应答："是我，阿舅快救我！"周围人群一阵哗然。雷横好奇地问："这人是谁？他怎么认识你？"晁盖随口编造："他是我外甥王小三，我姐的孩子，从小在这里长大，四五岁时跟着父母去了南京，十几年没见了。听说他混得不太好，不知道怎么会在这里。**小可**[②]本也认不得他，看到他鬓边的朱砂胎记才认出来。"

接着，晁盖板起脸训斥道："小三，你为何不直接来见我，却去村里做贼？"那汉子说："阿舅，我没有做贼！"晁盖吼道："你既然没有做贼，为什么被抓了？"说着就夺过士兵手里的棍棒，劈头盖脸地打了起来。雷横和其他人劝道："先不要打，听他说。"那汉子说："阿舅息怒，先听我说。我们已经十年没有见面了，我昨夜多喝了几杯酒，怕阿舅责怪，想先去庙里睡醒了再来。不想被他们不问事由地绑了，我真的没有做贼。"晁盖举起棍子又要打，骂道："畜生！你不直接来见我，在路上贪杯。我家里又不是没你吃的，丢人啊！"雷横劝道："保正息怒，你外甥没有做贼。我们看这样一个大汉在庙里睡觉很蹊跷，而且面生，又不认识，就怀疑他，捉他来了这里。若早知是保正的外甥，

①画卯：卯时上班签到，酉时下班签到。

②小可："我"的谦辞。

定不捉拿他。”便叫士兵放了那汉子。晁盖叫雷横借一步说话，给了十两银子，雷横说：“既是保正的好意，权且收下，改日再报答。”雷横就带着士兵回去了。

晁盖领着那汉子到了后院，给了他一些衣物更换，并询问了他的姓名和来历。那汉子回答道：“我叫刘唐，来自东潞州，因为鬓边有这片朱砂记，所以人称‘赤发鬼’。我此次特意前来，给保正哥哥一个发财的机会。”晁盖好奇地问：“什么发财的机会？”刘唐说：“小人打听得北京大名府梁中书买了十万贯金珠、宝贝、玩器，要赶在六月十五日前送上东京，给他丈人蔡太师庆生辰。小弟觉得这本来就是不义之财，拿了又何妨。闻知哥哥武艺过人，小弟不才，也有些本事，拿条枪，即便是一二千人的军马，也不怕。倘若哥哥不嫌弃，就献上这条发财的机会。不知哥哥意下如何？”晁盖说：“你先去休息，来日方长，待我从长商议。”刘唐在房里寻思道：“我遭了这般苦罪，多亏晁保正帮我解脱。只是雷横平白无故骗了晁保正十两银子，又吊了我一夜。那雷横未走远，我不如追上去，打了那厮，夺回银子，还给晁盖，也出一口恶气。”

于是刘唐追上了雷横，大声喊道：“雷都头，你不要走！你如果懂事的话，就把那十两银子还给我，否则我就对你不客气。”雷横不屑地说：“银子是你阿舅送给我的，关你什么事？要不是我给你阿舅面子，早就把你解决了。”刘唐怒气冲冲地说：“我本来就不是贼，你却把我吊了一夜，还骗我阿舅十两银子。你不还给我，我就让你流血。”

雷横大怒，指着刘唐大声骂道："你这辱门败户的贼，竟敢如此无礼！"刘唐也愤怒了，两人拔刀相向打了起来，激战了五十多回合，难分胜负。

众士兵眼见雷横未能制服刘唐，正欲联手对付他。只见一个人拖两条铜链，边走过来边说："你们两个好汉先不要斗了！你们先歇歇，我有话说。"便把铜链隔在雷横和刘唐中间，两人就收了手。这个人一身秀才打扮，乃是智多星吴用，字学究。吴用问刘唐："你因何和都头争执？"刘唐说："不关你的事！"雷横将前因后果告知吴用。吴用听了，知道晁保正没有外甥，事有蹊跷，便劝道："大汉不要执迷不悟，你的阿舅与我是至交，又和这位都头交情好。他送些人情给都头，你却来讨，也会坏了你阿舅的名声。看着**小生**①的面上，你先回去，我回去和你阿舅解释。"刘唐说："秀才，你不了解，不是我阿舅甘心给他，是他诈取了阿舅的银两，若不还我，誓不回去。"雷横说："除非保正亲自来取，我便还他。"刘唐说："你冤枉人做贼，诈了银子，为何不还？"雷横说："不是你的银子，不还，不还！"两人拿着刀又要打起来。这时有人喊道："保正来了。"晁盖气喘吁吁地赶来问："怎么在这里斗刀？"雷横说："你的外甥拿着刀追来问我要银子。小人和他斗了五十多回合，**教授**②在此劝说。"晁盖说："这畜生！小人并不知情，都头看在小人的面上请回去，我改日亲自

①小生：文士自称的谦辞。

②教授：地方官中的学官。

登门赔罪。”雷横就走了。

吴用对晁盖说：“要不是保正你亲自赶来，差点儿酿成大祸。你这外甥身手不凡，武艺高强，若不是我及时阻拦，再打几个回合，恐怕会要了雷横的性命。你这外甥是从哪里来的？之前在庄上从未见过他。”晁盖回答说：“我正要请先生到敝庄商议要事。”

❖ 精华赏析

梁中书准备生辰纲的事瞒不住。刘唐正要投奔晁盖，却差点被官府捉拿，幸得晁盖相救。刘唐把梁中书准备生辰纲的事告诉了晁盖，而吴用也在此时出场，一场大戏就此拉开。

❖ 成长启示

在第八回的故事中，晁盖通过让刘唐认作自己的外甥，巧妙地解决了刘唐面临的困境。这告诉我们在面对问题时，要学会运用智慧，找到解决问题的最佳途径。

第九回 吴用智取生辰纲

❖ 要点思考

· 文中哪些描述给阮氏三兄弟愿去劫生辰纲做了铺垫？

· 杨志为什么会被下药？

· 梁中书第二次被夺了生辰纲，肯定会追查，晁盖等人和杨志的命运会发生怎样的转折呢？

吴用同晁盖、刘唐来到晁家庄。到了后堂，大家分宾而坐，吴用问：“保正，此人是谁？”晁盖说：“江湖好汉，叫刘唐。他说：‘梁中书准备了十万生辰纲，送到东京给他丈人蔡太师庆生，会从这里经过。此等不义之财，取之何碍！’他的到来，正应了我的一个梦。我昨夜梦见北斗七星坠落到我屋脊上，斗柄上另有一颗小星，化作一道白光走了。我不知道这是什么征兆，正想找你商议一下呢。”

吴用笑道：“兄长这梦非同小可，可见这件事需要七八个好汉才能完成，不过目前只有保正、刘兄和小生三人，还少四五个人。”晁盖说：“莫非要应梦中星星的数量？”吴用寻思了半晌，眉头一纵，计上心来，说：“有了，有了！我想起了三个人，义胆包身，武艺出众，敢赴汤蹈火，同死同生。这三人是弟兄三个，在济州梁山泊边石碣村，日常以打鱼为生，也曾在梁山泊做**私商**[1]勾当。一个叫立地太岁阮小二，一个叫短命二郎阮小五，一个叫活阎罗阮

①私商：本指贩运货物的人，后指江湖上谋财害命的勾当。

小七。若得此三人，大事必成。”晁盖说：“我也曾闻这阮家三弟兄的名字，只不曾相会。石碣村离这里只有百十里以下路程，何不使人请他们来商议？”吴用说：“着人去请，他们如何肯来？小生必须亲自去那里，凭三寸不烂之舌，说服他们入伙。”

吴用连夜赶路，来到阮小二家。吴用说：“小生如今在一个大财主家做老师，他要办筵席，要用十几条重十四五斤的金色鲤鱼，特来请你帮忙。”阮小二带吴用划船到芦苇丛边找到阮小七，又带着吴用找到阮小五，便一起去酒店喝酒了。

酒足饭饱后，阮小二对阮小五、阮小七说了吴用的来意，阮小七说：“若是往常，要三五十条大鲤鱼也有。如今要重十斤的也难得。”吴用说：“你们这里这么大，怎么没有十几斤的大鱼呢？”阮小二说：“实不相瞒，这般大鱼只梁山泊里有。”吴用说：“这里离梁山泊不远，如何不去打些？”阮小二叹了一口气，阮小五接话说：“教授不知，先前这梁山泊是我弟兄们的衣食来源，如今绝不敢去。”吴用询问原因，阮小七说：“梁山泊如今被一伙强盗占了，不让打鱼。”吴用说：“小生不知有这段事，为何官府不来捉他们？”阮小五说：“如今那官府的人到哪里，哪里的百姓就受苦。如今也好，那些官家的人也不敢下乡了。”吴用说：“如果是这样，那些强盗倒是快活！”阮小五说：“他们不怕天，不怕地，不怕官司，分金银，穿绸锦，大碗喝酒，大口吃肉，如何不快活？

我们弟兄三人空有一身本事,却不如他们。”吴用暗自窃喜,他们中了自己的计。

阮小七说:“人生一世,草生一秋。学他们过一日也好。”吴用说:“学他做甚!如果被官府抓了,也是受罪。假如有赏识你们的,你们肯去吗?”阮小七说:“愿赴汤蹈火,死而无憾。”吴用再慢慢引诱说:“你们敢上梁山泊捉贼吗?”阮小七说:“即使捉了去请赏,也让江湖人笑话。”吴用说:“假如你们怨恨打鱼不得,去那里入伙也好。”

阮小二说:“听说王伦心地狭窄,不随便招人。”阮小七说:“他们若像老兄一样慷慨就好了。”阮小五说:“那王伦若有教授这样的情分,我们也就去了,替他死都愿意!”吴用说:“小生何足道哉!如今山东、河北多少英雄好汉。”阮小二说:“好汉们尽有,我弟兄却不曾遇着。”

吴用说:“郓城县晁保正仗义疏财,小生在晁保正附近住,打听得他有富贵要取,特来和你们商议,我们就在半路劫了那财物,如何?”阮小五说:“这个使不得,会让江湖人笑话的。”吴用说:“我知道你们惜客好义,跟你们说实话,保正久仰你们的大名,特叫我请你们去说话。”阮小二说:“我弟兄三个堂堂正正,晁保正有私商买卖,有心提携我们,我们会舍命帮他。”阮小五和阮小七也拍胸脯保证。吴用说:“不是我耍心术来诱你们,这件事非同小可。”接着吴用便把生辰纲的事告诉了三人,三人听了很兴奋，第二天一早便随吴用去晁保正家。

晚上，四人到了晁盖家里，晁保正杀猪宰羊款待了阮氏三兄弟。次日，六个好汉在后堂饮酒。突然下人来报有人在门前闹事，晁盖慌忙去看，只见一个样子古怪的大汉一边打下人，一边说："不识好人！"晁盖便自报家门，请他到后堂喝茶，吴用见他们进来，便和刘唐、阮氏三兄弟躲起来。晁盖问："拜问先生高姓？"那先生说："复姓公孙，字胜，道号一清先生。**蓟州**①人氏，人称公孙胜大郎。因学得道术，能呼风唤雨，驾雾腾云，江湖人称'入云龙'。久闻保正大名，无缘不曾拜识。今有十万贯金珠宝贝专送保正，作进见之礼，未知义士肯纳受否？"晁盖大笑道："先生所言，莫非北地生辰纲？"公孙胜劝晁盖不要错过机会。

这时吴用进来了，他们之间互相认识后，一起到后堂深处见刘唐和阮氏三兄弟。众人请晁盖上座、吴用第二、公孙胜第三、刘唐第四，阮氏三兄弟依次而坐，聚义饮酒。吴用说："保正梦见北斗七星坠在屋脊上，今日我等七人聚义举事，岂不应了天象！此钱财唾手可得。"公孙胜说："贫道已打听到生辰纲从黄泥**冈**②大路上来。"晁盖说："黄泥冈东安乐村有个叫白日鼠白胜的，受过我恩惠。"吴用说："北斗上的白光，莫不是应在这人？"吴用跟众人说了自己的计策。为了不引起别人的注意，几人都各自忙自己的事了，只定期相会。

---

①蓟州：今河北、北京一带。

②冈：不高的山。

梁中书这边准备好了生辰纲，却踌躇差何人去送，突然看到了杨志，便命他押车护送。杨志却说："小人曾听得去年的生辰纲被劫，今途中盗贼又多，如何不抢这金银？枉结果了性命，去不得。"梁中书说："多带些人马护送。"杨志说："即使带五百人，他们听到强盗来了，也会跑的。"梁中书说："那生辰纲就不送了？"杨志说："若依小人，把礼物装在担子里，扮作做买卖的人。点十个壮健的兵当**脚夫**[①]挑着，悄悄连夜送到东京，这样才行。"梁中书便依了他。

次日，梁中书说夫人有礼物带去，让谢总管和两个虞候也一起去。杨志说："谢总管他们是夫人的人，倘若路上与小人别扭起来，如何敢与他争执？若误了大事，杨志如何辩解？"梁中书便写了委任状，让一行人都听杨志的。

次日，杨志等十五人便起程了。五更起趁早上凉快就走，中午热时便歇，几日后，人家渐少，一路上都是山路。那十一个兵担子重，热了就走不动，见到林子就想歇。杨志自知责任重大，连打带骂地逼着他们走。其他十四个人没一个不埋怨杨志的，那个谢总管也得忍着。到了黄泥冈，众人卸下担子就躺在了树荫下，任杨志如何劝说就是不肯动。正争执时，一个人探出头来，杨志喊："好大胆，敢看俺的货！"只见松林里摆着七辆推车，七个人在乘凉，这七人就是晁盖、吴用、公孙胜、刘唐、三阮。杨志问："你等是什么人？"那七人问："你是什么人？"杨志又问："你

---

①脚夫：搬运工人。

等莫不是歹人？”那七人说：“我等贩枣上东京，小本生意，哪有钱与你。”杨志说：“原来如此，我也是做买卖的。”说完就回担子边了，士兵们都笑他如惊弓之鸟。

不一会儿，白胜挑着一担酒，唱着歌上了冈子。士兵们要买酒喝，杨志挺着刀说：“你们不经洒家允许，胡乱买酒，好大胆！”士兵们说：“我们自己凑钱买酒，干你甚事？还打人。”杨志说：“只顾喝，全不晓得多少好汉被蒙汗药麻翻了。”那挑酒的汉子冷笑道：“你这客官好不懂事，早知不卖你了，还受这样的气。”正闹着，贩枣的客人要买酒，挑酒的说：“不卖。”贩枣的说：“我们

又不曾说你，卖些与我们也不打紧。”挑酒的说：“不与你争了，卖你一桶。”七人就着枣，一会儿就喝了一桶酒，还偷了半瓢另一桶的酒。旁边的士兵们看得心痒痒，也想喝点酒，就让谢总管去求杨志。杨志寻思道：“那贩枣的人已喝了一桶酒，另一桶也被吃了半瓢，想是好的，他们也确实辛苦。”就说：“既然谢总管都说了，喝了酒就出发。”士兵们凑了钱，来买酒，卖酒的说：“不卖了，不卖了！这酒里有蒙汗药。”贩枣的人劝道：“他说得差了，你也忒认真，连累我们被你说，不关他们的事，就卖些给他们吧。”卖酒的说：“没事讨别人疑心干什么。”贩枣的把卖酒的挡到一边，把酒提给士兵吃，还送了他们一些枣子。十四人都喝了酒，杨志见他们没事，也没忍住天气炎热、口渴，就喝了半瓢酒，吃了几个枣。那卖酒的收了钱，就下冈子了。

那七个贩枣的人指着这十五人说：“倒也，倒也！”只见这十五人头重脚轻，都软倒了。这七人就把枣丢下车，把十一担珠宝放到车上，杨志只能眼睁睁地看着他们走了。

❖ 精华赏析

刘唐、公孙胜听到生辰纲的消息都来告诉晁盖，可见晁盖很受人推崇，此次事件也形成了以晁盖为中心的一股力量，给晁盖以后入主梁山埋下伏笔。杨志有勇有谋，处处小心谨慎，但还是被吴用设计夺了生辰纲。

❖ 成长启示

在第九回的故事中，吴用通过精心策划，成功地说服阮氏兄弟一起劫生辰纲。这告诉我们，要重视策略和计划，勇于冒险，并且在很多情况下，运用智慧和策略比依靠武力更有效。

第十回 鲁智深杨志落草

❖ 要点思考

· 你同情杨志和鲁智深的遭遇吗？

· 你怎样看待鲁智深为帮林冲而被赶出寺庙呢？

杨志喝的酒少，最先醒来。他爬起来，东倒西歪地向山冈下走去，原本想跳冈寻死的，又觉得不值，就漫无目的地向南走去。杨志来到一个酒店，吃饱了不付账就走，筛酒的后生上前拦他，被他一拳打倒在地。店家问杨志是谁，杨志拍着胸脯说：“洒家行不更名，坐不改姓，青面兽杨志便是。”那大汉撇了枪棒，拜道：“原来是杨制使，小人有眼不识泰山。我是林冲的徒弟，姓曹名正。小人杀牲口是一把好手，人称‘操刀鬼’。这酒店就是我家的。”杨志说：“原来你是林教头的徒弟，你师父被高太尉陷害，落草去了，如今在梁山泊。”曹正说：“小人也听说了，未知真实，请制使到家少歇。”二人饮酒闲聊，杨志把自己的遭遇倾诉了一遍。曹正说：“既然如此，制使先在小人家里住着，再作商议。”杨志说：“如此，真是深感厚意。只恐官府追捕过来，不敢久住。”曹正说：“制使想去哪里？”杨志说：“洒家欲投梁山泊，去寻你师父。俺先前在那里经过时，王伦苦苦相留，俺却不肯落草。如今脸上又添了**金印**①，却去投奔他，好没志气。因此踌躇未决，

①金印：宋代指犯人脸上刺的字。

进退两难。”曹正说：“制使说得是。小人有个主意，不远处是青州地面，有座山叫二龙山，山上有座寺，唤作宝珠寺。如今寺里住持还了俗，养了头发，余者和尚都归顺了。他聚集着四五百人，打家劫舍。为头那人，唤作金眼虎邓龙。制使若有心落草，去那里足可安身。”杨志就向曹正借了些盘缠，直奔二龙山。

走了一天，天色渐晚，杨志就去林子里歇了，却见到一个胖大和尚，背上刺着花绣，坐在松树根上乘凉。那和尚见了杨志，拿着禅杖就跳起来喊道：“哪里来的撮鸟？”杨志听了，知道他是关西和尚，问：“你是哪里来的僧人？”那和尚也不回话，抡起禅杖就打。杨志无奈，拿着刀和他斗了起来。斗了四五十回合后也不分胜负。那和尚喊道：“先歇一歇！”两人这才住手。和尚问：“青面汉子，你是什么人？”杨志说：“洒家是东京制使杨志。”那和尚说：“你不就是在东京卖刀杀了破落户牛二的？却在这里相见了。”杨志说：“师兄是谁？为何知道洒家卖刀？”那和尚说：“洒家不是别人，俺是延安府老种经略相公帐前军官鲁提辖。因三拳打死了镇关西，去五台山净发为僧，洒家背上有花绣，人都叫俺花和尚鲁智深。”杨志笑道：“原来是老乡。俺在江湖上多闻师兄大名，听说师兄在大相国寺管菜园，如今何故来这里？”鲁智深说：“一言难尽。洒家在大相国寺管菜园，遇着那豹子头林冲要被高太尉陷害性命。俺却路见不平，直送他到沧州，救了他一命。不想那两个公差回来对高俅说了此事，这贼恨洒家，吩咐寺里长老不许俺在大相国寺，还派人来捉拿洒家，却得一伙泼皮通报，不曾拿住俺。俺就一把火烧了那菜园里的官舍，逃走在江湖上。来到孟州十字坡，被个酒店里的妇人用蒙汗药麻翻了，险些送了命，幸亏她丈夫回得早，见到俺的戒刀和禅杖吃了一惊，连忙拿解药救俺。互相认识了，才知他是菜园子张青，便与他做了弟兄，其妻是母夜叉孙二娘。听说二龙山宝珠寺可以安身，特来入伙，可邓龙那厮不肯，又打不过我，还把关口拴住了，也上不去。那撮鸟由你叫骂，只是不下来厮杀，气得洒家正苦恼该怎么办，不想大哥来了。”

杨志说：“既然关了关口，咱们也拿他没办法，不如去曹正家商议。”于是，两人就赶到了曹正的酒店里。曹正说：“若是闭了关，休说你们二位，即便有一万军马也上不去。只可智取，不可力求。”鲁智深说：“俺一脚踢在他小肚子上，把他踢翻了，正要去结果了他性命，他却被众多手下救走，闭了关口。任由你在下面骂，就不肯下来厮杀。只是没办法上去，奈何不得他。”曹正说：“小人有条计策，不知二位中不中意？”杨志说：“愿闻良策。”曹正说完，鲁智深、杨志齐说：“妙哉！妙哉！”

次日，鲁智深、杨志、曹正和几个伙计赶往二龙山。晌午后，到了林子里，鲁智深脱了衣裳，曹正用活结头的绳索绑了他，并拿着他的禅杖，其他人拿着棍棒在后面跟着。杨志戴着斗笠，穿着破布衫，手里拿着朴刀，混在中间。到了关口，小喽啰在高处看到绑了个和尚来，飞速地跑山上报告去了。

许久，两个小头目过来问："你等何处人？来我这里做甚？哪里捉得这个和尚来？"曹正答道："小人等是这山下近村的，开着一个小酒店。这个胖和尚突然来我店中喝酒，喝得大醉，不肯给钱，嘴里还说去梁山泊叫千百人来，打这二龙山，把这附近村坊都洗荡了。小人只得好酒请他喝，灌得醉了，绑来献给大王，表我等村邻孝顺之心，免得村中后患。"这两个小头目听了欢天喜地，上山告知了邓龙，邓龙大喜，叫道："押上山来！"小喽啰得令，开了关门。杨志、曹正押着鲁智深上山，看到那三座关口确实险峻，寺庙被群山环绕，山峰雄壮，中间只有一条路上去，关口上摆着硬**弩**[①]强弓，竹枪密密地立着。到了寺前，小喽啰指着鲁智深骂道："你这秃驴伤了大王，今日也被拿了，可要好好地折磨你！"鲁智深不作声。

不一会儿，只见邓龙被两个小喽啰扶出来，坐在了交椅上。邓龙说："你这秃驴，前日踢翻了我，伤了我小腹，至今青肿未消，今日也有见我的时候。"鲁智深睁圆怪眼，大吼一声："撮鸟休走！"两个伙计把索头一拽，绳索开了。鲁智深从曹正手里接过禅杖，抡了起来，杨志撇了斗笠，提起手中朴刀，曹正抡起棒子和其他伙计一起上前去捉邓龙。而邓龙刚要挣扎拿武器时，就被鲁智深一禅杖打在头上，脑袋被劈作两半。手下的小喽啰被杨志打倒了四五个。曹正叫道："都来投降！若不从者，便只有死！"寺前寺

①弩：也称十字弓，一种兵器。

后五六百个小喽啰和几个小头目，惊吓得呆了，只得都来归降。鲁智深和杨志做了山寨之主，置酒设宴庆祝。而曹正别了二位好汉，领着自己的伙计回家去了。

❖ 精华赏析

杨志走投无路却遇到林冲的徒弟曹正，得曹正指点去二龙山落草遇到鲁智深。鲁智深因帮助林冲，被高俅逼得走投无路，也去二龙山落草。二人最终在曹正的帮助下成功占了二龙山，落草为寇。当初二人都不愿意落草，如今合力占山为王，值得深思。

❖ 成长启示

在第十回的故事中，二龙山的邓龙将山寨把守得严严实实。但曹正分析了敌方的弱点，制定了合适的计划，成功地达到了目标。这告诉我们在解决问题时，要学会分析情况，善于运用策略。

第十一回 宋江大义放晁盖

❖ **要点思考**

· 你对宋江有怎样的认识？

· 你怎样看待何涛脸上被刺字的事？

在那头，杨志因为生辰纲的失陷而被迫落草为寇，而在这头，梁中书听信了谢总管等人的谎言，命令济州府尹捉拿这些贼人，并告知蔡太师。蔡太师闻讯大惊道：“这伙贼人真是胆大妄为！去年将我女婿送来的礼物打劫了去，至今未获。今年他们又来无理取闹，如果不铲除他们，后患无穷。”于是，蔡太师立刻写了一份公文，命一**府干**①亲自带给济州府尹，要求他立即捉拿这伙贼人。

府尹接过公文，看后大惊失色，随即召来**缉捕使臣**②何涛。何涛苦着脸说：“自从接手这个案子，我就日夜无眠地去缉捕，但至今仍未发现贼人的踪迹。并非我何涛偷懒，实在是出于无奈。”府尹闻言大怒：“胡说！上不紧则下慢。我自进士出身，历任到这一郡诸侯，非同容易。如今太师下令，限十日内捕获各贼正身，押往东京。若违了太师的期限，我不只被罢官，还会被投到**沙门岛**③。你若不用心，我先把你发配偏远险恶、大雁都飞不到的地方！”便叫**文笔匠**④在何

①府干：府中差役。

②缉捕使臣：宋代专管缉捕罪犯的低级武官。

③沙门岛：宋代流刑中最重的一等就是流放沙门岛等海岛。

④文笔匠：为犯人刺面的人。

涛脸上刺下“发配……州”字样，空着州名，说：“何涛，你若抓不到贼人，重罪决不饶恕！”

何涛领了命令，召集手下商议对策，但众人面面相觑，无言以对。何涛闷闷不乐地回到家中，将事情的经过告诉了妻子。正巧，他的兄弟何清来访。何涛不满地问：“你不去赌钱，来这里干什么？”何涛的妻子热情地招待他喝酒吃肉。何清好奇地问：“哥哥怎么这么欺负人？我来喝碗酒，有什么辱没了你的？”嫂子把何涛的遭遇告诉了他。何清听后大笑道：“那就去抓人啊！”嫂子抱怨说：“你说得倒轻巧，就是没地方捉。”何清笑着说：“嫂子，这个你不用担心。哥哥平时只和那些狐朋狗友来往，却不理睬亲兄弟。今日有事便叫没捉处。若是叫兄弟得知，赚得几贯钱使，这伙小贼就没处藏。”嫂子好奇地问：“阿叔，你知道什么线索吗？”何清神秘地笑道：“直等哥哥临危之际，兄弟有个办法救他。”

听了这话，何涛脸上堆着笑容，说：“兄弟，你既然知道这些贼人的下落，怎么不帮帮我呢？”何清把自己赌钱受尽哥哥冷眼的事说与嫂嫂听。何涛听了，慌忙拿出十两银子放在桌上，说：“兄弟，先收下，日后捕得此贼，金银缎匹我一力包办。只是这贼在哪里？有什么来历？”何清拿出一个折子，指着说：“这伙贼人都在上面。兄弟前日赌博输了，没一文盘缠。有个赌博的介绍我到安乐村王家客店内，让我抄官府的登记簿，记录每夜住宿客人的名字，从哪里来，到哪里去，做甚买卖。六月初三，有七个贩子推着七辆江州的车来歇。我认得为头的是郓城县东溪村的晁保正。第二天，店主带我去赌博，路上遇到一个汉子，叫白胜，挑担醋去村里卖。后来听说黄泥冈上一伙贩枣的劫了生辰纲，我猜肯定是晁保正，如今只要捉了白胜，一问便知。”何涛听了大喜，告知了府尹，然后立马带人到了白胜家。见他床底下地面不平，掘开取出了一包金银。白胜被打了三四顿，皮开肉绽，熬不住，只得招道：“为首的是晁保正，其他六人不认得。”府尹便把白胜和其妻子押入牢中。何涛随即拿着通缉令，带着二十个公差和原来押生辰纲的两个虞候星夜赶往郓城县捉拿晁盖。

何涛抵达郓城县衙时，公差等人已经去用餐了，整个县衙静悄悄的。何涛向一个卖茶的询问：“今天县里是哪位**押司**[①]值班？”卖茶的人指了指说：“他来了。”何涛看到一名官吏走了出来，便走上前去迎接，并邀请他一起喝茶。在交谈中，何涛得知这位官吏名叫宋江，字公明，在家中排行第三。因为他面黑身矮，人们都称他为黑宋江。他非常孝顺，为人慷慨仗义，上只有父亲健在，下有个兄弟叫铁扇子宋清。

何涛说明了缉捕晁保正的来意，宋江听了，吃了一惊，寻思道：“晁盖是我心腹弟兄，他如今犯了弥天大罪，我不救他，被捕了去，性命便休了。”心里慌张，却附和道：“晁盖这厮奸诈顽固，本县上下没一个不怪他。今番做出这事来，教他好受！”何涛说：“相烦押司办此事。”宋

①押司：宋代负责掌管文书、狱讼的地方官吏。

江道："不妨，这事容易。瓮中捉鳖，手到拿来。只是有件事：这封密封公文须是**观察**[1]自己当厅交上，知县看了，便好下命令差人去捉。小吏如何敢私下擅开？这件公事非同小可，切勿轻泄于人。"何涛说："押司高见极明，相烦引进。"宋江说："知县处理了一早晨的事务，倦怠了正歇着呢，观察略待一时，坐厅少刻，小吏到时来请。"何涛说："望押司千万做成此事。"宋江说："理之当然，休说这等话。小吏到寒舍处理些家务便来，观察先坐一坐。"何涛说："押司请便，小弟只在此专等。"

宋江离了茶坊，飞也似地跑到**下处**[2]，命令随从在茶坊前守候，如果知县出现在衙门，就去茶坊安抚何涛，告知他押司马上就到，让他稍安勿躁。宋江抓起鞭子，跳上马背，缓缓离开县城，出了东门，便快马加鞭直奔东溪村。

不到半个时辰，宋江就抵达了晁盖家。此时，晁盖和吴用、公孙胜、刘唐正在后园的葡萄树下喝酒，而三阮已经返回石碣村。晁盖听到下人报告说宋江一个人骑着马赶来，晁盖知道有紧急情况，便慌忙出去迎接。晁盖问道："押司为何如此匆忙赶来？"宋江回答道："兄弟是至交好友，我是冒着生命危险来救你的。如今黄泥冈事发，白胜已在济州大牢里供出你等七人。济州府差一个何缉捕拿着太师府的命令来捉人。天幸撞在我手里！我只推说知县睡着，让何缉捕在县门对面的茶坊等我，才能飞马来告诉你。哥

①观察：缉捕使臣的尊称。
②下处：住处；临时休息的地方。

哥，三十六计，走为上计。我回去引他当厅下了公文，知县便会差人连夜下来，你们不可耽搁。倘有疏失，休怨小弟不来救你。”晁盖听了大吃一惊，说：“贤弟，大恩难报！”宋江说：“哥哥休要多说，只顾安排走路，不要犹豫，我回去了。”

晁盖跟吴用、公孙胜、刘唐说了刚才那个人来的原因，吴用说：“若非此人来报，我们就被一网打尽了。这大恩人姓甚名谁？”晁盖说：“他便是本县押司，呼保义宋江。”吴用说：“只闻宋押司大名，小生却不曾相会。虽是距离咫尺，无缘难得见面。”公孙胜、刘唐说：“莫不是江湖上传说的及时雨宋公明？”晁盖点点头说：“正是此人，他和我推心置腹，结义为弟兄。四海之内，名不虚传。结义得这个兄弟，死而无憾。”

晁盖问吴用：“事在危急，怎么办？”吴用说：“兄长，不用商议了，三十六计，走为上计。”晁盖说：“可是走哪里好呢？”吴用说：“我已想好了，现在我们把钱财收拾成五七担，一起到石碣村三阮兄弟家去。先赶紧派一个人去告知他们弟兄。”晁盖说：“三阮弟兄以打鱼为生，如何安顿我等许多人？”吴用说：“兄长，你好不细心啊。石碣村旁边就是梁山泊。如今山寨里好生兴旺，官军捕盗都不敢正眼看那里。若是追得紧，我们一起入了伙！”晁盖说：“就这样定了，事不宜迟，吴先生和刘唐带几个下人，挑着担子先去阮家安顿。我和公孙先生打包好了便来。”于是，吴用和刘唐带着几个下人，挑着五六担金银珠宝，匆匆赶往石碣村。而晁盖和公孙胜则在庄院里收拾行李，有些不愿意跟随的下人，给了一些钱，让他们去别的庄院谋生，而愿意跟随的下人，则一起帮忙整理财物和打包行李。

另一边，宋江匆匆赶回了茶坊，对何涛说：“抱歉让你久等了。我刚刚在村里遇到了一个亲戚，他跟我说了一些家事，所以耽误了一些时间。”何涛说：“没关系，现在请押司带我去见知县。”于是，宋江便带着何涛进了衙门，正好遇到知县时文彬在厅上处理公务。宋江递上公文，引着何涛来到书案前，禀告说：“奉济州府的公文，是关于紧急追捕盗贼的公务。特地派遣何观察来此下达公文。”知县接过公文看了看，大惊失色地对宋江说：“这是太师府差干办来立等要回话的事，赶紧派人去捉这伙贼人。”宋江建议说：“日间去，只怕走了消息，只可差人乘夜去捉。只要能够抓住晁保正，其他六个人的下落就可以知道了。”于是，知县便唤来朱仝、雷横，命他二人和县尉带领骑兵、步兵和弓箭手共一百余人，与何涛、两个虞候一起，当晚出发去抓人。

❖ 精华赏析

晁盖等人劫生辰纲的事情败露了，印证了一句话“天网恢恢，疏而不漏”。宋江在关键时刻救了晁盖等人，也证明了“及时雨”的头衔名不虚传，也为以后宋江在梁山泊的地位奠定了基础。

❖ 成长启示

在第十一回的故事中，宋江冒着生命危险给晁盖通风报信，帮助晁盖一行人成功逃避了官府的追捕。这种对友情的忠诚和重视，告诉我们在交友时要真诚、勇敢，愿意为朋友付出。

第十二回 晁盖梁山小夺泊

要点思考

· 你认为朱仝、雷横为什么要放走晁盖?

· 你怎么看待林冲杀王伦而推举晁盖为山寨之主的事?

朱仝、雷横都有意放晁盖。离晁家庄还有半里远，只见晁家庄里一缕火起，从中堂烧起来，黑烟滚滚，火光四射。雷横带着人打开庄门进入，火光照得如同白日，却不见一个人。朱仝到庄后时，晁盖还在收拾。晁盖叫下人四下里放火，他和公孙胜带着十多个人从后门杀出去。朱仝在暗处叫道：“保正休走，朱仝在这里等你多时。”晁盖和公孙胜冲了出去，朱仝虚晃一枪，放开条路，让晁盖走了。朱仝让士兵都从后门进去，叫道：“前面捉人。”就撇了士兵，自己去追晁盖。而雷横听得叫喊声，转身出了庄门，派人分头去搜，自己则在火光中东观西望地找人。

晁盖对后面追赶的朱仝说：“朱都头怎么还追我？”朱仝见后面没人，才说：“保正，我怕雷横执迷，不会做人情，便支开他打你前门，我在后面等你出来放你。你不可投别处去，只除梁山泊可以安身。”晁盖说：“深感救命之恩，他日必报。”朱仝一面和晁盖说着话，一面追他，却如护送似的。渐渐黑影里不见了晁盖，朱仝假装失脚跌倒，跟丢了。雷横知道朱仝故意放了晁盖，不想做恶人，也不去追了。

知县派人捉来两个晁盖庄上不曾走的下人，经拷问得了线索，济州府尹又拷问白胜，得知吴用、公孙胜、刘唐参与劫生辰纲，还有石碣村的阮氏三兄弟。府尹便派何涛带领五百官兵来缉捕这伙贼人。

而晁盖等人逃到阮氏兄弟家中，便商议投梁山泊一事。吴用说："朱贵在李家道口开酒店，招接四方好汉，要入伙的，须是先投奔他。我们已安排些钱财做人情，请他引进。"几人正商量着，突然几个打鱼的说官兵来了。众人一番筹划。

只见何涛带着人，坐着不止百十只船直奔阮小五庄上。突然听得阮小五在芦苇丛里唱歌，何涛看到后，命弓箭手射他，而阮小五翻个跟斗就钻入水里了。又走了一会儿，听得芦花荡里有口哨声，见阮小七挺着枪立在船头，嘴里也唱着歌，何涛便去捉他，阮小七立刻就钻进芦苇荡深处了。何涛不敢贸然前去，多次派人探路，不见回报，就亲自坐快船，带人去芦苇荡里查看，却被阮小二、阮小七活捉。而大队人马还在船上等何涛回来，却等来了公孙胜引来的一阵怪风，缆船索都被刮断了。一阵口哨声后，从芦苇荡里射出火光来，近了才看到一排绑着的小船上堆满芦苇柴草，正噼里啪啦地烧着，小船顺着风冲进了官兵的船堆里。官兵们只能逃到烂泥里，晁盖、三阮兄弟和公孙胜带着十多个打鱼的人，拿着刀枪把他们都刺死了，只留何涛回官府带话。

晁盖、公孙胜和阮氏三兄弟等离开石碣村，到李家道口和吴用等人会合，找到朱贵。朱贵听吴用说了来历，大喜，随即写信细说众豪杰入伙姓名人数，告知寨里，次日便带晁盖等人一起到山寨去。王伦领着一班头领出来迎接，晁盖等慌忙施礼，王伦答礼道：“小可王伦，久闻晁天王大名，如雷贯耳，今日很高兴各位光临草寨。”晁盖说：“晁某是个不读书史的人，甚是粗鲁。今日事在藏拙，甘心于头领帐下做一个小卒，不被嫌弃就非常荣幸了。”王伦说：“休如此说，且请到小寨再计议。”到了大寨聚义厅，众人在鼓乐声中喝酒、吃肉、聊天。晁盖把胸中之事从头至尾都告诉王伦等人，王伦只是虚作应答，心内踌躇。到了晚上，众头领送晁盖等人到关口下的客栈歇息。

晁盖心中欢喜，对吴用等人说：“我们造下这等弥天大罪，哪里去安身？不是这王头领如此错爱，我等皆已失所，此恩不可忘报。”吴用冷笑道：“兄长性直，看他的脸色变化就知他不肯收留我们。兄长说阮氏兄弟英勇，杀了许多官兵时，他便有些脸色变了，虽嘴里叫好，心里可不是。他若有心收留我们，早上便议定了座位。杜迁、宋万不晓得待客之道，只有林冲诸事晓得，不得已坐了第四位。早上王伦那样对待兄长，林冲就有些不平之气，频频眼瞅王伦。我看这人倒有**顾眄**[1]之心，只是不得已。小生略放几句话，教他本寨自相火并。”晁盖说：“全仗先生妙策良谋，可以容身。”

次日一早，林冲来拜访晁盖等人。吴用说：“昨夜

①顾眄：赏识、看重。

承蒙恩赐，打扰了。”林冲说：“小可有失恭敬，虽有奉承之心，奈因不在其位，望乞恕罪。”吴用说：“我等虽是不才，非为草木，岂不见林教头错爱之心，顾盼之意，非常感恩。”林冲说：“小可有失恭敬，特来赔话。”晁盖谢道：“深感厚意。”吴用问：“王头领待人接物一团和气，为何心地如此狭窄？”林冲说：“此人只怀妒贤嫉能之心，唯恐众豪杰势力相压，就怀不肯相留的模样，因此请众豪杰来寨子下面安歇。”吴用说：“既然王头领有这般心，我等休要待他发话，自投别处去便了。”林冲说：“小可只恐众豪杰生退去之心，特来早早告知。今日若这厮言语有理，不似昨日，万事罢论；倘若这厮今朝有半句话**参差**[①]，尽在林冲身上。”晁盖说：“头领如此错爱，俺兄弟皆感厚恩。”吴用说：“头领为我弟兄面上，倒教头领与旧弟兄翻脸。若是可容即容，不可容，小生等立马告退。”林冲说：“此言差矣！古人云：‘**惺惺**[②]惜惺惺，好汉惜好汉。’这个畜生终作何用！众豪杰请宽心。”林冲起身告辞，便走了。

没多久，小喽啰奉命来请晁盖等人赴会。晁盖问吴用：“先生，此一会如何？”吴用说：“兄长放心，此一会倒有机会做山寨之主。今日林教头必然有火并王伦之意。兄长身边藏好暗器，只看小生把手来拈须为号，兄长便可行动。”席上，晁盖等人和王伦等头领喝了几遍酒，只要晁

①参差：差池、怠慢。
②惺惺：聪明机灵的人。

盖提聚义一事，王伦便用闲话支吾开。吴用看到林冲眼瞅着王伦。饮酒至午后，王伦叫小喽啰捧出五锭大银，敬酒道："感蒙众豪杰到此聚义，只恨敝山小寨是一洼之水，如何安得许多真龙？聊备些小薄礼，万望笑留。"晁盖说："若是不能相容，我等众人自行告退。非敢自夸富裕，小可聊有些盘缠用，速请纳回厚礼，只此告别。"王伦说："何故推却？非是敝山不纳众豪杰，奈何粮少房稀，恐日后误了**足下**[①]，因此不敢相留。"话未了，只见林冲双眉挑起，两眼圆睁，大喝道："前番我上山时，你也推道粮少房稀。今日晁兄与众豪杰到山寨，你又是这等言语，是何道理？"吴用说："头领息怒，是我等来的不是，坏了你山寨情分。今日王头领以礼请我们下山，送与盘缠，又不曾赶，我等走便是。"林冲说："这是笑里藏刀、言清行浊的人！我今日便不放过他！"王伦说："你看这畜生，又不醉，倒用言语伤我，真是没了规矩！"林冲大怒道："你个落第腐儒，胸中又没文学，怎做得了山寨之主！"吴用说："晁兄，只因我等上山相投，反坏了头领面子，今日便告退。"晁盖等七人便起身要走，王伦留道："请筵席终了再走。"林冲把桌子一脚踢开，从衣服里拿出了刀。吴用便用手捋须，晁盖、刘唐上前拦住王伦说："不要火并！"吴用一手扯住林冲说："头领不可造次！"公孙胜假意劝道："休为我等坏了大义！"阮小二便去**帮**[②]住杜迁，阮小五帮住

---

①足下：敬辞，古代下称上或同辈相称用"足下"。

②帮：从旁挟持。

宋万，阮小七帮住朱贵，小喽啰们吓得目瞪口呆。

林冲拿住王伦，大骂。杜迁、宋万、朱贵本要向前来劝，被阮氏兄弟紧紧帮着，哪里敢动。王伦要走，却被晁盖、刘唐拦住。王伦见势不妙，叫道："我的心腹都在哪里？"几个心腹见林冲这般凶猛，谁敢向前。林冲朝王伦心窝里捅了一刀，王伦便倒在了地上，吓得杜迁、宋万、朱贵都跪下说："愿随哥哥**执鞭坠镫**[①]。"晁盖等慌忙扶起三人来。吴用拽过头把交椅，请林冲坐下，说："如有不服者，以王伦为例！今日扶林教头为山寨之主！"林冲大叫道："差矣，先生！我今日只为众豪杰义气杀了这不仁之贼，实无心要谋此位。今日吴兄让此第一位与林冲坐，岂不惹天下英雄耻笑？若欲相逼，宁死而已。今有晁兄仗义疏财，智勇足备，天下闻名，无有不服，立他为山寨之主，好吗？"众人说："头领言之极当。"晁盖推辞，林冲再三再四扶晁盖坐了，众人参拜。

到了聚义厅，众人扶晁天王坐正中第一把交椅，林冲推吴用为第二位、公孙胜为第三位。林冲再要谦让，晁盖、吴用、公孙胜都不肯，齐扶林冲坐了第四位。杜迁、宋万自知本事低微，便推刘唐坐了第五位，阮氏三兄弟分坐第六、七、八位，杜迁坐了第九位，宋万坐了第十位，朱贵坐了第十一位。晁盖说："吴学究做军师，公孙先生同掌兵权，林教头等共管山寨，你等各依旧职。各人要竭力同心，共聚大义。"随后，晁盖安顿好了阮家老小，把劫得的生

①执鞭坠镫：表示倾心追随。

辰纲和自家庄上的金银财帛当厅赏给众小头目和小喽啰，便大摆筵席。林冲见晁盖做事宽洪，安顿各家老小在山，蓦然思念在京师的妻子，在征得晁盖同意后，便差人去东京接家眷上山，却知妻子和岳父已故，林冲至此无挂念。之后，山寨中没有其他事，每日只是操练人兵，准备迎敌官兵。

◈ 精华赏析

朱仝、雷横敬重晁盖的仁义，有意放走了他，也为他们日后上梁山做了铺垫。晁盖、吴用利用林冲的侠肝义胆使其杀了王伦，晁盖入主梁山泊。至此，梁山泊成了聚义的代表，势力进一步壮大。

◈ 成长启示

在第十二回的故事中，林冲火并王伦，展现了他的忠诚和勇气。他并没有因为自己的私利而背叛梁山，也没有被威胁所吓倒。这告诉我们要忠诚于自己的信仰和原则，勇敢地面对困难和挑战。

第十三回 宋江怒杀阎婆惜

◈ 要点思考

· 你认为宋江是个怎样的人?

· 你怎样看待阎婆惜委身宋江的事?

宋江从县里出来，被做媒的王婆拦住，王婆说：“这阎婆一家三口从东京来，阎公和女儿婆惜善唱，可这里的人不喜风流宴乐，因此不能过活。昨日阎公病故，阎婆无钱送葬，停尸在家。见押司从这里过，望押司可怜她们，给具棺材。”宋江便给她写了张帖子，让她去县东陈三郎家取具棺材，又给了阎婆一锭银子做盘缠。

忽一日，那阎婆来谢宋江，见他家里没一个妇人，便让王婆说媒，把女儿许给他。宋江刚开始不肯，怎奈这王婆的嘴厉害，便允了，给阎婆娘俩安置到一所楼房，丰衣足食。初时宋江夜夜与婆惜一处睡，之后渐渐来得少了。原来宋江只爱学使枪棒，于女色上不十分要紧。

一日，宋江带押司张文远来阎婆惜家喝酒。这张文远也叫小张三，生得眉清目秀，平日只爱去玩乐的地方。婆惜是个酒色娼妓，倒看上了他。张文远时常趁宋江不在时假装去找宋江，一来二去便和婆惜勾搭上了，打得火热。那张文远和阎婆惜如胶似漆，夜去明来，街坊上的人也都知道了，也有风声传到宋江耳朵里。宋江半信不信，寻思道：“又不是我父母匹配的妻室，她若无心恋我，我没来由生气，只不上门罢了。”自此有几个月不去，阎婆多次使人来请，宋江只推有事，不上门去。

话说梁山泊近来劫得钱财牲畜，好生兴旺。晁盖想到白胜身陷济州大牢，便请吴用筹划助他脱身，同时感恩宋押司、朱都头的救命之恩，便派人送些金银给他们。

刘唐找到宋江，宋江大惊，说：“贤弟好大胆！险些被公差看到！”刘唐说：“感承大恩，不惧一死，特地来酬谢。”宋江说：“晁保正弟兄们近日如何？谁叫你来的？”刘唐说：“晁哥哥今做了梁山泊主，粮食不计其数，只想兄长大恩，特使刘唐带封书信和一百两黄金谢押司，再去谢那朱、雷二都头。”宋江把书信和一条金子放入**招文袋**[①]，用衣服盖住，其他金子让刘唐拿回去。刘唐说：“哥哥大恩，无可报答，特令小弟送些人情来与押司，微表孝顺之心。保正哥哥今做头领，学究做军师，非比旧日，小弟怎敢拿回去？到寨中必受责。”宋江说：“既是号令严明，我便写一封回书，你拿回去就行了。”刘唐见宋江如此推却，想是不收了，就拿回去了。

宋江送走刘唐，在回家路上遇见阎婆来找他，央他留宿，宋江看阎婆如此纠缠，只得去了。

宋江进屋坐下，阎婆叫道：“我儿，你心爱的三郎来了。”那阎婆惜以为是张三郎，飞也似地跑下楼，却见是宋江，又转身上楼，躺床上了。婆子又叫道：“我儿，怎地回去了？”婆惜说：“他又不瞎，为何不自己上来？还等我迎

①招文袋：古代一种挂在腰带上装文件或财物的小袋子。

接他。”宋江听了，心里有五分不自在，却被阎婆拉上了楼，坐在床对面。阎婆从床上拖起女儿，说：“我儿，你脾气不好，用言语伤了押司，恼得他不上门，闲时却在家里思量。如今我好不容易请他来，你不起来赔罪，反倒使性子。”婆惜说：“我又不曾做了歹事，他不上门，教我怎么赔罪！”宋江听了，也不作声。婆惜就在宋江对面坐着，而宋江低着头不说话。阎婆去买了些酒肉拿到楼上，说：“我儿起来**把盏酒**①。”婆惜却不肯。阎婆劝宋江喝了一杯，又三番五次地喊婆惜来喝酒。婆惜寻思道：“我心只在张三身上，若不把他灌醉，他必来缠我。”只得勉强拿起酒，吃了半盏。阎婆又连劝宋江喝了三五杯，自己也陪着喝得醉了，却见两人还是互不理睬，就说着许多家长里短的话。

平时靠宋江资助的唐牛儿又没钱了，便来阎婆住处，从门缝里看到宋江和婆惜两个都低着头，那婆子只顾说着话。唐牛儿快步进去，唱了三个**喏**②。宋江把嘴往下一撇，唐牛儿会意，说：“小人何处不寻过，原来却在这里喝酒，还喝得好安稳！”宋江说：“莫不是县里有甚要紧事？”唐牛儿说：“押司忘了，早上的那件事，知县发怒了，四下寻你，押司可即刻动身。”宋江说：“这么要紧，只得去了。”那阎婆看出了唐牛儿的把戏，便把唐牛儿连打带骂地赶走了。宋江被阎婆识破诡计，没好意思走。阎婆说：“我猜着你俩多时不见，定要早睡，收拾了罢休。”宋江寻思道：“这婆惜和张三有事，我也半信半疑，况且夜深了，

①把盏酒：把酒、把盏，指宴席上端着酒壶给人斟酒、敬酒。

②喏：古代表示敬意的呼喊。唱喏，一边作揖，一边出声致敬。

我权且在此睡，看她今夜与我情分如何？”

到了二更，那婆惜不脱衣裳便上床，面朝里自己先睡了。宋江虽生气，但因喝了酒又很困，便脱下衣裳并搭在衣架上，招文袋挂在床边栏杆上，在床另一头睡了。没一会儿，那婆惜就开始冷笑，宋江气得心闷，睡不着。挨到五更，宋江便洗脸穿衣，骂道：“你这贱人好生无礼！”婆惜也不曾睡着，听到宋江骂她，扭过身回骂：“你不要脸！”宋江甩门便走了。路上遇到卖汤的王公，便要了碗汤以醒酒。宋江想起自己曾许他一具棺材，还不曾给他，便要拿出晁盖送的一条金子，这才想起来招文袋忘在婆惜处，便去取。

那婆惜听到宋江出门去了，爬起来说道：“那厮搅得老娘一夜没睡，还指望老娘低三下四说情，老娘自和张三过得好。你不上门倒好！”突然看见床头一条紫罗**銮带**[①]，婆惜想着拿给张三用，便伸手去拿，却发现招文袋里有一条金子和一封书信。婆惜见了金子，又打开信，发现上面写了晁盖许多事务，说：“我正要和张三做夫妻，单单是你阻碍，今日也撞在我手里。原来你和梁山泊强贼往来，还收了金子，老娘慢慢地消遣你！”就把金子和信放回招文袋中。宋江回到阎婆惜住处，径直上楼。婆惜听得宋江回来，慌忙把銮带、刀子和招文袋藏在被窝里，紧紧地贴着墙壁，假装睡着。宋江见床头的招文袋等不见了，心里发慌，忍着气去摇婆惜说：“你看在我之前的面子上，还我招文袋。”那婆惜假睡，不应。宋江又摇她，婆惜说：“老

①銮带：一种两端有排须的宽腰带。

娘正睡哩，是谁搅我？”宋江说：“你晓得是我，假睡做什么。”婆惜转过身说：“黑三，你说什么？”宋江说：“还我招文袋。”婆惜说：“你在哪里交到我手里，却来问我讨？”宋江说：“忘在了你脚后栏杆上，这里又没人来，肯定是你收了。”婆惜说：“呸，你说鬼呢！”宋江说：“夜里是我不对，明日给你道歉，你赶紧还给我，休要赖。”婆惜说：“谁和你要赖，我不曾收了。”宋江说：“你先时不曾脱衣睡，如今盖着被子睡，定是起来铺被子时拿了。”婆惜柳眉竖起，眼睛瞪大了说：“老娘拿是拿了，只是不还你，你让官府的人拿我去审啊！”宋江心里越来越慌，说：“我不曾冤你做贼，还了我，我去干事。”婆惜说：“张三有些不如你，也不是该一刀杀了的罪犯，不似你和打劫贼私通。”宋江说：“好姐姐不要叫，邻舍听到不好。”婆惜说：“你怕外人听得！这信老娘收着，若要饶你，只依我三件事。一是把买我的文书还我，再写信承诺让我嫁给张三，不得反悔；二是不许来讨之前花在我身上的钱；三是把晁盖送你的一百两金子给我。”宋江说：“前两件事都依你，这一百两金子我没收，若有，双手奉上。”婆惜说：“明天到**公厅**①上，你也说不曾有金子？”宋江听到“公厅”二字，怒气上头，瞪着眼说：“还不还？”婆惜说：“若要还，在郓城县衙还你！”宋江便扯开被子，见招文袋在婆惜胸前压着，就去夺，婆惜死也不放。宋江猛一拽，把刀拽出来了，宋江就拿起刀来。这时婆惜见宋江刀在手，叫道：“黑三郎杀人了！”这一叫，倒激起了

---

①公厅：官衙。

宋江杀人的念头，便割了那婆惜的喉咙，烧了信就走。宋江出门被阎婆撞上，阎婆骗宋江一起去取棺材，刚到县里，阎婆揪住宋江喊杀人了，公差都知宋江为人很好，不信那婆子，没当回事。唐牛儿看到阎婆扭住宋江叫屈，想起昨夜受的气，就上去打阎婆，宋江乘机逃走了。

知县和宋江交情好，想断唐牛儿杀了婆惜。而张三说刀子是宋江的，得拿宋江质问。知县便派人去宋太公庄上搜查，得知宋江不在户籍上，便想作罢。可张三挑唆阎婆去州里告状，知县只能派朱仝、雷横到宋家庄再查。朱仝知道宋江藏在地窖子里，便支开其他人，告知他快走。宋江次日就和兄弟宋清投奔柴进去了。柴进盛情款待他们，宋江喝得醉了，便去解手。走廊下一个害疟疾的大汉在烤火，宋江仰着脸，直接踏过去，把炭火踢到了那大汉脸上。那大汉吃了一惊，揪住宋江要打，被柴进止住。得知这是宋押司，那大汉叩头便拜："刚才无礼，万乞恕罪！"宋江慌忙扶起，问他姓名，柴进说他叫武松，清河县人，排行老二。三人一同回到席上，与宋清一起把酒言欢。

❖ 精华赏析

因晁盖的一封感谢信，宋江怒杀阎婆惜，从而被官府追捕，自此宋江也成了逃亡之人，这也是落草英雄的既定命运。宋江投奔柴进，在柴进府上遇到武松，为武松日后追随宋江以及武松的精彩故事埋下伏笔。

❖ 成长启示

在第十三回的故事中，宋江在面对阎婆惜的威逼和威胁时，没有冷静处理，导致了一系列的恶果。这告诉我们在面对压力和困难时，要保持冷静，避免情绪失控。

第十四回 武松景阳冈打虎

要点思考

· 你认为武松怕老虎吗？他为什么不在店主人家歇息？

· 武松为什么能打死老虎？

宋江见到武松仪表堂堂，便问：“二郎，为何会在这里？”武松回答说：“小弟在清河县，因喝醉了与本地**机密**[①]争执，一时怒起，一拳打得那厮昏沉。小弟只道他死了，因此投奔柴大官人，躲灾避难，今已一年多。后来打听得那厮没死。正要回乡去寻哥哥，不想染了疟疾，不能够动身回去。刚才正发冷，吃了兄长一惊，惊出一身冷汗，觉得这病好了。”宋江听后非常高兴，便邀请武松在西轩休息。

接下来的十几天里，宋江每天都陪着武松饮酒。然而，武松思念家乡，柴进、宋江都给了些银两。宋江和他的兄弟宋清送了武松一程又一程，但武松请他们不要再送了，说：“送君千里，终须一别。”然而，宋江指着前方的路说：“让我再陪你走几步吧，在前面的小酒店我们可以喝点酒告别。”于是三人在酒店喝了几杯，然后看着太阳落山。武松说：“天色已晚，如果哥哥不嫌弃我，我愿意拜哥哥为义兄。”宋江非常高兴，接受了他的四拜。三人在酒店外告别，武松含泪离去。

武松走了几天后，来到阳谷县的地界。中午时分，他

---

①机密：古代县衙中管机密房的人。

感到饥渴难耐，看到前面有一家酒店，门前挑着一面旗子，上面写着“三碗不过冈”。武松进去坐下，放下手中的哨棒，叫道：“店家，快上酒来。”店家端上了三只碗、一双筷子和一碟热菜，倒了一碗满满的酒。武松一口气喝了下去，赞叹道：“好酒！”然后又叫了两斤熟牛肉。武松又喝完两碗，却没人来倒酒了，他敲着桌子叫道：“店家，为什么不来倒酒？”店家回答说：“我可以再给你添些肉，但是酒就不能再添了。”武松问道：“这是为什么？你为什么不卖酒给我喝？”店家解释说：“你看我门前的旗子上写着‘三碗不过冈’，我家的酒虽然是**村酒**[①]，但是味道却比老酒还要好。只要是客人喝了三碗我家的酒，就会醉倒，过不了前面的山冈，因此得名‘三碗不过冈’。”武松笑道：“原来如此。我吃了三碗，却为何不醉？”店家说：“我这酒叫作‘透瓶香’，又唤作‘出门倒’。初入口时，醇厚好喝，少刻便醉倒了。”武松说：“休要胡说，又不是不给钱，再来三碗。”店家劝不住他，又接连倒了好几碗。武松喝得很爽口，拿出碎银子，又叫主人家倒酒。

店家说道：“客官，还剩下五六碗酒，只怕你喝不下了。你这么高大的身躯，如果醉倒了，我怎么扶得起你呢？”武松回答道：“如果我需要你扶，那还算什么好汉。”然而店家却不肯再倒酒了。武松有些不耐烦地说道：“我又不白吃你的，别惹我发火，否则我把你的房子都砸了。”店家无奈之下，只好又倒了六碗酒给武松喝。武松一共喝

①村酒：农家自酿的酒。

了十五碗酒，手持哨棒，站起身来，说道："我还没有醉。"他走出门口，笑着说道："怎么不说'三碗不过冈'了呢！"说完便准备离开。

店家追出门外，喊道："如今前面景阳冈上有一只凶猛的吊睛白额老虎，晚上会出来伤人，已经害死了二三十个人的性命。现在官府正在召集猎户去捕捉它。冈子路口都贴有告示，让行人结伴成群，在巳、午、未三个时辰过冈，其余的寅、卯、申、酉、戌、亥六个时辰则不能过冈。此外，单身客人必须等伴结伙才能一起过冈。我担心你会白白送命，不如在我这里先休息一下，等到明天凑够二三十人再一起过冈。"武松听了之后，笑着说道："我是清河县人，这景阳冈少说也走过一二十遭，几时听说有老虎？你别拿这话来吓唬我！就算有老虎，我也不怕。你让我留在你家里休息，莫非是想在半夜三更谋财害命？别用老虎来吓唬我！"店家解释道："我是出于好意，却反被认为是恶意。如果你不相信我，那就请自便吧。"

武松大步走着去过景阳冈。约行了四五里路，见一大树，被刮了皮，上面写着："近因景阳冈老虎伤人，过往客商可于巳、午、未三个时辰结伙成队过冈，请勿自误。"武松看了，笑道："这是店家的诡计，惊吓那些胆小的客人去他家里住宿。我却怕什么！"横拿着哨棒就上了冈子。这时太阳要下山了，武松乘着酒劲，只管往冈子上走。不到半里多路，在一个破落的山神庙前也见到了说冈上有虎的告示，武松这才相信，正想再回酒店去，却寻思道："我若回去，定被他耻笑不是好汉。怕什么，只管上去，看看能怎么样！”武松正走着，酒劲涌上头，浑身燥热，便敞开胸脯，踉踉跄跄地进了一片树林，见一块光秃秃的大青石，把哨棒放一边，躺下就要睡。

这时，一阵狂风袭来，只听得树丛后面扑的一声响，跳出一只吊睛白额大老虎。武松见了，不禁叫了声“啊呀”，就从青石上翻身去拿哨棒，被吓得酒都变作汗流出来了。那大老虎又饥又渴，两只爪子在地上轻轻按了按，往上一跃而起，从半空中蹿下来。武松见老虎扑来，闪到了老虎背后。那老虎便把前爪搭在地上，把腰胯掀起来，武松又躲到了一边。老虎见没掀到武松，吼了一声，似晴天霹雳，震得那山冈晃动。老虎把尾巴立起来，顿时像根铁棒，要去剪武松，武松又闪到一边。武松看出老虎捉人只会一扑、一掀、一剪，三招使完，便没了脾气。那老虎又剪不到武

松，再吼了一声，就想掉转头来。武松双手抡起哨棒，使尽平生力气，从半空中劈下来，只见旁边的树连枝带叶被打了下来，却没打到老虎。定睛一看，手中哨棒因打在树上被折成两半，手里只拿了一半。那老虎咆哮着，兽性大发，跳起来扑向武松。武松吓得退了十步远，而那老虎两只前爪正好伸到了武松面前，武松慌忙丢了半截棒，两只手顺势揪住老虎的顶花皮，把老虎摁在了地上。那老虎被武松死死摁住，动弹不得。武松把脚往老虎脸上、眼睛里只顾乱踢。老虎痛苦地咆哮着，扒着身底下的泥土，刨出了一个土坑。武松就把老虎嘴直接按进泥坑里，此时老虎也没了力气反抗。武松左手紧紧揪住老虎头顶，腾出右手，提起铁锤般大小的拳头，使劲打老虎的头。打了五七十拳，老虎眼里、嘴里、鼻子里、耳朵里都喷出血来。此时，老虎只有喘气的劲，武松便放了手。武松担心老虎死不了，拿起打折了的棒子又是一顿打，直到老虎没了气息。武松想拖着这死老虎下冈子去，却提不动了，因使尽了力气，手脚都软了。

武松在青石上稍事休息，心中琢磨：“眼看天色渐暗，如果再有老虎跳出来，我怎么应对得了？还是先下冈子，等明早再做打算。”于是，拖着疲惫不堪的身体，他踉踉跄跄地往下走。刚走了不到半里多路，忽然看见枯草丛里钻出两只大老虎。武松吓得大喊：“啊呀，我今天死定了！”然而仔细一看，那两只老虎却慢慢直立起来。武松定睛一瞧，原来是两个人披着虎皮做的衣服。

那两个人手中各持武器，见到武松，惊讶地说：“你真是吃了熊心豹子胆，怎么敢一个人这么晚走过冈子！你没看见大老虎吗？”武松回答：“刚才在乱树林里撞到那老虎，已经被我一顿拳脚打死了。”那两人难以置信，于是叫上十个人一起上了冈子。看到老虎真的死了，众人都非常高兴，便让人报告本县里正和众富户。他们把死老虎抬在前面，用轿子抬着武松到附近的富户家里休息。

第二天早上，许多富户热情地款待了武松，向他敬酒道：“多亏壮士你来除了这个大害，现在旅客可以安全通行了，这也是我们乡亲们的福气。”他们把一朵用绸缎做的大红花戴在武松的胸前，并用轿子把他抬到了阳谷县。武松打死老虎的事迹迅速传遍了整个县城。知县看到武松的英勇形象，便赐给他几杯酒和一千贯赏钱。然而，武松却把这笔钱分给了众猎户。知县见他为人忠厚仁义，便决定重用他，让他担任阳谷县的都头。

精华赏析

宋江治好了武松的疟疾，并以礼相待。宋江三送武松，把武松感动得哭了，为以后武松死心塌地跟着宋江南征北战埋下伏笔。武松的智慧也和他的酒量一般，看出老虎的破绽，并杀了它，显示了自己与众不同的能力。

成长启示

在第十四回的故事中，武松在面对老虎的威胁时，没有被吓倒，而是勇敢地上前搏斗，这种勇敢的精神激励着我们。当我们面对困难和挑战时，应该不怕困难，敢于挑战。

第十五回 武松怒杀西门庆

要点思考

· 你认为武松是一个怎样的人？

· 是谁导致了武大郎的死？

过了几日，武松在街上悠闲地逛着玩，突然背后有人喊道：“武都头如今发迹了，如何不来看我？”武松转过身一看，扑身便拜，说：“一年多不见，哥哥为何在这里？”原来武大郎身高不满五尺，面目狰狞，人叫他“三寸丁谷树皮”。一个大户人家送了他一个妻子，叫潘金莲，颇有姿色，时常有风流的人来骚扰，武大便搬来阳谷县，以卖烧饼为生。武大听说打虎壮士姓武，便知是武松，就来找他。武大带武松回家，嫂嫂潘金莲见武松一表人才，便动了心思。武大准备了些酒食，席间，这妇人吃了几杯酒，眼就直勾勾地在武松身上打量。不一会儿，武松不自在便要走，这妇人却劝武松住在家里。武大想武松在家能给他出头，只管答应，武松就请示知县搬去了。

武松搬来，这妇人每日殷勤伺候，按时做菜做饭，欢天喜地服侍武松，还时常用言语撩拨他。转眼到了十一月的下雪天，这妇人赶武大出去做买卖，准备些酒食和炭火在武松屋里。武松一进门，这妇人就闩上门，劝武松喝酒。几杯酒下肚，这妇人越聊，心思越明了，却没看武松的脸色，说：“你若有心，便喝了我这杯酒。”武松却夺去，泼在了地上，瞪着眼睛说：“武二是个顶天立地的男子汉，不做败坏风俗、没人伦的猪狗。嫂嫂休要这般不知廉耻。”待武大回来，这妇人恶人先告状，说武松调戏她。武松便搬去衙门住了。

过了十数日，知县见武松本事了得，便差他将自己赚的钱财带回东京老家。临行前，武松叮嘱武大：“我走以后，哥哥要晚出早归，看好门户。”武大说：“兄弟说得是，我听你的。”武松告别了武大，就上路了。

自武松走后，武大每日未晚便归，回家便放下窗户帘子，关上门，在屋里坐着。十数日，每日如此，那妇人闹了几场，便也习惯了，到武大快回来时就自去收了窗户帘，关上门。又过了二三日，那妇人约莫武大将归来，便去拿掉窗户帘的支架，一不小心手滑了，那支架恰好打在路过的西门庆头巾上。西门庆站住，正想大发雷霆，回过头却见是个妖娆的妇人，愤怒的脸立马变得笑嘻嘻的，一双眼直勾勾地打量着潘金莲，还礼貌地说不碍事，故作潇洒地走了。不多时，这西门庆转身便进了潘金莲隔壁王婆的茶坊，打听到潘金莲嫁给了武大，王婆知道西门庆的心思，说只要愿意使钱，便帮他，西门庆依允。

王婆叫西门庆买来布匹，说是有位恩人给了自己送终的衣料，请潘金莲帮忙来家里做。第三日，王婆陪着潘金莲正缝着衣服，西门庆咳嗽一声，假装来看干娘王婆。王婆说这位西门大官人便是送自己送终衣料的恩人。三人吃了杯茶，王婆看出潘金莲看西门庆的眼神有些暧昧，就去买了些酒肉回来，三人边吃边聊。

西门庆和潘金莲每日在王婆家如胶似漆，不到半月，街坊邻舍都知道了，只瞒着武大一人。

本县有个卖果品的郓哥听说王婆撮合拿了不少好处，便去讹些银子，却被王婆打跑了。他气不过，就把潘金莲和西门庆偷情的事告诉了武大。武大去捉奸，却被西门庆一脚踢在心窝，倒地不起。王婆扶起武大，见他嘴里吐血，面色蜡黄，便和潘金莲一起把他扶回家睡了。次日，潘金莲还和西门庆厮混，不管不顾武大，只想他自己死了。武大威胁说："你知我兄弟武二性格，他若知道怎肯罢休？你若不管我，我就告诉他。"这妇人便去与西门庆和王婆商议，王婆说："你们若想在一起，就结果了他。大官人去家里取些砒霜，叫娘子去买一服药来，把砒霜下在里面，把这矮子结果了，一把火烧得干干净净的，没了踪迹，即使武二回来，又能怎样？"潘金莲照做，毒死武大后，敲了墙壁，让王婆进屋帮忙把尸体收拾好后，便号啕大哭。别人问起，潘金莲却说武大是心绞痛发作死的。这妇人把武大尸体烧了，在家设灵位。而西门庆就住在武大家，每日与她寻欢作乐，无所顾忌。

东京一行前后花了两个月，武松回到家中，见灵位上写着"亡夫武大郎之位"，呆住了，叫道："嫂嫂，武二归来！"西门庆吓得忙从后门溜走了，这妇人赶紧去了浓妆艳抹的装扮，从楼上哭哭啼啼地下来。从潘金莲嘴里得知哥哥死因，武松大声痛哭，左邻右舍无不动容。次日武松平静后，便问：“嫂嫂，我哥哥到底得甚病死的？买谁的药喝？谁买的棺材？谁验的尸？”这妇人故作镇定地说：“昨夜说了，心绞痛死的，药帖上写着店名，何九叔验的尸。”武松找到何九叔，拿出刀逼他说出真相。何九叔慌忙拿出西门庆送的十两银子和武大的两块黑黑的骨头，把西门庆贿赂和武大中毒而死的事说了，还把郓哥捉奸的事相告。武松找到郓哥，给了他一些银子以赡养父亲，让他做证。

武松带着何九叔、郓哥和两块骨头就去县衙告状，告西门庆和嫂嫂通奸并杀了哥哥武大。谁承想这知县和西门庆交情甚好，收了贿赂，说：“捉奸见双，捉贼见赃。这事难以理明白。”武松买了笔墨纸砚回到家。妇人知他告状不成，放下心来，也不怕他。武松说：“明日是亡兄七日，你前日扰了邻舍街坊，我特地买了酒食，替嫂嫂谢众邻。”那妇人大剌剌地说：“不谢又怎样？”武松说：“礼不可缺。”武松请了王婆、开纸马铺的赵四郎、开银铺的姚二郎和对门的胡正卿。王婆和潘金莲知西门庆已上下打点好，就看武松能折腾出什么来。酒过三巡，胡正卿说忙要走，却被武松拦下。武松拿出刀来，喝住道：“冤各有头，债各有主，只要众位做个见证，有先走的，别怪武松翻脸。”众人吓得不敢再动。只见武松左手拿住嫂嫂，问：“你如何害了我哥哥性命，从实招来。”那妇人说：“你好没道理，他害心绞痛死了，干我甚事！”武松把刀插在桌上，把那妇人扔到武大灵位上踩住，又指着王婆说：“老猪狗，你如实说！”王婆说：“又不干我事，说什么？”武松说：

“我先剐了这淫妇，后杀你这猪狗！”这妇人吓得跪在灵位前，说了害死武大的经过。王婆见这妇人招了，抵赖不过，也招了。武松让胡正卿一一写下，并让四家邻舍签字画押。武松把王婆五花大绑，按跪在灵位前，喊道：“哥哥在天之灵，兄弟给你报仇雪恨。”那妇人见势不妙，正要大喊救命，却被武松一刀杀死。武松把王婆关到楼上，去了西门庆喝酒的酒楼。西门庆见了武松，“哎呀”一声便要跳窗而逃，可惜下面是街，他跳不下去。西门庆用手虚指别处，脚却踢向武松。武松侧身躲过，却被踢掉了手中的刀。西门庆右手虚晃一下，左手握拳朝武松心窝里打去。武松躲过，顺势钻入他怀里，左手卡住他头，右手捏住他脚，叫了声“下去”，便把西门庆扔出窗外。西门庆头朝下掉到街上，奄奄一息。武松从窗户跳下来，一刀结果了西门庆，来到哥哥灵位前，拜道：“我杀了奸夫淫妇，哥哥安息吧！”便带着王婆，领着邻里街坊去了县衙。王婆招供，众邻舍做证，还有口供，知县判王婆剐刑，判武松脊杖四十，发配孟州。

❖ 精华赏析

王婆设计帮西门庆勾搭潘金莲，让二人在自己家偷情。事情败露，还一手安排杀死武大郎，让武松回来死无对证。而武松有勇有谋，逼迫王婆、潘金莲说出真相，还让街坊邻居做证，杀了西门庆和潘金莲。

❖ 成长启示

在第十五回的故事中，虽然西门庆已经收买了官府，但是武松仍然坚持寻找真相，为哥哥报仇。这告诉我们在面对恶势力时要有勇气，坚持正义和公平，学会运用智慧和策略。

第十六回 武松大闹快活林

要点思考

· 你怎样看待武松帮施恩夺回酒肉店的事？

· 从张青和孙二娘的买卖来看，你对当时的社会有了怎样的认识？

武松坐了两个月**监房**①，终于在六月前后的一天被押解前往孟州。当他们抵达十字坡时，武松与两名公差决定喝酒歇息。老板娘笑容满面地走出来招待他们，端上了一笼香气扑鼻的馒头。武松拿起一个馒头掰开，好奇地问道："老板娘，这馒头是人肉的，还是狗肉的？"老板娘笑着回答："客官请勿开玩笑，我家的馒头可是正宗的牛肉馅。"武松意味深长地说："江湖上流传着这样一句话：'大树十字坡，客人谁敢那里过？肥的切作馒头馅，瘦的拿去填河。'"老板娘只是笑着敷衍道："客官真会开玩笑，如果你们觉得热，可以先去树下乘凉，晚上再在我家歇息。"

武松立刻察觉到了老板娘的不良居心，决定捉弄她一下，于是又点了一些酒。果然不出所料，老板娘趁机在酒中下了蒙汗药，企图将三人迷倒。然而，武松早有防备，迅速制服了老板娘。她大声呼救求饶。就在这时，老板娘的丈夫张青回来了。他一听到武松的大名，立刻跪拜在地，自报家门。武松才知这人便是菜园子张青，这老板娘便是母夜叉孙二娘，便让他们放了两公差，细说了自己的经历。

---

①监房：牢房、牢狱。

张青一连留武松住了数日，热情招待，把酒言欢，结为兄弟。

武松与张青、孙二娘夫妇道别后，踏入了孟州城的牢城营。他见到差拨的粗暴态度，便决定不以银两讨好。管营欲以一百杀威棒惩罚他，却在关键时刻被管营身边的一位气度非凡之人制止。自此，管营的亲信每日为武松送上美酒佳肴，使他免于像其他囚犯那般劳役。武松疑惑地向送饭人询问原由，得知自己竟是被管营之子金眼彪施恩所救，于是邀请他前来相会。施恩匆匆赶来，一见武松便跪拜在地，武松看出他有事相求，便直截了当地询问。施恩坦言："小弟在东门外的快活林开了一家酒肉店，生意颇为兴隆。近日一个叫蒋忠的人抢了我的酒肉店，他外号叫蒋门神，枪棒武艺了得，摔跤很厉害。小弟不肯将店让他，他还打了我一顿。只因他有张**团练**[①]撑腰，不能撕破脸皮。久闻兄长是个大丈夫，请替小弟出这口气。"武松毫不犹豫地应允了，但提出了一个条件——"无三不过**望**[②]"，即每遇到一家酒店，便需请他痛饮三碗酒，否则便不前往快活林。施恩随即吩咐仆人挑着酒跟随武松前行。武松一路畅饮，抵达快活林时，微风拂面，酒意上涌，他扯开衣襟，跌跌撞撞地闯入蒋门神的酒店，大肆撒酒疯，将蒋门神的娘子和酒保一股脑儿扔进酒缸。蒋门神闻讯赶来，武松挥拳虚晃一招，转身便走。蒋门神紧追不舍，却被武松回身一脚踢中小腹，痛苦地蹲在地上呻吟。武松顺势旋转身躯，

①团练：宋代于正规军之外就地选取丁壮，加以训练的地主武装组织的头目。
②望：望子，也称酒帘，古代酒店的招牌标志。

再飞起一脚狠踢在蒋门神额头，将他击倒在地。武松踏前一步，踩住他的胸膛，紧握拳头狠狠地揍向他的脸庞。蒋门神连忙求饶。武松冷声道："若要我饶你性命，必须答应三件事：一是你离开快活林；二是你去请快活林的英雄豪杰给施恩赔礼；三是你今日把酒店还给施恩，离开孟州。我打景阳冈的老虎也只三拳两脚，何况你！"蒋门神听了，吓得连声求饶，只得照办。施恩又重掌快活林。

过了一个多月，施恩父亲的上级孟州守御兵马都监张蒙方派人前来带走武松，施恩无法拒绝，只能放人。张蒙方十分欣赏武松的才能，安排他住在自己家里，像对待亲人一样对待他。武松也非常高兴，尽心尽力地办事，也得到了不少钱物。

转眼到了八月中秋，张蒙方举办家宴，邀请武松一同参加。家宴上，武松畅饮美酒，却没想到被人灌得大醉。晚上，当武松回到房间准备休息时，忽然听到后堂传来"有贼"的喊声。他立刻拿起哨棒冲向后堂，一直追到后花园。然而，黑暗中有人扔出一张板凳绊倒了他，七八个士兵立刻冲上来把他五花大绑起来。武松大声喊道："我不是贼，我是武松！"然而，张蒙方却大怒道："我如此器重你，你却做出这样的事情！"又从武松房间搜出一二百两的赃物，便把武松送到机密房里收管。次日，知府要行刑逼武松招供。好汉不吃眼前亏，武松便招了，说自己贪心偷的。

施恩打听到是蒋门神贿赂张蒙方设计陷害的武松，便花钱上下打点给武松求情。在牢里，武松并没有受到什么委屈。施恩进牢里看望武松，告诉他关两个月就会放出来，武松这才宽心。

武松被刺金印押往恩州，施恩前来探望并告知其店面被蒋门神夺走，施恩在酒店为武松送行并提醒其提防公差。

走了段路，前方突然出现两名手持朴刀的人，他们与两名公差挤眉弄眼，武松看在眼里，心知肚明。当他们到达飞云浦河边时，武松假装要解手，那两人便悄悄靠近他，却被武松两脚踢进了河里。公差见状不妙，欲逃离现场，但武松迅速挣脱了枷锁，拿起掉落的朴刀，几刀解决了他们。而那两名被踢下河的人爬上来后，武松又杀了一个，并揪住另一个逼问："说实话，我便饶你一命！"那人颤抖着回答："我们是蒋门神的徒弟，和那两名公差合伙来杀你。我们的师父和张团练都在张蒙方家等待消息。"武松手起刀落，也杀了他。

处理完四具尸体后，武松怒气未消，持刀返回孟州城。

夜间，他得知张蒙方、张团练和蒋门神正在鸳鸯楼饮酒，便决定前往。他轻轻上楼，在楼梯口偷听到蒋门神说：“多亏相公给小人报了冤仇，小人一定会再重重报答您的。”张蒙方冷笑道：“若不是看在我兄弟张团练的面子上，谁会干这种事！等那四人明早回来，一切便见分晓。”蒋门神得意地说：“我已吩咐徒弟在飞云浦下手，杀了武松就立马回来报信。”武松闻言大怒，抢入楼中，挥刀砍向蒋门神。张蒙方刚想起身逃跑，却被武松回身一刀砍倒在地板上。张团练见势不妙，抄起椅子砸向武松。武松稳稳接住椅子，猛力一推，将他推倒在地，一刀结果了他。杀完人后，武松见桌上有酒有肉便大吃起来。连吃数杯酒后，他蘸着血在墙上写下“杀人者，打虎武松也”，然后拿了几件桌上的器皿，便下楼离去。

武松路上又遇到张青，便在他家住下。张青得知官府正在紧锣密鼓地搜捕武松，他回来对武松说：“二哥，不是我怕事不留你安身。如今官府查得严，只恐将来有些闪失。我知道一个好地方，不知你是否愿意前往？”武松说：“我只有一个哥哥，又被嫂嫂不仁害了，而且官府早晚会追踪到这里，我怎会不愿意离开？只是不知道你要带我去哪里？”张青说：“在青州二龙山的宝珠寺，有花和尚鲁智深和青面兽杨志当头领。连青州官府都不敢轻易招惹他们，你若去了，定可安心立命。我现在就写一封信，详细描述你的本事，他们看在我的面子上，必定会让你加入的。”武松欣然同意。

然而，正当张青准备送武松离开时，孙二娘却拉住了张青，担忧地说：“你怎么能这么随意地让叔叔离开呢？他这样出去肯定会被捉的！”武松疑惑地问：“阿嫂，为何我去不得？”孙二娘解释道：“阿叔，现在官府四处张贴你的告示和画像，悬赏三千贯捉拿你。你脸上还有明晃晃的金印，根本走不了多远就会被认出来的。”张青想了想，说：“在脸上贴两个膏药应该就没问题了。”孙二娘笑道：“你真傻，这样怎么能骗过公差呢？我倒有个主意，两年前我杀了一个**头陀**①，留下了他的铁戒箍、衣服、身份文牒、佛珠和戒刀。你们两人相貌相似，不如你扮成他，你看如何？”武松有些顾虑地说：“我只怕不像出家人。”但孙二娘动手为武松打扮了一番后，效果惊人，他看上去果然很像个**行者**②。张青和孙二娘齐声赞叹：“这或许是前生注定的缘分！”于是，武行者告别张青夫妇上路了。

❖ 精华赏析

武松虽然杀了潘金莲和西门庆，但有理有据，因此没有被重判，却因帮助施恩打了蒋门神，遭人陷害入狱，又因为杀了蒋门神和两个官员，从此没有了回头路，只好落草为寇。

❖ 成长启示

在第十六回的故事中，武松轻信了蒋门神的话，认为他已经吸取教训。然而，蒋门神事后却用奸诈的手段陷害他。这告诉我们不要过于自信，不要轻易被表面现象所迷惑，不要轻易相信别人的话。

①头陀：行脚乞食的僧人。
②行者：出家而未经剃度的佛教徒。

第十七回 花荣大闹清风寨

❖ 要点思考

· 你认为花荣是个怎样的人？

· 刘高该不该死？

武行者来到一座土山上，进了村里的酒店就只顾喝酒，酒劲上头，怨店家不给他肉吃，便撒酒疯，动手打人。只因武松醉得厉害，被众人捉住吊打。这时进来一个人查看，叫道："这不是我兄弟武二郎吗？"慌忙让人解下武行者。原来这人就是宋江。武行者问："以为哥哥在柴大官人庄上，为何在这里？莫不是在做梦？"宋江说："这里是孔太公庄上。你打的正是孔太公的小儿子，独火星孔亮。这位是孔太公的大儿子，毛头星孔明。我教他俩使枪弄棒，在这儿住半年了。如今我正打算去清风寨一趟。"武行者把自己的经历细说给宋江听。孔明、孔亮听了很是佩服，宋江请出孔太公，孔太公置酒设席，盛情款待。宋江劝武行者和自己去清风寨走一遭，但武行者一心去二龙山落草避难，宋江便挽留他住几日再走。

二人在孔家庄相伴十几日，就道了别。宋江劝武行者说："兄弟入伙之后要少饮酒。如果得到朝廷招安，你也劝鲁智深、杨志投降，日后能去边疆建功立业，博得个封妻荫子，青史留名，也不枉为人一世。"武行者点点头。二人在酒店外三岔路口话别。

几日后，宋江便到了清风山。进了一片林子，这时天色已晚，冷风刺骨，宋江害怕毒虫虎豹出没，就慌忙奔向小路，却碰到了一条绊脚索。只听铜铃一响，周围走出十四五个小贼，把宋江绑了押上山。这清风山上有三位大王，一个叫燕顺，绰号“锦毛虎”；一个叫王英，五短身材，人称“矮脚虎”；一个叫郑天寿，白净俊俏，人称“白面郎君”。三位大王坐下，王矮虎下令挖出宋江的心肝煮汤。宋江叹气道：“可怜我宋江要死在这里！”燕顺听到“宋江”二字，经仔细询问得知被绑之人便是及时雨宋公明，吃了一惊，慌忙把绳子割断，把自己身上披的袄子裹在宋江身上，将宋江扶坐在椅子上。三位大王叩头谢罪，说：“闻得贤兄仗义疏财、济困扶危，只恨无缘相见尊颜。天幸贤兄说出了名字。”便命人杀羊宰马以款待宋江。

腊月上旬，上坟的人多。王矮虎劫来一个妇女，要她做压寨夫人。宋江说这不是好汉所为，和燕顺、郑天寿去劝他。宋江问那妇人：“娘子是谁的家眷？为何上山来？”那妇人说：“我是清风寨**知寨**①的夫人，来亡母坟前烧纸。”宋江想：“我正要投奔花知寨，莫不是花荣之妻？我得救她。”便问：“你丈夫花知寨为何不陪同？”那妇人说：“清风寨有一文一武两个知寨，武官是知寨花荣，文官才是我的丈夫，知寨刘高。”宋江想：“她丈夫既是花荣的同僚，我不救她，改日到了清风寨也不好看。”便劝王矮虎放了这妇人，并许以后给他找个好女子。这妇人才得以回去。

---

①知寨：宋时在边境险要处设寨，任命知寨，守卫边防。

刘知寨问夫人如何能回来，这妇人说："这伙人听说我是知寨的夫人，不敢下手杀我，还拜我。后来你的手下们把我夺回来了。"

宋江在山寨住了几日就下山去清风寨见花荣。花荣和宋江相见，甚是欢喜，宋江细说了自己的坎坷经历，还把救了刘知寨夫人的事也说了。花荣听了却皱起眉头说："兄长救她做甚！兄长不知，这个文官是正知寨，却没本事，乱行法度，无所不为，到任以来诈骗不少大户人家的钱财。我这个副知寨经常受气，恨不得杀了这禽兽！他夫人也极不贤惠，总挑拨她丈夫行不仁之事，残害良民，贪图贿赂。兄长错救了这等没良心的人！"宋江劝道："冤仇可解不可结，他虽有些过失，你可隐恶而扬善，休如此浅见。"花荣说："兄长英明，来日见到刘知寨就告诉他你救了他夫人的事。"二人聊到夜深便睡了。

花荣差人每日陪宋江游玩闲逛，不觉到了元宵节。当晚，宋江在一处院里看杂耍表演，看得呵呵大笑。不巧的是刘知寨夫妻在里面看，刘知寨老婆听到宋江的笑声就认出了他，指着宋江对刘知寨说："那个黑矮汉子，他就是前日在清风山掳走我的贼头。"刘知寨便命人捉住了宋江，押到厅前审问。刘高说："胆大山贼，还敢来看花灯，如今被捉，有何话说？"宋江说："小人是郓城县客人张三，与花荣是好友，不曾在清风山打劫。"这时刘知寨夫人走到厅前，喊道："你还想抵赖，你忘了你还让我叫你大王了吗？"宋江说："夫人，我全力救你下山，为何今日倒把我当成贼？”那妇人听了大怒，指着宋江骂道：“顽劣之徒，不打如何肯招！”刘知寨便叫人把宋江打得皮开肉绽，鲜血直流。

花荣听随从报告宋江被捕，便连忙写信给刘知寨。刘高当厅看了信，大怒，骂道：“花荣好无礼！你是朝廷命官，却与强盗私通，还想瞒我！这贼说自己叫张三，你却说他叫刘丈。还想糊弄我！你写他和我同姓，我就会放了他吗？”便命人把送信人赶出门外。花荣得知，便带着三五十名士兵直奔刘高寨里去搜，找到宋江并送回家中。刘高急忙点了一二百人来花荣寨夺人。花荣大开寨门，大喝道：“冤各有头，债各有主。先教你们看我射箭的厉害，不怕死的就进来。”花荣说射大门上左边门神的**骨朵**[①]头，就射中了门神的骨朵头，说射右边门神头盔上的朱缨，就射中了缨头，取第三支箭后说射穿白衣的教头的心窝，那教头“哎呀”一声吓得转身便走了，众人也一哄而散。花荣关上寨门，去后堂看宋江，说：“小弟害哥哥受了如此之苦。”宋江说：“我却无妨，只恐刘高不肯善罢甘休。”花荣说：“小弟不要这身官服，也要和他理会。”宋江说：“不想这妇人恩将仇报，教丈夫打我一顿。我怕说出真姓名，杀阎婆惜的事会暴露，只说是张三。怎奈刘高把我判成清风山贼首，和他争辩不得。”花荣说：“小弟想他是个读书人，念同姓之亲，因此写了你是刘丈。既然已把你救来了，再想办法吧。”宋江说：“你公然去他那儿夺人，他今来

①骨朵：古代兵器，用铁或硬木制成，像长棍子，顶端瓜形。

抢人不得，如何肯罢休？肯定上书诬告你。今晚我先去清风山上躲躲，你明日就和他耍赖皮，终究只是你们文武不和闹别扭。”宋江忍痛，连夜上了清风山。

刘高见士兵都回来了，知道花荣英勇了得，不能强取，便寻思道：“他夺走那人，必然连夜放他上清风山，明日再和我赖账，上司只会说我们文武不和，我不能拿他怎样。我今夜差二三十个士兵在半路等着，倘若捉到那人，就悄悄关在家里，再暗地里使人去州里报告，上面来人就把他和花荣一并拿下，要了他们的命。那时我独占这清风寨，省得受气。”刘高派去的人果然捉住了宋江。

刘高的告发信交到了青州知府慕容彦达的手中，知府便派武艺高强的黄信去清风寨。黄信到了清风寨，就把宋江押上囚车，插了个纸旗，写着“清风山贼首郓城虎张三”。黄信问刘高：“你拿得张三，花荣知不知？”刘高说：“花荣只知张三走了。”黄信说：“那就好办，明日备些酒菜在大厅，埋伏三五十人。我亲自请他来，只说知府听闻你俩文武不和，特差我来摆酒劝和。到了公厅，以我摔杯为暗号，立马拿下他，一同押去州里。”刘高喝彩道：“此计大妙，瓮中捉鳖，手到擒来。”

次日天明，黄信就来请花荣。花荣想黄信也是武官，并无歹意，就去了。黄信端起酒杯，先劝刘高，再劝花荣，花荣一饮而尽。刘高给黄信斟了杯酒回敬黄信，黄信接过酒，杯子拿在手里，往地上一摔，三五十个士兵一起上，把花荣按在地上绑了。花荣被带到宋江囚车旁，目瞪口呆，无话可说。黄信说："这不干我的事，是刘高告发的。"花荣说："这是我的亲眷，你要强行判他是贼，到上司自有分辩处。"黄信说："就让刘知寨一起去州里分辩个清楚，休要枉害人性命。"

黄信和刘知寨带着一百三五十士兵，押着花荣和宋江走了三四十里路，来到一片林子。突然锣声四起，林子里出现了三五百个小喽啰，凶神恶煞地围住了黄信一行人。燕顺、王矮虎、郑天寿一起来战黄信。黄信担心被这三人拿下，名声不保，就带着人跑回清风寨了。小喽啰把刘高拿下，救出了花荣和宋江，回到了山寨。花荣一刀杀了刘高，宋江说："只是那个妇人不曾杀得，出不了这口怨气！"王矮虎说："哥哥放心，我明日下山就去拿那妇人。"众人大笑，开怀畅饮。

❖ 精华赏析

宋江好心救了刘知寨的夫人，她却恩将仇报，和刘知寨一起将宋江和花荣置于死地。花荣无路可走，也只能落草为寇。

❖ 成长启示

在第十七回的故事中，花荣为了宋江，不惜冒险，显示了他对友情的重视。这告诉我们应该学会珍视友情，学会在朋友需要时伸出援手。

第十八回 一众好汉聚梁山

要点思考

· 秦明是怎么落草为寇的？

· 文中展现了宋江的哪一面？

黄信稳守清风寨，派人给知府报军情。知府连夜请青州兵马总管秦明共商战事。秦明，人称“霹雳火”。他看了报告后，大怒，决定一早便挥师清风山。

山寨首领闻听秦明亲征，寨内人心惶惶，唯有花荣镇定自若，道：“各位首领无需惊慌，我有一计可应对。”秦明率军来到清风山，手握狼牙棒，与小李广花荣各自布阵，双方缠斗了四五十回合，仍难分高下。花荣卖个破绽，借机向小径退去，秦明紧追不舍。花荣趁机收起长枪，左手**拈**[1]起弓，右手去搭箭，满弓之后扭转身体，朝着秦明的头盔射去，一箭射落其红缨。秦明大惊失色，不敢再追，愤然回马杀向小喽啰们。但小喽啰们已迅速上山，秦明愤怒更甚，命令鸣锣擂鼓，士兵呐喊着一同上山。

转过山头，只见木头、石头从山上砸下来，打倒了三五十人，士兵们只得退了下来。秦明性急，带人又从山下寻路上山。找了许久，只听得西山边锣声大作，看见树林中似有贼人出没，秦明领兵追去，却一无所获。忽又听得东山边锣声响起，秦明再次领兵过去，仍是一无所获。

①拈：用两三个手指夹取东西。

秦明气得咬牙切齿，命令士兵东西两路搜山。有个士兵说：“这里都不是正路，只有东南方向有一条大路可上山，若在此地寻找上山路径，恐怕会有埋伏。”秦明于是领兵从东南方向上山。待得天色已晚，人困马乏，正想下山做饭时，却见山上火把乱舞，锣鼓乱响。秦明大怒，带着四五十骑兵便往上冲。突然，树林里乱箭穿出，射伤了许多士兵。秦明只能下山，命士兵只管做饭。做饭的火刚点着，只见山上八九十把火呼呼地下来，秦明整顿好人马正要去追时，火把却都灭了。秦明愤怒难当，命令士兵点火烧山。突然山顶上传来笛声，却是花荣在与宋江饮酒作乐。秦明见了破口大骂，却又忌惮花荣的箭术不敢上山。忽然听到营中战马长嘶，秦明急忙回至山下，只见火炮、火箭从山上射出，二三十个小喽啰为一组，以弓箭射击，将众军马逼赶到溪里，有的士兵被活捉，有的被淹死在溪里。秦明愤怒至极，见一条小路便催马上山，刚走不到三五十步却连人带马掉入陷阱之中，被活捉绑上了清风山。

秦明被押到山寨的聚义厅，花荣赶紧解开绳索，跪地便拜。秦明答礼道：“我是被擒之人，何故来拜我？”花荣跪着说：“小喽啰多有冒犯，请恕罪。”秦明见到宋江，忙下跪拜道：“久仰大名，不想今日见到义士。”秦明见宋江腿脚不便，问其原因。宋江将郓城的事到被刘知寨拷打的事说了一遍。秦明摇着头说：“一面之词，害人不浅。我回去便对知府禀明。”燕顺劝秦明留下落草，可秦明不愿背叛朝廷。花荣等人便留了秦明一晚，好酒好肉招待。

次日秦明回到青州。一路上烟尘乱起，并无一人，城外的几百户人家的房屋被烧毁。秦明请人开门，却见慕容知府在城墙上说："反贼，昨夜你带人烧了许多百姓的房屋，如今又想欺骗我们进城。我已上奏朝廷你的罪行，早晚拿你归案，将你碎尸万段。"秦明解释了半天，知府说："我如何不认得你的马和盔甲！城里的人都说就是你这身装扮的人杀人放火。"城上顿时箭如雨下，秦明只得走了。

秦明回到清风山，生气地说："不知是谁扮我打了青州城，害得我有家难回，有国难报，真是上天无路，入地无门！"宋江便承认了是自己的计策。秦明想，一来星辰契合，二来自己被软禁，三来又斗不过他们，只得忍着。宋江又把花荣的妹妹许给秦明，秦明这才放心归顺。次日，秦明来到清风镇，劝降黄信。黄信也久仰宋江大义之名，便归顺了。黄信放宋江等人进了清风镇，把刘高一家老小都杀了。众英雄在清风山宴请喝酒，好不快活。过了几日，小喽啰来报："青州慕容知府上书朝廷，要大军来剿清风山。"众好汉说："此间小寨不是久恋之地，倘若大军来到，如何是好？"宋江说："晁天王在梁山泊聚着三五千人马，水泊复杂难攻，官兵不敢靠近。我等何不去那里入伙？"众人大喜，都赶紧收拾东西去了。

来到对影山，宋江和花荣突闻前方锣鸣鼓响，立刻整顿人马前往查看。眼前，一红一白两位壮士正酣战不休，手中**方天画戟**[①]舞得风雨不透，斗至三十多回合仍不见分

①方天画戟：古代一种格斗冷兵器。

晓。宋江与花荣不禁大声叫好。两位壮士打得难分难舍，方天画戟上的绒**绦**[①]紧紧纠缠在一起。花荣见状，挽弓搭箭，一箭射去，正中绒绦打结处，两支画戟瞬间分开。两壮士见状，即刻停手，策马来到宋江、花荣马前，拱手道："请教神箭将军大名。"花荣笑道："这位是我义兄山东及时雨宋公明，我是清风寨知寨小李广花荣。"两人闻言慌忙下马叩拜："久仰大名。"红衣壮士说道："小人姓吕名方，善于使戟，人称小温侯吕方。小人占据对影山，这位壮士来夺我山寨。我提议各分一山，他又不肯，因此每日下山与他比试。"白衣壮士接口道："小人姓郭名盛，精通使戟，人称赛仁贵郭盛。听闻对影山有个使戟的占了山头，特来比戟法夺山。"宋江闻听此言，劝二人和解，后又劝二人入伙投奔梁山泊。两人闻言欣然答应。

宋江与燕顺带领十余人先行前往梁山泊。正午时分，他们瞥见一家气派的大酒店。宋江和燕顺进入店内，环顾四周，仅见三个大凳子和几个小凳子。宋江注意到一名客人独坐于一个大凳子上，于是向酒保示意："我们人多凳少，能否请那位客人换一个大凳子给我们？"酒保依言前往询问，那人却硬气回答："先到先得，我为何要换？"言毕，他冷笑着瞥了宋江和燕顺一眼。酒保赔笑道："都是为了照顾小人的生意，换一下又何妨？"那人却大怒，拍桌而起："你这家伙有眼无珠，竟敢欺负我一人独坐。就算是皇帝要换我的凳子，我也不换。再说，小心我的拳头不长

①绦：用丝线编织成的圆的或扁平的带子。

眼。”燕顺听罢，忍不住插口道：“你这人，不换就算了，何必恐吓他人。”那人闻言跳起，手握短棒喝道：“我骂他，你管得着吗？这世上我只让两个人，其他人我都视如脚下泥土。”燕顺提起板凳欲打他，宋江却看出那人非同一般，忙劝道：“都别吵了，请问你那世上只让的两个人是谁？”那人回答：“说出来吓死你，一个是小旋风柴进柴大官人，另一个是郓城县押司山东及时雨呼保义宋公明。”宋江问：“那你认识黑三郎吗？”那人说：“你既然提起了，我正要找他。”宋江好奇地问：“谁让你找他？”那人回答：“他的亲兄弟铁扇子宋清，托我把家书交给他。”宋江大喜过望，自报家门。那人审视片刻后拜道：“小人石勇，人称石将军。幸好遇到了哥哥，不然我白白去孔太公那里走一趟。”说完，石勇递上家书。宋江打开一看，信中告知他父亲因病去世，正在等待他回去送终。宋江看完信后悲痛欲绝地自责道：“不孝逆子，犯下大错。老父身亡，不能尽孝道，与畜生何异！”说完，用头撞墙痛哭直至昏厥。过了好一会儿，他才苏醒过来，并吩咐燕顺：“不是我薄情寡义，老父已死，只得星夜归去奔丧，让兄弟们自己上山了。”燕顺却劝道：“蛇无头而不行，如果你不去，晁天王怎么会收留我们呢？”宋江于是写了一封信解释事情的缘由，让燕顺交给晁盖，然后他便急匆匆地赶回家去了。

燕顺同花荣、秦明等商议，众人都怨燕顺没留住宋江，石勇说：“他知道父亲殁[1]了，恨不得寻短见，如何肯留下，

①殁：死。

巴不得飞到家里。如今写了信，给梁山泊人看，应该没问题的。”花荣与秦明齐说：“事已至此，进退两难，先去试试，不行再做打算。”九个好汉带着三五百人马来到梁山泊，寻大路上山。一行人穿梭在芦苇中，突然阵阵锣鼓声传来，漫山遍野都是旗子。水泊中驶出两只快船，林冲和刘唐分坐一只。林冲问：“你们是什么人？哪里的官兵？敢来逮捕我们？让你人人皆死，个个不留，让你知道俺梁山泊的大名！”花荣、秦明等都下马，答道：“我等不是官兵。有山东及时雨宋公明哥哥的书信在此，特来入伙。”林冲便安排他们到朱贵的酒店等候消息。

次日早晨，吴学究前来迎接花荣等人上梁山。他们来到聚义厅，二十一位好汉按照顺序入座，大肆庆祝，宰杀牛羊，畅谈各自的故事，气氛热烈非凡。第二天，山寨再次设宴，议定座次，花荣坐了第五位，秦明坐第六位，刘唐坐第七位，黄信坐第八位，三阮之下则是燕顺、王矮虎、吕方、郭盛、郑天寿、石勇、杜迁、宋万、朱贵、白胜，一共二十一个头领，聚义梁山泊。

❖ 精华赏析

花荣遭坏人设计陷害，被迫落草为寇。秦明被宋江设计，也只能落草为寇，还劝降了黄信。再加上清风山、对影山的好汉，他们一同投奔梁山泊。

❖ 成长启示

在第十八回的故事中，宋江找人假扮秦明攻打青州城，迫使秦明入伙。这向我们展示了谋略的重要性，鼓励我们在解决问题时，多尝试新的方法和思路。

第十九回 宋江结绿林好汉

❖ 要点思考

· 你喜欢文中的李逵吗？

· 从宋江的几次遭遇，你怎样看待当时的社会？

宋江连夜回到家中，才知父亲没有死，便责怪弟弟宋清。宋太公说："不干你兄弟的事，是我每日思量要见你一面，教宋清写信说我殁了，你便归来得快。我又听得有许多强盗要你入伙，怕你落草当个不忠不孝之人，才出此下策。近闻朝廷册立皇太子，已下一道赦书，在民间犯了大罪的都罪减一等。你罪该流放，不用判死刑了。"一家人便很高兴地睡了。

深夜里，新来的都头赵能、赵得突然围住宋家庄，让交出宋江。宋江跟父亲说："孩儿县里有朋友，吃了官司也无妨。已经有赦免的事了，必减罪。赵家兄弟是刁徒，不懂义气，不必求情。"于是，宋江请两位都头进家歇息，并承诺明日与他们一同见官。次日，宋江便跟两位都头去官府了。满县的人听说捉了宋江，都替他说情，知县有意成全，就免了枷锁，只关宋江在牢里。宋太公又上下打点，最终宋江只被发配到江州。临行前，宋太公叮嘱宋江道："你此去正从梁山泊过，切不可入伙，叫人骂不忠不孝，要牢记于心，我等你回来。"宋江哭着拜别了父亲。公差张千、李万领了公文，便押着宋江走了。

这张千、李万得了宋江家的银两，又因他是条好汉，一路上悉心照顾宋江。快到梁山泊，突然前面山坡冲出了一伙人。宋江一看，苦恼不已，带头的正是赤发鬼刘唐。刘唐上来就要杀了两位公差，宋江拦住，且执意要走，刘唐不敢做主，就请吴学究和花荣来劝。一会儿，吴学究和花荣来了。花荣问："为何不为兄长开了枷锁？"宋江说："此是国家法度，如何敢擅动！"吴学究笑道："我知兄长的意了。不留兄长在山寨了，只请兄长到山寨叙叙话。"宋江欣然前往。

晁盖和宋江寒暄过后，叫头领们都来参拜宋江，并一一给宋江敬酒。晁盖几番挽留，可宋江很坚决，说："哥哥，这话休再提。家中老父，宋江不曾孝敬一日，如何敢违了他的教训，连累他？小可若留下，上逆天理，下违父教，便是不忠不孝之人。若哥哥不肯放，宋江情愿求死。"说罢，泪如雨下，拜倒在地。晁盖等人不再强留，只请他安心住一晚。次日吴学究给宋江一封信，带给江州两院押牢**节级**[①]戴宗，让两人做个相识，宋江便走了。

走了半个多月，到了揭阳岭。三人正饥渴，看到一家酒店，就进去要酒喝。酒保偷看到宋江包裹沉，有油水，便下药麻翻了三人，拖入人肉作坊里。混江龙李俊一行三人来了，拿解药救了宋江。李俊跪拜宋江，自报家门，介绍这酒保叫催命判官李立，另两人分别是出洞蛟童威和翻江**蜃**[②]童猛两兄弟。他听说宋江要从此过，便在此等候见

①节级：地方狱吏。
②蜃：大蛤蜊。

宋江尊颜。李立给两位公差灌了解药，当晚在家置酒款待众人。次日，李俊在家中款待宋江等人，并拜宋江为兄。过了几日，宋江执意要走，辞别李俊、童猛、童威后，和两位公差往江州走。

三人走了半天，来到揭阳镇。见一伙人围着看使枪棒卖膏药的，三人也挤进去看。那人耍完枪棒，又使了一回拳就来要钱，却没人给他，宋江便叫公差拿出五两银子给他。那人正感谢宋江，只见一个大汉分开人群，大喊道："哪里来的囚犯？敢来灭俺揭阳镇上的威风！这厮学些棒法来我这里逞强。俺已吩咐众人，不许给他钱，有人还敢出头。"大汉捏着拳头去打宋江，宋江躲过。正要开打，那个使枪棒的教头从背后揪住那大汉的头巾，提住他腰，就把他掀倒在地。那大汉爬起来，却又被这教头一脚踢翻了。两个公差劝住教头，那大汉就跑了。宋江问教头姓名，教头说："小人姓薛名永，祖父是军官，因得罪同僚，不得升用，子孙靠使枪棒卖药度日，人称病大虫薛永。敢问恩人高姓大名？"宋江说："小可姓宋名江。"薛永听了便拜，宋江扶起薛永，请他喝酒闲叙。进了家酒店，店家却说："刚才和你们厮打的大汉已使人吩咐，卖你们酒食吃就打碎我的店。他是揭阳镇一霸，我不敢得罪他！"宋江听了，就给薛永一二十两银子，让他离开此地，自己也走了。

宋江接连去了几家酒店，都无人敢卖酒食给他，晚上住宿都没办法。无奈之下就往小路走，去了一户人家借宿。不承想这户人家正是那大汉的家，宋江和两个公差慌忙从小路悄悄地逃走。慌不择路，走了一会儿，来到满目芦苇的浔阳江边。只听背后喊叫，三人便躲到芦苇丛里，看着后面火把渐渐近了，三人心里越来越慌，可前面只有滔滔江水。宋江仰天叹道："早知如此，留在梁山泊算了。谁想命丧于此。"忽然，芦苇丛中摇出一只船，宋江许给艄公几两银子，三人便上了船。把船摇得远了，那艄公便要谋财害命。宋江和两公差苦苦求饶，可艄公不听，拿出刀要赶三人下水。三人无奈抱在一起，正要跳江。突然江面上传来咿咿呀呀的**橹**①声，三个人赶来喝道："船里货物，见者有份！"这艄公一看，慌忙说："原来是李大哥，我这船里只是两个公差和一个黑矮的囚犯。"姓李的大汉说："莫不是我哥哥宋公明？"宋江听这声音耳熟，走到船头一看是混江龙李俊，另两个就是童威和童猛。李俊介绍这艄公是张横，绰号船火儿，又介绍了一遍宋江。张横告诉宋江，自己有个兄弟，叫浪里白跳张顺，如今在江州做卖鱼**牙子**②，想请宋江去时帮忙捎封信。李俊和张横带宋江去见了追他的大汉穆弘，绰号没遮拦，他的兄弟叫穆春，绰号小遮拦。二人给宋江赔礼道歉。穆弘请众人到庄上，大办筵席，聊着江湖事。宋江留了几日，要走，张横请人写了封家书，央宋江交给兄弟张顺。众人便送别了宋江。

宋江来到江州，上下使钱打点，仗义疏财，很多人喜欢与他相交。一日，节级戴宗突然气冲冲地进点视厅，说

---

①橹：拨水使船前进的工具，置于船边，用于摇动。

②牙子：旧时为买卖双方撮合从中取得佣金的人。

犯人为何不送常例钱来，便要打宋江。宋江冷笑说：“我因不送常例钱便该死，那结识梁山泊吴学究的该怎地？”那人慌忙放下手中讯棍。戴宗得知面前之人正是宋江，便请宋江去城里酒肆叙旧。宋江把吴学究的信交给戴宗，说：“只是想与戴兄相见，故不送钱去。”戴宗忙赔礼道歉。两人正聊着，突然黑旋风李逵在下面闹事，戴宗便让他来喝酒，说：“这位便是你经常说要去投奔的义士哥哥，及时雨宋公明。”李逵屈身便拜，又向宋江借了十两银子去赌钱，结果又赌输了，还抢了别人的银子要走，打伤了许多人，众人追到门前叫喊。这时，戴宗和宋江来了，喊道：“你这人为何抢别人财物？”李逵羞愧地说：“输了哥哥的银子，又没钱来相请哥哥，猴急了，才做出这样的事。”宋江大笑道：“贤弟若用银子，只管问我要。既然输了，就把钱还他。”李逵照做，三人便去喝酒了。

三人来到浔阳江边的琵琶亭，宋江特意要了个大碗给李逵喝酒，李逵笑道：“真是好哥哥，知我性格，结拜哥哥也就不枉此生了！”宋江心中欢喜，忽然想吃鱼辣汤，戴宗便唤酒保做份辣鱼汤上来，宋江尝了几口便放下筷子不吃了，说：“酒后只爱喝鲜鱼汤。”李逵见二人不吃，用手捞出他们碗中的鱼，连骨头一起嚼了吃了。宋江见李逵饿了，又叫了二斤羊肉给他吃。戴宗问酒保：“刚才那鱼腌了不好吃，请拿些鲜鱼来给这位官人做汤。”酒保说活鱼得等**鱼牙**[1]主人来了才卖，李逵便跳起来直接去找渔

---

①鱼牙：即鱼行，贩卖鱼的店铺。

人拿鱼。戴宗说："兄长休怪小弟引这等人来相会，没个体面。"宋江说："他生性如此，我倒敬他真实不假。"

李逵来到江边，看到八九十只船。鱼牙主人没回来，渔人都不卖鱼给李逵，李逵便抢。七八十个渔人拿着竹篙来打李逵，李逵夺来竹篙并拧断。渔人们吃了一惊，撑船便走。鱼牙主人回来了，便和李逵厮打，却被李逵按着头打。戴宗和宋江赶来，拦住了李逵，劝他去喝酒。这时鱼牙主人上了船，脱了上衣，露出雪白的肌肉。他把船撑到离岸边一步之遥，便开始骂李逵，还用竹篙戳李逵的腿。李逵火冒三丈，跳到船上。鱼牙主人迅速把船撑到江心。

李逵水性不好，慌了手脚。鱼牙主人两只脚晃动，把船晃翻，两人一起落水。鱼牙主人却把李逵提起来，又揌下水，来回淹了数十次。宋江看李逵快不行了，便叫戴宗央人去救，戴宗问这大汉是谁。有人说："他是浪里白跳张顺。"宋江说有他哥哥张横的家书，戴宗听了向船上喊："张二哥住手，有令兄张横家书在此，请上岸说话。"张顺认得戴院长，便把李逵拖上岸，和宋江、戴宗来到琵琶亭叙话。张顺听戴宗介绍了宋江，叩头便拜。宋江扶起张顺，说是自己想喝鲜鱼汤才闹出了误会。张顺便去拿了四条金色大鲤鱼炖汤给宋江吃，四人便有说有笑地喝起酒来。

❖ 精华赏析

宋江回家后被官府捉住，因为皇帝大赦天下，被发配江州。在前往江州的路上，宋江牢记父亲嘱托，不肯落草为寇。一路上，好几次遇到危险又化险为夷，还结识了很多绿林好汉。

❖ 成长启示

在第十九回的故事中，宋江被押往江州。尽管他自己陷入了困境，但他仍然愿意帮助遇到了困难的人。这提醒我们在面对困境时，不能忘记人性中的善良面。

第二十回 宋江酒楼题反诗

要点思考

· 你觉得黄文炳是怎样的人？

· 你怎样看待宋江题的诗？

宋江因吃了太多的鱼，肚子绞肠刮肚地疼，夜里起来解手二十多次，天明了还在昏睡。宋江素日广结人缘，故此时有众多朋友前来照料。经过五七日的静养，宋江自觉身体康复，遂起意寻找戴宗。然而，他询问戴宗居所，去了却一无所获，又打听李逵与张顺的住处，但无人知晓，只能心情郁闷地出城。

宋江沿途欣赏江景，不觉已至一座酒楼之前。抬头望去，酒旗上绣着“浔阳江正库”的字样，牌匾上更镌刻着苏东坡所题的“浔阳楼”三字，遂决定上楼消遣。宋江凭栏而坐，自斟自饮间，渐渐沉醉。独赏这美景之际，心中五味杂陈：“我原为吏员，结识天下英雄豪杰。如今虽留得虚名，却已过三十，功成名就仍遥不可及，反被刺上金印，流放到此。不知何时能与家中的老父兄弟重逢？”念及此处，宋江不禁泪湿衣襟。蓦地，心中涌起《西江月》的词调，忙唤酒保取来笔墨，构思词句。瞥见白壁之上已有他人题诗，宋江乘着酒意，挥毫在壁上书道：“自幼曾攻经史，长成亦有权谋。恰如猛虎卧荒丘，潜伏爪牙忍受。不幸刺文双颊，那堪配在江州。他年若得报冤仇，血染浔阳江口！”

写罢一遍，心中甚喜，再饮数杯，愈发狂放不羁，手舞足蹈间又续写道："心在山东身在吴，飘蓬江海谩嗟吁。他时若遂凌云志，敢笑黄巢不丈夫！"随后署名"郓城宋江作"。心满意足之际，宋江步履蹒跚地返回歇息。次日酒醒，其已将昨日在浔阳楼上的题诗忘得一干二净。

宋江的命运似乎被阴霾笼罩，他所题的诗篇偶然落入心胸狭窄且善于谄媚的黄文炳之手。这黄文炳，虽熟读经书，却是个权谋小人，知道蔡九知府是朝中权贵蔡太师的第九子，因此常借送礼之名，希望能谋得一官半职。那日，黄文炳造访蔡知府，恰逢蔡知府有客，便独自转到浔阳楼上消遣。瞥见宋江所题的《西江月》，黄文炳大惊失色："此非反诗乎？"他开始高声朗诵："自幼曾攻经史，长成亦有权谋。"冷笑之余，评论道："此人自视甚高。"再读："恰如猛虎卧荒丘，潜伏爪牙忍受。"又冷笑："看来并非安分守己之辈。"再读："不幸刺文双颊，那堪配在江州。"黄文炳轻蔑地说："不过是个品行低劣的配军。"读到最后："他年若得报冤仇，血染浔阳江口。"黄文炳不屑道："此等贼配军，能有何作为？"当读到"心在山东身在吴，飘蓬江海谩嗟吁"时，黄文炳怒道："此句大逆不道！"直至读到："他时若遂凌云志，敢笑黄巢不丈夫。"他摇头道："此人竟敢与黄巢相提并论，必有反意！"看见落款是宋江，黄文炳嘲讽道："一介小吏，竟敢如此狂妄。"于是向酒保问明情况，借来笔墨，将诗抄录下来，匆匆离去。

次日，黄文炳携带重礼再次拜访蔡知府。寒暄后，他试探性地问："相公，太师近日可有书信寄来？"知府答："前日收到家书，言及天象异常，恐有乱党作祟，特嘱咐我加强防备。且有谣言流传：'耗国因家木，刀兵点水工。纵横三十六，播乱在山东。'因此嘱咐下官，守好本地，早做准备。"黄文炳听后心中一动，忙取出宋江的诗呈上，阴险地说："相公切勿轻视。谣言中的'家木'合为'宋'，'水工'合为'江'，正应验在这人身上。他姓宋名江，如今又写下反诗。"知府追问："那'纵横三十六，播乱在山东'又作何解？"黄文炳答："或是六六之年，或是六六之数。而郓城县位于山东，'播乱在山东'正与此人相符。所有谣言都与他吻合。只需查牢房花名册，便可知是否有此人。"蔡知府一查，果然有个新来的犯人叫宋江。黄文炳说："正是谣言说的人，此事非同小可，应立马逮捕，以免走漏风声。"知府点点头，叫来戴宗，说："你带人快去牢城营里捉拿浔阳楼题反诗的犯人宋江。"戴宗听罢，吃了一惊，心里叫苦连天。

戴宗打发手下人回家拿器械，在城隍庙集合，便使起神行法，赶快来到宋江牢房，问："哥哥前日在浔阳楼上写了什么？"宋江说："醉后狂言，谁能记得！"戴宗说："刚才知府当厅让我捉拿浔阳楼上题反诗的犯人郓城宋江到衙门。兄弟先让公差在城隍庙等候，我特来报知哥哥，该怎么办？"宋江听完，急得直挠头。戴宗跟宋江说了个办法，便赶回城隍庙集合。不一会儿，戴宗带人来捉宋江，只见宋江披头散发，在屎尿坑里打滚，胡言乱语。戴宗回禀知府说："原来这宋江是个疯子，浑身臭粪，不敢捉来。"这时黄文炳从屏风后面走出，说："休信这话，作诗写字不是疯子能做的，其中有诈，只顾捉来。"知府便命戴宗押宋江来。戴宗无奈，只得照办。知府见宋江浑身发臭，胡言乱语，便没有审问。黄文炳说："可问差拨他是何时疯的，若是近日疯的，必是装疯。"那差拨说只是近日才疯，知府听了大怒，命人把宋江绑了，一连打了五十棍。宋江皮开肉绽，鲜血直流，只得招了。知府当厅给宋江上了死囚枷锁，押入死牢。

退厅后，蔡知府赞赏黄文炳，黄文炳建议写信告知蔡太师并请示行刑地点。因戴宗能日行八百里，蔡知府命戴宗送礼物和信回家。

走了二三百里，戴宗汗如雨下，便在树林里的酒店歇息。因使神行法时只能吃素，便叫了酒和豆腐吃，却被药晕了。这时朱贵让伙计搜身，搜到一封信，才知宋江被收入死牢待行刑。又看了他身上的牌子，才知此人是戴宗。朱贵弄醒戴宗，了解了宋江被判死刑的前因后果，便同戴宗回梁山泊报告。吴用想了个妙计来救宋江，说："蔡知府写信请蔡太师定夺，可将计就计，写封假回信，让他把宋江押到东京斩首示众，等他从此过，便可下山夺了。"晁盖说："好是好，只是没人会模仿蔡京的笔迹。"吴用说："蔡京的字是宋朝'一绝'，小生认得济州城的萧让，他会模仿诸家字体，人称圣手书生，还会使枪弄棒，可请他上山入伙。"晁盖说："那印章呢？"吴用说："济州城有个金大坚，人称玉臂匠，也有身好武艺，可请他入伙。”戴宗来到济州城，请萧让和金大坚到泰安州岳庙刻写碑文。二人跟着戴宗走，到了处山坡，王矮虎、宋万、杜迁和郑天寿把他们劫到了山寨。吴用劝二人入伙，还把他们的家眷接来。吴用请萧让模仿蔡京的字体写回信，请金大坚雕了蔡京专用名讳字号的印章。戴宗拿着假回信就启程回江州了。众人以为大功告成，吴用却突然连连叫苦，面色凝重地说：“我这封信恐怕反而害了戴宗和宋公明。”众人听后大惊失色，不解其意。吴用解释道：“我在回信上盖的是‘翰林蔡京’的印章，但蔡九知府是蔡京的儿子。父亲给儿子写信不会用这样的印章，这肯定会暴露我们的计划。现在也追不上戴宗了，只能用另一个办法救他们了。”

蔡知府在查阅回信后，即刻下令准备囚车，意图将宋江押送至东京。这时黄文炳来了，看那封回信上的印章很奇怪，便建议蔡知府盘问送信人。蔡知府随即召来戴宗问询，戴宗的回答漏洞百出。知府立刻下令捉拿戴宗，严审之下，戴宗无奈招供，称信件和财物均被梁山泊的贼人所夺，为求自保，只得编造回信交差。

黄文炳力劝蔡知府在本地将宋江和戴宗斩首示众，于是蔡知府在大堂上宣读判书，定于次日执行。然而黄**孔目**①在此时进言：“明日为国家忌日，后日是七月十五日**中元**②节，大后日为国家**景命**③，此三日均不宜行刑。五日后方可

①孔目：掌管文书档案的吏员。
②中元：中国传统节日，旧俗有烧衣包、祭祀亡故亲人等活动。
③景命：授予帝王之位的天命。

执行。”仿佛是上天有意搭救宋江，梁山泊的好汉们在这五日内竟赶到了江州。

五日后，宋江和戴宗被押至法场，周围人头攒动，水泄不通。午时三刻已到，行刑之际，黑旋风李逵手持双斧杀出，直取刽子手。埋伏在四周的众人见状一拥而上，成功救出宋江和戴宗。李逵在前开路，挥舞斧头劈开人群，行进了五七里之遥，直至江边。前方已无路可走，众人只得在白龙庙暂作歇息。

正当众人一筹莫展之际，张顺、张横、李俊各自驾船经过。宋江逐一为他们引荐相识，于是这二十九位英雄豪杰最终在白龙庙相聚了。

❖ 精华赏析

宋江不肯落草为寇，在江州安心服役，却在酒后题诗，狂言自己怀才不遇。这首诗被别有用心的小人黄文炳看到，向知府大人告发，以求升官发财。宋江被判了死刑，梁山上的众位英雄设法救他。

❖ 成长启示

在第二十回的故事中，宋江在浔阳楼题下了反诗，表达了他对朝廷的不满和想要反抗的意愿。这告诉我们要勇于表达自己的想法和意见，即使身处逆境，也不能放弃追求正义和公平。

第二十一回 宋江智取无为军

❖ 要点思考

· 为什么各路英雄好汉会来救宋江？

· 宋江为什么不杀黄文烨？

英雄好汉相聊正欢。突然，有人报江州城内的五七千人马正往白龙庙来。李逵听了，大吼一声，抡起斧头就冲出庙门，花荣、黄信、吕方、郭盛跟着李逵。花荣看骑兵准备冲锋，怕伤了李逵，便拉弓射箭杀死了骑兵头领。骑兵们吃了一惊，掉转马头逃命，却把步兵冲倒了一半。众好汉一起杀过去，杀得士兵横尸遍野，血染红了浔阳江，一直杀到了江州城下。城上官兵闭门不出来迎战，众好汉分拨坐船来到穆太公庄上。

穆太公盛情款待，与众人边喝边聊劫法场的细节。说着说着，宋江起身说："小人宋江，若无众好汉相救，和戴院长已死于非命。今日之恩，深于沧海，不知该如何报答。只恨黄文炳无中生有，要害我们，这冤仇如何不报？请众好汉再做个人情，杀了黄文炳，给宋江消了这口恶气，那时再回去如何？"晁盖说："贤弟，偷袭只可使一遍，如今他们已有防备，不如先回山寨召集大队人马，再来报仇也不晚。"宋江说："山遥路远，江州城也不好进了，回去后就很难再回来。"花荣说："哥哥说得是，只是无人认得路，可先使人探个虚实，找到黄文炳的住处，方好下手。”薛永因熟悉**无为军**[①]，便自告奋勇地去了。两日后，薛永带回一个叫侯健的人，此人飞针走线甚好，也会武艺，人称通臂猿。侯健是地煞星，自然和宋江他们意气相投，说：“黄文炳让小人去无为军给他做衣服，故小人知道他的情况。这黄文炳有个亲哥哥叫黄文烨，他只行善事，人称黄佛子。黄文炳却只想着害人，常做歹事，人称黄蜂刺。他弟兄俩分开住，黄文炳贴着城住，黄文烨家挨着大街，中间隔着一个菜园子。”宋江说：“只恨黄文炳那贼人，却与无为军城内百姓无干。他兄长既然仁义道德，就不可害他。休叫天下人骂我等不仁。众弟兄去了，不可伤害百姓分毫。今我有一计，只望众人相助。”众头领齐声说：“专听哥哥指教。”宋江说：“劳烦穆太公安排八九十个袋子，百十捆芦苇柴火，装在五只大船和两只小船上。请张顺、李俊驾驶两只小船，请张横、三阮兄弟、童威和识水性的人护船，请侯健带着薛永和白胜先去无为军城中埋伏。白胜可在黄文炳家系一条白绢做记号。石勇和杜迁扮作乞丐去城门左边埋伏，只看火起为号，就去杀了守门的士兵。李俊、张顺只在江面上来回巡逻，等候**策应**[②]。”宋江安排完毕，每个人领了自己的任务就去了。

准备完毕，晁盖、宋江、花荣在童威船上，燕顺、王矮虎、郑天寿在张横船上，戴宗、刘唐、黄信在阮小二船上，吕方、郭盛、李立在阮小五船上，穆弘、穆春、李逵在阮小七船上。

---

①无为军：“无为军”是江州对岸的一座城，黄文炳在此城当官。

②策应：与友军相互呼应，配合作战。

朱贵、宋万留在穆太公庄上打听江州城的消息。这些船只悄悄地驶到无为江岸边，拣芦苇深处藏好。童猛回船来报："城里并无动静。"宋江便叫手下人把沙土布袋和芦苇干柴都搬上岸。宋江听到二更的鼓声，叫小喽啰驮了沙土布袋和芦苇干柴，堆在城墙边。然后，张横、三阮兄弟和童家两兄弟守船接应，其他好汉都来到城墙边。宋江放了只带铃铛的鹁鸽，城墙上便伸出一条竹竿，上面系着的白绢随风飘扬。宋江看了，就叫手下人在那白绢处堆起沙土布袋，然后叫人挑着芦苇、油柴上城。白胜已在此接应等候，告诉宋江，薛永、侯健已潜入黄文炳家，石勇、杜迁在城门左边等候。宋江听了，便随白胜到黄文炳家门前，侯健从房檐处跳出来接应，把菜园子的门打开，让人把芦苇、油柴堆在里面，薛永拿火点着。这时，侯健去敲黄文炳家的门，叫道："隔壁大官人家失火了，有东西搬来寄存，快开门！"里面的人听了，一看外面浓烟滚滚，连忙开门出来。晁盖、宋江等好汉喊杀着冲了进去，却没见黄文炳，便把他残害良民得的许多家产都拿走了。口哨声响，众好汉扛着一箱箱财物奔向城里。薛永拿着火把，把黄文炳家前前后后都点着了。在城门边扮乞丐的石勇、杜迁见火烧起来了，拿出刀便杀了守城门的官兵。李逵砍断铁锁，开了城门。一半人从城门下出去，一半人从城墙上出去。张横、三阮兄弟、童家两兄弟都来接应，把财物扛上船。无为军中的人知道梁山泊好汉劫了法场，不敢出来追赶。宋江一行好汉上了船，回到穆太公庄上，只可惜没杀了黄文炳。

原来这黄文炳在知府家议事，听说无为军着火，赶紧上了官船往家赶。只见火势猛烈，映得江面通红。艄公说：“这火只在北门边烧。”黄文炳听了，心里更慌了。到了江中央，只见一只小船朝官船撞来，仆人喝道：“什么船，敢如此撞来！”只见那小船上李俊手里拿着挠钩，答应道：“去江州报失火消息的船。”黄文炳听了，便钻出船。那李俊用挠钩钩住了官船，跳到船上。黄文炳是个机警的人，赶紧朝船尾跑，往江里跳去。忽然，一只小船驶来，张顺从水底下钻出，把黄文炳拦腰抱住，架着头把他扯到小船上，并五花大绑。张顺、李俊放了官船，只把黄文炳带到穆太公庄上。宋江把黄文炳绑在柳树上，大骂道：“黄文炳你这厮，我与你往日无冤，近日无仇，你为何却要害我？你既然读了圣贤书，如何做出这等恶毒的事？我知道无为军人民都叫你黄蜂刺，我今日且拔了你这个‘刺’！哪个兄弟替我下手？”李逵跳了出来，拿尖刀杀死了黄文炳。

众多好汉都来祝贺宋江。只见宋江先跪在地上，众头领也都慌忙跪下，说：“哥哥有甚事，但说无妨，兄弟们敢不听！”宋江说：“小可不才，一直想结识天下好汉，奈何力薄才疏，不能接待，不能完成平生所愿。到浔阳江的一路上，又遇到许多豪杰。不承想小可不才，一时酒后狂言，险些连累了戴院长。感谢众位豪杰不怕凶险，来龙潭虎穴救我，又承蒙各位协助报了冤仇。今日犯下如此大罪，必然被朝廷通缉。今日不由宋江不上梁山泊投奔哥哥去，未知众位意下如何？”话未说完，李逵跳起来，叫道：“都去，都去！但有不去的，吃我一斧头算了！”宋江说：“你怎么说话这么粗鲁，弟兄们心甘情愿才能去。”众人议论道：“如今杀死了许多官兵，闹了两处州郡，他怎能不上报朝廷？必然起兵来捉我们。今天不随哥哥去，同死同生，

能去哪里呢？”宋江大喜，谢了众人。众人便分五队人走。第一队有晁盖、宋江、花荣、戴宗、李逵，第二队有刘唐、杜迁、石勇、薛永、侯健，第三队有李俊、李立、吕方、郭盛、童威、童猛，第四队有黄信、张横、张顺、三阮弟兄，第五队有燕顺、王矮虎、穆弘、穆春、郑天寿、白胜，共二十八个头领，带了一干人等，每队人马只隔二十里。

走了三日，第一队人马来到了黄门山，宋江对晁盖说：“这山异常险峻，莫不是有大团伙在此？可派人催后面的人马赶来，一起过去。”话未了，已见前面山上锣鸣鼓响。不一会儿，四个大汉领着三五百人出现了，喝道：“我四个等你们多时，识相的留下宋江，饶你们性命！”宋江听了，下马跪拜道：“小可不知在何处触犯了四位英雄？万望高抬贵手！”四位好汉慌忙下马，飞奔前来，拜倒在地，说：“俺听闻哥哥在江州吃了官司，我弟兄商定来劫牢，只是没个实信。听说哥哥被救，料想哥哥必从此过，为探虚实才冲撞了哥哥，万望恕罪。”宋江扶起四人，得知为头的叫欧鹏，人称摩云金翅；二头领叫蒋敬，人称神算子；三头领叫马麟，人称铁笛仙；四头领叫陶宗旺，人称九尾龟。宋江说：“现在宋江投奔了哥哥晁天王，未知四位好汉肯弃了此处，同往梁山泊大寨聚义否？”四位好汉齐声说：“蒙二位义士不弃贫贱，情愿执鞭坠镫。”宋江、晁盖大喜。次日，四位好汉收拾了财物，烧毁了寨子，作为第六队人马起程了。宋江高兴地对晁盖说：“小弟在江湖上走了这几遭，虽受了些惊恐，却也结识了许多好汉。今日同哥哥上山去，这回死心塌地与哥哥同死同生。”

❖ 精华赏析

宋江遭人陷害被判死罪，吴用设计相救，却害戴宗被判刑。梁山好汉劫法场，救了宋江和戴宗，逃到江边，又得张顺等人相救。这一系列事件，足以证明宋江在江湖人心中的地位。自此，宋江再无退路，只有上梁山这一条出路。

❖ 成长启示

在第二十一回的故事中，宋江集结了众好汉，通过团队合作，成功地击败了官军。这告诉我们，团队合作的力量是巨大的，能够战胜比自己更强大的对手。

第二十二回 宋江急难得天书

❖ 要点思考

· 此回显示了宋江的什么品质？

· 宋江上梁山泊，违背了父亲的嘱托，宋江会怎么办？

在梁山泊，众英雄安顿妥当，山寨内连续数日设宴欢庆。一日酒席上，宋江举杯向众头领道："我有一件心头大事需与众位兄弟商议。我宋江蒙各位相救，得以在此安身立命，每日与诸位共享盛宴，实是快意人生。然而，我心中却牵挂着家中的老父。江州知府必会上报朝廷，并派遣人马前往郓城追捕我的家人。我担心老父因此受到惊吓，甚至性命堪忧。我意欲返回家中，将老父接上山来，以尽人子之孝。不知众位兄弟意下如何？"晁盖闻言，慨然道："贤弟，此事关乎人伦大道，奉养老人乃是人子本分，我如何会不依你？只是近日山寨人马疲惫，不如再过两日，选派精干人手与你同去。"宋江摇头道："仁兄关怀之情，我铭感五内。只是时间紧迫，恐怕迟则生变。此事不宜拖延，我意已决，独自下山，不惊动他人。"晁盖见宋江去意已决，便不再劝阻。宋江戴上毡笠，手提短棒，腰悬利刃，毅然踏上了归家之路。

宋江奔波整日，终于抵达宋家村，他选择在林间隐蔽，直至夜色降临，方悄然从后门归家。宋清骤见兄长，惊愕之余不禁询问："哥哥，你何以归来？"宋江沉声道："我此来是为了接你和父亲离开。”宋清闻言，面色凝重道：“哥哥，你在江州做的事，这里都知道了。本县差两个赵都头每日来搜捕，看住我们，不得走动。只等江州逮捕令到，便捉我们父子二人，监禁在牢里，等着捉你。日里夜间都有一二百士兵巡逻。你赶紧去梁山泊请众头领来救我们。”宋江听罢，惊出一身冷汗，不敢怠慢，即刻转身向梁山泊疾行。

宋江只顾拣小路走，走了好久，突然听到身后有人叫喊。宋江回头看时，但见一二里外火把熊熊。宋江一边走，一边心中默念：“若非当初不听晁盖的劝告，又岂会陷入今日之困境。但愿上天垂怜，赐我一条生路。”远远望见一个去处，急忙奔向前去。不一会儿，风吹云散，明月高悬。宋江一看这地方，顿时心中叫苦。原来这地方叫还道村，只有一条进出之路。正欲回头另寻他路，追捕的士兵已占据路口，宋江无奈只能进村寻找藏身之地。经过一片茂密树林时，他看见一座古庙，不假思索便进了庙内。环顾前殿后殿，皆无处藏身。

正当他惊慌失措之际，外面传来声音：“他或许进了庙里。”宋江心急如焚，无处可躲，突然发现殿上有一所**神厨**①，便迅速掀起帐幔钻了进去。他蜷缩在神厨内，屏息凝神。手持火把的士兵纷纷进庙搜查，很快就来到殿上。宋江心如死灰，只能默默祈祷：“此番我或许难逃一死，但求阴灵庇护、神明保佑。”搜查的人逐一从神厨前走过，

①神厨：安置神像的立柜，由神龛及下面的柜子组成。

却都未察觉异样。宋江暗自庆幸之际，赵得一手持朴刀挑起帐幔，另一只手举着火把向内照去。突然间火焰窜起，灰尘弥漫，正好落入赵得眼中。他痛苦地将火把扔在地上踩灭，然后走出殿门对士兵们说："那厮不在庙里，而且没有其他出路，他会去哪里呢？"众士兵议论道："他应该逃进了村里的树林中。在这里他无处可去。等天亮后，我们再仔细搜查村里。"说罢赵能、赵得率领士兵离去。

宋江沉吟道："莫非是神明护佑！若能逃过此劫，我必重修庙宇，再塑金身，以答神恩。"言犹未了，忽闻庙门外有数名士兵齐声喊道："都头，寻得踪迹了！"赵能、赵得闻讯，急忙率众入内。士兵指着庙门道："都头请看，门上尘土中留有两个清晰的手印，显然是刚刚推门时留下的。人必定藏在庙内。"赵能点头称是，遂命众人仔细搜索。须臾间，前殿后殿皆已搜遍，却依旧未见踪影。赵能皱眉道："看来多半藏身神厨之内，适才弟兄们未曾仔细查看，待我亲自一探究竟。"说着，便有士兵举起火把照明，赵能一手掀开帐幔，众人纷纷伸头向内张望。谁料神厨内突然狂风骤起，直吹得火把熄灭，庙宇顿时陷入一片黑暗。赵能惊道："奇哉怪也！平地起风，莫非神明不悦我等窥探，故而显灵？今夜暂且罢手，守住村口，待天明再来搜查。"赵得闻言不甘心道："神厨内尚未瞧仔细，何不用枪搅动一番？"赵能同意，两人正要向前，便闻后殿又是一阵怪风呼啸而来，吹得沙石滚动、庙宇摇动，黑云压顶、寒气逼人。赵能大叫："兄弟速退！神明震怒！"众人惊慌失措地朝庙门外逃窜，有的跌了个跟头，有的闪了腿。他们再也不敢入内冒犯神明，只得在村口守候至天明。

宋江在神厨里又发愁：“怎么能出村口呢？”正在神厨内寻思，百般无解，却听后面走廊有人径直走到神厨边，说：“小童奉娘娘法旨，请星主说话。”宋江不敢出声。外面的人又说：“宋星主休得迟疑，娘娘久等！”宋江听这声音莺声燕语，不是男子的声音，便钻出来看，却是两个青衣女童。女童道：“奉娘娘法旨，有请星主赴宫。”宋江说：“仙童差矣！我姓宋名江，不是什么星主。”女童说：“如何差了？请星主立马走，娘娘久等！”女童在前引着宋江，宋江跟着进入后殿墙角的一道门。只见星月满天，香风拂鼻，茂林修竹。宋江跟着女童来到一座宫殿，不觉肌肤战栗，毛发竖立。宋江俯伏在地，拜道：“臣乃一介庶民，不识圣上，俯赐怜悯！”帘子内传来：“星主请坐。”宋江恭敬地坐下。娘娘说：“星主既然到此，不必多礼。”娘娘请宋江喝了三杯酒，吃了三枚仙枣，又赐了三卷天书给宋江，说：“宋星主，传给你三卷天书，你可替天行道为主，全忠仗义为臣，辅国安民，去邪归正。与你四句天言，你当记取，终身佩受，勿忘勿泄。”宋江拜道：“愿受天言。”娘娘说：“遇宿重重喜，逢高不是凶。外夷及内寇，几处见奇功。”宋江记下了，又拜。娘娘说：“玉帝因星主魔心未断，道行未完，暂罚你在凡间，不久你会重上天庭，切不可懈怠分毫。若是他日因罪下**酆都**[①]，

①酆都：迷信传说指阴间。

吾也不能救你。此三卷天书，只可与天机星同观，其他皆不可见。功成之后，便可焚之，勿留在世。所嘱之言，你当谨记。如今天凡相隔，难以久留，你当速回。”宋江便谢了娘娘，随青衣女童离开大殿，到了石桥边，女童说：“刚才星主受惊，若不是娘娘护佑，你已被擒拿。天明时，自然就脱离了此难。星主请看桥下二龙戏水。”宋江倚着栏杆看。二位青衣女童把宋江推了下去，宋江大叫一声，却撞了神厨，原来这是南柯一梦。

宋江起身，伸手入袖，意外地触到了那三卷天书，手中紧握的三颗枣核也仍在，口中还残留着酒香。他揭开帐幔，眼前的景象让他惊愕：九龙椅上坐着的，正是那位在梦中向他传授天书的娘娘。

宋江走出庙门，举目望去，只见庙宇的牌匾上深深地刻着四个字——“玄女之庙”。他**以手加额**①称谢道：“原来是九天玄女娘娘在此。若我能重见天日，必会回到此地，重修庙宇，再塑金身，感谢您的庇护。”说完，他小心翼翼地朝村口移动，却听见前方传来阵阵喧闹声，急忙闪到路旁的大树后。几个官兵闯进村来，他们手持刀枪，气喘吁吁，口中呼救声不断。宋江心中疑惑：“他们不是该在村口把守吗？怎么会闯进村来？”这时，李逵手持双斧从后面追来，口中怒喝：“鸟人休走！”赵能跑到庙前，被树根绊倒，摔在地上。李逵上前一脚踩住赵能的后背，手起斧落，结果了他的性命。欧鹏、陶宗旺、刘唐、石勇、

①以手加额：把手放在额头上，表示欢欣、庆幸或敬意。

李立等人也陆续赶到。宋江这才敢从树后出来，感慨万分："感谢众兄弟，又一次救了我的性命，此恩何以为报？"宋江问刘唐如何得知来这里救他。刘唐答道："哥哥前脚刚走，晁头领和吴军师便放心不下，派戴院长来打探哥哥的下落。听村民说哥哥在此村，晁头领便带着我们前来救援。"

不多时，晁盖等其他好汉也纷纷赶到。晁盖责备道："我叫贤弟不必亲自下山，你不听愚兄之言，差点送了性命。好在令尊和令弟家眷都已被接到山寨去了。"宋江闻言大喜，感激涕零："得仁兄如此大恩，宋江死而无憾。"于是，晁盖、宋江与众头领欢欢喜喜地返回山寨。宋江与父亲、兄弟团聚一堂，大摆筵席，共庆重逢之喜。

◈ 精华赏析

宋江犯罪，怕连累父亲、兄弟，便回去接他们上梁山泊，却被官军追捕。宋江在玄女之庙得玄女娘娘帮助，逃过一劫，还得到了三卷天书。

◈ 成长启示

在第二十二回的故事中，宋江不顾众人反对，坚持下山去接父亲，这体现了他的孝心。在忙碌的生活中，我们有时会忽视对家人的关爱和陪伴，家庭是我们最坚实的后盾，我们应该时刻珍视和维护它。

第二十三回 李逵沂岭杀四虎

❖ 要点思考

· 从此回的故事里，你又发现了李逵身上的什么品质？

· 李逵回家差点送了性命，那回家探亲的公孙胜又会怎样？

宋江和父亲、兄弟团聚，欢乐的气氛感动了公孙胜。公孙胜离家久了，思念在蓟州的老母亲，便想回家看一看。饯行之际，晁盖说："一清先生，本是不容先生去，只是**老尊堂**①在上，不敢阻挡，百日之后，专望鹤驾降临，切不可爽约。"公孙胜说："承蒙众头领恩惠，小道岂敢失信。回家参见了师父，安顿了老母，便回寨子里。"

众人送别了公孙胜，只见李逵放声大哭起来，道："这个去接父亲，那个也去看娘，偏偏铁牛是从土里钻出来的！"晁盖问："你要怎么办呢？"李逵说："我只有一个老娘在家，我的哥哥又在别人家做长工，如何能养得好我娘？我要接她来这里，快乐几时也好。"宋江怕李逵脾气不好会有闪失，便不让他去。李逵狂躁地叫道："哥哥，你不公平。你接父亲来山上快活，让我的娘在村里受苦，这不是要气破铁牛的肚子吗？"宋江说："兄弟，你不要急躁。既然你要去沂州沂水县接你娘，只依我三件事便让你去。第一，不可喝酒；第二，你自己悄悄地接你娘来；第三，你不要带斧子去。路上小心，早去早回。"李逵应下，

---

①老尊堂：尊称人年岁已高的母亲，即老母亲。

收拾利落，拿着刀，带些银子，就下山了。宋江对李逵放心不下，便叫李逵的同乡朱贵去他老家打听消息。

李逵一路上真的是滴酒不沾，不惹事。到了沂水县西门外，见一群人在看告示，李逵也站在人群中欲点评一番，却被一个人拦腰抱住，叫道："张大哥，你在这里做什么？"李逵扭过身来一看，是朱贵。朱贵把李逵带到一个僻静的酒店，说："你好大胆，那告示上明明写着赏三千贯捉你，你还站在那里看？宋公明哥哥叫我赶来探听你的消息。你为何今日才到这里？"李逵说："哥哥不让我喝酒，因此路上走得慢了。"两人吃饭喝酒至深夜，朱贵吩咐道："休从小路走，往东大路走，一直能到百丈村，接你老母来，我和你一起回山寨。"李逵说："从小路走近，谁从大路走？"朱贵说："小路有老虎，还有强盗。"李逵说："我怕什么！"便拿着东西往百丈村走去。

李逵来到一片树林，突然跳出一个大汉，喝道："我是黑旋风李逵，识相的留下买路钱，免得失了性命。"李逵两下就把那大汉打倒了，说道："我就是江湖上的好汉黑旋风李逵！你敢侮辱老爷的名声。"那汉子说："小人姓李名鬼，爷爷的名声神鬼也怕，因此冒充来抢劫。"李逵气得要杀他，李鬼说："爷爷，杀我一个就是杀了两个！小人家中有九十岁老母，无人赡养，才冒爷爷名声来抢劫。"李逵念他孝顺，便给了他十两银子，放他走了。李逵又上路了，一路上没寻到一个酒店、饭店，见山坳里有两间草屋，就去买饭吃，只一个妇人招呼。李逵到屋后来解手，却见一个汉子蹑手蹑脚地从后山过来了。只听那汉子说："我险些回不来。遇到真的黑旋风李逵了，他要杀我，我说家中有九十岁老娘，他便放了我。"那妇人说："小声点，刚才有个黑大汉来家中吃饭，想必是他，我去用麻药麻倒他，拿他的银子。"李逵听了很生气，就杀了李鬼，却不见了那妇人。李逵吃了饭，烧了屋子就继续走。

李逵回到家中，推门而入。听见娘在床上问："是谁进来了？"李逵进屋一看，娘双眼已瞎，正坐在床上念佛。李逵说："娘，铁牛回来了！"娘说："我儿，你这几年在哪里安身？我平时想你，眼泪都流干了，因此瞎了双眼。你过得怎么样？"李逵想："我若说在梁山泊落草，娘肯定不去。"便说："铁牛如今做了官，特来接娘。"恰要走，李达提着一罐饭就回来了。见到李逵，李达骂道："你回来做甚？又来连累人。"娘说："铁牛如今做了官，特回家接我。"李达说："娘呀，休信他的话，当初他杀了人，害我披枷带锁，受了许多苦。如今又听说他和梁山泊贼人劫了法场，闹了江州，在梁山泊做了强盗，官府又要捉我。幸亏财主替我说话，免了责罚。如今官府赏三千贯捉他。你还有脸回来胡说八道！"李逵说："哥哥不要急，不如你和我一起上山快活。"李达大怒，本要打他，却知打不过，摔了饭罐就走了。李逵说："他肯定带人来捉我了，得赶紧走。我大哥没见过大银子，我留下五十两大银子在床上，他回来看到了就不追了。"李逵便取出银子，放在床上，背着娘就走了。

李逵怕李达领人追上来，就走乱山深处的小路。不久，娘俩就到了沂岭。此时天色已晚，娘不停地说口渴，李逵也累得不行，就把娘放在松树下的大青石上，让娘耐心坐一会儿，自己去找水喝。李逵翻了两三座小山头，找到了溪水。没东西盛水，就到山顶庵里，拿了香炉，在溪水里洗干净，装了水往回赶。李逵回到松树边，娘却不在石头上，叫了几声也没人应。四处寻找，却见草地上有一团血迹，李逵顺着血迹走，来到一个山洞口，只见两只小老虎在那里舔食。见娘被虎吃了，李逵火冒三丈，挺起手中朴刀，捅死了一只小老虎。另一只跑到洞内，李逵进去也一刀杀了。李逵正要出去，一只母老虎张牙舞爪地走到洞口。李逵放下朴刀，拿出腰刀。母老虎尾巴在洞口来回地扫荡，后半身进了洞内。李逵看出了这个破绽，用腰刀往母老虎尾部底下使尽平生力气一戳，把刀也插进了母老虎的肚子里。那母老虎大吼一声，跳走了。李逵拿着朴刀出洞追赶，却见母老虎跳下山了。李逵要去追，突然树边卷起一阵狂风，吹得枯叶如雨落下。星月光辉之下，跳出一只白额大虎。这大虎朝李逵猛地扑出，李逵不慌不忙，借着大虎的力量，把刀往上一伸，正中大虎颔下，那大虎便一命呜呼。李逵又到虎窝边四处查看一遍，只恐还有大虎。见没了老虎的踪影，便找了座庙睡了。次日清早，李逵来到虎窝，捡了娘的残余骨头，葬在庙后面。

李逵又渴又饿，收拾了包裹，拿着刀慢慢走过岭去。不一会儿，遇到五七个猎户在收拾弓箭。这几人见李逵一身血迹地从岭上下来，很是吃惊，问："你莫非是山神土地，如何敢独自过岭？"李逵答道："我是过路的，昨夜和娘过岭，因我娘要喝水，就去岭下取水，那老虎却把我娘吃了。我找到虎穴，先杀了两只小老虎，又杀了两只大虎。在庙里睡了一宿才下来。"猎户们不信，李逵说："我又不是此处人，没来由哄你们！你们不信，我和你上岭去，把那老虎抬下来。"猎户们说："若真的有，我们自会重重谢你。"猎户们吹了一阵口哨，一会儿就聚齐了三五十人，每个人都拿着挠钩枪棒跟着李逵上岭来。在山顶，众人找到了两只小虎和两只大虎的尸体，拿绳索绑了，抬下岭去，并邀李逵去请赏。众人把老虎抬到一个大户人家曹太公庄上。

曹太公拿酒肉款待李逵。村里人听说有人杀了沂岭的四只老虎，便来曹太公家看。人群里却有李鬼的老婆，她认出了李逵，告知了曹太公。曹太公把李逵灌醉，绑在了板凳上，并派人通报知县。知县便派都头李云悄悄押李逵到县衙。

朱贵在兄弟朱富家听到这个消息，甚是着急。朱富认识李云，便想了一计。朱富让两个伙计挑了两担酒肉，自己和朱贵提了些果盒之类的在偏僻的路口等李云。众士兵吃了酒和肉，被麻翻了，几人便把李逵救了。李逵怒气未消，杀死了曹太公和李鬼的老婆。朱富担心李云因此获罪，请他一同上梁山入伙，李云知道自己难为官府所容，只得同意到梁山落草。几人便往梁山泊走。

❖ 精华赏析

李逵心疼在家受苦的老母亲，便回家接她，路上遇到假冒自己打劫的李鬼。李逵被李鬼的孝心感动，放走了李鬼，却导致后来自己被抓。

❖ 成长启示

在第二十三回的故事中，李逵和李鬼名字相似，但一个是英雄好汉，一个是强盗匪徒。这告诉我们在面对真假难辨的情况时，应该保持警惕，善于分辨真伪，避免被假象所欺骗。

第二十四回 石秀计杀海和尚

❖ 要点思考

· 你喜欢石秀吗？

· 石秀、杨雄、时迁同去梁山泊入伙，路上他们会遇到什么事情呢？

抵达梁山泊大寨的聚义厅时，朱贵领着李云和朱富来到晁盖、宋江面前，向他们介绍道："这位姓李名云，人送绰号青眼虎。而这位则是我亲弟弟朱富，人称笑面虎。"为庆贺两个新到头领，山寨中杀羊宰牛做筵席。

一日，宋江与晁盖、吴学究闲聊时提及："我等兄弟皆已聚首，唯独一清先生尚未归来。原本约定百日后便可重逢，然而他至今仍杳无音信。我想烦请戴宗兄弟走一趟，探寻他的下落。"戴宗慨然应允，次日扮作差役便下山了。行至半途，忽听有人高呼"神行太保"，戴宗驻足询问其姓名。那人自我介绍道："小弟绰号锦豹子杨林，几月之前，在酒店偶遇公孙胜先生。他告知我梁山泊正在招贤纳士，并写下一封推荐信，邀我加入。他还特别提到有位神行太保戴院长，能日行八百里。如今看来，天意让我在此遇见您。"戴宗闻言，表示正欲寻找公孙胜，杨林便随同前往。两人来到饮马川，遇到了火眼**狻猊**[1]邓飞、玉幡竿孟康以及山寨头领裴宣。裴宣欣然答应带领寨中三百多人马加入梁山泊，于是便回寨里收拾行装，整理动身。而戴宗和杨

①狻猊：传说中的一种猛兽。

林则继续前往蓟州城。

戴宗和杨林寻找公孙胜时偶遇杨雄被张保挑衅并抢劫，石秀出现并击败张保等人，与杨雄结为兄弟。杨雄感激石秀，邀其到家中住，后其丈人潘公得石秀协助重开屠宰作坊。

时光荏苒，转眼间已经过去了两个多月，时值秋残冬到，石秀里里外外都换了新衣裳。一日，石秀去买猪，三天后回来，只见店铺没开，肉案等工具都藏了，心里便明白了："哥哥不管家事，嫂嫂见我做了衣裳，一定背后说了话，我两日未回，必有人搬弄是非，我还是自己早点走吧。"石秀把猪赶到圈里，收拾了行李，仔细写了账目并交给潘公。潘公挽留他说："老汉知你的意了。小女先前嫁了个本地的押司，不幸死了，今得两年了，做些**功果**[①]给他，因此停了两日买卖。明日请报恩寺僧人来做法事，请多费心。"石秀说："既然如此，小人再干段时间。"

道人来做法事，石秀在门前照应着，却见一个年纪小的和尚喊潘公干爹，两人相聊甚欢。杨雄的娘子对石秀说："他法名叫海公，拜我父做干爹，长奴两岁，因此常叫他师兄。你晚上可以听他念佛诵经，他声音可好听了。"石秀听了，心里有种不祥的预感。那和尚对娘子说："敝寺新造水陆堂，也请贤妹前来瞻拜。"娘子说："老母死时曾许下愿，早晚得去还愿。"和尚说："都是自家的事，只管吩咐是了。"丫鬟捧来茶，娘子用手帕擦了擦杯口，

①功果：功德，指念佛、诵经等。

双手递给和尚。和尚接茶，两只眼色眯眯地在娘子身上打量，这娘子也笑嘻嘻地看着和尚。石秀从布帘缝里看了，寻思道："这婆娘几番对我说些疯话，我只以亲嫂嫂相待，原来这婆娘不是个良人。莫撞在石秀手里，不然替杨雄做个了断。"

海和尚在做法事时，娘子在一旁静静观看。仪式结束后，娘子邀请海和尚到内室交谈，这一切都没有逃过石秀的眼睛。第二天，海和尚前来收取功德钱，娘子趁机向潘公提出要去寺庙还愿。潘公犹豫道："明天生意可能会很忙，怕抽不出时间。"娘子却回应："可以让石叔叔照看店里，有什么好担心的呢？"潘公无法拒绝，只好答应，并将此事告知了杨雄。

第二天，杨雄外出办事，石秀则照看店铺。娘子盛装打扮，和潘公、丫鬟迎儿一同前往报恩寺。在寺庙里，娘子和潘公烧纸、拜佛、还愿，然后跟随海和尚进入僧房深处品茶。海和尚特意准备了烈酒和精美的菜肴，潘公几杯酒下肚便醉倒了。海和尚命人将潘公扶到一间房中休息。接着，海和尚邀请娘子到他的僧房观赏**佛牙**[①]。娘子打发走了迎儿，两人开始打情骂俏。海和尚搂着娘子说："今日我们只能短暂欢愉，不能彻夜长欢。若长期如此，恐会害了我！"娘子却回应："我老公每月有二十多天在外值班，我已收买迎儿，让她每天在后门等候。若晚上老公不在家，我就搬出桌子，以烧香为号，你便可进来。只是缺

①佛牙：相传释迦牟尼圆寂火化后，牙齿完整无损，被佛教徒奉为珍宝，称为"佛牙"。

少一个报晓的头陀，让你能及早走。”海和尚说：“妙，你就这样办，我这儿有个头陀可用。”两人商定好，娘子便让迎儿叫起父亲，一起回家了。海和尚收买了寺里的报晓头陀，让他看到杨雄家后门摆了烧香的桌子就报告，五更时在后门敲木鱼报晓，高声念佛。此后，只要杨雄不在家睡，娘子和海和尚就快活逍遥。

石秀奇怪那和尚怎么不来了，却不时被头陀敲木鱼声和高声念佛声吵醒，石秀便怀疑道：“这条巷是死巷，为何有这头陀连日来这里敲木鱼念佛？”十一月的一天，五更时分，石秀听到这头陀又敲木鱼、念佛，便从门缝中张望，看到海和尚从家里出去。次日一早，石秀找到杨雄，把嫂嫂与海和尚偷情的事说了。杨雄听了大怒，石秀说：“哥哥息怒，今晚先不要提，和往常一样。明日只说值班，三更后再来敲门。那厮必从后门走，兄弟逮住，听哥哥发落。”两人商量好，就各办各事了。知府叫杨雄去耍棒，一连赏了他十大杯酒。同僚们又请杨雄喝酒庆祝，杨雄大醉回家，看到娘子就骂道：“你这贱人，泼妇，那厮敢在老虎嘴里偷食。”娘子不敢吭声，服侍杨雄睡了。次日，娘子哭哭啼啼地说：“你认了石秀做兄弟，他开始挺好的，后来却说些挑逗的话。昨日更是趁我洗脸调戏我。我怕丢人，没敢声张。好不容易盼你回来了，你却醉得似烂泥，不信去问石秀。”杨雄听了，骂道：“这厮倒来说海公许多坏话，又不是自家兄弟，赶出去便罢。”天明后，石秀见肉案等都拆了，笑道：“杨雄酒后走漏消息，我却被这婆娘倒打一耙。我若和她分辩，反叫杨雄出丑，我先退一步再说。”便收拾好东西走了，在附近客栈住下。石秀想：“杨雄一时听信了这婆娘，我务必要他明白此事。”两日后，石秀在杨雄门前看到有人拿着杨雄的铺盖走了，知道他今晚值班。五更时，头陀又来到巷口，石秀抓住头陀，逼问出了海和尚和娘子的暗号和勾当，便抢了头陀的衣物，在他脖子上抹了一刀。石秀扮作头陀的模样敲木鱼，不一会儿海和尚出来了。走到巷口，石秀放翻海和尚，三四刀结果了他，却把刀放在头陀身边。石秀拿着两人的衣服就悄悄回客栈睡了。

次日，有人发现了两人的尸体，并告知官府。验尸的人说：“和尚身上三四处刀口，头陀只脖子有一处刀口，且刀在头陀身边，定是头陀杀死了和尚，又畏罪自杀了。”知府也只能这样判了。杨雄听说海和尚和一个头陀死了，便知是石秀做的，就去找他。杨雄向石秀赔礼道歉，并扬言要杀了娘子。石秀笑道：“你又不曾捉得奸，如何杀人？倘若是小弟胡说，岂不错杀了人？”杨雄说：“难道就算了吗？”石秀说：“东门外有座翠屏山，很僻静。哥哥明日只说去烧香，让迎儿和娘子同去，小弟去和她对质。哥哥那时再写封休书，遗弃她，岂不更好？”杨雄同意。

第二天，杨雄带着妻子和迎儿来到翠屏山的一处墓地。石秀突然出现，与杨雄的妻子对质。然而，这个女人却坚决否认一切。石秀见状，不慌不忙地拿出了海和尚和头陀的衣服以及刀具，杨雄威胁迎儿说出真相。迎儿在恐惧之下，将杨雄妻子与海和尚吃酒、看佛牙、烧香的暗号、头陀敲木鱼以及诬陷石秀的事情一一说了出来。在铁证如山之下，杨雄的妻子不得不承认了自己的罪行。

杨雄听后勃然大怒，亲自将娘子绑在树上。这时，迎儿见势不妙，刚要呼喊救命，却被杨雄一刀斩杀。见此情景，娘子只能苦苦哀求。然而杨雄却指着她怒骂道：“你这贱人，险些瞒过了我！你破坏了我与兄弟的深厚情谊，与其日后被你所害，不如我现在就结果了你！”说完，一刀便结果了她的性命。

事后，石秀和杨雄商量着未来的去处，最终决定前往梁山泊安身立命。正当他们准备离开时，一个身影突然走了出来。杨雄认识此人，姓时名迁，做些飞檐走壁、偷盗的事，人称鼓上蚤。时迁说：“因见哥哥们在此地行事，小人一直不敢露面。但听闻二位有意前往梁山泊入伙，小人也有此意，不知可否同行？”石秀和杨雄相视一笑，欣然接受了时迁的加入。

于是三人结伴而行，直奔梁山泊而去。不久之后，官府就出赏钱通缉石秀、杨雄。

◈ 精华赏析

石秀路见不平拔刀相助，救了杨雄，后面帮杨雄打理肉铺，账目也清清楚楚。嫂嫂和海和尚偷情，石秀能屈能伸、有勇有谋，替兄弟杨雄讨回公道。

◈ 成长启示

在第二十四回的故事中，石秀发现嫂嫂和海和尚行为不端，经过一番思考和准备，最终为兄弟杨雄揭露了真相。这告诉我们，在关键时刻应该保持冷静并果断行动。

第二十五回 宋江一打祝家庄

❖ 要点思考

· 你认为时迁为什么会被捉？

· 从一个老人帮助石秀的故事中，你明白了什么？

不到一日，杨雄、石秀、时迁就到了郓州地界。天色渐晚，三人来到一家酒店借宿吃饭。石秀见店里有兵器，便问："你家主人是什么人？"小二说："客官，你行走江湖的怎不知我这独龙冈？这方圆三百里都叫祝家庄，祝太公有三个儿子，人称祝氏三杰。庄前庄后有五七百户人家，每家都有两把朴刀。这店也叫祝家店，平时有家人在这里，因此才有朴刀。"石秀说："放兵器在店里有何用？"小二说："这儿离梁山泊不远，恐他们来此打劫，才有此准备。"因店里没肉卖，时迁就把店里的报晓鸡偷了吃了。店家带一二百人来捉三人，石秀、杨雄、时迁奋力抵抗，杀伤了十数人，把他们杀退了。急忙要走时，时迁却被挠钩钩住，拖入草窝里了。杨雄、石秀无心恋战，怕被包围，就顾不了时迁，寻小路走了。二人赶了一夜的路，到天明了，望见一个酒店，就进去买酒吃饭。正要吃时，外面进来一个肥头大耳的汉子，从杨雄、石秀桌前过。杨雄认出了他，大汉不是旁人，正是鬼脸儿杜兴，上年间因打死同伙的客人吃官司被杨雄搭救。杨雄便把在蓟州杀人和时迁被捉的事说与他听。杜兴听罢，说："恩人不要慌，我能放时迁给你们。小弟得恩人恩惠，离了蓟州来到这里，得一个大官人抬爱，收小弟在家做了管家，过得挺好。”杨雄问：“此大官人是谁？”杜兴说：“独龙冈有三座山冈，分布着三个村庄：中间是祝家庄，西边是扈家庄，东边是李家庄。人马加起来有一二万人。唯有祝家庄最有势力，主人叫祝朝奉，有三个儿子，长子祝龙，次子祝虎，三子祝彪，有一个教师叫铁棒栾廷玉。扈家庄庄主扈太公有个儿子，叫飞天虎扈成，有个女儿，叫‘一丈青扈三娘’，功夫了得。东村庄的主人就是扑天雕李应，钢枪使得神出鬼没。三家互相照应，关系甚好。小弟引二位见李大官人，求写一封信去救时迁。”

说罢，杜兴便引杨雄、石秀来到李家庄上。李应因与祝家庄有交情，便修书一封，差一个副主管去送，要讨时迁回来。谁知那祝家庄祝氏三兄弟竟然不给李应留情面，信也不回，人也不放。李应担心是那个副主管不懂讲话，便派杜兴亲自去。杜兴到后，好话说尽，祝家兄弟就是不放人，把李应的书信撕得粉碎，叫嚣说要把李应也捉来，当作梁山泊贼人一起押送到官府。杜兴回去后，自是把这个中情景说与李应听。李应听罢，顿刻间火冒三丈，拿起兵器，带领三百庄客，直奔祝家庄来。

李应在庄前大骂道：“你**爷**[①]与我乃生死之交，发誓勠力同心保护村庄。你家只要来取人，无一不放，要取物件，有必奉上。今我就取一人，两次写信来讨，你却撕我书信，

①爷：父亲。

毁我名声，是何道理？”祝彪说：“时迁已招是梁山泊贼人，你如何敢帮助反贼？你不走就把你也捉了。”李应大怒，来战祝彪。十七八个回合后，祝彪不敌李应，拍马便往回走，李应去追。祝彪拿起弓箭，转身射向李应。李应躲避，箭却射在了手臂上，翻了个跟头，坠下马。祝彪回马去捉李应，却被杨雄、石秀阻拦。杜兴把李应救起上马，众人退回了李家庄，给李应治伤。杨雄、石秀见别无他法，只能去恳求晁盖、宋江等头领来救时迁了。

杨雄、石秀二人一路奔梁山泊来。戴宗、杨林带他二人参见晁盖、宋江和众头领。晁盖问起他们的事迹，二人把本身武艺、入伙的意愿先说了，就聊到时迁因偷鸡惹了祝家庄而被捉，李应二次修书要人，祝家兄弟却不肯放，还扬言要捉拿梁山泊好汉送官。晁盖听后，勃然大怒，怪时迁假借梁山泊好汉之名，行偷鸡摸狗之事，玷污了梁山泊好汉的名声，还迁怒于杨雄、石秀二人，要把他们拉去问斩。宋江急忙劝晁盖说：“哥哥息怒，那鼓上蚤时迁本就是那样的人，岂是这二位贤弟要玷污山寨呢？我听人说，那祝家庄本来就要和我们梁山泊为敌。现如今我们山寨人马众多，而钱粮缺少，若打得此庄，倒有三五年粮食。并非我们生事害他，是他们先无礼的。小弟愿领一支军马，请几位贤弟下山去打祝家庄。一是给山寨报仇，不能被那厮折了锐气；二乃免得其他小辈被他们羞辱；三则得许多粮食，以供山寨之用；四者就请李应上山入伙。”众人听罢，纷纷表示赞成。晁盖也原谅了杨雄、石秀二人，同意宋江带兵去攻打祝家庄。

几日后，宋江整顿人马，兵分两路，在独龙山前扎下了营帐。宋江与花荣商量进军的方案，想先派两个人去打探路途。石秀机灵聪明，又曾去过那里，于是宋江便派他和杨林去打探情报。石秀和杨林商定，一个扮作法师，一个扮作卖柴的，分头行动。次日五更天，二人出发。石秀挑着柴先进去，走了不到二十里路，发现岔路很多，树木又浓密，容易迷路，便放下柴歇着。很快，杨林穿一身旧法衣从后面赶了上来。石秀见一旁没人，便叫住杨林问怎么走，杨林告诉他只管走大路就好了。石秀又挑了柴，只拣大路走，来到一家酒店门口停了下来。只见各个酒店都把刀枪插在门前，每人身上穿一件黄背心，上面写着一个大大的“祝”字。街上来往的人，也都这样。石秀看到一个年老的人，便问道：“老伯，请问这里是什么风俗？为什么要把刀枪插在门前？”那老人说：“你是哪里来的？连这都不知道，赶快走吧！”石秀说：“小人是山东贩枣的商人，赔了本钱，回不了家，才挑柴来这里卖，不知这里的习俗。”钟离老人信了石秀，便把梁山泊要攻打祝家庄的事情说与他听，还告诉他祝家庄路况复杂，易进难出，祝庄主已传令下来，凡是初来不识路的都抓走。石秀听了，便跪下哭诉，求他指条出路。老人看他可怜，就告诉他：“想从祝家庄里出去，只需遇到白杨树就转弯。如果走错了，不但出不去，还会遇到竹签等陷阱，只能被捉。”石秀拜谢。突然，外面吵闹了起来，石秀听见有人说“捉到了一个奸细”，很是吃惊，出来一看，只见杨林被人剥光了衣服，用绳子绑着。石秀心里不禁暗暗叫苦。

只听前面有人喊祝家庄三官人来了，不一会儿，便见众人骑着马簇拥着一个年少的壮士走来。石秀故意问老人他是谁。老人说：“这是祝氏三公子，叫祝彪，与扈家庄一丈青定了亲，三个兄弟中数他最厉害。”石秀看天色已晚，便准备在老人家过夜。不久，又听到有人挨家挨户通报，让大家今晚以红灯为号，捉拿梁山泊贼人，送官请赏。石秀暗暗记下，便到屋后草垛里去睡觉了。

此时，宋江带领兵马正在祝家庄村口驻扎，一直不见杨林、石秀出来报告，便派欧鹏去村里打探。欧鹏回来报告说：“听村里人讲，捉了一个奸细，小弟看到村里路复杂难认，不敢往里走了。”宋江听完，大怒道：“若再等下去，必然害了两个兄弟。我们今夜就出兵去救，不知大家意下如何？”李逵便道：“我先杀进去，看是如何？”宋江便派李逵、杨雄打前锋，李俊做后援，其他人相互配合，摇旗呐喊，擂鼓鸣锣，奔向祝家庄。李逵挥着两把板斧，杀到了祝家庄前，却看到庄前的吊桥已被高高拉起，庄里不见一点灯火。李逵便要下水过去，杨雄拉住他说：“使不得，庄门紧闭，一定有诈，等哥哥来了再商议。”李逵哪里等得了，拍着双斧，隔岸大声叫骂，庄上却无人回应。不久，宋江带领大批人马赶到，杨雄报告了祝家庄的情况。宋江停马仔细查看，才恍然大悟，明白自己中了对方的圈套，急忙下令撤兵。

话未说完，只听祝家庄内放了一个号炮，飞到半空中。顿时，那独龙冈上千百把火把一起点着了，庄里的门楼上弓箭如雨点般射过来。宋江急忙率兵往回走，后援李俊的人马却来报告，来时的路都被堵死了，必有埋伏。李逵急得挥起双斧要找人厮杀，却不见一个敌军。只听独龙冈上又放了个大炮，四面八方的叫喊声便震耳欲聋地响起，吓得宋江不知所措，只叫小喽啰往大路杀去。不承想这大路是条盘陀路，走了一圈又回来了。宋江便命人马往有火把的地方走。走了没多久，前面的人马又喊“有火把的路上有竹签等陷阱，还被尖刺堵住了路口”。众人大乱之际，石秀赶到，对宋江说：“哥哥休慌，兄弟已知路了。叫兄弟们看到白杨树就转弯，不要管路宽路窄。”走了五六里路，前面敌人越来越多。石秀说他们有红灯为号。花荣拿起弓箭就把红灯射了下来，四下埋伏的人马看不见红灯，就乱窜起来，第二队接应的人马把埋伏的人杀得四下逃窜。石秀领着宋江走到村口，杀散了祝家人马。

❖ 精华赏析

时迁贼性不改，因为偷鸡被祝家庄人捉住。杨雄、石秀四处想办法搭救时迁。祝家三兄弟狂妄自大，不把梁山泊放在眼里。宋江攻打祝家庄，却误入埋伏，导致失败。

❖ 成长启示

在第二十五回的故事中，宋江没有进行详细侦查和计划，导致误中埋伏。这告诉我们在采取行动前，应该进行充分的准备和调查研究，了解情况，慎重行动，避免犯类似的错误。

第二十六回 宋江二打祝家庄

要点思考

· 你认为宋江第二次打祝家庄为什么会失利？

· 顾大嫂救解珍、解宝，孙立却受牵连，这是为什么呢？

宋江与林冲、秦明等众将汇聚一堂，于村口扎营。在整备兵马之际，他们发现大将黄信竟未归队。宋江闻讯大惊，急忙询问缘由。昨夜随黄信同去探路的士兵禀报："黄头领在探路时，未提防芦苇丛中突然伸出的挠钩，一时不慎，人马皆翻，被隐藏的五七个人擒走了。"宋江闻之怒火中烧，众将亦感郁闷，叹道："尚未攻下庄园，却已折损两员大将，这该如何是好？"此时，杨雄献策道："此地共有三村，其中东村的李大官人前日曾被祝彪射中一箭，现今仍在庄内养伤。哥哥何不前往与他商议，或许能有良策。"宋江道："我竟忘了此事，他必然熟知此地的地形地势。"随即命人备上厚礼，亲自登门拜访。

宋江恳请杜兴向李应传达他的意愿："我乃梁山泊的宋江，久仰李大官人的威名。如今因祝家庄与我等为敌，特经过此地，献上微薄之礼，只希望能与李大官人一见，别无他求。"杜兴将宋江的话转达给李应。然而，李应却回应道："他是梁山泊造反之人，我怎能与他相见？你回去告诉他，就说我重病在床，动弹不得，难以相见。礼物虽承蒙所赐，但我不敢收受。"宋江听完杜兴带回的李应之话，叹息道："我已知你东家的心意。我攻打祝家庄失利，欲求他相助，但他恐怕祝家庄怪罪，所以不肯相见。"杜兴忙解释道："并非如此。实不相瞒，祝家庄、李家庄和扈家庄结有生死之交，彼此照应。这次祝家庄得罪了我家主人，他自然不便出手相救。而扈家庄的女将扈三娘已许配给祝彪为妻。将军攻打祝家庄时只需留意西边。祝家庄前后有两座庄门，一座位于独龙冈前，一座在独龙冈后。只有两面夹击方可破敌。前门有白杨树就转弯，才是活路。"石秀说："他如今把白杨树都砍了。"杜兴说："虽砍了树，可树根还在，只宜白天去攻打。"宋江听了，谢了杜兴，就回去商议。

宋江让马麟、邓飞等人一路跟自己做先锋，让戴宗、秦明等人一路走水路，让林冲、花荣等人分作两路策应。宋江人马把祝家庄前后都围得严严实实，突然扈家庄女将扈三娘带人到后门救援，好色之徒王矮虎赶紧上前迎战。这王矮虎只想捉一丈青，枪法都乱了，反被一丈青活捉。欧鹏见状，上前去斗一丈青，却也没占着便宜。邓飞也跑马上前。这时祝龙带着三百余人来捉宋江。马麟和祝龙对打，邓飞慌忙护住宋江。危险之际，秦明带人前来援助。宋江见马麟敌不过祝龙，便让秦明战祝龙，马麟又去战一丈青。栾廷玉见祝龙斗不过秦明，便来相助，却被欧鹏迎住。栾廷玉不和欧鹏交战，斜着走。欧鹏去追，却被栾廷玉一个飞锤打落马下。邓飞去缠住栾廷玉，并让人救欧鹏。祝龙打不过秦明便跑，栾廷玉来战秦明，两人斗了一二十回合，不分胜负。栾廷玉卖个破绽，落荒而逃，往荒草丛跑去，秦明不知是计，追了过去，却被使了绊马索，连人和马都翻了，秦明被捉。邓飞慌忙去救，却被挠钩套住，从马上被拉了下来。马麟只得护住宋江往南逃走，栾廷玉、祝龙、一丈青分头赶来。路到尽头，只见正南方向穆弘带着约五百人马赶来，东南方向杨雄、石秀带着三百多人赶来，东北方向花荣带人赶来，三路人马和栾廷玉、祝龙混战。而李俊等人被祝家庄的弓箭挡住来路，戴宗、白胜只得在对岸呐喊。天色渐晚，宋江怕迷了路，四处找路。突然，一丈青飞马赶来捉宋江，却被赶来的林冲活捉了。双方都没占了上风，都撤回了。宋江带人到了村口营寨，并命人把一丈青送回山寨，交给父亲看管。祝家庄人也回了庄内，把捉到的人都关在一起。

宋江在祝家庄失利，心中烦闷。次日，吴用前来为他分忧。吴用道："有一人因石勇之谊归附梁山，此人与栾廷玉交情甚深，且与杨林、邓飞交好。闻兄长攻打祝家庄受挫，特来献策表忠。"宋江闻之大喜，忙问："此人姓甚名谁？"吴用答："便是孙立。"接着，吴用详尽叙述了此人投奔梁山的经过。

在山东海边的登州城外，有一座山峰，常有猛兽出没伤人。登州知府为民除害，召集猎户捕捉这些豺狼虎豹。山下猎户解珍、解宝，乃登州第一猎户，解珍人称两头蛇，解宝号称双尾蝎，二人身手矫健，武艺出众。官府有令，三日内若未能捕获猛虎，将受杖责。二人在山上埋伏了两日，终于在第三日深夜射伤了只老虎，这老虎中了药箭，逃跑时药力发作，滚下山了。二人便到山下毛太公庄后园取老虎。

不承想这毛太公的儿子毛仲义五更时把老虎抬到州里请赏，毛太公带解珍、解宝搜山却不见老虎，被指责抬走老虎。毛太公否认，解珍、解宝欲搜，此时，毛仲义归来并怒斥解珍、解宝掠夺财物、破坏宅院，命人将其绑至官府，毛太公的女婿王正进谗言，知府将解珍、解宝押入死牢。乐和通风报信，解珍托其寄信给武艺高强的姐姐母大虫顾大嫂。顾大嫂与丈夫孙新商议劫狱，得邹渊、邹润相助，邹渊建议劫狱后投奔梁山泊。孙新请来孙立，顾大嫂告知实情，孙立应允。

顾大嫂扮作送饭人，孙提辖趁机敲响牢门，二人里应外合，成功斩杀牢头和狱差，使解珍、解宝得以逃出城去。公差们见有孙提辖在场，无人敢加以阻拦。解珍、解宝满怀愤懑，与孙立、邹渊、邹润一同前往毛太公家，杀了一家老小，愤怒之下将毛家庄付之一炬，同时搜得十几包金银财宝和七八匹骏马，连夜奔向梁山泊。不出两日，他们便抵达了石勇的酒店。邹渊向石勇询问杨林、邓飞的下落，石勇叹息道："祝家三兄弟勇猛无比，又有教师栾廷玉相助，宋公明两度攻打祝家庄均告失利，杨林、邓飞也被擒获。"孙立闻言大笑："栾廷玉乃我同门师兄弟，我对他了如指掌。我有一计可破祝家庄，权当是我献给梁山泊的见面礼吧。"石勇闻之大喜，立刻请吴用前来商议。吴用听后喜出望外，遂邀请他们一同前往祝家庄，协助宋江扭转战局。

宋江听了吴用的这席话，忧愁尽消。不久，孙立携同解珍、解宝、邹渊、邹润、孙新、顾大嫂、乐和前来拜见宋江。宋江设宴盛情款待众英雄。

❖ 精华赏析

宋江得杜兴指点，了解了祝家庄的地形。可没想到扈三娘武艺高强、栾廷玉狡诈善战，宋江没占到任何便宜。不过天助宋江，解珍、解宝被毛太公设计陷害，孙立为了救二人打算投靠梁山泊，而孙立正是栾廷玉的同门师兄弟，他愿意帮助宋江攻打祝家庄。

❖ 成长启示

在第二十六回的故事中，宋江在第二次攻打祝家庄之前，做足了功课，了解了祝家庄的地形以及敌方的情况。这些信息为他制定作战计划提供了重要依据。这告诉我们，在做事之前应该尽可能多地了解情况，做到知彼知己，百战不殆。

第二十七回 宋江三打祝家庄

❖ 要点思考

· 宋江为什么等孙立进祝家庄五天后才全力攻打祝家庄？

· 你赞成李逵的表现吗？

吴用暗令众人做好事前准备，又叫戴宗回山寨请铁面孔目裴宣、圣手书生萧让、通臂猿侯健和玉臂匠金大坚来，并安排了任务。

突然，扈家庄扈成牵牛担酒，来见宋江。扈成拜道："小妹一时糊涂，多有冒犯，如今被捉，请将军宽恕。如将军肯饶恕放了她，需要什么，我都奉上。"宋江说："祝家庄平白无故欺负俺山寨，这才起兵报仇，与你扈家没有瓜葛，只是令妹带人捉了我王矮虎，因此捉了令妹。你可拿王矮虎来换令妹。"扈成说："如今王矮虎被关在了祝家庄，小人怎敢去取？"宋江说："你不去取王矮虎给我，我如何能够放了令妹？"吴用却说："兄长休如此说。依小生的想法，今后不论祝家庄上有什么动静，你庄上切不可派人来救援。倘若祝家庄上有人到了你的地盘，你就捉了带来，那时再送还令妹到贵庄。"扈成答应了，拜谢走了。

这边，孙立打着"登州兵马提辖孙立"的旗号，领着一行人马来到祝家庄后门前。栾廷玉听说登州孙提辖来探望，便带人开了庄门，放下吊桥，出来迎接。孙立等下马，众人都施过礼，栾廷玉问："贤弟在登州驻守，为何到此？”孙立说：“总兵府下命令，调我来郓州把守城池，提防梁山泊强盗。从此经过，闻知仁兄在此祝家庄，特来探望。本要从前门来，因见村口庄前屯下许多人马，不敢过去，特地从村里过，走小路来到庄后。”栾廷玉说：“这几日正好与梁山泊强盗厮杀，已捉了他几个头领，只要捉了贼首宋江，便一起押送官府。今幸得贤弟来此地镇守，正如锦上添花，旱苗得雨。”孙立笑道：“小弟不才，且看我助你捉拿这些贼人，成全兄长的功绩。”栾廷玉大喜，引孙立一行人进入庄内。祝朝奉和其三个儿子来见孙立，栾廷玉对他们说：“我这个贤弟孙立，绰号病尉迟，任登州兵马提辖，今奉总兵府之命调来镇守郓州。”祝氏三杰请众位入了座。孙立叫来孙新、解珍、解宝拜见众人，说：“这三个是我兄弟。”祝家人虽然聪明，但见孙立带着一家老小和许多行李，又是栾廷玉教师的兄弟，哪里有疑心，便杀牛宰马做筵席款待他们。

第三日，花荣带领约五百人马杀往祝家庄，祝彪带人迎战花荣。二人在独龙冈前斗了十数回合，花荣卖了个破绽，转回马便走，祝彪正要去追，背后却有人喊：“将军休去追，恐有暗器，此人箭法了得。”祝彪听了，便领人回庄了。

第四日午时，宋江军马又来到祝家庄前，摆开阵势。不一会儿，祝朝奉坐在庄门上，左边是栾廷玉，右边是孙立，祝家三杰和许多人分站两边。听到林冲高声叫骂，祝龙焦躁不安，带着一二百人马出庄门。两边都擂起鼓来，林冲挺起丈八蛇矛和祝龙交战，连斗三十余回合，不分胜负。两边鸣锣收兵。祝虎大怒，提刀上马，跑到阵前高声大叫："宋江决战！"宋江阵里的穆弘出马迎战祝虎，两人斗了三十余回合，也不分胜败。祝彪看了很生气，绰枪飞身上马，引二百余骑兵奔到阵前。宋江阵里的杨雄挺着枪，飞马来战祝彪。孙立见两队人马在阵前厮杀，心里忍耐不住，便披甲上阵，骑着马喝道："你那阵上有好厮杀的，出来与我决战！"宋江阵中的石秀骑马来战孙立。两人斗了五十回合，孙立卖个破绽，让石秀一枪戳来，闪了过去，就把石秀轻轻地从马上捉过来，丢到庄前叫人绑了。宋江人马见状，就撤回了。

祝氏三杰收军，见了孙立，佩服地拱手相敬。孙立问道："共捉了几个贼人？"祝朝奉说："起初先捉了时迁，后又捉了杨林、黄信，扈家庄捉了王矮虎，阵前捉了秦明、邓飞。今天将军捉了石秀，共捉了七人。"孙立说："一个也不要伤了他，与些酒饭，养好身体，别饿坏了他们，不然就不好看了。他日拿了宋江，一并押送东京，教天下传祝家庄三杰的英明。"祝朝奉说："幸亏得提辖相助，想这梁山泊该灭亡了。"便把石秀装入囚车，设宴庆祝。

原来这石秀的武艺并不比孙立低，却故意输给孙立，使祝家庄人相信孙立。孙立暗中让邹渊、邹润、乐和摸清了庄内出入的路径，又给杨林、邓飞通风报信，说了里应外合的计划，一切准备就绪。

第五日，庄兵来报："宋江兵分四路来打本庄。"孙立对祝朝奉说："分十路又怎样？你手下人不要慌，做好准备就行了。先安排些挠钩套索，须要活捉，死了就不算数了。"庄上的人都披挂上阵。祝朝奉领着一班人上门楼一看，正东面有林冲带着的五百多人马，正西面有花荣带着的五百人马，正南面有穆弘带着的五百多人马，宋江在北门坐镇。四面都是兵马，战鼓齐鸣，喊声连天。栾廷玉说："今日这厮们来厮杀，不可轻敌。我引一队人马从后门出，杀正西北的人马。"祝龙杀正东，祝虎杀西南，祝彪捉贼首宋江。四人都带着三百多骑兵出庄门，其余的守护庄院。而此时，邹渊、邹润藏着斧头，守在监狱门的左侧；解珍、解宝藏了暗器，在后门徘徊；孙新、乐和守在前门左右；顾大嫂先派人保护老小，自己拿着双刀在堂前来回走，只等外面的消息，便下手。

祝家庄的四路人马四下杀去，而孙立却带着十几个人立在吊桥上。门内的孙新把带来的旗号插到门楼上，乐和拿着枪唱起了曲，邹渊、邹润听到乐和唱曲，便吹起口哨，抡起斧头就把守监狱的人砍死了数十个，打开囚车，放出七条好汉。这七人拿起武器，在庄内乱杀起来。祝朝奉见形势不妙，便要往井里跳，却被石秀一刀杀了。后门的解珍、解宝把草堆点着了，顿时黑烟冲天。梁山泊的四路人马见庄内起火，奋力向前厮杀。祝虎见庄内起火，便骑马奔回来，却被孙立拦住去路。祝虎又掉转马头直奔宋江阵上，而吕方、郭盛两戟齐举，把祝虎搠翻在地，众人上前把他乱刀刺死。东面，祝龙斗不过林冲，便往回走，到了吊桥边，却看见解珍、解宝把庄内人的尸首一个个丢进火里。祝龙便往北走，却撞在李逵面前，被李逵砍断了马脚，祝龙倒地，被李逵一斧头劈死。扈成绑了逃到他庄上的祝彪，正要送给宋江。恰好遇到李逵，李逵一斧砍了祝彪，又要去砍扈成。扈成见状，弃家逃命。李逵杀红了眼，进了扈家庄，把扈太公一家老小杀个精光，洗劫一空，一把火烧了。

宋江此时已在祝家庄大厅坐着，等众头领来献功。清点之后，生擒四五百人，夺得好马五百余匹、牛羊不计其数。宋江大喜，说："只可惜杀了栾廷玉这个好汉。"正感叹时，有人来报："黑旋风烧了扈家庄来献功。"只见黑旋风进来邀功，宋江却说："你这厮，谁叫你去的？你也知扈成前日已来投降，为何不听我的话，擅自去杀他一家，违抗我的将令？"李逵说："你忘了，我可不会忘。那厮前日教那个鸟婆娘追着哥哥杀，你却要做人情。你又不曾和他妹子成亲，念及什么阿舅、丈人的。"宋江喝道："你这铁牛，休得胡说！这妇人我自有处置。你捉了几个活的？"李逵答道："没那耐性，见着活的就砍了。"宋江说："你违了我的将令，本该斩首，但算是与杀祝龙、祝彪的功劳折过了。下次违令，定不饶你。"

宋江要把这祝家庄村子洗劫一空，石秀禀道："这钟离老人有仁德之心、指路的功劳和救济大恩，此等善心的人，不可伤害。"宋江听了，叫石秀找来那老人，给了他一包金银，说："若不是看在你有恩的面上，我们就把这个村子洗劫了，不留一家。因你一家善良，我们便饶了你这一片村子的人。”那钟离老人只是下拜。宋江又说：“我连日在此打扰了你们，今日攻破祝家庄，给你村里除了一害，每家每户赐粮米一**石**[①]，以表心意。”就让钟离老人代替分粮，又让人把祝家庄多余的五十万石粮米装上车，金银财物犒赏三军，牛羊骡马等物带到山上使用。众人唱着凯歌往梁山泊走。

宋江想请李应上梁山泊，但知他不肯，便让人假扮知府、公差，说李应联合梁山泊强盗攻破祝家庄，绑了李应、杜兴押回府里审问。然后宋江假装带人把李应、杜兴救到梁山泊，还把李应的家眷都接到山上，李应只得在梁山泊落草。次日，宋江把一丈青许给王矮虎，众头领都称颂宋公明乃有德有义之士。山寨又大摆筵席庆贺。

❖ 精华赏析

孙立混进祝家庄，又和石秀演了一出双簧戏，捉了石秀，取得了祝家庄人的信任。宋江兵分四路，引出庄内的敌人，庄内空虚。孙立带人从庄内下手，里应外合，攻破了祝家庄。

❖ 成长启示

在第二十七回的故事中，宋江采用了孙立的计策，里应外合，并使祝家庄的同盟军扈家庄反水，最终成功地攻下了祝家庄。这告诉我们，在解决问题时，应该运用智慧和策略，而不是仅仅依靠武力。

①石：古代一种计量单位。

第二十八回 朱仝雷横上梁山

❖ **要点思考**

· 雷横只是打伤了人，为什么会受到游街示众的屈辱？

· 朱仝为什么会放了雷横？

众人正把酒言欢时，朱贵派人来报：“山下有一人被小喽啰拦截，他自称为郓城县的都头雷横。”晁盖与宋江闻讯大喜，遂下山相迎，并设宴盛情款待。席间，宋江婉言邀请雷横上山共谋大事，雷横却推辞道：“老母年迈，需小弟尽孝送终。待此事完毕，必定前来投奔。”言罢辞别下山。

一日，雷横行至县衙东门，被本县的闲人李小二拦下。李小二言道：“近日从东京来了一个**打踅**①的行院，名叫白秀英，色艺双绝。她现于**勾栏**②献艺，观众如云。都头何不前往一睹其风采？真乃才貌双全之佳人也。”雷横正闲来无事，便依言前往。他进入勾栏，坐于最前之席，见一老者笑呵呵地介绍：“老汉乃东京人士，如今年事已高。全凭小女秀英的歌舞吹弹伺候诸位贵客。”随着锣声响起，白秀英轻步上台，向四方观众施礼后，执起锣棒敲击，声音清脆如撒豆。突然间，**界方**③声响，她朗诵四句七言诗后道：“今日秀英特为众位献上一段风流佳话，名为‘豫

①打踅：走江湖卖艺。

②勾栏：宋元时城市中戏剧演出的场所。

③界方：镇书纸的文具；醒木。

章城双渐赶苏卿’。”语毕开始演唱，场内掌声、喝彩声此起彼伏。

白秀英唱到重要的关口，那老者高声道：“虽无黄金买马骨，却有慧眼识英才。众位看官，若觉精彩，稍事休息，更精彩的戏码稍后便来。”言罢，白秀英款款持盘而出，笑盈盈道：“财源广进，利路亨通，吉星高照，旺气逼人。请各位慷慨解囊，勿让奴家空手而归。”说着，托盘先至雷横面前。雷横伸手入袋，却空无一文，尴尬道：“今日匆忙，未带分文，明日定当补上。”白秀英掩口娇笑：“官人坐在这头把椅子上，也要出个**标首**①。”雷横面色一沉，辩解道：“我非吝啬，实是忘记。”白秀英挑眉道：“既是来赏戏，怎会忘了带钱？”雷横道：“我若有钱，赏你三五两不在话下，只可惜今日忘了。”白秀英轻嗤道：“官人既无分文，又何谈三五两？不过是画饼充饥罢了。”白老头说：“我儿，你好没眼色。也不看是城里人还是村里人，只顾向他讨钱干什么？先去其他晓事的恩人那里讨个标首。”雷横说：“我怎么不晓事了？”白老头冷笑道：“你若晓得这**子弟门庭**②的道理时，狗头上就长角了。”雷横忍无可忍，破口大骂：“老奴才，安敢辱我？”白老头不以为然道：“骂你这等庸碌之辈，又何妨？”有人认出雷横身份，惊呼道：“使不得，他是本县的雷都头。”白老头不屑道：“莫非是‘驴筋头’？”此言一出，雷横

①标首：领头出的赏钱。

②子弟门庭：风流子弟玩的门道。

哪里还忍得住，上前便将白老头殴打得狼狈不堪。众人慌忙劝解，场内顿时一片混乱，观众四散而逃。

这白秀英和那新任知县在东京时便勾搭上了，特地跟着这新知县来郓城县开勾栏。她来到县衙告道：“雷横殴打父亲，搅乱了勾栏，分明是想欺负奴家。”知县听了，让白老头写了状子，又让人验了白老头的伤。这白秀英赖在衙门，撒泼大闹，不由得知县不去捉人。知县差人捉来雷横，打了几十大板，套上枷锁，押出去示众。这白秀英还不解气，要把雷横押在勾栏门口示众。第二天，知县果真令雷横站在勾栏门口了。**禁子**①们都是和雷横一起当差很久的人，如何肯**掤扒**②他？白秀英对禁子说：“你们这般护着他，等会儿我去告诉知县，看你们怎么收场。”禁子们只得把雷横掤扒在大街之上。

雷横的母亲来送饭，见状便哭着骂禁子们说：“你们和我儿平时在衙门里一起做事，怎这般对待他？”禁子说：“我们也想要通融、留情的，怎奈原告看着要在这里掤扒，不然她就要告诉知县，这婆娘和知县私下交往甚好，一句话便会害了我们，因此进退两难。”这婆婆一面去解绳索，一面口里骂道：“这个贱人仗势欺人，我解了这绳索，看她能怎的！”白秀英听了便说：“你这老婢子刚才说什么？”这婆婆哪里有好气，指着她骂道：“你这个贱妇！倒来骂我！”白秀英听了，柳眉倒竖，眼睛圆睁，大

①禁子：在监狱中看管罪犯的人，狱卒。
②掤扒：古代一种脱去衣裳，以绳索捆绑的刑罚。

骂道："贱人还敢骂我！"婆婆说："我骂你怎的？你又不是郓城县知县。"白秀英大怒，使劲打了婆婆一巴掌，把那婆婆打了个踉跄。婆婆还没站稳，白秀英又赶上去扇婆婆嘴巴子。雷横是个大孝子，见母亲被打，顿时怒气冲天，掀起枷锁朝白秀英脑袋上砸去。正好打到白秀英的头，打得她动弹不得，一命呜呼。

众人见雷横打死了白秀英，便把他押到县衙。知县端坐堂上，验尸取证，并传唤人证前来指认。雷横如实招供，之后被押入牢中。幸运的是，当牢节级是为人仗义的美髯公朱仝。他并未刁难雷横，反而关照备至，提供酒饭，并安排了一间干净的囚室。不久，雷横的母亲来到牢中送饭，她含泪恳求朱仝多多关照儿子。朱仝慨然应允，老妇感激涕零，拜谢而去。朱仝深思熟虑后，决定为雷横求情。他虽受知县器重，但知县因白秀英之死，对雷横恨之入骨，自然不肯买朱仝的账。更何况白家老者不断上告，催促知县尽快定罪处斩雷横。知县于是命令朱仝将雷横押送至州府审判。

朱仝带着十几个公差，押着雷横出了郓城县。约走了十几里地，看到一个酒店，众人去喝酒歇息，朱仝便把雷横带到偏僻的地方开了枷锁，吩咐道："贤弟自己回吧，快去家里接上老母，星夜兼程赶往别处逃难，我替你吃了这官司。"雷横说："小弟一走，必会连累了哥哥。"朱仝说："兄弟你不知，知县怪你打死了他情妇，把罪状写得很重，把你押到州里，必判你死刑。我放了你，也罪不至死，何况我无父母牵挂，家里的钱财也够赔偿的。你只管逃命去吧。”雷横拜谢，便从小路跑回家，收拾了财物、包裹，带着母亲星夜赶往梁山泊入伙去了。

朱仝手持空枷，故意拖延了半晌，料着雷横走远了，才带着众人去县城自首。知县素来对朱仝颇有好感，本想从轻发落。然而，白老头却执意上告至州府，说朱仝故意释放雷横。知县无奈，只得将朱仝的案情呈报至州里，结果朱仝被判处发配至沧州牢城。

抵达沧州后，知府见朱仝仪表堂堂，长髯垂腹，顿生喜爱之心，便将他留在官府效力。知府之子亦对朱仝颇为青睐，尤其钟爱他的浓密胡须。自此，朱仝便尽心竭力地照顾小衙内，时常携他游玩。

半月之后，是七月十五日中元节，各处点河灯祈福。朱仝带着小衙内去河边看放河灯。突然雷横、吴用找到朱仝，劝朱仝上梁山泊落草。朱仝断然拒绝，然而返回河边时却发现小衙内已不见踪影。雷横道出实情，称是同伴为逼他就范，故而掳走小衙内。朱仝焦急道：“小衙内乃知府心肝宝贝，我受托照顾，如今如何是好？”吴用忙宽慰道：“想是那人行事轻率，将小衙内带至别处玩耍。”追问之下，雷横道出那人乃黑旋风李逵。朱仝闻言大惊失色，急忙出城寻找，奔波二十里后，终于遇见李逵。朱仝急切询问：“小衙内现在何处？”李逵应道：“在我这里。”朱仝恳求归还小衙内，李逵却轻描淡写地说：“被我麻翻在树林里。”朱仝急忙赶去寻找，然而找到小衙内时，他已气绝身亡。

朱仝大怒，去找李逵算账。李逵挥舞斧头挑衅道："来，来，来！与你大战二三十回合。"朱仝奋不顾身追击李逵，然而李逵熟谙山路，不久便使朱仝疲惫不堪。最终，李逵将朱仝引至柴进府邸。柴进出面劝解："此乃宋公明哥哥之意，欲断你归路，望乞宽恕。"朱仝愤然道："你们兄弟情深意重，手段却如此毒辣！我若去梁山泊也可，但需叫李逵来见面。"柴进遂唤出李逵，朱仝欲与李逵拼命，却被众人拦下。朱仝提出要他上山，只要杀了黑旋风，若有黑旋风，他死也不上山。无奈之下，柴进提议将李逵暂留庄上，待朱仝怒气平息后，再一同返回梁山泊。

❖ 精华赏析

雷横看戏没带钱，却被仗势欺人的白秀英欺辱。雷横的母亲和白秀英理论，反被白秀英毒打。雷横一时激动，杀了白秀英。知县为了白秀英要杀雷横，而朱仝放了雷横，自己却被流放。

❖ 成长启示

在第二十八回的故事中，朱仝放走了雷横，并帮助他上了梁山。这告诉我们，当朋友遇到困难时，应该尽力相助。

第二十九回 柴进失陷高唐州

要点思考

· 是什么导致柴进被判死刑？

· 宋江为什么连败两次却还是要救柴进？

李逵在柴进庄上住了个把月，忽一日，一个人带着封信急急忙忙地来到庄上。原来柴进有个叔叔柴皇城，在高唐州住。高唐州知府高廉的小舅子殷天锡要占他的花园，他便怄了一口气，卧病在床，恐怕性命不保。李逵便和柴进一起去高唐州。

柴进看到叔叔憔悴的样子，失声恸哭。柴皇城的继室劝解柴进不要太伤感。柴进便问事情缘由，这继室答道："新任知府高廉，兼管本州兵马，是东京高太尉的叔伯兄弟，倚仗他哥哥的势力，在这里胡作非为。他的小舅子殷天锡在此地横行霸道。不知哪个献殷勤的奉承，对他说我家宅后的花园水亭修得好。那厮便带了许多市井之人来到家宅后面看，要赶我们出去，他自己来住。你叔叔说他有先朝丹书铁券在府上，那厮却不理会。你叔叔去扯他，反被这厮推倒殴打，一时气不过，一卧不起，眼见快不行了。今日得大官人来家做主，便放心了。"柴进说："婶婶放心，只管请好医师来治病。但有官司，小侄便使人回沧州家里取丹书铁券来和他理会。即使告到官府、皇帝面前，也不怕他。"

柴进和李逵等人说了前因后果。李逵听了，跳起来说："这厮好无道理！我有大斧在手，教他吃我几斧再说。"柴进说："李大哥，你且息怒。他虽仗势欺人，但我家有丹书铁券，在这里和他理论不行，京师还有比他大的官呢。拿着明明白白的条例和他打官司。"李逵说："条例！条例！若都依条例做事，天下就不会大乱了！我只是先打了再商量，那厮若还去告官，我就把那鸟官也砍了。"柴进笑道："这里是禁城内，如何能像在山寨任你横行？先看看再说，用得着大哥时，我再去请，没事就在房里歇着吧。"两人正说着，里面的侍妾便请柴进进去。只见柴皇城两眼含泪，对柴进说："贤侄气宇轩昂，不辱祖宗。我今日被殷天锡怄死，你要看在骨肉的面上，亲自写状子告到京师御驾前，与我报仇，我在九泉之下也感激贤侄。"说完，就死了。柴进大哭了一场，就叫人准备后事，自己披麻戴孝。李逵见状，气得直摩拳擦掌。

第三日，这殷天锡骑着马，领着二三十个闲汉，来到柴皇城宅前，威胁柴进三日内搬出宅子，柴进说："休这般欺负人！我家有先朝的丹书铁券，谁敢不敬？"殷天锡说："拿出来我看看。"柴进说："在沧州的家里，已使人去取。"殷天锡大怒道："这厮胡言乱语，即使有丹书铁券，我也不怕。来人，给我打他！"闲汉们正要动手，李逵拽开房门，大吼一声，把殷天锡揪下马，一拳打倒在地。那二三十人要去打李逵，却被李逵一拳撂倒五六个，都吓跑了。李逵提起殷天锡，拳头脚尖一起上。柴进劝也劝不住，不一会儿，殷天锡便一命呜呼。柴进让李逵快回梁山泊，自己有丹书铁券护身，可以自保。李逵便回了梁山泊。

不一会儿，二百多人绑了柴进到州衙内，把他按跪下。高廉认定是柴进指使下人打死的殷天锡，命人把他打得皮开肉绽，鲜血直流。柴进只得招认。高廉便给柴进上了二十五斤重的死囚枷锁，并将其收入牢中。这殷夫人一心要给兄弟报仇，叫丈夫高廉抄了柴皇城的家，占了房屋大院。

李逵回到梁山泊，说了自己回来的前后经过。宋江听了，惊慌道："你自己走了，却连累柴大官人吃官司。"晁盖说："你这黑厮又做出这等事来，到处惹是生非。"李逵说："柴皇城被他打伤，怄气死了，他又来占房屋，还叫人打柴大官人，即使是活佛也忍不得！"晁盖说："柴大官人与山寨有恩，今日他有难，我须亲自下山去救他。"宋江说："哥哥是山寨之主，如何能轻易走开？小可和柴大官人交情颇深，情愿替哥哥下山。"吴用说："高唐州城池虽小，可人多粮多，不可轻敌。"吴用便让林冲、花荣、秦明等十二个头领率五千人马做先锋；军中主帅宋公明、吴用等十个头领引兵三千策应。

这高廉手下有三百**体己**①军士，号称飞天神兵，一个个都是从各地挑选出的精壮好汉。听说梁山泊人马已到高唐州地界，高廉便下令整顿军马，出城迎敌，带三百神兵列阵。林冲在阵前高声叫道："高唐州纳命的出来！"高

①体己：心腹。

廉大怒，回头问道："谁人出马先捉了此贼？"军官队伍里的于直拍马抡刀来到阵前。林冲见了，径直奔向于直。斗了不到五回合，林冲的矛便刺中了于直的心窝。高廉大惊，又喊道："还有谁出马报仇？"只见军官队里的温文宝，伴着阵阵鸾铃响来到阵前，马蹄扬起尘土，奔向了林冲。秦明见状，大叫："哥哥稍歇，看我立斩此贼。"秦明和温文宝斗了十余回合，秦明露出一个空当，让他的枪捅过来，一棍打在温文宝头上，把他打死在马上。

高廉见连折了两员大将，便抽出背上的那口宝剑，口中念念有词，喝道："疾！"只见高廉队中卷起一道黑气，散至半空中，顿时狂风大作，飞沙走石，撼天动地，怪风向林冲阵上扫去。林冲、花荣等众将面对面却不能相互照应，惊得马儿躁动，众人掉头就走。高廉把剑一挥，指点那三百神兵从阵里杀过去，背后官军协助，一拥而上，赶得林冲等人马星落云散，七断八续，五千人马折了一千余人，直退五十里扎寨。高廉见林冲的人马走远了，便撤兵回高唐州城。

宋江等人马赶上林冲，听说了兵败的事，大吃一惊。吴用说："想必是妖法。若能回风返火，便可破敌。"宋江听了，打开天书查看，卷上正有回风返火破阵之法。宋江大喜，用心记下了咒语和秘诀。第二天，宋江带人杀奔城下。高廉又点了得胜的人马和三百神兵，在城门前摆开阵势。宋江指着高廉骂道："昨夜我不曾赶到，兄弟们输了一阵。今日我必要把你诛尽杀绝！"高廉喝道："你这伙反贼，快早早下马投降，省得我腥了手污了脚！”说完，把剑一挥，口中念念有词，喊了声“疾”，黑气起处，卷起一阵怪风。宋江不等那风到，口中也念念有词，左手捏诀，右手提剑一指，喊了声“疾”，那阵怪风反倒奔向高廉神兵队里。宋江人马杀过去，高廉见回了风，急忙取出铜牌，把剑敲动，那神兵队里卷起一阵黄沙，只见一群猛兽汹涌而出。宋江阵里的人马惊呆了。宋江撇了剑，掉转马头就走，众头领都跟着逃命。高廉军马在后面追杀，追了二十余里，才**鸣金**①收兵。

宋江在一处土坡下聚拢人马，安营扎寨。虽损失了些士兵，可喜的是众头领都还在。吴用对宋江说：“若是这厮会使神师计，他今夜必然要来偷袭，可先设计提防。此处只可驻扎少许人马，我等去旧寨子里驻扎。”宋江便留杨林、白胜等人在离寨半里的草坡上埋伏。等到一更时分，风雷大作，高廉步行带着三百神兵杀入寨内，见是空寨，转身便走。杨林、白胜高声呐喊，高廉只怕中了计，和三百神兵慌忙逃走。杨林、白胜叫人只顾乱箭射去，射中了高廉左肩。高廉等人马跑远了，只见雨过云退，又见满天星斗。借着月光清点战果，共杀死、活捉神兵二十余人。宋江重赏杨林和白胜，并把捉来的神兵斩了。宋江一面命众头领分别围绕大寨设置栅栏，提防高廉再来偷袭；一面派人回山寨叫些人马来相助。而高廉自从中了箭，便在城中养病，命令士兵加强戒备，只等伤好再去报仇。

---

①鸣金：敲锣，古代战争中收兵不战的信号。

◈ 精华赏析

李逵脾气暴躁，眼见殷天锡要打柴进，把殷天锡杀了，却给柴进带来了杀身之祸。梁山泊好汉来救柴进，却连续两次吃了败仗，但宋江不肯放弃，一定要救出柴进。

◈ 成长启示

在第二十九回的故事中，宋江执意要救柴进，是因为柴进对宋江有着救命之恩，宋江一直心存感激。这告诉我们，知恩图报是一种美德，我们应该学会感恩和回报，让善良和爱心在人与人之间传递。

第三十回　公孙胜大显神威

❖ 要点思考

· 你认为公孙胜是个什么样的人？
· 罗真人为什么放过了李逵？

宋江见折了人马，心中忧闷。吴用在一旁献策：“要破解此困境，唯有派人前往蓟州寻找公孙胜归来。”宋江闻言，当即指派戴宗遍访蓟州名山大川以寻公孙胜的踪迹，并命李逵随行。

蓟州城外，戴宗与李逵在一家面馆偶遇一老者。老者透露，他正欲前往九宫县二仙山聆听罗真人阐述长生不老之法。戴宗顺势询问老者是否识得公孙胜，老者答道：“旁人或许不知，但我乃他的近邻。人们常称他为清道人，作为罗真人的得意门生，他时常伴随左右。”得知了去向，戴宗与李逵便马不停蹄地直奔九宫县二仙山。经过一番周折，戴宗终于找到了清道人的居所，他请求见清道人一面。然而，门内的老妇却告知公孙胜不在家。戴宗转而命李逵前往询问。李逵闯入屋内，喝道：“我乃梁山泊的黑旋风，奉宋江之命前来寻公孙胜。速让他出来见我，否则我便将此地付之一炬。”老妇依旧坚称儿子尚未归家。李逵大怒，抡起斧头便要向老妇砍去，此时公孙胜方从内室走出，制止了他的暴行。戴宗向公孙胜陈述来意：“宋公明为救柴大官人前往高唐州，却被高廉以妖法连败两阵，束手无策。

因此派我和李逵前来恳请先生出山相助。”公孙胜面露难色：“老母年迈体衰，需我侍奉左右。师父罗真人亦命我留下，我已改名清道人在此隐居。此行实难从命。”戴宗闻言跪地恳求：“若师父不援手，宋江恐将落入高廉之手，梁山的大义也将付诸东流！”公孙胜陷入沉思：“请容我禀问师父罗真人，他若肯容许，我便和你们一同去。”

当下，公孙胜带领着戴宗和李逵登上二仙山，恳求罗真人允许他下山。然而，罗真人坚决拒绝，戴宗决定次日再来尝试。李逵心生一计，暗忖：“若明日再遭拒绝，岂非耽误了哥哥的大事？不如今夜就结果了那老道。”于是，五更时分，他手持双斧，潜入罗真人的寝室，将其砍死。李逵道：“如今已除去一害，公孙胜便无法再推脱。”随后，他疾速返回公孙胜家中，紧闭房门，安然入睡。

清晨，三人再次上山，来到松鹤轩。见到两名童子，公孙胜询问：“真人现在何处？”童子答道：“真人正在云床上静养。”李逵闻言，惊愕之余，心中生疑：“难道我昨晚错杀了人？”此时，罗真人出现，询问：“这黑脸大汉是谁？”戴宗答道：“他姓李名逵。”罗真人笑道：“看在他的面上，我便让公孙胜走一遭吧。”接着，他先后取出三块手帕，铺在岩石上。公孙胜、戴宗和李逵站在手帕上，罗真人施展法术，手帕化为祥云，载着三人升空。将公孙胜和戴宗放下后，罗真人对李逵说：“若非我道行深厚，昨夜便丧命于你之手。你心术不正，今日便让你吃些苦头。”说罢，一挥手，李逵被狂风卷入云端。

李逵从蓟州府衙的屋顶滚落。知府误以为他是妖人，命人将狗血和屎粪淋在他身上。李逵大喊：“我不是妖人，我是罗真人的随从。”知府不信，加重刑罚，迫使李逵承认自己是“妖人李二”，随后将他关入死牢。戴宗向罗真人求救。罗真人却不急，让戴宗暂住下来，询问有关梁山泊的情况。戴宗对晁盖和宋江赞不绝口，每日向罗真人磕头礼拜，恳求他救李逵一命。罗真人说：“我知他是天杀星下凡，怎敢逆天而行？这一切只是为了磨炼他。我这就让人去救他回来。”不久后，李逵从天而降，跪在罗真人面前忏悔：“铁牛再也不敢了！”罗真人念他们大义为重，便传五雷天罡正法给公孙胜，并让他谨记“逢幽而止，遇汴而还”，好好辅助宋公明。

三人遂离山往高唐州而行。走了三四十里，戴宗施展神行法，疾飞去报信。公孙胜与李逵续行，至武冈镇，于一酒店歇息。因店内无素食，李逵遂出去买枣糕。于路遇一麻面疤痕之汉，名曰汤隆，力大无穷，李逵即认作兄弟，共谋入伙。三人于一日早上遇着前来迎接的戴宗，后一同到了宋江营寨，宋江设宴洗尘。第二天，宋江、吴用、公孙胜商议破高廉一事。

次日，宋江依公孙胜之计，领兵至高唐州城下。高廉箭疮已愈，率三百神兵及诸将迎战。高廉来到阵前挑衅：“水洼草寇，既欲战，必分胜负，退者非好汉！”宋江问：“谁敢出马斩此贼？”花荣应声而出。高廉遣薛元辉战花荣。

斗了数回合后，花荣佯败而走，薛元辉不知是计，纵马追之。花荣骤停马，挽弓搭箭，回身一箭将薛元辉射落马下。高廉大惊，忙施法，顿时狂风骤起，黄沙漫天，猛兽奔腾而来。公孙胜持松文古定剑，指敌念咒，喝声“疾”，只见金光疾射，猛兽黄沙尽坠。众视之，皆纸剪之兽，黄沙亦散。宋江见机，挥鞭进击，只见人仰马翻，旗鼓大乱。高廉急退神兵入城。宋江兵至城下，城上急拽吊桥，紧闭城门，木石如雨般砸下。宋江鸣金收兵，整军安营。归帐后，宋江赞公孙胜神功盖世，随即重赏三军。

次日，宋江分兵四面围住城，全力攻打。公孙胜对宋江、吴用说：“昨夜虽是杀敌大半，却眼看着那三百神兵退入城中。若是今日攻击得紧了，那厮今夜必来偷营劫寨。今晚可把人马聚拢在一起，到了深夜，再分兵四面埋伏。这里只扎寨不驻人，夜间叫众人听到霹雳响，看到寨中大火烧起，便一起去攻打。”宋江采纳了他的建议。天色渐晚，众头领便悄悄地分散开，埋伏起来。

深夜，高廉果然带着三百神兵来偷袭，他们都背着只铁葫芦，里面装着硫黄焰硝、烟火药料，每人都拿着钩刃，嘴里叼着芦哨，出了城门，后面还跟着三十多骑兵。逼近宋江大寨，高廉施展妖术，霎时黑气遮天，狂风大作，飞沙走石，尘土飞扬。神兵点燃火药，芦哨声齐鸣，黑烟弥漫，凶猛地闯入空寨。此时公孙胜持剑立于高埠处，咒语一出，平地炸雷响彻夜空。神兵惊慌失措，欲退无路，寨内烈焰腾空，火光冲天。四面伏兵闻声而动，将空寨团团围住。神兵无从逃脱，逐一被歼。高廉见势不妙，率三十余骑兵奔走回城。林冲引一队精骑紧追不舍。高廉逃回城内，仅带数骑入城，余者皆被林冲生擒。城内人心惶惶，高廉急令百姓登城防守。

次日，宋江统领人马再度从四面围攻城池。高廉深感焦虑："我多年修炼的法术，竟被他所破，如今该如何应对？"于是急忙书写两封求救信，意图送往临近的东昌和寇州，因这两地的知府都是高俅提拔的人。高廉打开西门，派出两名得力干将，奋勇杀出重围送信。吴用趁机施展计谋，命令戴宗返回梁山泊调遣两支人马，伪装成救援军队，分两路向高唐州进发。

过了数日，守城军兵见宋江阵中不战自乱，急忙报知。高廉一看，两路人马喊杀连天，冲了过来，四面围城人马四散而逃。高廉知道援军来了，便率军杀出城去。高廉见宋江往小路逃，便去追赶。山坡后，吕方、郭盛各带五百人马冲了过来。高廉夺路而逃，脱离垓心时，却见城上都是梁山泊旗号。再四下看去，无一处是救援军马，只得带着些败卒残兵，往山间小路逃。走了不到十里，却被埋伏好的孙立、朱仝两面夹击，拦住去路。高廉施法术，驾一片黑云，腾空而起，奔向山顶。公孙胜见状，也施法术，把剑往空中一指，只见高廉从云中坠落。雷横上去就把高廉杀了。

宋江得知高廉已死，收军进高唐州城内，先下令休要伤害百姓，并张贴告示安抚民心。接着他急忙前往牢狱拯救柴大官人。在牢狱中成功救出柴皇城及柴进两家老小，却唯独不见柴进踪影。捉了个叫蔺仁的禁子一问才知，蔺仁不忍杀柴进，便将其藏匿于一枯井之中。蔺仁带着宋江等到枯井后，李逵冒险下井，将奄奄一息的柴进救出。随后他们将柴进和柴皇城两家老小以及家财安全护送至梁山泊。

高廉一家老小被处决，府库中的粮食和银两全部运送上山，同时蔺仁因救柴进有功受到奖赏。宋江率领人马返回梁山泊，沿途所经州县秋毫无犯，深受百姓赞誉。

❖ 精华赏析

公孙胜要照顾老母亲，他的师父罗真人也不肯放他下山，因此没有赶去替宋江解围。而罗真人因为梁山泊的行为顺应天意，最后还是允许公孙胜下山，并且教给了他破敌的法术。

❖ 成长启示

在第三十回的故事中，高廉欺压良善，倚仗法术欺负梁山泊好汉，但最终还是被公孙胜用同样的法术打败。这告诉我们正义必定会战胜邪恶，即使邪恶暂时占据上风，最终也会被正义所击败。

第三十一回 呼延灼使连环马

❖ 要点思考

· 你是否了解了连环马是什么战术？它厉害在哪？

· 宋江在和呼延灼对战中有什么优势？

高唐州临近的东昌、寇州两地的知府知道高廉被杀，城池失陷，只得上奏朝廷。高太尉失去了兄弟，十分恼怒，次日五更便去等**景阳钟**[①]响，准备上朝。五更三点，徽宗上殿，**殿头官**[②]喝道："有事启奏，无事退朝。"高太尉奏道："今有济州梁山泊贼首晁盖、宋江，屡犯大罪，打劫城池，抢掳**仓廒**[③]，聚集凶徒恶党。若不趁早诛戮剿除，他日势力壮大，难以制伏。伏乞我皇圣断。"天子闻奏大惊，随即下旨命高太尉调兵选将，前去剿捕。高太尉奏道："剿此草寇不必大举兴兵。河东名将呼延赞嫡系子孙呼延灼，有万夫不当之勇，其手下精兵良将甚多。臣保此人征剿梁山泊，**克日**[④]扫清山寨，班师回朝。"天子准奏，降下圣旨。

呼延灼接到圣旨立马启程，赴京听命。徽宗天子见呼延灼一表人才，就赐了一匹日行千里的好马当坐骑。呼延灼谢恩完就跟高太尉商议剿捕梁山泊一事，并举荐陈州团练使、人称百胜将军的韩滔和颍州团练使、人称天目将军

①景阳钟：文武百官听钟上朝。

②殿头官：在殿上负责宣召等事的内侍官。

③仓廒：储藏粮食的仓库。

④克日：约定或限定日期。

的彭玘。高太尉听了大喜，下令命二人赴京。

韩滔、彭玘到了京师，参见了高太尉。高太尉了解到三路军马共计有五千，加上步兵将近一万，便让他们三人回去挑选精锐骑兵三千，步兵五千，出征梁山泊；又准他们在京师兵器库内任意挑选衣甲盔刀，不限数目。呼延灼领了许多精良装备，三人又得了金银赏赐，便立下军令状。三人各自回去整顿人马，分三路浩浩荡荡地杀向梁山泊。

这段时间，晁盖、宋江等还为柴进的到来大摆筵席庆祝。听说呼延灼带着军马来征剿，众人便商议迎敌之策。吴用说："我闻知此人武艺精湛，使两条铜鞭，好生厉害。必须派能征善战的大将，先以力敌，后用智取。"宋江说："可请秦明打头阵，林冲打第二阵，花荣打第三阵，扈三娘打第四阵，孙立打第五阵。前面五阵一队一队战罢，如纺纱车般转作后援。我亲自带十个弟兄引大队人马断后。水路上可请李俊、张横、张顺、阮家三弟兄驾船接应。再叫李逵与杨林引步兵分作两路，埋伏照应。"宋江调拨已定，秦明已带人下山，摆开阵势。

次日天明，两军对阵，战鼓喧天。秦明出马，使着狼牙棍来战韩滔。先锋将韩滔横着**槊**[①]勒住马，大骂秦明："天兵到此，不思早早投降，还敢抗拒，岂不是讨死！我要把你水泊填平，梁山踏碎，生擒活捉你这伙反贼，押送京师，碎尸万段！"秦明听了怒火中烧，便拍马、舞着狼牙棍奔向韩滔。韩滔与秦明斗了二十余回合，便有点招架

---

①槊：即长矛。

不住。呼延灼见韩滔打不过秦明，便舞起双鞭，咆哮嘶喊来到阵前。林冲见状，挺起蛇矛直奔呼延灼。两人棋逢对手，枪来鞭去花一团，鞭来枪去锦一簇，斗了五十多回合，不分胜败。第三拨花荣叫道："林将军歇息片刻，看我擒住这厮！"林冲、呼延灼都回到阵中。彭玘骑马来战花荣。二十多回合后，呼延灼见彭玘力怯，纵马舞鞭，奔向花荣。斗不到三回合，第四拨扈三娘出马，花荣便回到阵中。彭玘和扈三娘还未交战，第五拨孙立勒住马于阵前观看。只见彭玘、扈三娘交战，尘土飞扬，一个使大杆刀，一个使双刀。二十多回合后，扈三娘乘机逃走，彭玘求胜心切，前去追赶。扈三娘把双刀挂在马鞍鞒上，并取出有二十四个钩子的套索，等彭玘近了便撒去。彭玘措手不及，被拖下马，孙立带人上去活捉了彭玘。呼延灼大怒，奋力前去营救，却被扈三娘迎住。呼延灼恨不得一口水吞了扈三娘，斗了十多回合，故意露个破绽，让她近身，挥起双鞭劈来，却被双刀挡住。他提起右手铜鞭朝扈三娘脑门打去，却被刀挡开，擦出了火花。扈三娘回马便走，孙立舞着钢鞭来战呼延灼，也不分胜负。

官军阵里，韩滔见折了彭玘，便带后军队里所有军马向前冲杀。宋江怕他们冲过来，冲散了人马，便指挥头领和军士也冲了过去。背后的人马分成两路夹击。呼延灼见状，急忙命自己的军马各处迎敌。呼延灼阵里都是连环马军，人披着铁铠，只露出眼睛，马也裹着铁甲，只露出四蹄。宋江阵上虽有甲马，却只是布面具，尾巴系个铜铃而已，抵挡不住弓箭。只见官军万箭齐发，宋江人马不敢冲上前。宋江急忙鸣金收兵。呼延灼也退了二十余里安营扎寨。

宋江叫人带彭玘到帐中，亲自解开绳索，请他入座。宋江行礼，彭玘连忙答礼道：“小人乃被擒之人，理应被杀，将军何故以礼相待？”宋江说：“我等无处容身，为避难而暂占水泊，造恶甚多。今朝廷遣将军前来缉捕，本该束手就擒，但恐不能保命，因此交锋，请恕罪！”彭玘答：“素知将军仗义行仁，扶危济困，名不虚传。倘若不死，当誓死奏明天子。”宋江说：“我等众兄弟也只等天子施恩，赦免重罪，定当以身报国，万死不辞！”便把彭玘送到梁山泊，又和众头领商议军情。

呼延灼这边商议如何取胜。韩滔说：“今日这厮们见俺率军向前，便慌忙迎过来。明日所有马军都向前冲，必胜。”呼延灼随即下令，让三千匹马军并排摆开，每三十匹马为一连，用铁环锁一起；只要遇到敌军，远点就射箭，近了就举枪冲过去；五千步兵在后面策应。次日，宋江把人马分作五队在前，后军有十位大将领导，并派两路人马埋伏在左右。秦明一马当先，在阵前叫喊，对面却无人迎战。宋江急忙前去查看，只见对面阵前约有一千步兵在擂鼓呐喊，却无人出战。宋江看了，心中疑惑，暗传号令，叫后军往后退。突然，听到对面阵里响声连天，一千步兵一下子从中间分开，放出了三面连环马军，冲了过来，两边把弓箭射来，中间尽是长枪，宋江看了大惊，急令众人放箭，却不管用。每一队三十匹马一起跑，只能往前冲。不一会儿，这漫山遍野都是连环马军，横冲直撞过来。宋江前面五队人的马乱窜，不听使唤。后面大队人马也挡不住这巨大的冲击，各自逃生。宋江在十员大将的护送下，飞马撤退。背后有一队连环马军追了过来，埋伏在芦苇丛中的李逵、杨林带人杀出来，救了宋江。宋江逃至水边，李俊、张顺等水路人马驾船接应。宋江一上船，就传令所有船只分头去接众头领。那连环马军赶到水边，乱箭射来。但船上有盾牌遮挡，并无大碍。众头领在鸭嘴滩上了岸，在水寨清点人马，折了大半，但还好众头领都回来了。不一会儿，石勇、时迁等人也逃命上山，报告："步兵杀了过来，把酒店都拆了。我等若没有发暗号的船接应，就被捉去了。"宋江便一一安抚他们。晁盖闻知，同吴用、公孙胜下山去安慰宋江，并吩咐水军加固寨子栅栏，派船保护滩头，日夜防备。

呼延灼大获全胜，回到寨中就放开了连环马军，清点战绩，发现杀死者不计其数，生擒五百余人，夺得战马三百余匹。呼延灼一面差人去京师报喜，一面犒赏三军。天子听奏，大喜，差一官员前去赏赐。呼延灼一面置酒款待差官，一面令韩滔分钱给三军。差官问："彭玘为何被捕？"呼延灼说："因贪图捉宋江，深入敌军，才被捉了。现在这贼人不敢再来，小可分兵攻打，定要肃清山寨，拆毁巢穴。只恨四面水路，无路可进。遥观寨栅，火炮若能打过去，可毁了贼巢。久闻东京有个炮手凌振，人称轰天雷，善造火炮。他造的火炮能飞十四五里远，火炮落处，天崩地陷，山倒石裂。若得此人，就可攻打贼巢。请回京报告高太尉，急遣此人到来，则攻占贼巢指日可待。”差官回京告知此事，高太尉便下官文命凌振前去助呼延灼。凌振受命，把火药和做好的火炮、**炮石**[①]、炮架装上车，带着行李去了梁山泊。凌振参见了主将呼延灼和先锋韩滔，细问了水寨的距离、山寨的地理形势，便安排了三种炮石攻打：第一种是风火炮，第二种是金轮炮，第三种是母子炮；又在水边架起了炮架，准备放炮。

宋江正在鸭嘴滩的小寨内和吴用商议破阵之法。有探子来报：“东京新派来一个炮手凌振，正在水边竖起炮架，准备放火炮攻打寨子。”吴用说：“这个无妨，山寨四面都是水泊，港汊较多，宛子城离水远，纵然有飞天火炮也打不到城边。先弃了鸭嘴滩小寨，看他怎么设法施放，再作商议。”当日，宋江等人便弃了小寨上山。听见山下炮响，一连三个火炮，两个打在水里，一个直接打到鸭嘴滩边的小寨上。众头领大惊失色，吴用想了个计策，要把凌振捉过来。

六个水军头领分成两队：李俊和张横先带了人驾两只快船，从芦苇深处去探路；张顺、三阮弟兄掌管四十余只小船接应。李俊、张横来到对岸，把炮架推翻了。军士慌忙报告给凌振，凌振便带了风火炮，拿枪上马，引着一千余人赶来，李俊、张横领人便走。凌振追至芦苇滩边，看见一字摆着四十余只小船，船上共有百十余个水军。李俊、

①炮石：古代用炮抛射的石头。

张横早早跳到船上，却故意不开走船。凌振人马赶到水泊边，看见李俊、张横和水军们都跳到水里去了，便去抢船。朱仝、雷横却在对岸呐喊擂鼓。凌振夺了许多船只，叫军士都上船，杀过对岸去。不承想船到了水泊中心，岸上的朱仝、雷横便敲锣。只见水底下突然钻出四五十个水军，把船尾的**楔子**[①]拔了，瞬间水就进入船里。水军顺势把船推翻，军士都落到了水里。水底的阮小二一把抱住凌振，直接拖到对岸去。岸上的头领接应，把凌振用绳索绑了，押上山去。李俊等人在水中生擒二百余人，其余一半人淹死了，只有少数逃了回去。呼延灼听到消息，急忙带着军马赶来，但船都已过鸭嘴滩了。箭又射不着，人都不见了，呼延灼只得忍了这口气，回去了。

轰天雷凌振被押到山寨，宋江同满寨的头领在第二个关口迎接。见了凌振，宋江连忙亲自解开绳索，凌振拜谢不杀之恩。到了大寨，彭玘劝了凌振入伙，晁盖便命人大摆筵席庆贺。

❖ 精华赏析

梁山泊好汉杀了高廉，高俅上奏朝廷，派大将呼延灼征剿梁山泊。呼延灼用连环马军打败了宋江率领的梁山人马。吴用使用计谋活捉了凌振，彭玘也劝他入伙。

❖ 成长启示

在第三十一回的故事中，梁山好汉认为自己的实力可以轻松应对呼延灼，但最终被呼延灼的连环马军打败。这告诉我们在面对任何困难时，都不能掉以轻心，要认真对待每一个对手和困难。

①楔子：上粗下细的小竹木片，插进榫缝中，可以使接榫的地方固定或堵塞缝隙。

第三十二回 钩镰枪破连环马

❖ 要点思考

· 汤隆是徐宁的亲戚，他为什么会设计让徐宁上梁山？

· 为什么呼延灼会失败？

次日，聚义厅内一片欢腾，众人聚集一堂，为凌振的到来而举杯庆祝。觥筹交错间，宋江与各位头领围坐一起，商讨破解连环马的办法。正当大家陷入沉思之际，金钱豹子汤隆站起身来，向众人献策。

汤隆道："欲破连环马，须用钩镰枪。我家祖上以打造兵器为生，藏有祖传的钩镰枪画样，可随时照样打造。但我虽会打造，却不擅使枪。只有我那姑舅会使钩镰枪，祖传的武艺，不教外人。无论是马上还是步行时，他都能使得神出鬼没。"话未说完，林冲插话道："你所说的莫不是金枪班教师徐宁？"汤隆点头确认："正是此人。"林冲沉吟片刻，说："我与他在京师时经常比试武艺，他的钩镰枪法确实独步天下。只是如何才能将他引上山来呢？"汤隆微微一笑："徐宁家传有一件宝贝，是一副以雁翎砌就、圈金而成的甲胄。这副甲胄轻便而坚固，刀剑箭矢皆不能伤其分毫。他将此甲胄藏于一精致皮匣之内，高悬于寝室横梁之上。倘若我们能够先下手为强，取得这副甲胄，何愁徐宁不上山相助？"吴用闻言抚掌笑道："如此说来，此事并不难办。只需请鼓上蚤时迁走一趟即可。"

时迁立刻应承："就怕那徐宁没有这副甲胄，若真有此物，我必定手到擒来。"汤隆道："若你能成功盗得那副甲胄，我负责将徐宁请上山来。"

时迁身藏暗器，悄然来到东京，寻至金枪班教师徐宁的居所。他悄然查看前后门户，待天色渐暗，便潜入班门之内。见土地庙后有一株巍峨的柏树，他灵巧地夹住树干，一节一节攀至树顶，骑在树枝上静静观望。眼见徐宁返家，又有两人提灯出门，将门紧闭后各自离去。到了深夜，时迁从树上溜到徐宁家后门，毫不费力地爬墙过去，后从**戗柱**[①]爬到**博风板**[②]上藏起来，见卧房梁上果然挂着个大皮匣。四更时，徐宁出去公干，下人们伺候完就又睡着了。时迁乘机解下皮匣，正要走，徐宁的娘子觉得有异响，喊丫鬟："梁上什么声音？"时迁学老鼠叫，丫鬟说："是老鼠叫，因打架才动静大的。"时迁便学老鼠厮打的声音，乘机溜走了。走了四十多里路，时迁在一个饭店里遇到戴宗。戴宗从皮匣中拿出甲，先回寨子里。出了饭店门，时迁到二十里路上的一个酒店和汤隆会合，汤隆说："你沿着这条路走，只要路上看到酒店、饭店、客店门上有白粉圈，你便在那店里买酒肉吃。在客店里休息时，要特地把这皮匣放在显眼地方。在此地一程外等我。"时迁点头便去了，汤隆吃了饭就直奔东京。

徐宁丢了祖传之甲，彻夜难眠。其娘子劝慰道："定

---

①戗柱：从旁支撑房屋的木柱。

②博风板：安置于房梁架两端，沿屋面坡度方向钉牢的人字形板件，起封护屋架、避风雨的作用。

是你不愿出售，才有人请高手前来窃取。你可派人暗中查访，切莫打草惊蛇。”天微亮，徐宁在家中，听闻下人通报汤隆来访。他请汤隆至客厅，备好美酒佳肴相待。酒过三巡，汤隆见徐宁愁容满面，不禁起身询问：“兄长何故面色如此？定有难以言明之忧。”徐宁叹息道：“兄弟你有所不知，昨夜家中竟遭盗窃！唯独先祖所传之雁翎锁子甲不翼而飞。”汤隆惊问：“我也曾一睹那甲之风采，不知它究竟在何处失窃？”徐宁道：“它原存放于红羊皮匣内，里面裹以香绵。”汤隆故作惊讶：“红羊皮匣？莫非上面绣有狮子滚绣球之图案？”徐宁诧异：“兄弟你何时见过？”汤隆道：“昨夜小弟在城外四十里处一村店中，偶遇一瘦小、目光狡黠之汉子，肩挑重担。我好奇询问他皮匣子作何用，他言曾用于装甲，如今仅装些衣物。我见他步履蹒跚，显然腿有不便，我们何不去追他？”闻此言，徐宁立刻请汤隆引路追赶。

汤隆每见酒店墙壁上绘有白圈，便入内休憩，并刻意向店家探询是否曾见一瘦小且目光狡黠的汉子，肩挑红羊皮匣子。众店家皆言确有其人，并指引其去向。徐宁心中焦急，只紧随汤隆而行。天色渐暗，二人至一古庙前，瞥见时迁于树荫下歇息，担子置于地上。徐宁上前揪住时迁，厉声质问：“你好大的胆子，如何盗了我这副甲来？”汤隆打开匣子，里面却是空空如也。徐宁惊愕：“我的铠甲何在？”时迁坦言：“本州有一财主，知你家藏此甲，为讨好贵人，以万贯之资雇我与李三前来窃取。我因受伤行动不便，故令李三携甲先回。你若报官，铠甲便永无归期；若不报官，我可助你寻回。”徐宁犹豫不决，汤隆劝道：“兄长勿忧，他逃不出我们的手心。若寻不回铠甲，再将他送官也不迟。”徐宁权衡再三，遂同意。将近梁山泊时，几人买酒来喝，不料徐宁被混入酒中的蒙汗药所迷，被抬至金沙滩。

不久，徐宁苏醒，质问汤隆为何骗他，汤隆解释是为了解决呼延灼连环马之困，邀请他共谋大事。徐宁得知汤隆曾扮作自己打劫，导致自己被通缉，无奈之下，只能携家眷留在梁山泊。徐宁在梁山泊教众将士学习钩镰枪法，不到半月之间，教成五七百人。宋江计划明日步战，利用钩镰枪和挠钩的配合来捉敌。

宋江把人马分了十拨，又差李俊、张横等水军头领乘船接应，再叫花荣、秦明等人只在山边**搦战**①，凌振和杜兴专门放信号炮，徐宁、汤隆负责指挥钩镰枪将士。深夜，宋江命令人马将钩镰枪将士秘密送到对岸，四面埋伏起来。随着四更的到来，他又派遣了十队步兵过去增援。凌振和杜兴在高坡上搭起炮台，徐宁和汤隆各持号带过去。黎明时分，宋江带着中军人马隔水擂鼓，摇动战旗呐喊。呼延灼得到消息后，立刻命令先锋韩滔出击，他自己则急忙去准备连环马军。呼延灼率大军赶至梁山泊，隔岸望去，宋江的兵马众多。

呼延灼命令马军摆开阵势，先锋韩滔与他商议：“正

①搦战：挑战。搦，挑、惹。

南方向有一队步兵，不知多少人？”呼延灼道：“休问他多少，让我们的连环马军冲过去。”韩滔立即率领五百马军疾驰而去。突然间，东南方向又出现一队人马。韩滔正欲分兵迎击，却发现西南方向也有人马摇旗呐喊。韩滔无奈，只得带兵返回，向呼延灼报告：“南边有三队敌军，都是梁山泊的旗帜。”呼延灼道：“这厮很久没出来厮杀了，肯定有阴谋。”话未说完，北边传来一声炮响，又有三队人马出现。呼延灼对韩滔说：“这肯定是敌人的奸计，我们兵分两路，我去对付北边的人马，你去对付南边的。”正当他们要分兵时，西边又涌来四队人马，呼延灼开始心慌意乱。此时正北方向连环炮轰鸣，一个母炮带着四十九个子炮接连炸响，威力震天。

呼延灼的兵马在炮火中自乱阵脚，他和韩滔急忙率领骑兵和步兵四处突围。呼延灼驱赶着十队步兵往东走，他们就往东；往西赶，他们就往西走。最后呼延灼将他们赶往北边，这些步兵慌乱中逃入芦苇丛中。呼延灼催动连环马军席卷而来，却来不及勒住马，马都冲进了芦苇丛和枯草荒林之中。随着口哨声响起，钩镰枪猛然伸出，先将两边的马脚钩倒，中间的马受惊咆哮。挠钩手趁机将人捆绑起来。

呼延灼见中了钩镰枪计，便向南寻找韩滔会合。又一声炮响传来，漫山遍野的步兵都向呼延灼追去。呼延灼无奈只能向西北方向逃窜，逃不到五六里路时却被穆弘、穆春拦截。略斗四五回合，穆春便走。呼延灼怕中计而不来追赶，又转向正北方向逃跑，却又被解珍、解宝拦住去路。与解珍、解宝激战几个回合后，呼延灼继续逃窜，然而不到半里路又被二十四把钩镰枪围攻。呼延灼无心恋战，转向东北方向的大路逃跑，却又遇上了王矮虎和扈三娘。眼见前路艰险，四周又布满荆棘，呼延灼挥鞭杀出一条血路，仓皇逃离。

宋江见敌军败退，便鸣金收兵，开始清点战果。此战三千连环甲马有一半被钩镰枪拨倒，从而被宰食，另有二成好马被俘获用作坐骑；带甲军士都被生擒上山。五千步兵死伤惨重，幸存者也被俘。韩滔也被劝当了梁山泊的头领，宋江大喜，连日做筵席庆贺。

精华赏析

汤隆献计，让徐宁上了梁山泊。徐宁教梁山泊壮士练习钩镰枪，梁山泊好汉率领兵马打败了呼延灼的连环马军。

成长启示

在第三十二回的故事中，梁山好汉在面对呼延灼的连环马军时，发现钩镰枪能够使战马失去战斗力，终于大破连环马军。这告诉我们，要找到问题的关键、善于学习和利用知识，才能够得到最后的胜利。

第三十三回 三山聚义打青州

❖ 要点思考

· 鲁智深为什么会帮助李忠、周通？

· 二龙山、桃花山和白虎山为什么会聚到一起？

呼延灼折了许多官军人马，不敢回京，独自骑着御赐宝马，一路逃难。呼延灼想到自己曾与青州慕容知府有一面之缘，想请慕容知府到慕容贵妃那里说情，能免受责罚，便直奔青州去了。

呼延灼走了两日，当晚又饥又渴，便进了一家酒店。呼延灼请酒保买羊肉和酒回来。呼延灼吩咐道："我是朝廷军官，你好生喂养这匹马，明日我重重赏你。"酒保告诉他，离此地不远处有座桃花山，山上有一伙强盗，聚集着五七百小喽啰，大当家是打虎将李忠，二当家是小霸王周通，时常来骚扰村里。官府也拿他们没办法，叫呼延灼夜间睡觉要小心。呼延灼说："我有万夫不当之勇，那厮们全来也奈何我不得！只给我喂养好这匹马就行。"酒足饭饱后，呼延灼就睡了。

呼延灼连日劳累，睡得很死。半夜三更，酒保叫醒他，说马被桃花山山贼偷了。呼延灼去追，却已经晚了，无奈之下，只得等天明去找青州慕容知府。青州地界多被草寇侵害，知府便留下呼延灼征剿贼寇。呼延灼急欲要回御赐马，三日后，慕容知府便给了他两千人马和一匹青鬃马。

呼延灼率领人马直奔桃花山。小霸王周通前来迎战，却不敌呼延灼，斗了不到六七个回合后便跑回寨子里和李忠商量，向二龙山宝珠寺的鲁智深、杨志和武松求救。

这宝珠寺大殿上坐着三个头领：为首的是花和尚鲁智深，第二是青面兽杨志，第三是武松。前面山门下有四个小头领：金眼彪施恩、操刀鬼曹正、菜园子张青和母夜叉孙二娘。曹正接了桃花山的信，便上报三个大头领。小喽啰到了大殿，唱了个喏，说：“青州慕容知府近日收了个征剿梁山泊失利的双鞭呼延灼，如今慕容知府先叫他扫荡俺这桃花山、二龙山、白虎山几座山寨，再借兵给他征剿梁山泊复仇。俺的头领今日欲请大头领下山相救，明朝无事了，情愿来纳进奉。”杨志说：“俺们各守山寨，本不去救应的。洒家一怕坏了江湖上豪杰的名声，二怕那厮得了桃花山便小觑洒家这里。那俺三个头领就去走一遭。”随即点了五百小喽啰和六十多骑兵奔向桃花山。李忠听了消息，便带三百小喽啰接应。

这时的山下，李忠正在和呼延灼交战，但斗了十多回合，见敌不过就往回跑。呼延灼见他本事一般，赶马追上山去。周通在半山腰看到，就投下鹅卵石，呼延灼慌忙回马下山。突然，**后军**[1]接连呐喊：“远处有一批人马飞奔而来。”呼延灼便来到后军，看到尘土飞扬处一个胖大和尚骑着一匹白马。只听鲁智深大喊道：“哪个是梁山泊打败的撮鸟，敢来俺这里吓唬人？”呼延灼说：“先杀了你

①后军：后续部队。

这秃驴，解我心中怒气！”鲁智深抡着铁禅杖，呼延灼舞着双鞭，二马相交，两边呐喊，斗了四五十回合，不分胜负。呼延灼见这和尚了得，便鸣金收兵暂时歇息。过了一会儿，呼延灼又上马叫阵。鲁智深正要上马，杨志叫道：“大哥歇一会儿，看洒家去捉这厮。”杨志舞着刀来战呼延灼，两人斗了四十多回合，不分胜败。二人见对方武艺高强，便都各自收军。鲁智深和杨志商议道：“俺们初到此地，不宜就近扎寨，先退二十里，明日再来厮杀。”

呼延灼回到帐中很纳闷，心里想：“指望到此势如破竹，拿了这伙草寇，怎知却又碰着这般对手。我真是命薄啊！”愁眉莫展之际，突然，慕容知府派人来报：“叫将军先领兵回去保护城池。今有白虎山强盗孔明、孔亮带着人马来青州抢劫，知府怕府库有闪失，特令我来请将军回城守备。”呼延灼听了，知道机会来了，便带领人马连夜赶回青州去了。次日，鲁智深与杨志、武松又领着小喽啰摇旗呐喊，直到山下也没见一个军马，很是吃惊。山上的李忠、周通一面请鲁智深等人上山，杀牛宰马款待，一面派人下山打听消息。

这呼延灼带领军马回到青州城下，就见到一队人马赶到城边。为首的是白虎山下孔太公的儿子毛头星孔明、独火星孔亮。他俩因和本乡一个财主争执，把他一门家眷都杀了，因而聚起五七百人占住白虎山，打家劫舍。近日因他青州城内的叔叔孔宾被慕容知府捉押在牢，孔明、孔亮便来攻打青州以救叔叔。呼延灼和孔明、孔亮的人马相遇，两军厮杀起来。孔明挺枪出马，直取呼延灼，呼延灼欲在慕容知府面前显露本事，再加上孔明武艺不精，斗到二十多回合，便活捉了孔明。孔亮带着小喽啰便跑，慕容知府在城门上指着，叫呼延灼引军去追。官兵一起上，活捉了百十余人。孔亮大败，四散逃走，晚上只寻了个古庙安歇。而呼延灼带着战俘进城，来见慕容知府。知府大喜，把孔明上枷锁，和孔宾关在一起，一面犒赏三军，一面款待呼延灼，询问桃花山的消息。呼延灼说："本是瓮中捉鳖、手到擒来，无端被一伙强人前来救应。一个和尚，一个青脸大汉，武艺非比寻常，两次交手，不分胜败，因此未曾捉拿到。"慕容知府说："这和尚便是延安府老种经略帐前军官提辖鲁达，青脸大汉是东京殿帅府制使杨志。还有一个行者是景阳冈打虎的武松。"呼延灼说："我见他们武艺精熟，原来是他们，果然名不虚传。恩相放心，呼延灼已知他们本事了，早晚一个个活捉了他们。"慕容知府大喜，设宴款待。

而孔亮领着残兵败将，撞见了武松等一行人马。孔亮慌忙滚鞍下马，拜道："壮士无恙？"武松连忙答应，扶起问道："闻知足下弟兄们占住白虎山，几次要来拜望，一者不能下山，二者路途不顺，因此难得相见，今日因何事到此？"孔亮把事情的来龙去脉说了一遍。武松说："足下休慌，我有六七个兄弟在二龙山聚义。今因桃花山李忠、周通被青州官军攻击得紧，来我山寨求救。鲁、杨二头领引着孩儿们与呼延灼交战，厮杀了一日，呼延灼于夜间走了，山寨中留我弟兄三个筵宴。今我部领头队人马回山，他二位随后便到。我叫他去打青州，救你叔兄如何？”孔亮拜谢武松。等了半晌，鲁智深和杨志的人马到来。武松引孔亮拜见二位，说：“那时我与宋江在他庄上相会，多有打搅。今日俺们以义气为重，聚集三山人马，攻打青州，杀了慕容知府，擒获呼延灼，拿了府库钱粮以供山寨之用，如何？”鲁智深说：“洒家也是这般想的。现在就派人去桃花山报知，叫李忠、周通引人马来，俺三处一同去打青州。”杨志说：“青州城墙坚固，人马强壮，又有呼延灼在此。若要打青州，须用大队人马才行。俺知梁山泊宋公明大名，呼延灼还是他那里的仇人。咱三山人马一起去打青州，孔亮兄弟与宋三郎私交甚厚，可星夜前往梁山泊请宋三郎来，合力攻城，你们意下如何？”鲁智深表示同意。孔亮便直奔梁山泊而去。

❖ 精华赏析

呼延灼被梁山泊好汉打败后，投靠青州慕容知府。青州正好受到桃花山、二龙山和白虎山贼寇骚扰，知府便让呼延灼征讨贼寇。桃花山力量薄弱，幸得鲁智深、杨志等人相助。三山合力，与官方进入了相持阶段。

❖ 成长启示

在第三十三回的故事中，鲁智深和杨志等人不顾之前的过节，选择放下矛盾，和李忠、周通一起对抗呼延灼。这告诉我们，应该多与他人合作，共同解决问题，实现共同的目标。

第三十四回 众人同心归梁山

要点思考

· 为什么草寇们都愿意跟着宋江上梁山泊？

· 鲁智深为什么会被贺太守捉住？

孔亮来到梁山泊大寨，见了宋江连忙下拜，把为救叔叔孔宾的前因后果说了一遍，请宋江念先父之面相救。晁盖见宋江接连下山，有心亲自走一趟，但宋江坚持亲自前往。于是，当日宋江便带领人马与孔亮一同下山。抵达青州后，众位豪杰纷纷互相行礼，鲁智深更是热情款待。

次日，宋江询问青州的战况，杨志答道：“我们与敌军已交锋三五次，各有胜负，难分高下。青州城防仅依赖呼延灼一人之力，若能将此人制服，攻城便如同热水泼雪，轻而易举。”吴用在一旁献策道：“此人勇猛非凡，不可硬拼，需用智取。”当日，他们便部署了兵力。次日清晨，大军已包围青州城，鼓声震天，旌旗招展，呐喊声此起彼伏。慕容知府急忙召呼延灼商议对策，呼延灼胸有成竹地安慰他道：“大人放心，这些贼人只在水泊之中逞强，一旦离开他们的巢穴，便失去了地利。”言罢，呼延灼率领精兵出城迎战，首先与秦明交锋。两人激战四五十回合，仍难分高下。慕容知府见战况胶着，唯恐呼延灼有失，急忙鸣金收兵。宋江趁机率军后撤十五里，重新安营扎寨。

呼延灼归营暂歇，天色尚未破晓，忽有探子来报：“城北门外土坡上有三骑窥城，中者红袍白马，右为花荣，左者道士装束。”呼延灼闻之即悟：“红衣者必是宋江，道士定是吴用，尔等勿惊动，点齐百骑，随我擒此三人。”言罢，呼延灼疾驰领兵赴土坡。宋江、花荣、吴用三人行止从容，似无所惧。呼延灼赶至一枯树旁，不防陷坑，连人带马一并坠入。四周忽有挠钩手五六十人涌出，将呼延灼钩起来紧紧绑住。呼延灼被解至营中，宋江急解其缚，扶之上座，行礼拜之。呼延灼惊道：“呼延灼乃败军之将，死有余辜，义士何故如此重礼？”宋江道：“宋江安敢害将军性命？天日在上，可鉴我心。将军失却军马钱粮，高太尉岂能轻饶？今韩滔、彭玘、凌振皆已投诚，若将军不弃，宋江愿让位于将军，待朝廷招安，共图大事，尽忠报国，未为晚也。”呼延灼思忖良久，一因天罡星宿意气相投，二见宋江礼贤下士，遂允其请。宋江即命李忠、周通归还御赐马匹，并请呼延灼搭救孔明叔侄。当夜，秦明、花荣等扮作官军，跟着呼延灼至城下叫门。呼延灼大呼：“速开城门，我逃得性命归来！”慕容知府闻讯，急命放下吊桥，开启城门迎接。不料秦明一棍将慕容知府击下马背，众好汉趁势夺取青州城。宋江大军随即赶到，救出孔明、孔宾一家老小，并在青州府内大摆筵席庆功。桃花山、二龙山、白虎山三山豪杰亦随宋江共聚梁山泊。众人于大寨欢宴痛饮庆团圆。

有一天，鲁智深向宋公明提议：“兄弟，我有个相识叫九纹龙史进，他和神机军师朱武、跳涧虎陈达、白花蛇杨春在少华山聚义。我想去探望他们，并邀请他们入伙，不知你的意思如何？”宋江听后，立刻派武松与鲁智深同去。两位豪杰到达少华山后，朱武告诉他们：“近日，史大官人下山时，遇到王义带着女儿去西岳华山金天圣帝庙还愿。不料，贺太守见其女儿美色，强行夺走，并把王义发配军州。史大官人闻讯后救出王义，并试图刺杀贺太守，却被擒。如今，贺太守欲集结兵马，扫荡我们的山寨。”鲁智深听后愤怒地说：“这贺太守太无理了，我明天就去州里结果了他！”众人劝阻不住，次日一早，鲁智深便独闯华州城。

鲁智深刚踏上华州城的浮桥，就听见有人高喊：“和尚快闪开，太守要过桥。”鲁智深正欲动手，只见贺太守的**头踏**①一对一对地过来，太守乘的**暖轿**②，轿窗两边各有十个手执鞭枪铁链的士兵守着，便不敢轻举妄动。贺太守从轿窗里瞥见了鲁智深，回到府中后，便命人请他来府中用膳。鲁智深见有机可乘，便欣然前往。到了大厅前，鲁智深被要求交出禅杖和戒刀。他自觉凭自己的双拳就足以取那厮的性命，于是便将武器交出，跟着下人去了后堂。然而刚进入后堂，贺太守便大喝一声：“拿下！”众多公差一拥而上将鲁智深绑了起来。贺太守对鲁智深严刑拷打后将他关入死牢。此事迅速在华州城传开，小喽啰得知消息后报告给了武松。正当武松束手无策之际，戴宗赶到山

①头踏：古代官员出行时，走在前面的仪仗。
②暖轿：指有帷幔遮蔽的轿子。

寨。听闻此事，他立刻返回梁山泊向宋江报告。

宋江听罢，便点了三队人马，来到少华山下，武松引朱武、陈达、杨春三人迎接。宋江见华州城厚墙高，很坚固，就眉头不展，面带忧容。吴用派十几个精明的小喽啰下山去各处打探消息。两日内，有人来报：“如今朝廷差个太尉拿着御赐金铃吊挂来西岳上香，从黄河转渭河而来。”吴用听了，计从心来，让众人次日下山，到渭河渡口埋伏。

次日天明，远处传来锣鸣鼓响，三只官船到来。船上插着面黄旗，写着“钦奉圣旨西岳降香太尉宿元景”。宋江看了，心中暗喜道：“昔日玄女娘娘说‘遇宿重重喜’，今日必有所获。”见官船近了，宋江便命人上前围住，逼迫宿太尉上了少华山。宋江把宿太尉扶到聚义厅上当中坐下，便下跪拜了四拜，称欲借太尉仪仗队和金铃吊挂去拿下华州，事毕拜还。宿太尉只得应允。宋江便让梁山泊好汉替换了仪仗队的人，并点了两队人马准备攻城。

到了西岳庙，扮宿太尉的人只说染病难受，不便见客。众推官见门旗、牙仗等物都是东京制造出的，精美无比的金铃吊挂必是东京内府的匠人做的，便深信不疑。不一会儿，贺太守来拜见宿太尉。吴用见贺太守领着三百多带刀的公差来到庙前，喝道：“朝廷太尉在此，闲杂人等不许近前！”贺太守便独自来到大厅前拜见太尉。吴用说：“太尉奉命来西岳上香，为何不早点远迎？”贺太守说：“不曾有消息报告到州里，有失远迎。”吴用喝道：“拿下！”解珍、解宝上前把贺太守一脚踢翻，杀了他。花荣等人一起上前，把那三百多公差都杀了。宋江救了史进和鲁智深，劫了府库，还了宿太尉的一应物品，便带着少华山的人马回到了梁山泊。

几日后，朱贵报告：“徐州沛县的芒砀山上，有一帮凶悍的匪徒，聚众三千。他们的首领名叫樊瑞，人称混世魔王，据说能驾驭风雨，用兵之策神出鬼没。他的左右手分别是项充和李衮，项充号称八臂哪吒，李衮则被称为飞天大圣。他们口出狂言，意图吞并我们的梁山泊大寨。”宋江闻言大怒，瞪视着前方，厉声道：“这贼子怎敢如此嚣张！我要亲自下山，让他们知道梁山泊的厉害。”史进此时挺身而出，道：“哥哥，我与三位兄弟初来乍到，尚未立下寸功，愿领本部人马前去剿灭这伙匪徒。”宋江点头应允。

三日内，史进率领人马来到芒砀山，双方摆开阵势。项充、李衮舞动团牌，二人如猛虎下山，直冲入梁山军阵中。史进等人猝不及防，后军也被冲散，败退三四十里。此时，花荣和宋江所带领的两队人马先后赶到，见史进败退，宋江心中怒火更盛，誓要雪耻。公孙胜见天色已晚，芒砀山上挂满青色灯笼，判断有会行妖法的人作祟，建议从长计议。

安营扎寨完毕，公孙胜献出了诸葛孔明摆石为阵的图。宋江依图布置阵法，派八员大将守阵，叫朱武等人在高坡上瞭望并报告对方阵中情况。不久两军再次交锋，樊瑞施展妖法，顿时狂风肆虐，飞沙走石，天昏地暗。项充、李衮率五百滚刀手杀入阵中，却受到梁山强弓硬弩的阻击，仅有四五十人突入阵内，其余人被迫撤回。宋江见机行事，命令陈达挥动七星号旗，变换阵型为长蛇阵。公孙胜施法，一团黑气将项充、李衮笼罩其中，二人顿时失去方向，陷入马坑被梁山军生擒。宋江对二人广施恩德。项充、李衮对宋江的威名早有耳闻，心生敬意，于是归顺梁山泊。他们还主动劝说樊瑞投降。樊瑞眼见宋江如此仁义，便带着山寨的人马和财物，随宋江一同前往梁山泊。

精华赏析

孔亮向宋江求救，宋江义无反顾地带人去攻打青州，并收服了呼延灼。史进被捉，宋江又及时赶到，捉住了项充、李衮，并邀他们入伙。

成长启示

在第三十四回的故事中，宋江在攻打青州时，面对强大的敌人，他没有退缩，而是勇往直前。在收服呼延灼后，又收服了项充、李衮。这告诉我们，在面对困难和挑战时，应该勇往直前，不畏艰险，克服困难。

第三十五回 晁盖命丧曾头市

要点思考

· 你觉得晁盖失败身亡的原因是什么？

· 晁盖出征一次就失败了，而宋江出征多次，虽然经历挫折但取得了胜利，这是为什么？

宋江同众好汉回到梁山泊，在芦苇岸边大路上，遇见一个大汉，那大汉拜道："小人姓段，双名景住。人见小弟赤发黄须，都称小人为金毛犬。小人祖籍是涿州人氏，平时就靠去北边地盘盗马为生。今年春天小人到枪竿岭北边盗得一匹好马，浑身雪白，并无一根杂毛，从头至尾有一丈长，蹄子到脊背高八尺。那马又高又大，一日能行千里，在北方很有名，叫作'照夜玉狮子马'，乃大金王子坐骑，放养在枪竿岭，被小人盗走，拿来进献给头领，权表我投奔之意。不承想来到凌州西南方向，从曾头市路过，被那曾家五虎夺了去。小人说是梁山泊宋公明的，那厮却说了许多污秽的言语。小人便逃走，特来告知。"宋江便带着段景住从金沙滩上岸，然后就是做筵席庆祝。段景住一直说起那匹马的好处，宋江便叫神行太保戴宗去曾头市打听那匹马的下落。

四五日后，戴宗回来对众头领说："这个曾头市上共有三千余家，里面有一家叫曾家府，这老子原是大金国人，名为曾弄，生下五个孩儿，号称曾家五虎。大儿子叫曾涂，二儿子叫曾密，三儿子叫曾索，四儿子叫曾魁，五儿子叫曾升。他们有一个教师叫史文恭，一个副教师叫苏定。在那曾头市上聚集着五七千人马，安营扎寨，造了五十多辆**陷车**[①]，发誓说与我们势不两立，定要捉尽俺山寨中的头领，做个对头。那匹千里玉狮子马，现在是教师史文恭骑着。”晁盖听戴宗说完，心中大怒道：“这畜生怎敢如此无礼！我须亲自走一遭，不捉此人，誓不回山。”宋江说：“哥哥是山寨之主，不可轻举妄动，小弟愿意前往。”晁盖说：“不是我要夺你的功劳，你下山多次，厮杀劳顿，我这次替你走一遭。”晁盖不听宋江的劝谏，点起五千人马，请了二十个头领下山相助。

宋江、吴用和公孙胜等头领在山下的金沙滩为晁盖饯行。饮酒间，忽然刮起一阵狂风，正好把晁盖新做的**认军旗**[②]半腰吹断。众人见了，都大惊失色。吴用进谏道：“此乃不祥之兆，兄长改日再率军出征。”宋江也劝。晁盖说：“天地风云，何足为怪？趁着春暖花开之时不去捉拿他，等他成了气候，再去进兵就迟了。你等休要阻拦我，不管怎样也要走一遭！”宋江哪里违拗得住，晁盖便引兵渡水去了。

晁盖领着五千人马和二十个头领，在曾头市附近安营扎寨。次日，晁盖和众头领便骑马前去查看曾头市情况。只见这曾头市人强马壮，城墙如铜墙铁壁。突然，柳林中

---

①陷车：指押送犯人的囚车。

②认军旗：行军时主将所有的作为标识的军旗，旗上有主将的官号或姓字。

飞出一队人马，约有七八百人。领头的一个好汉戴着熟铜盔，披着连环甲衣，使一条钢枪，乃曾家四儿子曾魁，他高声喝道："你等是梁山泊反国草寇，我正要去拿你解官请赏，没想到你自己送上门来！还不下马投降，更待何时！"晁盖大怒，回头一看，林冲早就冲过来战曾魁。两人斗了二十余回合，不分胜败。曾魁自知再打下去会吃亏，回马便走，林冲为了安全没去追赶。晁盖赶紧回到寨中，商议攻打曾头市的计策。林冲说："来日先去曾头市城门口叫战，看看他们的虚实，再作商议。"

次日天明，晁盖便领着五千人马在平川旷野之地列出阵势，擂鼓呐喊。只听曾头市一声炮响，大队人马就冲了出来，一字摆着七条好汉：中间便是教师史文恭，**上首**①是副教师苏定，**下首**②是曾家长子曾涂，左边分别是曾密、曾魁，右边分别是曾升、曾索，都全身披挂。三通鼓擂完，只见曾家阵里推出数辆陷车，放在阵前。曾涂指着晁盖骂道："反国草寇，看见陷车了吗？我曾家府里杀死你的不算好汉，我要一个个活捉了你们，装在陷车里，押解到东京，将你们碎尸万段！你们趁早投降，还有得商量。"晁盖听了大怒，挺枪出马，直奔曾涂。众将怕晁盖有闪失，一起杀了过去。两军混战，曾家人马一步步退入村里。林冲、呼延灼紧紧守护在晁盖左右，东赶西杀。林冲见道路越来越不好，急忙退回去收兵。回到寨中，晁盖

①上首：位次较尊的一边，通常指左手一边。

②下首：位次较低的一边。

看到折了许多人马，心中充满忧虑。众将领劝道："哥哥请放宽心，休要愁闷，有伤贵体。往常宋公明哥哥出征，也曾失利，好歹都胜利回寨了。今日混战，两边都折了些人马，又不曾输给他，何须忧闷？"晁盖只是闷闷不乐，一连三日去曾头市叫战，也没人出来迎战。

第四日，忽然有两个和尚来到晁盖的寨子前下拜，道："小僧是曾头市上东边法华寺里的僧人，如今曾家五虎时常来本寺作践我们，索要金银财宝，无所不为。小僧已知他的底细、出没的路径和去处，特地前来拜请头领前去劫了他们，扫除大患。"晁盖听了大喜过望，便款待两位和尚。林冲谏道："哥哥休要相信，其中莫非有诈？"和尚说："小僧是个出家人，怎敢妄语？久闻梁山泊替天行道，所过之处，并不扰民，因此特来拜投，有何道理来欺骗将军？况且曾家未必赢得了头领的大军，何故怀疑？"晁盖说："兄弟休生疑心，反而误了大事。今晚我亲自走一遭。"林冲说："哥哥休去，我等领一半人马去劫寨，哥哥在外面接应。"晁盖说："我不亲自去，谁肯向前？你可留一半人马在外接应。"晁盖点了十个头领，还有二千五百人马前去。

当晚吃完饭，马摘鸾铃，士兵**衔枚**①，黑夜里疾走，悄悄地跟着两个和尚，来到法华寺内。晁盖下马，见寺内没一个僧人，便问那两个和尚。和尚说："因不堪曾家畜生羞辱，不得已各自还俗去了，只有长老和几个侍者。头

---

①衔枚：古代行军时口中衔着枚以防出声。

领暂且收拢人马，等夜更深些，小僧带头领去那厮的寨里。”晁盖说：“他的寨在哪里？”和尚说：“他有四个寨栅，北寨便是屯兵之处。只需打那个寨子，别的都不用管。如今只是二更，三更时分他就无防备了。”初时，能听到曾头市响亮的打更声，又等了半个更次，没听见打更的声音。和尚说：“士兵们想必都已睡了，现在可以去了。”晁盖便和诸将上马，跟着和尚，领兵离开法华寺。

走了不到五里多路，两个和尚便消失在了黑影处，前军便不敢行动了。看到四周路杂难行，又不见有人家，士兵们慌张了起来，报告晁盖，呼延灼急忙叫众人走原路返回。走了不到百十步，只听四下里金鼓齐鸣，喊声震地，一眼看去都是火把。晁盖和众将领兵夺路而走，才转了两个弯，就撞到一队人马，乱箭射来。没想到一支箭正中晁盖脸上，晁盖倒下落马。呼延灼、燕顺拼死冲过去，后面的刘唐、白胜救晁盖上马，一起杀出村去。村口林冲等头领带人来接应，和曾家军混战到天亮，后又各自回寨。

众头领回到寨中来看晁盖，那箭正射在面颊上，拔出箭，晁盖便因失血过多晕倒了。再看那箭，上面刻着“史文恭”三个字，还是一支毒箭，使晁盖言语不得。林冲派人把晁盖送回梁山泊大寨，众人无心恋战。天微微亮，听探子来报，有四五路人马杀来，林冲便领着众人撤退。两军且战且走。林冲人马走过了五六十里才逃脱，却又折了五七百人，路上遇到戴宗传令回寨。

众将上山看晁盖，此时他已水米不进，浑身虚肿。宋江等人守在床前啼哭。夜至三更，晁盖觉得身体沉重，嘱咐宋江说：“贤弟保重，若哪个捉得射死我的人，便叫他做梁山泊主。”说完就瞑目而死。宋江哭得发晕，情绪稍稳定，便主持厚葬晁盖。林冲、公孙胜、吴用和众头领商议立宋公明为梁山泊主。宋江再三推辞不过，就答应暂做梁山泊主，待谁杀了史文恭，就让位给他。众头领在聚义厅内为宋江举行了盛大的就位仪式，宋江给众头领排位，把议事的聚义厅改名为“忠义堂”，给予每位头领相应的职责。众人都心悦诚服，俯首听命。一日，宋江提议为晁盖报仇，兴兵攻打曾头市。吴用谏道：“哥哥，庶民守丧，尚且不可轻动。哥哥兴兵，待百日之后也不晚。”宋江便在山寨守丧，请僧人做法事。一日，一名北京来的法名为大圆的僧人来布置道场。吃斋闲聊间，宋江问起北京风土人物，大圆和尚说：“头领如何不知河北玉麒麟之名？”宋江、吴用这才想起北京城里有个大员外，叫卢俊义，绰号玉麒麟，一身好武艺，棍棒天下无敌，若得他在寨中，何怕官军缉捕，何愁兵马来临？宋江便和吴用合计让卢俊义落草。

精华赏析

曾家兄弟的言行惹怒了晁盖等人，晁盖发兵攻打曾家市。晁盖求胜心切，行事草率，误信小人，中箭身亡。宋江带领梁山泊好汉，准备替晁盖报仇。

成长启示

在第三十五回的故事中，晁盖在攻打曾头市时，轻信了曾家派来的和尚，导致自己中了史文恭的毒箭而身亡。这告诉我们，在处理问题时，应该理性思考，不要轻易相信他人，避免因此上当受骗。

第三十六回 吴用计请卢俊义

❖ 要点思考

· 你觉得卢俊义为什么会中吴用的计谋？
· 你喜欢燕青这个人吗？为什么？

吴用心中生出一计，意在引卢俊义至梁山泊归顺，于是让李逵乔装为道童，二人一同下山。他们来到卢俊义的府邸前，吴用轻摇**铃杵**[1]，口中念念有词。此时，城内五六十个小孩跟着、看着、笑着。卢员外听闻街头的喧闹声，询问当差缘由。那当差的回答道："员外，真是好笑。街上有个算命先生正在卖卦，一次就要一两银子，谁会舍得给呢？后面还跟着一个丑陋的道童，走路的样子十分滑稽。"卢俊义被勾起了好奇心，便请吴用和李逵入府，付了一两白银以求一卦。吴用询问了卢俊义的生辰八字后，取出一把铁算子在桌上排列推算，然后猛拍桌面，大呼："怪哉！"卢俊义大惊失色，忙问："吉凶如何？"吴用答道："员外不出百日之内，必有血光之灾，家财难保，恐将死于刀剑之下。"卢俊义自认为命中注定大富大贵，对此不以为然。吴用见状，急忙改容变色，将银子归还，起身欲走，并感叹道："天下之人原来都是阿谀谄媚之徒。罢了罢了！我分明为你指明平坦之路，你却将忠言当作恶语。小生告辞了。"卢俊义见吴用愤怒离去，赶紧挽留道：

①铃杵：僧、道游方时手持的响器。

“先生请息怒，愿听先生的教诲。”吴用说：“员外过去一直顺风顺水，但今年却犯了太岁，百日之内恐有身首异处之祸。这是命中注定，无法逃脱。”卢俊义急切地问：“可有解救之法？”吴用再次推算一卦后说：“除非员外前往东南方向一千里之外的地方，才能免除这场大难。”卢俊义感激地说：“若能免去此难，我必以厚报。”吴用便告诉卢俊义四句卦歌：“芦花丛里一扁舟，俊杰俄从此地游。义士若能知此理，反躬逃难可无忧。”并让卢俊义将这几句卦歌写在墙壁上作为证据。随后吴用告别卢俊义，与李逵趁着夜色赶回山寨，迎接卢俊义的到来。

而卢俊义自从算卦之后，心如刀割，坐立不安，便要到东南方向泰安州的东岳泰山天齐仁圣帝金殿烧香避难。心腹李固、燕青和卢俊义的娘子来劝阻，都不管用。卢俊义和李固一行人走了数日，路过梁山泊，店小二告诉他们，虽然梁山的宋公明大王不害来往客人，但还是悄悄过去为好。卢俊义听了，便叫人取出四面白绢旗，绑在竹竿上，旗上写着要捉强盗。随行人叫苦，求卢俊义不要惹梁山泊人，卢俊义却说：“这等燕雀怎敢和鸿鹄拼杀？我学得一身本事，无处施展，今日逢此机会，不在这里**发卖**[1]，更待何时！我要把贼首押到京师，请功受赏，方表我平生之愿！”

卢俊义拿着朴刀，赶着车队往梁山泊走，走到林子处，就听见一声口哨响。只见李逵带着一千来个小喽啰从林子

①发卖：指卖弄。

里闪出来。李逵呵呵大笑道：“员外，你中了俺军师的妙计，快来当个头领吧。”卢俊义大怒，拿着朴刀来斗李逵。两人斗不到三回合，李逵就转身走了。卢俊义去追，鲁智深跳出来大笑道：“洒家奉军师将令来迎接员外上山。”卢俊义急了，上前和鲁智深厮斗。两人斗不到三回合，鲁智深也走了。这时武松又来迎战卢俊义，也是斗不到三回合就走。卢俊义哈哈大笑：“你这厮们何足道哉！”突然，刘唐现身，卢俊义又去和刘唐厮杀，刚斗得三回合，穆弘来帮刘唐。三人斗了不到三回合，卢俊义听到背后有脚步声，打退刘唐和穆弘，转身去斗背后来的李应。

不久，山顶的铜锣声响起，众头领各自散去。卢俊义再回到林子边却惊愕地发现原先的车队与随从已不见踪影。他环顾四周，只见远处的山坡下一群小喽啰押着车辆以及李固等人正朝松林方向移动。卢俊义急忙追赶，待他快到山坡时，却被朱仝与雷横挡住了去路。短暂的交锋后，二人退走。卢俊义继续追赶，却听到山顶传来鼓板声与箫声，抬头望去，一面杏黄旗高悬，上绣“替天行道”四个大字。凝神一看，宋江、吴用、公孙胜端坐其上，周围的随从齐声高呼：“员外别来无恙！”卢俊义愤怒至极，破口大骂。此时，花荣一箭射中卢俊义帽上的红缨，卢俊义惊恐万分，急忙逃窜。

山坡上鼓声震天，秦明等率众从山东边疾驰而来，呼延灼等则带兵从山西边迅速逼近。疲惫不堪的卢俊义无路可逃，只能选择小路仓皇逃窜。黄昏时分，他来到鸭嘴滩头，眼前尽是芦花和茫茫烟水。卢俊义仰天长叹：“是我不听好人言，今日果有凄惨事！”突然，李俊从芦苇丛中摇船而出。卢俊义请求李俊带他到附近的集市歇息。船行三五里后，阮氏三兄弟摇着船追赶而来。李俊潜入水中，张顺将船掀翻，卢俊义落入水中。张顺将卢俊义救上岸后，戴宗叫人给他换上干净衣裳，用轿子抬他上山。远处鼓乐齐鸣，二三十对红灯笼照亮了前行的道路，照着宋江等人。尽管宋江、吴用等头领纷纷劝说卢俊义担任梁山泊主之位，但他坚决拒绝。吴用便让李固先行回家，并告诉李固：“你主人已答应成为我们的二头领，此前他在家中的墙上写下了四句反诗，暗藏‘卢俊义反’四字。为避免江湖人耻笑，今日放你们回去。”李固等一行人听后离去。

众头领每日一人轮番宴请卢俊义，如此过了两个多月，卢俊义决定启程返家。然而，在离北京城还有一里多路，卢俊义却被衣衫褴褛的燕青拦住。燕青告知他：“李固一回到家中，便与你的妻子联手将你归顺梁山泊之事告发至官府。我曾试图阻止，却被赶出门外。他们之间早有私情，如今已结为夫妻。你若入城，必定会中他们的圈套。”卢俊义不以为意，认为他们不敢如此妄为，于是坚持回家查看情况。刚到家，卢俊义就中计被公差绑了，押到衙门。因在梁山泊住了很久，还有反诗在家，再加上李固上下使钱，卢俊义便被屈打成招，押入死牢。李固用五百两黄金收买看管卢俊义的押狱蔡福，让他杀了卢俊义。蔡福回到家，见柴进进来说：“得宋公明将令，留住卢员外性命，不然兵临城下，洗劫一空。这是一千两黄金！”说完便走了。蔡福权衡利弊，便用这一千两黄金买通梁中书等人，饶了卢俊义性命，只发配沙门岛。李固得知，心里很苦闷，便又去收买公差董超、薛霸。一路上，这董超、薛霸把当时折磨林冲的那一套又在卢俊义身上使了一遍。二人正要杀卢俊义，却被燕青用箭结果了性命。因杀死公差，卢、燕二人只得往梁山泊赶。二人在村店歇息，却被店小二告发，卢俊义又被捉走了。逃过一劫的燕青立马去梁山泊求救。燕青行至半夜，在土冈子上的树林里睡觉。睡到天明，燕青听到树上喜鹊聒噪的叫声，寻思道：“若射得下来，到村里人家讨些水煮了吃，也能充饥。”燕青找到那喜鹊，轻轻取出弩弓，暗暗向天祈祷：“燕青只有这一支箭了！若救得主人性命，箭到喜鹊落；若是主人命运休矣，箭到喜鹊飞。”只听弩一响，正中喜鹊尾部。那喜鹊带了箭飞下冈子去了。燕青大踏步赶到冈子下面，正好和杨雄、石秀擦肩而过。燕青转身看这两人，寻思道：“我正没盘缠，何不两拳打倒他俩，夺了包裹，再上梁山泊。”燕青上去一拳打倒了走在后面的石秀，刚要去打杨雄，却被杨雄一棒打中左腿，倒地不起。石秀爬起来踩住燕青，抽出腰刀，朝着面门剁来。燕青大叫道：“好汉，我死不妨，可找谁上梁山泊报信呢？”石秀便停手问他报什么信。燕青说想叫宋公明救主人卢员外。杨雄、石秀听了哈哈大笑，说：“我俩就是奉哥哥的将令，来北京打听卢员外消息的。”听燕青说完情况，杨雄让石秀去北京打听消息，他和燕青连夜上梁山泊去报信。

石秀进了北京城，见街上人人嗟叹，个个伤心满面，问了一个老人才知，卢员外因杀了两个公差，要在**市曹**[1]被问斩。石秀闻讯，便在市曹附近的酒楼上寻了个位置，边饮酒边留意着楼下的动静。

不久，楼下的街道开始沸腾起来，四周的居民纷纷关闭门户。酒保急匆匆地走到石秀跟前，催促道："客官，楼下即将行刑，您还是快些结清酒钱，到别处避一避吧。"石秀道："你且退下，此事与你无关，休要惹我生气！"酒保闻言，无奈地退了下去。

石秀站在楼上，目光紧锁着十字路口的法场。那里已被密密麻麻的人群围得水泄不通，十余名刽子手押着跪在地上的卢俊义。只听"午时三刻到了"，蔡福便高高地举起刀。这时，石秀拿出腰刀，大声叫道："梁山泊好汉全伙在此！"蔡福等人撇了卢员外，扯了绳索就走。石秀纵身从楼上跳下，手握钢刀，勇猛无比，一连斩杀十余人，然后一把拽起卢俊义，向南疾驰而去。梁中书得知此事后大惊失色，急忙调集人马分头把守四个城门。石秀和卢俊义在城内四处碰壁，最终被人马团团围住。公差们用挠钩将他们钩住，用绳索捆绑后押至梁中书面前。

面对梁中书，石秀瞪大双眼，义愤填膺地痛斥道："你这祸国殃民、荼毒百姓的奸贼！我宋公明哥哥早晚必领兵前来，将你的城池夷为平地，将你碎尸万段！"这番话吓

①市曹：商肆集中的地方。古代常于此处决犯人。

得在场众人面色苍白。梁中书沉默片刻后，命人将二人押入死牢。

消息传至戴宗耳中，为救二人性命，吴用心生一计，伪造了一些告示并四处张贴。次日清晨，城内城外的人们纷纷报称收到了来自梁山泊的告示数十张。告示上赫然写道：若放走石秀和卢俊义二人则相安无事；否则玉石俱焚、不留活口。梁中书吓得不知所措，和王太守商议留下二人性命，一面上奏朝廷，一面命兵马都监闻达和李成做好抵抗梁山泊草寇的准备。

商定迎敌之策的次日，李成率领众将在城外二十五里的槐树坡安营扎寨，同时派遣急先锋索超率领精兵强将在三十五里外的飞虎峪设下埋伏。他们在营地周围布下重重刀枪、挖设深坑陷阱，士兵们摩拳擦掌、士气高昂，只待梁山泊人马自投罗网。

◈ 精华赏析

卢俊义自大，中了吴用的计谋，家中写了反诗而不自知，路过梁山泊还逞强，最终被捉上梁山，住了两个多月。最终，卢俊义被折磨得有家难回，被判死刑。

◈ 成长启示

在第三十六回的故事中，卢俊义中了吴用的计谋，导致他被官府通缉，最终被逼上梁山。这告诉我们，不能只看到表面现象，应该深入了解事情的真相，避免被表面的现象所误导。

第三十七回 宋江兵打北京城

◈ 要点思考

· 你觉得关胜是个怎样的人？
· 张顺为什么会冒着风雪去找安道全？

宋江听戴宗汇报了石秀和卢俊义的情况，便和吴用商定攻打北京城。听到宋江兵马前来的消息，李成、索超摆开阵势等候。李逵率五百多小喽啰飞奔而来。索超阵中的王定引一百骑兵冲锋，便把李逵的人冲散了，索超带人去追杀，赶到庾家疃，却遇到解珍和孔亮、孔明和解宝的两队军马。索超勒马便回。李成带前部人马杀到庾家疃，却见扈三娘带人马赶来。李成便叫索超迎战，自己去捉捕其他草寇。索超拍马奔向扈三娘，而扈三娘回马便往山凹处走。李成分散人马，四下里赶杀。突然喊声震地，一队人马飞也似地追来。李成急急退兵到庾家疃时，解珍和孔亮、孔明和解宝的两队军马杀了出来，扈三娘也掉转马头，赶得李成军马七零八落，这时李逵又挡住去路。李成、索超带人冲开人马，夺路而去。

李成、索超折了大半人马，慌忙上报。梁中书便连夜差闻达领本部军马前去助战。次日，秦明和索超各自出阵，大战二十多回合，不分胜败。韩滔见状，拈弓搭箭，一箭射中索超左臂。索超撇了大斧，回马便走。宋江鞭梢一指，众军一起卷杀过去，顿时尸横遍野，血流成河。宋江人马追过庾家疃，夺了槐树坡寨子。闻达撤到飞虎峪。

当夜，闻达正和众将商议对策，突然有人报山上有情况。闻达领兵前去迎敌，不承想花荣领人马从山后杀来。呼延灼领人马从西边山杀来，后面的秦明也带人杀来了。四下里战鼓齐鸣，闻达大军且战且走，战到天明，已至城下。梁中书连忙接应败残人马，闭门不出。梁中书赶紧写信告知蔡太师，随后宋江人马三面围住北京城。

蔡太师接到信，忙请枢密院官来商议。一筹莫展时，掌管兵马的宣赞推荐了关胜。关胜和兄弟郝思文在宣赞的带领下一同参见蔡太师。关胜说："若救北京，先取梁山，后拿贼寇，叫他首尾不能相顾。"蔡太师听后大喜，便给他一万五千精兵，命他为指挥使，郝思文为先锋，宣赞为合后，杀奔梁山泊。宋江正苦于攻城不下，只见戴宗来报："蔡太师请大刀关胜引一队军马飞奔梁山泊而去。寨中头领请兄长早早收兵，回去解山寨之难。"宋江便去部署撤退计划。城上见宋江军马拔寨而起，便去上报。闻达、李成率军出城，乘势追杀。刚到飞虎峪，只听战鼓乱鸣，花荣、林冲各率五百人马从两边杀来，李成、闻达知道中计，便火速回军，却又迎到呼延灼的骑兵。三路人马杀得李成、闻达退入城中，闭门不出。

宋江人马次第而回，接近梁山泊边，刚好迎着宣赞的人马。宋江收拢人马，安营扎寨，暗地里使人从小路上山，和水陆人马约定接应计划。张横想建功，在众头领面前争一回面子，便带着二三百水军趁夜坐船到对岸，去捉拿关胜。但张横的行踪被关胜的探子看到了，关胜便设了埋伏把张横等人都活捉了。三阮兄弟得知后，便急忙和张顺带水寨人马驾船杀来，却也中了埋伏，阮小七被捉，阮小二、阮小五和张顺被李俊等人救回去。

宋江和吴用正想着如何击退关胜，宣赞却带人来叫阵。花荣和宣赞斗了十回合，回马便走，宣赞赶来。花荣射了两箭都没中，宣赞也不敢再追，跑向本阵。宣赞入阵，请关胜前来。关胜全身披挂，手拿大刀，骑着宝马来到阵前。宋江看关胜仪表非俗，和吴用暗暗赞美。秦明手舞狼牙棍，直取关胜，林冲怕他夺了头功，也奔向关胜。三匹马在尘土中厮杀，宋江有意取关胜上梁山，恐伤了关胜，便鸣金收军。

关胜回到寨中，暗想："我斗不过二将，眼看着要输了，宋江倒收了兵，不知何意？"夜晚探子来报，有人求见。关胜让他进来，只见一个汉子走进来说："小将呼延灼，征剿梁山泊时中了奸计，不能还乡。听得将军到来，不胜之喜。宋江有归顺之意，无奈众贼不从。他暗与呼延灼商议，正要迫使众人归顺。将军可随我从小路直入贼寨，生擒众头领，押送京师，共建功勋。"关胜听后大喜，置酒相待。二人互相表露衷情，并无疑心。

次日，宋江带人来叫阵，见呼延灼出阵，大怒，叫黄信出马战呼延灼。不承想不到十回合黄信就被呼延灼一鞭打下马，宋江忙派人救人并撤兵。呼延灼怕有诈，不让关胜追赶，等晚上乘胜偷袭。当夜，呼延灼在前引路，关胜等人跟着，路上遇到自称宋江派来接应的三五十个小喽啰。

众人来到宋江中军附近，只听一声炮响，众人跟着关胜杀进宋江中军。但寨子里却无一人，关胜见呼延灼不在，大吃一惊，知道中计，慌忙回马。顿时四周山上鼓响锣鸣，众人慌不择路，各自逃生，只有几个骑兵随关胜往回赶。转出山嘴，关胜、郝思文、宣赞均被活捉。李应引兵直奔关胜寨中，救了张横、阮小七等水军，夺了其一应粮草马匹，收了其残兵败将。

天晓，众头领在忠义堂集合。关胜、宣赞、郝思文三人被押来，宋江慌忙解了绳索，**纳头**①便拜，并劝三人入伙，关胜觉得无面回京，便应下了。关胜新入伙，便请缨去打北京城。此时索超已痊愈，率本部人马出城迎敌，李成、闻达随后调军接应。索超和关胜斗了不到十回合，便力不从心，李成见状，出阵夹攻关胜。宣赞、郝思文见了，前来助战。宋江鞭梢一指，大军卷杀过去。李成军马大败而归。次日，索超引一支军马出城袭扰。吴用却只叫军校迎敌戏战。索超赢了一阵，欢喜入城。当晚，雪下得很大。吴用叫步兵在北京城外的山边河路处掘成陷坑，用土盖上。雪下了一夜，到了天明已有二尺深。宋江军马到城外叫阵，索超便引三百军马出城。宋江军马四散而走，只叫水军头领李俊、张顺来迎战。二人与索超打了几下便逃走，特引索超奔向陷坑去，嘴里还叫道："宋公明哥哥快走！"索超便飞马过来，却陷入坑内被活捉。索超被宋江、杨志轮番劝诫，也归顺了梁山泊。

但宋江一连数日攻北京城而不破，好生忧闷。当夜伏

---

①纳头：低头。

枕而卧，忽然阴风瑟瑟，寒气逼人。宋江抬头看时，只见晁盖在面前说："贤弟有百日血光之灾，只有江南地灵星可治。你可早早收兵，回军自保。"宋江起身欲问明白，被晁盖一推，猛然醒来，却是南柯一梦。宋江随即叫小校请军师吴用圆梦，但因撤军一事进退两难，二人未有定论。次日，宋江神情疲倦，浑身酸疼，头如斧劈，身似蒸笼，一卧不起，只觉背上又热又疼。众头领一看，宋江的背肿得像**鏊子**[①]，吴用开药也不管用。张顺说他母亲得了背疾，百药不能治，后请得建康府安道全，手到病除。吴用想到晁盖所托之梦，想必这江南地灵星就是安道全了，一面命张顺星夜请他来，一面传令撤军回寨。

张顺一心救宋江，连夜赶路，路上经历不少波折才见到安道全。

张顺请路上遇见的王定六上梁山泊。王定六早有此想法，便答应了。张顺和安道全背着药囊，路上遇到了戴宗，戴宗带着安道全使了神行法，连夜赶到梁山泊。安道全看病用药，十日内就差不多治好了宋江的背疾。

❖ 精华赏析

梁山泊众好汉围攻李成、索超的人马取得大胜，还设计绑了关胜和索超。眼看胜利在望，宋江突发疾病。张顺冒着严寒雨雪为宋江求医。

❖ 成长启示

在第三十七回的故事中，宋江在收服关胜时，先了解了他的性格和特点，让关胜误以为梁山好汉要投降，最终成功地收服了他。这告诉我们在处理问题时，应该先了解对方的情况，采取有针对性的策略，才能取得成功。

---

①鏊子：烙饼的器具，用金属制成，平面圆形，中心稍凸。

第三十八回 吴用智取大名府

要点思考

· 你认为吴用的军事才能怎么样？

· 宋江会再去攻打曾头市吗？

宋江病才好就惦记着攻打北京城，救出石秀、卢俊义。吴用献策道："如今冬尽春初，元宵佳节将近，北京年年都会大张灯火。我们可趁此良机，先派人潜入城中埋伏，待城外大军进攻时，内外夹击，破城救出被困之人。关键在于城中放火为号，谁愿先入城放火？"鼓上蚤时迁挺身而出："小弟幼时曾至北京，深知城内有座翠云楼，楼阁众多。我愿前往翠云楼放火为号，军师再调兵劫牢，此计甚妙。"吴用点头应允。

次日，吴用精心布置各项任务。解珍、解宝乔装成猎户，前往北京官员府献野味，借机潜入城中；杜迁、宋万化身为卖米人，推车入城住宿，元宵夜见火起则夺东门；孔明、孔亮扮作乞丐于闹市屋檐下歇息，见火起则接应；李应、史进装作游人在东门外待机，见火起便杀守门士兵，占据东门作为退路；鲁智深、武松伪装成行脚僧人在城外寺庙投宿，见火起则前往南门外拦截敌军；邹渊、邹润假扮卖灯人混入城中歇息，见火起即前往监狱策应；刘唐、杨雄化身为公差在北京州衙前歇息，见火起则阻挠报信人员；公孙胜与凌振携数百个风火、轰天等炮潜入城，待时机成熟施放；张顺、燕青由水路入城，直扑卢员外家捉拿奸夫淫妇；王矮虎、孙新、张青、扈三娘、顾大嫂、孙二娘六人伪装成三对村里夫妻，混入城中观灯，趁机在卢俊义家放火；柴进与乐和扮作军官，潜入蔡福家保护其性命。众头领依计行事。

元宵节将至，梁中书唤来官员商议**放灯**①一事。梁中书恐梁山泊贼人来侵扰，意欲停止放灯。闻达说："今年若不放灯，让贼人得知，必被耻笑。相公尽管放灯，与民同乐。闻某亲领一队军马出城驻扎飞虎峪，以防贼人奸计。再请李成亲领骑兵绕城巡逻，勿令居民惊忧。"梁中书听了大喜，便出官文告知百姓来放灯。只见北京城内争相挂出各色花灯，翠云楼前扎起一座**鳌山**②，上面盘着一条白龙，各处一片歌舞升平。

吴用得知大喜，便与裴宣点拨八路人马，以元宵节二更为期，都到北京城下。此时，时迁已在北京城中，白日在街上闲走，晚上就到东岳庙内安身。正月十三日，时迁在街上闲逛看灯，见解珍、解宝挑着野味在城中看灯，又撞见杜迁、宋万从瓦子里走出来。时迁又到翠云楼前，见孔明披着头发，身穿破衣，右手拄着根拐杖，左手拿个碗，脏兮兮地在那里乞讨。众人都已就位。

柴进与乐和寻得蔡福，一同前往牢狱探望石秀与卢俊义。时至二更，各路英豪皆已就绪。时迁挟着一篮，内藏硫

①放灯：指农历正月元宵节燃点花灯供民游赏的风俗。

②鳌山：元宵节用彩灯堆叠的山，像传说中的巨鳌形状。

黄与火种，篮面覆以五彩花朵作为掩饰，于翠云楼内四处徘徊。忽闻有人于楼前高呼："梁山泊大军已至西门外！"李成闻讯，即刻飞马赶往留守司点兵，同时下令紧闭城门。梁中书闻此消息，惊慌失措，急忙命人备马。言犹未了，时迁已在翠云楼上点燃火种，霎时间火光冲天。梁中书见状急忙上马，欲前往察看，然路中突现两名大汉，他们推着两辆燃烧的车子阻挡去路。正当梁中书欲转向东门逃离时，两名大汉口称李应、史进挺身而出，手握朴刀，大踏步杀来，守军望风而逃。此时杜迁、宋万前来接应，与李应、史进共同镇守东门。梁中书不得已转向南门奔逃，却又遭遇胖大和尚鲁智深与行者武松的拦截，只得再度折返留守司。然留守司前，解珍、解宝挥舞钢叉横冲直撞，混乱中王太守被刘唐、杨雄以水火棍击毙。梁中书急忙奔向西门，途中只听得城隍庙内火炮轰鸣震天响。邹渊、邹润手持竹竿在屋檐下纵火。三对夫妻亦奋勇杀敌，协助焚烧鳌山。

此时，北京城内黎民百姓个个鼠窜狼奔，家家鬼哭神号。四下里十数处火光冲天，难以辨别方向。梁中书由李成军马接应，到了南门，上城楼一看，只见呼延灼带着人马杀来。梁中书和李成刚躲到北门城下，林冲和花荣带领的人马杀来。吴用的八路军马到齐，李成无路可退，便护着梁中书杀出一条血路，逃出城去。柴进、乐和与孔亮等人里应外合救出卢俊义、石秀，并去蔡福家保护他的家人。卢俊义带着石秀、邹渊、邹润等人奔到家中去捉李固和娘子。但此时，李固和那婆娘已被燕青、张顺抓走了。卢俊义到了家中，不见了人，就把家里的金银财宝装到车上，准备押到梁山泊分了。吴用在城中下令，一面贴告示安抚百姓，一面叫人扑火；又打开粮仓，接济满城百姓，剩下的装车运走；又号令众头领整顿人马，把李固、娘子押在陷车内，分三队回梁山泊。

宋江下山迎接众头领到忠义堂，见了卢俊义，宋江再三请卢俊义做梁山泊主，卢俊义再三谦让。众头领劝宋江不要让位，争执不下，吴用说："且请卢员外歇息，等日后有功，再让位。"宋江方才欢喜，安顿好新来人员，便大摆筵席，犒赏三军。

得知梁山泊人马离去，梁中书遂与李成、闻达领着残余军队返回北京城。梁中书夫人力劝丈夫向朝廷奏报此事，并修书一封通报蔡太师，恳请朝廷尽早调兵遣将，剿灭贼寇、报仇雪恨。

隔日早朝，天子听闻此事震惊不已。有谏议大夫赵鼎上前启奏："以臣愚意，不若降**敕**[①]赦罪招安，命作良臣，去防边境。"蔡京闻言勃然大怒，斥责道："你身为谏议大夫，竟敢败坏朝廷法度，庇护小人，实乃罪该万死！"天子一怒之下，剥夺了赵鼎的官职爵位，贬为庶人。随后，蔡京推荐凌州团练使单廷圭和魏定国担任剿匪重任。然而，这些消息皆被吴用的探子所截获。众头领闻讯后紧急商议对策。关胜挺身而出，道："自从我加入山寨以来，承蒙各位仁兄厚爱，却一直未能立下汗马功劳。单廷圭和魏定

---

①敕：帝王的诏书、命令。

国曾在我的麾下效力。单廷圭擅长水战，人称圣水将军；魏定国则精于火攻，人称神火将军。在下不才，愿领五千兵马前往凌州阻击。若他们归降，便带他们上山；若他们顽固抵抗，则必将他们擒获，献给兄长。不知兄长意下如何？”宋江闻言大喜，遂命宣赞、郝思文与关胜同行。然而，吴用为确保万无一失，命林冲、杨志率领五千人马前往接应。此时，李逵因闲得发慌，便私自下山去了。

李逵在官道上遇到没面目焦挺，二人不打不相识，焦挺想投奔宋公明但没门路，如今见了李逵，急忙请李逵带他上山，并向李逵推荐了枯树山的丧门神鲍旭。

单廷圭、魏定国受了蔡太师的**札付**[①]，整顿完人马，择日启程，却得到关胜引军来犯的消息，便出城迎敌。两军对阵，关胜说：“今主上昏昧，奸臣弄权。兄长宋公明仁德施恩，替天行道，特令关某等来请二位将军同归山寨。”单、魏二将听了大怒，骤马奔出，宣赞和郝思文前去厮杀。宣赞、郝思文在追赶之中被包围活捉。单、魏二将率领五百精兵卷杀过来，关胜大败而退。忽然林冲、杨志领着人马赶来，杀散了凌州军马。单、魏二将便绑着宣赞和郝思文回城，一面置酒庆祝，一面叫人监押宣、郝二人上东京。路过枯树山时，只听一声锣响，李逵、焦挺引着小喽啰拦住了去路。监押的人马欲往回走，却又撞见丧门神鲍旭。鲍旭一剑把头领杀了，其他人就撇下陷车逃命去了。郝思文和宣赞得救，五人领着小喽啰便直奔凌州。

①札付：官府下的公文。

关胜又来凌州城前叫阵，单廷圭引兵出城。二人斗了不到五十回合，关胜退走，单廷圭追赶了十余里。关胜回头喝道："还不下马受降！"单廷圭挺枪刺向关胜，却被关胜用刀背拍下马，便乞命受降。单廷圭回到阵前，叫来五百玄甲军兵，其余人马奔入城中，连忙报知太守。魏定国听了此事，大怒，次日出来战关胜。斗了不到十回合，魏定国便走，叫阵中五百火兵推出五十辆着火的车，人近人倒，马过马伤，关胜军马四散奔走，退四十余里驻扎。

此时，李逵等人率领的人马攻破北门，杀入城内放火。魏定国见势不妙，不敢入城，急忙回军，却又遭到关胜军队的追击。魏定国逃至中陵县后，紧闭城门，关胜便率兵四面包围，展开猛烈攻打。单廷圭深知魏定国性格刚烈，宁死不屈，于是独自前往劝降，说道："如今天子昏庸，奸臣当道，我等归顺宋公明，待奸臣退位，再改邪归正也不迟。"魏定国听后说，若要他归顺，除非关胜亲自来请，否则决不投降。关胜毅然前往见魏定国。魏定国最终被关胜的诚意所打动，带着五百火兵归顺了梁山泊。

精华赏析

吴用周密部署，梁山泊好汉们配合默契，攻下了北京城，救出了卢俊义、石秀。李逵在关键时刻攻破凌州，关胜在后追击，取得了胜利。

成长启示

在第三十八回的故事中，梁山泊好汉展现出了高度的默契和配合。他们分工合作，各自发挥特长，共同完成任务。这告诉我们，在现实生活中，团队合作是非常重要的，只有大家协同努力，才能取得更大的成功。

第三十九回 天罡地煞聚梁山

要点思考

· 你认为史文恭为什么会失败?
· 宋江人马攻打城池后,什么行为体现了“替天行道”的名号?
· 梁山泊集齐了一百零八位好汉,他们会干些什么事情呢?

关胜等人马回到金沙滩,陆续坐上渡船。这时金毛犬段景住气急败坏地跑过来说:“我与杨林、石勇前往北境买了二百余匹好马,在青州地面却被险道神郁保四尽数夺到曾头市了,石勇、杨林不知去向。小弟连夜逃来报知此事。”关胜说回山寨与哥哥相见了再商议。宋江见又添了四个好汉,甚是欢喜,但听到夺马一事,大怒道:“之前夺我马,今又如此无礼!晁天王的仇还没报呢!若不去报此仇,惹人耻笑!”吴用便派会飞檐走壁的时迁下山打探消息。时迁去了不到二三日,杨林、石勇逃回寨,说曾头市史文恭要与梁山泊势不两立。宋江听后要立刻起兵,却被吴用劝下,说等时迁回来报知情况后再去也不迟。宋江忍耐不住,又派戴宗去打听。几日后,戴宗先回来,说:“曾头市今在市口扎寨,又在法华寺内设中军帐,数百里遍插旌旗,不知何路可进。”次日,时迁回来报:“曾头市前有二千余人守住村口,总寨内由史文恭镇守,北寨里有曾涂和苏定,南寨内有曾密,西寨内有曾索,东寨内有曾魁,中寨内由曾升和其父曾弄把守。郁保四把夺的马喂养在法华寺内。”

众头领商议战事，卢俊义愿领兵前往。但吴用担心卢俊义捉得史文恭，宋江会遵晁盖遗言而让位与他，便让卢俊义引一支军马去平川埋伏，听中军炮响就来接应。宋江领五路军马，分别攻曾头市的五个寨子。得知梁山泊军马前来，曾弄差人在村口掘下陷坑数十处，四下里埋伏人马；又在曾头市北路也掘下十数处陷坑。但这个计策被前来打探消息的时迁得知并上报吴用。宋江军马来到曾头市附近，吴用便叫五路人马扎寨，在四面掘了壕沟，下了**铁蒺藜**①。但一连三日曾头市不出战，吴用便让时迁标记好陷坑。次日，吴用叫前队人马拿着锄头，分作两队，把粮车装上芦苇干柴藏在中军；又叫东西两路步军先去攻寨，再叫攻打曾头市北寨的杨志、史进只虚张声势，不进攻。

而史文恭只要引宋江军马打寨，从而让其落入陷坑。次日，听到南门一声炮响，东寨、西寨有梁山泊好汉来攻，史文恭便分兵去接应。又听寨前炮响，史文恭按兵不动，只等他踏入陷坑，山后的伏兵一起上去捉人。而吴用却调马军从山背后两路抄到寨前，把两边的伏兵都逼下坑去。史文恭想要冲出来，吴用鞭梢一指，百余辆点着火的车子挡住其去路。史文恭急忙退军，公孙胜一施法，顿时大风刮得火焰卷入南门，把寨子尽数烧毁。吴用见大胜，便收兵歇息。史文恭连夜修整寨门，加强防守。

---

①铁蒺藜：一种军用障碍物，用铁做成，有尖刺像蒺藜，布在要道上或浅水中，阻碍敌军人马、车辆行动。

次日，曾涂对史文恭商议道："若不先斩贼首，难以追灭。"于是便上马出阵，吕方迎战。二人斗了三十多回合，郭盛见吕方只能招架躲闪，便去夹攻曾涂。但郭盛、吕方的戟搅在一起，曾涂抽出枪向吕方脖子搠去。花荣一箭射中曾涂左臂，曾涂落马，被吕方、郭盛捅死。曾升出阵为亲兄报仇，秦明刚要出阵，李逵却赤膊拿着双斧奔向前，没有项充、李衮的**蛮牌**①遮护，被曾升一箭射中腿，倒下了。秦明、花荣向前拼命去救，马麟、邓飞、吕方、郭盛去接应。曾升不敢再战，便回寨，宋江也收军了。次日，史文恭出马，秦明要夺头功上去迎战。怎奈二十多回合后，秦明招架不住，回马便走，却被史文恭追上，刺中后腿股而倒下马。吕方等四个头领死命相救后，撤到离大寨十里处驻扎。当夜，史文恭乘胜追击，偷袭宋江营寨，却遭到埋伏，混战了半夜，曾索被杀，史文恭夺路而回。次日，曾弄和史文恭都惧怯，写了投降书，送到宋江大寨。宋江却一心要为晁天王报仇。吴用力劝宋江，写了回书，要曾家归还所有马匹和郁保四。次日，曾弄说若要讲和，各请一人质当。吴用便派时迁等人前去讲和，要回了第二次被夺的马匹和郁保四。宋江多次索要那匹照夜玉狮子马，史文恭先是不肯，后表明若宋江立刻退军，他便送还马匹。

忽然，有人来报青州、凌州两路有人马杀来。宋江断定史文恭得知此消息必会变卦，一面差关胜、花荣带人去迎敌，一面劝降了郁保四，让他假装私逃还寨，对史文恭

①蛮牌：粗藤做的盾牌。

说宋江无心讲和，得了马就翻脸，如今听得青州、凌州救兵到了，十分心慌，可乘势夹击。史文恭听了郁保四的汇报，果然倾巢而出，去斩宋江，但扑了个空。正要撤退，只听到曾头市里锣鼓炮响，原来是时迁爬到钟楼上撞钟。声响为号，宋江人马里应外合，杀死曾密、曾魁、苏定，曾弄自缢而死。史文恭骑着千里马落荒而逃。走了二十余里，却被埋伏的卢俊义活捉。卢俊义押着千里马和史文恭回到大寨。关胜、花荣领军击退了青州和凌州军马，也都回到大寨。大小头领收拾军马，回到梁山泊。宋江传令大小头领人人披麻戴孝，并当众杀了史文恭，祭祀晁盖。此时，宋江遵晁盖遗言，要让位与卢俊义。吴用和各头领争相来劝。宋江便说："如今山寨缺少钱粮，梁山泊东的东平府和东昌府却有钱粮。我和卢员外抓阄决定打东平府和东昌府，先打破城池的便做梁山泊主。"众人诚服，抓阄结果是宋江打东平府，卢俊义打东昌府。

宋江在离东平府四十里的安山镇驻扎，史进潜入东平府，来到娼妓李瑞兰家，以期在鼓楼上放火为号，里应外合，却遭出卖，被公差捉住，押入死牢。宋江请吴用商议，吴用便让宋江先打汶上县，让顾大嫂随逃难的百姓混入东平府，扮作乞丐进城，打听消息，若史进被关在牢中，给他带话："**月尽夜**①打城，你自**挣扎**②。"顾大嫂进入城中，一打听果然如吴用所料，便依安排给史进带话。这个月就

①月尽夜：月末最后一天的黄昏前后。

②挣扎：尽力支撑或摆脱。

是**大尽**[①]，到了二十九日，史进问牢头今天是几时，牢头错说成月尽夜。史进便挣脱枷锁，放了牢里的五六十人，只等外面救应。程太守得知消息随即听从董平安排，叫人包围牢房，董平起兵杀向宋江寨子。宋江见董平一表非凡，只是叫军兵围住董平。董平杀回城去，宋江连夜攻城。程太守催请出战，董平引军出城。林冲、花荣迎战，斗了几个回合，二人便走，宋江军马佯败，把董平引到一个村镇活捉了。宋江大施恩义，劝董平归了梁山泊，董平答应了，同时献计攻打东平府。董平假装回城，守军开了城门，背后宋江等人马长驱直入城中。董平夺了程太守的女儿，并杀了程太守一家，宋江下令救出史进，劫了府库。史进自己带人又去杀了李瑞兰一家。宋江收军回寨，并不杀害百姓。

再到安山镇，宋江听说卢俊义打东昌府输了两阵，便去助战。没羽箭张清在阵前搦战，徐宁出战，却被张清的石子打中眉心。燕顺接替徐宁，几个回合便招架不住走了。韩滔、彭玘、宣赞、呼延灼、刘唐、杨志等人轮番上阵，却都被张清打败。混战间，宋江人马擒了龚旺、丁得孙，张清拿了刘唐。张清的探子得知西北方有百十辆车子，河里有粮草船五百余只，水陆并进。张清用石子打伤了鲁智深，劫了粮车，便又去劫粮船。刚到河边，公孙胜便施法，顿时，黑雾遮天，马军步兵面对面而不见。张清不知所措，只听喊声四起，林冲引铁骑军将张清连人和马都赶下了水，河内的水军一齐捉住他。阮氏三兄弟把张清绑回寨子，宋

---

①大尽：农历有三十天的月份，也叫大建。

江军马攻下东昌府，救了刘唐，开仓放粮给百姓，剩余的运上山。因太守清廉，宋江便饶了他。宋江把众头领聚集到州衙，押张清上厅，众多被他打伤的兄弟咬牙切齿，要去杀他，宋江喝住，张清见宋江如此义气，便叩头受降。宋江取酒奠地，折箭为誓："众弟兄若要报仇，皇天不佑，死于刀剑之下。"众人不敢再言。张清举荐了医术高明的兽医皇甫端，这皇甫端见宋江义气，愿从大义。宋江带着众头领欢喜地回了梁山泊，龚旺和丁得孙也叩首拜降。

宋江在忠义堂摆宴庆祝，众头领依次而坐。宋江说道："今一百零八人聚会，古往今来，实为罕见！从前兵刃到处，杀害生灵，无可**禳谢**[①]，我欲建一大**醮**[②]，一祈众兄弟身心安乐，二愿朝廷赦免大罪，众当尽忠报国，三荐晁天王早生仙界。未知众弟兄意下如何？"众头领纷纷称赞不已。吴用提议先请公孙胜主行醮事，然后令人下山邀四方得道高士赴寨。商定日期已近，在忠义堂设七宝三清圣像，两边设二十八宿十二宫辰。一连七日做醮，至第七日三更，只听天上一声巨响，西北天眼打开，霞彩缭绕，从中间卷出一团火来，钻入地下。众人掘地不到三尺，只见一个石碣，上有天书文字，一侧写"替天行道"，另一侧写"忠义双全"。前面写了梁山泊三十六员天罡星，依次是：宋江、卢俊义、吴用、公孙胜、关胜、林冲、秦明、呼延灼、花荣、柴进、李应、朱仝、鲁智深、武松、董平、张清、杨志、徐宁、索超、

①禳谢：向神祭祷，谢罪消灾。

②醮：一种祷神的祭礼。后来专指僧道为禳除灾祟而设的道场。

戴宗、刘唐、李逵、史进、穆弘、雷横、李俊、阮小二、张横、阮小五、张顺、阮小七、杨雄、石秀、解珍、解宝、燕青。背面写了梁山泊七十二员地煞星，依次是：朱武、黄信、孙立、宣赞、郝思文、韩滔、彭玘、单廷圭、魏定国、萧让、裴宣、欧鹏、邓飞、燕顺、杨林、凌振、蒋敬、吕方、郭盛、安道全、皇甫端、王英、扈三娘、鲍旭、樊瑞、孔明、孔亮、项充、李衮、金大坚、马麟、童威、童猛、孟康、侯健、陈达、杨春、郑天寿、陶宗旺、宋清、乐和、龚旺、丁得孙、穆春、曹正、宋万、杜迁、薛永、施恩、周通、李忠、杜兴、汤隆、邹润、邹渊、朱富、朱贵、蔡福、蔡庆、李立、李云、焦挺、石勇、孙新、顾大嫂、张青、孙二娘、王定六、郁保四、白胜、时迁、段景住。道士辨验天书，让萧让抄录下来，众人看了，惊讶不已。宋江说："上苍分定位数，为大小二等，天罡、地煞星已分定次序，众头领各守其位，不可逆了天言。"众头领不敢违拗。

宋江整顿山寨，挂上了大大的"忠义堂"匾额，立起"替天行道"杏黄旗，发号施令，各头领各司其职，依军法治之。

精华赏析

吴用出谋划策，宋江带领梁山泊众好汉，一齐攻下了曾头市，消灭了梁山泊最大的仇敌，还收拢了几员大将。至此，梁山泊聚集了一百零八位好汉。

成长启示

在第三十九回的故事中，宋江展现出了优秀的领导才能。他能够激发梁山好汉的士气，带领他们共同追求目标。这告诉我们，在团队中领导者的角色至关重要，只有具备领导力的人才能带领团队走向成功。

第四十回　梁山不满招安书

◈ 要点思考

· 宋江花重金想与皇帝宠爱的李师师把酒言欢，目的是什么？

· 梁山泊好汉不接受诏书，朝廷能善罢甘休吗？

元宵节近，宋江想去东京赏灯。他命史进、穆弘装扮成悠闲的游客，鲁智深、武松则化身为行脚僧人，朱仝、刘唐扮作四处经商的商人。他们各自先后启程，悄然前往东京。而宋江与柴进则扮作**闲凉官**①，戴宗扮作承局，由燕青和李逵作为随从，紧随其后出发。

正月十一日，宋江一行人抵达东京万寿门外。他们静待时机，计划在正月十四日晚上趁着人潮拥挤时混进城中。次日，柴进与燕青衣着得体、神态自若，先行一步进入东京城内探听消息。二人转到东华门外，在一酒楼上看热闹。柴进见**班直**②人等多从内里出入，**幞头**③边各簪翠叶花一朵。柴进和燕青耳语了一番，燕青下楼，迎着个老成的班直官，便套近乎，请他上楼与柴进一同吃肉喝酒，燕青斟酒，殷勤劝酒，把班直官灌得微醉，柴进便问头上这朵翠花是何意，班直官酒后吐真言："这是天子为庆祝元宵节所赐，我等共二十四班，总共有五千七八百人，每人皆得衣袄一领，翠叶金花一枝，上面还挂有小小金牌一个，刻着'与

①闲凉官：宋代奉命外出宣慰、察访的官员。

②班直：宋朝皇帝随身的卫兵。

③幞头：一种包裹头部的纱罗软巾。

民同乐'字样。只有佩戴这宫花锦袄者，才能自由出入宫内。"随后，柴进将班直官灌醉至不省人事，快速换上他的衣装，得以混入宫中。在睿思殿的屏风上，他看到了四大贼寇的姓名：山东宋江、淮西王庆、河北田虎和江南方腊，柴进心中一紧，急忙用刀将"山东宋江"刻去，然后匆匆返回酒楼，将衣物如数归还给班直官。

十四日黄昏，宋江引一干人等入城看灯，玩遍六街三市。宋江听江湖传言当今圣上和李师师打得火热，便花重金见了李师师一面。上元节，宋江、柴进和燕青又来李师师处，把酒言欢，唱曲作诗，叫戴宗和李逵在门前等。突然，天子偷偷来李师师家，宋江等人慌忙躲起来。与天子相约的杨太尉进门撞见李逵，喝道："你这厮是谁？敢在这里？"李逵见宋江、柴进和美人吃酒，自己却在门前守着，一肚子气正没处撒，拿起椅子就劈向杨太尉的脸，把他打翻在地，戴宗拦都拦不住。宋江等人赶出来时，见他性起，恐关了城门脱身不得，只得和柴进、戴宗先出城，留燕青看守着他。燕青同李逵撞见穆弘、史进，四人齐心协力打到城边。把门军士急忙去关门，门外的鲁智深、武松、朱仝、刘唐杀入城来，救了里面四人。关胜等五位头领听吴用安排在城门外等候，早已接走了宋江等人。见高太尉军马冲来，五位头领大叫道："梁山泊好汉全伙在此，早早献城，免汝一死！"高太尉听了，慌忙叫人放下吊桥，让众军上城提防。

时光飞速，鹅黄着柳，鸭绿生波，正当三月韶华。梁山泊人在关下捉了一伙大汉，通过他们，众人得知擎天柱任原的相扑天下无敌，两年来不曾有对手，其今年又下帖挑战天下人。燕青的相扑在江湖上也不曾遇到对手，便禀宋江说自己要去和任原见个输赢，卢俊义说情，宋江只好同意了。次日，燕青扮作山东货郎，腰里插着一把**串鼓**[①]，挑一条高肩杂货担子，唱着货郎太平歌便下山了。没想到李逵偷下山赶上来，燕青让他答应不随意出门、装病不出声、不大惊小怪三件事，才让他跟着。

到了三月二十八日，燕青穿戴好相扑衣裳，就和李逵出门了。东岳庙里的香客人满为患。拜神已罢，相扑开始。任原在台上叫嚣，燕青便跳上台去，脱了上衣挑战。知州见燕青一身罕见**花绣**[②]，而任原身长一丈，力大无穷，主张分一半**利物**[③]与他算了。但燕青只想叫众人取笑任原，讨一声喝彩。

相扑开始，燕青蹲在右边，身形如弓，蓄势待发；任原立在左边，稳如泰山。任原见燕青久久不动，只瞄准他的下三路，企图一脚将其踢下台去。他逼上前去，左腿故意露出一个破绽。然而燕青并未上当，他灵活地从任原的左腋下穿过，任原急忙转身，燕青又从其右腋下穿过。大汉的身躯虽庞大，但转身显笨拙，顿时乱了方寸。燕青趁机钻到任原身下，用右手紧紧扭住他，左手迅速插入任原的裤裆。他凭借着出色的身手和力量，用肩膀顶住

①串鼓：旧时货郎用以招揽顾客的小摇鼓。

②花绣：以针在人体臂胸等部位刺成各种花纹，然后涂上青墨。

③利物：彩头，竞赛、打赌获胜者的奖品。

任原的胸脯，将他高高托起并旋转起来，一声大喝：“下去！”任原便被他以头在下脚在上的姿势狠狠扔出台外。数万香客目睹这一幕，无不齐声喝彩，为燕青的英勇和技巧而欢呼。任原落败，他的二三十个徒弟见状愤怒异常，纷纷冲上台来欲为师父报仇。然而李逵却在此刻挺身而出，他横眉竖眼地走上台去与这些徒弟们激战起来。有人眼尖认出了他，喊道：“此人是黑旋风李逵！休要让他跑了！”一时间众人惊慌失措，四下逃命，生怕被卷入这场无端的是非之中。李逵在激战中举起一块石板将昏倒在地的任原砸死。随后两人一同杀出庙外，然而却有乱箭射来。面对险境，燕青和李逵不得不爬上屋顶，揭下瓦片向敌人乱扔，以求自保。

不多时，庙门前的混乱中喊声四起，一队人马杀到。原来是卢俊义率人来此接应。看到援军赶到，燕青和李逵心中大喜，立即跟随大队人马一同撤退。

然而李逵在撤退途中又回到客店拿出双斧，来到离梁山泊最近的寿张县衙厮杀，吓得公差们都不敢动，知县也脱下衣服跑了。李逵便穿了知县的行头，在县衙里胡闹，过往的百姓看了忍不住大笑。李逵又去一处学堂看人读书，吓得学生哇哇大哭。这时穆弘赶来，把李逵拖回梁山泊。

泰安州及各处州县的官员上奏朝廷宋江等反乱骚扰一事。天子说：“上次元宵节此寇闹了京师，今又各处骚扰。朕已累次差枢密院进兵，至今不见回奏。”御史大夫崔靖说：“臣闻梁山泊上立‘替天行道’大旗，民心既服，不可加兵。如今辽兵犯境，若降一道诏书，赐御酒**珍馐**[1]，差一员大臣到梁山泊招安，让其敌辽兵，公私两全。”天子说：“卿言甚当，正合朕意。”便差太尉陈宗善带诏书御酒，去招安梁山泊好汉，但蔡太师和高太尉分别派了张**干办**[2]和李虞候随行。

宋江得知朝廷使者到来的消息后，派遣裴宣等人在二十里外恭迎。然而张干办却傲慢无礼地说：“那宋江是何许人也？为何不亲自前来接诏？请太尉回去吧。”裴宣等人伏地请罪，解释道：“万望太尉息怒，宋江等人已在金沙滩等候。”李虞候嘲讽道：“不成全好事，也不愁你这伙贼飞上天去了。”吕方等人献上酒果，众人又不肯吃。阮小七负责划船接送陈太尉，船行之际，两边水手唱起了歌。李虞候愤怒地骂道：“这群乡巴佬！贵人在场，竟敢如此肆无忌惮！”水手们不予理睬，李虞候便拿起藤条抽打他们，导致水手们纷纷跳水逃生。阮小七趁机喊道：“船漏水了！”前面的船只急忙前来救援陈太尉，却无暇顾及御酒，先行离去。阮小七趁机品尝了御酒，并将剩余的御酒换成了乡村土酒。因漏船之事，李虞候和张干办借此机会大肆指责宋江等人，令众头领愤怒不已。

陈太尉将诏书交给萧让宣读。诏书要求梁山泊上缴钱粮军器、马匹船只，拆毁营巢，并带领众头领前往京城接受招安以赦免罪责，否则将格杀勿论。宋江听后，脸色大变，

---

①珍馐：珍奇贵重的食物。

②干办：“干办公事”的简称，受主管长官委派办理各种具体任务。

而李逵则从房梁上跳下，夺过诏书撕碎，揪住陈太尉便打，却被宋江、卢俊义拦住。李虞候质问："这厮是何人？竟敢如此大胆！"李逵反唇相讥："你的皇帝姓宋，我的哥哥也姓宋！你能做皇帝，为何我哥哥不能做？别再惹怒我，否则连写诏书的人都得死！"在众头领的劝解下，李逵才愤然离去。宋江向朝廷使者致歉，并邀请众人品尝御酒以沾圣恩。然而众人一喝，发现竟是乡村土酒，失望之情溢于言表，纷纷离去。鲁智深、武松、刘唐等人更是拿起武器意图行凶，宋江急忙横在中间阻拦，和卢俊义一起把陈太尉一行人护送下山。

宋江返回忠义堂后，责怪众头领过于冲动。吴用劝道："哥哥切勿执迷不悟，朝廷此举显然不怀好意。我们无需多言，早晚必有大军前来征讨。兄长应立即传令马军备战，步军整备军器，水军检修船只。待敌人来犯时，杀得他们片甲不留，让他们在梦中都怕。那时我们再商量。"众头领纷纷表示赞同，开始积极备战。

◈ 精华赏析

柴进进官刻掉"山东宋江"四个字；李逵大闹东京；燕青和李逵又大闹泰安州东岳庙。朝廷派兵镇压不了梁山泊，于是有了第一次招安。但是因为朝廷态度傲慢，蔡京、高俅从中作梗，没有成功。

◈ 成长启示

在第四十回的故事中，梁山好汉在面对朝廷的招安时，基于自己的原则和理念，拒绝了朝廷的提议。这告诉我们在处理问题时，应该坚持自己的原则，不受外界压力和诱惑的影响。

第四十一回 梁山好汉败高俅

❖ **要点思考**

· 吴用具有什么样的军事才能？

· 为什么宋江不杀活捉来的官兵？

蔡京、高俅得知梁山泊贼寇撕诏，便上奏朝廷，天子命童贯为大元帅，让其从各处调军马征剿梁山泊。童贯选酆美、毕胜为左右副将，不出三日便来到梁山泊前扎寨。

宋江已派人探知，与吴用定下计策，只等大军到来。童贯大军先遇张清，后追赶李逵、樊瑞到了平川旷野之地，却不见了人，便在中军立起将台，摆出四门斗底阵。突然，山后炮响，一队军马飞出。童贯上将台一看，山东、山西各一路军马涌出来。大队将领占住中央，摆出阵势。八方摆得似铁桶一般，旗幡整齐，队伍威严。

童贯看到梁山泊兵马摆成的九宫八卦阵，惊得魂飞魄散，忍不住说："原来如此厉害，怪不得来收捕的军马大败而归。"副先锋陈翥叫阵，秦明飞马出阵，两人斗了二十多回合后，陈翥死于马下。董平见敌军锐气已动摇，便飞马去捉童贯。索超、秦明也率本部军马杀去，杀得童贯军马大退三十里，折了万余人。童贯整顿三军，停歇几日以将息战马。第三日，酆美、毕胜为先锋，引军杀到梁山泊。到水泊边却不见一个人马，只见远处水面上芦苇处有只小船，有个人在上面。童贯叫人放箭，那人却怎么也射不倒，又派人游过去捉拿他，但派去的人都近不得他身。喧天的喊杀声中，朱仝、雷横杀出，童贯命令酆美、毕胜迎敌。四个人打了一会儿，朱仝和雷横拍马就走。童贯不知是计，带人追了上去，见山顶上闪出“替天行道”的杏黄旗，听到宋江等大头领都在山上喝酒听乐，童贯大怒，便差人马上山来拿宋江。就在这时，探子来报：“西边冲出一队人马，把后军截成了两段！”童贯大惊，连忙带着酆美和毕胜去救应，却被东边冲出的秦明和关胜带人截住。双方打了一会儿，童贯不敢恋战，带兵走了。朱仝、雷横引军追赶，和秦明、关胜夹攻童贯大军。童贯大军乱成一团，四散而逃。呼延灼和林冲带领五千军马赶来，童贯吩咐大军迅速撤退。这时，山后又来了一队步兵，领头的正是鲁智深和武松，他们把童贯的大军冲得七零八落。宋江不想赶尽杀绝，便鸣金收兵。

童贯兵败回东京，蔡太师和高太尉帮其隐瞒天子，只说士兵水土不服。高俅请缨挂帅，天子准奏。高太尉从各地调来十个强将，分十路共十三万人奔赴济州。戴宗、刘唐探得这消息，便上报梁山泊。这十路人马到了济州，坑害百姓。高太尉在帅府中定出战人马，不送钱的就打头阵，送钱的就留在中军，滥报功劳。高太尉命人马去引贼出战，然后从水路劫贼巢。他指挥大军与宋江军马混战，把宋江军马赶到水边，便调船只从水面来围剿。不承想，刘梦龙和党世雄率领的水军被梁山泊水军用柴草、木头挡住去路，又被小船冲断队伍，水军折了大半，战船没一只回来。高太尉只得收兵回济州城。

高太尉召集诸将商议对策。徐京禀道：“闻焕章有诸葛之智谋，可敌吴用之诡计。”高太尉便差人带厚礼去请。不期呼延灼带人马来叫阵，韩存保迎战呼延灼被活捉。宋江以礼相待，述说乞朝廷招安之渴望，张干办、李虞候在上次招安时之傲慢。韩存保说：“只因中间无好人维持，误了国家大事。”宋江款待后就送韩存保下山了。这韩存保是国老太师韩忠彦的侄儿，他见了尚书余深，把宋江乞求招安的事告诉了他。余深上禀太师，蔡太师便上奏天子再降诏书。天子说：“来降便免罪，不然就让闻焕章助高俅把贼人都杀了。”闻焕章便随钦差出发。

牛邦喜征用了大小船只共一千五百多艘，高俅赏了牛邦喜，叫人把船都放进港口，训练水兵，然后开船进攻梁山泊。吴用吩咐刘唐带领水军迎战，叫水军头领各准备好装有硫黄等引火之物的小船，让凌振在四面的高山上开炮，又叫人设了一些空营垒以迷惑对方。公孙胜作法求来大风，刘唐带人到处放火，烧了牛邦喜的船队。刘梦龙、牛邦喜被李俊和张横活捉后杀死，党世英被乱箭射死。高俅率军接应水军，被梁山泊的人马杀得丢盔卸甲，狼狈地逃回了济州城。

高俅正郁闷时，钦差带诏书赶来。高俅惨败两次，无脸回京，看了诏书**抄白**[①]，踌躇了数日。这时，歹毒的王瑾看了诏书抄白，献计道：“贵人可把‘除宋江、卢俊义等大小人众，所犯过恶，并与赦免’读成‘除宋江，卢俊义等大

①抄白：公文的抄本或副本。

小人众，所犯过恶，并与赦免’，请宋江到城里并杀掉他一个人，其他人就尽数拆散。”高俅大喜，便派人报知宋江等全伙来济州城听诏书，并在城里安排好人马。宋江听闻朝廷来招安，大喜过望，欣然带人入城，另有吴用暗中做了部署。宋江等人至城下，拱手听诏。吴用听到“除宋江”三个字，便目视花荣。只见花荣大叫：“不赦我哥哥，我等投降做甚？”一箭射中钦差面门，城下好汉齐喊“反”，便乱往城上射箭。高俅慌忙躲避，命军马从四门冲出，他们追宋江等人五六里，就被赶来的李逵、扈三娘等人马赶回城。高俅上奏朝廷：“宋江贼寇射死钦差，不服招安。”天子大怒，叫再派兵马去剿。杨太尉便遣八十万禁军都教头丘岳和副教头周昂率二千御营军助阵。高俅听从叶春之计伐木造大小海鳅船，限期完成，逼死了很多百姓，民怨沸腾。

大小海鳅船造完。训练士兵二十多日后，高俅出兵，水陆并进，小海鳅船在两边挡住小港，大海鳅船在中间行驶，开入梁山泊。只听得梁山泊顶上，号炮连珠价响，芦苇丛中钻出千百只小船来，大海鳅船都撞不得。水车正要踏动，踏板却踏不动，船行不了。海鳅船上的人放箭，小船上的人自带挡板，眼看就要逼近。这时，一个挠钩钩住了舵，一把刀砍向了踏车的士兵。前船在混战，后船也喊叫起来。高俅听人船已乱，急急要上岸。船底却被张顺等水军凿漏了。张顺从水底钻出，把高俅丢下水，捉走了。周昂等人带领的人马也被卢俊义等在大路拦住，赶入济州城。宋江见捉了高俅，便下令不再杀害士兵，鸣金收兵。

宋江在忠义堂上见张顺押来湿漉漉的高俅，慌忙扶住，拿来新衣服给高俅换上，又扶他坐下。宋江纳头便拜，口称死罪，高俅慌忙答礼。宋江又命燕青传令：“今后杀人者，依军令严惩。”宋江放了活捉的士兵和舞女，请高俅的将领换了新衣，都到忠义堂坐下。宋江带众头领举杯，道：“小吏不敢反逆朝廷，望太尉慈悯，誓死报答。”高俅应和道：“宋公明，你等放心！高某回朝，必当请降赦招安，重赏加官。”次日，宋江又设宴给高太尉压惊，高俅要回，宋江说：“我等挽留大贵人在此，并无异心。若有欺瞒，天诛地灭。”高俅道：“若是义士肯放高某回京，便全力劝天子来招安，受国重用。不然死于枪箭之下！”宋江听罢，叩首拜谢。当日，再摆大宴。第三日，高俅决意下山，宋江设宴饯行，又抬出金银绸缎送与高太尉，大小将领皆有馈赠。饮酒间，宋江又提招安一事，高俅道：“义士可叫一个机灵的人随我去，我直接引他见天子，奏知你梁山泊忠义之心，好下诏书。留闻参谋在此为信。”宋江一心要招安，便与吴用商议派乐和、萧让同高俅下山回京。

❖ 精华赏析

童贯的十万大军征剿梁山泊，却连续两次被吴用设计打败。高俅不服，亲自率兵打梁山泊，水陆并进，却都被梁山泊军马击退，最终被俘。但宋江求招安心切，并不打算杀他。

❖ 成长启示

在第四十一回的故事中，梁山好汉面对多次征剿，虽然面临强大的压力，但他们毫不退缩，坚决抵抗，最终成功地将高俅击退。这告诉我们，面对困难要有不屈不挠的精神和坚持到底的决心。

第四十二回 梁山泊终受招安

要点思考

· 通过此回的阅读，你觉得燕青是个怎样的人？

· 天子徽宗是个好皇帝吗？

宋江亲自送走高俅后，和众头领商议。吴用深思熟虑，道："此人是个转面忘恩的人。他领军征战，损兵折将，耗费朝廷巨资，若回京，必会称病不出门，仅以片言只语敷衍天子，以休养士卒为由，实则将萧让、乐和二人软禁于府中。"宋江听闻，心中忧虑招安之事无果，反赔上二员大将，一时无所适从。吴用献策道："我们应选派两名机敏之人，携带金银前往京师打探消息，找关键人物把**衷曲**①告知天子，令高太尉藏匿不得。"燕青说道："李师师是天子心爱的人，小弟多给些金银去那里**入肩**②，枕头上的话传得最快。"戴宗亦请命同行。朱武回忆往事，道："兄长昔日征战华州时，曾对宿太尉有恩。此人心地善良，若得他在天子面前美言，招安之事或可成。"宋江想起九天玄女之言"遇宿重重喜"，遂召闻参谋询问其与宿太尉的关系。闻焕章答道："宿太尉乃我同窗挚友，现与天子形影不离。他性格仁慈宽厚，待人接物极为和善。"宋江道："我忧高太尉回京后隐瞒招安之事。宿太尉曾与我有一面

---

①衷曲：内中隐秘之处。

②入肩：为谋划某事而置身其中。

之缘，如今我欲派人疏通关节，求他在天子面前美言几句，促成招安。”闻参谋慨然应允。宋江大喜，立刻备纸笔让闻参谋修书一封。

戴宗施展神行法，携燕青迅速赶赴京师。二人乔装成公差入城后，又改扮为**小闲**[①]模样。燕青前往李师师府邸拜访，向她坦诚道明前次大闹京师的缘由。燕青道：“前次与娘子饮酒作诗的正是宋江与柴进两位头领，我是他们的小弟燕青。我哥哥当初来东京并非为寻欢作乐，而是因听闻娘子深得天子宠爱，故亲自前来陈情，他希望能将‘替天行道、保国安民’的志向传达给天子，早日实现招安。然而奸臣当道，我们的下情无法上达天听。因此我们才寻找这条门路，不想却惊吓了娘子。今日我哥哥特命我献上微薄之礼以示歉意，望娘子笑纳。”燕青说罢便将金银珠宝陈列于桌。虔婆见钱眼开，收了钱物便备酒席，让李师师作陪。席间，燕青把两次招安不成的前因后果细说了一遍，拜了李师师为姐姐。李师师当晚便留燕青在家住。

深夜，天子来到李师师家。李师师便让燕青吹箫、弹**阮**[②]、唱曲，服侍天子饮酒。天子甚喜，让他再唱一曲。燕青便唱了《减字木兰花》，哀怨衷肠之声惊动了天子。燕青便道自己路过梁山泊，被掳上山三年，今年才脱身回京，但怕公差认出捉拿，不敢上街。李师师撒娇道：“我兄弟命苦，望陛下下道诏书，赦免了他的罪。”天子写了

①小闲：受人使唤的人。

②阮：一种中国传统乐器。

诏书，又问梁山泊的情况。燕青奏道：“宋江这伙人，举‘替天行道’大旗，设‘忠义堂’，不敢侵占州府，不愿扰害良民，只杀贪官污吏、谗佞之人，只是盼招安，与国家出力。头一番招安书上并无抚恤之言，更是把御酒换成村酒，才有了变故。第二次招安，故把诏书读破**句读**[1]，要除宋江，又有了变故。童贯引军前来，被杀得片甲不留。高太尉引兵被活捉，许了招安，才得以回京，还留闻参谋在山上当人质。”天子听了真相，嗟叹不已。不多时，燕青拿了赦书，便叩头退下。

次日，燕青、戴宗带着闻参谋的信找宿太尉，戴宗在衙门前等候，燕青去见宿太尉，宿太尉看了信、收下金银，心里有数，燕青拜辞出府。

燕青、戴宗见事情有了眉目，惦记在高太尉府中的萧让和乐和，便收买了高太尉府上的一个虞候，偷偷和乐和见了一面。乐和说：“高俅将我等幽禁于后花园，围墙高耸，无计可出，梯子亦被藏匿。”燕青询问：“墙边可有树木？”乐和回应：“围墙旁遍植大柳树。”于是，燕青定下计划，约定在四更时分以咳嗽声为信号，从外部漾过绳索，让乐和、萧让顺着绳索爬出来。至时，两人借助绳索攀越出高太尉府，四人急速返回梁山泊。

次日早朝上，天子问童贯：“去年你统领十万大军征剿梁山泊，胜败如何？”童贯道：“天气酷热，军士水土

---

①句读：古时称文辞停顿的地方叫句或读。连称句读时，语意完足的称为“句”，语意未完而可稍停顿的称为“读”。

不服，患病者众，臣便收兵回京。后降诏招安，但贼人不服。高俅造船征剿，也途中因病而返。”天子大怒，喝道：“汝等佞臣，政事不奏，以致坏了国家大事。你去年征剿梁山泊，只两阵就兵败而返。高俅那厮废了多少钱粮，失了多少兵船，折了那么多军马，还被活捉上山，岂不为天下耻笑？寡人闻宋江等不侵州府，不掠良民，只待招安，为国出力。汝等嫉贤妒能之臣，本欲问罪以谢天下，姑且缓一缓，再犯定不饶。”天子又问：“寡人要亲修诏书，差大臣前去招抚梁山泊宋江等，你大臣中谁可前去？”这时，宿太尉跪下，奏道：“臣虽不才，愿往一遭。”天子大喜，便叫人抬上书案、拂开诏纸，亲自书写诏书；又命人取来金牌三十六面、银牌七十二面、红锦三十六匹、绿锦七十二匹、黄布封住的御酒一百零八瓶，交给宿太尉；又赠金字招安旗一面。早朝完，童贯、高太尉便都不敢入朝。燕青、戴宗等四人回到山寨，把情况一一说了。宋江焚起好香，拜谢九天玄女，又命戴宗、燕青下山打探消息。数日后，二人回来说：“朝廷差宿太尉来招安了。”宋江大喜，一边分派人马在梁山泊到济州城的路上搭起棚子，摆上笙箫鼓乐，雇请乐人演奏，迎诏书；一边又叫人去买山珍海味和好酒，准备筵席事宜。宿太尉一行人来到济州，太守张叔夜随即到梁山泊通知宋江接诏，宋江以手加额说：“实在是宋江等再生之幸！”张叔夜要回城，吴用、朱武等人随其下山参见宿太尉，约至后日在离寨三十里外迎诏。

第三日，宿太尉一行在吴用的引领下，缓缓向梁山泊进发。他们穿过了精心搭建的二十四座迎宾棚，看见宋江、卢俊义等人恭敬地跪在前方，背后所有的头领也都整齐地跪在地上，以最高的礼节迎接诏书。众人随后一同登上大寨，宋江、卢俊义请宿太尉、张太守坐上座。宋江、卢俊义等人在堂前聆听诏书。萧让宣读完诏书后，宋江等人高呼万岁，表达深深的谢意。宿太尉将金银牌、红绿锦缎一一分发给众头领，又叫人开御酒，取出**酒海**①，都倒在里面。他先饮一杯，示意众人安心畅饮。接着，一百零八位将领各自饮下一杯。宋江又请来闻焕章与众人相见，一连数日，寨中酒宴不断，众人尽情欢饮。宿太尉准备离山回京时，宋江又以重金酬谢。

宋江回到大寨后，击鼓聚众，宣布道："我们现已接受招安，归顺朝廷。愿意随我前往京城的，报名出发；不愿意的，我会分发银两让你们自行下山。"当下所有的金银珠宝、绫罗绸缎一部分分给各头领，一部分上缴国库，一部分招人**买市**②。

十日后，宋江带领梁山泊的兵马启程前往京师，到达东京城外，他们在新曹门外驻扎下来，等待天子的召见。宿太尉向天子禀报了宋江等人的到来，天子说："寡人久闻梁山泊有一百零八位英雄，上应天星，勇猛无比。寡人命令宋江等人全副武装，带领三五百步兵和骑兵进城，从东向西行进。寡人将在宣德楼上观看，也让城内军民一睹

---

①酒海：在中国古代指的是一种大型的盛酒容器。

②买市：古代官府或富豪设立临时集市，招徕小经纪人，并给予赏赐，而使市场繁荣兴旺，以之作为一种德政或善举。

英雄豪杰的风采。然后他们再卸下盔甲和兵器，穿上朝廷所赐的锦袍，从东华门来文德殿朝见寡人。”

第二天，宋江让裴宣挑选了五七百名身材魁梧的士兵，前面打着旗帜，后面摆着刀枪，中间竖着“顺天”“护国”两面红旗。士兵们各自拿着刀剑弓箭，全副武装地前进。东京的百姓们扶老携幼在道路两旁观看，如同见到了天神一般。天子在楼上看见梁山泊一行人威武雄壮的样子，心中非常高兴，跟身边的文武百官说：“这些好汉真是英勇无比！”之后天子在文德殿设宴款待宋江等人，直到傍晚时分才结束。次日，天子龙颜大悦，欲加官爵，令宋江等来日受命。宋江等谢恩，回寨等候。

精华赏析

燕青一表人才，能言善辩，身怀才艺，请李师师引见天子，凭借智慧，说了两次招安的内幕及梁山泊归顺之心切，又请宿太尉暗中相助，顺利地得到了天子的招安诏书。

成长启示

在第四十二回的故事中，梁山泊好汉接受了朝廷的招安。宋江等人在寻求招安的过程中，虽然面临各种困难和挫折，但他们始终能够团结一心，最终战胜困难。这启示我们，在现实生活中，无论面对何种困难和挑战，只要能够团结一心、共同合作，就一定能够攻克难关，实现目标。

第四十三回 梁山好汉破辽城

要点思考

· 宋江为什么不愿意归顺大辽？

· 宋江为什么能救出卢俊义？

枢密院官上奏想让宋江等分开军马，各归原所，宋江等人不愿。宿元景上奏让宋江等人去征讨辽国。天子命宋江为破辽都先锋，卢俊义为副先锋，其余诸将待建功之后加官授爵。宋江大喜，与吴用等人回梁山泊安顿好各家老小，毁了山寨，便回东京与大队人马会合，再向大辽行进。

到了大辽边境，宋江请吴用商议，吴用说："此地地广人稀，不能分兵前去，不然首尾不能救应。先打他几个城池，若攻击得紧，他自然收兵。"随即问熟悉此地的段景住最近的是哪个州县，段景住说："前面便是檀州，被潞水环绕，这条水路直通渭河。水陆并进，可取檀州。"把守檀州城的是洞仙侍郎手下四员猛将——阿里奇、咬儿惟康、楚明玉和曹明济。洞仙侍郎得知宋江全伙到来，一面上表狼主，一面向蓟州、霸州、涿州、雄州求救，一面派阿里奇、楚明玉引兵出城迎敌。宋江军马杀来密云县，阿里奇出战。徐宁手握钩镰枪奔向阿里奇，斗不到三十多回合，徐宁不敌阿里奇就走。那番将赶来，张清出手将那番将打下马，宋江人马一拥而上，活捉阿里奇，夺了密云县。楚明玉大败，回到檀州。次日，宋江人马杀到檀州，连打三五日而不破。大辽狼主听说檀州有难，便派侄儿耶律国珍、耶律国宝率一万兵马助战。宋江派张清、董平等迎战。耶律国珍被董平一枪刺死，耶律国宝被张清的石子打落马。关胜、林冲领兵杀去，梁山人马杀散了辽兵，夺了一千余匹战马，宋江大喜，犒赏三军。洞仙侍郎知两位皇侄战死，恼怒不已。晚上，探子来报，说潞水里有五七百只粮船停在两岸，远处还有军马赶来。洞仙侍郎料定是宋江军马不识这里的水路，错把粮船开到这里，而岸上的人马是来寻粮船的，便叫咬儿惟康引兵出城拦截人马，又叫楚明玉、曹明济带人从水路去劫粮船。咬儿惟康刚出城，就被李逵、樊瑞等人马堵在吊桥边。凌振见楚明玉、曹明济开了水门，放了个风火炮，埋伏在船中的水军头领便驶船杀来，抢了水门，宋江人马水陆并进杀入城中。宋江引大队人马进檀州，一面贴告示安抚百姓，一面犒赏三军，一面上奏朝廷得了檀州。朝廷便派赵安抚率二万兵马前来督战，并赏金银缎匹二十五车。宋江请赵安抚镇守檀州，便去攻打蓟州。

而洞仙侍郎从北门逃走，撞见楚明玉等残兵败将，便一同投奔蓟州。这蓟州由大辽狼主的弟弟耶律得重把守。几人刚说完宋江将领的厉害，探子便来报："宋江兵分两路来打蓟州，一路兵马杀至平峪县，一路兵马杀至玉田县。"耶律得重叫洞仙侍郎守住平峪县，便和四个儿子：长子宗云、次子宗电、三子宗雷、四子宗霖，引兵飞奔至玉田县，摆开阵来。朱武在**云梯**[1]上看了，跟卢俊义说："此乃五

[1]云梯：古代攻城时攀登城墙的长梯。

虎靠山阵，不足为奇。”朱武在将台挥动号旗，调众军摆了个鲲化为鹏阵。耶律得重的四个儿子齐上阵，关胜、呼延灼、徐宁、索超出战，打作一团。张清悄悄出阵向前，捏石子在手，却被天山勇射中咽喉，翻身落马。张清被董平、史进等人拼命救回，并被送回檀州让安道全医治。突然，西北边一队军马杀来，横冲直撞，对阵的番军人马也卷杀来，把卢俊义军马隔得七断八续。卢俊义正好迎着耶律四小将，约斗了一个时辰，他卖了个破绽，一枪把耶律宗霖刺下马，其他三人不敢再战，拍马走了。卢俊义又相继遇到呼延灼和关胜的人马。等到天明，卢俊义等来到玉田县，见董平等人夺了玉田县，大队人马也都合拢来。

未到黄昏前后，耶律宗云率领人马把玉田县围了。燕青一箭射中耶律宗云的鼻子，辽兵连忙后退，在五里之外安营扎寨。次日天明，宋江军马赶来。番军一夜未睡，正困倦，抵挡不住进攻。卢俊义当即带人出城追杀，杀得辽兵四散败走。宋江见军士连日辛苦，暂且歇息。因公孙胜是蓟州人，杨雄、石秀和时迁也熟悉蓟州，前日杀退辽兵时宋江便让石秀和时迁扮作败军混进城。时迁进了城就去蓟州城的宝严寺顶上躲着，只夜间行动，等宋江军马打得紧张时便在宝严寺塔顶放火。而蓟州城的耶律得重听说宋江人马已杀来蓟州，便点三路人马出城迎战。番将宝密圣不敌林冲，被他一矛搠下马。天山勇也被徐宁捅下马。辽兵见折了两员大将，心中惧怯，奔入蓟州城。两日后，宋江军马来到蓟州城前，摆出雁翅般的阵型。耶律得重要洞仙侍郎出城迎敌，洞仙侍郎不敢不依，只得带人马出战迎敌，但很快就折了三员大将。宋江见状，驱兵出击，杀到吊桥边。耶律得重赶紧命人紧闭城门，叫全部将领到城上守护，一面上奏大辽狼主，一面差人到霸州、幽州求救。宋江听了吴用的建议，叫四面竖起云梯、炮架，立即攻城，再叫凌振朝城中放炮。耶律得重见宋江军马攻击得紧，把蓟州百姓都赶上城守护。石秀和时迁在宝严寺和州衙放火。两把火起，城中沸腾起来，只听老人呼救，孩子啼哭。城墙上的百姓哪有心守城，各自逃回去看家。耶律得重见状，慌忙收拾军马，带着家人从北门逃走。宋江见城中军马慌乱，便进兵卷杀入城。

耶律得重回到燕京请罪，尽说宋江诸将的厉害。大辽狼主一筹莫展之际，欧阳侍郎献计道："宋江这伙都是梁山泊英雄好汉。如今宋朝是蔡京、童贯、高俅、杨戬四个贼臣当道，非亲不进，非财不用，怎会容得他们？臣愿为使臣，说服他们归降大辽。狼主若得这伙军马来，窥觑中原如同反掌。"大辽狼主听罢，便让他带上重礼和诏书去见宋江，说自己愿封宋江为镇国大将军，其他头领也都封官爵。宋江以怕走漏消息为由，让欧阳侍郎先回去，然后找吴用商议，吴用说："若依我的意思，弃宋从辽，岂不为胜，只是负了兄长忠义之心。"宋江说："纵使朝廷负我，我绝不负朝廷，只求青史留名。"吴用说："若兄长如此，可借机夺取霸州。如今盛夏酷暑，暂且将养军马。"宋江依允。一日后，宋江和公孙胜去罗真人处请指点迷途，罗真人写下“忠心者少，义气者稀。幽燕功毕，明月虚辉。始逢冬暮，鸿雁分飞。吴头楚尾，官禄同归”几句话。

七月半后，欧阳侍郎来问宋江是否归顺大辽。宋江说：“侍郎不知，众军有一半人不肯归顺。若宋江随侍郎出幽州，朝见辽主，卢俊义必引兵追赶。我可先带些心腹之人，侍郎带我躲在城里。卢俊义若不知我等下落，必回京报告，我等那时朝见辽主，引大辽军马来和他厮杀。”欧阳侍郎让宋江到霸州躲避。宋江趁夜引一支军马奔向霸州，路上，宋江猛然叫道：“苦也！约了吴用同来归顺大辽，却忘了等他。”但已到益津关口，欧阳侍郎便吩咐益津关和文安县守军：“要是有一个秀才模样的人，叫吴用，便放他过来。”不久，益津关的守军见有军马奔来，只见一个秀才高声喊道：“我是宋江手下的吴用，来寻兄长，被宋兵追得紧，你要开关救我。”守军开门放吴用进去，这时梁山泊好汉一起杀来，夺了关口。卢俊义引军马赶来，杀入文安县。吴用飞马奔到霸州城，说卢俊义追到关口了。宋江说：“等他到城下，宋江好言相劝招抚他，若不从，再和他厮杀。”卢俊义人马到了城下，和宋江对骂了一番。宋江便叫林冲、花荣、朱仝和穆弘齐战卢俊义，二十余回合后，林冲等回马往城中走，卢俊义带大队军马杀去。林冲等占住吊桥，引卢俊义人马进城。辽兵涌来，这时城中宋江等诸将一起兵变，接应卢俊义人马入城。守城的辽国国舅康里定安只得束手就擒。宋江仁义，放了众番将。

得知失了霸州，辽主大怒。这时统军贺重宝献计道：“幽州有个青石峪，四面环山，只一条路进出。臣分兵诱他入山，调军马在外面围住，必能饿死他们。”贺重宝遣两队人马来打蓟州和霸州，诈败引宋江人马到幽州地界。宋江果然中计，不听吴用、朱武劝告，带人马打幽州。贺重宝引军马把宋江人马冲成两段，又施妖法，顿时狂风大作，遮天蔽日。前军中公孙胜破解了妖法，后军中卢俊义人马被困在青石峪。宋江不放心，便派解珍、解宝扮作猎户去山中寻找。解珍和解宝从猎户那里了解到青石峪的大致情况，猜出卢俊义人马可能就被困在那里，连忙回营向宋江禀告。宋江连夜带兵冲杀到青石峪峪口。贺重宝派他的两个兄弟出阵迎战。贺拆被林冲刺死，贺云被李逵砍死。贺重宝连忙作起妖法。公孙胜及时赶来，破解了妖法。梁山泊马军杀得辽兵东逃西窜，卢俊义人马被步军救出。宋江带兵回营，吩咐卢俊义人马回蓟州休息。宋江乘胜追击，夺了幽州，请赵安抚从檀州移兵蓟州镇守，调水军到幽州待命。

❖ 精华赏析

宋江一心归顺朝廷，高俅、蔡京等却一心要害宋江等人。幸得宿元景相助，宋江等人才被派去攻打大辽。梁山泊好汉英勇无敌，攻城略地不在话下。大辽愿加官晋爵来招安，宋江却借机夺了霸州，忠义之心可见一斑。

❖ 成长启示

在第四十三回的故事中，梁山泊好汉们在面对强大的辽国军队时，通过巧妙的战术，最终成功击败了辽军。这告诉我们在面对困难和挑战时，需要冷静的头脑和果断的决策，只有找到解决问题的方法，才能取得胜利。

第四十四回 宋江得计逼辽降

❖ 要点思考

· 通过此回的阅读，你觉得王文斌为什么会死？

· 宋江为什么会撤兵还城？

大辽狼主召集文武官员商议退敌之策，都统军兀颜光挺身而出，自愿领兵迎敌，狼主准奏。兀颜统军领了圣旨**兵符**[1]，便去教场调兵遣将。他的长子兀颜延寿此刻提议："父亲正在整顿大军，我愿联合太真驸马和李金吾将军的两处军马，先行一步前往幽州，以挫宋军的锐气。待父亲到来时，我们已形成瓮中捉鳖之势，一举扫清宋兵。不知父亲对此有何看法？"兀颜光命他为先锋，配备五千骑兵和二万精兵。于是，兀颜延寿带着两万五千人，气势汹汹地杀向幽州。

宋江闻讯后，从容不迫地布下九宫八卦阵迎战辽兵，兀颜延寿挥旗指挥军队左右列阵，分别摆出太乙三才阵、河洛四象阵、循环八卦阵和武侯八阵图，但被宋江嘲讽并围困，最终在公孙胜的法术下被呼延灼活捉，辽兵败局已定。

兀颜统军得知儿子被俘，一面派琼妖纳延和寇镇远两员大军为先锋，引一万军兵开路；一面命部下十一员大将和二十八名将军尽数出征，引二十余万精兵，倾国而起，

①兵符：指古代调兵遣将的凭证。

奉请大辽狼主御驾亲征。宋江得知，大惊，一面叫卢俊义人马尽数前来；一面叫檀州、蓟州所有人马都来听调遣，请赵安抚前来监战；再叫水军尽数上岸，前来助战。宋江把人马屯在幽州的永清县，聚集众头领商议军情。宋江说："这次辽兵倾巢而出，生死胜负在此一战。但得功劳，就上达朝廷，天子恩赏，必当共享。"正商议时，辽国使人来下战书，乃是琼妖纳延和寇镇远相约来日决战。

次日，宋江拔寨而起，与辽兵相遇。史进出阵战琼妖纳延，战了二三十回合，史进一刀砍空，吃了一惊，回马便走。琼妖纳延追赶，却被花荣一箭射下马，又被转回来的史进捅死。寇镇远见状，怒上心头，出阵大骂："贼将怎敢暗算吾兄！"孙立出马迎战，杀了寇镇远。宋江便让大军杀过对阵去，杀得辽兵东窜西逃。这时，前面连珠炮响。宋江差人上山一看，辽兵铺天盖地而来，吓得宋江慌忙退兵至永清县驻守。吴用说："古之善用兵者，能使寡敌众。明日只摆九宫八卦阵，纵然他有百万之众，也不怕。"次日，宋江人马依旧摆开阵势，扎下营寨。未及良久，只见辽兵六队人马在前压阵，后面跟着大队人马，浩浩荡荡而来。宋江令强弓硬弩射住辽兵阵脚，令吴用、朱武在将台上观望。朱武一看，说："此乃太乙混天象阵，变化无穷，机关莫测，不可造次攻打。"宋江这边正商议如何攻打，兀颜统军传令五路军马卷杀过来，势如山倒，力不可当。宋江军马措手不及，往后急退，还好大队人马压住阵脚。但辽兵两面夹击，宋江军马还是大败而归。

众头领商议，卢俊义说：“着两路军马冲击他那压阵的军兵，再调两路军马攻打正北方七座旗门，叫步军从中间攻进去，看看里面虚实。”次日，宋江便差呼延灼、关胜引军马攻打在阵前压阵的六队人马，差花荣、林冲等引军马攻打正北方。果然杀退辽兵人马，旗门的队伍也乱了。宋江军马杀入阵内，却被黄旗军杀得大败而归，李逵还被活捉。宋江用兀颜延寿换回了李逵。宋江在帐中与诸将商议：“辽兵势大，无计可破，使我度日如年，怎么办？”呼延灼说：“我等来日可分十队军马，两路去挡压阵军兵，八路一起攻击，决此一战。”吴用却说：“两番攻击不成，不如守着等他来交战。”宋江说：“等他来也不是办法，众兄弟一起攻，岂有连败之理。”次日，两路人马截住压阵军兵，八路军马杀入混天阵。但四七二十八扇门齐开，变作一字长蛇之阵杀来。宋江军马措手不及，大败而归。宋江见折损兵马甚多，便紧守城门不出，熬过冬寒。赵安抚多次向朝廷索要衣袄，朝廷便派八十万禁军教头王文斌运来五十万件衣袄。宋江设宴酬谢，请王文斌赐教。王文斌全副披挂，来到阵前一看，说：“这阵没什么惊人之处。”便命前军擂鼓叫战，辽军的曲利出清将军出战。王文斌挺枪跃马出阵，但斗不到二十回合就被那番将砍死了。

宋江在寨中忧虑，寝食难安，当夜梦里得玄女娘娘指点。次日，宋江便命人造车二十四辆，钉上铁皮，下装油柴，上安火炮；又传令各将领攻打辽兵各路军马。连日来，兀颜统军见宋江不出战，就把兵马压到宋江寨前。宋江准备完毕，在晚上摆出九宫八卦阵。当夜，宋江派四路兵马赶杀辽兵压阵军马。公孙胜施法，瞬间飞沙走石，电闪雷鸣。二十四辆车被推入辽兵阵中。扈三娘、鲁智深和卢俊义等军马各自杀去。顿时车子起火，空中霹雳交加，杀气满天，星移斗转，日月无光。兀颜统军被花荣、关胜、张清合力杀死，武松一刀砍了耶律得重。卢俊义引兵杀到中军，解珍、解宝砍断了帅字旗。大辽狼主落荒而逃，二十余万辽兵被杀得七损八伤。宋江趁势追击，教军马追大辽狼主至燕京城下，团团围住。

大辽狼主慌忙召集群臣商议，众臣说："事在危急，莫若归降大宋，此为上计。"于是，燕京城上一早竖起了降旗，大辽狼主又差人到宋江营中告知："年年进牛马，岁岁献珍珠，再不敢侵犯中国。"赵安抚听罢，说："此乃国家大事，我不敢擅自做主。你辽国有心投降，可差大臣赴东京朝见天子。圣旨准你辽国归降，降诏赦罪，方敢退兵罢战。"大辽狼主得知，便和群臣商议。太师褚坚奏道："以臣愚意，可用金银贿赂，收拢人心。微臣亲往宋江寨内，许以重礼，一面令其收军停战，一面带重金去东京贿赂蔡京、童贯、高俅、杨戬这四个大臣，让他们为我们求情。"狼主准奏。褚坚找到宋江，得了宋江暂不攻城的许诺，便带着十车的金银宝贝前往东京。蔡京、童贯、高俅、杨戬等大小官僚都是好利之徒，他们在早朝时力主讲和。当日朝散，褚坚又到各个官员府中打通关节。最终，天子下了讲和的诏书，又令宋江收兵罢战，班师回朝，释放所擒之人，交还所夺城池，命宿元景去宣诏书。

宿元景领着诏书，立马启程赶到宋江寨中。宋江设宴接风，同议朝廷之事。宿元景说：“蔡京、童贯、高俅、杨戬等朝廷上下大小官员都受了辽国贿赂，于天子前极力讲和，准其投降，休兵罢战。”宋江听了，叹道：“非是宋某怨朝廷，功勋至此又荒废了！”宿元景和赵安抚安慰宋江，说定在天子面前禀明其功劳。宋江谢过二人。次日，宋江便派人陪宿元景到燕京下诏书，将檀州、蓟州、霸州、幽州交还大辽管理。宋江送走了宿元景和赵安抚，就收拾军马班师回朝。

◈ 精华赏析

兀颜统军倾大辽国力，决一死战，太乙混天象阵着实厉害，连胜宋江人马。宋江得玄女娘娘指点，打败了兀颜统军。可满朝文武贪婪专权，收了贿赂，得胜却力主讲和，使他前功尽弃。

◈ 成长启示

在第四十四回的故事中，辽国贿赂宋朝大臣，与宋朝议和，使宋江前功尽弃。这告诉我们应该警惕外部诱惑，谨慎处理人际关系。

第四十五回 五台山宋江参禅

要点思考

· 宋江为什么去五台山参禅？

· 宋江等为什么情愿去征讨方腊？

· 宋江等征讨方腊，会像征讨大辽那样顺利吗？

宋江即将起程回去，鲁智深却寻至其前，道：“洒家常想起师父的话，说俺虽是杀人放火的性子，将来却能修成正果。如今世道平静，我想告假数日，重返五台山参拜师父，将过去所得金银皆**布施**①，并求问前程。哥哥可先行一步，我随后即至。”宋江也想问一问自己的前程，遂与众首领同赴五台山，命卢俊义等领兵前行。

宋江与众兄弟皆褪去战衣，身着随身衣服，徒步登山。至山门前，但闻寺内钟鼓齐鸣，众僧出门相迎，与宋江、鲁智深等行礼。一个老僧人说：“长老坐禅入定，不能迎接，将军切勿见罪。”便请宋江等先去**知客寮**②内**少坐**③喝茶。不久，宋江等便被请到屋里来参见智真长老。众人请长老上座，焚香礼拜。智真长老说：“徒弟一去数年，杀人放火不易。”鲁智深默默无言。宋江道：“智深兄弟与我结义时，虽曾杀戮，却忠心耿耿，常怀善念，今引我等兄弟来参拜大师。”智真长老道：“久闻将军替

①布施：将金钱、物品施舍给别人。

②知客寮：寺院接待宾客的地方。

③少坐：请人稍坐的客套话。

天行道，忠义之心，天下皆知。智深随你，我无忧矣。”宋江感激不尽。鲁智深献出一包金银绸缎予师父。智真长老道：“此乃何处之财？不义之财，我不能受。”智深道：“此乃弟子历年战功所得。弟子无用，特献师父以供寺用。”长老道：“众僧难以消受，你应诵经消罪，早得善果。”鲁智深拜谢。宋江亦献金银，智真长老不受。宋江遂以此资为寺内众僧办斋。

次日，智真长老召集众僧进行讲法，晚些时候宋江在闲聊间请教长老关于人生和前程的问题，智真长老写下四句话：“当风雁影翻，东阙不团圆。只眼功劳足，双林福寿全。”宋江不解，想请长老点透，智真长老说：“此乃禅机，不可明说，你自去参悟。”次日，宋江等人辞别长老下山。

宋江班师回朝，宋徽宗命令省院为他们封官，蔡京、童贯等人却一再借故拖延。宋江等人听说河北田虎造反，于是请宿太尉保奏前去平定叛乱。宋江平定了田虎之乱，正准备班师回朝，碰巧赶上淮西的王庆也在作乱。蔡京向宋徽宗进言，让宋江等人直接带兵去讨伐王庆。宋江率大军活捉了王庆，收复八郡八十六州县，宋徽宗得到消息后，下诏令宋江回京。宋江回到东京，朝见天子。天子说：“寡人知卿等征战劳苦，受伤者多，寡人甚为忧戚。”宋江拜奏道：“皆托圣上洪福，臣等众将虽有**金伤**①，俱各无事。今元凶授首，淮西平定，实乃陛下恩典。”天子便和大臣

①金伤：即金疮，金属利器所致的创伤。

们商议给宋江等诸将封爵位。蔡京、童贯奏道："而今天下未平，不可升他们的官职。可命宋江为保义郎，副先锋卢俊义为宣武郎，吴用等三十四人加封为正将军，朱武等七十二人加封为偏将军，赏赐金银给三军将士。"宋江等谢恩，出宫回营。

次日，公孙胜来到中军帐中，与宋江等人打了**稽首**①，而后娓娓道："往日，家师罗真人曾嘱咐我，命我送兄长归京后，便应回山继续修行。如今兄长功成名就，我也难以久留。今日特来拜别兄长与众位，我将回归山林，师从真人学道，同时侍奉老母，安享天年。"宋江闻言，不禁泪流满面，感慨道："回想昔日兄弟相聚，如同鲜花初绽；今日分别，却似花落凋零。我虽不敢违背誓言，但心中又怎能忍受分离之痛？"尽管宋江再三挽留，但公孙胜去意已决。于是，宋江设宴为公孙胜饯行，众兄弟共聚一堂。筵席上，众人举杯畅饮，无不叹息洒泪。次日，公孙胜在众人的依依惜别中离去。宋江连日来思念不已，泪如雨下。

此时正值**正旦节**②将近，朝中官员都在为朝贺做准备。蔡太师担心宋江等人前来朝贺会引起天子重用，随即上奏天子，降下圣旨，只叫宋江、卢俊义两个有官职的人来朝贺，其余出征官员都是**白身**③，恐惊扰圣驾，皆免礼不用前来。正旦节当日，宋江、卢俊义完成朝贺后退出宫殿。二人面带愁容地回营，吴用关切询问："兄长今日朝贺归来，

---

①稽首：指古代的一种跪拜礼，叩头至地。
②正旦节：即春节。
③白身：旧指平民。也指无功名无官职的士人或已仕而未通朝籍的官员。

为何满面愁云？”宋江叹了口气说：“想我命中注定劳碌命薄，破辽平寇立下赫赫战功却官职卑微，还连累了众兄弟不能加官晋爵。”吴用劝慰道：“兄长既知命运如此安排，何必过于忧虑？万事皆已注定，无需过多烦恼。”李逵闻言忍不住插嘴道：“当初在梁山泊时我们何等自在不受气。如今招安了却惹来一身烦恼。放着这么多兄弟在这里受气，不如重返梁山泊快活！”宋江闻听此言，顿时大怒道：“你这黑禽兽胡说什么！现在我们都是国家的忠臣良将，你怎么能说出这种反叛的话来！”李逵嘟囔道：“哥哥若不听我劝告，以后可有得气受了。”众人都被他的憨态逗笑。

次日，宋江前往宿太尉、赵安抚等官员府中祝贺节日，不料此事被蔡京得知。蔡京趁机向天子进言，要求出征官员、将军头目在城下驻扎，听候差遣，非有明文召唤，不得擅自入城，违者依军法处置。陈桥门外贴出了告示。宋江得知后心情愈发沉重，众将亦生出反叛之念，但顾及宋江情面未敢轻举妄动。

当天，水军头领请吴用去商议事务。李俊、张横等人说：“朝廷言而无信，奸臣专权，闭塞贤路。俺哥哥破了大辽，剿灭田虎，如今又平了王庆，却做了个保义郎，也未曾升赏我等众人。如今倒贴了告示，约束我等，不许入城。我想那伙奸臣会渐渐地拆散我们弟兄，各调开去。今请军师做个主，若哥哥不愿意走，我等就大开杀戒，把东京劫掠一空，再回梁山泊落草罢了。”吴用说：“宋公明兄长断然不肯，你众人枉费了力气。自古蛇无头而不行，我如何敢自作主张？哥哥肯才行，不然，你们反了也出不去！”六个水军头领便心灰意冷。吴用回到中军寨中，与宋江闲聊军情，说：“仁兄往常多自由，众弟兄也很快活。今受了招安，做了国家良臣，倒受了拘束，不能被任用，弟兄们都有怨气。”宋江吃惊道：“莫不是谁跟你说了什么？”吴用说：“此是人之常情，还用谁说？察言观色，见貌知情。”次日一早，宋江聚集诸将在帐前，说：“自古云：‘成人不自在，自在不成人。’朝廷出告示禁止进城，理当如此。诸将士无故不得进城。我等山林野汉，鲁莽人极多，倘若惹了事，必以法治罪，还坏了名声。不许我等入城，倒是幸事。你们众人若嫌拘束，但有异心，先斩我首级，你们再自由行事；不然，我也无颜苟活，必当自刎而死，还你们自由。”众人听了，都落泪了，不久便散了。

上元节将至，东京城内依照惯例张灯结彩，庆祝元宵佳节。燕青心中激动难耐，遂与乐和密谋扮作游客，潜入城中观赏花灯。不料，此事被李逵偷听，他亦吵嚷着要同行，燕青无奈答应。次日，乐和与时迁先行入城，燕青与李逵随后跟进。燕青和李逵先到桑家瓦去，在瓦子前听**平话**[①]；接着又步入茶馆品茗，期间听闻江南草寇方腊叛乱，占据八州二十五县，从睦州直至润州，自立国度。朝廷已派遣张招讨、刘都督前往征剿。燕青、李逵闻讯后立即返

①平话：我国古代流行的口头文学形式，有说有唱，宋代盛行。

回禀报宋江等人。

宋江闻知此事，视为立功之机，遂求见宿元景道："方腊作乱，势必进犯扬州。宋江愿率兵马征讨，尽忠报国，望恩相奏明天子。"宿太尉闻之大喜，次日便上奏天子。天子遂任命宋江为平南正先锋，卢俊义为副先锋，共征方腊。

领旨后，宋江一面调派战船先行出发，一面命令马军头领整备武器装备。然而金大坚、皇甫端被召至御前效力，蔡太师索走圣手书生萧让，王都尉要走乐和。宋江虽感无奈，但仍挥泪送别众将，启程出征。

宋江人马到淮安县驻扎，本地官员告知宋江扬子大江近在咫尺，乃江南第一险关。对岸便是润州，由方腊麾下吕师囊和十二大将重兵把守。若不先取润州作为大本营，难以抵御方腊贼寇。于是宋江与吴用共商破敌之策。

◈ 精华赏析

宋江随鲁智深去五台山参禅，求问前途，智真长老的四句偈语为宋江等人的命运埋下伏笔：因奸臣当道，宋江等虽立大功，但不受重用，还被排挤，此时众弟兄已有异心；也暗示了宋江等此去攻打方腊会凶多吉少。

◈ 成长启示

在第四十五回的故事中，宋江在面对不公时始终坚守诚信和忠诚。这体现了他高尚的品质和对梁山好汉的信任。这告诉我们，要诚实守信，这样才能获得他人的信任和尊重。

第四十六回 好汉夺城劫折将

◈ 要点思考

· 当你看到第一个梁山泊好汉死去，你的感受如何？

· 李俊为何不愿随费保去逍遥快活？

这九千三百里的扬子大江还连着汉阳江、浔阳江和扬子江。江心内有两座山——金山和焦山，遥望扬州和润州。润州城由吕师囊领着五万兵马镇守，手下的十二个大将素有“江南十二神”之称。宋江不敢掉以轻心，便命张顺和柴进、阮小七和石秀分别到金山和焦山上打听润州城内贼寇的消息。

柴进等人见江对岸都是青白旌旗，岸边有许多船只，而江北岸边一根木头也没有，便找了个人家借宿，从主人家处得知，近日吕师囊听说大军到来，把船只都拘管在润州了。张顺见金山寺在江心，寻思道：“这吕师囊必然时常到这山上，我今夜走一遭，必能探得消息。”当夜，张顺脱了衣服，扎起裤子，把衣服顶在头顶，直蹚到江心去。张顺见上游有只小船摇过来，便悄悄潜入水底，游到船边。这时船舱里出来两个人，张顺杀了一个，盘问另一个人，得知这人代表扬州的陈将士向吕师囊献粮求官，吕师囊让他去见了三大王方貌，领了三百面号旗、一千件**号衣**①和给陈将士的**官诰**②，张顺又让他领虞候叶贵来取粮食——叶

①号衣：旧时兵卒、差役等所穿的带记号的制服。

②官诰：皇帝赐爵或授官的诏令。

贵就是被张顺杀掉的那人。张顺又问出这陈将士还有两个儿子，叫陈益和陈泰，之后便把这人杀了。张顺摇船回来找柴进，拿了船里的文书、号旗和号衣，就回宋江寨中，告知宋江。吴用听了，计上心来，命燕青扮作叶贵，解珍、解宝扮作南军。

燕青等人来到陈将士庄上，说是吕师囊帐前的虞候叶贵，任命陈将士为扬州府尹，并拿出官诰、号旗和号衣。陈将士看了，大喜，便唤陈益、陈泰出来谢恩。解宝乘人不备，在酒里下了毒药。燕青见陈将士等都倒下了，便让解珍放火。门外埋伏的十个梁山泊好汉便杀了进来。他们在庄院旁边的港口发现三四百只船，装着满满的粮米。宋江得知，与吴用商议进兵，选三百只快船，船上挂着夺来的方腊的旗号，派一千军士穿了方腊的号衣，并在船上埋伏两万余人；又命穆弘扮作陈益，李俊扮作陈泰，各坐一只大船。准备完毕，三百只船便出发了。之后，宋江等用战船装着马匹和将士，打着宋江旗号，渡江去了。

穆弘、李俊拿着官文，进了润州城，三百只船停在岸边。穆弘、李俊在城内待了许久后，船上的众头领按捺不住，就动手了，顿时喊杀声一片。穆弘、李俊听到消息，就在城里放起火来。关胜等领人马靠岸，冲入城中，吕师囊大败，逃至丹徒县。随后，宋江等大队人马来到润州城。宋江整顿军马，发现宋万、焦挺、陶宗旺或被乱箭射死，或被马踩死。宋江感叹道：“我等一百零八人，当初梁山泊发誓，同生同死。回京之后，谁曾想公孙胜先走了，御前留了金大坚、皇甫端，蔡太师又用了萧让，王都尉要了乐和。今日才渡江，就折了我三个弟兄。”吴用安慰道：“生死由天，虽折了三弟兄，但得了江南第一险要州郡，还是以大事为重。”宋江便厚葬三人。

宋江又攻破丹徒县，吕师囊逃至常州。宋江去攻常州、苏州，卢俊义去攻宣州、湖州。二人均分了六万人马，便出发了。水军头领自己一伙，率大战船去攻打江阴和太仓。宋江来打常州，钱振鹏阵前叫骂，关胜听了大怒，冲了过去。三十多回合后，钱振鹏落了下风，赵毅和范畴前去夹攻关胜。黄信和孙立见状，出阵迎战。见赵毅和范畴也没讨到便宜，许定、金节出阵夹攻，却被韩滔、彭玘迎住。金节素有归降大宋之心，几个回合后就回马往本阵走，故意乱本阵阵脚。韩滔追去，却因高可立放了冷箭，被射下马。秦明拍马来救韩滔，不料张近仁一枪戳中韩滔的咽喉，结果了他的性命。彭玘见状，急欲报仇，撇了许定，去寻高可立。彭玘被高可立迎住，却不提防张近仁从侧面冲过来，被其一枪戳下马去。关胜见损了二将，十分愤怒，使出浑身力气一刀剁了钱振鹏。可他的马失了前蹄，把他掀翻在地，幸得徐宁、宣赞、郝思文齐出才救得性命。关胜众将失利，往北败走，回见宋江。宋江得知又折了两位兄弟，痛哭不已。

李逵和鲍旭、项充、李衮领着五百步军去报仇，来到常州城下叫战。张近仁和高可立领着一千步兵就出城迎战。李逵见到二人，火冒三丈，拿起斧头就杀过去，鲍旭、项充、李衮举起盾牌策应。李逵砍翻高可立的马，又一斧砍了他。鲍旭也杀了张近仁。然后，宋江军马就围住常州城。而常州城易守难攻，吕师囊闭门不出。金节素有归降之意，用箭绑了一封书信射向宋江人马，和宋江约定里应外合。次日，宋江领兵攻城。金节引一队人马出战，不到三回合便佯装败退入城。孙立带人赶上，占住了西门。城中百姓被方腊残害得怨气冲天，见宋军入城，便出来助战。范畴等被活捉，吕师囊杀出重围逃走。宋江大队人马入城，并差戴宗去打听卢俊义那边的进展，得知其虽得了宣州，但郑天寿被**磨扇**①打死，曹正、王定六中毒箭身亡。宋江哭晕了，半晌才醒，醒后便下令，命卢俊义人马赶紧攻下湖州，在杭州会师。

这吕师囊退至无锡县，却又被宋江兵马赶到苏州，向三大王方貌求救。方貌命吕师囊率五千人马先去迎战，随后亲率八员骠骑大将接应。徐宁二十余回合就把吕师囊杀下马，宋江派八员大将迎战南军八员骠骑大将。十六人斗了三十多回合，朱仝一枪把苟正刺下马。方貌见折了一员大将，便退回苏州城内，城上摆着强弓硬弩，**女墙**②边还堆着**灰瓶**③。宋江见苏州城水港环绕，城墙坚固，水面宽阔，宜用水军攻打，便命李俊勘察，又命孔明、孔亮等人协助水军收复沿海县治，以替回童威、童猛来帮助李俊行事。李俊和童威、童猛驾着一艘小船直入太湖，打听南边的消

①磨扇：即磨盘，石磨上的两个圆饼，呈圆形，中间有洞，方便用轴穿起。
②女墙：城墙上面呈凹凸形的短墙，缺口多做射孔，可用于御敌。
③灰瓶：古代战具，一种装有石灰的瓶，用以临阵击敌，使敌不能张目。

息。快到吴江时，见一片渔船，李俊假装买鱼。这渔翁却把李俊等人骗至榆柳庄，设了埋伏，绑了他们。庄上四个头领问话，李俊等人宁死不说，一副英勇就义的英雄形象感染了四位头领，他们便被放开了。这四位头领分别叫费保、倪云、卜青、狄成。李俊见他们如此义气，便和他们结为兄弟。李俊说了自己此次来的目的，费保说："杭州不时有方腊手下人来苏州公干，小弟使几个打鱼的去打听，若有人来，再定计策。"两三日后，打鱼的来报："杭州来了十几只运输船只，旗上写着'承造王府衣甲'，每只船上有五七人，在平望镇上。"李俊便请费保等人出马帮忙，趁夜把船和人都劫至榆柳庄。经审问得知，原来是镇守杭州的方腊大儿子方天定的手下押送铁甲交给苏州的方貌。李俊要了关防文牒，便杀了这些人，回去找宋江汇报。众人议定请费保做押送头领，李逵等二百余人藏在船内。费保押送船只很顺利地进入苏州城内，船一靠岸，李逵等就杀出来，放起火，凌振放了十几个震天响的炮。宋江人马杀入城中，而方貌也被武松一刀砍了，其几员大将就逃走一个。宋江清点人马，发现又折了宣赞。水军头领都回苏州，诉说攻打常熟、昆山的过程中，施恩、孔亮不识水性而被淹死。费保等四人不愿为官，辞了宋江，李俊送他们至榆柳庄。饮酒间，费保对李俊说："小弟虽是一介匹夫，但也知'世事有成必有败，为人有兴必有衰'，哥哥在梁山泊打拼也有十几载，百战百胜，破大辽时不曾折损一个弟兄，而今平方腊，已动了锐气，气数将尽。今我等已结义，哥哥何不趁此气数未尽之时，寻个安身立命之处，以终天年，岂不美哉！”李俊说：“仁兄，承蒙教导。只是方腊未曾剿灭，宋公明恩义难抛。若是众位肯等我收服方腊，李俊便引两个兄弟随哥哥去。”费保等四人说：“我等准备好船只，专等哥哥到来！”

次日，李俊和童猛、童威回到宋江寨中，随大队人马直取秀州。秀州守将段恺闻知方貌已死，便投降了。段恺告知宋江，杭州由方天定把守，部下有七万余人，邓元觉和石宝最是了得。宋江与诸将商议攻取杭州之策，这时燕青回来，说卢俊义已夺取湖州，正攻打独松关，直取杭州。柴进自告奋勇，和能言善辩的燕青一起去方腊贼巢当细作。柴进扮作白衣秀才，燕青扮作随从，背着琴剑书箱，便上路了。宋江又命水军张横、阮小七、侯健、段景住四人带着三十多个水手，到南门外江边放起号炮，竖起号旗，扰乱城内军心。宋江调兵完毕，安道全因天子染疾被召回东京。方天定得知宋江、卢俊义兵分三路来攻，便分兵三路去迎战。

花荣、秦明率领一千人马作为宋江的前哨部队，来到长安坝，却撞到王仁、凤仪带领的方天定部队。秦明来战凤仪，花荣来战王仁。王仁被花荣一箭射下马。凤仪吃了一惊，措手不及间被秦明当头一棍打死。石宝抵挡不住，退入城中。次日，宋江又分兵三路夹攻杭州：朱仝、史进等人马攻东门；李俊、张顺等水军攻湖城门；关胜、花荣等人马攻北关门和艮山门；宋江坐镇中军，李应、孔明等人马策应。关胜等人马来到东新桥，却不见一个人，怕有埋伏就退回桥外。宋江得知，吩咐每日派两个头领巡逻。数日后，徐宁、郝思文带几十个马军巡逻到北关门，见城门大开，便到吊桥边查看。城里突然冲出一队马军，徐宁、郝思文急忙回马，侧面又冲出一队马军。徐宁从马军队里杀出，郝思文却被活捉。徐宁去救，却被毒箭射中颈部，被关胜救回。但无安道全在此，徐宁后来还是死了。次日，探子来报，郝思文的头被挂在杭州北关门城上示众。宋江折了两员大将，好生伤感，便按兵不动。

精华赏析

宋江接连夺取了润州、常州、苏州、宣州、湖州，可也接连损失了宋万、焦挺、陶宗旺、韩滔、彭玘、郑天寿、曹正和王定六，还没攻下杭州，就折了徐宁和郝思文。梁山泊好汉每前进一步，就会自伤元气。这都预示着梁山泊好汉气数将尽。

成长启示

在第四十六回的故事中，宋江接连夺取了润州、常州、苏州、宣州、湖州，却损失了好几位梁山泊兄弟。这告诉我们，勇气、毅力和牺牲精神是取得成功的必备条件。

第四十七回 宋江智取杭州城

❖ 要点思考

· 张顺明知去杭州城很危险，为何甘愿冒险？

· 宋江攻下杭州，离方腊老巢又近了，那么在征战中又会有谁牺牲呢？

李俊等水军到了北新桥守路，张顺对李俊说："小弟欲从湖里潜水过去，从水门中悄悄入城，放火为号，哥哥便可进兵，取他水门，再报给主将先锋，三路一起攻城。"李俊说："此计虽好，只恐兄弟独力难成。"张顺说："把这命报答宋公明哥哥许多年情分，时日也不多了。"李俊便派人报知宋江。当晚，张顺饱食一顿，便来到西湖岸边，看着三面青山，一湖绿水，远望城郭，钱塘门、涌金门、清波门、钱湖门四座禁门临着湖岸。时值春暖，西湖水色蔚蓝，四面山光翠绿。张顺走在西陵桥上，看着美丽的景致，说："我生在浔阳江上，经历了万千大风巨浪，何曾见得这一湖好水！死在这里也能做个快活鬼！"张顺带着刀钻入水底，游到涌金门边，探出头，听到城上一更四点的鼓声。张顺在岸边四处摸索，发现都被铁窗**棂**①隔着，里面布满绳索，绳索上都绑着铜铃。张顺不小心扯到绳索，铜铃响起。城上人听到铃声，大喊起来，张顺赶紧潜入水里。城上人来查看，却不见有人，众人又看了看，没什么发现，就回去睡了。到了三更，张顺上了岸，见城上

①棂：旧式房屋的窗格。

无一人，心想守城人都该熟睡了，便要爬上城去，但又寻思："倘若城上有人，岂不折了性命，我先试探一下。"便拿起土块，扔上城去，潜入水里。有没睡的士兵叫了起来，见水门和湖面都没动静，便说："见鬼了，我们去睡，不必理会。"但这些士兵却都埋伏在女墙边。张顺上了岸，见城上没打更了，又扔土块到城上，也没动静，便去爬城。刚爬到一半，只听城上一声梆子响，众军一起过来。张顺从半空中跳下水，还没来得及潜入水底，城上的强弓硬弩、苦竹枪、鹅卵石一起射了下来。可怜张顺被苦竹枪和乱箭射死在水里。

李俊差人报知张顺潜水入城、放火为号的事，宋江便和吴用商议计策至四更。宋江困倦了，便睡下了。猛然一阵冷风袭来，宋江起身一看，灯烛无光，寒气逼人，定睛看时一个似人非人，似鬼非鬼的人形立在冷气中。那人形低声说："小弟跟随哥哥许多年，恩义厚重，今以身报答，死于涌金门枪箭之下，今特来辞别哥哥。"宋江说："这不是张顺兄弟吗？"忽然又有三四个满身鲜血的人出现，宋江大哭一声，突然醒来，却是南柯一梦。吴用等人听到哭声赶来，宋江说了自己的梦。吴用说："之前李俊报知张顺要从湖里入城。但西湖到城边地势险要，想必是送了性命，托梦给兄长。"宋江说："若是如此，另外三四个又是什么人呢？"到了午后，李俊派人来报，张顺死于涌金门下。宋江听了，大哭一场，说："我必须亲自到湖边给他吊孝。"吴用说："兄长不可亲临险地，若贼兵得知，必来攻击。”宋江说：“我自有办法。”随即点李逵、鲍旭、项充、李衮引五百步军去探路。宋江带着石秀、戴宗等五百人马暗暗地从西山小路到李俊寨子里。李俊等得知，把宋江请至灵隐寺歇息。宋江请本寺僧人诵经追悼张顺。次日晚，宋江叫人在湖边竖起一面白旗，写着“亡弟正将张顺之魂”，又在西陵桥上摆下许多祭物，然后让李逵等人马在北山路口埋伏，让樊瑞、马麟、石秀等人马埋伏在左右。待一更时，宋江披白袍，盔甲上盖着一层孝绢，同戴宗和五七个僧人来到西陵桥上。宋江证盟，朝着涌金门哭奠。突然，桥下喊声一片，南北两山响起鼓声。原是方天定知宋江在西陵桥上祭奠张顺，便命吴值和温克让等领南北两路人马来拿宋江。这时，樊瑞、马麟、石秀两路分开赶杀南北两山来的人马。温克让带人要过河去，阮小二、阮小五和孟康引五千人截断了归路。吴值等人马急退回去，却被李逵等人杀得七零八落。城里救军出来时，宋江人马都已入山了。宋江留下石秀、樊瑞、马麟帮助李俊等同守西湖山寨，准备攻城。宋江在寨中，惦记卢俊义那边的战况，便派戴宗去打探消息。数日后，戴宗来报：“卢先锋已过独松关了，早晚便会到这里的。敌兵凭有利地势守关不出，卢先锋便差欧鹏、邓飞、李忠、周通上山探路。厉天闰引兵冲下来，斩了周通。次日，董平要去复仇，却没提防一火炮打下来，伤了左臂，两日后手臂好了，便和张清私自步行去关口。厉天闰和张韬来交战。董平来战厉天闰，但左手不利索，节节败退。张清便挺枪去戳厉天闰，但厉天闰却闪到松树背后，张清的枪戳在松树上，一时拔不掉，被厉天闰一枪刺中腹部，倒地而亡。董平忙去战厉天闰，却被张韬从背后偷袭杀害。卢先锋带着大队人马赶上，杀了厉天闰等贼人。只有张韬等残余人马，勉强在抵抗。主帅不信，可看公文。”宋江看了文书，心中郁闷，眼泪如泉。吴用说：“既然卢先锋得胜了，可调人马去夹攻，必全胜，还可以接应湖州呼延灼的人马。”宋江便派李逵等人引三千步军，从山路接应。李逵等引着步军走在山路上，正好撞见张韬的败军，便全力冲杀过去。张韬等将又往回走，正逢着卢先锋的人马。张韬等又往深山小路逃，却被解珍、解宝用钢叉捅翻并捉下山。卢先锋便带人马一起去见宋江。

朱仝等人马奉命攻打东门，战得正酣，宋江人马来到北关门叫战。方天定便在东门收兵，派石宝来战宋江人马，也是不分胜负。后宋江派卢俊义部队取德清县的呼延灼人马，合力攻城。卢俊义率人马接呼延灼人马回来，但宋江一看，不见了雷横和龚旺。呼延灼说：“雷横在德清县南门外和司行方交锋，被其砍下马。龚旺因和黄爱交战，过溪水时连人和马陷在溪里，被敌军乱枪戳死，现已报了仇。”宋江听了，哭着对众将说：“前日张顺与我托梦时，见右边立着三四个浑身血迹的人，原来却是董平、张清、周通、雷横和龚旺的鬼魂。我若得了杭州宁海军，便请僧人设斋做好事，超度众兄弟。”

次日，宋江等大队人马在北关门外叫战。石宝首先出战，索超性急，飞奔来斗石宝。未到十回合，石宝露个破绽便走。索超追赶，脸上却中了流星锤，倒下马。邓飞急忙去救，但石宝已到眼前，措手不及之下被杀。宝光国师邓元觉带人冲杀过来，宋兵大败而走。幸得花荣、秦明等人马从侧面杀来，击退宝光国师人马，救得宋江回寨。宋江见又折了索超、邓飞二将，心中郁闷，不知该如何攻城了。吴用说："先锋再引军攻打北关门，然后佯装输了，诱敌远离城门，放炮为号，各处门外的人马一起攻打。但得一处军马进城，便放火为号。贼兵必然各不相顾，便能大胜。"次日，宋江派关胜领少许军马在北关门城下叫战，和石宝斗了几回合便退回，石宝军马追赶。凌振放炮，各门前军马听到号炮便一起攻城。

卢俊义引人马来到候潮门下，却见城门大开，吊桥放

下。刘唐要夺头功，拍马奔向城门。城上人见刘唐到了门下，砍断绳索，闸板坠下，刘唐连人和马同死在门下。且说这城下有三道闸门，还有伏兵，刘唐不死都难。各门外军马都攻不下城，只得回营。宋江听说又折了刘唐，痛哭道："大小百十场战役，九死一生，未曾折了锐气，谁曾想今日却死在闸板下。"吴用便要退军，从长计议。李逵说："哥哥放心，我明日和鲍旭、项充、李衮四人，定要拿了石宝那厮。明日不捉了他，不来见哥哥。"次日，李逵、鲍旭、项充、李衮喝得半醉，在北关门下叫战。李逵火杂杂地握着双斧，鲍旭挺着大刀，睁着怪眼，只待杀去。项充、李衮各拿着一面盾牌，背后插着二十四把飞刀，挺着枪伏在两侧。石宝带着吴值、廉明出城迎战。李逵大吼一声，四人冲向石宝。不久，鲍旭砍了廉明，但石宝杀了鲍旭，宋江赶紧收兵。

宋江一筹莫展时，解珍、解宝来报，在南门外的范村劫得方腊人马从各村搜刮粮食的粮船。宋江便命得力干将混在粮船水手里，搬粮入城。二更时，凌振在吴山顶上放炮为号。城中干将在城内四处放火，城中顿时沸腾了，以为有很多宋兵进了城。各个城门上的士兵都逃命去了。宋江人马从各城门处攻入城内，方天定从南门逃走，在五云山下被张横杀了。宋江得了杭州城。众将到城中歇息，阮小七来报："在钱塘江，风打翻了船，众人都落了水，侯健、段景住不识水性，被淹死了。"宋江见折损了许多将领，十分伤心，便去净慈寺修设水陆道场七昼夜，超度众将。四月底，天子念宋江等收剿方腊，累建大功，便赐御酒三十五瓶、锦衣三十五件给正将，其余偏将各有赏赐。原来天子只知公孙胜没来，却不知折了多少人马。宋江蓦然伤心，留下锦衣御酒，设灵位祭拜。

❖ 精华赏析

张顺为报答宋江恩情，冒险潜入杭州城，死于枪箭之中。董平、周通、张清、索超、邓飞、刘唐等人牺牲，这一切都预示着梁山泊好汉的光芒正迅速褪去。

❖ 成长启示

在第四十七回的故事中，张顺为了报答宋江的恩情，不惜冒险潜入杭州城，最终献出了自己的生命。他的勇敢和坚持精神值得我们学习。

第四十八回 宋江智破乌龙岭

要点思考

· 之前的贼寇擒获梁山泊好汉，就会以礼相待，但方腊的人马为何捉了梁山泊好汉后就残忍杀害呢？

· 宋江、卢俊义两路军马会顺利攻破方腊老巢吗？

宋江人马在杭州歇息了数十日后，张招讨便发文书，催促宋江进兵。宋江攻打睦州，卢俊义攻打歙州。卢俊义需从昱岭关过，而去睦州沿江直抵贼巢，水军便送宋江征剿睦州。宋江大队人马，水陆并进，轻而易举攻破富阳县，赶宝光国师、石宝等人马退至桐庐县内。宋江兵马势如破竹，杀到桐庐县，活捉温克让。次日，宋江人马水陆并进，来到乌龙岭——睦州前最后的关卡。这乌龙岭靠着长江，山峻水急，上设关防，下排战舰。李逵、项充、李衮引五百盾牌手，出去探路。到了乌龙岭下，便有**擂木**[①]炮石打下来，李逵等人前进不得。宋江又差阮小二、孟康、童威、童猛引一千水军，去登滩头。但这乌龙岭背面就是方腊的水寨，屯着五千多水军，头领是四个水军总管。这四人得知宋江水军来了，便在滩头准备下五十连木排，在上面堆着草和硫黄。阮小二刚到滩头，只见木排一起点着，往滩下冲去，背后跟着大船，一阵乱杀。童威、童猛弃船上山，寻路回去。阮小二刚要跳下水，却被挠钩钩住。阮小二怕

①擂木：古代作战时从高处推下撞压敌人的木头。

被活捉受屈辱，便掏出腰里的刀，自刎而死。孟康躲闪不及，被木排上的火炮打中，粉身碎骨。四个水军总管趁势杀来，后船的李俊等人慌忙转船头，顺流而下到桐庐岸边。宝光国师见水军得胜，引军杀下乌龙岭。宋江只得退兵至桐庐县。

宋江见折了阮小二和孟康，寝食难安。阮小五、阮小七来劝宋江道："我哥哥为国家大事而死，强过死在梁山泊一世无名，先锋以国家大事为重。"宋江听了，才缓过神。次日，猎户出身的解珍、解宝自告奋勇，要去山上放火。二更时，二人攀藤揽葛，一步步往上爬。山岭上的人早就看见，待解珍快到了，便用挠钩钩住了解珍的头髻，把他悬在半空。解珍心慌，掏出腰刀砍断挠钩，却从空中坠下摔死。解宝也被乱箭射死。宋江得知大怒，随即点三千精兵，带关胜、花荣、吕方、郭盛连夜进兵乌龙岭，却中了石宝的计策，被方腊水陆人马团团围住。厮杀间，李逵等步军从石宝马军后面杀来。鲁智深、武松引一千步军来战邓元觉人马。随后，秦明等将领拼死杀进来，救出宋江等人。宋江驻扎在桐庐县，按兵不动。

石宝担心宋江兵马从小路过岭，便让邓元觉去帮源洞请方腊调军马来助战。但方腊为自身安全，不愿借兵。娄丞相只好从睦州分兵五千，给邓元觉去守乌龙岭。不久，童贯带着天子的赏赐来到宋江寨中。次日，童贯要带兵攻打乌龙岭，吴用劝谏不可轻动，并建议差燕顺、马麟从小溪边的小路去找当地百姓问路，过了关再两面夹攻。晚上，马麟带回一个老汉，这老汉给宋江指了一条过乌龙岭的小路。宋江便请童贯把守桐庐县，引十二个大将和一万人马跟着老汉走。到了东管，守军将领伍应星见宋江人多势众，便带人到睦州报告。石宝不愿发兵去救睦州，邓元觉便带着夏侯成，引五千人马下岭去睦州。但宋江兵马并不打睦州，而是直奔乌龙岭而来。正好撞着邓元觉人马。秦明出战，斗到五六回合，便走了，众军散去。邓元觉见秦明走了，便去拿宋江，却被花荣一箭射下马，又被乱刀砍死。宋江人马一起杀去，夏侯成带人马逃回睦州。宋江人马杀至乌龙岭，却被擂木炮石拦住，便去攻打睦州。

方腊得知，赶紧命郑彪点一万五千御林军去救睦州，又请包天师随行。宋江听说清溪县来了救兵，便命王矮虎和扈三娘带三千军马前去迎敌。夫妻二人在清溪路上遇到郑彪人马。郑彪和王矮虎交战，斗到八九个回合后，郑彪使出妖法，头盔上流出一道黑气，黑气中一个天神来打王矮虎。王矮虎见了，手忙脚乱，被郑彪一枪戳下马。扈三娘见丈夫落马便去救，也被郑彪打死。败退人马来见宋江，宋江得知折了二将，便引李逵等，带军前去迎敌，杀散了郑彪军马。但郑彪施了妖法，顿时黑气漫天，围困了宋江兵马。宋江一觉醒来，天朗气清，便带军杀出去。这时鲁智深、武松一路杀来，直奔郑彪。包天师在马上掣出玄天混元剑，从空中飞下，砍中武松左臂，武松失血过多晕倒。鲁智深奋力救得武松，夺了那混元剑。武松醒来，见左臂将断，便拿刀割掉了左臂。鲁智深又去追赶逃往山林的夏侯成。这时郑彪引兵赶来，李逵、项充、李衮引兵冲杀过去。

郑彪抵挡不住，越岭渡溪而走。三人不识路径，却要逞能，过溪赶去，但岸边突然出现三千军马。李衮被乱箭射死，项充被乱刀砍死，溪边人马追着李逵进了深山。不久，花荣引兵救回李逵，却不见了鲁智深。

吴用和关胜等一万人马从水路而来。次日，宋江率大队人马赶往睦州，差燕顺、马麟带人守住乌龙岭大路，命关胜、花荣等人马为先锋，攻睦州北门，令凌振放母子炮打入城中。郑彪和谭高、伍应星引精兵一万出城迎战。郑彪来战关胜，但只有招架之力。包天师便施妖法，郑彪头上冒出一道黑气，黑气中显出一尊金甲神人，手拿武器从空中打下来。宋江见了，便命樊瑞作法，只见关胜头盔上卷起一道白云，白云里显出一尊神将，打败了那尊金甲神人。关胜便一刀砍了郑彪，包天师也被一个火炮打得粉身碎骨。宋江兵马乘势杀入睦州，生擒了方腊的一众官员。突然，军马来报，石宝带人杀了马麟、燕顺，正赶来睦州。宋江急命关胜、花荣、秦明、朱仝带人迎敌。石宝见是关胜，便鸣金收兵。但此时童贯人马已从另一侧杀上乌龙岭。混战间，郭盛被山上的石头砸死，吕方连人带马掉入悬崖。石宝见宋江人马从两边都攻上来了，恐被捉受辱，便自刎而死。江里水寨中的四个水军总管见乌龙岭已失，便弃船逃到对岸，却被百姓生擒，押到睦州，有两个逃走了，宋江便杀了剩下的两个水军总管，祭阮小二和孟康等死去的弟兄。宋江按兵不动，等候卢俊义人马到来，同取清溪县。

卢俊义这边，率三万人马来到昱岭关前，当日便差史进、石秀、陈达、杨春、李忠、薛永带三千步军去叫战。史进等人马来到关下，却不见一个人，便心生疑虑。这时庞万春在关上骂道："你这伙草贼，接受了宋朝招安诰命，还敢来我这里装好汉！先教你看我神箭。"说完，嗖的一箭把史进射下马。其他五将救得史进上马便回，却见两边松树林和山坡上箭如雨下，六员大将被射死在关下，三千步军只有百余个小军逃回去。朱武便建议先派时迁去山中寻路，熟悉路径。时迁往深山走去，天色已晚，见有灯火，便摸黑来到一个庵堂。见一个老和尚在诵经，时迁便敲门进去，直截了当亮明身份，请他指条小路上昱岭关。老僧人说："此地百姓都深受方腊残害，怨气很重。老僧也靠百姓施舍糊口。将军来此与民除害，我说了也无妨。西山岭边有一条小路可到关上，直通庞万春寨后，只恐被人毁了。"时迁谢了老和尚，便去报知卢俊义。朱武便让时迁带着火炮、**火石**[①]、**火刀**[②]朝老和尚指引的方向走去。时迁到了个路口，却见大石块筑起一道墙壁，挡住去路，便使出飞檐走壁的本事，爬了过去。时迁到了关上，爬上大树顶部，只见远处林木之中红了半边天，那是卢俊义和朱武一路走，一路使人放火，烧林开路，使伏兵无处躲藏。不一会儿，只听林冲、呼延灼在关下大骂："贼将安敢抗拒天兵？"时迁悄悄溜下树，把四处的草堆点着，然后又点着火炮。火炮震天响，关上众将不杀自乱。时迁就在屋顶

①火石：古代与火镰、火绒配合点火的工具。
②火刀：又名火镰，一种取火工具。

大叫道："已有一万宋兵过关了，汝等及早投降，可免一死！"庞万春等将领惊慌失措。林冲、呼延灼带人杀上关，除庞万春外，其余将领都被擒获了。

卢俊义马不停蹄，来到歙州城边。庞万春引兵出战，欧鹏来战。两人斗不过五回合，庞万春便败走，引欧鹏追赶。庞万春扭过身一箭射去，却被欧鹏绰箭在手。欧鹏便放心去追，却不提防庞万春第二箭，被射下马。守将王寅和高玉见状，引军马赶杀出来。卢俊义人马大败，后退三十里扎寨，清点人马，发现又折了张青。朱武料定贼兵会乘势来劫寨，便命人马分散埋伏。果然，高玉和庞万春乘夜来偷袭卢俊义营寨。突然，寨中火起，山头上炮响，四下里伏兵杀了过来。呼延灼双鞭打死高玉，汤隆活捉了庞万春，贼兵也被杀了个七零八落。但丁得孙却被毒蛇咬伤，中毒而死。卢俊义杀了庞万春，祭奠史进等死去的弟兄。次日，卢俊义兵临歙州城下。见城门不关，又无旌旗，单廷圭和魏定国要夺头功，便引军杀入城。但王寅只是装作弃城而走，并在城门里挖下陷阱。二将跌入陷阱，被埋伏的士兵乱枪戳死在坑中。卢俊义急令前面人马一面

兜土填坑，一面杀了伏兵。卢俊义带人马杀入城中，剿捕贼寇。王寅飞马要走，被李云截住。这李云是步兵，被王寅的马撞翻了。石勇来救，却被杀了。孙立、黄信、邹渊、邹润截住王寅，林冲又来助战，众人齐上，将王寅乱枪戳死。卢俊义驻军歙州，派人送信给宋江，约定同进兵清溪县。

宋江收到卢俊义的书信，得知折了史进、石秀、陈达、杨春、李忠、薛永、欧鹏、张青、丁得孙、单廷圭、魏定国、李云和石勇十三员大将和不少人马，不禁痛哭哀伤。吴用劝道："生死天注定，主将何必自伤身体？且以国家大事为重。"宋江说："虽然如此，不由得人不伤感。想当初石碣天文记载了一百零八人，谁知到此，渐渐凋零。"宋江写了回信，约定了攻打清溪县的日期。

◈ 精华赏析

宋江等梁山泊好汉南征北战十几载，天罡星和地煞星的光芒也渐渐暗淡了，每向前一步都愈加艰难。梁山泊好汉虽知气数将尽，但为了报答宋江的知遇之恩，还是尽力向前。

◈ 成长启示

在第四十八回的故事中，梁山泊好汉们为了报答宋江的知遇之恩，不惜付出生命的代价，体现出了他们的忠诚。这告诉我们，要学会承担责任，对自己的行为负责，同时也要对他人保持忠诚。

第四十九回 宋江智取清溪洞

要点思考

· 宋江为什么一定要活捉方腊？

· 宋江破辽和征剿方腊，追求的是什么？

柴进与燕青历经曲折，终于抵达睦州，他们凭借着伶俐口齿与英俊外表，成功赢得了右丞相祖士远和左丞相娄敏中的信赖与喜爱。左丞相向方腊引荐了柴进。方腊见柴进知书达理，气度不凡，也十分欣赏柴进。柴进竭力奉承，深得方腊的欢心，被方腊招为驸马并封为主爵都尉。每逢军国大事，方腊都会召柴进前来商议。方腊常常向柴进吐露被宋江人马侵犯的烦恼，柴进便安慰道：“臣夜观天象，看到有二十八星宿将来辅助陛下，使基业得以复兴。在宋江一伙中，将有十几位大将投降。他们都是那些星宿，将帮助陛下开疆拓土。”方腊听后大喜。

当方腊得知宋江已攻下杭州，卢俊义拿下歙州，并兵分两路直取清溪时，立即召集文武百官商议对策。他说：“众卿都受有官爵，各自镇守州郡城池，共享富贵。然而万万没想到宋江的军队如此迅速地席卷而来，如今只剩下清溪县还在我们手中。现在宋江军马两路并进，我们该如何应对？”左丞相娄敏中上前奏道：“由于我们的兵力微弱，将领稀少，如果陛下不亲自出征，恐怕士兵们不会尽心尽力。”方腊于是下令，命所有大小官员随他御驾亲征，准备决一死战。娄敏中又奏道：“那么应该派谁作为前军先锋呢？”方腊说：“命方杰为正先锋，杜微为副先锋，率领三千余战将和一万三千御林军，逢山开路，遇水架桥。再命贺从龙率领一万御林军迎战卢俊义的军队。”

宋江的军队水陆并进，直奔清溪县而来。吴用和宋江在马上商议说：“此行去攻打清溪帮源洞，恐怕贼首方腊会提前发觉而逃入深山旷野，难以擒获。若想要生擒方腊，将他押赴京师面见天子，必须里应外合。我们还需要知道方腊的下落和去向，以防止他逃脱。”宋江说：“要实施这样的计划，我们必须采用诈降的策略。之前柴进与燕青去做细作，至今没有消息。你认为这次应该派谁去诈降呢？”吴用说：“依我之见，只能让李俊等带领水军，将船内的粮食献给方腊表示投降，这样他就不会起疑心了。方腊是个山间小人，看到这么多的粮食和船只，怎么可能不收留？”宋江赞道：“军师果然高瞻远瞩。”于是宋江便命令李俊等按照吴用的计划行事。

李俊与阮小五、阮小七、童威、童猛驾着粮船来到清溪县，假意投降方腊并献上粮米。方腊深信不疑，让李俊等管理船只。同时，宋江军马也进入清溪县，与方杰人马交战。秦明被方杰打死，宋江得知，赶紧调兵遣将来到阵前，却见方腊也到阵前监战。这时，飞马来报：“贺从龙军马去救歙州，被卢先锋活捉了，宋兵已杀至山后。”方腊得知后大惊并退回清溪城。李俊等人在城内放火并夹攻清溪城，方腊躲入帮源洞。宋江等人杀入方腊宫中，掠夺钱粮并烧毁宫殿。宋江召集众将来受赏，却发现郁保四、孙二娘都被杜微杀死；邹渊、杜迁被马军踏死；李立、汤隆、蔡福受了重伤，医治无效身亡；阮小五被娄丞相杀了。众将擒获方腊伪官九十二人，只不见了娄丞相和杜微。

宋江一方面张贴告示，以安抚民心，另一方面将捕获的伪官押至张招讨军前，公开处斩，以儆效尤。后有百姓来报："娄丞相因杀了阮小五，见清溪县失守，绝望之下在松树林自缢身亡。"而杜微则藏匿于他所养的娼妓王娇娇家中，然而却被王娇娇的家人出卖。宋江叫蔡庆杀了杜微，祭奠秦明、阮小五、郁保四、孙二娘以及阵亡的将士。

次日，宋江与卢俊义一同领军，将帮源洞口团团围住。但方腊人马坚守洞内，拒不出战，令宋江束手无策。方腊在帮源洞内如坐针毡，同样无计可施。此时，柴进上前奏道："臣不才，蒙主上圣恩，无可为报。凭往昔所学兵法，仗平日所韫武功，愿借主上一支军马，打退宋兵，振兴**国祚**[1]。未知圣意如何？"方腊见驸马主动请缨，大喜过望，遂命全军听从驸马调遣。于是，柴进与方杰率领一万人马，在帮源洞口摆开阵势。宋江眼见手下弟兄折损三分之二，而方腊仍未就擒，不禁愁眉紧锁，面色凝重。忽闻前方来报，洞中有军马出战，宋江、卢俊义便赶到阵前。一看方腊的驸马原来是柴进，宋江军中无人不识，宋江便命花荣出马迎战。花荣得令，纵马挺枪喝道："你

①国祚：国运。

这厮是何人？竟敢助纣为虐，与我天兵为敌？若早早下马投降，尚可免你一死。”驸马答道：“我乃山东柯引，谁人不知我威名？你们这些梁山泊的草寇，何足挂齿！”宋江与卢俊义听了，方悟其用意：他将“柴”改为“柯”，“进”改为“引”，以此掩饰身份。只见花荣与柯引战在一起，难分难解。柴进低声对花荣说：“兄长先假装败退，来日再商议对策。”花荣听了，又战了三个回合，便佯装败走。柯驸马喝道：“败将休走，可还有其他好汉敢来应战？”花荣回阵与宋江等人说明情况。随后关胜、朱仝也分别与柴进交锋，同样诈败而退。柯驸马指挥人马冲杀过来，宋江急令众军后退十里。柯驸马领军追击了一会儿，便收兵回洞。

方腊得知非常欢喜，摆下筵席并亲自捧杯，劝酒道：“没想到驸马文武双全！还望驸马大展才能，立诛贼将，振兴基业，与寡人共享太平富贵！”柯驸马说：“主上放心，臣当尽心报效。明日请圣上登山，看柯引厮杀，立斩宋江等人。”次日，方腊领着一帮伪臣在帮源洞山顶观战。宋江早已传令：“众军士看柴进回马引领，便杀入洞中，并活捉方腊，不得有误。”三军诸将得令，摩拳擦掌，掣剑拔枪。宋江诸将到洞前，摆开阵势。柯驸马正要出战，方杰却抢先出阵来厮杀。关胜出战，战不过十数回合，宋江又派出花荣、李应、朱仝出阵助战，方杰见四将来夹攻，回马就走。柯驸马把手一招，关胜、花荣、朱仝、李应追赶过来。柯驸马挺起枪，戳中方杰，燕青赶上，一刀杀了方杰。方腊众将士惊呆了，各自逃生。柯驸马大叫：“我乃宋先锋部下的小旋风柴进，今已知洞内外情况。若有人活捉得方腊，高官任做。投降者免死，抗拒者全家斩首。”

方腊眼见三军大乱，局势岌岌可危，于是急忙逃向深山。宋江领大队人马，分五路进洞来捉方腊。宋江的人马不仅掳走了金银财物，还将方腊的将士全部擒获，只可惜让方腊逃脱了。为了追捕方腊，宋江命令四处张贴告示，悬赏捉拿。方腊犹如丧家之犬，在深山中四处奔逃，他脱下了黄袍和金头饰，丢弃了朝靴，换上草鞋，一身破败。他连夜翻过了五座山头，疲惫不堪。当他来到一处山凹边，发现一个草庵，便想去寻找些食物。然而，他并未察觉到松树后隐藏的鲁智深。鲁智深突然跳出，一禅杖将方腊击倒，用绳索将其捆绑后交给了宋江。鲁智深向宋江叙述了事情的经过：“我在乌龙岭的万松林中与敌人激战，追击夏侯成至深山并将其斩杀。然而，我在深山中迷了路，却偶遇一个老僧人，他引导我来到这个草庵休息。”宋江听后对鲁智深说：“你立下了赫赫战功，我回京后会上奏朝廷，让你还俗为官，光耀门楣。”但鲁智深却回答：“我心如死灰，无意为官，只求一个清净之处安度余生。”宋江再劝：“你若不愿还俗，可前往京师主持一座名山大刹，也能光宗耀祖。”鲁智深摇头拒绝：“这些我都不需要，只得个囫囵尸首便足矣。”宋江听后默然无语。

宋江将方腊装入囚车后，率领三军返回睦州。得知宋江立下大功，张招讨、童贯等官员纷纷前来睦州祝贺。然而宋江却痛哭流涕："当初小将等一百零八人破大辽还京，不曾损一个。谁曾想如今只剩下十分之三。我有何面目再见山东父老？"张招讨安慰道："先锋切勿如此，古人有云：'贫富贵贱，宿生所载；寿夭短长，人生分定。'何必因折损兵马而感羞耻？今日你功成名就，朝廷必将重用，封官赐爵，衣锦还乡，谁不羡慕？你只管整顿兵马回朝觐见！"宋江拜谢众官员后，便去整顿军队。在张招讨的治理下，州郡恢复秩序，百姓也逐渐安定下来。

❖ 精华赏析

柴进为在方腊身边做卧底，化名柯引，娶了方腊的女儿，取得了方腊的信任，又引宋江诸将攻入帮源洞。而鲁智深追杀夏侯成，进入深山，为活捉方腊埋下伏笔。

❖ 成长启示

在第四十九回的故事中，柴进混入方腊阵营，并成功地取得了方腊的信任，这体现了他的智慧和勇气。这告诉我们，在困难的情况下，需要运用智慧和勇气来解决问题。

第五十回 忠义永存梁山泊

❖ 要点思考

· 鲁智深得知自己要死了，为什么还高兴呢？
· 宋江将死之际，为什么要杀了李逵？
· 请你想一想，宋江等人为什么只能通过托梦的方式申冤？

张招讨传令宋江收拾军马还京，各路军马准备行装，陆续启程。宋江在临行之际，深感失去将领之痛，不禁潸然泪下。然而，在此时宋江却得知朱富、穆春前往杭州探望患病的张横、穆弘等六人，结果仅有杨林、穆春二人返回睦州，其余人均因疾病离世。宋江念及众将士的辛劳，于睦州道观中扬起**长幡**①，为亡魂超度，并将寻得的遗骸妥善安葬。

随着启程的鼓声响起，宋江率领的军队开始踏上归途。尽管胜利的旗帜连绵十里，但军中的气氛却显得庄重而沉默。抵达杭州后，张招讨的部队入城休整，而宋江的人马则在六和塔屯驻，静候朝廷的下一步命令。

忽然江上潮起潮落声响天震地，鲁智深是关西汉子，不知是潮声，以为是战鼓响，跳起来拿起禅杖，就大喊着往外冲。众僧被他的举动惊动，纷纷询问缘由。鲁智深答道："洒家听闻战鼓擂动，欲出外杀敌。"众僧听后大笑，向他解释这是钱塘江的**潮信**②，每日两次，准时

①长幡：旧时出殡时举的窄长像幡的东西，多用白纸剪成。
②潮信：即潮水，因其来去有定时，故称"潮信"。

无误。他们推开窗户，指向那滚滚而来的潮水说："今日是八月十五日，潮信应在三更子时到来。"鲁智深听后恍然大悟，他拍手笑道："我师智真长老曾对洒家说过'逢夏而擒'，我在万松林里活捉了夏侯成；'遇腊而执'，我生擒了方腊。如今又应了'听潮而圆，见信而寂'，我既然遇到了潮信，也应当圆寂了。只是请问诸位，何为圆寂？"众僧答道："你虽为出家人，却不知圆寂之意？在佛门中，圆寂便是离世之意。"鲁智深听后很开心，他沐浴更衣后，坐于禅椅之上，静待时辰到来。他派人去请宋江前来最后话别。当宋江与众头领赶到时，鲁智深已然圆寂。众人为他焚香礼拜，随后火化了鲁智深。宋江又去看望武松，武松说："小弟已成废人，只愿在六和寺中做个清闲的道人。"宋江应允了他的请求，于是武松在六和寺出家为僧。

半月中间，天子命宋江等班师回京。宋江等正准备启程，林冲却中风瘫了。杨雄背上长疮，时迁又患搅肠痧，杨志在丹徒县医治无效，三人都死了。宋江悲伤地离开杭州，往京师进发。燕青私下来找卢俊义，劝他要知进退，回京不会有好结果的。卢俊义却不相信，燕青只好自己走了。到了苏州，李俊假装中风，求宋江让童威、童猛照看自己。宋江走后，李俊三人来见费保，履行约定，驾船去了**化外**[1]国，逍遥快活。

三军到了东京，张招讨军马进城去，宋江军马驻扎于

①化外：脱离现实社会的地方。

以前的陈桥驿，听候圣旨。宋江叫裴宣写了朝见名单，正将十二人：宋江、卢俊义、吴用、关胜、呼延灼、花荣、柴进、李应、朱仝、戴宗、李逵、阮小七，偏将十五人：朱武、黄信、孙立、樊瑞、凌振、裴宣、蒋敬、杜兴、宋清、邹润、蔡庆、杨林、穆春、孙新、顾大嫂。三日后，宋江等二十七员大将奉旨入城。东京百姓看了，想起宋江等受招安进京时，都穿着御赐的锦袄子，悬挂金银牌；破大辽回京时，都是披袍挂甲，戎装入城；今番回京，天子却特命**文扮**①，穿着公服入城。东京百姓一看只剩这几个回来，都嗟叹不已。朝上，天子看了宋江的表文，感叹说："卿等一百零八人，今只有二十七人见存，又辞了四个，真是十去其八矣！"随后降圣旨，给死去的人加爵，正将封为忠武郎，偏将封为义节郎。现在朝觐之人，除先锋使另封外，正将十人各授武节将军，诸州统制，赏金银五百两，偏将十五人各授武奕郎，诸路都统领，赏金银三百两。宋江又奏："臣部下自梁山泊受招安，军卒死了过大半。尚有愿还家者，乞陛下优恤。"天子准奏。宋江想回乡省亲，天子便赐钱十万贯作还乡之资。

宋江与宋清衣锦归乡，然宋太公已然辞世，二人悲从中来，痛哭不已，遂于庄上诚邀高僧，举办法事，以超度亡父亡母及历代宗亲之灵。宋江斥资五万贯，重建九天玄女娘娘庙，庙成之日，香火鼎盛。宋江将庄院交付宋清，嘱其务农守业，承祀宗亲。数月后，宋江重返东京，与众

①文扮：文官打扮。

兄弟重逢。戴宗前来探望宋江，递交官诰，决定前往泰安州岳庙度过余生，宋江应允了。阮小七因人陷害被贬为庶人，遂携母回归梁山泊石碣村，重操旧业，以捕鱼为生，尽心奉养老母以尽天年。柴进闻知阮小七遭遇，自思曾为方腊驸马，若被奸臣诬陷失官，实乃奇耻大辱。柴进便称中风不时发作，辞官回沧州，自在过活，但一日忽然就无疾而终了。李应为官半年，闻柴进求闲而去，亦辞官归隐独龙冈，与杜兴共创家业，富甲一方。关胜在大名府总管兵马，深得军心，一日操练归来，因酒醉落马，得病身亡。呼延灼之后去攻打大金，在淮西阵亡。朱仝随刘世光平定大金有功，升至节度使。邹润不恋官职，重归登云山，隐逸生活。蔡庆、关胜回归北京为民，裴宣、杨林返回饮马川，享受清闲时光。蒋敬回到潭州为民，朱武、樊瑞投公孙胜门下，出家修行，以终天年。穆春重归揭阳镇为民，凌振仍在火药局勤勉任职，黄信依旧镇守青州。安道全在太医院贡献医术，皇甫端、金大坚皆获官职。萧让在蔡太师府中效力，而乐和则寄身于驸马王都尉府中，以终天年。余下诸将亦各奔前程，赴任各地。

蔡京、高俅、童贯、杨戬见天子重礼厚赐宋江等人，心里很不爽。杨戬心生一计，派心腹之人到庐州寻两个当地人，买通他们来京师告卢俊义招兵买马，囤积粮草，还常和宋江联系，密谋起义。四人奏过天子，天子说："宋江、卢俊义破大辽、收方腊，手握十万军马，尚且不生歹心。其中有诈，未审虚实，不可信。"高俅、杨戬奏道：

“想必是卢俊义嫌官卑职小，又生反心，不幸被人察觉。”天子说：“可唤来卢俊义，寡人亲自审问。”蔡京、童贯奏道：“卢俊义是一头猛兽，若打草惊蛇，将难以收捕。陛下亲赐御膳御酒，窥其虚实。若无此事，则不必追问。”天子便准奏，命人以公事为由请卢俊义回京。天子设宴款待，高俅、杨戬早已把水银偷偷地放在卢俊义面前的食物里。卢俊义回庐州的路上就觉腰肾疼痛，不能骑马，便坐船回去。行至泗州淮河，因站不稳，落入淮河淹死。蔡京、童贯、高俅、杨戬奏道：“今卢俊义已死，只恐宋江心生疑念，做出格的事。乞陛下赐御酒以安其心。”天子沉吟良久，但终被奸臣谗佞所惑。这奸臣们便在御酒内放了慢性毒药，送到楚州。宋江自饮御酒后，觉得腹痛难忍，便怀疑贼臣在酒里下了药，感叹道：“我不曾行半点异心之事，今天子听信谗言，赐我御酒，死得太无辜！我死不打紧，李逵若知朝廷此奸计，必然再去山林落草为寇，把我等一世清名、忠义事迹毁于一旦。”便连夜使人去润州请李逵，说有要事商议。李逵见宋江来找他，便急忙前去。宋江劝李逵饮了御酒，哭着说：“朝廷赐毒酒给我喝了，命在旦夕。我为人一世，只主张‘忠义’二字，不带半点欺骗。宁可朝廷负我，我忠心不负朝廷。我死之后，怕你造反，坏了我梁山泊替天行道忠义之名，因此也让你喝了御酒。你死之后，可来楚州南门外的蓼儿洼，那里风景与梁山泊无异，和你阴魂相聚。我死之后，会葬在那里。”李逵垂泪道：“罢，罢，罢！生时服侍哥哥，死了也当哥哥的小鬼。”二人死后便都葬在蓼儿洼。宋江、李逵托梦给吴用，让他到蓼儿洼看望一遭。吴用在坟前手掴李逵、宋江的坟冢，想起得仁兄救了一命，坐享荣华富贵数十余载，却无以报答，便要在坟前自缢。这时得宋江、李逵托梦的花荣飞奔而来，花荣想与其被奸人设计陷害，不如随吴用去了，留得清名于世。二人大哭一场，双双在树上自缢而死。

天子赐酒与宋江后，心中常怀其情，然被高俅、杨戬之巧言所蒙，消息难通。一日，天子忽思及李师师，遂通过地道造访其家。两人对饮，未几，天子神思困倦，眼神迷离中，瞥见灯火摇曳，忽觉一股冷风吹过，瞥见一黄衫人立于此。那人道：“臣乃宋江麾下戴宗，有一处清雅之地，特邀陛下共赏。”言罢，天子随其骑乘，穿越云雾，至一地，惊见宋江。宋江细述无辜殒命之经过，天子惊愕：“寡人赐酒，何人竟敢换毒？”宋江道：“陛下可问钦差。”

天子又问："此地是何处？卿等为何聚于此？"宋江奏道："此乃昔日梁山泊，臣等已逝，蒙天帝垂怜，封为神灵。因有屈难伸，不能入宫，故趁陛下出巡，特邀至此，以诉衷情。"遂引天子至"忠义堂"，忽李逵挺斧向前，怒道："皇帝，你听信四奸臣之言，害我等性命，今既至此，正好雪恨！"天子大惊，骤然觉醒，方知是南柯一梦。

次日，天子遣宿太尉查访，得知宋江遭毒死之真相，震怒异常，于早朝时痛斥高俅、杨戬等辈。然送酒之臣已亡，无法治其罪，于是天子下旨封宋江为"忠烈义济灵应侯"，赐钱于梁山泊建庙宇、立祠堂，御笔题写"靖忠之庙"。此后梁山泊年年风调雨顺，百姓经常去庙里祭拜。

楚州百姓怀念宋江，也修建了一座庙，塑了一百零八座雕像，祭奠梁山泊一百零八位好汉。

❖ 精华赏析

四个贼臣误国害民，嫉贤妒能，把梁山泊好汉一个个逼走、害死。吴用等人自杀，体现了梁山泊好汉义气至深。宋江等人冤死，却只能通过托梦的方式向皇帝申冤，寄希望于鬼神，也是可悲可叹，无奈之举。

❖ 成长启示

梁山泊好汉们的结局大多以悲剧收场，但其中各位好汉的英勇事迹和他们不屈不挠的精神却让人深感震撼。他们面对困难和危险，始终坚持信念，勇往直前，这种精神值得我们学习。

附录一

好词好句欣赏

落花流水

释义：原来形容春景衰败，现在形容惨败。
近义词：七零八落、人仰马翻、一败涂地
反义词：得胜回朝

回心转意

释义：改变态度，不再坚持过去的成见和主张（多指放弃嫌怨，恢复感情）。
近义词：一改故辙、弃旧图新
反义词：执迷不悟、一意孤行

郁郁寡欢

释义：形容心里苦闷。
近义词：闷闷不乐、忧心忡忡
反义词：得意扬扬、怡然自得

三番五次

释义：屡次、多次。
近义词：屡次三番、接二连三
反义词：绝无仅有

摇摇欲坠

释义：形容非常危险，就要掉下来或垮下来。
近义词：岌岌可危、风雨飘摇
反义词：稳如泰山、岿然不动

目瞪口呆

释义：瞪大眼睛说不出话来，形容受惊而愣住的样子。
近义词：瞠目结舌、呆若木鸡
反义词：泰然自若、气定神闲

从长计议

释义：慢慢地多加商量；从长远的角度考虑。
近义词：三思而行
反义词：操之过急

赴汤蹈火

释义：跳进滚水，踏着烈火，比喻不避艰险，奋不顾身。
近义词：奋不顾身
反义词：贪生怕死

呼风唤雨

释义：使刮风下雨，原指神仙道士的法力，现在比喻能够支配自然或左右某种局面。有时也比喻进行煽动性的活动。

近义词：兴风作浪

反义词：息事宁人

惊弓之鸟

释义：被弓箭吓怕了的鸟，比喻受过惊吓，见到一点动静就特别害怕的人。

近义词：惊弦之鸟、伤弓之鸟

反义词：初生之犊

自言自语

释义：自己跟自己说话；独自低声说话。

近义词：喃喃自语

反义词：高谈阔论

晴天霹雳

释义：比喻突然发生的意外事件。也说青天霹雳。

近义词：青天霹雳、祸从天降

反义词：喜从天降

顶天立地

释义：形容形象高大，气概雄伟豪迈。

近义词：英姿勃勃、气概不凡

反义词：卑躬屈膝

胡作非为

释义：不顾法纪或舆论，任意行动。

近义词：肆无忌惮、胆大妄为

反义词：循规蹈矩、安分守己

铁石心肠

释义：形容心肠硬，不为感情所动。

近义词：木人石心

反义词：心慈手软、恻隐之心

如雷贯耳

释义：像雷声穿过耳朵一样，形容人的名声很大。

近义词：闻名遐迩、名满天下

反义词：无名小卒

执迷不悟

释义：坚持错误而不觉悟。
近义词：顽固不化、一意孤行
反义词：改过自新、迷途知返

心满意足

释义：非常满足。
近义词：称心如意、如愿以偿
反义词：得寸进尺、贪心不足

龙潭虎穴

释义：比喻危险的境地。
近义词：刀山火海
反义词：洞天福地

推心置腹

释义：把自己的心放在对方的肚子里，形容待人真诚。
近义词：真心实意、坦诚相待
反义词：明争暗斗、尔虞我诈

不计其数

释义：无法计算数目，形容极多。
近义词：数不胜数、多如牛毛
反义词：寥寥无几、屈指可数

变幻莫测

释义：变化多端，难以预测。
近义词：千变万化
反义词：一成不变

长老便写信让鲁智深去他师弟所在的东京大相国寺，并送了他四句话：“遇林而起，遇山而富，遇水而兴，遇江而止。”

他们不怕天，不怕地，不怕官司，分金银，穿绸锦，大碗喝酒，大口吃肉，如何不快活？我们弟兄三人空有一身本事，却不如他们。

杨志、曹正押着鲁智深上山，看到那三座关口确实险峻，寺庙被群山环绕，山峰雄壮，中间只有一条路上去，关口上摆着硬弩强弓，竹枪密密地立着。

武松见老虎扑来，闪到了老虎背后。那老虎便把前爪搭在地上，把腰胯掀起来，武松又躲到了一边。老虎见没掀到武松，吼了一声，似晴天霹雳，震得那山冈晃动。老虎把尾巴立起来，顿时像根铁棒，要去剪武松，武松又闪到一边。武松看出老虎捉人只会一扑、一掀、一剪，三招使完，便没了脾气。

自幼曾攻经史，长成亦有权谋。恰如猛虎卧荒丘，潜伏爪牙忍受。不幸刺文双颊，那堪配在江州。他年若得报冤仇，血染浔阳江口！

心在山东身在吴，飘蓬江海谩嗟吁。他时若遂凌云志，敢笑黄巢不丈夫！

时光飞速，鹅黄着柳，鸭绿生波，正当三月韶华。

忠心者少，义气者稀。幽燕功毕，明月虚辉。始逢冬暮，鸿雁分飞。吴头楚尾，官禄同归。

附录二

主要人物解析图

主要人物解析图

人物	绰号	性格特点与主要事迹
晁盖	绰号：“托塔天王”	性格特点：爱结交好汉，性格有点莽撞。 主要事迹：梁山小聚义、攻打曾头市。
宋江	绰号：“及时雨”	性格特点：为人正直，仗义疏财，广交天下豪杰，智勇双全。 主要事迹：私放晁盖、怒杀阎婆惜、三打祝家庄等。
吴用	绰号：“智多星”	性格特点：聪明机智，才智过人，但有时行事过于狡猾。 主要事迹：多次出谋划策，为梁山泊出奇制胜。
李逵	绰号：“黑旋风”	性格特点：刚直勇猛，心粗胆大，率直忠诚，心狠手辣。 主要事迹：杀害无辜乡民、大闹东京、反对招安等。
武松	绰号：“行者”	性格特点：勇而有谋，刚正不阿，忠心义胆，嫉恶如仇。 主要事迹：打虎英雄、为兄报仇、夜走蜈蚣岭等。
林冲	绰号：“豹子头”	性格特点：安分守己，有勇有谋，细心缜密，逆来顺受。 主要事迹：被冤枉而遭发配、最终被迫上梁山落草等。
鲁智深	绰号：“花和尚”	性格特点：精通武艺，勇敢忠诚，但喜欢独断专行，难以协作。 主要事迹：为救金氏父女三拳打死镇关西、大闹桃花村等。
关胜	绰号：“大刀”	性格特点：精通武艺，勇敢正直，但骄傲自大，难以容人。 主要事迹：攻打大名府等。
秦明	绰号：“霹雳火”	性格特点：骁勇善战，但稍显莽撞和急躁。 主要事迹：攻打清风山等。
柴进	绰号：“小旋风”	性格特点：热情好客，乐善好施，但稍显高傲。 主要事迹：门招天下好汉，失陷高唐州。
公孙胜	绰号：“入云龙”	性格特点：为人洒脱，足智多谋，但行事过于神秘。 主要事迹：多次出谋划策，为梁山泊出奇制胜。
杨志	绰号：“青面兽”	性格特点：为人正直豪爽，处事谨慎，但有时过于冲动。 主要事迹：护送生辰纲等。

附录三

阅读思维导图

图书在版编目（CIP）数据

西游记 / 王燕改编 ；（明）吴承恩著. -- 湘潭 ：
湘潭大学出版社，2024.3
（经典阅读书系. 四大名著 ：青少版）
ISBN 978-7-5687-1428-0

Ⅰ. ①西… Ⅱ. ①王… ②吴… Ⅲ. ①《西游记》－
青少年读物 Ⅳ. ①I242.4

中国国家版本馆 CIP 数据核字（2024）第 087106 号

西游记

XIYOU JI

王燕 改编（明）吴承恩 著

责任编辑：蔡林翰
封面设计：李　谈
出版发行：湘潭大学出版社
社　　址：湖南省湘潭大学工程训练大楼
电　　话：0731-58298960 0731-58298966（传真）
邮　　编：411105
网　　址：http://press.xtu.edu.cn/
印　　刷：江西赣版印务有限公司
经　　销：湖南省新华书店
开　　本：880 mm×1230 mm 1/32
印　　张：10
字　　数：200 千字
版　　次：2024 年 3 月第 1 版
印　　次：2024 年 3 月第 1 次印刷
书　　号：ISBN 978-7-5687-1428-0
定　　价：198.00 元（全 4 册）

导读

《西游记》是中国古代第一部浪漫主义章回体长篇神魔小说。这部小说由明代作家吴承恩所著，成书于明朝中叶。小说以唐僧师徒西天取经为主线，生动描述了取经过程中的一系列故事，构思新颖，想象奇特，引人入胜。

《西游记》充满着浪漫主义的想象，成功塑造了崇信佛法的唐僧、嫉恶如仇的孙悟空、憨厚可爱的猪八戒、任劳任怨的沙僧等人物形象，不仅如此，就连天上的神佛、人间的统治者、平民百姓和西行途中遇到的诸多妖魔鬼怪，都刻画得活灵活现，个性鲜明，给人留下了深刻的印象。

作者通过严谨的构思和丰富的想象力，成功构建了一个庞大而完整的神话世界，并通过其中或荒诞或魔幻的故事情节，间接映射和讽刺了当时的社会现实，表现了人性的弱点和缺点，又展示了英雄主义的理想。它深刻地描绘了人与自然、人与社会、人与人之间的关系，以及人类在面对困难和挑战时的勇气和智慧。

这部小说具有极高的文学价值和思想深度，它不仅是中国文学史上的经典之作，也是世界文学宝库中的瑰宝。通过阅读《西游记》，读者可以深入了解中国文化的内涵和特点，从中获得智慧和启示。

---

*《西游记》原著篇幅较长、晦涩难懂，为了更适合青少年阅读，本书对章回结构、标题、语言文字等内容进行了改编和删减。原著中部分故事情节与当今社会主流价值观、法律法规相冲突，需放在特定社会历史背景下去理解。

目录

第一回　美猴王横空出世

❖ 要点思考

· 请你想一想，同样是花果山的猴子，为什么是孙悟空当了猴王？

· 孙悟空一心想学艺，他在拜师的过程中遇到了哪些困难？他为自己的目标做出了怎样的努力？

· 菩提老祖选择收孙悟空为徒的原因是什么？他看中了孙悟空的哪些特质和潜力？

· 通过阅读此回，请说出孙悟空有怎样的性格特点？

盘古[1]开天辟地之后，天地间逐渐出现了日月星辰、人间万物。世界被划分为四大部洲：东胜神洲、西牛贺洲、南赡部洲和北俱芦洲。

东胜神洲有个傲来国，在傲来国的海上有一座名山，叫作花果山。花果山是山脉之祖，巍峨地耸立在大海上，气势夺人。山上不仅有许多珍禽走兽，还遍布奇花异草，长年不败，飞瀑流泉，长流不息，是一个不可多得的宝地。

在花果山的顶峰，有一块三丈六尺五寸高、二丈四尺宽的仙石。这块石头上分布着九窍八孔，四面没有树木遮挡，只有一些灵芝长在左右。自从天地开辟以来，这块仙石就一直屹立在山顶，每天吸收天地和日月精华，逐渐孕育出了灵性。

有一天，仙石突然裂开，从中蹦出了一颗圆球形的石

---

①盘古：中国神话传说中开天辟地的神。传说天地诞生之初是混沌一片，盘古左手持凿，右手持斧，从中间劈开，从而有了天地之分。

卵。这颗石卵从山上滚落下来，遇到风后化作了一只石猴。这只石猴五官清晰，四肢健全，能够爬行和行走，身手矫健。石猴眼中放出两道金光，直射天空，惊动了天庭**灵霄宝殿**①里的玉皇大帝。玉帝对这金光感到好奇，但不知道原因，于是命令千里眼和顺风耳去南天门外察看。

二将奉旨查看后返回灵霄宝殿，告诉玉皇大帝："陛下，这金光是东胜神洲傲来国花果山上一个石猴发出来的。石猴现在吃了凡间的食物，金光即将消失。"玉帝听后说："这石猴是汲取了天地精华所生，不足为奇，不用管他。"

石猴出世后，很快学会了行走和跳跃。终日生活在花果山里，喝着泉水，采摘着山花和野果，与山里的**猿猴**②为伴。夜里他睡在石崖下，白天则在山峰、洞穴中玩耍，就这样无忧无虑地生活了许多年。

有一天，天气异常炎热，石猴和一群猴子来到山涧中洗澡。洗完澡后，他们看到泉水不断地从山顶上冒出来，非常好奇。于是猴子们纷纷说道："这股泉水不知是哪里来的？我们今天闲来无事，顺流而上找找源头去！"

大家互相招呼着，顺着泉水往上爬。最后，他们来到了一条壮阔的瀑布前。只见那瀑布飞流直下，声如雷震，白色的水花挂在眼前，就像一条珠帘。猴子们张望了一番，拍手称赞道："好水，好水！谁有本事钻进去找到水的源头，并且毫发无伤地出来，我们就拜他为王。"连呼了三

---

①灵霄宝殿：中国古代神话传说中玉皇大帝上朝的宫殿。

②猿猴：地球上最古老的灵长类动物，以昆虫、果实等为食，善于跳跃和攀援，视觉灵敏，在世界多地均有分布。

声，忽见石猴从树丛中跳出来，应声高叫道："我去里面瞧瞧！"

只见他闭上双眼，蹲下身子，纵身一跃钻进了瀑布泉中。待他穿过水帘，发现瀑布后面并没有水，却有一座宽敞的铁板桥。桥下有水，倒挂着流了出去。他爬上桥，开始四处张望，发现洞里像人家住处一样：不仅桥边有花有树，还有一座石房子。房内石锅石灶、石碗石盆、石床石凳一应俱全。走到桥中间，石猴看到一座**石碣**①，上面刻着"花果山福地，水帘洞洞天"十个大字。石猴大喜，再次闭眼跳出水外，把洞内所见一一告诉猴子们，又说："里面宽敞阴凉，住上千百个弟兄都不挤，我们都搬进去住吧，省得在外面挨热受冻！"

猴子们听了，个个高兴得手舞足蹈，立即说："那你赶紧带我们进去吧！"于是，石猴又闭目蹲身，往里一跳，叫道："都随我进来！"说完便钻进了水帘里。胆大的猴，都立马跟着跳进去了；胆小的猴，探头缩脑，抓耳挠腮，犹豫了一会儿，也都进去了。猴子们穿过水帘，跳过桥头，开始抢盆夺碗，搬凳移床，乱成一团。

石猴见状，端坐在上面的石座上，说道："各位，不能言而无信，刚才在洞外面大家说得好好的，只要有谁有本事进到洞里并毫发无伤地钻出来，你们就拜他为王。我如今进来又出去，出去又进来，将你们带到了这样一个舒服的好地方，你们怎么还不拜我为大王呢？"

---

①石碣：圆顶的石碑。

听完石猴的话，众猴一个个排好顺序，朝上行礼，称石猴为“千岁大王”。从此，石猴登上王位，自称美猴王。美猴王率领众猴，分派了君臣，白天在花果山游玩嬉戏，晚上在水帘洞里酣然休息。春夏秋冬，采花摘果，远离鸟兽之害，独自为王，不胜欢乐。

这样不是神仙，胜似神仙的逍遥日子过了有三五百年。一天，美猴王与群猴举办宴会时，忽然忧上心头，掉下泪来。见到他这副模样，众猴慌忙问道：“大王为什么这么伤心？”

美猴王说：“我虽然现在过得不错，却很担心未来啊！”众猴不解，又问道：“我们天天在这福地饮酒聚会，食物取之不竭，无拘无束，是无边的福气，大王有什么好担心的呢？”

美猴王接着说：“我们现在虽自由自在，不受人管束，但将来年老气衰时，暗中有阎王管着。一旦老死，还怎么享福呢？”

听闻此言，众猴无不悲伤，纷纷痛哭起来。此时，猴群中跳出一只通背猿猴，高声说道：“大王如此深谋远虑，真是有心了！大王若想长生不老，不受阎王的管辖，如今天地之间，只有三种人不在阎王的管辖范围内。”美猴王急切地问：“哪三种人？”猿猴回答：“佛、仙、神三道，他们能躲过**轮回**[①]，得以长生不老，与天地山川同寿。”美猴王继续追问：“这三种人住在哪里？”猿猴答道：“他

---

①轮回：佛教中指人和其他生物像车轮一样在天堂、地狱、人间辗转重生，循环不已。

们居住在**阎浮世界**[1]之中，古洞仙山之内。”美猴王听后满心欢喜，说：“我明天就下山，游历四方，一定要找到这三种人中的一个，学个长生不老的法子。”众猴听后纷纷鼓掌称赞，并大摆宴席为美猴王饯行。

第二天，美猴王饮过猴子们送行的酒，便独自登上猴儿们为他编的筏子，向着南赡部洲方向漂去。风帆助力，连日东南风起，将他送到了西北岸边，正是南赡部洲地界。他跳上岸来，只见海边有人捕鱼、打雁、淘盐。他走到那群人跟前，扮了个鬼脸，吓得人们四散奔逃。他趁机抓住一个跑不动的，剥了他的衣服自己穿上，然后走向附近的集市。

在集市上，美猴王努力模仿人的举止和语言，同时日夜寻访仙人，想学成佛成仙的本领，找到长生不老的法门。

就这样，美猴王在南赡部洲度过了八九年时光，却始终没有见到仙人的影子。于是他决定去西海寻找神仙。他按照之前的办法做了个筏子，又漂过西海，到达了西牛贺洲的地界。

上岸后，美猴王发现了一座**钟灵毓秀**[2]的高山，心想这里必有高人隐居。他正四处观看时，忽然听到树林里传来一阵歌声。他循着歌声跑去，看到一个樵夫在砍柴。美猴王误以为他是神仙，向他行礼。樵夫慌忙否认自己是神仙。美猴王十分疑惑，问道：“您不是神仙，怎么会唱一

---

①阎浮世界：指人类世界。

②钟灵毓秀：指聚集天地灵气的美好自然环境产生优秀的人物。毓，养育。

些‘非仙即道’的歌呢？”

樵夫告诉美猴王这歌是一位神仙教的。他还告诉美猴王：“此山叫作灵台方寸山，山中有座斜月三星洞，教我歌谣的那位神仙就住在洞中，名叫菩提老祖。你顺着那条小路，向南行七八里远，就是他家了。”

美猴王在与樵夫道别之后，寻得一条小径，按照樵夫说的向南走了七八里路，果然望见一座洞府。

只见那洞府映照在霞光里，两旁长满松柏，洞门紧闭，静悄悄**杳无人迹**①。美猴王来到门前，见一座石碑立着，约有三丈余高，八尺余宽，上有十个大字，正是“灵台方寸山，斜月三星洞”。美猴王看了半天，不敢敲门，先跳到树上，摘了些松子吃。

不一会儿，一声“呀”的轻响传来，洞门缓缓打开，一个道骨仙风、面容清秀的童子走了出来。他对着空无一人的石阶喊了一声：“是什么人在门外胡闹？”美猴王见状，立刻从树上跳下，毕恭毕敬地鞠躬道：“仙童，我是个访道学仙的弟子，特来拜师学艺，不敢在此骚扰。”童子说：“师父叫我来开门，说：‘外面有个修行的来了，去接待接待。’想必就是你了。”美猴王忙不迭地应道：“是我，是我。”于是童子便招呼他跟随自己进入洞府。

走到**瑶台**②之下，只见那菩提老祖端坐在台上，台下两边站着三十个小仙。

---

①杳无人迹：指没有人的踪影。

②瑶台：华贵的美玉楼台。传说中的神仙居所。

美猴王一看，倒身便拜："师父，弟子一心求道！"菩提老祖道："先别急着拜师，把你的来历说明白再拜。"美猴王恭敬地回道："弟子是东胜神洲傲来国花果山水帘洞人。"菩提老祖一听，面色一沉，喝令道："赶出去！他是个撒泼捣蛋的人，哪里是来修道的！"美猴王连忙磕头道："弟子说的是实话，绝无虚言。"菩提老祖又问道："既然是实话，怎么会从东胜神洲而来？从那里到我这里，

隔了两重大海，一座南赡部洲，如何就能到此处？”美猴王叩首道：“弟子漂洋过海，历经十数年艰辛，才寻至此地。”菩提老祖听后恍然：“原来如此。”

接下来，菩提老祖询问美猴王姓氏。当得知美猴王是从石头中诞生时，他脸上露出了欣喜之色：“这么说来，你是天地所生？你起来走几步给我看看。”美猴王欣然起身，活泼地走了几步。菩提老祖笑道：“你像个吃野果的**猢狲**①，‘孙’字作为你的姓氏倒是贴切。”美猴王大喜，请求师父赐名。菩提老祖思考片刻后道：“你就叫‘孙悟空’吧。”美猴王非常喜欢这个名字，高兴地说：“好，好，好！从今以后我就叫作孙悟空了！”

精华赏析

花果山上的仙石里蹦出的石猴，先是成了美猴王，又拜师成了孙悟空。这段描写不仅塑造了悟空这个角色的独特个性和超凡能力，还展现了他无畏的勇气和智慧。

作为贯穿全书的最重要的角色之一，孙悟空的个性、智慧和英勇无畏的特质深深吸引着读者，使其成为全书最受读者喜爱的角色。

成长启示

为了学习长生不老之术，美猴王毅然决定离开故乡，孤身踏上求仙问道之旅。尽管历经艰辛，他也未曾气馁，始终坚持寻找机会。最终，在西牛贺洲遇见了菩提老祖，并诚心向其请教，终于拜师成功。在日常的学习生活中，我们也应该像美猴王一样，怀揣着执着求知的信念，勇往直前，不被困难所阻挠。在追求自己的梦想时，无论面临多大的困境和挑战，我们都坚守初衷，奋发向前。只有通过不懈地努力和奋斗，我们才能取得真正的成长和进步。

①猢狲：猴子，特指猕猴。

第二回 访龙宫喜得兵刃

❖ 要点思考

· 孙悟空为什么一定要找到称心的兵器？他是如何得到如意金箍棒的？

· 因为如意金箍棒可以变作绣花针大小，所以孙悟空能把它藏在耳朵中。如果你是孙悟空，你会把如意金箍棒藏在哪里呢？

拜师后，孙悟空每天和弟子们待在一起，挑水捡柴，打扫庭院，学经论道。一晃数年，孙悟空跟着师父不仅修得了长生不老之术，还学会了两个绝招——一个筋斗可以飞十万八千里的“筋斗云”和一念口诀想变为何物就变为何物的“七十二变”。

一天，孙悟空和他的师兄们在松树下**会讲**[①]。休息的时候，大家问孙悟空：“悟空，师父传给你的本领，你都学会了吗？”悟空笑着说：“不瞒诸位兄长，一是师父传授，二来也是我昼夜苦练，现在都会了。”大家见孙悟空竟然学了一身本领，就让他变成一棵松树给大家看看。于是，孙悟空念动咒语，摇身一变，真的变成了一棵松树。

大家见了，全都鼓起掌来，哈哈大笑道：“好本领，好本领！”掌声响彻庭院，菩提老祖闻声赶过来，见到此般场景，知道一定是悟空在人前卖弄，一气之下，对孙悟空说道：“悟空，你怎么能在众人面前卖弄本领呢？别人

①会讲：中国古老的学术研讨方式，学术同人们聚在一起，谁的学问好，大家就来向他学习。

如果想要跟你学，你该怎么办？如果怕他，你只能将本领传授给他，如果不传给别人，恐怕你又会因此招惹别人，你这不是自找麻烦吗？我就不责怪你了，你走吧！”

孙悟空听了，惊慌失措地问：“师父，你让我去哪里？”菩提老祖说：“你从哪里来，就回哪里去。”孙悟空这才想起他的家乡花果山。但他又说：“我在这里已经待了二十多年，师父对我恩重如山，我怎么能就这么离开呢？”菩提老祖说：“我对你有什么恩情？你走吧，只要别在外面惹祸就好。还有，千万不要告诉别人我是你师父，否则不要怪我无情！”

孙悟空听到师父这样说，知道师父心意已决，因此虽有不舍，也只好听从师命。

悟空谢了师恩，纵起筋斗云，不到一个时辰，便回到了花果山水帘洞中。谁知水帘洞中今非昔比，已被一个自称混世魔王的妖怪霸占。孙悟空岂容那混世魔王胡作非为，三下两下便端了他的老窝，将那大小妖精悉数**剿灭**①。

孙悟空自**荣归故里**②，剿灭了混世魔王之后，又从傲来国国界处寻来众多兵器给众猴使用，整日操演武艺。一时间，花果山上习武之声不绝于耳，一派热闹景象。

不久之后，附近的各路妖怪也闻讯赶来，纷纷拜孙悟空为山大王。花果山重兵云集，势力空前。但孙悟空又开始犯愁了，他对几个老猴子说：“你们都有兵器可用，而

①剿灭：用武力消灭。

②荣归故里：光荣地回到故乡。

我却没有一件如意的兵刃。”一只老猴子想了想说：“大王也是一方神圣了，当然不能用普通兵器。不过，不知道大王能否下水？我们这铁板桥下，水通东海龙宫，想必在**龙王**①那里，你应该能够找到一件称手的兵器。”孙悟空很是欢喜，道：“我这就去。”

只见孙悟空跳到桥头，施了闭水法，扑地钻入波中。没过一会儿，孙悟空便来到了东海海底，巡海的**夜叉**②将他带到龙宫见东海龙王敖广。

两人一番寒暄过后，龙王好奇地问：“不知道上仙光临此地有何贵干？”悟空坦率回答：“我曾在外修行，练成一个不死之身，现在训练手下的徒弟们守护花果山，但苦于找不到一件自己用的兵器，听说东海龙宫宝物甚多，因此特地来讨一件用。”龙王听了，不便推辞，于是命令手下取出一把大捍刀递给悟空。悟空看了一眼，摇了摇头说：“我老孙不擅长用刀，你还是给我找其他兵器吧。”于是龙王又命令手下抬出一把九股叉。悟空接过手，试了试，还是觉得太轻。龙王有些无奈，又命令手下抬出一柄画杆**方天戟**③，那戟有七千二百斤重。悟空接过手，耍了耍，还是说：“不行不行，还是太轻！”龙王这下没辙了，慌

①龙王：神话传说中统领水族的王，掌管兴云降雨。龙是中国古代神话的四灵之一。古人认为，凡是有水的地方，无论江河湖海，都有龙王驻守，以海洋划分为“四海龙王”。在《西游记》中，龙王分别是：东海敖广、南海敖钦、西海敖闰、北海敖顺，称为四海龙王。

②夜叉：佛教中指恶鬼，这里指相貌丑陋而凶恶的海妖。

③方天戟：古代的一种长兵器，在铁质枪尖的两侧各带有一个月牙形状的锋利刀刃。善于劈、砍、刺，功能类似于长矛。

忙解释道："上仙，这柄方天戟已经是我们龙宫里最重的兵器了！真的没有其他的兵器了。"孙悟空笑着说："古人云，不愁海龙王没宝。老龙王，你再去找找看。"

龙王无计可施，就在这时，龙婆和龙女走过来悄悄地对他说："大王，我们海底那块定海神铁，这几天一直闪耀着红光，水汽腾腾，莫不是在等这个猴子出现？"龙王皱了皱眉头说："那是大禹治水之时，定江海深浅的一个**定子**[①]，是一块神铁，怎么当兵器用呢？"龙婆劝道："先不管它能不能做兵器，你只管把它送给猴子，看看他能不能抬得动。"老龙王觉得龙婆的话有道理，于是就把这神珍铁的来历告诉了悟空。

孙悟空兴致勃勃地说："快把那块神铁抬出来让我看看。"龙王苦笑道："上仙，我们抬不动啊！你还是亲自去看吧。"于是孙悟空便跟随龙王来到了定海神珍铁所在的地方，忽然看到金光万道。龙王指着那块铁说："那放光的便是。"悟空走近一看，原来是一根铁柱子，大约有斗来粗，二丈多长。他很喜欢，但觉得那铁柱子太粗太长拿着不方便，于是嘟囔道："**忒**[②]粗忒长了些，要是能变得细一些、短一些就好了。"话音刚落，那宝贝竟然真的短了几尺，细了一圈。悟空拿在手中掂量了一下，说："再细些、再短些。"那宝贝真的又变短变细了一些。这样尝试了几次之后，那柱子变得不长不短、不粗不细，恰好能

①定子：古人用作测定水深浅的柱子。

②忒：太。

够握在手中。孙悟空十分高兴，仔细观察这个新得的宝贝：铁柱的两端各有一个金箍，中间是一段乌铁，紧挨箍的地方**镌**[①]着一行字，唤作“如意金箍棒”，重一万三千五百斤。悟空心中暗喜，说：“这宝贝真是如人意！不错，适合俺老孙用。”

孙悟空欣喜地挥舞着手中的如意金箍棒，在水晶宫里尽情展示了一番。随后，他笑着对龙王说：“多谢贤邻的一番美意，只是我现在得到了一件称手兵器，却没有一套威风的衣服相配，你这里若有**披挂**[②]，索性送我一副。”龙王道：“这个真是没有。”悟空道：“**一客不烦二主**[③]，若没有，我也定不出此门。”龙王道：“烦上仙再去别处寻寻吧。”悟空又道：“走三家不如坐一家，千万告求一副。”龙王道：“真是没有，如有，我一定奉上。”悟空道：“真没有，我就在这里试试这如意金箍棒的威力！”龙王慌了神，连忙改口说：“上仙千万不要动手，我看**舍弟**[④]处可有，有的话就送你一副。”悟空道：“**令弟**[⑤]何在？”龙王回答：“我的弟弟是南海龙王敖钦、北海龙王敖顺、西海龙王敖闰。我这里有一面铁鼓和一口金钟，只要敲响它们，我的弟弟们很快就会赶来。”孙悟空催促道：“既然这样，那还不快去敲！”

---

①镌：雕刻，凿。

②披挂：穿戴的盔甲。

③一客不烦二主：俗语。请某人帮忙帮到底，不再麻烦别人。

④舍弟：谦辞，即自己的弟弟。

⑤令弟：敬称对方的弟弟。

于是东海龙王敲响了铁鼓和金钟，不久之后，其他三个海龙王也赶到了。南海龙王问道："大哥，有什么急事？"东海龙王解释说："今天有一只来自花果山的猴子来我宫里借兵器，他试用了钢叉和方天戟都觉得太轻了，最后竟然把我的定海神针拿走了。现在他正在水晶宫里闹腾，要我给他找一副盔甲，否则就不肯离开。你们有没有多余的衣服或盔甲，借我一套好让他离开啊。"

南海龙王愤怒地说道："我们兄弟四人，加上龙宫里的兵将，难道还打不过一只猴子吗？"东海龙王慌忙回答说："千万别这么说，他的那根如意金箍棒，碰一下就会头破血流，擦一下就会筋骨尽伤，我们惹不起啊！"西海龙王说："我们干脆就凑一身衣服，先打发他走，来日咱们启**表**①奏上上天，上天自会惩罚。"北海龙王表示赞同："有道理。我这里有一双藕丝步云履。"西海龙王紧接着说："我这里有一副锁子黄金甲。"南海龙王道："我有一顶凤翅紫金冠。"龙王大喜，将这些披挂全部给了孙悟空。

悟空将金冠、金甲、云履都穿戴上，拿着如意棒，心满意足地向水帘洞而去。

水帘洞里四个老猴正带领众猴等候孙悟空。忽然看见孙悟空从水中跳出，身上没有一滴水珠，金光闪闪。众猴一齐跪下道："大王华彩照人，威风八面！"孙悟空满面笑容，登上了宝座，将如意金箍棒竖在当中，笑着说："这件宝贝重达一万三千五百斤，是东海的镇海宝物，但龙王

---

①表：古代文体奏章的一种，用于较重大的事件。

却只把它当成一块没用的黑铁，真是可笑。”接着，他叫小猴子们退到一旁，然后将如意金箍棒托在手中喊道：“小、小、小！”那如意金箍棒果然逐渐变小最后变成了一支绣花针大小。然后，孙悟空将它塞进耳朵里藏了起来。猴子们见状纷纷嚷道：“大王！拿出来耍耍！”于是，孙悟空又从耳朵里拿出如意金箍棒，放在掌上喊道：“大、大、大！”那绣花针立刻变成了斗来粗细，二丈长短。孙悟空走出洞外手持如意金箍棒，将腰一躬，叫声：“长！”那如意金箍棒便如高山般耸入云霄，吓得四周的妖魔鬼怪纷纷磕头礼拜，战战兢兢，魂飞魄散。

孙悟空十分满意，将四个老猴封为将领，替自己管理花果山，他则放心地四处游玩去了。在旅途中，他还结交了牛魔王、蛟魔王、鹏魔王等众多兄弟，过得十分逍遥快活。

精华赏析

在本回故事中，孙悟空从师父那里学得一身本领后，重返花果山。他不仅使曾经的繁荣得以恢复，还带领花果山的大猴小猴们勤习武艺，锻炼身体。更令人振奋的是，他从东海龙王那里获得了神奇的兵器——如意金箍棒，这将成为他日后斩妖除魔的重要武器。他的威风与日俱增，不愧为美猴王。

成长启示

猴王有了本领，就开始操练小猴，寻求兵器，巩固自己的根本，其实也是希望发挥自己的才干。在学习中我们也要提倡这种积极展现自我、渴望发挥特长的精神。

第三回　上天宫封官晋爵

◈ 要点思考

· 孙悟空神通广大，为什么玉帝只授予他弼马温一职而不给予更重要的职位？

· 玉帝两次计划派兵捉拿孙悟空，都被太白金星的提议化解了。太白金星提出这个建议的目的是什么？

自打被抢走了定海神针，东海龙王就对孙悟空怀恨在心。想来想去，东海龙王决定去天庭告孙悟空一状。

一天，玉皇大帝刚刚来到灵霄宝殿，就收到了奏折，说通明殿外有东海龙王求见。玉帝命人将表文传了上来，只见上面写道：

近日，花果山水帘洞的妖猴孙悟空，硬闯龙宫，强索兵器，作威作福。他不仅偷走龙宫的定海神针，还在我们面前卖弄武艺，十分嚣张无礼，恳请玉帝派出天兵天将，收拿妖怪，以使四海重归太平。

看完龙王的信，玉帝正欲下令擒拿孙悟空，太白金星却提议道：“孙悟空乃天地日月孕育的灵猴，不如将其招上天庭，授予一闲职，以免劳师动众。”于是，玉帝采纳了太白金星的建议，命他前往花果山邀请孙悟空。

太白金星亲自前往花果山，将孙悟空引领至灵霄宝殿。玉帝垂帘询问：“哪位是花果山的妖仙？”孙悟空反应迅速，立刻回答：“老孙便是。”仙卿们大惊失色，纷纷指责孙悟空无礼，不拜伏参见。然而玉帝却出面**打圆场**[①]，不仅为孙悟空辩解，还命手下查找空缺官职。武曲星君奏道："天宫里各宫各殿人满为患，唯独御马监缺少管事。"于是，玉帝传旨："那就封他为**弼马温**[②]吧。"

孙悟空欢欢喜喜地到御马监上任。弼马温这个职务，主要负责照看天庭中的马匹。孙悟空日夜尽职尽责，把马匹养得肥肥壮壮，不知不觉，半个多月过去了。

负责御马监的监官看到孙悟空把马匹养得又肥又壮，非常高兴。一天，几个监官和孙悟空对坐饮酒。喝得正高兴，孙悟空忽然放下酒杯问："我这弼马温到底是个几品官职？"监官们回答说："没有品。"孙悟空又问："没品，是不是说我这个官职非常大了？"几个监官笑着说："不大不大，你这个官职是不入流的。"孙悟空问："什么叫作'不入流'？"监官回答说："就是指最小的。这个官，职责不过是照看马匹而已。您到任之后，这等殷勤，喂得马肥，也只落得个'好'字；如果稍微有些**差池**[③]，还要受责备；如果犯了大错，还要受罚问罪。"

闻听此言，孙悟空勃然大怒："竟敢如此轻视俺老孙！我在花果山称王称霸，如今却要做这种卑微的养马工作！岂有此理！我不干了！"说完，他从耳中取出如意金箍棒，一路打出天门，扬长而去。

孙悟空驾着筋斗云，须臾间便回到了花果山。众猴

①打圆场：在交际中用幽默或特定的话语来缓和紧张气氛或解围的做法。
②弼马温：民间传说猴子可以避马瘟。此官名乃"避马瘟"的谐音。
③差池：错误。

热烈欢迎他的归来，并为他设宴接风。一只小猴好奇地问："大王在天庭待了十余年，想必享尽了荣华富贵吧？"孙悟空疑惑地回答："我才去了半个月，怎会过了十余年？"众猴解释道："大王有所不知，天上一日，地上一年啊！大王在天庭担任什么官职？"孙悟空摇头道："说出来丢人现眼！那玉帝老儿见我这般模样，竟封了我一个弼马温的官职，让我养马。我初上任时毫不知情，今日问我**同僚**①，才知弼马温如此卑微。于是，老孙砸了酒席，丢了官帽，回水帘洞来了。"众猴齐声欢呼："好！好！大王在水帘洞逍遥自在，何必在天庭受辱？"孙悟空随即命令："小的们快把美酒端上来，我要痛痛快快地喝几杯！"

饮酒欢会间，有人前来报告："大王，门外有两位独角鬼王求见。"悟空回应道："让他们进来。"于是，独角鬼王整理好衣袍，疾步进入洞穴，恭敬地跪拜在悟空面前。悟空询问："你们来找我有什么事？"鬼王回答："很早就听说大王**招贤**②，我们一直没有机会见到您。今天见大王授了**天箓**③，得意荣归，我们特意带来一件**赭**④黄色的袍子送给大王，以示祝贺。如果您不嫌弃我们，我们愿意为您做牛做马。"孙悟空听完非常高兴，立刻穿上赭黄袍，封鬼王为前部总督先锋。鬼王感激涕零，问道："大王在

①同僚：指同悟空一起在御马监做官的人。
②招贤：招揽人才。
③天箓：玉皇大帝所授官爵。
④赭：红褐色。

天庭担任的是什么官职？”孙悟空回答：“我并没有担任什么官职，玉帝轻视我，只让我做了一个喂马的官员。”鬼王听后建议道：“大王您神通广大，怎么能只做喂马的工作呢？做个‘齐天大圣’，有何不可呢？”孙悟空听后大为高兴，连声叫好，并让四个老猴制作了一面**旌**[①]旗，上面写上“齐天大圣”四个大字，立竿张挂，并令手下自此以后称自己为“齐天大圣”，不许再称大王。

与此同时，在天庭之上，有人将孙悟空返回下界的事情报告给了玉帝。玉帝听后派遣天兵天将前去捉拿孙悟空。托塔天王李靖与哪吒三太子**毛遂自荐**[②]，前去捉拿孙悟空，二人带领众将士即刻下界，在花果山附近安营扎寨。托塔天王李靖先派了手下巨灵神出战，巨灵神得令，抡着宣花斧披挂上阵，到了水帘洞外叫阵。悟空应声出战。一场厮杀之后，巨灵神敌不过悟空，受悟空劈头一棒，败阵而逃。

托塔天王见巨灵神败逃而归大为震怒，正欲斩杀巨灵神以儆效尤。此时，哪吒闪身而出，拜倒在地：“父王息怒，不要急于处罚巨灵神，让我下去与那猴子一战，看看他的能耐如何。”李天王点头应允。

哪吒**甲胄**[③]齐整，独自来到水帘洞。看着哪吒的勇猛姿态，悟空好奇地问道：“小哥你是谁，有何贵干？”哪吒大声回应：“你这妖猴！我是托塔李天王的三太子哪吒，今天专门来捉拿你！”看着眉清目秀的哪吒，孙悟空调侃

---

①旌：古代一种旗杆上用彩色羽毛做装饰的旗子。

②毛遂自荐：指自己推荐自己担任某项工作。

③甲胄：甲指铠甲、胄指头盔。指披甲戴盔。

花果山水簾洞
齊天大聖

道："小太子，你的乳牙还没换，胎毛还没干，怎么就敢说这样的大话？我今天暂且留你一命，不打你。"说着，他指向写有"齐天大圣"的旗帜，说："你回去告诉玉帝，如果授予我这个官衔，我就归顺天庭；如果不遂我心愿，我定要打上灵霄宝殿。"哪吒不听孙悟空的话，喝道："先吃我一剑！"悟空挑衅道："我站在这里不动，随便让你砍几剑！"哪吒被激怒，大喝一声："变！"立刻化身三头六臂，手持六种兵器：斩妖剑、砍妖刀、缚妖索、降妖杵、绣球、火轮，向悟空猛烈攻来。悟空见状，心中一惊："没想到这小子也会法术！那就别怪我无礼了，看我怎么对付你！"他也大声喝道："变！"同样化身为三头六臂，一晃金箍棒，变出三根，六只手分别握住，与哪吒激战起来。两位**棋逢对手**①，各显神通，激战了三十回合。最终，哪吒被悟空击中左臂，败下阵来，忍痛逃走。

战败的哪吒回到李天王身边。托塔天王李靖大惊失色，决定先返回天庭向玉帝禀报，请求增援天兵天将捉拿孙悟空。他们来到灵霄宝殿，三太子奏道："望万岁赦免臣死罪！那妖猴手持一根如意金箍棒，威力无比，我和巨灵神都不是他的对手。他在水帘洞外竖起一面旗帜，上面写着'齐天大圣'四个字。他说如果天庭按照旗帜上的字封他为官，他就归顺天庭；否则他就要打上灵霄宝殿。"玉帝闻言大怒："这妖猴如此狂妄！我再派人去收拾他！"正当玉帝要下令捉拿悟空时，太白金星再次出言相劝："这

①棋逢对手：比喻双方本领不相上下。

猴子只是说说而已，没什么大不了的。要收服他恐怕不容易，而且兴师动众也不划算。不如就成全了他，赐给他一个有官无禄的职位，让他当‘齐天大圣’好了。”玉帝不解地问：“什么是‘有官无禄’？”太白金星解释说：“就是只给他一个‘齐天大圣’的名号，除此之外不给他俸禄，也不给他事干，收了他的野心，让他不再作乱，天地之间就太平了。”玉帝觉得太白金星说的话有理，于是说：“好，就按你说的办。”随即派太白金星去邀请孙悟空。

精华赏析

在这一回，孙悟空初次进入天宫，玉帝给了他一个名为“弼马温”的官职。起初，孙悟空内心欢喜，认为这是一个非常重要的官职。然而，他很快发现，“弼马温”只是一个不入流的官。对此感到气愤的孙悟空决定私自返回花果山继续当他的美猴王，并自封为“齐天大圣”，这为日后他大闹天宫的事件埋下了伏笔。与此同时，太白金星、托塔天王李靖、三太子哪吒等一系列角色也相继登场，预示着接下来的故事将变得更加精彩纷呈。

成长启示

孙悟空不满自己“弼马温”的官职，回到了花果山，自立为“齐天大圣”。当我们被轻视之时，要学会选择合适的方式表达不满并更努力提升自己，同时在成长过程中，我们也要学会肯定自己的价值，相信自己可以做出成绩。

第四回 孙悟空大闹天宫

❖ 要点思考

· 孙悟空两次在天宫做官都以失败告终，想想这和他的性格有什么关系？

· 玉帝封孙悟空为齐天大圣有什么目的？

· 通过阅读此回，请说说孙悟空做的哪些事激怒了玉帝，使玉帝非要捉拿他不可？

孙悟空再次登上天宫，被玉帝册封为齐天大圣，并在**蟠桃**①园旁特地为他修建了一座齐天大圣府，设二司扶持左右。孙悟空对此甚为满意，每日在天宫中四处游玩，与诸神共饮其欢，彼此以兄弟相称。

然而，日子一长，便有人向玉帝告状，指责孙悟空无所事事，整日与神仙们拉帮结派，长此以往，恐怕会引发不必要的麻烦。因此，他们建议给孙悟空找个事情做，以免他无事生非。玉帝认为此言有理，于是决定让孙悟空去看守蟠桃园。

孙悟空来到蟠桃园后，叫出**土地神**②询问园中有多少棵桃树。土地神如实告知："大圣，这蟠桃园中有三千六百棵桃树。前一千二百棵的花果较小，三千年一熟，人吃了能化为神仙，身体健壮；中间一千二百棵，六千年一熟，人吃了可以长生不老；后一千二百棵，紫纹**缃**③核，九千

---

①蟠桃：仙桃，寿桃。

②土地神：神话人物，又名土地、土地公公，负责掌管一方土地，是中国所有神仙里官职最小的，被民间视为"财神"和"福神"。

③缃：浅黄色。

年一熟，人吃了能与天地同寿，长命百岁。”孙悟空听后大为欣喜，心中暗暗发誓总有一天要偷摘一个桃子尝尝。

一天，孙悟空见园子里的桃子已经熟了一大半，忍不住口水直流。于是他将手下打发走，自己摘了一捧桃子，痛痛快快地吃了起来。接下来的几天里，孙悟空又偷吃了好几次桃子，基本上把园子里的大桃吃光了。

过了几天，王母娘娘设宴，在**瑶池**①中举办“蟠桃盛会”，令七仙女各顶花篮，去蟠桃园摘些仙桃。

七仙女进入园中，只见树上花果稀疏，仅有的几个也都还未成熟。她们四处寻找只在向南的枝上找到了一个半红半白的桃子。青衣仙女伸手去摘，却不想大圣变作桃子，正睡在此枝上，惊醒了他。大圣大喝道：“大胆的妖怪，竟敢来我的园子里偷桃！”七仙女吓得一齐跪下，解释道：“大圣，我们奉王母的命令来摘桃，为蟠桃盛会做准备，请您息怒。”这话引起了孙悟空的好奇心，他问道：“那这蟠桃盛会有请我参加吗？”仙女们回答：“我们并未听说。”孙悟空于是说：“我乃齐天大圣，请我老孙做个**席尊**②，有何不可？”说完，他对七仙女施展了定身法，让她们定在桃树之下不能动弹。然后，孙悟空招来一朵祥云，直接向瑶池飞去。飞到半路，他看见**赤脚大仙**③从远处赶来，似乎也要去瑶池赴会。孙悟空灵机一动，拦住赤脚大仙，

---

①瑶池：神话中王母娘娘居住的地方。

②席尊：首席。

③赤脚大仙：传说中的道教神仙，因从来不穿鞋得名。他性情温和，法力高强，专门铲除世间妖孽，一双大脚所向无敌。

骗他说今年参加蟠桃盛会的神仙，都要先到通明殿参加典礼，然后再去瑶池赴宴。赤脚大仙向来耿直憨厚，信以为真，便拨转祥云，往通明殿去了。

孙悟空随后念动咒语，化身为赤脚大仙，疾步前往瑶池。一踏入瑶池，孙悟空见眼前摆放着数不尽的**珍馐**[①]美味，一坛坛的琼浆玉液，馋得口水直流。赴会的仙人尚未抵达，只有忙碌的酿酒仙官、运水道人和烧火童子穿梭其间。孙悟空随手拔下几根毫毛，化为瞌睡虫，散在众人脸上。不久，他们便手软头低，陷入了沉睡。孙悟空畅饮美酒，品尝珍馐佳肴，尽情享受着瑶池的盛宴。没过多久，孙悟空就喝得醉醺醺的，他自言自语道："不好，不好！大仙们马上要到了，我恐怕会受责怪，不如早些回府休息。"于是，他摇摇晃晃地朝齐天大圣府方向走去。

谁想到，孙悟空酒喝得太多了，分不清方向，晕晕乎乎地竟走到了兜率宫。这兜率宫是太上老君的住处，大圣想着之前一直想见太上老君，不如就趁今天好好拜会他一下，遂整理衣冠入内，却发现里面一个人也没有。大圣直至丹房，不见老君，却只见炼丹炉中有火，左右还放着五个葫芦，葫芦里都是炼就的金丹。大圣喜道："这金丹可是宝贝啊，今天让我碰见了，先吃几粒尝尝鲜。"说着就把那葫芦打开，如吃炒豆一般，把仙丹都吃了。

这仙丹是何等宝物，孙悟空吃完金丹，一下子醉意全无。他清醒过来后，意识到自己闯下的祸事，定会引起玉

①珍馐：珍奇贵重的食物。

帝的责难。于是，他匆匆离开兜率宫，不走旧路，而是从西天门，使个隐身法逃去，回到花果山。

花果山上，旌旗招展、**戈戟**[①]闪耀，四健将正率领众猴演练武艺。见到大圣归来，众猴兴高采烈地筹备酒宴，为他接风洗尘。孙悟空喝了一口酒后，摇头道："这酒实在难喝！我在瑶池喝过的玉液琼浆那才叫美味呢！而且喝了还能长生不老。这样吧，我现在就去天上给你们偷几瓶回来，让你们也尝尝鲜。"众猴闻言，欢呼雀跃不已。孙悟空当即离开洞府，再次施展筋斗云和隐身法返回蟠桃会现场。进入瑶池宫阙后，他发现那些造酒、运水、烧火的仙人仍在沉睡之中。于是，孙悟空抱起两坛酒，**胁**[②]下又夹了两罐酒，拨转云头朝花果山飞去。回到花果山后，孙悟空让众猴将酒坛一一打开，每人分得一碗，一起痛快地喝了一场。

再说回被大圣施法定住的七仙女。七仙女终于解开法术，提着花篮回来向王母禀报，说大圣不仅偷吃了园中的蟠桃，还使法术定住了她们，她们因此才姗姗来迟。王母听后，立刻去见玉帝，将此事详细禀报。

蟠桃会上负责酿酒的仙人们，也前来向玉帝禀报："陛下，有人搅乱了蟠桃会，偷走了美酒，美食也被一扫而空。"太上老君也赶来报告："老道在宫中炼制的九转金丹，原本打算在蟠桃会上与大家分享，结果却被人偷吃了，我特

①戈戟：泛指兵器。
②胁：从腋下到腰上的部分。

来向陛下禀告。”不久，又有齐天府的仙吏叩首道：“孙大圣擅自离岗，自昨日出游，至今未归，下落不明。”玉帝正在思索之际，赤脚大仙又来奏报：“陛下，我受邀前来参加蟠桃会，在半路上碰到了齐天大圣，他告诉我今年要先去通明殿参加典礼，但我赶到那里时却什么也没见到，所以赶来询问情况。”

玉帝听了这一桩又一桩的怪事，终于明白过来，生气地说：“这猴子假传圣旨，哄骗众仙，快快派人给我捉住他！”随即，他命令四大天王，协同李天王和哪吒太子，率领十万天兵，布一十八架天罗地网下界，围困花果山，捉拿孙悟空。

众仙离开天宫，腾云驾雾，不一会儿就赶到了花果山。李天王带领兵将将花果山围了个**水泄不通**①，向孙悟空宣战。孙悟空毫无惧色，他率领独角鬼王、七十二洞妖王以及四个健将，在洞门外摆开阵势。这场混战从天明一直打到天黑，双方依然难分胜负。最后，孙悟空见天色已晚，便拔下一把毫毛，丢入口中，嚼碎后喷出去，大叫一声：“变！”毫毛立刻变成了千百个孙悟空，他们手持金箍棒，打退了哪吒太子，打败了五个天王。

得胜后，孙悟空收回毫毛，转身回洞，他对众猴说道：“那些天兵天将虽然被我以分身法击败，但他们肯定会在山脚下扎营。我们暂且紧守阵地，先饱食一顿安心睡觉，养足精神。等到天明，我就施展大神通击败他们，为大家

---

①水泄不通：连水也流不出去，形容拥挤或包围得非常严密。

报仇。”众猴听完大圣的话，喝了几碗酒水，安心地睡去了。

那些天兵天将果然在花果山下扎营，严阵以待，等待第二天继续与孙悟空激战。这真是：妖猴作乱惊天地，布网张罗昼夜看。

◈ 精华赏析

这一回的故事可谓跌宕起伏、曲折离奇。孙悟空第二次上天宫，如愿被封为齐天大圣。大家都以为他会自此安心定性，然而，他却在天宫中制造了许多麻烦，如偷吃蟠桃、对七仙女施法以阻止其摘桃、扰乱王母举办的蟠桃盛会以及偷吃太上老君的仙丹，每一件都违反了天庭规定。这些行为使得玉帝不再容忍孙悟空，派出十万天兵天将围捕他。然而，他们未能成功捉拿孙悟空，从而更加凸显了孙悟空不受拘束的个性和神通广大的本领。

◈ 成长启示

“孙悟空大闹天宫”这一回描绘了孙悟空不畏强权，敢于挑战天庭的无畏精神。这个故事启示我们，应该学习孙悟空的勇气和反抗精神，不畏强权，勇于挑战不公。同时，我们也要正确理解孙悟空的冲动和自负，明白在面对挑战时，需要保持冷静和理智，不可被情绪左右。故事还告诉我们，尽管孙悟空有强大的能力和智慧，但他却需要为其行为承担后果。因此，在做出决定时，我们需要权衡利弊，考虑到可能出现的后果，再做打算。

第五回 观音菩萨助捉猴

❖ 要点思考

· 二郎神和孙悟空的争斗有什么特点？

· 观音菩萨为什么会举荐二郎神去协助捉拿孙悟空？

· 通过阅读此回，你觉得二郎神有怎样的性格特点？

就在十万天兵天将跟孙悟空正打得厉害的时候，这边南海**观世音菩萨**①带着大徒弟**惠岸行者**②，正前往瑶池参加蟠桃盛会。

见到玉帝，菩萨问道："今年的蟠桃盛会准备得怎么样了？"玉帝回答说："每年蟠桃盛会，我都会命人精心准备。谁知这阵子盛会将至，突然冒出一个捣乱的猴子，将蟠桃盛会毁得一塌糊涂，我看今年是开不成了。"观音菩萨随即又提了好些问题，弄清楚了原由，还得知孙悟空正被天兵天将捉拿，便派随行的大徒弟惠岸行者下界打探军情。

惠岸行者于是拿着武器，驾着祥云朝花果山飞去。这惠岸原名木吒，是李天王的二公子，跟随观音修行。木吒对父王说明来意，又自荐迎战孙悟空。谁知五六十回合后，木吒胳膊酸麻，不能迎敌，虚晃一晃，败阵而走。李天王

---

①观世音菩萨：又名观音菩萨、观自在菩萨，和地藏王菩萨、普贤菩萨、文殊菩萨合称"四大菩萨"，象征着慈悲。观世音菩萨端庄慈祥，手持净瓶，神通广大，关注人间疾苦，在佛教信徒的心目中具有非常高的地位。

②惠岸行者：观音菩萨的弟子，法名惠岸。实则为托塔李天王的二儿子木吒。

见了心惊，立即命大力鬼王和木吒一同上天启奏，求助援兵。

二人马不停蹄回到天宫，向玉帝禀告了花果山的战况，玉帝听后不知如何行事，遂询问菩萨的意见。

观音合掌启奏：“陛下，你的外甥二郎神，现居**灌洲灌江口**①，曾经杀死六只恶怪，又有梅山兄弟和一千二百位**草头神**②，神通广大，不妨下一道圣旨让他去捉拿孙悟空，想必能够成功。”玉帝想了想，似乎也没有更好的办法了，于是马上下达调兵的旨意，差大力鬼王**赍调**③。

鬼王到了真君之庙，对二郎神说明来意。二郎神当即回答：“鬼王请回，我这就前往花果山收服了那个妖猴。”说完，二郎神点兵布将，率领四**太尉**④、二将军，驾鹰牵犬，搭弩张弓，纵狂风，霎时过了东洋大海，直至花果山。见过李天王后，二郎神立刻出营挑战孙悟空。

孙悟空**掣**⑤金箍棒，穿黄金甲，蹬步云履，按一按紫金冠，腾出营门，急睁眼观看那二郎神的相貌，见他相貌清奇，打扮得又文雅。孙悟空笑嘻嘻的，将金箍棒掣起，高叫道：“你是哪里的小兵，敢跟我挑战？”二郎神喊道：“你**这厮**⑥有眼无珠，我是玉帝的外甥二郎神，今天奉命来捉拿你这个弼马温，你不要不知死活！”孙悟空随即说：“我听说，当年玉帝的妹妹私自下凡到人间，和一个杨姓

---

①灌洲灌江口：在今四川省都江堰市。

②草头神：没有经过天庭敕封的神。

③赍调：奉旨调遣。

④太尉：高级武官。

⑤掣：拽，拉。

⑥这厮：这家伙。厮，对人表示轻蔑的称呼。

凡人生了一个男孩儿，想必就是你吧。我和你无冤无仇，打你一棒怕要了你性命，你还是乖乖地回去，让四大天王下来陪我玩吧。”二郎神哪里受得了这般辱骂，心中大怒道：“你这个泼猴！休得无礼！吃我一刃！”孙悟空眼疾手快，侧身一退，便躲了过去。随后，孙悟空举起金箍棒，朝二郎神砸去，两人厮打起来。

二郎神果然不是等闲之辈，孙悟空和他打了三百多个回合，也没有分出胜负。打得正酣，二郎神抖擞神威，摇身一变，变得身高万丈，两只手举着三尖两刃枪，好似华山顶上之峰，青脸獠牙，朱红头发，恶狠狠，向着孙悟空砍去。这孙悟空也使神通，变得与二郎神一样身躯，一般嘴脸，举一根如意金箍棒，就如昆仑顶上的**擎天之柱**[①]，抵住二郎神。两个巨人在天地间一阵恶斗，直打得山河震颤，天昏地暗。

随二郎神前来的四太尉和两将军，见两人打得难分难解，便趁机攻打水帘洞。可怜猴子们哪里是太尉和将军们的对手，被打得七零八落，丢盔弃甲。

孙悟空正和二郎神打得热闹，忽然听见猴子们的惨叫声，才知道地面上的情况，立即变回原身，向水帘洞飞去。二郎神见孙悟空要逃，大步赶上道：“哪里走？趁早归降，饶你性命！”孙悟空也不搭理，只管跑自己的，却被二郎神的六名部下拦住。孙悟空情急之下，就把金箍棒捏作绣花针，藏在耳内，摇身一变，变作个麻雀，飞在树梢头，

①擎天之柱：中国古代传说中支撑住天的柱子。

定住不动。那六兄弟慌慌张张，前后寻觅不见。二郎神圆睁凤目观看，见孙悟空变成了麻雀，定在树上，于是变作个老鹰，抖开翅膀去扑麻雀。孙悟空见了，嗖地一翅飞起来，变作一只大**鹚老**①，冲天而去。二郎神见了，急抖**翎毛**②，摇身一变，变作一只大海鹤，钻上云霄，追了上去。孙悟空又钻入水中，变作一个鱼儿。二郎神紧随其后，变作个鱼鹰。那孙悟空就跃出水来，一变，变作一条水蛇，游上岸，钻入草中。二郎神又变成了一只灰鹤，伸着一个长嘴，如同一把尖头铁钳，来吃这水蛇。水蛇跳一跳，又变作一只**花鸨**③，二郎神则现出原形，取出一把弹弓朝着花鸨一弹子打过去。

孙悟空被打了个踉跄，沿着山坡滚下山崖，顺势又变成了一座土地庙，大张着口，似个庙门，牙齿变为门扇，舌头变为菩萨，眼睛变为窗。只有尾巴不好收拾，竖在后面，变为一根旗杆。二郎神赶到崖下，不见打倒的花鸨，只见一间小庙。真君急睁凤眼，仔细一看，见旗杆立在后面，笑道："这猴子竟这么哄我，哪有在庙后面立旗杆的，让我先打一拳**窗棂**④，再踢一脚门扇！"孙悟空见戏法又被识破，慌忙变回原形，一个筋斗翻到云里不见了。

二郎神急纵身驾云起在半空，见那李天王高擎照妖镜，与哪吒立在云端。二郎神问道："天王，你见到那猴子了

---

①鹚老：一种水鸟。
②翎毛：羽毛。
③花鸨：一种鸟，体形比雁大，通体花色多样。
④窗棂：窗格子。

吗？”天王道：“他没有上来。我这里照着他呢。”二郎神把那赌变化、弄神通、拿群猴一事说了一遍，李天王闻言，又把照妖镜往四方一照，呵呵笑道：“快去，快去！那猴子用了个隐身法，往你那灌江口去呢。”二郎神听说，急忙往灌江口赶去。

孙悟空赶到灌江口，摇身一变，变作二郎神的模样，径直进入庙里。**鬼判**①见了，果然上当，一个个磕头迎接。正在这时，二郎神赶来，与这个假二郎神撞个正着。孙悟空现出原形，二郎神举起三尖两刃枪，劈脸就砍，孙悟空拿出金箍棒对面相还。这一仗又打得难解难分，两人一路从灌江口打回了花果山。

花果山上打得火热，天庭里玉帝也没有闲着，他同观音、王母与众仙卿至南天门，开门遥观花果山的战况，只见众天兵布罗网，围住四面；李天王与哪吒，手拿照妖镜，立在空中；二郎神把孙悟空围在中间，打作一团。见此情景，太上老君道：“等我老君助他**一臂之力**②。”菩萨道：“你有什么兵器？”老君道：“有，有，有。”说完从左臂上取下一个圈子，说道：“这件兵器，一名金钢琢，又名金钢套，是我用仙丹点成的，一身灵气，善于变化，水火不侵，能套诸物。让我用它来打那猴子吧。”说完，自天门上往下一扔，不偏不倚，正好落在了孙悟空头上。孙悟空只顾苦战七圣，却不知天上坠下这兵器，毫无防备地

①鬼判：鬼的判官。判官是古代官名，为地方长官僚属，以辅佐公务。这里指二郎神的佐吏。

②一臂之力：指一部分力量或不大的力量。

摔了一跤，爬起来就跑，却被二郎神的细犬赶上，照腿肚子上咬了一口，又被扯住，摔了一跤，接着就被七圣一拥而上，紧紧按住，用绳索绑了起来。

二郎神的六个部下留在花果山搜山，二郎神同李天王、四大天王等诸神押着孙悟空兴高采烈地往天宫飞去。

❖ 精华赏析

在这一回的故事中，观世音菩萨和二郎神这两位重要人物相继出场。正是他们的出现，使得孙悟空被捉回天庭。二郎神的相貌清奇，打扮得也文雅，孙悟空并未将他放在眼里。然而，外表文质彬彬的二郎神实际上却是孙悟空最强劲的对手。故事中的打斗场景尤为引人入胜，读起来令人畅快淋漓。在两人的交锋中，孙悟空略处于下风，但他不甘示弱，不断变换手法以应对二郎神的追击。最后，在太上老君的协助下，孙悟空终于被成功捉回天庭。这段描绘让人在欣赏故事的同时，也领略到了孙悟空与二郎神之间的激烈战斗以及他们各自的独特魅力。

❖ 成长启示

每个人的身上有优点也有缺点，孙悟空也不例外。他仗着自己本领高强，即使面对玉帝和天兵天将也不让步，终于闯下大祸。我们要引以为鉴，千万不能做什么事都由着性子来，应该遇事冷静，多方面考虑，这样才能避免犯错。

第六回 猴王被困五行山

❖ 要点思考

· 孙悟空为什么逃不出如来佛祖的手掌心？

· 孙悟空以为如来的五根手指是撑天柱，还在一根柱子下撒了一泡尿，你能从这个细节看出孙悟空怎样的性格特点？

话说二郎神和四大天王等人，将孙悟空押到通明殿，禀告玉帝说："陛下，我们已经将妖猴抓住，听候您发落。"玉帝随即传旨，让大力鬼王将孙悟空立即处死。

大力鬼王领旨，一刻不敢耽误，迅速将孙悟空押至斩妖台，牢牢绑在降妖柱上。经过了一番刀砍斧剁，枪挑剑刺，孙悟空竟然毫发无伤，那些兵器却已经缺头少刃，残破不堪。一旁的**南斗六星君**①见兵器伤不了孙悟空，命令各路火神放火烧他，但纵使把斩妖台都烧红了，孙悟空还是安然无恙。南斗星又命**雷神**②以雷电劈打孙悟空，但依然伤不了他一根毫毛。

众神惊慌失措，纷纷向玉帝禀告："这猴子不知学得何等护身之法，刀枪不入，雷火不伤，我等束手无策，请陛下定夺。"玉帝亦无所适从。此时，太上老君奏道："那妖猴食了蟠桃，喝了御酒，又盗了仙丹。我那五壶丹，有

---

①南斗六星君：管理世间一切人、妖、灵、神、仙等生灵的天官，分别为司命星君、司禄星君、延寿星君、益算星君、度厄星君、上生星君。

②雷神：中国神话中的神灵。精通五雷之法，善于呼风唤雨，据说长了一副人头龙身的模样。

生有熟，都被他吃在肚里，运用**三昧火**[①]，锻成一块，炼成了金刚不坏之身。依我看，陛下不如将他交给我处置，我把他锁在八卦炉中，用**文武火**[②]烧他，把他身体里的灵气和仙丹都炼出来，他自然就化成灰烬了。”玉帝闻言，同意将孙悟空交给太上老君处置。

太上老君将大圣困在八卦炉中，用火烤了七七四十九天，准备开炉取丹。太上老君以为这回大圣定能化成灰烬，可谁知大圣不但毫发无损，还练就了“火眼金睛”。大圣跳出丹炉，如疯虎、狂龙一般在天宫肆虐，从兜率宫一路打到灵霄殿前，佑圣真君赶紧调遣三十六名雷将，把大圣团团围住。大圣面无惧色，使一根如意棒，左遮右挡，后架前迎，众雷将根本奈何不了他。

灵霄宝殿外的激战震动了玉帝，他决定派遣**游奕灵官**[③]和**翊圣真君**[④]前往西方，邀请如来佛祖协助降妖。这两位仙人立即动身，迅速赶到**雷音宝刹**[⑤]，求见佛祖。如来佛祖询问他们：“玉帝有何要事，需要你们两位亲自来找我？”两人将孙悟空偷蟠桃、吃仙丹、大闹蟠桃盛会和天宫的事情向佛祖讲了一遍。如来佛祖听完，转头对身边的八位菩萨说：“你们在此镇守雷音寺，我去降服那个妖猴。”说完，他在**阿傩、迦叶**[⑥]两位尊者的陪同下，离开雷音宝刹，

---

①三昧火：道教称体内以元精、元气、元神修炼而成的真火，亦称三昧真火。

②文武火：小而缓的火是文火，大而猛的火是武火。

③游奕灵官：巡行、巡查的灵官。

④翊圣真君：道教四圣之一，翊圣即辅佐天子。

⑤雷音宝刹：如来讲经的寺院。

⑥阿傩、迦叶：释迦牟尼的两大弟子。

径直来到灵霄殿外。这时，孙悟空正在与三十六雷将激战，如来佛祖传法旨："雷将们停息**干戈**[1]，叫那大圣出来，让我看看他有什么法力。"雷将们闻言退去一旁，孙悟空也收起法力，他瞪着如来佛祖，厉声喝道："你是从哪里来的和尚？"如来佛祖微笑着回答："我是西方极乐世界的释迦牟尼尊者，南无阿弥陀佛。听说你猖狂不已，屡次冒犯天庭，你为何要这样做？"

孙悟空既然被如来这样询问，就将自己的身世一一道来，从他由石头诞生，到在花果山称王，再到他如何拜师修行，最后如何升上天宫。如来佛祖听完他的叙述后，冷冷地笑道："你这猴子，怎么敢和玉帝争夺皇位。玉帝从小修行，历经一千七百五十劫，每劫长达十二万九千六百年。你倒是算一算，玉帝花费了多少年，才坐上了灵霄宝殿的龙椅？"孙悟空回答说："常言道：'皇帝轮流做，明年到我家。'虽然玉帝已经修行多年，但他也不能一直霸占皇位。只要他将天宫让给我，我就不再与他争执；否则，我必定会让天宫鸡犬不宁！"

佛祖看着孙悟空的嚣张态度，于是质问道："你除了长生不老的能力，还有何等手段，竟敢口出狂言要独占天宫？"孙悟空回答："我的手段众多！我擅长七十二变，一个筋斗云便能飞越十万八千里，为何不能独占天宫？"佛祖于是说："好，那我们就来一场比试。你若能用一个筋斗翻出我的手掌，就算你赢，我会立刻让玉帝退兵，并

①干戈：盾牌和戈，泛指武器，多借指战争。

命他迁居西方，将天宫让给你；但如果你翻不出我的手掌，那就是你输了，你必须乖乖返回人间继续做你的妖怪，并经历一些磨难，日后再来天庭较量。”

孙悟空听完，心中暗笑：“这如来原来是个大笨蛋！我老孙一个筋斗就是十万八千里，他那手掌不过方圆一尺，我怎能跳不出去？”于是，他向佛祖询问：“你说话算数吗？”佛祖回答：“当然算数！”于是，孙悟空收起金箍棒，跳入如来掌中，大喊一声：“我去了！”

孙悟空一路风驰电掣，忽然看见五根肉红柱子，周边环绕着一股青气。他说：“这应该是天界的尽头了，我就在这里返回吧。”但又想：“慢着！让我留下些记号，以便和如来说话。”于是，他拔下一根毫毛，吹口仙气，叫声“变！”将毫毛变成一支毛笔。孙悟空运笔在中间那根柱子上写下“齐天大圣 到此一游”的字样。写完后，他收起毫毛，在第一根柱子下撒下一泡猴尿后才心满意足地往回飞去。

孙悟空返回到如来的掌心，他得意地说道：“我刚刚已经成功翻越了你的手掌，现在又回来了。怎么样，你是不是应该遵守约定，把天宫交给我了呢？”然而，如来却愤怒地斥责他：“你这无理的猴子，根本没有逃出我的掌心，竟然还在我的手上撒尿。”孙悟空不服，反驳道：“我告诉你，我已经走到了天的尽头，看见有五根肉红柱子，周围环绕着一股青气，我还在那里做了记号。你敢不敢和我一起去看看呢？”如来平静地说：“不必去看了，你低头看看我的手指就知道了。”孙悟空瞪大了他的火眼金睛，低头一看，惊奇地发现佛祖右手中指上写着“齐天大圣 到此一游”的字样，而且在大拇指下，还有些猴尿臊气。孙悟空惊愕地说道：“这怎么可能？莫非你有**未卜先知**[①]的法术？我明明是把字写在天界的柱子上，现在怎么却出现在你的手指上？我不相信，绝不相信！我必须再去看看。”

说完，孙悟空就打算跳出去，但是如来佛祖却迅速翻掌，将他推出了西天门外。佛祖随后将五指化作金、木、水、火、土五座大山，命名为“五行山”，然后轻轻地将孙悟空压在了山下。众雷神与阿傩、迦叶等人都合掌赞叹道：“善哉，善哉！”

如来佛祖成功降服妖猴后，玉皇大帝来到如来佛祖面前，向他表达感谢，并要设宴以表谢意。

宴会之上，众神一一向如来献上明珠异宝，寿果奇花。王母娘娘向如来献上自己摘的大蟠桃，寿星向如来献上金丹和仙草，赤脚大仙向如来献上交梨两颗，火枣数枚。如来一一谢过，叫阿傩、迦叶将众仙所献之物一一收起。

正当众仙欢聚一堂、畅饮美酒的时候，一名巡视灵官匆匆前来报告：“那猴子已经从五指山下伸出头来了，我怕他会逃出来。”听到这个消息，如来佛祖镇定地回答说：“不用担心。”说完，他从袖中取出一张帖子，上面写有六个金字：**唵、嘛、呢、叭、咪、吽**[②]。他递给阿傩，指

①未卜先知：事情发生之前不用占卜就能知道，形容有预见。

②唵、嘛、呢、叭、咪、吽：梵语音译，佛教徒口诵习语，被认为有莫大法力。

示他将这个帖子贴在五行山顶上。阿傩依言而行，拿着帖子出了天门，来到五行山顶上，将帖子紧紧地贴在一块四方石上。瞬间，整座山仿佛生根合缝，稳固无比。

如来佛祖与玉帝和众神道别后，带着阿傩和迦叶离开了天门之外。在离开之前，他发了一个慈悲心，念动真言咒语，将五行山的土地公召唤出来说："从此以后，你负责照看五行山下的这只猴子。如果他饿了，你就给他喂一些铁丸子吃；如果他渴了，你就给他喝一些铜汁。等到他赎清了所有的罪过，自然会有人来救他。"说完，如来佛祖便带着阿傩、迦叶驾云而去。

◈ 精华赏析

这一回的故事是全书的重要转折点，昔日大闹天宫的齐天大圣风光不再，被如来佛祖压制在五行山下。故事开头时，大圣英勇无比，刀枪不入，让天上众神束手无策。然而在这一回的结尾，大圣却只能过着吃铁丸、喝铜汁的生活，让我们感叹他命运的大起大落，同时也对如来佛祖的智慧深感敬佩。在孙悟空被制服之后，作者描述了玉帝等众神对如来佛祖的感激，表明在众神心中，孙悟空曾是天官的一大祸害。如今，孙悟空再也无法搅乱天官，这无疑是一件大快人心的事。这一段的描绘，不仅增强了故事的情感深度，也向我们展示了古代中国神话中人物命运的不可预知。

◈ 成长启示

孙悟空的抗争最终以失败告终，被压在五行山下。他为自己的行为付出了代价。现实生活中，每个人都要为自己的行为负责，并且要承担相应的后果。所以，做事之前一定要考虑清楚事情的后果，做一个有责任感的人。

第七回 观世音寻取经人

❖ 要点思考

· 观音菩萨是如何点化孙悟空、猪八戒、沙和尚和白龙马的？
· 观音菩萨到大唐寻找取经人的目的是什么？
· 如来给了观音菩萨哪五件宝贝？分别有什么作用？

如来佛祖辞了玉帝，回到雷音宝刹，将如何降伏孙悟空向诸神佛娓娓道来。一天，如来佛祖对身边的众多弟子说："现在的四大部洲，善恶不一。东胜神洲的生灵，敬仰天地，太平无事；北俱芦洲的生灵，虽然喜欢杀生，但也是为了充饥饱腹，不会为非作歹；西牛贺洲的生灵，不贪婪也不邪恶，人人善良长寿；唯独那南赡部洲的生灵，贪淫乐祸，喜欢惹是生非，是一片苦难之海。我这里有三**藏**[1]真经，可以劝人为善。"

听完如来的话，八位菩萨上前问道："是哪三藏真经？"如来回答说："《法》一藏，谈天；《论》一藏，说地；《经》一藏，度鬼。一共三十五部，一万五千一百四十四卷。我希望派遣一人，去东土寻找一个善徒，让他历经千山万水，来我们这里求取真经，以劝化众生，造福天地。谁愿意为此走一遭呢？"

如来说完，一旁的观音菩萨走出来说："我愿意去东土找一个取经人。"如来大喜，给了观音菩萨两件宝贝：

①藏：藏，原意为竹筐，多用来藏书，后引申指佛教典籍。

锦襕袈裟一领，九环锡杖一根，并对菩萨说："袈裟和锡杖都交给取经人用，只要那人一心取经，袈裟可保他身体无恙，锡杖可以保护他免遭毒害。"如来又取出三个箍，递给菩萨道："这三个紧箍儿各有一套咒语，取经人路上遇到神通广大的妖怪可以收他们为徒，如果徒弟不听话，就让他把这紧箍儿套到徒弟们的头上。这紧箍儿一旦接触肌肤就会长进肉里，怎么摘也摘不下来。到时候，徒弟们要再不听使唤，就让那取经人念起咒语，保准让徒弟头晕目眩，乖乖听话。"

菩萨接过这五件宝物，作礼而退，唤惠岸行者随行。菩萨将锦襕袈裟变作一个包裹，让他背着，将金箍藏起，执着锡杖，径直下了**灵山**①。

不多时，观音菩萨和惠岸行者二人走到了流沙河界，但见那河水汹涌澎湃，不断翻涌，浪滚犹如山耸背。忽然，河中一声巨响，水波里跳出一个妖魔来。那妖魔脸色晦气，眼光闪烁。大嘴似火盆，一口獠牙，红发乱蓬蓬。光着脚，浑身肌肉。一声**叱咤**②如雷吼，两脚奔波似滚风。

那妖魔手执一根宝杖，走上岸就要捉菩萨，被惠岸用浑金箍棒挡住，那妖魔持宝杖来迎。他们两个来来往往，战了数十回合，不分胜负。那妖魔架住金箍棒道："你是哪里的和尚，敢来与我为敌？"惠岸道："我是托塔天王的二太子木吒惠岸行者，今保我师父往东土寻取经人去。

①灵山：即灵鹫山，在古印度摩揭陀国王舍城东北部。

②叱咤：发怒吆喝。

你是什么妖怪，竟敢大胆阻路？”那妖魔方才醒悟道：“我记得你跟南海观音在紫竹林中修行，为什么到这里来？”惠岸道：“那岸上不就是我师父？”

那妖魔向河岸一看，见果然是观音，立刻收了宝杖，任由惠岸揪了去，来到观音身前，低头下拜，道：“菩萨，恕我之罪，我不是妖邪，而是灵霄殿下的卷帘大将。只因在蟠桃会上，失手打碎了玻璃盏，玉帝降罪，将我贬下界来，变成这般模样。玉帝又每七日一次，让那飞剑刺穿我的胸胁，百余下之后方才罢休。我在这流沙河中饥寒难忍，每隔几天，便出来找寻一个行人食用。没想到今日无知，冲撞了大慈大悲的观世音菩萨。”菩萨道：“你在天有罪，被贬下界，又胡作非为地吃人，正所谓罪上加罪。我如今领了佛旨，要上东土寻取经人。你不如入我佛门，多做好事，给那取经人做个徒弟，上西天拜佛求经。我不仅教飞剑不来刺你，他日你取得真经，我还让你恢复本职，你觉得怎么样？”那妖魔想也不想，立刻道：“我愿皈依佛门。”于是菩萨为他**摩顶受戒**①，指沙为姓，起个法名，叫作沙悟净。沙悟净送菩萨过了河，从此洗心革面，再不杀生，专等取经人。

菩萨与他告别，同惠岸直奔东土。行了多时，又见一座高山。突然狂风四起，闪出一个妖魔。这妖魔生得凶险，一张大嘴向下撇，两个耳朵耷拉着，一张火盆似的大嘴中

---

①摩顶受戒：受戒，接受佛教戒律，出家为僧或尼。僧尼在新徒弟受戒时，常用手抚摩受戒人的头顶。

长着锋利的獠牙，身姿肥胖笨拙，手持钉耙，不分好歹，对着菩萨打了过来。惠岸挡住，大喝一声道："妖怪，休得无礼！看棒！"妖魔道："你这和尚不知死活！看耙！"两人在山底下一冲一撞，妖魔凶猛，惠岸威能。

两人打得越来越激烈，观世音在半空中，抛下莲花，隔开耙杖。怪物见了心惊，便问："你是哪里的和尚，敢在我眼前耍花样？"惠岸道："你这个肉眼凡胎的怪物！我是南海菩萨的徒弟，这是我师父抛来的莲花，你也不认得吗？"那妖怪道："南海菩萨，可是观世音菩萨吗？"惠岸道："不是她是谁？"怪物撇下钉耙，朝上磕头，厉声高叫道："菩萨，恕罪，恕罪！"观音按下云头，前来问道："你是哪里成精的野**豕**[①]，敢在此挡我？"那妖怪道："我不是野豕，我本是天河里的天蓬元帅，只因醉酒戏弄嫦娥，玉帝打了我两千锤，将我贬下凡尘。不料，我竟然投在母猪胎里，变成这般模样。我只好占了这个山头，吃人度日。没想到今天能遇到菩萨，请菩萨救我。"

菩萨道："古人云：'**若要有前程，莫做没前程**[②]。'你既然在上界违了法，如今还不改凶恶之心，伤生造孽，真是罪上加罪。你若是肯皈依正道，自有养活自己的办法。五谷杂粮，都能充饥，为何吃人度日？"怪物闻言，如梦初醒一般。菩萨接着道："我领了佛旨，上东土寻取经人。你愿意给那取经人做个徒弟，往西天走一遭，将功折罪

①豕：猪。

②若要有前程，莫做没前程：俗语。要使自己有前程，就不要做有损于自己前程的事。

吗？”那怪满口道：“愿意，愿意！”菩萨便给他摩顶受戒，指猪为姓，替他起了法名，就叫作猪悟能。猪悟能从此改过自新，专候那取经人。

辞别悟能，菩萨与惠岸继续前往东土。正走着，只见空中有一条玉龙叫唤。菩萨近前问道：“你是何龙，在此受罪？”那龙道：“我是西海龙王敖闰之子，因纵火烧了殿上明珠，父王于是表奏天庭，告我**忤逆**①之罪。玉帝把我吊在空中，打了三百下，不日便要执行死刑！望菩萨搭救。”观音闻言，立即与惠岸上了天宫，来到灵霄宝殿，请求玉帝赦免玉龙，赐给取经人做个**脚力**②。玉帝欣然答应。菩萨谢恩而回，救下了小龙。这小龙听从菩萨使唤，安心只等取经人来，变作白马，上西方立功。

菩萨与惠岸继续赶路。走了不多时，忽见一座山上金光万道，原来这就是压住孙悟空的五行山。菩萨行至山前，看到了被压的孙悟空，道：“姓孙的，你认得我吗？”只见那大圣睁开火眼金睛，点着头高叫道：“我怎么不认得你，你是救苦救难大慈大悲的观世音菩萨。我在此度日如年，没有一位知己来看我一看，你从哪里来？”菩萨道：“我奉佛旨，上东土寻取经人去，从此经过，特来看你。”孙悟空道：“如来把我压在此山下，已经五百余年了，万望菩萨救我老孙！”菩萨道：“你这厮罪过太深，救你出来，恐怕你又生祸害。”孙悟空道：“我已知错了，但愿大慈

①忤逆：不孝顺。
②脚力：指代步的马、驴等。

悲指条门路，我情愿修行。”

菩萨闻言满心欢喜，道：“你既有此心，待我到了东土大唐国，寻一个取经的人来，教他救你。你可以给他做徒弟，入我佛门，再修正果，怎么样？”孙悟空声声道：“我愿意，我愿意！”菩萨道：“我给你起个法名。”孙悟空说：“我已有名了，叫作孙悟空。”菩萨又喜道：“前面也有二人归降，正是‘悟’字排行。你名中也有一个‘悟’字，很好，很好。你就在此静等那取经人吧。”

说完，菩萨与惠岸离了此处，一路向东，不一日就到了长安大唐国。师徒二人变作两个**疥癞游僧**①，开始在长安城中寻找取经人。

精华赏析

在这一回的故事中，沙和尚、猪八戒、小白龙纷纷登场，与孙悟空一同成为观音菩萨为未来的取经人所寻找到的得力助手。虽然他们四个角色外貌不同，性格各异，但都曾因犯错误而受到惩罚，最终在机缘巧合下，接受了菩萨的指点，并静待着取经人的到来。

成长启示

悟空等人都犯了错，但当菩萨点醒他们，给他们赎罪的机会时，他们都愿意听从菩萨的训诲，改过自新。人们常说：“知错能改，善莫大焉。”也许有时我们也会犯一些错误，但只要我们能正视自己的过错，积极改正，不断完善自己，相信我们终会得到他人的宽容和谅解，并因此变得更加优秀。

①疥癞游僧：疥、癞是两种皮肤病。游僧指四方云游的和尚。此处指因身长疥癞而显得面容丑陋的云游和尚。

第八回 唐三藏受命取经

❖ 要点思考

· 为什么萧瑀要请菩萨和惠岸变作的赤脚和尚入朝面见皇帝呢？

· 唐太宗命唐僧取经的原因是什么？

观音菩萨在长安城里逗留了数日，却仍未寻得合适的取经人选。于是，菩萨变化成疥癞模样，身穿破**衲**[①]，赤脚光头，手捧佛祖赐予的袈裟和锡杖，与惠岸一同在长街上叫卖。

他们行走了很长时间，最终来到了东华门前。恰巧，宰相萧瑀下朝回来。菩萨捧着袈裟，大步向宰相的方向走去。宰相勒住马，仔细观察着那件袈裟。见袈裟艳艳生光，便命令手下人询问那袈裟和锡杖卖多少钱。菩萨回答说："袈裟要五千两，锡杖要二千两。"萧瑀疑惑地问道："这两样东西究竟有何特别之处，值得如此高价？"菩萨回答说："我这袈裟有好处，有不好处；有要钱处，有不要钱处。"萧瑀不解，追问道："好在哪儿？不好在哪儿？"菩萨解释道："穿上我的袈裟，能够避免沉沦和堕入地狱，远离恶毒之难和虎狼之灾，这便是它的好处。然而，那贪淫乐祸的愚僧、不斋不戒的和尚、毁经谤佛的凡夫，难见我袈裟之面，这便是不好处。"

萧瑀又好奇地问道："那什么情况下要钱，什么情况

---

①衲：僧衣。

下不要钱呢？”菩萨解释说：“不遵佛法，不敬**三宝**[①]，强买袈裟、锡杖，定要卖他七千两，这便是要钱；若敬重三宝，行善积德，皈依我佛，我将袈裟、锡杖送他，与我结个善缘，这便是不要钱。”

萧瑀听完这番话，内心欢喜不已。他深知眼前这位菩萨绝非**等闲之辈**[②]。于是，他下马步行，以礼相见，恭敬地说道：“大法长老，请您宽恕我的冒犯之处。我大唐皇帝崇尚善良，满朝的文武百官都奉行此道。如今我们正在举办**‘水陆大会’**[③]，这件袈裟正好适合陈玄奘法师穿用。请您与我一同入朝见驾。”

菩萨欣然同意，带着惠岸跟随萧瑀来到唐太宗面前。唐太宗听完两件宝物的好处，大为高兴，说道：“实不相瞒，我此次召集众僧宣讲经法，见到一个德行出众的僧人，法名**玄奘**[④]。我愿意出钱买下你的这两件宝物，赠予玄奘，你看如何？”

听完这话，菩萨和惠岸双手合十，躬身上前道：“既然是一位有德行的僧人，那贫僧愿意无偿送给他，分文不取。”说完，他们转身便准备离去。

唐太宗急忙拦住他们，说道：“哪有不收钱的道理呢？

①三宝：佛教中，称“佛、法、僧”为三宝。

②等闲之辈：无足轻重的寻常人。

③水陆大会：佛教法会之一。时间较长，规模较大。诵经设斋，礼佛拜忏，超度水陆亡灵，普济众生。

④玄奘：生于602年，卒于664年，与鸠摩罗什、真谛并称为中国佛教三大翻译家，中国佛教法相唯识宗创始人。原名陈祎，出生于今洛阳偃师区。贞观三年（629年），玄奘从长安出发，历尽艰辛抵达天竺，直到贞观十九年（645年）才返回长安。撰有《大唐西域记》，是《西游记》中唐僧一角的人物原型。

如果百姓听闻此事，不知情的人岂不是会认为我强行索要你的宝物？”菩萨解释道：“我们之前已经发愿，如果遇见敬重三宝、皈依佛法的人，我们愿意赠送。现在看到陛下您如此崇尚德行、敬重佛法，又有玄奘这样的高僧宣扬佛法，我们理应奉上这两件宝物，绝对不会收取任何费用。”唐太宗见他们态度如此诚恳，便收下了袈裟和锡杖。

待菩萨和惠岸离去后，太宗传召玄奘入朝，并将袈裟和锡杖赠予他。玄奘感激涕零，叩头谢恩。他披上袈裟、手持锡杖，那模样简直如同如来佛子。太宗大为欣喜，立刻赐给他两队**仪从**①，让他走上大街，前往寺庙。玄奘走在街上时，无论是行商坐贾、公子王孙、文人墨客，还是男女老少，都被他所吸引，纷纷称赞：“这位法师真是了不起啊，简直就像是罗汉附体、菩萨下凡一般！”

光阴似箭，转眼间就到了水陆正会的日子。当天，菩萨和惠岸使者再次化身为两个和尚，赶来听玄奘宣讲佛法。他们此行的目的有三：一是观察“水陆大会”的盛况，二是看玄奘是否穿着那件袈裟、手持那根锡杖，三是听他讲的是哪一门经法。随着人流，他们来到了讲法的寺庙。玄奘法师在台上，念会儿《受生度亡经》，谈一会儿《安邦天宝篆》，又宣一会儿《劝修功卷》。此时，菩萨走上前来，严厉地高声问道：“你只懂得宣讲**小乘**佛法，可会讲**大乘**②佛法吗？”玄奘坦承自己并不擅长。菩萨指出：“你的小乘佛法，超

①仪从：仪卫随从。

②小乘、大乘：小乘与大乘是佛教两大支派。

度不了死去的人。但我这大乘佛法，却能超度亡者，帮助世上有难的人脱险。”

见有人搅乱玄奘法师讲法，**司香官**①急上奏太宗皇帝。太宗下令将那两个人抓起来，结果发现是之前送袈裟的和尚。太宗疑惑地问道：“你不就是前几天送我袈裟和锡杖的和尚吗？你到这里来听听经法、吃些斋饭就可以了，为什么要扰乱高僧讲解佛法呢？”菩萨回答道：“你的法师讲的是小乘佛法，无法让亡者升天。而我拥有大乘佛法三藏，可以超度亡者、消除世间的苦难。”太宗听后大为高兴，追问道：“那么我要到哪里去找这大乘佛法呢？”菩萨告诉他：“在**大西天天竺国**②大雷音寺如来佛祖那里，能解百冤之结，能消**无妄之灾**③。”太宗道：“你知道如何讲这大乘佛法吗？”菩萨道：“我知道。”太宗大喜道：“将法师引去，请上台开讲。”

只见菩萨带着惠岸，飞上高台，脚踏祥云，直至九霄，现出菩萨原身，托了净瓶杨柳。左边是惠岸行者，执着棍，精神抖擞。唐王见状，立刻朝天礼拜，文武百官也纷纷跪地焚香。满寺的僧尼道俗、士人工贾，无一不顶礼膜拜，齐声赞叹：“好菩萨，好菩萨！南无观世音菩萨！”太宗当机立断，传旨命有造诣的画师**吴道子**④前来，描下菩萨

①司香官：古代皇宫中专门负责皇帝上香的专职官员。
②大西天天竺国：大西天即西天，指中国的西方，如来佛国之地。天竺国，古印度和其他印度次大陆国家的别称。
③无妄之灾：意外的灾祸或平白无故受到的损害。
④吴道子：唐代著名画家，被尊称为“画圣”。

的真像。吴道子挥动画笔，妙笔生花，将菩萨的身姿勾勒得栩栩如生。随着菩萨乘坐的祥云渐行渐远，霎时间金光消散。半空中，一张字条悠然飘落，上面写着：“前往西天需走十万八千里路，但只要能成功取得真经，必定能普度众生，修成**正果**[①]。”

太宗当下就在寺庙中问：“你们谁愿意接受旨意，去西天拜佛取经？”玄奘法师毫不犹豫地站出来，表示自己愿意前去取经。唐太宗十分高兴，与玄奘拜为兄弟，即命回宫，待选良辰吉日，再命玄奘出发。

第二天清晨，太宗早早设朝，聚集了文武百官，亲自撰写了取经的文书，并加盖了通行宝印。此时，**钦天监**[②]上前奏道：“陛下，根据星象显示，今日是最宜出门远行的黄道吉日。”唐王听后大为高兴。又有官员上前奏报道：“御弟法师已在**朝门**[③]外等候旨意。”太宗随即传旨宣玄奘上殿。太宗对玄奘说道：“御弟，今日是个出行的好日子，这是通关文书，你务必收好。朕特意准备了一个紫金**钵盂**[④]，供你在取经途中**化斋**[⑤]使用。西天路途遥远艰险，我为你配备了两个随从和一匹骏马，希望他们能够减轻你赶路的艰辛。”玄奘听后大为感激，连忙叩首谢恩，准备启程。

---

①正果：佛教中指有所证悟。“修成正果”指一个人在经历了重重磨难和考验之后，最终领悟佛法的深奥内涵。

②钦天监：掌管观察天象，推算节气，编制历书的官署。此处指其官员。

③朝门：上朝之门。

④钵盂：古代和尚用的饭碗，底平、口略小，形稍扁。

⑤化斋：僧侣或道士挨门乞讨饭食。

唐太宗与满朝文武将玄奘一直送到关外，又命人拿来酒壶斟满美酒。太宗举**爵**[①]，问玄奘："御弟可有**雅号**[②]？"玄奘忙回答道："我一个普普通通的出家人，默默无闻，哪里有什么雅号可言？"唐太宗听后随即说道："当初菩萨曾言西天有经三藏，我看御弟你就号作'三藏'如何？"玄奘再次谢恩，接过酒杯道："陛下，酒乃僧家头一戒，贫僧不会饮酒。"太宗解释道："今日之行，为的是取经。此乃素酒，只饮此一杯，以尽朕饯行之意。"三藏不敢推辞，接过酒杯正欲饮用，只见太宗低头捻起一撮尘土弹入酒中。三藏一时不解其意，太宗笑道："御弟啊，此去西天不知何时才能回来，你饮下此酒后，要时刻牢记，宁恋本乡一捻土，莫爱他乡万两金。"三藏这才明白太宗弹土的深意，连忙谢恩饮尽此酒，拜别太宗，出关而去。

❖ 精华赏析

唐太宗十分重视西天取经的事情，玄奘主动接受这个使命，让他非常感激，甚至与玄奘结为兄弟。在玄奘出发之前，他还送给了玄奘两个随从、一匹白马和一个珍贵的紫金钵盂，为玄奘举行送行仪式。玄奘的旅途漫长而艰险，让我们拭目以待，看他将会遇到怎样的磨难吧。

❖ 成长启示

玄奘之所以被菩萨选中作为取经人，不仅因为他的修行，还因为他的决心。在我们的生活中，最后能取得成功的，往往是那些很早就下定决心，认准目标并坚持不懈的人。

①爵：中国古代一种饮酒的器皿。

②雅号：高雅的名号，多用于尊称人的名字。

第九回 五行山悟空拜师

◈ 要点思考

· 作者为什么安排太白金星救出三藏？
· 刘伯钦能打死一只猛虎，除了因为他有过人的勇猛，还有什么其他原因？
· 请你概括一下刘伯钦的性格特点。

出了长安城，唐僧便马不停蹄地赶路。一路饥餐渴饮，夜住晓行，到达了大唐山河的边界。可出了边界没多久，唐僧三人一马便中了一伙妖怪的陷阱，两个随从都被妖怪吃了，只留唐僧被绑在一边，胆战心惊，差点吓死。

几个妖怪饱餐一顿后，闲聊起来，直到天亮。不久，红日高升。唐僧昏昏沉沉，忽然见一**老叟**[①]，拄杖而来。那老叟走上前来，用手一拂，绳索皆断，对着唐僧的脸吹了一口气，唐僧才彻底苏醒，跪拜在地，道：“多谢老公公，救了我的性命！”老叟告诉唐僧此地名双叉岭，又将唐僧引至正路。唐僧不胜感激，将包袱搭在马上，牵着缰绳，跟随老叟走上大路。唐僧将马拴好，转身想要拜谢老叟，谁知老叟化作一阵清风，跨一只朱顶白鹤，腾空而去。只见风飘飘留下一张字条，上面写着：我是西天太白星，专门来这里救你。你继续往前走，自有神徒帮助你，一定能取回三藏经。

唐僧看了，对天拜道：“多谢金星，助我脱离此难。”

①老叟：年老的男人。

拜完，唐僧牵了马匹，独自孤孤凄凄继续前行。前有猛虎，后有长蛇，唐僧孤立无援，只能听天由命。幸好走了没多久，就遇上了有着镇山太保之称的山中猎户刘伯钦。听闻唐僧是大唐差往西天拜佛求经的和尚，伯钦便邀唐僧去他的住处休息，说第二天亲自送他上路。

过了山坡，又听得呼呼风响。伯钦道：“长老先别走，坐在这里。风响处，是个**山猫**①来了，等我把它打死，拿回家款待你。”唐僧听了，又胆战心惊，一动不敢动。那刘伯钦执起钢叉，大步走去，只见那是一只凶猛的斑斓虎。老虎见了伯钦，竟然急忙回头就走。刘伯钦追上前去与猛虎较量一番之后，找准时机将老虎刺倒在地。降了猛虎后，两人继续赶路。刘伯钦一手执着叉，一手拖着虎，在前引路。唐僧牵着马，跟在后面，不一会儿，便到了太保家。

刘伯钦招待唐僧用过斋饭之后，便请唐僧为自己死去的父亲念经超度。

第二天，唐僧拜谢告辞，刘伯钦坚持要送唐僧一程。于是，两人一起上路，没过多久，就来到了一座大山跟前。唐僧放眼望去，见这座山高耸入云，山势陡峭，荒草丛生，心里顿时害怕起来。这时，刘伯钦回身对三藏说：“长老，我就送你到这里吧，剩下的路，你要自己走了。”唐僧见这里前不着村，后不着店的，有些慌神，于是说：“烦请您再送我一段路吧。”刘伯钦回答说：“长老有所不知，

①山猫：老虎别称。

这座山叫作两界山，东边归我大唐管辖，西边就是**鞑靼**[1]的地盘了。那边的人凶如虎狼一般，我不敢过去，我们就此告别吧。”唐僧万分害怕，落下泪来，却也只能独自继续前行。正当他们**叮咛**[2]拜别之际，只听得山脚下喊声如雷：“我师父来了，我师父来了！”吓得二人惊慌失措。

刘伯钦定了定神，道：“这叫声一定是山下的石猴发出的。”唐僧不解地问道：“什么石猴？”刘伯钦回答说：“这山原名五行山，听闻老人家说，**王莽篡汉**[3]之时，天降此山，下面压着一个石猴，不怕冷也不怕热，每天由土地神喂他一些铁丸子吃，已经足足被压了五百年了。长老不要怕，我们下山去看看。”唐僧只得依从，牵马下山。行至山脚，果见一猴，露着头，伸着手，乱招手道：“师父师父，你终于来了，快救我出来，我是保护你去西天取经的人！”唐僧近前细看，这猴子尖嘴猴腮，两眼放光，头上堆着苔藓，耳中生着**薜萝**[4]，鬓边**颔**[5]下也都长着野草，模样十分狼狈。

刘伯钦果然胆大，走上前去，为他拔去脸上的野草，问道：“你有什么事？”那猴道：“让那个长老上来，我有话问他。”唐僧道：“你问我什么？”那猴道：“你可是东土大王差往西天取经去的吗？”唐僧道：“正是。你

---

①鞑靼：我国古代北方游牧民族的统称，以骁勇善战著称。
②叮咛：反复地叮嘱。
③王莽篡汉：西汉末年，天子年幼，外戚王莽专擅朝政，不久又篡汉登基，自立为帝，改国号为“新”。
④薜萝：薜荔和女萝，两种野生植物。
⑤颔：下巴。

怎么知道？”那猴道：“我是五百年前大闹天宫的孙悟空，被佛祖压在这五行山下。我接受观音菩萨的旨意，在这里等待你的出现，我愿做你的徒弟，助你去西天取经。”唐僧闻言，满心欢喜道：“你既然有心向善，又受了菩萨的教诲，我愿意收你为徒，可是你现在被压在山底下，我既没斧子也没凿子，怎么才能把你救出来呢？”那猴道：“师父，不用斧凿，这山顶上有一张灵符，你只要上去把它撕掉，我就能逃出来。”

唐僧按照孙悟空说的，连走带爬来到山顶，果然见到山顶巨石上贴着一张金光闪闪的灵符，上面写着“唵嘛呢叭咪吽”六个金字，光芒万丈。唐僧走上前去，朝石头跪下，看着金字，拜了几拜，道：“弟子陈玄奘，奉旨求经，若我与他果真有师徒的缘分，就教我揭起金字，救出神猴，同去西天。若无师徒的缘分，而此辈不过是个凶顽怪物，哄骗弟子，就让我揭不起来。”说完，又拜。拜完，上前将六个金字轻轻揭下。

见唐僧揭了灵符，悟空立即喊道：“师父，你走远一些，我好出来，别惊了你。”伯钦领着唐僧，一直走了好远才停下。可又听那猴高叫道：“再走，再走！”两人又走了一段距离。只闻得一声巨响，犹如地裂山崩。唐僧正惊讶时，孙悟空已经跳到了唐僧的马前，赤条条跪下，道：“师父，我出来了！”对唐僧拜了四拜，急起身，又对伯钦道：“有劳大哥送我师父，更感谢大哥替我除去脸上的野草。”谢完就去收拾行李，往马上驮。

唐僧见猴子对自己毕恭毕敬，便道：“徒弟呀，你姓什么？”孙悟空：“我姓孙。”唐僧道：“我给你起个法名，方便叫你。”悟空道：“不劳师父，我原有个法名，叫作孙悟空。”唐僧欢喜道：“也正合我们的宗派。你这个模样，像个小**头陀**①，我再给你起个**诨名**②，称为‘行者’，好吗？”悟空道：“好，好，好！”

伯钦见唐僧在此收得一个好徒，便放心告辞了。接下来的取经之路，有了孙悟空的随行，唐僧定然安心不少。

精华赏析

在这一回的开头，三藏正式踏上了取经之路。他们一行人落入了陷阱，可以说这是他们在取经途中遇到的第一次困难。幸好太白金星及时出现，救出了唐僧，但唐僧仍然孤单地继续向前。就在山间野兽夹击之际，刘伯钦出现了。刘伯钦可以说是《西游记》中最勇敢的凡人，他敢独自深入野兽经常出没的山岭，被誉为“镇山太保”。他不畏猛虎，与之搏斗面不改色。当听到五行山传来悟空震天的呼声时，他也能迅速恢复镇定，并大胆与悟空交谈。这些都表明，刘伯钦确实是一条好汉。

成长启示

唐僧独自上路，遇到很多危险，却从没有退缩的念头，这就是信念的力量。可以让人克服困难、勇敢前进的动力往往就是信念。所以，只要有了坚定的信念，每个人身上都可以发挥出很多潜力。

①头陀：对佛教苦行僧的称呼。

②诨名：外号。

第十回 紧箍咒制服悟空

❖ 要点思考

· 孙悟空从东海龙王处回到唐僧身边后，唐僧用计让孙悟空穿上了菩萨给的衣帽，这反映了唐僧怎样的性格呢？

· 给不服管束的孙悟空戴上金箍有什么意义？

师徒两人向西行去，刚越过了两界山，路边突然跳出一只猛虎，唐僧的脸色瞬间惨白，差点从马背上跌落。然而，孙悟空却神态自若，他从耳中掏出如意金箍棒，笑着说：“师傅不要怕，这老虎是给俺老孙送虎皮衣服来了。”说完，他挥起金箍棒向猛虎击去。老虎被悟空一棒击中，立刻丧命。唐僧被吓得滚鞍下马，惊叹道：“天哪，天哪！刘太保前日打斑斓虎，还与它斗了半日。今日悟空没有**争持**[①]，就把这虎一棒打死了，真是**强中更有强中手**[②]！”

孙悟空让唐僧略坐片刻，他拔下一根毫毛，轻轻吹了口气，变出一把牛耳尖刀。手起刀落，不过三下两下，便割下一块四四方方的虎皮，围在腰间。唐僧看到悟空如此厉害，心中稍定，再次骑上马匹前行。两人边行边谈，不知不觉间天色已晚。当晚，他们找了一户人家借宿。

次日清晨，他们继续上路。走着走着，突然冲出六个人来，手中都拿着利刃，冲着唐僧和孙悟空喊道：“臭和

---

①争持：争执而相持不下。

②强中更有强中手：强者之上还有更强的人。

尚，别想逃，快把你们的马匹和行李交出来，否则性命难保！”唐僧被吓得魂不附体滚下马来。然而悟空却面不改色心不跳，让那些歹人有什么本事都使出来。只见那六人抡枪舞剑，一拥前来，照悟空劈头乱砍，乒乒乓乓，砍了有七八十下，悟空却毫发无损。这真吓坏了六个毛贼，他们四散逃走，却被悟空赶上，一个个尽被悟空打死。悟空剥了他们的衣服，夺了他们的盘缠，笑吟吟走过来道：“师父，我们走吧，那些贼已被老孙剿灭了。”

谁料唐僧并没有因此感到高兴，反而责备起悟空来：“你闯下大祸了！这六个强盗虽然可恶，但也罪不至死。你纵有万般手段，把他们打走就算了，怎么能把他们全都打死呢？你这是无故伤人性命，岂是出家人所为？出家人**扫地恐伤蝼蚁命，爱惜飞蛾纱罩灯**①。你怎么能不分青红皂白，一顿打死呢？你全无一点慈悲之心！”悟空道：“师父，我要是不打死他们，他们可就要打死你了。”唐僧道：“我死了也就一条命，现在你却杀了六个人！”悟空道：“不瞒师父说，我老孙五百年前在花果山称王称霸的时候，也不知道打死了多少人。”唐僧道：“正因为你当年在人间横行霸道，冒犯上天，才会被压在五行山下。如今你既然已经皈依佛门，若是还像当年那样凶残，必定去不了西天，做不了和尚。”

孙悟空最受不得人气，见唐僧这样絮絮叨叨，他按捺

---

①扫地恐伤蝼蚁命，爱惜飞蛾纱罩灯：意思是凡有生命的事物则不去伤害，形容非常爱惜生灵。

不住心头的火气道：“你既然说我做不了和尚，上不了西天，那我走就是了。”说完，他翻了个跟头，转眼就消失不见了。唐僧叹了口气，只得自己孤零零地继续赶路。

唐僧独自赶路，蓦地，路边出现一位老婆婆，手中捧着一件衣服，衣服之上还放置着一顶花帽。见唐僧靠近，她从容让路，站立于右侧。这老妇问道：“长老，你从何而来，何以孤身行于这荒芜之地？”唐僧沉稳回答：“我自东土大唐而来，欲往西天求取真经。”老婆婆再问：“西天距此十万八千里，你单身匹马，无徒弟相随，怎能成行？”唐僧叹息：“我曾有一徒弟，但因性情顽劣，我责其几句，他便离我而去。”老婆婆宽慰道：“我有一件绵布**直裰**[①]，一顶嵌金花帽，原是我儿子所用。他只为僧三日，便不幸夭折。长老，你若有意，我便将此衣帽赠你。”唐僧感激涕零：“多谢好意，可惜我徒弟已离我而去。”老婆婆追问：“他去了哪里？”唐僧迷茫回答：“我只听‘呼’的一声，他朝东边飞去了。”老婆婆笑道：“我就在东边住，我可以帮忙把他找回来。我教你一段紧箍咒，你暗暗念熟，牢记心头，别让任何人知道。我去赶上他，叫他还来跟你，你把这身衣帽给他穿上。他再不听话，你就默念此咒，保准他不敢再胡作非为。”唐僧闻言，低头拜谢。

随后，金光一闪，老婆婆朝东飞去。唐僧此刻方悟，原来那是观音菩萨显灵，传授真言。他急忙撮土焚香，向东虔诚礼拜。礼毕，他收起衣帽，藏于包袱之中，坐在路旁，

①直裰：在古代，通常指百姓、仆役及僧道所穿的交领长衣。

将那几句紧箍咒反复默念，铭记于心。

而另一边的悟空别了师父之后，一个筋斗云便来到了东海，找他的老朋友东海龙王。龙王热情地给悟空上好茶，听悟空诉说心中的苦闷。品完茶，悟空看见墙壁上挂着一幅画，问道："这画的是什么？"龙王解释道："这是**圯桥三进履**①的故事。"龙王将这个故事娓娓道来，最后说道："大圣，你若不保唐僧，不尽勤劳，不受教诲，只能做个妖仙，休想修成正果哇。"悟空听后，默然半晌，才道："无需多言，我还是回去送我师父去取经吧。"龙王欣然道："既然如此，那我就不留大圣了，请大圣早点动身，别让你师父等急了。"悟空听了他的话，就转身驾着云，离开了龙王处，去寻找唐僧了。

当悟空走到半路时，恰巧碰见了正在寻找他的观音菩萨。菩萨问清缘由后，便催促悟空赶紧去找唐僧。

孙悟空匆匆赶回，发现唐僧默然坐在路旁，便走上前问道："师父，为何在此滞留，我们应当继续前行了。"看到徒弟回来，唐僧内心又是欢喜又是生气，嗔怪道："你去了哪里，留我一人在此等你，我哪里都不敢去。"悟空轻松答道："我去东海龙王那里讨了一杯茶喝，就回来了。"唐僧疑惑道："你这猴子，总是不说实话。一个时辰的时间，你怎么可能跑到龙王家喝茶？"悟空笑着说："师父，我就不瞒你了，我会驾筋斗云，一个筋斗就是十万八千里，

---

①圯桥三进履：黄石公坐在圯桥上，三次失履于桥下，每次都唤张良取来。张良唯命是从，没有丝毫倨傲怠慢之心，总是取出跪献于前。黄石公于是念他勤谨，将毕生所学传授给他，使得张良在辅佐汉高祖刘邦时运筹帷幄，立下汗马功劳。

所以我才可以这么快回来。”唐僧有些感伤：“我只是稍微责备了你几句，即使过分了些，你也不应就这样离开。我并无大能，一个人在这里等你，迟早会饿死。”悟空安慰道：“师父，如果你饿了，我去为你找些食物来。”唐僧却拒绝了：“不用了。我的包袱里还有一些干粮，是刘太保的母亲送的，你可以拿来吃。”

悟空解开包袱，发现里面有几个粗面烧饼，便拿出来递给唐僧。又见包袱里还有一件光艳艳的绵布直裰和一顶嵌金花帽。悟空好奇地问：“师父，这身衣服和帽子是从东土带来的吗？”唐僧随口答道：“是我小时候穿的。”悟空兴奋地说：“师父，那就让我穿上试试吧。”唐僧同意了：“如果你能穿下，就穿吧。”于是，悟空脱下旧的白布直裰，换上新的绵布直裰，并戴上了花帽。这身新衣服就像是为他量身定做的一样。唐僧看着徒弟穿戴整齐，开始默念紧箍咒。悟空突然叫道：“头痛，头痛！”唐僧又念了几遍，悟空痛得在地上打滚，甚至抓破了花帽。唐僧见他痛苦的模样，怕弄断金箍，便停止了念咒。一停止念咒，悟空的头痛立刻消失了。他伸手摸头，发现头上像是被一条金线紧紧勒住，既取不下也揪不断，似乎已经生了根。悟空恍然大悟：“原来我的头疼是师父念咒导致的。”唐僧解释道：“我刚才念的是紧箍经，不是在咒你。”悟空请求道：“那你再念念看。”唐僧又开始念咒，悟空再次感到头痛难忍，连忙求饶：“别念了，别念了！一念我就头痛！”唐僧趁机教训道：“悟空，你以后还敢不敢不听师父的话？”悟空连忙答应：“听话，我一定听话！我再也不敢无礼了！”

悟空好奇地问师父：“师父，这紧箍咒是谁教你的？这么厉害。”唐僧回答道：“是刚才一个老婆婆传授给我的。”悟空听后大怒：“不用说，这个老婆子一定是观世音菩萨！我这就去南海找她算账！”唐僧却警告他：“这个紧箍咒既然是她教给我的，那她肯定也会念。你如果去找她麻烦，她一念紧箍咒，你岂不是自讨苦吃？”悟空一听有理，就不敢再妄动了。他回心转意，跪下向唐僧哀告道：“师父！我愿意继续保护你前往西天取经，再无二心。你就别再念这紧箍咒了！”唐僧见徒弟真心悔改，便道：“既然如此，你扶我上马吧。”悟空这才安心下来，抖擞精神，束一束绵布直裰，收拾好行李，然后扶着唐僧骑上马，朝着西方继续前进。

◈ 精华赏析

孙悟空毕竟曾是花果山的大王和大闹天官的齐天大圣。当他成为唐僧的徒弟之后，除非唐僧拥有某种特殊方法，否则他不会轻易服从唐僧的命令。南海观音早就预见到了这一点，于是趁着孙悟空生气离开唐僧时，变成一位老婆婆，并将紧箍咒传授给唐僧。如此一来，唐僧便获得了制服孙悟空的绝招，再也不必担心孙悟空不听从自己的命令了。

◈ 成长启示

悟空因与师傅意见不合而出走，经劝解又回到师父身边，在团队合作完成任何一项任务的时候，都可能出现大家意见不合的情况，这就要求每个人要学会沟通和理解，不计较个人恩怨得失，与团队朝着共同的目标前进。

第十一回　小玉龙化作白马

❖ 要点思考

· 涧中的玉龙吃了唐僧的白马，这个情节起到了怎样的作用？
· 通过阅读此回，你觉得哪些情节从侧面体现出取经路上的艰难？

唐僧和孙悟空连着赶了几天的路，不辞辛苦。这时正逢严冬腊月，寒风凛冽，**滑冻**[①]凌凌，一路上悬崖峭壁，崎岖难行。

这一天，师徒二人来到一处山涧附近，突然，前方传来震耳欲聋的水声。唐僧略显惊慌，回首询问：“悟空，这是哪里传来的水响？”悟空沉稳回答：“此地应是蛇盘山鹰愁涧，这水声大概是从那鹰愁涧中传出的。”言毕，两人已走到涧边。他们只见涧中一声巨响，一条巨龙破壁而出，掀起的波涛汹涌澎湃。孙悟空急忙丢下行李，抱起唐僧逃离。那条龙并未追赶，只是将唐僧的马连同**鞍辔**[②]一并吞下，随后潜入水中消失无踪。

孙悟空将唐僧安置在安全之地后，返回寻找马匹，却只见行李，马已不见。他将行李送至唐僧面前，道：“师父，那孽龙已无踪迹，只是惊走了你的马。”唐僧焦急地问：“那马还能找回吗？”悟空安慰道：“放心，放心，我去找找看。”

言毕，悟空跳上半空，用火眼金睛四处寻找，但仍不

---

①滑冻：冰冻。
②鞍辔：鞍为套在骡、马背上便于骑坐的东西，辔为驾驭牲口用的嚼子和缰绳。

见马的踪迹。他落下云头报道：“师父，我们的马定是被那龙吃了。”唐僧疑惑道：“徒弟，不要乱讲。那条龙难道连马带鞍都吞得下？定是你没找到。”悟空解释：“师父有所不知，徒弟的火眼金睛可看透千里之物。我大施法术，什么都看得清清楚楚。那么大的一匹马，怎么可能逃过我的眼睛？”听完解释，唐僧才信了孙悟空的话，忧愁道：“马既已失，这却如何是好？西天之路尚长，难道真要让我步行而去？”言毕，竟落下泪来。

看到师父这样，孙悟空既气愤又无奈，大喊道：“师父你怎么这么不争气，哭个什么劲儿！你就在此等候，我去找那白龙算账！”唐僧扯住悟空道：“徒弟，你一走，把我独自留在这荒山野岭，万一我再被那白龙吃了，到时候人马都死了，你怎么办？”悟空听了这话，越加**嗔怒**[①]，叫道：“你真是难伺候！你又想骑马，又不让我找那白龙算账。那好，我们就坐在这里守着行李，一起老死吧！”这时，空中传来声音：“大圣不要烦恼，唐长老也休要再哭。我等是观音菩萨差来的一路**神祇**[②]，特来暗中保护取经者。”唐僧闻言慌忙礼拜。有了神祇相助，悟空便把保护唐僧的责任暂时托付给他们，自己束紧绵布直裰，撩起虎皮裙子，手握金箍棒，抖擞精神，飞到水面上高叫道：“泼泥鳅，还我马来，还我马来！”

白龙吃了白马，正卧在水底休息，忽然听到外面有人

---

①嗔怒：恼怒，生气。

②神祇：“神”指天神，“祇”指地神，“神祇”泛指神明。

骂他，按不住心中的怒火，一个纵身，跃浪翻波，跳出水来，道："是什么人敢在这里乱叫？"悟空见了他，大叫一声："别走！还我马来！"抡着棍，劈头就打。那条龙也张牙舞爪来抓。几个回合下来，那龙力软筋麻，不能抗敌，一个转身钻进水中，深潜涧底，再不出来。

孙悟空见山涧陡峭狭隘，也没法追赶，于是回去对唐僧说："师父，那妖怪打不过我，躲到水里不出来了。"唐僧道："你前阵子打死老虎的时候，曾说自己有降龙伏虎的手段，现在怎么对付不了那条龙？"孙悟空一时憋屈，回答说："好，我这就去把那条白龙抓来！"说着，孙悟空拽开步，又跳到涧边，使出那翻江搅海的神通，将那原本澄清的水搅得如九曲黄河一般浑浊。龙在深涧中，坐卧不宁，受不得窝囊气，咬着牙，跳了出去，骂道："你是哪里来的泼魔，欺人太甚！"悟空道："你别管我从哪里来，你只要还了马，我就饶你性命！"那龙道："你的马我已吞下肚去，如何吐得出来！我还不了你了！"悟空道："不还马就看棍！"他们两个又在那山崖下苦斗。没斗几个回合，小龙又招架不住，变作一条水蛇，钻入草丛中去了。

悟空持棒赶来，拨草寻蛇，却已无迹可寻。心急之下，他念动咒语唤出土地和山神。二神叩首迎接大圣。悟空问："我问你们，鹰愁涧里的这条怪龙是从哪里来的？竟敢吃掉我师父的白马。"二神回答："观音菩萨昔日寻访取经人时，救了一条玉龙，送他在此，教他等候那取经人，并禁止他胡作非为。那龙饥饿时就上岸捕些鸟鹊或捉些獐鹿为食。谁知今日竟冒犯了大圣。大圣若想擒住此物，只需请观世音菩萨前来。"

听完土地和山神的解释，悟空带他们去见唐僧，将刚刚得知的消息如实相告。唐僧道："若要去请菩萨何时才能回来？若我饥饿难忍，如何是好？”话音刚落，只听空中**金头揭谛**[1]叫道：“大圣，去南海寻找观世音菩萨的事情，就交给我吧！小神立刻出发。”悟空大喜道：“有劳了，有劳了！快去，快去！”揭谛随即驾云径上南海。悟空又嘱咐山神、土地守护师父，自己则返回涧边继续叫骂。

不多时，菩萨便随金头揭谛来到蛇盘山，只见悟空仍在涧边叫骂。菩萨叫来悟空，将为何安排玉龙在此一一说明，并让揭谛去涧边喊话：“敖闰龙王玉龙三太子，你出来，南海菩萨在此。”

揭谛在涧边连喊两遍，那小龙果然破浪而出，对菩萨行礼道：“多谢菩萨救命之恩，我在此久等，却一直未见取经人路过。”菩萨指着悟空道：“这就是取经人的大徒弟。”小龙一见忙道：“菩萨，这是我的对头。我之前腹中饥饿，吃了他的马匹。他与我激战良久，又骂得我不敢露面，我也从未听他提及取经之事。若早知他是取经人的大徒弟，我断不会与他争斗至此。”

菩萨走上前，轻轻地从小龙的项下摘下了明珠，接着，她用杨柳枝蘸取甘露，轻轻地拂过小龙的身体，然后，她轻轻地吹了一口仙气，喝道：“变！”就在这转眼间，小白龙已经化成了一匹雄壮的白马。菩萨对着白龙马慈祥地吩咐道：“你要竭尽全力照顾好你的师父。等到你们到达西天的时候，佛祖自然会帮你恢复龙身，并且帮助你得道成仙。”白龙马深深地磕了一个头，保证尽心尽力。

---

①金头揭谛：观音菩萨差来暗中保护唐僧的诸位神祇之一。揭谛，佛教护法神。

接着，菩萨让悟空领白龙马去见三藏，说完就告辞了。临行前，菩萨从净瓶里的柳枝上摘下三片柳叶，放在孙悟空的脑后，说了声“变”，那三片柳叶瞬间变成了三根毫毛，交给孙悟空，道：“这三根毫毛含有法力，你在取经途中无计可施的时候，可以用这几根毫毛来救命。”悟空听了，心中窃喜，谢过了大慈大悲的菩萨。

悟空牵着白龙马，来到唐僧的面前，道：“师父，马已经找回来了。”唐僧一看，大喜过望，道：“徒弟，这马怎么看起来比之前还要更健壮一些？”悟空笑着解释道：“师父，刚才金头揭谛请了菩萨来，把那条涧里的龙变成了我们的白马。它的样子和之前的马一样，只是少了鞍辔。”唐僧一听，大惊失色，道：“菩萨在哪里？我要亲自去拜谢她。”悟空回答道：“菩萨已经回南海了。”唐僧点点头，朝南方虔诚礼拜，然后，他们便继续上路了。

孙悟空帮师父整理好行李，牵着白龙马，紧随着师父向西前进。随着夕阳西下，天色渐暗，唐僧在马上远望，忽然看见路旁有一座古庙。唐僧决定在此借宿一晚，于是他们走进了庙中。只见一位老者笑容满面地迎上前来。唐僧说明了他们的来意后，老者十分高兴，道了几声**失迎**[①]，热情地招待了他们。

悟空看见老者的房檐下，有一条搭衣的绳子，于是走过去，一把扯断，用那条绳子将马脚系住。老者看着他的举动，笑道：“你这马没有鞍辔和缰绳，你就直接扯断我

①失迎：失于迎候。对来访者致歉的客气话。

晒衣的绳子吗？”唐僧赔礼道：“我这个徒弟，只是性子急躁。你要拴马，只需好言向老者讨条绳子，何必冒冒失失地扯断人家晒衣的绳子？老先生不要怪罪。”老者听后笑道：“我年轻时喜欢骑马，正好我有一副鞍辔和一条马鞭，现在已经不用了，明天我就拿来献给长老吧。”唐僧听后连连道谢。第二天一早，老者果然拿来一副鞍辔、缰笼等物件，凡是马上需要用的，全都齐备。唐僧看了欣喜万分，连连道谢：“多谢**布施**①，多谢布施！”然而，当他抬起头时，那老者却已经不见了。只听到半空中有人说话：“圣僧，我是此地的山神，是菩萨差我送鞍辔给你的。”唐僧听后，连忙滚鞍下马，对着空中礼拜。悟空将鞍辔等物安在马上，师徒二人便继续赶路了。

◈ 精华赏析

观音菩萨一直派上界之神暗中保护唐僧，这也解释了为什么唐僧在西天取经的路途中遭遇了无数次劫难，却都能平安顺利地渡过。他不仅有悟空、八戒与沙僧作为沿途的护送者，还有菩萨在背后默默地守护着。实际上，许多取经路上的困难正是菩萨巧妙设计的，旨在考验唐僧取经的真诚与决心。

◈ 成长启示

孙悟空在观音菩萨的帮助下降伏了小白龙，这说明在学习和工作中，遇到困难，不但要勇于面对和克服困难，还要善于寻求适当的帮助。

---

①布施：把财物等施舍给人，后特指向僧道施舍财物或斋饭。

第十二回　老僧谋袈裟殒命

❖ 要点思考

·悟空炫耀袈裟做得对吗？袈裟被偷，又大费周折地找回，是否都是悟空炫耀宝贝惹出的祸？

·老僧何时对唐僧与悟空二人起了歹心？他为了长久占有袈裟，在众僧面前痛哭，这个情节体现了老僧怎样的性格特点？

唐僧和孙悟空一路西行。转眼间，已经过了两个月，一路上尽是些狼虫虎豹，虽然惊险，但凭借孙悟空的本事也足以对付。光阴飞逝，已经到了早春时节。

这天，师徒二人照常行路，傍晚时分，两人赶到了一座山寺旁。唐僧下了马，悟空歇了担，正欲进门，只见那门里走出一位僧人。僧人笑着问："长老从何而来，快请进来喝杯茶。"唐僧道："我从东土大唐而来，去西天雷音寺求取真经，见天色已晚，想在寺里借宿一夜。"那僧人忙说："失礼，失礼，高僧快快请进。"唐僧方唤悟空牵马进来。那僧人忽见悟空相貌，有些害怕，便问："那牵马的是个什么东西？"唐僧道："小点声儿，这话要让他听见，你恐怕要招惹麻烦。他是我的徒弟，虽然长得丑了点，但神通广大，本领了得。"僧人听完唐僧的解释，慌忙住了口。

跟随着和尚的引导，他们来到了一座大殿前。唐僧举目望去，看见上方悬挂着四个大字"观音禅院"。他感慨万分："贫僧几次得到菩萨的帮助，一直没有机会报答，现在正好来到一座观音**禅院**[①]，就好比见到了观音菩萨，让我先拜一拜。"那和尚立刻命人打开殿门，邀请唐僧进行参拜。孙悟空也一同进入，他拴了马，丢了行李，与唐僧一同上殿。

在庄严肃穆的大殿中，唐僧展背舒身，**铺胸纳地**[②]，虔诚地向菩萨像叩头。与此同时，那和尚开始击鼓诵经，而孙悟空则去撞钟。当唐僧拜完，和尚停止了击鼓，而孙悟空的钟声却还在回荡。听到钟声乱响，寺中众人一齐涌出，询问原因后，便邀请师徒二人转过正殿，到后房喝茶。

寺中的僧人献上了香茶又准备了斋饭，供他们享用。此时，忽然看见后面有两个小童搀扶着一位老僧出来。众僧立刻恭敬地道："**方丈**[③]来了。"唐僧也立刻起身躬身施礼，迎接道："方丈，小僧有礼了。"那老僧还了礼，坐下与唐僧闲聊起来。在听闻唐僧此来路上有万里之遥后，那老僧只叹自己坐井观天虚度一生。慨叹过后便命小童献茶。

一个小**幸童**[④]拿出一个羊脂玉的盘子和三个**法蓝**[⑤]镶金的小茶杯，另一个小幸童则提着一把白铜壶，斟了三杯香茶，茶香四溢胜过桂花的香气。唐僧见了不由得夸赞道：

---

①禅院：佛教寺院。

②铺胸纳地：一种上半身贴近地面的跪拜礼，表示虔敬与隆重。

③方丈：佛寺里的住持，即佛寺里的最高领导者，称为方丈。

④幸童：贴身的童仆。

⑤法蓝：即珐琅，指一种以石英、瓷土、长石、硼砂等经粉碎、熔炼后制成的装饰材料，也指覆盖有珐琅的制品。

“真是好东西啊！”那老僧却淡淡一笑道：“这不算什么，高僧从东土大唐来，想必带着真正的宝贝，不妨拿出来让老僧看一看。”唐僧听了，摇头道：“我一个出家人，哪里有什么宝贝。”

这时，孙悟空忍不住插嘴道：“师父，你不是有件袈裟在包袱里吗？何不拿出来让他们开开眼界！”众僧闻听袈裟一事，纷纷哄笑起来。悟空不解地问道：“你们笑什么？”一个和尚回答道：“说到袈裟，像我这样的僧人，少说也有二三十件。而我们的方丈，起码有七八百件呢。”悟空催促道：“快拿出来看看。”那老和尚似乎想炫耀一番，便命人抬出十二个大柜子，将里面的袈裟一一展示给唐僧看。这些袈裟确实都非常华美。但悟空却笑道：“好，好，好！收起，收起！让你们看看我们这件袈裟。”唐僧把悟空扯住，悄悄道：“悟空，你怎么能跟别人炫耀宝贝，现在我们两人只身在这寺庙里，惹出是非来该怎么办？”悟空道：“师父不要担心，让他们看看袈裟能惹什么是非。”说完，他急匆匆地去取包袱。当那袈裟被两层纸包裹着时，就已经泛出金光。待他除去纸张，取出袈裟展开时，只见满室红光闪耀，彩气弥漫。众僧见状，纷纷赞不绝口。

方丈见到如此宝物，不禁起了贪心。他走上前向唐僧跪下，含泪道：“我真是无缘得见此宝啊！”唐僧见状忙问道：“何出此言？”方丈答道：“现在天色已晚，老僧双目昏花，未能看清此宝。”唐僧建议道：“不妨点亮灯火，将袈裟放在你眼前让你细细观赏。”然而，方丈却说：

“你的这件宝物光彩照人，若再点灯，恐怕会晃得我眼花缭乱啊！”

孙悟空有些不耐烦地说道：“那你究竟想怎样？”方丈回答道：“若两位信得过老僧，请将这袈裟借我一晚，让我仔细观赏，明日一早必定归还，送你们上路如何？”唐僧听闻此言，虽心中万般不愿，却也难以推辞，只得将袈裟递给老僧道：“那你就拿去看一晚，但要记得明早归还，切勿污损了袈裟。”老僧欣喜若狂，连连点头，随即**着**[①]幸童将袈裟拿去内室。

老僧骗取袈裟得手，独自在后房灯下，对着它失声痛哭。小幸童不明所以，只得将此事告知众僧。老僧最疼爱的两个徒孙上前问道：“方丈，您为何这般痛哭？”老僧答道：“我哭是因为我与它无缘啊，无法真正拥有唐僧的这件宝物！”小和尚不解地说：“方丈，这袈裟不是已经在您手中了吗？”老僧叹息道：“我虽拥有它，却不能长久。我今年已经二百七十岁了，拥有几百件袈裟，但没有一件能与唐僧的这件相提并论。若能让我穿上它一日，即便是死，我也心满意足了！”众僧纷纷表示：“这有何难？我们明日邀请他们多留一日，您就可以多穿一日。如果他们愿意留下十日，那您就可以拥有它十日。何必如此伤心呢？”然而，老僧却摇头说：“即使他们留下半年，我也只能拥有它半年。当他们离开时，我终究无法留住这件袈裟。”

就在这时，一个名叫广智的小和尚提议说：“师父，

---

①着：派遣。

您若真想得到这件宝物，其实并不难。唐僧和他的徒弟连日来疲惫不堪，现在肯定已经入睡了。我们可以找几个强壮的弟子，趁机将他们两人杀死，这样袈裟不就是您的了吗？”老僧一听，顿时喜笑颜开，擦拭着眼泪说：“好，好，好！此计真是妙极了！”然而，另一个叫广谋的小和尚却提出：“这样做不妥，唐僧看起来文弱无力，但他的徒弟却相貌凶恶，恐怕不易对付。我看不如放一把火，将他们两人烧死在梦中。事后，我们可以宣称是禅房不慎失火所致，这样不仅可以掩盖罪行，而且更加周全。”老僧闻言更加高兴地说：“强，强，强！此计更妙！”于是，命令各房弟子搬来柴火，准备放火。

此时在禅房中，唐僧师徒早已进入梦乡。睡眼蒙眬间，孙悟空隐约听到门外有脚步声，便悄悄起身暗中观察，发现众僧正欲放火行凶。他本想出面喝止打斗，但又转念一想，如果这些和尚们实力不济，被他打死了，师父必定会责备他。于是想了个**将计就计**[①]的妙法。孙悟空先是翻个筋斗跳上南天门，向广目天王借来辟火罩，将唐僧、白马和行李罩住。然后，他又跳到禅堂房脊上，吹起一阵狂风，顿时黑烟滚滚，红焰腾腾。风势助火，火势愈猛，**须臾**[②]间便将整座观音禅院吞没在一片火海之中。

这场大火惊动了距离观音禅院二十里远的黑风山中的妖精。那妖精本以为天已大亮，细看才发现是观音禅院起

---

①将计就计：利用对方的计策向对方使计策。

②须臾：极短的时间，片刻。

火，大惊失色道：“哎呀！这定是观音禅院里失了火！这些和尚真是太大意了！我还是赶紧去救火吧。”那妖精纵起云头来到观音禅院，正欲救火，却见后房无火，房脊上还有一人放风，于是走进后房想要看个究竟，然而一眼便瞧见了唐僧那件珍贵的袈裟。这件佛门异宝令那妖精心生贪念，救火之事抛诸脑后，他一把抓起袈裟，转身就返回了黑风山。

这场大火烧至**五更**[①]，天明才熄灭。和尚们个个痛哭流涕，呼天喊地。悟空先将辟火罩归还，再回到禅房，唤醒师父。唐僧起身穿戴整齐，走出门外，惊见废墟一片，问道：“这是怎么回事？”悟空答道：“昨晚那些和尚企图放火烧死我们，幸亏我及时发现，才没有酿成大祸。我现在就去找那方丈要回袈裟，咱们尽快离开这个是非之地。”

众僧正悲切间，忽见唐僧师徒牵着马、挑着担走来，吓得魂飞魄散，跪倒叩头道：“冤魂索命来了！**冤有冤家，债有债主**[②]。要索命不干我们的事，都是广谋与方丈设计害你的，莫问我们讨命。”悟空喝道：“我老孙才不稀罕向你们讨命！快把袈裟还来！”两个胆大的和尚问道：“你们在禅堂里不是已经被烧死了吗？怎么又来讨袈裟？到底是人是鬼？”悟空笑道：“你们这些无知之辈！哪有什么火？你们去前面看看禅堂，就知道了！”众僧爬起来一看，只见禅堂完好无损，丝毫没有被火烧过的痕迹，不禁惊呼：

---

①五更：就是把从黄昏到拂晓的一夜分为五更，每更约两小时。五更大约相当于现在的凌晨三点到五点之间，即天将明时。

②冤有冤家，债有债主：俗语。比喻有问题找当事人解决，与旁人无关。

“神仙啊！”纷纷跪地**膜拜**[①]，又将此事告知方丈。方丈正因寺庙被毁、袈裟丢失而焦虑茫然，一闻此言，惊恐万分，竟然一头撞死在墙上。众僧见方丈已死，又不见袈裟，更加慌乱不知所措。

悟空大怒跳起来，吓得众僧跪地求饶。唐僧连忙喝止悟空。悟空寻思片刻，问道：“这里有没有什么妖怪成精？”和尚答道：“在寺院东南二十里外，有一座黑风山，山上有个黑风怪。我们方丈在世时常常给他讲道。除此之外我们也不知道其他的妖怪了。”悟空笑道：“师父放心，不用说，袈裟一定是被黑风怪抢走了。昨晚这里火光冲天，那妖怪一定是循着火光找来，趁乱偷走了袈裟。”说完，孙悟空便吩咐众僧照看好师父和白龙马，自己则召出筋斗云，飞往黑风山寻找袈裟去了。

❖ 精华赏析

在这一回的故事中，那位想要独占袈裟的老僧实际上是个虚伪的人。出于私欲，他竟然放火行凶。然而，他的阴谋最终导致了“高寿老僧该尽命，观音禅院化为尘”的灾难结局，可谓聪明反被聪明误。

❖ 成长启示

老和尚本已拥有七八百件名贵的袈裟，却还是不满足，又对唐僧的袈裟起了贪念。为了将其据为己有，他不惜烧毁禅院，没想到却引火烧身，反而害了自己的性命。可见因贪婪之欲而去侵害他人的利益和生命，终会自食恶果，落入可怕的境地。在现实生活中，我们也要引以为戒，远离贪欲，懂得知足，真诚地与他人相处。

---

①膜拜：跪在地上举两手虔诚地行礼。

第十三回　悟空黑风山显威

要点思考

· 请你想一想，孙悟空为什么要去找南海观音求助？

· 菩萨为什么不让孙悟空将黑熊精打死？

孙悟空离开观音禅院，轻轻一扭身子，就飞到了黑风山。这时正值春天，黑风山上长满花草，鸟语花香，十分漂亮。孙悟空正要飞下去，突然听到草地上传来一阵声响，孙悟空悄悄地躲在一块石头后面观看，发现有三个人正坐在草地上高谈阔论。

他们一个打扮成道士模样，一个身穿一身白衣服，还有一个黑脸大汉。孙悟空听了一会儿，原来他们在谈论炼仙丹的事情。突然，坐在正中间的黑汉笑言道：“后日是我**母难之日**①，两位到时能否赏脸，到我府上坐一坐？”**白衣秀士**②说：“年年参加大工的寿宴，今年哪有不来的道理？”黑汉高兴地说：“我昨夜得了一件宝贝，名唤锦襕佛衣，明日我就以请各位观赏这佛衣为名义宴请各山**道官**③，就唤作‘佛衣会’，如何？”悟空听到“佛衣”就忍不住怒气，跳出来，双手举起金箍棒，高叫道：“妖精！你偷了我的袈裟，还要做什么‘佛衣会’！趁早将

---

①母难之日：母亲受难之日，即自己的生日。

②白衣秀士：代指未曾获取功名的书生。

③道官：被朝廷授予官职的道人。

佛衣还我！”抡起金箍棒照头一下，慌得那黑汉化风而逃，道人驾云而走，只把那个白衣秀士一棒打死。悟空拖过来一看，原来是一条白蛇。

随后，孙悟空往山里飞去，寻找逃跑的黑风怪。转过一座山峰，孙悟空远远望见前面的陡壁旁有一个山洞。悟空走到洞门口，看到两扇紧闭的石门，门上有一块横石板，上面写着“黑风山黑风洞”。悟空大叫一声：“妖怪，开门！快还我的袈裟来！”那黑汉闻言，随即命小妖取来兵器和披挂，出门迎战。

悟空见他一身黑衣打扮，手中还持着一把黑缨枪，衬着**黝黑**①的皮肤，活像个烧窑的一般。

这黑怪厉声高叫道：“你是哪里的和尚，敢到我这里来撒野？”孙悟空手挥金箍棒，回答说：“别废话！快还你老外公的袈裟来！”那怪拒不承认，悟空便将昨夜袈裟放在何处又如何失窃一一说来。

那怪闻言，呵呵冷笑道：“你这个泼物！原来昨夜那火就是你放的！是你在那方丈屋上行凶招风。就是我拿了你的袈裟，怎样！”悟空见黑怪这般**桀骜**②，心中大怒，骂道：“你这贼怪！偷了袈裟不还，看棍！”那黑汉侧身躲过，挥舞长枪迎战。

那怪与悟空斗了十数回合，不分胜负。渐渐红日当午，那黑汉又累又热，于是举枪架住金箍棒道：“你我暂且收兵，

---

①黝黑：黑。

②桀骜：倔强。

等我进了膳，再来跟你打。”说完那怪虚晃一枪，撤身入洞，关了石门，命小怪安排筵宴，书写请帖，邀请各山魔王庆会。

悟空见洞门紧闭，一时也没有什么好的办法，驾着祥云返回了观音禅院。

在寺里歇息了一会儿，孙悟空又驾着祥云，去黑风洞打探情况。飞到半路，只见一个小怪拿着一个木匣子，从大路而来。悟空想那匣内必有什么**柬札**①，举起棒，冲那小妖劈头一下，打死在路旁。悟空打开匣子一看，里面果然是一封请帖。打开请帖，悟空见写帖之人自称“**侍生**②**熊罴**③”，料想那黑怪必定是个黑熊成精。又见邀请的竟然是观音禅院那一头撞死的老僧，悟空呵呵大笑道：“那个**老剥皮**④，死不足惜，竟然和妖精暗中勾结！难怪他能活二百多岁，原来是一个妖和尚。”说完心生一计，念动咒语，迎着风一变，变成了那老僧的模样，径直来到黑风洞洞口叫门，并如愿进入门中。

悟空进了第一道门，见那第二道门上有副对联，上面写着“静隐深山无俗虑，幽居仙洞乐天真”。往前又进，到了第三道门里，只见其中装饰意境深远。黑怪迎接道：“金池老友，几日不见。请坐，请坐。”“金池长老”以礼相见，然后坐下喝茶。悟空开门见山，求见佛衣。

---

①柬札：信件。
②侍生：本为后辈对长辈的谦辞，同辈之间也可互相使用，以表示谦恭。
③熊罴：熊的一种，体形较大。
④老剥皮：骂人的话。表示憎恨其人到了极点。

这时，一个小妖慌张地跑到黑风怪跟前，报告说：“大王，不好了！那送请帖的被来索袈裟的猴子打死在大路旁，猴子变作金池长老，来骗佛衣了！”那怪闻言，纵身拿过枪来，刺向悟空。现了本相，孙悟空取出金箍棒架住枪尖，一场**难分伯仲**①的打斗开始了。二人斗到红日西沉，不分胜败。那怪道：“你这猴子，我暂时不跟你打了。今日天晚了，不好相持。你去，你去！明早再来，我定与你决一死活。”说完又化作一阵清风，转回洞中，紧闭石门不出。

悟空无可奈何，只得回观音禅院，把这半日之事一一告诉唐僧。

第二天天刚亮，悟空便要出发。唐僧扯住悟空，道：“你往哪里去？”悟空道：“我想这件事都是观音菩萨没理，她有这个禅院在此，受了这里人家香火，却容那妖精住在附近。我去南海寻她，与她讲一讲，教她亲自来让妖精还我袈裟。”

顷刻工夫，悟空便到了南海。一番**软磨硬泡**②之后，悟空果然说动了菩萨与他一起去讨袈裟。二人立即动身，前往黑风洞。快到时，突然看到一个道人手捧一个玻璃盘，里面放着两粒仙丹，匆匆忙忙往黑风山赶。悟空定睛一看，认出这正是那天和黑风怪一起，坐在草坡说话的那个道士。悟空不由分说，抄起金箍棒就朝他砸去，道士躲闪不及，被当头打了一棒，一命呜呼。菩萨正要责怪，悟空对菩萨

①难分伯仲：伯仲是指兄弟长幼的顺序，伯是老大，仲是老二。比喻人或事物不相上下，难分优劣高低。

②软磨硬泡：为使对方答应自己的要求，采用各种手段纠缠不休。

道："这道士是那黑熊精的朋友，今日一定是去参加'佛衣会'的。"说着把那道人提起来看，原来是一只苍狼。旁边是那只玻璃盘，盘底有字，上面刻道："凌虚子制"。悟空计上心来，道："菩萨，这玻璃盘上写着'凌虚子制'，想必就是这妖道的名字。我们不如将计就计，你变成凌虚子，我变成一颗仙丹。到时候你让黑风怪把仙丹一吃，保准让他听我使唤，他要不还我袈裟，我就用他的肠子另织一件出来！"

菩萨依言化成了道士模样。悟空见状，也摇身一变，化成了一粒仙丹。

二人到了那妖洞口，菩萨见眼前的景致赏心悦目，心中暗喜道："这孽畜倒也有些道分。"那妖早已迎出二门道："凌虚，有劳仙驾珍顾，**蓬荜有辉**[①]。"菩萨道："小道敬献一粒仙丹，吃了可得千年寿命。"二人互相拜过，方才坐下，黑熊精又说起他昨日之事。菩萨不说话，拿出丹盘道："大王，这是小道的一点心意。"拿了一粒大的，推给那妖道："愿大王千寿！"那妖亦推一粒，递给菩萨道："愿与凌虚子一起。"说完，那妖才要咽下去，那丹就顺口滚了下去。悟空在妖精肚子中现了本相，疼得那妖滚倒在地。菩萨也变回本尊模样，向那妖讨回了佛衣。

菩萨又怕那妖无礼，把一个箍丢在那妖头上，又念起真言。那怪本欲反抗，却头疼难忍，丢了枪，满地乱滚。菩萨道："孽畜！你如今肯皈依吗？"那怪满口道："我

①蓬荜有辉：谦辞，意思是使陋室增添光辉。

愿皈依，只望饶命！”菩萨道：“我那**落伽山**[1]后无人看管，你去做个守山大神吧。”黑风怪连连点头。菩萨来到黑风怪跟前，在他头顶轻轻一抚，坠落祥光，让他收起长枪，又默念几句咒语，黑熊乖乖走到菩萨跟前，不敢乱动。

随后菩萨将袈裟还给悟空，吩咐道：“悟空，你回去吧。好生服侍唐僧，以后再不要懈惰生事了。”悟空连忙叩头谢恩。至此，丢失的袈裟终于物归原主。

❖ 精华赏析

黑熊精是《西游记》中一个非常有趣的妖精形象。他居住的山洞距离观音禅院仅二十里远，当他看到禅院起火时，首先反应是去救火。他的黑风洞装饰典雅、富有意境，门上还悬挂着写着“静隐深山无俗虑，幽居仙洞乐天真”的对联，连菩萨进洞观看时也发出了“有些道分”的感叹。他对取得的佛衣非常重视，计划举办一场“佛衣会”来庆祝。在与悟空两次交战中，都是他先提议暂停，并约定稍后再战。这样的妖精确实展现出一份文雅和可爱的特质。

❖ 成长启示

故事中，菩萨以宽容和慈悲的心态对待妖精，最终让那妖精领悟到自己的过错并愿意皈依。同时，悟空也学会了不要轻易伤害他人，要尊重他人的道理。这个故事告诉我们，宽容和慈悲是成长过程中非常重要的品质，它们可以帮助我们更好地与他人相处，解决问题，实现自我成长。

①落伽山：梵语音译，山名，在中国浙江省舟山市普陀区，相传观世音菩萨曾在此显圣。在《西游记》中为观音菩萨的居住地。

第十四回　高老庄收下八戒

❖ 要点思考

· 猪八戒有很多缺点，但最终能踏上取经的征途，这是为什么？
· 高太公为什么一开始接受了八戒做女婿，后来又要找人赶走八戒？
· 猪八戒为自己的取经之路做了哪些准备？

唐僧师徒自观音禅院离去，一路疾驰向西。这天傍晚，两人来到了一座村庄外。唐僧说："悟空，现在天也快黑了，我们不如就在那村子里找户人家休息一晚，明早再赶路吧。"

悟空说："师父先不要急，等俺老孙看看这地方是凶是吉，再做定夺。"说完，飞到半空，用火眼金睛四处一看，只见这一带竹林耸翠，溪水纵横，道路两旁长满垂柳，牧羊的老者赶着羊群往村里走，一路还哼着曲子。悟空回禀说："师父，看起来这是一处好地方，我们这就赶去借宿。"

正在这时，只见一个少年，行色匆忙。悟空一打听才知，少年名唤高才，此地叫高老庄，高才受高太公之托，欲寻一法师，来降那霸占了高太公之女的妖怪。

孙悟空道："你无须再寻，我们乃是从东土大唐赶来的圣僧，定能助你降妖除魔。你速速回去禀告一声，让高太公做好准备接待我们。"高才**将信将疑**①，把师徒二人请入家中。高太公闻讯而出迎接，见孙悟空相貌凶恶丑陋，不悦地对高才说道："你这小子！家里有一个妖怪还不够

①将信将疑：有些相信，又有些怀疑。

吗？怎么又找来一个毛脸雷公来害我？”悟空道：“你这老头子，竟然喜欢以貌取人！我虽长得丑了些，但有一身本领。你告诉我那妖怪的住处，我去捉了妖怪，还你女儿，看你到时候还敢不敢以貌取人！”太公闻言，只得打起精神，叫声“请进”。

师徒二人进屋坐下后，悟空便向高太公询问他的女婿之事。高太公道：“我有三个女儿：大女儿和二女儿都已婚配给了本庄人家，只有小女儿翠兰，想要招个女婿，指望他与我一起生活，做个养老女婿。三年前，有一个汉子，模样倒也精致，他说他是福陵山上的人家，姓猪，上无父母，下无兄弟，愿意做上门女婿。我当时也没有多想，见他不错，就答应了。他刚来高老庄的时候非常勤快：耕田耙地，不用牛具；收割田禾，不用刀杖，早起晚归，十分能干。可是，日子一长，事情就变了。”

听完高太公的叙述，悟空急切追问：“这究竟是怎么一回事？请快些告知。”高太公停顿了一下，继续道：“他初来乍到时，仪表堂堂，但没过多久，就变成了一个长嘴大耳的呆子，脑后还有一溜鬃毛，身形肥胖，面容酷似猪。他的食量惊人，一餐可吃三五斗米饭，早餐点心也要百十个烧饼。所幸他只吃素，不然我这家产，用不了半年，就被他吃没了！”唐僧解释道：“他之所以食量大，是因为他能干。”高太公叹息道：“吃的问题还算小事，他现在又会弄风，能在云雾中穿梭，移动石头和飞沙，吓得我们一家和邻居们都不得安宁。他还把我的小女儿翠兰关在后宅里，半年都不让我们见面。所以，我才下定决心寻找法师来捉妖。”悟空听后坚定地说：“太公请放心，我定会收了那妖怪，救出你的女儿。”

高太公领悟空来到后宅。悟空运用金箍棒猛力捣开门，成功救出了翠兰。父女相见，抱头大哭。悟空让二人到前边宅里慢慢叙旧，自己摇身一变，变成翠兰，独自坐在房里等那妖精。不多时，一阵风来，半空里来了一个妖精，果然生得丑陋：黑脸短毛，长**喙**①大耳；穿一件青不青、蓝不蓝的**梭布**②直裰，系一条花布手巾。

悟空并没有主动迎接他，只是躺在床上。那妖精并没有识破真假，走进房间后一把搂住了悟空。悟空迅速将他推下床。那妖精爬起身来扶着床边问道：“姐姐今天怎么不高兴？”悟空叹了口气道：“嫁给你我真是倒霉！”妖精不解地问道：“你怎么会倒霉？我来到你家，虽然吃了些茶饭，但也没有白吃你的。我也曾替你家创家立业，对你父亲**言听计从**③。现在你吃穿不愁，还有什么不满意的地方？”悟空抱怨道：“唉！今天我父亲隔着墙骂我，说我嫁给了一个这么丑的丈夫，不懂礼节，不见亲戚，整日云里来雾里去，究竟是哪里的人家，姓什么、叫什么一概不知，坏了高家的名声。”妖精被这些话激怒了，不满地说道：“我虽然长得丑，但想要变得俊一些很容易。我当初来你家提亲，是你父亲亲口答应让我留下来的，他现在怎么出尔反

---

①喙：鸟兽的嘴。

②梭布：粗布，手工纺织的布。

③言听计从：说的话，出的主意，都听从照办，形容对某个人非常信任。

尔。我原本住在福陵山的云栈洞，姓猪，**官名**[1]叫作猪刚**鬣**[2]。如果他们再责骂你，你就把这话告诉他们。”

悟空心中暗自欢喜，想：“这妖精真是愚蠢，几句话就把他的底细都暴露了。现在我知道了他的来历，看他还能往哪里逃！”于是，悟空又说：“我父亲还提到他请了一个五百年前大闹天宫的齐天大圣，姓孙，要来捉拿你。”那妖精一听这个名头，立刻心生恐惧，道：“这么说，我还是趁早离开为好，这门亲事是做不成了。那闹天宫的弼马温确实有些本事，只怕我斗不过他。”说着，他打开门就往外走，却被悟空一把抓住。悟空在自己的脸上抹了一把，立刻现出了原形，大声喝道：“好你个妖精，哪里走！你抬头看看我是谁？”那妖精一看是悟空，顿时吓得手脚发软，转身就逃。悟空紧紧追赶。正跑着，忽然出现了一座高山，那妖精冲进山洞，取出一把九齿钉耙来与悟空交战。悟空大喝一声：“你这妖精，到底是从哪里来的邪魔？怎么会知道我的名字？你有什么本事，赶快招来，我可以饶你一命！”

那妖精便将自己原本是天蓬元帅，后因调戏嫦娥被贬下凡，又因投错胎而变成人身猪脸的经过一一告诉了孙悟空。说完后，两人又打了起来，从深夜一直斗到天亮。那妖精气喘吁吁地叫停，抱怨道：“你这弼马温，当年大闹天宫害得多少人跟着你受苦，如今为何又跑到这里来欺负我！难道是我**丈人**[3]去请你来的？”悟空答道：“你丈人

---

①官名：亦称“大名”，人除乳名以外的正式名字。

②鬣：某些兽类颈上的长毛。此处用作人名。

③丈人：岳父。

并没有去请我。是我已经改邪归正，弃道从僧，保护一个东土大唐的圣僧，往西天拜佛求经，路过高老庄借宿，那高老儿请我救他女儿，我才来这里收你这妖怪！”

那妖精一听这话，立刻丢下钉耙，恭恭敬敬地行了一个礼，问道：“那取经人在哪里？能否引荐一下？”孙悟空斜眼看着他，说：“你见他做什么？”那妖精回答：“我原本是观世音菩萨劝化的对象，她让我在这里持斋守戒，跟随那取经人前往西天拜佛求经，以此来赎罪。”孙悟空眉头一挑，说：“这该不会是你耍的花招吧？你对着天空发誓，证明你刚才说的是真话，我才带你去见我的师父。”那妖精闻言，立刻扑通一声跪下，指着天空郑重发誓。孙悟空又叫他烧了自己的云栈洞，随后收起他的钉耙，用绳子将他牢牢捆住，直奔高老庄而去。

一到高老庄，那妖精一看见唐僧，立刻跪在地上磕头，口中喊道：“师父，弟子失迎。”接着，他详细叙述了菩萨劝化的事情。唐僧听后大喜，让孙悟空解开他的绳子。那妖精再次向唐僧磕头，又向孙悟空行礼，尊称他为师兄。他转向唐僧说：“师父，菩萨已经为我摩顶受戒，并给我起了法名，叫猪悟能。”唐僧笑着说：“好极了！你的师兄叫悟空，你叫悟能，正是我法门中的宗派。”然后听说悟能不食**五荤**[①]**三厌**[②]，唐僧便给他取了个别名叫八戒。那妖精满心欢喜地接受了。

---

①五荤：佛教称大蒜、茖葱、慈葱、小蒜、兴蕖为五荤，列入戒条，不准食用。
②三厌：厌，不忍食的意思。道教认为天上的雁，有夫妻的伦常；地上的狗，有保卫家的好处；水里的乌鱼，有忠敬之心。把不吃这三种东西列为教条，叫三厌。

眼见猪八戒迷途知返，决定跟随唐僧西天取经，高太公一家欣喜万分，设宴款待唐僧和悟空。宴会结束后，唐僧一行准备上路。临行前，猪八戒向高太公深深一礼道：“请您代我向丈母、大姨、二姨和各位姑舅亲戚告别，我今日去做和尚了，来不及当面告辞，请他们勿怪。丈人哪，你要好生看待我**浑家**①，我若取不成经，还来**还俗**②，照旧给你做女婿。”悟空喝道：“呆子别胡说！”八戒道：“大师兄，我不是胡说，只担心一时的闪失，既做不成和尚，又娶不到老婆，两边都耽误了。”唐僧道：“少说闲话，我们该赶路了。”于是，三人整理好行李，由八戒挑着，唐僧骑上白马，悟空扛着金箍棒在前引路，师徒三人马不停蹄地向西行去。

◈ 精华赏析

高太公虽然将八戒误认为妖怪，并寻求他人来降服，但他也亲口夸赞八戒的勤恳：“耕田耙地，不用牛具；收割田禾，不用刀杖。”当悟空假扮的翠兰抱怨时，八戒也为自己辩护道：“我也曾经为你家创家立业，对你父亲言听计从。”从这些细节中可以看出，八戒也曾经是一个能干称职的女婿，然而他因为长相丑陋、饭量大和会法术而被岳父否定。每个人在性格上都有两面性，我们应该多关注他人的优点。

◈ 成长启示

猪八戒身上好吃贪睡、意志不坚定的缺点，可能会不同程度地出现在任何一个人身上，在学习和生活中我们要引以为戒。

---

①浑家：本意是不懂事、不知进退的人，古人常用来指自己的妻子，谦称中也有昵称的意味。

②还俗：僧侣恢复世俗人士的身份。

第十五回　流沙河收沙悟净

◈ 要点思考

·在对付沙悟净时，八戒为什么对悟空不满？

·从沙悟净与猪八戒的三次交战中，你分别能看出沙悟净、猪八戒和孙悟空怎样的性格呢？

唐僧师徒三人一路西行，经过八百里黄风岭，来到了一处平原。忽见前方波涛汹涌，水波万顷。唐僧在马上看了看说：“徒弟，前面那条河又宽又凶，也见不到有渡船，我们怎么过河？”

悟空跳在空中，用手搭在眼前观看，说：“师父，这河对俺老孙来说不算什么，扭扭身子就可以飞过去，对你却是寸步难行。我看这河得有八百里宽。”听完这话，八戒在一旁笑着问：“猴哥真会开玩笑，你一眼还能看八百里远？”悟空道：“老孙这双火眼金睛，平日能瞧一千里远，八百里当然不在话下。”唐僧愁眉苦脸地四处张望，看到河岸边有一块石碑。师徒三人一起来看，只见那上面刻着三个字：流沙河。再仔细一看，还有四行小字：“八百流沙界，三千**弱水**①深。鹅毛飘不起，芦花定底沉。”

师徒们正看碑文，只听得浪涌如山，波翻若岭，河当中钻出一个妖精。那妖精顶着一头蓬乱的红发，两只眼睛

---

①弱水：由于水道水浅或不习惯造船而不通舟楫，只用皮筏济渡，古人往往以为是水的浮力不够不能载舟，因称弱水。

闪闪发亮，一张蓝靛色的脸，脖子上还挂着九个骷髅头穿成的项链，样子十分凶丑。那妖精“嗖”的一下奔上岸来，要抢唐僧，慌得悟空连忙抱住师父，急登高岸，回身走脱。八戒放下担子，掣出铁耙，朝着妖精就打。那妖精急忙架起手中的宝杖，二人好一场厮杀，战经二十回合，不分胜负。

悟空护着唐僧，牵着马，守着行李，见八戒与那怪交战，已经摩拳擦掌，跃跃欲试。那怪与八戒正战得激烈，难解难分时，悟空跳上前去，抡起金箍棒，朝那怪当头一棒。那怪快速转身，慌忙躲过，径直钻入流沙河里。八戒气得乱跳道：“哥啊，谁让你来的！我再跟他斗几个回合，保准把他抓住。现在你一来，把那妖怪吓跑了，这下怎么办？”悟空笑道：“八戒不要生气，我已经一个多月没耍棍子了，看你一个人和那妖怪打架，手痒得厉害。谁知那妖怪这么**不识耍**[①]，竟然跑了。”

说完，悟空与八戒搀着手，回去见了唐僧。唐僧道：“那妖怪降住了没有？”悟空道：“他打不过我们，逃到水里不敢出来了。”唐僧道：“这妖怪住在这里，想必熟悉水的深浅。似这般无边的弱水，又没有船，咱们得找个水性好的给咱们引路才好哇。”悟空深以为然，只因自己不善水中作战，便让八戒去捉那妖怪，还对八戒道：“你若到水中与他交战，不要恋战，只许败不许胜，把他引出来，等老孙下手助你。”八戒道：“好，那我这就去。”说着

①不识耍：开不起玩笑。

就剥了身上的衣裳，脱了鞋，双手舞耙，分开水路，使出当年的旧手段，跃浪翻波，径直潜入水底。

妖怪刚刚回到水底歇息下来，突然听到外面有人喊叫，于是带上武器出去瞧，发现是八戒持耙推水而来。那怪举杖当面高呼道："那和尚哪里走！看打！"八戒使耙架住道："你是哪路妖精，藏在这河里挡住我们去路？"那妖道："我不是什么妖魔鬼怪，也不是少姓无名的。我是玉皇大帝亲口任命的卷帘大将，只因在蟠桃大会上失手打破了一盏玻璃杯，被玉帝贬到此处，吃人为生。今天你送上门来，看我一会儿不把你剁成肉酱！"八戒听了他这最后一句话，勃然大怒，抡起耙就打。那怪见耙来，一闪便躲过。两个从水中打出来，在水面上踏浪登波，竟足足打了两个时辰，不分胜败。

悟空守在唐僧左右，眼巴巴地望着他们两个在水上争持，不好动手。只见八戒虚晃一耙，佯输诈败，转回头往东岸上走。那怪随后赶来，刚刚靠近岸边，悟空就耐不住了，撇下师父，掣金箍棒，跳到河边，朝着那怪劈头就打。那怪不敢相迎，嗖地又钻入河内。八戒嚷道："你这个猴子，等我把他引上岸到高处再打不行吗？这倒好，你看他逃回水中几时才能出来。"

悟空笑道："你这呆子，莫嚷，莫嚷！我们先回去见师父去。"二人行至高岸上，见了唐僧。唐僧欠身道："徒弟辛苦。"八戒道："先不说辛苦。降了妖精，送得你过河，才是万全之策。"唐僧道："你们同那妖精交战得怎么样了？”悟空道：“让那妖精跑了，不过师父别急，现在天色已晚，你和八戒在这里等着，我去化些斋饭回来。”八戒道：“说得是，你快去快来。”

说完，孙悟空召出筋斗云，朝远处飞去，找到一户人家化了一钵素斋，回献师父。师父见他来得甚快，便说：“悟空，既然这附近有人家，我们就去向他们打听打听，问问有什么过河的方法。”悟空笑道：“那家远得很呢！距离这里有五七千里路。他们怎么会知水性呢？”八戒道：“师兄又来扯谎了。五七千里路，你怎么这么快就回来？”悟空道：“你不晓得，老孙的筋斗云，一纵有十万八千里。这五七千里路，我只要点点头，躬躬腰，就到了！”八戒道：“师兄啊，既然这般容易，你把师父背着，只消点点头，躬躬腰，何必与那妖精苦战？”悟空道：“你不会驾云？你把师父驮过去不行吗？”八戒道：“师父骨肉凡胎，重似泰山，我怎么抬得动呢？得你的筋斗才行啊。”悟空道：“我的筋斗，也是驾云，你驮不动，难道我就能驮动吗？除了腾云驾雾，那隐身法、缩地法，老孙件件皆知。但是师父前往西天取经，**穷历异邦**①，跋山涉水，路上的劫难都是师父的修行，你和我只是沿途护送，在危险的时候保护师父性命，却无法替师父受这些劫难。如果师父是被我们驮到西天的，就是见了如来佛，如来也不肯把真经给我们。”八戒闻言，觉得十分有理。师徒三人吃了些无菜的素食，歇在流沙河岸边。

---

①穷历异邦：指游历许多国家。

第二天早上，悟空又让八戒下水去引那怪。八戒故技重施，那怪却不再中计，怎么也不肯上岸。悟空急得心焦性躁，纵上云头，又唰地落下，欲与那妖来个饿鹰叼食。那妖正与八戒嚷闹，忽听得风响，急忙回头，见是悟空落下云来，马上收了武器，一头**淬**[①]下水，隐迹潜踪，渺然不见。见此情形，悟空与八戒都没了主意，只得回到岸边。唐僧见两个徒弟又没抓着妖怪，叹道：“河这么宽，里面还有妖怪作乱，我们可怎么渡河？”悟空说：“师父，这妖怪潜在水里不肯出来，我们拿他也没什么办法，我还是去南海一趟吧！”

悟空纵筋斗云，径上南海，与菩萨说了此行的目的。菩萨闻言道：“那流沙河里的妖怪，本来是天宫里的卷帘大将，受我劝化，在河里等你们师徒。你只要告诉他你们是东土大唐来的取经人，他就会归顺你们了。”悟空道：“那怪如今怯战，不肯上岸，只在水里躲着，如何让他归顺？我师父又如何渡河？”

菩萨于是唤来惠岸，并从袖中取出一个红葫芦，吩咐道：“你带上这个葫芦，跟孙悟空去流沙河一趟。到了河边，你只要喊一声‘悟净’，那卷帘大将就会出来。他的脖子上戴着一串由九个骷髅编成的珠串，你把它要过来浮在水上，将红葫芦放在那串骷髅中央，就会变出一艘船来。到时候，唐僧就可以乘船过河了。”

---

①淬：本意指制作刀剑时，把烧红了的刀剑浸入水或其他液体中急速冷却，使之硬化，此处指人像刀剑浸入水中一般扎进水里。

悟空与惠岸听了吩咐，径直来到流沙河水面。惠岸捧着葫芦，厉声高叫道：“悟净，悟净！取经人在这里等了这么久，你怎么还不出来拜师父？”那怪果然从水底探出，笑脸相迎。惠岸依照菩萨吩咐，教给悟净变出法船之法。悟净问道：“取经人在何处？”惠岸用手指道：“那东岸上坐的不是？”接着又向悟净说明了悟空和八戒的身份，悟净这才收了宝杖，跳上岸来，对唐僧双膝跪下道：“师父，徒弟有眼无珠，差点误伤了您，希望您能原谅。”见悟净真心皈依，唐僧便为他剃发，收他为徒。

悟净行了拜师礼后，依菩萨之法变出船来，唐僧坐在上面，左有八戒扶持，右有悟净捧托，悟空在后面牵了龙马驾着云雾跟着，头上又有惠岸拥护，一行人安稳渡过了流沙河。过河之后，惠岸也不停留，辞别唐僧师徒四人，乘云南去。送走惠岸，师徒四人并未休息，朝西边赶去。

◈ 精华赏析

这回的故事中，唐僧又收了一名徒弟——憨厚忠实的沙悟净，过程也是几经波折。悟净与八戒经过三战，未分胜负，不得已悟空只能去请观音菩萨，这才避免了更多的波折。当沙悟净得知唐僧就是自己要等的取经人后，即刻归顺。沙悟净的加入不仅增强了取经团队的实力，也象征着众人的努力和决心，共同面对各种困难和挑战，完成西天取经的伟大使命。这一回在整个故事中起到了承上启下的作用，为后续的冒险铺设了坚实的基础。

◈ 成长启示

在这回的故事中，当猪八戒问孙悟空为什么不能把师父驮过流沙河的时候，孙悟空说了一段相当经典的话，其中饱含智慧，也显示出师徒取经的一片诚心和较高觉悟。我们的人生又何尝不是一场取经之旅，若想取得成就，收获成功，就要经过大大小小的历练，脚踏实地，勇毅前行。

第十六回 猪八戒贪痴娶妻

◈ 要点思考

· 唐僧坚决不肯招赘和八戒一心想被招赘形成了鲜明对比，这样写有什么好处?

· 四位菩萨为什么要考验唐僧师徒呢?

唐僧四人越过流沙河，继续坚定地西行。他们从夏天的郁郁葱葱，走到了秋天的红叶满山。一天傍晚，唐僧在马上说：“天快黑了，我们找个地方休息吧。”悟空却回答：“师父，我们出家人以风充饥，以露为饮，以天为被，以地为床，四海为家，随地都可以休息，何必特意找地方住呢？”

猪八戒有些不满，嘟囔着说找户人家，有吃有喝有睡岂不是更好。悟空一听也来气，数落了八戒几句。两人正吵着，唐僧却已经往前走了一段路，他看见松林掩映的地方有几间房舍，于是说：“徒弟们，前面有一座庄院，我们去那里借宿一晚吧。”悟空闻言，抬头看去，见庄院上空祥云缭绕，雾气弥漫，他心中明白这一定是佛仙点化而成的地方，却不敢泄露天机，只说：“好，好，好！我们就去那里吧。”八戒兴奋地挑起行李，向庄院赶去。

他们四人走到一座门楼前，这里**画栋雕梁**[1]，看上去相当气派。唐僧让徒弟们在门前等候，有人出来时再礼貌

①画栋雕梁：指用彩画装饰的屋梁栋宇，形容建筑物富丽堂皇。

地请求借宿。可是等了好久也没有人出来，悟空性急，直接跳进门去。忽然听到后门内有脚步声，走出一个看上去半老不老的妇人，她娇声问道：“门外是什么人，来我一个寡妇家门口做什么？”悟空慌忙行礼，解释说：“我们是来自东土大唐的和尚，奉旨前往西天取经。现在天要黑了，我们想在这里住一晚。”那妇人见了唐僧师徒，喜上眉梢，热情地以香茶招待。品过茶后，唐僧询问：“老菩萨，您怎么称呼？这里又是什么地方？”妇人回答：“此处乃是西牛贺洲。我娘家姓贾，夫家姓莫。我们夫妻育有三女，无子。可叹我丈夫前年不幸离世，如今只有我们母女四人，虽然家财万贯，土地千亩，生活富裕，但总觉得缺少了些什么。我正有意为女儿们寻找佳婿，恰巧你们师徒四人来到，不如就在这里定居，与我们共享这份荣华富贵，如何？”唐僧听闻此言，选择避而不答。那妇人又介绍道：“我今年四十五岁。大女儿真真，今年二十岁；二女儿爱爱，今年十八岁；三女儿怜怜，今年十六岁，都还未曾婚配。我虽然貌不出众，女儿们却都有几分**颜色**①，不仅精于**女红**②，更是擅长吟诗作对。如果你们愿意留下，婚事的安排就都交给我了。”

唐僧还未回应，八戒已经忍不住了，他扯了扯唐僧的衣袖：“师父！那妇人在和我们说话呢，你怎么不回答？好歹也给她个回应啊。”唐僧猛然抬头，呵斥八戒道：“我

①颜色：姿色。指女子美貌。

②女红：旧时指女子所做的纺织、缝纫、刺绣等工作及其成品。

们是出家人，岂能因富贵而动摇，因美色而分心！这是何等的失态！”那妇人却笑着说：“出家人有什么好处呢？不如我这样，享受荣华富贵，穿着绫罗绸缎，吃着山珍海味。这可比出家修行、拜佛念经强多了！”唐僧却回答：“您享受富贵生活，儿女围绕膝下承欢，固然是好，但我们出家人**见性明心**①，比待在家里空耗时光，到老却只剩一副臭皮囊要强得多。”

妇人听言，大发脾气：“无礼的和尚！我真心想要你们留下，你却出言不逊。如果你不愿意，那就从你的徒弟中选一个吧。”唐僧见妇人动怒，只得一副**者者谦谦**②的样子，说：“悟空，那你就留下来吧。”悟空却说：“让八戒留下来吧。”八戒忙道：“师兄，别捉弄我了，我们还是慢慢商量吧。”唐僧又说：“你们两个都不愿意，那就让悟净留下来吧。”沙僧道：“师父，你说这话就过了。弟子承蒙菩萨点化，受了戒律，一直在此等候师父。自从跟随师父，接受教诲，到现在还没到两个月，还没有立下任何功劳，怎么敢贪图这种富贵呢？我宁愿死也要去西天。”

妇人见他们一个个如此推脱，愤怒地一甩袖子就离开了，师徒四人被晾在那里，连饭也没得吃。八戒开始焦躁起来，抱怨唐僧处理事情不当，又找了个喂马的借口，偷偷溜了出去。悟空看见了，也走出房间，摇身一变，变成了一只红蜻蜓，从前门飞出，赶上了八戒。只见那呆子牵

①见性明心：佛教用语。指摒弃一切世俗杂念，彻悟因杂念而迷失了的本性。
②者者谦谦：形容和和气气的样子。

着马，到了有草的地方不让马吃草，却赶着马转到后门去。见到那妇人，开口就叫“娘”，没聊几句就把招赘的事情应承了下来。

悟空看到这一切，回来后告诉了唐僧。过了一会儿，八戒也回来了，接着，就看见那妇人带着三个女儿来见师徒四人。

妇人问道：“四位长老，决定好让谁留下来了吗？”沙僧说：“我们已经商量好了，就让那个姓猪的入门。”八戒道：“兄弟们，别再取笑我了，我们还是好好商量一下吧。”悟空说：“还商量什么？你都已经叫娘了。”他一只手抓着八戒，一只手拉着妇人说：“亲家母，带你女婿进去吧。”那呆子便跟着那妇人**踉踉跄跄**①地往后院走去。

八戒跟随着那妇人，穿过一间又一间的房舍，不由得感叹妇人家大业大。当他们走到一间房舍时，那妇人说：“女婿，今天是天恩降临的吉日，那我们就选择今天举行拜堂仪式吧。由于准备得有些仓促，我们也不讲什么规矩和仪式了。”八戒忙道：“娘说得是，请您上坐，我来拜几拜，既是拜堂，也算是**谢亲**②了。”妇人点头称赞：“好，你真是个能干的女婿。那我就坐着，你开始拜吧。”说完，八戒便朝上礼拜，拜完后说道：“娘，您有三个女儿，到底要将哪个许配给我呢？”妇人面露难色，最后说道：“这样吧，我这里有一块手帕，你顶在头上遮住脸，**撞个天婚**③，

①踉踉跄跄：走路不稳。

②谢亲：旧时礼节，婚事完毕，新婚夫妇要向长辈拜谢，称谢亲。

③撞个天婚：指听天由命的择偶成婚方式。

我让女儿们从你面前走过，你伸出手扯到哪个女儿，就把哪个许配给你吧。”

八戒依言接过手帕，顶在头上。妇人将三个女儿叫了出来。八戒伸出手乱扑一气，左也撞不到人，右也撞不到人。女儿们来来往往穿梭而过，他一个也没能抓住。妇人见状说道：“这样吧！我这三个女儿都心灵手巧，前些日子她们每人做了一件珍珠汗衫。如果你能穿上谁做的汗衫，就娶她为妻吧。”八戒高兴地说道：“好，好，好！把三件汗衫都拿来我穿。如果我都能穿上，我就都娶。”妇人闻言转身进房，却只取出一件汗衫递给八戒。八戒脱下自己的衣服，接过汗衫穿在身上。然而没等系上带子，他就跌倒在地——汗衫竟然变成了绳子，将他紧紧地绑了起来。八戒疼痛难忍大声呼救，然而妇人和三个女儿却已经不见踪影。

唐僧、悟空、沙僧一觉睡醒，天已亮，一睁眼发现自己睡在松柏林中。唐僧慌忙呼唤悟空，沙僧惊声道：“师兄，我们遇到鬼了！”然而，悟空却面带微笑，深知内情，说道：“我们在这片松柏林中过得自在，只是不知那呆子正在何处受苦。昨日这家娘女们，不知是哪里的菩萨，在此考验我们。”唐僧闻言，合掌**顶礼**①，又见那后边古柏树上，飘飘荡荡地挂着一张字条。沙僧连忙取来给师父看，只见上面赫然写着：“黎山老母不思凡，南海菩萨请下山。**普贤文殊**②皆是客，化成美女在林间。圣僧有德还无俗，八

①顶礼：跪下，两手伏在地上，用手顶着所尊敬的人的脚，是佛教徒最高的敬礼。
②普贤文殊：即普贤菩萨和文殊菩萨，二者皆为中国佛教“四大菩萨”之一。

戒无禅更有凡。从此静心须改过，若生怠慢路途难！”

唐僧、悟空、沙僧正在看纸条时，突然听到树林深处有人高声呼救：“师父啊，我被这绳子勒得快要死了！救救我！我下次再也不敢了！”三人闻声寻人，只见八戒被紧紧地绑在树上，痛苦地呻吟着。悟空走上前，带着笑意说道：“好女婿！你在这干吗呢？你娘呢？你老婆呢？”八戒咬着牙，强忍疼痛，不敢出声。沙僧看到师兄如此痛苦，心生怜悯，放下行李走上前解开了绳索。八戒羞愧难当，向他们磕头道谢：“别再提这事了，我以后再也不敢了，一定会好好保护师父，去西天取经。”唐僧点头称赞：“很好。既然你有心取经，那就别再耽误时间了，收拾行李上路吧。”于是，师徒四人迅速整理好行李，继续向西而去。

◈ 精华赏析

在这一回中，猪八戒的性格弱点——贪恋美色，使他无法经受住菩萨的考验。他曾因调戏嫦娥而受到惩罚，在这一回中，几个生动的细节描写了猪八戒对美色的执迷。当唐僧、孙悟空、沙僧都拒绝入赘的时候，唯有猪八戒偷偷跑出去，见到妇人开口就喊“娘”；当妇人拿出珍珠汗衫的时候，猪八戒说如果三件都能穿上，他就三个都娶……这些细致入微的描写将贪恋美色的猪八戒形象刻画得惟妙惟肖。

◈ 成长启示

每个人在成长的过程中都会遇到各种考验。经受体力的考验固然很艰辛，但更艰辛的是经受内心意志的考验。生活中的诱惑很多，贪婪、懒惰时时考验着我们前进的决心。看了猪八戒的故事，我们应从中得到一些启发：要坚定内心信念，不因诱惑而失去前进的方向，迷失自我。

第十七回 五庄观偷人参果

要点思考

· 孙悟空偷吃了人参果，还毁了树，他做得对吗？他为他的行为付出了怎样的代价？

· 猪八戒是如何推动这一回的故事发展的？

唐僧师徒赶了几天路，被一座高山挡住去路。唐僧勒马说："徒弟们，前面有一座山，大家瞧仔细了，别又是什么鬼怪之地。"孙悟空跳到半空看了看，说："师父不要担心，我看这地方好山好水，应该是一个神仙居住的地方，我们过去看看吧。"

唐僧师徒不知道，挡在四人面前的这座山叫作万寿山，山中有一座道观，名唤五庄观，观里有一尊仙，道号**镇元子**[1]。不久前，镇元大仙收到**元始天尊**[2]的请帖，带领四十六个散仙上界去了，只留下两个小童看家，一个唤作清风，一个唤作明月。临行前，镇元大仙嘱咐他们两个道："不日将有一位要去西天取经的三藏法师从此经过，你们切莫怠慢了他，可将我的人参果打两个给他吃，权当表达旧日的情谊。他是如来佛第二个徒弟金蝉子转生的，五百年前的'**兰盆会**[3]'上，曾亲手为我递茶，对我十分敬重，

---

①镇元子：道教神仙，地仙之祖，又名镇元大仙，鹤发童颜，手持一只玉尘麈，神通广大。

②元始天尊：道教供奉的最尊天神。

③兰盆会：即盂兰盆会，农历的七月十五日佛教徒为超度祖先亡灵所举行的仪式，有斋僧、拜忏等活动。

算是故人之交。”两个小童谨遵师命。大仙临行时，又嘱咐道：“我那人参果有数，只许给他两个。”清风道：“树上现在还有二十八个，不会多给的。”大仙道：“虽然唐三藏是故人，但要防备他的徒弟，别让他们知道人参果的事，免得惹是生非。”二童领命。那大仙带着众徒弟飞升，向天界而去。

几天之后，师徒四人果然行至万寿山五庄观。两个童子热情迎接了师徒四人，问清了哪位是三藏法师后，便给唐僧献了茶，又去人参果园摘了两个果子，趁着唐僧一人在屋中时，前去献果。见那人参果的模样竟然如同未满三日的孩童一般，唐僧吓了一跳，拒不肯吃。二童见此情形，只得将果子拿回自己房间。这人参果好是好，但一旦放久了就会变硬，咬都咬不动。清风和明月在屋子里坐了一会儿，便决定一人一个，坐在床边几口吃光了。

也巧了，那二童的房间紧邻着厨房，在厨房做饭的八戒，将那二童如何先去摘果子，再去给唐僧献果，唐僧不肯吃又将果子拿回房间自己吃了，听得一清二楚，馋得口水直流。八戒将这听来的说给悟空，并**怂恿**①他去偷几个尝尝鲜。这人参果究竟是什么宝贝，悟空也想探个究竟，便一口答应。八戒又告诉悟空，他听那二童说，要想摘人参果，须用个叫作金击子的工具。于是悟空使了个隐身法，先来到那二童的房间，四下观望，只见窗棂上挂着一条赤金的物件，有二尺长，手指头那么粗。他道：“想必此物

①怂恿：鼓动别人去做某事。

就是金击子了。”

悟空取下此物，出了道房，径直往后边走去。推开两扇门，抬头观看，正是一座菜园。走过菜园，又见一层门，推开门往里看，正中间有一棵参天大树，向南的枝上，露出一个人参果，真像小孩一般，手脚乱动，摇头晃脑。悟空欢喜不尽，他嗖的一声爬上树去，对准果子，用金击子敲了一下，那果子落在了地上。悟空跳下树，四下寻找，却不见人参果的踪影。他想，定是这菜园子的土地收了那果子，于是唤出土地喝道：“你这土地小神，竟敢抢我的人参果？”

土地道：“大圣错怪小神了。人参果这宝贝三千年一开花，三千年一结果，再三千年方能成熟。一万年才能结出三十个。有缘的，闻一闻，就能活三百六十岁；吃一个，能活四万七千年。只是这果子畏惧**五行**①，遇金而落，遇木而枯，遇水而化，遇火而焦，遇土而入。敲时必用金器，果子方能下来。打下来的果子，要用垫着丝帕的盘子接着才行。吃时须用瓷器，清水化开食用。刚刚大圣打落的人参果，是自己钻下土去了。这块地已经有四万七千年了，比生铁还硬。”孙悟空不信，挥起金箍棒朝地面砸去，砸得地面金花四溅，却连一个坑也没砸出来。孙悟空这才对土地说道：“我错怪你了，你回去吧。”

孙悟空又爬上树，一连摘了三个果子，跳下树去。悟空将这三个果子分了一个给八戒，一个给沙僧，自己留一

①五行：指金、木、水、火、土五种物质。

个吃。那八戒心急，一口吞下，没尝到什么滋味。想让悟空再弄一个果子给自己仔细尝尝。悟空道："这果子一万年才结三十个，我们吃他这一个，已经是极大的福分了！"

八戒只管絮絮叨叨地抱怨，正巧被道童听到了，他们赶紧去菜园清点人参果，发现果然又少了四个，只剩二十二个。二童愤然找到师徒四人对质，那悟空本来不想承认，却听师父说："出家人不**打诳语**[①]，若是吃了，就赔个不是吧。"悟空于是承认自己打了三个果子，分给了八戒和沙僧。明月道："你这贼和尚偷了我四个，怎么说是三个？"八戒一听，道："阿弥陀佛！你偷了四个，怎么只拿出三个来分，预先就给自己留了一个吧？"

二童骂个不停，八戒又在旁边瞎嚷嚷，气得孙悟空咬牙切齿，一怒之下，使了个金蝉脱壳计，悄然飞到后院，手持金箍棒，将人参果树连根拔起。一树的果子落在地上，转眼就不见了。

那二童骂了半天，心想还是再去清点一下人参果为妙。想不到一到果园，看到一副树倒果无的景象，吓得魂飞魄散。等定了神，两人装作不知，给师徒四人上了饭菜，佯装谅解。待师徒吃饭时，便将房门锁紧，困住四人。这计策对悟空来说是小菜一碟，他使了个解锁法，门便开了。四人偷偷摸摸出了道观，继续西行。

不久，镇元大仙回到了五庄观，得知孙悟空所行之事，勃然大怒，带着明月、清风纵起祥光，追上唐僧师徒，把

---

①打诳语：说谎话。

唐僧师徒连人连马一袖子笼住，抓回五庄观。

回到五庄观，镇元子让人将唐僧师徒绑起来，又命人拿出七星鞭，要将他们打一顿出气。一个有力气的小仙手持七星鞭道："先打哪个？"大仙道："唐三藏身为师父，品行不端，先打他。"悟空闻言，心想："师父不禁打，要是打坏了，岂不是我的过错？"他忍不住开口说偷果子、毁果树的都是他，师父并不知情。即便师父有训教不严之罪，他做弟子的，也应当替师父挨打。所以请大仙打他。大仙见孙悟空有些孝心，便同意了，让小仙打了他几十鞭。

那大仙打也打了，气却难消，便对悟空道："我知道你的本事，也听说了你的英名，你若有能耐让这人参果树起死回生，我便不再追究。

悟空离开五庄观，先直奔**蓬莱**仙境求助，再去**方丈**仙山，找帝君出主意，又去找了**瀛洲**[1]九老，可都没有找到让人参果树起死回生的办法。最后，孙悟空又去找观音菩萨求助。

听完悟空说明来意，菩萨道："我这净瓶中的甘露水，有治疗仙树灵苗的奇效。"说完便与悟空一纵云头，行至五庄观，用净瓶中的甘露水救活了人参果树。人参果树又如之前一样茂盛，并且结出了二十三个人参果。清风、明月二童子道："前日不见了果子时，我们数了数还剩二十二个，今日果树起死回生，怎么又多了一个？"悟空道：

①蓬莱、方丈、瀛洲：道教中传说的三座海外的仙山。

“**日久见人心**[①]。前日老孙只偷了三个，那一个落到了地上，土地说这宝遇土而入，当时八戒还以为我私自藏了一个，如今算是还了我清白。”

镇元大仙见人参果树复活，十分欢喜，特地让清风和明月摘了十个人参果，将菩萨和唐僧师徒请到五庄观宝殿里，品尝仙果，以示庆贺。这一次，唐僧得知这果子是仙家宝贝，也跟着吃了一个。

吃完人参果，菩萨便告辞飞往普陀山了。镇元大仙又安排师徒四人住了五六日，师徒四人才辞别，继续西去。

精华赏析

在这一回的故事中，猪八戒怂恿孙悟空偷取了五庄观中的人参果。这让我们联想到孙悟空在天宫当弼马温时，曾偷吃过王母娘娘的蟠桃，进一步凸显了他贪吃的性格特点。虽然孙悟空犯错，但后来为了保护师父不受惩罚，巧妙地说服了镇元大仙将责罚转移给自己，展现出对师父的忠义。随后，孙悟空积极弥补过失，求见菩萨并找到了能使人参果树复活的方法，体现出他能及时改过的性格特点。这一系列事件使孙悟空的形象更加丰满立体。

成长启示

孙悟空一开始以为救树相当容易，后来却发现异常艰难。所以很多时候，目标总是显得那么遥远。如果这时候放弃，所有努力都将白费。这时就需要坚持不懈的精神，努力在逆流中向前，顶着压力向上，积极地去争取，才能实现目标。

①日久见人心：相处的时间长了，就能看清一个人的心地。常用来说明唯有经过长期的相处和观察，才能真正看清一个人的品格和为人。

第十八回 悟空三打白骨精

❖ 要点思考

· 猪八戒为什么三番两次在唐僧耳边煽风点火，说孙悟空的坏话？

· 孙悟空为了向师父行礼，他变出了三个自己，这表现了他怎样的思想感情？

离开五庄观，师徒四人连续赶了几天路，早早便看见前面有一座高山耸立。沿着山路走了半天，唐僧在半山腰处停下了马，对着悟空说：“悟空，我们赶了一天的路，现在肚子都饿了，你能去化些斋饭来吗？”

悟空闻言，轻轻一跃，就跳到了云端。他手搭凉棚往四野一瞧，不禁轻叹道：“这地方四下无人，只有荒山野岭，我们要去哪里讨斋饭呢？”他正说着，忽然看见南面一座山上有一片鲜红的点子。于是，他找到唐僧，说：“师父，这附近没什么人家，不过我看南面山上有一片红点子，想必是熟透的山桃，我去给你摘一些来充饥。”说完，他取了钵盂，朝那座山飞去。

然而，悟空的腾云驾雾却惊动了山上的白骨精。看着悟空远去的身影，白骨精踏着一阵阴风来到唐僧的上方，看着唐僧，她心中欢喜不已，口中念念有词：“听说这东土的和尚是金蝉子转世，吃他一块肉就能长生不老，今天竟然让我碰见了，真是机不可失啊！”她想要上前抓住唐僧，但看见唐僧左右有八戒和沙僧护持，因此不敢轻举妄动。

这妖精也是诡计多端，她摇身一变，变成了一个容貌秀美、唇红齿白的女子，左手提着一个青砂罐，右手提着一个绿瓷瓶，从西向东直奔唐僧而来，道：“师父，此山叫作白虎岭，山下正西面便是我家。我丈夫在山北和几个人锄田。这是**奴奴**[①]煮的午饭，送给那些人吃的。忽遇你们三位远道而来，故将此饭**斋僧**[②]，如不嫌弃，就请吃了吧。”

唐僧听了这话，连忙推辞说：“这怎么行！我徒弟已经去化斋了，我们还是再等等吧，你快快带着斋饭找你丈夫去吧！”然而，八戒却有些不乐意，他抱怨道：“师父，你真是的，人家好心给咱送饭吃，你却这般推辞，现成的饭，不吃干什么？”说完，他就拿过饭篮子想要动口。

就在这时，悟空从空中飞了下来，对着那妖精当头就打。唐僧被惊得急忙喝止，悟空道：“师父，这女子是妖精变的。你不知道，当年俺在花果山的时候，也曾使用这种法术，变些假的金银和斋饭出来骗人。你别被表象迷惑，看我打她一棍。”说完，他一棒子劈在妖精身上。那妖精留下一具尸体，自己慌忙逃脱。

唐僧见孙悟空把女子打死，愤怒地斥责：“泼猴，你为何无缘无故夺人性命？”悟空平静地回应：“师父，别生气，你过去看看那篮子里装的到底是什么。”沙僧扶着唐僧走近，发现篮子里的并非食物，而是青蛙和癞蛤蟆。唐僧此刻才相信了悟空的话。然而，八戒却在旁边**煽风点**

---

①奴奴：谦辞。古代女性的自称。

②斋僧：舍饭给僧人、道人。

火[1]，质疑女子怎么就变成了妖精，还暗示这些青蛙和癞蛤蟆可能是悟空变的。唐僧本就犹豫不定，听了八戒的话，又对悟空产生了误会，于是严厉地对悟空说："出家人应以慈悲为怀，你却无故杀人，你回你的花果山吧，我不再需要你护送我取经了。"悟空一听，立刻跪下磕头，哀求道："师父，你当初救我于五行山下，我若不与你一同前往西天，如何报答你的恩情？"唐僧是个有慈悲心的人，听了悟空的哀求，便**回心转意**[2]，说："好吧，这次我原谅你，但下不为例。"悟空便服侍唐僧上马，又把摘来的桃子献上。唐僧吃了几个桃子，稍微缓解了饥饿。

然而，那妖精并未罢休，又变身成了一个两鬓斑白的老婆婆，拄着一根弯头竹杖，哭着向师徒四人走来。八戒一见，大惊失色，对唐僧说："师父，不好了！师兄打死的肯定是她女儿，她现在是来寻仇的！"但悟空却镇定地说："别胡说！那女子看起来只有十七八岁，这老妇人看起来至少有八十多岁，怎么可能六十多岁还能生育？这肯定是妖精变的，让我去看看。"悟空走近一看，立刻认出这老妇人是妖精，于是举棒就打。那妖精故技重施，又留下了一具假尸体，自己则逃脱了。

唐僧看见这一幕，吓得从马上跌下来，也不问青红皂白就将紧箍咒念了二十遍。悟空疼痛难忍，大声呼喊："那老太婆是妖精！"但唐僧却不肯相信，对悟空说："你这

①煽风点火：比喻鼓动别人做某种事，多指坏事。
②回心转意：改变态度，不再坚持过去的成见和主张，多指放弃嫌怨，恢复感情。

猴子胡说！你先打死一个女子，现在又打死一个手无寸铁的老人，我不想再听任何解释，你走吧！”悟空再次央求师父原谅。唐僧无奈，同意之后，悟空忙请唐僧上马，师徒四人继续前行。

那妖精凌空虚立，口中赞不绝口：“好个猴王，果真是火眼金睛！这些和尚行色匆匆，若是再往西赶四十里地，唐僧便会离开我的领地，我绝不能允许其他妖精将他捉走！就让我再变个戏法。”于是，妖精摇身一变，化作一位老公公，口中还念念有词地诵着佛经。

八戒一见，连忙提醒道：“师父，这定是那女子的父亲，那老婆婆的老伴，我们可别迎着他走，若是被他发现是大师兄杀了他妻女，师父就得偿命；我老猪和沙师弟算是从犯，也罪该当罚；我那大师兄可好，肯定使个什么法术逃走了。”悟空闻言，开口道：“呆子别胡说八道，别吓唬师父，待我再去看个究竟。”他将金箍棒藏在身边，走上前去，一眼便认出还是那个妖精。他喊道：“老公公，你要去哪里？为何一边走路一边念经？”

那妖精误以为这次没有被大圣识破，便回答道：“长老啊，我祖祖辈辈都住在这里，一生好善斋僧，看经念佛。今日我女儿去给田里种地的女婿送饭，半天没回来，我妻前去找寻，也不见回，我特来寻看。”悟空笑道：“妖精！你或许能瞒过他们，但瞒不过我！我认出你是个妖精！”妖精被吓得哑口无言。悟空掏出金箍棒，思索道：“如果我打他，师父可能会念起紧箍咒；但如果不打，这妖精捉了师父，我还得费尽心思去救他。看来还是得打，如果师父念起紧箍咒，俗话说‘**虎毒不食儿**[1]’，凭着我**三寸不烂之舌**[2]，哄哄他，他应该会饶了我。”于是，孙悟空念动咒语，将当地的土地和山神唤来半空中作证，然后一棒将那妖精击毙。

唐僧目睹孙悟空的所作所为，被吓得浑身颤抖，无法出声。八戒大喊：“猴哥发疯了，半天之内竟然打死了三个人！”听到这话，唐僧立刻准备念起紧箍咒，但悟空冲到马前，急声呼道：“师父，别念！你先看看他的真实模样。”唐僧仔细一看，发现那竟然是一堆骷髅。悟空解释道：“今天我们遇到的三个人，其实都是同一个妖怪变的，现在已经被我打死了，这白骨的脊梁上还写着‘白骨夫人’四个字。”唐僧相信了悟空的话。然而，八戒又在一旁煽风点火道：“师父，他把人打死了，怕你念紧箍咒责罚他，所以才故意变成这个模样来欺骗你的！”唐僧一听这话，又开始怀疑起来，于是又念起了紧箍咒。悟空疼得忍不住跪在了路边，哀求道：“别念了，别念了！师父如果你要教训我，就打我一顿或者骂我一顿吧！”但是唐僧却说：“泼猴，你一连打死三个人，还有什么好说的，你走吧！”

悟空心中充满了委屈和无奈，他好话说尽也于事无补，于是只得说道：“师父，我和你师徒一场，请你受我一拜，我也去得安心。”但是唐僧却转过身去，不愿意理他，嘴

---

①虎毒不食儿：老虎虽凶猛，尚且不吃虎子。比喻人皆有爱子之心。此处表示，唐僧再狠心，也不会跟悟空彻底翻脸。

②三寸不烂之舌：形容一个人的口才好，能言善辩。

里还嘟囔着："我是个好和尚，不接受你这坏人的礼！"孙悟空见他不理，又使个身外法，把脑后毫毛拔了三根，吹口仙气，叫："变！"这三根毫毛立刻变成了三个孙悟空，加上本身一共有四个孙悟空，从四面围住了唐僧，强行向他下拜。唐僧躲闪不及，只能勉强受了一拜。

在离开之前，悟空郑重地嘱咐沙僧道："师弟，前往西天取经的路途艰险万分，如果哪天师父不幸被妖怪抓住，你就说俺老孙是他的大徒弟，那些妖怪听了我的名字，应该不敢轻易伤害师父。"沙僧连连点头，表示记住了他的话。然而，唐僧却冷漠地说："我是个好和尚，不会提及你这个坏人的名字，你走吧。"孙悟空无奈地飞向了花果山水帘洞。不过，他在飞行途中还是忍不住停下来，朝着师父的方向凝望了许久，才继续往远处飞去。

精华赏析

悟空三次出手相救，可唐僧不仅不感激，还责骂悟空滥杀无辜，并且听从八戒的教唆，三次想赶走悟空。这体现了唐僧不能明辨是非、盲目善良的性格弱点。面对唐僧的驱赶，悟空虽然感到委屈，但他并没有过多辩解，只是请求留下。这体现了悟空对唐僧的忠诚和义气。八戒屡次教唆唐僧念紧箍咒，甚至到了挑拨离间的地步。这表明在前往西天取经的初期，悟空和八戒还在磨合期，还没有实现通力合作。

成长启示

面对奸诈狡猾的白骨精，唐僧以为悟空又像先前那样滥杀无辜，竟不顾悟空的分析和解释，一再听信八戒的话，把他赶出了取经队伍。唐僧这样做不但伤害了师徒的情分，也让取经之事变得更加艰难。可见，在处理问题时，不应对他人抱有成见，实事求是，明辨是非，才能做出最合理的判断和决定。

第十九回 唐僧变斑斓猛虎

❖ 要点思考

· 宝象国公主为什么要救唐僧？她又是怎么施救的呢？

· 猪八戒为什么不想去请孙悟空来救唐僧？

没了孙悟空，唐僧师徒三人过了白虎岭，行了不久，来到一片树林里。唐僧说："徒弟啊，这里山路崎岖，树木又多，恐怕又有妖怪，一定要多加小心。八戒，天色将晚，你去化一些斋饭吧。"八戒倒是爽快，回答说："师父下马歇息一会儿，老猪去去就来。"

八戒顺着树林往西走了十多里路，一户人家也没找着，最后竟找了一个草窝睡起觉来。

唐僧和沙僧等了半天不见八戒回来，心生疑虑，唐僧说："悟能化斋这么久还没回来，难道出什么事情了？现在天马上要黑了，这里也不是个休息的地方啊。"沙僧说："师父别急，我去找找二师兄。"随后，取出宝杖，找八戒去了。

唐僧独坐林中，又闷又累，遂起身独自在林中散步，不久，居然走出了林子。忽见前面一座金光闪烁的宝塔，唐僧暗自思忖："塔下必有寺院，院内必有僧家。"于是便走到宝塔前。只见那塔门之下挂着一个竹帘，他掀起门帘走入门中，却见屋中石床上侧睡着一个妖怪。那妖怪身披淡黄袍帐，青靛脸，白獠牙，头发蓬乱，甚是吓人。看见妖魔这般模样，唐僧吓得倒退一步，抽身便要走，却被那妖怪差手下的小妖们抓住了，押到面前。

那妖怪一番审问之下，得知来人是唐僧，心中大喜。接着，又问出了唐僧另两个徒弟的去向。

那沙僧出林去找八戒，走了十余里，也不曾见个村庄。忽听前面草中有人说话，急忙用杖拨开深草，一看，原来是那呆子在说梦话呢。沙僧揪着八戒的耳朵，这才叫醒了八戒。八戒与沙僧回到林中却不见了师父，二人赶忙牵马挑担，寻找师父。

他们两个找了一会儿，不见唐僧，忽见正南方位有金光闪烁，也以为是寺院的宝塔。二人雄赳赳地到了门前，见大门紧闭，门上横挂了一块白玉石板，上面镌着“碗子山波月洞”六个大字，才知此处原来是一座妖精洞府。那呆子举着耙，上前高叫：“开门，开门！”洞内把门的小妖开了门，看见他们两个的模样，急抽身跑入里面禀报。老妖大喜道：“定是猪八戒与沙僧寻来了！取我披挂来！”那黄袍怪拿起刀，走出门来，一问果是唐僧那两个徒弟没错，便想将其诱入洞内。沙僧一眼识破妖精奸计，双方便打了起来。三个人在半空中，来来往往，打了数十回合，不分胜负。

洞外打得正欢，洞内唐僧则不住地哀叹流泪，忽见洞里走出一个妇人来。那妇人说：“长老别怕，我不是吃你的人。我本是宝象国国王的三公主，十三年前在赏月时，被这塔里的黄袍怪抓了来，做了他的夫人，从此与家人音

信全无。”又问唐僧从何而来，怎会被缚在此。唐僧便道：“贫僧乃是去往西天取经的人，误入洞府，马上就要被妖魔杀了吃肉。”公主赔笑道：“长老宽心，我可以救你。宝象国就在你西去的路上，你替我捎一封书信去，给我父母。我这就去找那妖魔，让他放你走。”

公主心生巧计，厉声高叫道：“黄袍郎！”妖王听到公主呼喊，立即丢了八戒、沙僧，回到洞中，搀着公主道：“浑家，什么事？”公主道：“郎君哪，我刚刚做了个梦，梦中见到一位金甲神人。我幼时曾在宫里对神暗许下一桩心愿：若得招个贤郎驸马，就上名山，拜仙府，斋僧布施。后来我嫁给你，我们夫妻恩爱，我却至今不曾实现诺言。如今那金甲神人便找来了，吓得我从梦中醒来。刚才，我又见到那桩上绑着一个僧人——郎君饶了那个和尚吧，就当作是替我**还愿**[①]。”那怪对公主倍加宠爱，二话不说就答应了，出洞对八戒与沙僧道：“猪八戒，看在我浑家的份上，我饶了你们师徒，赶快接走你师父！”

八戒与沙僧一听此言，就如被从鬼门关上放回来一般，急忙牵马挑担，接了师父，鼠窜而行。师徒三人又行了几日，果然来到了公主口中的宝象国。唐僧受公主之托，求见国王，道出实情，递上书信。国王读完嚎啕大哭，对三女儿的思念愈加深沉，急欲找人前去救出女儿。满朝文武无一人敢应答。国王于是求助唐僧，唐僧只得搬出猪八戒与沙和尚这两个徒弟。

---

①还愿：求神保佑的人实践对神许下的报酬。

八戒与沙僧于是腾云驾雾，回到了波月洞。八戒在洞口大喊："你把宝象国三公主骗来洞内，强占为妻，住了十三年，我奉国王旨意，特来擒你。"听到这话，那黄袍怪气得咬响钢牙，睁圆环眼，出门迎战。他们在那山坡前打了八九个回合，八戒渐渐不济，借口"**出恭**[①]"独自溜了。可怜沙僧**措手不及**[②]，被妖怪一把抓住，捉进洞去，绑在柱上。

回到洞中，黄袍怪想着刚刚八戒在洞外喊的话，将那公主拉到沙僧面前对质。黄袍怪问沙僧是不是公主让他递信给国王。沙僧岂能害了师父的救命恩人，便矢口否认。妖怪闻言，立即向公主道歉，又趁机说道："夫人，既然你父王还不知道咱俩的亲事，那我就去宝象国见见他。"公主道："我父王生性胆小，你这副嘴脸相貌，一定会吓到他。"那黄袍怪一听，立即摇身一变，变作一个俊俏之人。公主见了，十分欢喜。那妖怪就这副模样，前去认亲了。

到了宝象国，黄袍怪直奔朝门，自称国王三驸马。**阁门大使**[③]立即入殿传话。待那黄袍怪入殿，国王一看是一位相貌俊朗的男子，以为是济世之栋梁，便问他："驸马，你家住何处？是何方人士？几时与我公主成婚？怎么今日才来认亲？"那老妖瞥了一眼唐僧，对国王叩头道："微臣是城东三百里外的碗子山波月庄人家，自幼采猎为生，十三年前在林间打猎时，从一只斑斓猛虎背上救下公主，

---

①出恭：上厕所的雅称。

②措手不及：临时来不及应付。

③阁门大使：官名，掌管殿庭礼仪传声赞导等事。

带回家中，不久我们二人两相情愿，结为夫妇，共度十三载，育有两个儿女。当时我们念在老虎有做媒之恩，不忍杀生，而前些日子我听闻，那猛虎杀死了唐朝来的取经人，自己变作了唐僧的模样，现在与您同坐的取经人，正是猛虎变的。”国王听了大惊。黄袍怪使出法术，刹那间将唐僧变作一只斑斓猛虎。国王一见，魂飞魄散，百官也尽皆躲避。几个大胆的武将上前把那虎活活捉了，用铁绳锁了，放在铁笼里，关了起来。那国王却传旨设宴，招待三驸马。

唐僧变作猛虎的消息在宝象国**不胫而走**①，在**驿站**②休息的白马也得知了。白马心中暗想：“必然是妖怪把师父变成了虎精，大师兄不在，八戒、沙僧又无音信！唯有我才能救唐僧。”好个西海小龙王，他变作一个貌美的女子，混入筵席之中，趁黄袍怪喝酒之时行刺。不料被那怪侧身躲过。小白龙便与那怪大战了几回合，最终敌不过他，落荒而逃。

却说八戒躲在草丛里，竟打起瞌睡来，醒来时已是半夜。八戒本想去波月洞救沙僧，但又怕不是黄袍怪的对手，于是纵起祥云，往宝象国搬救兵去了。赶到宝象国，八戒四处找不到师父，正纳闷时，忽然听到有人叫道：“师兄。”八戒吓了一跳，四处一看，竟是一旁的白龙马在和他说话。八戒慌忙问道：“你如今怎么说起话来了？”

白龙马将师父变成老虎的事情告诉八戒，八戒心急如

①不胫而走：没有腿却能跑，形容传播迅速。胫，小腿。

②驿站：古代供传递政府文书的人及往来官员中途更换马匹或休息、住宿的地方。

焚，要去抓黄袍怪。小白龙连忙制止说："你不是那妖怪的对手，现在师父危在旦夕，你快去花果山把大师兄请回来吧！"八戒说："那猴子早和师父断了关系，我怎么请得动他？"小白龙说："休要胡说，大师兄是个有情有义的人，你只要跟他说师父有难，他一定会来救师父的！"

八戒虽然有些不情愿，可眼下的情形让他非去不可。于是，八戒踏着云，往花果山方向飞去。

精华赏析

在《西游记》中，作者对白龙马的描写并不多，他可以被称为取经路上最默默无闻的角色之一。这次在宝象国，唐僧被妖怪变成了猛虎，陷入困境，悟空远在花果山，八戒和沙僧也无法与妖精匹敌。这时，白龙马挺身而出，他明白自己实力有限，不能直接与妖精硬碰硬，于是化身为女子的模样试图刺杀妖精。尽管未能成功，但这足以展现出白龙马虽然力量较弱，但心志坚定，全心全意保护唐僧的忠诚与决心。

成长启示

白龙马作为唐僧的坐骑，一直坚守着自己的职责，任劳任怨、默默无闻地背负着唐僧西行；但当徒弟三人都不在师父身边，师父又被妖精陷害而变成老虎时，白龙马随即挺身而出，和妖怪搏斗，并劝说八戒请回孙悟空。从白龙马身上我们可以看到，作为团队的一分子，既要认真勤勉地完成自己分内的工作，也应在团队遇到挑战时有所担当，积极地发挥自己的能量，帮助团队渡过难关。

第二十回 悟空智斗黄袍怪

◈ 要点思考

· 猪八戒为什么请不动孙悟空，却用激将法说动了他？

· 孙悟空在赶回取经路途中一定要洗澡，这个细节有什么深层意义？

猪八戒离开宝象国，腾云驾雾，一路向东。天刚蒙蒙亮，他已抵达花果山地界。突然，下面传来喧闹之声，他定睛一看，只见一座石崖上，千百只猴子聚集在那里，高声呼喊：“大圣万岁！大圣万岁！”

猪八戒见状，不禁感慨道：“难怪猴哥不做和尚，有这么多小猴伺候，还取什么经啊！”他欲见猴哥，却不敢直呼其名，于是悄悄溜到山崖的草丛中，趁猴子们不备，混入其中，一同向孙悟空磕头。

孙悟空高坐山崖，火眼金睛早已洞察一切。他早就看到猪八戒了，却故意捉弄他一番，假装不识。猪八戒见状，嘴巴一翘，道：“你看，你认不得我，也认得我这张嘴呀！”

悟空忍不住笑出声来：“猪八戒。”八戒闻言，一跃而起，应道：“正是，正是！我是猪八戒！”悟空道：“你不跟唐僧取经去，来这里做什么？想必是你得罪了师父，被贬回来了？”八戒油嘴滑舌道：“师父想你，让我来请你。师父说我们不中用，只有你聪明伶俐，有求必应。特地让我来请你回去。”

大圣闻言，表示自己在花果山自由自在，不愿再做和尚。他让猪八戒回去告诉唐僧，既已将他赶走，就别再想念。猪八戒不敢强求，唯恐逼急了悟空，遭他毒打。只得独自离去。悟空派了两个机灵的小猴悄悄跟随八戒，听他说些什么。

那呆子愤愤下山，口中念念有词："你这猴子，不做和尚，反而跑到这山里来做妖猴、称大王，我好心请你回去，你还不领情，也罢，你愿意留下就留下吧！"他走几步便骂几句，两个小猴迅速回来报告给猴王："大圣爷爷，那猪头一路走一路骂你。"猴王闻言大怒，命令："把他抓来！"众猴闻言，飞快地跑过去，将八戒四脚朝天扛起，抓鬃扯耳，拉尾揪毛，将他捉回花果山。没过多久就到了洞口。

大圣坐在石崖上，痛骂："你这呆子！竟敢骂我！小的们，选根大棍子来！先打他几十棍，然后我用金箍棒送他上路！"八戒一听，慌忙磕头求饶："师兄，看在师父的份上，饶了我吧！不看师父的面子，也请看菩萨的面子！"

大圣听八戒提到菩萨，便留了些情面，道："兄弟，既然你这么说，我就暂时不打你。老实告诉我，唐僧遇到了什么困难？你为什么要来这里哄我回去？"八戒知道再也隐瞒不住，便如实讲述了黄袍怪的事情。悟空道："你这呆子！我离开的时候，再三叮嘱你，师父一旦遇险，就提我的名字，为什么不说？"八戒想了想，觉得激将法或许有效，于是道："哥啊，不说你还好，一提你的名号，那怪越加**忿怒**[①]，说你这瘦猴子没什么大不了的，早晚要扒了你的皮。”

这一招果然奏效，悟空道：“老孙五百年前大闹天宫的时候，全天下的神仙看见我，都一个个**控背躬身**[②]，口口称呼大圣。这妖怪如此无礼，竟敢在背后骂我！我现在就去抓住他，将他碎尸万段，以报骂我之仇！报完仇，我再回来。”

说完，悟空与八戒一同驾云离开洞口，穿过东洋大海到达西岸，悟空让八戒稍等片刻，自己要下海去洗洗身子。八戒疑惑不解，悟空解释道：“你不知道自从我回来以后，身上沾了些妖精的气味。师父是个爱干净的人，可能会嫌弃我。”听到这里，八戒才明白了悟空的一片真心。

片刻之后，清洗完毕，两人接着一同驾云向西进发。那闪光的金塔映入眼帘，八戒立刻指道：“看，那就是黄袍怪的住处，沙僧还在他家呢。”悟空点点头说：“我先去看看情况。”于是，悟空独自来到洞门外，看见两个小孩，一个大约十岁，另一个八九岁。他不管三七二十一，直接抓起两个孩子。孩子们被吓得大哭大嚷，惊动了洞内的公主。公主急忙走出洞口，看见悟空提着她的两个孩子站在高崖上，准备往下扔，便高声喊道：“你是什么人，我跟你无冤无仇，你为什么要抓我的孩子？”悟空提出条件，只要公主放了沙僧，他就放了孩子。公主为了孩子的安全，

---

①忿怒：生气、怨恨。

②控背躬身：指恭恭敬敬地鞠躬行礼。

立刻答应了悟空的要求。

成功救出沙僧后，悟空并没有立刻释放孩子们，而是想用他们来对黄袍怪使用激将法。他劝说公主协助他们抓住妖精，事成之后，公主就可以回到家乡，与父母团聚。公主被悟空的话打动，同意了他的计划，躲到了安全的地方。也是黄袍怪姻缘该尽，才遇着悟空。悟空变化成公主的模样，进入了洞中，等待黄袍怪归来。

八戒和沙僧则带着两个孩子来到宝象国中，按照悟空的指示，大声对黄袍怪喊道："黄袍妖精，你的孩子已经被我们摔死了，你还不出来受死！"黄袍怪当时正在睡梦中，听到有人叫他的名字，出门一看，发现沙僧也在其中。他心中疑惑，担心上当，于是决定先回家查看情况。

黄袍怪急匆匆地回到了洞中。悟空变作的公主见他来，挤挤眼睛，**扑簌簌**[①]泪如雨落，号啕痛哭，泪汪汪道："郎君哪！你昨日进朝认亲，怎不回来？今早猪八戒劫了沙和尚，又把我两个孩儿抢去，这半日不见孩儿，又不知是死是活。"那怪闻言，心想，八戒和沙僧真的摔死了他的儿子，心中大怒，又听"公主"说"哭得有些心疼"，恐"公主"哭坏了身子，便从口中吐出一颗**舍利子**[②]玲珑内丹，要为她医治。悟空见了，心中暗喜，拿过来，摸了摸，把那宝贝一口吸进了肚里。

妖魔急了，挥拳猛击，却被悟空轻松接住。悟空瞬间

①扑簌簌：形容眼泪向下掉的样子。

②舍利子：佛门圣物。修行佛法的人长期修行并达到一定阶段的产物。

现出原形，喝道：“妖精，休得无礼！你可识得我？”那妖怪惊愕道：“咦！何处来的妖孽竟敢冒充我浑家——你倒有些眼熟，一时却想不起姓名。你到底是谁？从何而来？你将我浑家弄到何处了？又为何来我家骗走我的宝物？”悟空淡然回答：“我是唐僧的大徒弟，名叫孙悟空。”妖怪疑惑道：“我捉拿唐僧时，只知道他有两个徒弟，猪八戒和沙和尚，却未曾听说过姓孙的。你到底是从哪里来的怪物，竟敢骗我？”悟空解释道：“我并未与他们同行。我师父因为我常常打杀妖怪，造了太多杀孽。他是一个慈悲为怀的人，因此将我逐回。所以，我并未与他们一起行走。你才不知道你祖宗的姓名。”妖怪嗤之以鼻：“你既已被师父赶走，还有什么脸面来见人！”悟空神色坚定：“你这泼怪，难道不知‘一日为师，终身为父’‘父子无隔宿之仇’！你害我师父，我怎能不来救他！”言毕，悟空手中金箍棒一挥，朝妖怪猛烈劈去。

悟空与妖怪好一番激战，几十回合后，黄袍怪已显力不从心，终于找到机会脱身逃走。悟空四处寻觅无果，于是翻个筋斗云，直上天宫，来到通明殿下。玉帝的四大天师询问大圣来意后，开始清点天神，发现众神之中唯独少了**奎星**①。而这奎星已离开天宫十三天，天上十三天，地上十三年，恰好是黄袍怪与宝象国公主做夫妻的时间。玉帝闻讯，立刻派人将奎星收回上界。

看到妖精被收服，悟空驾着筋斗云迅速返回波月洞，

---

①奎星：星名，二十八星宿之一。

与公主、八戒、沙僧一同施展缩地法，顷刻间便回到了宝象国。国王眼见女儿安全归来，激动得泪流满面，连连磕头感谢。他立刻命人将唐僧带出来，很快，几个壮汉战战兢兢地将唐僧抬到殿前，众人都被眼前的老虎吓得大声尖叫。悟空让人取来一碗清水，念动真言，轻轻向虎身喷了一口水，妖术立刻消散。唐僧恢复了人形，他紧紧握住悟空的手："悟空，你到底是从哪里赶来的？"沙僧在旁详细叙述了事情的经过。唐僧感慨万分："徒弟，这次多亏了你及时相救，我才得以保住性命。之前我误会了你，希望你能原谅我。西天取经艰险万分，你就陪着贫僧继续西行吧。"悟空郑重地点点头："师父不必多说，徒弟自然愿意陪你一同前往西天取经。"

众人闻言欣喜万分。国王设下素宴以表感谢之意。师徒四人匆匆吃过斋饭，没有多做停留，继续奔着西边赶去。

◈ 精华赏析

在猪八戒的激将法之下，悟空决定重新回到唐僧身边，继续保护他完成取经任务。唐僧遇险，白龙马叫猪八戒请回孙悟空；当唐僧被悟空恢复原形后，唐僧向悟空道歉并请悟空继续助他西天取经……这些情节彰显了悟空作为取经路上的核心人物和精神支柱的地位。只有在悟空的庇护下，四人才能化险为夷地前行。

◈ 成长启示

唐僧被妖怪变成了老虎，孙悟空赶来救他。获救后，唐僧得知自己错怪了孙悟空，不禁悔恨交加，怨自己错罚了悟空。在我们的成长过程中，遇到事情要明辨是非，不要用自己的刻板印象去忖量他人。唐僧因不明真相而误解了孙悟空，但当他得知真相后，他深刻反思自己的错误，并表达了悔恨和自责。这种勇于承认错误、自我反省的精神，值得我们学习。

第二十一回 悟空莲花洞夺宝

◈ 要点思考

·小妖精精细鬼和伶俐虫自以为聪明，却受骗换来了假宝贝，分析一下他们为什么要主动换宝贝？

·悟空明知受伤的道士是妖精假扮的，为什么不说破？

唐僧师徒辞别宝象国，一路向西，风餐露宿，历尽艰辛，转眼又到了阳春三月。一天，师徒几人赶到一座山下，唐僧说：“徒弟们，前面山高地险，怕是又有虎狼作怪，大家一定要小心。”

悟空上前探路，见到一个樵夫，上前问道：“请问老者，这里是什么地方？”樵夫回答说：“此山名唤平顶山。山中有一洞名唤莲花洞。洞里有两个魔头，专门抓和尚，说要吃唐僧肉呢！那妖怪有五件宝贝，神通广大。你们可要小心。”悟空毫无畏惧，道：“多谢大哥好心提醒！”别了那樵夫，悟空回去对师父道：“不要紧，这里是有个妖怪，那樵夫胆小，惧怕那怪。师父有我呢，不用怕！”悟空转头寻那樵

夫，却不见半点踪影，抬头一看，却见**日值功曹**[1]，原来刚才那樵夫就是他变的，来给师徒四人提醒。

悟空心中暗想，这山中妖怪必定厉害，不然也不值得那日值功曹前来报信，于是让八戒先去巡山，探一探那怪。

八戒虽不情愿，但也挺着钉耙，雄赳赳，径直走入深山。哪知一进入山林，猪八戒找了个地方倒头就睡。还好孙悟空化作飞虫跟随其身后，叮醒了八戒，让八戒不得不老老实实去巡山。

在这平顶山莲花洞内有两妖，一个叫金角大王，一个叫银角大王。这日，两个妖王知晓了唐僧西天取经途经此地的消息，正商议着要吃唐僧肉。金角大王手中有唐僧师徒四人的画像，银角大王便带着画像和三十名小怪，上山巡逻去了。

也是八戒倒霉，正好撞见这一路妖魔，其中一个小妖眼尖，指着八戒道："这就是画像中的猪八戒！"银角大王拔出七星剑，八戒抡起铁耙，二人在山中打了起来，二十回合过后，仍然不分胜负。一众小妖也前来应战，八戒寡不敌众，被按倒在地，让那妖怪擒回洞中。洞中金角大王见擒回了猪八戒，料想唐僧定在附近。银角大王遂又点了五十名小将出去巡山，果然寻得了唐僧等人。银角大王又想，唐僧的大徒弟孙悟空本领高强，若是强取，多半不能得逞。于是银角大王命众妖散去，独自跳下山来，在

---

①日值功曹：天庭中负责考察天上神仙功过的护法神仙之一，其余还有年值功曹、月值功曹、时值功曹，统称为四值功曹。功曹，负责考察记录官吏功过的人。

那道路之旁，摇身一变，变作个年老的道士，假装跌倒，摔断了腿。唐僧路过时见状忙下马搀扶，让妖怪上马，妖怪却说腿伤无法骑马，想让悟空背着。

悟空早已看出这道士是妖怪变的，若是不背，心善的师父定要怪罪，悟空于是将妖怪背在身上，同唐僧、沙僧奔大路西行。走了三五里路，师父与沙僧下了山坳之中，悟空背着这怪，走得慢，落在后面。那怪趁机使了一个移山倒海的法术，在悟空背上念动咒语，唤来一座**须弥山**①。见悟空谈笑自若，那怪又念咒语，又唤来一座**峨眉山**②来压悟空。悟空依然健步如飞。那怪再念咒语，唤来一座**泰山**③，劈头压住悟空。三座大山在身，悟空被压得五脏六腑欲裂，七窍喷红。见孙悟空动弹不得，妖怪赶紧追上唐僧与沙僧，将他们擒回洞中。

回到洞中，金角大王与银角大王取出两样宝贝，紫金红葫芦与羊脂玉净瓶，差精细鬼、伶俐虫二人，用这两样宝贝去收孙悟空。两个小妖只需站在高处，将这两样宝贝底朝天，口朝地，叫一声“孙悟空”！孙悟空若应了，就会被装进葫芦里。到时候小妖再往葫芦上贴个“太上老君急急如律令奉敕”的帖，只要一时三刻，孙悟空便会化为脓水。

可怜那孙大圣此时还被三座山压着，回想起当年被压在五行山的情形，泪如雨下，惊动了此处的山神、土地神。山神、土地神得知被压的是大圣，唯恐大圣责备，慌得遣

---

①须弥山：古印度神话中位于世界中心的山。

②峨眉山：中国四大佛教名山之一，在四川省峨眉山市。

③泰山：山名，在山东省中部。古人以泰山为最高山的代表。

开山，又告知大圣，洞中的两个妖怪正派两个小妖前来捉拿大圣。大圣闻言将计就计，变作个老道士，在路边等候那两个小妖。

不多时，那两个小妖到了。二人见大圣变成的道士鹤发童颜，精神抖擞，便上前**搭讪**[①]。大圣和那两个小妖你一句我一句，把话茬引至小妖手中的宝贝，要借宝贝一瞧。二小妖毫无心机，递给大圣这两件宝贝，还说明了用法。大圣本想**巧取豪夺**[②]，见机又将那宝贝还了回去，拔出一根毫毛，变作一个一模一样的葫芦，道："你这宝贝只能收人，我这儿有个宝贝，能把天收进去。"两个小妖一听，果然来了兴致，伶俐虫道："哥呀，装天的宝贝，用我们的宝贝和他换换吧。"精细鬼道："他装天的，怎肯与我装人的相换？"伶俐虫道："若不肯，贴给他这个净瓶也行啊。"悟空心中暗喜道："一件换两件，真是划算哪！"随即上前扯住那伶俐虫道："你真要换吗？"那小妖道："你若是当着我的面，把天装进去，我就和你换，不换我是你儿子！"悟空道："好吧，我装给你们看看。"

好大圣，低头念个咒语，让那**日游神**、**夜游神**、**五方揭谛神**[③]将缘由奏明玉帝，将天借给悟空半个时辰，以助成功。那游神领命直至南天门里灵霄殿下，奏明玉帝。玉帝道："这泼猴，**出言无状**[④]，天怎么能装？"哪吒三太

---

①搭讪：为了想跟人接近或把尴尬的局面敷衍过去而找话说。

②巧取豪夺：用欺诈的手段取得或凭借强力夺取（财物、权力）。

③日游神、夜游神、五方揭谛神：观音派来暗中保护唐僧的诸位神祇。

④出言无状：说话不像样子，非常放肆。状，样子。

子奏道："万岁，天能装。往北天门问**真武**[1]借旗子在南天门上一展，将那日月星遮蔽了。哄那怪，就说装了天。"玉帝闻言道："依卿所奏。"

这边平顶山孙悟空将一个假葫芦抛上天去，那边南天门哪吒三太子挥展旗子，原本亮堂堂的天空一下子漆黑无边。大圣道："这天被我装进葫芦里了，我再把天放出去你们看看。"大圣又念动咒语，惊动太子。太子又把旗卷起，日光正午重又出现。见到此番景象，两个小妖直呼："妙哇！妙哇！这种好宝贝，一定得同他换了。"精细鬼交了葫芦，伶俐虫拿出净瓶，一齐递给悟空，悟空也将假葫芦递给那怪，将两件宝物收入囊中。

就这样，孙悟空用一个假葫芦，换来了两件真宝贝。

◈ 精华赏析

悟空让八戒先去巡山，八戒虽然表面上接受了任务，但实际上相当不情愿。一进入山林，他立马找了一个地方倒头就睡。作为大师兄，悟空对八戒的性格了解得非常透彻，于是化身为一只飞虫跟随着八戒，并叮醒了八戒，让八戒不得不老老实实去巡山。作者对于人物形象的塑造都在细节之中，猪八戒的好逸恶劳、偷奸耍滑，以及悟空的聪明机智、谨慎周密被充分展现出来。

◈ 成长启示

孙悟空使用计谋从两个小妖手中换走了宝贝，我们可以看到，在面对困难和挑战时，我们可以运用智慧和策略来解决问题，而不是仅凭力量或冲动行事。故事中悟空的机智和聪明，提醒我们要有灵活思维和应变能力，以应对复杂的情况和对手。

---

①真武：中国神话传说中的道教神仙。

第二十二回　悟空施法巧获宝

要点思考

· 妖怪的五件宝贝都是些什么？

· 孙悟空分别用了什么计策，将妖怪的五件宝贝收入囊中？

那两个小妖带着假葫芦往回走，想试试葫芦装天的威力，却不见效果。孙悟空怕耽误太久时间，走漏了风声，便把变葫芦的毫毛收了回来，又变作苍蝇，一路跟在小妖身后。小妖见葫芦都没了，便知是上了当，连忙回到洞里，向大王跪地求饶，将事情的经过一一说来。

金角大王听了事情经过，暴跳如雷。银角大王道：“兄长息怒。我们还有三件宝贝，七星剑与芭蕉扇在我身边，那一条幌金绳在压龙山压龙洞老母亲那里收着呢。差两个小妖去请母亲来吃唐僧肉，让她带上幌金绳，来擒拿孙悟空。”说完便吩咐自己的随身侍卫巴山虎和倚海龙去请老母亲。二怪领命疾走，怎知悟空在旁，听得明明白白。悟空赶上巴山虎，设计问出了那老太太的住处后，便一棒打死了两个小妖，拔下一根毫毛，变作巴山虎，自身变作倚海龙，往压龙洞走。

要进洞时，悟空却哭起来，并非畏惧妖怪，而是想到唐僧取经的苦恼，又想到自己变作小妖的模样，一会儿见了老妖婆难免要磕头行礼，想自己堂堂一条好汉，一生只拜过三个人：西天拜佛祖、南海拜观音、两界山拜唐僧。

如今竟要受辱于人，心中委屈。好大圣，是个能伸能屈的好汉，进了洞中，朝上跪下，说明来意。老妖婆听了心中大喜，立刻带上幌金绳，命人抬轿启程。途中，悟空趁机打死了轿夫和妖婆，搜出幌金绳，自己变作老奶奶模样。

进入莲花洞，悟空恢复原形，与两大妖王激战。他抛出幌金绳试图捆住妖怪。岂料那魔头念了松绳咒，反将悟空绑住，搜出葫芦与净瓶，然后将悟空和先前抓住的师徒三人绑在一起。两个魔头则安心进入后面的堂屋饮酒，庆祝成功擒住悟空。

孙悟空何等神通，怎可能被这两个妖魔轻易困住？他轻轻吹出仙气，手中即刻出现了一个**锉子**[①]，只一锉，绳子便断为两截，他轻松脱身。接着，他拔下一根毫毛，变化出一个假悟空留在原地，而真身则迅速变作一个小妖，出现在两位魔王面前，献计道："大王，你看那孙悟空被拴在柱上，又是磨又是蹭的，怕磨坏了那根金绳，得换一根粗壮些的绳子才好。"老魔随手将腰间的**狮蛮带**[②]解下，递给悟空。悟空接了带，把假悟空拴住，换下那条金绳，藏在口袋中，又拔一根毫毛，变作一根假幌金绳，递给那怪。

一得到这件宝物，悟空立刻转身跳出洞外，恢复了原身，大喊道："妖怪！我是者行孙！有种的就出来与我决一死战！"银角大王手持葫芦，从山门中走出，见他与孙悟空极为相似，只是稍矮一些，疑惑地问："你

①锉子：一种工具，可以进行切削等工作。
②狮蛮带：一种装饰有狮子、蛮王图案的带子。

到底是从哪里来的？”悟空镇定地回答：“我是孙悟空的兄弟，听说你捉了我家兄，特来讨个公道。”银角大王坦然承认：“没错，是我捉了他，现在正锁在洞中。你今既来，难免一战。我也不与你**交兵**[①]，我且叫你一声，你敢应我吗？”悟空心中盘算，这者行孙不过是我临时取的假名，答应一声应该也没事，谁知还是被收入了瓶中。原来不管名字的真假，只要答应一声，就会被葫芦收进去。好在孙悟空曾在太上老君的八卦炉中炼过四十九日，早已练就了铜皮铁骨，自然不可能化为脓水。

收了者行孙后，两妖等待了三刻，才谨慎地掀开葫芦盖查看。孙悟空留个假身在瓶中，在盖子被掀开的一刹那，他真身飞出，又变身为倚海龙，神不知鬼不觉地换走了葫芦。

重新拿到葫芦的孙悟空恢复了原形，他在洞外大声喊道：“行者孙在此，妖怪们快出来受死！”银角大王手持假葫芦，气势汹汹地走出门来，试图再次使用葫芦捉拿这个不知来历的行者孙。然而他未能如愿，反而被悟空巧妙地戏弄了一番，最后还被真葫芦收了进去。

洞外的小妖看到银角大王被收进葫芦，慌忙跑进洞内报告给金角大王。金角大王一听，吓得魂飞魄散，跌倒在地大声痛哭起来。满洞群妖也跟着一齐大放悲声。就在这时，前门又有小妖跑进来报告：“行者孙又在门外大骂挑战了！”金角大王连忙将芭蕉扇插在衣领后面，并将七星剑提在手中，然后走出洞门迎战。金角大王用芭蕉扇猛扇

①交兵：交战。

几下，顿时烈火熊熊燃烧起来。大圣见到这恶火心惊胆战，急忙跳起来脱离大火，直奔莲花洞里，将洞中的小妖一一消灭。又看到一道金光闪烁，他定睛一看，原来是羊脂玉净瓶在发光，于是大圣悄悄盗走瓶子，逃出了洞外。

金角大王黯然返回洞中，只见满地狼藉，却不见孙悟空的踪影，悲从中来，伏在石案上放声痛哭。哭累了，便将宝剑倚在案边，扇子插在肩后，沉沉入睡。

孙悟空再次回到洞口打探，偷偷拿了金角大王肩后的扇子，不料惊醒了金角大王。两人随即展开激战，三四十回合过后，金角大王败下阵来，逃往压龙洞。

悟空趁机进入莲花洞，顺利救出了唐僧、八戒和沙和尚。然而不久，金角大王带着他的老舅爷狐阿七大王及二百余名洞妖卷土重来。面对强敌，悟空、八戒、沙僧齐心协力，展开激战。战斗中，狐阿七逐渐力不从心，被八戒趁机从背后一耙击毙。金角大王见势不妙，纵起风云往南逃窜。悟空见状，急忙纵云追赶，在空中掏出净瓶，对准老魔一罩，大喊："金角大王！"那妖怪误以为是自家小妖呼叫，下意识地回头应了一声，结果被净瓶嗖地收了进去，只留下那把七星剑孤零零地躺在地上。至此，金角大王与银角大王的五件宝物尽数归了悟空。

兄弟三人又清扫了些残兵败将，返回洞中。他们吃完早斋，整理好行李马匹，继续向西进发。走着走着，突然路边闪出一个**瞽者**[1]，他走上前来扯住唐僧的马，说道："和

---

①瞽者：眼睛失明的人。

尚，你要去哪里？把我的宝贝还给我！”八戒大惊失色，喊道：“完了！这是老妖来讨回宝贝了！”然而，悟空仔细观察后，发现这人原来是太上老君，于是走上前去向他行礼。太上老君解释道：“你得到的五件宝贝都是我的。葫芦是我用来装仙丹的，净瓶是我用来盛水的，宝剑是我用来降妖的，扇子是我用来扇火的，绳子是我用来系袍子的带子。那两个妖怪，一个是我看管金炉的童子，一个是我看管银炉的童子。观音菩萨让他们在这里化身为妖魔，以测试你们师徒是否真心前往西天取经。”

悟空听后，只好不情愿地交出了宝贝。太上老君收回了五件宝贝，打开葫芦，将已经化成仙气的金角、银角恢复成原来的模样，然后驾云离去。唐僧师徒向太上老君道别后，继续往西赶去。

❖ 精华赏析

在这回故事中，关于孙悟空的一个细节引人深思。曾经大闹天宫的孙悟空，在进入压龙洞之前竟然掉下了眼泪，原因并非惧怕妖怪，而是因为想到自己要跪拜妖精，不禁感到委屈。悟空内心不平衡，他想到自己作为一条好汉，一生只向三位人物跪拜过：佛祖、观音和唐僧。如今竟要承受屈辱！然而，悟空是一个能屈能伸的英雄好汉。作为曾经叱咤风云的齐天大圣，他为了救出师父，愿意忍辱负重。这表明他对唐僧有着赤胆忠心。这一细节展示了悟空的忠诚和牺牲精神。

❖ 成长启示

在本回故事中，悟空凭借着自己的勇敢和智慧，一次又一次打败了金银魔王，救出了师父和师弟。从这一过程中我们可以看到，斗争绝不只是单纯的武力较量，要想打败敌人，更需要开动脑筋，善于运用自己的智慧。

第二十三回 鬼王求唐僧相助

要点思考

·孙悟空是怎么将乌鸡国太子一路引到宝林寺的？

·通过阅读此回，请你分析一下当太子得知乌鸡国现在的国王并非自己的父王时的心理活动。

一天傍晚，师徒四人到了一座山下，看到山腰有一座寺庙，赶到寺门下面一看，见寺庙门上赫然写着五个大字：**敕建**①宝林寺。唐僧下马走进宝林寺，见到方丈，说明了自己的来历，随即在寺里休息了下来。

这天晚上，唐僧在徒弟们休息之后，并没有睡，而是独自坐在宝林寺的禅房里念经，不知不觉已经到了夜里三更。唐僧困意难当，趴在桌上睡起觉来，半睡半醒间，唐僧忽然听到禅堂外有人唤自己："师父！"唐僧抬眼一看，门外站着一条汉子，浑身上下水淋淋的，眼中垂泪。唐僧还以为那人是妖魔鬼怪，谁知那人又道："师父莫怕，我不是妖魔鬼怪。"唐僧又定睛一看，只见那人头戴一顶冲天冠，腰束一条碧玉带，身穿一领飞龙舞凤赭黄袍。唐僧连忙躬身行礼，叫道："您是哪国陛下？为何来到此处？"那人皱眉道："师父哇，我家住在正西离此只有四十里远的乌鸡国。五年前，我国天年干旱，民不聊生，这时来了一个**全真**②，能呼风唤雨，点石成金。他为我乌鸡国唤来

---

①敕建：奉帝王命令修建。

②全真：即全真教道人。

了几场大雨，解了国之危难。朕与他八拜结交，以兄弟相称。两年后的一天，朕与那全真在御花园中散步，行至八角琉璃井边，他把我推下深井，用石板盖住井口，堆上泥土，移一株芭蕉栽在上面。可怜我呀，已死去三年，是一个落井伤生的冤屈之鬼！”

唐僧听完不禁垂泪。那人道：“师父呀，我知道你手下有一个大徒弟，是齐天大圣，能斩妖降魔，因此来求助于你！”唐僧道：“我那大徒弟没什么别的本事，斩妖除魔却是一流的！”那**枉死**①的陛下道：“自我死后，那妖怪不让我儿子和他母亲相见，只恐他母子相见，闲谈中发现端倪，走漏了消息。我那儿子是我亲生的**储君**②，我恳请长老见上太子一面。”唐僧道：“太子岂是我想见就能见到的？我该如何与他相见呢？”他道：“明日太子将领三千人马，出城打猎。师父一定能与他相见，见时将我的话告诉他，他一定会相信的。若是他有所怀疑，可给他一物。”说着，那人把手中拿着的金厢白玉**珪**③递给唐僧。嘱托完毕，那人就辞了唐僧，要去再托一梦给他的正宫皇后。

唐僧惊醒，知道方才是**南柯一梦**④，慌忙叫醒三位徒弟，将刚刚梦中之事全盘托出，又在门外的台阶上发现了一柄

①枉死：含冤而死。

②储君：已经确定为继承皇位等最高统治权的人。

③珪：古代帝王或诸侯在举行典礼时拿的一种玉器。

④南柯一梦：淳于棼梦到自己去大槐安国做了南柯郡太守，享尽荣华富贵，醒来才知道是一场大梦。故事出自唐代李公佐《南柯太守传》。后来用“南柯一梦”泛指一场梦，或比喻一场空欢喜。

金厢白玉珪。师徒四人料定那国王所说之事是真。略一思索，悟空心中便有了对策。

第二天，唐僧、八戒与沙僧留在宝林寺，悟空一人纵上云头，来到乌鸡国。半空中，悟空见这座城市妖气弥漫。正看时，忽听炮声响亮，东门大开，闪出一路采猎之军。这一队人马中，有一位年轻的将军，手执青锋宝剑，坐下黄骠马，腰带满弦弓，隐隐君王相，昂昂帝主容。悟空暗喜道："不须说，那个就是太子了。"然后依计变作一只白兔，在太子马前乱跑，太子用箭射中了白兔，驰马追赶，白兔一路飞奔，将太子引到宝林寺门前。

太子来到寺门前，不见了白兔，只见一支箭头插在门槛上，于是收了弓箭，抬头看，只见山门上有五个大字，写着"敕建宝林寺"。太子心中想道："正是'**因过道院逢僧话，又得浮生半日闲**①'，既然到此，不如入内一看。"

太子与那保驾的官将并三千人马簇簇拥拥，进了山门里面，宝林寺众僧都来叩头拜接，只有唐僧坐着不动。太子大怒道："这个和尚是哪里来的？为何不起身行礼？"唐僧上前施礼道："贫僧是东土唐僧，是上雷音寺拜佛献宝的和尚。"太子一听起了兴致，道："你那东土有什么宝贝，说来我听听。"唐僧道："在我这红匣子之中，有一个叫'立帝货'的小人儿，他上知五百年，中知五百年，下知五百年，共知一千五百年过去、未来之事。"

---

①因过道院逢僧话，又得浮生半日闲：唐代诗人李涉的《题鹤林寺壁》中的诗句，指在这纷扰的世事中暂且得到片刻的清闲是一份极其难得的体验。

太子道："拿来我看。"唐僧扯开匣盖，跳出一个极小的人儿。太子道："这星星小人儿，能知道些什么？"那小人儿一听这话，把腰一伸，长了有三尺四五寸。众军士无不吃惊。原来这个小人儿是孙悟空变的，悟空长到跟真身一般大，就不长了。太子才问道："立帝货，这老和尚说你能知未来、过去一千五百年之事，果真如此吗？"悟空道："要知真假，殿下可先听我说。你本是乌鸡国国王的太子，你那里五年前**年程**①荒旱，万民遭苦，你家皇帝诚心祈祷，果真收效。来了一个道士，他善呼风唤雨，点石为金。国王还与他拜为兄弟。这桩事有吗？"太子道："有！有！有！你再说说。"

悟空道："三年不见全真，你可知道为何？"太子道："父王与他拜为兄弟，食则同食，寝则同寝。三年前他们二人在御花园里赏景，他向父王索要了金厢白玉珪，吹起一阵神风，不见了。至今父王还思慕他。全真走后，父王也就无心赏玩，将花园紧闭。"悟空闻言，**哂笑**②不绝。太子再问不答，只是哂笑。太子怒道："你这厮当言不言，如何这等哂笑？"悟空又道："左右人众，不是说话的地方。"太子喝退手下人马，本寺诸僧也都退下，悟空才**正色**③上前道："殿下，化风去的是你父王，现在的皇帝，是那祈雨的全真变的。"太子道："胡说，胡说！自全真去后，我国风调雨顺，国泰民安。若我父王听见你这番话，

①年程：年成。指农事收成。
②哂笑：讥笑。
③正色：态度严肃或神色严厉。

定然将你拿下，碎尸万段！”悟空早已料到太子未必相信自己所言，于是向唐僧要来了白玉珪，双手捧着，献给太子。

太子见了，大惊失色，悟空这才道出自己的真实身份，又将唐僧昨夜之梦与今日乌鸡国上空所见告知太子。那太子闻言，暗自伤愁，道：“我若不信，他却有三分真实；我若信了，怎奈殿上是我父王？”悟空见他疑惑不定，又上前道：“殿下不必心疑，请殿下摆驾回国，问你母亲一声，看夫妻恩爱之情，比三年前如何。只此一问，便知真假了。但你定要小心行事，切莫张扬。恐那怪神通广大，一时走了消息，你母子性命就都难保哇！”太子遵照悟空所言，吩咐将官在此扎营等待，自己回城找母亲询问事实。

乌鸡国太子回到城中，从后门进入皇宫，径直奔向母亲的居所，没想到恰好看到母亲独倚雕栏流泪。太子下马上前，将悟空交代的问题问了娘娘。那娘娘屏退左右，泪眼低声道：“三年前，我与你父王恩爱有加，可近年来，不知为何，你父王对我冷漠如冰！”太子听母亲这样说，才信了今日在宝林寺中的所闻，并将今日之事告诉了母亲，又将所得的金厢白玉珪递给母亲。娘娘接过，泪如泉涌，道：“儿啊，我四更时分，也做了一梦，梦见你父王水淋淋的，站在我跟前，亲口说他死了，鬼魂拜请唐僧前来相救。我正在这里狐疑，怎知今日你又来说这话，又将宝贝拿出来。我先收下，你快去请那圣僧吧！”

太子拜了母亲，忙骑马赶回了宝林寺。悟空说：“事情的真相你已经知道了，你先回乌鸡国等着，明天一早，我自然会去那里收服妖怪。”太子说：“我早上便出城打猎，现在一只猎物也没抓到就回城，肯定会受到那道士的猜疑，这如何是好？”悟空想了想，念了一句咒语，将附近的山神、土地神招出来说：“老孙取经到此，路遇妖魔，这太子没打到猎物，无法回城，怕耽误了俺老孙的捉妖计划，你们给他抓些山禽来，好让他回去有个交代。”土地等神不敢怠慢，捉了些野鸡、狐狸什么的，放到回城的路上。太子领着一大帮人马，带着猎物回城了。

❖ 精华赏析

乌鸡国国王的冤魂向唐僧求助，悟空深知，若将整个事情一下子告诉太子，太子必然难以相信。因此，悟空巧妙设计，引导太子进入宝林寺，并逐步揭示事情的真相。在太子产生疑虑时，悟空展示了国王冤魂留下的金厢白玉珪。此时，太子已经有了七分相信。接着，悟空建议太子回宫询问母亲，得到母亲肯定的答复后，太子彻底认定王位上的人并非父王。悟空的巧思和循序渐进的方式最终让太子认清现实。这为接下来成功进城捉妖打下了坚实的基础。悟空的一系列行动，使剧情发展紧凑有序。

❖ 成长启示

悟空在面对太子不信任的情况下，巧妙地设计了一系列步骤，循序渐进地揭示真相。这告诉我们，在解决问题和面对困境时，不仅需要勇气，还需要智慧和谨慎的计划，并且提醒我们在追求目标时要坚持不懈、毫不气馁，尽最大努力去达成目标。

第二十四回 除妖魔救活皇帝

◈ 要点思考

· 孙悟空想要猪八戒捞回国王的尸体，但是却没有直接告诉他，而是说要去找宝贝，这是为什么？

· 通过阅读此回，我们可以从哪些方面看出假国王在位期间国泰民安？

当天晚上，悟空叫醒八戒说：“呆子，听太子说，那乌鸡国埋着一件宝贝，谁得到了谁就天下无敌，趁着天黑，我们把它偷过来吧，偷了算你的。”听说有宝贝，八戒立即来了精神，跟着悟空往乌鸡国赶去。

二人到了皇宫时已经是二更时分，他们翻墙潜入御花园，在里面摸索寻找。悟空记得师父说那国王被推入井中后，那井很快就被埋了，井上种上了一株芭蕉树。找到那棵芭蕉树之后，悟空便让八戒动手开挖。猪八戒毫不知情，双手举耙，推倒了芭蕉，又开始挖土，没几下就挖出一口井，月光映得那水中霞光**灼灼**[1]，白气明明，果真像有宝贝在放光。悟空将金箍棒取出，叫了一声“长”，那金箍棒便变作七八尺长，八戒抱着金箍棒，滑到井底去摸宝贝。一开始，一无所获，那呆子水性好，索性一个猛子扎入水中，只见那水中竟有一座牌楼，上有“水晶宫”三个字。原来，这里是井龙王的水晶宫。

八戒到了水晶宫，受到了井龙王的殷勤接待。八戒说

---

①灼灼：明亮的样子。

自己是来找宝贝的。井龙王道："我这里确实有一件宝贝。"说完便引着八戒转过了水晶宫殿，来到**廊庑**[①]下，只见那里横躺着一具六尺长躯。龙王用手指定道："元帅，那就是宝贝了。"八戒上前看了，呀！原来是个死皇帝，直挺挺地躺在那里，容貌没有丝毫变化，就像睡着了一样。八戒笑道："这算什么宝贝？"龙王道："这是乌鸡国国王的尸首，自他落入井中，我便用定颜珠定住，所以他的尸首没有损坏。你若肯驮他出去，见了齐天大圣，找到让他起死回生的办法，莫说宝贝，凭你要什么东西都有。"

八戒一听要背死人，立刻从水晶宫门冲出，跃出水面大喊："师兄！赶紧把棒子伸下来救我！"悟空在井口问："得到宝贝了吗？"八戒抱怨道："哪有什么宝贝！井下的龙王让我背死人，我才不干呢。"悟空见八戒不愿合作，便威胁说："不背的话，我就回去睡觉了。"八戒万般无奈，只好再次潜入水中，背上尸体浮出水面。悟空用金箍棒将他拉上来后，两人便扛着尸体返回宝林寺。

唐僧和沙僧看到搬回来的尸体，容颜如生，仿佛只是睡着了。唐僧瞬间泪流满面，痛哭失声。八戒不解地问："师父，他死了关你什么事？"唐僧责备道："出家人以慈悲为怀，你怎么这么铁石心肠？"八戒解释说："不是我心硬，是师兄说他能救活。如果救不活，我也不会背他回来。"原来，八戒对半夜被叫去背尸体一事心生不满，想借机捉弄悟空。唐僧被弄得一头雾水，悟空则对唐僧说：

①廊庑：堂前东西两侧的厢房。

“师父，别听这呆子胡说！人已经死了三年，怎么可能复活？”八戒却在旁边怂恿唐僧：“师父，你就念念紧箍咒，保证他能还你一个活人。”唐僧竟然真的念起了紧箍咒，疼得悟空连连求饶：“师父，别念了！我去查查哪个阎王家有他的魂魄，请阎王过来救他。”八戒揭穿说：“师父别信他。他说过不用去**阴司**①，阳间就能救活。”唐僧又念起紧箍咒，悟空慌忙喊道：“阳间也能救！”又气恼地冲向八戒骂道：“你这呆子，竟然**撺道**②师父咒我！”八戒大笑起来：“哈哈，只能你捉弄我，不能我也捉弄你？”

唐僧停止念紧箍咒，催促悟空赶快救活国王。悟空随即纵起筋斗云，来到天宫的兜率宫，向太上老君索取九转还魂丹，然后迅速返回宝林寺。他端来一碗水，将仙丹喂给国王，并向国王口中吹了一口气。瞬间，国王恢复了气息和意识，翻身站立，活动了一下拳脚，大声呼唤：“师父！”然后双膝跪地感谢救命之恩。唐僧急忙扶起国王，一同进入禅堂，共同商讨次日的行动计划。

第二天早上，用过早斋之后，国王换上宝林寺僧人的服装，化装成挑担人，与唐僧师徒四人一同启程前往乌鸡国。入了城，只见街市上人物齐整，风光热闹，又见**凤阁龙楼**③，十分壮丽。五人来到皇宫倒换**关文**④，见了假皇帝，也不行礼。魔王见这五人中，真皇帝显得格外醒目，便问

①阴司：阴间。
②撺道：鼓动。
③凤阁龙楼：帝王的宫殿、楼阁。
④关文：通关文牒，是古代通过关戍时拿的通行证。

道："那挑担子的是何来头？"悟空对怪物厉声高叫道："你不知他是何人？三年前乌鸡国举国干旱，民不聊生，忽来了一个能呼风唤雨的全真怪，害了他的性命，霸占了他的龙位。"

魔王在**金銮殿**[①]上听到这话，吓得心跳加速，面色泛红，匆忙逃离现场。悟空紧追不舍，假国王与悟空激战数个回合后终于败下阵来，转身跳入皇宫大殿，变化成与唐僧一模一样的容貌。悟空举起金箍棒要打，那怪物喊道："徒弟别打，是我！"悟空愣住，又想去打另一个唐僧，但另一个唐僧也喊道："徒弟别打，是我！"两个唐僧的外貌完全相同，让人难以分辨真伪，悟空只能罢手。他急得抓耳挠腮，这时八戒在一旁建议道："要分辨真假并不难，让他们在这殿上将那紧箍咒念上一念，你先忍一忍，我与沙僧各搀一个听着。不会念的，必是妖怪！"悟空无奈之下只能同意这个办法。于是，真唐僧开始念紧箍咒。那魔王并不知道紧箍咒的内容，只能胡乱哼哼。八戒当即指出："这个胡乱哼哼的就是妖怪！"说完，他放开了手，挥起铁耙就打向了魔王。

那魔王纵身跳起，踏着云头便走。八戒见状，大喝一声，也紧随其后驾云追赶，沙和尚见状匆忙丢下唐僧，挥舞宝杖来打。唐僧见状，停止了念咒，孙悟空强忍头疼，手握金箍棒，冲向空中加入战斗。此时，八戒和沙僧用钉耙和宝杖左右夹击魔王，悟空正欲一棒结果了这妖精。然而，

①金銮殿：泛指皇宫正殿。

正当他下手之际，东北方向的一朵彩云之中，有人厉声喝道："孙悟空，手下留情！"悟空回头望去，发现是文殊菩萨。原来这妖精竟然是菩萨座下的一头青毛狮子。菩萨解释道："这怪物在下界之后并未造孽。自从他来到这里，这三年间，乌鸡国风调雨顺，国泰民安。"悟空表示："既然如此，那就收了他吧。要不是菩萨您亲自前来，我绝不会饶他性命。"说完，文殊菩萨便坐在青毛狮子的背上，踏祥光离去了。

见悟空除了妖怪，乌鸡国国王感动得泪流满面，摆下盛大的宴席招待唐僧师徒。国王还特意准备了大量的金银珠宝和锦罗绸缎作为礼物，但唐僧分毫不受。用过斋饭之后，唐僧师徒整理好行李，重新踏上了西行之路。

精华赏析

虽然猪八戒常常好吃懒做，还时不时地怂恿唐僧念紧箍咒，但在这回故事中，他的出谋划策对悟空起到了关键性的帮助。当假国王变成唐僧的模样，让悟空难以分辨真假时，八戒提出了念紧箍咒来辨别真假的建议，这个方法使真假唐僧昭然若揭。可以说，这一招不仅让八戒报了"背尸之仇"，还让他立下了一功。

成长启示

孙悟空以他的智慧、力量和无畏的精神，去除了邪恶势力，拯救了被困害的皇帝，体现了对正义的追求和保护弱者的勇气。同时，孙悟空和猪八戒通力合作把老国王的尸体从井底背了出来，最终才得以救活老国王。这说明了团队合作的重要性。

第二十五回 悟空大战红孩儿

❖ 要点思考

· 为什么孙悟空叫红孩儿贤侄？

· 悟空假扮的牛魔王是怎样被红孩儿识破的？

离开乌鸡国，唐僧师徒白天赶路，晚上休息，行了半个多月的时间，忽又见一座**摩天碍日**[1]的高山。只见那山坳里有一朵红云，直冒到九霄空里，结聚了一团火气。悟空见状，喊道："保护好师父，恐怕有妖怪。"八戒、沙僧慌忙将师父围了起来。

悟空没有算错，那红光里确实有个妖精。他早就听说吃一块唐僧肉，便能长生不老，于是每天在山间等候，不料今日唐僧真到了。那妖精见三个徒弟紧跟唐僧，心想不如智取，立即散去红光，来到山里，变作一个七岁顽童。只见他赤条条的，身上无衣，被麻绳捆了手足，高吊在那松树梢头，口口声声，只叫："救命，救命！"唐僧师徒正在赶路，听到有人呼救，长老抬头一看，原来是个小孩童，赤条条的，吊在那树上。唐僧心软，便叫八戒解开绳索，救他下来，又让悟空背着他继续赶路。悟空早知他不是好人，便在后边慢慢走，想找机会将他除了。

那妖精知道悟空不好对付，也想趁机加害于悟空，于是就使个神通，吸了口气，吹在悟空背上，悟空顿觉背上

---

①摩天碍日：高入云霄，遮住太阳。形容山高。

好似有千斤重。然后，那妖精出了元神，跳起来，立在空中。悟空背上越来越重，不由得发怒，抓过背上之人，往那路边石头上一甩。那妖精趁机弄了一阵旋风，呼的一声，走石扬沙，将唐僧抓去了。悟空见师父被抓，着实气恼，跳上那巅险峰头，挥着金箍棒不住地乱打，吓得山神土地全都前来相见，老实交代出那妖精的来头。原来，那妖精是牛魔王的儿子，铁扇公主养的，乳名叫红孩儿，外号圣婴大王，住在枯松涧边的火云洞，曾在火焰山修行了三百年，炼成了三昧真火，神通广大。悟空闻言满心欢喜，喝退了土地山神，对八戒、沙僧说："放心吧，那妖精是牛魔王的儿子，老孙五百年前曾与那牛魔王结为兄弟。说起来，我还是那妖精老叔呢，师父不会有事的。"说完，三兄弟牵马去找妖精洞穴。行了百十里远，果然找到了枯松涧火云洞。孙大圣在门外厉声高叫道："妖精，送我师父出来！"

不一会儿，只见几个小妖推出五辆小车来。那妖王手握火尖枪，也无什么盔甲，只在腰间束一条锦绣战裙，赤着脚，走出门来，高叫道："什么人在我这里吆喝！"悟空近前笑道："贤侄，你今早抓了我师父，不如趁早送回来，不要让叔叔我翻脸。"那怪闻言，心中大怒，喝道："泼猴头！满口胡言，哪个是你贤侄？"说着举起火尖枪就刺。悟空闪过枪头，抡起金箍棒，他两个也不论亲情，一齐变脸，各使神通，跳在云端里，打了起来，一时难分高下。

猪八戒也来助阵。那怪见了心惊，拖枪便跑。悟空喝教八戒："赶上，赶上！"二人赶到洞门前，只见妖精一只手举着火尖枪，站在中间的一辆小车上，一只手捏着拳头，往自己鼻子上捶了两拳，念个咒语，口里喷出火来，鼻子里浓烟迸出，眨眨眼，火焰齐生。那五辆车子上，火光涌出。妖精连喷了几口，只见红焰焰大火烧空，**熯天炽地**[1]。

八戒见火势太大，扔下悟空就跑。悟空以为这只是凡火，捻了一个避火诀，便冲进火中，寻那妖怪。然而这火非天火，非野火，正是妖精炼成的三昧真火。悟空浑身烟火，忍受不住，只得跳出火外。

悟空心想，可以以水克火，便驾云请来了四海龙王，让他们在妖精放火时降雨，好熄灭那火。吩咐完毕，悟空又上门叫阵，引出那妖。那妖与悟空恶斗二十回合，见不能取胜，便故技重施，放出火来。四海龙王见状急忙降雨。不料，龙王所降之雨，仅能浇灭凡火，对上妖精的三昧真火，反似火上浇油一般，雨越浇，火越大。悟空本欲钻入火中，打那妖怪，却被妖怪迎面喷了一口烟，霎时间被熏得泪如雨落，再加上浑身烟火，简直生不如死，只得跳到涧水中。妖怪也收了火具，转回洞内，闭了石门。

八戒和沙僧急忙奔到涧边，只见翻波滚浪，急流中淌下一个人来，正是悟空。八戒连衣跳入水中，将悟空救起。悟空浑身上下冷如冰。八戒将两手搓热，使一个按摩禅法，才将他救醒。悟空睁开眼道："兄弟们在这儿？老孙吃了亏了！"沙僧搀着悟空，一同到松林之下商议对策。一番

①熯天炽地：形容火着得猛烈旺盛。

商议之后，三人决定请观音菩萨帮忙，悟空火伤未愈，便由八戒驾了云雾，向南而去。

那妖王也怕悟空请救兵，正跳在空里观看，只见八戒往南去了，想他定是去请观音菩萨，便赶一条近路，超过八戒，端坐在壁岩之上，变作观音菩萨的模样。那呆子哪里识得真假，被骗到火云洞中绑了起来。八戒气得骂了又骂，嚷了又嚷。

悟空久不见八戒回来，便忍着疼，变作一个苍蝇，飞进火云洞内，这才发现八戒已被抓住。悟空正欲设法救八戒出来，只听那妖王让手下的一个小妖去请牛魔王来吃唐僧肉。悟空便跟着小妖飞出洞，变作牛魔王的模样。那小妖正走着，忽然看见牛魔王在山上，大喜上前，将悟空请到了火云洞中。

红孩儿不知真假，一见面便跪下叩头道："父王，孩儿拜揖。"悟空道："孩儿免礼。请我来有何事？"妖王躬身道："孩儿抓了东土大唐的和尚，今日请父王同享唐僧肉，寿延**千纪**①。"悟空道："我最近吃斋，改日再吃吧。"那妖王闻言，心中生疑，问道："父王，我的生日是什么时候？"悟空笑道："我因年老，把你的生日给忘了，明天回家，问你母亲便知。"妖王道："父王竟然不记得我的生日，必是假的！"立刻招呼群妖来抓悟空。悟空现出本相，对妖精道："我的好儿子，怎么如此无礼，哪里有儿子打老子的？"见那妖王满面羞惭，悟空化作一道金光，

①千纪：纪，中国传统历法计年单位的一种，以1520年为一纪。千纪即永远之意。

离开了妖王洞府。悟空担心那红孩儿恼羞成怒，危及师父，便一个筋斗，赶去南海，请来了观音菩萨。菩萨让悟空把红孩儿引到了跟前，红孩儿挥着长枪对着菩萨便刺，只见菩萨化为一道金光，径至九霄，将莲台留在原地，红孩儿呵呵冷笑道："什么**脓包**[①]菩萨，被我枪**搠**[②]得无形无影，又把宝莲台丢了。等我上去坐坐。"

那妖精也学菩萨，坐在莲台当中。只见那莲台花彩俱无，祥光尽散，变成了尖刀，刺穿了那妖精的两腿。那妖精慌了，痛声求饶。菩萨闻言与悟空一起来到妖精面前，问道："你入我门，做个善财童子，如何？"那妖点头，只望饶命。菩萨用手一指，叫声："退！"当的一声，刀尖落入尘埃，而童子毫发未损。

可那童子野性不定，见自己毫发无伤，便又提起长枪对着菩萨劈脸刺来。菩萨又从袖中取出一个金箍，迎风一抛，这金箍立即变作五个，分别套在妖怪的头顶和四肢。菩萨捻着诀，默默地念起了紧箍咒，那妖精搓耳揉腮，满地打滚。

菩萨念了几遍，才住口，那妖精就不疼了。那童子自知法力甚微，没奈何，纳头下拜。菩萨对悟空道："悟空，这妖精已降，你快去洞中，救你师父！"悟空闻言，欢喜叩别。

悟空叫上沙僧，打入洞里，剿净了群妖，救出八戒和

---

①脓包：比喻懦弱无能之人。

②搠：扎、刺。

师父。师徒们出洞来，攀鞍上马，找大路，过了黑水河，一直西去。

◈ 精华赏析

红孩儿是个刁钻古怪、有勇有谋的妖怪，也是《西游记》中极少能让悟空吃亏的敌人。他是牛魔王的儿子，虽然孙悟空是他的叔叔，但红孩儿为了达到自己的目的，完全不把叔叔放在眼里，甚至与之针锋相对。这表现出了他的狂妄自大和固执己见。他非常了解孙悟空的本事和性格，料到孙悟空会去搬救兵，于是他变作菩萨的模样来哄骗猪八戒。当孙悟空假扮牛魔王试图欺骗红孩儿时，红孩儿很快就识破了他的计谋。这些细节都充分展现了红孩儿的机智和狡猾。可以说，红孩儿虽然年纪轻轻，但已经展现出了非凡的实力和智慧，是一个不容小觑的厉害角色。

◈ 成长启示

孙悟空无疑是取经团队中的第一战将。每次师父落难，他总是第一个上去迎战，想尽办法搭救师父。这次，他被红孩儿的三昧真火烧得险些丢了性命，却还是忍着疼痛去与妖怪周旋，最终救出了师父。孙悟空这种勇敢坚毅、永不服输的精神令人赞叹，值得学习。我们在遇到困难时，也要有一颗必胜的决心，积极勇敢地去面对，只有这样，才能取得最后的成功。

第二十六回 师兄弟斗金鱼精

要点思考

· 孙悟空和猪八戒为何要变成童男童女的模样？

· 灵感大王用什么方法捉住了唐僧？

师徒四人日夜兼程，饥餐渴饮，不觉已至深秋。一日黄昏，行走间闻听水声潺潺。唐僧说："看来又有河水挡路，我们怎么过河？"悟空说："师父莫急，让我去前方瞧瞧。"悟空纵步向前，果然看到一条大河挡路，一眼望不到尽头，河边立了一块石碑，上书三个大字：通天河。下面还有一行小字："径过八百里，亘古少行人。"悟空随即将师父和师弟都叫过来，看那石碑。

唐僧叹息不已，八戒在一旁说："师父，你有没有听到鼓**钹**[①]之声，想必这附近应该有些人家，我们找一户休息一晚，明天再想办法过河吧。"师徒四人便循着声音来到一户陈姓人家，请求借住一宿。

陈家二老热情招待，摆出丰盛饭菜。师徒四人饱餐后与二老闲聊起来，得知此地名为陈家庄，庄中有一座灵感大王庙。这大王每年需村民献上一对童男童女及猪羊牲口，才保佑村子风调雨顺，否则便降灾生祸。今年正好轮到陈家献祭。陈氏兄弟陈澄、陈清分别要献出自己的孩子：陈澄家的是女儿，名唤一秤金，今年八岁；陈清家的是儿子，

①钹：一种乐器，击奏可以发声。

名唤陈关保，今年七岁。说到伤心处，两位老人泪流满面。

悟空闻听此事，便与八戒商议，由他俩变化成陈家儿女模样代替献祭。陈家一家老小闻听感激涕零，纷纷磕头谢恩。

正当悟空和八戒猜测灵感大王会先吃童男还是童女时，外面突然锣鼓喧天，灯火通明。庄里的人们高喊："快抬出童男童女来！"于是，悟空和八戒坐在供桌上，被四个年轻人抬到了灵感庙。众人献上贡品，焚烧了**纸马**①，然后离去，只留下悟空和八戒。突然，庙门外传来一阵风声，一个妖精出现在他们面前。妖精问："今年是哪家祭祀？"悟空笑容满面地回答："是陈澄、陈清家。我叫陈关保，她叫一秤金。请大王享用。"妖精听到这个男孩回答得如此流利，脸上毫无惧色，反而有些犹豫，不敢动手，说："我习惯先吃男童，但今年我想先吃女童。"说完，他就准备去抓八戒。八戒跳下供桌，现出原形，拿起铁耙就打。悟空也现出原形。妖精没有带兵器，慌忙逃到空中，问："你们是谁？竟敢破坏我的香火！"悟空说："我们是跟随东土大唐圣僧前往西天取经的徒弟。我们知道你在这里为非作歹，所以来捉拿你。"妖精听后立刻逃走，化作一阵狂风钻进通天河里。

悟空和八戒直接回到陈家，把事情的经过告诉了他们。陈家二老十分高兴，感激不尽，安排了客房让师徒四人休息。而在通天河里的妖精宫殿中，妖精默不作声地坐着。

---

①纸马：民间祭祀用的纸质神像。

水中的妖精**眷族**[1]看到大王这样，都纷纷询问原因。原来，这个妖精已经打定主意要捉拿唐僧，只是因为悟空和八戒的本领高强而无可奈何。这时一众水族之中，闪出个斑衣**鳜**[2]婆，道："大王，凭你的本领捉拿唐僧有什么难的？现在正是三更半夜，大王只需要作法降下一场大雪，将这通天河冻结。等到天亮再找几个善于变化的手下变成人形在冰上行走。唐僧师徒急于取经，一定会踏冰过河。大王等他们走到河中心，便迸裂寒冰，让他们全都掉进水里。"妖精听后大喜，立刻出水府作法降雪。

大雪纷纷扬扬，直至天明，积雪已达二尺之深。唐僧眼见大雪封路，不禁泪流满面，悲叹不已。忽然，他听到陈家的小童说："听街上的人说，八百里通天河已经冻得像镜子一样平滑，还有人在冰面上行走呢。"唐僧听后，连忙朝天礼拜道："弟子一路西行，虔心拜佛，感动皇天保佑，结冻河水，以便弟子顺利过河。"说完，他就急于前往通天河查看。

当他们一行人来到河边时，果然看到通天河波澜不惊，冰面平坦如大道。唐僧见状，立刻命令悟空返回陈家收拾行李，准备上路。悟空笑盈盈地答应了，然而沙僧却提醒道："师父啊，此刻上路恐怕会有疏忽，不如在陈家再住几天，等待冰雪融化，再乘船过去。"但唐僧坚决地说："现在已经是八月，天气一天比一天冷，如果等待河水解冻，

---

①眷族：亲属、家眷。

②鳜：一种鱼。

岂不是会耽误行程！”八戒插嘴道：“让我老猪来试试这冰有多厚吧。”说完，他撩起衣袍，大步走到河边，双手紧握铁耙全力一击。冰面不仅毫发无损，反而震得八戒手生疼。他笑着说：“可以走，可以走！”唐僧听后非常高兴。他们一起回到陈家，迅速收拾行李上路了。

当他们踏上冰面时，马蹄一滑，差点把唐僧从马上摔下来。八戒找来些稻草，将马蹄包住防滑，又将九环锡杖递给唐僧道：“师父，在马上横拿此物，若遇到**凌眼**①掉下去，这九环锡杖可当个横担之物。”悟空暗想，这呆子倒是想得周道。

唐僧一行人在冰面上放心前行，走了一夜，到了天明也没能走完这八百里通天河。突然，只听见冰底下**扑喇喇**②声响，冰面瞬间裂开，孙悟空迅速跃入空中，而白马却已落入水中，其余三人也纷纷坠入水中。灵感大王早已在冰下耐心等待，趁机捉住了落水的唐僧，直接返回水府，高兴地大喊：“小的们，快准备案桌，磨利刀具，我要将这和尚剖腹剜心，剥皮割肉。”之前出谋划策的老鳜婆劝阻道：“大王，暂且不要吃他，以免他的徒弟们找来闹事。先忍耐两天，等他的徒弟们不再来捣乱，大王再安心享用。”那妖精听从了她的建议，将唐僧藏在宫殿后面。

落入水中的八戒和沙僧捞起行李，放在白马背上驮运，然后分开水路，破浪前行，成功脱离险境。悟空发现师父

---

①凌眼：冰窟窿。

②扑喇喇：象声词，形容冰层断裂声。

不见了，猜测一定是灵感大王在作祟，于是与沙僧、八戒一同返回陈家庄。陈家两位老人看到三人衣服湿漉漉的，便问：“怎么没见到唐三藏老爷？”悟空回答：“师父被灵感大王算计了，你们放心，先给我们**浆浆**①衣服，晒晒关文，取草料喂着白马，我们三兄弟去寻那厮，救出师父，索性**剪草除根**②，替你一庄人除了后患。”两位老者闻言，满心欢喜，即命人安排斋供。兄弟三人饱餐一顿后，将马匹行囊交给陈家看守，各自整理兵器，前去寻师擒怪。

那妖怪与悟空交战不到三回合，便自知力不能敌，逃回水中，紧闭不出。悟空束手无策，便命八戒沙僧在河岸巡逻，自己则前往普陀岩请教菩萨，想要知道这妖怪的出身与姓名。大圣驾起云头，直赴南海。见了菩萨，便道出此事。菩萨手持一个紫竹篮道：“悟空，我与你同去救唐僧。”

二人乘坐祥云，腾空而起，瞬间便抵达通天河畔。菩萨用一根细绳系住竹篮，抛入河中，连续默念咒语七遍。然后提起竹篮，只见那篮内多了一尾熠熠生辉的金鱼。菩萨对悟空三人道：“他原本是我莲花池里养的金鱼，每日浮出水面听经，修炼成精，在此为祸人间。如今已被我收服，你们快去救唐僧吧。”

三人感激菩萨的相助，潜入水底救出唐僧。一行人返回陈家庄，将妖精被菩萨收服的经过叙述一遍，满庄百姓纷纷磕头谢恩。百姓们又一齐将师徒四人送至通天河边。

---

①浆浆：用粉浆或米汤浸纱、布、衣服，使干后变硬变挺。

②剪草除根：比喻彻底除掉祸根，不留后患。

此时河水已经解冻。唐僧正为如何过河发愁时，忽然听到河中央有人高声喊叫："孙大圣，我来送你们师徒过河。"不一会儿，水中冒出一个怪物，原来是一只**老鼋**[①]。悟空紧握金箍棒道："你这孽畜！敢靠近一步，我就一棒打死你！"老鼋道："大圣，请息怒，我有事相求。我已在此修行了一千三百余年，虽然能说人话，但难以摆脱这副壳身。希望老师父到西天替我问佛祖一声，看我何时能摆脱这副壳身化为人形。"唐僧急忙应道："好的，我一定会帮你询问。"于是，唐僧四人告别了陈家庄的百姓，坐在老鼋背上，不到半天时间就抵达了通天河对岸。他们向老鼋道谢后，沿着大路，继续向西赶去。

◈ 精华赏析

在得知灵感大王每年要食用一对童男童女后，悟空和八戒主动帮助陈家人，变为陈家孩童的模样前去祭祀，这一行为凸显了他们热心助人的美好品质和面对邪恶势力时的无畏精神。最终，他们成了陈家庄人的救命恩人，赢得了全庄人的感谢。

◈ 成长启示

唐僧一行人主动帮助陈家人，最终赢得了陈家庄村民的尊重与感激。这一回的故事告诉我们在面对邪恶势力的时候，应该勇于站出来，保护弱者，追求正义。善良与勇敢是战胜邪恶的最有力武器，而助人为乐的精神则能为我们赢得他人的尊重与感激。

①老鼋：一种外形像鳖的爬行动物，生活在水里。

第二十七回　悟空大战青牛精

要点思考

·孙悟空化斋之前明明给唐僧三人画了圈，让他们三人不要出圈，他们三人为什么擅自出了圈？

·孙悟空是怎么知道青牛精不是凡间妖魔的？

唐僧师徒过了通天河，继续往西赶了几个月，已经到了严冬，一天傍晚，四人来到了一座山脚下。唐僧看到有一处楼台亭舍，便说：“前面有处亭台，还有香火，像是一处寺院，我们去那里化些斋饭，吃完再走吧。”

悟空往那边瞧了瞧，说前面那片楼台房舍阴气逼人，怕是妖精变的，最好不要去。

唐僧说：“那今晚的斋饭怎么办？”悟空说：“师父别急，你先下马在原地等一等，我去找些吃的。”临行，悟空还是不放心，用金箍棒围着唐僧周围画了一个圆圈说：“师父，老孙画的这个圈，强似铜墙铁壁，虎豹狼蛇什么的全都别想进来，你们在这里面等着，不要乱走，我去去就来。”说完，悟空乘云而去。

唐僧坐在圈子里等待多时，都不见悟空回来。八戒提议说他们顺着路，先往西边去。等孙悟空化了斋，驾了云，自会赶来。唐僧闻言，于是依了八戒，几人一齐出了圈外。沙僧牵了马，八戒担了担，唐僧步行前进，不多时，见到一座阁楼。八戒道：“师父，这一看就是大户人家。你们坐着，让我进去看看。”

八戒进了屋子，发现里面空无一人，桌上却有几件锦绣绵衣，拎起来一看，是三件纳锦背心。呆子便将背心拿给唐僧和沙僧穿上。八戒和沙僧才系紧带子，不知怎么站立不稳，扑地摔了一跤。原来是这背心有古怪，霎时将他们两个的手背在身后捆了。唐僧急忙上前来解，哪里解得开？三个人惊慌失措，叫嚷之声不绝，惊动了魔头。这魔头正坐在洞里，忽闻怨恨之声，急忙出门来看，见果然捆住了几个人，便立即唤小妖，将三人一齐捉到洞里。

那一边，孙悟空化到一些斋饭，驾云返回，只见棍画的圈子还在，唐僧等人却都不见了。悟空正无计可施时，恰逢山神土地，一打听，才知这座山叫作金嵬山，山前有个金嵬洞，那洞中有个独角**兕**[①]大王，唐僧等人是被那大王抓去的。

悟空听完，手拿金箍棒，径奔山前，找到妖洞，厉声高叫道：“我是唐朝圣僧的徒弟齐天大圣孙悟空，快送我师父出来，免教你等丧了性命！”洞中小妖，急忙报告给大王。那魔王听说来者是孙悟空，满心欢喜道：“正要他来呢！我自离了本宫，下降尘世，正愁找不到对手。”即率领小妖，出洞迎战。

魔王与悟空一言不合，便打了起来。那魔王见孙悟空棍法齐整，全无破绽，喜得连声喝彩道：“好猴儿！果然是那闹天宫的本事！”二人又斗了一二十个回

①兕：古代指犀牛。

合。那魔王见悟空的金箍棒着实厉害，突然从袖中取出一个亮灼灼、白森森的圈子来，往空中一抛，叫声："中！""嗖"地一下，把金箍棒套去了。弄得孙大圣赤手空拳，翻筋斗逃到山后。

悟空心中暗想："那妖精认得我。我记得他在阵上说，'果然是那闹天宫的本事！'他绝不是凡间怪物，定是天上凶星，思凡下界。我还需去上界查勘查勘。"

想到此处，悟空急翻身纵起祥云，来到灵霄殿，对玉帝说明原委。玉帝立即降旨派人清查，把满天星斗都查了一遍，毫无结果。玉帝说道："既然如此，孙悟空你先挑选几员天将，随你下界擒魔。"悟空便叫了托塔李天王与哪吒太子，还有两员雷将，随他下界。

一行人顷刻而至金兜洞外，扎在山南坡下。哪吒三太子与悟空径至洞口，先来叫阵，那魔王毫不怯战，与三太子斗在一处。只见那太子使出法来，变作三头六臂，手持六般兵器，朝着妖魔砍了过去。那魔王全然不惧，一只手取出那白森森的圈子来，往空中一抛，把哪吒的六般兵器全部套走了，慌得那哪吒太子赤手逃生。

太子与悟空回去见李天王，一起商量对策。悟空说这妖怪武艺平平，只是这个圈子厉害。他去探一探这宝贝的来历。

好悟空，说声去，就纵起筋斗云，到了灵山，见到如来，将来意说明。如来用慧眼遥观，便知分晓，对悟空道："你可去兜率宫太上老君处问问。"

悟空纵一道筋斗云，径直到了兜率宫前。悟空入里，目不转睛，东张西看，走过几层廊宇，忽见那牛栏边一个童儿**盹睡**①，青牛却不在栏中。悟空道："老官，你的牛丢了！"老君大惊道："这孽畜几时走了？"听到嚷闹，那童儿方醒，跪在太上老君前道："爷爷，弟子睡着了，不知那牛是几时走的。"老君又问："可曾偷什么宝贝？"悟空道："没什么宝贝，只见他有一个圈子，十分厉害。"老君道："这孽畜定是偷了我金钢琢去了！这孽畜在什么地方？"悟空道："现住金峣山金峣洞。他捉了我师父，抢了我金箍棒。我请天兵相助，他又抢了太子的兵器。你这老官，放纵怪物，抢夺伤人，该当何罪？"老君道："我那金钢琢，乃是我**过函关化胡**②之器，是我自幼炼成的宝物。无论什么兵器、水火，都不能近它。倘若他再偷去我的芭蕉扇，连我也不能奈何他。"

老君执着芭蕉扇，驾着祥云，出了仙宫。悟空欢欢喜喜，随着老君，直至金峣山界。老君道："悟空，你去诱他出来，我好收他。"

悟空跳下峰头，高声骂道："妖怪，趁早出来受死！"那小妖又去报知，魔王道："这贼猴又不知请谁来了。"急拿枪举宝，迎出门来。悟空骂道："你这泼魔，这次死定了！不要走！吃我一掌！"急纵身跳个满怀，劈脸打了

①盹睡：短时间地睡觉。

②过函关化胡：指道教人士西出函谷关，到西域对西域人、天竺人等胡人实行教化。函关即函谷关，在今河南省灵宝市函谷关镇。胡，我国古代对北方及西域各国或少数民族的称呼。

魔王一个**耳括子**[①]，回头就跑。那魔王抡枪就追，只听高峰上有人叫道："那牛儿还不归家，更待何日？"那魔抬头，看见是太上老君，唬得心惊胆战道："这贼猴怎么请我主公来了？"老君念个咒语，用扇子扇了一下，那怪便将圈子丢来，被老君一把接住；老君又一扇，那怪物便力软筋麻，现了本相，原来是一头青牛。老君对金钢琢吹口仙气，用金钢琢穿了那怪的鼻子，又解下勒袍带，系于琢上，牵在手中。

老君辞了众神，跨上青牛背，驾云归去。孙大圣则同天王等人打入洞里，把那百十个小妖尽数打死，取回了各自的兵器。天王父子受了悟空感谢，回了天庭。悟空也终于解救了唐僧、八戒和沙僧，拿回金箍棒。师徒四人收拾好行装，继续赶路。

◈ 精华赏析

青牛精是个好战的妖怪，当他听说孙悟空前来挑战时，他不但不害怕，反而非常高兴，因为他一直都在寻找一个能与他匹敌的对手。当看到孙悟空的棍法如此精湛时，他情不自禁地连声喝彩。实际上，青牛精的武艺并不出色，他只是拥有一件非常强大的武器——太上老君的金钢琢，这让他在战斗中具备了强大的战斗力。

◈ 成长启示

在这回故事中，青牛精利用太上老君的金钢琢成功地对抗了孙悟空。这表明在解决问题时，我们可以借助外部的力量或资源来增强我们的能力。但是，我们也需要注意不能过分依赖外部力量，自身的努力和能力提升才是更重要的。

①耳括子：巴掌、耳光。

第二十八回 怀身孕师徒受苦

❖ 要点思考

· 为什么唐僧与猪八戒喝了河水后便腹痛难忍？

· 如意真仙为什么不肯送水给孙悟空？

唐僧师徒离开金皘洞，翻山越岭，赶路中遇到一条清澈的小河。唐僧口渴，见河水清澈，便取了钵盂舀水，喝了几口，剩下的都让八戒饮下。

不到半个时辰，唐僧在马上呻吟道：“腹痛！”八戒随后道：“我也有些腹痛。”沙僧道：“想是喝冷水导致的？”没说完，师父唤道：“疼得紧！”八戒也道：“疼得紧！”他们两个疼痛难忍，渐渐肚子变大了。用手一摸，似有血团肉块，不住地乱动。悟空忽然见路旁有一村舍，便想上前讨些热汤和药来。到了村舍门口，只见门外有一个老婆婆，悟空上前问道：“婆婆，贫僧是东土大唐来的，我师父因为喝了河水，觉得肚腹疼痛。”那婆婆笑着道：“你们在哪条河里喝水？”悟空道：“是这东边的清水河。”那婆婆笑道：“你们进来，我跟你说。”

悟空搀扶着唐僧，沙僧也扶着八戒，他们二人不停地呻吟着，挺着大肚子，疼得面部肌肉扭曲，进入草舍后坐下。悟空请求道：“婆婆，请给我们师父烧些热汤，感激不尽。”然而老妇却拒绝了，笑着说：“热汤也没有用，治不好他们两个的腹痛。我们这里是西梁女国，整个国家都是女人，没有男人。你们师父喝水的那条河叫作子母河。我们这里的人，只有在二十岁以上，才会去喝那条河里的水。喝水之后，就会感到腹痛并且怀孕。三天之后，就会生下孩子。你师父喝了子母河的水，因此怀了孕，几天后就要分娩了，热汤怎么能治好呢？”

唐僧听完，大惊失色地说道：“徒弟们，这可怎么办才好？”八戒哼道：“师父啊，竟然要生孩子！这可怎么得了啊！”沙僧笑道：“二哥，别哼了，别哼了！你要是乱动，小心弄个**胎前病**①。”唐僧苦恼地说道：“老人家，您这里有没有医者？让我徒弟去买一贴堕胎药来吧。”老婆婆回答道：“吃药也不管用的。但是我们这里正南街上有一座解阳山，山中有一个破儿洞，洞里有一眼落胎泉。只有喝了那口泉水，才能解胎气。但是现在取不了水了，前些年来了一个道人，名叫“如意真仙”，把破儿洞改成了聚仙庵，霸占了落胎泉水，不肯轻易赠予他人。想要取水的人，必须备上礼品，虔诚奉献，求他赐一碗水，才能取到水。你们这些**行脚僧**②，哪里有那么多钱财？只能忍住了，等生下孩子就好了。”

---

①胎前病：女性怀孕期间由于生理上的特殊改变，较容易发生一些跟怀孕有关的疾病，统称胎前病。

②行脚僧：指无固定居所、参禅云游四方的僧人。

悟空闻听此言，满心欢喜地说道："老婆婆，从这里到解阳山有多远？"老婆婆回答道："有三十里路。"悟空说道："太好了！师父您放心，等我去取些水来给您喝。"说完，他吩咐沙僧照顾好师父，随即出了草舍，驾云而去。老婆婆看着空中礼拜道："神仙啊！这和尚竟然会驾云！"不一会儿，悟空来到一座山头，仔细一看，只见山阴处有一座庄院。他径直来到门前，见到一个老道人。悟空说明来意后，要求见真仙。那道人笑道："我是如意真仙的大徒弟。你叫什么名字？我好为你通报。"悟空回答道："我叫孙悟空。"那道人又问道："你的礼品在哪里？"悟空回答道："我只是一个路过的僧人，没有准备礼品。"那道人笑道："我师父护住山泉，从不轻易送人。你回去备好礼物再来吧，我会为你通报的。"悟空自信地说道："你去说我老孙的名字，他必然**做个人情**①，或者连井都送我。"

那道人听后，只得入内通报。真仙原本平静，但一听到孙悟空的名字，立刻怒火中烧，恶意沸腾，他急忙站起，紧握一把如意钩子，跃出庵门，大声喝道："孙悟空在哪里？"悟空不解其意，上前讨水。但真仙断然拒绝，向悟空道出自己的身份。原来这位真仙与牛魔王亲如兄弟，几日前收到牛魔王的信，信中告知红孩儿被菩萨收服，他正欲寻找孙悟空报仇。此时见孙悟空自动送上门来，他对孙悟空的怨恨之情瞬间爆发，哪可能给他送水？悟空试图解释，但二人已陷入激战，经过十几回合的交锋，真仙终于

①做个人情：行个恩惠。

败下阵来，拖着如意钩，向山上逃去。

悟空并未追赶，而是返回庵内寻找水源。他手持瓦钵，猛力踢开庵门，闯入其中，一声大喝，将其他道士驱散。正当悟空专心取水之时，真仙又突然出现，使用如意钩子钩住悟空的脚，使其跌倒在地。悟空迅速爬起，挥起金箍棒就打，但真仙灵活地闪到一旁，紧握着钩子道："看你如何取得我的水！"悟空气急败坏，破口大骂。而真仙并不主动攻击，只是阻止他取水。当悟空尝试取水时，真仙再次使用钩子干扰。悟空力不从心，又被他钩住脚，吊桶和井索一同跌入井中。大圣**气急败坏**①，爬起后双手抡起金箍棒，狠狠地打向真仙。而真仙只是后退避让，并不还手。悟空想再次取水，却发现没有吊桶，又怕真仙再次干扰，于是心中盘算："先找个帮手来！"

悟空驾云折返，回到村舍，叫上沙僧一同去打水。两人驾云迅速来到庵外。悟空吩咐沙僧："你先在一旁躲藏，等我出去应战。待我们激战正酣，你就趁机进去取水，然后立刻离开。"沙僧点头答应。

悟空紧握金箍棒，引出真仙，两人没说几句，便又激战起来，从庵门外打到山坡之下。沙僧趁机提着吊桶闯入庵内，遇到一个阻挡的道人，迅速制服了他，然后用吊桶在井中打满了水。沙僧匆忙走出庵门，驾起云雾，朝着悟空喊道："师兄，我已经取到水了！放过他吧，放过他吧！"

悟空听到沙僧的喊话，用金箍棒抵住如意钩子，考虑

①气急败坏：上气不接下气，狼狈不堪，形容十分慌张或恼怒。

到这位真仙一来未曾犯法，二来是牛魔王的兄弟，于是打算放过他。他警告真仙以后遇到取水的人，不要再勒索。但那真仙却不知好歹，又用钩子钩向悟空的脚，被悟空闪过。悟空迅速上前，夺过如意钩，将其折为两段，扔在地上怒斥道："你这孽畜！还敢无礼吗？"那真仙吓得战战兢兢，忍辱无言。悟空呵呵一笑，驾云而起，追上了沙僧。

两人带着取得的真水回到村舍，让唐僧和八戒喝下。喝下真水后，二人腹中绞痛，八戒忍不住，大小便失禁，唐僧也忍不住需要到僻静之处解手。之后两人方感疼痛消失，肚子也逐渐消肿。老婆婆又熬了些白米粥，给他们补充体力。悟空见唐僧和八戒都已康复，便将剩余的水送给了老婆婆。老婆婆感激涕零，准备了斋饭招待唐僧师徒，并留他们住了一宿。第二天早上，师徒们向老婆婆道别，离开了村舍，继续踏上了西天取经之路。

精华赏析

因为喝了子母河的水，唐僧和八戒都怀孕了。如果没有落胎泉的水，他们将在三天后生产。然而，这个关键的泉水却被如意真仙所霸占。这个贪婪的道人利用泉水勒索钱财，如果没有足够的钱财，他就不会轻易地提供泉水。孙悟空试图让真仙做个人情，送水给自己，但真仙是红孩儿的叔叔，对悟空恨之入骨，更不会提供泉水。然而，经过几番激战，真仙最终还是败给了孙悟空，让孙悟空与沙僧的计策得逞，也让唐僧与八戒免遭生产之苦。

成长启示

孙悟空试图让如意真仙送水给自己，却被拒绝。孙悟空独自抢水不成，于是想了个计谋，和沙僧通过共同努力，拿到了泉水。这提醒我们遇到问题要多动脑筋，重视团队合作。

第二十九回 女儿国唐僧遇险

要点思考

· 在去西天取经的路上，唐僧师徒先后遇到过许多女子。他们对女子的态度分别是怎样的？展现了他们各自什么样的性格？

· 悟空为什么让唐僧答应与女儿国国王的亲事？

唐僧师徒别了村舍人家，往西赶了三四十里地，来到一座城池外面，唐僧坐在马上说："徒弟们，前面想必就是西梁女国，我们尽快去城里倒换关牒，继续赶路，切莫乱了性情，败坏了佛门清规。"悟空三人点头称是。

说话的空儿，四人已经走到东关厢街口。只见城中人皆着长裙短袄，**粉面油头**①，不分老少，尽是妇女，正在街道两边做买卖。

他们继续往前走了一阵，忽见一位女官站在街边，高声叫道："远来客人，不可擅入城门。请投馆驿登记姓名，待下官执名奏驾，查验后放行。"三藏闻言下马，看那衙门上有一匾，上书"迎阳驿"三字。随后女官引路，四人进入馆驿，正厅坐下后，女官即唤人上茶。师徒四人又见那馆驿中也全是女人，边上茶边笑。

喝完茶，女官欠身问道："客人从何处来？"悟空道："我等从东土大唐而来，奉唐王之命，去西天拜佛求经。我师父是大唐皇帝的御弟，号三藏，我乃他大徒弟孙悟空，这

①粉面油头：脸上扑粉，头上抹油，形容女子的妆容。

两个是我师弟猪悟能、沙悟净，一行连马五口。随身有通关文牒，请照验放行。”原来那女官便是**驿丞**[1]，执笔写完，即令管事的安排饭菜，自己前去皇宫上奏。

那驿丞见到女王，据实上奏。女王闻奏满心欢喜，对众文武官员说她要以一国之富，招唐僧为王，她为后，与唐僧生子生孙，永传帝业。众女官听完，无不欢悦。又听驿丞说唐僧还有三个徒弟，相貌凶恶。女王闻言并不在意，只说可打发三个徒弟去取经，只留下唐僧一人。说罢，女王即命太师做媒，迎阳驿丞主婚，先去馆驿向唐僧求亲，待他许可，女王再摆驾出城迎接。太师、驿丞遂领旨出朝。

唐僧师徒在驿厅正享斋饭，只见外面人报：“当驾太师到。”唐僧道：“太师来是何意？”八戒道：“怕是女王请我们。”悟空道：“不是相请，就是说亲。”话没说完，太师与驿丞到了。那太师见长老相貌轩昂，道：“御弟爷爷，给您道喜！”唐僧道：“喜从何来？”太师躬身道：“臣奉我王旨意，特来求亲。”唐僧道：“善哉，善哉！贫僧只身来到贵地，又无儿女相随，只有顽徒三个，不知大人求的是哪个的亲事？”驿丞道：“下官才进朝启奏，我王十分欢喜，知御弟乃中华上国男儿，我王愿以一国之富，招赘御弟爷爷为夫，我王愿为帝后。传旨着太师做媒，下官主婚，故此，我二人特来求这亲事。”唐僧闻言，低头不语。太师道：“大丈夫遇到好的机会，不可错过。似此招赘之事，天下虽有。托国之富，却是罕见。请御弟爷爷

①驿丞：古代驿站官吏，负责驿站中仪仗、车马、迎送之事。

快快答应，我好回奏。”唐僧反倒越加痴哑，只问悟空：“悟空，你说这怎么是好！”悟空道：“依老孙说，你在这里也好。自古道‘千里姻缘一线牵’，哪里再有这般缘分？”唐僧道：“徒弟，我们在这里贪图富贵，谁去西天取经？那不辜负我大唐皇帝吗？”太师道：“我王旨意，只求御弟为亲，教你三位徒弟吃了喜宴，便倒换关文，往西天取经去。”悟空道：“太师说得有理，我等不必为难，情愿留下师父，与你主为夫。快换关文，打发我们西去。待取经回来，我们好到此拜**爷娘**①，讨盘缠，回大唐。”太师大喜，谢过悟空成全之恩，随后就教人摆设筵宴招待几人，自己同驿丞欢天喜地回奏女王。唐僧一把扯住悟空，直骂他害人不浅。悟空却解释道：“师父，这只是将计就计。你若不允她，她便不肯倒换关文，不放我们走。若是怀恨在心，我等岂有善报？到时候我们必定要使出降魔荡怪的神通。你知我们手脚又重，器械又凶，一旦动手，这一国的人都要遭殃，你我于心何忍！我也是不得已。”唐僧听说，道：“悟空，你说得有理。但恐女王招我进去，要败坏佛家德行。”悟空道：“今日允了亲事，她一定以皇帝礼，摆驾出城接你。你不要推辞，去皇宫，问女王取出御宝印信来，宣我们兄弟进朝，给通关文牒盖上印，交给我们，然后让女王摆下宴席，就当与女王的喜宴。待筵宴已毕，再说送我们三人出城。待送出城外，老孙使个定身法，教她君臣人人皆不能动，我们顺着大路只管西行。一昼夜之后，我解了法术，

①爷娘：徒弟对师父、师娘的尊称。

让她君臣醒了过来，安全回城。一不伤人性命，二还可顺利脱身，岂非两全其美？”唐僧闻言，称谢不尽。

果然，太师与驿丞回宫禀报女王，说是唐僧答应了。女王闻言大喜，立即传旨，让**光禄寺**①准备宴席，自己亲自出城迎接夫君。不多时，**龙辇**②便至迎阳馆驿。唐僧闻报，立即与三徒整衣出厅迎驾。女王卷帘下辇，仔细打量唐僧，见唐僧果然仪表非凡。女王心里欢喜，呼道：“大唐御弟，快上龙车。”唐僧闻言，耳红面赤，羞答答不敢抬头。猪八戒在旁，噘着嘴，偷眼观看那女王，却也**袅娜**③。

只见那女王走近前来，一把扯住唐僧，俏语娇声，叫道：“御弟哥哥，请上龙车，和我同上金銮宝殿。”唐僧没奈何，只得依从，强颜欢笑，上龙车与女王并肩而坐。悟空这才叫沙僧挑着行李，牵着白马，跟随同行。猪八戒往前乱跑，嚷嚷着要吃喜酒。女王听了，急问：“筵宴安排好了吗？”女官回奏：“已经备好。”

此时，太师又启奏：“请赴东阁会宴，今宵吉日良辰，就可与御弟爷爷成亲，明日是**黄道吉日**④，请御弟爷爷登宝殿即位。”女王大喜，即与长老携手相搀，下了龙车，共入**端门**⑤里。

到了东阁之下，女王安排悟空三人坐下，又与唐僧坐

①光禄寺：官署名，掌管宫廷饮膳及祭献食品等事。
②龙辇：古代天子坐的车子。
③袅娜：女子的优美姿态。
④黄道吉日：迷信的人认为宜办事的好日子。
⑤端门：宫殿的正门。

在上座。席间，唐僧欠身而起，对女王合掌道："陛下，多谢款待。请登宝殿，倒换关文，趁着天早，送他们三人出城吧。"女王依言，携着长老，散了筵宴，上金銮宝殿，叫徒弟们拿上通关文牒来，端端正正盖上印。

悟空接了，叫沙僧在包裹里放好。见已倒换了关文，唐僧道："敢烦陛下同贫僧送他三人出城，待我嘱咐他们几句，叫他们好生西去，我再回来，与陛下永受荣华。"女王不知是计，便传旨摆驾，与唐僧同登凤辇，出西城而去。

不多时，大驾出城，到西关之外。悟空、八戒、沙僧同心合意，一起高声叫道："女王不必远送，我等就此拜别。"唐僧慢下龙车，对女王拱手道："陛下请回，贫僧取经去了。"女王闻言，大惊失色，扯住唐僧道："御弟哥哥，我愿将一国之富，招你为夫，明日高登宝位，即位称君，我愿为君后，喜筵都吃了，为何却又**变卦**[①]？"八戒听说，发起疯来，大嘴乱扭，耳朵乱摇，闯至驾前，嚷道："我们和尚家怎能成亲！放我师父走！"那女王见他撒泼，吓得魂飞魄散。沙僧把唐僧抢出人丛，服侍上马。忽见路旁闪出一个女子，喝道："唐御弟，哪里走！"沙僧一见，持宝杖劈头就打。那女子弄阵旋风，呜的一声，把唐僧抓去了，二人无影无踪，不知下落何处。

孙大圣与猪八戒正要使法定住那些妇女，忽闻风声响动，急回头，不见了唐僧。悟空立即跳上云端，手搭在眼前，四下观看，只见一阵灰尘，往西北去了，急回头叫道："兄

①变卦：已定的事忽然改变，多含贬义。

弟们，快驾云同我去追师父！”八戒与沙僧闻言跳上半空。慌得那西梁国君臣女辈，齐齐下跪，都道：“是白日飞升的罗汉，我主不必惊疑。唐御弟是个有道的禅僧，我们都有眼无珠，枉费了心思。请主公回朝吧。”女王自觉惭愧，百官都一齐回国。

❖ 精华赏析

西梁女国国王欲将一国之富尽献给唐僧，然而唐僧却不为所动，这彰显了他对取经之事的坚定和决心。太师前来馆驿拜见唐僧师徒时，悟空即猜出她是来提亲的，这展现了悟空的聪明才智和敏锐的洞察力。随后，悟空为师父出谋划策，在不伤及任何人的情况下成功地解围，这进一步凸显了他的智慧和谋略。

❖ 成长启示

与法力高强的徒弟们相比，唐僧只是一个手无缚鸡之力的凡人。但无论是面对凶残可怕的妖怪，还是面对美丽痴情的西梁女王，唐僧始终不改去西天拜佛求经的初心，一直持守着佛教的戒律，最终完成了取经的使命。在追逐梦想的过程中，我们或许也会遇到许多诱惑和困境，但只要我们能像唐僧一样，始终保持坚定的信念和顽强的意志，不断为我们的梦想拼搏、奋进，终会实现自己的梦想。

第三十回 星官琵琶洞除妖

❖ 要点思考

· 蝎子精为什么会对悟空说，雷音寺中的如来也怕自己？

· 通过阅读此回，你认为蝎子精捉拿唐僧的目的是什么？

悟空三兄弟腾云驾雾，顺着狂风的方向紧追不舍，终于来到一座高山脚下，却发现风沙已经消散，无法找到那股妖风的踪迹。正当他们疑惑之际，突然看到前方不远处有一块巨石，放射出耀眼的光芒。于是三人赶紧朝光源赶去，靠近一看，才看出是两扇石门，门上写着六个大字：毒敌山琵琶洞。

悟空嘱咐八戒和沙僧牵着马匹在门外等候，自己则化身为一只蜜蜂，从门缝里飞了进去。进入石门后，他看到一个女妖端坐在花亭子上。悟空轻轻地飞到花亭的格子上，只听到那女妖笑着说：“小的们，把唐御弟搀出来。”随后，几个女童走向后房，把唐僧扶了出来。唐僧此时面色发黄，嘴唇发白，眼睛红肿，泪流满面。悟空心里一惊：“师父中毒了！”

那女妖走下花亭，伸出纤细的十指，拉住唐僧的手说道：“御弟放宽心，虽然我这里比不上西梁女国的宫殿那么奢华富贵，但也清静自在，正好可以念佛看经。我也愿意和你做个伴，百年好合。”唐僧闻言不语。

悟空在旁听着两人交谈，忍不住现了本相，挥舞着金箍棒大声喝道："孽畜无礼！"那女妖见到悟空后，口中喷出一道烟光将花亭子笼罩住，并命令手下将唐僧带走。女妖则手持一柄三股钢叉，跳出亭门，与悟空激战起来。

两人的战斗从洞内打到洞外，八戒和沙僧正在外面等待，忽然听到打斗声，八戒赶忙双手举起钉耙，冲上前去叫道："师兄退后，让我来对付这个妖怪！"那女妖见到八戒后哼了一声，鼻子中喷出火焰，口中也冒出烟雾，身体一抖，手中的三股叉便飞舞着冲向八戒和悟空。那女怪也不知有几只手，没头没脸地滚过来。悟空与八戒两边攻住。那怪道："孙悟空，你不识好歹！雷音寺里的如来佛也还怕我呢，你们几个有什么本事！"

三人激战良久，未分高下。那女妖纵身一跃，使出个**倒马毒桩**①，冷不防在悟空的头皮上刺了一下。悟空痛呼一声，无法忍受，败下阵来离去。八戒见状不妙，拖着钉耙迅速逃离。那女妖获胜后，返回石门之内。

悟空抱头，皱眉苦叫："厉害，厉害！"八戒见了，嘲笑不止，沙僧不明所以，以为悟空**头风**②发作。见天色已晚，悟空又伤了头，三人商议后决定先在山坡下休息一晚，恢复精神，等天亮再想办法。

次日清晨，悟空发现自己的头已经不痛了，只是有些痒。于是他又化身成蜜蜂，飞入石门内。他让八戒守在门外，沙僧则原地看守马匹。悟空飞入门内一看，发现那些

---

①倒马毒桩：指很邪毒的武功。

②头风：头痛。

妖精还都昏睡不醒。他飞到后面，隐隐听到了唐僧的声音。抬头一看，步廊下捆着唐僧。悟空轻轻落在唐僧头上，轻声呼唤：“师父。”唐僧听出是悟空的声音，惊喜地说：“悟空来了？快救我！”他们师徒俩正聊着天，却意外地惊醒了那个女妖。女妖滚下床来，厉声高喊道：“泼猴，你好大的胆子！”

悟空见状赶紧撇下师父，飞出石门现出原形大喊一声：“八戒！”八戒听到声音，立刻跑到石门前，毫不犹豫地举起钉耙朝石门狠狠地一耙，将门砸成几块。那女妖愤怒地走出来，手握三股叉骂道：“泼猴！野猪！竟敢打破我的门！”骂完后，她挥舞着钢叉刺向八戒。八戒灵活地躲开了攻击，反手就是一耙，而悟空也挥起金箍棒协助作战。三人又激战了三五回合后，那妖精不知使什么兵器，往八戒嘴唇上也扎了一下。八戒疼痛难忍，拖着钉耙逃离了战场。悟空也虚晃一招，败下阵来。那女妖得胜而归，命令小妖们搬来石块将前门封住。

沙和尚正在坡前放马，忽听哪里有猪在哼，抬头，见八戒捂着嘴，哼哼起来。沙僧道：“怎么了？”八戒哼道：“了不得！疼疼疼！”悟空也到跟前笑道：“好呆子！昨日取笑我，今日也变成了肿嘴猪！”八戒哼道：“难忍难忍！疼得很！厉害，厉害！”

三人正不知如何是好，只见一个老妈妈，左手提着一个青竹篮，自南山路上挑菜而来。悟空急睁眼看，原来是观世音菩萨。三兄弟连忙下拜。那菩萨被他们认出，即踏祥云，现了真像，原来是**鱼篮之像**[1]。悟空赶到空中，拜告道："菩萨，今遇妖魔难收，万望菩萨搭救！"菩萨道："这妖精十分厉害，本身是个蝎子精。她前些日子在雷音寺听佛谈经，如来见了，用手推了她一把，被她扎中了左手中指，如来也疼痛难忍，没想到她竟跑到这里来了。若要救唐僧，必须请一人前来。"悟空再拜道："望菩萨明示。"菩萨道："你去东天门光明宫告求**昴日星官**[2]，方能将她降伏。"说完，化作一道金光，径直回了南海。

孙大圣得到菩萨指示，急忙请星官来到毒敌山。星官按下云头，与悟空同来山前坡下。星官轻抚八戒嘴唇，呼气间，八戒痛苦立消，喜悦之情溢于言表，连连称赞："妙哉，妙哉！"悟空笑道："星官，能否也为我解解余毒？"星官依言，轻触悟空头顶，呼气为他解毒，悟空顿感舒适，不再麻木疼痛。八戒狠声道："师兄，我们去打败那妖怪！"星官点头："正是此意。你二人将她引出，我来降服。"

悟空与八戒复至石门之外。八戒口中怒骂，手中钉耙猛击，将洞门外石块击得粉碎。洞内小妖慌忙回报："奶奶，那两个恶人又来了！"那妖精闻讯跳出花亭，挺叉向八戒刺来。八戒举钉耙抵挡，悟空则挥金箍棒助攻。妖精追击二人，正欲下毒手，悟空、八戒转身便逃。妖精追出石门，悟空高呼："星官在哪里？"只见星官立于山坡上，现出

---

①鱼篮之像：三十三观音相之一，脚踏鳌背，手提盛鱼的竹篮的观音形象。

②昴日星官：星宿名。二十八星宿之一。

原形，乃是一只六七尺高的双冠大公鸡。公鸡对妖精啼叫一声，妖精立时现出原形，原来是一只琵琶大小的蝎子精。星官再啼一声，妖精浑身酥软，倒伏坡前。八戒踏住妖精胸背，喝道："你这孽畜，现在怎么不使毒了！"妖精动弹不得，被八戒一钉耙打死。星官收聚金光，驾云离去。

悟空、八戒、沙僧进入洞中，见洞内丫鬟跪拜道："爷爷，我们不是妖邪，乃西梁国女子，被这妖精掳来。你们师父在后边香房里。"悟空察觉她们身上无妖气，遂进入后院救出唐僧。他们将被掳女子送下山，指明回家之路；最后点上一把火，把几间房宇烧了个干净，方请唐僧上马，找寻大路，继续西行。

精华赏析

蝎子精在《西游记》中也算一个比较厉害的妖精，她能鼻中出火，口内生烟，武器是一把三股钢叉。更为厉害的是，她擅长用毒刺攻击，连拥有金刚不坏之身的孙悟空都无法抵挡她的毒刺，疼痛难忍，甚至不得不落荒而逃。然而，蝎子精并非无敌的存在，她有一个致命的克星——昴日星官。昴日星官的本相是一只威武雄壮的大公鸡，他在蝎子精面前高声叫唤两声，便让蝎子精浑身酥软，无法动弹，最终倒在坡前。这表现出了《西游记》中人物形象设计的巧妙和丰富性，同时也强调了每个角色都有其独特的性格和特点。

成长启示

悟空面对蝎子精的攻击无法抵挡，但昴日星官一出现，蝎子精就不战而败。这说明在解决问题时，需要深入分析情况，找到问题的关键点，对症下药，有针对性地去解决问题。这个故事还提醒我们不要轻视小事物的力量。虽然昴日星官只是一只大公鸡，但他的叫声却能削弱蝎子精的力量，使她失去战斗能力。

第三十一回　如来识破假猴王

要点思考

· 孙悟空打死的是坏人，但唐僧认为他行凶就是不善，你觉得两个人中谁更有道理？为什么？

· 谛听为什么识别出了假悟空却不当面说破？

唐僧师徒四人离开琵琶洞，一路西行，竟然接连两次遇到强盗。孙悟空将这伙强盗打得星落云散，死的死、伤的伤、跑的跑。唐僧见悟空又杀生，慌得跌下马来，念起了紧箍咒，随后让孙悟空从今往后别再跟着他。悟空求情不果，心灰意冷，径至南海观音处，见了菩萨，止不住泪如泉涌，放声大哭，将打杀**草寇**[①]前后始终，细陈了一遍。菩萨虽然不认同悟空杀生，但也怜他无处可去，让他在观音处住上几日，待唐僧日后来寻。悟空只得皈依，不敢**造次**[②]。

话说唐僧与八戒、沙僧赶了近五十里路，口渴难耐，便命八戒与沙僧去山涧取水。谁知二人久去不回，忽见悟空跪在路边，双手举着个瓷杯，道："师父，没有我你连水都喝不上，西天更是去不得了。"唐僧怒道："去不去得，不关你事！"悟空变了脸，怒骂道："你这忘恩负义的和尚！"说话间抡起金箍棒，丢了瓷杯，往长老脊背上就是

①草寇：出没于山地的强盗。

②造次：鲁莽，轻率。

一打。长老晕倒在地，不能言语。悟空夺了包袱，驾云而去。

等到八戒与沙僧二人化斋取水返回，只见师父倒在地上，一旁白马嘶跳，行李不见踪影。二人扶起师父，那长老呻吟了一会儿，才将刚刚之事说出。八戒一听，怒从中来，便要驾云去寻悟空。唐僧道："你去不得。那猢狲本就与你不和，你又说话粗鲁，一句两句不对，他就要打你。还是悟净去吧。"沙僧领了命，驾云径往花果山水帘洞。

沙僧行了三个昼夜，方到花果山水帘洞中。只见悟空正坐在高台之上，念那通关文牒，沙僧不禁近前厉声高叫："师兄！你念那通关文牒做甚！"原来这打唐僧的悟空是个假悟空，抢夺了行李，是欲自己上西天取经。假悟空见沙僧至此，便道："我今熟读了牒文，自己上西方拜佛求经，再将经送回东土，让那南赡部洲人立我为祖，万代传名。"说完，对手下小猴喝令道："小的们，快请老师父出来。"一群小猴果然牵出一匹白马，请出一个唐三藏，后面还跟着一个挑着行李的八戒，一个拿着锡杖的沙僧。沙僧一见大怒，双手举降妖杖，把那个假沙僧劈头一下打死，一看，原来是一个猴精变的。假悟空命小猴把沙僧围住。沙僧东冲西撞，打出路口，纵云雾逃生，径直向南海观音处，欲向菩萨求助。

沙僧见了菩萨，正欲俯身下拜，忽见悟空在侧，不由分说掣降妖杖就打，菩萨喝道："悟净不要动手，有什么事先跟我说。"沙僧便一五一十道出这几日之事。菩萨听完道："悟空到此已经四日，我不曾放他回去，你先别恼，让悟空与你同去花果山看看。是真难灭，还是假易除，到那里自见分晓。”悟空与沙僧辞了菩萨，径直往水帘洞走。

悟空与沙僧二人到了水帘洞口，见一个悟空高坐石台之上，模样与大圣无异。真悟空一见，掣金箍棒上前骂道：“你是何等妖邪，敢变作我的相貌，占我的儿孙，擅居我的仙洞！”假悟空面无惧色，也使金箍棒来迎。两个悟空打在一处，果真是难分真假。二人好生厮打，却不分胜负。一个道：“沙僧，你先回去找师父，说明是非，等老孙与此妖打上南海落伽山菩萨面前辨个真假。”沙僧见他们两个相貌、声音没有一毫差别，**皂白难分**①，只得依言，拨转云头，回唐僧处。

两个悟空且行且斗，直嚷到南海，到了落伽山，打打骂骂，喊声不绝。见了菩萨，一个道：“菩萨，这厮果然装作弟子的模样。我与这厮打到宝山，借菩萨慧眼，帮弟子认个真假，辨明邪正。”另一个也将此言复道一遍。众**诸天**②与菩萨来看良久，莫能认出真假。这边说：“我是真的！”那边说：“他是假的！”菩萨唤惠岸与善财上前，悄悄吩咐：“你们一人盯住一个，等我暗念紧箍咒，疼的那个便是真，不疼的便是假。”菩萨暗念真言，两个一齐喊疼，都抱着头，地下打滚，只叫：“莫念，莫念！”菩萨不念，他们两个又一齐揪住，照旧嚷斗。菩萨叫声“孙悟空”，两个一齐答应。菩萨莫能辨认，便道：“你当年

①皂白难分：比喻是非不易辨别。

②诸天：佛教护法天神。

官拜弼马温，大闹天宫时，神将皆认得你，你上界去分辨分辨吧。”

这个悟空谢恩，那个悟空也谢恩。二人扯扯拉拉，打至南天门，众神看了多时，也不能分辨。他们两个吆喝道：“你们既不能认，让开路，等我们去见玉帝！”众神**搪抵**[1]不住，放开天门。二人直至灵霄宝殿，见了玉帝，都道：“万岁！指望与臣辨个真假。”玉帝即传旨宣托塔李天王，道：“把照妖镜拿来，照这厮谁真谁假，让他假灭真存。”天王取镜照住，请玉帝同众神观看。镜中乃是两个孙悟空的影子，金箍、衣服，毫发不差。玉帝亦辨不出，便将二人赶出殿外。这个悟空呵呵冷笑，那个悟空也哈哈欢喜，二人都道：“我和你见师父去！”

那一边，沙僧回到唐僧处，将真假悟空之事向唐僧与八戒细细说来，正说着，只听到半空中喧哗吵嚷，原来是真假悟空打至此处。唐僧三人便前来辨认，沙僧上前挽了一个，八戒上前挽了一个，唐僧口中念起紧箍咒，欲辨真假，不料二人一齐叫苦。那唐僧本心慈善，遂住了口不念，却也不认得真假。两个悟空又打到阎王前去分辨。

看到二人一路打来，阴山满山鬼怪吓得躲躲藏藏。**阴君**[2]近前阻挡，这个悟空道：“我保唐僧取经，今遇到个妖精，变作我老孙的模样，菩萨、玉帝、我师父都不能分辨，故闹至幽冥，望阴君为我查看生死簿，看假悟空是何

①搪抵：抵挡，抵拒。
②阴君：阴间阎罗王。

出身。”那个悟空也如此说了一番。阴君立即令管簿判官查勘，却并无假悟空之名。那**地藏王菩萨**[①]便让**谛听**[②]听个真假。谛听是地藏王菩萨经案下伏的一只兽，能照鉴善恶，察听贤愚。怎知谛听听过后，对地藏王菩萨道：“我已辨别真假，但不好当面说破，恐那假大圣骚扰宝殿，致令阴府不安，况这假大圣与真大圣无二，法力无边，我等无力擒拿。”地藏王菩萨问道：“那该如何是好？”谛听只道出“佛法无边”四字。地藏王菩萨便让两个大圣去西天佛祖前辨别。

二人边打边斗，直至大西天灵鹫仙山雷音宝刹，跪于佛祖面前。二人俱道：“弟子保护唐僧，谁知半路上出来个假冒老孙的妖怪，望佛祖为弟子辨明邪正，好回去护那唐僧取经。”立于佛祖两侧的诸位神佛都莫能辨别，唯有如来看破**玄机**[③]，道：“假悟空乃是六耳猕猴。此猴善聆音，能察理，模仿更是不在话下，与真悟空同像同音。”那猕猴闻得如来说出他的本相，胆战心惊，跳起来就走。真悟空见此，就要上前追赶。如来道：“悟空休动手，看我给你擒拿他。”

那猕猴**毛骨悚然**[④]，忙摇身一变，变作一只蜜蜂往上飞。如来将金钵盂抛过去，正盖着那蜜蜂。如来揭起钵盂，

①地藏王菩萨：幽冥界教主，掌管地府。

②谛听：地藏王菩萨经案下伏着的通灵神兽，可以通过听来辨认世间万物，尤其善于听人的心。

③玄机：深奥玄妙的道理。此处指佛祖看出了假悟空的本相。

④毛骨悚然：形容很害怕的样子。

大西天

猕猴现了本相，悟空忍不住，抡起金箍棒，劈头一下将其打死。如来不忍，喊道："善哉！善哉！"悟空道："他伤我师父，夺走行李，如来不该怜悯他。"又叩谢道："如今我那师父已然不要我了，请如来把松箍咒念一念，褪下我头上的金箍，放我还俗去吧。"如来道："你休要乱想，我请观音与你同去见你师父。你好生保护唐僧取经，将来定能功德圆满。"菩萨遂同悟空一道，驾祥云到了唐僧处。菩萨将猕猴冒充之事向唐僧说明。

经过菩萨的劝说，悟空重新回到了师父身边。师徒四人再次团聚，奔向西方。

◈ 精华赏析

在这回的故事中，悟空又一次被唐僧驱赶后，他并未返回花果山，而是前往南海菩萨处寻求帮助。此时，六耳猕猴假扮的悟空趁机袭击唐僧，抢走了行李。面对这一危机，八戒主动向唐僧请缨去寻找悟空，但唐僧却拒绝了他的请求，并指出："你去不得。那猢狲本就与你不和，你又说话粗鲁，一句两句不对，他就要打你。还是悟净去吧。"唐僧的这番话从侧面突显了八戒的鲁莽性格，同时也进一步表明了平时少言寡语的沙僧深得唐僧的信任。

◈ 成长启示

真悟空虽然被假悟空纠缠，难以证明自己的身份，却还是坚定地寻找真相，最终在佛祖那里得到了证明。可见，真金不怕火炼，当受人误解时，不要被暂时的"黑暗"所打倒，要始终勇敢地坚持真理，积极地寻找解决问题的办法，相信事情终会水落石出。

第三十二回　悟空三借芭蕉扇

要点思考

· 悟空火眼金睛，却被牛魔王变作的猪八戒骗了，这是什么原因？

· 火焰山火焰的熄灭仅仅对取经是一件好事吗？请试着分析一下。

唐僧师徒自炎炎夏日启程，历尽艰辛，一直行至深秋时节。一天，四人正在赶路，觉得前方热浪扑面，燥热难当。唐僧疑惑道：“如今已是深秋，何以天气仍如此炎热？”

正当他们行进间，一座红瓦红墙、红门红窗的庄院映入眼帘。从庄院中走出一位老者，手持拐杖，面色红润如铜。悟空上前询问，得知此地四季皆热，无春无秋。正西方六十里处，有火焰山阻挡西行之路，山中大火绵延八百里，四周草木不生。悟空又向一位卖糕的少年打听到，在西南方向距此一千多里的翠云山中，有一座芭蕉洞，洞中住着一位铁扇仙，她有一把芭蕉扇，一扇熄火，二扇生风，三扇下雨，此处的人家每十年去拜她一次，请她出洞，用那扇扇上几下，此时种地，才能收得五谷杂粮。

悟空听完，独自驾云前

往翠云山寻找铁扇仙，欲借芭蕉扇。途中从一樵夫口中得知铁扇仙实为铁扇公主，乃牛魔王之妻。悟空闻言大惊失色，想起曾降伏的红孩儿，心想借扇之事多半无望。

尽管如此，悟空仍来到芭蕉洞前，大声呼喊：“牛大哥，开门！”然而出来的并非牛魔王，而是一位容貌凶狠的女子。悟空猜测她定是铁扇公主，忙自报家门道：“嫂嫂好！老孙在此**奉揖**①。尊府牛魔王是老孙的**结义**②兄弟，公主是牛大哥**令正**③，便是自家人！老孙特来借芭蕉扇一用，扇灭火焰山的熊熊烈火，送我师父去西天取经。”

铁扇公主闻听此言，愤怒之情溢于言表，她大声斥责道：“你曾捉拿我儿红孩儿，我尚未与你清算旧账，今日你竟自投罗网！那就伸出头来，待我砍上几剑！若你能够承受这份痛苦，我便将扇子借给你；否则，休怪我无情，教你早日去见阎君！”悟空也不反抗，伸着头吃了铁扇公主几剑，毫发未损。铁扇公主见此，拿出芭蕉扇，晃一晃，一扇阴风，把悟空扇得无影无形。

孙悟空飘飘荡荡，左沉不能落地，右坠不得存身，如同落叶一般在风中飘荡，竟然飘了一夜，第二天天明，落在了小须弥山之上。在山上，悟空遇到了灵吉菩萨，悟空将借芭蕉扇不得的前因后果一一道来。菩萨道：“我这里有一粒定风丹，送与你了，保管那铁扇公主扇不动你。”悟空大喜，谢了菩萨，一个筋斗云返回了翠云山。

---

①奉揖：作揖行礼。

②结义：结拜。

③令正：称对方嫡妻的敬辞。

见孙悟空又回来了，铁扇公主暗自心惊，想孙悟空果然不简单，当即取来扇子，连扇几扇，悟空居然岿然不动。慌了神的铁扇公主急收宝扇，返回洞里，将门紧紧关上。

悟空摇身一变，变成了一只小虫，飞入了洞中。当铁扇公主端起一杯茶要喝时，悟空趁机飞入了茶水中。待铁扇公主喝下茶水时，悟空已经进入了她的腹中。他在铁扇公主的肚子里大声喊道："嫂嫂，快把扇子借给我！"铁扇公主听后，大惊失色，叫道："孙悟空你在哪里？"悟空笑道："老孙已在你的肚子里了！"说完，他在铁扇公主的肚子里又蹬又跳，疼得铁扇公主在地上打滚，求饶道："大圣饶命！我把扇子借给你就是了！"说完，她立刻命令女童取来一柄芭蕉扇。

悟空让铁扇公主张开嘴，从她的口中飞了出来，变回了原形。他手持芭蕉扇，笑着向铁扇公主道了谢，便离开了洞府。

悟空得了芭蕉扇，师徒四人继续赶路。行至火焰山，悟空取出芭蕉扇，轻轻一挥，然而火势并未减弱，反而愈演愈烈。

就在此时，火焰山的土地神出现了。他告诉悟空，此扇并非真的芭蕉扇，还说这火焰山乃是悟空五百年前大闹天宫时，蹬倒太上老君的丹炉，落下的几块砖化成的。土地道："若想借得真扇，还须找牛魔王。牛魔王是铁扇公主的丈夫，然而他现在却撇下妻子，另娶他人，住在积雷山的摩云洞中。大圣若能找到他，劝他与铁扇公主团聚，定能帮助你借得真正的芭蕉扇。”

悟空认为此言有理，便问清积雷山摩云洞的所在，去找牛魔王。然而，牛魔王对悟空擒获红孩儿一事仍然耿耿于怀，因此不愿意帮助悟空。悟空无法，只得见机偷了牛魔王的坐骑辟水金睛兽，变化成牛魔王的模样，返回了翠云山的芭蕉洞，打算骗出真正的芭蕉扇。

那铁扇公主不知这个牛魔王乃是悟空假扮的，见丈夫回来，忙整**云鬟**①，急步相迎。两人像往常一样聊起了家常。悟空说：“我听说孙悟空那泼猴最近正前往西天取经，要途经火焰山，那厮害子之仇未报，如果他来了，你可以派人通知我，我一定会将他碎尸万段！”听到这话，铁扇公主泪流满面，将前几天发生的事情说了一遍。悟空假装捶胸顿足地说：“太可惜了！你怎么能把那个宝贝给他呢？气死我了！”铁扇公主笑着说：“大王别生气。我给他的是假扇子，真扇子在我这里呢！”说完，她让丫鬟倒酒，为大王接风。

酒过三巡之后，悟空又问：“真扇子在哪里？”铁扇公主笑嘻嘻地从嘴里吐出一个杏叶大小的扇子，递给悟空说：“这不就是宝贝吗？”悟空接过扇子问：“这么小的东西，怎么能扇灭八百里的火焰呢？”铁扇公主此时已经有些醉意，并没有设防，于是将使用方法和咒语都告诉了悟空。悟空默默记在心里，然后将扇子含在嘴里，一抹脸，恢复了原形，大步走出了芭蕉洞，只留下铁扇公主在洞里

①云鬟：旧时妇女所梳的环形发髻。

恼怒。

另一边，牛魔王发现辟水金睛兽失踪了，料想定是那大圣窃了去，便径直前往芭蕉洞，却得知悟空已经骗走了芭蕉扇。牛魔王气得咬牙切齿，他取了两把青锋宝剑，怒气冲冲地直奔火焰山。

当牛魔王追上孙悟空时，他看见悟空的肩膀上扛着那把芭蕉扇。于是，他灵机一动，化作猪八戒的模样，走上前去和悟空相见。

悟空正得意洋洋地扛着芭蕉扇，看见“八戒”过来，毫无戒备地把扇子递给了他。牛魔王接过扇子，立刻现出原形，和悟空激战在一起，互不相让。

就在他们打得难分难解的时候，八戒突然从天而降，挥舞着铁耙加入了战斗，帮助孙悟空对抗牛魔王。

牛魔王和悟空激战了一天，此时已经筋疲力尽。再加上八戒的铁耙凶猛无比，他实在招架不住，败下阵来逃回了芭蕉洞中，将芭蕉扇交还给了铁扇公主。

这三人的厮打，早已惊动了天上神众。牛魔王一入洞，上界的兵将就把芭蕉洞围了个水泄不通。铁扇公主见此情形，提议借出扇子。牛魔王也是个倔强脾气，道：“物虽小而恨则深！我再出去会一会那众兵将。”说完，便驾狂风，跳出洞府。可凭他一人之力，如何斗得过天上众神？最后，牛魔王被托塔天王的照妖镜照住本相，无计逃生，直喊饶命。铁扇公主听到丈夫的求饶声，双手捧着芭蕉扇走出洞来，慌忙跪下，磕头礼拜道：“请饶我夫妻之命，愿将此扇献给大圣，助大圣成功西去！”

悟空带着芭蕉扇赶回师傅身边，将事情的前后经过细细说了一遍，随即赶到火焰山前扇了三下，果然一扇熄火，两扇生风，三扇下雨。土地见状说：“大圣，既然你有心灭火，不如斩草除根。”铁扇公主说：“你连扇四十九下，这火焰山就再也不会着火了。”于是，悟空便向山头连扇四十九扇，山上果然下起瓢泼大雨，彻底浇灭了火焰山的火。随后，师徒四人打点了行李，穿过火焰山，继续往西赶去。

◈ 精华赏析

在悟空三借芭蕉扇的故事中，铁扇公主的形象可谓栩栩如生。由于悟空曾擒获她的孩子红孩儿，她心怀怨恨。在悟空初次借芭蕉扇时，她不仅不借，还用芭蕉扇将悟空吹得无影无踪。她深爱自己的丈夫牛魔王，当悟空假扮牛魔王回到翠云山时，铁扇公主立刻“忙整云鬓，急步相迎”，表现出她对丈夫的思念和期待。当牛魔王被天兵天将擒获时，号称“罗刹”的铁扇公主毫不犹豫地捧着芭蕉扇走出洞府，跪在地上为丈夫求情……这些细节描绘出了一个性格泼辣但重情重义的女性形象，令人印象深刻。

◈ 成长启示

取经路上，唐僧师徒遇到无法解决的难题时，总是得到各路神仙的指点和帮助。这次，他们遭难火焰山，又是在众神的帮助下，降伏了牛魔王，借到了芭蕉扇，从而顺利地渡过了难关。可见，在遇到个人无法解决的难题时，善于寻求他人的帮助，借助集体的力量，往往会使我们更快地解决困难，获得意想不到的成功。

第三十三回 唐僧金光寺扫塔

❖ 要点思考

· 祭赛国为什么惩罚和尚？唐僧为什么要扫塔？

· 国王为了答谢唐僧师徒，送给他们金玉，他们为什么没有接受？

师徒四人这日行至一座城池之中，见街道上到处是做生意的小贩，人们的衣着也都华贵得体，便知这里国泰民安。正走着，忽见数十个和尚，一个个披枷戴锁，沿门行乞、化缘。唐僧让悟空上前询问，众僧跪地道：“我等是金光寺**负屈**[1]的和尚。不知你们是哪方来的，虽有些面善，但贫僧不敢在此说出事情的前因后果，请到寺中，与各位详说。”师徒四人遂与僧人们同至寺中。

只见金光寺中一副残破景象，柱子上还锁着六七个小和尚。众僧将师徒请入殿内，唐僧方问道：“你这里是何地方？有何冤屈？”众僧跪告：“此城名唤祭赛国。我这金光寺，自古以来，宝塔上祥云笼罩，瑞霭高升，夜放霞光，万里之外尚可得见。因此，东西南北四国皆视我国为天府神京，年年**朝贡**[2]。但是三年之前，下了一场血雨，从此宝塔之上的祥光再无影踪，外国也不再朝贡。我国王听信大臣言论，认定是我寺里的僧人偷了塔上的宝贝。我等因此受了千般拷打，每日枷锁在身。老爷在上，我等怎敢欺

①负屈：指蒙受冤屈。

②朝贡：藩属国或外国的使臣朝见君主，敬献礼物。

心盗取塔中之宝！万望爷爷大慈大悲，广施法力，拯救我等性命！”

唐僧闻言，点头叹道：“我当时离了长安，曾立愿：西行路上逢庙烧香，遇寺拜佛，见塔扫塔。今日至此，见受屈僧人，居然因宝塔而受累。你给我一把新笤帚，待我沐浴了，上去扫扫，看看这污秽之事是何故，不放光又是何故。”

寺中和尚安排了斋饭，准备了热水给长老沐浴，又去街上化缘来了两把新笤帚。唐僧沐浴完，吃了斋饭，便同悟空一起前去扫塔。这一去，果然有所发现：悟空在塔中擒获了两个小妖。那两个小妖见了悟空，战战兢兢，其中一个从实供道：“我们两个是乱石山碧波潭万圣龙王差来巡塔的。他叫作奔波儿**灞**[①]，我叫作灞波儿奔。他是鲇鱼怪，我是黑鱼精。因我万圣老龙生了一个女儿，唤作万圣公主。那公主花容月貌，招得一个驸马，唤作九头驸马，神通广大。前年驸马与龙王来此，显大法力，下了一阵血雨，污了宝塔，偷了塔中的佛宝舍利子。公主又去灵霄殿前，偷了王母娘娘的九叶灵芝草，养在那潭底下，使得碧波潭金光霞彩，昼夜光明。近日闻得有个孙悟空往西天取经，将要路过此地，听说他神通广大，沿途专寻人的不是。我二人奉命来此巡拦，若是孙悟空到此，好提前做准备。”寺中小僧听到动静，纷纷前来探查，知是悟空擒了偷宝贝的妖精，个个谢恩。悟空将两小妖用锁链锁好，派人看守，只待明

①灞：灞水，水名。此处用作水中小妖的名字。

日一早入朝倒换关文时，将妖精偷宝之事告予国王。

次日一早，唐僧与悟空两人入朝。国王一见他们，便痛斥本国的和尚专心做贼，败国欺君。唐僧听国王这样说，忙将昨夜扫塔时的所见所闻直言相告，并说已擒获了真正偷宝的妖贼。国王大喜，立即命人将妖精带来，一一审明。

获知宝塔失宝的真相后，国王又大摆酒宴，答谢唐僧师徒四人。席间，见那国王降妖捕贼心切，悟空和八戒酒也不吃了，要了那两个小妖用作**凿眼**①，纵起云头便去。那国王见此，才识得唐僧师徒是圣僧，对待唐僧、沙僧更加礼敬。

悟空与八戒**挟**②着两个小妖到了乱石山碧波潭，将那个黑鱼精割了耳朵，鲇鱼怪割了下唇，扔在水里，警告万圣龙王赶紧交出金光寺塔上的宝贝，否则定让万圣龙王一家老幼遭诛！那龙王正同九头驸马饮酒，一听这事，吓得魂不附体。驸马却笑道："**太岳**③放心，愚婿自幼学了些武艺，四海之内，也曾会过几个豪杰，怕那孙悟空做甚！等我出去与他交战三回合，定打得他缩首归降。"只见他披挂整齐，取出兵器月牙铲，步出宫，分开水道，在水面上叫道："是什么齐天大圣！拿命来！"

悟空与八戒站在岸边，看妖精冲出水面，悟空骂道："你这妖精，你孙爷爷在此！"驸马冷笑道："你只是一

①凿眼：暗中帮助侦察、窥探，有时担任向导的人。

②挟：用胳膊夹住。

③太岳：即泰山。对老丈人的尊称。

个取经的和尚，不曾收那祭赛国半点好处，为什么管此等闲事！”悟空道：“我虽不受国王的恩惠，不食他的水米，不该为他出力。但是你偷他的宝贝，污他的宝塔，屡年屈苦金光寺僧人，他是我**一门同气**[①]，我怎么不为他出力，还他清白？闲话少说，走上来，吃老孙一棒！”那驸马面无惧色，用月牙铲架住金箍棒，就在那乱石山头，与悟空好生厮杀。

二人打了三十余回合，不分胜负。猪八戒立在山前，在他们战到酣美之时，举着钉耙，从妖精背后一击。原来那怪有九个头，四面都是眼睛，见八戒从背后而来，便使铲**镈**[②]架着钉耙，铲头抵着金箍棒。又战了几个回合，九头驸马敌不过前后夹击，腾空跳起，现出本相，原来他是一只面目可憎的九头虫。那怪物大显身，展翅斜飞，“嗖”地转身，掠到山前，张开血盆大口，咬住了八戒的鬃毛，半拖半扯，将八戒捉到碧波潭里去了。及至龙宫外，那驸马又变作前番模样，将八戒掷于地上，吩咐小妖们绑了八戒，他那老岳父见此大喜，立即给九头驸马安排酒席贺功。

悟空没想到这妖居然如此厉害，竟然能抓了八戒。悟空不善水战，不好硬攻，于是变作一只螃蟹，进入水中，救出了八戒。接着又是一番打斗，只见孙悟空掣金箍棒，一下就把老龙王打得稀烂。见此，龙子龙孙吓得各自逃命，九头驸马收了龙尸，回宫而去。

---

①一门同气：指同门兄弟。

②镈：戈柄下端圆锥形的金属套。

悟空与八戒见此，正在岸边商议对策，忽听见狂风滚滚。悟空定睛一看，乃是二郎神领着梅山六兄弟，纵着云雾正朝这边来。悟空对八戒道："若是请二郎神助阵，必能成功，可我曾被二郎降伏，不好见他。你去拦住云头，就说齐天大圣在此。他听到我的名字，定会在此停留。待他来了，我再见他！"八戒遂照此办法，请了二郎神与其众兄弟。

悟空与二郎神相见，尽忘前嫌，携手相搀，一同叙话。原来二郎神同众兄弟是采猎而回，路过此地。悟空将祭赛国之事告诉二郎神，并请他相助。二郎神欣然答应。八戒下水又将九头驸马与那一众龙子龙孙引出，岸上孙悟空与七兄弟一拥上前，枪刀乱扎，把龙子龙孙剁成了几段。那九头驸马见大事不妙，在山前打了个滚，现出九头虫的本相，刚欲伸头去咬二郎神，就被二郎神的哮天犬"汪"地一口，把一个头咬了下来。那怪负痛逃走，往北海去了。见那怪物大势已去，纵使逃走，也是多死少生，没有追赶的必要，悟空便变作那怪物的模样，潜入水底，见到万圣公主，骗出了佛宝与九叶灵芝，抓了老龙婆，回到祭赛国。

见悟空与八戒拿着宝物大胜而归，国王满心欢喜，与师徒四人共赴金光寺，将那舍利子与灵芝一同安在塔顶上。悟空又将老龙婆锁在塔心柱上，命她从此在这佛塔之中看守宝贝。金光寺因此又见霞光万道、瑞气千条。见此，悟空对国王道："陛下，这'金光'二字不好，金乃流动之物，光乃闪灼之气，都不是长久之物。贫僧为你劳碌这场，可否将此寺改作‘伏龙寺’？让它永远常存。”国王遂命人将寺院的牌匾取下，换上“敕建护国伏龙寺”新匾。

国王对师徒四人感激不尽，摆銮驾，送唐僧师徒出城，又赐金玉酬答，但师徒们坚决推辞，一毫不受。国王只得送了些衣物与干粮。师徒四人别了祭赛国，继续赶路。

◈ 精华赏析

祭赛国的宝物被乱石山碧波潭的万圣龙王和其驸马所盗，而祭赛国国王却不分青红皂白，认定是金光寺的和尚所为，并对他们严加拷问。这表明国王固执无能、不辨是非。然而，当祭赛国重获往日的荣光时，国王对寻回宝物的悟空等人感激不尽，表现出他善于治国、敬重贤能的一面。读完这回的故事，一个立体多面的祭赛国国王形象便跃然纸上。

◈ 成长启示

扫塔，是为了扫去尘垢。其实在生活中我们也应该经常清扫心灵的尘垢，也就是要经常反思，不断总结生活中的经验教训，取长补短，发扬优点，克服缺点。只有善于扫去心灵的尘垢，才能听到凯旋之音。

第三十四回　小雷音唐僧受骗

❖ 要点思考

· 唐僧错将小雷音寺认作雷音寺的原因是什么？

· 通过阅读此回，请你分析一下黄眉老佛陷害唐僧师徒四人的目的何在？

一天，唐僧师徒正在赶路，眼前突然出现了一座高耸入云的高山。四人小心翼翼地沿着山路前行，翻过山岭后，他们看到山坳的西边有一座被雾气笼罩的楼台，隐隐约约还能听到**钟磬**①的悠扬声音。孙悟空飞到半空中，用火眼金睛仔细一瞧，然后对唐僧说：“师父，前面是一座寺院，看起来和雷音寺有些相似，但是没有祥光，反而透出一些凶气，这似乎不是个好地方，我们还是继续赶路吧。”

唐僧反驳道：“既然是雷音寺，那岂不是已经到灵山了吗？你不要疑神疑鬼，我们赶紧去拜佛取经。”孙悟空说：“师父，我去过灵山多次，根本不是这个样子。”但是唐僧不听他的劝告，反而策马加鞭赶到了山门前。当他看到“雷音寺”三个大字时，吓得滚下马来，倒在地下说道：“泼猴！这就是雷音寺，你还骗我！”孙悟空笑道：“师

①钟磬：钟和磬都是乐器，也是佛寺中会用到的鸣器。

父，你再仔细看看。”唐僧缓缓爬起来仔细查看，只见门上的字是“小雷音寺”。

此时，小雷音寺中有人喊道：“唐僧，你远道而来拜见我佛，怎么还这么怠慢？”唐僧闻言，立刻带着八戒和沙僧一步一拜地走进大殿，只有孙悟空牵着马收拾行李，跟在后面。莲台座上的人厉声高叫道：“孙悟空，见到如来为什么不拜？”原来孙悟空一看就知道此佛是假佛，他拿起金箍棒喝道：“你们这些孽畜，如此胆大！竟敢假扮如来佛祖，败坏如来清德！”说完，他双手抡起金箍棒就打了上去。只听半空中叮当一声巨响，一个金**铙**[①]落下来，将孙悟空连头带足，罩在了金铙里面。莲花座上的假佛祖和众小怪，此时现出原形，将唐僧、八戒和沙僧都抓住了。

这金铙之中黑漆漆，悟空在内急得满身流汗。他左冲右撞，却无法找到出口。于是，他只能召唤那些暗中保护唐僧的神明寻求援助，但这些神明也都对此无能为力。他再叫来天上的二十八星宿，一直折腾到三更半夜，然而这件宝物依旧纹丝不动。最终，实在无计可施，**亢金龙**[②]只好将身体变小将角尖钻进金铙中，然后悟空又在他角尖钻眼，自己变成芥菜籽似的大小，拱在那钻眼里。众人费尽全力帮助亢金龙拔出角来，悟空才随之脱身。他一现身，便挥动金箍棒朝金铙猛击，只听“当”的一声巨响，金铙瞬间化为千百块散落的碎金。

①铙：一种打击乐器。

②亢金龙：二十八星宿之一，形态性情都与龙相同。

这一击之下，大小妖精都被惊醒。妖王眼见金铙被毁，大惊失色，急忙命令小妖关上门户，不许任何人出来。悟空一听，便与众神匆忙逃出，腾空而起。那妖精站在山门外高喊："孙悟空！有能耐你就别跑！快回来与我大战三百回合！"悟空一听，便与众神返回，这时才看清那妖王的真面目。

他满头乱发，两条黄眉在脸上格外显眼，手中提着一根狼牙棒。悟空喝道："你是个什么怪物，竟敢冒充佛祖，假设小雷音寺！"那妖王回答道："你这猴头听着，此地唤作小西天，我乃黄眉老佛，人们都称我为黄眉大王、黄眉爷爷。我久闻你有几分本事，正在护送唐僧西天取经，因此特意在此设下陷阱，引你上钩。你若能胜过我，我便饶你们师徒性命；你若是不能胜我，我便将你们师徒全部打死，我自己去如来处取经！"

悟空见他如此**夸下海口**①，心中愤怒难平，挥起金箍棒就打。这妖精确实厉害，和悟空激战五十回合，仍不分胜负。众神将黄眉怪物团团包围，但他毫无畏惧，一手持狼牙棒抵挡众神的攻击，一手从腰间解下一条旧白布**搭包**②，向上抛去，将悟空与众神全都收入其中，然后扛在肩上，大摇大摆地离开。老妖还命令小妖们取来几十条麻绳，解开搭包，将众神与悟空一个个捆起来。他们浑身酥软，动弹不得，只能束手就擒。

---

①夸下海口：吹牛，说大话。

②搭包：一种布制的长带，中间有个袋，可以束在腰间。

到了夜间，悟空施展遁身法，将身一缩，绳索便滑落在地。然后他将众神以及唐僧、八戒、沙僧一一救出。谁知他的动静却惊醒了妖王。那妖精再次拿出搭包，将众人一网打尽，只有悟空侥幸逃脱。

筋疲力尽的悟空正无计可施，忽然遇见了弥勒佛，便向弥勒佛打听妖怪的来历。弥勒佛解释道："他原本是我座下**司**[①]磬的一个黄眉童子。三月三日我去参加法会时留他看守宫殿，但他却偷走了我的几件宝物，假扮佛祖。那个搭包其实是我的袋子，而那条狼牙棒则是敲磬用的槌子。"悟空听后，大叫一声："好个笑和尚！你这黄眉童子陷害我老孙，你未免有个家法不严之过！"弥勒佛便道："的确是我疏忽了，今日我就将这妖怪收回去。我在这山坡下设了一个草庵，种了一片瓜果田，你去与他索战。交战时，你只许败不许胜，引他到我这瓜田里。你就变成一个大熟瓜，他一定会问我要瓜吃，我就把你交给他。等他吃下你后，你就可以在他肚子里随心所欲，那时，我就趁机取回搭包，将他收服。"

悟空听后觉得此计甚妙，便欣然应允。接着，弥勒佛在悟空掌上挥笔写下一"禁"字，并嘱咐他，在遇见妖精时将此字对准妖精，妖精自会随他前来。

悟空按照弥勒佛的指示行事，果然顺利将妖怪引至瓜田。那妖精果然中计，吃了悟空变作的瓜。孙悟空在妖王肚子里面上蹿下跳，疼得妖王在瓜田中打滚。弥勒上前一

---

①司：管理。

把揪住妖怪，解了他的搭包，夺了他的敲磬槌，叫：“孙悟空，看我面上，饶他命吧。”悟空对这妖精恨之入骨，又在里面踢腾了好几下，方才从他口中跳出。弥勒佛将那怪收入袋中，斜挎在腰间，喝问道：“孽畜！金铙现在在何处？”那妖精在袋中哼哼唧唧地回答道：“被孙悟空打碎了。碎金堆在小雷音寺殿内莲台上。”于是，弥勒佛与悟空一同返回寺内。

弥勒佛将碎金聚集一处，轻轻吹了口气，念动咒语，金铙便恢复了原状，毫无损伤。弥勒佛收起宝物，驾着祥云返回极乐世界去了。悟空将唐僧、八戒、沙僧以及众神一一解救出来。送走了众仙之后，师徒四人继续沿着山路，向西天进发。

❖ 精华赏析

在本回故事中，悟空曾警告唐僧不要进入前方笼罩着凶气的寺院。然而，唐僧未予理睬，甚至在看到“雷音寺”的招牌时，误以为悟空是在故意欺骗他。当他意识到这座寺院实际上名为“小雷音寺”时，他已心生疑虑，但因听到假如来的声音而再次上当受骗，进入寺内参拜，结果被妖精抓走。这一情节与之前的故事中的情节相似，唐僧多次忽视悟空的忠告，固执己见，结果陷入妖精之手。他的盲目、固执和对悟空的不信任导致他接连遭遇灾祸。

❖ 成长启示

这一回的故事告诉我们，盲目、固执以及对他人不信任是导致失败的重要原因。唐僧不听悟空的忠告，固执地进入危险的寺院，最终被妖精所抓。这让我们明白，在人生的道路上，我们应该多听从他人的建议和意见，尊重他人的经验和智慧，这样才能更好地避免失败和灾难。

第三十五回 悟空朱紫国行医

❖ 要点思考

· 孙悟空的悬丝诊脉是真的吗？他为什么不肯把药方给别人看？

· 国王得病的真实原因是什么？孙悟空找到国王的真正病因了吗？

唐僧师徒连日赶路，不知不觉已经到了炙热的夏季。这一天，四人正顶着骄阳西行，突然看到前方有一座城池。悟空用火眼金睛一瞧，见城楼上挂着一面旗子，正随风摇曳。上面写着三个大字：朱紫国。

唐僧说：“既然如此，那我们就去城里倒换一下关文再赶路吧。”四人便进入城中，寻了一家馆驿歇息。又听闻国王因病已经久不上朝，只因今日乃黄道良辰，国王正与文武官员议出**皇榜**[①]。趁此机会，可以倒换关文。唐僧立即吩咐徒弟们在馆驿中安排斋饭，自己整顿衣冠，入朝倒换关文。

国王听说有高僧入朝，喜不自胜，召其觐见，二人相谈甚欢，唐僧见国王面黄肌瘦，形脱神衰，正欲询问，正好有官员奏请奉斋，便进膳不提。

那悟空三人在馆驿中做饭，却发现没有油盐酱醋，于是悟空便同八戒一起上街去买。

悟空在街上看到大家都挤在一起看一张皇榜，只见榜上书道：“朕乃西牛贺洲朱紫国王，自立业以来，四方平服，百姓清安。然朕久病三年，屡选良方，未能调治。今出此

---

①皇榜：皇帝的榜文，因书写在黄纸上，又称“黄榜”。

榜文，普招天下贤士，若有精医药者，请登宝殿，疗理朕躬。稍得病愈，愿将社稷平分。”

悟空满心欢喜，暗自想：“古人云：**行动有三分财气**[①]。我老孙也做个医生耍一耍。”悟空吹口仙气，卷起一阵狂风，使了个隐身法，将皇榜揭下，轻轻地将皇榜塞在一旁的八戒怀里，自己却先回了馆驿。

那楼下的太监与**校尉**[②]见皇榜没了，慌忙四下寻找，见到猪八戒怀中露出个纸边来，便上前询问：“你揭了榜？”猪八戒本不明所以，忽见自己怀中有一纸榜文，想来是大师兄作的怪，便与太监、校尉你一言我一语地吵闹起来，将师父在朝中倒换关文、大师兄才是揭皇榜之人以及一行人为取经而来之事详细说来，又带着众人，前往馆中寻悟空。

一行人径直走入馆中。那几个太监、校尉见到悟空便礼拜道：“孙老爷，今日我王有缘遇见您，请您**大展经纶**[③]手，为国王医治。”悟空见来人如此有礼，便正色道：“那皇榜是我揭的。你们让国王亲自来请我，我有手到病除的本事。”

太监与校尉一半人留在馆内，一半人入朝启奏。皇帝闻奏大喜，但自己身虚力怯，不敢乘辇，遂命文武众卿代替自己请悟空前来。悟空见朱紫国国王心诚，便随同文武众臣入宫，不多时，便到了。那国王正在寝宫内高卷珠帘，闭目养神，问道：“哪位是神僧孙长老？”悟空上前一步，厉声道：

---

①行动有三分财气：谚语。意为只要做事，总会有些收益。

②校尉：低级武散官或卫士。

③大展经纶：整理蚕丝，比喻规划、管理国家大事，充分施展政治才能。

“老孙便是。”那国王听悟空声音凶狠，又见他相貌刁钻，吓得战战兢兢，跌在龙床之上。悟空又道：“若要医好国王的病，须**望闻问切**①。”谁知那国王因悟空长相吓人，便对近前的侍卫道：“寡人见不得生人面，请他回吧。”悟空又道：“若见不得生人面，我会悬丝诊脉。”国王道：“寡人病了三年，未曾有人用此法诊断，宣他进来吧。”

悟空拔下三根毫毛，变作三条金线托于手内，然后跟同近侍**宦官**②，到了皇宫内院，直至寝宫门外立定，将三条金线交给宦官，拿入里面，吩咐道：“将这线系在国王左手腕下，将线头从窗根穿出给我。”宦官依言而行。悟空接过线头，像模像样地悬丝诊脉，诊完脉将国王的病症一一说出，并指出此疾名为“双鸟失群之症”。国王听悟空说得全对，满心欢喜，打起精神道：“正是此疾，请神医用药！”

悟空缓步出宫，群臣纷纷上前询问：“神僧长老，何为双鸟失群之症？”

①望闻问切：中医诊断病人的四种方法，分别是望色、闻声、问状、切脉。
②宦官：太监。

悟空笑道："有雌雄二鸟，原在一处同飞，忽被暴风骤雨惊散，雌不能见雄，雄不能见雌，雌想雄，雄想雌，这不就是双鸟失群吗？"群臣叫绝，又问如何医治。悟空道："见药就要。"群臣不敢违背，照悟空之言，将满城药铺中的药，每味各办三斤，送入馆驿。

悟空回到馆驿，同八戒、沙僧吃了斋饭，待夜深人静，才开始制药。白天悟空要的那些药原是为了故弄玄虚，并不全用。他让八戒取来一两大黄，让沙僧取来一两巴豆，这两种药材都有通肠顺气之疗效，悟空让他们将这两味药统统碾为细末，又将一个花瓷盏子拿给八戒，让他刮半盏锅灰来。猪八戒刮了半盏，又碾细了，悟空又将盏子递给他，让他再去接半盏白龙马的尿。猪八戒便真去接了少半盏。兄弟三人将所取四样搅和在一起，搓了三个大丸子。

第二日天明，国王命人来取药。悟空对取药的官员道："此药名为'乌金丹'，须用无根水送下。"官员道："这也容易。等到天阴下雨时，着人用器物接着，再吃药就行了。"国王用甘雨将"乌金丹"服下，不多时，便觉腹中作响，即取**净桶**[①]，连行了三五次，又吃了一些东西，便躺在龙床之上休息。有两个妃子见那净桶中有糯米饭块一团，便近龙床前来报："病根都下来了！"国王闻此言甚喜，又吃了些东西，少顷，便精神抖擞。国王下了龙床，穿上朝服，入了宝殿，下旨设宴，答谢唐僧师徒四人。

宴会之上，国王对四人道出了此疾缘由。原来三年前，

---

①净桶：马桶。

正值**端阳之节**①，国王与嫔后在御花园解粽插艾，饮雄黄酒，看斗龙舟。忽然一阵风至，半空中现出一个妖精，自称赛太岁，说他在麒麟山**獬豸**②洞居住，洞中少个夫人，听闻朱紫国金圣宫娘娘貌美姿娇，若是国王不将她交出，便将满城黎民，尽皆吃绝。国王无奈，只好将娘娘交出，而自己因惊恐不已，把粽子凝滞在体内，又因日夜思念金圣宫娘娘，从此卧病不起，一病三年。国王因惧怕妖精，命人修建了一座避妖楼，妖精来时便同妃嫔入楼躲避。

那国王正说着，忽闻一阵风声，播土扬尘，慌得那国王急入避妖楼，唐僧也紧跟其后。悟空让八戒、沙僧保护师父，自己则去对付那妖精。

❖ 精华赏析

在本回故事中，悟空化身为神医，为朱紫国国王诊治疾病。国王看病心切，但当悟空入殿为他诊病时，他却因害怕悟空的相貌而产生退却之意。在面对妖精来袭时，国王并未选择正面抗衡，而是躲入避妖楼中避难。这些细节揭示了国王性格中的软弱和胆怯。尽管国王对金圣宫娘娘宠爱有加，但当妖精威胁要伤害全城百姓时，他毅然决定将娘娘送出，以保护百姓的生命。这一行动又彰现出国王对百姓的关爱和重视。一个懦弱、深爱百姓又充满深情的朱紫国国王形象被生动地刻画出来。

❖ 成长启示

悟空为朱紫国国王治病，不仅开了药方，还引导国王认识到自己的问题所在，从而解决了国王的心病。这告诉我们，治病要治心，面对问题要抓住核心，这样才能从根本上解决问题。

---

①端阳之节：农历五月初五，汉族传统节日，是集拜神祭祖、祈福辟邪、欢庆娱乐和饮食为一体的民俗大节。

②獬豸：古代传说中的神兽。

第三十六回 悟空智取紫金铃

❖ 要点思考

· 孙悟空变道童、变小校、变侍女，分别是为了什么？结果怎样？

· 通过阅读此回，你认为赛太岁对金圣宫娘娘的感情是怎样的呢？

孙悟空抖擞精神，手握金箍棒，踏着祥光腾空而起，迎面喝道：“你是何方妖孽？”那怪物嚣张回答：“我是麒麟山獬豸洞赛太岁大王爷爷的部下先锋，今天奉大王之命，来这里选取两名宫女，去服侍金圣宫娘娘。你又是什么人？”悟空道：“我是齐天大圣孙悟空，正在保护东土的唐僧前往西天拜佛。路过此地，特意来铲除你们这群妖孽！”那怪物听完，就挥舞长枪向悟空刺来。悟空迎战，将妖精打得落花流水，最终向西败逃。

悟空返回避妖楼，向国王报告了妖精逃跑的情况，并主动请缨去捉拿妖精，救出金圣宫娘娘。悟空问清了妖精的山洞位置后，便纵起筋斗云匆匆离去。

不久之后，悟空看到一座直冲云霄的高山，正想要寻找妖精的洞穴。突然看到山坳里有火光飞出，霎时间天空被红焰覆盖，红焰之中冒出一股比火更毒的恶烟。悟空仔细观察发现这股烟有青、红、白、黑、黄五种颜色。接着又出现了一道遮天蔽日的沙暴。过了一会儿火势、烟雾和沙暴都停了下来，悟空看到一个小妖背着文书，敲着锣，快步行走。于是，悟空变成了一只小飞虫，落在小妖身上。

小妖口中还念念有词："我家大王真是心狠手辣，三年前到朱紫国强夺了金圣皇后，一向无缘，未得沾身，只苦了要来的宫女**顶缸**①。今年他又去要，结果遇到了孙悟空。宫女没要来，大王因此发怒，让我来朱紫国下战书。大王会施展烟火飞沙之术，那国王、君臣、百姓等人一个都别想活。"

听完小妖的话语，悟空虽不解"一向无缘，未得沾身"之意，但仍迅速应变，化身为一道童，翻过山坡，迎着小妖，起手打招呼："长官，这是要到哪里去？手中送的是何公文？"小妖笑嘻嘻地回礼："我家大王派我到朱紫国下战书。"悟空趁机询问："那朱紫国的娘娘是否已经顺从了大王？"小妖道："当初捉来那娘娘时，有个神仙赠她一件五彩仙衣，穿上后全身便生出针刺，我家大王一碰便手疼，所以至今都未能亲近。"

悟空心中的疑惑得到解答，他迅速变回原形，不等小妖反应过来，一棒将其打死，取下战书藏于袖中。同时发现小妖腰上有一个镶金的**牙牌**②，上面写着："心腹小校一名，有来有去。"这便是小妖的姓名。

考虑到烟火之毒，悟空暂时不敢贸然前往妖洞，于是带着小妖的尸体返回朱紫国。为了在与娘娘相见时取得她的信任，悟空向国王借用了金圣宫娘娘的心爱之物——一双黄金宝串，然后再次驾起祥云，飞向妖山。

---

①顶缸：指代人受过或承担责任。

②牙牌：随身佩挂以便出入关防时证明身份的物品，上刻官位职称。

悟空变化成“有来有去”的模样，正欲进入洞穴，恰好听到一小妖在寻他。他趁机跟随小妖进入妖洞，只见洞穴中央有一张**戗金**[①]的交椅，上面端坐着一个面容凶恶的魔王。悟空便向那魔王报告，说朱紫国的兵马武器非常厉害。魔王倒是不以为然，只让他去报给娘娘听，说她那国人马骁勇善战，让娘娘宽心。

这一切正中悟空的下怀。见到娘娘，他立刻开口道：“今天我去朱紫国下战书，在金銮殿面见了君王，他托我带一句知心话给娘娘。”娘娘挥手让身边的侍女退下，悟空随手关上了宫门，现出原形，向娘娘解释了他的来意，并拿出了那双黄金手串。娘娘接过手串，泣不成声，恳求悟空救她回朱紫国。

悟空问道：“我先问你，他那个能放火、放烟、放沙的到底是什么宝贝？”娘娘回答：“那是三个金铃。只要他晃动第一个，就会冒出三百丈的火光来烧人；晃动第二个，就会冒出三百丈的烟光来熏人；晃动第三个，就会冒出三百丈的黄沙来迷人。黄沙最毒，如果钻进人的鼻孔，就会伤人性命。他把这三个金铃挂在腰间，行住坐卧都不离身。”悟空道：“他的这三样宝贝确实厉害，如果你能对他甜言蜜语，让他把金铃给你，那就事半功倍了。”

娘娘按照悟空的话去做，见到魔王，便装出欢喜的样子迎接他，还用手去搀扶他。那妖王连忙推辞：“不敢，

---

①戗金：一种传统的工艺技法，在器物表面图案上嵌金，使之看起来犹如金线描画的一般。

不敢！我怕手痛，不敢**相傍**[①]。”娘娘说：“大王请坐，我有话对你说。我承蒙大王的错爱，现在已经三年了，可是大王却把我当作外人。我在朱紫国做皇后的时候，外邦凡是进贡的宝贝，国王看完后都是让我收起来。你当作宝贝的那三个金铃，却从不让我看见，更不曾让我收着。你我夫妻一场，需要心腹相托呀。”

妖王听后，边赔礼边取出宝贝递给娘娘。娘娘接过铃铛放在妆台上，又让侍从备酒，要与妖王对饮几杯。悟空化作“有来有去”的样子，假装为国王侍酒，暗中偷走了妆台上的三个金铃铛。

悟空悄悄溜出宫门，迅速离开洞府，手中把玩着那三个金铃铛。他不知铃铛的厉害，就将其中一个铃铛内塞着的棉花扯了，只见瞬间烟火黄沙漫天。那妖王急忙出洞，见假“有来有去”手中拿着铃铛，勃然大怒。慌乱中，悟空丢弃金铃，恢复了原形，眼见满洞的小妖围堵而来，他灵机一动，变成一只苍蝇，飞入了金圣宫娘娘的宫殿。

在娘娘的耳边，悟空说了事情的来龙去脉，又嘱咐道：“你再去请那妖王进来，我好趁机脱身。”

娘娘依言将大王请进宫中，大王怒气冲冲地说：“刚才是孙悟空变成‘有来有去’的模样，偷走了我的金铃铛！”娘娘安抚道：“大王别生气，现在宝贝已经夺回来了，先不要管那个贼人，让我给大王倒几杯酒**解劳**[②]吧。”悟空

---

①相傍：挨近。

②解劳：消除疲劳。

便化身为一个侍女的模样前来侍酒。没过多久，两人已经饮了不少酒，魔王被娘娘哄得卸下防备。

悟空趁机拔下三根毫毛，化成了虱子、**虼蚤**[①]、臭虫三种恶物，暗暗吹向那魔王身上。妖王被痒得难以忍受，伸手乱抓一气，用指头捏出了几个虱子。娘娘**含忖**[②]道："大王的衣物已经很久没有清洗了，脱下来让我帮大王捉捉虱子吧。"妖王感到有些惭愧，边解带脱衣，边说："我从来不生这些东西，偏偏今天出了丑。"娘娘宽慰道："俗话说：'皇帝身上也有三个御虱'。大王不必在意。把铃铛也摘下来吧，上面可能也有虱子。"妖王依言摘下了铃铛，递给娘娘。娘娘又吩咐悟空变作的侍女去清理铃铛，悟空假意整理完毕后，将三个假铃铛归还给了妖王。那魔王一方面感到羞愧，另一方面又有些心慌意乱，没有细看就把假铃铛重新挂在了腰间。

悟空趁机溜出洞外，大声呼喊："赛太岁！还我金圣宫娘娘！"妖王整理好衣冠，出门迎战，与悟空激战了五十回合，胜负难分。妖王取出腰间的铃铛，对悟空道："孙悟空！你可知道我这铃铛的威力！"悟空笑道："你有铃铛，我也有！"说着，他拿出那三个真铃铛给妖王看。妖王心惊不已："古怪，古怪！他的铃铛怎么和我的一模一样！"妖王询问："你的铃铛是从哪里来的？"悟空反问："你的铃铛又是从哪里来的？"那妖王倒也坦率，回答道："这

①虼蚤：跳蚤。

②含忖：即寒碜，不体面。这里作动词用，有讥笑的意思。

三个铃铛是太上老君在炼丹炉中炼制的宝贝。”悟空便道：“我的铃铛也是来自那里，而且我的是雄的，你的是雌的。雌的见了雄的，可就失效了。”妖王不信邪，晃动三个铃铛，却不见火、不见烟、不见沙，于是慌了神。悟空见此情景，一把摇动自己的三个铃铛，顿时红火、青烟、黄沙一齐涌出，将赛太岁吓得魂飞魄散。

就在此时，半空中传来观音菩萨威严的声音：“孙悟空！我来收这妖怪了！”观音菩萨左手托着净瓶，右手拿着杨柳枝，洒下甘露救火。霎时间，烟火尽散，黄沙消失无踪。悟空向菩萨行礼道：“这妖怪究竟是何来历，竟劳烦您**金身**[①]降临收服？”

菩萨解释道：“这妖怪原本是我的坐骑金毛**犼**[②]。他是为了替朱紫国国王消灾而来的。西方佛母孔雀大明王菩萨有两个子女，是雌雄两个雀雏。朱紫国国王打猎时误伤了他们，佛母便让那国王**拆凤**[③]三年，于是我这金毛犼便趁机骗走了皇后。”说完，菩萨喝令妖王现出原形。那妖王便恢复了金毛犼的真身，让菩萨骑上。菩萨又向悟空要回了三个金铃铛，然后径直返回南海。

悟空带着金圣宫娘娘回到故土。夫妻重逢，泪流满面，然而因为娘娘身着仙衣，国王无法靠近。突然，半空中有人叫道：“大圣我来也！”此人飘然而至，原来是紫云仙

---

①金身：装金的佛像，此处是悟空对菩萨的尊称。
②犼：古书上说的一种吃人的野兽，形状像狗。
③拆凤：夫妻或情侣被拆散。

张紫阳[①]。仙人道："三年前我曾赴佛会，路过此地时见朱紫国国王有拆凤之忧。我担心那妖怪会玷辱皇后，便送了她一件五彩仙衣。穿上这件衣服会生出一身毒刺，让妖怪无法近身。今日听说大圣已将皇后救出，特来收回仙衣。"说完，他一指那金圣宫娘娘，将衣服收入手中，驾祥光而去，娘娘身上则穿着被妖劫持那日的衣物。皇帝、皇后及大小众臣，一个个望空礼拜。举国君臣对唐僧师徒更是感激不尽。国王欲留四人同享江山。唐僧坚决推辞，拜别了国王，带着三个徒弟继续西行。

❖ 精华赏析

金圣宫娘娘不仅拥有美丽的容貌，还是一位善良且足智多谋的女性。她凭借聪明才智，巧妙地劝说赛太岁将不离身的三个铃铛交由她保管，充分证明了她智慧过人。即使在赛太岁发现并夺回被悟空偷走的铃铛后，她依然能与悟空合作，再次成功偷取铃铛。这样的金圣宫娘娘，温婉贤淑、智慧超群。

❖ 成长启示

尽管金圣宫娘娘是手无缚鸡之力的弱女子，但是"尺有所短，寸有所长"，她巧用言语就得了妖怪的宝贝。可见，只要找对了方法，往往就可以取得事半功倍的效果。

①张紫阳：北宋道士，后世奉为南宗或紫阳派始祖，称紫阳真人。

第三十七回 濯垢泉八戒斗妖

要点思考

· 悟空在濯垢泉中第一次遇到七个蜘蛛精时，为什么没有打死她们，而是变作老鹰叼走了她们的衣服？

· 孙悟空最终战胜妖怪的原因有哪些？想想这些原因对你有什么启发？

离开朱紫国，唐僧师徒一路向西，翻山越岭，从冬季走到了初春。一天，唐僧正在马上赶路，突然看到前面有一片树林，隐约可见几处屋檐。唐僧翻下马说："我看前面似乎有一户人家，我去化些斋饭来给大家吃。"悟空随即说："哪里有师父给徒弟化斋的说法，还是我去吧。"

唐僧说："平时化斋太不方便，师父想去也找不到地方，这次农家就在前面，就让为师去一次吧。"徒弟们争执不过，便让唐僧去了。

待唐僧到了那户人家院前，却不见男子，只见七个容颜貌美的女子。唐僧犹豫，不敢入内，又暗自想道："我若没本事化顿斋饭，也惹徒弟笑我。"便壮着胆子走上前去。那些女子笑吟吟地将唐僧引进门。

进了门，唐僧方才发现屋内冷气阴阴，便想此行定是凶多吉少。众女子问道："长老从何而来？"唐僧道："我是大唐差去西天大雷音寺求经者。经过此地，腹中饥饿，便来**化缘**[①]。"众女子教唐僧稍坐片刻，便呈上了斋饭。唐僧

①化缘：僧道向人求布施。

一闻，就知这饭并非素食，推脱不吃，起身要走。七位女子怎么肯放？将唐僧扑倒在地，五花大绑吊在了房梁之上。唐僧眼噙着泪，又见那些女子解开上身罗衫，露出肚腹，一个个肚脐中冒出丝绳，那丝绳有鸭蛋粗细，将院子围了个密不透风。

再说八戒与沙僧在大道旁等候唐僧，悟空顽皮，去寻果子吃，猛然看见师父去化缘的那户人家有银光闪烁，断定师父遇到了妖怪。他离近了看，摸到了妖精放出的丝绳，有些黏软黏人。悟空不知是何妖精，有这等本事，便念了个咒，调出此处土地，一问才知，这里有座山岭，叫作盘丝岭，岭下有洞叫作盘丝洞，洞里有七个女妖精。这七位一日要去**濯垢**①泉洗三次澡。

悟空于是变作苍蝇，到了濯垢泉，于草丛中等候。不一会儿，妖精们果然来了这泉里洗澡。孙悟空心想：打杀这几个丫头，着实不济，不如送她们个绝后计，让她们动弹不得。于是变作一只老鹰，将那七套衣服叼走了。

转过岭头，悟空才现出本相，回去见了八戒、沙僧，放下衣服，说明了由来。八戒一听，定要去斩草除根。他抖擞精神，欢天喜地地举着钉耙，去了濯垢泉。那七个妖精正破口大骂叼走衣服的老鹰。

八戒忍不住笑道：“女菩萨，在这里洗澡呀，也带我洗洗如何？”那怪见了怒道：“你这和尚，十分无礼！”八戒道：“天气炎热，就容我洗洗吧。”不等妖精回话，

①濯垢：洗清污垢。

八戒便丢了钉耙，脱了皂锦直裰，扑地跳下水来。那怪心中烦恼，一齐上前要打。八戒极熟水势，到水里摇身一变，变作一个鲇鱼精，在水中乱窜。捉弄了妖精们一番之后，八戒举着耙，朝妖精便打。妖精见状，顾不得羞耻，跳出水面，把八戒围住，脐孔中冒出丝绳，将八戒罩在当中。猪八戒抬头，不见天日，抽身往外走，却举步维艰，那满地的丝绳绊得他东跌西撞、头晕眼花！

七个妖精趁此逃回房舍中，取了衣服穿上，又派出自己的七个干儿子去对付悟空三人。那七个干儿子其实是七种昆虫，此时变成了成百上千只虫子。悟空见了，便拔了一把毫毛，变出七个种类的成百上千只鸟儿，将那些虫子打得一只不剩。沙僧这才进入房门，救下吊在房梁上的师父。悟空又让八戒寻了些朽松破竹、干柳枯藤，点上一把火，把这妖洞烧得干干净净，这才放心继续赶路。

没走多远，四人遇上一座道观，行至观前，看门上嵌着一块石板，上有“黄花观”三字，便入内化缘。见那门廊之下正坐着一个道士，唐僧便高声道：“老神仙，贫僧**问讯**①了。”道士见是四位僧人，便请入内，又请小童上茶。此时，盘丝洞七个女怪正在观中，她们与这道士同堂学艺，自从穿了旧衣，唤出儿子，便径直来到此处。她们七人见童子看茶，便问是哪位客人至此。童子照实说了，七人惊吓不已，让童子**看茶**②时对道士使个眼色，让他进来相见。

①问讯：僧尼跟人应酬时合十招呼。

②看茶：奉茶。

童子奉命，叫出道士与七妖女相见。七个妖女齐齐跪倒在地，道："师兄可要替我等报仇！四个和尚中，有一个白面的，那是东土大唐来的唐僧，我等久闻，吃他一块肉，能延寿长生，早间他路过我处化缘，我们便捉了他，准备在濯垢泉里洗浴后蒸着吃，可谁知他那肥头大耳的徒弟却在我等洗浴时玷污我等……望兄长念昔日同窗之情，为我等报仇！"道士闻得此言，恼恨极了，变了脸色道："这和尚原来这等无礼！你们放心，等我摆布他！"那道士说完便从一个小皮箱中取出一包药。他这药真是厉害，若给凡人吃，只消一**厘**[①]，入腹就死；若给神仙吃，也只需三厘。他知这些和尚有些道行，便取出一分二厘，分为四份，放入四杯茶中。

这道士换了衣服，一副恭谨的样子去见唐僧四人，又佯装喜迎大唐高僧，唤童子上"好茶"，而端上来的正是那有毒之茶。那八戒一则饥，二则渴，咕嘟咕嘟就喝下去了，唐僧与沙僧也随后饮下，只有悟空没喝。那饮了茶水的三人，不多时便晕倒在地。悟空见此，骂道："你这畜生，我等与你无冤无仇，为何行害？"道士道："你可曾在盘丝洞化斋？可曾在濯垢泉洗澡？"悟空一听，才知这道士与那七个妖女是一伙的。

那七个妖女听得外面吵闹，便现身出来，自肚脐中又冒出丝绳，搭起一个天篷，把悟空盖在底下。悟空见势不好，立即翻身念声咒语，撞破天篷逃出。在半空中，他见

①厘：重量单位，千分之一两。十厘为一分。

那丝绳晃亮，穿穿道道，顷刻便将黄花观遮了个密不透风。悟空方知这七个妖女的厉害。他念动咒语，又唤出土地来，问这七个妖女是何来头。土地道："那是七个蜘蛛精。她们吐的那些丝绳，乃是蛛丝。"悟空方才有了主意，叫退了土地，回到黄花观，拔一把毫毛，变作七十个小悟空，每个小悟空手持一把双角叉棒，一起发力搅动丝线，把那丝绳都搅断了，拖出七个妖精，一一打死。

灭了这七个妖精，悟空又与道士大战了五六十回合。那道士渐渐力乏，便解开衣带，脱了道袍，把双臂抬起，只见那两胁下有一千只眼，眼中迸放金光，十分厉害。悟空在金光中乱转，向前不能举步，退后不能动脚，像在桶中一般乱转。他起身一跳，想撞破金光，没想到跌了一个倒栽葱。原来这金光无坚不摧，悟空只得变作个**鲮鲤鳞**①，硬着头，往地下一钻，钻了有二十余里，方才出头，现出本相，只是力软筋麻，浑身疼痛。

这时，黎山老姆化身一位妇人，为悟空指点迷津，说那道士叫作多目怪。千里之外，紫云山千花洞的**毗蓝婆**②能降这多目怪。悟空闻言拜谢，便去紫云山请毗蓝婆。

毗蓝婆有个似眉毛粗细的绣花针，因这针是其子昴日星官日眼里炼成的，故有破金光的功力。听悟空说明了来意，毗蓝婆便跟随悟空到了黄花观，取出绣花针，向空中抛去，顷刻间，破了金光，道士也合了眼，瘫倒在地，又

---

①鲮鲤鳞：穿山甲。
②毗蓝婆：昴日星官之母。

被毗蓝婆一指，现出原形，原来是个大蜈蚣精。悟空欲持金箍棒杀之，被毗蓝婆拦下，道："我洞里无人，让我收他去做个看洞的吧。大圣先去看你师父吧。"悟空见师父与二位师弟还昏迷着，不禁垂泪，毗蓝婆拿出三粒红丸，给三人服下。药味入腹，唐僧三人呕吐一阵，排出了体内之毒。悟空将前因后果道出，师徒四人一起拜谢了毗蓝婆。毗蓝婆收了那蜈蚣精，驾祥云回紫云山去了。

师徒四人在观中找了些米粮，做了些斋饭，饱餐一顿后，悟空放了一把火，将黄花观烧得化为了灰烬，师徒四人方才继续踏上西行之路。

❖ 精华赏析

当蜘蛛精养的七只虫子变成无数只虫子发动袭击时，悟空采取了正确的对策，他拔下一把毫毛，变出了千百只鸟儿来对抗虫子。鸟儿对虫子的威胁自然不在话下，而在黄花观中，那个千眼放光的怪物实际上是一只蜈蚣精。公鸡是蜈蚣的天敌，毗蓝婆又是昴日星官之母，她轻松地破解了怪物释放的金光。这两次与妖怪的交手，悟空都运用"一物降一物"的策略轻松取得了胜利。

❖ 成长启示

通过这两个例子，我们可以看到，在生活中遇到问题时，只要我们能准确地找到问题的关键所在，就能以更有效的方式去解决问题，从而达到事半功倍的效果。

第三十八回 狮驼岭战三魔王

要点思考

· 狮驼岭中的三个魔王是怎么勾结在一起的？

· 通过阅读此回，请你分析一下孙悟空是如何将计就计，将老魔制服的？

师徒四人自从离了黄花观，放马西行，行走多日，又是夏尽秋初。这日，忽见一座高山，直入碧空。路途中，他们遇到了一位老者，实际上是太白金星变化而成，专门来此为他们报信。太白金星告诉他们，这座山叫作八百里狮驼岭，山中有一座狮驼洞，洞里有三个魔头，他们善于交际，与天上、地下、海里的众仙家都有交情。此外，他们手下还有四万七八千个小妖，专门在此吃人。

悟空感谢了太白金星的提醒，决定先行上岭打探情况。在山中，他遇到了一个正在送公文、下报帖的小妖。那小妖一边走一边念叨着要提防孙悟空，他会变成苍蝇。而此时，悟空已经变成了一只苍蝇悄悄地跟在小妖的身后。听到小妖这样说，悟空以为自己被识破了，于是又变成了一个小妖的模样，假装与小妖偶遇。他自称是大王新封的巡山长官，成功地骗过了小妖，让他带自己来到了南岭头，去见那里巡山的四百名小妖。

见了巡山小妖们，悟空开口道："听说大王欲食唐僧，但恐怕他那大徒弟孙悟空神通广大，变化成巡山小妖，混入此地打探消息。现在我被提升为巡山长官，来查勘你们这一班可有假的。"小妖们纷纷应道："长官，我们都是真的。"悟空又问："既然是真的，那你们可知大王有何本事？"小妖们争先恐后地回答。一个说："我大大王擅长变化，可大可小，大时能撑住天堂，小时就如菜籽。当年王母娘娘设蟠桃会，没邀请他，他一怒之下大闹天宫，玉皇大帝派出十万天兵降他，结果他化身大口，如城门一般，一口就吞下了那十万天兵。"另一个小妖道："二大王身高三丈，卧蚕眉，丹凤眼，美人声，扁担牙，鼻似蛟龙。若与人争斗，只消一鼻子卷去，就是铁背铜身也定落得个气尽人亡！"又有一个小妖讲述三大王的事迹："我三大王不是凡间的怪物，他的名号是云程万里鹏，能呼风唤雨，无所不能。他还有一件宝贝，叫作阴阳二气瓶。如果将人装进这个瓶子，不出一时三刻，那人就会化成浆水。"

悟空了解了这三个妖精的底细后，又问道："你们可知哪个大王要吃唐僧肉？"有个小妖回答："我大大王和二大王长期住在狮驼岭的狮驼洞。但三大王不住在这里，他住在西边距此四百里的狮驼国。五百年前，他将城中的国王和百姓都吃掉了，如今城里全是妖怪。他听说唐僧是十世修行的好人，吃了他的肉就能长生不老。又不知在哪里打探到的消息，说唐僧近日便将经过我处。只因害怕唐僧的大徒弟孙悟空十分厉害，所以来这里与我们的两个大王结为兄弟，同心协力捉拿唐僧。”

悟空了解到这些情报后，将这群巡山小妖一网打尽。然后又变作巡山小妖的模样，找寻妖洞。正行间，他听到了人声和马嘶声，顺着声音找到了狮驼洞口。洞口前，数万小妖手持各种兵器，整齐地排列着。悟空深知，要想降服那三个妖王，必须先除掉这群小妖。于是，他想出了一个计策，故意散布消息说孙悟空要先来打死洞前一万名妖精。这群小妖闻言吓得魂飞魄散，纷纷逃走。

悟空趁机壮着胆子进入了妖洞，一直往里走。他看到三个魔王高坐在椅子上，偷眼细看，发现他们长相狰狞可怕。其中一个是青毛狮子怪，一个是黄牙老象，还有一个是大鹏雕。悟空仍以巡山小妖的模样出现，向魔王报告说守门的妖怪已经因为害怕孙悟空而四散逃离了。他还谎称自己今天巡山时遇到了孙悟空，说他正在水边的石头上磨金箍棒，准备变成苍蝇飞进洞里来对付三个魔王。说完，他偷偷地拔下一根毫毛，变成了一只苍蝇。这只苍蝇正好和其中一个魔王的脸撞个正着。魔王惊呼道：“不好了！我的洞里从来没有苍蝇，这只肯定是孙悟空变的！”悟空一听，嘻嘻笑出声来，结果露出了自己原本的面目。三个魔王一眼就认出了他，命令手下将他绑起来，并抬出了宝贝瓶子将悟空装了进去。瓶子里的仙气一下子就把悟空吸了进去。群妖都放下心来，一个个笑呵呵地去喝酒庆祝了。

在瓶中的悟空，起初感到一阵阴凉，但不久，有三条火龙出现，将悟空紧紧盘绕，使他感到心慌意乱，被火焰包围的他痛苦不堪。于是，他拔下一根毫毛化作金钢钻，在瓶底钻出了一个眼孔，透出光亮。悟空便顺着这个孔逃了出去。瓶中的阴阳之气随之泄漏，温度立刻降了下来。

那三个大王饮酒庆祝已久，前来查看孙悟空是否已经化掉，却只发现一个已经漏了底的瓶子。大魔王惊呼道："那厮逃跑了，快关洞门！"

逃出来的悟空一路欢欢喜喜，回到唐僧处，只见那唐僧正撮土为香，望空**祷祝**[①]。原来他见悟空迟迟不回，正祈祷悟空平安无事。悟空见此，来到师父面前将化身小妖、陷入瓶里及脱身之事，细陈了一遍。那唐僧知寡不敌众，遂让八戒跟随悟空前去除妖。

悟空在洞口大声挑战："妖精们，有胆量的就出来迎战！"话音刚落，大魔王从洞中阔步走出，沉稳地说道："你休**猖獗**[②]！我若调动妖兵，布阵对峙，擂鼓呐喊与你交战，显得我是**坐家虎**[③]，有些欺负你。我愿意与你一对一较量，不许**帮丁**[④]！"悟空便与这大魔王一对一厮杀，斗经二十余合，不分输赢。那怪张开大口，就要来吞下悟空，却正合悟空之意。悟空收了金箍棒，迎着妖怪的大嘴，被老魔一口吞下肚子，吓得猪八戒慌忙而逃。

---

①祷祝：祷告祝愿。
②猖獗：凶猛而放肆。
③坐家虎：比喻在自己家门口仗势摆威风的人。
④帮丁：请人帮助。

那老魔回到洞中，正要邀功，谁知悟空在他肚子中翻跟头乱舞。老魔疼痛难忍，倒在地下，口中叫道："外公，外公！是我的不是了！误吞了你。万望大圣慈悲，可怜蝼蚁贪生之意，饶了我命，我愿奉上一台香藤轿，送你师父过山。"悟空见他如此说来，动了善念，便道："若果真如此，也好！你张开嘴来，我出去。"老魔迫不及待张嘴，却听旁边三魔悄声道："大哥，等他出来时，你往下一咬，将猴儿嚼碎，咽下肚，他便害不了你了。"悟空在老魔肚中将这话听得一清二楚，便把金箍棒伸出，试他一试。老魔果然一口咬住，把门牙都迸碎了。悟空道："你个妖怪，我要饶你，你反倒害我！"

三魔又使用了激将法，嘲讽道："孙行者，你现在在我大哥的肚子里搞鬼，算什么英雄！我今天才发现，原来大闹天宫的孙悟空只是个**小辈**[①]的猴头。"悟空一听，心中暗想："是，是，是！现在我若扯断他的肠，捅破他的肝，又有什么难的？但这样做会坏了我的名声。"于是他说："好！你张开嘴，我出来与你较量。这洞里太狭窄了，我们去宽敞的地方，我再出来！"三个妖精一同出洞，三魔王又召集了三万小妖，摆开阵势。才说："现在已经到了宽敞的地方，你出来吧！"

悟空知道妖怪们在这里调兵遣将，恐怕他们又要耍什么花招，于是他拔了一根尾上的毫毛，变成了一条绳子。一头拴着妖怪的心肝系上，打了个活扣。那扣子不扯不紧，

①小辈：形容人吝啬卑鄙。

一扯紧就会痛；另一头则拿在手中，爬进老魔的鼻孔里。老魔鼻子发痒，打了个喷嚏，悟空便趁机溜了出来。老魔不明真相，见悟空出来就劈头盖脸地打去。二怪挥枪刺来，三怪挺戟砍来，三人毫无章法地乱打。悟空一把扯紧绳子，老魔肚子里便钻心地痛。他又牵着绳子飞上山头，用力一挣，将老魔拽到空中，然后猛地一松手，老魔便重重地跌落在地上，把山坡下扎实的黄土砸出个二尺浅的坑。

二怪和三怪见状慌忙跪下求饶。悟空估计这次他们三人不会再出什么**幺蛾子**①了，于是便收起毫毛。三个妖怪纵身而起谢道："大圣请回，上复唐僧，收拾下行李，我们就抬轿来送。"众怪**偃**②干戈，全部回到洞中。

◈ 精华赏析

狮驼洞中的三个妖魔个个神通广大。为了打探这三个妖魔的底细，孙悟空机智地变成了一个小妖，凭借三言两语便为自己谋得了一个巡山长官的职位。他狡猾地骗取了众多小妖的信任，最终得知了三个妖王的底细。此外，孙悟空还轻而易举地劝退了狮驼洞口的数万小妖。可以说，孙悟空凭借自己的聪明才智，毫不费力地达成了自己的目标。

◈ 成长启示

孙悟空通过自己的智慧，获得了小妖的信任，并获得了三个妖王的底细，成功地解决了狮驼洞口的危机。这表明，我们应该不断地发掘和培养自己的才智，以更好地应对生活中的各种挑战和问题。

①幺蛾子：鬼点子，坏主意。

②偃：放倒；停止。

第三十九回 如来佛亲自收妖

❖ **要点思考**

· 三个魔王为了擒获唐僧，用了什么计策？
· 请你说一说，孙悟空得知师父已经被吃时，经历的心路历程。

悟空大胜而归，却远远地看见唐僧在地上痛哭，八戒与沙僧解了包袱，在分行李。悟空暗想："定是八戒对师父说我被妖精吃了，师父舍不得我才痛哭，那呆子却在分东西散伙。"悟空大叫一声："师父。"惊得八戒也大喊："我分明见大师兄被妖精吃了，想来是那猴子显魂了。"悟空一巴掌把八戒打个踉跄，道："我显什么魂，那妖精吞了我，我就抓他肠，捏他肺，又将绳子拴在他心上乱拽，他疼得叩头哀告，我才饶了他。他如今要抬轿来送师父过山呢！"唐僧闻言，马上爬起来，对悟空躬身致谢，八戒和沙僧亦喜上眉梢。

那三个魔头也回到了洞中。二大王道："哥哥，刚才说要送唐僧过山，都是假意，只因兄长性命要紧，所以先把那猴头哄住。你给我三千小妖，摆开阵势，我有本事拿住这个猴头！"

二大王即率三千精兵，在大路旁排开阵势，又差了小妖去向悟空传报。那小妖高喊："孙悟空！赶早出来，与我二大王爷爷交战！"八戒听见便笑："师兄，轿子不来，却来叫战。"悟空道："大魔已被我降伏，定是二妖魔不服气。这妖魔弟兄三个，还有这般义气。我也是弟兄三个，就没些义气？”八戒一听，便向悟空索了那根拴妖精的绳子，扣在腰间，前去与那妖精拼命，只说若是输了，便让悟空与沙僧将他扯回来。

八戒举钉耙跑上山崖，与那妖精在山坡前斗了七八回合。八戒手软，渐渐架不住妖魔，急回头喊：“快扯救命索。”悟空要戏弄这呆子一回，听到此言，反将手中绳索松了松。八戒败了阵，住后开逃，却被绳子绊了个狗啃泥，被一众小妖追上，五花大绑，抬回洞中。

悟空纵身赶上去，暗道：“这呆子咒我死，先跟去看那妖精怎么摆布他，等他受些罪，我再去救他。”悟空变作苍蝇飞入洞中，正听三个魔王商量着要腌了猪八戒的肉下酒吃。八戒则四肢朝上被捆吊在角落，半浮半沉，嘴里哼哼。悟空见了，又恨他，又怜他，想到前几日听沙僧说，这呆子偷攒了点私房钱，便飞到八戒耳旁，捏着嗓子装作是**勾司人**[①]，要送八戒上路。八戒慌了神，让悟空从自己耳朵中取出私房钱，当作是孝敬悟空，求悟空宽限一日。悟空从八戒耳中拿出那钱，忍不住大笑一声。八戒听出这是悟空的声音，乱骂道：“天杀的弼马温！这时候还诈我财物！我这些银子都是从牙齿上刮下来的，给了你就当是我的买命钱！快救我下来。”悟空道：“别急，等我救你。”他将银子藏了，立即现出原身，救下八戒。

二人从洞中杀出洞外，一路打死了不知多少小妖。二

①勾司人：传说中阴曹地府里专门负责勾人性命的官差。

魔听见，前来与悟空在洞外好一场厮杀，八戒立在山头，只管观战。二魔甩出鼻子，要来卷悟空，被悟空用金箍棒拦住。八戒在旁道：“若把这金箍棒往妖精鼻孔中一捣，准疼得流鼻涕。”悟空本无此意，倒是八戒教了他。他将金箍棒变得又细又长，往二魔鼻子里一插，疼得妖精急要收回鼻子，反倒被悟空一把拽过。妖精被孙悟空拽着鼻子走，毫无反抗之力。八戒见悟空降了这怪，才敢上前，拿铁耙往妖精胯上乱打。悟空道：“不好不好，若是打出血来，师父又要怪罪了，就拿柄打吧。”于是那八戒如同赶象一般，铁耙柄打一下，那怪走一下，就这样牵到唐僧面前。那怪跪地求饶道：“唐长老，若肯饶命，定抬轿相送。”悟空道：“我师徒都是善良之人，依你言，且饶你命，快抬轿来。如再变卦，绝不轻饶！”二魔磕头而去。

二魔战战兢兢回至洞中，说了战败之事，三个妖魔面面相觑。老魔与二魔表示要送唐僧过山，那三魔不服，又生一计：先佯装顺从，将那唐僧送到四百里外三魔的城池，到时候内外接应，让唐僧师徒首尾不能相顾。老怪闻言，欢欣不已，点了三十个做饭的小妖和十六个抬轿开路的小妖出了洞，在大路边高声喊道：“唐老爷，现在便抬轿送您过山！”师徒四人只以为擒妖成功，怎知妖魔又有异谋。唐僧上了轿，八戒将行囊搭在马上，与沙僧紧随，悟空在前面探路。四人欢欢喜喜，朝着大路前行。

那三十个小妖将师徒四人伺候得十分妥帖。向西行了四百里路，在前方探路的悟空忽然见到一座城池。见城中恶气缭绕，悟空觉出不妙，只听得耳后风响，急回头，原来是三魔双手举一柄画杆方天戟，往悟空头上打来，悟空赶忙使金箍棒劈面相迎；那老魔举钢刀便砍八戒，八戒慌忙间举耙乱打；二魔则拿着长枪朝沙僧刺杀，沙僧使降妖杖相峙。三个魔头与三个和尚，一个敌一个，舍死忘生地苦战。抬轿子的小妖则抬着唐僧径直走到城边，口中喊道："唐僧已拿定了！"城门大开，大大小小的妖精都来接应。只见妖精们一个个对唐僧恭恭敬敬，将他抬上金銮殿，请他坐在当中。原来魔王吩咐过，不得吓着唐僧，一吓就肉酸，不中吃了。

城门之外，六人打斗多时，八戒和沙僧先后败下阵来，被妖精绑去了金銮殿。悟空寡不敌众，纵筋斗云要逃走，却被三魔赶上了，擒回城内，同八戒、沙僧绑在一处。三个魔王差手下小妖生火拿锅，将四人蒸入锅中，要将师徒四人蒸着吃。悟空岂会认命？他的真身逃出蒸锅，留下一个假悟空在锅里，然后在半空中驾着祥云，念个咒语，呼唤出北海龙王敖顺，请他变作一阵冷风，吹入锅下，如此一来，那柴火烧得再旺，也伤不着锅中三人。

天色渐晚，待三个魔王安寝，几个轮流看管蒸锅的小妖也被悟空的瞌睡虫叮睡之后，悟空救出了师父与二位师弟，牵来白马欲逃。要说师徒四人这次实在时运不济，偏在这时，三个魔王都从梦中醒来，前来查看。师徒四人又被围堵，除了悟空，其余的三人一马又被擒回殿中。

众魔把八戒、沙僧分别绑在殿前、殿后的两根柱子上，又恐悟空再来搭救，便将唐僧锁在锦香亭铁柜子中，放出谣言，称唐僧已经被生吃了。他们就想等悟空听到消息，心灰意冷，不再来寻之后，再慢慢享用唐僧。

悟空逃后，先驾云向东，重回狮驼洞，将洞中小妖一并剿绝，出了心中恶气。第二日一早，他又化作个小妖模样，进城打探师父的消息。谁知满城皆传唐僧已被生吃。悟空焦虑不已，便又混入皇宫，见八戒与沙僧一前一后被绑在大殿，便一一询问。那二人都道："师父被妖精生吃了。"悟空闻言，泪如雨下，没顾上先救八戒与沙僧，径奔灵山去找如来佛祖。

见了如来佛祖，悟空倒身下拜，两泪悲啼，细说前事。怎料如来开口道："你先别难过，那妖精我认得。"悟空猛然失声道："如来！我听人说，那妖精与你有亲呢！要不你如何认得？"如来道："我慧眼观之，故此认得。那老怪与二怪有主，五台山文殊菩萨与峨眉山普贤菩萨能降这两个妖精。"说完便命人去请二位菩萨。又道："那三怪，说起来是与我有些沾亲。天地混沌时，飞禽以凤凰为长，凤凰又生孔雀、大鹏。我曾在雪山顶上修成正果，被孔雀吸入肚中，我便剖开孔雀脊背，跨上灵山。我将孔雀留在灵山，并封其为佛母孔雀大明王菩萨。大鹏与佛母是一母所生，故与我有些沾亲。"悟空闻言笑道："如来，这样说来，你还是妖精的外甥呢。"如来道："这怪需我亲自去降伏。"

众佛与如来一同前往城中，悟空将三怪引出后，便将身一闪，躲进如来的金光影中，全然不见。只见那过去、未来、现在的三尊佛像与诸神佛布散左右，把那三个妖王围住，水泄不通。老魔与二魔战战兢兢，三魔却毫无惧色，举刀乱砍。文殊、普贤念动真言，老魔与二魔便丢了兵器，现出本相。只有三魔不服，展开翅膀，欲张开利爪叼走悟空。如来用手一指，那妖的翅膀便动弹不得，只得皈依。

悟空见三个妖精俱被收服，便对如来道："如今虽然收了妖精，除了大害，但我师父已经被他们吃了！"大鹏咬着牙道："我们没吃成你师父，他如今在锦香亭铁柜中。"悟空急至金銮殿，救了八戒与沙僧，引二人至内院，于铁柜中救出师父。唐僧**惊魂未定**①，大哭一场。四人在宫殿中寻了些茶饭，饱吃一餐，收拾出城，找大路投西而去。

精华赏析

在孙悟空成功制服大魔王之后，三位魔王起初承诺将负责护送唐僧过岭。然而，他们却背信弃义，违背了承诺。二魔王更是出尔反尔，再次挑战悟空，惨败后又一次承诺护送唐僧过岭，却再次食言。三魔王则假装愿意护送唐僧过岭，实际上却设下埋伏，企图将唐僧四人一网打尽。这三个魔王的行为表现出他们的狡猾、丑恶和为达目的不择手段的特性，令人感到厌恶。

成长启示

三位魔王出尔反尔、言而无信，他们的行为和态度是错误的，不值得我们去学习。相反，我们应该始终保持诚实守信，才能赢得他人的尊重和信任。同时，我们也要学会在面对困难和挑战时保持冷静和理性，不要采取不择手段的行为。

①惊魂未定：形容受惊吓之后，心情还没有完全平静下来。

第四十回　比丘国悟空救人

要点思考

· 妖怪用了哪些手段迷惑国王？国王为什么会听信妖道的话呢？

· 孙悟空在比丘国不但除了妖，还救出了全城的小孩儿，表现了他什么样的品质？

离开狮驼国后，唐僧四人历经数月艰苦跋涉，此时已进入了深冬季节。一天，四人正匆匆赶路，突然看到前面有一座城池，走进城门，他们看到街道上人头攒动，热闹非凡，然而每个家门口都摆放着一个鹅笼，里面关着的竟然都是五六岁的小男孩。有的在啼哭；有的在吃果子；有的坐着或睡着了，大的不满七岁，小的只有五岁，不知是什么原因关在这里。

他们转过一条街，突然看见一座衙门，匾额上写着“金亭馆驿”。唐僧说：“徒弟们，我们先到这个驿站里去打听一下鹅笼的事情，同时喂喂马匹，找个地方投宿。”四人进入驿站，见过驿丞后坐下。驿丞听说他们是来自大唐的取经使者，立刻命人上茶，准备斋饭和客房。

安排妥当后，唐僧向驿丞询问起鹅笼的事情。驿丞面露难色，低声说："长老，您最好不要过问这件事。明天换了关文，早点赶路就是了。"但唐僧却紧紧抓住驿丞的手臂，坚持要问个清楚。驿丞无奈，只得关上房门，悄悄告诉他们："这个国家原来叫比丘国，最近才改名为小子城。三年前，一个道士带着一个十六岁的美丽女子进贡给国王。国王被她的美色所迷，封为'美后'，从此不理朝政，身体每况愈下。那个道士也因此被封为国丈。他声称自己有海外秘方，可以炼制长生不老药，但需要用一千一百一十一个小儿的心肝做**药引子**[1]。长老您看到的那些鹅笼里的小儿，就是作为药引子被囚禁的，已经定于明日挖取他们的心肝。"

唐僧听后忍不住泪流满面，恳请悟空出手相助。悟空念动咒语召唤出诸位神仙，请他们帮忙将笼中小孩带到城外树林照看一两天。众神领命而去。

第二日一早，唐僧便入朝倒换关文，悟空化作飞虫，停在唐僧身上，跟随而去。二人见了国王，只见国王相貌**尪羸**[2]，精神倦怠。唐僧道："贫僧自东土大唐而来，特来拜见陛下，倒换关文。"说完将文牒献上。国王眼目昏昏，看了又看，方才取宝印盖上，将关文递与长老。国王正要询问他们西天取经的原因，却听有人通报："国丈大人驾到。"

国王闻言，慌忙扶着近侍小宦起身相迎。国丈大摇大

---

①药引子：在药剂中加入之后，能增强药剂效力的药物。

②尪羸：瘦弱或身体虚弱。

摆地走进宝殿，对国王微微点了点头，算是打过招呼。接着，国丈又问了唐僧的来历，国王回答后，国丈便不再多说什么。

国王命令手下为唐僧准备早餐。吃完后，唐僧独自走出朝门，而悟空则留在了皇宫。他悄悄地停在金銮殿的翡翠屏风上，密切注视着宫内的动静。没过多久，有人来向国王报告说城中的鹅笼丢失了。国王听后大惊失色，而国丈却笑眯眯地说道：“国王真是有福气啊！今天来朝的唐僧可是个十世修行的好人，如果能用他的心肝做药引子，必定能保陛下万寿无疆。”昏庸的国王听信了国丈的话，立刻下令关闭城门，捉拿唐僧。

悟空得知这个消息后，迅速返回驿站恢复了原形。他向唐僧和师弟们讲述了国丈的阴谋，吓得唐僧脸色惨白，魂不附体。悟空急上前搀扶安慰，称自己有对策。他让八戒和些泥来，八戒不情愿地找了些土，懒得去找水，便撒了泡尿来和泥，将这一团臊泥拿给悟空。悟空将这泥往师父脸上抹了一抹，又往自己脸上抹了一抹，吹了口仙气，自己变作了师父的模样，唐僧则变成了悟空的模样。二人又换了衣服，这下更加真假难分。刚换完装他们就听到门外锣鼓喧天，原来是三千士兵包围了驿站，来“请”唐僧。八戒和沙僧紧紧护住真正的唐僧，而假扮成唐僧的悟空则随着官兵前往朝廷。

在金銮殿上，假唐僧故意高声询问道：“比丘王，您请我来是为了何事？”国王微笑道：“朕得一疾，缠绵病榻，久不痊愈。幸国丈赐得一方，药饵已完备，只少一味引子，特请长老，求些药引。”假唐僧问道：“陛下需要我提供什么作为药引呢？”国丈在旁指着假唐僧道：“和尚，我们需要你的黑心。”假唐僧毫不犹豫地回答道：“既然如此，请尽快取来刀具。我愿意剖开胸膛，如果有黑心，我一定奉命取出。”那昏君高兴地道谢，并立即命人取来一把牛耳短刀，递给了假唐僧。

假唐僧接过刀，解开衣服，挺起胸膛，左手按住腹部，右手持刀，猛地一划，腹皮被剖开，一堆心脏随之滚落而出。唬得文官失色，武将身麻。国丈在殿上见状说道：“这个和尚竟然有这么多心！”假唐僧将那些心一个个示与众人，却都是些红心、白心、黄心、**悭贪**①心、利名心、嫉妒心、种种不善之心，就是没有一个黑心。那昏君战战兢兢地说道：“快收起来，快收起来！”

假唐僧随即现出原形，对国王说道：“陛下您真是没有眼光！我和师父都是一片好心，只有这个国丈才是黑心，适合作为药引。你不相信的话，就让我帮你把他的心取出来看看。”国丈听到这话，立刻认出他是当年大闹天宫的孙悟空，于是腾空而起想要逃跑。然而悟空身手敏捷，迅速翻筋斗，追赶上前。二人激战一番之后，国丈虚晃一招，化作一道寒光，逃入皇宫内院，把进贡的妖后带出宫门，一并化作寒光，消失得无影无踪。

国王和众臣这才明白，国丈和美后原来都是妖邪。悟空也亮明了自己的真实身份。国王见悟空神通广大，赶忙

①悭贪：自己的东西不舍得给别人叫作悭，看见别人的东西就想要叫作贪。

着人请来唐僧、八戒与沙僧，又请他们四人帮助捉拿妖魔。悟空询问了那妖精的住处，得知他住在比丘国以南七十里的柳林坡清华庄。于是，悟空便带着八戒直接来到南方七十里的地方，但只看见一片杨柳，却找不到清华庄。悟空唤出此处的土地询问，那土地道："大圣请到溪边南岸，寻一棵有九条叉枝的杨树，绕此树，左转三圈，右转三圈，再两手齐扑树上，连叫三声'开门'，即现清华洞府。"

悟空与八戒依照此法，果然寻见了清华洞府。二人潜入洞中，见到妖精国丈之后，便立马开打。妖精国丈不敌二人，便又化道寒光往东边逃去。悟空与八戒乘胜追击。喊杀之际，忽有**鸾**[①]鹤声鸣，祥光缥缈，一老者把寒光罩住，叫道："大圣、天蓬休赶，老道在此施礼了。"原来这人是**南极老人星**[②]。悟空答礼道："寿星兄弟来此有何贵干？"八戒笑道："肉头老儿，你罩住寒光，必定捉住妖怪了。"寿星赔笑道："他是我的一副脚力，想不到他偷溜出来，成了妖怪。二公饶他命吧！"那寿星把寒光放出，喝道："孽畜！快现本相，饶你死罪！"那怪打个转身，原来是只白鹿。寿星拿起拐杖道："这孽畜！连我的拐棒也偷来了！"那只鹿俯伏在地，口不能言，只管叩头滴泪。

悟空与八戒请寿星在此等候，二人又入洞捉了那妖后，她被八戒一耙打死，现出本相，原来是只白面狐狸。八戒将死狐狸扔在鹿的面前道："这可是你的女儿？"那鹿点头，

①鸾：传说凤凰一类的鸟。

②南极老人星：寿星，即神话中司长寿之神。

伸着嘴，凑到狐狸前，呦呦发声，似有眷恋不舍之意。

悟空与八戒点了一把火，把一座清华妖怪宅，烧作火池坑。二人同寿星牵着鹿，拖着狐狸，一齐回到比丘国，将国丈与狐狸的真面目示给国王与群臣后妃。吓得比丘国君臣妃后，一齐下拜。宴会结束后，国王又恳求寿星赐予能够祛除疾病、延年益寿的灵丹妙药。

待一切事务处理完毕，众神也将之前被掳走的孩子们安全送回到了悟空的身边。悟空随即召唤城中的居民前来认领自家的小孩。家家户户纷纷赶来，百姓们抱着自己的孩子，激动地在唐僧师徒四人面前下跪，口中不停地高呼“活菩萨”。唐僧师徒四人在比丘国逗留了数日，才向国王和百姓们道别，继续踏上了西天取经之路。

❖ 精华赏析

在比丘国的故事中，“国丈”通过施美人计让国王成为他的傀儡。每当“国丈”入殿时，国王不仅会亲自起身迎接，还须等待“国丈”先行问候自己。更为重要的是，国王对于用小儿心肝作为药引子这样的恶毒主意，并未提出任何异议。当城中小儿失踪后，国王担忧不已，唯恐影响自己长生不老的美事。这些事实充分展示了“国丈”对国王的操控已经到了令人发指的地步。国王之所以失去理智，完全是因为自己的欲望：受到美色诱惑是因为色心，捉拿小儿及唐僧则是因为贪图长生不老的私心。每个人都有欲望，但当一个人的欲望实现需要以损害他人利益为代价时，及时醒悟才是最好的选择。

❖ 成长启示

比丘妖变成假道士害唐僧，悟空就变成假唐僧去对付他，这叫作将计就计。在生活中我们不可能遇到妖怪，与人相处的时候也就不需要这样费尽心机；但生活又是复杂的，遇到危险的时候，也需要敏锐的目光、清醒的判断和随机应变的能力，这样才能够更好地保护自己。

第四十一回 镇海寺大战妖魔

❖ 要点思考

· 孙悟空明知女子是妖怪，为什么不和师父据理力争？

· 在镇海寺中，和尚因为什么事而默默垂泪、恐慌不安？

唐僧四人离开比丘国，朝西行进多日，转眼寒冬已尽，又到了山花竞放的季节。一天，唐僧正在和徒弟们闲聊着赶路，抬头一望，发现前面有一片黑松林，藤蔓横生，遮云蔽日。

唐僧翻身下马，准备在此处歇息一会儿，随后派悟空去化缘，八戒和沙僧则去林中觅果闲耍。

唐僧坐在林间，开始念诵佛经，忽听闻有人高喊“救命”，他心中一惊，起身挪步，循着那声音走近，只见那大树上绑着一个女子。这女子上半截被人用葛藤绑在树上，下半截埋在土里。这厮是个妖怪，但唐僧肉眼凡胎，不认得，他立定脚，问道：“女菩萨，你为何被绑在这里？”那妖怪化作的女子花容月貌，唐僧一问，她便泪眼婆娑道：“长老，清明之时我同父母亲友拜扫**先茔**[①]，路过此地，遇到一伙强盗，父母诸亲得马得轿，各自逃了性命。奴奴年幼，跑不动，吓得摔倒在地，被众人强拐来山内。他们都爱我美色，争作一团，最后不欢而散，把奴奴绑在林间，已经五日五夜了，长老救救我呀！”

①先茔：祖先的坟地。

唐僧闻言，忍不住掉下眼泪，并叫道：“徒弟！”八戒与沙僧正在林中寻花觅果，猛听见师父叫得**凄怆**[1]，急忙赶来。唐僧说了前因后果，便让八戒救人。八戒刚要动手，悟空从云端落下，上前喝止。原来悟空在半空中，看到唐僧所在的林子黑气浓厚，想这黑气中必定有邪，急忙赶回来。悟空道：“八戒莫动手，这是个妖怪！”唐僧半信半疑。悟空又道：“师父，我老孙这一路西行以来，何曾失误？倒是师父，一路不知认错了多少个妖精。”唐僧道：“也对，也对。你平常也看得不差，既然这样说，不要管她，我们去吧。”那妖精眼看到手的唐僧肉就要跑了，不甘罢休，又嘤嘤说道：“师父哇，你放着活人的性命尚且不救，昧心拜佛取什么经？”那唐僧闻言停住脚步，道：“救人一命，胜造七级**浮屠**[2]。快去救她下来，强似取经拜佛。”悟空好言相劝，唐僧又道：“徒弟呀，古人云：‘勿以善小而不为，勿以恶小而为之。’还是救她一救吧。”便又让八戒救出女子。

师徒四人与这女子一路走来，不到二三十里，天色渐晚。只见前面有一座寺庙，师徒四人决定在此借住。唐僧让其余人在门口等候，自己先入内借宿。

进了门中，见长廊寂静，古刹**萧疏**[3]，佛像也都被人推倒在地，唐僧不由得触景生情，高声感叹起来。寺中供奉香火的道人听闻有人说话，便拾一块断砖，照着寺中的

①凄怆：凄惨悲伤。

②浮屠：佛塔。

③萧疏：萧条荒凉。

大钟敲打一下，吓得唐僧跌坐地上，道：“难道这寺中久无人烟，钟成了精？”敲钟人急忙上前搀扶，将唐僧请入三层门内。唐僧走近一看，见这里青砖绿瓦，佛像熠熠生辉，与前面所见大相径庭，便询问缘由。那人道：“这山间多有妖邪强寇，沿山打劫。天阴他们就来寺里藏身，把佛像推倒垫坐，树木搬来烧火。本寺僧人软弱，不敢与他讲论，便又盖了一所寺院，名为镇海禅林寺。”三藏这才明了。

说话间，二人已至山门前。唐僧正欲进入门里，忽见一个**喇嘛**[①]和尚走出门来，满面笑嘻嘻地向唐僧行礼，问道：“老师父何来？”唐僧道：“弟子乃东土大唐驾下钦差，去往西方天竺国大雷音寺拜佛取经。来此借宿一晚，明日早行。”那和尚笑道：“你一个人，又生得娇嫩，哪里像个取经的！”唐僧道：“院主不知，贫僧有三个徒弟，护送我取经，现在山门外等候。”那和尚慌了道：“师父你不知我这里有虎狼、妖贼、鬼怪伤人，怎好在外等候？”又喊道：

①喇嘛：藏传佛教弟子对上师的称谓。喇嘛，藏语音译，意为上师。

“徒弟，快去请这长老的徒弟入内。”

两个小喇嘛便跑出去请，谁知道不一会儿又慌慌张张地跑进来，说门外有三四个妖精，一个雷公嘴，一个**碓挺嘴**[①]，一个青脸獠牙，还有一个油头粉面的女子。唐僧笑道：“那三个丑的，是我徒弟。那一个女子，是我从松林里救来的。我那三个徒弟，丑是丑，但都是心怀善念之人。你们不必害怕。”两个小喇嘛只好壮着胆子，又去请那四人入内。四人拴了马，歇了担，进屋与喇嘛和尚相见。那和尚又叫出七八十个小喇嘛来，见完礼，让人收拾办斋款待来客。

第二日天明，悟空叫八戒、沙僧收拾行囊、马匹，请师父上路。谁知唐僧此时生病了，四人只好暂时在寺中住了下来。

三日之后，唐僧觉身体渐好，欠身起来向悟空要水喝。悟空取了钵盂，来到寺中厨房取水，忽见那些和尚一个个眼睛通红，悲啼哽咽，只是不敢放声大哭。悟空上前询问原因，得知寺内来了妖精，已经连吃了六个和尚，剩下众僧无一不害怕防备。悟空听完，道：“不用说了，必定是妖魔在此伤人。待我去和师父说一声，便前去降妖。”

悟空接了水，回到师父房中，将刚刚听闻的寺中入妖之事说给唐僧。唐僧听了心惊，道：“他既吃了寺内之僧，你我亦僧也，定要捉了这妖精。你去吧，一定要小心哪！”悟空当夜吩咐八戒、沙僧看守师父，自己来到佛堂，化身

①碓挺嘴：像舂米的杵头一样向前伸的长嘴。碓：舂米用具。

为一个十二三岁的小和尚，手敲木鱼，口里念经。一直等到二更时分，只听一阵风声过后，黑雾遮天，又有环佩声响。悟空欠身一看，见一美貌佳人站在面前，仔细一看，这就是那日唐僧救下的女子。悟空当即现出本相，抡起金箍棒，劈头就打。那怪也吃了一惊，仔细一看，才知这是唐僧的大徒弟孙悟空。妖精也现出原身，竟是个老鼠精。

老鼠精手拿双股剑，悟空持着金箍棒，两人在佛堂之内展开了一场恶战。几个回合过后，老鼠精自料敌不过孙悟空，抽身要走。悟空喝道："妖精！哪里走！快快来降！"那妖精全然不理，直往后退。悟空一路紧追，那妖精急将左脚上的花鞋脱下来，吹口仙气，念个咒语，叫一声："变！"变出了个分身，真身一晃，化阵清风，来到了唐僧的房间，将其掠走，不见踪迹。

悟空打得心焦性躁，一棒将妖精的分身打落在地，发现那是一只花鞋，悟空方知中计，急忙赶去师父房间，却只见八戒与沙僧两人口中念念有词。悟空不分好歹，一怒之下持着金箍棒朝两人一通乱打。沙僧苦苦哀求，下跪认错，连道后悔，又说"打虎还得亲兄弟，上阵须教父子兵"，救师父要紧，悟空才放过他们二人，只待天明，三人**勠力同心**[①]，去寻找师父。

第二天天明，三人便收拾行李去黑松林寻唐僧。三人来到林内，悟空变作三头六臂的模样，在林里噼里啪啦地乱打，打出两个老头来，一个是山神，一个是土地。这二

---

①勠力同心：齐心合力，团结一致。

人对悟空道："此处正南千里之外，有一座陷空山，山中有个洞，叫作无底洞，那便是老鼠精的妖洞。"

兄弟三人连同白马，腾云驾雾，一路向南，不多时，便见一座险峻高山。悟空与沙僧在山岭等候，八戒一人前去探路。

◈ 精华赏析

沙僧在《西游记》中一直给人一种低调、忍耐的形象。然而，在这一回的故事中，沙僧却发挥了非常重要的作用。当妖精掠走唐僧后，悟空责怪沙僧和八戒照顾不周，甚至对两位师弟动手。然而，沙僧在面对这种情况时，展现出了高超的应对策略。他首先从情理两方面入手，承认自己的错误并跪下认错，表达了对悟空的歉意。同时，他还能说出"打虎还得亲兄弟，上阵须教父子兵"这样的道理，表明了他明白团队合作的重要性，并强调了师兄弟之间的紧密关系。这种表现让悟空无法反驳，充分体现出沙僧的隐忍性格和懂得权衡利害的智慧。

◈ 成长启示

孙悟空知道女子是个妖怪，却没有当面顶撞师父，而是暗地里斗争。这不是孙悟空怯懦，而是一种成熟的表现。因为悟空知道，师父之所以人妖不分，不是是非不明，而是心地善良易被蒙蔽。为了团结，为了不伤害队伍的和谐，悟空才采取了这种方式来处理事情，以避免正面冲突。这是顾全大局的表现，需要广阔的胸怀和智慧。

第四十二回　唐僧无底洞遇险

❈ **要点思考**

· 悟空几次进入妖精洞穴，为了救出唐僧，分别用了什么计策呢？

· 通过阅读此回，你觉得老鼠精为什么要执着地同唐僧成亲？

八戒匆匆下山，瞥见两位女妖在井边汲水，便灵机一动，化身为一位面色黝黑的和尚，上前与她们搭讪。从她们口中得知，那女妖精将于当晚与师父成亲，八戒大惊失色，立刻奔回山上通知悟空。于是，悟空、八戒与沙僧三人，远远地跟踪那两位妖精。然而，跟了大约一二十里路后，那两个妖精突然闪入一个洞穴，不见了踪影。

三人走到近前，见此处有一座牌楼，上书“陷空山无底洞”六个大字，牌楼下山脚处有一块大石，正中间有缸口大的一个洞口。悟空嘱咐八戒与沙僧在洞口等待，自己化身为一只苍蝇，飞入洞穴。找到唐僧后，悟空低声道：“师父，那妖精正在准备酒席，你待会儿假装与她饮酒，我会变成一只小虫，趁机飞入她的酒杯中。待她喝下，我便在她肚内制服那妖精，救你出去。”

然而，正当师徒俩还在商议之际，妖精已经走近，甜腻地叫了一声：“长老。”她亲密地挽起唐僧的手臂，引领他走向草亭，请他入座。唐僧趁机将酒斟满一杯，恭敬地递给妖精。悟空见状，立刻变成一只飞虫，迅速飞入酒杯中。妖精接过酒杯，看见了那只小虫，便用纤细的小指将它挑起，轻轻往下一弹。悟空见计划未能得逞，立刻化身为一只饥饿的老鹰，振翅高飞，伸出锋利的鹰爪，将那一桌素食酒席搅得乱七八糟，然后飞出洞穴。

这一幕吓得妖精脸色惨白，她紧紧抱住唐僧道："定是我困住唐僧，天地不容，故降此物。小的们，收拾干净这一地的碎碗盘，另安排些酒肴，不拘荤素，以天地为证，我定要与唐僧成亲。"悟空出洞后，重整旗鼓，再次变作苍蝇，飞入洞中，让唐僧将妖精带入园中，骗妖精吃下自己变作的桃子。

唐僧按照计划，对妖精说："娘子，这洞里有些憋闷，你能不能带我去别的地方透透气呢？"那妖精不知是计，十分欢喜地挽着唐僧的手去了花园。这园中有看不尽的**奇葩异卉**[①]。他们两个人走到桃树林边，悟空飞到桃树上，摇身一变，变成了一个颜色鲜艳的红桃。唐僧摘下这个红桃，递给妖精吃。妖精非常高兴，接过红桃就准备咬。没等妖精咬下去，悟空就一个跟头翻进了她的肚子里。唐僧告诉妖精她刚刚吃下的桃子是孙悟空变的，妖精吓得大哭起来。

悟空怕师父心软，就在妖精的肚子里拳打脚踢。妖精疼得受不了，倒在地上。悟空让妖精亲自送唐僧出洞，妖精这个时候只想着保命，赶紧站起来把唐僧背在背上，走出了洞穴。

到达洞口，妖精将唐僧放下，交到了八戒和沙僧的手

---

①奇葩异卉：珍奇难得的花草。

中。沙和尚走上前问道："师父，你出来了，师兄在哪里？"八戒说："他有**算计**[1]，定是换了师父，自己留下来和妖精成亲。"唐僧用手指向妖精说："你师兄在她的肚子里。"悟空在里边叫道："张开口，让我出来！"那妖精张开口，悟空纵身一跳便出来了，他二话不说，拿起金箍棒就向妖精打去。妖精也随即取出两把宝剑，挡住了金箍棒。于是，他们两个在山头上展开了一场激战。

八戒和沙僧看见大师兄和妖精打得难解难分，便也加入战斗，只留下唐僧一人在洞口。妖精难以抵挡悟空的攻击，又看见八戒和沙僧也加入了战斗，便急忙抽身逃跑。悟空大喊道："兄弟们，快追！"妖精见他们追得紧，便将右脚上的花鞋脱下来，吹口仙气，将花鞋变成了自己的模样，拿着两口剑打过去。而她的真身则一晃身，化为一阵清风，径直回洞，见那唐僧正端坐洞口，便连人带马掠走，逃进洞去。

八戒在空中一耙打落了妖精，发现只是一只花鞋。悟空一看，便知这妖精故伎重施，慌忙间想到师父无人保护，急忙去寻师父，却只见拴马的绳子被扔在路边，他一把拿起，止不住眼中垂泪。八戒见此道："哥呀，师父一定又被妖精摄进洞去了。常言道：'**事无三不成**[1]。'你已经进过洞两次了，再进去一次，一定能救出师父。"悟空擦干眼泪说："你们两个好好守住洞口，我再去一次。"

---

①算计：打算。

②事无三不成：凡事不经过多次努力，不可能办好。

这一次，大圣没有使用任何法术，而是堂堂正正地走进了洞穴。洞穴内一片寂静，没有任何人的踪迹，东边的走廊里也没有见到唐僧。悟空忽然闻到一阵扑鼻的香气，顺着气味走进了一间屋子。只见屋子中间有一张雕漆供桌，供桌上有一个大流金香炉，炉内香烟**馥郁**[①]。桌上供着一个大金字牌，牌上写着“尊父李天王之位”，旁边一个略次些的写着“尊兄哪吒三太子位”。悟空见了满心欢喜，也不去搜妖怪找唐僧，把金箍棒捻作个绣花针，塞在耳朵里，拿着那两个牌子和香炉嘻嘻哈哈地出了洞。

八戒和沙僧听到声音，以为悟空已经救出了师父。但是悟空告诉他们：“那妖精家里供奉着李天王和三太子的神位，一定是李天王的女儿和三太子的妹妹。我现在就去找他们两位要人。”

于是，悟空纵起筋斗云，不一会儿就到了李天王所在的地方。他向李天王说明了来意，但是李天王却告诉他：“我只有三个儿子和一个女儿。大儿子叫金吒，在如来身边侍奉，做前部护法；二儿子叫木吒，在南海跟随观世音菩萨学艺；三儿子就是哪吒，在我身边，早晚随朝护驾。我的小女儿才七岁，叫贞英，如何会做妖精！”这时，哪吒在旁边说道：“父王，您确实有个女儿在下界。当年有个金鼻白毛老鼠精，在灵山偷食了如来的香花宝烛，如来派我们父子去捉拿她。我们抓住她后，饶了她的性命，她便拜您为父，拜我为兄。”李天王这才想起来，于是和悟空、

①馥郁：香气浓厚。

哪吒一起带着天兵天将，来到陷空山捉妖。

他们进入无底洞后，悟空发现在东南黑暗角落处。另有一个小洞，老鼠精和一群小妖都在里面，正逼迫唐僧与她成亲呢！悟空和三太子带领天兵天将进入小洞，看到李天王和哪吒，老鼠精立刻吓得磕头认罪。哪吒拿出缚妖索将老鼠精捆住，然后押回天宫去了。悟空送走李天王和哪吒后，救出了师父，继续往西赶路。

◈ 精华赏析

悟空在无底洞中的三次探险，每一次都异常精彩。他初入洞穴时，最初的计策未能成功，他便迅速化身为饿鹰，破坏了妖精精心准备的婚宴；第二次入洞，悟空巧妙地设下圈套，化身为红桃子，在妖精的肚子里肆意活动，迫使妖精亲自护送唐僧出洞；第三次入洞，悟空毫不犹豫地以本相进入，尽管面临危机，但他发现了老鼠精供奉的牌位，从而顺藤摸瓜，请来李天王与哪吒顺利降伏了妖精。这一过程凸显了他锲而不舍的精神和敏锐的洞察力。

◈ 成长启示

悟空在营救唐僧的过程中，虽然面临了三次失败，但他并没有放弃，而是继续想办法解决困难。他运用智慧和技巧，变身成饿鹰、红桃子等，成功干扰了妖精的计划，并最终救出了唐僧。这也告诉我们，在面对困难和挑战时，我们应该保持耐心和毅力，灵活应对，不断寻找解决问题的方法。同时，我们也要学会从失败中吸取经验教训，不断改进自己的策略和方法，以便更好地应对未来的挑战。

第四十三回 灭法国变钦法国

❖ 要点思考

·孙悟空为什么要剃了国王和大臣的头发？

·试着分析，将“灭法国”改称“钦法国”这一件事说明国王有了怎样的变化？你怎么看待他的变化？

唐僧师徒离开陷空山，匆匆往西赶路。一天，四人受不了炎热的天气，正要找一处柳树荫避暑，突然从柳树后面走出一个老婆婆，身后带着一个小孩儿，对唐僧师徒说：“几位长老，不要再往前赶路了，趁早原路返回吧，否则恐怕性命难保啊。”

唐僧听完，吓了一跳，慌忙问道：“老人家，前面有妖魔鬼怪吗？”老婆婆回答说：“再往前走五六十里地，就是灭法国的地界。那里的国王不知为何与和尚结下了冤仇，两年前突然声称要杀掉一万个和尚。屈指算来，他这两年已经足足杀了九千九百九十六个和尚，你们四个要是去了，不正好帮他凑齐一万个和尚吗？”唐僧问：“那我们如果执意西行，有什么绕行的路没有？”老婆婆笑着说：“没有，除非你们会飞。”这下唐僧哀声连连，不知如何是好。

悟空认出婆婆和孩子是观音菩萨和善财童子变的，便跪在地上说：“菩萨，悟空有失远迎。”菩萨这才现出原身，踏起祥云，往南海飞去。唐僧等人见状，也慌忙下跪施礼。

送走菩萨，悟空搀起师父，八戒、沙僧对悟空道："师兄，我们如何过那灭法国？"悟空道："休怕！豺狼虎豹都不曾伤害我等半分，一国凡人，有何惧哉？你们两个好生**保守**[①]师父，待老孙变化了去那城中先看看。"

悟空说完，纵身一跃，飞至灭法国上空，看到城中喜气冲融，祥光荡漾。悟空暗想："如此好的地方，为何要灭法？"他想入城，又恐自己的和尚扮相招来祸患，便念个咒，变成了个飞蛾，飞到一家名唤"王小二店"的客栈门前。悟空见客栈里八九个人吃过晚饭，便宽了衣服，卸了头巾，洗了手脚，将衣物交给那店小二收着，他们自己入客房睡觉了。

店小二将衣物都搬进了自己屋里，悟空也跟着小二飞入他房间，准备待他睡下后拿走衣物。这店小二房中还有他妻子与两个孩子，妻子拿着一件破衣服缝缝补补，孩子哇哇聒噪，都不入睡。悟空性急，便使了一招"飞蛾扑火"，将那油灯熄灭，又变作老鼠，叼走了那些衣物。店小二妻子见了，慌慌张张地道："老头子，不好了！夜耗子成精了！"悟空一听，厉声高喊："我不是夜耗子成精。明人不做暗事，吾乃齐天大圣临凡，保唐僧往西天取经。你这里国王无道，要杀一万个和尚，我特来借此衣冠，装扮我师父。待出了城，便来还你。"

悟空腾云驾雾，回到唐僧身边，对唐僧道："师父，

---

①保守：保护，守护。

要过灭法国，就不能做和尚。灭法国我已看了，国王虽然无道杀僧，却也是个真天子，城头上有祥光喜气。我在城中客栈借了几件俗人的衣服，我们扮作俗人，先进城去借宿，第二天早早起来赶路，若是被人撞见，就说我等乃上邦钦差。”唐僧无可奈何，只得依此计策。四人换了衣服，悟空又道：“我们入了城，不要再以师徒相称，师父叫作唐大官，八戒叫作朱三官，沙僧叫作沙四官，我叫作孙二官。”

四人牵马挑担，进了灭法国城门，找了一家客栈住了进去。客栈老板是一个五十多岁的妇人，她说道：“列位客官，我在此开店多年，丈夫姓赵，不幸去世多年了。我这店叫赵寡妇店，店中有三样待客之礼。”悟空道：“哪三样？细说来听。”赵寡妇道：“分别是上、中、下三样。上样者，为您准备五果五菜的筵席，还有丫头在旁服侍，每位五钱银子；中样者，饭菜可口，只是没有丫头在旁服侍，每人二钱银子；下样者，没人服侍不说，饭菜也是锅中剩下的，凭他怎么吃。吃饱了，打个地铺，哪里方便睡哪里。天亮时，留下几文饭钱即可。”悟空听完道：“我兄弟几个在江湖上，略赚了几两银子，把上样的安排来。不过，我兄弟几个今日**斋戒**①，安排素宴吧。”

赵寡妇欢欢喜喜安排下。四人吃饱喝足后，准备歇下了。悟空对赵寡妇道：“我这朱三官有些寒湿气，沙四官有些漏肩风，唐大哥要在黑处睡，我也有些畏光。”赵寡

①斋戒：祭祀鬼神时，穿整洁衣服，戒除嗜欲，如不喝酒、不吃荤等，以表示虔诚。

妇店中恰有一个大柜子，里面能睡下六七个人，便将四人安排于此。四人进了柜子，又让赵寡妇将柜子锁住，方才睡下。

谁知这店中**走堂的**①、挑水的、烧火的平素就与强盗勾结，今日见唐僧师徒四人出手阔绰，遂起了歹念。这几个溜出去召集了二十多个贼，冲进门来，见院中一个大柜子，柜脚上拴着一匹白马，柜盖紧锁，掀翻不动。众人料想里面必定有行囊财帛，便将这柜子抬出，准备出了城门后瓜分里面的财物。这一抬，不仅将柜中师徒四人摇醒，也惊动了夜巡的官军，军官个个出城捉贼。盗贼见官军势大，不敢**抵敌**②，便放下大柜，丢了白马，四散逃走。众官军没有捉到半个强盗，而是夺下柜，捉住马，得胜而回，准备明日启奏国王。

唐僧在柜中埋怨道："明日见了国王，倘若露了馅，岂不被杀？"悟空心中自有计策，安

①走堂的：即跑堂的，茶馆、饭店的杂工。

②抵敌：抵挡。

慰师父道："师父放心，明日见了那昏君，老孙自有妙计。"待到三更时分，悟空变作一只蝼蚁，从柜子缝中钻出去，径直进入皇宫。

灭法国国王正在熟睡之际。悟空将左臂上的毫毛都拔下来，吹口仙气，叫："变！"那些毫毛都变成了小悟空。悟空又将右臂上的毫毛也都拔下来，吹口仙气，叫："变！"将这些毫毛变成了瞌睡虫，让小悟空们拿着瞌睡虫，去那皇宫内院，五府六部，无论是内院皇族还是大小官员，一人脸上放上一只瞌睡虫，让他们都沉沉睡去。又变出千百把剃头刀，给小悟空们一人一把，命他们去给这些人剃光头。

第二日，皇宫中所有人都没了头发，就连前来上朝的官员也都是一副光头模样。国王眼中流泪道："想是寡人杀害和尚才引来今日之怪事……从此后，再不敢杀和尚了。今日有事启奏，无事退朝。"

随后有官员将昨日夜巡之事奏明国王，并将大柜抬至国王面前。国王命人打开柜门，只见里面走出四个和尚。那国王宣召后宫妃嫔，下金銮宝殿，同群臣拜问道："长老从何而来？"唐僧道："吾乃东土大唐驾下差往西方天竺国大雷音寺拜活佛取真经的人。"国王又道："长老远来，为何在这柜里安歇？"唐僧道："贫僧知陛下要杀一万个和尚，只好扮作俗人，入住客栈，又怕人识破，便在柜中安歇，不幸被盗贼抬出，被官兵捉获抬来。今得见陛下龙颜，还望陛下赦放贫僧一行人！"

国王道："长老是天朝上国高僧，朕有失远迎。朕之所以许愿杀僧，乃因朕曾被和尚所谤。如今君臣后妃，发都剃落了，望师父不要嫌弃，我等愿为**门下**[①]。"悟空道："你只把关文倒换了，送我们出城，保你国泰民安。"国王大喜，安排筵宴款待四人。宴毕，国王倒换关文，又求唐僧改换国号。悟空道："陛下'法国'之名甚好，只是'灭'字不好。不如改为'钦法国'，保你风调雨顺。"国王听完，欣然答应下来，并命文武百官送唐僧师徒上路。四人告别国王，继续向西而去。

精华赏析

为了顺利通过灭法国，师徒四人先是假扮为俗人，奈何夜间被劫，这个计划失败了。然而，聪明的悟空转变思路，利用夜深人静的机会，将灭法国国王和所有的大小官员、三宫妃后都剃成了光头。第二天早晨醒来，国王看到宫中上下都成了光头的和尚，不明所以，以为这一切是因为自己乱杀和尚而引起的，心中自然会对和尚心生敬畏。这时，唐僧四人出现在国王面前，不仅顺利地倒换了关文，还受到了热情款待。

成长启示

在一切处理问题的办法中，最有说服力的就是用事实说话。灭法国的国王认为和尚不是好人，所以一切没头发的都不是好人，直到自己没了头发，才知道自己的结论有多么荒谬。在学习和生活中，我们也会产生一些错误的观念，为了避免产生更大的错误，要事先好好琢磨，换位思考，不要等到被"剃头"时才发现自己的错误。

①门下：门庭之下，借指弟子。

第四十四回　隐雾山战豹子精

要点思考

· 在本回故事的开头，八戒是怎么中了悟空之计的？

· 妖怪为什么要先用假人头骗孙悟空？孙悟空为什么会上当？

离开钦法国，唐僧师徒继续往西赶路，行了没多长时间，又有高山挡住去路。唐僧看到山里刮起一阵狂风，于是说："悟空，前面那阵风有点不对劲，还有一些烟雾缭绕，附近怕是有妖怪吧？"悟空不禁笑着说："师父，赶了这么久的路，想不到你也学会观察妖怪了，等俺老孙去山前瞧瞧。"说完，悟空纵起筋斗云，往空中飞去。

悟空循着风飞去，果然看见悬崖边坐着一个妖精，正在那里作法，风与雾便从这儿起，左右还有三四十个小妖。悟空心想："俺老孙就这么打死他们，算不上什么好汉，我还是先回去，叫八戒来收拾这一帮妖怪。"至于如何哄八戒来战，悟空已经心中有数。

悟空落下云头，回到了唐僧的身边，说道："师父，前面不远的地方有一个村庄。山中的居民们正在忙着做饭，所以这烟雾其实是蒸笼里冒出来的热气。"八戒一听到有热乎乎的饭菜可吃，便立刻找了个借口，离开了众人。他摇身一变，变成了一个矮瘦的和尚，手中敲着木鱼，高高兴兴地前去化斋了。

妖精此时在大路上做好了陷阱，只等着路过的行人，抓住他们作为食物。看见猪八戒变化成的和尚，妖精们便将他团团围住。八戒一看这阵势，就知道自己上了悟空的当。他现出原形，挥舞着九齿钉耙四处乱打，吓得一个小妖急忙跑去向妖王报告。妖王手持一根铁杵前来助战，喝道："你是哪里来的？叫什么名字？快说出来，我可以饶你一命！"八戒笑道："好个妖精，连你爷爷都不认识，我是天蓬元帅猪八戒，正在护送唐僧去西天取经。"妖王笑道："我早就听说唐僧肉有长生不老的功效，今天他自己送上门来，我怎么会放过他？别跑！看我的铁杵！"随后，两人在山中展开了一场激战。

悟空见八戒久久未归，便纵上云端，寻找八戒的踪迹。看见八戒正在与妖王激战，悟空加入了战斗。两人齐心协力，只用了三五回合便击败了妖精。

八戒得胜归来，回到唐僧的身边，抱怨道："大师兄真是会骗人，那山里面哪有什么人家化斋，明明都是吃人的妖精。"悟空对八戒说："好师弟，你就做个开路先锋走在前面。如果那妖精不来还好，来了你就和他打。打败他，算你的功劳。”八戒听了悟空的话，又想起那妖精的手段和自己差不多，于是便抖擞精神，扛着钉耙在前面引路，其他三人则紧跟在他后面。

话说那妖王战败后回妖洞，默不作声。洞内小妖纷纷上前探问，妖王才将方才的战败之事一一道来。其中一小妖原是狮驼岭狮驼洞中逃来的，深知唐僧师徒的底细，此时便站出来说：“大王，唐僧肉吃了能长生不老，但他的三个徒弟都非常厉害，特别是大徒弟孙悟空。在狮驼洞中的三位魔王就曾经想吃唐僧肉，结果反被孙悟空给收拾了。”妖王听自家人这样说，心里更加惊慌。又有一小妖献策道：“大王要吃唐僧肉其实也容易，只需使个分瓣梅花计。您选三个有本事、会变化的小妖，变作您的模样，分别引唐僧的三个徒弟来战，您在空中观战，趁机去捉那唐僧，岂不是手到擒来？”妖王听后称：“妙。”于是选了三个有能耐的小妖，都变化成妖王的模样，各执一根铁杵，埋伏在路边等待唐僧。

师徒四人走到这里，果然中了计。妖王把唐僧捉回洞里，先封了出主意的小妖为前部先锋，然后命令手下把唐僧蒸了准备吃肉。那先锋又站出来说：“大王，如果现在就吃了唐僧，怕他那三个徒弟找上门来。特别是孙悟空，要是他把金箍棒往山腰一扎，这山都得倒，咱们也就没有容身之地了。不如先把唐僧绑在后园树上饿两三天，等他那三个徒弟不再来打扰，到时候咱们再安心享用岂不更好？”妖王笑道：“对对对！先锋说得有理！”

唐僧被绑在后园树上，眼中垂泪，不住悲叹。忽闻有人叫他："长老！"唐僧这才见一樵夫模样的男子也被绑在树上，便道："你是何人？"那人道："我乃山中的樵子，被妖精抓来，绑在此间，至今已三日，他们算计要吃我。我自幼失父，与母**鳏**①居，靠着打柴为生。老母今年八十三岁，只我一人奉养。倘若身丧，谁为她埋尸送老？苦哉，苦哉！"唐僧听闻，悲悲切切，道："可怜，可怜！我乃东土大唐往西天取经的和尚，那妖精也要吃我。本以为自己已是万分悲苦，怎料你比我还悲惨。"

话说悟空三人击退了妖精，急回路旁，却不见了师父，只存白马、行囊，三人方知是中了那妖精计策。悟空止不住腮边的泪水，八戒安慰道："别哭了，一哭就变得脓包了！反正就在这座山上，我们快去找吧。"

三人入山寻找，发现悬崖下有一座洞府，门上横放着一块石板，石板上写着八个大字：隐雾山折岳连环洞。三人将门打破，高声喊道："快还我们师父！"听到喊声，妖王心里十分害怕。这时先锋又献上一计："孙悟空是个宽宏海量的猴头，虽然神通广大，却好奉承。我们可以拿个假人头出去哄哄他，奉承他几句，只说他师父被我们吃得只剩下一个人头了。如果能哄走他最好，如果不能，再另想办法。"

这先锋找来个柳树根，拿一把钢刀斧，砍成个人头模样，又往上洒了些血，把这假人头扔到门外，道："大圣

---

①鳏：无妻或丧妻的。

爷爷，**息怒容禀**[①]。”悟空果好奉承，听见叫声大圣爷爷，便止住八戒：“且莫动手，看他有甚话说。”小妖道：“你师父被我大王拿进洞来，洞中小妖不分好歹，将唐长老吃了，只剩个人头。”悟空火眼金睛，一看便知那是个假人头，怒道：“你们这伙毛贼，弄个假人头就想把我老孙糊弄了！”先锋小妖一听，道：“大圣爷爷火眼金睛，那真人头大王拿来镇宅，我去回禀大王，让他献出。”说完急急入内，找了个真人头又扔出去。

那人头血淋淋地乱滚，三人见了放声大哭，找了个向阳处将这人头埋了。悟空定要给师父出了这口恶气，便命沙僧守着白马行李，自己和八戒去妖洞报仇。悟空与八戒打破石门，喊声震天，妖王只得携前部先锋和一众小妖出门应战。在山中平地来了一场混战，前部先锋被悟空一棒打死，现出本相，原来是一个苍狼。妖王见局势不利，忙逃回洞中。

那妖王逃回洞中，慌忙命令手下堵住前门。悟空与八戒乘胜追击，但前门已被封死，他们只得寻找其他入口。悟空转过一个山坡时，听到了潺潺的水声，并注意到水边有一个门，旁边是一个排水的暗沟。悟空立刻变成飞虫，从门缝中飞了进去。他来到洞中，发现妖王正坐在那里，一脸愁容。此时，有人来报：“大王，那孙悟空三人果然以为那个人头是唐僧的，他们找了个地方把唐僧埋了，那三个徒弟正在坟边哭泣呢。”悟空一听，知道师父还活着，

①息怒容禀：请对方不要生气，容许（我）汇报具体情况。

于是将毫毛拔了一把，变作瞌睡虫儿，往那众妖脸上抛去。没一会儿工夫，一众妖魔全部倒地。悟空现出原形，在洞中四处寻找，在后园的一棵树上找到了被绑的师父。悟空心中悲喜交加，喊了一声："师父！"唐僧急道："徒弟，快来救我！"悟空救出了师父和樵夫。他们三人一起来到假唐僧的坟前，找到了正在哭泣的八戒和沙僧。悟空将师父"死而复活"的前因后果说了一遍，又同八戒去妖洞中剿妖。老妖怪被八戒一耙击中头部，当场毙命，变成一只画斑豹子精。樵夫感激涕零地跪谢了几位的救命之恩，并邀请唐僧师徒到他家吃些斋饭。

吃过斋饭后，师徒四人整理好行李，辞别樵夫，继续往西赶去。

精华赏析

在本回故事中，有一个非常重要的角色，那就是给妖王出谋划策的小妖。他先是巧妙地提出了"分瓣梅花计"，成功地抓获了唐僧；接着，他摸清了悟空的性格，拿出个假人头，以奉承的手段让悟空相信唐僧已经遇害；即使在计谋被悟空识破后，他也能机智地应对，用真实的人头让悟空信以为真。这个小妖的聪明才智可见一斑，只可惜他走上了错误的道路。在现实生活中，我们如果也像小妖一样聪明机灵，一定要将这份聪明才智用在正确的地方，发挥其积极的作用。

成长启示

孙悟空被假人头哄骗，却明察秋毫，并不轻易上当，仍然坚持斗争，终于战胜了妖怪，最后救出了师父。这说明无论遇到什么事，不要轻易被表象所迷惑，要认真观察，勤于思考，肯坚持，事情就会成功。

第四十五回 悟空凤仙郡求雨

❖ **要点思考**

· 玉帝为什么不肯在凤仙郡降雨？你觉得他做得对吗？为什么？
· 孙悟空为何帮凤仙郡百姓求雨？这体现了他怎样的品质？

唐僧四人告别樵夫一家，下了山，赶了几天路，突然看到前面有一座城池。唐僧问道："悟空，你看前面又有一座城池，是不是天竺国？"悟空笑着摇摇头，说："不是，如来居住的地方虽然是个极乐世界，但是并没有城池，而是一座高山，山上有很多楼台殿阁，名叫灵山大雷音寺，我们继续赶路吧。"

四人赶到城外，经过三道城门，进入城内只见这里民事荒凉，街道冷落。一处房檐之下，有几个人正欲张贴榜文。一问才知，此处乃天竺**外郡**①，地名凤仙郡。此地连年干旱，**郡侯**②因此差人在此出榜，招求法师祈雨救民。悟空道："我老孙翻江搅海，换斗移星，吐雾喷云，担山赶月无一不能。求雨何难？"

那贴榜的官员听了，忙去郡中禀报。郡侯即刻跟随官员前往街道，见到唐僧四人，倒身下拜道："下官乃凤仙郡郡侯上官氏，听闻长老能祈雨，望您大发慈悲，求一场

---

①外郡：京都以外的州郡。
②郡侯：郡的行政长官。

甘露，**拔济**[①]，拔济！”郡侯将师徒四人请入衙门，供奉了斋饭。待四人饱餐一顿之后，郡侯将干旱之事详细道来：“我这凤仙郡一连三年干旱无雨，庄稼地里五谷不生，一城百姓已经饿死不少，今日有幸遇神僧来到我处，若能施寸雨济黎民，下官必奉上千金答谢。”悟空见言谈举止间，这郡侯清正贤良，爱民心重，便道：“莫说，莫说！老孙送你一场大雨。”

只见悟空念动真言，不一会儿，一朵乌云便来到衙门上方。那云上是东海老龙王敖广。敖广收了云脚，化作人形，走近对悟空施礼道：“大圣唤小龙何事？”待悟空说明缘由，怎料那龙王道：“我虽能**行雨**[②]，但此次前来未带行雨神将。况且我奉上天旨意降雨，未见御旨，不敢私自降雨。大圣既有拔济之心，还劳烦大圣先到天宫请一道降雨御旨。”悟空听龙王说得有理有据，便一个跟头到了西天门外，见护国天王前来迎接。听完大圣说明来由，天王道：“凤仙郡不该下雨呀！我听闻那郡侯撒泼，冒犯天地，上帝降罪，立有米山、面山、黄金大锁，直等此三事倒断，才该下雨。”悟空听了，不知何意，径直到了通明殿外，又见四大天师前来迎接，大圣又道一遍来由。四大天师也道：“凤仙郡不该下雨呀！”悟空笑道：“不管该与不该，烦为我引奏。”四大天师将悟空引至灵霄宝殿。玉帝知悟空来意后，道：“三年前的十二月二十五日，朕

---

①拔济：拯救。

②行雨：降雨。

出行监观万天，到了那凤仙郡，正好见郡侯将斋天素供推倒喂狗，口出秽言。朕因此在披香殿内立以三事，汝等引孙悟空去看。若三事倒断，朕便为你降一道旨；如不倒断，你也休管闲事。”

四大天师将悟空引至披香殿，只见那里有一座十丈高的米山，一只小鸡紧一嘴，慢一嘴，啄那米吃；又见一座二十丈高的面山，一只金毛哈巴狗，在那里长一舌，短一舌，舔那面吃；米山面山的左边，有一座铁架子，架上挂一把一尺多长的金锁，**锁梃**[①]有指头粗细，下面有一盏明灯，灯焰燎着那锁梃。天师道："这就是玉帝立下的三件事：等鸡将米啄尽，狗将面舔尽，灯焰燎断锁梃，凤仙郡才该下雨。"悟空闻言，大惊失色。四大天师又道："大圣不必烦恼，这事只有作善可解。若是善念惊动了上天，米山、面山立即倒塌，锁梃也会立即断掉。大圣可去奉劝郡侯归善。"

悟空谢过四大天师，径直回到凤仙郡衙门。郡侯见大圣返回，忙上前询问。悟空大喝一声："只因你三年前冒犯了天地，才致黎民遭灾！"那郡侯一听，悔不当初。悟空又将玉帝立下的三件事详细说来，又道："我临行之前，四大天师对我说，唯有作善可解。"郡侯磕头礼拜，誓愿皈依，又召请僧道，启建**道场**[②]，还率郡中大小官员拈香瞻拜，答天谢地，引罪自责，又令满城百姓烧香念佛。一

①锁梃：锁的销子。

②道场：和尚或道士做法事的场所，也指所做的法事。

时间，凤仙郡中一片**善声盈耳**[①]。

见此，悟空又纵云而去，到了天宫，正好遇见护国天王，还未说几句话，又遇见直符使者，捧着一封文书，欲启奏玉帝，文书上所写正是凤仙郡上至官员、下至百姓，一心向善之事。那符使对悟空施礼道："此乃大圣功劳。"悟空笑而不语。护国天王道："大圣，不用见玉帝了。你只要去**九天应元府**[②]，借雷神即可。"悟空依言，前往九天应元府，见到了天尊。悟空施礼，说明来由。天尊即派遣了雷神与闪电娘子，随悟空至凤仙郡。到了凤仙郡上空，雷神与闪电娘子便施起法来，刹那间，只听雷声滚滚，闪电噼啪。

那凤仙的大小官员、黎民百姓，不论是城里还是城外，整三年不曾听见雷电，如今头顶雷声轰鸣，一个个都跪下，口中念："南无阿弥陀佛！"

玉帝看完直符使者所呈文书，道："那凤仙郡的人既有善念，看三事如何。"话音未落，就有披香殿看管的将官报道："米、面霎时皆断，锁梃亦断。"玉帝遂命风部、云部、雨部一起前往凤仙郡降雨。众神到了凤仙郡上空，与雷神和闪电娘子相会，霎时间风云际会，甘雨滂沱。

凤仙郡全城欢天喜地。悟空求雨已毕，便对唐僧道："师父，事毕民安，我们继续上路吧。"郡侯听闻，急忙行礼道："长老怎么说走就走，今日幸亏长老，才降下甘露。

①善声盈耳：指念诵佛经的声音充满耳朵。

②九天应元府：雷声普化天尊居住之所。

下官差人备办小宴，奉答厚恩。再令人置办田地，修建一座寺院，供奉长老。”师徒四人只得依从。郡侯一日筵，二日宴；今日酬，明日谢，四人在这凤仙郡待了足有半月之久，等待寺院修建完备。一日，郡侯请四位观看新建的寺院。唐僧惊讶道：“工程浩大，何以这么快便建成？”郡侯道：“下官催促不止，工人昼夜不息，特请列位老爷看看。”到了寺院，只见殿阁巍峨，山门壮丽，唐僧四人称赞不已。唐僧为寺庙题名为“甘霖普济寺”，众人称好。

看完寺庙，唐僧即向郡侯辞行，郡侯知久留不住，便命大小官员盛张鼓乐，大展**旌幢**①，将四人送出三十里远，直至望不见才返回。

精华赏析

孙悟空为了帮助凤仙郡的百姓求雨，两次前往天宫拜见玉皇大帝。第一次，他了解了凤仙郡不下雨的原因，并回到郡中对郡侯说明情况，主动告知解决的方法。在凤仙郡的百姓一心向善之后，悟空再次前往天宫，成功求得降雨。尽管凤仙郡无雨的问题原本与悟空无关，但他却怀着慈悲救助之心，为求雨的事四处奔波。悟空的善良和助人为乐的精神，值得我们每个人学习。

成长启示

唐僧师徒一路降妖除魔，解决各种难题，不仅自己获得了成长，也为万千百姓带来了福祉。可以说，他们去西天取经的过程既是自我救赎的过程，也是造福大众的过程。愿我们在生活中也能像他们一样，在种种挑战中不断磨砺自我、超越自我，也能为他人带去帮助和温暖。

①旌幢：各式旗帜。

第四十六回 黄狮精私自窃宝

❖ 要点思考

· 三位王子为什么要拜悟空三人为师？

· 黄狮怪为什么将三样兵器偷走？

唐僧师徒艰辛跋涉，转眼已至深秋。一天，唐僧看到前面隐约有城墙的影子，随即勒马说：“悟空，前面好像又有一座城池，不知是否是个好去处。”悟空说：“走过去才知道。”

二人正说着，从路旁走出一个老者，悟空拦住问道：“老施主，前面那座城是什么地方？”老者回答说：“前面是天竺国**下郡**①玉华县。城里的玉华王贤能爱民，尤其敬重僧人和道士，你们只管进城就是。”唐僧听完非常高兴，带着三个徒弟往城中赶去。

行走多时，四人行至玉华王府。王爷见唐僧三个徒弟长相丑陋，便心中害怕。唐僧合掌道：“千岁放心，顽徒虽是貌丑，却都心良。”玉华王犹自心惊，吩咐**典膳官**②请众僧去吃斋，自己则回至宫中与三位王子谈到今日所见师徒四人之事。三位王子一个个好武好强，听闻父王说那三个和尚丑似妖魔，便伸拳撸袖道：“难道是山里的妖精？我们去会一会。”

---

①下郡：人数相对比较少的郡。

②典膳官：掌供王府膳馐之事的官员。

大王子手持**齐眉棍**[1]，二王子挥动九齿耙，三王子紧握乌油黑棒子，他们意图与唐僧的三个徒弟一决高下。然而，当悟空三人展示出他们的兵器和功夫之后，三位王子被彻底折服，匆忙返回宫中向父王禀报，并表达了他们想要拜悟空、八戒、沙僧为师的愿望。玉华王听后大为高兴，带着三位王子前来拜见唐僧四人，表达了三位王子拜师学武的心愿。悟空笑呵呵地欣然允诺："好！我等出家人，巴不得传几个徒弟。"王子听言，十分欢喜。

悟空接着问道："不知三位王子希望学习哪种武艺？"三位王子回答道："愿意学棍的就学棍，擅长耙的就学耙，喜欢杖的就学杖。我们希望按照三位神僧的兵器，让工匠减轻重量仿制，不知师父们可否同意？"悟空三人齐声说道："好！好！"于是，悟空三人将金箍棒、九齿耙、降妖杖都取出放在篷厂之间，昼夜不收，让工匠依样照做。这三件兵器本就不是凡物，立在厂间，便散发出万丈光芒。

话说离玉华县七十里远，有一座豹头山，山中有座虎口洞，洞中有一黄狮精。这妖怪夜坐时，忽见州城光彩万丈，便按下云来观看，发现是三样

①齐眉棍：一种武器，棍竖直与人眉高度齐，故得此名。

兵器放光，妖精又喜又爱，便将这三件兵器全部收走，返回了洞中。

第二天早上，王府内外都知道了兵器被盗的消息。悟空明白这三件兵器不是普通人能够搬动的，于是询问州城四周是否有山林妖怪。王子回答道："听说州城之北的豹头山虎口洞中有妖怪。"悟空道："不用说了，肯定是洞中的妖怪偷走了。八戒，你和沙僧一起保护师父，我去寻找妖洞。"

悟空纵起筋斗云，径直向北飞去，没过多久就看到一座高山耸立在前。当他正在寻找路时，听到山背后有人说话。回头一看，原来是两个狼头妖怪。悟空化作一只蝴蝶，飞到近前听二人说话。一个道："大哥，昨夜大王得的那三般兵器，真是无价之宝。明日开宴庆'钉耙会'，我们都能吃上一顿好的了。"另一个道："是呀，大王还给了二十两银子，让买猪羊肉。"两个怪说说笑笑，上大路疾走如飞。

悟空得知了消息，显现出本相，对两个妖怪使用了定身法。这两个小妖顿时身不能动、口不能言。悟空搜查了他们的身体，果然翻出了二十两银子。他还看到两人的腰间分别别着一个漆牌，一个上面写着"刁钻古怪"，另一个上面写着"古怪刁钻"。悟空收起银子和漆牌，直接返回府中，将所见所闻告诉了其他人。然后他和八戒、沙僧一起纵起筋斗云，来到了豹头山。悟空让八戒变身成"刁钻古怪"的模样，自己则变成"古怪刁钻"的模样，而沙僧装扮成了一个贩卖猪羊的商人，还变出了几头猪羊。三人大摇大摆地往山里走去。没走多远，又遇到了一个要去下请帖的小妖。悟空要来请帖一看，发现下帖的竟然是一个黄狮精，于是也知晓了那妖王的真身。

三人继续前行，抵达洞口时，洞中的小妖看到八戒和悟空驱赶着猪羊，都前来迎接，有的捉猪，有的捉羊，全部捆绑起来。妖王看到还有一个商人，悟空便说："大王，这些牛羊一共值二十五两银子，您之前给了二十两，还欠五两。"黄狮怪听后，立即吩咐："小的们，拿五两银子给他，让他离开。"悟空又说："大王，这商人来到这里不仅是为了银子，还想看看大王得到的三件宝物。"妖王大怒，骂道："你这刁钻的家伙，买完东西就走，何必多嘴？如果这话传到玉华州城中，那些王子找来怎么办？"那妖王虽这般说，倒也让悟空领着八戒与沙僧一道见了那三件兵器。八戒性格鲁莽，一见到自己的九齿钉耙，立刻冲过去拿在手中，现出原形。悟空和沙僧也夺回兵器，现出原形。

那妖王吃了一惊，急忙抽身躲过，手持一柄四明铲抵挡，厉声喝道："你们是什么人，竟敢弄虚作假，骗取我的宝物！"悟空骂道："你这个毛贼，偷了我们的宝物，还不认得我？"说完，三兄弟一起痛打妖精，妖精抵挡不住，慌忙逃出洞口，乘风飞去。悟空三人将虎口洞中的百十个小妖全部杀死，又放火烧了妖洞，才回到玉华城。

第二天早上，有人匆忙来府中报告："一群妖精飞沙走石而来，已经到我们王府门口了。”原来黄狮精逃跑后，去了东南方向的竹节山九曲盘桓洞，那里的老妖九灵元圣是他的**祖翁**[①]。老妖听说黄狮精的遭遇后，非常气愤，便带领几位狮妖，各持锋利器械，由黄狮精领路直到豹头山界，找孙悟空等人报仇。但回到山中，只见洞毁人亡，黄狮精泪如泉涌，几欲撞崖自尽，被众妖苦劝方才放弃。众妖更加愤怒，便刮起狂风，直到玉华县。

那黄狮怪一见悟空，便双眼充血，狠狠地扑上去。悟空挥起金箍棒，与他激战。与此同时，九灵元圣和几位狮妖也与八戒、沙僧陷入激战。那一伙妖精同悟空三人连战三日，悟空打死了黄狮精，可那九灵元圣神通广大，能变化出九个脑袋，捉走了唐僧、八戒和玉华王父子，将他们困在九曲盘桓洞。悟空与沙僧上门讨人，也被抓。之后，只有悟空侥幸从洞中逃脱。孙悟空离开九曲盘桓洞，驾着祥云直接返回玉华州。只见玉华州的土地神在城楼上迎接他，向他行礼道：“小的得知大圣在此降妖，特来告知妖精来历。那九头狮子怪，号为九灵元圣。若想擒他，须到东极妙岩宫，请他的主人来。”悟空听后沉思片刻，说道：“东极妙岩宫是太乙救苦天尊的住所，他的坐骑正是一头九头狮子。”悟空感谢了土地神，然后驾着筋斗云飞往妙岩宫。

见到太乙救苦天尊后，悟空将恶斗九头狮子怪之事一一道来。天尊听后，立刻命令手下叫看管狮子的小童来

---

①祖翁：祖父。

问。谁知小童正在酣睡，被众人推摇方醒。原来这看狮小童前日在甘露殿中偷喝了一瓶酒，昏睡了三天，狮兽趁机下界作乱。天尊连忙带着小童同悟空踏云来到竹节山。天尊念咒语降伏狮怪。看狮的小童跑过去，一把揪住狮毛，将锦韂[①]安在狮怪身上，天尊骑上，告辞了大圣，回宫去了。

悟空望空称谢，然后进入洞中救出了玉华王、唐僧、八戒、沙僧以及三位王子。他又点了一把火，把九曲盘桓洞烧成了一片废墟，这才带着众人返回到了玉华州城。

国王大开素宴，款待师徒四人。师徒四人在王府又待了几日，三位王子向悟空等人学习了一身武艺。临行前，满城的百姓都来送行，鼓乐之声充满了大街小巷，到处旌旗飘飘。

❖ 精华赏析

在《西游记》中，黄狮精是一个与众不同的妖精。他不痴迷于吃“唐僧肉”，而是对三件放光的兵器产生了浓厚的兴趣，一时冲动，擅自将它们偷来。然而，黄狮精并非一个恶贯满盈的怪物。当沙僧假扮的商人进入洞穴要求支付钱财时，黄狮精不仅如数奉上，还答应了他的无理要求，让他一窥宝贝。当得知洞中的妖精被悟空全部打死时，黄狮精悲痛欲绝，泪如泉涌，甚至想要撞崖自尽。这样的妖精在《西游记》中是极为罕见的。

❖ 成长启示

黄狮精这个妖精形象，提醒我们，在评价一个人或事物时，我们应该全面、客观地看待其优点和缺点，不能简单地对其进行片面评价。同时，我们也要学会谨慎对待自己的情感和兴趣爱好，不要因为一时的冲动而做出错误的决定。

①韂：马鞍子下面垫的东西，垂在马背两旁可以挡泥土。

第四十七回　悟空恶斗犀牛精

❖ 要点思考

·金灯供奉的“佛身”其实是妖怪，你从哪些细节可以看出？

·孙悟空初入妖洞，没有救出唐僧，但在妖精的审问之下，唐僧却将孙悟空施救之事全都说了出来，这反映了唐僧什么样的性格？

离开玉华城，唐僧四人走了五六天的时间，来到一座山寺之前。唐僧下马一看，见寺门上写着三个大字：慈云寺。这时从寺里走出个和尚，对唐僧施礼说：“几位长老从何而来？”唐僧回答说：“我们从东土大唐来，奉命前往西天取经，路过这里，希望能够在寺里歇息一下，化些斋饭吃。”和尚说：“原来是东土来的圣僧，快快有请。”说完，就带着唐僧四人往寺里走去。

见到慈云寺方丈，唐僧问道：“施主，不知贵地是什么地方？”方丈说：“我们这里是天竺国的外郡，名叫金平府。”唐僧继续问：“不知你们这里离西天灵山还有多远距离？”方丈答说：“这里到天竺国倒是不远了，但再往西去灵山有多远，老衲就不清楚了。”

不一会儿，几位僧人端来斋饭，方丈说：“几位长老快快用斋。过两天就是元宵节了，你们可以在这里多住几天，到时候我们一起去城里看看灯会，热闹一番。”唐僧感叹道：“我们四人为了取经，不避寒暑，风餐露宿，还真不曾过过元宵佳节。既然赶上这么一个机会，那我们就在这里住上几天吧。”方丈笑着说：“圣僧说的是，今天是正月十三，晚上就会有人点灯了。城里有座金灯桥，每逢元宵节都特别热闹，到时候我可以带你们去瞧瞧。”

到了元宵佳节这天晚上，寺中众僧邀请唐僧师徒进城看金灯，唐僧师徒欣然从之。街市之上花灯高悬，半空中一轮明月。灯映月，增一倍光辉；月照灯，添十分灿烂。男男女女、老老少少，一片欢声笑语。唐僧一行人来到一座名为金灯桥的桥上，只见桥上有三盏金灯，灯有缸那么大，灯油香气扑鼻。唐僧问众僧：“此灯是什么油，为何这般异香扑鼻？”众僧答道：“长老有所不知，灯中之油乃酥合香油，这油价格昂贵，全城百姓家家都要供奉银两，且只够点三夜。”悟空道：“这么多油，三夜何以点得尽？”众僧道：“这灯点过今夜，就会有佛现身，将灯油收走。灯油干了，来年便会风调雨顺。”

正说着，只听半空中呼呼风响，吓得看灯的人尽皆四散。那些和尚忙奉劝唐僧等人寻个地方躲避起来，唐僧却道：“弟子本是思佛、念佛、拜佛之人，今日佛身降临，为何躲避？”不多时，风中果然出现三位佛身。唐僧跑到桥顶，欲俯身下拜。悟空忙扯起道：“师父，那三个不是好人，是妖邪。”话还没说完，只见灯光暗下，三个妖怪将唐僧架起，飞身而去。八戒沙僧见此，当即慌了神。悟空让两位师弟看管好行李白马，自己闻着那腥风之气追上去，去救师父。

悟空追赶一夜，天明之时到了一座险峻高山。正寻路，见四个人赶着三只羊，齐吆喝："开泰！"大圣闪火眼金睛，一眼便看出是年、月、日、时四值功曹使者。悟空上前喝退了三只羊，道："你四人藏头缩颈的哪里逃？不在暗中保护我师父，在此赶羊做什么？"四人笑着施礼道："你师父懈怠，在金平府慈云寺贪欢，所以**泰极生否**①，乐盛成悲，今被妖邪捕获。我等赶了三只羊，以应开泰之言，唤作'**三阳开泰**②'，破解你师之困顿。"悟空听完，方才消了怒气，道："这座山可是妖精住处？"四人道："正是，此山名青龙山，内有洞名玄英洞，洞中有三个妖精：大的名辟寒大王，第二个号辟暑大王，第三个号辟尘大王，在此有千年了。三个妖精自幼爱食酥合香油，成精后到此假装佛像，哄了金平府的官员，设立金灯，灯油用酥合香油，年年**上元佳节**③，妖精便变成佛像收走香油，今年遇到唐僧，便掠了去。大圣莫要耽搁，快去救你师父。"

悟空喝退四人，在山中寻找洞府。不多时，只见涧边有一石崖，崖下有一山洞，洞门旁边的石碣上刻着六个字：青龙山玄英洞。悟空在洞口厉声喊道："妖精！快送我师父出来！我饶你性命，若不然，定掀翻你这窝巢。"守门的小妖匆忙去报。三个老妖听完，不知所来何人，便提正待烹饪的唐僧来问。唐僧战战兢兢，把自己和三位徒弟的来历姓名说了个明明白白。

---

①泰极生否：事物在顺利到了极点时，就会产生不顺利的情况。

②三阳开泰：冬去春来，阴消阳长，有吉亨之象，寓意吉祥。

③上元佳节：即元宵节。

三个妖王听完，个个心惊道："小的们，先把唐僧绑了，等抓了他三个徒弟，再吃不迟。"便点了一群山牛精、水牛精、黄牛精，各持兵器，出门迎战。悟空见冲出来的那些小妖精都是些牛头鬼怪，而三个妖王个个勇猛，辟寒大王使**钺**[1]斧，辟暑大王提大刀，辟尘大王肩上横担藤杖。孙悟空一根金棒与那三个妖魔打了一百五十回合，天色将晚，胜负未分。那辟尘大王一声令下，一伙牛头怪簇拥上前，将悟空围在正中，各抡兵器，一阵乱打。悟空见势不妙，败阵而走。

悟空径回慈云寺，将今日对阵妖魔之事细细讲来，又请寺中僧人看管行李白马，自己同八戒、沙僧，驾上祥云，径直奔向青龙山玄英洞。

行至洞口，八戒举耙要打，却被悟空拦下道："八戒，待我进去看看师父生死如何，再好与他对战。"只见他摇身一变，变成了个萤火虫，飞入洞中四下寻找。只听后房传来师父悲泣之声，悟空满心欢喜，飞近师前，轻声呼喊师父。唐僧一见，面露喜色。悟空轻声道："师父，八戒与沙僧正在洞口守候，妖精也已睡着，徒儿这就救你出去。"唐僧点头称谢。

悟空变回原身，使了个解锁法，解了唐僧，便领着师父往洞外走。不料，却被几个夜间巡逻的小妖撞个正着。一众小妖慌忙大喊："不好了！毛脸的和尚来救唐僧了！"悟空不由分说，也顾不得唐僧，抡起金箍棒就打。众小妖

①钺：古代兵器，青铜或铁制成，形状像板斧而较大。

招架不住，被悟空一一放倒。悟空一路打出洞口，与八戒、沙僧会合。

那唐僧又被妖王抓了，禁不住妖怪盘问，便哆哆嗦嗦地把悟空如何进洞、如何解锁细细说了，三个妖王遂下令将前后门紧紧关闭。

悟空三人见众小妖闭门，想来唐僧定在洞中受苦，三人各使兵器，将洞门打得粉碎，厉声高喊："偷油的贼怪！快将我师父送出来！"三个妖王被激怒，取了披挂，各持兵器，率小妖出门迎敌。悟空抵住钺斧，八戒敌住大刀，沙僧迎住大棍。这三僧三怪，好一场厮杀。打斗多时，不见输赢。辟寒大王喊一声，叫："小的们上来！"一众牛头怪物各执兵刃齐来，先把八戒绊倒在地，揪揪扯扯。又冲着沙僧一拥而来，沙僧抵不住，也被抓住。二人一并被拖入洞里捆住。悟空一见，纵筋斗云，脱身而去。

悟空无计可施，只得上天宫恳请玉帝帮忙。刚到西天门，就见太白金星等人。听闻悟空说明来意，金星道："大圣既然与他们对战过，怎会看不出他们乃是三个犀牛精？若要降服他们，须请**角木蛟**①、**斗木獬**②、**奎木狼**③、**井木犴**④这四位星君。"悟空谢过金星，并依金星所说，向玉帝讨了这四位星君下界降妖。

悟空携四位星君径直到了洞口，悟空在洞口破口大骂，

①角木蛟：二十八星宿之一，东方七星君之首。
②斗木獬：二十八星宿之一，北方七星君之首。
③奎木狼：二十八星宿之一，西方七星君之首。
④井木犴：二十八星宿之一，南方七星君之首。

引那三妖王出洞。辟寒、辟暑、辟尘三个犀牛精果真持了兵器，走出洞来，见到四位星君，知道他们定是悟空搬来的救兵，心生惧怕，对一众小妖喊道："不好了！他寻帮手来了！小的们，各顾性命逃吧！"话音一落，只见那些牛面小妖一个个现出原形，满山乱跑。三个妖王也现出本相，向东北逃去。大圣同井木犴、角木蛟紧追急赶。斗木獬、奎木狼则径入妖洞，救出唐僧、八戒和沙僧，让八戒和沙僧护送唐僧回慈宁寺，斗木獬、奎木狼还去追那妖精。二位星君追到西洋大海，方同悟空会合。原来那三个妖魔被追赶至此，便钻下海去。井、角二星君在海底与怪相斗，悟空在岸边把守拦截。悟空见斗木獬、奎木狼二位星君赶到，便道："你二位既来，且在岸边接应，我老孙入海去也。"说完便抡着金箍棒，直入波涛深处。那三个犀牛精正在海底同井木犴、角木蛟苦斗，已觉抵挡不住，又见悟空来，急转头往海心逃跑。

正好西海中有个探海的夜叉，远见孙大圣与二星君追着三只犀牛，急赶赴水晶宫向龙王禀报。老龙王听言，即唤太子摩昂点水兵相助。顷刻间，海中的虾兵、蟹卒齐上阵，将那三只犀牛精拦个正着。犀牛精前不能进，后不能退，慌忙间各自逃生。辟寒大王被井木犴咬死，辟尘大王和辟暑大王则被摩昂和井木犴活捉，分别穿了鼻，由两位星君牵着。悟空辞谢了龙王父子，率四位星君和两个妖精径直回金平府。

行至金平府半空中，悟空高声道："金平府百姓听着，吾乃东土大唐差往西天取经的圣僧。你们每年贡献的金灯油，全被三只装扮成神佛的犀牛精取走了。现在妖怪已经被我们抓住，从今以后，你们不必进贡灯油了。”悟空说完将辟尘大王、辟暑大王推落云端，八戒见状上前，将两怪打死在地。悟空随后便与四位星君按落云头，与唐僧三人相会。全城百姓纷纷围观，欢呼雀跃，口中称谢。

为了酬谢师徒四人，金平府官员大排素宴，悟空四人在此又住了许久，方才踏上西去之路。

❖ 精华赏析

三只犀牛精虽然没有公然做出伤害百姓的恶行，但它们却要求百姓每年提供昂贵的灯油，这给百姓带来了不小的负担，劳民伤财。在元宵节的夜晚，不明真相的唐僧误将三个犀牛精变成的佛像当作真佛礼拜，因此被抓。悟空闻讯后，立即请来救兵，不仅成功救出师父，还彻底铲除了这三个犀牛精，使金平府的百姓不再需要供奉金灯。因此，悟空也算是为百姓做了一件好事。

❖ 成长启示

三只犀牛精虽然没有直接危害百姓，但他们通过要求百姓供奉昂贵的灯油，间接地剥削了百姓的利益。这个故事告诉我们，即使没有明目张胆地做出恶事，但任何形式的剥削和劳民伤财都是不可取的。

第四十八回 天竺国公主得救

◈ 要点思考

· 布金禅寺中的老方丈为什么要将公主锁起来？

· 玉兔精为什么要和唐僧成亲？

唐僧四人一路向西，行了半个多月路程，来到一座大山脚下。唐僧见前方有一座寺院，让悟空上前察看。悟空疾步上前，只见寺门上方悬挂着一块匾额，上书“布金禅寺”四个大字。唐僧说：“这里莫非就是传说中的**舍卫国**[①]？我听说**给孤独长者**[②]为了从佛祖手中买‘布金禅寺’，不惜在院子里铺满黄金，来满足佛祖的要求，不知这个故事是真是假。”八戒听闻此言，戏谑道：“若真如师父所说，我们不妨去寺内寻些金砖，今后的盘缠就不用愁了。”

四人顺着山门进入，但见寺前人头攒动，许多挑担背包的人都聚在此处休息，看似准备在此过夜。当他们来到金刚殿前，一位僧人迎上前来询问：“几位长老从何而来？”唐僧说明了来意，僧人于是引着他们去找寺里的方丈，方丈命人给唐僧师徒准备了斋饭。饭后，唐僧好奇地问：“我们在山门前看到许多商人，为何他们都选择在路

---

①舍卫国：印度古城国，释迦牟尼曾在此讲法教化多年。走到这里，唐僧一行人已经离目的地不远了。

②给孤独长者：传说为佛陀同时代的长者，梵名“须达多”，为舍卫国之豪商，性善好施。

边过夜而不继续赶路呢？”方丈解释道：“此山名为百脚山，夜里常有几个蜈蚣精在此伤人，因此晚上人们都不敢赶路。只有到了清晨，山下鸡打鸣之后，他们才敢继续赶路。”唐僧听后说：“既然如此，我们也在此等到天亮再出发吧。”

夜里唐僧见寺中月色不错，就带着悟空在寺里散步，方丈也一起跟着。几人漫步月色中，来到了后院。唐僧正沉浸在宁静的夜晚中，突然一阵悲切的哭泣声打破了寂静。他忍不住好奇地询问原因。方丈示意附近的和尚离开，然后低声说：“长老可能不知道，去年的今天，我也在这个院子里赏月。突然，一阵风响起，我顺着声音望去，看见院子里有一个年轻的女子在哭泣。她自称是天竺国的公主，正在宫里赏花时，被一阵邪风吹到这里。我怕寺里的和尚打她的主意，所以将她安排在一间小屋子里，并谎称里面关着一个妖怪。那女子也很聪明，为了保护自己，整天睡在污秽的地方，白天装疯卖傻。但到了晚上，她会想念宫里的父母，所以总是偷偷哭泣。我曾派人去城里打探，却发现公主在城里生活得很好，我觉得其中必有蹊跷，但又不敢贸然行事。今天有幸遇到几位高僧，希望你们能去城里查明真相，也算是对这个女子有个交代。”唐僧和悟空听完，默默点头。

第二日鸡鸣时分，师徒四人便收拾行李上路。过了鸡鸣关，前行了不多时，便见**城垣**[①]。师徒四人进入城中，

①城垣：城墙。

找了一处馆驿歇息。驿丞告诉他们，天竺国的公主今年二十岁，今天正是她在街头高结彩楼，抛打绣球，选婿的日子。唐僧心想：此时城中应该十分热闹，国王还未退朝，可以趁机去办理通关文牒。于是，他和悟空整理了衣冠，出了馆驿前往王宫。

话说现在的公主乃是一个妖精假扮的，真正的天竺国公主正是被这个妖精摄去，现被关在舍卫国布金禅寺内。这妖精闻得唐僧今日到此，便欲招唐僧为夫，采取元阳真气，以成太乙上仙。见唐僧与悟空经过彩楼之下，那公主便将侍女手中的绣球取过来，亲手抛在唐僧头上。绣球把**毗卢帽**①都打歪了，唐僧双手忙去扶那球，谁知那球一骨碌滚入他衣袖之内。围观的百姓高呼："打着个和尚了！打着个和尚了！"楼上的宫女和太监都纷纷向唐僧下拜，请他进入朝堂接受祝贺。唐僧见状惊慌失措，但悟空却安慰他说："师父，你放心。你先入朝见驾，我回馆驿和八戒、沙僧等候。如果公主不招你，那就算了，我们只需要换取通关文牒就可以了；如果公主一定要招你，你就对国王说：'召我徒弟来，我要吩咐他一声。'到时候我们三个一起入朝，我会有办法的。"唐僧无奈之下，只好听从悟空的安排。

随后，那妖精化身的公主下楼来，挽着唐僧的手，一起进入了皇宫宝殿。唐僧向国王行礼道："陛下，我是从东土大唐来的和尚，今天特地来换取通关文牒。没想到会

①毗卢帽：泛指僧帽。

被公主娘娘的绣球打中。我是出家人，怎敢与**玉叶金枝**[①]配对？希望陛下为我换取通关文牒，让我继续西行去拜佛求经。”然而，那妖精化身的公主却说：“父王，常言道：‘**嫁鸡逐鸡，嫁犬逐犬**[②]。’今天我打中了圣僧，这就是前世的缘分，让我今生得以与他相遇。我愿意招他为驸马。”国王非常高兴，命令钦天监选择一个良辰吉日，为他们举行婚礼。唐僧只好再次请求道：“陛下，我还有三个徒弟同行，希望您能召他们到这里来，我有话要嘱咐他们。”

悟空三人进入大殿，悟空见到师父立在国王身边，便大声呼喊道：“陛下轻人重己！既招我师为驸马，为何教他站着？世间称**女夫**[③]谓之贵人，岂有贵人不坐之理？”国王见悟空长相吓人，面露凶色，便急教人取**绣墩**[④]来，请唐僧坐了。唐僧坐定后，国王询问道：“请问哪位是您的第一位高徒？”悟空便站出来，将自己的姓名、出身、本领逐一介绍清楚，八戒和沙僧也相继介绍自己。

国王听完后感到既惊讶又高兴，高兴的是女儿找到了如此出色的佛门高僧作为夫婿，而惊讶的是这三位徒弟竟然都是妖神。在国王惊喜交加之际，钦天监忽然上前奏报：

---

①玉叶金枝：原形容花木枝叶美好。后多指皇族子孙。现也比喻出身高贵或娇嫩柔弱的人。

②嫁鸡逐鸡，嫁犬逐犬：旧时比喻女子出嫁后，不管丈夫好坏，都要永远跟从，安于所遇。

③女夫：即女婿。

④绣墩：又称坐墩，一种坐具，圆形，腹部大，上下小，其造型尤似古代的鼓，故又叫鼓墩。

“本月十二日适宜举办婚礼，可以定为公主的婚期。”国王询问：“今天是哪一天？”**阴阳官**[1]回答：“今天是初八，适宜操办进贤纳事等吉利事宜。”于是国王命令在御花园设宴，款待驸马和他的三位高徒。

在席间，悟空轻声对唐僧道：“师父，今天我们还没有见到公主，不知道那个公主是真是假。等到十二日成婚的时候，公主一定会出来拜见父母，到时候我可以用我的火眼金睛来辨别真假。如果是真的公主，师父您就成了驸马，从此享受不尽的荣华富贵。”唐僧训斥道：“你这个猴头，我们已经走完了西行之路的十之八九，怎么能就这样放弃呢！如果你再无礼，别怪我念咒。”悟空闻言，急忙跪在地上求饶道：“别念别念！如果是真的公主，等到拜堂的时候，我们一起大闹皇宫，带师父离开这里。”

师徒四人在这皇宫之中享受了几日，便到了成婚之日。当天，公主前去面见国王，恳求道：“近日我听宫女们说，唐圣僧有三个徒弟，长相十分凶恶。我不敢见他们，希望父王能将他们打发出城。”国王对女儿宠爱有加，于是将三位徒弟召到面前，为他们换取了通关文牒，催促他们尽快上路。三人离开朝门，来到馆驿。悟空让八戒和沙僧在此等待，然后拔下一根毫毛，变成替身留在馆驿内，真身则化作一只蜜蜂，飞回朝中。

悟空远远便看见唐僧坐在国王左边的绣墩上，面带愁容，心神不宁。他飞到唐僧的毗卢帽上，悄悄爬到他的耳

[1]阴阳官：古代掌管天文、历法、气象、占卜的官员。

边，轻声说道：“师父，我来了，不要担心。”唐僧听到悟空的声音，稍微安心了一些。没过多久，国王邀请唐僧一同进入后宫，悟空便停在唐僧的毗卢帽上，一同进入后宫参观。

后宫中锣鼓喧天，热闹非凡，皇后和嫔妃们簇拥着公主，欢欢喜喜地迎接唐僧。悟空注意到那公主头顶上微微露出一点妖气，但不算十分凶恶。他悄声对唐僧说：“师父，这个公主是假的。”不等唐僧反应过来，悟空便现出真身，冲上前去揪住公主骂道：“好个妖精！你在这里装神弄鬼，欺骗我师父，想吸他的阳气！”那妖精见势不妙，便脱下婚衣，卸下**钗环**[1]首饰，径直跑到御花园中取出一条碓嘴样的短棍，急转身来乱打悟空。吓得那国王胆战，群臣心惊。

悟空与妖精在空中激战半日，妖精逐渐不支，便趁机化为一缕清风，逃向碧空。悟空紧追不舍，一直追到西天门外。那妖精又下界藏入一个山洞，悟空刚要动手，却听到有人大喊：“大圣莫动手！棍下留情！”悟空回头一

①钗环：钗簪与耳环。

看，原来是**太阴星君**[1]，带着**姮娥**[2]仙子。悟空施了礼，太阴星君道："与你敌对的这个妖精，乃是广寒宫中捣药的玉兔。望大圣看老身的面上，饶了她吧。那天竺国公主，也非凡人，原是**蟾宫**[3]中的**素娥**[4]。十八年前，她打了玉兔一掌，然后动了凡心，投胎到天竺国皇后腹中，成了公主。这玉兔为了报复那一掌之仇，离开广寒宫，将公主劫走，自己冒充公主。幸得大圣辨识真假，未曾伤损你师父。"悟空听完，便说："既然如此，我就饶了她吧。"太阴星君对玉兔喝道："畜生，还不快变回原形！"那假公主立刻翻了个身，变成了一只兔子。悟空邀请太阴星君和姮娥仙子一同去面见天竺国国王，说明事情的真相。

当他们来到城边时，悟空大声喊道："天竺陛下，这位是月宫的太阴星君，旁边的**仙姝**[5]是月宫中的姮娥。这只玉兔就是假公主，现在已经原形毕露。"国王和百姓们听了，纷纷朝天礼拜，感谢神灵。随后，太阴星君和姮娥带着玉兔返回了月宫。

国王泪流满面，恳求悟空："恳请圣僧找回公主！"于是，师徒四人便带着国王和众多妃嫔，向东进发，终于抵达了布金禅寺。悟空请出寺中的老僧，将事件的来龙去脉一一详述。老僧听完后，立刻请出被锁在院中的真公主。

---

①太阴星君：月神，统领月宫众仙子。
②姮娥：即嫦娥。
③蟾宫：即月宫，中国神话传说中月宫有一只三条腿的蟾蜍，因此后人也用蟾宫指月宫。
④素娥：月宫仙女。
⑤仙姝：仙女，亦常指美貌的女子。

国王和皇后一看到公主，一把搂住，三人抱头痛哭。

待三人叙完离情，悟空拱手对国王道："老孙还有一事奉上。这寺所在之山，名为百脚山，这山名不好，还请陛下改换改换。近来此山有蜈蚣成精，黑夜伤人，往来**行旅**[①]，鸡鸣之时方敢行路。蜈蚣唯有鸡可以降伏，请陛下选雄鸡千只，撒放山中，除此毒虫。"国王**领诺**[②]，差官员进城取鸡，并改山名为"宝华山"，又谢了寺中救助公主的老僧，封其为"报国僧官"。

第二天，唐僧师徒打算继续西行，但是国王坚决不让他们离开，设宴招待他们，师徒四人又待了五六天，才辞别了国王，重新踏上西行之路。至此，唐僧的取经之路已经走了十四载。

精华赏析

玉兔又称月兔，是中国古代神话传说中居住在月亮上的兔子。在中国古代文学作品中，玉兔是文人墨客笔下的常客，如李白的"白兔捣药成，问言与谁餐"，傅玄的"月中何有，白兔捣药"等。在《西游记》中，玉兔为了报复而变成公主模样，企图与唐僧结婚，但又担心被孙悟空识破，因此在婚礼之前将悟空三人赶出城。这描绘出了一个美丽却又充满诡计的玉兔精形象。

成长启示

玉兔变作公主的模样，施计欲与唐僧成亲。如果我们没有足够的警惕和判断力，很容易就会被表面的事物所迷惑，从而做出错误的决定。因此，我们需要保持警惕，用自己的智慧和勇气去分析和判断事物，不要轻易相信表面的事物。特别是在涉及个人利益和安全的情况下，更需要保持清醒的头脑和谨慎的态度。

---

①行旅：走远路的人。

②领诺：应声领会、接受。

第四十九回　寇员外起死回生

❖ 要点思考

· 寇员外的妻子为什么诬陷唐僧师徒四人？

· 孙悟空洗清了自己的冤屈，还帮寇员外起死回生，他这么做，说明他身上有着怎样的品质？

离开天竺国之后，唐僧师徒继续西行，走了大半个月，又来到一座城池外面。四人经过一座吊桥，见城墙边坐着两位老者。唐僧便对徒弟们说：“你们在这里等一下，我过去问问路。”说完，他翻身下马，走向两位老者。

唐僧问道：“两位老施主，贫僧是东土大唐来的和尚，路过这里。不知这里是什么地方，哪里可以化斋？”一个老者回答说：“我们这里叫作铜台府，府后有一个地灵县。你们要想化斋，不必四处寻找，过了前面的**牌坊**①，有一座坐西向东的门楼，是寇员外的家，他家的门前立着一块‘万僧不阻’的石碑。像你们这种远道而来的和尚，肯定会受到他的热情款待，你们快去吧。”

唐僧谢过两位老者，将他们的话告诉了徒弟们。沙僧说：“西方不愧是佛家之地，竟然有如此好心的人家。师父，既然这里是个府县，那我们也不用去倒换关文了，直接去寇员外家里化些斋饭吧。”唐僧点了点头，四人按照

---

①牌坊：又名牌楼。是封建社会人们为表彰功勋、科第、德政及忠孝节义所建造的纪念性建筑物，具有一定的观赏性。

老者的指示走了一段路，果然看到了一座门楼。通报之后，寇员外热情地迎接了他们，并将他们带到了经堂中。

在经堂中坐定后，寇员外问他们从何而来。唐僧回答说："我是从东土大唐来的僧人，前往西天灵山取经。"寇员外道："弟子贱名寇洪，虚度六十四岁，四十岁时许愿要斋僧一万，到如今，已经斋过九千九百九十六员，只差四名。今日天降四位长老，凑齐了一万的数目。这里到灵山只有八百里路，请四位多住些时日，待做了**圆满**[1]，弟子着人抬着轿子送四位上山。"四人闻言，十分欢喜。不多时，寇员外的妻子和两个儿子寇梁、寇栋也来拜见唐僧四人。随后，寇员外请四人入斋堂吃斋。师徒四人饱餐一顿，谢过员外便欲辞行赶路。寇员外又诚心留了他们再住上几日。

没料到，他们这一住就是半个月。唐僧一心想着灵山大雷音寺，便又向员外辞谢。然而，员外的妻子和儿子再次恳切地挽留他们。唐僧此次坚定决心，无论如何都要启程。看到唐僧不接受他们的好

①圆满：佛教语。谓佛事完毕。

意，员外的妻子和儿子心生愤怒，甩袖离开。

员外见双方因此渐生矛盾，不敢再强行挽留，于是第二天一早就送唐僧师徒四人出家门，一直送了几里地，才含泪道别。告别寇员外等人后，师徒四人又走了四五十里路，见天色已晚，便在一间路旁的破旧屋子里歇息。屋子里杂草丛生，显然已经很久没有人住了。然而不久之后，外面下起了倾盆大雨，四人便在此苦**挨**[①]了一夜。

这边破屋中师徒四人雨夜受苦，那边寇员外家中雨夜招贼。原来，铜台府地灵县城内有一伙凶徒在唐僧师徒四人走后，便各自携了刀棍，点着火把，硬冲入寇府，尽情搜劫金银宝贝、首饰衣裳。府中上下老少，避之不及，唯有寇员外一人，扯住其中一个盗贼苦求："列位大王，留几件衣物给我这老汉送终吧！"这伙强盗蛮横无理，一脚把寇员外踢翻在地。可怜哪，寇员外就这样**一命呜呼**[②]了。盗贼们得手后，又冒着大雨连夜出城，向西逃窜。

寇家的人等盗贼退去后才敢出来，看到老员外已经倒在地上死去，都趴在尸体上痛哭。寇员外的妻子怨恨唐僧不接受她的斋饭供养，又觉得这场灾难都是因为大肆招待唐僧而引起的，于是心生恶意，告诉寇梁、寇栋杀人抢劫的是唐僧师徒。这二人信以为真，第二天便将冤情写成诉状递交给铜台府**刺史**[③]。这位刺史平素正直贤良，看了诉状并问明是非后，便调集了一百五十名兵马，向西追赶唐

①挨：忍受，遭受。

②一命呜呼：指死，常含有诙谐或讽刺的意思。

③刺史：古代官名。原为朝廷所派督察地方之官，后沿为地方官职名称。

僧一行人。

这天下真是**无巧不成书**[①]，唐僧四人在破屋中避雨，第二日天晓方出门继续赶路，正与那伙盗贼碰个正着。一贼认出了唐僧，想把唐僧四人也劫了，反被悟空念个定身咒语，战战兢兢地交代了打劫寇员外之事。

唐僧说："我们在寇员外家打扰了他半个月，没有什么可以回报他的，就把这些盗贼打劫的财物全部还给他吧。"于是，八戒扛起了那一箱财物，四个人转身向东走去。虽然悟空原本想要把这些盗贼一一打死，但他担心师父会怪罪，所以只是解除了定身术，盗贼们四散而逃。

四人正走着，刺史调的兵将迎面而来。悟空料想他们定是捉拿盗贼的官兵，却未曾想他师徒四人会被误认为盗贼。悟空也不抵抗，任由官兵押解四人，径直到了官府。见了刺史，唐僧慌忙辩解，可那刺史如何相信？刺史命手下将四人**收监**[②]，择选时辰另行拷问。

进入牢房后，唐僧抱怨不已，直到四更天才睡下。悟空心想："师父该有这一夜牢狱之灾，老孙才不开口辩解，眼看天要亮了，我打探打探，明日好出牢门。"于是，他变成了一只飞虫，从房檐瓦缝里飞了出去。趁着星光月皎，悟空认准了方向，直接飞向了寇家。他看到街西有一户人家的灯火还亮着，飞近一看，原来是一对做豆腐的老夫妻。只听那老头说："寇员外是大富之人，只是没寿，他娶的

①无巧不成书：比喻事情十分凑巧。
②收监：指把犯人关进监狱。

妻子小名唤作穿针，是个旺夫之人。两人赚了十万家产，只是那寇员外一脚被盗贼踢死，无福消受了。”

悟空将这话一一记在心上。他飞身进入寇家，只看到堂内停放着一具棺材，儿子、儿媳和夫人都围在棺材旁哭泣。悟空轻轻落在棺材上，模仿寇员外的声音轻轻地咳嗽了一声，吓得这几位发了慌。寇梁兄弟壮着胆子道：“爹爹，你活了？”悟空道：“我不曾活，只是阎王差鬼使押我来与你们讲话。”悟空顿了顿又厉声道：“穿针，你为何诬陷无辜？”员外夫人一听，连忙跪下磕头。悟空又道：“唐朝四位长老路遇强徒，夺回财物，送来谢我，是何等好意！你却诬陷他们四人，让他们受牢狱之灾。阎王知了此事，特意让鬼使押我来，让你等撤了诉状，不然，就让我在府上闹上个把月，让你们没有好日子过。”说完，便不再言语。寇梁兄弟磕头哀告道：“天一亮定去撤了诉状。”

离开寇员外家，悟空又飞到了刺史的家中。他看到刺史已经起床了，于是便飞入中堂，停在一幅墙上的画中，并且咳嗽了一声。恰巧，这幅画上画的是刺史的祖宗。刺史听到声音，立刻下拜。悟空心想，这真是**歪打正着**[1]。然后他说道：“你一向是个清廉的官员，为何昨天将四位圣僧当作盗贼？今天你必须澄清是非，不能让人蒙受冤屈。”刺史将悟空的话牢记在心，焚香拜谢。

天亮后，刺史派人恭敬地将唐僧师徒四人请入衙门。同时又听到寇梁兄弟在衙门口哭喊，要递上解状，说出天

①歪打正着：比喻方法等本来不恰当，却侥幸得到满意的结果。

明之时员外显魂的事情。悟空心中还是不满，想要去寇家质问那个诬陷他们的老婆子。

唐僧师徒四人与刺史一同来到寇家，只看到孝堂内人人都在哭泣。悟空说："你这说谎骗人的老婆子，等着，我让寇员外当面告诉你，究竟是谁踢了他。"众人都以为悟空在说笑，没想到他纵起筋斗云飞到了幽冥地界，见了地藏王菩萨，恳求菩萨延长寇员外的阳寿。菩萨得知寇员外曾经斋僧一万人，便又延了他十二年阳寿。

寇员外还魂后，从棺材中坐了起来，将自己遇害的真相告诉了家人。说完，这一家老小都跪地磕头，承认了自己的诬陷之罪。刺史宽宏大量免除了他们的罪过。寇员外又设宴答谢唐僧四人，宴会结束后，又与亲朋好友一起出门相送。

精华赏析

在唐僧师徒被诬陷之后，孙悟空为了为自己平反，采取了两种策略。首先，他潜入寇员外府中，用寇员外的声音质问其夫人诬陷之罪，并命令她前往官府撤下诉状。然后，他又闯入刺史家中，阴差阳错地装作了刺史的祖宗，借此命令刺史重审唐僧师徒的案件。孙悟空考虑周全，双管齐下，最终不仅成功还原了真相，还令寇员外起死回生。

成长启示

寇员外的妻子因为妒恨唐僧师徒，竟将杀人越货的罪名安在了唐僧师徒头上。最后，当真相大白之际，她不仅背上了栽赃陷害他人的罪名，还受到了众人的责备。可见，因一己私欲而歪曲事实，陷害无辜，终会自食恶果。这件事也提醒我们，在处理事情时应当实事求是，用证据说话，不能无缘无故地怀疑和冤枉他人。

第五十回　历艰辛终取真经

❖ 要点思考

·唐僧师徒费了百般周折却取到了无字经，你怎么看这件事?

·师徒四人又到通天河，当年曾驮着唐僧过河的老鼋这一次却在即将到岸时把四人甩入水中，这是为什么呢？

唐僧四人离开地灵县，又行了六七天的路程，突然看到前方楼阁耸立，气冲霄汉，灵宫宝阙，熠熠生辉。唐僧感叹道："前面真是个好地方啊！"悟空说："师父，你到假灵山、假圣地的时候，总是急着磕头下跪，现在到了真正的西天极乐世界，怎么不磕头下拜了？"唐僧听悟空一说，才知这就是灵山，慌忙下马磕头行礼。

四人行至楼前，金顶大仙接待了他们。唐僧师徒沐浴更衣后，因见天色已晚，便留宿观中。

次日清晨，唐僧更衣，披上锦襕袈裟，与金顶大仙道别。大仙道："去灵山的路就在后门，我送你们一程吧。"言毕，带领四人至观后，指着远方一座高山道："圣僧。那座山便是灵鹫峰，佛祖就在那里。"

当唐僧师徒四人终于抵达灵山雷音寺时，八大金刚已在门前整齐地列队等候。金刚对他们说："圣僧们，请在此稍等片刻，我们这就去通知佛祖。"得知唐僧师徒已经到达，如来佛祖极为欣喜，他召集了八菩萨、四大金刚、五百罗汉、三千揭谛等所有弟子，分成两列在雷音寺内静候。然后才宣唐僧师徒进寺。

四人牵马挑担，走入寺中，到了**大雄宝殿**[①]前，对如来倒身下拜，将通关文牒呈上。唐僧道："弟子玄奘，奉东土大唐皇帝旨意，拜求真经，以济众生。望佛祖垂恩，早赐回国。"如来开口道："我今有经三藏，可以超脱苦恼，消解**灾愆**[②]。有《法》一藏，谈天；有《论》一藏，说地；有《经》一藏，度鬼，共计三十五部，一万五千一百四十四卷。"又命阿傩、迦叶先款待四人用斋，再从三藏经三十五部中各挑选几部给唐僧。

两位尊者依言而行，设宴款待四人。接着，两位尊者带领他们进入宝阁，开门登看，引唐僧看遍经名，对唐僧道："圣僧东土到此，有些什么**人事**[③]送我们？快拿出来，我好传经，让你们快快归去。"唐僧有些为难地回答："弟子远道而来，并没有准备什么礼物。"两位尊者显得有些失望，但还是勉强挑选了一些无字经书给他们。悟空、八戒和沙僧将这些经书一卷卷地收起来，放在马背上，然后又捆了两担，由八戒和沙僧挑着。一切准备就绪后，他们才回到如来佛祖的宝座前，再次下拜感谢他的恩赐。谢了如来，与众神佛一一辞别后，唐僧四人方才下山赶路。

话说二尊者专挑无字经书赐予唐僧，这一切被宝阁之上的燃灯古佛尽收眼底。古佛随即命令白雄尊者追赶唐僧，

---

①大雄宝殿：在佛教中，整个寺庙的正殿被称为大雄宝殿。

②灾愆：灾难，罪过。

③人事：指礼物。

夺取无字经书，以便四人返回重新选取有字经书。白雄尊者闻言，立刻驾起狂风，展现神威，迅速赶上唐僧。他从半空中伸出一只手，轻而易举地将马背上的经书夺走。悟空见状，急忙去抢夺，然而经包却散落一地。悟空三人匆忙捡起地上的经书，打开一看，惊讶地发现卷卷经书竟然都是雪白的，上面没有半点字迹。

悟空顿时明白过来，愤愤地说道："不用说，肯定是阿傩、迦叶那两个家伙，因为没有收到礼物，所以故意把这些白纸本子给了我们。我们赶紧回去告诉如来佛祖！"八戒连连点头附和："正是！正是！"四人匆匆返回山中，一直来到大雄宝殿前。悟空气呼呼地嚷道："如来佛祖！我们师徒历经千辛万苦，却被阿傩、迦叶刁难，故意把无字的白纸本子交给我们！"如来佛祖微笑着说道："你无需嚷嚷，我已经知晓了一切。你们须知经文不能轻传，也不可空取。况且那无字经书也是好的，只是你那东土众生无法领悟无字经书的奥秘。我让阿傩、迦叶将有字的真经每部各挑几卷与你等。"

于是，二尊者再次带领四人来到宝阁，然而他们仍然向唐僧索要礼物。唐僧无奈之下，只能让沙僧取出唐王亲手所赐的紫金钵盂，双手奉上。二尊者这才进入宝阁挑选经书，最终传给了他们五千零四十八卷。悟空三人一一仔细查看这些经书，确认都是有字的，才将它们收拾整齐，放在马背上和担子里，然后辞别了如来佛祖。

如来又吩咐八大金刚护送唐僧四人在八日之内**回东转**

西[1]。八大金刚随即追上唐僧说道："取经的跟我来！"此时，唐僧四人都感到身轻体健，随着金刚驾云而起，飘飘然地踏上了归途。

唐僧终于圆满取得真经，那些一路默默守护他的神祇们纷纷来到观音菩萨面前，他们说道："唐僧在取经路上所经历的苦难实在难以言表，我们已将他所经历的一切都记录在册。"说完，他们将记录唐僧所受灾难的簿子呈给菩萨。观音菩萨仔细翻阅后说道："佛教中讲究九九归一，真正的大圆满需要经历八十一难，现在唐僧经历了八十难，还差一难。你们去追上八大金刚，传达我的命令，让他们再给唐僧生一难。"揭谛听完，立刻启程追赶金刚。八大金刚接到命令后，立刻将唐僧四人，连同他们的马和经书一起推落地上。

四人正巧坠落在通天河西岸。正愁无计可施时，忽闻有声音道："唐圣僧！唐圣僧！"四人皆惊。原来是一个大白赖头鼋在岸边探着

①回东转西：即回到东土大唐传经，再返回灵山。

头叫道："老师父，我等了你这几年，这才回来？"悟空笑道："老鼋，往年累你，如今又得劳烦你渡我等过河。"唐僧与八戒、沙僧都欢喜不尽，四人连同白马都上了老鼋背上。

老鼋四脚蹬开，在水面上行走如履平地，背着他们师徒四人，连同马一起，直接向东岸游去。游了好长一段时间，眼看就要到达东岸了，老鼋突然问道："圣僧，我曾托付你向如来询问我的寿命，你问了吗？"唐僧一心拜佛取经，到达灵山后，就把这件事忘得一干二净，所以并没有问。见他无言以对，老鼋知道他没问，便猛地一晃身子，四人连人带马都落入了水中。

他们好不容易从水中爬出来，登上岸边，突然之间狂风大作，飞沙走石。原来是一群妖魔想要趁机夺取经书。孙悟空、猪八戒和沙僧与妖魔激战了一整夜，直到天明才将妖魔驱散。

过了一会儿，太阳高照，师徒四人将经书和衣物放到高崖上晾晒。几个陈家庄的路人经过此地，认出他们就是曾经救下童男童女的高僧，于是邀请他们到陈家庄晾晒衣物并享用斋饭。唐僧四人欣然接受。当他们到达陈家庄时，消息迅速传开，整个庄子的人都知道当年的圣僧已经取经归来，家家热情欢迎并设宴款待这四位圣僧。盛情难却之下，他们决定留下来。然而到了夜间三更时分，唐僧轻轻唤醒三个徒弟，说道："这里的人们都知道我们已经完成了取经的任务。**‘真人不露相，露相不真人**[①]’，我们在这里久留可能会误了大事。趁现在夜深人静，我们悄悄地离开吧。”四人轻声细语地出了房门，只听空中的八大金刚喊道：“取经的，跟我来。”

四人跟着八大金刚，不消一日，便到了长安城望经楼上空。望经楼乃是唐僧启程三年后，太宗命人修建的，太宗年年至此，这日恰在。八大金刚道：“我在**霄汉**[②]中等你，你等传了经，速速归来。”唐僧四人连同白马按下云头，直至望经楼太宗前。太宗同百官见了，欢喜相迎道：“御弟取经归来了！”又见悟空三人道：“此三者何人？”唐僧道：“是途中收的徒弟。”太宗欣喜，即命侍官：“将朕御车马**扣背**[③]，请御弟上马，同朕回朝。”

唐僧感激涕零地骑上了马，悟空挥动金箍棒紧随其后，八戒和沙僧则扶着马、挑着担子跟在后头。他们随着太宗的队伍一同进入长安城。唐僧进入朝廷后，让三个徒弟把经卷抬进来。太宗问：“这些经书一共有多少？是怎么取来的？”唐僧一一回答了他的问题并向太宗详细介绍了悟空、八戒、沙僧和白马。他还将通关文牒呈给了太宗。太宗非常高兴，命令打开东阁，设宴款待唐僧四人。当天的晚宴非常盛大，一直持续到深夜才结束。唐僧四人回到洪福寺的时候，寺里的僧人都在门口磕头迎接他们。

第二天，唐僧四人又入朝中，太宗请唐僧演诵真经。

---

①真人不露相，露相不真人：指有能耐的人不轻易表现自己。

②霄汉：云霄和天河，指天空。

③扣背：即给马装好鞍辔。

唐僧道："演诵真经须寻佛地，宝殿非可诵之处。"太宗即请唐僧及众人至长安城雁塔寺中讲经。唐僧又道："主公欲将真经传流天下，须当抄录副本，方可布散。原本还当珍藏，不可轻亵。"太宗遂命官员誊写真经。

到了雁塔寺，唐僧捧起几卷经书正准备诵读，忽闻香风缭绕，空中八大金刚现身高叫道："诵经的，放下经卷，跟我回西去！"唐僧四人，连同白马，平地而起，飞到了九霄空中。太宗和众官员看到这一幕，都纷纷下拜。

八大金刚与唐僧四人，连马五口，重返灵山，往返恰好八日。八大金刚引领他们师徒去见如来佛祖。如来佛祖召唤唐僧等人近前接受封职，说道："圣僧，你前世原本是我的二徒弟，名叫金蝉子。因为你轻浮自大，所以将你贬到东土大唐转世重生。现在你已经取得真经，我封你为**旃檀**[①]功德佛。孙悟空，你曾大闹天宫被压在五行山下，在取经途中，你惩恶扬善，降伏妖魔，我封你为斗战胜佛。猪悟能，你本是天蓬元帅，但因酒后调戏仙娥，被贬下凡投胎为猪形。在取经途中你挑担有功，我封你为净坛使者。沙悟净，你本是卷帘大将，因在蟠桃会上打碎了玻璃盏被贬下凡。你在流沙河伤生吃人，幸皈吾教，在取经途中牵马有功，我封你为金身罗汉。那匹白马，你本是龙王之子，犯下不孝之罪，但你皈依了佛门。在取经途中一路驮着圣僧来到这里，也有功劳，我封你为八部天龙。"四人磕头谢恩，白马也低头表达感激之情。

---

①旃檀：古书上指檀香。

白马修成正果，在灵山后崖的化龙池中恢复了龙身，它浑身散发出瑞气，四蹄踏着祥云。看到这一幕，孙悟空对唐僧说："师父，现在已经取得真经了，可以把我头上的金箍取下来了吧。"

唐僧道："当时你难以管束，故用此法，现在你已成佛，金箍自然也就消失了。如果你不相信，可以自己摸摸看。"孙悟空摸了摸头顶，发现金箍果然消失了。

旃檀功德佛、斗战胜佛、净坛使者、金身罗汉，至此，唐僧师徒四人都已经修成正果，白龙马也修成了八部天龙，唐僧的西天取经之旅圆满结束。

精华赏析

古语有云："功夫不负有心人。"经过九九八十一难的磨砺，唐僧师徒四人连同白马，终于修得正果，成功取得真经，荣归故里，东土大唐的子民也因此得到了真经的润泽！

成长启示

本来取经路上已经磨难重重，不料想还有第八十一难，又因为唐僧忘记了答应老鼋的事情，真经又落入水中。"金无足赤，人无完人"，任何事物总有它的不完美之处。因此，认识自我，不仅要认识到自己的优势和潜力所在，还要认识到自己的缺点和错误，并且能发挥长处，弥补不足，才能获得更大的成绩和更圆满的结果。

附录一 好词好句欣赏

深谋远虑

释义：周密地计划，往长远里考虑。
近义词：老谋深算、高瞻远瞩
反义词：鼠目寸光、急功近利

战战兢兢

释义：形容非常害怕而微微发抖的样子。也形容小心谨慎的样子。
近义词：如履薄冰、谨小慎微
反义词：胆大妄为、无所畏惧

胡作非为

释义：不顾法纪或舆论，任意行动。
近义词：惹是生非、为非作歹
反义词：循规蹈矩、安分守己

无所事事

释义：没有什么事可做，指闲着什么事也不干。
近义词：百无聊赖、无所作为
反义词：日理万机、孜孜不倦

神通广大

释义：意思是法术广大无边，形容本领高超，无所不能。
近义词：三头六臂、无所不能
反义词：梧鼠技穷、束手无策

自告奋勇

释义：表示主动要求承担某项艰巨的任务。
近义词：毛遂自荐、挺身而出
反义词：畏首畏尾、畏葸不前

大惊失色

释义：形容十分慌张，吓得脸色都变了。
近义词：胆战心惊、面如土色
反义词：不动声色、从容不迫

今非昔比

释义：现在不是过去所能比得上的。形容变化很大。
近义词：日新月异、昔不如今
反义词：今不如昔、江河日下

姗姗来迟

释义：走路缓慢从容的样子。形容慢腾腾地来晚了。
近义词：蜗行牛步、缓不济急
反义词：争先恐后、捷足先登

勃然大怒

释义：指突然变脸大发脾气，形容人大怒的样子。
近义词：大发雷霆、暴跳如雷
反义词：温声细语、和颜悦色

光明正大

释义：指心怀坦白，言行正派。
近义词：光明磊落、堂堂正正
反义词：鬼鬼祟祟、鬼头鬼脑

歪打正着

释义：比喻方法等本来不恰当，却侥幸得到满意的结果。
近义词：误打误撞
反义词：弄巧成拙

哑口无言

释义：指像哑巴一样说不出话来。形容理屈词穷，一时语塞或紧张。
近义词：张口结舌、无言以对、理屈词穷
反义词：振振有词、理直气壮、口若悬河

筋疲力尽

释义：形容非常疲乏，一点力气也没有了。
近义词：精疲力竭、疲惫不堪
反义词：精神抖擞、精力充沛

暴躁如雷

释义：形容情绪急躁时大喊大叫的样子。
近义词：暴跳如雷
反义词：欣喜若狂

力不从心

释义：指心里想做，但力量或能力办不到。
近义词：无能为力
反义词：得心应手、信手拈来

劳师动众

释义：原指出动大批军队，现多指动用大批人力，有小题大做之意。
近义词：兴师动众、大动干戈
反义词：按兵不动

斩草除根

释义：比喻彻底除掉祸根，不留后患。
近义词：一网打尽、寸草不留
反义词：姑息养奸、养虎遗患

惩恶扬善

释义：惩罚邪恶，褒扬善良。
近义词：锄强扶弱、除暴安良
反义词：欺善怕恶、助纣为虐

骁勇善战

释义：指勇猛，善于战斗。
近义词：大智大勇、有勇有谋
反义词：胆小怕事、贪生怕死

巧言令色

释义：形容花言巧语，虚伪讨好。
近义词：花言巧语、甜言蜜语
反义词：推心置腹、开诚布公

气喘吁吁

释义：形容人劳累到极点时的样子，或形容呼吸急促，大声喘气。
近义词：气喘如牛
反义词：心平气和

面面相觑

释义：形容人们因惊惧或无可奈何而互相看着，都不说话。
近义词：瞠目结舌、面面相看
反义词：从容不迫

花果山是山脉之祖，巍峨地耸立在大海上，气势夺人。山上不仅有许多珍禽走兽，还遍布奇花异草，长年不败，飞瀑流泉，长流不息，是一个不可多得的宝地。

唐僧近前细看，这猴子尖嘴猴腮，两眼放光，头上堆着苔藓，耳中生着薜萝，鬓边颔下也都长着野草，模样十分狼狈。

唐僧和孙悟空连着赶了几天的路，不辞辛苦。这时正逢严冬腊月，寒风凛冽，滑冻凌凌，一路上悬崖峭壁，崎岖难行。

顷刻工夫，悟空便到了南海。一番软磨硬泡之后，悟空果然说动了菩萨与他一起去讨袈裟。

孙悟空先是翻个筋斗跳上南天门，向广目天王借来辟火罩，将唐僧、白马和行李罩住。然后，他又跳到禅堂房脊上，吹起一阵狂风，顿时黑烟滚滚，红焰腾腾。风势助火，火势愈猛，须臾间便将整座观音禅院吞没在一片火海之中。

悟空飞到半空，用火眼金睛四处一看，只见这一带竹林耸翠，溪水纵横，道路两旁长满垂柳，牧羊的老者赶着羊群往村里走，一路还哼着曲子。

唐僧师徒三人一路西行，经过八百里黄风岭，来到了一处平原。忽见前方波涛汹涌，水波万顷。

这妖精也是诡计多端，她摇身一变，变成了一个容貌秀美、唇红齿白的女子，左手提着一个青砂罐，右手提着一个绿瓷瓶，从西向东直奔唐僧而来。

悟空护着唐僧，牵着马，守着行李，见八戒与那怪交战，已经摩拳擦掌，跃跃欲试。那怪与八戒正战得激烈，难解难分时，悟空跳上前去，抡起金箍棒，朝那怪当头一棒。那怪快速转身，慌忙躲过，径直钻入流沙河里。

他掀起门帘走入门中，却见屋中石床上侧睡着一个妖怪。那妖怪身披淡黄袍帐，青靛脸，白獠牙，头发蓬乱，甚是吓人。

悟空在金光中乱转，向前不能举步，退后不能动脚，像在桶中一般乱转。他起身一跳，想撞破金光，没想到跌了一个倒栽葱。

一天，唐僧正在和徒弟们闲聊着赶路，抬头一望，发现前面有一片黑松林，藤蔓横生，遮云蔽日。

不多时，观音菩萨和惠岸行者二人走到了流沙河界，但见那河水汹涌澎湃，不断翻涌，浪滚犹如山耸背。

忽然，河中一声巨响，水波里跳出一个妖魔来。那妖魔脸色晦气，眼光闪烁。大嘴似火盆，一口獠牙，红发乱蓬蓬。光着脚，浑身肌肉。一声叱咤如雷吼，两脚奔波似滚风。

唐僧放眼望去，见这座山高耸入云，山势陡峭，荒草丛生，心里顿时害怕起来。

当那袈裟被两层纸包裹着时，就已经泛出金光。待他们除去纸张，取出袈裟展开时，只见满室红光闪耀，彩气弥漫。众僧见状，纷纷赞不绝口。

推开门往里看，正中间有一棵参天大树，向南的枝上，露出一个人参果，真像小孩一般，手脚乱动，摇头晃脑。

他们从夏天的郁郁葱葱，走到了秋天的红叶满山。

附录二

主要人物解析图

主要人物解析图

唐僧	法号玄奘，唐朝第一高僧	性格特点：崇信佛法、严守戒律，立场坚定，勇往直前，但有时贤愚不分，是非不辨 主要事迹：五行山收美猴王、高老庄收猪八戒、流沙河收沙僧、前往西天取得真经
孙悟空	唐僧的大徒弟，曾是齐天大圣，又名行者，兵器是如意金箍棒	性格特点：桀骜不驯、爱憎分明、嫉恶如仇、有勇有谋、争强好胜，富有反抗精神 主要事迹：大闹天宫、三打白骨精、智取红孩儿、三借芭蕉扇
猪八戒	唐僧的二徒弟，曾是天蓬元帅，法号悟能，兵器是九齿钉耙	性格特点：好吃懒做、搬弄是非、爱贪便宜，迷恋女色，同时又憨厚淳朴，机智勇敢 主要事迹：天庭戏嫦娥、高老庄娶亲、大战流沙河、义激美猴王
沙和尚	唐僧的三徒弟，曾是卷帘大将，法号悟净，兵器是降妖杖	性格特点：态度随和、任劳任怨、尽职尽责 主要事迹：误打玻璃盏、被贬流沙河、大战流沙河、大战青龙山
白龙马	原是西海龙王三太子，取经路上做唐僧的坐骑	性格特点：任劳任怨、脾气刚直、正气凛然 主要事迹：纵火烧宝珠、化身白龙马、刺杀黄袍怪
观音菩萨	相貌端庄慈祥，手持净瓶，普救人间疾苦	性格特点：富有智慧、大慈大悲 主要事迹：寻得取经人、智取红孩儿、救活人参果树、携鱼篮救难
如来佛祖	全佛之首，法力高深莫测	性格特点：法力无边、运筹帷幄、处事不惊 主要事迹：降伏孙悟空、辨识六耳猕猴、收服大鹏怪
太上老君	道教创始人，法宝是金钢琢，坐骑是青牛，主要工作是炼丹	性格特点：道行深厚、脾气随和、处事圆滑 主要事迹：金钢琢打孙悟空、三昧真火炼悟空、降伏青牛精
白骨精	白骨夫人，妩媚多娇，擅长变化，通晓人类弱点	性格特点：诡计多端、奸诈贪婪 主要事迹：三戏唐僧
红孩儿	牛魔王和铁扇公主的儿子，外号圣婴大王，后成为观音座下善财童子	性格特点：武艺高强、奸诈阴险、胆大妄为 主要事迹：智擒唐僧、骗捉八戒、大战悟空、皈依观音菩萨
铁扇公主	牛魔王之妻，红孩儿之母，法宝是芭蕉扇	性格特点：狡猾奸诈、倔强泼辣、温柔多情 主要事迹：假扇骗悟空、借扇救夫

附录三

阅读思维导图

图书在版编目（CIP）数据

三国演义 / 王燕改编 ；（明）罗贯中著. -- 湘潭 ：
湘潭大学出版社，2024.3
（经典阅读书系. 四大名著 ：青少版）
ISBN 978-7-5687-1428-0

Ⅰ. ①三… Ⅱ. ①王… ②罗… Ⅲ. ①《三国演义》
－青少年读物 Ⅳ. ① I242.4

中国国家版本馆 CIP 数据核字（2024）第 087104 号

三国演义

SANGUO YANYI

王燕 改编（明）罗贯中 著

责任编辑：张 蔚
封面设计：李 谈
出版发行：湘潭大学出版社
社 址：湖南省湘潭大学工程训练大楼
电 话：0731-58298960 0731-58298966（传真）
邮 编：411105
网 址：http://press.xtu.edu.cn/
印 刷：江西赣版印务有限公司
经 销：湖南省新华书店
开 本：880 mm×1230 mm 1/32
印 张：10
字 数：200 千字
版 次：2024 年 3 月第 1 版
印 次：2024 年 3 月第 1 次印刷
书 号：ISBN 978-7-5687-1428-0
定 价：198.00 元（全 4 册）

导读

《三国演义》全称《三国志通俗演义》，是罗贯中以陈寿所著《三国志》中的史实为依据，结合民间话本和传说，经过艺术加工创作而成的历史演义小说。它是中国古代第一部长篇章回体小说，是中国文学史上的经典之作。

《三国演义》以东汉末年为背景，描绘了一幕幕波澜起伏、惊心动魄的战争场面，讲述了东汉末年群雄混战，魏、蜀、吴三国鼎立，斗争不断，最终西晋武帝司马炎建立晋朝的故事。

《三国演义》中，我们见证了刘备、关羽、张飞桃园三结义的豪情壮志；看到了曹操一代奸雄的权谋与野心；感受了诸葛亮“出师未捷身先死”的悲壮……每一个角色都有其独特的性格和命运，他们的生与死、忠与奸、智与勇，都为这部小说增添了浓厚的色彩。

《三国演义》的情节设计精巧而富有深度，每一个事件的发生都有其背后的动机和影响，而每一个决策都可能改变历史的走向。这种紧张而又不失生动的叙述方式，使得读者仿佛置身于那个时代，与角色们一同经历着风风雨雨。

《三国演义》是一部具有深厚历史底蕴和文化内涵的作品。它囊括了中国古代政治思想、外交、兵法、权谋、道德观念、哲学思想等方方面面的内容，启迪了人们对于忠诚、勇敢、智慧、责任等永恒主题的思考。通过阅读这部小说，不仅能学到不同人物身上的优秀品质，还可以领略到中国古代文化的独特魅力。

---

*《三国演义》原著篇幅较长、晦涩难懂，为了更适合青少年阅读，本书对章回结构、标题、语言文字等内容进行了改编和删减。原著中部分故事情节与当今社会主流价值观、法律法规相冲突，需放在特定社会历史背景下去理解。

目录

第一回 宴桃园豪杰三结义

❖ 要点思考

· 请你想一想，汉朝衰落的原因是什么？

· 刘备、关羽、张飞的性格特点是什么？

东汉末年，汉灵帝腐败无能，不问政事。宦官和外戚交替掌握朝中大权，徭役繁重，土地兼并现象严重，致使天下大乱，民不聊生。在巨鹿郡，有张角、张宝、张梁兄弟三人。**中平元年**[①]正月，瘟疫肆虐，张角到处分发灵符药水，给人治病，因此收了许多徒弟。后来他的徒弟越来越多，于是他对大家说："苍天已死，黄天当立。岁在甲子，天下大吉。"意思是汉朝即将灭亡，取代它的将是我们。随后张角发动起义，自称"天公将军"，张宝称"地公将军"，张梁称"人公将军"。多地百姓跟随张角起义，人数多达四五十万。起义军个个头裹黄巾，所向披靡，杀得汉朝官兵望风而逃。消息传到洛阳，大将军何进建议汉灵帝马上**下诏**[②]，令各地官军讨贼立功。同时派遣中郎将卢植、皇甫嵩、朱儁，各领精兵，分三路讨伐黄巾军。

张角率领部队越战越勇，进犯到了**幽州**[③]地界。幽州太守刘焉得到反贼即将到达的消息后，叫来校尉邹靖商量

---

①中平元年：公元 184 年。

②下诏：皇帝颁发诏书。

③幽州：古代的九州之一，辖今北京市、河北北部、山西小部、辽宁大部、天津市海河以北及朝鲜大同江流域。

对策。邹靖说："贼兵众，我兵寡，明公宜作速招军应敌。"刘焉赞成，马上派人张贴招兵的告示。招兵的榜文发到涿县，引出了一位英雄。这位英雄姓刘，名备，字玄德，是中山靖王刘胜的后人，汉景帝的玄孙。他不是很爱读书，性格平和，沉默寡言，喜怒不形于色，但他胸怀大志，喜好结交天下豪杰。他身长七尺五寸，两耳垂肩，双手过膝，面如冠玉，唇若涂脂。刘备父亲早逝，他侍奉母亲极为孝顺，家里很穷，靠贩卖草席维持生存。刘备十五岁时，母亲让他去游学，刘备先后拜郑玄、卢植为师，与公孙瓒是好友。

看着榜文，刘备不由慨然长叹。突然，身后一人大声喝道："大丈夫不与国家出力，何故长叹？"刘备忙回头去看，只见此人身长八尺，豹头环眼，燕颔虎须，声若巨雷，势如奔马。刘备见他仪表不俗，便问他姓名。这个人回答道："我姓张名飞，字翼德。世代住在涿郡，家里有不少庄园田地，做的是卖酒杀猪的生意，喜欢结交天下豪杰。刚才看到你在叹气，所以想问一问。"刘备说："我本是汉室**宗亲**[①]，姓刘，名备。听说黄巾逆贼叛乱，我有心为国杀贼，只恨自己能力不足，因此叹气。"张飞说："我家有些财产，我们一起招募同乡勇士，实现抱负，如何？"刘备大喜，便和张飞一同去村里的饭店饮酒。

两人正喝酒时，只见一个大汉推着车子，到店门口休息。这位大汉进店坐下，就叫酒保："快斟酒来，我急着进城参军。"刘备看此人：身长九尺，髯长二尺，面如重枣，

①宗亲：同宗族的亲属。

唇若涂脂，丹凤眼，卧蚕眉，相貌堂堂，威风凛凛。刘备便邀他一起喝酒，询问他的姓名。这人说："我姓关名羽，字云长，**河东解良**[①]人。在老家见豪绅仗势欺人，就把他杀了，出来逃难，已有五六年。今天听说这里招军杀贼，特来应征。"刘备将自己的志向告诉了关羽，关羽大喜。三人一同来到张飞的庄园，商议大事。张飞说："我庄园后有一个桃园，眼下花开正盛。明天我们去桃园祭拜天地，你我三人结为兄弟，协力同心，一定能成就一番事业。"刘备、关羽齐声说好。

第二天，在桃园中，三个人焚香磕头，起誓道："念刘备、关羽、张飞，虽然异姓，既结为兄弟，则同心协力，救困扶危，上报国家，下安黎庶。不求同年同月同日生，只愿同年同月同日死。皇天后土，实鉴此心，背义忘恩，天人共戮！"三人发过誓，刘备年长，做了大哥，关羽次之，张飞为三弟。

三人制备好铠甲，打造好武器，带着五百多乡勇，来见邹靖。邹靖带他们见太守刘焉。三人参见完毕，各自通报了姓名。没过几天，有人通报黄巾军将领程远志统兵五万来犯涿郡。刘焉令邹靖带领刘备兄弟三人，统兵五百，前去破敌。刘备等人带兵前往，直至大兴山下，撞见敌军。两军交战中，关羽、张飞斩杀了敌军头领。

敌军看到头领被杀，四散奔逃。刘备指挥部队追赶，投降的人不计其数。取胜之后，太守刘焉亲自迎接，犒劳

①河东解良：在今山西省运城市。

部队。第二天，刘焉接到青州太守龚景的书信，说黄巾军围城，请求救援。刘焉令邹靖带领五千兵马，同刘、关、张去青州救援。部队赶到青州，在刘备的指挥下又取得一场大胜，化解了青州之围。

邹靖打算返回涿郡，刘备说："听说中郎将卢植与反贼首领张角正在**广宗**[①]交战，我以前曾拜卢植为师，现在想去帮助他。"于是邹靖领军自己回去了，刘备与关羽、张飞带领自己的手下赶往广宗。到达卢植军中后，刘备入帐施礼，说明来意。卢植很高兴，留他们在自己手下听候调遣。

当时卢植与张角在广宗对峙，没有分出胜负。卢植对刘备说："我把张角围困在这里，张梁、张宝在**颍川**[②]与皇甫嵩、朱儁对垒。你可去颍川打探消息，约定日期一起攻打贼军。"刘备遵命，带领部队日夜兼程赶往颍川。

此时皇甫嵩、朱儁刚刚同黄巾军打了一场大战，正杀得敌军惊慌失措，四散奔逃。战斗持续到天亮，张梁、张宝带着残余队伍，夺路而逃。忽然看到一队人马，打着红旗，拦住他们的去路。带头的将领，身长七尺，细眼长髯，官拜**骑都尉**[③]，沛国谯郡人，姓曹，名操，字孟德。曹操的父亲曹嵩，本来姓夏侯，因为是中常侍曹腾的养子，所以改姓曹。曹操小时候，喜好打猎、歌舞，有权谋，能随机应变。汝南的许劭，善于看人。曹操去见他，问："你

①广宗：在今河北省邢台市威县东。
②颍川：在今河南省禹州市。
③骑都尉：古代官名。

觉得我是什么样的人？”许劭说：“你是太平时代的能臣，乱世之中的奸雄。”曹操听了拍手大笑。曹操因黄巾军叛乱，被任命为骑都尉，领马步军五千，前来颍川助战，正赶上张梁、张宝落败逃跑。曹操拦住，一场大战，斩杀一万余人。张梁、张宝拼死战斗得以逃脱。曹操见过皇甫嵩、朱儁后，就立刻带兵追赶张梁、张宝去了。

刘备带领关羽、张飞来到颍川时，黄巾军已败退。刘备见过皇甫嵩、朱儁，详细说明了卢植的计划。皇甫嵩说：“张梁、张宝势穷力乏，必定去广宗投奔张角，你可立即前去帮助卢植。”刘备领命，于是又领兵赶回。走到半路，只见一支队伍，护送着一辆囚车，车中的囚犯竟是卢植。刘备大吃一惊，询问缘故。卢植说：“我围住张角，眼看就要取胜。朝廷派来的黄门左丰，向我索取贿赂。我说军粮都不够，

哪有多余的钱给你？左丰记恨我，回奏朝廷，说我高垒不战，惰慢军心；因此朝廷震怒，派中郎将董卓来代替我，押我回京问罪。”张飞听罢大怒，要杀掉押送的军人，来救卢植。刘备急忙制止他说：“朝廷自有公论，怎能乱来？”军士簇拥着卢植走了。关羽说：“卢植被抓，别人领兵，我们去无所依，不如先回涿郡。”刘备听了他的话，带军往北走了。没走几日，忽然听到山后喊声震天。原来张角正杀败董卓，乘势赶来，刘备兄弟三人赶紧带兵冲了上去，击退了黄巾军。

三人救了董卓回到营寨。董卓问三人现居何职，刘备说：“我们都是平民。”董卓因此非常轻视他们。张飞大怒说：“我们拼了性命，才救下他，他却如此无礼。如果不杀他，难消我气！”说完便要提刀入帐去杀董卓。欲知董卓性命如何，且听下文分解。

❖ 精华赏析

本章讲述了整个故事的背景。东汉末年，政治腐败，宦官擅权，张角起兵造反，刘备、关羽、张飞一见如故，结为生死兄弟并征战沙场。我们能从文中看出他们报国无门的无奈，也能感受到他们的坚守和勇气。

❖ 成长启示

足智多谋的刘备，充满正义感的关羽，性情豪爽的张飞，他们心中都有着保家卫国的志向，因相同的抱负三人结拜为兄弟。他们同仇敌忾，一起并肩作战，为了共同的目标而奋斗。这个故事提醒我们，应该时刻珍惜友情，同时也要有为国家和社会付出的勇气和决心。

第二回　董仲颖进京埋祸根

❖ 要点思考

· 董卓为何如此肆无忌惮？

· 结合刘备的遭遇，说一说当时朝政衰败的原因。

董卓，字仲颖，**陇西临洮**[1]人，官拜河东太守，为人向来骄横。当日他怠慢了刘备，张飞大怒，欲杀董卓。刘备和关羽连忙阻止他，说："他是朝廷命官，怎么能随便杀害呢？"张飞说："若不杀了他，还要当他的部下听从命令，我实在心有不甘。"于是三人连夜带兵投奔朱儁，大家合兵一处，讨伐张宝。两军大战，张宝落败，左臂还中了刘备一箭。他带箭逃跑，撤进了阳城，坚守不出。

朱儁一方面带兵攻打阳城，一方面派人打探皇甫嵩的消息。此时，皇甫嵩与曹操一起在曲阳讨伐张梁。探子回报："皇甫嵩大获全胜。张角已死，张梁在曲阳被杀。朝廷加封皇甫嵩为车骑将军，担任**冀州牧**[2]。皇甫嵩上奏卢植有功无罪，卢植已官复原职。曹操被任命为济南相。"

朱儁听从刘备的计策，指挥队伍大破黄巾军。这时，**吴郡**[3]人孙坚也带领着一千五百余精兵，前来助战，最终消灭了残余的黄巾军，平息了南阳一带数十个郡的叛乱。

朱儁率军归京后，被封为车骑将军，河南尹。朱儁上

①陇西临洮：在今甘肃省岷县。

②冀州牧：古代官名，是一州的最高长官。

③吴郡：在今江苏省苏州市一带。

表奏报了孙坚、刘备等人的功劳。由于孙坚与朝中大臣有交情，被任命为别郡司马并上任了。而刘备等待多日后，只得了一个定州中山府安喜县县尉的职务。

刘备与关羽、张飞两兄弟来到安喜县任职。刘备上任后对百姓很好，深得百姓的爱戴。四个月后，**督邮**[1]前来巡视，刘备出城迎接。等到了**馆驿**[2]，督邮问："刘县尉是什么出身？"刘备回答："我是中山靖王的后人。自涿郡剿杀黄巾军开始，大小三十余战，有些微小的贡献，因此得了现在的官职。"督邮大喝："你谎称皇亲，虚报功绩！现在朝廷正要清除你这样的贪官污吏！"刘备回到县中，与县吏商议对策。县吏说："督邮就是想要钱。"刘备说："我

①督邮：古代官名，可以代表太守督查县乡。

②馆驿：古代为传递公文的人、往来官员或旅行者设立的旅舍驿站。

哪有财物给他？”第二天，督邮抓走了县吏，逼迫县吏诬告刘备迫害百姓。刘备多次求情，但门人都不肯放他进去。

张飞得知此事后大怒，直接闯进馆驿，把督邮捆绑在县衙前的马桩上，又折下柳条用力抽打，一连打折了十几根柳条。刘备听见县衙前有人喧哗，赶紧去查看，发现被捆绑的人竟是督邮。刘备大惊，急忙命张飞住手。此时，关羽过来说：“兄长立下了许多功劳，仅被任命为县尉，现在还受到督邮的欺辱。我想这里不是你我的栖身之所。不如杀了督邮，弃官归乡，再做打算。”刘备取出官印，挂在督邮的脖子上，对他说：“你残害百姓，本来该死，今天姑且饶你一命。还你官位，就此告辞。”督邮回去后到定州太守那里告状，太守在各省府发出文书，并派人抓捕刘备兄弟三人。三人前往代州投靠刘恢。刘恢见刘备是汉室宗亲，就收留了他们。

几个月之后，渔阳人张举、张纯发动起义，皇帝令幽州太守刘虞率兵平定叛乱。在刘恢的推荐下，刘备得以随刘虞出征，又立了战功，在刘虞和公孙瓒的推荐下，担任了平原县令。

十常侍[①]手握重权，一旦有人不顺从他们，就会被立刻诛杀。朝政越发衰败，民怨也越发沸腾，农民起义风起云涌。但这些消息都被十常侍隐瞒，从不上报给灵帝。

中平六年夏四月，灵帝病重，召大将军何进入宫，商

①十常侍：东汉灵帝时操纵政权的宦官集团。宦官张让、赵忠、夏恽、郭胜、孙璋、毕岚、栗嵩、段珪、高望、张恭、韩悝、宋典十二人，都任职中常侍。

议后事。灵帝崩，太子刘辩即皇帝位，也就是汉少帝。何进原本是个屠户，因为是少帝的舅舅，才得到重用。他不顾曹操的劝阻，想要让董卓的兵马进京，诛杀十常侍。大臣们纷纷表示反对，说董卓面善心狠，一入京城，必生祸患，但是何进不听。

十常侍中的张让听说了何进召董卓进京的事情，便埋伏刀斧手五十人在长乐宫嘉德门内，再去求何太后让何进进宫议事。

何进正要入宫时，主簿陈琳说："这必是十常侍的阴谋，千万不可去。"袁绍和曹操也觉得危险，但何进并不听他们的劝说。袁绍说："将军如果一定要去，我等带兵保护，以防不测。"但黄门传懿旨说："太后只宣大将军，其余人等不许入内。"将袁绍、曹操等人都挡在宫门外。何进昂首进宫，走到嘉德门，伏兵齐出，何进被害。

张让派人喊道："何进谋反，已经斩了！其余从犯，都可赦免。"袁绍厉声大叫："阉官谋杀大臣！"直接带兵杀入宫廷，只要看到阉官，不论大小，统统杀掉。宫中瞬间大乱。

张让、段珪劫持了少帝和陈留王，连夜跑到北邙山。约二更时分，后面追兵的喊声不断，张让等人见情况不妙，投河自尽。少帝与陈留王遇到了司徒王允、中军校尉袁绍等一行数百人，被众人簇拥着回京。

又走了不到数里，忽见旌旗蔽日，尘土遮天，一队人马来到近前。原来是董卓的队伍到了。

董卓将军队驻扎在城外，每天带兵入城，横行街市，出入宫廷也是肆无忌惮。一天，董卓设宴邀请所有的**公卿**[1]大臣。吃到一半，董卓突然叫大家停下，厉声说："当今天子懦弱无能，不如陈留王聪明好学。我想废掉天子，立陈留王为新君，诸位以为如何？"大臣们闻言，都不敢回话。突然，座上一人推倒桌子，站起身疾呼："绝对不可！你是想谋逆篡权吗？"董卓一看，原来是荆州刺史丁原。董卓大怒，拔出佩剑欲斩杀丁原。这时，董卓的谋士李儒发现丁原背后站着一人，这人器宇轩昂，威风凛凛，手执方天画戟，怒目而视。李儒急忙阻止董卓说："今天是宴会，不谈国政，我们可以改日再进行讨论。"

百官散去后，董卓问李儒："刚才站在丁原身后的是什么人？"李儒说："那是丁原义子，姓吕，名布，字奉先。"董卓说："我看这个人不一般，如果我得到此人，还怕不能取得天下吗！"这时董卓手下一人说："我与吕布是同乡，他是个有勇无谋、见利忘义之人。我能劝降吕布。"董卓大喜，一看，原来是虎贲中郎将李肃。董卓问："你将如何劝降？"李肃说："我听说主公有名马一匹，叫作赤兔，日行千里。如果用这匹马，再加上金银珠宝，吕布肯定会来投奔。"董卓很高兴地答应了。

李肃带着赤兔马和金银珠宝来劝降吕布。吕布果然是个见利忘义之人，立即杀了丁原，投奔董卓，董卓大喜。吕布拜倒在地说："如果您不嫌弃，我想拜您为义父。"

---

①公卿：三公九卿，泛指朝廷中的高级官员。

董卓赐给吕布金甲锦袍，封吕布为骑都尉、中郎将、都亭侯。

过了一段时间，董卓再次摆设宴席，召集群臣，命令吕布带领上千精兵在一旁待命。当天，百官到齐，董卓手按佩剑说道：“我决定立陈留王为帝。有不服从者，斩！”群臣心生恐惧，无人敢发一言。袁绍挺身而出：“你想废长子立庶子，是要造反吗？”董卓大怒说：“天下的事都要听我的命令！今天我就要这样做，有谁敢违抗！难道你觉得我的剑不锋利吗？”袁绍也拔剑说：“你的剑锋利，难道我的剑就不锋利吗？”两人当场对峙起来。欲知袁绍性命如何，且看下文分解。

◈ 精华赏析

灵帝过世后，权臣争斗愈演愈烈，董卓抓住机会带兵进京，把持朝政。他想废掉皇帝，再立新君。迫于他的武力，当朝大臣敢怒不敢言。乱世俨然拉开序幕，汉朝内部最终会呈现出怎样的局面呢？

◈ 成长启示

刘关张三兄弟，在讨伐黄巾军的战役中屡建奇功，却只封了刘备一个县尉。刘备上任不久，便来了一位督邮借机索贿、诬告刘备，张飞得知后怒鞭督邮。这个故事反映了张飞疾恶如仇、为人正直。当我们在面对生活中的不公时，要有像张飞一样的勇气，敢于站出来抵抗，用行动来表达自己的立场，要富有正义感。

第三回　刺董卓曹操献宝刀

❖ 要点思考

· 在刺杀董卓这件事上，你如何看待曹操？

· 曹操被陈宫抓住后，说自己要为国尽忠，你觉得他是真心的吗？

董卓想杀袁绍，但李儒制止他，说：“大事未定，不可轻易杀人。”袁绍手持宝剑，辞别百官，去了**冀州**[1]。董卓对**太傅**[2]袁隗说：“你的侄子无礼，我看你的面子，暂且宽恕他。关于废立之事，你有什么想法？”袁隗说：“太尉做得对。”董卓说：“敢有阻拦的，以军法处置！”群臣恐惧，都说遵命。宴会结束后，董卓询问侍中周毖、校尉伍琼：“应该如何处置袁绍？”周毖回答：“袁绍气愤离去，如果逼迫他，必然会生出变故。不如封他做个郡守，袁绍高兴了，必定没有后患。”伍琼也说：“袁绍虽有谋略但缺少决断，不足为虑，不如封为郡守。”董卓听从这两人的意见，立即派人封袁绍为渤海太守。

九月初一，董卓让少帝在嘉德殿会见文武百官。董卓喝令左右扶持少帝下殿，解下他的印玺，让他向着北面跪拜，称臣听命。接着，又叫太后脱去原来的服饰，等待新皇帝敕封。少帝和太后哭号不止，群臣们悲痛欲绝。

董卓所立的陈留王刘协，字伯和，即汉献帝，当时九岁。

---

①冀州：古代的九州之一，辖境相当今河北中南部、山东西端及河南北端。

②太傅：古代官名。

董卓为相国，权势熏天，从不把献帝放在眼里。

被废的少帝与何太后、唐妃被困在永安宫中，缺衣少食，每日哭泣。一天，董卓派去监视的人把少帝写的一首诗交给董卓。董卓说："这诗里有怨气，这下可有杀他的罪名了。"于是命令李儒带武士十人，入宫弑帝。何太后大骂道："董贼逼死我母子，苍天不会饶他！你们助纣为虐，必被灭族！"李儒大怒，双手扯住太后，直接从楼上扔了下去，然后命令武士绞死唐妃，最后用毒酒毒死了少帝。

李儒向董卓汇报，董卓下令将他们葬在城外。此后，董卓每天晚上都睡在皇宫里。董卓还曾带兵出城，来到阳城附近，命令部队杀掉全城百姓，将财物掠夺一空，装在车上返回都城，然后说是与盗贼交战大胜而回。

一天，司徒王允以过生日为由，邀请老臣们去他府中赴宴。宴会上，喝了几轮酒，王允忽然掩面大哭。众人大惊，问道："今天是您的生日，为什么难过呢？"王允说："今天并非我的生日，因想与各位商讨大事，但怕董卓猜疑，故意找个托词。董卓欺主弄权，社稷岌岌可危。想我大汉多年基业，竟要丧于董卓之手。"于是众官也跟着哭起来。座中一人拍手大笑说："满朝官员整天哭泣，难道就能哭死董卓吗？"王允看过去，发现说话的是骁骑校尉曹操。王允大怒说："你家也是吃大汉**俸禄**①的，却不想着报国反而嘲笑我们！"曹操回答："我是笑大家连一条杀董卓的计策也没有。我虽没什么才能，但愿意去斩下董卓首级，

---

①俸禄：古代官吏所得的薪水。

挂在城门上，以谢天下。”王允避开众人问曹操：“孟德有什么好办法？”曹操说：“近日我故意讨好董卓，就是要找机会杀他。现在董卓对我很信任，这样我才有机会行刺。听说王司徒有一口七宝刀，如果愿借给我入相府杀贼，就算死了我也绝不后悔！”王允说：“孟德果然有心，天下有救了！”于是亲自给曹操倒酒。曹操将酒洒在地上，起誓定杀董贼，王允随即取宝刀交给曹操。曹操藏好刀，立即起身离去。

次日，曹操佩着宝刀来到相府，问：“丞相在吗？”仆从说：“在小阁里。”曹操径直进去。见董卓坐在床上，吕布站在一旁。董卓说：“孟德，你来得怎么这么晚？”曹操回答：“我的马走得慢，所以来得晚。”董卓对吕布说：“我有西凉送来的好马，奉先你亲自去挑一匹赐给孟德。”吕布领命离开。曹操心中暗想：“吕布不在，你今天必死！”他当即想要拔刀刺杀董卓，又担心董卓力气大，不敢轻举妄动。董卓很胖，不能久坐，于是躺在床上，背对曹操。曹操心想：“机会来了！”他急忙拔出宝刀，正准备行刺，没想到董卓在镜子里看到曹操在背后拔刀，急忙转身问：“你要做什么？”这时吕布已经牵着马来到阁外。曹操心生惶恐，便持刀跪下说：“我有一口宝刀，献给丞相。”董卓接过来一看，这把刀有一尺多长，镶嵌着七颗宝石，极其锋利，果然是把宝刀，于是交给吕布收下。董卓带曹操出来看马，曹操谢过后说：“我想试骑一下这匹马。”董卓让人备好马鞍、缰绳等物品。曹操牵马离开相府，然后骑上马，朝着东南方向跑了。

吕布对董卓说：“刚才曹操像是来行刺的，被发现了才推托说献刀。”董卓说：“我也怀疑他。”于是董卓派了几个人去曹操的住处查看，去了很久才回来报告：“曹操没回住所，而是骑马出了东门。门卫问他，他说丞相派他有紧急公务，然后就纵马离开了。”董卓大怒：“我这么器重他，他反而想害我！”于是董卓下令发出逮捕文书，捉拿曹操。

曹操逃往谯郡，途经**中牟县**①时，被守关的士兵抓住，带到县令面前。曹操说：“我是客商，复姓皇甫。”县令仔细看了看他的样貌，沉吟半晌，说道：“我在洛阳求官时见过你，你是曹操，何必隐瞒呢！来人！先把他关起来，明日押去京师请赏。”到了夜里，县令带着亲信偷偷地把曹操带出监牢，带到后院中问他：“我听说丞相待你不薄，为何要自己招祸呢？”曹操说：“燕雀安知鸿鹄之志！你既然抓了我，押我去领赏就是了，何必多问！”县令对曹操说：“你别小看我。我并非一般人，只是没遇到明主。”曹操慷慨陈词：“我家世代是大汉的臣子，定要为国尽忠。我发誓杀掉董卓，为国除害。如今事情没有办成，这是天意！”县令说：“那你逃出来，想去哪里？”曹操说：“我要回家乡，号召天下英雄起兵共同诛杀董卓。”县令听闻，亲自给他松绑，扶他上座，然后行礼说：“你真是天下最忠义的人啊！”曹操回礼，问县令姓名。县令说：“我姓陈，

①中牟县：在今河南省郑州市中牟县。

名宫，字公台。今日被你的忠义感动，愿意弃官跟随你。”曹操大喜。当天夜里陈宫收拾好**盘缠**[①]，与曹操骑马出了城。

三日后，他们到了成皋附近，天色渐晚。曹操用鞭子指着树林深处对陈宫说：“这里有一人姓吕，名伯奢，是我父亲的结义弟兄。今天就去他家里借宿，你看如何？”陈宫说好。二人到庄前下马，进去见吕伯奢。吕伯奢说：“我听说朝廷到处张贴捉你的公文，你父亲已经去**陈留**[②]避难了。你怎么会到这里来？”曹操把事情经过都告诉了他，吕伯奢对二人说道：“今晚便在我这里住下。”说完，立即起身去了里屋。过了一会儿吕伯奢出来，对陈宫说：“老夫家没有好酒，容我去买一些来给你们。”说完，便匆匆出了门。

曹操和陈宫坐了许久，忽然听见庄后有磨刀的声音。曹操说：“吕伯奢并非我的至亲，这一走很可疑，应当去探听一下。”于是二人轻手轻脚来到后堂，就听见有人说：“捆起来杀了，如何？”曹操以为吕伯奢的家人要杀自己，于是同陈宫拔剑冲进去，不管男女，都杀了，一连杀死八口人。他们搜到厨房，却见捆着一头准备宰杀的猪。陈宫说：“孟德多心，误杀了好人啊！”二人慌忙出庄，上马离开，走不到二里，只见吕伯奢拿着两瓶酒，还有一些水果蔬菜回来了，高喊：“侄儿怎么这就要走？”曹操说：“我是被追捕的人，不敢久留。”吕伯奢说：“我已经嘱咐

①盘缠：旅费、路费。古人出行时，将旅费财物以布帛缠束，捆系腰间，所以称为“盘缠”。
②陈留：在今河南省开封市祥符区东南。

家人杀一头猪款待你们，为何不住一夜再走？赶紧跟我回去吧。”曹操不管他，骑马就走。走了没几步，曹操突然拔剑回来，对吕伯奢喊道：“来者何人？”吕伯奢回头看时，曹操挥剑杀了他。陈宫大惊，说道：“刚才是误会，现在这是为何？”曹操说：“吕伯奢到家，见家人死了，怎么会善罢甘休？如果他带人来追，你我肯定跑不掉。”陈宫说：“胡乱杀人，这是不义的！”曹操说：“宁教我负天下人，休教天下人负我。”陈宫不再说话。

夜里，两人找到一家客栈投宿。曹操睡下后，陈宫心想：“我以为曹操是个好人，弃官追随他，没想到原来是个不忠不义之人！今天要是不杀他，必为后患。”思此，就想拔剑来杀曹操。欲知曹操性命如何，且看下文分解。

精华赏析

董卓手握兵权，一方独大，朝廷中的大臣们只能忍气吞声，无法与其直接对抗。袁绍和曹操无法在京师除掉董卓，只能离开并积蓄力量，这种局面逐渐引发了后来的十八路诸侯共同讨伐董卓的局面。

成长启示

为了除掉董卓，王允和曹操定下刺董之计。曹操刺杀董卓行动失败，机智地向董卓献上宝刀，以此为由瞒了过去。这种机智应对之举转变了局势，使曹操得以安然离去。我们在遇到困难和逆境时，应当保持冷静的头脑，善于寻找机会并灵活应对，将危机转化为机遇。

第四回 虎牢关三英战吕布

❖ 要点思考

· 从曹操对待刘、关、张兄弟三人的态度中，你对曹操有没有新的认识？

· 通过这一回的阅读，你觉得袁绍是个什么样的人？

陈宫正准备动手，转念一想：“我杀了他便是不义，不如离他而去。”陈宫收剑上马，不等天亮，就一个人赶往东郡了。曹操醒来没有看见陈宫，心想：“此人见我说了那两句话，认为我不仁，弃我而去。我得赶快离开，不可久留。”于是连夜赶到陈留，找到父亲，用尽家里的钱财，招募义兵。他假借献帝的名义发了诏书，派人送到各地，然后召集义兵，竖起一面白旗，上书“忠义”二字。没过几天，响应的人，不计其数。

袁绍收到曹操的诏书后，集合麾下文臣武将，带兵三万，离开渤海来与曹操会盟。曹操写下**檄文**[①]送到各郡。檄文写道：“董卓欺天罔地，灭国弑君；秽乱宫禁，残害生灵；狼戾不仁，罪恶充积！今奉天子密诏，大集义兵，誓欲扫清华夏，剿戮群凶。望兴义师，共泄公愤；扶持王室，拯救黎民。檄文到日，可速奉行！”曹操发完檄文后，各镇诸侯皆起兵相应，奔赴洛阳。

刘、关、张三兄弟跟随北平太守公孙瓒到达洛阳，其他各路诸侯也陆续到了，各自安营下寨，营地绵延二百余

①檄文：古代用于晓谕、征召、声讨等的文书，特指声讨敌人或叛逆的文书。

里。曹操宰牛杀羊，招待各路诸侯，商议进攻的对策。众人商议后决定，推举袁绍为盟主，其弟袁术掌管粮草，孙坚为先锋，先去攻打**汜水关**①，剩下人等各据**险要**②，作为接应。

长沙太守孙坚带领自己的人马杀向汜水关。守关将士得知后，派人骑快马去洛阳求救。李儒接到告急文书，马上向董卓禀报。董卓大惊，赶忙召集众将商议。温侯吕布挺身而出说：“父亲不要担心。关外诸侯，我视之如草芥，愿领精兵尽斩其首。”董卓大喜道：“我有奉先，可以高枕无忧了！”话没说完，吕布背后一人高声喊道：“杀鸡焉用牛刀？无须温侯亲自前去。我斩各路诸侯首级，如探囊取物！”董卓看去，说话的正是关西人华雄。董卓听了大喜，加封华雄为骁骑校尉，给他兵马五万，和李肃、胡轸、赵岑一起连夜赶赴汜水关迎敌。

孙坚带领程普、黄盖、韩当、祖茂四位大将来到汜水关前。孙坚身披银甲，头戴红头巾，手握古锭刀，胯下花鬃马，指着关上叫阵：“助纣为虐的小人，为何不早早投降！”华雄副将胡轸带五千士兵出关迎战。程普飞马挺矛，直奔胡轸。没几个回合，一矛刺中胡轸咽喉。孙坚指挥部队杀到关前，关上箭如雨下。于是，孙坚带兵回到梁东，一边派人给袁绍**报捷**③，一边送信给袁术催粮。

袁术接到孙坚的信，手下人对他说：“孙坚是江东猛

---

①汜水关：故址在今河南省荥阳市汜水镇西。
②险要：地势险峻而处于要冲。
③报捷：报告胜利的消息。

虎，如果他打下洛阳，杀了董卓，对我们将是很大的威胁。现在只要不给他粮草，他必败无疑。”袁术觉得有理，于是不发粮草。孙坚部队缺粮草，发生了内乱，华雄趁机在夜里偷袭，孙坚大败，大将祖茂战死。

孙坚因为祖茂战死，伤感不已，派人给袁绍报信。袁绍大惊说：“想不到孙坚竟败在华雄手下！”他集合众诸侯说道：“孙坚被华雄打败，我军士气受挫，该如何是好？”诸侯都不言语。袁绍环视众人，看到公孙瓒背后站着三人，容貌不凡，于是问道：“公孙太守背后是何人？”公孙瓒把刘备叫出来，说：“这是我的同窗好友，平原县令刘备。”曹操说：“莫非就是破黄巾的刘玄德？”公孙瓒说：“正是。”立刻令刘备上前拜见。公孙瓒把刘备的功劳，连同出身，详细说了一遍。袁绍说：“既是汉室宗派，取座椅来。”刘备谦虚推辞。袁绍说：“我并非敬你的职务，而是敬你是汉室宗亲。”于是，刘备在末位坐下，关、张站在他的身后。忽然探子来报：“华雄带铁骑出关，用长竿挑着孙太守的头巾，来寨前叫骂。”袁绍问：“谁敢应战？”大将俞涉从袁术背后走出来说：“小将愿意前往。”袁绍很高兴，便令俞涉出马。不一会儿有人来报：“俞涉与华雄交战不到三个回合就被华雄斩了。”众人大惊。太守韩馥说：“我有上将潘凤，可斩华雄。”袁绍急忙令他出战。潘凤手提大斧上马，没多久，又有人飞马来报：“潘凤也被华雄斩了。”众人大惊失色。袁绍说：“可惜我的上将颜良、文丑不在！得一人在此，怎会怕他华雄！”话没说完，台阶下一人出列说道："小将愿去斩华雄首级，献到帐下！"众人一看，此人身高九尺，髯长二尺，丹凤眼，卧蚕眉，面色如红枣，声音如巨钟，站在帐前。袁绍问是什么人。公孙瓒说："这是刘玄德的义弟关羽。"袁绍问他职务。公孙瓒说："跟随刘备担任**马弓手**①。"袁术大喝："你这是欺辱我们各路诸侯没有大将吗？一个马弓手，怎敢在此胡闹！给我轰出去！"曹操赶紧制止他说："请息怒。此人既然敢这么说，肯定有一定把握。不如让他去，如果不胜，再责难也不迟。"关羽说："如果不胜，愿被斩首。"曹操叫人热了一杯酒，让关羽喝了再上马。关羽说："酒且斟下，我去去便来。"说完，关羽出帐提刀，飞身上马。各路诸侯听得外面鼓声大震，喊声震天，如天摧地塌，山崩地裂。众人大惊失色，正要探听，**鸾铃**②响动，马已到帐前，关羽提着华雄的首级，扔到地上，而刚才倒下的酒现在还是温的。

华雄死后，他的手下回关报告。李肃慌忙写告急文书，通知董卓。董卓得知，急忙召集李儒、吕布等商议。李儒说："如今失了上将华雄，贼军气势浩大。袁绍为盟主，他的叔叔袁隗，现在官居太傅，倘若他们里应外合，就会有大麻烦，可先除掉他。请丞相亲自带领大军，前去杀掉袁隗。"董卓认同他的说法，召唤李傕、郭汜领兵五百，围住太傅袁隗家，不分老幼，全部杀掉。

然后董卓起兵二十万，分两路而来：一路是李傕、郭汜

---

①马弓手：古代官名，骑在马上的弓箭手。

②鸾铃：古代车乘的马铃。

带兵五万，守住汜水关，不要厮杀；第二路是董卓亲自带领十五万大军，同李儒、吕布、樊稠、张济等守**虎牢关**[①]。这道关卡离洛阳五十里。兵马到关后，董卓令吕布领兵三万，去关前驻扎。董卓自己在关上屯住。

流星马[②]探听到董卓军队的动向，来袁绍大寨中汇报。袁绍汇聚众人商议。曹操说："董卓屯兵虎牢关，堵截我们的去路，如今可分一半兵力迎敌。"于是，袁绍分王匡、乔瑁、鲍信、袁遗、孔融、张杨、陶谦、公孙瓒八路诸侯，前往虎牢关迎敌。曹操带兵往来救应。八路诸侯，各自起兵。河内太守王匡，带兵先到。吕布带铁骑三千，飞奔前来。王匡将部队列成阵势，勒住马往门旗下看时，见吕布出阵：头戴三叉束发紫金冠，体挂西川红锦百花袍，身披兽面吞头连环铠，腰系勒甲玲珑狮蛮带；弓箭随身，手持画戟，坐下嘶风赤兔马：果然是"人中吕布，马中赤兔"！王匡回头问道："谁敢出战？"后面一将，纵马挺枪而出。王匡一看，是河内名将方悦。两马相交，不到五个回合，方悦被吕布一戟刺于马下，然后吕布挺戟直冲过来。王匡军队大败，四散奔逃。吕布来回冲杀，如入无人之境。幸亏乔瑁、袁遗两军赶到，吕布才撤退。三路诸侯都损失了些人马，后退三十里下寨。随后五路军马到齐，一起商议对策。

正在商议时，有人来报："吕布叫阵。"八路诸侯一齐上马。军分八队，布在高山。遥望吕布一簇军马，旌旗招展，直冲了过来。吕布勇猛异常，接连打败了几名大将。

①虎牢关：虎牢关和汜水关是同一个地方，书中指的是两个关口。

②流星马：探听消息、传递联络的人员。

虎牢關

公孙瓒挥槊亲自迎战，结果抵挡不住，掉转马头便要跑。吕布骑着赤兔马赶来，飞走如风，举起画戟对着公孙瓒后心便刺，旁边一将，圆睁环眼，倒竖虎须，挺丈八蛇矛，飞马大叫：“三姓家奴休走，燕人张飞在此！”吕布见了，弃了公孙瓒，便战张飞。张飞抖擞精神，酣战吕布，连斗五十余回合，不分胜负。关羽见了，把马一拍，舞八十二斤青龙偃月刀，来夹攻吕布。三匹马呈丁字形厮杀，战到三十回合，也没有打败吕布。刘备掣双股剑，骑黄鬃马，也来助战。三人围住吕布，走马灯般厮杀。八路人马都看呆了。吕布眼看招架不住，照着刘备脸上虚刺一戟。刘备一闪，吕布冲开一个缺口，倒拖画戟，飞马便回。三人哪里肯放，拍马追赶。八路军兵，喊声大震，一齐冲杀。吕布军马向虎牢关上奔来，刘、关、张随后赶到。三人一直追赶吕布到关下，看见关上的青罗伞盖随风飘动。张飞大叫：“此必董卓！追吕布有什么用？不如先拿董贼，斩草除根！”便拍马上关，来擒董卓。欲知胜负如何，且看下文分解。

精华赏析

十八路诸侯会盟，联合讨伐董卓，吕布接连打败了讨董盟军的大将。关键时刻，刘备、关羽、张飞三人挺身而出，战退吕布，充分地展现出了自己的实力。

成长启示

为了讨伐董卓，诸侯们联合起来，相互支持，形成了强大的力量。我们在面对困难时，只要和同伴紧密地团结在一起，坚定信念，就能够打破困局、赢得胜利。

第五回 王司徒巧使连环计

❖ 要点思考

· 曹操为什么离开讨董联盟？

· 王允为什么对吕布说貂蝉是他女儿，对董卓却说貂蝉是歌伎？

张飞赶到关下，敌军箭石如雨，他只能暂时撤退。回到营地后，八路诸侯聚在一起，为刘、关、张三人庆功，并派人前往袁绍的营地报捷。

得知吕布战败，董卓勃然大怒，向李儒询问应对之策。李儒道：“吕布刚刚战败，士气全无，我们不如暂时撤退，迁都长安。”董卓立即召回吕布，第二天在朝堂上宣布迁都。然而，这件事情引起了几位大臣的反对，董卓立刻将他们**贬**[1]为平民。董卓听从李儒的主意，下令捉拿了数千家洛阳富户，将他们全部杀害，没收他们的家产用于迁都。

董卓的部下李傕和郭汜驱赶着数百万百姓，前往长安。他们在路上放任士兵奸淫掳掠，滥杀无辜，死去的百姓不计其数。出发前，董卓下令火烧洛阳，还派吕布挖掘皇家**陵寝**[2]，盗取珍宝。董卓将金银珠宝装了数千余车，带上献帝和皇后等人，向长安进发。

董卓手下的将领纷纷投降献出了汜水关。刘、关、张三人杀入虎牢关，其他各路诸侯也都带兵进关。孙坚第一

---

①贬：降低（封建时代多指官职，现代多指价值）。

②陵寝：帝王的陵墓寝庙。

个赶到洛阳，见城内火光冲天，立即指挥着士兵灭火，并命令各路诸侯在城外驻扎。此时，曹操来找袁绍，说："董贼西去，正可趁势追击，为何按兵不动？"袁绍回答："诸兵疲困，追击没有好处。"其他诸侯也附和袁绍的说法。曹操听后大怒，说："你们这些人，不值得共谋大事！"于是他带着手下的人马连夜追赶董卓。曹操追到**荥阳**[①]，中了董卓的埋伏，军队遭受重创，狼狈而回。

洛阳城内，孙坚扑灭了大火，命令士兵清理瓦砾，重新掩盖挖掘开的陵寝。一天，孙坚手下的士兵在井中发现了一枚**玉玺**[②]，上面刻着"受命于天，既寿永昌"八个篆字。程普看后说道："这是传国玉玺，谁得到它就能登上皇位。我们不能久留，应该立刻返回江东，干一番大事。"孙坚听后表示同意，立即找了个借口离开洛阳。然而，消息很快被泄露。袁绍得知此事后大为愤怒，派人送信给荆州刺史刘表，要求他拦截孙坚，抢回玉玺。

荆州刺史刘表，字景升，是汉室宗亲。他收到袁绍的书信后，便带兵来截孙坚。孙坚的兵马在返回江东的途中损伤大半，从此，孙坚与刘表结下了仇恨。之后，孙坚为了报仇出兵讨伐刘表，最终战死在**岘山**[③]，年仅三十七岁。

董卓听闻孙坚已死，其子年幼，便感到少了一个威胁。因此他变得更加嚣张跋扈，出入都按照天子的**仪仗**[④]，仿

①荥阳：在今河南省郑州市惠济区西北古荥。
②玉玺：皇帝的玉印。
③岘山：在今湖北省襄阳市襄城区南。
④仪仗：古代帝王、官员等外出时护卫所持的武器、旗帜、伞、扇等。

佛自己已经是皇帝一般。董家的亲戚都跟着沾光，个个都当上了大官。在长安城外，董卓建造了一个名为郿坞的小城，城里面宫殿宏伟，粮食、美女、金银等不计其数，董家的人都居住在这里，过着纸醉金迷的生活。董卓不分官民，肆意屠杀，朝廷中的大臣们每天都生活在恐惧之中。一日，董卓宴请百官，酒至数巡，吕布急匆匆走进来在董卓耳边低声说了几句，董卓微笑着说：“原来如此。”随即命令吕布当场把司空张温逮捕。百官见状都惊恐万分。不久，侍从将张温的首级献给董卓，百官更是魂不附体。但董卓却笑着说：“诸位不要慌张。张温勾结袁术，想要害我，因此被斩首。你们没事，不必害怕。”众人闻言却不敢回应。

司徒王允回到府中，心中忧虑难安，于是来到花园。他望着明月默默流泪，这时听到远处传来叹气声，原来是府中的歌伎貂蝉。貂蝉自幼入府学习歌舞礼数，如今已十六岁，色艺俱佳，王允对她视若己出。王允走到貂蝉面前，关切地问道：“为何叹气？”貂蝉吃了一惊，忙跪下回答：“我承蒙大人养育之恩，教授我歌舞礼数，此恩此德，粉身碎骨亦难报答。近日见大人忧心忡忡，为国事烦忧，但又不敢多问。今晚见您坐立不安，故而叹息，不想被大人看到。”王允感慨道：“谁能想到大汉的天下竟要靠你拯救啊！”随后让貂蝉起身，自己却跪下要行大礼。貂蝉吃惊地问道：“大人为何要这样？”王允严肃地说：“如今贼臣董卓篡位在即，朝中文武却束手无策。董卓有一义子吕布，勇猛无比。我看这二人都是好色之徒，想用连环计先将你许配给吕布，再献给董卓。你要设法让他们反目成仇，让吕布杀了董卓。大汉的江山和百姓都要靠你了。你意下如何？”貂蝉挺身而出，坚定地说：“为报答大人，我万死不辞。”王允听后再次拜谢。

次日，王允用家中珍藏的数颗明珠打造了一顶金冠，偷偷派人送给吕布。吕布收到礼物后非常高兴，亲自到王允家里致谢。当他到了，被请入后堂，王允热情地说道：“如今天下能称得上英雄的，只有将军您了。”吕布听了这番话，感到非常开心。酒喝到一半时，王允说：“把我的孩儿叫来。”不一会儿，貂蝉化着艳妆走了出来。吕布看到貂蝉后大惊，忙问这是何人。王允回答说：“这是我的女儿貂蝉。承蒙将军错爱，你对我来说同至亲没有两样，因此让她与将军相见。”说完，便让貂蝉给吕布敬酒。敬酒的过程中，貂蝉与吕布眉来眼去，彼此传递着深意。王允假装喝醉了说：“女儿你快和将军多喝几杯，我们一家都靠将军了。”于是吕布请貂蝉坐下，貂蝉便坐在王允旁边，吕布不停地偷看她。又喝了数杯之后，王允指着貂蝉对吕布说：“我想将女儿送给将军为妾，不知将军是否愿意？”吕布听后非常高兴，出席答谢。王允说：“等我选好日子，就送到你府中。”吕布欣喜万分，不停地打量着貂蝉。而貂蝉也含情脉脉地回应着他。等到宴席结束后，吕布再三道谢后才离开。

数日后，王允在朝堂上巧遇董卓，趁吕布不在，他邀请董卓到家中赴宴。次日中午，董卓如约而至，被请至上座。宴会进行至深夜，王允邀请董卓进入后堂，说道：“我夜观**天象**①，发现汉朝的气数已经尽了。太师取而代之，正好顺应天意和人心。”董卓听后，放声大笑：“如果天意如此，司徒便是大功臣。”王允谦虚地回礼。随后，王允命人放下纱帘，奏起美妙的音乐，众人在帘外簇拥着貂蝉翩翩起舞。一曲结束，董卓命令貂蝉走到跟前。貂蝉转到帘内，向董卓深深地行了一礼。董卓见貂蝉如此美丽动人，便好奇地问：“这是谁？”王允回答：“她是我的歌伎貂蝉。”董卓又问：“她多大年纪？”貂蝉回答：“十六岁。”董卓赞美道：“真是如同仙女一般！”王允随即站起来说：“我想将此女献给太师，不知您是否愿意？”董卓再三表示感谢。王允当即下令准备马车，将貂蝉送到董卓的府上。董卓也起身告辞，王允亲自送他回府后才返回。

①天象：古代泛指发生在天空中的各种自然现象。

王允走在半路上，吕布突然骑马出现，他看到王允后立刻揪住他的衣襟，愤怒地质问："司徒既然已将貂蝉许给我，为何又送给太师？这是在戏弄我吗？"王允急忙辩解："将军原来还不知道！昨日太师对我说，他有一事，明日到我家再谈。今日太师在酒宴上说小女貂蝉已许给将军，他特地来求亲，并想见一见。老夫不敢违抗，便带貂蝉拜见公公。太师说今日就是良辰吉日，他带貂蝉回去，许给将军。将军您想，太师亲自来要人，我怎敢阻拦？"吕布一听，顿时明白过来，向王允道歉："司徒不要生气，是我一时错怪了你，改日自当请罪。"吕布随后拜谢离开。

第二天，吕布在相府中打探消息，但府里一片寂静。他疑惑地走到内堂，询问婢女。婢女回答："昨夜太师与貂蝉共寝，还没起床。"吕布听闻此言，心中大怒，悄悄地潜入董卓的卧房进行窥探。此时，貂蝉正在窗下梳头，她瞥见窗外池塘中映照出一个高大的人影，正是吕布。貂蝉便故意皱着双眉，用帕子擦拭着泪水。吕布在窗外偷看了很久，才依依不舍地离去。董卓吃饭时，吕布站在他身后，目光不自觉地望向帘内，看到一个女子正在暗中注视着他，正是貂蝉。吕布知道貂蝉在看着自己，心神不禁飘荡起来。董卓见吕布心不在焉，心中疑惑，便说："你先回去吧。"吕布闷闷不乐地离开了。

董卓纳貂蝉为妾以后，一个多月都没出门。后来他得了一点小病，貂蝉整日在旁照料，故意讨好。一天，董卓在睡觉时，吕布前来问安。貂蝉从床后探出身子望向吕布，用手指着自己的心，又指向董卓，泪流不止。吕布见状，心如刀割。董卓微微睁开眼，见吕布盯着床后，回身一看，见貂蝉站在那里。董卓大怒，斥责吕布说：“你竟敢调戏我的爱妾！”他立刻叫人把吕布赶走，不许他再进入内堂。第二天，董卓觉得自己的做法不妥，又把吕布叫到内堂，宽慰他说：“我昨天还在病中，心神恍惚，说错了话，你别放在心上。”随即赏赐给吕布黄金锦缎。吕布道谢后离开，但心中所想的只有貂蝉。

董卓痊愈之后，入朝与献帝议事。吕布趁机离开宫殿，直奔相府。到了相府门口，他拴紧马匹，进入后堂，寻找貂蝉。在凤仪亭，吕布看到了貂蝉。她哭泣着对吕布说：“被许配给将军我已满足，没想到太师如此居心不良，将我侮辱。为了表明我的心意，我宁愿死在你的面前！”说完，貂蝉便走向荷花池。吕布急忙抱住她，哭泣着说：“我知道你的心意！”貂蝉拉住吕布的手说：“如果不能与你结为夫妻，希望来世再见。”吕布坚决地说：“不能娶你为妻，我就不算是英雄！”貂蝉说：“我在这里度日如年，希望你能尽快救我出去。”吕布无奈地说：“我今天是偷偷来的，怕老贼怀疑，我必须赶紧走。”貂蝉拉着他的衣服，泪如雨下，说：“你如此惧怕老贼，看来我是没有希望了！”吕布满脸羞愧，放下画戟，抱住貂蝉安慰她。他们两人紧紧依偎在一起，难舍难分。

此时，董卓在宫殿上没见到吕布，心中开始怀疑。他急忙与献帝告别，乘车回到相府。当看到吕布的马系在府前，便问门吏吕布去哪了，门吏回答说："温侯去后堂了。"董卓匆忙走进后堂，正看见吕布和貂蝉在凤仪亭下。董卓怒火中烧，大喝一声。吕布见状，大惊失色，立即转身逃跑。董卓扔出画戟刺向吕布，吕布挥手打落。董卓再拾起画戟追赶，但吕布已经跑远了。董卓气喘吁吁地追出后花园，突然一个人飞奔过来，撞倒了董卓。欲知此人是谁，且看下文分解。

精华赏析

司徒王允对董卓的恶行恨之入骨，为了除掉董卓，王允使用美人计离间董卓和吕布，破坏二人之间的关系，从而达到借助吕布的力量来除去董卓的目的。

成长启示

尽管十八路诸侯都有讨伐董卓的共同目标，但由于各自怀有不同的心思和利益考量，缺乏真正的团结，这使得他们最终各自散去，讨董联盟土崩瓦解。由此我们可以看出，在团队合作中，彼此的信任与支持是非常重要的。

第六回　吕布助司徒除董卓

❖ 要点思考

· 结合上一回，请谈一谈你对貂蝉的看法。
· 曹操为什么要攻打徐州城？

撞倒董卓的人，正是李儒。李儒扶起董卓，董卓问道：“你为何来这里？”李儒答：“我刚进府门，就听说太师去后花园找吕布问罪，因此急着赶来。正遇到吕布逃跑，大喊‘太师杀我’，我入园想要劝解，无意中撞到太师。”董卓说：“吕布这个逆贼！调戏我的爱妾，我一定要杀了他！”李儒说：“这么做不妥。貂蝉不过一女子，而吕布是太师心腹猛将。太师若趁此机会，将貂蝉赐给吕布，吕布感念大恩，必定以死相报。”董卓沉思良久，说：“有道理，我会考虑的。”李儒行礼离开。

董卓进入后堂把貂蝉叫过来质问：“你为何与吕布私通？”貂蝉边哭边说：“我在后花园赏花，吕布突然来了。我赶忙躲避，他提戟追着我到了凤仪亭。我看他居心不良，想投水自尽，却被这**厮**①抱住。正在生死之间，太师赶来救了我的性命。”董卓说：“我想将你赐给吕布，如何？”貂蝉大惊，哭着说：“我已侍奉了太师，如今又要把我赐给家奴，我宁愿死也不受此侮辱！”说完，貂蝉就拿起旁边的剑想要自杀。董卓慌忙抢过剑抱住貂蝉说：“我跟你

---

①厮：对人轻蔑的称呼。

说笑的！”貂蝉扑到董卓怀里，哭着说：“这肯定是李儒的计策！李儒与吕布关系好，故意出这样的计策，却不顾及太师的脸面与我的性命。”董卓说：“我怎么舍得你呢！”貂蝉说：“太师虽然怜爱我，但此处我恐怕待不下去了，肯定会被吕布害死。”董卓说：“我明日和你去郿坞，别再担心了。”貂蝉方才收泪拜谢。

次日，李儒来拜见董卓说：“今天是良辰吉日，可将貂蝉赐给吕布。”董卓说：“吕布与我是父子，不方便赐给他。我不追究他的罪责，你去传达我的意思，安慰一下也就罢了。”李儒说：“太师可别被女人迷惑啊。”董卓脸色一变说：“你的妻子愿意送给吕布吗？貂蝉的事，别再说了，再说就杀了你！”李儒离开，仰天长叹：“我们都会死在这个女人手里啊！”

董卓当日离开长安，百官都来送行。貂蝉在车上，远远地望见吕布在人群中望着她乘坐的车子。貂蝉用手遮脸，装作痛哭的样子。车已远去，吕布站在土坡上，望着车队卷起的尘土，**长吁短叹**①。忽听到背后一人问：“温侯为何在此遥望叹气？”吕布一看，说话的正是司徒王允。王允说：“老夫最近生病，没有出门，很久没与将军见面。请问将军，为何在此叹气？”吕布答：“就是为你的女儿啊。”王允假装吃惊：“过了这么久，貂蝉还没嫁给将军吗？”吕布说：“老贼一直把貂蝉留在自己身边！”王允大声说：“怎么会有这样的事！”吕布把事情全都讲述了一遍，王

①长吁短叹：不停地唉声叹气。

允听了，沉默许久之后才说：“没想到太师竟做出如禽兽般的行径！”于是带吕布回自己府上商议。王允说：“发生这样的事，会被天下耻笑。并非笑太师，而是笑我和将军！然而我年老无能，不值一提。可惜将军盖世英雄，也受此污辱！”吕布怒气冲天，拍案大叫：“我发誓定杀董卓，一雪前耻！”王允急忙捂住他的嘴说：“别连累了老夫。”吕布说：“大丈夫生居天地间，岂能郁郁久居人下！”王允说：“以将军的才能，确实不是董太师所能限制的。”吕布又说：“我想杀掉老贼，无奈他是我的义父，怕会遭人议论。”王允微笑道：“他掷戟刺你的时候，怎么没想到父子之情呢？”吕布愤然说：“如果不是司徒的这番话，我差点犯下大错！”王允见吕布心意已决，于是跪谢说：“将军如果杀掉董卓，就是匡扶汉室的忠臣，**青史**①传名，流芳百世。我有了计划，自然会告诉将军。”吕布离开后，王允立即请士孙瑞、黄琬商议。他们三人定下计策，让李肃去郿坞请董卓议事；吕布则携献帝密诏埋伏在皇宫里，引董卓进来杀掉。李肃因为董卓不给他升官，对他一直心有怨恨，听了三人的计策后，马上就答应了。

第二天，李肃来到郿坞，谎称献帝下了诏书。董卓问：“天子有什么诏书？”李肃说：“天子身体刚刚痊愈，要会见文武百官于未央殿，商议将皇位**禅让**②给太师，因此下诏。”董卓说：“王司徒的意思呢？”李肃说：“王司

---

①青史：史书。古代以竹简记事，因此称史书为“青史”。
②禅让：帝王把帝位让给别人。

徒已做好准备，只等主公到来。”董卓大喜说：“我昨夜梦到一条龙飞到我身边，今日就得到喜讯。机不可失啊！”便命李傕、郭汜、张济、樊稠四人带领飞熊军三千把守郿坞，自己立即回京。临走时，董卓对貂蝉说：“我当上天子后，就封你为贵妃。”貂蝉假装欢喜拜谢。

董卓到达长安，入朝见献帝，群臣都穿着官服，在路旁迎接。到了北掖门，董卓的部队都被挡在门外，只有二十几人随他进宫。董卓望见王允等都拿着宝剑站在殿外，赶忙问李肃：“拿剑是什么意思？”李肃没说话，直接把董卓的车推了进去。王允大呼：“反贼至此，武士何在？”两旁转出百余人，全部手拿长矛。董卓大呼：“奉先救我！”吕布从车后厉声说道：“我奉天子诏书讨贼！”说完，一戟直刺董卓的咽喉，杀死了董卓。吕布左手持戟，右手取怀中诏书，大呼：“奉诏讨贼臣董卓，其余不问！”董卓的手下都高呼万岁。

王允命人杀了李儒，又命吕布同皇甫嵩、李肃领兵五万，去郿坞抄没董卓家产。

李傕、郭汜、张济、樊稠听说董卓已死，吕布即将带兵赶来，便带领飞熊军连夜投奔凉州去了。吕布到了郿坞，先接了貂蝉。皇甫嵩下令将坞中的良家子女，全都释放。但董卓亲属，不分老幼，全部杀掉，坞中所积攒的金银钱粮全部抄没。王允知道后大喜，犒劳部队，召集官员，喝酒庆祝。

李傕、郭汜、张济、樊稠逃到陕西，派人去长安请求赦免，王允不许。这四人本想各自逃生，但谋士贾诩建议：“各位如果独自逃命，一个亭长就能把你们抓住。不如在陕西招兵，杀回长安给董卓报仇。如果成功了，就能控制朝廷；如果不成功，再逃跑也不晚。”李傕等赞同他的说法，于是在西凉招兵十余万，分作四路，朝长安杀去。听到西凉军来，吕布和李肃带兵出战。吕布勇猛，这四人抵挡不住。于是他们定下计策，由李傕、郭汜每日骚扰吕布的部队，张济、樊稠两人带兵绕过吕布，直奔长安。吕布有勇无谋，果然中计。长安城破，吕布阻拦不住，便抛弃家人，带领数百骑逃走了。

李傕、郭汜在京城内放任士兵作乱，杀了包括王允在内的多位大臣。又逼迫献帝给他们加官晋爵，凭借武力把持了朝政。

一日，有人报西凉太守马腾、并州刺史韩遂带领十余万部队，杀向长安，声称讨贼。谋士贾诩说：“这两支部队远道而来，只要坚守城池，等到他们没有粮食，自然就会退兵，然后我们趁机追击，肯定能获胜。”李傕、郭汜采用贾诩的计策，只是紧守关口，并不出战。果然不到两月，马腾、韩遂缺乏粮草，只得撤退。李傕、郭汜命人带兵追赶，西凉军大败。幸亏马腾之子马超拼死作战，才杀退追兵。

此时的曹操在**兖州**[①]招贤纳士。荀彧、荀攸、郭嘉等名士，于禁、典韦等猛将，纷纷投奔。曹操手下文有谋臣，武有猛将，威镇山东。曹操派应劭去接他的父亲曹嵩。曹

①兖州：古代的九州之一，约今山东西南部及河南东部。

嵩接了书信，便带着一家老小四十余人，直奔兖州而来。途经徐州，徐州太守陶谦想要结交曹操，得知曹操的父亲经过，便出去迎接，大设筵宴，款待两日。曹嵩要走，陶谦派都尉张闿，带领五百士兵护送。张闿出身强盗，后来加入黄巾军，黄巾起义失败后投降官府。他见曹家财物无数，就起了贼心。夜里三更，张闿把曹嵩一家杀了，拿了财物，逃往淮南。曹操得知父亲被杀，哭倒在地。他咬牙切齿地说："陶谦放任部下杀我父亲，此仇不共戴天！我要扫平徐州，报仇雪恨！"于是带领大军直奔徐州而来。曹操大军所到之处，杀戮百姓，挖坟掘墓。陶谦在徐州，听说曹操起兵报仇，仰天恸哭道："老天怪罪我，致使徐州百姓受此大难！"

曹操大军兵临城下，陶谦与大家商议："曹兵势大难敌，我打算自己去曹营，任其处置，以救徐州百姓。"话没说完，一人进前说："如今曹兵虽多，但也不能即刻攻破城池。你只要坚守不出，我略施小计，教曹操死无葬身之地！"众人大惊。欲知此人是谁，且看下文分解。

❖ 精华赏析

王允运用连环计成功地制造了董卓和吕布之间的矛盾，最终借助吕布之手杀死了董卓。成功地塑造了貂蝉美丽聪慧、机智勇敢的形象和王允随机应变、足智多谋的形象。

❖ 成长启示

董卓权倾朝野，手握重兵，王允在实力不足的情况下，依靠自己的智谋和手段，成功地击败了董卓。我们在遇到困境时，要善于运用自己的智慧，去寻找解决问题的办法。

第七回　吕温侯濮阳破曹操

❖ 要点思考

· 刘备为何不愿接管徐州？

· 你觉得陶谦是个什么样的人？

献计的是东海**朐县**[1]人，姓糜，名竺，字子仲。他对陶谦说：“我愿意前往**北海郡**[2]，寻求孔融的援助，再派一人去青州请田楷求救。如果这两处的军队同时赶来，曹操必然退兵。”陶谦觉得这个计策可行，便决定采纳。他写了两封书信，分别让陈登送往青州，糜竺前往北海，自己则率领众人守城。

孔融，字文举，鲁国曲阜人，孔子二十世孙，泰山都尉孔宙的儿子。他担任北海太守，深得民心。糜竺见到孔融后，拿出了陶谦的书信并解释了来意。孔融说：“我和陶谦的交情非同一般，你又亲自送信过来，我当然不能不帮忙。只是曹操和我并没有什么过节，我先派人去劝和，如果他不听从，我们再起兵。”孔融一面开始准备起兵，一面派人送信给曹操劝和。就在商议的时候，忽然有人报告说黄巾军的余部管亥带领数万士兵杀了过来，孔融大惊失色。管亥指挥军队将城墙围得水泄不通，孔融见此，心中忧虑不已。第二天，孔融在城墙上看到一个身影骑马冲

---

①朐（qú）县：在今江苏省连云港市西南锦屏山侧。

②北海郡：在今山东省昌乐县东南。

入敌阵，左冲右突，如入无人之境。他一直杀到城下，高声喊道：“开门！”孔融听后急忙下令打开城门。这人走上城墙，拜见孔融说：“我复姓太史，名慈，字子义。得知贼寇围城，母亲让我前来救援。”孔融大喜。

太史慈说：“我愿带兵出城杀贼，决一死战！”孔融说：“将军虽勇猛无双，但贼军数量众多，不可轻举妄动。我听说刘备是当世英雄，若请他来相救，贼军必败。”太史慈说：“请府君写一封信，我即刻出发。”孔融听后大喜，立刻写好了信交给了太史慈。太史慈接过信后，冲出重围，连夜赶往平原县去见刘备。他向刘备详细讲述了北海被围、孔融求援的事，并将孔融的信交给刘备。刘备看完信后，立即与关羽、张飞点齐精兵三千，向北海郡进发。

管亥看到援军到达，率军迎敌。关羽冲出阵来，直接面对管亥，青龙偃月刀一挥，管亥便被一刀劈于马下。太史慈和张飞同时冲出阵前，双枪并举，杀入敌阵。刘备也指挥部队冲杀。城上的孔融看见太史慈和关羽、张飞三人如虎入羊群般在敌阵中冲杀，无人可挡，便也带兵出城，两下夹攻。经过一场激烈的战斗，黄巾军大败。孔融热情地迎接刘备入城，行礼之后，设宴庆祝这场胜利。随后，他又为刘备**引见**①了糜竺。糜竺向刘备详细讲述了曹操率军围住徐州的事。孔融对刘备说：“你是汉室宗亲，如今曹操残害百姓，你何不与我一起前去救援？”刘备说：“救援徐州我**义不容辞**②，可惜兵力微薄，还请您先行一步，

---

①引见：引人相见，使彼此认识。

②义不容辞：道义上不容许推却。

我去公孙瓒处借三五千人马，随后便到。”于是孔融先让麋竺回徐州报信，然后准备出发。太史慈因收到扬州刺史刘繇的召唤，不得不前往扬州。

刘备离开北海，前去拜见公孙瓒，他向公孙瓒说明了援救徐州的事，并成功借到了公孙瓒手下的赵云和两千士兵。于是，刘备、关羽和张飞亲自带领本部的三千人马作为前锋，赵云率领两千人马紧随其后，一行人向着徐州进发。

麋竺回到徐州后，向陶谦报告孔融请到了刘备前来助战，陈登也回报说青州田楷会带兵前来救援，陶谦终于安下心来。孔融和田楷带着部队来到了徐州附近，他们见曹军声势浩大，并没有轻举妄动，在城外驻扎下来。曹操见两路援军赶到，一时间不敢再攻城。这时，刘备带着部队赶到了徐州城下。于是孔融和田楷开始指挥部队夹击曹军，关羽和赵云率领部队在两侧接应，刘备和张飞亲自带领一千人马冲入曹营，杀退了曹军，来到徐州城下。

陶谦在城上看见刘备的军旗，急忙下令打开城门。刘备入城后，陶谦亲自迎接，设宴款待。陶谦见刘备器宇轩昂、谈吐不凡，心中十分高兴，便命麋竺取出徐州**牌印**①，说道：“如今天下大乱，你身为汉室宗亲，应当匡扶社稷，我如今年迈无能，甘愿将徐州让给你。请务必不要推辞，我自会向朝廷禀报此事。”刘备听后连连推辞，表示不能接受。麋竺劝道：“如今曹军兵临城下，应当先商议退敌的计策。待击退曹军后，再商议徐州的事也不迟。”刘备说：

①牌印：显示官位职等的令牌印信。

“我先写信劝曹操和解，他若不同意，我们再战也不迟。”于是，派人去给曹操送信。

曹操正在军中，有人前来报告，说徐州有战书送到。他拆开信看完，大骂道：“刘备算什么东西，也敢写信劝我退兵！”随后，准备下令斩杀信使，开始攻城。这时，郭嘉急忙进谏：“刘备前来救援，**先礼后兵**①，主公可以假装答应，让他放松警惕，然后突然攻城，必然成功。”曹操听从了他的意见。正商议间，忽然有快马来报，说吕布已攻破兖州，进据**濮阳**②。曹操得知消息后大惊失色，说道：“兖州失守，我就无家可归了，必须回去救援！”郭嘉说：“主公正好卖个人情给刘备，退军回兖州。”曹操同意了，立刻回信给刘备，拔寨退兵。

信使回到徐州，呈上书信，说曹兵已退。陶谦大喜，派人请孔融、田楷、关羽、赵云等人进城，设宴款待。宴会结束后，陶谦请刘备上座，并再次请他统领徐州。刘备依然坚持拒绝。陶谦提议道：“徐州旁有座名叫小沛的小城，请你驻军小沛，保护徐州，如何？”众人纷纷劝说刘备留在小沛，刘备最终同意了。陶谦犒劳军队完毕，赵云告辞，刘备拉着他的手挥泪告别。孔融、田楷也都告别，带兵回去了。刘备与关、张带领本部人马来到小沛，修整城墙，安抚居民。

曹操率领部队回救，命令曹仁围攻兖州，自己率领主

---

①先礼后兵：先以礼节相待，再以强硬的手段相抗。

②濮阳：在今河南省濮阳县西南。

力直奔濮阳。曹操的部队在接近濮阳的地方扎营。第二天，曹操与吕布对垒。曹操对吕布说：“我和你向来没有仇恨，你为何要夺我的城池？”吕布说：“汉朝的城池，人人都

可以夺取，难道只有你能占吗？”说完，便率领臧霸、张辽冲杀上来。曹军抵挡不住，败退三四十里。

曹操回到营寨，与众将商议对策，决定夜里前去偷袭吕布的营地。于是当晚，曹操率领曹洪、李典、毛玠、吕虔、于禁、典韦六将，带领两万士兵，连夜从小路进发。吕布在营中犒赏将士，谋士陈宫提醒道：“曹操精通兵法，必须防备他来偷袭。西寨是紧要之地，必须加强戒备。”于是，吕布命令高顺、魏续、侯成等人带兵去西寨驻防。

黄昏时分，曹操果然去偷袭西寨，却遭到围攻。典韦奋力冲杀，救出曹操。众将随后赶来，寻路回营。天色渐晚，背后突然响起喊声，原来是吕布追赶而来，大喊：“曹操休走！”此时曹军人困马乏，大家面面相觑，只想逃命。欲知曹操性命如何，且看下文分解。

◈ 精华赏析

曹操因父亲被人所杀，便率兵进攻徐州，徐州太守陶谦四处求援，刘备带兵赶来救援。吕布突然攻打兖州，导致曹操撤军言和。刘备多次谦让不肯接手徐州的形象与曹操拼命争夺徐州的样子形成了鲜明对比。

◈ 成长启示

曹操的才能，吕布的勇猛，陶谦的声望，刘备的仁慈都让人佩服，从他们身上可以看出，每个人都拥有不同的智慧和无限的潜能。

第八回 曹操挟天子令诸侯

❖ 要点思考

· 曹操多次面临失败，却都能死里逃生，东山再起，请说一说其中原因。
· 为什么刘备明知道是曹操的阴谋，却还是要率军和袁术交战？

曹操正慌乱间，一队人马从南方赶来，原来是夏侯惇前来救援，截住吕布大战。直到黄昏时分，大雨如注，双方各自分散。曹操回营，重赏典韦，加封为领军都尉。

吕布回营，与陈宫商议。陈宫出了一个计策，以濮阳城大户田氏的名义给曹操写信，信里说濮阳空虚，让他快来攻打。曹操果然中计，被围在濮阳城内，幸亏手下大将拼死冲杀，才得以逃脱。

回营之后，曹操仰面大笑："中了匹夫奸计，我必报此仇！现在不如将计就计，就说我已经被烧死了，吕布必定来攻。我在马陵山中布下伏兵，等他渡河时出击，肯定能抓到吕布。"于是，曹操命令士兵举行葬礼。吕布得到消息，立刻带领部队杀向马陵山。快到曹营时，一声鼓响，伏兵四起。吕布死战才得以逃脱，损失了很多人马，回到濮阳后，坚守不出。

后来忽然闹起了蝗灾，粮食匮乏。曹操因军中粮食快耗尽，不得不带兵回鄄城暂住。吕布也带兵四处征粮。因此双方各自退兵。

徐州的陶谦忽然生病，派人来小沛请刘备。刘备带关、张二人来到徐州。陶谦把刘备请进卧室。陶谦说："请你来，只因老夫病重，朝不保夕。万望你为大汉江山着想，接受徐州牌印，老夫死也能瞑目了！"刘备始终推托，陶谦用手指心而死。众人再三相劝，刘备终于接受。曹操听到刘备担任徐州牧的消息，大怒说道："我杀父之仇未报，刘备却不费半点力气得到徐州！我必杀他！"当即就想要起兵攻打。荀彧进谏："你的根基在兖州，而且兖州又是天下的战略要地。若放弃兖州攻打徐州，是舍本逐末。不如向东攻打汝南、颍川的黄巾余党。那里的贼军有很多钱粮，又容易打败。打败了他们，部队有了粮草，朝廷高兴，百姓也会感激，这是顺应天意的事。"

曹操听从了他的意见，亲自带兵前往，平息了汝南、颍川一带的黄巾军残部，还把谯国人许褚收入帐下，封为都尉。

曹操回到鄄城，又来征讨吕布。吕布上次打赢了曹操，便狂妄自大起来，不听陈宫的建议，被打得大败，只能逃跑。曹操重新夺回兖州、濮阳，山东一带都被曹操占领。吕布无奈，收集残余兵马，听从陈宫的建议去徐州投奔刘备。刘备仁慈，收下吕布，将他安置在小沛。

长安城里，李傕自封为大司马，郭汜自封为大将军，横行无忌，朝廷无人敢言。两人争权夺利，针锋相对，竟然指挥部队在长安城内混战，一连五十几天，死者不计其数。

侍中杨琦秘密上奏献帝："臣以为贾诩虽是李傕心腹，实际上心里还有陛下，可以拉拢他。"正说的时候，贾诩来到。献帝命令左右退下，哭着对贾诩说："你能救汉朝、救我的命吗？"贾诩跪在地上说："这正是我的心愿。陛下不说，我也会想办法的。"献帝擦掉眼泪道谢。

李傕的部队大半是西凉人，十分依仗**羌**[①]兵的帮助。贾诩暗中告诉羌人："天子知道你们久居战场**劳苦功高**[②]，下密诏令你们回西凉，日后必有重赏。"羌人正埋怨李傕不给封赏，于是都带兵回乡。再加上郭汜常来攻打，李傕的军力逐渐衰弱。此时张济统领大军自陕西来，想为李傕、郭汜**调停**[③]，请献帝回洛阳。忌惮于张济的武力，两人不得不答应了。于是，献帝乘坐车马返回洛阳。

一路上，李傕、郭汜围追堵截，幸亏杨奉、董承带兵保护，献帝才终于回到了洛阳。众人进了城，只见宫室烧尽，街市荒芜。太尉杨彪上奏献帝说："如今曹操兵强马壮，可宣他入朝，辅佐王室。"献帝同意了。杨彪便派使者赶赴山东，宣召曹操。

曹操听说献帝已回洛阳，同谋士商议。荀彧说："如今天子落难，将军若在此时起兵，通过尊奉天子来号令群臣，这可是千载难逢的好机会。"曹操大喜。正要起兵时，献帝的诏书也到了。曹操接了诏书，立即出发。

献帝在洛阳，还没安顿下来，就有人来报李傕、郭汜领兵到了。献帝无奈，只得立即起驾向山东逃难，但出了城没走多远，就看见尘土蔽日，锣鼓喧天，无数人马来到。

---

①羌：古代民族之一。

②劳苦功高：形容做事勤苦，功劳很大。多用来慰问和赞颂别人。

③调停：居间调解，平息争端。

献帝吓得发抖。忽见一人骑马飞奔而来，原来是先前派往山东的使者，到车前跪拜上奏：“曹将军应诏前来。听说李傕、郭汜进犯，派夏侯惇前来护驾。”献帝这才放心。

很快，夏侯惇同许褚、典韦、曹洪、李典、乐进前来向献帝行礼，献帝感叹：“曹将军真是国家的重臣啊！”探马来报：“李傕、郭汜带兵前来。”献帝命令夏侯惇迎敌。夏侯惇同曹洪分为两翼，骑兵先出，步兵跟随，全力攻击。李傕、郭汜的军队大败，曹军斩首无数。于是献帝回洛阳皇宫，夏侯惇屯兵城外。

第二天，曹操带领大队人马到来。安营扎寨，入城见献帝，跪拜在大殿台阶之下。献帝赐他平身，加封他的官职。

李傕、郭汜觉得曹操的部队远道而来，想要速战。贾诩进谏说：“不可。不如投降，以求免罪。”李傕大怒，拔剑要斩贾诩，众人将他劝住。当天夜里，贾诩骑马逃回家乡。第二天，李傕带领部队来攻曹军，果然大败。曹操率领众人连夜追杀，剿灭极多，投降的人不计其数。李傕、郭汜向西逃命，知道已无处容身，只好去山中当了盗贼。

一日，曹操进宫见献帝说：“洛阳荒废已久，难以修复，而且运粮艰难。许昌临近鲁阳，钱粮充足。臣斗敢请陛下迁都许昌，希望您能同意。”献帝不敢不从。群臣都惧怕曹操，也不敢有异议。于是择日起驾，曹操指挥部队护送。

到许昌后，曹操自封为大将军、武平侯，自此朝政大权都归于曹操。朝中大小事务，先禀报曹操，然后再上报献帝。

曹操把持朝政以后，觉得刘备和吕布是心腹大患，问荀彧有什么办法除掉他们。荀彧先献了一条“二虎争食”之计，想让刘备和吕布自相残杀，但没有成功；又献了一条“驱虎吞狼”之计，让刘备与袁术交战，吕布肯定会生出异心。

刘备接到讨伐袁术的诏书，知是曹操的阴谋，无奈皇命不可违抗。于是，刘备命令张飞把守徐州城，还叮嘱他少喝酒，以免醉酒误事。然后，刘备同关羽带领三万军队，离开徐州向南阳进发。袁术听说刘备想吞并他的地盘，大怒说：“他一个卖草鞋的，竟想抢我的城池！实在可恨！”于是，他命令上将纪灵领兵十万，杀向徐州。两军在**盱眙**[①]相遇，纪灵大败，退守淮阴河口，不敢交战。

张飞送走刘备后，宴请诸位官员，张飞说：“我兄长出发前，吩咐我少喝酒。大家今日痛饮一番，明日都戒酒，帮我守城。今日一定不醉不归。”说完，起身敬酒。敬到曹豹面前，曹豹说：“我从不喝酒。”再三推托，张飞便发怒说：“违背我的命令，该打！”便让军士将他拿下。曹豹无奈，只得求饶：“看在我女婿面子上，饶了我吧。”张飞问：“你女婿是谁？”曹豹答：“吕布。”张飞大怒：“我本不想打你，你拿吕布来吓唬我，我偏要打你！我打你便是打吕布！”众人劝不住，张飞将曹豹鞭打了一顿。

曹豹回去，记恨张飞，连夜派人去小沛给吕布送信，

①盱眙：在今江苏省淮安市盱眙县。

说张飞无礼，又说刘备已前往淮南，今夜可趁张飞大醉，带兵来攻打徐州，不可错失良机。吕布看了信，请陈宫来商议。陈宫说：“小沛本就不是久居之地。如今徐州有机可乘，不夺过来必定后悔。”吕布随即**披挂**[1]上马，带兵出发。

①披挂：穿戴上盔甲。

小沛离徐州只有四五十里，很快就到了。吕布到城下时，恰才四更天。城上曹豹的部下告知曹豹吕布到了，曹豹便下令开门。吕布率领士兵冲进城中，喊声冲天。张飞醉酒，正在府中睡觉，手下急忙摇醒他说：“吕布骗开城门杀进来了！”张飞大怒，穿上铠甲，拿了丈八蛇矛，才出府门上了马，吕布的部队已到。张飞此时还没醒酒，使不出力气。吕布知张飞勇猛，也不敢逼近。众人保着张飞，杀出东门，刘备的家眷全留在城里，来不及带走。

张飞带数十骑到盱眙来见刘备，详细说了曹豹与吕布里应外合，夜袭徐州。众人大惊失色。刘备感叹道：“得到不必狂喜，失去也无须忧愁！”关羽说：“嫂嫂在哪儿？”张飞说：“都困在城中。”刘备默然无语。关羽埋怨道：“你当初说过什么？兄长吩咐过你什么？今日城池被夺，嫂嫂被困，如何是好！”张飞听了，无地自容，拿出剑就要自刎。欲知张飞性命如何，且看下文分解。

❖ 精华赏析

刘备刚得到徐州，却在一夜之间又失去。曹操凭借着智谋，加上其善于用人，最终将山东地区占为己有，挟天子以令诸侯，天下大势开始发生转变。

❖ 成长启示

当董卓专权祸乱朝政的时候，曹操冒着生命危险前去刺杀董卓。然而，如今董卓死了，曹操却挟天子以令诸侯，俨然成了另一个董卓，历史再次上演。这提醒我们应当保持内心的纯粹，不忘初心，树立正确的价值观，不因身居高位而失去初心。

第九回　吕奉先白门楼殒命

◈ 要点思考

· 吕布为什么会丧命？

· 为什么刘备答应为吕布求情，却又劝曹操杀掉他？

刘备走上前，夺下张飞的剑扔到地上说：“我们桃园结义，不求同生，但愿同死。如今虽然丢了城池家眷，但怎么忍心叫兄弟为此赔上性命？贤弟一时大意，何至于自杀！”刘备的一番言语让关羽和张飞感动落泪。

吕布占领了徐州，听取陈宫的建议，请刘备驻扎小沛。关羽和张飞觉得吕布无义，不想答应。刘备劝解道：“他好心待我，有什么可怀疑的！”于是，刘备带领军队回到徐州。吕布派人送还了刘备的家眷，刘备进城向吕布表示感谢。吕布说：“我并非要抢徐州，只是因为张飞醉酒杀人，怕会出事，因此替你守城。”刘备说：“我早就想让给你。”吕布假装要把徐州让给刘备，但刘备坚决推辞，返回了小沛。关羽和张飞见此，心中感到郁闷。刘备对他们说：“现在的局势我们应该**委曲求全**[①]，等候时机。”

此时，孙坚的儿子孙策已投到袁术帐下。袁术见孙策勇猛过人，便派他四处征战。孙策连战连捷，袁术常常感叹：“我要是能有个像孙策一样的儿子，就死而无憾了！”但孙策并不想一直给袁术当手下，于是以舅舅吴景被刘繇

①委曲求全：勉强迁就，以求保全；也指为了顾全大局而暂时让步。

围攻为由，留下传国玉玺为抵押，向袁术借兵救援。袁术得到玉玺非常高兴，答应了孙策的请求。于是，孙策带着兵马回了江东。

孙策在历阳遇见一支队伍，领头的人风度翩翩、仪表堂堂。来人名叫周瑜，字公瑾，也是孙策的结拜兄弟。孙策向周瑜坦言，想在江东创立一番事业。周瑜表示愿效**犬马之劳**①。孙策大喜，兴奋地说："有贤弟的帮助，我们必能成功！"孙策率军前往**曲阿**②，击败了刘繇，太史慈也归顺了他。此后，他又陆续打败了吴郡的严白虎和**会稽**③太守王朗，将整个江东地区尽收囊中。在积蓄力量的同时，孙策给袁术送去信件，要他归还传国玉玺。袁术不愿归还，此时长史杨大将建议："孙策占据长江天险，难以攻克。我们应先讨伐刘备，再攻打孙策。"杨大将建议给驻扎徐州的吕布送去粮食，让他按兵不动，打败刘备占领小沛后，可转而攻打徐州。

袁术听后大喜，立即派使者给吕布送去了二十万**斛**④粮食，并附上一封密信。随后他命令纪灵率领数万大军进攻小沛。刘备得知消息后焦急万分，只好向吕布求援。吕布心中明白，如果袁术占领了小沛，徐州就将面临危险，因此他决定帮助刘备。于是吕布率领军队出发，驻扎在小沛城外，派人邀请纪灵和刘备前来帐中议事。

---

①犬马之劳：古代臣下对君主自比为犬马，表示心甘情愿受人驱使，为人效劳。
②曲阿：在今江苏省丹阳市。
③会稽：在今浙江省绍兴市。
④斛（hú）：古代的一种量器名，也是容量单位。

吕布说道："我平生最讨厌的就是争斗，今天，我为你们两家化解矛盾。"纪灵疑惑地问道："如何化解？"吕布淡淡地回答："听从天意。"吕布吩咐手下，将方天画戟远远地插在辕门外，然后回过身来对两人说："辕门离这里一百五十步，如果我射中画戟的小枝，你们两家就退兵；如果射不中，你们再继续厮杀。"纪灵心中暗想："戟在一百五十步外，怎么可能射中？我先答应他，他射不中，自然没理由阻止我。"于是，点头答应了。吕布毫不迟疑地取来弓箭，只见他挽起袍袖，搭上箭，扯满弓，叫一声："着！"一箭正中画戟小枝。帐上帐下士兵齐声喝彩。吕布得意大笑，把弓扔到地上，拉起纪灵、刘备的手说："这是天意啊！"刘备暗自高兴，纪灵则沉默不语。吕布接着说道："纪将军不必忧愁，我自会写一封信给袁将军。"

纪灵回淮南拜见袁术，将辕门射戟的事告诉了他，并呈上书信。袁术看完信后勃然大怒，决定亲自带兵征讨刘备和吕布。纪灵劝阻道："吕布勇猛无比，我们不能轻举妄动。主公有个儿子，吕布有个女儿，我们可派人前去求亲，亲事成了，吕布自然会杀刘备。"袁术听了他的建议，马上派人去徐州求亲。吕布收到消息后大喜，心想："袁术在淮南根基深厚，如果和他结亲，日后必定能得到更多的帮助。"于是，吕布答应了这门亲事。

陈登的父亲陈珪生病在家休养，听说这件事后拖着病体来见吕布。吕布问道："你怎么来了？"陈珪回答："袁术和你结亲，是要拿你的女儿作为人质，随后就会进攻小沛。一旦小沛失守，徐州也将陷入危险。何况袁术想要称帝造反，到时你将成为反贼的亲戚，天下人都不会容你。”吕布听后大惊失色，立刻派人回复袁术，谎称女儿的嫁妆还没有准备好，等准备好了就送去成亲。

此时，宋宪和魏续突然向吕布报告：“我们二人前往山东买马，回到沛县境内时，被强盗劫走了一半。经过打听，我们得知强盗竟然是张飞假扮的。”吕布闻听此言，顿时怒火中烧。随即，他亲自率领军队前往小沛，命令士兵将城池围住。刘备询问了事情的原委，责备了张飞，然后派人到吕布的营中，表示愿意归还马匹，请求他退兵。吕布本想答应，但陈宫却说：“如今不消灭刘备，日后必为祸害。”吕布觉得有道理，于是准备攻城。刘备自知无法抵挡，决定放弃小沛，投奔曹操。半夜，刘备率领军队突围而出。吕布见刘备离去也不追赶，命令高顺把守小沛，自己则回了徐州。

刘备前往许都投奔曹操，荀彧建议除掉刘备，但郭嘉却说：“刘备向来有英雄之名，如果杀了他，天下人谁还愿意来投奔？”曹操觉得郭嘉说得有道理，便推荐刘备担任豫州牧，让他去豫州上任。同时，曹操准备攻打徐州。

此时，袁术在淮南称帝造反。曹操听说了袁术造反的消息后，放弃了攻打徐州的计划，他联合刘备、吕布，又联络了孙策，组织起大军向淮南进发。袁术自知无法抵挡曹操等人的进攻，便留李丰把守**寿春**[①]，自己带队渡过了

①寿春：在今安徽省寿县。

淮河。就在曹操攻下寿春的时候，忽然有人来报：“张绣以贾诩为谋士带领部队，勾结刘表，想要攻打许都。”曹操只好撤回许都。临走前，他对刘备说：“你驻扎在小沛，等机会我们联手消灭吕布。”

曹操击退了张绣和刘表后，给刘备送去密信，要和他一起夹击吕布。然而，密信被吕布截获。吕布看完信后大怒，骂道：“曹贼、刘备竟敢如此！”随即命令高顺率领部队攻打小沛。刘备得到消息后，急忙派简雍前往许都求救，自己同关羽、张飞坚守城池。

简雍见到曹操，向他说明了来意。曹操立即命令夏侯惇领兵五万先行出发，自己统领大军跟进。夏侯惇来到小沛城外，正巧与高顺的军队相遇。夏侯惇被曹性一箭射中左眼，疼痛难忍，只好撤退。这时吕布带领大军赶到，借势攻下小沛。

刘、关、张三人在混乱中走散，刘备无处可去，只得投奔曹操。刘备过了梁城，忽然见到大队人马前来，知道是曹操到了，直接来到中军旗下，与曹操相见。曹操准备先攻小沛。

此时，吕布已回徐州，同陈登前往小沛救援，令陈珪守徐州。殊不知，陈珪、陈登父子已暗中投靠了曹操。陈登偷偷与曹操联络，将吕布骗进了曹操的埋伏。吕布中计，损失惨重，徐州、小沛都落入曹操手中。吕布杀出一条血路，直奔**下邳**①而去。刘备、关羽、张飞兄弟三人在曹营重聚，

①下邳（pī）：在今江苏省睢宁县北。

各自含泪讲述失散之事。

曹操怕吕布去淮南投奔袁术，不敢耽搁，又带兵直奔下邳，准备攻城。吕布在下邳，自恃粮食充足，地势险要，觉得万无一失。陈宫建议：“将军可屯兵城外，曹操若来攻城，我们前后夹击，肯定能打败曹军。”吕布没有听取陈宫的建议，不仅每日同妻妾饮酒解闷，而且随意惩罚将士，军心日益涣散。对吕布不满的将士将睡着的吕布紧紧捆住，而后城门大开，曹军一拥而入。

曹操入城后，与刘备一同坐在**白门楼**[①]上，命令手下将吕布带到他们面前。吕布虽然身形高大，但被绳索紧紧捆绑，他哀求道：“捆得太紧了，松一点吧！”曹操却冷冷地说：“捆老虎不得不紧。”这时，徐晃押着陈宫走了过来。曹操看到陈宫，冷笑着说：“公台别来无恙！”陈宫回道：“因为你心术不正，我才弃你而去！”曹操不屑地说：“我心术不正？那你为何替吕布出谋划策？”陈宫回答：“吕布虽然无谋，但不像你这般奸诈。我既被你擒住，情愿赴死，不必多说。”曹操不忍心痛下杀手，没想到陈宫直接向刑场走去。曹操哭着为陈宫送行，命令手下：“立即送公台的家人回许都养老。”

在曹操送陈宫下楼的时候，吕布向刘备恳求道：“请为我求情！”刘备点头表示同意。当曹操回到白门楼上时，吕布又喊道：“我愿意为你效忠，帮你夺取天下！”曹操看向刘备，询问他的意见。刘备回答：“你忘了丁原、董

①白门楼：下邳县城楼名。故址在今江苏省睢宁县西北。

卓的事了吗？”吕布瞪着刘备骂道：“你这个没有信用的东西！”曹操下令将吕布斩首示众。这时，刀斧手将张辽押解上前。张辽看到曹操，大声骂道：“你这个国贼！”曹操大怒，拔出剑来，正准备亲自杀死张辽。然而，张辽毫无惧色。这时，曹操身后一人伸出双手拉住他的胳膊，一人跪在他面前，说道：“丞相请住手！”欲知后事如何，且看下文分解。

❖ 精华赏析

吕布骁勇善战、无人能敌，却因为自身的傲慢与短视命丧白门楼。在这一回中，刘备与吕布多次联合又多次为敌，充分体现了三国时期局势的瞬息万变和联盟的脆弱性。

❖ 成长启示

吕布让刘备为他求情，刘备只是点点头。等到曹操问刘备该不该把吕布纳为己用时，刘备说：“你忘了丁原、董卓的事了吗？”曹操顿时醒悟。刘备的意思很简单，就是说不讲忠义的人是不可用的。

第十回 曹孟德煮酒论英雄

要点思考

· 刘备请求带兵截击袁术的真实目的是什么？

· 曹操是怎样评价天下英雄的？

曹操举剑要杀张辽之时，刘备拽住他的胳膊，关羽跪在他面前。刘备说：“如此忠心的人，应当留用。”关羽说：“我早就听说**文远**[1]是忠义之士，愿用性命保他。”曹操把剑扔到地上笑着说：“我也知文远忠义，只是开个玩笑而已。”曹操亲手给张辽解开绳索，还把自己的衣服给他披上，请他坐下。张辽深受感动，便投降了曹操。吕布手下的其他将领听说吕布已死，也都纷纷投降。曹操犒赏三军后，班师回许都，封赏出征人员，将刘备等人留在相府附近的宅院歇息。

第二天，献帝上朝，曹操带刘备见献帝，奏报刘备的军功。献帝问刘备：“你是哪里人？”刘备答：“臣是中山靖王后代，孝景皇帝玄孙，刘雄之孙，刘弘之子。”献帝叫人取来宗族家谱查看，果不其然。按照世谱，刘备是献帝的叔叔。献帝大喜，心中暗想：“曹操把持朝政，国事都不由我做主，我的叔叔如此英雄，正好可以帮我！”于是，献帝封刘备为左将军，宜城亭侯。刘备谢恩，自此以后大家都称他刘皇叔。

---

①文远：张辽，字文远。

曹操掌控献帝，权倾朝野，愈加肆意妄为。他多次以朝廷的名义打压自己的政敌，杀掉不服从自己的官员。朝中百官，人人自危。一日，谋士程昱劝曹操称王，曹操说：“不可轻举妄动。我请天子打猎，查探一下虚实。”曹操入宫请献帝打猎，献帝不敢拒绝，刘备与关羽、张飞随行保护。曹操带领大队人马与献帝在许田打猎。转过土坡，献帝忽然见荆棘中跑出一只鹿。献帝连射三箭不中，便对曹操说：“你来吧。”曹操讨要献帝的宝雕弓、金箭，一箭正中鹿背。群臣看见金箭，都以为是献帝射中，纷纷高呼“万岁”。曹操纵马出列，挡在献帝之前接受群臣欢呼。众人大惊失色。关羽大怒，立起卧蚕眉，瞪大丹凤眼，提刀拍马便要斩曹操。刘备见了，生怕贸然动手献帝会有危险，慌忙摆手制止。关羽见兄长如此，便不敢动了。

献帝回宫后，觉得曹操迟早会谋反，杀了自己，便想偷偷下诏书给国舅董承，让他除去国贼曹操。

为了防止泄密，献帝用自己指尖的鲜血写完密诏后，让伏皇后将密诏缝入玉带紫锦衬内，然后自己穿上锦袍，系上玉带，令人传唤董承进宫。献帝说：“当初在洛阳你救驾有功，我从没有忘记，也没赏赐过你什么东西，现在将这件衣服和这条玉带赏赐给你。”董承跪谢。献帝解下衣服玉带赐给他，偷偷说道：“你回去仔细地看，别辜负我的心意。”董承明白了献帝的意思，穿上御赐的衣服玉带，告别离开。

董承回到家，等到深夜独坐书房中，将御赐的衣服反复查看，并无特殊。随后又取出玉带反复查看，终究一无所获。他正要休息，忽然灯花落在玉带上，烧着了背衬。董承赶忙扑灭，已烧破一处，微微露出素绢，隐约见到血迹。急忙用刀拆开一看，是献帝手写的血字密诏。诏书上说："近日曹贼把持朝政，欺压君主；**结党营私**①，败坏朝纲。我日夜忧思，恐怕天下大乱。你乃国家重臣，我的至亲，应当联合忠义之人，铲除奸党，安抚社稷！此封诏书，谨慎保存！**建安四年**②春三月。"

董承看完，泪流满面，夜不能寐。早晨起来，他又来到书房，将诏书再三观看，却无计可施。于是，董承暗中联络侍郎王子服、将军吴子兰、长水校尉种辑、议郎吴硕、西凉太守马腾一起来商议此事，几人看过诏书，都泪流不止，一起歃血为盟，发誓道："我等誓死不负皇上的期望！"忽然马腾拍手大叫："何不找豫州牧刘备一起商议此事？"

第二天夜里，董承怀揣诏书，前往刘备家中。刘备请他入小阁坐下。刘备说："国舅深夜前来，必有原因。"董承说："前几日围场之中，云长要杀曹操，将军施以眼色阻止，这是怎么回事？"刘备见不能隐瞒，于是说："云长见曹操无礼，因此发怒。"董承哭着说："朝廷臣子，如果都像云长一样，何忧不太平！"董承取出衣带诏给刘备，刘备看完不胜悲愤。董承又将他们几人结盟的状书拿

①结党营私：结合成集团以谋求私利。

②建安四年：公元199年。

出来，刘备在上面也写下了自己的名字。两人商议到五更，董承告辞离开。

刘备为防曹操谋害，没事的时候就去后园种菜，**韬光养晦**[①]。一日，关羽、张飞不在，许褚、张辽带领数十人入后园中说：“丞相有令，请你前去。”刘备只得随二人去见曹操。曹操跟他开玩笑说：“最近在家干什么大事呢？”刘备吓得面如土色。曹操拉起他的手说道：“学种地不容易啊！”刘备这才放心，答道：“无事消遣而已。”曹操说：“我刚才看到枝头梅子熟了，想起去年出征时，道上缺水，将士们口渴。我心生一计，用马鞭虚指说前面有梅林。大家听了，都口舌生津，也就不渴了。今日见到此梅，不可不赏。正好酒也煮好，因此邀你过来共饮。”刘备随曹操到了小亭，见里面早就准备好了一盘青梅，一**樽**[②]煮酒。二人对坐，开怀畅饮。酒至半酣，忽然阴云密布，暴雨将至。远处还出现了龙卷风，曹操与刘备凭栏观看。曹操说：“你可知龙的变化？”刘备答：“不知。”曹操说：“龙能大能小，能升能隐：大则兴云吐雾，小则隐介藏形；升则飞腾于宇宙之间，隐则潜伏于波涛之内。龙可比当世英雄。你游历四方，必知当世英雄。请说说这天下谁可称英雄。”刘备说：“我并不清楚。”曹操说：“不要过谦。”刘备只得说：“淮南袁术，兵多粮广，可以称为英雄吧？”曹操大笑：“坟中枯骨，我早晚会擒住他！”刘备说：“河北袁绍，

---

①韬光养晦：比喻隐藏才能，不使外露。
②樽：古代的盛酒器具。

四世**三公**[①]，占据冀州，部下能人极多，可以称为英雄吧？”曹操又笑：“袁绍**色厉胆薄**[②]，**好谋无断**[③]，干大事却贪生怕死，见小利就忘乎所以。他也不是英雄。”刘备说：“刘表威镇九州，可以称为英雄吗？”曹操说：“刘表徒有虚名，也不是英雄。”刘备说：“孙策血气方刚，统领江东，可以称为英雄吗？”曹操说：“孙策只是仰仗他父亲的声望，也不是英雄。”刘备说：“**益州**[④]刘璋，可以称为英雄吗？”曹操说：“刘璋虽是皇亲，实则看门狗而已，怎能称为英雄！”刘备说：“张绣、张鲁、韩遂等人如何？”曹操拍手大笑：“这些都是碌碌小人，何足挂齿！”刘备说：“除这些人之外，我实在想不出了。”曹操说：“英雄，胸怀大志，腹有良谋。”刘备问：“那你觉得谁能称为英雄？”曹操用手指刘备，然后指了指自己，说：“当今天下英雄，只有你与我而已！”刘备听了，大吃一惊，手中握着的筷子，失手落到地上。当时正好雷声大作，刘备顺势低头捡起筷子说：“好大的雷。”曹操笑着说：“大丈夫还怕打雷吗？”刘备一笑，将闻言失手掉落筷子的缘故掩饰过去了。于是，曹操不再怀疑刘备。

曹操第二天又请刘备。正在饮酒时，有人来报，公孙瓒已被袁绍击败。袁术在淮南骄奢过度，遭众人反对，于是打算放弃淮南去河北同袁绍会合。刘备听说公孙瓒已死，

---

①三公：古代官名合称。

②色厉胆薄：外表强硬而内心怯懦。

③好谋无断：爱用计谋，但缺少决断。

④益州：辖境约今四川省折多山和云南省怒山、哀牢山以东，甘肃省陇南市、两当县和陕西省秦岭以南，湖北省十堰市郧阳区、保康西北，贵州省除东边以外地区。

想起他曾举荐自己，不胜感伤，又不知赵云下落，很是担忧，因此暗想：“我不在此时想个脱身的办法，更待何时？”于是，刘备起身对曹操说：“袁术如果投奔袁绍，必从徐州经过，我请求带兵前去截击。”曹操答应了。第二天，刘备向献帝告辞，献帝哭着为他送行。

此时郭嘉、程昱检查钱粮方回，得知曹操已派刘备进兵徐州，程昱慌忙进谏：“昔日刘备为豫州牧时，我请你杀他，丞相不听。今日让他带兵，这是放龙入海，纵虎归山。”郭嘉说：“丞相就算不杀刘备，也不应当派他出去。”曹操犹豫不决，说道：“我有朱灵、路昭二人在刘备身边，料他不敢如何。何况我既然已经派他出去，又怎么能反悔？”马腾见刘备离开，便也回西凉了。

刘备回到徐州，刺史车胄出城迎接。刘备打听到袁术的消息，带领五万人马出击，杀得袁术的部队尸横遍野，血流成河。袁术带着最后的一千多人，走投无路，心中愤懑难平，在建安四年六月，吐血而死。

袁术已死，他的侄儿袁胤带着灵柩前往庐江，被徐璆截杀。徐璆夺得玉玺，前往许都献给曹操。曹操大喜，封徐璆为高陵太守。

刘备得知袁术已死，令朱灵、路昭回许都，自己则以保护徐州为理由带兵留了下来。朱灵、路昭回许都见到曹操，说刘备留下了兵马，曹操大怒。荀彧说：“可以给车胄写信，命他暗中杀掉刘备。”曹操听从了他的建议。没想到消息泄露，车胄反被关羽所杀。刘备见关羽杀了车胄，大惊道："杀了曹操心腹，他怎么会善罢甘休？"关羽说："曹操如果来了，我与张飞前去迎战。"陈登说："我有一计，可退曹操。"欲知陈登计策，且看下文分解。

精华赏析

曹操作为一代枭雄，不仅能力出众，更是慧眼识人。他和刘备煮酒论英雄，后来的事实证明，曹操的判断非常准确，刘备成了三国中唯一一个能与曹操抗衡的英雄。

成长启示

面对曹操时，刘备好似隐龙，镇静自若，回答之语谨慎缜密。生活中，我们也会经常遇到各种突发情况。这时候，我们要做的就是像刘备一样，保持冷静，即使在巨大压力之下，也能从容面对，思考出应对的策略，摆脱困境。

第十一回 屯土山关公约三事

❖ 要点思考

· 你觉得关羽是个什么样的人？

· 说一说你对“忠义”二字的理解。

陈登向刘备献策：“曹操惧怕的人是袁绍，袁绍占据了冀州、青州、幽州、并州等地区，兵力强大，文官武将极多，我们为何不向袁绍求援呢？”于是刘备派孙乾连夜给袁绍送信。袁绍看完信后，立刻召集文武官员，商议讨伐曹操的事。谋士许攸和荀谌都认为应该起兵。袁绍让孙乾回去答复刘备，然后统领三十万精兵，向**黎阳**[1]进发。

此时曹操因得了偏头痛而卧病在床。手下人将袁绍起兵的消息告诉了他，曹操吓出了一身冷汗，头痛竟然不知不觉地好了。曹操从床上起来，与众谋士商议对策。荀彧说：“袁绍手下谋士不和，武将鲁莽，兵虽多但缺乏训练，纵然有百万之众，又有何惧！”曹操听后大笑说：“**文若**[2]说得对。”于是，曹操命令刘岱、王忠带兵五万，去徐州攻打刘备，他则带领大军二十万，前往黎阳，对抗袁绍。曹操带兵来到黎阳，两军相隔八十里，却不交战，从八月相持到十月。袁绍心里犹豫不决，不想主动进攻。曹操便命令手下将领把守城池，自己带着一队人马回了许都。

①黎阳：在今河南省浚县东。

②文若：荀彧，字文若。

刘备离开后，董承日夜与王子服等人谋划，却始终一筹莫展。没想到，他们的谈话被一个家奴偷听到了，向曹操告密。曹操闻讯大怒，将董承、王子服等人全部逮捕，并在董承家中搜出了衣带诏和义状。曹操看过诏书后更加震怒，下令将董承几人全家斩首，死者多达七百余人。曹操杀掉董承等人后，仍然怒气未消，带着剑闯入宫中，命人勒死了董承的妹妹董贵妃。献帝泪如雨下，却无力反抗。曹操又分派三千心腹担任**御林军**①，由曹洪统领，禁止献帝与其他人接触。曹操对程昱说："董承等人虽已诛杀，但还有马腾、刘备，不可不除。"程昱回答："马腾屯兵西凉，不可强攻，可以写信把他骗到京城。刘备在徐州，也不可轻敌。何况如今袁绍屯兵**官渡**②，一旦东征，袁绍乘虚而入，如何抵挡？"郭嘉说："袁绍生性多疑，他手下的谋士不和，不用担忧。刘备刚刚拉起队伍，军心不稳，丞相带兵东征，必能取胜。"曹操大喜道："你说的正合我意。"于是曹操带领二十万大军，分兵五路逼近徐州。

刘备再次写信向袁绍求援。孙乾带着信件面见袁绍，只见他面容憔悴，衣冠不整，孙乾关心地问道："您这是怎么了？"袁绍叹息道："我的小儿子病重，生命垂危，现在我无心考虑其他事情。"袁绍不愿发兵，刘备和张飞中了曹操的埋伏，损失惨重。刘备只好逃往青州城，

①御林军：古代负责保卫京都，警卫皇帝的部队。

②官渡：古地名，在今河南省中牟县东北。

寻求袁绍的庇护；张飞则带着十几个人，逃往**芒砀山**①；关羽保护着刘备的两位夫人，坚守下邳城。曹操向来欣赏关羽的武艺和人品，决定派人去劝降。此时帐下一人出列道："我与关云长有一面之交，愿意前去劝降。"曹操定睛一看，原来是张辽。程昱提醒道："关云长义气深重，不是可以说动的。我有一个计策，可以在城中埋伏，引诱云长出战，让他离开下邳，然后用精兵截断他的后路。这时文远再去劝，他一定会投降。"

曹操按程昱的计策行事，成功地将关羽引出城外，围在一座土山上。此时，张辽骑马出现在山上，关羽见状，问道："文远莫非是来劝降的？"张辽回答："非也。昔日你曾救我，今日我怎能不救兄长？"关羽说："文远是要帮我吗？"张辽说："也不是。如今刘备、张飞去向不明，生死未知。昨夜曹公已攻下下邳，并不伤害百姓，还派人保护刘备家眷，不许惊扰。我特地来告诉兄长这些事。"关羽听后大怒，说道："你还是来劝降的。我虽身处绝境，却**视死如归**②。你现在就下山，我们阵前较量。"张辽再次劝说道："兄长如果战死，就有三条罪责，会被天下人耻笑。"关羽问："哪三条罪责？"张辽回答："当初你与刘备结义，发誓同生共死，如今兄长却战死，违背了当年的誓言，这是第一条。刘备将家眷托付于你，你若战死，二位夫人无所依靠，这是第二条。你武艺超群，兼通经史，

①芒砀（dàng）山：在今河南省永城市东北芒砀山。

②视死如归：把死看得像回家一样。形容人勇敢不怕死。

不想着匡扶汉室，却逞**匹夫之勇**[1]，这是第三条。”张辽接着说：“现在的局势，兄长如果不投降，必然会战死。不如先投降曹公。等有了刘备的消息，再去投奔。这样一来可以保护二位夫人，二来不违背桃园之约，三来可留有用之身。”关羽说：“我也要约定三件事，如果丞相答应，我即刻投降。如若不然，我宁可战死。”张辽说：“请讲。”关羽说：“第一件事，我今天只降汉帝，不降曹操；第二件事，二位嫂子请用刘皇叔的俸禄供养，一应人等，不许打扰；第三件事，我一旦得知刘皇叔去向，不管千里万里，都会立刻去投奔。”

张辽回到曹操身边，讲述了关羽提出的三件事。曹操听完，沉吟道：“前两件我都可以答应，但第三件让我有些为难。”张辽说：“刘备对关羽不过恩惠深厚，只要丞相待他更好，相信关羽必会效忠。”曹操听了觉得颇有道理，于是答应了关羽所有的条件。张辽再次返回山上，告知关羽。关羽听后非常感激，随即前往曹操的营地。曹操听到关羽前来，亲自走出辕门迎接。关羽下马，向曹操行礼，说：“败兵之将，深感不杀之恩。”曹操说：“云长忠义，我素来仰慕，今日有幸相见，足慰平生。”关羽说：“约定的三件事，希望丞相不要食言。”说：“我既然已经答应了你，就一定会信守承诺。”

次日，曹操班师回许都。关羽让两位嫂子坐上马车，亲自护送。晚上在馆驿休息时，关羽整夜秉烛站在屋外。

---

①匹夫之勇：不用智谋，只凭个人蛮干的勇气。

曹操看到这一幕后，对关羽愈加敬重。到许都后，关羽被献帝封为偏将军。曹操对关羽非常好，经常宴请他，每次都让他坐在上座，还经常送他绸缎金银。关羽虽然收下了这些礼物，但都送给了二位嫂子。

一日，曹操发现关羽的绿锦战袍有些旧了，便命人精心制作了一件新的送去。关羽收下后却将它穿在了旧袍的里面。曹操看到后，不解地问："云长，你为何如此节俭？"关羽答道："我并非节俭，只因这件旧袍是刘皇叔所赐。"曹操听后，感叹道："你真是忠义之士啊！"然而，心中却感到不满。

又一日，曹操送关羽出府，看到他骑的马非常瘦弱，便询问缘由。关羽解释道："我身子沉重，这匹马载我很吃力，因此才会瘦弱。"曹操听后，立刻命令手下牵来一匹马。只见那匹马浑身火红，神采飞扬。曹操问："你认得这匹马吗？"关羽打量了一番，道："莫非这是吕布的赤兔马？"曹操点头："正是。"随即，曹操将赤兔马赠予关羽。关羽拜谢。曹操问道："我送你绸缎金银，你都没有下拜行礼，今天赠马，为何下拜？"关羽回道："这匹马日行千里，日后得知了兄长下落，我骑上它一天就能与兄长重逢。"曹操心中万分后悔将赤兔马赠予关羽。

到了春天，袁绍兴兵攻打许都，指派大将颜良作为先锋，向**白马**①发起进攻。曹操得到消息后，立即集结了十五万兵力进行迎敌。安营扎寨之后，曹操站在山前平原

①白马：在今河南省滑县城关镇东。

上，遥望远方，只见颜良率领着十万精兵，阵势浩渺无边。两军交战，颜良勇猛无比，连续击败了曹操的三名大将。打了败仗，曹操感到心情郁闷。程昱说："只有关羽才能打败颜良。"曹操担忧地说："我怕他立下大功后会离开。"程昱说："刘备已经投靠袁绍，如果关羽击败了袁绍的部队，袁绍必定会杀了刘备。如果刘备死了，关羽去哪里投奔呢？"曹操听后大喜，立刻派人去请关羽。关羽领命出战，手提青龙偃月刀，骑着赤兔马，直奔白马来见曹操。曹操带着关羽登上土山，俯瞰下方颜良的军队，只见阵势整齐威严，旗帜鲜明。曹操对关羽说："颜良的兵马，如此雄壮！"关羽却说："在我看来，只是些**土鸡瓦犬**[①]而已！"曹操继续说："在那麾盖之下，穿着绣袍金甲，持刀立马的就是颜良。"关羽举目远望，对曹操说："我看颜良，如插标卖首！"曹操提醒说："不可轻敌。"关羽说："我虽不才，愿去万军中取其首级，来献丞相。"随后，关羽翻身上马，倒提青龙偃月刀，冲下山来。他凤目圆睁，蚕眉直竖，直冲敌阵。颜良的军队如波开浪裂，关羽直奔颜良。颜良正在麾盖下，见关羽冲来，正要发问，但赤兔马的速度太快，瞬息间已冲到他面前。颜良措手不及，被关羽手起一刀，刺于马下，提刀出阵，如入无人之境。颜良的队伍在关羽的威势下不战自乱，曹军乘势发动反击，死者不可胜数。关羽纵马上山，众将尽皆称贺。曹操感叹道："将军真是神人啊！"关羽谦虚地说："这不算什么！我弟弟

①土鸡瓦犬：泥捏的鸡，瓦造的犬。比喻徒有其表，实为无用之物。

张飞在百万军中取上将首级，如同探囊取物。”曹操听后大惊，对手下人说：“今后如果遇到张飞，一定要小心。”

颜良的队伍溃败奔回，半路上遇到了袁绍，向他报告说有一红脸长须使大刀的勇将，单人冲入阵中，斩杀了颜良，因此大败。袁绍大惊，问：“此人是谁？”沮授说：“这人必是刘备的弟弟关羽。”袁绍大怒，指着刘备说：“你弟弟杀我爱将，你必定和他串通，留你何用！”于是，命令刀斧手把刘备推出斩首。欲知刘备性命如何，且看下文分解。

❖ 精华赏析

关羽身在曹营心在汉，而曹操为了留住他使出离间计，想借机除掉刘备，从中可看出关羽忠贞不贰、重情重义的性格特点。

❖ 成长启示

曹操给了关羽许多恩惠，但关羽始终不为所动，没有背叛刘备。他对刘备的忠诚和义气，不仅仅是一种感情，更是一种信仰和责任感。在生活中，我们面对诱惑时，要坚持自己的原则，不违背自己的良心，对待朋友和家人要忠诚，同时还要懂得感恩并回报他人的帮助和支持。

第十二回　关羽过五关斩六将

❖ 要点思考

· 听说关羽要离开，曹操是如何表现的？

· 五关的将领为什么要阻拦关羽？

袁绍要斩刘备，刘备从容说道："您不要只听一面之词。天下外貌相似的人很多，难道只要是红脸长须的就是关羽吗？请您明察。"袁绍信了刘备的话，请刘备坐下，与众人商议为颜良报仇。帐下一人说道："颜良与我如同兄弟，如今被杀，我愿为他报仇雪恨！"刘备一看，说话的是河北名将文丑。袁绍大喜，便决定让文丑带兵渡过黄河，攻打曹操。刘备表示也想出力，袁绍答应了，于是令文丑带七万人马先行，刘备带三万人紧随其后。

曹操见关羽斩了颜良，倍加钦佩，表奏朝廷，封云长为汉寿亭侯，铸印送关羽。忽有一日，有人来报说袁绍手下大将文丑带兵前来，曹操便派张辽、徐晃一齐出马。文丑见二人赶来，拈弓搭箭，一箭射中张辽战马。那马跪倒前蹄，张辽落马坠地。文丑拍马向前，徐晃急抡大斧，几个回合之后，徐晃抵挡不住，沿河后退，文丑穷追不舍。

忽然，十几人骑马赶到，旗号翻飞，带头的将领，正是关羽，他大喝一声："贼将休走！"关羽与文丑交手，战不到三个回合，文丑胆怯，拨马而逃。关羽马快，赶上文丑，一刀将文丑斩下马来。曹操在远处，见关羽斩了文丑，指挥部队冲杀，取得大胜。

此时，刘备带人赶到，他远远望见一队人马打着“汉寿亭侯关云长”的旗号，暗中高兴，正要招呼相见，曹操大队人马赶到，只得先收兵。回去后，有人告诉袁绍：“关羽又杀了文丑，刘备却装不知情。”袁绍大怒骂道：“你弟弟又杀我一员大将，来人把他推出去砍了。”刘备说：“请让我说两句话。曹操故意让关羽斩杀二将，这是借你的手来杀我。希望您三思。”袁绍觉得他说得有道理，还请刘备在帐中落座。刘备道谢：“多谢您宽宏大量，我无以为报，愿派人给云长送去密信，一旦他知道我在这里，肯定前来投奔。”袁绍大喜道：“我得到关羽，胜颜良、文丑十倍。”刘备写下书信，却一时找不到合适的人送去。

袁绍下令退到武阳，按兵不动。于是，曹操派夏侯惇领兵守住官渡，自己班师回许都，大宴众官员，为关羽庆功。正在此时，有人上报：“汝南黄巾逆贼刘辟、龚都甚是猖獗。曹洪请求支援。”关羽听后说：“我愿征讨汝南贼寇。”曹操答应了。荀彧偷偷对曹操说：“关羽倘若知晓刘备的消息必去投奔，不可再派他出征。”曹操说：“等这次回来，我就不再让他出征。”

关羽领兵到达汝南，安营扎寨。当夜在营外抓了两个敌方的**暗探**[①]，其中一人正是孙乾。关羽喝退左右，问他刘备的下落。孙乾告诉他，刘备已经投奔了袁绍。于是，关羽下定决心，等回到许都，便向曹操告辞。刘辟、龚都

①暗探：密探，从事暗中刺探情报的人。

自知不是关羽的对手，都撤退了，关羽顺利拿下汝南后，便班师回了许都。

关羽正在考虑如何向曹操辞行时，袁绍部下陈震送来了刘备的书信。关羽看过信，知道了兄长刘备的下落，泪流不止，决定马上辞别曹操。于是，关羽写了回信，交给陈震，然后将情况告知二位嫂子，随即到相府，向曹操告别。

曹操知道关羽的来意，一直避而不见。关羽一连去了几次，都没能见到曹操。关羽心想："曹丞相不愿我走。但我去意已决，怎能耽搁！"关羽立即写信一封，派人送到相府，又将曹操多次赏赐的金银财宝，全部放到库中，还将汉寿亭侯印挂在堂上。关羽请二位嫂子上车，自己骑上赤兔马，提青龙刀，率领旧部，直接从北门出城。守门的士兵不敢阻拦。

有人将关羽的书信交给曹操，曹操看完惊呼："云长走了！"众人听了都大吃一惊。此时蔡阳站出来说："我愿生擒关羽，献给丞相！"曹操手下将领，都非常敬佩关羽，唯独蔡阳不服，因此想带兵追赶。曹操说："不忘旧主，来去明明白白，是大丈夫。你们都应当效仿。"于是，曹操喝退蔡阳，说："我当初已经许诺，如今怎可失信！云长这样的人我很敬佩。他应该还未走远，文远，你快去留住他，我想去为他送行。"张辽领命，单骑先行。曹操领数十骑随后而来。

关羽因为护送车队，走得很慢，忽然听背后有人大喊："云长慢走！"回头一看，见张辽拍马赶到。关羽勒住赤兔马，手握青龙刀，问：“文远莫非要追我回去？”张辽表明来意，关羽在桥上观望。此时曹操带数十骑飞奔前来，关羽见众人手中皆无兵器，才放下心来。曹操说：“我特地给将军送来路费，还有锦袍一件，略表心意。”说完，一位将军就从马上向关羽递过来一盘黄金，另一位将军下马，双手捧过一件锦袍。关羽怕曹操有诈，不敢下马，用刀尖挑起锦袍披在身上，回头道谢：“承蒙丞相赐袍，黄金分给将士们吧。我们改日再会。”说完，便下桥向北而去。许褚说：“此人太过无礼，为何不擒住？”曹操说：“我既然已经许诺，就不能追他。”曹操带领众将回城，一路上叹息不止。

天色已晚，关羽带着车队来到一座村庄歇息。庄主胡华对关羽非常敬重，他热情款待了众人，还请关羽给他在荥阳的儿子胡班带去一封书信。关羽允诺。第二天吃过早饭，关羽与胡华告别，拿了他的信，向洛阳进发。

一行人来到东岭关。把关将领孔秀，见关羽到来，便出关来迎。关羽下马，对孔秀施礼。孔秀问：“将军去哪里？”关羽答：“我辞别曹丞相，前往河北找寻兄长。”孔秀说：“将军想要过关，必须要有丞相文凭。”关羽说：“因行期慌忙，没有文凭。”孔秀说：“既然没文凭，待我派人禀告丞相，方可放行。你要过去也可，留其他人作为人质。”关羽大怒，举刀直奔孔秀，孔秀挺枪来迎。两马相交，只一回合，孔秀就被斩落马下。其余士兵刚要逃走，关羽说：“你们不用逃。我杀孔秀是迫不得已，和

你们没关系。你们替我传话给曹丞相，就说因为孔秀要害我，所以我才杀他。”众人都在关羽马前拜谢。

关羽随即护送车队出关，向洛阳进发。洛阳太守韩福得到消息，他自知不是关羽对手，便想设计射杀他。关羽已到，韩福准备好弓箭，带一千人马到关口列队，说道：“我奉丞相命令，镇守此地，专门负责盘问往来奸细。若无文凭，就是逃犯。”关羽大怒。韩福派出孟坦，抡双刀来战关羽。关羽拍马来迎，孟坦战不到三个回合，拨马便走。关羽赶上，一刀就将孟坦斩落马下。此时韩福躲在暗处，一箭射中关羽左臂。关羽用嘴拔出箭，血流不止，飞马直奔韩福，冲散周围士兵，手起刀落，斩杀了他。

关羽撕下衣服包扎箭伤，怕有人暗算，连夜赶往汜水关。把守关口的将领卞喜，听说关羽将到，他便命人在关前的镇国寺中埋伏下刀斧手二百余人，引诱关羽到寺中，以摔杯为号，想要加害关羽。万幸镇国寺内有一僧，是关羽的同乡，法名普净。普净暗示关羽此地有诈。于是，关羽杀掉卞喜，谢过普净后，护送车队继续向荥阳进发。

荥阳太守王植与韩福是亲家，听说关羽杀了韩福，就想暗害关羽。等关羽到达，王植先笑脸相迎，请他们到馆驿中休息，却在暗中命令他的手下胡班，到三更时分，放火烧掉馆驿，把里面的人全都烧死。胡班领命，带领士兵在馆驿外等候。胡班久闻关羽大名，就想暗中看一看。于是，他潜入馆驿，见关羽左手捋着长须，在灯下看书。胡班不禁感叹："果然非同凡人！"关羽听到了，胡班只得进屋跪拜说："在下荥阳太守部下胡班。"关羽问："莫非是许都城外胡华之子？"胡班说："正是。"关羽取出书信交给他。胡班看完，感叹道："险些误杀忠良！"于是，胡班便将太守王植的计划告诉了关羽。关羽大惊，赶忙披挂上马，请二位嫂子上车，出了馆驿来到城边。此时城门已开，关羽催促马车急忙出城。没走多远，背后人马赶来，当先的王植大叫："关羽休走！"他拍马挺枪，直奔关羽，却被关羽一刀斩杀，士兵都被赶散。关羽催车队快走，心想多亏了胡班才逃过一劫。

走到**滑州**[①]界内的黄河渡口，把守渡口的秦琪拦住关羽说道："我奉夏侯惇将军的将令，把守关隘，就算你有翅膀，也飞不过去！"秦琪纵马提刀，直取关羽。只一回

①滑州：在今河南省滑县东。

合，关羽刀起，秦琪落马。关羽说：“挡我者已死，其余人不必惊慌。快准备船只，送我渡河。”士兵们备好船只，关羽请二位嫂子上船。渡过黄河后，便是袁绍的势力范围。关羽所过关隘五处，斩将六员。

关羽在马上叹息：“我沿途杀人，都是迫不得已。曹操得知，一定认为我是忘恩负义之人。”正走着，忽见一人自北而来，大叫：“云长稍等！”关羽勒马一看，原来是孙乾。孙乾说刘备已经离开袁绍，前往汝南了。关羽听了，便不去河北，转投汝南。忽然，背后一队人马赶来，当先的夏侯惇大叫：“关羽休走！”欲知关羽如何脱身，且看下文分解。

◈ 精华赏析

关羽得到了刘备的消息后，立即向曹操请辞。为了见到刘备，关羽一路过五关、斩六将，即便困难重重也坚持要找到刘备，手足情深令人感动。

◈ 成长启示

由于没有过关文凭，关羽一路上遭到了层层拦阻，但其并没有放弃。他凭借一己之力，过五关、斩六将。关羽的行为告诉我们，要想建立伟大的事业，既要有超过他人的才干，又要有坚忍不拔的意志。

第十三回　三兄弟会古城聚义

❖ 要点思考

· 为什么张飞见到关羽后并不高兴，反而挥矛刺向关羽？

· 这一回中可以看出，张飞的性格鲁莽而直率，你喜欢这样的人吗？

关羽回身勒马，向追来的夏侯惇说道：“你来追我，有损丞相的大度。”夏侯惇说：“丞相没有明文通告，你又杀了我的部下，实在无礼！我特来擒你，献与丞相发落！”话刚说完，夏侯惇拍马挺枪。关羽大怒，喊道：“你以为我怕你吗！”然后直接朝夏侯惇冲去。两马相交，交手不到十个回合，突然有人大声喊道：“云长、**元让**[1]，快快住手！”众人一看，原来是张辽。张辽来到近前说道：“我奉丞相之命，因听闻云长过关斩将，怕再有人阻拦，特地派我给各处关口守将传达命令，批准放行。”夏侯惇听闻，只得带兵离开。张辽想劝关羽回去，但被关羽拒绝。于是，二人拱手告别。

关羽护送着车队向汝南进发。一天，他们路过卧牛山，远远望见有一队人马赶来。领头的人身材高大，面色黝黑。他见到关羽后惊喜地说：“你肯定是关将军！”那人急忙下马，跪拜在地说道：“周仓拜见关将军。”关羽说：“壮士认得关某吗？”周仓说：“我当初跟随黄巾军张宝时，曾见过你。今日有幸相见，希望将军不要嫌弃，收我为部

---

①元让：夏侯惇，字元让。

下！”关羽见他很有诚意，便将他收下。周仓暂时将自己的人马留在卧牛山，由裴元绍统领。

周仓跟随关羽，护送车队向汝南进发。走了几日，他们望见一座山城。关羽问当地人：“这是什么地方？”当地人告诉他说：“此地名叫**古城**①。数月前有一将军，姓张，名飞，带数十骑到此，将县官赶走，占住古城，招兵买马，囤积粮草，如今已有三五千人马。”关羽大喜：“我三弟张飞自徐州失散后便不知下落，没想到却在这里！”关羽派孙乾先入城通报，叫他来迎接二位嫂子。孙乾领了关羽的命令，入城见张飞，施礼完毕后，说道：“刘皇叔从袁绍处离开，前往汝南了。今云长从许都送二位夫人到这里，请将军迎接。”张飞听了，并不说话，随即披挂持矛上马，带一千余人，直出北门。孙乾惊讶，又不敢问，只得随他出城。

关羽见张飞到来，**喜不自胜**②，迎上前去。只见张飞圆睁环眼，倒竖虎须，挥矛向关羽刺来。关羽连忙闪避，高声问道：“贤弟，这是何故？”张飞大喝一声：“你既然背信弃义，有何颜面再来见我！”关羽道：“我如何背信弃义？”张飞喝道：“你背叛了兄长，投降了曹操。今日不是你死就是我活！”关羽道：“二位嫂嫂在此，你亲自问她们吧。”二位夫人听到后，掀起车帘大声说道：“二叔不知你们下落，暂时栖身曹营。如今得知你哥哥在汝南，

---

①古城：在今河南省汝南县。

②喜不自胜：高兴得不得了。

特地送我们到这里。”张飞道：“嫂嫂别被他骗了！大丈夫岂有事二主之理？”孙乾道：“云长特地来寻找将军。”张飞喝道：“你怎么也胡说！他一定是来捉拿我的！”关羽道：“我要捉你，应该带兵马前来。”张飞用手指着远处，说：“你说的兵马这不是来了吗？”关羽回头一看，远处确实有一队人马赶来，风中旗帜飘扬，赫然是曹军旗号。张飞脸色一沉：“现在你还有什么好说的？”说完，挺起丈八蛇矛就要攻击。关羽急忙拦住他道：“贤弟且慢动手！你看我斩杀来将，以表真心。”

曹军赶到，为首一将，乃是蔡阳，手持长刀纵马而来，喝道：“你杀我外甥秦琪，却躲在这里！我奉丞相之命，特来拿你！”关羽不答话，提刀劈去。张飞在旁亲自擂鼓，只见一通鼓未尽，关羽刀起处，蔡阳头已落地。关羽捉住一名曹军小

兵，让他告诉张飞事情的来龙去脉。小兵便把关羽在许都的事情详细叙述了一遍，张飞才信。随后他又听刘备的二位夫人述说了关羽的各种经历，感动的放声大哭，跪拜在关羽面前。

第二天，张飞提出要与关羽一同去汝南寻找刘备。关羽说道："贤弟保护好二位嫂嫂，驻扎于此，我与孙乾先去探听兄长的消息。"张飞点头答应。于是，关羽和孙乾前往汝南，见到了刘辟和龚都。关羽问："我兄长现在何处？"刘辟道："刘皇叔在此住了数日，又返回了河北。"关羽随即与孙乾辞别刘辟、龚都，让周仓去卧牛山召集部下，而自己与孙乾抄近路前往河北。

关羽与孙乾即将抵达河北时，孙乾先行一步去见刘备，关羽则在外等待消息。关羽看到前方村庄内有一所庄院，便前去投宿。庄院内走出一位老者，他向关羽施礼并表示久闻关羽大名。这位老者也姓关，名定。老者让自己的两个儿子出来与关羽见面，并热情地邀请关羽留在庄院内休息。

孙乾前往冀州找到了刘备，详细地说明了情况。刘备以前往荆州劝说刘表一起攻打曹操为由，从袁绍处成功脱身后，便与孙乾一同前往关羽投宿的庄院。关羽在门口迎接刘备，见到刘备后拉着他大哭不止。关定带着两个儿子在草堂前跪拜，刘备问其姓名，关羽说："他与我同姓，有两个儿子，长子关宁，学文，次子关平，学武。"

关定说："我想让关平跟随关将军，不知是否可以呢？"刘备说："承蒙您的厚爱，我弟弟还没有儿子，就让他跟关平结为父子，如何？”关定大喜，命关平向关羽行礼，认关羽为父。刘备担心袁绍会追来，于是立即出发。关平跟着关羽，一同启程。

刘备与关羽带领众人向卧牛山进发。正行走时，突然看到周仓领数十人带伤而来。关羽询问他为何受伤，周仓答道：“在我抵达卧牛山之前，有一人单枪匹马而来，与裴元绍交手，只一回合便刺死了裴元绍，将人马全部招降，占据了山寨。我不服气，与那名将领交战，但被他连胜多次，身中三枪。因此来向主公报告。”刘备问：“此人是什么模样？叫什么名字？”周仓回答：“他极其雄壮，并不知道他的姓名。”于是关羽策马在前，刘备紧随其后，直奔卧牛山而来。周仓在山下大声叫骂，只见那名将领一马当先，带人下山。刘备挥鞭大声呼喊：“来者莫非是**子龙**①？”那人看到刘备后，滚鞍下马，跪拜在旁，果然正是赵云。刘备与关羽下马相见，询问他怎么会来到这里。赵云回答：“公孙瓒**刚愎自用**②，导致兵败自焚。袁绍多次招降我，但我觉得袁绍并非明主，因此没有答应。后来我想去徐州投奔你，但又听说徐州失守，你在袁绍处。我几次想去投奔，但又怕袁绍怪罪。如今我四海飘零，无处容身。前几日路过这里时，遇到裴元绍下山来抢我的马匹，因此我杀了他。今天能够遇到您真是太好了！”刘备非常高兴，说：“我初见子龙时，就留恋不舍。”赵云说：“我奔走四方，从

---

①子龙：赵云，字子龙。

②刚愎自用：倔强固执，自以为是。

未见过像您这样的人物。能够跟随您，此生无憾。即便**肝脑涂地**[①]，我也在所不辞。”当日赵云便率领众人跟随刘备前往古城。张飞迎接众人入城后，刘备见兄弟重聚，又新得了赵云、关平、周仓等人，心中欢喜无限。此时刘备共有部队四五千人，便打算放弃古城去守汝南。恰好刘辟、龚都派人前来邀请。于是，刘备起兵前往汝南。

袁绍见刘备不回，大怒，打算起兵征讨刘备。郭图建议道：“刘备不足为虑，我们首先要除掉曹操。刘表虽占据荆州，但实力不强。江东孙策威镇三江，我们可以与他结交，一起攻打曹操。”袁绍听后立即写信派陈震送给孙策。欲知后事如何，且看下文分解。

❖ 精华赏析

张飞以为关羽向曹操投降，对其心生不满，一见面便挥矛相向。关羽通过斩杀追击而来的曹军将领蔡阳，表明了自己的心迹。最终，刘、关、张三人在历经磨难之后，还是重聚到一处。他们之间的兄弟之情，被后人代代称颂。

❖ 成长启示

刘备的队伍虽然被打散，但是众人对刘备的忠诚不散。在一个团队中，成员之间的相互信任和支持是非常重要的。如果大家各自为政，那么团队就很难取得成功。刘备、关羽和张飞三人之间的默契和信任，是他们在面临困境时也能够不断前进的重要动力。

①肝脑涂地：原指在战乱中惨死，后比喻竭力尽忠，不惜牺牲生命。

第十四回 战官渡曹操获全胜

要点思考

· 曹操是如何赢得这场战役的？

· 袁绍为什么不听手下谋士的计策？

孙策占据江东，兵精粮足。曹操知道孙策兵强马壮，难以争锋，于是将曹仁的女儿许配给孙策年幼的弟弟孙匡，两家结亲。但之后，孙策请求担任大司马，曹操不许。于是孙策怀恨在心，常有攻打许都的想法。

吴郡太守许贡，暗中派使者前往许都送信给曹操，建议将孙策召到京师，然后除掉他。使者带密信渡江，被抓获送到孙策面前。孙策看信后大怒，派人假意请许贡议事，而后将他绞杀。许贡的家人四散奔逃，但有三位门客想要为许贡报仇。

一日，孙策在山中狩猎，见到一头鹿，孙策纵马追逐。此时，许贡的三位门客埋伏在树林里，偷袭了孙策。孙策脸上中了一箭，情况万分危急。正在此时，程普带人前来，杀了那三人。再看孙策，血流满面，伤得很重。于是程普用刀割开袍子，包扎孙策的伤口，送回去养病。医生看了孙策的伤势之后说：“箭头有毒，毒已入骨。必须静养百日，才能痊愈。若怒气冲激，性命难保。”孙策的性格向来急躁，恨不得立即痊愈。

一日，孙策正与众人饮酒，忽见道士于吉在路上传道，无数百姓在周围跪拜。孙策认为于吉妖言惑众，便下令杀了他。没想到自此之后，孙策经常看到于吉的幻象，日益憔悴。有一天，孙策在屋里照镜子，突然看见于吉站在镜中。孙策大叫一声，伤口崩裂，昏倒在地。孙策的夫人叫人将他扶进卧室，过了一会儿，孙策苏醒过来，叹道："我命不久矣！"

随后，孙策召来张昭等人，还有他的弟弟孙权。在榻前，他将**印绶**[①]交给孙权，说道："若论阵前交战，你不如我；要说举贤任能，我不如你。希望你别忘了父兄创业艰难，自己好好谋划！"孙权大哭，跪着接受了印绶。孙策又说："国家内政方面的大事，可以多问问张昭；国家外交、战争等方面的事情，可以多听听周瑜的意见。"孙策交代完后事，就闭上了眼睛，年仅二十六岁。孙策已死，孙权哭倒在床前，张昭让孙静办理丧事。自此之后，孙权掌管江东。他遵照孙策的意思，重用张昭和周瑜，同时广纳人才，鲁肃、诸葛瑾、顾雍都前来投奔东吴。孙权听从诸葛瑾的建议，假意顺从曹操，拒绝和袁绍联盟。曹操知道后大喜，上奏献帝封孙权为将军兼会稽太守。袁绍得到消息后大怒，带领七十万大军再攻许都。

袁绍向官渡进发，曹操起兵七万，前往迎敌，留荀彧守许都。曹操与众谋士商议。荀攸说："袁绍兵力虽多，但不足为惧。我军都是精锐，可以一当十。但我们粮草不足，不可拖延。"曹操说："你说的正合我意。"曹操传令下去，

---

①印绶：印章和系印章的丝带。

击鼓前进。袁绍领兵前来迎战，大骂："你名义上是汉相，实为国贼！罪恶弥天！"曹操大怒，指挥队伍冲杀。袁绍见曹军来，便令弓弩手一齐放箭。箭如雨下，曹军只得向南撤退，退到官渡。袁绍带兵冲杀，将曹军包围。

自八月开始，曹操就坚守官渡，但到了九月，军粮告竭，只能派人去许都叫荀彧速速筹措粮草。使者带着书信，离开曹营不到三十里，就被袁军捉住，被绑着送到许攸面前。许攸少年时与曹操是朋友，此时在袁绍处当谋士。许攸看过曹操催粮的书信，直接来见袁绍说："曹操屯兵官渡，与我们相持已久，许昌必定空虚。如果派一支部队去偷袭，则许昌可得，曹操可擒。"袁绍说："曹操诡计极多，这封信是他诱敌的计策。"正说话间，忽有使者自**邺城**[1]来，呈上审配的信。信中说许攸在冀州时，曾经受贿，

①邺城：在今河北省临漳县。

还让他的侄子巧立名目多收税赋，多收的钱都归他所有，现在已经把他侄子抓起来了。袁绍看后大怒："这个无德之人怎么还敢在我面前献计！你与曹操早就相识，恐怕早就拿了他的钱，在我身边当奸细吧！快给我出去，今后别来烦我！"许攸出门，仰天长叹："忠言逆耳，不应和你一起谋事！我侄子已被审配害了，我还有什么脸面再见冀州的乡亲！"说完便要拔剑自刎。旁边的人夺剑劝道："你何必轻生？袁绍不听劝告，以后必被曹操所擒。你既然与曹操相识，为何不弃暗投明？"这两句话瞬间点醒许攸，于是他立刻投奔曹操。

曹操听说许攸前来投奔，喜出望外，光着脚跑出来迎接。远远望见许攸，曹操拍手大笑，拉着许攸的手走进帐中。

许攸为曹操定下计策："袁绍军粮都在乌巢，派淳于琼把守，而淳于琼喜欢喝酒，疏于防备。你可以谎称是袁绍手下的蒋奇，领兵到乌巢，找机会把粮草都烧掉，这样一来，袁绍的部队不出三日必定大乱。"曹操大喜，第二天依照许攸的计策行事，亲自带兵前往，果然成功。

袁绍在帐中，看到正北方火光冲天，知是乌巢失守，急忙召集文武官员，商议对策。郭图说："可以派兵先攻曹操的军营，这是**孙膑**[①]围魏救赵的计策。"袁绍觉得有理，便派张郃、高览带兵五千，去官渡袭击曹营。张郃、高览刚到曹营就遇到埋伏，袁军大败，张郃、高览投降。

此时袁绍军中人心惶惶。荀攸给曹操献计："如今可

①孙膑：战国时期齐国军事家。

扬言调拨人马，一路攻打邺郡，一路攻打黎阳，切断袁绍的退路。袁绍知道后，肯定分兵抵挡。我们趁他调动兵马时出击，一定可以打败袁绍。”曹操采用了这个计策，四处放出消息。袁绍军中有人知道后，报告了袁绍。袁绍果然中计，急忙派袁谭分兵五万救邺郡，辛明分兵五万救黎阳，连夜启程。

曹操探知袁绍调兵，便分大队军马，八路齐出，直冲袁绍军营。袁军毫无斗志，四散逃跑。袁绍来不及披甲就上了马，幼子袁尚紧随其后。张辽、许褚、徐晃、于禁四员大将，带兵追赶袁绍。袁绍着急渡河，将图书金银全部丢弃，只带随行八百余骑逃走。曹军将他们留下的物品全部缴获。曹军斩杀八万余人，溺死者不计其数。

曹操大获全胜，将所得金银绸缎赏给士兵。曹操在袁绍丢弃的图书中翻出书信一沓，都是许都及曹军中的人与袁绍暗中联系的书信。手下人说：“可逐一核对姓名，抓起来杀掉。”曹操说：“以当时的情况，我都不一定能自保，何况其他人呢？”于是曹操下令将信全部烧掉，以后不准再提。

袁绍回到冀州后，他的长子袁谭带兵五万，次子袁熙带兵六万，外甥高干也带兵五万，分别赶来冀州助战。袁绍大喜，决定再整人马来战曹操。

曹操与诸将商议对策。程昱献“十面埋伏”的计策，劝曹操把部队退到河上，伏兵十队，诱袁绍追赶。程昱说：“我军没有退路，必将死战，这样一定能打败袁绍。”曹操依计行事，果然杀得袁军尸横遍野，血流成河。战败后的袁绍口吐鲜血，只好回冀州养病，其余人马各自回城。

曹操重赏三军，令人探察冀州虚实。正在此时，荀彧派人送来书信，信中写道：“刘备在汝南得到了刘辟、龚都的数万人马。听说丞相出征河北，于是带兵来攻许都。丞相速速回防。”曹操大惊，留曹洪屯兵河上，**虚张声势**①，自己则统领大军赶往汝南来抵挡刘备。

刘备带兵想要偷袭许都，刚到**穰山**②附近，正遇曹兵杀来。刘备便令部队排开阵势，曹操兵至，刘备击鼓而出。曹军也布成阵势，曹操用马鞭指着刘备骂道：“我待你为贵宾，你怎敢忘恩负义？”刘备说：“你假装忠臣，实为国贼！我是汉室宗亲，奉天子密诏，来讨反贼！”刘备在马上大声背诵衣带诏。曹操大怒，叫许褚出战。刘备让赵云前来迎战，二将交手三十回合，不分胜负。忽然喊声大震，关羽、张飞带兵冲锋。三路人马一齐冲杀。曹军连日征战，都很疲乏，抵挡不住，大败而走。刘备得胜回营。

接下来几日，曹操闭门不战。刘备心中愈加怀疑。忽报龚都运粮的部队被曹军围住，刘备急忙令张飞去救。忽又报夏侯惇带兵绕过他们，直奔汝南，刘备大惊，急忙派关羽去救。过了一天，飞马来报夏侯惇已破汝南，刘辟弃城而去，关羽也被围。刘备大惊。又来人报张飞去救龚都，也被围住了。刘备想要带兵救援，又怕曹操追来。等到天黑，

---

①虚张声势：假装出强大的气势。

②穰山：在今河南省邓州市。

叫将士们饱餐，步兵先走，骑兵跟随，悄悄地撤退。刘备等人刚走数里，转过土山，火把齐明，山头上大呼："别让刘备跑了！丞相在此等他多时！"刘备大惊，赵云说："主公勿忧，跟紧我。"赵云挺枪跃马，杀开一条血路，刘备持双股剑紧紧跟随。许褚赶来，与赵云交战。背后于禁、李典又到。刘备见形势危急，向着深山小路落荒而逃。欲知后事如何，且看下文分解。

◈ 精华赏析

从曹操与袁绍的官渡之战和与刘备的穰山之战中，我们可以看出，曹操的用兵水平比袁绍、刘备高出太多。袁绍虽然兵多粮足，但是骄傲自大，好谋无断；刘备手下虽然都是万人难敌的猛将，但他缺少得力的谋士，以致屡屡踏入陷阱。

◈ 成长启示

曹操得知许攸来投，喜得光脚相迎。许攸建议曹操夜袭乌巢，曹操采纳了他的建议，袁绍果然中了曹军的埋伏，大败而逃。在当时，曹操要是没有朋友相助，后果还真不堪设想。所以说人的生活离不开友谊，但要得到真正的友谊却是不容易的。友谊需要用忠诚去播种，用热情去灌溉，用原则去培养，用谅解去呵护。

第十五回 刘皇叔跃马过檀溪

◈ 要点思考

· 袁谭、袁熙、袁尚兄弟三人为什么会被曹操消灭？

· 你觉得刘表是个什么样的人？

刘备被曹操战败后，不得不落荒而逃。天色渐明之时，一支队伍从前方冲了出来，竟然是刘辟率领的数千人，护送着他的家人前来。孙乾、简雍、糜芳也相继到达，说：“夏侯惇的军队势不可挡，我们不得不弃城。”不久，关羽、张飞、赵云也纷纷前来会合。然而，此时刘备的队伍只剩下一千人，他们的状况极为狼狈。刘备与将士们商议下一步的行动。孙乾说：“此地离荆州不远，刘表兵力精良，粮食充足，并且他与您都是汉室宗亲，我们何不去投奔他？”刘备听后觉得可行，便决定让孙乾立即动身前往荆州寻求帮助。刘表在得知刘备前来投奔的消息后，心中大喜。然而，他手下的蔡瑁却说：“刘备曾先后跟随吕布、曹操，最近又投靠了袁绍，但都不长久。如果留下他，曹操必然来攻。不如杀掉孙乾，献给曹操，定会得到曹操重待。”刘表听后非常不满，训斥了蔡瑁，然后亲自出城三十里迎接刘备。

曹操得知刘备投奔刘表后，打算亲自带兵前去讨伐。程昱说：“袁绍是目前的心腹大患，我们不如先回许都养精蓄锐，等待来年春天，先打败袁绍，再夺取荆襄。”曹操觉得有理，于是带着军队返回了许都。

建安七年春，曹操亲率大军驻扎官渡。袁绍在上次大败中吐血，现在身体才有所好转，就收到了曹操要攻打冀州的消息。袁绍本打算亲自出征，袁尚阻止道："父亲，您的身体还没有完全康复，出征恐怕会加重您的病情。我愿意率军前去迎敌。"袁绍同意了袁尚的请求，并派人通知袁谭、袁熙和高干，让他们从青州、幽州和并州同时出兵。

袁尚为人自负，还没等袁谭等人集结，就带兵出战，结果被张辽击败，损失惨重，逃回冀州。袁绍听闻袁尚战败，又受了一惊，旧病复发，吐血数斗，昏倒在地。刘夫人赶紧请来审配和逢纪，来到袁绍榻前，商议后事。袁绍已经无法开口说话，刘夫人问道："袁尚能否接任你的位置？"袁绍点了点头，突然翻身大叫，吐血斗余而死。袁绍死后，审配和逢纪立袁尚为大司马将军，统领冀、青、幽、并四州牧。

此时，袁谭带兵离开青州，得知父亲已死，传位给袁尚，决定打败曹操后回冀州夺权。没想到刚到黎阳就被曹军被打得节节败退，袁谭只好派人向袁尚求援。袁尚心想，如果帮袁谭击退曹军，那么他必然来夺冀州，不如借曹操之力消灭袁谭，于是便没有派兵增援。走投无路的袁谭打算投降曹操，但这件事被细作告知了袁尚。袁尚心想，如果袁谭投降了曹操，联手来攻打冀州，自己必败无疑，于是袁尚亲率大军赶往黎阳增援袁谭。袁谭听说袁尚带着援军赶到，放弃了投降曹操的想法。

随后，袁熙与高干也带兵赶到，与曹军日夜交战。曹操连日进攻未能取得胜利，郭嘉进谏："袁绍的几个儿子各自为政，形势危急时他们会相互救援，形势缓和时则会争权夺利。我们不如带兵前去征讨荆州刘表，让袁氏兄弟内斗。等他们内耗完，我们再一举拿下河北。"曹操听了郭嘉的建议，带领大军前往荆州。

曹操的大军撤离后，袁谭与袁尚果然为了夺权而开始内战。袁谭落败，便写信给曹操投降，希望借助曹操打败袁尚。此时，曹操驻扎在西平，正准备讨伐刘表。他收到了袁谭的信后，召集大臣进行商议。荀攸说："袁氏根基深厚，如果团结一致，将很难对付。但现在他们兄弟不和，这是一个好机会。只要趁此夺得河北，天下在望。"曹操听后大喜，立即带领大军前往冀州。

袁谭得知曹操到达，前往拜见。曹操非常高兴，将自己的女儿许配给袁谭为妻，随后亲自统领大军进攻冀州。曹操掘开漳河引水灌城，冀州城破，袁尚逃往幽州投奔袁熙。

成功拿下冀州后，曹操立刻派人打探袁谭的消息。此时，袁谭正带领部队四处劫掠。当曹操派人召他回去时，袁谭不愿意前往。曹操大怒，率军前去平原征讨。袁谭自知无法抵挡曹军的进攻，放弃了平原，逃往南皮。曹操追到**南皮**①，打败了袁谭。交战中，袁谭被曹洪所杀。曹操占领南皮后，又分兵三路进攻幽州，同时派李典、乐进进

①南皮：在今河北省沧州市南皮县。

攻并州。袁尚和袁熙得知曹军即将到来，深知自己无法抵挡，于是放弃了城池，逃往辽西**乌桓**①。同时，高干被击败，逃亡途中被都尉王琰所杀。

曹操占领河北后，想要一鼓作气拿下乌桓，彻底消灭袁熙和袁尚的势力。然而，行军途中，黄沙漫天，狂风四起，道路崎岖难行，行军异常困难。这时，郭嘉也因为**水土不服**②，病倒在了路上。曹操哭着对郭嘉说："因我想平定乌桓，使你长途跋涉，因此染病，我心中实在难安。我们现在撤回许都，你觉得如何？"郭嘉说："兵贵神速，现在我们千里突袭，不如轻装上阵。"于是，曹操留下郭嘉在易州养病，把**辎重**③都留在城中，自己带着部队继续前进。当行军到白狼山时，正好遇到袁熙、袁尚和蹋顿带领的数万人。曹操趁其不备，发起攻击，敌军大败。蹋顿被张辽斩杀，袁熙和袁尚带着几千人狼狈地逃往**辽东**④。

曹操返回易州，然而，等他到时，郭嘉已经病逝。曹操心痛地前往祭拜，大哭："**奉孝**⑤死了，这是天要亡我啊！"辽东太守公孙康见曹操势力强大，而袁熙和袁尚又有**鸠占鹊巢**⑥之心，为了自保，他果断地将两人杀了，派使者通知曹操。曹操大喜，封公孙康为襄平侯、左将军。

北方已经平定，程昱向曹操建议："现在我们可以回

---

①乌桓：古代民族之一。

②水土不服：对一个地方的气候条件或饮食习惯不能适应。

③辎重：行军时由运输部队携带的军械、粮草、被服等物资。

④辽东：在今辽宁省义县。

⑤奉孝：郭嘉，字奉孝。

⑥鸠占鹊巢：斑鸠不筑巢而强占喜鹊的巢。比喻强占别人的房屋、土地、产业等。

到许都，计划攻取江南了。”曹操听后笑着说：“正合我意。”当天夜里，曹操和荀攸在冀州城东角楼上夜观天象。突然，一道金光从地面升起。荀攸说：“金光下面一定埋藏着宝物。”曹操立即命令人前去挖掘，最终挖出了一只铜雀。他高兴地下令修建一座高台来庆祝，这座高台被命名为铜雀台。

刘备来到荆州后，经常与刘表一起饮酒，讨论时事。然而，刘表的妻子蔡夫人对刘备始终心存猜忌，刘表只好请刘备带着部队前往新野县驻扎。后来，刘备在刘表继承人的问题上，因为支持长子刘琦，而不是蔡夫人所生的幼子刘琮，再次得罪了蔡夫人。于是，蔡夫人和她的弟弟蔡瑁计划杀掉刘备。蔡瑁提议可以在襄阳会见众位官员时，趁机将刘备杀掉。蔡夫人同意了。

刘备在新野收到邀请他去襄阳的消息后，心生疑虑，于是命赵云带领三百名士兵随行保护。当刘备到达襄阳时，蔡瑁出城迎接，态度显得非常谦恭。刘琦和刘琮也带着文武官员出来迎接。见二位公子都在场，刘备不再怀疑。

宴席开始，赵云始终护卫在刘备身后。文聘和王威邀请赵云到旁边的院子里入席，赵云拒绝了。见刘备也让他去，才勉强答应。蔡瑁又让刘备带来的士兵回馆驿休息，企图在席间对刘备下手。酒过三巡，伊籍借敬酒的机会来到刘备跟前，低声说道：“蔡瑁打算除掉你，城外东、南、北三个方向都有士兵把守，只有西门可走，你快逃！”刘备大惊失色，来到庭院中，牵出坐骑的卢马，飞身上马，向西门而出。门吏上前询问，刘备快马加鞭地冲了出去。门吏赶紧向蔡瑁报告，蔡瑁立即带兵在后追赶。

刘备没跑多远，就被檀溪拦住去路。那檀溪宽数丈，水势浩大。刘备刚到溪边，城西的追兵已经临近。刘备无奈，只好骑马下水。忽然，马前蹄被陷，刘备急得大叫："的卢！的卢！今日你害了我！"刚说完，的卢马忽从水中跳起，一跃三丈，飞上西岸。刘备跃过檀溪后，回头张望，见蔡瑁已带兵赶到溪边，便急忙向西南而去。蔡瑁见刘备逃远了，刚要收兵回城，却看见赵云带着三百士兵赶来。欲知后事如何，且看下文分解。

精华赏析

曹操通过利用袁氏兄弟的内斗，成功击败了袁氏一族，占据了河北，控制了整个北方，实力和影响力因此大增。刘备投奔刘表，虽然刘表对他非常礼遇，但刘表的妻子蔡夫人和她的弟弟蔡瑁却视刘备为眼中钉、肉中刺，刘备的处境依旧十分危险。

成长启示

曹操在处理袁氏兄弟的问题上，巧妙地利用了他们的矛盾和弱点，成功地分裂了他们，最终袁氏兄弟被一一消灭。这启示我们，一个团队或组织内部的团结与和谐至关重要，如果内部产生分歧，则有可能带来无法估量的损失。

第十六回 刘玄德三请诸葛亮

◈ 要点思考

· 诸葛亮得知刘备来访后，都有哪些表现？

· 诸葛亮为什么愿意出山辅佐刘备？

原来赵云在宴席间发现刘备不见了，又听人说：“蔡瑁带兵向西去了。”赵云心急如焚，急忙提枪上马，带兵奔出西门，正好遇到蔡瑁。赵云问：“刘皇叔在哪里？”蔡瑁说：“他中途离席，不知去向。”赵云随即策马向前寻找，只见对岸有水迹。赵云心中暗想：“难道连人带马跳过溪去了？”便命令士兵四处寻找，但不见踪迹。赵云再回来时，蔡瑁已入城去了。赵云本想进城，又怕有埋伏，只好带着士兵赶回新野。

刘备骑马跃过檀溪后，策马而行，见一牧童骑牛而来。这牧童竟然认得刘备，一问之下，牧童说他师父是司马徽，道号水镜先生，他师父的朋友经常谈起刘备，所以他认得。刘备大喜，便让小童引路，前去拜访水镜先生。童子带着刘备，走进一院中，正遇到一人从屋里出来。童子告诉刘备：“这就是我的师父水镜先生。”刘备一看，此人仙风道骨，器宇不凡，急忙上前施礼。司马徽请他进屋说：“我早就听闻你的大名，为何至今仍如此落魄？”刘备说：“**命运多舛**[1]，所以至此。”司马徽说：“你说得不对，都是

---

①命运多舛：一生坎坷，屡受挫折。

因将军手下没有得力的人才。”刘备说：“我也曾到处寻找人才，可惜没有遇到！”司马徽说：“如今天下奇才，都在此地，你应当前去探访。”刘备赶紧问：“奇才是谁？”司马徽说：“卧龙、凤雏，两人得一，可安天下。”刘备又问：“卧龙、凤雏是谁？”司马徽并不回答，只说：“天色已晚，将军可在此住下，明日再告诉你。”

刘备住下，到了半夜，忽然听见有人敲门进屋，和司马徽高谈阔论。刘备心想此人必定是卧龙或凤雏，就想出去相见，又怕太过**唐突**[①]。等到天亮，刘备见到司马徽，便请求与昨夜拜访的人见面，司马徽并不回答。正在此时，赵云赶来了。刘备辞别司马徽，和赵云一起返回新野。回去后见到众人，刘备诉说了事情的经过，大家都很吃惊。孙乾说：“可先写信给刘表，告知此事。”刘备同意了。刘表看过信后大怒，要杀蔡瑁。蔡夫人求情，刘表才没有杀他，派长子刘琦去新野向刘备请罪。

又过了几天，刘备在新野遇到一人前来投奔，刘备问他的姓名。此人回答：“我姓单，名福。早就听说你招贤纳士，因此前来投奔。”刘备大喜，任命单福为军师，训练部队。

曹操回许都之后，想夺取荆州，派曹仁领兵三万，驻扎**樊城**[②]，查看虚实。曹仁见刘备招兵买马，担心他力量壮大，便带大军来攻打新野。

---

①唐突：失礼，冒昧的举动。

②樊城：在今湖北省襄阳市樊城区。

探马向刘备报告曹仁带兵前来，刘备按照单福的计策，打败了曹军，还占领了樊城。县令刘泌出迎。刘泌也是汉室宗亲，他请刘备到家，设宴相待，并将自己的外甥介绍给他。刘备大喜，便收他为义子，改名刘封。

曹仁折损了好些兵马，连夜逃回许都，并在路上打听，才得知刘备以单福为军师，这一切都是他的计策。曹仁回去见到曹操，说这一切都是单福的计策。曹操问："这单福是什么人？"

程昱笑着说："此人是颍川徐庶，字元直。单福只是他的假名。"曹操说："可惜这样的人才，竟然投靠了刘备！"程昱说："我有办法让他离开刘备投奔丞相。"程昱派人把徐庶的母亲接到许都，又仿照徐母的字迹给徐庶写了一封信，想将他骗到许都。

徐庶接到信，只能赶往许都。离别前，徐庶把自己的真名告诉了刘备，又向刘备推荐了卧龙先生诸葛亮。刘备大喜，和徐庶告别后，刘备带众将回到新野，备下厚礼，同关、张兄弟一起前去请诸葛亮。

徐庶赶到许都，急忙去见他的母亲。徐母意识到儿子中了曹操的奸计，于是大怒，骂徐庶愚蠢，然后上吊自尽了。徐庶悲痛万分，发誓不会为曹操出任何计策。

刘备同关羽、张飞来到隆中，一番打听，寻到卧龙冈诸葛亮居住的**茅庐**[1]前。刘备下马敲门，见一小童出来，便说道："我是朝廷左将军、宜城亭侯、领豫州牧、皇叔

①茅庐：用茅草盖的房屋，泛指草屋。

刘备，特来拜见先生。”童子说：“我记不住这么多名字。”刘备说：“你只用说刘备来访。”童子说：“先生今早出门了。”刘备问：“去了哪里？”童子说：“踪迹不定，归期也不定。”刘备很失望。关羽说：“不如先回去，再派人来打探。”

于是兄弟三人回到新野，过了几天，刘备派人探听，回报说：“卧龙先生已回。”刘备再访诸葛亮。关羽、张飞也乘马跟随。当时正值冬天，天降大雪。三人冒着风雪，忍着严寒来到茅屋前。刘备敲门问童子：“先生今日在家吗？”童子说：“正在书房读书。”刘备大喜，于是跟随童子进了院子。来到中门，只见门上写着一副对联：“淡泊以明志，宁静而致远。”刘备见屋内有一位少年，正在读书，便走近施礼说道：“久慕先生大名，无缘拜会。上次来探访，未曾相见。今天特冒风雪而来，能够相见，实为万幸。”可惜的是，那少年并不是诸葛亮，而是诸葛亮的弟弟诸葛均，诸葛亮昨日同朋友出外闲游去了。刘备再次失望，留下书信，返回新野。

到了第二年春天，刘备选好良辰吉日，第三次去卧龙冈拜访诸葛亮。刘备和关羽、张飞骑马来到隆中，离茅庐半里之外，刘备便下马步行，一直走到茅庐前。刘备敲门，童子开门。刘备说："有劳你通报一声，刘备专程来拜见先生。"童子说："今日先生虽在家，但昨日很晚才回来，现在正在睡觉。"刘备说："既然如此，就先不要通报。"刘备吩咐关、张二人在门口等着，自己轻轻走进院中。刘备见诸葛亮躺在草堂几席上，自己便站在院子里等候。关、张在门外站了很久，见没有动静，进院中见刘备仍在等候。张飞大怒，对关羽说："这先生太傲慢！见我哥哥在院中站立，他竟一睡不醒！等我去屋后放一把火，看他起不起！"关羽再三劝住。刘备仍命二人去门外等候。又等了一个时辰，诸葛亮才醒，口中念道："大梦谁先觉？平生我自知。草堂春睡足，窗外日迟迟。"诸葛亮念完诗，翻身问童子："有客人来吗？"童子说："刘皇叔在此，等候多时。"诸葛亮起身说："为何不早说？我要更衣。"说完就走进后堂。过了半天，诸葛亮才穿戴整齐出来相见。

刘备见诸葛亮身高八尺，面如冠玉，头戴**纶巾**①，身披鹤氅，飘飘然像神仙一样。刘备下拜说："久闻先生大名，如雷贯耳。两次拜会，未曾相见，曾留下书信一封，不知您是否看到？"诸葛亮说："承蒙将军到访，实属荣幸。

①纶巾：古代用丝带做的头巾。

昨日看过您的书信，知将军忧民忧国之心，但只怕自己才疏学浅，有负重托。”刘备说：“愿先生以天下苍生为重，不吝赐教。”诸葛亮笑着说：“不知将军有何志向。”刘备靠近诸葛亮说道：“汉室危急，奸臣掌权，我自不量力，想要在天下伸张大义。但能力有限，恐怕难以完成。希望先生赐教，实为万幸！”诸葛亮说：“如今曹操已手握重兵，挟天子以令诸侯，不可与他争锋。孙权占据江东多年，可与他结盟而不可交战。荆州四通八达，益州沃野千里，将军若掌握荆州、益州，内则整治国政，外则同孙权结盟，待天下局势有变，就命令一员大将带领荆州的士兵向北进军，将军率益州的部队从秦川出兵，这样大业可成，汉室可兴。这是我为将军定下的策略，望将军采纳。”说完，诸葛亮命童子取出一幅地图，挂在屋中，对刘备说：“北方曹操占天时，南面孙权占地利，将军可占人和。将军要想成就霸业，先取荆州为家，后取西川建立基业，以成三足鼎立之势，然后可图谋中原。”刘备说：“先生所说，令我茅塞顿开，如拨云见日。但荆州刘表、益州刘璋，都是汉室宗亲，我怎能去抢夺他们的地盘？”诸葛亮说：“我夜观天象，刘表将不久于人世，刘璋以后必归附将军。”刘备听完，拱手拜谢。

刘备拜请诸葛亮说：“愿先生不要嫌弃，出山相助。”诸葛亮说：“我生性懒散，不能答应将军。”刘备哭着说：“先生不出山，天下苍生可怎么办！”说着，泪如泉涌，衣襟尽湿。诸葛亮被刘备的诚意打动，说道：“将军既然不嫌弃，我愿效犬马之劳。”刘备大喜，与诸葛亮一同回到新野。

刘备待诸葛亮如同老师，吃饭同桌，休息同榻，整日探讨天下大事。诸葛亮说：“曹操在冀州造玄武池操练水军，必有进攻江南的想法。可暗中派人去江东探听虚实。”刘备派人去江东打探，回报说：“东吴已打败黄祖，现今屯兵**柴桑**[①]。”刘备便请诸葛亮商议。正说话时，有人来报说刘表请刘备赴荆州议事。诸葛亮说：“肯定是因为孙权打败黄祖，所以刘表请主公商议报仇之事。我与主公一同前往。”刘备留关羽守新野，令张飞带五百人马一起来到荆州。路上诸葛亮对刘备说：“见到刘表，他必令主公去征讨江东，一定不能应允，就说要先回新野整顿军马。”欲知刘备如何应对，且看下文分解。

❖ 精华赏析

诸葛亮尚未出山，对天下大势已洞若观火，为刘备谋划了三分天下的策略。他的智慧和谋略堪称当世第一人。自此，刘备在诸葛亮的辅佐下，开始建立起自己的势力，三国鼎立的格局逐渐形成。

❖ 成长启示

刘备三顾茅庐，毫无怨言，他的诚心打动了诸葛亮，使其同意出山。同样，刘备对其他人也表现出了充分的尊重。刘备这种尊重他人的品质，值得我们学习。生活中，在面对师长、同学时，我们也要给予充分的尊重。尊重他人，才能赢得他人的尊重。

①柴桑：在今江西省九江市西南。

第十七回 博望坡军师初用兵

要点思考

· 有人说刘备不肯取荆州是愚忠，对此，你有什么看法？

· 诸葛亮先后战胜夏侯惇和曹仁，请说一说他取胜的主要原因。

刘备与诸葛亮来到荆州，去见刘表。刘表果然谈起了黄祖被杀，想要征讨江东的事。刘备反对道：“现在我们如果兴兵南征，曹操肯定会趁机来攻，到时候我们根本无法应对。”刘表叹了口气，说：“我如今年老体衰，身患疾病，不能再处理政事了。在我死后，你便是荆州之主。”刘备急忙说：“兄长何出此言！我怎能担此重任。”诸葛亮对刘备使了个眼色。刘备说：“容我三思。”随后，他们告辞回到馆驿。

诸葛亮问刘备：“刘表想将荆州让给主公，为何推辞？”刘备说：“刘表待我恩重如山，我怎能抢夺荆州？”诸葛亮感叹道：“主公真是仁慈！”这时，有人来报公子刘琦求见。刘琦哭着对刘备说：“继母不能容我，我的性命危在旦夕，希望叔父能够救我一命。”刘备向诸葛亮询问意见，诸葛亮说：“公子难道不知道**申生、重耳**①的故事吗？申生在都城内被杀，重耳在都城外存活。如今黄祖战死，**江夏**②无人管理，公子何不请求带兵把守江夏？”刘琦听后拜谢离开。第二天，刘琦向刘表提出，希望能去镇守江夏。

①申生、重耳：春秋时期晋国晋献公的两个儿子。

②江夏：在今湖北东部和河南南部。

刘表同意了，令刘琦带领三千士兵前往江夏。

曹操罢免了三公的职务，全由自己兼任。一日，夏侯惇向曹操进言：“最近听说刘备在新野，每日训练士兵，必将成为后患，应当尽早铲除。”于是，曹操任命夏侯惇为都督，于禁、李典、夏侯兰、韩浩为副将，带领十万大军，攻打新野。

刘备在新野招募士兵，扩充实力，并请诸葛亮每日教他们阵法。这时，夏侯惇领兵十万前来攻打新野的消息传来，刘备立即请诸葛亮商议对策。诸葛亮说：“我担心关羽、张飞二位将军不愿听我号令。”刘备听后，将佩剑和印章交给诸葛亮。诸葛亮召集众将，吩咐道：“关羽带领一千士兵埋伏在博望之左的豫山，张飞带领一千士兵埋伏在博望之右的安林。等曹军到达后，先不要出击，等到南面火起，再带兵出击，焚烧他们的粮草。关平、刘封带领五百士兵，准备点火之物，在博望坡后等候，一旦曹兵抵达，立即放火。赵云为先锋，不许胜，只许败。主公带领一支队伍作为后援。诸位务必按照计划行事，不得有失。”关羽问：“我们都出去迎敌，不知道军师自己是如何安排的？”诸葛亮说：“我只需留守县城。”张飞大笑说：“我们都去厮杀，你却在家里坐着，好自在啊！”刘备说：“你们没听过‘**运筹帷幄之中，决胜千里之外**[①]’吗？三弟不可违抗军令。”众将虽然听令，但心中却疑惑不解。

这时，夏侯惇和于禁率军抵达博望，一半作为先锋，

---

①运筹帷幄之中，决胜千里之外：在帐幕中谋划策略，掌控千里之外的作战形势，并取得战果。

一半护卫着粮车前进。突然，望见前方烟尘四起，原来是赵云率领的部队挡住了去路。夏侯惇毫不畏惧，纵马向前，与赵云交锋。几个回合下来，赵云败退而逃。夏侯惇在后面紧追不舍。赵云大约逃了十几里路，然后回马再战。几个回合后，赵云再次败退。夏侯惇一路追赶到博望坡附近道路狭窄的地方，这里两边都是芦苇。夏侯惇观察片刻后，担心对面会用火攻，立即下令部队停止前进。正在此时，突然背后喊声震天，只见一片火光燃起，随后两边芦苇也相继烧起来。正值风大，顷刻间，四面八方火势凶猛。曹军人马急于逃命，互相踩踏，死伤惨重。赵云乘势回头追击，夏侯惇冒着大火逃走。关羽和张飞也率领军队杀来，众人一直追杀到天明才收兵。曹军被杀得尸横遍野、血流成河。夏侯惇收拾残军，撤回许都。

众人收兵返回新野，关羽和张飞赞叹道："孔明真是神机妙算！"走了没多远，见糜竺、糜芳等人簇拥着一辆小车，车中端坐一人，正是诸葛亮。关羽和张飞急忙下马跪拜。众人回到新野后，诸葛亮对刘备说："夏侯惇虽然失败了，但曹操必定会亲自带兵前来。"刘备问："那该如何应对呢？"诸葛亮说："我有一计，可以抵挡曹军。"刘备听后急忙询问，诸葛亮说："新野小县，不是久留之地。刘表病重，我们可占据荆州，这样便能抵挡曹操了。"刘备说："你说得有道理，但刘表对我有大恩，怎么能抢占荆州呢？"诸葛亮说："现在如果不占荆州，必定追悔莫及！"刘备说："我宁愿死，也不做忘恩负义之事。"

夏侯惇败回许都，曹操传令起兵五十万，令曹仁、曹洪为第一队，张辽、张郃为第二队，夏侯渊、夏侯惇为第三队，于禁、李典为第四队，曹操率领诸将为第五队。每队各引兵十万。又令许褚为折冲将军，引兵三千为先锋。**建安十三年**[①]秋七月丙午日，五队人马依次出发，只留下荀彧等人守卫许都。

此时，刘表病重，派人请刘备来托孤。刘备和关羽、张飞来荆州见刘表。刘表说："我已**病入膏肓**[②]，不久便死了，因此托孤于贤弟。我的儿子没有才能，恐怕无法担当重任。我死之后，贤弟可为荆州之主。"刘备哭着回答："我自当竭尽全力辅佐贤侄，怎么敢有其他的想法！"正说着，有人报告曹操统领大军前来。刘备急忙辞别刘表，赶回新野。刘表写下遗嘱，令刘备辅佐长子刘琦为荆州之主。蔡夫人知道后大怒，让蔡瑁、张允守在门外，不许刘琦前来探望。没过多久，刘表就去世了。

刘表死后，蔡夫人与蔡瑁、张允商议，写下假遗嘱，令次子刘琮为荆州之主。蔡氏家族掌管了荆州的部队。为了防备刘琦和刘备，蔡夫人带刘琮前往襄阳，将刘表安葬在襄阳城东，没有将刘表的死讯告诉刘琦与刘备。

刘琮刚到襄阳，忽有人上报曹操带领大军直奔襄阳而来，刘琮大惊。于是请众位大臣商议。蒯越、傅巽劝刘琮投降曹操，刘琮虽不愿答应，但认为曹操兵多将广，足智

---

①建安十三年：公元 208 年。
②病入膏肓：病情特别严重，无法医治，也比喻事情严重到不可挽回的地步。

多谋，难以抵挡，便写下降书，令宋忠送去曹营。曹操见到降书，大喜，重赏宋忠。宋忠拜谢曹操后返回荆襄。正要渡江时，却遇到了关羽。宋忠**搪塞**[1]不过去，只得将事情经过告知关羽。关羽大惊，便捉宋忠送到新野见刘备，详细叙述了事情的经过。刘备听后大哭。

此时，有人来报曹军已经到博望了。刘备慌忙派人去江夏将这个消息告诉刘琦，并与诸葛亮商议抵御敌军的计策。诸葛亮说：“主公请放心。之前一把火，烧了夏侯惇大半人马。这次曹军又来，必叫他再中一计。我们不能再留在新野了，不如早到樊城去。”诸葛亮命令孙乾带上新野的百姓，前往樊城避难。同时，命关羽、张飞、赵云等人在新野城内外布下埋伏，自己同刘备登高瞭望，等候

①搪塞：敷衍塞责。

捷报。

曹仁、曹洪带领十万大军为前锋，浩浩荡荡，向新野杀来。当天中午，来到鹊尾坡，听到山上有乐器大吹大擂。抬头一看，只见山顶上一支队伍，支着两把伞盖，左边是刘备，右边是诸葛亮，二人对坐饮酒。许褚大怒，带兵寻路上山。山上檑木炮石滚落下来，不能前进。此时天色已晚，曹仁下令先去攻打新野。曹军来到城下，只见城门大开，城中已无一人，竟是一座空城。曹洪说："刘备无能，带百姓逃走了。我军可在城中安歇，明日再出兵。"此时曹军都已饥饿，便去民房中做饭。曹仁、曹洪在衙门内安歇。到了半夜，狂风大作，城中忽然多处起火，火势比前日博望坡还要大。原来诸葛亮早就命赵云在城中除东门之外的各处房顶上放上硫黄等易燃之物，等到了半夜风起，便将火箭射入城中。

曹仁带领部队在大火中寻找出路，听说东门无火，急急奔出东门。军士自相践踏，死者无数。曹仁刚跑到城外，背后有喊声响起，原来是赵云带兵赶来，曹军只顾逃命。四更时分，人困马乏，士兵大半焦头烂额地跑到白河边，见河水不深，纷纷蹚水过河。关羽在上流用布袋挡住河水，黄昏时分，望见新野起火。到了四更，听到下游传来人喊马嘶的声音，他急令士兵撤掉布袋，水势汹涌而下，曹军人马大多被冲走。曹仁带着众将奋力向着水流平缓的地方逃去。然而，走到博陵渡口时，突然喊声大起，一队人马拦住去路，当先的正是张飞。曹仁不敢恋战，只能夺路而逃。

刘备会合了众人一齐渡河，向樊城而去。

曹仁收拾残军，在新野屯住，并派曹洪去见曹操，向他叙述了战败的经过。曹操听后大怒："诸葛村夫，怎敢如此！"曹操指挥三军，到新野安营扎寨，并传令士兵一面搜山，一面填塞白河。曹操又命令大军分成八路，一齐去攻打樊城。欲知后事如何，且看下文分解。

◈ 精华赏析

诸葛亮不仅有着卓越的战略眼光，而且具备高超的指挥技能。在他的计策和安排下，博望用火，白河用水，刘备的军队两次击退了来势汹汹的曹军。接下来，曹操亲自率大军前来，且看诸葛亮如何应对。

◈ 成长启示

在刘表病重的情况下，刘备也没有夺取荆州。刘备以仁义为原则，即使面临重大的压力和巨大的诱惑，也没有放弃这一原则。我们在面对各种困难和挑战时，要坚持自己的原则和正确的价值观，这样才能在复杂的局面中保持清醒的头脑。

第十八回 赵子龙单骑救阿斗

◈ 要点思考

· 刘备此次为什么会兵败？

· 赵云在敌军中有哪些表现？

刘备得知曹操起兵，便问诸葛亮如何应对。诸葛亮说："应该马上放弃樊城，前往襄阳。"于是，刘备点齐部队出发，百姓们纷纷跟随。来到襄阳东门，只见城门紧闭，刘备勒马大喊："刘琮贤侄，我只想救百姓，并无他念。快打开城门，让百姓进城。"刘琮听闻刘备前来，吓得不敢出面。蔡瑁、张允来到城墙上，命令军士乱箭射下。城外百姓都望着城墙哭泣。忽然，城中有一将带数百人来到城楼，大喝："蔡瑁、张允卖国之贼！刘玄德为救民而来，为何不开门！"众人一看，此人身高八尺，面如重枣，原来是义阳人魏延，字文长。当下，魏延抡刀砍死守门将士，打开城门，放下吊桥，大喊："刘皇叔快领兵入城，杀了卖国贼！"刘备大喊："别伤了百姓！"此时，城内文聘带兵前来，同魏延在城门口混战，喊声震天。刘备说："本想保护百姓，反而害了他们！我不进襄阳！"诸葛亮说："**江陵**[①]是荆州要地，不如先去江陵。"刘备说："正合我意。"于是又带着百姓向江陵进发。襄阳城中很多百姓乘乱逃出城来，跟随刘备而去。魏延与文聘交战，魏延手下士兵都

①江陵：在今湖北省荆州市江陵县。

被杀死。魏延拨马而逃，却找不到刘备，只好投奔长沙太守韩玄去了。

刘备同行军民十余万，路过刘表之墓，刘备率众将拜于墓前，哭着说：“小弟刘备无能，辜负兄长重托，不能护卫荆襄。望兄长在天之灵，救救荆襄百姓！”言辞悲切，军民无不流泪。忽探马来报：“曹操大军已到樊城，即日就会渡江追来。”众将都说：“江陵地势险要，足可抵挡曹军。只是如今带领数万百姓，每天只能前行十余里，速度太慢。倘若曹兵追到，如何迎敌？不如丢下百姓，带领部队先行。”刘备哭着说：“办大事的人，必定以人为本。如今百姓归附于我，怎能丢下？”百姓听了刘备的话，无不感动。

刘备带着百姓，缓慢前行。诸葛亮说：“追兵不久就会到。可派云长前往江夏求救，叫刘琦起兵乘船来江陵会合。”刘备同意了，立即写信令关羽同孙乾带五百人去江夏求救。然后，刘备令张飞断后，赵云保护家眷，其余人护着百姓继续走。另一边，曹操在樊城派人渡江到襄阳，召见刘琮。刘琮惧怕不敢前往。蔡瑁、张允替他前去。

蔡瑁与张允来到樊城，拜见曹操。曹操给蔡瑁、张允两人都加封了官职，命二人掌管水军，二人大喜拜谢。曹操又说：“刘表既死，其子归顺朝廷，我当表奏天子，让他永为荆州之主。”二人大喜告退。荀攸问：“蔡瑁、张允都是狂妄之徒，主公为何加封他们，还叫他们掌管水军？”曹操笑着说：“我怎会看不出！只因我手下都是北方人，不习水战，因此用这二人。待成事之后，再做打算。”

蔡瑁、张允回去见刘琮，说：“曹操承诺上奏朝廷，让将军永镇荆襄。”刘琮大喜，次日与母亲蔡夫人亲自渡江恭迎曹操。曹操将部队驻扎在襄阳城外，自己入城到府中坐定，立即召蒯越前来，曹操对蒯越说：“我高兴并不是因为得到了荆州，而是因为得到了你蒯**异度**[①]。”曹操封蒯越为江陵太守，任命刘琮为青州刺史，命他立即起程上任。刘琮再三推辞，曹操不准，刘琮只好与蔡夫人前往青州。曹操吩咐于禁：“你带兵去杀掉刘琮母子，以绝后患。”于禁得令，带兵追赶上去，杀死了刘琮和蔡夫人。

襄阳已经拿下，此时探马来报：“刘备带领百姓向江陵进发。每日只能前进十几里，一共才走了三百余里。”曹操派出精锐铁骑五千人，连夜出发，准备一天内赶上刘备，大军随后就到。

刘备带领十多万百姓、三千余兵马，缓慢地往江陵进发。赵云保护刘备家眷，张飞断后。诸葛亮说：“云长去了江夏，一直没有回音，不知情况如何。”刘备说：“敢请军师亲自走一遭。刘琦若见你，事情肯定就好办了。”诸葛亮允诺，便同刘封带五百士兵前往江夏求救去了。

当时正是秋末冬初，凉风透骨，黄昏将近，哭声遍野。到四更时分，只听得西北喊声震天。刘备大惊，急忙上马带领本部精兵二千余人迎敌。曹兵人数众多，难以抵挡。刘备死战。正在危机之时，幸好张飞带兵赶到，杀开一条

---

①异度：蒯越，字异度。

血路，救下刘备向东逃了。张飞保着刘备，且战且逃，一直到天明，听着喊声渐渐远去，刘备才停下休息。刘备查看手下士兵，只剩百余人；百姓、家眷、糜竺、糜芳、简雍、赵云等一干人，皆不知下落。刘备大哭："十几万生灵，皆因我遭此大难。诸将及家人，也不知生死，叫人怎能不伤心！"正在此时，忽然看见糜芳身中数箭，踉踉跄跄而来，口中说道："赵子龙投奔曹操去了！"刘备大惊："子龙是我故交，怎会背叛？"糜芳说："我亲眼见他往西北方向去了。"张飞说："我去寻他。若撞见了，必将他一枪刺死！"说罢，张飞就带二十余骑来到**长坂**[1]桥。张飞见桥东有一片树木，便叫这二十余人砍下树枝，拴在马尾上，在树林内来回奔跑，带起尘土，作为**疑兵**[2]。张飞自己横矛立马在桥上，向西而望。

赵云自四更时分与曹军厮杀，直到天明，找不到刘备，又丢了甘、糜二位夫人与小主人**阿斗**[3]，赵云心中万分焦急。突然，他看见前面有一伙百姓，男女数百人。赵云大叫："甘夫人可在这里？"甘夫人在人群中望见赵云，放声大哭。赵云下马哭着说："使夫人失散，都是赵云的错！糜夫人与小主人在哪里？"甘夫人说："我们被乱军冲散，糜夫人与阿斗不知在哪处。"

正说着，又冲出一支队伍。赵云上马一看，有一人被绑在马上，原来是糜竺，背后一将，手提大刀，带着千余

---

①长坂：在今湖北省当阳市东北。

②疑兵：为了虚张声势、迷惑敌人而布置的军队。

③阿斗：刘禅，小名阿斗，刘备之子，蜀汉后主。

士兵。此人是曹仁部将淳于导，拿住糜竺，正要绑去献功。赵云大喝一声，挺枪纵马，一枪将淳于导刺落马下，救下了糜竺，夺下了几匹马。赵云请甘夫人上马，杀开一条血路，一直护送她回到长坂坡。只见张飞横矛立马于桥上，大叫："子龙！你怎能背叛我哥哥？"赵云说："我找不见二位夫人与小主人，因此落后，怎能说我背叛？"张飞说："原来如此！"赵云问："主公在何处？"张飞说："在前面不远。"赵云对糜竺说："你保着甘夫人先走，我回去寻糜夫人与小主人。"说完，带数人又掉头返回。

赵云正走着，见一将手提铁枪，背着一口剑，带着十几个人骑马而来。赵云话不多说，直取那将，只一回合，就把那将一枪刺倒，其余人都吓跑了。原来那将乃是曹操随身背剑之将夏侯恩。曹操有宝剑两口：一口为"**倚天**[①]"，一口为"青釭"。倚天剑曹操自己佩带，青釭剑令夏侯恩背着。那青釭剑削铁如泥，锋利无比。赵云夺了那口剑，看靶上嵌有"青釭"二字，才知是宝剑，便插剑提枪，再次杀入重围，回顾手下，都已战死，只剩自己一人。但赵云并无半点退意，只顾四处寻找糜夫人和阿斗。忽然听见一人说："有位夫人抱着孩子，左腿受了伤，不能行走，在前面矮墙旁坐着。"

赵云听了，连忙前去查看。只见受了伤的糜夫人抱着阿斗，坐于墙下的枯井旁啼哭，赵云急忙下马跪拜。糜夫人说："能见到将军，阿斗就有救了。望将军可怜他父亲

①倚天：出自宋玉《大言赋》中的名句"长剑耿耿倚天外"。

飘荡半世，只有这一个孩子，请将军救他回去，让他们父子相见，我便死而无憾了！”赵云请糜夫人上马，糜夫人怕自己拖累赵云，不肯上马，只让赵云带阿斗离开。周围喊杀声又起。赵云着急地高声说道：“夫人不上马，追兵如果来了，我们如何应对？”糜夫人将阿斗放在地上，自己翻身投入枯井中自尽了。

赵云见糜夫人已死，怕曹军盗尸，便将土墙推倒，掩盖枯井，然后将阿斗保护在怀中，提枪上马。曹洪的部将晏明带着一队步兵拦住赵云的去路。不到三个回合，被赵云一枪刺倒。赵云杀散敌军，冲开一条血路。正走着，赵云又被前面一支人马拦住。当先一员大将，旗号分明，写着“河间张郃”。赵云一言不发，挺枪便战。双方交战十几个回合，赵云不敢恋战，夺路而走。背后张郃赶来，赵云快马加鞭，不想忽然连马带人跌入土坑之内。张郃挺枪来刺，忽然一道红光，从土坑中射出，那匹马猛地一跃，跳出坑外。张郃见了，大惊而退。赵云纵马正走，背后忽有二将大叫：“赵云休走！”前面也有二将截住去路。赵云力战四人，曹军也趁机四面包围。于是，赵云拔出青釭剑乱砍，手起之处，血如泉涌，杀退敌军，冲出重围。

曹操在山顶上，望见一将，所到之处，威不可挡，急问左右是谁。曹洪飞马下山大叫：“军中战将能否留下姓名！”赵云应声回答：“我乃常山赵子龙！”曹洪回报曹操。曹操说：“赵子龙真是虎将！我想生擒他。”于是下令传报各处：“见到赵云，不许放冷箭，要活捉。”因此赵云得以突围。在这一场厮杀中，赵云怀抱阿斗，冲出重围，砍倒大旗两面，夺槊三条，前后枪刺剑砍，杀死曹营将领五十余人。

赵云杀出重围后，战袍都被血染红了。突然，山坡下又冲出两支队伍，乃是夏侯惇部将钟缙、钟绅兄弟统领，二人大喝："赵云还不下马投降！"欲知赵云如何脱身，且看下文分解。

❖ 精华赏析

赵云力战众将，威武勇猛。正在山上观战的曹操见赵云势不可挡，传令一定要活捉，赵云则利用这个机会冲出包围。长坂坡七进七出成了赵云最有名的招牌，从此赵云之名，天下皆知。

❖ 成长启示

赵云在数万曹军中往来冲突，七进七出，这需要极大的勇气和决心。由此我们可以看出，成功的人往往都是果断的、勇敢的。他们的字典里，没有"惧怕"两个字，只有具备了这种勇气和决心，才能在逆境中保持冷静，克服困难，达到目标。

第十九回 张翼德大闹长坂桥

◈ 要点思考

· 赵云救出阿斗后，刘备为什么把阿斗扔到地上？

· 诸葛亮本就想让刘备与孙权联手，但当鲁肃问起时，为什么谎称刘备要去别处投奔？

钟缙与钟绅联手拦截赵云，赵云挺枪便刺，钟缙挥大斧来迎。两马相交，不到三个回合，便被赵云刺落马下。背后钟绅持戟赶来，赵云拨转马头，左手持枪挡住画戟，右手拔出青釭剑，一剑砍死钟绅。赵云脱身后，向长坂桥奔去，突然间，后面喊声震天，原来是投降曹军的文聘带人赶来了。赵云到了桥边，见张飞挺矛立马于桥上。赵云大呼：“翼德助我！”张飞说：“子龙快走，追兵由我来对付。”

赵云纵马过桥，继续奔驰了二十余里，终于见到刘备众人。一下马，他便跪在地上痛哭，喘息着说道：“赵云之罪，万死犹轻！糜夫人身带重伤，投井而死，我只得推倒土墙掩盖枯井，怀抱公子冲出重围。全靠主公洪福庇佑，我才侥幸逃脱。刚才公子还在哭泣，现在却没了动静，很可能性命难保。”赵云从怀中抱出阿斗，原来阿斗正沉睡未醒。赵云说：“万幸公子无恙！”然后双手将阿斗交给刘备。刘备接过阿斗一把扔在地上，说：“为了他差点折损我一员大将！”赵云急忙接住阿斗，哭着说：“就算肝脑涂地，也难报主公大恩！”

文聘率军追赶赵云至长坂桥，只见张飞倒竖虎须，圆睁环眼，手持蛇矛，立在桥上；又见桥东树林之后烟尘大起，怀疑有伏兵，便勒住马不敢近前。随后，曹仁、李典、夏侯惇等人纷纷到来，众人见张飞怒目横矛，立马于桥上，又担心是诸葛亮的计策，都不敢上前。曹军扎住阵脚，派人飞报曹操。曹操得知后立即上马，来到了长坂坡。张飞隐约见大队人马来到，料想是曹操来了，厉声大喝：“我乃燕人张翼德！谁敢与我决一死战？”张飞声如巨雷，曹军听了全都颤抖不已。曹操回顾左右说：“我曾听云长说：‘翼德于百万军中，取上将之首，如探囊取物。’今日相逢，不可轻敌。”话还没说完，张飞再次大喝：“燕人张翼德在此！谁敢决一死战？”

曹操见张飞如此气概，便想退兵。张飞望见曹操后军阵脚移动，挺矛又喝：“战又不战，退又不退，却是何故！”喊声未绝，曹操身边的夏侯杰惊得肝胆碎裂，摔下马去。曹操回马而走，于是诸军众将一齐向西而逃。一时间，丢盔弃甲的曹军不计其数。曹操被张飞吓退，帽子和**发簪**[①]都掉了，头发散乱不堪。张辽和许褚赶上来，拉住他的缰绳。张辽说：“丞相不要惊慌。张飞一人，不足为惧！现在带兵杀回去，刘备可擒。”曹操神色平静下来，又派张辽和许褚到长坂桥探听消息。张飞见曹军后退，不敢追赶，命人将桥梁拆掉，然后来见刘备，说了断桥的事。刘备说：

①发簪：古代用来固定发髻或连冠于发的一种长针。

“三弟勇猛过人，可惜还是考虑不周。曹操多谋，若不断桥，他怕有埋伏，不敢进兵；现在断了桥，他知道我们没有准备，必来追赶。”于是即刻起身，从小路前往**汉津**[1]，向沔阳路进发。

曹操派遣张辽和许褚去探查长坂桥的消息，他们回报说：“张飞已拆断桥梁离开了。”曹操说：“他断桥而走，这是心怯的表现。”于是他下令派出一万人马，修建三座浮桥，并准备要在当夜过河。李典说：“这恐怕是诸葛亮的计策，不可轻进。”曹操说：“张飞只是一个勇夫，怎么可能有这样的计谋！”于是他发出号令，命军队快速前进。

刘备一行快到汉津时，突然看到后面烟尘大起，鼓声震天。刘备说：“前有大江，后有追兵，现在我们该怎么办？”他急令赵云准备应敌。曹操下令：“现在刘备就像锅中的鱼、阱中的虎，如果不趁机抓住他，就如放鱼入海，纵虎归山，众将领必须努力向前。”众将领命，纷纷奋力追赶。突然，山坡后鼓声大作，一支人马冲出，大声喊道：“我在此等候多时了！”那员大将手握青龙刀，骑着赤兔马，原来是关羽。他去江夏借来了一万兵马，得知长坂大战，特意在此杀出。曹操看到关羽，立即勒住马回顾众将说：“我们又中了诸葛亮的计！”他传令大军快速撤退。

关羽追了十几里后，便带兵回去保护刘备。等刘备到达汉津时，已经有船只等候。关羽请刘备、甘夫人、阿斗到船中坐定。关羽问：“为何不见二嫂？”刘备诉说了发

①汉津：地名，在今湖北省武汉市。

生的事情。关羽感叹道："当初在许田打猎时，要是听我的，就不会有今日的事了。"刘备说："当时我也是投鼠忌器啊。"就在他们谈话时，忽然江南岸战鼓大作，船只如织，

顺风扬帆而来。刘备大惊。船只靠近，船头站立着一位身穿白袍银铠的年轻人，他大声呼喊："叔叔别来无恙！小侄来晚了。"刘备定睛一看，原来是刘琦。刘琦上船跪拜："听说叔父被曹操围困，小侄特来接应。"刘备喜出望外，于是合兵一处，开船前行。在船中，他们正诉说情由，突然江上西南方战船乘风而至。刘琦大惊道："江夏的士兵，小侄已全部带到这里。如今有战船拦路，不是曹操的部下，就是江东的水军，这可如何是好？"刘备到船头查看，只见一人纶巾道服，坐在船头，乃是诸葛亮，背后站着孙乾。刘备连忙请诸葛亮到自己船上，询问其为何在此。诸葛亮说："我到江夏后，先令云长在汉津上岸接应。我料曹操定来追赶，主公不从江陵来，必去汉津，因此请公子刘琦

先来接应，我前往**夏口**[①]，带夏口的部队前来相助。”刘备大喜过望，将各路人马合为一处，商议击败曹操的方法。刘琦说：“我想请叔父去江夏，整顿军马之后，再做打算。”刘备同意了，于是派关羽带五千人守夏口。随后，刘备、诸葛亮、刘琦一同前往江夏。

曹操看到关羽带兵前来拦截，怀疑还有伏兵，因此不敢继续追击，又担心刘备顺水路夺取江陵，于是连夜带兵前往江陵。荆州治中邓义、别驾刘先得知襄阳的情况后，明白无法抵挡曹操，于是带领荆州军民出城投降。曹操入城后，与众将商议：“刘备已经到达江夏，如果他与东吴结盟，将更加难以对付。我们应该怎么办？”荀攸说：“如今我军实力强横，可以派使者前往江东，请求孙权出兵江夏，与我们一同讨伐刘备。孙权看到我军实力，必定会选择投降。”曹操采纳了他的计策，一边派出使者前往东吴，一边清点水陆军队共八十三万，谎称百万。水陆并进，船骑双行，沿着长江前进，向江夏进发。

江东孙权听说曹操大军已经到达襄阳，刘琮投降，如今又攻下江陵，于是召集众谋士商议对策。鲁肃说：“荆州与我们相邻，地势险要，百姓富足。如果我们能占据这个地方，就有了争夺天下的资本。如今刘表去世，刘备又吃了败仗，我请求前往江夏**吊丧**[②]，说服刘备安抚刘表众将，大家齐心协力，共同击败曹操。如果刘备同意，那么大事

①夏口：在今湖北省武汉市汉口。
②吊丧：慰问丧家，祭奠死者。

可成。”孙权非常高兴，同意了他的意见，立即派鲁肃带着厚礼前往江夏吊丧。

刘备抵达江夏后，与诸葛亮、刘琦一同商议对策。诸葛亮说：“曹操势力庞大，难以抵挡，让曹操与孙权互相牵制，我们从中坐收渔翁之利，怎么样？”刘备问道：“江东人才济济，必有远谋，怎么会同意？”诸葛亮说：“如今曹操百万大军占据江汉，江东必会派人刺探。若有人到此，我愿前往江东，说服南北两军互相攻打。南军胜，我们诛杀曹操夺取荆州；北军胜，我们便趁机取得江南。”刘备说：“军师高见，但是我们如何与江东取得联系呢？”

正在这时，有人来报江东派鲁肃前来吊丧，船只已抵达岸边。诸葛亮笑着说：“此事已成！”接着问刘琦，“之前孙策去世时，襄阳是否有使者前去吊丧？”刘琦说：“江东与我家有杀父之仇，他们怎会派人前来！”诸葛亮说：“这次鲁肃前来，并非为了吊丧，而是为了探听曹军虚实。若问起曹操，主公只说不知，再三问时，主公就说可问诸葛亮。”商议完毕，便派人迎接鲁肃。鲁肃进入城中吊丧并送出礼物后，刘琦邀请他与刘备相见。刘备按照诸葛亮的交代应对鲁肃的问题，最后引鲁肃与诸葛亮相见。

鲁肃见到诸葛亮后，问道：“我一向仰慕先生才德，没有机会拜访，今日有幸相见，希望能听听您对当前局势的看法。”诸葛亮说：“曹操奸计，我已尽知，但实力有限，只能避其锋芒。”鲁肃问：“刘皇叔打算在此御敌吗？”诸葛亮说：“使君与**苍梧**[1]太守吴臣有旧，我们打算投靠

---

①苍梧：在今广西壮族自治区梧州市。

他。”鲁肃说：“吴臣粮少兵微，不能自保，怎会收留他人？”诸葛亮说：“吴臣处虽不能久居，现在也只能先依附他，再做别的打算。”鲁肃说：“孙将军虎踞六郡，兵精粮足，敬贤礼士。我为你们着想，不如派遣一位心腹前往东吴结盟，共图大事。”诸葛亮说：“刘使君与孙将军向来没有联系，恐怕去了也不会受到重视，而且也没有心腹可以派遣。”鲁肃说：“您的兄长现在是江东的参谋，他一直期待与您相见。鲁肃不才，愿意陪同您见孙将军，共议大事。”刘备说：“孔明是我的军师，我一刻也不能离开，怎么能派他去呢？”鲁肃坚持请诸葛亮同去，刘备假装不答应。诸葛亮说：“事情紧急，我愿奉命一行。”刘备这才答应。鲁肃辞别了刘备、刘琦后，和诸葛亮登船直奔柴桑郡而去。欲知孔明此去如何，且看下文分解。

❖ 精华赏析

陈寿在《三国志》中写道：“飞据水断桥，瞋目横矛曰：‘身是张益德也，可来共决死！’敌皆无敢近者，故遂得免。”张飞在长坂桥上，以一己之力吓退数万曹军，他的勇气令人敬畏。

❖ 成长启示

即使面对强大的敌人，我们也不能失去信心和勇气。无论在何时何地，我们都需要用勇气去面对困难，去迎接挑战。只有勇气和决心并存，才能在困难面前不屈不挠，取得最终的胜利。

第二十回 为结盟孔明战群儒

要点思考

· 你认为张昭等人的言论有道理吗？

· 如果你是诸葛亮，你会如何应对东吴诸儒的诘问？

等船到岸，鲁肃请诸葛亮去馆驿中休息，自己则先去见孙权。孙权正同百官议事，听说鲁肃回来了，急忙召他进来，将曹操写的檄文给他看。鲁肃接檄文观看，曹操写道自己统兵百万，想和孙权结盟，一起讨伐刘备，瓜分荆州。张昭说：“曹操拥兵百万，借天子之名，四方征讨。如今曹操已占领荆州，势不可当。我们不如投降，以求万全。”众谋士都表示赞同。孙权沉默不语。

过了一会儿，孙权起身**更衣**①，鲁肃跟在他身后。孙权拉着鲁肃的手说：“你有什么想法？”鲁肃说：“众人都可降曹操，只有将军不可。”孙权问：“何出此言？”鲁肃说：“如我鲁肃降曹，大不了返回老家；将军降曹，能回哪里呢？众人说的，只是为了自己打算，请将军三思。”孙权感叹道：“众人所说，让我非常失望；**子敬**②所说，正合我意。多亏了老天爷让子敬在我身边！但曹操拥兵百万，恐怕难以抵挡。”鲁肃说：“我去江夏，带回来了诸葛瑾的弟弟诸葛亮，主公问他，便知曹军虚实。”孙权说：“卧龙先生来了？”鲁肃说：“正在馆

---

①更衣：去厕所的委婉说法。

②子敬：鲁肃，字子敬。

驿中休息。”孙权大喜，命鲁肃第二天带诸葛亮来见他。

第二天鲁肃到馆驿中见诸葛亮，嘱咐道：“今日见我主，一定不能说曹操兵多。”诸葛亮笑着说：“我自然会见机行事，决不有误。”于是鲁肃带诸葛亮去见孙权。他们先见到了张昭、顾雍等一班文武二十余人，诸葛亮逐一相见、行礼。

张昭等人料想诸葛亮必是来游说，于是张昭先用言语挑衅：“我久闻先生隐居隆中，自比管仲、乐毅。确有这种说法吗？”诸葛亮说：“这是我朋友打的比方。”张昭说：“最近听闻刘备三顾茅庐，才请得先生出山，刘备本想占领荆襄，却被曹操打得走投无路，不知是何缘故？”诸葛亮心想张昭是孙权手下第一个谋士，必须先难倒他，才有可能说服孙权，于是回答：“刘表本想将荆襄相赠，只是我主公不忍夺取同宗基业，因此推辞。刘琮听信佞言，突然投降，致使曹操得势。如今我主公屯兵江夏，是有别的打算，**等闲之辈**[①]不会明白。”张昭说：“如果是这样，先生言行不一啊。先生自比管仲、乐毅，可为何曹兵一到，刘备弃新野，走樊城，败当阳，奔夏口，无容身之地。刘备得先生之后，反而不如当初。管仲、乐毅也是如此吗？”诸葛亮回答：“就好比人染上重病，应当先服药、喝粥，待其脏腑调和，病情好转，然后用肉食补充营养，再下猛药治疗，如此才能痊愈。若不等身体好转，便投以猛药，想要一下治好病，实在

①等闲之辈：无足轻重的寻常人。

太难。我主公曾在汝南大败，投靠刘表后，兵不过千，将领只有关羽、张飞、赵云而已，当时就好比病入膏肓。我们武器不全，城墙不固，缺乏训练，粮食短缺，然而博望用火，白河用水，打得夏侯惇、曹仁等人心惊胆战。我觉得管仲、乐毅用兵，也未必能做到。至于刘琮降曹，我主公实在不知，且又不忍心趁机抢夺同宗基业，此乃大仁大义。当阳战败，是因我主公见有十几万百姓相随，不忍丢弃，没有直接前往江陵，而是保护百姓同行，这也是大仁大义。胜负乃兵家常事。当初高祖皇帝多次败给项羽，但在**垓下**[①]一战成功，难道不是因为韩信的计策吗？韩信辅佐高祖，也没有连战连胜。国家的安危大计，必须有人操持。相比之下，有些人只有口舌之能，夸夸其谈，其他方面则一无是处。这肯定是会被天下人耻笑的！”这一番言语，说得张昭哑口无言。

座上一人又大声说道：“如今曹操屯兵百万，猛将如云，占据中原，大举南下，该如何抵挡？”诸葛亮一看，说话的是虞翻。诸葛亮说：“曹军不过**乌合之众**[②]，虽有百万，不足为惧。”虞翻冷笑道：“你们败在当阳，困守夏口，区区数千人，还敢说不足为惧，真是大言不惭！”诸葛亮说：“我主公以数千仁义之师，怎能抵挡凶残的百万曹军？退守夏口，是在等待时机。今江东兵精粮足，又有长江天险，听说有些人仍然想投降，不顾天下人耻笑。由此看来，我们确实不惧曹贼！”虞翻不能应对。

---

①垓下：在今安徽省固镇东北、沱河南岸。楚汉相争时，项羽被刘邦击败于此。
②乌合之众：乌合指像乌鸦那样聚集，比喻无组织、无纪律的一群人。

又一人问道："孔明认为曹操是什么人？"诸葛亮看过去，说话的乃是薛综。诸葛亮回答："曹操是汉贼，又何必问？"薛综说："你说得不对。汉朝传世至今，气数已尽。现在曹操已有三分之二的天下，人人归心。刘备不顾天时，强行与曹操对抗，正如以卵击石，怎能不败？"诸葛亮厉声说："薛综你怎敢说出这样无父无君的话！人生天地间，以忠孝为立身之本。你既为汉臣，见有乱臣贼子，应该敢于斗争，这是做臣子的本分。曹操心怀篡逆之心，你却说什么气数，真是个无父无君的人！我不愿同这样的人说话！"薛综满面羞惭，不能对答。

座上又一人问道："曹操虽挟天子以令诸侯，仍是相国曹参的后人。刘备虽说是中山靖王之后，却没有证据，只知他从前是个卖草鞋的小贩，如何与曹操相比！"诸葛亮看过去，发问的人是陆绩。诸葛亮笑着说："这不是从前袁术手下的陆郎吗？请听我一言，曹操既为曹相国之后，则世代为汉臣。如今却把持朝政，欺凌天子，这不只是汉室的乱臣，也是曹氏的贼子。我主公堂堂皇亲

国戚，当今天子按族谱都叫他一声皇叔，怎能说没有证据？昔日高祖出身亭长，但最终取得天下。卖过草鞋，又有什么好羞耻的呢？你说的都是小孩子的看法，不配与高人对谈！”陆绩语塞。

众人见诸葛亮对答如流，全都大惊失色。座上几人，想继续发难。忽一人从外面进来，厉声说道：“孔明乃当世奇才，你等却有意为难，此非待客之道。曹操大军压境，不想退敌之策，却逞口舌之能！”众人一看，说话的人，姓黄，名盖，为东吴粮官。黄盖与鲁肃带着诸葛亮进去见孙权。

诸葛亮来到堂上，孙权走过来迎接，对诸葛亮非常尊重。施礼完毕，孙权请诸葛亮坐下，众文武官站在两旁。诸葛亮说完刘备的意思后，偷眼看孙权，见他碧眼紫髯，仪表不凡。诸葛亮暗想：“此人相貌特殊，只可**激将**①，不可说服。”孙权说：“多次听子敬称赞您的才能，今有幸相见，冒昧地请求得到您的教诲。”诸葛亮说：“在下才疏学浅，您过奖了。”孙权说：“前些时日在新野，您辅佐刘备与曹操决战，必知曹军虚实，曹军共有多少人？”诸葛亮说：“陆军加上水军，约有一百余万。”孙权又问：“真的有一百余万吗？”诸葛亮说：“曹操在兖州已有青州军二十万；平了袁绍又得五六十万；中原新招三四十万；今又得荆州兵马二三十万，全算下来，不少于一百五十万。我说百万，是怕吓到江东人士。”

①激将：用刺激性的话或反面的话鼓动人去做某事。

鲁肃在旁，听了大惊失色，连忙给诸葛亮施以眼色，诸葛亮装作看不见。孙权说："如今曹操平了荆楚，下一步有什么打算？"诸葛亮说："他沿江下寨，准备战船，除了江东，还能有什么打算？"孙权说："若他有吞并之意，战与不战，请为我决断。"诸葛亮说："现在天下大乱，将军占据江东，我主公把守汉南，与曹操争夺天下。今曹操已平定北方，最近又取得荆州，威震四方。愿将军量力而行。若能带领吴、越之众，与曹操抗衡，不如早日决战；若不能，不如听从众谋士的话，向曹操投降。"孙权说："如你所说，刘备为何不投降？"诸葛亮说："昔日**田横**①，都知道守义不辱。况且我主公是皇亲，众人仰慕。若被打败，此乃天意，又怎能屈于人下！"孙权听了诸葛亮的话，勃然大怒，站起来退入后堂。鲁肃责备诸葛亮说："先生何出此言？幸亏吾主大度，没有怪罪于你。"诸葛亮仰头大笑："我自有破曹的办法，他不问我，我自然不说。"鲁肃说："若有良策，我去请主公求教。"便入后堂见孙权。鲁肃说："臣已经责备过孔明，打败曹操的办法，孔明不肯轻易吐露，主公为何不再问？"孙权听完转怒为喜，便同鲁肃再次出来。孙权同诸葛亮说道："刚才多有冒犯，请不要见怪。"诸葛亮也说："我言语冒犯，请恕罪。"孙权邀诸葛亮入后堂，摆上酒席。

酒过三巡，孙权说："我心意已决，不愿受制于曹操。但没有刘备的帮助，我也没有胜算。刘备刚刚吃了败仗，

---

①田横：齐国贵族，楚汉战争中自立为齐王。汉高祖刘邦统一天下后，田横因不肯向汉称臣而自杀。

不知情况如何？”诸葛亮说：“我主公虽然刚战败，然而关云长仍然率精兵万人，刘琦带领的江夏士兵也不下万人。曹军远来疲惫，已是强弩之末，且北方人不擅水战。将军若能与我主公同心协力，必能打败曹操。曹操战败，必定返回北方，那么三足鼎立之势就成了。成败的关键，就在今日。请将军裁决。”孙权大悦：“先生之言，使我茅塞顿开。我意已决，再无他想。我将立即商议起兵，一同击败曹操！”于是令鲁肃将此意传达给文武官员，送诸葛亮回馆驿休息。

张昭知孙权要起兵，急忙去见孙权说：“我等听闻主公要起兵与曹操争锋。主公能比得过袁绍吗？曹操当时兵微将寡，尚且能打败袁绍，何况今日拥百万大军！主公不可轻敌！”孙权低头不语。顾雍说：“刘备因为被曹操打败，因此想借我江东的部队来抵挡曹操，主公不要被他利用。”孙权说：“你们都先退下，容我三思。”欲知孙权是战是降，且看下文分解。

❖ 精华赏析

诸葛亮在殿前毫不畏惧，以高超的语言技巧，辩得江东众人哑口无言，整个论辩过程精彩纷呈，最后孙权也终于同意联刘抗曹。真可谓三寸之舌能抵百万之兵。

❖ 成长启示

诸葛亮在东吴诸儒的诘问中始终保持了礼貌、谦虚的态度，从容面对，侃侃而谈，这使他赢得了众多儒者的尊重和信任。这表明，无论在什么情况下，一个人的人品和修养都是非常重要的。

第二十一回 诸葛亮用智激周瑜

❖ 要点思考

· 如果你是孙权，你会做出什么决定呢？

· 周瑜为什么支持与曹操交战？

曹操屯兵江汉，大军压境，东吴内部有人主战，有人主降，议论纷纷。孙权寝食不安，犹豫不决。吴国太对孙权说道：“**伯符**[1]临终前曾说‘内事不决问张昭，外事不决问周瑜’，现在何不问问周瑜的意见呢？”孙权听后大喜，立即派遣使者前往鄱阳湖请周瑜前来商议要事。周瑜在训练水师，得知曹操的大军已经逼近，便立即返回柴桑，准备与孙权商议对策。孙权的使者还没出发，周瑜就已经先到了。鲁肃与周瑜的关系密切，首先来与周瑜见面，将之前的事情讲述了一遍。周瑜听后说道：“子敬不必担忧，我自有主张。现在请你立刻去请孔明过来相见。”鲁肃听后立刻前往。

周瑜刚休息，忽报张昭、顾雍、张纮、步骘四人前来探望。周瑜将他们接至堂中坐下。张昭建议应当劝说孙权投降曹操，以避免江东遭受兵祸。周瑜问道：“你们都是这样认为的吗？”众人点头称是。周瑜说：“其实我也早就想投降了。你们先回去，明早见主公，我自有说法。”张昭等人告辞离去。

---

①伯符：孙策，字伯符。

不久，程普、黄盖、韩当等一班武将前来面见周瑜。程普希望周瑜能够劝说孙权起兵，与曹操死战。周瑜说：“将军们都是这样想的吗？”黄盖忿然而起，说：“我头可断，誓不降曹！”众人皆说：“我等都不愿降！”周瑜说：“其实我也想与曹操决战，怎能投降！将军们请回，我明日见到主公，自有说法。”程普等人离去。

又过了一会儿，诸葛瑾、吕范等一班文官也前来见周瑜。诸葛瑾说：“我的弟弟孔明从汉上来，说刘备想与我们结盟，一同讨伐曹操，目前百官商议未定。我因与孔明各为其主，不便多说，专等都督裁决。”周瑜问道：“你觉得我们应该如何处置？”诸葛瑾答道：“我认为投降比较保险，交战风险极大。”周瑜说：“我自有主张，明日一同去府中商议。”诸葛瑾等人告退。

稍晚的时候，有人来报鲁肃带着诸葛亮前来拜见。周瑜立刻出门迎接，施礼后，一同入座。鲁肃首先问道：“现在曹操南侵，和与战，主公不能决断，全听将军的。将军意下如何？”周瑜答道：“曹操借天子之名，且势力极大，不可轻敌。战则必败，投降比较稳妥。我心意已决，明日见主公，便劝主公投降。”鲁肃**愕然**[①]，说：“江东基业已历三代，岂能交给他人？伯符遗言，外事付托将军。如今正是仰仗将军保全国家的时刻，为何如此懦弱？”周瑜说：“江东六郡，若惨遭兵祸，伯符在天之灵必会怨我。”鲁肃说：“不然。以将军的英勇，江东地势的险要，曹操

①愕然：形容吃惊。

未必能得逞。”

周瑜和鲁肃互相争辩，诸葛亮始终袖手冷笑。周瑜问道：“先生为何发笑？”诸葛亮说：“我笑子敬不识时务。”鲁肃说：“先生为何笑我不识时务？”诸葛亮说：“公瑾想要投降曹操，甚为合理。”鲁肃着急地说：“孔明，你怎么也这么说？”诸葛亮说：“曹操极善用兵，天下无人可比，只有吕布、袁绍、袁术、刘表敢与对敌。如今这些人都被曹操消灭，现在天下只有我主公不识时务，与他抗衡，现困守江夏，危在旦夕。将军决计降曹，可以保全家人和富贵。而将国运的改变全交给老天，这有什么可惜的呢！”鲁肃听后大怒，说：“你叫我主屈膝受辱于国贼吗！”诸葛亮说：“我有一计，并不需要江东大动干戈，也不需孙将军亲自渡江，只需用一叶扁舟，送两个人到江上。曹操得到这两人，必然退兵。”周瑜问：“用哪两个人可退曹兵？”诸葛亮说：“我在隆中时，听说曹操在漳河造了铜雀台，极其壮丽。广选天下美女放在其中。曹操本是好色之徒，久闻江东乔公有两女，长女大乔，小女小乔，有**沉鱼落雁**①之容，闭月羞花之貌。曹操曾发誓说，愿扫平四海，成就帝业；愿得到江东二乔，置于铜雀台内，如此便死而无憾。现在带百万大军前来，其实只为此二女。将军何不将此二女派人送给曹操，曹操称心满意，必然收兵。”周瑜说：“曹操要得二乔，有何依据？”诸葛亮说：“曹操曾命其幼子曹植作一首赋，名曰《铜雀台赋》。赋

①沉鱼落雁：形容女子容貌极其美丽。

中写道，立双台于左右兮，有玉龙与金凤。揽二乔于东南兮，乐朝夕之与共。”

周瑜听罢，愤怒地站起来，指着北方大骂道：“老贼欺人太甚！”诸葛亮也急忙站起身，说：“昔日汉天子都曾多次将女儿嫁给匈奴，将军为何对二乔如此看重？”周瑜说：“你有所不知，大乔是孙伯符将军的妻子，小乔是我的妻子。”诸葛亮装出惶恐的样子说：“我实在不知，胡言乱语，死罪！死罪！”周瑜说：“我与老贼誓不两立！伯符将东吴托付于我，怎有投降的道理？刚才所说，是我故意试探你们的。我自打离开鄱阳湖，便有北伐之心！还望孔明助我一臂之力，同破曹贼。”诸葛亮说：“承蒙将军不弃，愿效犬马之劳。”周瑜说：“明日见主公，便提议举兵之事。”

第二天清晨，孙权召集文武百官。周瑜前来，向孙权施礼完毕后，说：“我听闻曹操屯兵汉上，送书信至此，主公如何决断？”孙权叫人取来檄文给周瑜看。周瑜看完后，冷笑着说：“老贼以为我江东无人吗，竟敢如此无礼！”孙权问：“公瑾意下如何？”周瑜回答道：“江东已历三代，怎能放弃？”孙权说：“既然如此，该如何抗敌？”周瑜说：“曹操虽号称汉相，实为汉贼。将军英明神武，仰仗父兄基业，占据江东，兵精粮足，正当横行天下，为国锄奸，怎能投降贼人？且曹操此次来犯，犯了兵家大忌，北方未平，马腾、韩遂是他的后患，这是一忌；北方人不懂水战，他乘船与东吴对抗，这是二忌；此时正值隆冬，马无粮草，这是三忌；带兵远征，水土不服，多生疾病，这是四忌。曹操犯了这么多大忌，必败。周瑜愿率精兵数万人，驻扎在夏口，为将军打败曹操！”孙权说：“曹贼早就有谋反之心，他所怕的只有袁绍、袁术、吕布、刘表与我而已。如今其余人都被消灭掉了，只有我尚存。我与老贼，誓不两立！你所说的，正合我意。”周瑜说：“臣为将军而战，万死不辞，只怕将军摇摆不定。”孙权拔剑砍掉面前奏案的一角说：“诸位再有劝说投降的，与这奏案一个下场！”说完，孙权便将此剑赐给周瑜，如果文武百官有不听号令的，即用此剑诛杀。孙权又封周瑜为大都督，程普为副都督，鲁肃为赞军校尉。

周瑜回到住处，请诸葛亮议事。周瑜说：“今日府中商议已定，愿求破曹良策。”诸葛亮说：“孙将军的心还未稳定，不可以决策。”周瑜说：“何出此言？”诸葛亮说：“孙将军还在担心曹军数量众多，怕我军寡不敌众。如果将军能够开解他的顾虑，使他放下担忧，则大事可成。”周瑜于是又回去见孙权。孙权说：“公瑾这么晚来，有何事？”周瑜说：“明日就要调拨军马，主公还有什么顾虑吗？”孙权说：“只是担忧曹操兵多，我们寡不敌众。”周瑜笑着说：“我特地为此事来开解主公。曹操檄文自称大军百万，只是虚言。他原来的兵力，不过十五六万，所得的袁氏部队，也只有七八万。曹军长途跋涉，疲惫不堪，又军心不整，数量虽多，不足为惧。我若有五万兵，足以破敌。请主公不要担心。”孙权说：“公瑾此言，让我安心了。张昭无谋，令我很失望，只有你和子敬与我同心。你可与子敬、程普择日率军出发，我自当派出援军、筹备粮草。如果你们与曹操交战不利，便带兵回来，我亲自带兵与曹贼决战。”周瑜告辞离去，暗想：“孔明早已料到吴侯心意，其谋略又高我一筹，以后必为江东之患，不如杀掉。”于是，周瑜派人连夜请来鲁肃，说要杀掉诸葛亮。鲁肃说：“不可。如今曹贼未破，先杀贤士，这是除掉了自己的帮手。”周瑜说：“此人助刘备，必为江东之患。”鲁肃说：“诸葛瑾是他亲哥哥，可令其招孔明归顺东吴。”周瑜同意了。

次日，周瑜到行营，聚集文官武将听令，派韩当、黄盖为先锋，领本部战船，即日启程，前往三江口下寨；蒋钦、周泰为第二队；凌统、潘璋为第三队；太史慈、吕蒙为第四队；陆逊、董袭为第五队；吕范、朱治作为后援。分配已毕，诸将各自收拾船只、武器出发。周瑜又请诸葛瑾去劝说诸葛亮归顺东吴。欲知后事如何，且看下文分解。

◈ 精华赏析

作为东吴的重要人物，周瑜的意见对于孙权的决策具有决定性的作用。不过，孙权其实早就有了自己的打算，他只是在等待有人提出与他想法相同的意见，而周瑜恰好就是这个人。

◈ 成长启示

孙权在面对曹操的大军压境时，能够保持坚定的决心和立场，不被敌人的强大声势所吓倒，充分体现了其果敢和决断力。这告诉我们，无论在生活中还是工作中，遇到困难和挑战时，我们需要保持坚定的决心，寻找合适的方法，凝聚力量，最终取得成功。

第二十二回 群英会蒋干盗书信

❖ 要点思考

· 通过这一回的阅读，你觉得曹操杀掉蔡瑁、张允的原因是什么？

· 试分析蒋干中计的原因。

诸葛瑾来到馆驿见诸葛亮，没想到诸葛亮不仅拒绝了诸葛瑾的劝说，而且劝他离开东吴，同自己一起辅佐刘备。诸葛瑾无奈，只得又回去见周瑜，讲述了诸葛亮的意思。于是，周瑜决定除掉诸葛亮。

周瑜点齐兵将后，来向孙权告辞。孙权说：“公瑾先行，我随后就到。”周瑜邀诸葛亮同行，诸葛亮欣然前往。众人都登上船，扬起风帆，向着夏口进发。离三江口五六十里停下，周瑜在中央下寨，岸上扎营。诸葛亮只在一叶小舟内安身。

周瑜安排妥当，便派人请诸葛亮议事。诸葛亮来到**中军帐**[①]，周瑜说：“敌众我寡，必先断他粮草。我已探知，曹军粮草都在聚铁山。先生久居汉上，熟知地理。烦请先生与关、张、赵等人，前往聚铁山断曹操粮道。”诸葛亮心想：“周瑜劝我归顺不成，便设计害我。我要是推托，必被他嘲笑。”于是欣然应允。周瑜大喜。鲁肃偷偷对周瑜说：“公瑾让孔明劫粮，是何用意？”周瑜说：“我想借曹操之手杀掉孔明。”鲁肃听了，去见诸葛亮，看他是

①中军帐：元帅的营帐。

否知情。只见诸葛亮面色如常，整点人马就要出发。鲁肃不忍，用言语暗示："先生此次能否成功？"诸葛亮笑着说："我水战、步战、马战、车战都很擅长，怎能不成？不像公瑾，只会水战。我早听江南小儿说过，'临江水战有周郎'，公瑾只能水战，不能陆战。"

鲁肃将诸葛亮的话告诉周瑜。周瑜大怒道："敢说我不能陆战！不用他去！我领一万骑兵去聚铁山。"鲁肃又转告诸葛亮。诸葛亮笑着说："公瑾令我断粮，只是想借曹操之手杀我，是**借刀杀人**①之计。眼下正是用人之际，只愿两家同心，共破曹军。如果互相谋害，肯定不能成功。曹贼多谋，他多次断人粮道，怎会不以重兵提防？公瑾若去，必被擒住。如今应先与曹操水战，挫其锐气，再想别的办法破敌。希望子敬将我的话转告公瑾。"鲁肃连夜去见周瑜，告诉他诸葛亮的话。周瑜摇首顿足说道："此人见识胜我十倍，日后必为祸患！"鲁肃说："如今是用人之际，希望以国家大事为重。待打败曹操之后，再做打算。"周瑜勉强同意。

另一边，刘备吩咐刘琦守江夏，自己带领部队前往夏口。遥望对岸旗幡隐隐，知道东吴已起兵，于是带上江夏全部兵力来到樊口屯扎。诸葛亮去东吴后一直没有**音信**②，刘备便派糜竺去打探虚实。糜竺领命，驾小舟顺流而下。等见到周瑜，糜竺说道："孔明在此已久，我想与他一同

①借刀杀人：比喻自己不露面，利用别人去害人。
②音信：往来的信件和消息。

返回汉上。”周瑜说：“孔明与我一同谋划破曹，岂可离去？我早就想见刘皇叔，无奈指挥大军，不可离开。若皇叔肯来，那是最好的。”糜竺告辞离开。鲁肃问周瑜：“你要见刘备，有什么打算？”周瑜说：“刘备是当世**枭雄**[1]，不可不除。”鲁肃再三劝谏，周瑜不听，传下密令：“等刘备到了，先埋伏刀斧手五十人，以摔杯为号，便可下手。”糜竺回见刘备，说周瑜想请他前去会面。刘备听了，马上便要出发。关羽担心有诈，与他一同前往。待刘备到了，有人飞报周瑜。周瑜问：“带多少船来？”士兵回答：“只有一条船，二十几人。”周瑜笑着说：“此人命不长了！”他命刀斧手埋伏好，然后出寨迎接，将刘备一行人接到中军帐，分宾主而坐，摆上宴席。

诸葛亮听说刘备来与周瑜会面，吃了一惊，急入中军帐察看动静。只见周瑜面有杀气，周围埋伏着刀斧手。诸葛亮大惊：“这可如何是好？”再看刘备，谈笑自如，又见刘备背后一人，按剑站立，乃是关羽。诸葛亮大喜：“我主公没事了。”于是仍回江边等候。

周瑜与刘备酒过数巡，周瑜起身拿起酒杯，猛见关羽按剑站在刘备背后，忙问这是何人。刘备说：“我弟关云长。”周瑜大惊：“莫非就是斩颜良、诛文丑的关云长？”刘备说：“正是。”周瑜大惊，冷汗直流。过了一会儿，鲁肃前来。刘备问：“为何不见孔明？”周瑜说：“待破了曹操，再与孔明相会也不迟。”刘备不敢再问。关羽对

---

①枭雄：强横而有野心的人物。

刘备施以眼色。刘备会意，随即起身向周瑜告辞，周瑜也不留，送出门外。刘备与关羽来到江边，只见诸葛亮已在船上等候。刘备大喜。诸葛亮说："若没有云长，主公刚刚差点被周郎所害。"刘备这才醒悟，便叫诸葛亮一同回去。诸葛亮说："我虽在**虎口**[①]，却稳如泰山。主公只需准备船只人马，以十一月二十甲子日为期，令子龙驾小舟来南岸边等候。万不能有误。"刘备问其用意。诸葛亮说："只要见东南风起，孔明必定返回。"刘备再问时，诸葛亮催促刘备上船，说完就走了。刘备只好与关羽开船回寨。

周瑜送走了刘备，回到寨中，忽报曹操派人送来书信。周瑜拿过来一看，信封上写着："汉丞相吩咐周都督拆信。"周瑜大怒，直接将信撕碎，扔在地下，命人将信使斩首。随后令甘宁为先锋，韩当为左翼，蒋钦为右翼，自己带领其他诸将接应。第二天五更开船，前去征讨曹操。

曹操得知周瑜毁书斩使，大怒，命蔡瑁、张允等一班荆州降将为前锋，出战迎敌。曹军大半是北方人，不习惯水战，大江之上，战船一摇，站都站不稳。甘宁等三路战船，纵横水面，曹军吃了败仗。曹操大怒，责令蔡瑁、张允抓紧训练水军。

周瑜得胜回来，犒赏三军，派人给孙权报捷。当夜周瑜登高观望，只见曹营火光连天。周瑜吃了一惊，偷偷来到曹军水寨边，暗中窥探，大惊："此寨深得水军之妙！"周瑜问："水军都督是谁？"手下回答："蔡瑁、张允。"

---

①虎口：比喻危险的境地。

周瑜心想："二人久居荆襄，惯于水战，我必设计除了这二人，才可破曹。"正在窥看时，被曹军发现，周瑜急忙上船回营。等到曹军出来，周瑜早已走远，追赶不上。

曹操问众将："昨日输了一阵，伤了锐气，如今又被他窥探水寨，我们该如何应对？"话没说完，忽帐下一人说道："我自幼与周郎同窗求学，愿凭三寸不烂之舌，前往江东劝说此人投降。"曹操一看，说话的是九江人蒋干，字子翼。蒋干说："丞相放心。我到江东，必能成功。"曹操甚喜，敬酒给蒋干送行。

蒋干来到周瑜寨中，以故人叙旧为借口见到了周瑜，并受到了周瑜的盛情款待。宴席间，周瑜拉着蒋干的手，走到帐外。周围士兵全副武装，队列整齐。周瑜问："我的部队，是不是很雄壮？"蒋干说："真是虎狼之师。"周瑜又带蒋干到帐后看堆积如山的粮草。周瑜问："我的粮草，够不够多？"蒋干说："兵精粮足，名不虚传。"周瑜假装大醉，笑着说："想我与子翼求学时，不曾想能有今日。"蒋干说："以你的才干，一切都是应得的。"周瑜拉着蒋干的手说："大丈夫为人处世，遇到明主，忠义为先。就算**苏秦、张仪**[①]重生，口似悬河，也不可能说动我！"周瑜说完大笑，蒋干面如土色。

周瑜又拉着蒋干回去继续喝酒。他指着手下将领说："这些都是江东豪杰。今日的聚会，可称群英会。"一直喝到天黑，蒋干说："我不胜酒力。"周瑜下令撤去宴席，

①苏秦、张仪：战国时期的纵横家。

众人离开。周瑜说：“今夜我与子翼同榻。”周瑜假装大醉，拉着蒋干入帐。周瑜和衣卧倒，昏昏睡去。蒋干装睡，一直等到二更天，帐中油灯还没有熄灭。此时周瑜鼾声如雷。蒋干见帐内桌上堆着一卷文书，于是起来偷看，发现都是往来书信。内有一封，上面写道“蔡瑁张允谨封”。蒋干大惊，打开一看，信中写道：“我们投降曹操，只是迫于形势。一旦有机会，必将杀掉曹贼。”蒋干心想：“原来蔡瑁、张允勾结东吴！”于是将信藏进衣服里。还想看其他信时，床上周瑜翻身，蒋干急忙熄灯就寝。周瑜口中含糊说道：“子翼，我数日之内，就给你看曹贼首级！”蒋干勉强回应。

蒋干心想：“周瑜是个精细人，明天找不到书信，必然害我。”睡到五更，蒋干偷偷起床，穿戴整齐，走出大帐，唤了小童，坐船连夜逃回曹营。曹操问：“事情办好了吗？”蒋干说：“虽未能说动周瑜，却有一件事向丞相报告。”

蒋干取出书信，将事情经过说给曹操。曹操大怒：“蔡瑁、张允竟敢如此！”立即唤二人到帐下。曹操说：“我想派你二人出兵。”蔡瑁说：“部队还需操练。”曹操大怒：“等操练好，我的首级是不是已经献给周郎了！”蔡、张二人不明所以，惊慌不能回答。曹操命武士推二人出去斩首。两人被杀后，曹操才省悟：“我中计了！”众将见杀了蔡、张二人，询问缘故。曹操虽知中计，却不肯认错，对众人说：“二人违反军法，因此斩首。”众人都沉默不语。

曹操选毛玠、于禁代替蔡、张二人的职务。周瑜得知蔡瑁、张允被杀后大喜，说道：“此二人一死，我就放心了。”鲁肃说：“都督神机妙算，何愁曹贼不破！”周瑜说：“我料想无人识破此计，不知诸葛亮能否识破。子敬你可前去试探，看他知还是不知。”欲知试探结果如何，且看下文分解。

精华赏析

曹操派遣蒋干前往东吴劝说周瑜投降，然而周瑜早已识破他的来意，并暗中利用他盗走书信，导致蔡瑁、张允被杀。有的人很笨，但这并不可怕，可怕的是像蒋干一样自作聪明。

成长启示

有时候真相并不是表面所看到的，人们容易被假象迷惑，而忽略了事情的本质。因此，我们应该保持警惕，不要轻易相信别人的话，尤其是在关键时刻和重要问题上。同时，我们也要学会通过现象看本质，用冷静的头脑去分析和判断事情的真实情况。这样才能避免上当受骗，做出错误的判断。

第二十三回　用奇谋诸葛亮借箭

要点思考

· 你觉得鲁肃是个什么样的人？

· 诸葛亮用什么方法借来了十万支箭？

鲁肃来到舟中见诸葛亮，刚坐下，诸葛亮说：“我还未与都督贺喜。”鲁肃问道：“有什么值得祝贺的事情？”诸葛亮说：“公瑾让先生来打探的，便是这件喜事。”鲁肃惊讶地说：“先生怎么知道？”诸葛亮说：“这条计策多亏了蒋干。曹操虽被一时瞒过，必然省悟，只是不肯认错。如今蔡、张两人已死，江东无患了。我听说曹操换毛玠、于禁为水军都督，曹操水军都会毁在这二人手里。”鲁肃听了诸葛亮的话，惊得说不出话来。诸葛亮又说：“希望子敬在公瑾面前不要说我已知此事，我怕公瑾心怀妒忌，又要害我。”鲁肃答应了，然后回去见周瑜，还是把事情都说了。周瑜大惊失色：“此人绝不可留！我一定要杀他！”鲁肃劝道：“若杀孔明，会被曹操耻笑。”周瑜说：“我自有办法，叫他死而无怨。”鲁肃再问，周瑜并不说。

第二天，周瑜请诸葛亮议事。诸葛亮欣然而至，诸葛亮坐下后，周瑜问他：“马上要与曹军交战，水上作战，用哪种武器最好？”诸葛亮说：“大江之上，以弓箭为先。”周瑜说：“先生之言，甚合我的心意。但现在军中正缺箭用，劳烦先生**监造**[①]十万支箭，用以应敌。这是公事，还请

---

①监造：监督制造。

先生不要推却。”诸葛亮说：“都督下令，自当效劳。敢问十万支箭，何时要用？”周瑜说：“十日之内，能造好吗？”诸葛亮说：“曹军即将到来，若等十日，必误大事。”周瑜说：“先生觉得几日可完成？”诸葛亮说：“只要三日，便可备好十万支箭。”周瑜说：“**军中无戏言**[①]。”诸葛亮说：“怎敢戏都督！愿纳**军令状**[②]，三日不成，甘当重罚。”周瑜大喜，叫人取来文书。诸葛亮说：“今天已经来不及了，明天开始，到第三日，可派五百士兵到江边搬箭。”说完后，诸葛亮告辞离开。鲁肃问周瑜：“孔明不会是骗我们的吧？”周瑜说：“他自己送死，并非我逼他。我只要吩咐工匠们故意拖延，造箭要用到的东西，都不备齐，如此，必然误了日期，那时再定他的罪。你现在可去打探虚实，再回来报告。”

鲁肃领命前来见诸葛亮，诸葛亮说：“我曾告诉你，我已知蒋干盗书信的事情不要对周瑜说，不然他必定会加害于我。没想到今天果然出了问题。要在三日内造出十万支箭，子敬一定要救我！”鲁肃说：“你自己招来的祸患，我如何救得了你？”诸葛亮说：“希望子敬能借给我二十条船，每条船上配备三十名士兵，同时在船的两侧布置草人。到第三日，我保证能得到十万支箭。但是不能让周瑜知道，如果他知道了，我的计策就失败了。”鲁肃答应了，却猜不透诸葛亮的意图，回来报告周瑜时，并没有提借船的事情，

①军中无戏言：军队中商议军机大事，郑重严肃，说话必须负责任。

②军令状：将士接受军令后写的保证文书，表示如果不能完成任务，愿意接受军法处置。

只是说："孔明并不用箭竹、**翎毛**[1]、胶漆等物，却说自有办法。"周瑜说："且看他三日后如何回复我！"鲁肃私自调拨了二十条快船，每条船上配备三十多人，还在两侧布置好了草人。一切准备就绪，只等诸葛亮调用。第一日、第二日都不见诸葛亮有何动静，直到第三日四更，诸葛亮请鲁肃上船。鲁肃问："你叫我有何用意？"诸葛亮说："特请子敬一同去取箭。"鲁肃问："何处去取？"诸葛亮说："子敬不要问，去了便知。"诸葛亮下令将二十条船用锁链相连，向北岸进发。当天夜里大雾弥漫，长江之中雾气尤为浓厚。诸葛亮的船队在雾中前行，五更时，已接近曹军水寨。诸葛亮将所有船只头西尾东地摆开，然后命令士兵们在船上擂鼓呐喊。鲁肃见状大惊失色，说："倘若曹操出兵，我们怎么办？"诸葛亮笑着说："我料曹操在大雾中必定不敢出战。你我只管喝酒取乐，等雾散后便回。"

曹军寨中，听得擂鼓呐喊，毛玠和于禁慌忙飞报曹操。曹操传令："重雾迷江，敌军突然出现，必定有埋伏，切不可轻举妄动。可以派弓弩手射箭攻击。"说完，曹操又派人到旱寨内唤张辽和徐晃，命令他们各带弓弩手三千，火速到江边助战。等曹操的号令到时，毛玠和于禁早已派

①翎毛：鸟羽，翅膀尖上的毛。

弓弩手在寨前放箭。不久，旱寨内的弓弩手也赶到了，约一万余人，一起向江中放箭，箭矢如同密集的雨点射向江面。诸葛亮下令把船队转个方向，头东尾西，一边靠近曹寨接箭，一边擂鼓呐喊。等到太阳升起，浓雾散去，诸葛亮才下令所有的船只返航。此时，每条船两边的草人都已经插满了箭。诸葛亮令船上军士齐声呼喊："谢丞相箭！"等到曹军寨内将消息报告给曹操时，船队已经行驶了二十余里，无法追赶上了。曹操懊悔不已。

诸葛亮对鲁肃说："每条船上的箭有五六千支，不费江东半分之力，已得十万余箭。"鲁肃说："先生真是神人！如何知道今日有大雾？"诸葛亮说："身为将领如果不懂天文、地利、奇门、阴阳、阵图、兵势，就是庸才。我在三日前就已算出今日有大雾，因此才答应三日内造好十万支箭。公瑾叫我十日完成，工匠、物料都会为难于我，他这是摆明要杀我。但我**洞悉**①天意，公瑾岂能害得了我！"鲁肃听后佩服得五体投地。当船靠岸时，周瑜已经派了五百士兵在江边等候。诸葛亮让他们上船取箭，最终获得了十万余支。鲁肃一见到周瑜，就详细讲述了诸葛亮取箭的过程。周瑜大惊，感慨万分地说："孔明神机妙算，我不如他！"诸葛亮见周瑜时，周瑜出帐迎接，热情称赞说："先生神机妙算，使人佩服。"诸葛亮说："区区小事，何足挂齿。"

周瑜邀诸葛亮进帐共饮。周瑜说："昨日主公派使者来催我进军，我还没想出破敌的办法，望先生教我。"诸

①洞悉：很清楚地知道。

葛亮说："我哪里有妙计？"周瑜说："曹操水寨，极为严整，并不能轻易攻破。我有一计，不知是否可行，请先生为我评判。"诸葛亮说："都督先不要说，我们各自写在手心，看所想是否相同。"周瑜叫人取来笔砚，自己写完，把笔递给诸葛亮，诸葛亮也写了。两人伸出手掌，互相观看，一起大笑。原来两人掌中都是一个"火"字。周瑜说："既然你我所见相同，更不必犹豫。望先生不吝赐教。"诸葛亮说："两家公事，岂有隐瞒的道理。我想曹操虽两次被我火攻击败，但一定还没有防备。"喝完酒两人各自分散。

曹操损失了十几万支箭，心中郁闷。荀攸说："江东有周瑜、诸葛亮二人用计，一时难以攻破。可先派人去东吴诈降，作为内应。"曹操说："你觉得派谁去合适？"荀攸说："蔡瑁被杀，蔡瑁的**族弟**①蔡中、蔡和现为副将，丞相可以派他们往东吴诈降。"曹操听了他的建议，当天夜里唤二人到帐中嘱咐道："你二人可带少量士兵，去东吴诈降。一旦有动静，就派人密报，事成之后，重重有赏。不可有二心！"二人说："我等家眷都在荆州，怎么敢有二心，丞相不用怀疑。我二人必取周瑜、诸葛亮的首级，献给丞相。"第二天，二人带五百士兵和几条战船，向南岸而来。

周瑜正与诸位将领商议军务，这时有人前来报告，说江北有船来到江口，船上的人自称是蔡瑁的弟弟蔡和、蔡中，特地前来投降。周瑜将二人召入帐中，二人哭着跪拜，说：

①族弟：同宗族中辈分相同而年纪较小的人。

“我们兄长无罪，却被曹贼所杀。我们二人想要为兄长报仇，特来投降，请将军收留我们。”周瑜听后大喜，重赏了二人，将他们派去给甘宁当前锋。二人以为周瑜已经中计，心中暗自欢喜。周瑜却偷偷地对甘宁说：“这两个人不带家眷，显然不是真投降，而是曹操派来的奸细。我打算将计就计，让他们通报消息。你表面上殷勤对待他们，等到出兵之日，先杀他们**祭旗**[①]。你一定要小心，不可有误。”甘宁领命而去。

鲁肃来见周瑜，说：“蔡中、蔡和来投降，多半有诈，不可收留。”周瑜说：“他们因为曹操杀其兄长，想要报仇才来投降，怎会有诈！”鲁肃告退，将此事告知了诸葛亮。诸葛亮笑而不语。鲁肃问：“孔明为何发笑？”诸葛亮说：“我笑子敬未能看破公瑾的计策。大江相隔，奸细极难往来。曹操派蔡中、蔡和诈降，刺探我军情报，公瑾将计就计，正要他们通报消息。兵不厌诈，这都是公瑾安排的。”鲁肃这才省悟。

夜里，黄盖潜入中军帐来见周瑜。周瑜问：“**公覆**[②]深夜前来，必是有破曹的好办法了。”黄盖说：“敌众我寡，不应该僵持，何不用火攻？”周瑜说：“谁给你出的主意？”黄盖说：“我自己想出来的，并非他人所教。”周瑜说：“我正要如此，因此留蔡中、蔡和这两个诈降之人，用来通报消息，只可惜没有一个人能为我诈降曹操。”黄盖说：“我

①祭旗：古代的一种祭祀仪式。祭祀军旗，祈求出师大捷。
②公覆：黄盖，字公覆。

愿意。”周瑜说：“公覆可能要受些苦，不然曹操不会相信。”黄盖说：“我受孙氏厚恩，即便肝脑涂地，也无怨无悔。”周瑜拜谢说：“你如果愿意受这苦肉计，这是江东的幸事啊。”黄盖说：“就算要我死也无怨。”

第二天，周瑜召集诸位将领。周瑜说：“曹操率领百万大军，连绵三百余里，非一日可破。现在令诸位将领领取三个月粮草，准备迎敌。”话还没说完，黄盖出列说道：“别说三个月，即便是三十个月粮草，也无济于事！如果能在这个月击败曹操，那便是大功告成。如果这个月不能取胜，那么只有按照张昭的话，弃甲倒戈，向北投降了！”周瑜勃然大怒道：“我奉主公之命，督兵破曹，敢有再说投降者必斩。现在两军对阵之际，你竟然说出这样的话，搅乱我方军心，不将你斩首，难以服众！”周瑜命令左右将黄盖推出去斩了。欲知后事如何，且看下文分解。

精华赏析

周瑜对诸葛亮的能力十分钦佩，但同时也深感威胁。周瑜让诸葛亮在十天内造十万支箭，而诸葛亮却说只需用三天。三天后，诸葛亮果真用草船借来十万支箭。在这个过程中，诸葛亮知天文、晓地理、识人心的本领表现得淋漓尽致。

成长启示

学习丰富的知识很重要，而将所学知识运用到实际生活中更重要。我们在日常学习中，既要专心钻研、仔细思考，也要将学习所得恰当地融入生活。这样一来，在面对问题时，我们才能做到游刃有余。

第二十四回 苦肉计周瑜打黄盖

❖ 要点思考

· 你觉得黄盖是个什么样的人？

· 诸葛亮又一次识破了周瑜的苦肉计，这次鲁肃为什么没有告诉周瑜？

黄盖生气地大喊道：“我当年跟随孙将军纵横东南时，还不知你在哪里呢！”周瑜大怒，下令赶快将黄盖推出去斩了。甘宁上前求饶：“黄将军乃是东吴旧臣，还请从宽处理。”周瑜大喝：“你怎敢多嘴，乱我军纪！”让左右将甘宁乱棒打出。众官员全都跪下求情：“黄盖虽然按罪当诛，但阵前斩将对士气不利。望都督宽恕，先给他记下。破曹之后，再杀也不迟。”周瑜怒气未消，但众官苦苦求情。周瑜说：“若不是看在诸位的面子上，我定要杀他！今日暂且免去死罪！”

周瑜传令左右：“打一百军棍，作为惩罚！”众人又求情。周瑜推翻案桌，喝退众官，下令行刑。士兵将黄盖剥了衣服，拖翻在地，打了五十军棍。众人又来苦苦哀求。周瑜指着黄盖说：“你还敢小瞧我吗！剩下五十棍先留着！再有怠慢，两罪并罚！”

众人扶起黄盖，见他被打得皮开肉绽，鲜血直流，周围的人无不流泪。黄盖被送回他自己的寨子后，鲁肃前去探望，之后来到诸葛亮的船中，对诸葛亮说：“今日公瑾责罚黄盖，我等都是他的部下，不敢苦谏。先生是客，为何袖手旁观，一言不发？”诸葛亮笑着说：“子敬难道不知公瑾今日毒打黄盖，乃是他的计策吗？为何要我劝他？”鲁肃这才醒悟。诸葛亮说：“不用苦肉计，如何能瞒过曹操？今日黄盖必去诈降。子敬见公瑾时，千万别说我已经知道这些事，只说我也埋怨都督便是。”鲁肃告辞，去见周瑜。周瑜邀其进帐后，鲁肃问：“今日为何痛打黄将军？”周瑜问：“诸位将领是否有抱怨？”鲁肃说：“大多心中不安。”周瑜又问：“孔明有什么反应？”鲁肃说：“他也埋怨都督太薄情。”周瑜笑着说：“这次肯定是瞒过他了。”鲁肃说：“都督是什么意思？”周瑜说：“今日痛打黄盖，乃是计策。我想令他诈降，必须先用苦肉计瞒过曹操，然后让他趁机放火，方可取胜。”鲁肃暗中佩服诸葛亮，却不敢明说。

黄盖在帐中养伤，诸将都来探望。黄盖不说话，只是不住地长吁短叹。忽报参谋阚泽来探望。黄盖将他请入卧室，令左右都退下。阚泽说：“将军难道与都督有仇吗？”黄盖说：“没有。”阚泽说：“那么你被责罚，难道是苦肉计吗？”黄盖说：“你怎么知道？”阚泽说：“我看公瑾的举动，已经猜到八九分。”黄盖说：“我受吴侯三世厚恩，无以为报，因此献计。我虽受苦，但心甘情愿。我仔细考虑过，除了你，军中没有能完全信任的人，只有你向来忠义，因此才告诉你实情。”阚泽说：“你将此事跟我说，是要我向曹操献上诈降书吗？”黄盖说：“正有此意。不知你是否愿意？”阚泽欣然应允。

当天夜里，寒星满天。三更时分，扮成渔民的阚泽来到曹军水寨。巡逻的士兵将他擒住，连夜报告曹操。曹操说：“莫非是奸细？”士兵说：“只是一个渔民，自称是东吴参谋阚泽，有机密情报要来求见。”曹操便下令将他押来。士兵将阚泽带到，只见帐中灯烛辉煌，曹操端坐着问道：“你既然是东吴参谋，来这里做什么？”阚泽说：“听说曹丞相求贤若渴，我今日一看，原来只是传言。黄盖啊，你又打错了算盘啊！”曹操说：“我与东吴正在交战，你私自来到这里，难道还不该问问吗？”阚泽说：“黄盖乃是东吴三世旧臣，今日在众将面前，被周瑜**无端**[①]毒打，怨气难平。因此想要投降丞相，报仇雪恨，特地让我来送信。我与黄盖情同骨肉，所以来为他献上密信。不知丞相愿不愿接纳？”曹操说：“书信在哪里？”阚泽取出书信呈上。

曹操在桌案上将书信反复看了十几遍，忽然拍案瞪眼大怒道：“黄盖用苦肉计，让你送来诈降书，学了一点兵法，就敢来戏弄我！”便叫手下将阚泽推出去斩首。士兵将阚泽拿下，阚泽却面不改色，仰天大笑。曹操叫人把他带回来，呵斥道：“我已识破你们的奸计，你为何发笑？”阚泽说：“我不笑你，我笑黄盖不识人。”曹操问：“他怎么不识人？”阚泽说：“要杀便杀，何必多问！”曹操说：“我自幼熟读兵书，深知分辨忠奸的办法。你这条计，能瞒得过别

①无端：没来由，没道理。

人，如何瞒得了我！”阚泽说：“你先说说信中哪件事是奸计。”曹操说：“那我就说出你的破绽，叫你死而无怨。如果你是真心献书投降，为什么不确定好时间？你现在有什么好说的！”阚泽听了，大笑道：“亏你还好意思说自己熟读兵书！还不如早点收兵回去！倘若交战，必被周瑜擒住！**不学无术**①之辈！可惜我屈死在你手里！”曹操说：“为什么说我不学无术？”阚泽说：“你不识计谋，不明道理，难道不是不学无术吗？”曹操说：“你说我做错了什么？”阚泽说：“你不懂礼贤下士，我为什么要告诉你！快点杀了我吧。”曹操说：“你要是说得有理，我自然敬重你。”阚泽说：“你难道不懂背叛主人，不能预先定下日期？如果现在就约定日期，到时候难以下手，这里反而派人接应，事情不就泄露了？所以只能见机行事，不能预先商定日期。你不明白这个道理，便要屈杀好人，真是不学无术之辈！”曹操听了，走过来道歉说：“我一时糊涂，差点错怪好人，请不要放在心上。”阚泽说：“我与黄盖真心投降，岂能有诈！”曹操大喜道：“若你二人能建大功，他日加官晋爵，必在他人之上。”阚泽说：“我等并非为赏赐而来，只是顺应天意。”

过了一会儿，有人进大帐，在曹操耳边窃窃私语。曹操说：“书信拿来我看。”那人将密信呈上。曹操看完，脸上颇有喜色。阚泽心想：“这肯定是蔡中、蔡和来报黄盖受刑的信，如此一来曹操肯定以为我投降的事是真的。”曹操说：“劳烦先生再回江东，与黄盖约定好后，先传消

①不学无术：没有学问，没有能力。

息来，我再派兵接应。”阚泽说：“我已离开江东，不能再返回。望丞相再派心腹前去。”曹操说：“如果别人去，事情恐怕会泄露。”阚泽再三推辞，最终勉强答应。曹操赐给他金银，阚泽不收。阚泽辞别出营，再驾扁舟重回江东，来见黄盖，讲述了事情的经过。黄盖说：“要不是你能言善辩，这苦肉计不能成功。”阚泽说：“我现在去甘宁寨中，查探蔡中、蔡和的消息。”黄盖说：“好。”

阚泽来到甘宁寨中，见到甘宁后说道：“将军为救黄盖，被周瑜所辱，我为将军鸣不平。”甘宁笑而不语。正说着话，蔡和、蔡中来了。阚泽对甘宁施以眼色，甘宁会意，于是说：“周瑜自恃其能，轻视其他人。我这次被辱，没脸再见江东父老！”说完，咬牙切齿，拍案大叫。于是阚泽假装在甘宁耳边低语。甘宁低头不语，长叹数声。蔡和、蔡中见甘宁、阚泽都有谋反之心，便用言语挑逗：“两位为何烦恼？”阚泽说：“我等心中之苦，你们怎会明白！”蔡和说：“莫非要投降曹操？”阚泽假装吃惊，甘宁拔剑而起说：“我们的事被你们看破，必须杀你们灭口！”蔡和、蔡中赶忙说：“二位不要担忧，我们也把秘密说出来。”甘宁说：“快说！”蔡和说：“我二人乃是曹公派来诈降的。二位若有归顺之心，我可为你们引荐。”甘宁说：“你说的是真的吗？”二人齐声说：“不敢有假！”甘宁假装大喜道：“倘若如此，确实是天赐良机！”二蔡说：“黄将军与您被辱之事，我们已报知丞相。”阚泽说：“我已将黄将军的信献给丞相，今日特来见甘宁，相约一同投降。”

甘宁说："大丈夫既遇明主，自当倾心相投。"于是四人一同饮酒，共论心事。二蔡立即写下书信，密报曹操，说"甘宁与我等同为内应"。阚泽又写了一封信，派人密报曹操，信中写道："一旦见到船头插青龙**牙旗**[1]的，便是黄盖。"

曹操看过书信，心中疑惑不安，聚众谋士商议道："江东甘宁被周瑜所辱，愿为内应；黄盖受罚，令阚泽送来投降书，全部不可深信。谁敢入周瑜寨中，探听虚实？"蒋干说："我前日前往东吴，未能成功，深感惭愧。今日愿舍身再次前往，一定要打探到实情，回报丞相。"曹操大喜，立即令蒋干上船。蒋干驾小舟到江东水寨边，派人传报。周瑜听得蒋干又到，大喜说："能否成功，都在此人身上！"于是，他吩咐鲁肃："请庞统来。"欲知后事如何，且看下文分解。

◈ 精华赏析

世人皆知周瑜打黄盖，一个愿打一个愿挨，却鲜少有人提及阚泽送诈降信的精彩表现。阚泽有勇有谋，能言善辩，正是他的一席话才让曹操相信黄盖是真心投降，让周瑜的苦肉计得以实现。

◈ 成长启示

周瑜通过苦肉计，使曹操相信黄盖是真投降，从而为联军取得胜利创造了条件。为了迷惑敌人、达成目标，我们需要采取一些策略和伪装，这有助于我们更好地隐藏真实意图，从而达成目标。

①牙旗：旗杆上饰有象牙的大旗。多为主将、主帅所建，亦用作仪仗。

第二十五回 宴长江曹孟德赋诗

❖ 要点思考

· 你觉得庞统是个什么样的人？

· 庞统是如何巧献连环计的？

襄阳庞统，字士元，因避乱暂居江东。周瑜曾派鲁肃问庞统："破曹用什么计策？"庞统说："欲破曹兵，须用火攻。但大江上，一船着火，余船四散。除非献连环计，让曹军把战船钉在一处，然后火攻才能成功。"鲁肃把庞统的话告诉了周瑜，周瑜深表赞同，然后对鲁肃说："能献上连环计的，非庞士元不可。"鲁肃说："曹操奸滑，庞统如何去献计呢？"周瑜沉默不语，正愁没有机会，忽然听到蒋干又来拜访。周瑜大喜，一面吩咐庞统用计，一面坐在帐中，派人去请蒋干。

蒋干入寨见周瑜。周瑜假装生气说："子翼何故欺人太甚？"蒋干笑着说："我与你乃是兄弟，特来吐露心事，怎么说欺你呢？"周瑜说："你要劝我投降，除非海枯石烂！上次我念旧情，请你痛饮，留你共寝。你却盗我书信，向曹操告密，杀了蔡瑁、张允，令我功亏一篑。今天你又来，必定不怀好意！本想送你回去，可我这两天便要攻打曹贼。留你在军营，又怕泄露军情。"周瑜对左右下令："送子翼到西山庵中歇息，等打败曹操再送他过江。"蒋干还想说话，周瑜已入帐后去了。

蒋干在庵内，心中忧闷，寝食不安。晚上，蒋干走出庵外，忽然听到读书声。他循声而去，见山脚下有几间草屋，屋内亮着灯光。蒋干上前，只见一人站在灯前，在读孙膑、**吴起**[①]的兵书。蒋干想："这肯定不是普通人。"于是，便去敲门。那人开门来迎，仪表不凡。蒋干问他姓名，答道："姓庞，名统，字士元。"蒋干说："莫非是凤雏先生？"庞统说："正是。"蒋干大喜，说："久闻大名，如今为何隐居此地？"庞统说："周瑜自恃才高，不能容人，我因此隐居在此。你是何人？"蒋干说："在下蒋干。"庞统邀请他进屋，坐下谈心。蒋

①吴起：战国时期的军事家。

干说："如果你愿意归顺曹操，我可为你引荐。"庞统说："我也早就想离开江东了。你既然有引荐之心，我们现在便出发。如果被周瑜得到消息，必会加害你我。"于是，庞统与蒋干连夜下山，坐小船赶回江北。

到了曹操的营寨，蒋干先去见曹操，讲述了之前的事。曹操听说凤雏先生来了，亲自出帐迎接，分宾主坐定，曹操说："周瑜年轻，**恃才傲物**[①]。我久闻先生大名，希望您**不吝指教**[②]。"庞统说："我听闻丞相用兵有法，今天想一睹军容。"曹操叫人备马，邀庞统一同参观旱寨。庞统与曹操骑马登上高处远望，庞统说："傍山依林，前后顾盼，出入有门，进退曲折，孙膑、吴起再生，穰苴复出，也不过如此。"曹操说："先生过奖了，还望多多指教。"曹操又带着庞统参观水寨。水寨有二十四座门，皆有艨艟战舰，往来有巷，起伏有序，庞统笑着说："丞相用兵，名不虚传！"然后指着江南说道："周郎，周郎，几日后必亡。"曹操大喜，回寨后请庞统到帐中，一同饮酒，讨论兵法。庞统对答如流，曹操很是佩服。庞统假装喝醉说："敢问军中有良医吗？"曹操问有什么用。庞统说："水军经常生病，必须良医医治。"此时，曹军因水土不服，很多人患病，甚至有一些人病死，曹操正为这件事担忧。庞统说："我有一个办法，可使士兵不再患病。"曹操大喜，便问他的计策。庞统说："大江之中，潮生潮落，风浪不息。

①恃才傲物：倚仗自己的才能而骄傲自大，轻视旁人。

②不吝指教：不吝惜自己的意见，希望给予指导。请人指教的客套话。

北方人不习惯乘舟，来回颠簸，就会生病。如果将大船小船排成方阵，首尾用铁索连接，上面铺木板，别说人可以通过，马都可以走。战船连接好，任他风浪再大，又有何惧？”曹操离席道谢说：“没有先生的良策，怎能打败东吴！”曹操立即命军中铁匠连夜打造连环大钉，锁住船只。

庞统又对曹操说：“我看江东豪杰，埋怨周瑜的很多。我想凭三寸不烂之舌为丞相劝说，让他们都来投降。周瑜孤立无援，必被丞相所擒。周瑜如果败了，刘备也就无能为力了。”曹操说：“先生所言极是，我会启奏天子，封先生为三公。”庞统说：“我这么做并非为富贵，只是为了救百姓。丞相渡江后，千万不要杀害百姓。”曹操说：“我替天行道，怎会杀戮无辜百姓！”庞统拜谢后说：“我走后您应速速出兵，别让周瑜有所察觉。”曹操点头同意。庞统离开后返回江东。

建安十三年冬十一月十五日，天气晴朗，风平浪静。曹操下令：“在大船上摆下酒席，我今晚要宴请诸位将军。”天色渐晚，东山月上，皎皎如同白日。曹操坐在大船之上，文武众官依次而坐。曹操遥望四周，风景如画，心中欢喜，对众官说：“我自起兵以来，发誓扫清四海，平定天下，一直没得到的只有江南。如今我有百万雄师，更靠诸位舍命而战，怎能不成功！收服江南之后，与诸位共享富贵。”文武官员都站起来说：“愿早奏凯歌！我等全靠丞相。”曹操大喜。到了半夜，曹操已醉，取槊立于船头，将酒洒入江中，又接连喝了三大杯，横槊对诸将说：“我持这把槊，破黄巾、擒吕布、灭袁术、收袁绍，深入塞北，直抵辽东，纵横天下。我看今日景色，甚有感慨。我来作歌，你们来和。”曹操歌曰：“对酒当歌，人生几何？譬如朝露，去日苦多。慨当以慷，忧思难忘。何以解忧，唯有杜康。青青子衿，悠悠我心。但为君故，沉吟至今。呦呦鹿鸣，食野之苹。我有嘉宾，鼓瑟吹笙。皎皎如月，何时可掇？忧从中来，不可断绝。越陌度阡，枉用相存。契阔谈宴，心念旧恩。月明星稀，乌鹊南飞。绕树三匝，无枝可依。山不厌高，水不厌深。周公吐哺，天下归心。”唱完，众人一起欢笑。

第二天，水军都督毛玠和于禁向曹操报告：“所有大小船只，已用铁索连接，请丞相调遣。”曹操来到战船上坐定，聚集诸将听令。水军寨中擂鼓三通，所有战船一齐出动。此时突然刮起西北风，战船却稳如平地。曹操心中大喜，认为自己必胜。曹操令战舰收起船帆，依次回寨。

曹操升帐对众谋士说：“若非老天助我，怎能得到凤雏的妙计！铁索连船，果然渡江如履平地。”程昱说：“船连到一起，确实是平稳，但敌军若用火攻，难以防备，不可不防。”曹操大笑说：“**仲德**[1]虽然考虑周到，但还是有没想到的地方。”荀攸问：“仲德说的没错，丞相为何发笑？”曹操说：“凡是用火攻的，必借助风力。此时正值隆冬，只有西风北风，怎么会有东风南风呢？我们位于西北方向，敌军在南岸，他们如果用火，只能烧自己的兵，我们怕什么呢？若是十月小春之时，我早就提防了。”诸

①仲德：程昱，字仲德。

将全都拜伏道："丞相高见，我等比不上。"

一日，周瑜领众将立于山顶，看对岸情况。周瑜对众将说："曹军的战船密得像芦苇，曹操又多谋，该用什么计策打败他呢？"还没等别人回答，忽见曹军寨中，中央黄旗被风吹断，飘到江中。周瑜大笑："此乃不祥之兆！"正在此时，忽然狂风大作，波涛拍岸。一阵风过，刮起的旗角拂过周瑜的脸。周瑜猛然想起一件事，大叫一声，便往后倒，口吐鲜血。诸将急忙将他救起，却早已不省人事。欲知周瑜性命如何，且看下文分解。

精华赏析

曹操的《短歌行》是一首极富感染力的诗歌，一直流传至今。曹操不仅在政治和军事方面有着卓越的才能，在文学和诗歌方面也有着非凡的造诣。他是建安文学的领袖人物，其卓越的文学才华和独特的诗歌风格，对中国文学的发展产生了深远影响。

成长启示

庞统在巧献连环计的过程中，因对曹操的水军情况有深入的了解，从而能够有针对性地制定策略。在生活中，了解敌人或竞争对手是非常关键的。只有了解他们的优点和缺点，我们才能找出有效的应对策略，从而在竞争中占据优势。

第二十六回 曹孟德赤壁吃败仗

❖ 要点思考

· 曹操在赤壁之战中为何会失败？

· 诸葛亮明知周瑜生病的原因，为什么没有直接挑明，而是用言语暗示？

周瑜被救到帐中，将领们纷纷前来探望，全都愕然说道：“没想到都督竟然病成了这样，倘若曹兵一到，该如何应对？”

诸葛亮也前来探望，周瑜让人把自己扶起，坐在床上。诸葛亮说：“几日不见公瑾，怎会生此大病！”周瑜说：“‘人有旦夕祸福’，岂能自保？”诸葛亮笑着说：“‘天有不测风云’，人又岂能预料？”周瑜听了这句话，脸色一变。诸葛亮说：“都督心中感觉烦乱吗？”周瑜说：“正是。”诸葛亮说：“必须用凉药来调解。”周瑜说：“已服凉药，并不起效。”诸葛亮说：“必须先调理气息，气顺了，自然痊愈。”周瑜料到诸葛亮必然知晓他的心意，于是说道：“要想顺气，该吃什么药？”诸葛亮笑着说：“我有一个方子，能叫都督气顺。”周瑜说：“愿先生赐教。”诸葛亮拿来纸笔，写下十六个字：“欲破曹军，宜用火攻，万事俱备，只欠东风。”他写完，递给周瑜说道：“这就是都督的**病根**[1]。”周瑜见了大惊，心中暗想：“孔明真乃神人也！早已知晓我的心事！”周瑜笑着说：“先

---

①病根：疾病发生的根源。

生已知我病因，打算怎样医治？事情紧急，请赐教。”诸葛亮说：“我曾遇到一位奇人，传授给我奇门遁甲之术，可以**呼风唤雨**①。都督想要东南风，可在南屏山建一高台，起名‘七星坛’，高九尺，造三层，命一百二十人手拿大旗围绕高台。我在台上作法，便可借来三日三夜东南大风，如何？”周瑜说：“别说三日三夜，只需一夜大风，大事可成。”诸葛亮说：“十一月二十日甲子祭风，二十二日丙寅风停，如何？”周瑜大喜，一下就有了精神，传令派五百精壮士兵去南屏山修建七星坛。

诸葛亮于十一月二十日甲子吉时，身披道衣，赤脚散发，来到坛前。诸葛亮吩咐鲁肃：“子敬可前往军中帮公瑾调兵。”鲁肃离去。诸葛亮嘱咐守坛将士：“不许擅离方位，不许交头接耳，不许**大惊小怪**②！违令者斩！”而后诸葛亮缓步登坛，在炉中点上香，口中念念有词。过了半天，下坛到帐中休息，叫士兵们轮流吃饭休息。诸葛亮一日上坛三次，下坛三次，但并不见有东南风。

周瑜一面请程普等武将在帐中只等东南风起便调兵出战，一面派人上报请孙权派兵接应。黄盖已准备好火船二十条，船内装满芦苇干柴，浇上油，再铺上硫黄、硝石等易燃之物，用青布遮盖；船头上插上青龙牙旗，船尾系上小舟，只等周瑜号令。甘宁、阚泽每天拉着蔡和、蔡中在水寨中饮酒，也只等周瑜的号令。周瑜正在帐中，探子

①呼风唤雨：原指神仙道士神通广大，现比喻能够支配自然或左右某种局面。有时也比喻进行煽动性的活动。

②大惊小怪：形容对于不足为奇的事情过分惊讶。

来报：“吴侯船只离寨八十五里停泊，只等都督的消息。”周瑜立即令鲁肃通知所有将士：“全都准备好船只、武器等物。号令一出，立即出发。”众兵将得令，一个个摩拳擦掌，准备厮杀。

众人一直等到傍晚，还是没有风。周瑜对鲁肃说：“孔明信口开河。隆冬时节，怎么会有东南风呢？”鲁肃说：“我相信孔明必不会乱说。”将近三更时分，忽听风声响起，刮得旗帜转动。周瑜出帐查看，旗帜竟飘向西北。霎时间东南风大起，周瑜骇然：“此人竟有改变天地、呼风唤雨的手段！若留此人，必成东吴祸患。”周瑜急忙叫来校尉丁奉、徐盛二人：“你们各带一百人，徐盛从江上走，丁奉从陆路走，前往南屏山七星坛将诸葛亮杀掉，拿首级回来请功。”二将领命，各自出发。

丁奉带骑兵先到，提剑上坛，却不见诸葛亮，赶忙问守坛将士，答道：“刚才下坛去了。”丁奉下坛寻找，此时徐盛的船到了，二人在江边会合。小兵报告：“昨晚一只快船停在前面岸边，刚才见诸葛亮上了船，朝着江上去了。”丁奉、徐盛便分水陆两路追击。徐盛遥望前方不远处果然有一条小船，在船头上高声大喊：“军师别走！都督有请！”只见诸葛亮站在船尾大笑说：“请回复都督，诸葛亮先回夏口，改日再见。”徐盛说：“请先停下，有要紧话说。”诸葛亮说：“我已料到都督不能容我，必然派人来害我，提前叫赵子龙来接应。将军不必追赶。”徐盛一路追赶，逐渐接近了，赵云拈弓搭箭，站在船尾大叫说：

“我是常山赵子龙！奉令来接军师，你为何穷追不舍？本来应该一箭射死你，又怕两家失了和气。现在让你知道我的手段！”说完，一箭射断徐盛挂船帆的绳子，又让自己的船升起帆，顺风而下。徐盛追赶不上，只得下令返回岸上。岸上的丁奉等徐盛的船来到近前，说道：“诸葛亮神机妙算，再加上赵云有**万夫不当之勇**[①]，你我只能这样空手回去了。”于是二人回营去见周瑜，说诸葛亮预先安排赵云接应。周瑜大惊说：“此人如此多谋，让我日夜难安啊！”鲁肃说：“待打败曹军之后，再做打算。”

周瑜听了鲁肃的话，召集众将听令。先让甘宁、太史慈等人带兵埋伏在曹营周围，然后令黄盖安排火船，派人给曹操送去密信，相约今夜投降。韩当、周泰等人带领船队在后接应。周瑜自己与程普在大船上督战，只留鲁肃、阚泽等人守寨。

而此时刘备与刘琦正在夏口等候诸葛亮回来，忽见一条船到，刘备说：“一定是军师回来了。”刘备与刘琦下楼迎接。很快，船到岸边，诸葛亮、赵云登岸。刘备大喜。问候完毕，诸葛亮说：“现在没时间说别的事，之前请您准备的人马船只，是否已经备好？”刘备说：“早就准备好了，只等军师调用。”

诸葛亮与刘备、刘琦升帐坐定，对赵云说：“子龙带三千人马，渡江到乌林小路埋伏。今夜四更以后，曹操必然从那条路逃走。”赵云说：“乌林有两条路，一条通往

---

①万夫不当之勇：一万个人也抵挡不住。形容非常勇敢。

南郡[1]，一条通往荆州，不知在哪条路埋伏？”诸葛亮说：“南郡距离很近，曹操肯定不敢前去，他必去荆州，然后带大军回许昌。”赵云领命而去。诸葛亮又对张飞说：“翼德可带三千士兵渡江，截断**彝陵**[2]这条路，去葫芦谷口埋伏。明日雨后，曹军必在那里做饭修整。只要见到烟起，就在山边放火。”张飞领命而去。诸葛亮又派糜竺、糜芳、刘封三人带船，去江上剿灭败军，夺取物资。三人也领命而去。而后诸葛亮让公子刘琦把守武昌，自己与刘备在樊口屯兵，凭高远望，坐看今夜周瑜大胜。

此时关羽在一旁，诸葛亮全然不理睬。关羽忍耐不住，高声说道：“关某自跟随兄长以来，从不落后。今日面对大敌，军师却不让我上阵，这是何意？”诸葛亮笑着说：“云长不要怪我。我本想派你把守一个最紧要的地方，可是还有些顾虑。”关羽说“军师有何顾虑，请说明。”诸葛亮说：“昔日曹操对你有恩，你应当报答。今日曹操兵败，必然会走**华容道**[3]。若令你去把守，肯定会放他过去。因此不敢让你去。”关羽说：“军师多心了！当日曹操确实对我有恩，不过我斩颜良、诛文丑，已经报答过他了。如果撞见，绝不放过！”关羽立下军令状后，领了军令，带关平、周仓和五百士兵，到华容道埋伏去了。

刘备说：“我二弟义气深重，若曹操真走华容道，只怕他还是会放他过去。”诸葛亮说：“我夜观天象，曹贼

①南郡：在今湖北省荆州市荆州区。
②彝陵：在今湖北省宜昌市东南。
③华容道：故址在今湖北省监利市西北。

命不该绝。这个人情让云长做了，也是好事。”刘备说：“先生神机妙算，世上罕见！”诸葛亮与刘备驻扎樊口，看周瑜用兵，留孙乾、简雍守城。

曹操在大寨中，与众将商议，只等黄盖消息。当日东南风很大，程昱对曹操说：“今日起了东南风，应该多加提防。”曹操笑着说：“春天快来了，现在偶尔刮起东南风，没有什么奇怪的。”军士忽报江东一条小船驶来，说有黄盖密信。曹操急忙叫人呈上密信，信中写道：“今夜有粮草从鄱阳湖运来，周瑜派我巡逻。我打算趁机劫下粮船，献给丞相。就在今晚二更，插青龙牙旗的船，就是粮船。”曹操大喜，于是与众将来到水寨大船上，等黄盖的船到。

天色渐晚，周瑜令黄盖出发。黄盖在第三条火船上，向着赤壁进发。当时东风大作，波浪汹涌。曹操正在隔江遥望，忽然士兵上报：“江南隐约见到一队帆船，向我们驶来。船头都插青龙牙旗，船上的大旗写着‘先锋黄盖’。”曹操笑着说：“黄将军果然来投降了，这是天助我也！”程昱仔细观察后，对曹操说：“这几条船速度很快，不像是粮船，恐怕有诈。先不要让他们接近水寨。”曹操省悟，便派文聘带一队小船前去阻拦。文聘刚刚接近，就被一箭射中左臂，倒在船上。顿时文聘的船队大乱，各自逃命。在距离曹操水寨只有二里时，黄盖用刀一招，各条船一齐点火，然后二十条火船全部撞进曹军水寨。火借风势，水寨中船只又被铁环锁住，一时间曹军战船全被点燃。只见江面上，一片通红，漫天彻地。

此时曹操所乘的大船也已经着火。幸亏张辽驾一条小船将曹操接到岸上。黄盖望见一个穿红袍的人下船上岸，心想肯定是曹操，于是驾船赶了过去，手提利刃，高声大喊："曹贼休走，黄盖在此！"曹操**叫苦连天**[①]。张辽拈弓搭箭，等黄盖近了，一箭射去，正中肩窝，黄盖翻身落水。欲知黄盖性命如何，且看下文分解。

❖ 精华赏析

曹操足智多谋却又生性多疑，为了让他中计，黄盖用苦肉计，阚泽下诈降书，庞统献连环计，最后诸葛亮借东风，一系列精妙的计谋成功让曹操中计，孙权、刘备在赤壁之战中取得了重大胜利。

❖ 成长启示

曹操在赤壁之战中失败的原因之一就是过于自信，没有充分考虑到江面战的复杂性和孙、刘联军的智谋，最终导致了他的失败。这个教训告诉我们，无论在什么情况下，都应该保持清醒的头脑，不要过于自信，尤其是在面对强大的敌人时更应如此。

①叫苦连天：不断叫苦，形容十分痛苦、烦恼。

第二十七回 关云长义释曹孟德

要点思考

· 关羽为什么在华容道放走曹操？

· 诸葛亮明知关羽会放走曹操，为什么还让他去把守华容道？

张辽一箭把黄盖射下水，救下曹操登岸，这时曹军已经大乱。韩当冒烟突火来攻水寨，忽然听见了黄盖的求救声，急忙赶去将他救起，并派船将他送回大寨医治。

当日满江火滚，喊声震地。左边是韩当、蒋钦两军从赤壁西边杀来，右边是周泰、陈武两军从赤壁东边杀来，正中是周瑜、程普、徐盛、丁奉大队船只杀来。曹军中枪中箭的、被烧死的、溺水而亡的，不计其数。

这一边江中**鏖战**①，另一边，甘宁闯入曹寨深处放起火来。吕蒙遥望中军火起，也到处放火，接应甘宁。潘璋、董袭分头放火呐喊，四周鼓声大震。曹操与张辽带着百余人在着火的丛林内奔走，眼前到处都是火海。曹操下令寻路，张辽说："只有乌林地面，空阔可走。"曹操直奔乌林。正走时，背后有一队人马赶到，大叫："曹贼休走！"火光中现出吕蒙旗号。曹操继续向前，留张辽断后，抵敌吕蒙。却见前面火把又起，从山谷中跑出一队人马，大叫："凌统在此！"曹操吓得**胆裂魂飞**②。忽然，侧面有一支队伍

---

①鏖战：激烈地战斗。

②胆裂魂飞：形容极度害怕、恐慌。

赶到，大叫："丞相莫慌！徐晃在此！"两军混战，曹操夺路向北跑去，突然看见一支队伍，屯在山坡上。原来是袁绍手下的降将马延和张觊。这两人夜里看见满天火光，没敢轻举妄动，正好接到曹操。曹操叫二将带一千人开路，其余两千留在身边保护。有了这三千人马，曹操心中稍安。然而，前行不到十里，又被一支队伍拦住去路。为首的大将，正是甘宁。马延和张觊接连被甘宁斩于马下，后军飞报曹操。曹操此时正指望**合淝**[1]派兵来救援，不想孙权在合淝路口，望见江中火光，便派陆逊举火为号，太史慈见了，与陆逊合兵一处，冲杀而来。曹操只得向彝陵逃去，路上撞见张郃，曹操令他断后。一直走到五更，火光渐远，曹操才安下心来，问道："这是哪里？"左右说："这是乌林之西、宜都之北。"曹操见树木丛杂、山川险峻，于是在马上仰面大笑。诸将问："丞相何故大笑？"曹操说："我不笑别人，笑周瑜无谋，诸葛亮少智。若是我用兵，预先在这里设下埋伏，该怎么办？"话还没说完，两边鼓声响起，火光冲天，惊得曹操几乎坠马。旁边有一队人马杀出，大叫："我赵子龙奉军师将令，在此等候多时了！"曹操让徐晃、张郃拦住赵云，自己逃跑。

此时天色微明，忽然大雨倾盆，曹操与军士冒雨前行。忽然，后面一队人马赶到，原来是李典、许褚保护着众谋士到来。曹操大喜，令大军继续前进，问道："前面是什么地方？"有人回报："一边是南彝陵大路，一边是北彝

①合淝：在今安徽省合肥市。

陵山路。”曹操问：“哪条路去南郡江陵更近？”士兵回答：“去南彝陵经过葫芦口最近。”曹操下令走南彝陵。刚到葫芦口，曹操见将士饥饿困乏，便下令埋锅做饭。曹操坐在树下，仰面大笑。众人问道：“丞相为何又笑？”曹操说：“我笑诸葛亮、周瑜智谋不足。若是我用兵，就在这里也埋伏一队人马，**以逸待劳**①，我等纵然逃得性命，也不免重伤。他们想不到这一步，所以我发笑。”正说着，四周喊声震天。曹操大惊，弃甲上马，只见山口出现一支部队，为首的正是张飞，他大叫：“曹贼哪里走！”曹军见了张飞，尽皆胆寒。许褚来战张飞，张辽、徐晃二将也来夹攻。两边军马混战一团，曹操拨马就走，诸将各自脱身。追兵渐远，曹操回头一看，发现众将多已带伤。

正走着，军士报告曹操：“前面有两条路，请问从哪条路走？”曹操问：“哪条路近？”军士说：“大路稍平，却远五十余里；小路走华容道，却近五十余里，只是地窄路险，坑坎难行。”曹操令人上山观望，回报：“小路山边有炊烟升起，大路并无动静。”曹操让前军走华容道小路。诸将说：“烽烟起处，必有埋伏，为什么要走小路？”曹操说：“兵书有云，‘虚则实之，实则虚之’。诸葛亮多谋，故意派人在小路烧烟，让我军不敢从这里走，他却在大路埋伏。我已料定，不会中他的计。”诸将说：“丞相妙算，无人可及。”于是，曹操带兵走华容道。此时，曹军人皆饥倒、马尽困乏，正值隆冬严寒，苦不堪言。又走了不到

①以逸待劳：作战的时候采取守势，养精蓄锐，等来攻的敌人疲劳后再出击。

数里，曹操在马上扬鞭大笑。众将问："丞相为何又大笑？"曹操说："都说周瑜、诸葛亮足智多谋，依我看都是无能之辈。若在此处设下埋伏，我等皆**束手就擒**[①]。"

话未说完，一声炮响，两边冲出五百校刀手，为首大将关云长，提青龙刀，跨赤兔马，截住去路。曹军见了，**亡魂丧胆**[②]，面面相觑。曹操说："既然到了这里，只能决一死战！"众将说："马已经走不动了，怎能战斗？"程昱说："云长恩怨分明，向来讲信用、重义气。丞相曾经有恩于他，只要亲自去劝说，必可脱身。"曹操纵马向前，欠身对关羽说："将军别来无恙！"关羽也欠身答道："关某奉军师将令，等候丞相多时。"曹操说："我兵败势危，无路可走，希望将军看在往日情义上，放我过去。"关羽说："昔日我虽蒙丞相厚恩，但已斩颜良、诛文丑，解白马之围，报答了丞相。今日之事，岂敢以私废公？"曹操说："你过关斩将的事，还记得吗？大丈夫以信义为重。将军常读《春秋》，岂不知**庾公之斯追子濯孺子**[③]的事？"关羽是个义重如山的人，想起昔日曹操的许多恩义与后来过关斩将的事，如何不动心？又见曹军人心惶惶，皆欲垂泪，心中不忍。于是，关羽把马头勒回，对众军说："你们散开。"这分明是放走曹操的意思。曹操见关羽回马，

---

①束手就擒：捆起手来由人捉拿，形容因无法脱逃或无力反抗而甘愿被擒获。

②亡魂丧胆：形容惊慌恐惧到了极点。

③庾公之斯追子濯孺子：春秋时，郑国派子濯孺子进犯卫国，卫国派庾公之斯追击他。子濯孺子因病不能拿弓应战。庾公之斯对子濯孺子说："我跟尹公之他学射箭，尹公之他又跟您学射箭，我不忍心用您传授的技术反过来伤害您。"说完便抽出箭来，敲掉箭头，随意射了四箭之后就回去了。这个故事的意思是顾念旧恩，不负心忘本。

便和众将一齐冲了过去。

曹操从华容道逃走，走到谷口，回顾跟随自己的军兵，只剩二十七骑。等到傍晚，已经快接近南郡。这时，火把齐明，有一队人马拦路。曹操大惊：“我要死了！”一群哨马冲到近前，才认出来是曹仁的军马，曹操才心安。曹仁说：“虽然知道丞相兵败，但我不敢远离，只好在附近迎接。”曹操说：“我差点再也见不到你！”于是，曹操带领众人入南郡安歇。

第二天，曹操对曹仁说：“我先暂时返回许都，整顿军马，必来报仇。南郡交由你来掌管，我有一计，密留在此，非紧急情况不要打开。”曹仁说：“合淝、襄阳，谁可把守？”曹操说：“荆州交给你，襄阳我已派夏侯惇把守，合淝是最为紧要的地方，我令张辽为主将，乐进、李典为副将，驻守此地。一旦有紧急情况，飞速回报。”曹操安排好后，上马率众人返回许都。曹仁派曹洪据守彝陵、南郡，防范周瑜。

关羽放了曹操，带领兵马返回。此时各路军马，都缴获了大量马匹、器械、钱粮，回到了夏口，唯有关羽没有所获，空身去见刘备。诸葛亮正与刘备庆贺，忽报关羽来了。诸葛亮急忙离开坐席，端着酒迎过来说：“恭喜将军立下盖世之功，为天下除了大害。”关羽默然。诸葛亮说：“将军莫非因为我们没有出来迎接，所以心中不快？”关羽说：“我特来请死。”诸葛亮说：“莫非曹操没有走华容道？”关羽说：“曹操是从那里来。关某无能，因此被他逃脱了。”

诸葛亮说："肯定是云长念及曹操昔日的恩情，故意放他走了。但立了军令状，不得不按军法处置。"于是命令武士把关羽推出去斩首。欲知云长性命如何，且看下文分解。

◈ 精华赏析

曹操在华容道被关羽拦住，但关羽并没有杀死他，而是放过了曹操。这个情节不仅没有影响关羽的形象，反而更加突显了他的忠义精神，被后人敬仰和传颂。

◈ 成长启示

关羽放走曹操，是出于义；诸葛亮要斩杀关羽，是因为军纪。不同的人在做事情时都有不同的立场，我们要学会站在他人的角度思考问题，这样我们会更加了解他人，也会变得更睿智。

第二十八回 诸葛亮妙计占荆州

◈ 要点思考

· 为什么刘备当初不愿接受徐州和荆州，现在却拼命占领城池？

· 诸葛亮用计占下城池，损害了自己盟友东吴的利益，你如何评价这种行为呢？

诸葛亮要斩关羽，刘备说：“我们三人结义时，发誓同生共死。如今云长虽犯法，但我不忍违背誓言。请军师暂且记下，容他将功赎罪。”诸葛亮同意了。

周瑜这边收军点将，将各人的功劳上报孙权，犒赏三军后，准备带兵攻取南郡。周瑜正与众人商议进军的策略，忽然有人上报：“刘皇叔派孙乾来给都督祝贺。”周瑜请孙乾入内，问道：“刘皇叔在何处？”孙乾回答：“现在驻扎在**油江口**①。”周瑜问：“孔明也在油江吗？”孙乾说是。周瑜说：“你先请回，我一定去油江道谢。”周瑜送走孙乾，便对鲁肃说：“刘备屯兵油江，必有攻占南郡之心。我等费了许多人马钱粮，眼看就要取得南郡，他们却想抢，是不把我放在眼里！”鲁肃说：“该如何应对？”周瑜说：“我去和他谈。他们退兵最好，如若不然，不等他攻打南郡，我先结果了刘备！”于是周瑜与鲁肃带三千骑兵，来到油江口。

孙乾回来见到刘备，说周瑜将亲自来道谢。刘备问

---

①油江口：在今湖北省荆州市公安县东北。

诸葛亮："他为何前来？"诸葛亮笑着说："他是为南郡而来。"刘备说："他若领兵前来，如何应对？"诸葛亮说周瑜来可如此这般应答。有人来报："周瑜、鲁肃到了。"一路上，周瑜见刘备军势雄壮，心里很不安。周瑜见到刘备、诸葛亮，双方施礼完毕，刘备设宴招待周瑜等人。酒过数巡，周瑜说："皇叔驻扎此地，莫非有攻占南郡的想法？"刘备说："听闻都督要取南郡，因此特来相助。若都督不取，我当然要取。"周瑜笑着说："我东吴早就想吞并汉江，如今南郡已在手中，为何不取？"刘备说："胜负难料。曹操走之前，令曹仁守南郡，必留下妙计。而且曹仁勇猛异常，只怕都督难以成功。"周瑜说："我如果没得手，就任你前去。"刘备说："子敬、孔明在此为证，都督不要后悔。"鲁肃犹豫着没说话。周瑜说："大丈夫一言既出，怎能后悔！"诸葛亮说："都督刚才所说，非常公平。先让东吴去取，若不成，主公再去取，有何不可！"周瑜与鲁肃辞别刘备、诸葛亮，上马离去。

刘备问诸葛亮："我现在没有安身之地，想夺取南郡暂且容身。若先让周瑜取了，城池已属东吴，该去何处安身呢？"诸葛亮说："主公不必忧虑。尽管让周瑜去厮杀，迟早让主公得到南郡。"而后低声说出了自己的计策，刘备听完大喜，便继续在油江口驻扎，按兵不动。

周瑜、鲁肃回寨。鲁肃说："都督怎能许诺让刘备取南郡？"周瑜说："我必定取得南郡，只是做个人情。"周瑜问帐下将士："谁敢先去攻打南郡？"一人应声而出，乃是蒋钦。周瑜说："你为先锋，徐盛、丁奉为副将，你们带五千精锐人马先渡江，我随后带兵接应。"

周瑜本想带兵与曹仁决战。甘宁说："都督不可轻举妄动。如今曹仁令曹洪守彝陵，为**掎角之势**①。我愿以精兵三千，攻下彝陵，都督然后可取南郡。"

吴军取得彝陵后，南郡的曹仁利用曹操留下的计策，令周瑜中计。吴军大败，周瑜也中箭落马。东吴将士赶紧将周瑜救回帐中，唤医生医治。医生说："此箭头上有毒，短时间不能痊愈。都督一定不能动气，否则伤口会复发。"

一日，曹仁带领大军，擂鼓呐喊，前来叫阵。程普拒不出战。周瑜问众将："是什么人**鼓噪**②呐喊？"众将说："是我军在操练士兵。"周瑜大怒道："为何欺骗我！我已知曹军常来寨前辱骂。程普为何坐视不理？"于是命人把程普请来询问。程普说："我见公瑾身体还未痊愈，医生说不可动怒，因此曹军叫阵，不敢报告。"周瑜说："既然不战，下一步如何打算？"程普说："将士们都想收兵先回江东，待你箭伤痊愈，再做打算。"周瑜听罢，在床上奋然起身说道："大丈夫既然从军，当**马革裹尸**③！岂可为我一人而耽误国家大事？"说完，立即披甲上马，将士见了，无不骇然。然后周瑜带数百骑出营，望见曹军已布成阵势，曹仁立马在门旗下，扬鞭大骂："周瑜小儿，畏惧不出，胆小如鼠！"骂声未绝，周瑜在阵中突然出列大喝：

①掎角之势：作战时分兵牵制或合兵夹击的形势。

②鼓噪：古代指出战时擂鼓呐喊，以壮声势，今泛指喧嚷。

③马革裹尸：用马皮把尸体包裹起来，指军人战死于战场。

“曹仁匹夫！周郎在此！”曹军看见周瑜，都很惊讶害怕。曹仁对众将说：“大骂周郎！”士兵们高声大骂。周瑜大怒，派潘璋出战。未及交锋，周瑜忽然大叫一声，口中喷血，坠于马下。曹兵冲来，两方混战一场，东吴将士们救起周瑜，送回帐中。程普问：“都督身体如何？”周瑜偷偷对程普说：“这是我的计策。我想让曹仁以为我病危，他必然主动出击。你可派心腹之人去曹军诈降，说我已死。今夜曹仁必来劫寨。你们布下埋伏等候，就可以擒获曹仁了。”程普说：“此计真妙！”于是，程普立刻散出消息，说都督周瑜箭伤复发而死，各寨全都挂孝。

曹仁听到周瑜已死的消息后大喜，当天夜里就去劫寨。曹军来到吴军的寨门前，不见一人，便知中计，急忙退兵。忽然四周炮声齐发，吴军杀出，曹军大败。曹仁带十数骑杀出重围，遇到曹洪，于是带领剩下的人马一同逃走。曹仁不敢回南郡，逃往了襄阳大路。

周瑜、程普带着部队，赶到南郡城下，只见城头布满旗帜，城墙上一将说道：“都督不要怪罪！我奉军师将令，已取下南郡。”周瑜一看，原来是赵云。周瑜大怒，下令攻城。城上乱箭射下，吴军无法接近。周瑜只好退兵商议，正在此时，忽然探马来报说：“诸葛亮取得了南郡后，便用兵符骗荆州守城人马来救，张飞趁机占领了荆州。”又一探马来报说：“夏侯惇在襄阳，诸葛亮派人送去兵符，诈称曹仁求救，骗夏侯惇带兵去救，却被关羽偷袭取了襄阳。这两处城池现在都归了刘备。”周瑜大叫一声，箭伤迸裂。欲知周瑜性命如何，且看下文分解。

❖ 精华赏析

赤壁之战后，曹操战败撤退，孙权和刘备都想趁机拿下荆襄的城池。诸葛亮利用孙、曹之间的矛盾，趁机夺取了南郡、荆州和襄阳，三足鼎立的局面正逐渐形成。

❖ 成长启示

诸葛亮在东吴与曹军交战之际，拿下荆襄，帮助刘备拥有了自己的地盘。这告诉我们，在生活中，要善于抓住机会，灵活应对，因为这些机会可能会改变命运，促使我们走向成功。

第二十九回 吴国太佛寺看新郎

要点思考

· 东吴为什么想要取得荆州？

· 如果你是周瑜，你会如何要回荆州呢？

周瑜见诸葛亮取得南郡，又得知他夺取了荆州和襄阳，气得箭伤复发，众将再三劝解。周瑜说：“若不杀诸葛村夫，怎息我心中怨气！程德谋可助我攻打南郡，一定要夺回来。”正说着，鲁肃来了。周瑜说：“我想起兵与刘备、诸葛亮共决雌雄，夺回城池。子敬助我。”鲁肃说：“不可。现在与曹操相持，还没有分出成败。与刘备交战，倘若曹兵乘虚而入，我们就危险了。况且刘备与曹操有过交情，若逼得紧急，他归降曹操，献出城池，一同攻打东吴，那我们该怎么办？”周瑜说：“我等用计策、损兵马、费钱粮，却被他占了城池，岂不可恨！”鲁肃说：“公瑾暂且忍耐一下，我亲自去见刘备，与他说理。若说不通，再动兵也不迟。”

鲁肃前往荆州，向刘备索要城池。刘备推托说刘表虽亡，其子刘琦尚在，叔叔辅佐侄子，理所应当。鲁肃说：“如果刘琦公子不在，你必须将城池归还我东吴。”过了一段时间，刘琦病亡，鲁肃又来讨要荆州。诸葛亮告诉鲁肃，刘备只是暂借荆州，等攻下西川，就会归还荆州。鲁肃回去后，将刘备借荆州的文书呈给周瑜。周瑜看完后气得跺脚，说："子敬，你中了诸葛亮的奸计！他说取了西川便还，你知道他何时取西川？假如十年不得西川，就十年不还？他若不还，必然连累你。主公怪罪下来，你如何应对？"鲁肃闻言，呆了半晌。周瑜又说："子敬是我恩人，我怎么会不救你？你先宽心住下，让我想想办法。"

过了几日，细作回报："刘备的甘夫人去世，即日安排殡葬。"周瑜对鲁肃说："我有计策了！可使刘备束手就擒，荆州反掌可得！"鲁肃问："什么办法？"周瑜说："刘备丧妻，必将续娶。主公有个妹妹，极其刚勇，侍婢全部带刀，房中摆满了兵器。我现在给主公上书，派人去荆州做媒，让刘备来**入赘**①。等到了**南徐**②，再把他抓住，派人去讨荆州换刘备。"周瑜写信，让鲁肃送到南徐交给孙权。孙权看完信，派吕范前往荆州做媒。

自从甘夫人去世，刘备昼夜烦恼。一日，正与诸葛亮闲谈，有人来报东吴派吕范前来。诸葛亮说："这肯定是周瑜的计策，必定为荆州而来。不管吕范说什么，主公都先答应下来，然后我们再做商议。"刘备请吕范进来。吕范说："听闻皇叔丧偶，因此我特来做媒。不知皇叔意下如何？"刘备说："夫人刚刚去世，怎么忍心现在便议亲？"吕范说："人若无妻，如屋无梁。我主吴侯有一妹，端庄贤惠。若两家共结秦晋之好，则曹贼不敢再犯东南。但国太吴夫人非常疼爱这个女儿，不肯远嫁，恳求皇叔到东吴成亲。"刘备说："此事吴侯知道吗？"吕范说："不先

①入赘：男子到女家结婚并成为女家的家庭成员。
②南徐：在今江苏省镇江市。

禀报吴侯，我怎么敢来做媒！”刘备说：“请先留下，明日再回复。”于是设宴款待，将吕范留在馆驿中。

晚上，刘备与诸葛亮商议。诸葛亮说：“吕范的来意我已知道。主公可以应允。先叫孙乾和吕范回去见吴侯，择日主公便去成亲。”刘备说：“这是周瑜要害我，我若是去了，岂不危险？”诸葛亮大笑说：“周瑜所使的计策都在我的预料之中！我略施小计，保管让主公既能迎娶吴侯的妹妹，又能平安归来。”

建安十四年①冬十月，刘备与赵云、孙乾离开了荆州，随行五百余人，前往南徐。临行前，诸葛亮交给赵云三个锦囊，让他依次打开。到了南徐，赵云说：“军师吩咐三条妙计，依次而行。现在先打开第一个锦囊看看。”赵云打开锦囊看了计策，然后让五百随行士兵依计行事，赵云又让刘备先去见乔国老。乔国老是二乔的父亲，住在南徐。刘备带着礼物前去拜见，和乔国老说吕范做媒、娶夫人的事。随行的五百士兵，全都**披红挂彩**②，在南徐置办物品，到处说刘备入赘东吴，城中人尽皆知。

乔国老见过刘备后，便去给吴国太贺喜。国太不知道这件事，听乔国老说起，一面派人询问孙权，一面又让人在城中探听。派出去的人都回报说：“确有此事。女婿已在城内，五百随行士兵都在城中买猪羊果品，准备成亲。”国太吃了一惊。不一会儿，孙权入后堂见母亲。国太捶胸大哭，说道：“你招刘玄德为婿，为何瞒我？女儿是我的！”

---

①建安十四年：公元 209 年。

②披红挂彩：把红绸和彩帛披在人的身上或物体上，表示荣宠、慰劳或喜庆。

孙权吃了一惊，只好说了实情："这是周瑜的计策，因要取荆州，所以以成亲为名，将刘备骗来并扣押在此地，要拿他来换荆州。如果不答应，就先斩了刘备。"国太大怒，骂道："他周瑜没办法取荆州，就用我女儿使美人计！杀了刘备，我女儿便是寡妇，误了我女儿一生！"乔国老说："若用此计，即便得了荆州，也会被天下人耻笑。"孙权默然无语。

国太不停地怒骂周瑜，乔国老劝解道："事情已经这样，刘皇叔是汉室宗亲，不如真的招他为婿，免得让人笑话。"国太说："我未曾见过刘皇叔，明天约他在**甘露寺**①相见。如果我不满意，任你们行事。如果我中意，就把女儿嫁给他！"孙权是个大孝之人，见母亲这样说，随即答应下来，于是吩咐吕范第二天在甘露寺设宴，国太要见刘备。孙权又私下吩咐贾华，预先埋伏刀斧手，看国太的意思行事。

乔国派人告诉刘备："明日吴侯、国太要在甘露寺亲自见你。"第二天，刘备前往甘露寺，赵云带五百士兵随行。来到寺前下马，先见孙权。二人施礼完毕，便去见国太。国太见了刘备，大喜，对乔国老说："刘皇叔真是当世英雄！"于是设宴款待刘备。赵云对刘备说："我刚才在廊下巡视，见房内有刀斧手埋伏，定无好意，可告知国太。"于是刘备跪在国太面前，哭着说："若要杀刘备，请就在此地动手吧！"国太问："何出此言？"刘备说："廊下埋伏着刀斧手，不是杀我的还能是什么？"国太大

---

①甘露寺：在今江苏省镇江市北固山上。

怒，责骂孙权，刀斧手都**抱头鼠窜**[①]。国太对刘备非常满意，便让他搬到书院暂住，择日成亲。

几日后，孙夫人与刘备成亲。晚上客人散去，刘备进入房中。灯光下，只见刀枪林立，侍女皆佩剑悬刀，站在两旁，吓得刘备魂不附体。管家婆说："刘皇叔不要怕，夫人自幼习武，经常令侍女击剑为乐，所以如此。"刘备说："我看了心里害怕，可暂时撤去。"管家婆将此事报告孙夫人，孙夫人笑着说："**戎马**[②]一生，竟会害怕兵器！"便下令撤去兵器，又让侍女解去佩剑。刘备与孙夫人**两情相悦**[③]，国太十分高兴。

孙权派人到柴桑报周瑜，说："我母亲力主，已将我妹嫁给刘备，现在如何是好？"周瑜大惊，行坐不安，又想出一计，写在信中，派人送给孙权。欲知周瑜计策，且看下文分解。

◈ 精华赏析

刘备拒绝归还荆州的情况下，周瑜打算以结亲为借口，引诱刘备前往江东后将其杀害。然而，诸葛亮洞察了事情的关键，巧妙地破解了周瑜的计策。诸葛亮总能准确地把握问题的关键，并用最有效的方法解决难题，这正是他高明之处的体现。

◈ 成长启示

诸葛亮料事如神，早已看出周瑜的心思，并巧妙地化解了危机。这表明，无论是生活中还是工作中，我们都需要具备远见和谋略，才能在关键时刻做出正确的决策。

①抱头鼠窜：形容急忙逃走的狼狈相。
②戎马：军马，借指军旅、军务。
③两情相悦：男女双方彼此情投意合。

第三十回　诸葛亮再气周公瑾

◈ 要点思考

· 刘备占据荆州不还，为什么东吴不敢直接派兵攻打？

· 你觉得孙夫人是个什么样的人？

周瑜写下密信派人送给孙权，孙权拆开一看，信中写道："既然事已至此，依我之意，不如为刘备修建府邸，多送美女金银，让他丧失斗志，自然会同关羽、张飞、诸葛亮等人疏远。然后我们再派兵攻打荆州。"孙权大喜，立即依计行事。刘备果然被**声色**①所迷，完全忘了回荆州的事。眼看到了年尾，赵云想："军师给我三个锦囊，让我一到南徐，就打开第一个；住到年终，再打开第二个；危急时刻，打开第三个。此时已到年终，何不拆开第二个锦囊？"赵云拆开锦囊看到了计策，心里有了主意。

第二天，赵云向刘备谎报："今早军师派人来报，说曹操要报赤壁之仇，起精兵五十万杀奔荆州，甚是危急，请主公速回。"刘备果然慌了，让赵云先退下，当晚告知孙夫人此事。孙夫人沉吟良久，与刘备商议趁着元旦**祭祖**②的机会，二人不告而别，一起返回荆州。刘备唤来赵云，吩咐他做好准备。

建安十五年③春正月元旦，刘备与孙夫人拜见吴国太。孙夫人说："夫主想到父母宗祖坟墓全在涿郡，日夜伤感

①声色：歌舞和女色。

②祭祖：祭祀祖先。

③建安十五年：公元 210 年。

不已。今日想去江边，望北祭拜，希望母亲同意。”国太同意了，孙夫人同刘备拜谢而出。

孙夫人乘车，刘备上马，出城与赵云会合。五百士兵前遮后拥，离开南徐，向江边进发。孙权第二天才知道刘备逃了，急忙令陈武、潘璋带五百精兵追赶，务必要抓住刘备。

孙权恨透了刘备，将案上玉砚摔得粉碎。程普说：“主公虽然怒气冲天，但我料陈武、潘璋必定抓不住他。”孙权询问原因，程普说：“郡主跟随刘备而去，去追赶的将领若见郡主，哪还敢动手？”孙权大怒，解下所佩宝剑，唤蒋钦、周泰听令，说：“你二人拿这剑去取我妹妹和刘备的头来！违令者斩！”蒋钦、周泰领命，随后带一千士兵出发。

刘备快马加鞭，昼夜赶路，眼看来到柴桑境内，忽然望见后面烟尘大起。赵云说：“主公先行，我来断后。”刘备转过前面山脚，一队人马拦住去路。原来是周瑜怕刘备逃掉，早就派徐盛、丁奉带三千军马在此等候。刘备大惊，勒马问赵云说：“前有堵截，后有追兵，这可怎么办？”赵云说：“主公莫慌。军师有三条锦囊，已拆了两个，如今还有第三个在此。今日危急，正应该打开观看。”赵云将锦囊拆开，交给刘备。刘备看了，急忙来车前向孙夫人哭诉：“当初吴侯与周瑜一同谋划，将夫人嫁给我，并非为夫人着想，而是想借机抓住我再去抢夺荆州。夺了荆州后，再杀了我。这是用夫人为饵钓我上钩。昨日听说吴侯要加害于我，所以才谎称荆州有难，想办法脱身。万幸夫人不弃，一同至此。现在吴侯令人在后追赶，周瑜又使人在前堵截，只有夫人能解此困局。如果夫人不答应，我只能死在车前，以报答夫人。”孙夫人大怒说：“我兄长既不把我当亲骨肉，我又何必再顾虑他！今天的事，我自当解决。”于是命人推车出列，卷起车帘，斥责徐盛、丁奉说：“你二人想造反吗？”徐、丁二将慌忙下马，丢了兵器，唯唯诺诺地说：“怎么敢造反。我们奉周都督将令，在此等候刘备。”孙夫人大怒说：“周瑜逆贼！刘玄德乃是大汉皇叔，是我的丈夫。我已对母亲、哥哥说到荆州去。现在你两个带着人马拦截道路，是想抢夺我们夫妻的财物吗？”徐盛、丁奉连称：“不敢，请夫人息怒。我们只是奉周都督的将令。”孙夫人大喝：“你只怕周瑜，难道不怕我？周瑜杀得了你们，我难道杀不得周瑜？”孙夫人把周瑜大骂一场，喝令前进。徐盛、丁奉不敢冒犯孙夫人，又忌惮赵云，只能下令让士兵将道路让开。

徐盛、丁奉放刘备等人过去没多久，陈武、潘璋赶到。徐盛、丁奉叙述了刚才发生的事，四人犹豫未定。忽然一支队伍如旋风而来，乃是蒋钦、周泰。蒋钦说：“吴侯特赐宝剑在此，让我们先杀他妹，后杀刘备。违者立斩！”于是徐、丁二将飞报周瑜，派快船在水路追赶，剩下四人在岸上领兵追来。

刘备一行人马，来到**刘郎浦**①。刘备令赵云往前寻找船只，忽见后面尘土冲天而起。刘备叹气说道：“连日奔走，人困

①刘郎浦：在今湖北省石首市长江岸边。

马乏，追兵又到，看来要死在此地！”正在万分危急之时，忽见二十余条船来到江岸边。赵云说：“万幸有船在此！主公赶紧上船！”刘备与孙夫人奔上船，赵云带五百士兵也都上船。只见船舱中一人纶巾道服，大笑而出，说：“诸葛亮在此等候多时。”船中扮作客人的，皆是荆州水军。刘备大喜。没过多久，追兵赶到。诸葛亮指着岸上人笑着说：“你等回去转告周郎，叫他不要再使美人计。”

刘备与诸葛亮正在船上，忽然江上喊声大震。回头一看，只见战船无数。帅字旗下，周瑜带领东吴水军前来追赶。诸葛亮叫船靠北岸，弃了船全部上岸。周瑜赶到江边，也上岸追赶。周瑜当先，黄盖、韩当、徐盛、丁奉紧随其后。周瑜问：“此处是哪里？”士兵回答：“前面是**黄州**[①]。”周瑜望见刘备车马不远，下令全力追击。正在此时，一声鼓响，山上一支队伍冲出，为首一员大将，乃是关羽。周瑜见关羽赶来，纵马逃跑。正奔走间，左边黄忠，右边魏延，两军一齐杀出，吴兵大败。周瑜急忙下令上船，岸上的荆州士兵齐声大喊：“周郎妙计安天下，赔了夫人又折兵！”周瑜大怒说：“我要登岸决一死战！”黄盖、韩当拼命阻拦。周瑜心想：“我的计策失败，有何面目去见吴侯！”大叫一声，旧伤复发，倒在船上。吴军将士救醒周瑜后，开船逃走。诸葛亮下令不要追赶，和刘备回荆州庆贺，赏赐众将。

周瑜回到柴桑，蒋钦等一行人马回南徐报告孙权。孙权怒气难平，便想起兵攻打荆州。顾雍进谏：“曹操若知孙、刘不睦，必派人勾结刘备。刘备惧怕东吴，必会投降

①黄州：在今湖北省黄冈市一带。

曹操。若如此，则江南难保啊！为今之计，不如派人赴许都，上表举荐刘备为荆州牧。曹操得知后，肯定不敢出兵东南，也能让刘备不恨主公。然后派出心腹用反间计，令曹、刘相攻，我方坐收渔翁之利，这才是上策。”孙权同意了，立即派华歆赶往许都。

曹操自赤壁失败后，一直想着报仇，但怕孙、刘联合，而不敢轻举妄动。一天，有人来报：“东吴派华歆表奏刘备为荆州牧，孙权以妹嫁刘备，汉上九郡大半已归刘备。”曹操听了，手脚慌乱，将笔扔在地上。程昱说：“丞相为何如此吃惊？”曹操说：“刘备是人中之龙，现在得了荆州，是困龙入大海，我怎能不紧张！”程昱说：“孙权本来忌惮刘备，想起兵攻打，但怕丞相乘虚而入，因此派华歆前来表荐刘备，这是为了安刘备的心。我有一计，可以使孙、刘反目为敌，丞相便可趁机攻打。”曹操大喜，问是何计策。程昱说：“东吴所依仗的，只有周瑜。丞相可表奏周瑜为南郡太守，程普为江夏太守，留华歆在朝重用，周瑜必与刘备为敌。我们趁机出兵，岂不妙哉？”曹操说：“此言正合我意。”曹操立即上表举荐周瑜为南郡太守、程普为江夏太守，封华歆为大理少卿留在许都。

朝廷的使者来到东吴，周瑜、程普各自接受了朝廷的封赏。周瑜成为南郡太守后，更加想报仇，于是上书孙权，让鲁肃去讨要荆州。鲁肃便乘船向荆州而来。

刘备与诸葛亮在荆州广聚粮草，操练部队，远近之士多来归附。忽报鲁肃到，诸葛亮说：“周瑜刚接受太守的职位，鲁肃便来，必然是来索要荆州。”刘备问：“我该如何应对？”诸葛亮说：“如果鲁肃提起荆州之事，主公便放声大哭。哭到悲切之处，我再出来劝解。”

鲁肃入府，施礼完毕，分宾主落座，鲁肃果然提起归还荆州之事。刘备听罢，掩面大哭。鲁肃赶忙问道：“皇叔为何如此？”刘备不回答，继续大哭。

诸葛亮从屏风后走出来说道：“子敬知我主公痛哭的缘故吗？”鲁肃说：“我实在不知。”诸葛亮说：“当初我主公借荆州时，承诺取得西川便还。但仔细想来，益州刘璋是我主公之弟，都是汉朝骨肉，若要兴兵去取他城池，恐被外人唾骂；若要不取，归还了荆州，何处安身？身处两难，因此痛哭流涕。”诸葛亮说罢，刘备更是放声痛哭，捶胸顿足。鲁肃劝说：“皇叔不要烦恼，与孔明**从长计议**[①]。”诸葛亮说：“劳驾子敬将此烦恼转告吴侯，再容几日。”欲知鲁肃如何应付，且看下文分解。

❖ 精华赏析

在采用诸葛亮计策的情况下，刘备顺利地从东吴返回了荆州。东吴见刘备不肯归还荆州，便试图挑拨曹操来攻打刘备。曹操自然不会任人驱使，于是做出了回应。由此，三足鼎立的局势已经形成。

❖ 成长启示

诸葛亮通过精心安排，持续使周瑜陷入被动，体现了他足智多谋。这告诉我们在面对复杂情境时，应该审慎行动，不要轻易相信对手的表面迹象，应该深入思考并制定有效的应对计划。

①从长计议：慢慢地多加商量；从长远的角度考虑。

第三十一回 诸葛亮三气周公瑾

要点思考

· 庞统如此有名，为何在投奔孙权时却不被重用？

· 曹操为什么要杀马腾？

鲁肃见刘备如此哀痛，只好答应下来。于是，鲁肃回到柴桑，见到周瑜后述说了这件事。周瑜顿足叹息道："子敬又中了诸葛亮的计！当初刘备依附刘表时，常有吞并之意，何况西川的刘璋呢？我有一计，能让诸葛亮无法提防。"鲁肃说："愿闻妙计。"周瑜说："子敬不必去拜见吴侯，再去荆州告知刘备，孙、刘已是一家，若刘氏不忍去取西川，我东吴起兵去取。取得西川后，需将荆州交还东吴。"鲁肃说："西川道路遥远，攻取并非易事。都督此计有欠考虑。"周瑜笑着说："子敬真是**宅心仁厚**[1]，你以为我真会去取西川给刘备？我只是以此为名，实际是去取荆州。东吴军马攻取西川，路过荆州就向他索要钱粮，刘备必然出城劳军。届时乘势夺取荆州，一雪前耻。"鲁肃听后大喜，再次前往荆州，告诉刘备，东吴要起兵替他攻取西川，取了西川，再换荆州，希望军马经过时，可以供应一些钱粮。刘备拱手称谢，答应下来。鲁肃暗喜，告辞离去。

刘备向诸葛亮请教："东吴这是什么意思呢？"诸葛

---

①宅心仁厚：心地仁慈厚道。

亮大声笑道：“周瑜的死期快要到了。这等计策，小儿也瞒不过！”刘备又问：“什么计策？”诸葛亮说：“这是假途灭虢之计。名义上是收取西川，实际是取荆州。等主公出城劳军，他们必会乘势杀入城来。”刘备说：“那该如何应对？”诸葛亮说：“主公请放宽心，只要我们做好准备，等周瑜到来，他即便不死，也会丢大半条命。”然后，诸葛亮唤赵云前来，开始安排。刘备大喜。

鲁肃回去见到周瑜，说刘备、诸葛亮已经答应下来，到时候会出城劳军。周瑜大笑说：“果然中了我的计！”于是，周瑜让鲁肃禀报孙权，派遣程普带兵接应，以甘宁为先锋，徐盛、丁奉为第二队，凌统、吕蒙为后队，水陆大兵五万，向荆州而来。

战船密密麻麻排在江上，到了公安，发现没有一个人来迎接。周瑜催船速行，离荆州十余里，只见江面上静悄悄的。哨探回报：“荆州城上插了两面白旗，没有见到一个人影。”周瑜心疑，命船靠岸，亲自上岸乘马，带了甘宁、徐盛、丁奉和三千精兵，直奔荆州而来。到了城下，没有见到半点动静。周瑜勒住马，令士兵叫门。忽然，一声梆子响，城上军队一齐竖起枪刀。赵云出来说道：“军师已知晓都督假途灭虢之计，故留赵云在此。”周瑜听闻，正要勒马返回，又有人报，说关羽、张飞、黄忠、魏延四路兵马一齐杀来，不知有多少人马。周瑜大叫一声，箭伤再次崩裂，坠于马下。

东吴将士把周瑜救回了船内。有人来报：“刘备、诸葛亮在山顶上饮酒作乐。”周瑜咬牙切齿地说道：“你说我取不了西川，我誓要取之！”于是下令催促军队前行。走到巴丘，有人报刘封、关平二人领兵截住水路。又报诸葛亮派人送来书信。周瑜拆开一看，信里写道：“自从柴桑一别，至今念念不忘。听闻都督要取西川，我以为不可。益州民强地险，都督劳师远征，难以取胜。曹操失利于赤壁，难道会忘了报仇吗？倘若曹操乘虚而入，江南危矣！”周瑜看完，长叹一声，唤左右取纸笔写信交给孙权，然后聚集众将，说：“不是我不想尽忠报国，奈何天意如此。请各位辅佐吴侯，共成大业。”说完，便昏厥过去。周瑜醒来后，仰天长叹：“既生瑜，何生亮！”连叫数声而亡。**终年**①三十六岁。

孙权得知周瑜死了，放声大哭，拆开周瑜的信一看，信里推荐鲁肃接替他的职位。孙权哭着说：“公瑾有王佐之才，忽然去世，让我以后依赖何人？既然公瑾推荐子敬，我怎敢不从。”即日便命鲁肃为都督，统率兵马。

鲁肃担任东吴都督之后，向孙权举荐庞统。孙权见庞统长相丑陋，而且过于狂妄，便没有用他。庞统无奈，只好前往荆州投奔刘备。刘备大喜说：“昔日水镜先生说，‘卧龙、凤雏，两人得一，可安天下’。今日二人皆得，汉室复兴有望了。”于是，刘备拜庞统为副军师中郎将。

有人报到许都，说刘备有诸葛亮、庞统为谋士，招兵买马，联合东吴，早晚必兴兵北伐。曹操听闻后，便想南

---

①终年：人去世时的年龄。

征，但又怕西凉马腾趁机攻打，便想以南征孙权为借口，将马腾骗到许都杀掉。曹操成功杀了马腾之后，就想率大军南征东吴。早有细作报知孙权，孙权派鲁肃请刘备助战。刘备得到消息，与诸葛亮商议对策。诸葛亮说："曹操平生最担心的乃是西凉的人马。曹操杀了马腾，马腾之子马超现在统率西凉，必然想报仇。主公可写一封信联络马超，若马超兴兵入关，曹操必定**无暇**①南下。"刘备大喜，立即写下书信，派人送往西凉。

马超收到刘备的书信后，同西凉太守韩遂率领二十万大军，杀向长安。马超大军势不可当，接连攻下长安、潼关，曹操亲率大军来迎。马超中了曹操的反间计，与韩遂反目，大败之后逃回西北。汉宁太守张鲁听说马超战败，便与手下商议："马超刚败，曹操必将侵犯我**汉中**②。我想自立为汉宁王，抵挡曹操，你们以为如何？"阎圃说："益州刘璋昏弱，不如先取西川四十一州作为根基，然后再称王也不迟。"张鲁大喜，于是与他的弟弟张卫商议起兵。

益州刘璋探知张鲁要起兵前来，心中很是忧愁，便派出张松联络曹操，想让曹操去攻打汉中。张松到许都见到曹操，说明了来意。没想到曹操傲慢自大，一口回绝了他。张松只好转去荆州，向刘备求救。刘备欣然应允，留诸葛亮、关羽、张飞、赵云守卫荆州，自己带庞统、黄忠、魏延前往西川。

---

①无暇：没有空闲的时间。

②汉中：在今陕西省汉中市一带。

孙权得知刘备带兵前往西川，则想趁机起兵，**一鼓作气**[①]拿下荆襄，又担心自己的妹妹孙夫人。张昭说："可以派人潜入荆州，告诉郡主，就说国太病危，让她赶回东吴，顺便把刘备的儿子阿斗也带来。那时刘备定用荆州来换阿斗。"孙权大喜，便派周善前去。周善来到荆州见到孙夫人，说明来意。孙夫人得知母亲病危，急忙带上阿斗，上马离开荆州城，来到江边上船。

周善刚要开船，就听到岸上有人大叫："先不要开船，容我给夫人送行！"一看，说话的乃是赵云。周善手执长戈，大喝："你是何人，敢阻拦夫人！"说完便下令开船。赵云沿江一路追赶，忽见江边有一条渔船。赵云跳上渔船，驾船朝着孙夫人所坐大船追赶。周善让军士放箭。赵云以枪拨之，箭纷纷落水。离大船相隔丈余，吴兵用枪乱刺。赵云弃枪换剑，纵身一跃，登上了吴船。赵云入船舱中，见孙夫人抱阿斗在怀中。孙夫人呵斥赵云："为何如此无礼？"赵云问道："夫人要去哪里？为何不告知军师？"孙夫人说："我母亲病重，无暇通知。"赵云说："夫人探病，为何带小主人去？"孙夫人说："阿斗是我的孩子，留在荆州无人照看。"赵云说："主公一生只有这一个骨肉，小将从当阳长坂的百万军中救出他，今日夫人却要将他带走，是何道理？"孙夫人大怒说："你只是帐下一介武将，怎敢管我家事！"赵云说："夫人要回便回，只是必须留下小主人。"说罢，赵云夺了阿斗，跳出船舱。赵云想驾

①一鼓作气：比喻趁劲头大的时候抓紧做，一下子把事情完成。

船靠岸，可是没有帮手，想动手杀人，又怕冒犯了孙夫人。赵云只能站在船头，一手拿剑，一手抱着阿斗，与众人对峙。此时江水湍急，又顺着风，船向着江东飞驰而去。

正在危急之时，忽见下流港内驾出十余条船来，当头船上一员大将，手执长矛，高声大叫："嫂嫂留下侄儿再走！"原来张飞巡逻回来，听到这个消息，急忙赶来油江口，正好撞上吴船，急忙截住。张飞提剑跳上吴船。周善见张飞上船，提刀来迎，被张飞一剑砍倒。孙夫人大惊："叔叔为何如此无礼？"张飞说："嫂嫂不以我哥哥为重，私自归家，这更加无礼！"孙夫人说："我母病重，若等你哥哥回来，肯定误了我事。若你不放我回去，我情愿投江而死！"

张飞怕逼死孙夫人，便对孙夫人说："哥哥是大汉皇叔，也不曾辱没嫂嫂。今日相别，若还记得哥哥恩义，早早回来。"说罢，抱着阿斗，与赵云一起回到船上，放孙夫人的船去了。欲知后事如何，且看下文分解。

❖ 精华赏析

周瑜心胸狭窄，最终被诸葛亮气死。周瑜的死因不仅是气量小，还有一点就是错误的自我认知。他过于高估自己的能力，如果他能早点看清自己与诸葛亮的差距，也许就不会英年早逝。

❖ 成长启示

周瑜被气身亡，主要原因是心胸狭窄。作为领导者，必须有广阔的胸怀，能够容纳和接受他人的优点和长处，正视现实，客观评估自己与他人的差距，并积极寻求提升和进步的机会。

第三十二回 张翼德夜战锦马超

要点思考

· 庞统为什么会死在落凤坡？
· 如果你是刘璋，此时你会怎么办？

孙夫人回到东吴，把张飞、赵云杀了周善，截江夺了阿斗的事告诉了孙权。孙权大怒，便同文武官员商议起兵攻打荆州。正商议时，忽报曹操起兵四十万来报赤壁之仇。孙权大惊，且放下荆州之事，亲自带兵迎敌。双方战了数场，互有胜负。直到来年正月，曹操见战事一直没有进展，便带大军返回许都。

孙权见曹操退兵，与众将商议说："曹操虽然北去，刘备尚在**葭萌关**①。我们何不趁机前去攻打荆州？"张昭献计："不能动兵。一旦兴师，曹操必会再来。不如修书两封，一封给刘璋，说刘备结连东吴，共取西川，使刘璋心疑而攻刘备；一封给张鲁，叫他向荆州进兵。这样刘备首尾不能相救。我们再出兵，定能夺回荆州。"孙权同意了，随即派人送出书信。刘备在葭萌关日久，甚得民心。忽接得诸葛亮文书，知道了孙夫人已回东吴，又听闻曹操兴兵犯**濡须**②，于是与庞统商议："曹操击孙权，曹操胜必将取荆州，孙权胜也必取荆州，这该怎么办？"庞统说："主公勿忧。有孔明在，料想东吴不敢攻打荆州。主公可

---

①葭萌关：在今四川省广元市元坝区昭化镇以北。
②濡须：在今安徽省无为县城东南。

给刘璋写信，只说曹操攻击孙权，主公便打算带兵回荆州，与孙权会合共破曹操，无奈兵少粮缺。望他念在同宗之谊，速发精兵三四万，粮草十万斛相助。请勿有误。等军马钱粮到了，再做商议。”

刘备同意了，给刘璋送去书信。没想到刘璋只拨老弱残军四千，米一万斛，送给刘备，还令手下将领紧守关隘。刘璋使者到葭萌关见刘备，呈上回书。刘备大怒说道：“我为他御敌，费力劳心。如今他却如此吝啬，处处提防！”于是扯毁回信，大骂而起，便决定起兵攻打刘璋。

刘备先攻下**涪关**①，准备再攻**雒城**②。此时细作回报：“东吴孙权结交东川张鲁，叫他来攻葭萌关。”刘备大惊说：“若葭萌关有失，截断后路，我进退不得，这该如何是好？”庞统派孟达、霍峻守葭萌关。刘备与众人商议攻打雒城，法正说：“山北有条大路，能到雒城东门；山南有条小路，能到雒城西门。两条路皆可进兵。”庞统对刘备说：“我同魏延，从山南小路而进。主公同黄忠，可从山北大路而进。我们到雒城会合。”刘备说：“军师不可。我夜梦一神人，手执铁棒击打我的右臂，醒来还感觉臂疼。军师走小路恐怕凶多吉少。”庞统说：“主公何必为梦中之事忧心。请主公勿再多言。”刘备无奈，只得答应。

雒城中吴懿、刘瑣探知刘备进军，便预先在山南小路设下埋伏。庞统带兵前行，抬头见两山逼窄，树木丛杂，心下甚疑，勒住马问：“此处是何地？”士兵告诉他：“此

①涪关：在今四川省绵阳市东涪江东岸。
②雒城：在今四川省广汉市北。

处叫作落凤坡。”庞统大惊，正要下令后退，只听山坡前一声炮响，箭如雨下。庞统死于乱箭之下，终年三十六岁。

庞统一死，部队大乱，只得先退守涪关。刘备得知庞统战死，痛哭不已，为他招魂设祭。诸将都哭。黄忠说：“今番折了庞统军师，不如派人往荆州，请诸葛军师前来。”刘备便写一封信，叫关平前往荆州去请诸葛亮，自己坚守涪关，并不出战。

数日之后，诸葛亮收到了刘备的书信，才知道庞统在落凤坡中箭身亡。诸葛亮大哭，众官无不垂泪。诸葛亮说：“既然主公在涪关进退两难，我不得不去。”诸葛亮让关羽留下把守荆州，并嘱咐他：“北拒曹操，东和孙权。”然后亲自带兵入川。

诸葛亮先拨精兵一万，令张飞统领，取大路杀奔**巴郡**①、雒城之西；又拨一支队伍，令赵云为先锋，沿江而上，会于雒城。诸葛亮随后带简雍、蒋琬等出发。

张飞带兵沿大路直接来到巴郡。巴郡太守严颜，乃蜀中名将，把守城池，拒不投降。张飞假意绕过巴郡，诱严颜出城，经过一场大战后，将他生擒，川军大半弃甲倒戈。刀斧手把严颜推到张飞面前，严颜不肯下跪。张飞大声斥责：“你已被生擒，为何不降？”严颜全无惧色，斥责张飞：“你等无义之人，侵我州郡！只有断头将军，没有投降将军！”张飞见严颜声音雄壮，面不改色，于是**回嗔作喜**②，走下台阶，亲自为严颜解开绑绳，将他扶到正中高坐，低

①巴郡：在今重庆市一带。

②回嗔作喜：由生气变为高兴。

头便拜："刚才言语冒犯，希望老将军不要见怪。我早就知道将军乃豪杰之士。"严颜被张飞的举动感动，便投降了。张飞询问严颜入川的办法，严颜说："从此到雒城的所有关口，都是老夫所管。将军之恩，无以为报，老夫愿做先锋，所到之处，全让守将出城投降。"张飞称谢不已。于是张飞一路顺利，不曾厮杀一场，直奔雒城而来。

马超败给曹操后，又被夏侯惇领兵追杀，只剩五六十骑。无奈之下，只好与庞德、马岱前往汉中投奔了张鲁。此时刘璋派黄权向张鲁求救。黄权来见张鲁，说唇齿利害，还说如果打退刘备就送二十州当作谢礼。张鲁大喜，派马超与马岱带两万人马前去攻打葭萌关。

刘备和张飞、诸葛亮的人马会合后，一起攻下了雒城。之后，刘备又取得绵竹，正与众人商议分兵取成都时，忽流星马急报，说张鲁派来的马超、马岱正攻打葭萌关，情况十分危急。刘备大惊。张飞听闻马超攻来，大叫而入说："我来与哥哥告辞，这就去战马超！"诸葛亮装作没听到，对刘备说："如今马超来犯，无人能敌，除非去荆州叫关云长来，方可一战。"张飞说："军师为何小瞧我！"诸葛亮说："马超之勇，天下皆知，非等闲之人。云长都未必能胜。"张飞说："我现在便去，如果不能战胜马超，请军法处置！"诸葛亮说："既然如此，你便为先锋，请主公亲自走一遭，我留守绵竹。"魏延说："我也愿意前往。"

于是，诸葛亮令张飞、魏延带队先行，刘备随后出发，向葭萌关进发。来到关下，正遇马岱。张飞大喝："你是何人？先通报姓名，然后厮杀！”马岱说：“我乃西凉马岱。”张飞说：“你原来不是马超，快回去！你不是我的对手！只叫马超那厮前来，说燕人张飞在此！”马岱大怒，挺枪跃马，直取张飞。交战不到十个回合，马岱败走。张飞刚要追赶，刘备赶到关上，将他叫住。刘备说：“既然胜了马岱，且歇一晚，来日再战马超。”

次日天明，关下鼓声大震，马超兵到。刘备在关上看时，马超纵骑持枪而出，狮盔兽带，银甲白袍，刘备感叹：“都说‘锦马超’，果然名不虚传！”关下马超叫张飞出战，关上张飞恨不得生吞马超，但三番五次都被刘备挡住。眼看到午后，刘备望见马超阵上人马皆倦，于是选五百骑跟着张飞，冲下关来。张飞挺枪出马，大呼：“认得燕人张翼德吗？”马超说：“我家世代为官，怎会认得山野村夫！”张飞大怒，两马齐出，二枪并举，约战百余回合，不分胜负。刘备在关上看，感叹道：“真虎将也！”刘备恐张飞有失，下令鸣金收军。二将分开，各回本阵。此时天色已晚，刘备对张飞说：“马超英勇，不可轻敌，先退回关上，来日再战。”张飞杀得性起，大叫说：“多点火把，安排夜战。”马超也换了马，再出阵前，大喊：“张飞，敢夜战吗？”张飞也换了马，抢出阵来，叫道：“我不胜你，誓不上关！”马超说：“我胜你不得，誓不回寨！”两军呐喊，点起千百火把，照耀如同白日。两将又回到阵前鏖战。战到二十余回合，马超突然调转马头往回走，骗张飞赶来后，暗中拿出铜锤，扭回身对着张飞便打。张飞见马超后退，心中也提防，等到铜锤打来时，张飞一闪，铜锤从耳边过去。张飞勒马返回，马超却又赶来。张飞勒住马，拈弓搭箭，回射马超，马超闪过。二人各自回阵，双方也都收兵。

第二天，张飞又欲下关战马超时，诸葛亮来了。诸葛亮说："我听说马超是世间罕有的虎将，若与张飞死战，必有一伤。我有一计，可令马超归降主公。"刘备大喜，便问诸葛亮是何计策。诸葛亮说："我听说张鲁欲自立为'汉宁王'。主公可给张鲁写信，就说我们与刘璋争西川，是在为他报仇。事成之后，保他为汉宁王，让他现在撤回马超的兵马。待其撤军时，可用计招降马超。"刘备立即写下书信，派人送去汉中。张鲁见信大喜，果然让马超退兵。

马超得到消息后说："尚未成功，不可退兵。"张鲁又派人去唤，马超仍然不肯回。一连三次，马超都不肯退兵。张鲁手下的杨松派人散布流言说："马超要夺西川，自立为蜀主，为父报仇。"张鲁听了，派出大军坚守关口，生怕马超举兵造反。马超进退不得，无计可施。欲知马超命运如何，且看下文分解。

◈ 精华赏析

张飞向来以勇猛著称，总给人一种莽夫的形象。然而，在进攻西川的过程中，张飞却表现出了不同以往的一面，并通过义释严颜，顺利地到达雒城。

◈ 成长启示

在面对困难和挑战时，一味刚强与莽撞不能解决问题，灵活调整策略和方法，同时不断学习和成长，才能取得更好的成果和实现更高的目标。

第三十三回 关云长单刀独赴会

❖ 要点思考

· 鲁肃为什么要请关羽赴宴？

· 关羽单刀赴会表现了什么？

马超现在正进退两难，诸葛亮打算前往营寨劝降马超。刘备担心诸葛亮的安危，不肯让诸葛亮独自前去。这时，忽报西川有人来降，姓李名恢，字德昂。李恢面见刘备，表面来意，说自己昔日在陇西，与马超有一面之交，愿意前往劝说马超投降。诸葛亮大喜，于是让李恢代替自己前往。

李恢来到马超营寨，马超端坐帐中不动，大声问道："你为何事而来？"李恢说："特来做说客。"马超说："我匣中宝剑新磨，你要是说不通，便试试我的剑！"李恢说："将军之祸已经不远，新磨的剑恐怕只能你自己试了。"马超说："我有何祸？"李恢说："将军与曹操有杀父之仇，与陇西又有切齿之恨。目前四海难容、一身无主，一旦兵败，怎么办呢？"马超说："你说得对，但我无路可走。"李恢说："刘皇叔礼贤下士，我知他必成大事，因此舍弃刘璋而投奔了他。你的父亲当年曾与皇叔约定一起讨伐曹贼，你何不弃暗投明，投奔刘皇叔？"马超大喜，便同李恢一同上关来向刘备投降。

刘备亲自迎接马超，待以**上宾**[①]之礼。马超说："今

---

①上宾：尊贵的客人。

遇明主，如拨云雾而见青天！”刘备令霍峻、孟达守关，带兵来取成都。刘璋见大势已去，便决定投降，并亲自带印绶文籍出城投降。刘备出寨迎接，握着刘璋的手哭着说：“并非我不仁义，实在是迫不得已！”随后率部队入城。刘备入城之后，自任益州牧，让刘璋带着家人、财物到南郡公安居住。

孙权得知刘备吞并西川后，召张昭、顾雍商议说：“当初刘备借我荆州时，说取了西川，便还荆州。现在他已得巴蜀，我们该去要回荆州。如其不还，则发兵征讨。”张昭说：“吴中方宁，不可动兵。我有一计，可使刘备将荆州双手奉还主公。”孙权问是何计，张昭说：“刘备所倚仗的，只有诸葛亮。其兄诸葛瑾如今在东吴做官，何不将诸葛瑾家人抓起来，让他入川劝刘备交出荆州。诸葛亮顾念同胞之情，必然应允。”孙权同意了，一面将诸葛瑾家人软禁在府中，一面写下书信，打发诸葛瑾前往西川。

没过几天，诸葛瑾到了成都，派人报知刘备。刘备问诸葛亮：“令兄为何前来？”诸葛亮说：“来索要荆州。”刘备说：“怎么回答他呢？”诸葛亮说：“只需如此如此。”商量好后，诸葛亮出城迎接诸葛瑾。

诸葛瑾同诸葛亮来见刘备，呈上孙权书信。刘备看了，大怒道：“孙权将妹妹嫁我，却趁我不在荆州，叫妹子返回东吴，情理难容！我正要带兵杀到江南，报仇雪恨，他却还想来索要荆州！”诸葛亮哭着说：“吴侯将我兄长家人全抓了起来，倘若不还荆州，我兄长全家将被杀。兄长死，我岂能独活？望主公看在我的面子上，将荆州还了东吴，保全我们兄弟之情！”刘备再三不肯，诸葛亮只是哭求。刘备徐徐说道：“既如此，看军师面子，将荆州一半——长沙、零陵、桂阳三郡还给东吴。”诸葛亮说：“感谢主公答应，请写信给云长令他**交割**①三郡。”刘备说：“**子瑜**②到了荆州，一定要好言好语求我二弟。云长性如烈火，我都很怕他。”

诸葛瑾辞别刘备、诸葛亮，赶到荆州。关羽将他请入中堂。诸葛瑾拿出刘备的书信说：“皇叔答应先将三郡归还东吴，望将军即日交割，令我好回去见主公。”关羽脸色一变，说：“荆州本就是大汉疆土，怎么能赠予他人？**将在外，君命有所不受**③。虽然有我兄长的信，但我不能归还。”诸葛瑾说：“吴侯囚禁了我的家人，若得不到荆州，必将被杀。望将军怜悯！”关羽说：“这是孙权的诡计，如何瞒得了我！”诸葛瑾告辞离去，回到西川去见诸葛亮，诸葛亮已出巡去了。又去见刘备，刘备说：“子瑜可先回去，等我取了东川、汉中诸郡，调云长过去把守，那时再把荆州交给你。”

诸葛瑾没办法，只能回东吴见孙权，讲述了事情经过。孙权大怒，派人召鲁肃责问：“子敬为刘备作保，借我荆州。现在刘备已得西川，却不肯归还，子敬怎能坐视不理？”鲁肃说：“我已有一计，正欲告主公。”孙权问：“何计？”

---

①交割：双方结清手续；移交。

②子瑜：诸葛瑾，字子瑜。

③将在外，君命有所不受：将军在外作战，不受君命的束缚。

鲁肃说："如今我们屯兵于陆口，让人请关羽前来赴会。若关羽肯来，便劝他归还荆州；如其不从，埋伏下刀斧手杀之。若他不肯来，随即进兵，决一胜负，夺取荆州便是了。"孙权说："正合我意。"

鲁肃辞别孙权，来到陆口，召吕蒙、甘宁商议，设宴于陆口寨外临江亭上，写下请柬，派使者登舟渡江。使者入荆州，**叩见**[1]关羽，说鲁肃相邀赴会。关羽对使者说："既然子敬相请，我明日便来赴宴。"使者离开后，关平说："鲁肃相邀，必无好意，父亲为什么要答应？"关羽说："我怎能不知？鲁肃邀我赴会，定是索要荆州。我若不去，他们会说我怕了。我明日独驾小舟，单刀赴会，看鲁肃如何对我！"关平说："父亲怎么能冒险呢？"关羽说："我于千军万马之中，如入无人之境，岂会怕江东鼠辈！"

第二天，关羽只带了数人，乘坐一条小船，前来赴宴。鲁肃惊疑，将关羽接入院内。施礼完毕，一起入席饮酒。鲁肃举杯相劝，不敢仰视。关羽谈笑自若。酒至半酣，鲁肃向关羽讨要荆州，关羽以自己不能做主为由拒绝。关羽右手提刀，左手挽住鲁肃的手，假装喝醉，说道："你今日请我赴宴，不要提荆州的事。我现在已醉，怕伤了旧情。他日请你到荆州赴会，再商议。"鲁肃被吓得魂不附体，被关羽扯到江边。吕蒙、甘宁各自带领本部人马，本想动手，但见关羽手提大刀，又握着鲁肃，怕鲁肃被伤，便不敢轻举妄动。关羽走到船边才放开鲁肃，站在船首，与鲁肃作别。

---

①叩见：进见，拜见。

鲁肃只能看着关羽的船乘风而去。鲁肃派人将关羽单刀赴会的经过告诉孙权。孙权大怒，准备起兵来取荆州。忽然，有人来报曹操即将率兵南下，孙权大惊，只好不管荆州，准备先对付曹操。

曹操本来打算起兵南征，但参军傅干上书劝谏："我听闻用武则先威，用文则先德，威德相济，而后王业成。如今天下，不遵从王命者，只有吴与蜀。吴有长江之险，蜀有崇山之阻，难以取胜。我认为应**休养生息**①，待时而动。"曹操看完，取消了南征，兴建学校，礼遇文人。曹操的势力日益强盛，他唤回夏侯惇、曹仁，一同商议收吴灭蜀之事。夏侯惇说："若要取得益州，不可心急，应该先取汉中张鲁，再以得胜之兵取蜀。"曹操说："正合我意。"于是起兵西征。欲知后事如何，且看下文分解。

❖ 精华赏析

东吴为了夺取荆州，想尽了各种办法，甚至连鲁肃也设下计谋，邀请关羽前往东吴赴宴，企图趁机暗杀他。然而，关羽毅然决定单刀赴会，不仅保全了荆州，而且自己也毫发无损，安然脱离险境。

❖ 成长启示

关羽的勇敢并不是逞一时之能的匹夫之勇，而是真正意义上的大勇。真正的勇气，来自坚韧不拔的精神，来自敢于担当的魄力，还来自过人的智谋。逞匹夫之勇，只会给自己带来伤害；惟智勇双全，才可以成就卓越的人生。

---

①修养生息：指在国家大动乱或大变革以后，减轻人民负担，安定生活，发展生产，恢复元气。

第三十四回 张翼德智取瓦口关

要点思考

· 张飞用什么计谋智取了瓦口关？

· 从张飞的变化上，你能得到什么启发？

曹操兴师西征，分兵三队：前部先锋夏侯渊、张部；曹操自领诸将居中；后部曹仁、夏侯惇，押运粮草。

张鲁抵挡不住，于是曹操顺利攻下汉中，取得东川。主簿司马懿进谏：“刘备刚刚取代刘璋，蜀人尚未归心。如今主公已得汉中，益州震动，应该立即对蜀用兵，定能一举夺下西川。机不可失！”曹操说：“士兵远涉劳苦，应该休整。”于是按兵不动。

西川百姓听说曹操已取东川，接下来肯定会来取西川，都惊恐万分。于是，诸葛亮建议刘备将江夏、长沙、桂阳三郡还给东吴，再令东吴起兵攻打合淝，曹操必定撤兵南去。刘备同意了。

孙权收取长沙、江夏、桂阳三郡后，带军来攻合淝。曹操果然离开汉中，领兵四十万前来救合淝。两军对战许久，都无法取胜，最后以孙权求和撤军，曹操班师回许都告终。

建安二十一年[1]夏五月，群臣表奏献帝，称颂曹操功德，无人能及，应晋爵为王。献帝立即写下诏书，册立曹操为“魏

---

①建安二十一年：公元 216 年。

王”。曹操假意上书推辞，献帝下诏不许，于是曹操被封为魏王。曹操又立其长子曹丕为世子。

忽然合淝派人来报：“东吴陆口守将鲁肃去世。”曹操大惊，派人前往汉中探听消息。过了几日，飞报刘备派张飞、马超屯兵**下辨**①。曹操大怒，便派曹洪领兵五万，去帮助夏侯渊、张郃把守东川。

曹洪领兵来到汉中，令张郃、夏侯渊各据险要。张郃主动请求领兵三万，来取张飞把守的**巴西**②。张郃首战失利后，就坚守营寨不出。张飞连日带兵叫阵，张郃却在山上饮酒，并不下山，让张飞无计可施。对峙五十余日后，张飞开始在山前驻扎大寨，每日饮酒，大醉后就坐于山前辱骂。

刘备派使者**犒军**③，使者见张飞终日饮酒，赶紧告诉刘备。刘备大惊，忙来问诸葛亮。诸葛亮笑着说：“原来如此！阵前没有好酒，成都佳酿极多，可准备五十坛好酒，送给张将军。”刘备说：“我三弟向来饮酒误事，军师为何送他酒？”诸葛亮笑着说：“翼德从前过于鲁莽，然而当时义释严颜，绝非莽夫所为。现在与张郃对峙，醉酒之后便坐在山前辱骂，旁若无人。这不是贪杯，乃是他的计策。”刘备说：“虽然如此，但也不能托大，可让魏延去帮他。”诸葛亮令魏延将酒送到阵前，装酒的车上各插黄旗，大书“军前公用美酒”。张飞见到美酒后大喜，吩咐魏延、

①下辨：在今甘肃省成县西北。
②巴西：在今四川省阆中市。
③犒军：以酒食或其他方式慰劳军队，以提振士气。

雷铜各领一支人马，埋伏在左右，只要看见军中红旗起，便各自进兵。张飞又命人把酒摆在帐下，令士兵们畅饮。有细作上报，张郃亲自到山顶观望，见张飞坐于帐下饮酒，令两个小兵在面前表演**相扑**[①]。张郃说：“张飞欺我太甚！”传令今夜下山劫寨。

当天夜里，张郃趁着月色微明，带着队伍从山侧而下，来到张飞的寨前，看见张飞正在帐中饮酒。张郃当先大喊一声，杀入寨中，一枪刺倒，却发现所谓的张飞竟是一个草人！他急忙勒马，帐后连珠炮起，被一人拦住去路。这人睁圆环眼，声如巨雷，正是张飞！魏延、雷铜二人也带兵来围攻张郃。张郃无奈，只得奔瓦口关去了。张飞大胜，报入成都。刘备大喜，这才知道张飞饮酒是诱张郃下山的计策。

张郃退守瓦口关后，诈败设下埋伏，杀了雷铜，又要杀张飞，但被张飞识破。张飞决定将计就计。第二天，张飞带兵出战，张郃与张飞交锋。战到十个回合，张郃又诈败。

①相扑：一种角力的游戏、竞技，相当于后来的摔跤。

张飞带兵追赶，张郃且战且退，引张飞过山峪口。张郃继续与张飞交战，指望两侧伏兵尽出，想要围困张飞。不想魏延早已按照张飞的命令，将伏兵杀退，又守住了道路。张郃大败，拼死杀出一条出路，躲进瓦口关，坚守不出。

张飞和魏延连日攻打瓦口关不下。一日，忽见几个背小包的百姓在山路偏僻的地方攀爬树藤。张飞上前询问，百姓说这是通往瓦口关背后的小路。张飞大喜，吩咐魏延带兵从正面攻打，自己带兵走小路绕到关后。张郃听说魏延在关下攻打，便披挂上马，刚要下山，又有人报："关后四五处火起，不知何处来的兵马。"张郃领兵来看，正遇上张飞。张郃大惊，急忙逃跑，弃马上山，才躲过张飞的追击。

张郃逃回南郑见曹洪，曹洪大怒，本要杀了他，但因其他人求情，就让他领兵五千，去取葭萌关，戴罪立功。

葭萌关的守将孟达、霍峻听说张郃带兵前来，急忙写信给成都。刘备知道后，请军师诸葛亮商议。诸葛亮聚众将于堂上，说道："张郃并非等闲之辈。除非翼德，无人可挡。"一人厉声而出说："军师为何轻视其他人！我虽不才，愿斩张郃首级。"众人一看，乃是老将黄忠。诸葛亮说："**汉升**[①]虽勇，可是年纪大了，恐怕不是张郃对手。"黄忠听了，白发倒竖说道："我虽老，但浑身还有千斤之力，难道还比不上张郃吗？"诸葛亮说："将军要去，谁为副将？"黄忠说："老将严颜，可与我同去。"刘备大喜，

①汉升：黄忠，字汉升。

立即令黄忠、严颜去与张郃交战。

黄忠、严颜来到葭萌关，孟达、霍峻见了，心中也暗笑诸葛亮："如此要紧的地方，为何只叫两个老的来！"黄忠对严颜说："你看到众人的态度吗？都在笑我二人年老。我们需要建奇功，让他们心服口服。"严颜说："愿听将军之令。"二人商议定后，黄忠领军下关，与张郃对阵。张郃出马，见了黄忠，笑说："你如此年纪，还要出战吗？"黄忠大怒说："小子欺我年老！我手中宝刀却不老！"于是拍马向前与张郃决战。欲知战果如何，且看下文分解。

❖ 精华赏析

义释严颜后，张飞可谓妙计频出，逐渐从一名阵前勇士转变为出色的指挥官。在与张郃交战的过程中，张飞不仅洞察了敌人的奸计，而且将计就计，打败张郃，智取了瓦口关。

❖ 成长启示

提起张飞，我们往往想到的是"粗鲁""莽撞"，可不管是义释严颜，还是智取瓦口关，这些事迹都说明了张飞是一个机智聪明、粗中有细的将领。这启示我们不要被表象所迷惑，要相信自己的潜力，综合发展自己的才能，同时注重学习和进步，以实现更大的成就。

第三十五回 占对山黄忠逸待劳

要点思考

· 你觉得黄忠是个什么样的人？

· 黄忠被众人轻视，都觉得他年老，结果黄忠却立下大功。这件事对你有什么启示？

黄忠与张郃二马相交，约战二十余回合，忽然背后传来喊声，原来是严颜从小路包抄过来。两军夹攻，张郃大败。

黄忠和严颜又通过一系列的计策，夺取了曹军囤积粮草的天荡山，张郃从天荡山溃逃，去定军山投奔夏侯渊了。

黄忠、严颜取得天荡山的捷报传到成都，法正说：“张郃新败，天荡失守，主公若借此机会，举大兵亲征，汉中可定。取得汉中，进可讨贼，退可自守。这是天赐良机，不可错失。”刘备、诸葛亮都同意他的看法。

建安二十三年[①]秋七月，刘备起兵出葭萌关驻扎，召黄忠、严颜到寨，封赏二人。刘备说：“都说将军老了，只有军师知将军的才能，如今果然立下奇功。汉中的定军山是南郑保障，是粮草囤积之地。将军敢取定军山吗？”黄忠一口答应，正要领兵前去。诸葛亮急忙吩咐：“我让法正助你，凡事你们商议后再定。”黄忠应允，和法正领兵去了。诸葛亮对刘封、孟达下令：“领三千兵在山中险要的地方多立旗帜，以壮我兵之声势，令敌人惊疑。”又

---

①建安二十三年：公元 218 年。

派人给马超传授计策，令他按计而行；又派严颜去守巴西阆中，换来张飞、魏延同取汉中。

夏侯渊得知失了天荡山，赶忙上报曹操，请求援军。曹操得到消息大惊，起兵四十万亲征。很快，曹操大军到达南郑。曹操派人到定军山，催促夏侯渊出兵。夏侯渊接到命令，便派夏侯尚前去诱敌，叫他只许输，不许赢。夏侯尚得令，带三千兵出发。

黄忠与法正屯兵定军山口，一天，忽报夏侯尚前来叫阵，黄忠派陈式出战。两方交锋，没几个回合，夏侯尚诈败。陈式前去追赶，被夏侯渊围困后生擒。有人逃回，回报黄忠，说陈式被擒。黄忠急忙与法正商议，法正说："夏侯渊为人急躁，缺少谋略。可令士兵拔寨前进，**步步为营**[①]，诱夏侯渊来战，再想办法擒他。"黄忠依计行事。夏侯渊听闻，果然令夏侯尚引兵出战。黄忠上马提刀出迎，与夏侯尚交手，只一回合，生擒夏侯尚归寨。

夏侯渊派人到黄忠寨中，说愿用陈式来换夏侯尚。次日，两军到山谷宽阔处，布成阵势。黄忠、夏侯渊各立马于本阵门旗之下。黄忠带着夏侯尚，夏侯渊带着陈式，一声鼓响后，陈式、夏侯尚各自跑向本阵。夏侯尚跑到阵门时，被黄忠一箭射中后心。夏侯渊大怒，纵马直奔黄忠，黄忠前去迎战。两将交锋，战到二十回合，曹营内忽然鸣金收兵，夏侯渊急忙拨马而回。原来曹军看见山中有几处蜀军的旗帜，以为是伏兵。此后，夏侯渊坚守不出。

---

①步步为营：军队前进一步就设下一道营垒。形容行动谨慎，防备严密。

黄忠来到定军山下，见定军山的西边有一座高山，名叫“对山”，对山上可看到定军山的虚实。当晚二更，黄忠带领士兵，直上对山山顶，杀退了守军。黄忠占了山顶，正与定军山相对。法正说：“将军可守在半山腰，我在山顶。等夏侯渊兵至，我举白旗为号，将军按兵不动；等他倦怠，我举起红旗，将军便带兵冲下山。以逸待劳，必定取胜。”黄忠大喜，便依计行事。山上曹军兵败逃回，见到夏侯渊，说黄忠夺了对山。夏侯渊大怒，下令分兵围住对山，大骂叫阵。法正在山上举起白旗，任夏侯渊百般辱骂，黄忠始终不出战。午时以后，法正见曹兵倦怠，多下马休息，于是挥动红旗。霎时间鼓角齐鸣，喊声大震，黄忠一马当先，冲下山来，犹如天崩地塌，势不可当。夏侯渊措手不及，还未做准备，赶到近前的黄忠宝刀已落。黄忠斩了夏侯渊，曹兵大败，各自逃生。黄忠趁势夺下定军山。张郃只能带着败兵到汉水扎营，令人飞报曹操。

听闻夏侯渊死，曹操放声大哭，然后亲率大军来定军山，想为夏侯渊报仇。走到汉水，张郃、杜袭来见曹操，说：“如今定军山已失，可将米仓山粮草转移到北山寨中囤积，然后再出兵。”曹操同意了。

黄忠斩了夏侯渊，刘备大喜，加封黄忠为征西大将军，设宴庆贺。忽然张著来报：“曹操自领二十万大军，来给夏侯渊报仇。现在张郃在米仓山搬运粮草，想运到汉水北山脚下。”诸葛亮便派黄忠和赵云前去烧毁曹军粮草。

黄忠对赵云说：“我带兵先去，若午时不回，请前来接应。"赵云应允。夜里四更，黄忠带领人马偷偷渡过汉水，来到北山之下。黄忠杀退守军，正要让士兵取柴堆放火时，张郃赶到，与黄忠混战。曹操闻知，急令徐晃接应。徐晃领兵赶到，将黄忠困住。

赵云在营中等到午时，不见黄忠回来，急忙披挂上马，带三千兵前去接应。赵云挺枪纵马，接连刺死几名将领，直至北山之下，见张郃、徐晃两人围住黄忠。赵云大喝一声，杀入重围，左冲右突，如入无人之境。张郃、徐晃心惊胆战，不敢迎敌。赵云救出黄忠，且战且退；所到之处，无人敢阻。曹操在高处望见，惊问众将说："此将何人？"有人告诉他："此乃常山赵子龙。"曹操说："昔日当阳长坂英雄还在！"便急传令说："赵云所到之处，不许轻敌。"赵云救了黄忠，向外冲杀。曹军中有曾在长坂坡见过赵云的，知其**勇冠三军**①，全部吓得四散奔逃。曹操见赵云东冲西突，所向无敌，愤然大怒，亲自带领将士来追赵云。赵云带着黄忠杀回本寨，下令："不许关闭寨门！"然后让弓弩手在寨外战壕中埋伏；又命令将营内旗帜全部放倒，金鼓不鸣。赵云单枪匹马，站在营门外。曹操领兵追至蜀寨，天色渐晚，见寨中偃旗息鼓，又见赵云单枪匹马立于营外，寨门大开。于是曹操下令出击。众军听令，大喊一声，杀奔营前。赵云把枪一挥，壕沟中弓弩齐发。此时天色昏黑，根本看不清蜀兵有多少。曹操立即拨马逃走。只听得后面喊声大震，鼓角齐鸣，蜀兵赶来。曹兵自相践踏，拥到汉水河边，落

①勇冠三军：英勇出众为三军之首。形容非常勇猛。

水溺死者不计其数。赵云、黄忠、张著各领兵一支，一路追杀。曹操弃了北山粮草，急忙逃回南郑。

汉军大获全胜，派人去报刘备，刘备便同诸葛亮来到汉水。众人将赵云救黄忠、拒汉水之事，详细讲述了一遍。刘备大喜，欣然对诸葛亮说："子龙一身都是胆！"刘备设宴犒劳将士。忽有人来报曹操又派大军从斜谷小路进军，来取汉水。刘备笑着说："曹操此来注定无功而返，我必得汉水。"于是刘备率兵于汉水之西迎敌。曹操命徐晃、王平为先锋，自己屯兵定军山北。徐晃、王平带军来到汉水，徐晃令前军渡水列阵。王平反对渡水交战，但徐晃不听，坚持要过河来战蜀兵。欲知胜负如何，且看下文分解。

❖ 精华赏析

老将黄忠打败了驻守天荡山的张郃后，又来攻定军山。经法正指点，黄忠先夺得定军山以西的高山，居高临下，打得夏侯渊措手不及，并将夏侯渊一刀砍死，从而夺得了定军山，为刘备夺取汉中立下了汗马功劳。

❖ 成长启示

虽然黄忠在请求出战时被众人轻视，但他通过实际行动证明了自己的价值，立下了大功。生活中，我们要保持对他人的尊重和包容，不要因为年龄、外貌或其他因素而忽视他们的潜力和能力。年长者往往拥有丰富的经验和智慧，他们的建议可能会给我们带来很大的启示和帮助。

第三十六回 诸葛亮智取汉中城

要点思考

· 曹操为何要把杨修杀了？

· 你认为诸葛亮能够战胜曹操的原因有哪些？

徐晃带兵渡过汉水，被黄忠和赵云夹击，大败回营后，指责王平不出兵相救，还想杀了王平。于是，当天夜里，王平在徐晃营中放火，然后带兵降了刘备。曹操得知后大怒，亲率大军前来。两军隔水对峙，刘备与诸葛亮来观察形势。诸葛亮见汉水上游有一座土山，可埋伏千余人，便吩咐赵云：“你可带五百人，皆带鼓角，埋伏在土山之下。或半夜，或黄昏，听我营中炮响。炮响一番，擂鼓一番，但不要出战。”赵云领命。

第二天，曹军前来叫阵，蜀营中无人出战，弓弩也都不发。曹兵只能自行回营。等到夜深，诸葛亮见曹营灯火熄灭，士兵歇息，于是放**号炮**[1]。赵云听到后，令鼓角齐鸣。曹军惊慌，怀疑蜀军劫寨，出营后却不见任何敌军。曹军刚回营歇息，号炮又响，鼓角又鸣，呐喊震地，一连三天。曹操胆怯，拔寨撤退三十里，在空阔处扎营。诸葛亮笑着说：“曹操虽知兵法，却不知诡计。”于是请刘备亲渡汉水，背水结营。

曹操见刘备背水下寨，心中疑惑，派人来下战书。诸

①号炮：为传达信号而放的炮。

葛亮回复来日决战。第二天，两军会于中路五界山前，列成阵势。曹操命徐晃出马来战，刘封出迎。刘封敌不住徐晃，拨马便走。曹操下令：“谁捉得刘备，谁就是西川之主。”大军呐喊杀来。蜀兵望汉水而逃，舍弃了营寨，丢下了马匹军器。曹军争相拾取。曹操急忙鸣金收军。众将说：“我等正要捉刘备，大王为什么收兵？”曹操说：“蜀兵背汉水安营，这是第一个疑点；丢弃了许多马匹武器，这是第二个疑点。所以我下令马上退兵，不要拾取衣物。”这时，诸葛亮举起号旗，刘备领兵便出，黄忠从左边杀来，赵云从右边杀来。曹兵大败，诸葛亮派兵连夜追赶。

曹操传令撤军回**阳平关**①。刘备问诸葛亮：“曹操此来，为何败得这么快？”诸葛亮说：“曹操生性多疑，虽善于用兵，但多疑则多败。所以这次我以疑兵胜之。”刘备说：“现在曹操退守阳平关，应该用什么计策退敌？”诸葛亮说：“我已经有主意了。”诸葛亮命张飞、魏延分兵两路去截曹操粮道，令黄忠、赵云分兵两路去放火烧山。四路人马，各自出发。

曹操退守阳平关后，士兵回报说：“蜀兵将远近小路全部阻塞，能砍柴的地方，全部放火烧掉。但不知兵在何处。”曹操正疑惑的时候，又来人报张飞、魏延分兵劫粮。曹操问：“谁敢敌张飞？”许褚说：“我愿前往！”曹操令许褚带一千精兵，去阳平关路上护送粮草。

许褚走到半路，忽然山坳里鼓角震天，一支人马挡住

①阳平关：在今陕西省勉县武侯镇。

去路。为首大将，正是张飞，他挺矛纵马，直取许褚。许褚舞刀来迎，却因喝多了酒，敌不过张飞。几个回合后，许褚被张飞一矛刺中肩膀，翻身落马，军士急忙救起逃走。张飞尽夺粮草车辆而回。

蜀兵赶到阳平关下：东门放火，西门呐喊；南门放火，北门擂鼓。曹操十分害怕，弃关而逃。蜀兵从后追赶。曹操正在撤退，前面张飞带一队人马截住，赵云带一支部队从背后杀来，黄忠又带兵从**褒州**[①]杀来。曹操大败。诸将保护着曹操，夺路而走，在斜谷界口安营。

曹操屯兵日久，想要出兵，被蜀兵拦住；想收兵回许都，又怕被蜀兵耻笑，心中犹豫不决。正好厨师端来鸡汤，曹操见碗中有鸡肋，因而心中有感。正沉吟间，夏侯惇入帐，询问夜间号令。曹操随口说："鸡肋！鸡肋！"夏侯惇告诉众官，夜间号令是"鸡肋"。行军主簿杨修知道后，便叫随行士兵收拾行李，准备归程。有人报知夏侯惇，夏侯惇大惊，便请杨修至帐中问道："为何收拾行装？"杨修说："从夜间号令便知魏王不久就将退兵。鸡肋，食之无肉，弃之有味。眼下进不能胜，退怕被笑，在此无益，不如早归。魏王肯定很快就会班师回朝，所以我先收拾，免得临行慌乱。"夏侯惇说："你真明白魏王心意！"于是也收拾行装。寨中其他将士见到后，也纷纷准备返程。当夜曹操心乱睡不着，于是手提钢斧，绕寨散步。只见夏侯惇寨内士兵都在准备行装，曹操大惊，急召夏侯惇问其缘故。夏侯惇说：

①褒州：在今陕西省勉县东北的褒城。

“主簿杨修已知大王退兵的心意。”曹操唤杨修问之，杨修以鸡肋之意解释。曹操大怒说：“你怎敢造谣乱我军心！”命令刀斧手将杨修推出斩首。杨修终年三十四岁。

第二天，曹操带兵出斜谷界口，前面一支部队来迎，为首大将乃是魏延。曹操招魏延归降，魏延大骂。曹操令庞德出战。二将正斗时，曹寨内起火，有人来报马超劫寨。曹操拔剑在手说：“退后者斩！”众将努力向前，魏延诈败而走。曹操这才率军回战马超，他站在高处，看两军争战。魏延拈弓搭箭，射中曹操。曹操翻身落马。魏延弃弓提刀，纵马上山来杀曹操。欲知曹操性命如何，且看下文分解。

❖ 精华赏析

在诸葛亮的指挥下，蜀军成功击退曹军，占领了汉中。对刘备来说，汉中的战略地位非常重要，夺取汉中，刘备获得了与曹魏作战的主动权，并在与曹操的对抗中占据有利地位。

❖ 成长启示

杨修恃才放旷，一闻“鸡肋”就自动收拾行装，并煽动其他人也作归计，置军纪于不顾，最终被曹操下令斩杀。我们绝不能像杨修一般骄傲自大，因为一骄傲，人就会变得固执，就会拒绝别人的忠告和帮助，从而丧失判断对错的能力。

第三十七回 关云长放水淹七军

❖ 要点思考

· 刘备自立为汉中王，请分析其中的原因。

· 仔细品读本回，分析关羽的性格特征。

曹操被魏延射了一箭，翻身落马。庞德急忙赶来，奋力杀退魏延，保护曹操前行。曹操带伤归寨，急令医生进行治疗。这时，曹操想起了杨修说的话，下令将杨修厚葬，随后决定班师回朝，让庞德负责断后。三军士气低落，道路两边突然着火，原来是马超早就埋伏在路上。曹兵见状，人人丧胆，不知所措。曹操下令部队急行，日夜奔走不停，直至抵达许都，方才安心。

建安二十四年①秋七月，刘备受文武官员拜贺为汉中王，立刘禅为世子。封许靖为太傅，法正为尚书令，封诸葛亮为军师，总理军国重事。封关羽、张飞、赵云、马超、黄忠为五虎上将，魏延为汉中太守。其余人各按功勋定爵。

刘备命令魏延镇守东川，自己带领百官返回成都，命人建造宫殿，广积粮草，多造兵器，以图进取中原。细作探听到曹操勾结东吴，欲取荆州，急忙回报。刘备忙请诸葛亮商议。诸葛亮说：“我已料到曹操会有此谋。东吴谋士极多，必定建议曹操令曹仁先起兵取荆州。”刘备说：“那该如何应对？”诸葛亮说：“可派使者通知关羽，令他先

①建安二十四年：公元 219 年。

起兵攻占樊城，使敌军胆寒，危机自然瓦解。”刘备大喜，派前部司马费诗前往荆州。费诗向关羽传达了刘备的命令，关羽领命，派廖化为先锋，关平为副将，自己领中军，起兵奔襄阳大路而来。

曹仁正在樊城中驻扎，突然听到关羽领兵前来，曹仁大惊，想要坚守不出，副将翟元说：“魏王令将军约会东吴取荆州，今彼自来，是送死也，何故避之！”参谋满宠说：“关羽有勇有谋，不可轻敌。坚守不出，才是上策。”骁将夏侯存说：“这是书生之言。你难道没有听过**兵来将挡，水来土掩**①？我军以逸待劳，必定可以取胜。”曹仁听从了他的意见，令满宠守樊城，自己领兵前来迎战关羽。

关羽知道曹兵要来，传授计策给关平和廖化，让他们与曹兵对垒。廖化前去挑战，翟元迎战。二将战不多时，廖化诈败，翟元在后面追杀，荆州兵退二十里。第二天，廖化再次来挑战，夏侯存、翟元一齐迎战，荆州兵又败，对方又追杀了二十余里。忽然，背后喊声大震，鼓角齐鸣。曹仁急命前军速回，背后关平、廖化杀来，曹兵大乱，荆州兵乘势追杀，曹兵大半死于襄江之中。曹仁退守樊城。

关羽得了襄阳，赏军抚民。随军司马王甫说：“东吴吕蒙屯兵陆口，常有吞并荆州之意，如果他率兵直取荆州，该怎么办呢？”关羽说：“我早有打算，你去沿着江边上下，每隔二三十里，选高出造一座**烽火台**②，每个烽火台

---

①兵来将挡，水来土掩：不管遇到任何事情，按情况采取应对措施。

②烽火台：古代用于点燃烟火传递边防警报信号的高台。

用五十人把守。如果吴兵渡江，夜晚放火，白昼举烟为号，我会亲自前去迎敌。”

王甫说：“必须再有一人总督荆州。”关羽说：“我已派治中潘濬把守。”王甫说：“潘濬平生多忌而好利，不可任用。可派赵累代替。赵累为人忠诚廉直，若用此人，万无一失。”关羽说：“我素知潘濬为人。既然已决定了，就不必更改。你不要多疑，去筑烽火台吧。”王甫告辞而去。关羽令关平准备船只渡襄江，攻打樊城。

曹仁急忙派人向曹操求救，曹操令于禁为将，庞德为先锋，派出七路大军前往樊城。庞德在军前抬棺材向关羽挑衅，关羽大怒，领兵迎战庞德。二将交战百余回合，方退兵回营。次日，关羽再与庞德交手，斗至五十余回合，庞德拨马便回，拖刀而走。关羽随后追赶，却被庞德偷袭，左臂中了一箭。

关羽回营，拔了箭头，敷上金疮药。关羽痛恨地说：“我定要报此一箭之仇！”众将说：“将军且歇息几日，再战也不迟。”之后十几天，关平坚守城池不出。忽听得于禁转移七路兵马到樊城北面下寨，便报知关羽。关羽上马，到高处观望，见城北十里山谷内屯着兵马，又见襄江水势甚急。当时正值八月秋天，连日暴雨。关羽令人准备船只，关平问：“我们在陆地上交战，为何用船？”关羽说：“于禁的兵马全部屯在山川险要之处。如今秋雨连绵，襄江之水必然大涨。我已派人堵住各处水口，等水发时，便放水一淹。”关平拜服。

当天夜里，风雨大作。庞德坐在帐中，只听得万马奔腾、鼓声震地。庞德大惊，出帐看时，四面八方，大水骤至，曹军被困水中的不计其数。于禁、庞德与诸将各登小山避险。等到天亮，关羽乘大船而来。于禁见无路可走，便投降了。关羽将于禁关到船上，便来擒庞德。此时庞德带领五百士兵，站在堤上。见关羽来，庞德全无惧意，奋然前来迎战。关羽用船四面围住，士兵一齐放箭，射死大半魏兵。众军皆降，只有庞德一人力战。庞德抢了一条小船，想逃去樊城。周仓撑大筏而至，把庞德撞入水中，跳下水去，生擒了庞德。

关羽下令将于禁监禁，处死庞德，趁着水势未退，又来攻樊城。当日关羽来到北门，立马扬鞭，说道："你等鼠辈，不如来降。"正说着，曹仁在城墙上命弓弩手一齐放箭。关羽急忙勒马返回，右臂上中了一箭，翻身落马。欲知关羽性命如何，且看下文分解。

◈ 精华赏析

在关羽击退曹军这件事情上，我们不仅感受到了关羽的有勇有谋，而且从细节上体会到了关羽的傲慢。他的性格特征也为接下来故事的发展埋下了伏笔。

◈ 成长启示

关羽利用地理环境和自然条件，制造了出乎意料的战略威胁。这提醒我们，在日常生活和工作中，要善于观察分析周围的环境和条件，并善于利用它们来解决问题或占据优势。

第三十八回 施计策吕蒙占荆州

要点思考

· 你认为荆州为什么会失守？
· 你觉得吕蒙是个什么样的人？

曹仁见关羽落马，立即带兵冲出城来，却被关平杀退。关平救关羽归寨，待回寨中，发现原来箭头有毒，毒已入骨，关羽右臂青肿，无法活动。关平劝关羽退兵，但关羽不同意，箭伤也一直不好。

一日，有人从江东驾小舟而来，来到寨前。这人是沛国谯郡人华佗，听说关羽中了毒箭，特来医治。此时关羽正在帐中与马良下棋，听闻有名医来到，立即召入。华佗开始查看关羽伤势，说：“这是被弩箭所伤，里面有乌头之毒，毒已经进入骨头。若不早治，此臂就保不住了。”关羽说：“如何治疗？”华佗说：“我自有办法，只怕君侯不敢。”关羽笑着说：“我视死如归，有何不敢？”华佗说：“在柱子上，钉上一个大环，请君侯将臂放在环中，用绳子固定，然后用被子蒙住头。我用尖刀割开皮肉，露出骨头，用刀刮去骨上的箭毒，再敷上药，最后用线缝合伤口，就没事了。只怕君侯不敢。”关羽笑着说：“容易！用什么大环？”说完，关羽下令摆下酒席。

关羽饮酒数杯，一面继续与马良**对弈**[①]，一面伸臂令

---

①对弈：下棋。

华佗医治。华佗取尖刀在手，令人捧一只大盆在臂下接血。华佗说："我要动手了，请君侯忍耐。"关羽说："任你医治，我岂能怕疼！"华佗下刀，割开皮肉，露出骨头，发现骨头已经变为青色。华佗用刀刮骨。帐中的将士听到刮骨的声音，全都**掩面失色**[①]。关羽饮酒食肉，谈笑对弈，全无痛苦的神色。不一会儿，血流了一盆。华佗刮尽箭毒，敷上药，用线缝上。关羽大笑而起，对众将说："此臂活动自如，完全不痛了。先生真是神医！"华佗说："我行医一生，从未见过您这样的人。君侯真乃天神也！"

关羽设席答谢华佗。华佗说："君侯箭伤虽治，然而必须爱护，切勿动怒。百日后，就可完全恢复。"关羽用百两黄金答谢。华佗说："我听闻君侯忠义，特来医治，不求回报！"华佗留下用来敷伤口的药后就告辞离去了。

关羽擒了于禁，斩了庞德，威名大震。探马报到许都，曹操大惊，聚文武官员商议，司马懿说："如今孙刘反目，关羽得志，孙权肯定不高兴。大王可让孙权暗中起兵断关羽后路，承诺事成之日，送他江南之地，樊城的危机就能解决。"曹操同意了。

孙权接到曹操的书信，欣然应允，令吕蒙领兵攻打荆州。吕蒙一开始见荆州兵马严整，沿江设有烽火台，想不出破敌计策，于是装病在家不出兵。孙策的女婿陆逊知道后，前来见吕蒙，说："关羽向来自大，所担心的只有将军而已。将军乘此机会装病辞职，再派人去赞美关羽，令

①掩面失色：形容惊惧的样子。

其骄傲轻敌，他必定撤掉荆州守军调往樊城。若荆州无防备，便可派出一队人马，**奇袭**[1]荆州。”吕蒙大喜，依计而行。

关羽得知吕蒙病重，职务由陆逊代替后，仰面大笑，从此不再担忧江东了。

陆逊暗中派人打探，得知关羽果然撤走了荆州大半士兵调往樊城，只待箭伤痊愈，便要出兵。陆逊立即派人连夜报知孙权，孙权对吕蒙说：“现在关羽撤了荆州之兵调往樊城，我们可以趁机偷袭荆州。”孙权立即任命吕蒙为大都督，总管江东各路人马，令孙皎在后管理粮草。吕蒙拜谢，点兵三万，快船八十余条，选会水者扮作商人，都穿**白衣**[2]，在船上摇橹，却将精兵都藏在船舱中。然后陆逊调韩当、蒋钦、朱然、潘璋、周泰、徐盛、丁奉七员大将，相继出发。其余皆跟随孙权在后接应。孙权一面派使者通知曹操，令他进兵截断关羽后路；一面先通报陆逊，然后令士兵穿白衣，驾快船前往浔阳江。日夜兼程，直达北岸。江边烽火台上守军盘问时，吴人答说：“我等都是客商，因江中风大，到此避一避。”然后将财物送给守卫士兵，士兵便同意他们在江边停泊。大约二更时分，船舱中精兵齐出，将烽火台上官军制服，并发出信号，八十余船都靠岸，精兵上岸，将岸边守军全部捉入船中，不曾漏掉一个，而后**长驱直入**[3]，前往荆州，无人察觉。来到荆州城下，吕蒙让沿江抓住的士兵前去答话，骗开城门。守城士兵认得

---

①奇袭：出其不意地打击敌人（多指军事上）。

②白衣：未穿军装甲胄，身着便服的意思。

③长驱直入：（军队）长距离地、毫无阻挡地向前挺进。

是荆州的士兵，便开了城门。吴兵一声大喊，在城门放起火来，然后冲入城里，占了荆州。吕蒙立即派人报告孙权。

很快，孙权领兵前来。吕蒙出城迎入府中。孙权下令放出监牢内的于禁，让他返回许都，然后安民赏军，设宴庆贺。孙权对吕蒙说：“现在荆州已得，但公安、南郡两地该如何收复？”话没说完，忽一人说道：“我与公安守将傅士仁自幼相识，若晓以利害，他必定归顺。”众人一看，说话的乃是虞翻。孙权大喜，便令虞翻领五百士兵，赶往公安。

傅士仁收到虞翻的招降信，想起关羽过去对他态度傲慢，便打开城门，请虞翻入城。虞翻说孙权宽宏大度，礼贤下士。傅士仁大喜，立即同虞翻来荆州投降。孙权大悦。吕蒙暗中对孙权说：“留傅士仁在公安，久必有变，不如派他去南郡招降糜芳。”于是孙权召傅士仁说：“糜芳与你交情匪浅，你可招他来降，我自当重赏。”傅士仁一口答应，便带十余人，直奔南郡招安糜芳。欲知后事如何，且看下文分解。

❖ 精华赏析

蜀国战略方针的失误是导致关羽大意失荆州的主要原因。荆州地理位置十分关键，位于三方交锋之地，然而只依靠关羽一人去对抗魏、吴两国，风险极高。即使没有吕蒙的突袭，荆州也很难守住。

❖ 成长启示

关羽大意失荆州的另一个原因就是过于自信，没有充分考虑到敌方的实力和可能出现的变数。我们在日常生活和工作中，要保持谦虚谨慎的态度，不要被过度自信冲昏头脑，以免出现错误的判断、做出错误的决策。

第三十九回 关云长兵败走麦城

❖ 要点思考

· 你认为关羽为什么会失败？

· 刘封和孟达为什么不去救援关羽？

糜芳听闻荆州有失，正无计可施。忽报公安守将傅士仁来了，糜芳急忙接入城中，问他为何事而来。傅士仁说：“我不是不忠，实在是形势危急，我现在已投降东吴，将军不如也早日投降。”糜芳说：“我们受汉中王的大恩，怎么能背叛呢？”正犹豫间，忽报关羽派遣的使者来了。使者说：“关公军中缺粮，特来南郡、公安取白米十万石，令二位将军去军前交割。如迟立斩。”糜芳大惊，对傅士仁说：“荆州已被东吴所取，这粮怎么送过去？”傅士仁说：“不要犹豫了！”于是拔剑斩杀了使者。糜芳吓了一跳，说：“你为什么要杀他？”傅士仁说：“关羽此意，正要斩我二人。我们怎能**坐以待毙**[①]？现在不投降东吴，必被关羽所杀。”正说着，忽报吕蒙领兵杀到城下。糜芳大惊，于是和傅士仁一起出城投降。

此时，曹操在许都，正与众谋士议荆州之事，忽报东吴派使者带着书信来了。使者呈上书信，曹操拆开观看，信中说吴兵将袭荆州，请求曹操夹攻关羽，并嘱咐不要泄露此事，让关羽有了防备。曹操与众谋士商议，主簿董昭

---

①坐以待毙：坐着等死，指不采取积极行动而等待失败。

说：“现在樊城被困，不如令人将信射入樊城，以宽军心，再让关羽知道东吴将袭荆州。他怕荆州有失，必速退兵，再令徐晃乘势掩杀，定可获胜。”曹操听了他的计谋，一面派人催徐晃出战，一面亲率大军来救曹仁。

徐晃正坐在帐中，忽报魏王使者到了。徐晃接入询问，使者说：“魏王带兵已过洛阳，令将军急战关羽，以解樊城之困。”正说着，探马来报：“关平屯兵偃城，廖化屯兵四冢，前后十二个营寨，连绵不绝。”徐晃立即派副将徐商、吕建打着自己的旗号，前往偃城与关平交战。徐晃自己领精兵五百，沿着沔水去偃城后方偷袭。

关平听闻徐晃带兵前来，于是前去迎敌。两军对阵，关平出马，关平与徐商交锋，只三个回合，徐商大败而走。吕建出战，五六个回合后也败走。关平乘胜追杀二十余里，忽报城中火起，关平才知道中计了，急忙带兵回救偃城。这时，徐晃带兵杀出。关平见偃城中火光大起，不敢恋战，直奔四冢寨来。廖化见到关平，说道：“听说荆州已被吕蒙占了，军心慌乱，该怎么办？”关平说：“这必定是谣言，再传谣者立斩。”

忽流星马到，报说正北第一屯被徐晃领兵攻打。关平、廖化率领四冢寨全部精兵，奔至第一屯驻扎。关平看见魏兵屯于小山之上，对廖化说：“徐晃屯兵，不得地利，今夜可带兵劫寨。”廖化说：“将军可分兵一半前去，我来守寨。”

晚上，关平领兵杀入魏寨，却不见一人。正要退时，徐商、吕建从左右两边袭来，关平大败回营，魏兵乘势追杀，把他们包围。关平、廖化弃了第一屯，直奔四冢寨。到了寨前，只见到处都是魏兵旗号。关平又率众人沿着樊城的大路撤退，又被徐晃拦住。关平、廖化奋力死战，夺路而逃，回到大寨来见关羽，说：“徐晃夺了偃城等地，曹操率大军分三路来救樊城，还有人说荆州已被吕蒙偷袭了。”关羽喝道：“这是敌人的谣言，想要乱我军心！吕蒙已经病危，现在由陆逊接替，不足为虑！”

话未说完，忽报徐晃带兵来了。关羽提刀上马，与徐晃交战八十余回合，关羽虽然武艺绝伦，但右臂无力。关平怕关羽有闪失，下令鸣金收兵。忽然，四下里喊声大震，原来是樊城曹仁听说救兵到了，带军杀出城来。两下夹攻，荆州兵大乱。关羽带众将直奔襄江上游，背后魏兵追来。关羽渡过襄江，朝襄阳而去。忽流星马到，报说：“荆州已被吕蒙所夺。” 关羽大惊，不敢再去襄阳，带兵前往公安。探马又报：“公安傅士仁已降东吴。”关羽大怒。这时，催粮的人到了，说：“傅士仁和糜芳都投降了东吴。”

关羽闻言，怒气冲天，伤口迸裂，昏倒在地。众将把关羽救醒，关羽对王甫说：“我后悔没听你的话，果然发生了这样的事！”又问：“沿江上下，为什么没有点火传信？”探马回答：“吕蒙让士兵扮作客商渡江，将精兵藏在船中，先擒了守烽火台的士兵，因此没有发信号。”关羽叹气，说：“我中了奸贼的计！有何面目去见兄长！”管粮都督赵累说：“现在事情紧急，可一面派人去成都求救，一面从旱路去取荆州。”关羽按他说的，派马良、伊籍赶往成都求救，自己带兵来取荆州，留廖化、关平断后。

关羽率兵去取荆州，忽然喊声大震，蒋钦率领一队人马拦住去路。蒋钦勒马大喊：“关羽何不早早投降？”关羽大骂：“我乃汉将，岂能降贼！”拍马舞刀，直取蒋钦。不到三个回合，蒋钦败走。关羽追杀二十余里，喊声忽起，左边山谷中韩当领军冲出，右边山谷中周泰引军冲出，蒋钦去而复返，三路夹攻。关羽急忙撤军往回走，行了数里，只见南山冈上人烟聚集，白旗招展，上面写着“荆州土人”四个字，众人大喊：“本地人速速投降。”关羽大怒，正想上山。又有两军冲出，左边丁奉、右边徐盛，会和蒋钦等三路军马，喊声震地，鼓角喧天，将关羽困在中间。一直杀到黄昏，关羽遥望四周，到处都是荆州士兵在呼兄唤弟，觅子寻爷，军心尽变。关羽喝止不住，部队只剩下三百多人。

杀到三更，关平、廖化杀入重围，救出关羽，众人来到**麦城**①屯扎。关羽聚集众将士商议。赵累说：“此处靠近**上庸**②，刘封、孟达在那里把守，可派人去求救。若有他们接济，等成都援军到来，军心自安。”正商议间，忽报吴军已到，将麦城四面围住。关羽问：“谁敢突围去上庸求救？”廖化说：“我愿前往。”关羽立即写信交给廖化，廖化杀出重围，赶往上庸去了。廖化来到上庸，请求刘封、

①麦城：在今湖北省当阳市东南沮、漳二水间。
②上庸：在今湖北省竹山县西南。

孟达出兵救援关羽，但他们以民心未定为借口不肯分兵。廖化大骂出城，只能向成都找刘备求救。

关羽在麦城等待上庸的兵马，却不见动静，手下只有五六百人，多半带伤，城中无粮，甚是苦楚。这时，诸葛瑾前来劝降。关羽说：“我乃一介武夫，承蒙我主以兄弟相待，怎能背信弃义，投靠敌国？城若破，我死便是。玉可碎，而不可改其白；竹可焚，而不可毁其节；身虽殒，名节可传于后世。你不用多说，请快出城，我要与孙权决一死战！”

诸葛瑾上马出城，回见孙权说：“关羽心如铁石，不肯投降。”孙权说：“真是忠臣。现在该如何是好？”吕蒙说：“我有一计，关羽纵有冲天翼，也飞不出我的罗网！”欲知吕蒙之计若何，且看下文分解。

◈ 精华赏析

在《三国演义》中，关羽的形象被塑造成了忠义的代表，他勇敢、果断、机智，但同时也有一些明显的缺点，如傲慢自大、刚愎自用，常常因此忽略了别人的意见和建议，这导致他在关键时刻做出错误的决策，甚至影响了整个战局。

◈ 成长启示

关羽本可撤回西川，等待东山再起。但是他不愿接受失败，想要重新夺回荆州，最终败走麦城。接受失败是获得成功的必修课，只有接受失败，不惧衰颓，才能等待再次花开的机会。

第四十回　汉中王正位续大统

❖ 要点思考

· 刘备这次出兵为什么不带诸葛亮？

· 如果你是刘备，你会怎么做？

孙权问计于吕蒙，吕蒙说：“我料关羽兵少，肯定不会从大路逃跑，麦城正北有小路，必从此路而去。我们可起兵攻打各门，只留北门，等关羽出城，在北门外的小路上设下埋伏，则关羽可擒。”孙权听闻大喜，令吕蒙去准备。

关羽在麦城，清点兵马，只剩三百余人，粮草又尽，救兵又不到，心中无计。此时赵累说：“何不弃此孤城，前往西川暂避？”关羽同意了，见北门外敌军不多，本城居民又说城北有小路可通西川，关羽便准备从北门出城。王甫哭着说：“君侯在路上保重，我与部下百余人，死守此城。就算城破也决不投降！盼君侯快来救援！”关羽也与他哭着告别，带关平、赵累及残部二百余人，冲出北门。

关羽横刀前进，约走二十余里，遇到伏兵。关羽不敢恋战，改走临沮小路，走了不到四五里，伏兵又出现。关平从背后赶来，说赵累已死在乱军之中。关羽不胜伤感，令关平断后，自己在前面开路，随行只剩十余人。走到一处，两边是山，山边都是芦苇败草，树木丛杂。此时已是五更，突然一声喊起，两下伏兵尽出，长钩**套索**[1]并举，把关羽

---

①套索：古代交战时用以擒拿敌人的工具。

的马绊倒。关羽落马，被潘璋部将马忠擒获。关平得知关羽被擒，火速来救，被吴军围住。关平孤身奋战，力尽被抓。等到天明，孙权得知关羽父子已被擒获，大喜。孙权敬重关羽，本想劝他归降。主簿左咸进谏："当初曹操得此人都留不住，任其斩关杀将而去，致使今日反被他所逼。如今主公若不除掉他，恐有后患。"孙权沉吟半晌，下令将关羽父子推出斩首。关羽终年五十八岁。

一天，刘备突然觉得浑身肉颤，坐立难安。夜里，刘备梦到关羽对他说："请兄长起兵，为我报仇。"刘备醒后，便请诸葛亮来解梦。诸葛亮说："主公因过度思念云长，才有此梦，不必多疑。"诸葛亮告辞，来到中门外，遇见许靖。许靖说："我听外面传说，东吴吕蒙已袭荆州，云长已遇害！"诸葛亮说："我见荆楚方向有将星陨落，已知云长被害，但怕主公忧虑，未敢明说。"

两人正说话间，忽然殿内转出一人，扯住诸葛亮衣袖说道："为何瞒我！"诸葛亮一看，正是刘备。诸葛亮、许靖正要解释，忽报马良、伊籍来了。刘备赶忙召入询问。二人说荆州已失，关羽兵败求救，呈上表章，还没来得及看，侍臣又奏廖化到了。廖化跪在地上哭着说刘封、孟达不发救兵之事。刘备大惊说："若如此，我二弟就危险了！"诸葛亮说："刘封、孟达，**罪不容诛**[①]！我亲自带兵去救云长。"刘备哭着说："云长有失，我绝不独生，我要亲自前去！"于是一面派人赴阆中报知张飞，

①罪不容诛：罪大恶极，处死都不能抵偿。

一面派人调集兵马。

没到天亮，一连数次报说关羽被吴将抓住，宁死不降，父子二人都被杀。刘备听罢，大叫一声，昏了过去。众文武急救，半晌才醒，扶入内殿。诸葛亮劝说：“生死有命，主公一定要保重身体。”刘备接连三日水米不进，痛哭不止，泪湿衣襟，斑斑成血。诸葛亮与众人再三劝解。刘备说：“我与东吴，誓不两立！”刘备本想马上起兵报仇，诸葛亮进谏：“不可。如今吴、魏各怀诡计。主公应按兵不动，待吴、魏不和，再出兵讨伐。”

曹操在洛阳，头疼病又发作了，而且一日比一日严重。有一天，曹操忽然双目失明，急召曹洪、陈群、贾诩、司马懿等人，一同到卧榻前叮嘱后事。曹操说：“我有四个儿子，只有长子曹丕可继承我的事业，希望你们能辅佐他。”说完，长叹一声，泪如雨下，不一会儿，气绝而死，终年六十六岁。这时是**建安二十五年**[①]春正月。

曹丕成为魏王之后，东吴孙权拱手称臣。刘备与众人商议：“我想先伐东吴，为云长报仇；再讨中原，铲除贼子。”话没说完，廖化就哭着跪在地上说：“关公父子遇害，其实是刘封、孟达之罪。”刘备便派人去捉拿这二人。没想到，事情泄露，孟达得到消息，当晚便投降了曹魏。

刘备得知后大怒，想起兵征讨。诸葛亮说：“可派刘封带兵前去。”刘备听从了他的建议。但刘封被孟达和魏军打得大败，只好逃回成都。等见到刘备，刘备斥责刘封：

---

①建安二十五年：公元 220 年。

“你叔父有难，为何不救？你现在有何面目来见我！”命左右将刘封推出斩首。

魏王曹丕不满足自己的王位，逼迫献帝退位。献帝无奈，哭着对群臣说：“朕愿将天下禅让给魏王，只求留我性命。”自此魏王曹丕即了皇帝位，改延康元年为黄初元年，国号大魏。谥父曹操为太祖武皇帝，封献帝为山阳公。

早有人到成都，报说曹丕自立为大魏皇帝，且传言汉献帝已遇害。刘备听闻，终日痛哭，下令百官挂孝，遥望设祭。诸葛亮与太傅许靖、光禄大夫谯周商议，天下不可一日无君，想尊刘备为帝。于是诸葛亮与许靖带着大小官吏上表，请刘备即皇帝位。刘备坚决不从，无奈诸葛亮等人苦苦相劝，刘备万不得已之下，即皇帝位，改年号为章武。两川军民，无不欢欣鼓舞。

张飞在阆中得知关羽被东吴所害，昼夜哭泣，血湿衣襟。诸将用酒劝解，张飞酒醉之后，怒气更胜。帐上帐下，只要有犯错的就拉出去鞭打。张飞每日望南咬牙切齿，痛哭不止。忽报使者到，张飞听完圣旨后，对使者说道：“二哥被害，仇深似海。朝堂上的臣子，为什么不上奏天子，出兵讨伐东吴？”使者说：“大部分的朝臣都主张先灭魏国，然后再讨伐东吴。”张飞大怒，说：“我要面见天子，劝他伐吴，生擒逆贼，祭告二哥。”张飞来到成都见到刘备，便抱着他大哭，刘备也哭。张飞说：“陛下今日为君，早忘了桃园之誓，二哥的仇，为何不报？”刘备说：“百官劝阻，不敢轻举妄动。”张飞说：“若陛下不去，臣舍此躯也要给二哥报仇！”刘备说：“朕与你一起去，你带兵从阆中出发，与朕在**江州**[①]会合，共伐东吴，报仇雪恨！”

张飞回到阆中，传下军令：限三日内制办白旗白甲，三军挂孝伐吴。第二天，帐下两员将领范疆、张达入帐说道：“白旗白甲一时无法备齐，请求宽限几日。”张飞大怒说：“我恨不得明日便到东吴，你们竟敢违抗我的将令！”说完便将二人捆到树上，各鞭打五十。打完之后说：“明日必须备好！如果耽误，杀你二人示众！”二人回到营中商议，范疆说：“如果明日不能备齐，你我都会被杀！”张达说：“与其被他杀，不如我们先下手杀了他。等他喝醉，你我便可动手。”

张飞在帐中，因思念关羽，神思恍惚，便令人拿酒来与部将同饮，大醉后睡在帐中。范疆、张达探知消息后，初更时分，各藏短刀，潜入帐中。张飞睡觉不合眼，二人见他眼睛睁着，本不敢动手，因听到**鼻息**[②]如雷才敢靠近，用短刀杀死了张飞。张飞终年五十五岁。

二人杀了张飞后，带数十人连夜投奔东吴去了。第二天，军中才发现张飞被这两个贼子所害，但已经追不上了。张飞手下的部将吴班派人赶往成都报告刘备。此时，刘备已起兵出征。

这一天夜里，刘备**肉颤心惊**[③]，寝食不安。出帐仰观天文，见西北一星，其大如斗，忽然坠地。刘备大疑，因

---

①江州：在今重庆市区。

②鼻息：从鼻腔出入的气息，特指熟睡时的鼾声。

③肉颤心惊：形容极度恐惧害怕。

此按兵不动。忽然侍臣奏说："阆中吴班，派人送来表章。"刘备顿足说："我三弟不好了！"打开一看，果然是张飞已死。刘备放声大哭，昏厥倒地。

醒后的刘备强打精神，令吴班为先锋，张苞、关兴护驾，率领七十万大军，杀向吴国。孙权得到消息，对百官说："如今刘备即了皇位，统精兵七十余万，御驾亲征，该如何应对？"百官面面相觑。诸葛瑾说："我愿去见蜀主，晓以利害，使两国相和，共讨曹贼。"孙权大喜，立即派诸葛瑾为使，去说服刘备退兵。欲知诸葛瑾此去如何，且看下文分解。

❖ 精华赏析

张飞是一位个性鲜明的将领，一开始的登场就展现出了他的勇猛和决断。然而，他也有一些缺点，比如只尊重那些有本事、有名望的人，对手下的兵将则放肆打骂，随意处罚。这种做法让士兵们感到不满和怨恨，最终导致他死亡。

❖ 成长启示

吕蒙用计乱蜀军军心，关羽被迫弃城出走，途中却中了吴军的埋伏，父子被擒。一代名将、万世英雄——关羽大义凛然、步履从容地走向了生命的终点。关羽对刘备的忠诚，让人为之动容；面对死亡，表现出来的从容，令人震撼。关羽，真英雄是也。

第四十一回 刘先主遗诏托孤儿

要点思考

· 你觉得刘备为什么会失败？
· 刘备病逝白帝城，对三国历史的发展有何影响？

章武元年[①]秋八月，刘备率领大军抵达**夔关**[②]，驻扎在**白帝城**[③]。这时，有人来报："诸葛瑾到了。"诸葛瑾见到刘备，拜伏于地，说："当初曹操多次写信给吴侯，让吴侯偷袭荆州，吴侯都没有答应，因为吕蒙与云长不睦，所以才擅自发兵攻打荆州，这是吕蒙的罪过，而不是吴侯的过错。孙夫人一直想回到东吴，如今吴侯派我为使者，愿意送回夫人，交还荆州，希望能够永结盟好，共灭曹丕。"刘备大怒，说："你东吴害死了我弟弟，居然还敢狡辩！想要我退兵，除非我死。如果不是看丞相的面子，早杀了你。回去告诉孙权，**洗颈就戮**[④]！"诸葛瑾见刘备心意已决，只好返回江南。

诸葛瑾回去后拜见孙权，说刘备不肯讲和。孙权没有办法，只好向曹丕求援，曹丕虽然册封孙权为吴王，但并不愿意出兵。孙权只好派朱然和孙桓一起出战。这两人被张苞和关兴击败后，孙权立即召集文武官员商议对策。张

---

①章武元年：公元 221 年。
②夔关：在今重庆市奉节县一带。
③白帝城：在今重庆市奉节县东白帝山上。
④洗颈就戮：把脖子洗净，伸到刀下受斩。比喻等待灭亡。

昭说："可命韩当担任正将，周泰为副将，潘璋为先锋，凌统为后援，甘宁为救应，起兵十万迎敌。"孙权立即命令各位将领出发。

刘备的军队从**巫峡建平**[①]开始一直到彝陵，连绵七十余里，建了四十多个营寨。刘备见关兴、张苞屡立大功，感叹道："昔日跟随我的将领，全都老迈无用了；如今又有我的两个侄儿如此英勇，何愁东吴不灭！"正说话间，忽报韩当、周泰领兵来到。刘备刚要遣将迎敌，近臣上奏："老将黄忠带五六人投奔东吴去了。"刘备笑着说："黄汉升绝非反叛之人，因我失口误言老者无用，他必不服老，上阵杀敌去了。"立即召关兴、张苞去助黄忠。黄忠来到阵前同潘璋交战，潘璋自知敌不过，拨马便走。黄忠趁势追杀，追了三十余里，四面喊声大震，东吴伏兵齐出，把黄忠困在当中。黄忠急退，被一箭射中肩窝，险些落马。吴兵趁势冲杀，多亏关兴、张苞带兵前来，才救下黄忠。二人送黄忠到刘备营中。黄忠年老血衰，伤得很重。刘备前来探望说："让老将军受伤，都是朕的错！"黄忠说："臣只是一介武夫，万幸遇到陛下。臣今年七十有五，也已经活够了。望陛下保重龙体，以图中原！"说完，不省人事。当夜死在营中。

刘备见黄忠气绝，哀伤不已，感叹说："五虎上将，已亡三人，朕定要复仇！"刘备带御林军亲征，到**猇亭**[②]与吴军对垒。刘备指着韩当、周泰骂道："你等吴狗，伤朕

①巫峡建平：在今重庆市巫山县。

②猇亭：今湖北省宜都西北。

兄弟，朕誓与你势不两立！”说完，刘备指挥将士冲杀，杀得吴军尸横遍野，血流成河。甘宁带病出征，被番王沙摩柯射杀。刘备顺势追杀，取得猇亭。吴兵则四散逃走。

此时蜀军声势大震，江南之人尽皆胆裂，日夜号哭。孙权很担心，聚文武百官商议。步骘上奏：“刘备所记恨的，乃是吕蒙、潘璋、马忠、糜芳、傅士仁。如今这些人已死，只有范疆、张达二人还在东吴。何不擒此二人，交还荆州，送归夫人，上表求和。”孙权同意了，便命人将范疆、张达关到囚车内，向猇亭而来。

刘备正要发兵前进，忽有人上报：“东吴送范疆、张达二贼至此。”刘备立即令张苞设立灵堂，下令将范疆、张达处死，祭奠张飞。祭奠完毕，刘备怒气不息，定要剿灭东吴。马良上奏：“仇人已死，大仇得报。东吴想归还荆州，送回孙夫人，永结盟好，共同灭魏，请主公三思。”刘备大怒说：“朕的仇人乃是孙权！我心意已定，先灭吴，再灭魏。”便赶走使者，准备进兵。

孙权知道后大惊，不知所措。阚泽上奏：“如今吕蒙虽死，但陆逊还在荆州。此人虽是书生，实有雄才大略。以臣看来，不在周郎之下，主公若能用他，定能破蜀。”孙权恍然大悟，于是命陆逊为大都督，还将自己的佩剑给他，赐他先斩后奏的权力。

陆逊领命来到阵前，令各处关口将士坚守，不许轻敌。刘备多次派人叫阵，陆逊仍然坚守不出。此时正值盛夏，天气炎热，刘备便令士兵在林木茂密处避暑。早有细作报知陆逊。陆逊大喜，亲自到高处观望。只见蜀军连营七百余里，士兵连日征战，多有懈怠。于是陆逊命大小将士听令：让朱然从水路进兵，用船装载茅草；韩当带兵攻江北岸，周泰带兵攻江南岸，每人手执一把茅草，各带火种和刀枪，一到蜀营，便可顺风放火。众将听令，各自准备。

初更时分，东南风骤起。只见蜀军营中多处起火，风紧火急，树木皆着，喊声大震。蜀军大乱，自相践踏，死者不计其数。无数的吴兵从后面杀到。刘备急忙上马，只见营中火光连天，江南江北被火烧得如同白昼。四面都是吴兵，幸亏张苞带兵来救，死战得脱，众人才逃到马鞍山。刘备在山上遥望遍地火光，死尸重叠。第二天，吴兵又放火烧山，刘备惊慌。忽然火光中一将带数骑杀上山来，一看乃是关兴。关兴进谏：“四下火光逼近，不可久留。陛下可速奔白帝城。”于是当日黄昏，关兴在前，张苞在中，留傅彤断后，保着刘备杀下山来，却又被朱然截住去路，背后陆逊带大军杀来。

危急之时，赵云领兵前来救驾，杀退吴军，一行人便到白帝城中暂歇。此时刘备手下只剩百余人。

陆逊大获全胜，本想追击，但又怕魏国乘虚而入，便率大军返回。退兵不到两日，三处传来飞报：“魏国曹仁出濡须，曹休出洞口，曹真出南郡。三路兵马数十万，不知道应该如何应对。”陆逊笑着说：“果不出我所料。”陆逊指挥大军，杀得魏国三路兵马大败，不得不退回洛阳。吴、魏自此不和。

刘备在白帝城，染病不起，又想念关羽、张飞，病得越来越重，觉得自己将不久于人世。于是刘备遣使前往成都，请丞相诸葛亮、尚书令李严等人赶到白帝城，听受遗命。诸葛亮赶来见到刘备，连忙跪在龙榻之下。刘备请诸葛亮坐在榻旁，拍着他的背说：“朕因得丞相，成就帝业，又因不听丞相的话，才有今天。悔恨成疾，危在旦夕，不得不将国家托付给丞相。”说完，泪流满面。诸葛亮也流泪。刘备命人取来纸笔写下遗诏，递给诸葛亮说道：“你的才能远胜曹丕，必能**安邦定国**[①]，成就大事。若刘禅可辅，则辅佐他；如他没有才能，你可自立为成都之主。”诸葛

①安邦定国：使国家安定、巩固。

亮听完，全身冷汗，手足失措，跪在地上说："臣必当辅佐幼主，至死方休！"刘备又请诸葛亮坐在榻上，唤鲁王刘永、梁王刘理上前，吩咐道："我死以后，你兄弟三人，要把丞相当父亲一样对待，不可怠慢。"不久后刘备驾崩，终年六十三岁。

太子刘禅即皇帝位，改元建兴。曹丕得知刘备死讯后大喜，司马懿建议此时向蜀国出兵，曹丕同意了。

建兴元年①秋八月，魏国调五路大军，来取西川。刘禅大惊，连忙请诸葛亮商议。诸葛亮早有安排，命赵云坚守阳平关，马超紧守西平关，魏延对付孟获，又让孟达的生死之交李严写信劝阻孟达出兵。这样一来，魏国五路大军中的四路已经没有了威胁。最后派邓芝前往东吴游说孙权。欲知邓芝此去如何，且看下文分解。

❖ 精华赏析

刘备为报兄弟之仇，不顾国力，不虑情势，一时莽撞，率领大军攻打吴国。陆逊火烧蜀军连营，刘备在众人的护持下最终突围，退守白帝城，这一战给蜀国造成了不可弥补的损失。

❖ 成长启示

刘备此败表明，不管做出多大的成绩，仍然应该时刻保持清醒的头脑，提高警惕，万不可冲动固执、盲目轻敌。我们在学习中也是如此，要戒骄戒躁，踏踏实实走好每一步。

①建兴元年：公元 223 年。

第四十二回 孔明用计七擒孟获

要点思考

· 诸葛亮为什么没有直接杀掉孟获，而是七擒七纵？

· 请你说一说，孟获有哪些性格特点？

邓芝来到东吴面见孙权，只见宫门外两列武士，各执刀枪，威风凛凛。邓芝心知吴国的用意，毫无惧色，昂首向前。进入殿内，孙权问："你是来为诸葛亮做说客，想要劝我与蜀国交好吗？"邓芝说："我特为吴国利害而来。"孙权听后喝退武士，命邓芝上殿，赐座，问道："请先生指教。"邓芝说："蜀国有山川之险，吴国有三江之固。若两国联手，进可吞并天下，退可鼎足而立。如今大王若对魏称臣，一旦魏国灭蜀之后，必定入侵吴国。还请大王三思。"孙权说："先生之言，正合我意。"于是孙权命张温与邓芝一同入川，两国互相答礼，自此吴、蜀两国通好。

曹丕得知此事后大怒，下令制造龙舟十只，长二十余丈，可容二千余人，整理战船三千余只。**黄初五年**[①]秋八月，曹丕召集大小将士，起兵攻吴。孙权得讯后，一面通知诸葛亮，让他起兵出汉中，一面派徐盛带兵前去迎敌。曹丕在**广陵**[②]，流星马报告："赵云带兵出阳平关，直取长安。"曹丕大惊失色，立即撤军。吴兵在背后追赶，魏兵大败而回，

---

①黄初五年：公元 224 年。

②广陵：在今江苏扬州一带。

张辽也战死了。

建兴三年[1]，诸葛亮在成都接到益州飞报：蛮王孟获起蛮兵十万，犯境劫掠；建宁太守雍闿勾结孟获造反。于是诸葛亮筹备军马，亲自南征，带领川兵五十万，向益州进发。

诸葛亮领兵到达益州，打败雍闿，然后带兵深入南蛮境内。蛮王孟获听说诸葛亮已消灭雍闿等人，于是聚集三洞元帅商议。第一洞乃金环三结元帅，第二洞乃董荼那元帅，第三洞乃阿会喃元帅。孟获说：“诸葛亮领大军前来，不得不合力抗敌。你三人可分兵三路，获胜的人，就将成为洞主。”于是三人各引五万蛮兵，依令而行。

诸葛亮得知三洞元帅分兵三路前来，立即唤来赵云、魏延，让他俩点精兵五千，夜里去劫寨。蜀兵大胜，金环三结战死，董荼那和阿会喃被活捉。诸葛亮对董荼那、阿会喃晓以利害，令他们各自归洞，勿再作乱。二人哭着拜谢，从小路走了。

蛮王孟获得知三洞元帅都被诸葛亮捉了，大怒，亲自带蛮兵出发，正好遇上王平的部队。两军交锋，王平诈败。孟获驱兵追赶，忽然喊声大起，两旁伏兵杀出，将孟获生擒。士兵押孟获到大寨来见诸葛亮，诸葛亮说：“我今天擒了你，你心服吗？”孟获说：“一时疏忽，如何肯服！你放我回去，若能再擒我，我便服你。”诸葛亮下令松绑，放他回归本寨。

诸葛亮放了孟获，众将问道：“孟获乃南蛮首领，擒

---

①建兴三年：公元 225 年。

了他，南方就安定无事。丞相为何放他？”诸葛亮笑着说：“我擒此人，如探囊取物。必须降伏其心，益州才能真正安定。”

孟获回到寨中后，坚守不出，终日饮酒取乐，不理军务。此时董荼那与多位酋长商议：“孔明神机妙算，曹操、孙权都怕他，何况我们？况且他之前放了我们，对我们有恩，无以为报。我打算杀孟获去投孔明，你等意下如何？”众人纷纷表示赞同。于是董荼那带人生擒了孟获，送到蜀寨。

诸葛亮笑着对孟获说：“你之前说一旦再被擒，便服我。今日如何？”孟获说：“这并非你的本事，是我手下人背叛，才让我被擒。如何肯服！”诸葛亮说：“我今天再放你去，如何？”孟获说：“如果丞相之后再擒到我，我就真心归降。”于是诸葛亮又放孟获回去，还亲自送到泸水边。

孟获回到本寨，先派人杀掉了董荼那等人，然后与亲弟孟优商量计策。孟优领了孟获的计，带着百余蛮兵和金银珠宝来到诸葛亮大寨。诸葛亮得知孟优前来进献宝物，便唤来赵云等人，低声吩咐去做准备。然后诸葛亮召孟优入帐，欣然接受了礼物，吩咐备下酒席，殷勤款待。

孟获得知诸葛亮接受了宝物，心中甚喜，立即带了三万蛮兵，前去偷袭蜀军营寨。天黑之后，孟获来到蜀寨门前，率众将纵马冲入，发现竟是空寨，不见一人。孟获闯入中军大帐，只见孟优和蛮兵全部醉倒。原来诸葛亮命人在酒内下药，孟优和蛮兵全部昏倒。孟获知道中计，急忙救了孟优等人，刚要奔回本寨，就被赵云等人带兵围住。

马岱将孟获带到诸葛亮面前，诸葛亮说：“这次又被我擒住了，你可服气？”孟获说：“都是因为我弟贪杯，我才会被你擒住。”诸葛亮说：“好，我再放你回去。现在已经三次，若再擒住，必不轻饶。”于是将孟获、孟优及各洞酋长，一齐都放了。

孟获受了三擒之气，回到银坑洞中，立刻派人带着金珠宝贝前往各个部落借来蛮兵数十万。孟获带兵到蜀军寨前叫阵。诸葛亮见蛮兵气势很盛，便下令坚守不出。几日之后，蛮兵大多变得懈怠，诸葛亮令各位将领分头准备。

第二天，孟获见蜀军三个大寨中皆无人马，只留下粮草车仗数百余辆。孟获说：“我料诸葛亮弃辎重而去，必因国中有紧急之事。”于是孟获带蛮兵追赶，一直追到西洱河边。望见河北岸，蜀军寨中旗帜整齐。孟获说：“这是诸葛亮留下的断后队伍，过两日必会撤退。”于是将蛮兵屯于河岸，随时准备渡河，却不知蜀军早已偷偷渡河，到了自己身后。第二天，蜀兵杀到，蛮兵大乱。孟获大惊，急忙向偏僻小路逃走，刚刚转过山口，就看见树林前，诸葛亮端坐小车上。孟获大怒，猛力向前，冲到树林边，掉入陷坑。蜀军将他拖出捆住。孟获又被带到诸葛亮面前，诸葛亮说：“你今天又被我擒了，有何话说！”孟获说：“我这次误中诡计，死不瞑目！”诸葛亮大笑，又将孟获放了。

孟获回去见到弟弟孟优，两人抱头痛哭。孟优说：“蜀兵难以抵挡，不如躲进山洞不出。西南方有一个秃龙洞，到此洞中只有两条路，一条大路宽阔平坦，还有一条小路险峻窄狭，多藏毒蛇恶蝎，**瘴气**①极大。如今只要阻断大路，蜀兵只能从小路来，定会死在路上。”孟获大喜，便率军躲入秃龙洞。

早有哨马向诸葛亮汇报：“孟获退往秃龙洞中不出，而且阻断了大路。”诸葛亮令人查探，找到了一条小路，便指挥大军从小路走。没想到小路内遍布毒虫，瘴气极盛，许多士兵染病。无奈之下，只得找当地人询问。当地人说：“西边山谷中有一种草，名叫**薤叶芸香**②。人若口含一叶，则瘴气不染，毒虫躲避。”诸葛亮大喜，令士兵采得药草，每人口含一叶，顺利来到秃龙洞。蜀军突然攻入洞中，又将孟获擒住。诸葛亮对孟获说：“你现在服了吗？”孟获说：“是我大意，并不是你的本事，自然不服！”于是诸葛亮又将孟获放了。

孟获等人连夜奔回银坑洞商量对策。孟获的妻弟说：“木鹿大王能呼风唤雨，驱赶虎豹，何不请他帮忙？”孟获大喜，便请来木鹿大王。这时，赵云、魏延带兵来到银坑洞，刚要攻进洞去，木鹿大王一声号响，虎豹豺狼冲过来。蜀兵无法抵挡，只能往后退。诸葛亮得知后说：“我早知南蛮有驱赶虎豹的方法，在蜀中已想好对策。”第二天，诸葛亮带兵来到洞口，木鹿大王再次驱赶猛兽，诸葛亮将

①瘴气：热带或亚热带山林中的湿热空气。

②薤（xiè）叶芸香：植物名。

羽扇一摇，蜀阵中推出一排木制的猛兽。真兽见蜀阵巨兽口吐火焰，鼻出黑烟，身摇铜铃，张牙舞爪，全都吓得奔回洞中，反将蛮兵冲倒无数。诸葛亮下令冲锋，木鹿大王死在乱军之中，孟获又被擒住。

诸葛亮便问孟获：“我已擒你六次，你现在服了吗？”孟获说：“你第七次擒我，我才能真心归服，誓不背叛。”诸葛亮便令武士给他松绑，孟获等人抱头鼠窜。

孟获听说乌戈国国王兀突骨手下的士兵都穿藤甲，刀箭皆不能入。若能得兀突骨相助，必能擒住诸葛亮。孟获便去请乌戈国国王帮忙，于是兀突骨带领三万藤甲兵，在桃花渡口下寨。

诸葛亮得知后，也带兵前来。之后，兀突骨带一队藤甲兵来战，魏延带兵出迎。藤甲箭射不入，刀砍不动，蜀兵抵挡不住，只能败退。于是，诸葛亮前来仔细观察地形，望见一谷，形如长蛇，两侧都是光滑石壁，并无树木，中间一条大路，当地人称为“盘蛇谷”。诸葛亮心生一计，唤赵云、魏延前来，把计策告诉了他们。第二天，魏延又与藤甲军对阵，拨马便走。后面蛮兵追赶，魏延将他们引进盘蛇谷。兀突骨见山上并无草木，料无埋伏，放心追杀。兀突骨赶到谷中，只见横木乱石滚下，堵塞谷口。此时山上丢下无数火把，藤甲用油浸过，一碰火立马烧着。兀突骨连同三万藤甲军全部被烧死在盘蛇谷中。

孟获得知兀突骨全军覆没，便要逃跑，但被马岱擒获。

诸葛亮在大帐中，命令把孟获等人押过来。诸葛亮下令松绑，吩咐给他们备好酒肉，然后就走了。孟获等人在帐中饮酒，忽然有人进帐说道："丞相不想与你相见，特令我来放你等回去，再招人马来战。"孟获垂泪说道："七擒七纵，自古未尝有过。"于是，孟获带着族人跪在诸葛亮的帐下说："南人绝不再造反！"欲知后事如何，且看下文分解。

❖ 精华赏析

"攻心为上，攻城为下"。打败孟获容易，但让他心服却不简单。诸葛亮选择了以德服人，七擒七纵孟获，令其心悦诚服。

❖ 成长启示

诸葛亮七擒孟获并不是为了打败他，而是为了让他真正认识到与自己的差距，心服口服。生活中，我们在处理问题时不能只关注表面，要注重人心、换位思考，以更有效的方式解决问题。

第四十三回　姜伯约归降诸葛亮

❖ 要点思考

· 你觉得姜维是个什么样的人？

· 你觉得王朗说的有道理吗？

诸葛亮准备班师回朝，孟获率领洞主酋长及诸部落前来相送。当军队行至泸水时，天空突然变得阴暗，狂风肆虐。孟获说：“这个水域原本有猖神作祟，过河的人必须进行祭祀。诸葛亮问：“用什么来祭祀？”孟获说：“需要七七四十九颗人头。”诸葛亮说：“现在战争已经平息，怎能妄杀一人？”诸葛亮命人用面粉做成人头的形状，在里面放上牛肉和马肉，起名为“馒头”。当夜在泸水岸边，设立香案，铺好祭品，扬起幡旗，将馒头等物投入水中。第二天，云散雾开，风平浪静，蜀兵顺利地渡过了泸水。诸葛亮带着大军回到成都，刘禅亲自出城三十里迎接。

魏国的皇帝曹丕因**寒疾**[1]去世，他的儿子曹叡继位。此时，雍、凉二州缺乏守将，司马懿上表请求前往镇守。曹叡同意了他的请求。

诸葛亮采用马谡的计策，派人到洛阳、邺郡等地散布司马懿想要谋反的流言。原本就对司马懿有猜忌的曹叡果然中计，将司马懿削职回乡。诸葛亮听说后大喜，说道：“我早就想讨伐魏国，只因司马懿总督雍、凉两州。如今他遭

---

①寒疾：中医所说的一类疾病，指因感受寒邪所致的疾病。

到贬谪，我还有什么忧虑呢！”

第二天早朝，诸葛亮呈上《出师表》，想要北征魏国。刘禅和其他大臣都纷纷劝阻，认为诸葛亮刚回成都，又想北征，恐怕过于劳累。诸葛亮心意已决，留下郭攸之、董允、费祎等人协助刘禅处理朝中事务，自己则带领赵云、魏延、邓芝、马谡等人，选定**建兴五年**①春三月丙寅日，率领三十万大军伐魏。

诸葛亮率兵来到沔阳，忽哨马报夏侯楙调关中诸路人马前来。诸葛亮令赵云直接进兵。魏兵见赵云勇猛，抵挡不住，后退十余里下寨。夏侯楙忙与众将商议对策，参军程武进言说：“来日都督可先设下伏兵，诱赵云深入，定能生擒了他。”第二天，夏侯楙依计行事，果然将赵云围在当中。幸好张苞、关兴得知赵云被困，得诸葛亮军令，带兵来救。三人兵合一处，大破魏军。夏侯楙是无谋之人，见军大乱，便逃往**南安**②。诸葛亮带大军来到，先用计攻下了**安定**③，之后又指挥蜀军攻下南安，生擒了夏侯楙。诸葛亮派出心腹，谎称是夏侯楙的部下，给**天水**④太守马遵送信，请他出兵来救南安。

马遵收到假信，正要起兵去救，忽然一人自外而入说：“太守中了诸葛亮的计了！”众人一看，说话的乃是姜维，字伯约。姜维自幼博览群书，兵法武艺，无所不通。姜维

①建兴五年：公元 227 年。
②南安：在今甘肃省定西市陇西县一带。
③安定：在今甘肃省平凉市一带。
④天水：在今甘肃省天水一带。

对马遵说："诸葛亮将南安围得水泄不通，怎能有人杀出重围来送信？而且这送信人从未见过。由此推断，此乃诸葛亮的计策，想骗太守出城，乘虚取天水。"马遵这才恍然大悟。姜维在马遵耳边低声几句，叫他如此这般。马遵依计行事，带兵出城，只留梁绪、尹赏守城。原来诸葛亮早就派赵云带了一队人马埋伏在附近，赵云得知马遵出城后，大喜，带军直奔天水城下。赵云刚要攻城，忽然喊声大震，四面火光冲天。当先一员少年将军，挺枪跃马冲来。赵云挺枪来迎。赵云见姜维枪法不凡，心中暗想："没想到此处有这般人物！"正战时，马遵带军杀回。赵云首尾不能相顾，急忙冲开条路，带兵逃走。

赵云回去见到诸葛亮，说中了敌人之计。诸葛亮惊问："何人识破了我的计策？"有南安人说："此人姓姜，名维，文武双全，是当世英杰。"赵云又夸奖姜维的枪法。于是，诸葛亮率领大军前往天水。

诸葛亮到达天水，因见城上旗帜整齐，未敢立即攻城。到了半夜，忽然四下火光冲天，喊声震地，不知敌军从何处来。诸葛亮急忙上马，由关兴、张苞二将保护，杀出重围。回头看时，只见正东一带，火势若长蛇。得知这就是姜维的队伍后，诸葛亮感叹道："兵不在多，重在指挥。此人真是**将才**[①]！"收兵归寨，诸葛亮思索良久，问："姜维的母亲现在何处？"有人答："姜维之母现居冀城。"诸葛亮吩咐魏延："你可带一队人马，假装攻冀城。如果

---

①将才：具有成为将领才能的人。

姜维到，可放入城中。”

魏延依计行事，姜维果然带兵赶到冀城，魏延待他入城，领兵围住。姜维兵力不多，坚守不出。此时诸葛亮散布假消息，说姜维已经降蜀，然后带兵来攻天水，并令一形貌与姜维相似的士兵假扮姜维攻城，城中人都以为姜维已降。

诸葛亮再带兵来攻冀城。诸葛亮知道城中粮少，故意让姜维见到蜀军将大批粮草搬入魏延寨中。姜维带兵出城劫粮，蜀兵弃了粮车便走。姜维夺得粮车，刚要入城，蜀军就杀到了，将他困住。姜维抵挡不住，夺路归城，却发现城上早已插蜀兵旗号，原来已被魏延袭了。姜维只好单枪匹马杀回天水。他来到城下叫门，城上马遵见到姜维大骂：“你已降蜀，竟还敢来骗我城池！”令城上乱箭射下。姜维无法辩解，仰天长叹，泪流满面，拨马向长安而逃。他行了数里，一声喊起，关兴带兵截住去路。姜维人困马乏，不能抵挡，勒回马便逃。忽然一辆小车从山坡中转出，正是诸葛亮。诸葛亮对姜维说：“伯约此时还不降吗？”姜维考虑了很久，前有诸葛亮，后有关兴，又无去路，只好下马投降。诸葛亮慌忙下车相迎，拉着他的手说：“我自出茅庐以来，遍求贤者，想要传授平生所学，可惜一直没有找到合适的人，万幸能遇到伯约。”姜维大喜拜谢。天水城中的尹赏、梁绪与姜维交情匪浅，得知姜维已降，便大开城门，献了城池。

诸葛亮此时声威大震，远近州郡，望风归降。诸葛亮整顿军马，带着大军出**祁山**①，兵临**渭水**②之西。

曹叡知道后大惊，拜曹真为大都督，郭淮为副都督，王朗为军师，领二十万大军出征。两军相迎，列成阵势于祁山之前。司徒王朗乘马而出，对诸葛亮说：“久闻大名，有幸得见。你为何兴无名之兵？”诸葛亮说：“我奉诏讨贼，怎能说无名？”王朗说：“天数归于有德行的人，这是自然之理。汉朝皇帝昏庸，致使天下大乱。天下归于大魏，实是天命如此。古人说：‘顺天者昌，逆天者亡。’如今我大魏带百万大军前来，你不如早早投降。”

诸葛亮大笑说：“我以为汉朝老臣必有高论，没想到

①祁山：在今甘肃省礼县东北。
②渭水：渭河。

如此荒唐！我有一言，诸军静听：汉朝大乱，都因大臣无能，以致社稷荒废，**苍生涂炭**①。你身为汉臣，理应忠心辅国，振兴汉室，没想到反助逆贼，同谋篡位！罪恶深重，天地不容，天下之人都想生**啖**②你肉。我奉旨兴师讨贼，你竟敢在军阵之前，妄称天数！你在九泉之下，有何面目见**二十四帝**③！”

王朗听罢，气得大叫一声，死于马下。诸葛亮羽扇一挥，指挥蜀军冲锋，杀得魏军大败，后退十余里。曹真、郭淮收拾败军回寨，商议说：“今魏兵势孤，蜀兵势大，该如何应对？”郭淮说：“胜负乃兵家常事。我有一计，可使蜀兵首尾不能相顾，必会退兵。”欲知其计如何，且看下文分解。

精华赏析

诸葛亮第一次出祁山北伐，既运用妙计夺取了天水、安定和南安三郡，收获了姜维，又在阵前骂死了王朗，极大地激励了蜀军的士气。

成长启示

在阵前，诸葛亮用如利刃般的言语，让王朗在愤怒和羞愧中倒地而亡。这启示我们不管在什么时候，都要保持冷静和理智，不要被情绪所左右，沉着应对各种挑战，才能够取得胜利。

①苍生涂炭：老百姓处于极困苦的境地。
②啖（dàn）：吃或给别人吃。
③二十四帝：汉朝共有二十四位皇帝。

第四十四回 诸葛摆空城退司马

要点思考

· 你觉得司马懿是个什么样的人？

· 诸葛亮是如何吓退司马懿的？

郭淮对曹真说：“我们可以派人从小路去羌中求救，羌人必起兵袭击蜀军后方，我们首尾夹攻，难道还不能取胜？”曹真同意了，立即派人星夜赶往西羌。

西羌国王彻里吉与魏国一直有往来，见曹真求援，便命令雅丹丞相与越吉元帅带领羌兵十五万，直抵西平关。诸葛亮领兵迎敌，斩杀越吉，生擒雅丹，羌兵四散逃窜。诸葛亮升帐，马岱将雅丹押解上来。诸葛亮命令武士给雅丹松开绑绳，好言好语安抚他。雅丹深感诸葛亮之德，愿意与蜀国永结盟好。诸葛亮将获得的羌兵及车马器械全部归还给雅丹，将他们全部放走。羌兵感激不尽，拜谢而去。随后诸葛亮带领三军连夜赶赴祁山大寨。

曹真得知蜀兵拔寨起程，还以为蜀兵惧怕羌兵而撤退，于是他分两路追赶蜀军，然而蜀兵早已设下埋伏。曹、郭二人拼死逃脱，蜀兵大获全胜，一直追到渭水，夺取了魏军营寨。曹真向曹叡请求援兵。

魏主曹叡得知情况后大惊，急忙询问退兵之策。太傅钟繇说：“臣认为曹真不是诸葛亮的对手。如果司马懿前来，定可退蜀兵。”曹叡立即恢复了司马懿的官职，加封他为平西都督。曹叡御驾亲征，命令司马懿前来助战。

司马懿带兵二十万，出关下寨，请先锋张郃至帐下说：“诸葛亮平生谨慎，从不敢**出奇制胜**①。若是我用兵，先从子午谷直取长安，早已攻下。如今他必出兵斜谷，来取郿城。”张郃说：“将军准备在何处进兵？”司马懿说：“我知道秦岭之西，有一地叫**街亭**②；旁边有一城，叫列柳城。这两处都是汉中咽喉要地。我与你直取街亭，诸葛亮若知我断其街亭要路，绝其粮道，必然连夜奔回汉中。他要是后撤，我们在小路埋伏，可大获全胜。”张郃拜伏于地说：“都督神算！”

诸葛亮在祁山得知司马懿同张郃带兵出关，说道：“如今司马懿出关，必取街亭，断我咽喉要道。谁敢去守街亭？”马谡主动要求前去，还写下了军令状。于是，诸葛亮让马谡和王平领两万五千精兵前去，自己统领大军，由斜谷直取郿城。

马谡、王平二人带兵来到街亭，王平本想在路口安营扎寨，马谡却想将部队驻扎在山上。王平说：“倘若魏兵来了，将山四面围住，我们该怎么办？”马谡大笑说：“兵法云：居高临下，**势如劈竹**③。若魏兵到来，叫他片甲不回！”王平说：“此山是绝地，若魏兵断水源，士兵不战自乱。”马谡说：“孙子云：**置之死地而后生**④。若魏兵

①出奇制胜：出奇兵或奇计战胜敌人，泛指用对方意想不到的方法来取得胜利。
②街亭：在今甘肃省平凉市庄浪县东南。
③势如劈竹：形势像劈竹子一样，劈开上端之后，底下的都跟着刀刃分开了，形容节节胜利，毫无阻碍。
④置之死地而后生：形容置身于无退路的境地，势必能拼死向前，求得生存。

断我水源，我军必定死战，定可以以一当百。”王平还是不同意，于是带领五千兵离山十里下寨，马谡则带着大军驻扎山上。

司马懿发现蜀兵都在山上驻扎后大喜，命张郃领一军，挡住王平的来路；又令申耽、申仪带两路兵围山，先断了山上水源，等蜀兵自乱。马谡在山上看时，只见魏兵漫山遍野，队伍甚是严整。蜀兵见之，全都胆寒，不敢下山。马谡下令冲锋，士兵们互相推脱，无一人敢动。马谡大怒，亲手杀了二人。众人害怕，只得冲下山来。魏兵岿然不动，蜀兵只好又退回山上。马谡见形势不妙，传令紧守寨门，等待援军。

王平见魏兵到，带军杀来，正好遇上张郃，交战有数十余回合，抵挡不住，只好撤退。山上无水，蜀兵被困多时，军中大乱。司马懿又令人沿山放火，山上蜀兵更乱。马谡料想守不住，只好指挥残兵杀下山，向西逃跑。司马懿随后领大军朝斜谷进发。

诸葛亮自从让马谡守街亭后，心中不安。正在此时，忽有人来报说：“街亭、列柳城，全部失守！”诸葛亮长叹说：“大势已去！这是我的错！”急忙吩咐关兴、张苞去武功山小路埋伏，如遇魏兵，鼓噪呐喊，作为疑兵。诸葛亮又密传号令，叫大军收拾行装，准备返程；又令马岱、姜维断后，埋伏在山谷中。

诸葛亮安排已定，忽然飞马来报：“司马懿带大军十五万，朝西城而来！”此时正在西城的诸葛亮身边只有一班文官，城中只剩士兵二千五百人。众人听得这个消息，尽皆失色。诸葛亮登城远望，果然尘土冲天，魏兵马上杀到。诸葛亮传令：“将旌旗全部隐匿，大开四门，每一门派二十名士兵扮作百姓，清扫街道。魏兵到时，不可擅自行动，我自有计策。”

司马懿来到西城县，远远就望见诸葛亮坐于城楼之上，笑容可掬，焚香弹琴。城门大开，有二十余名百姓，低头洒扫，旁若无人。司马懿大疑，立即下令全军后退。司马昭说：“父亲为何退兵？”司马懿说：“诸葛亮平生谨慎，不曾冒险。现在大开城门，必有埋伏。”于是魏军全部退去。诸葛亮见魏军远去，拊掌大笑。众人发问：“司马懿见了丞相便退，这是为何？”诸葛亮说：“此人知我谨慎，从不冒险，见如此模样，疑有伏兵，所以退去。我并非不冒险，只因没遇到迫不得已的情况。此人必带兵走山北小路。我已令兴、苞二人在那里等候。”众人惊服说：“丞相果真**神鬼莫测**[①]。”于是诸葛亮下令离开西城前往汉中。

司马懿往武功山小路而走。忽然喊杀连天，鼓声震地，只见山坡上一军杀来，旗上大书“右护卫使虎翼将军张苞”。山谷中也出现一杆大旗，上书“左护卫使龙骧将军关兴”。山谷有回声，不知蜀兵有多少，加上魏军心疑，不敢久留，只能丢弃辎重而逃。关兴、张苞二人并不追击，捡了许多兵器粮草而归。司马懿只好返回街亭。

此时曹真得知诸葛亮退兵，急忙带兵追赶。山背后一

①神鬼莫测：神鬼都无法预知、测度。形容极隐秘奇异，无法预料。

声炮响，蜀兵漫山遍野而来，为首大将，乃是姜维、马岱。曹真大惊，急忙带兵逃窜。蜀兵则连夜全部奔回汉中。

蜀兵全部回汉中后，司马懿带军又来到西城，询问城中没走的百姓，百姓都说诸葛亮只有二千五百名士兵在城中，再加几个文官，并无埋伏。司马懿后悔不及，仰天长叹说："我不如诸葛亮啊！"于是带兵返回长安，朝见魏主曹叡。曹叡说："今日复得陇西诸郡，都是你的功劳。"司马懿说："蜀兵皆在汉中，未能消灭。臣愿带大军攻下西川。"曹叡大喜，令司马懿立刻起兵。忽然一人出列上奏："臣有一计，可以定蜀降吴。"欲知献计者是谁，且看下文分解。

❖ 精华赏析

空城计是一种巧妙的心理战策略。司马懿认为诸葛亮一生谨慎，绝不会冒险，而诸葛亮正是抓住了这一点，大开城门，令司马懿生疑并退兵，从而化解了危机。

❖ 成长启示

马谡不听王平的劝告，固执己见，犯下大错，导致兵马被围困在山上，无计可施，最终丢失街亭。善于听取他人的建议是一种可贵的品质，我们要以宽广的胸怀听取他人的建议、接纳他人的想法，取他人所长补己之短，这样才能少走弯路。

第四十五回　失街亭挥泪斩马谡

要点思考

· 你觉得马谡是一个什么样的人？

· 如果你是诸葛亮，你会杀掉马谡吗？

献计的是尚书孙资，他说：“如果现在起大军伐蜀，那东吴又将进犯。不如以现在的兵力，令大将据守险要，养精蓄锐。过几年，吴、蜀二国必自相残害。那时再出兵，就能轻松获胜。望陛下考虑。”曹叡问司马懿：“你以为如何？”司马懿回答：“孙尚书所言极是。”曹叡听从了他们的意见，命司马懿分派诸将把守险要，留郭淮、张郃守长安。大赏三军，返回洛阳。

诸葛亮回到汉中，马谡**自缚**[1]跪在帐前。诸葛亮说：“你自幼饱读兵书，熟识战法。我多次嘱咐，街亭是我的根本。你以全家性命担保领此重任。你若早听王平的话，岂有此祸？如今败军折将，失地陷城，都是你的过错！若不按军法行事，如何服众？你今犯法，休得怨我。你死之后，你的家人，我按月供给禄粮，你不必牵挂。”命左右推出斩首。马谡哭着说：“丞相待我如子，我以丞相为父。我死罪难逃，请求丞相不要**株连**[2]我的家人，我虽死也无恨！”说完大哭。诸葛亮挥泪说：“你的家人就是我的家人，你大可放心。”令左右将马谡推到辕门之外斩首。参军蒋琬自成都来，见

---

①自缚：把自己捆绑起来。

②株连：一人有罪，牵连别人。

武士欲斩马谡，大惊，高喊：“留人！”入见诸葛亮说：“如今天下未定，却杀掉自家谋士，岂不可惜？”诸葛亮流着泪回答：“现在四方纷争，常年交战，若无军纪，如何讨贼？马谡必须斩首。”说罢，诸葛亮大哭不已。蒋琬问：“既然马谡按军法当斩，丞相为何大哭不止？”诸葛亮说：“我并非为马谡而哭。我回想先帝在白帝城时，曾叮嘱我说：‘马谡言过其实，不可大用。’如今果然验证。我后悔不听先帝之言，因此痛哭！”大小将士，无不流涕。马谡死时三十九岁，这时是**建兴六年**[①]夏五月。诸葛亮斩了马谡，自作表文，请求自贬丞相之职。刘禅同意了，下诏贬诸葛亮为右将军，代理丞相之职，但照旧总督军马。

东吴张昭向孙权上奏：“近日听闻武昌东山，凤凰来仪，大江之中，黄龙屡现。主公德配天下，可即皇帝位，然后兴兵伐魏。”众人都表示赞同。于是夏四月丙寅日，

①建兴六年：公元228年。

孙权登坛即皇帝位，改黄武八年为**黄龙元年**[1]。登基完毕，孙权与群臣商议伐魏之策。张昭上奏："陛下可遣使入川，与蜀同盟，共分天下。"

刘禅知道后，与群臣商议。众人都说孙权忤逆，应与其断绝盟约。但诸葛亮说："可派人入吴作贺，请求陆逊兴师伐魏。魏必命司马懿去抵挡。此时我再出祁山，便有机会攻下长安。"刘禅同意了，便派使者带国书前去。

孙权看完国书，便召陆逊商议此事。陆逊说："诸葛亮这是害怕司马懿。既与之同盟，不得不从。如今我们可以假装起兵，待诸葛亮攻魏，我们再寻找机会夺取中原。"孙权立即下令，让荆襄各处训练人马，择日兴师。

此时诸葛亮得知陈仓守将郝昭病重，便带兵突袭陈仓城。此时郝昭病危，忽报蜀军到了城下，听到后竟然惊死。蜀兵一拥而入，占下了陈仓城。魏主曹叡得知后大惊，此时曹真还在病中，于是立即封司马懿为大都督，带兵前往长安来与诸葛亮决战。

司马懿带兵到长安，探知蜀军要攻打**武都**[2]、**阴平**[3]二处，便派郭淮、孙礼带兵去救。未曾想诸葛亮早就料到，布下伏兵，杀得魏军大败。张苞追赶时，不小心连人带马跌入山涧内，被急忙救起后，头已跌破。诸葛亮令人送其回成都养病。郭淮、孙礼逃回报司马懿，说中了诸葛亮的计。司马懿大惊说："诸葛亮真神人也！不如先退兵。"即传

---

①黄龙元年：公元 229 年。
②武都：在今甘肃省陇南市武都区西和西南。
③阴平：在今甘肃省陇南市文县西北。

令叫大军全回本寨，坚守不出，一连半月，不曾出阵。

诸葛亮见司马懿不出，传令叫各处皆拔寨而起，慢慢撤退，引诱魏军来攻。张郃果然中计，被蜀兵围住，不得脱身。正危难间，司马懿带兵来救，正指挥部队与蜀军拼杀，忽有人来报，说姜维、廖化带两支人马直取魏军大寨。司马懿大惊失色，急忙带兵回救。军心大乱，魏军大败，死伤极多，遗弃马匹器械无数。诸葛亮收兵入寨，又欲起兵进攻。忽有人自成都来，报说张苞已死。诸葛亮闻知，放声大哭，口中吐血，昏厥倒地。诸葛亮自此得病卧床不起。

十日之后，诸葛亮唤董厥、樊建等人入帐吩咐："我自觉昏沉，不能理事，不如先回汉中养病，再做打算。千万不要走漏消息，不然司马懿必来进攻。"于是传下号令，当夜悄悄拔寨，大军返回了汉中，诸葛亮回成都养病。诸葛亮带大军离开了五日，司马懿才得知消息，感叹道："诸葛亮有神出鬼没的计策，我比不上他！"于是，司马懿派将领分兵把守各处关隘，自己带大军班师回朝了。

建兴八年[①]秋七月，魏国都督曹真病愈，于是上表请求前去灭蜀。曹叡大喜，命曹真、司马懿带领四十万大兵，去取汉中。

此时诸葛亮已病好多日，听到这个消息，又算出此月内必有大雨，料定魏兵不敢冒雨入深山险境，便打算待魏兵撤退，再趁机攻击。

曹真、司马懿领大军前来，果然天降大雨，一连三十

①建兴八年：公元230年。

日不停。马无草料，死者无数，军士怨声不绝。于是，曹叡下诏让曹真和司马懿还朝。司马懿同曹真商议设下伏兵，然后徐徐而退。

诸葛亮算出秋雨将尽，升帐对众将说："我料魏兵必走，我若追去，必有埋伏，不如任他去，我自有破魏兵之策。"欲知诸葛亮如何破魏，且看下文分解。

❖ 精华赏析

马谡空有兵法，刚愎自用，这是街亭失守的重要原因。尽管诸葛亮非常赏识马谡，但为了维护军纪，安抚朝野上下，诸葛亮还是选择将马谡处死。

❖ 成长启示

虽然马谡深受诸葛亮的赏识，但他的错误已经造成了不可挽回的损失，诸葛亮只能挥泪斩马谡。我们在处理问题时，要坚持公平和正义，将人民和国家的利益放在首位，不被个人私利和情感所左右。

第四十六回 诸葛亮火烧葫芦谷

❖ 要点思考

· 刘禅为什么要将诸葛亮召回成都？

· 你对“谋事在人，成事在天”这句话有什么理解？

诸葛亮令魏延等人出箕谷，马岱、王平、张翼、马忠出斜谷，然后全部在祁山会合。调拨已定，诸葛亮自己统率大军，令关兴、廖化为先锋，随后进发。曹真、司马懿行了几日，不见蜀军前来。司马懿说：“蜀兵肯定会来。”曹真说：“你如何得知？”司马懿说：“连日晴明，蜀兵不追赶，是料我有伏兵。等我带兵远去，他就会去夺祁山。”曹真不信。司马懿说：“我与**子丹**①各守一谷口，十日为期，蜀兵必来。”于是分兵两路，曹真带兵屯于祁山之西斜谷口，司马懿引军屯于祁山之东箕谷口。

曹真心中不信蜀兵会来，因此怠慢，令军士歇息。忽一日，诸葛亮带大军前来，曹真正要迎敌，背后马岱等人突然引兵杀到。魏军措手不及，损兵折将。司马懿带兵来救，大战一场，蜀兵方退。曹真经此一战后，因气生疾，卧床不起。司马懿见诸葛亮已占祁山地势，便带兵退到渭水边扎营。

诸葛亮带大军再出祁山，到渭水旁与司马懿决战。两军刚一交锋，魏军阵后突然鼓角齐鸣，喊声大震，原来诸

①子丹：曹真，字子丹。

葛亮早就命姜维、关兴各领一军悄悄绕到魏军背后。蜀兵三路夹攻，司马懿急忙退军，领大军向南死命冲击，魏兵十伤六七。司马懿退到渭水南岸下寨，坚守不出。

司马懿料想敌不过诸葛亮，便派人去成都散布流言，说诸葛亮对刘禅不满，有称帝之心。诸葛亮果然收到了刘禅让他班师回朝的诏书，无奈只得退军。司马懿也带大军返回长安。

诸葛亮回到成都，见到刘禅说："老臣正要取长安，忽被陛下召回，不知有何大事？"刘禅无言以对。诸葛亮说："老臣料想必有小人进**谗言**①，说臣有二心。"刘禅说："朕因误听宦官之言，召回丞相。今日后悔不已！"诸葛亮将妄言的宦官处死，又责备蒋琬、费祎等不能觉察小人，规劝天子。然后诸葛亮拜辞刘禅，又回到汉中。

建兴九年②春二月，诸葛亮再次出师伐魏。魏主曹叡得知，立即命司马懿领兵抗敌。司马懿令张郃为先锋，总督大军，又令郭淮把守陇西诸郡，其余众将分路进军。

诸葛亮兵至祁山，安营已毕，与魏兵交战几场，都取得大胜。但因营中缺粮，多次派人催李严运粮草前来，却迟迟不到。有一日，忽报李严来信告急，信中说："最近听闻东吴与魏勾连，打算起兵攻蜀。望丞相早做打算。"诸葛亮看完立即传令，叫祁山大寨人马先退回西川，又令杨仪、马忠带一万弓弩手去**剑阁**③木门道埋伏，然后带大

①谗言：诽谤或挑拨离间的话。
②建兴九年：公元 231 年。
③剑阁：在今四川省广元市剑阁县。

军从木门道撤退。

张郃见蜀军撤退，便火速带兵来追。到木门道时，一声炮响，山上大石乱柴滚下来，阻截出路。忽一声梆子响，两边万弩齐发，将张郃和百余个部将全部射死在木门道中。司马懿听闻，悲伤不已，收兵回洛阳。

诸葛亮回到汉中，才发现李严筹备军粮不力，怕诸葛亮怪罪，才谎称东吴要来攻打。诸葛亮大怒，将此事上奏刘禅。刘禅得知后，勃然大怒，将李严贬为庶人。

光阴荏苒，三年过去，此时是**建兴十二年**[①]春二月。蜀国粮草丰足，人马雄壮，于是诸葛亮准备再次伐魏。这时关兴病亡，诸葛亮放声大哭，昏厥倒地，半晌才醒。众将再三劝解，诸葛亮叹说："我今番出师，又少一员大将！"

诸葛亮带蜀兵三十四万，分成五路，令姜维、魏延为先锋，向祁山进发。魏主曹叡得知后大惊，急令司马懿为大都督，所有将士全都由他任用，各处兵马皆听调遣。诸葛亮出祁山，准备佯攻北原，实则进兵渭水。未曾想司马懿已猜到，指挥魏军提前驻守要地，蜀军一时没有进展，双方陷入僵持。与此同时，诸葛亮给孙权写信，请他一起出兵伐魏。

诸葛亮每日令士兵叫阵，司马懿只是坚守不出。诸葛亮乘小车来祁山前、渭水东西，查看地形。忽到一谷口，见其形状如葫芦，内中可容千余人；两山又合一谷，可容四五百人；背后两山环抱，宽度只可容一人一骑通过。诸

①建兴十二年：公元 234 年。

葛亮看了，心中大喜，问向导：“这是何地？”答：“此地名叫上方谷，又叫葫芦谷。”诸葛亮见司马懿不肯出战，于是令马岱在葫芦谷中造好木栅，营中掘下深沟，多积干柴引火之物；周围山上，多用柴草搭成窝铺，内外都埋下地雷。诸葛亮吩咐魏延：“你可带五百兵去魏寨讨战，务必要诱司马懿出战。不可取胜，只可诈败。司马懿必来追赶，你只要引得他入葫芦谷内，我自有擒他之计。”魏延受计，领兵而去。诸葛亮对高翔说：“你指挥士兵在山路上运粮，如果被魏兵抢去，便是你的功劳。”高翔领计而出。诸葛亮又将兵马一一调去，只是用于**屯田**[①]，吩咐道：“如果其他魏将来战，只许诈败。若司马懿亲自来，则断他归路。”诸葛亮分派完后，自带一军在上方谷附近下寨。

夏侯惠、夏侯和二人入寨告司马懿说：“今蜀兵在各处屯田，恐怕时间一长，难以消灭。”司马懿说：“这必然又是诸葛亮之计。”二人说：“都督若如此疑虑，何时才能剿灭贼寇？我二人愿带兵前去，与诸葛亮决一死战。”司马懿于是令夏侯惠、夏侯和各带五千兵前去，自己坐等回音。

夏侯惠、夏侯和二人兵分两路，半月之间，连胜数阵，还劫了蜀军的粮草。司马懿见蜀兵屡败，心中欢喜。一日，又擒到蜀兵数十人，司马懿唤至帐下问说：“诸葛亮今在何处？”众人告说：“诸葛丞相不在祁山，在上方谷西十里扎营，每日运粮屯于上方谷。”司马懿于是唤诸将吩咐

---

①屯田：汉以后历代政府利用兵士在驻扎的地区种地，或者招募农民种地的一种措施。

说：“诸葛亮现在不在祁山，在上方谷安营。你等明日可攻取祁山大寨。我亲自去上方谷烧其粮草。”众将领命，各自准备出战。

诸葛亮正在山上，望见魏兵出动，料想必来取祁山大寨，于是秘密传令众将：“若司马懿自己带兵来，你等便去劫魏寨，趁机夺了渭南。”魏兵向祁山大寨而来，蜀兵四下一齐呐喊奔走，假装前去救应。司马懿见蜀兵都去救祁山大寨，便引二子杀向上方谷。魏延在谷口，见司马懿到来，舞刀相迎，不到三合，魏延拨回马便走。司马懿见魏延兵马不多，令司马师在左，司马昭在右，自己居中，一齐杀了进去。魏延带五百士兵全部退入谷中。见山上都是草房，司马懿说：“这必是蜀国屯粮的地方。”于是带领士兵，冲入谷中。忽然只听得喊声大震，山上一齐丢下火把来，烧断谷口，魏兵奔逃无路。山上火箭射下，地雷一齐爆炸，草房内干柴都被点着，火势冲天。司马懿惊得手足无措，下马抱住两个儿子大哭说：“我父子三人都要死于此地了！”正哭着，忽然狂风大作，黑气漫天，一声霹雳响后，骤雨倾盆，满谷之火，全被浇灭：地雷不震，火器无功。司马懿大喜说：“不在此时杀出，更待何时！”立即带兵奋力冲杀。加上魏兵前来接应，司马懿父子杀出重围，返回渭南大寨。司马懿父子一看大寨已被蜀兵夺了，便退到渭水以北，烧断浮桥。

诸葛亮本以为司马懿此次必死，没想到天降大雨，火不能着，哨马报说司马懿父子都逃了。诸葛亮叹说：“**谋**

事在人，成事在天[1]。不可强求！”司马懿进了渭北寨内，传令下去，绝不可再出战。诸葛亮自领一军屯于**五丈原**[2]，多次令人叫阵，魏兵始终不出。诸葛亮命人给司马懿送去一件女人的衣服来羞辱他。司马懿收到这件衣服后，心中大怒，但仍旧摆出笑脸收下，然后问使者诸葛亮近况。使者说：“丞相日夜忙碌，凡是二十军棍以上的罪责都要亲自批复。”司马懿对手下人说：“诸葛亮如此操劳，估计活不长了。”

此时蜀军大寨中忽报费祎到了。诸葛亮请入询问来意，费祎说：“曹叡得知孙权进兵，于是亲自带大军迎敌，吴兵无功而返。”诸葛亮知道这个消息后，长叹一声，昏倒在地。欲知诸葛亮性命如何，且看下文分解。

❖ 精华赏析

司马懿坚守不出，于是诸葛亮故意让魏国劫到粮草，让司马懿放松警惕。最终，诸葛亮用计将司马懿困在葫芦谷，在司马懿马上就要烧死时，突然天降大雨救了司马懿。

❖ 成长启示

正所谓：“谋事在人，成事在天。”即使计划再完美，也可能因为不可预知的外部因素而失败。尽管如此，我们仍然需要尽力去规划和执行，因为即使不能成功，也可以通过失败吸取经验和教训。

---

①谋事在人，成事在天：自己已经尽力而为，至于能否达到目的，那就要看天意如何了。

②五丈原：在今陕西省宝鸡市岐山县南斜谷口西侧。

第四十七回 诸葛亮病逝五丈原

❖ 要点思考

· 你觉得魏延为什么会造反？

· 诸葛亮为什么叮嘱杨仪慢慢退兵？

听了费祎之言后，诸葛亮昏倒在地。众人救起，半晌才醒。姜维入帐，走到诸葛亮榻前问安。诸葛亮说："我本想尽忠竭力，恢复中原，重振汉室，奈何天意如此，我命不久矣。我平生所学，已著书二十四篇，共十万四千一百一十二字。我遍观诸将，只有你可传授。"姜维跪在地上哭着接受。诸葛亮又说："我有'连弩'之法，已画成图本，你可按图制造使用。"姜维也拜受。诸葛亮继续说："蜀中道路，都不必担忧，只有阴平之地，一定要仔细把守。此地虽险峻，久必有失。"又唤马岱入帐，附耳低言，授以密计，马岱领计而出。不一会儿，杨仪入帐，诸葛亮唤至榻前，授予一只锦囊，密嘱："我死后，魏延必反。待其反时，再开此锦囊，那时自有斩魏延之人。"诸葛亮一一安排完毕，昏然而倒，到晚上才醒来，连夜上表奏报刘禅。

刘禅得知后大惊，急命尚书李福到军中问安，同时询问后事。李福领命，日夜兼程赶到五丈原，入见诸葛亮，传达刘禅的命令。诸葛亮流着泪说："我命不久矣，荒废国家大事。我死后，你们都要尽忠辅主。国家旧制，不可更改；我所用之人，不可轻易更换。我的兵法都授予了姜维，他能继我的遗志，为国家出力。我命在旦夕，你立即将我的话上奏天子。”李福领命，匆匆离去。诸葛亮强支病体，令左右将自己扶上小车，出寨遍观各营。秋风吹面，感觉**彻骨**①生寒，于是长叹说：“再也不能临阵讨贼了！苍天啊，你为何如此苛刻！”诸葛亮叹息良久，回到帐中，病转沉重，于是对杨仪说：“王平、廖化、张嶷、张翼、吴懿等，皆忠义之士，久经战阵，多负勤劳，都可委以重任。我死之后，凡事都依旧法而行。缓缓退兵，不可急躁。你深通谋略，不必多说。姜伯约智勇双全，可以断后。”杨仪哭着领命。诸葛亮令人取来文房四宝，在卧榻上写下遗表，写完之后，又叮嘱杨仪说：“我死之后，不可发丧。军中安静如常，那么司马懿必然不敢进兵。我军缓缓撤退。若司马懿来追，将我先前所雕木像放于车上，推出阵前，司马懿见到必被吓走。”杨仪一一允诺。

当天夜里，诸葛亮令人将自己扶出，仰观天象，遥指一星说：“这是我的将星。”众人一看，只见那颗星颜色昏暗，摇摇欲坠。诸葛亮忽然不省人事，众将正慌乱间，尚书李福又到了。李福见诸葛亮昏迷，口不能言，大哭说：“我误国家大事了！”过了一会儿，诸葛亮醒来，见李福站在榻前。李福说：“我奉天子之命，问丞相**百年之后**②，谁可代替。”诸葛亮说：“我死之后，蒋琬代替我最合适。”李福说：“蒋琬之后又是谁呢？”诸葛亮说：“费祎。”

---

①彻骨：透到骨头里，形容程度极深。

②百年之后：婉辞，指死亡。

李福又问："费祎之后呢？"诸葛亮没有回答。众人到近前仔细一看，诸葛亮已死，终年五十四岁。此时是建兴十二年秋八月二十三日。

当天夜里，愁云惨淡，月色无光。姜维、杨仪遵诸葛亮遗命，**秘不发丧**[①]，只将诸葛亮尸首安置起来，令心腹将士三百人守护，然后传下密令，命魏延断后，各处营寨一一退去。

司马懿夜观天象，见一大星，赤色，自东北方飞到西南方，落到蜀营内。司马懿大喜说："诸葛亮已死！"立即传令带大军前去。但司马懿见蜀军寨中毫无动静，于是勒马回寨，只令夏侯霸带数十骑前往五丈原打探消息。

费祎到魏延寨中，屏退左右说："昨夜三更，丞相已辞世。临终再三嘱咐，让将军断后。如今兵符在此，请将军立即起兵。"魏延说："何人代理丞相之职？"费祎说："丞相一切事务，皆交给杨仪。此兵符乃是杨仪的命令。"魏延说："丞相虽死，我还在。杨仪不过是一个长史，怎能当此大任？他应将丞相送回成都安葬，我自率大军攻打司马懿。岂可因丞相一人而废国家大事？"费祎说："丞相遗令，让我们暂时退兵，不可违背。"魏延大怒说："我官拜前将军、征西大将军、南郑侯，怎能给长史断后！"费祎说："将军说得有理，但不可轻举妄动，令敌人耻笑。等我去见杨仪，晓以利害，令他将兵权让给将军，如何？"魏延同意了。

费祎告辞出营，急忙到大寨见杨仪，详细复述了魏延

①秘不发丧：暂时不向外宣布死讯。

的话。杨仪说：“丞相临终，曾密嘱我说：魏延必反。我令他断后，实则是为了查探他的心意，果然应了丞相之言。我令姜维断后。”杨仪领兵带着诸葛亮的棺椁先行，令姜维断后，并依诸葛亮遗令，慢慢退兵。魏延在寨中，不见费祎来回复，心中疑惑，于是令马岱领十数骑前去打探消息，回报说：“后军乃姜维总督，前军大半退入谷中去了。”魏延大怒说：“竟敢骗我！我必杀他！”然后对马岱说：“你肯帮我吗？”马岱说：“我也恨杨仪，愿助将军杀他。”魏延大喜，立即拔寨领兵向南行。

夏侯霸带兵到五丈原看时，不见一人，急忙回报司马懿说：“蜀兵已全部撤退。”司马懿跺着脚说：“诸葛亮真死了！可速速追赶！”于是，司马懿带兵同两个儿子一齐杀向五丈原，呐喊摇旗，杀入蜀寨时，果然空无一人。司马懿对两个儿子说：“你们催促大军前进，我先领军去追。”于是司马师、司马昭在后催军，司马懿亲自领军在前，追到山脚下，望见蜀兵就在不远处，于是奋力追赶。忽然山后一声炮响，喊声大震，只见蜀兵摆下阵势，树影中飘出中军大旗，上书一行大字：“汉丞相武乡侯诸葛亮。”司马懿大惊失色，定睛一看，只见数十员上将拥出一辆四轮车来，车上端坐着诸葛亮。司马懿大惊说：“诸葛亮尚在！我轻入重地，中了他的计！”急忙勒回马便走。背后姜维大叫：“贼将休走，你中了我丞相之计！”魏兵魂飞魄散，丢盔弃甲，各自逃命，自相践踏，死者无数。司马懿奔走了五十余里，才平复下呼吸，神色稍微安定，寻小路奔回

本寨，命众将带兵四处打探。

过了两日，乡民奔走相告："蜀兵退入谷中时，哀声震地，军中扬起白旗。诸葛亮的确死了，只留姜维带一千兵断后。前日车上的诸葛亮，乃是木头人。"司马懿叹说："我能料其生，不能料其死！"因此蜀中人有谚语："死诸葛吓跑活**仲达**[①]。"

杨仪、姜维排成阵势，缓缓退入剑阁道口，然后更衣发丧，扬幡举哀。蜀兵前队正回剑阁道口，忽见前面火光冲天，喊声震地，一支人马拦路。众将大惊，急报杨仪。杨仪赶忙令人打探，回报说魏延烧掉了**栈道**[②]，带兵拦路。杨仪大惊说："丞相在时，料此人日后必反，今日果然如此！"费祎说："此人肯定会先向天子诬告我等造反，所

①仲达：司马懿，字仲达。
②栈道：在悬崖绝壁上凿孔支架木桩，铺上木板而成的窄路。

以拦路。我等应当先表奏天子，讲清原委。”姜维说：“我知道这里有一条小路，可以绕到栈道之后。”于是杨仪一面写表上奏刘禅，一面令人马向小道进发。

哨马飞报魏延，说杨仪带兵从小路赶来。魏延大怒，急忙披挂上马，提刀带兵来迎。两阵对垒，杨仪在阵中，忽然想起诸葛亮留下的锦囊，赶忙拆开观看。看完后，杨仪大喜，在阵前指着魏延说：“你敢在马上连叫三声‘谁敢杀我’，便是真大丈夫，我等便向你投降。”魏延大笑说：“杨仪匹夫听着！休说连叫三声，便叫三万声，又有何难！”于是，魏延提刀在马上大叫：“谁敢杀我？”欲知魏延性命如何，请看下回分解。

◈ 精华赏析

诸葛亮重病之际，强撑病体，观遍各营，长叹不能再临阵讨贼。临终之时，诸葛亮仍记挂着将身后之事交代给李福，然而还未答完就死了。此情此景，令人动容。

◈ 成长启示

诸葛亮用自己最后的努力，践行了“鞠躬尽瘁，死而后已”的信念。信念是成功的起点，树立信念，然后积极行动起来，在行动中强化和磨砺信念，督促自己勇往直前，方能到达成功的彼岸。

第四十八回 司马懿诈病赚曹爽

❖ 要点思考

· 你觉得曹爽为什么会失败？

· 司马懿发动政变的原因是什么？

魏延话音刚落，身后一人厉声应答："我敢杀你！"手起刀落，将魏延斩于马下，众人皆惊。斩杀魏延的人，正是马岱。原来，诸葛亮在临终之际，向马岱传授了秘计，只等魏延喊叫时，便趁其不备将他斩杀。当天，杨仪读完锦囊中的计策，明白了诸葛亮早已安排马岱潜伏在魏延身边，依计行事，果然杀了魏延。

杨仪表奏刘禅，说明了事情的原委，然后护送诸葛亮的灵柩回到成都。刘禅率领文武百官尽皆挂孝，出城二十里迎接。刘禅放声大哭，上至公卿大夫，下至山林百姓，男女老幼，无不痛哭，哀声动地。刘禅下令将诸葛亮的灵柩扶入城中，停放在丞相府，杨仪呈上诸葛亮的遗表，刘禅看完后大哭。十月吉日，刘禅亲自送灵柩到定军山安葬。刘禅降诏致祭，谥号忠武侯，并下令在沔阳建造庙宇。孙权得知诸葛亮去世后，也很悲伤，令群臣全部挂孝。

魏国的曹叡病情逐渐恶化，将年仅八岁的曹芳托付给司马懿后便去世了。曹叡在位十三年，终年三十六岁，当时是景初三年春正月下旬。

司马懿、曹爽辅佐曹芳即皇帝位，司马懿与曹爽辅政。

曹爽大权独揽，又担心司马懿争权，于是派李胜前去打探消息。李胜来到司马懿府中，见到司马懿披头散发坐在床上，一副病入膏肓、时日不多的样子。李胜报告给曹爽，曹爽大喜说：“司马懿要是死了，我便无忧了！”司马懿等李胜走后，起身对两个儿子说：“以后曹爽不会再提防我。等他出城，我们便可动手。”一日，曹爽请魏主曹芳去**谒**[①]高平陵，祭祀先帝。大小官僚全部随驾出城。当日，司马懿见曹爽出城，心中大喜，立即入后宫上奏郭太后，说曹爽违背先帝托孤之恩，奸邪乱国，应当废掉。郭太后惧怕司马懿，只能答应。司马懿令太尉蒋济、尚书令司马孚一同写表，派人送给曹芳。然后司马懿亲自带大军出城屯于洛河，守住浮桥。

曹爽的手下鲁芝见城中事变，来与参军辛敞商议：“如今司马懿起兵，该如何应对？”辛敞说：“可出城去见天子。”两人带数十骑，斩关夺门而出。此时桓范得到消息，也出城前去通知曹爽。有人报知司马懿，司马懿立即召许允、陈泰说：“你们去见曹爽，说我只是削他兵权而已，不会害他性命。”二人领命而去。司马懿又令蒋济写信，派使者送到曹爽处。司马懿吩咐使者说：“你见到曹爽，说我与蒋济指洛水起誓，只因兵权之事，别无他意。”使者依令而去。

曹爽正在打猎，忽报城内有变。曹爽大惊，险些落马。魏主曹芳看完蒋济、司马孚所上的表，于是问曹爽：“司

①谒：请见，进见。一般用于下对上、幼对长，或用作谦辞。

马懿说你‘背弃顾命，败乱国典’是真的吗？”曹爽不知所措。此时，桓范赶到，对曹爽说：“司马懿已经起兵，将军何不请天子到许都，调集全国兵力来讨伐司马懿？”曹爽闻言犹豫不决，只是哭泣。过了一会儿，侍中许允、尚书陈泰到了，二人说：“司马懿只是因为将军权重，想要削去将军兵权，别无他意。将军可早归城中。”曹爽默然不语。又有使者来到说：“司马太傅指洛水为誓，并无他意。有蒋太尉书信在此。将军可削去兵权，早归相府。”曹爽从黄昏流泪到天亮，还是犹豫不定。到了早上，曹爽掷剑于地说：“我不起兵，情愿弃官，只做一个富翁就满足了！”

但曹爽回府之后，司马懿以谋逆罪的名义，将曹爽三族全部斩首。从此之后，魏国军政大权全归于司马家。

一日，司马懿忽然想起：“曹爽全家虽诛，但守备**雍州**[①]的夏侯玄是曹爽的亲族。”于是立即下诏派出使者，令征西将军夏侯玄赴洛阳议事。夏侯玄的叔叔夏侯霸知道后大惊，便带三千兵造反。雍州刺史郭淮得知夏侯霸造反，率兵前来，与夏侯霸交战。夏侯霸抵挡不住，无计可施，便来汉中投奔姜维。

姜维带夏侯霸来到成都，入见刘禅，请求起兵伐魏。刘禅答应了。于是姜维同夏侯霸回到汉中，商议起兵。姜维说：“可先派使者与羌人联盟，然后出西平，奔雍州。

①雍州：在今陕西省西安市西北。

先筑二城于**麴山**[1]之下，派兵把守，以为掎角之势。等粮草运到，便可进兵。”

这一年秋八月，姜维先派蜀将句安、李歆各带一万五千兵，到麴山前连筑二城：句安守东城，李歆守西城。早有细作报与雍州刺史郭淮。郭淮一面通报洛阳，一面遣副将陈泰领兵五万来与蜀兵交战。蜀军因兵少不能抵敌，退入城中。陈泰派兵四面围住攻打，又用兵断了汉中粮道，导致句安、李歆城中粮缺。郭淮带领大军来到，看了地势，大喜，回到寨中对陈泰说：“此城山势过高，必然水少，须出城取水。若断其上游水源，蜀兵都会被渴死。”于是令士兵掘土阻断上流，城中果然无水。李歆带兵出城取水，被雍州兵围住。李歆死战不能出，只得退入城去。句安的东城中也无水。李歆说：“我必须舍命杀出求救。”于是带数十骑，开了城门，杀了出来。雍州兵四面围住，李歆死战，方才突出重围。当天夜里北风大起，阴云密布，天降大雪，城内蜀兵只能靠喝雪水度日。

李歆冲出重围，在西山小路行了两日，正好遇到姜维人马。李歆下马伏地告说：“麴山二城皆被魏兵包围，绝了水源。万幸天降大雪，因此化雪度日。眼下甚是危急。”姜维令人送李歆入川养病，然后问夏侯霸说：“魏兵围困麴山甚急，将军有何高见？”夏侯霸说：“我料雍州兵必全部来攻打麴山，雍州城定然空虚。将军可带兵前往牛头山，抄小路绕到雍州的后方。郭淮、陈泰必回救雍州，则

---

①麴（qū）山：山名，在今甘肃省天水市武山县西南。

麴山之围自解。”姜维大喜说：“此计甚妙！”于是姜维带兵朝牛头山而去。

陈泰见李歆杀出城去了，于是对郭淮说：“李歆向姜维求救，姜维料我大兵皆在麴山，必抄牛头山的小路偷袭我后路。将军可领一军去洮水断蜀兵粮道；我分兵一半，前往牛头山抵挡姜维。等他得知粮道被断，自然会撤军。”郭淮同意了，于是领一军暗取洮水。陈泰领一军直奔牛头山而来。

姜维兵至牛头山，忽听见前军报说魏兵截住去路。姜维到军前观看，陈泰大喝说：“你欲袭我雍州！我已等候多时了！”姜维大怒，挺枪纵马，直取陈泰。陈泰挥刀来迎。交战不到三个回合，陈泰败走，姜维挥兵掩杀。雍州兵退回，占住山头。姜维收兵在牛头山下寨。夏侯霸对姜维说：“此处不可久留。不如暂退，再做打算。”正说着，忽报郭淮领一军取洮水，断了粮道。姜维大惊，令夏侯霸先退，自己断后。陈泰分兵五路赶来，郭淮又带兵杀到。姜维带兵往来冲突，拼死冲杀，折兵大半，飞奔上阳平关来。前面又一军杀到，为首一员大将，纵马横刀而出。那人生得圆面大耳，方口厚唇，左目下生个黑瘤，瘤上长着数十根黑毛，这是司马懿长子骠骑将军司马师。姜维拍马挺枪，只战了三个回合，打败了司马师，姜维脱身直奔阳平关，城上人开门放入姜维。司马师也来抢关，两边弩箭齐发，一弩发十箭，这就是诸葛亮临终时所说的“连弩”。欲知司马师性命如何，且看下文分解。

❖ 精华赏析

司马懿隐忍多年，终于发动政变，灭了曹爽三族，魏国大权落到了司马家的手上。一如当初曹氏夺得汉家权力一样，历史重演。

❖ 成长启示

司马懿之所以能够成功发动政变，是因为他在长时间的隐忍中积累了足够的力量，并且行动果断。这教导我们，在追求目标的过程中，要有耐心，要做好充分的准备，以便在机会来临时迅速行动。

第四十九回 姜伯约北伐继遗志

❖ 要点思考

· 从诸葛亮到姜维，蜀汉为什么一直坚持北伐？

· 姜维几次北伐为什么都没有成功？

姜维用诸葛亮所传的“连弩”在两边暗中埋伏，一弩发十箭，连人带马被射死的不计其数。司马师从乱军之中逃回。姜维损兵数万，领着败兵回到汉中驻扎。司马师带兵返回洛阳。

嘉平三年[①]秋八月，司马懿病死。曹芳下令将司马懿厚葬，封司马师为大将军，封司马昭为骠骑上将军。

吴主孙权的太子孙登，在**赤乌四年**[②]身亡，于是立次子孙和为太子。之后，孙权又废掉了孙和，立三子孙亮为太子。此时陆逊、诸葛瑾都已死，一应大小事务都由诸葛瑾之子诸葛恪掌管。**太元元年**[③]秋八月初一，忽起大风，松树连根拔起，飞到建业城南门外，倒在路上。孙权因此受惊成病；到了次年四月，病势愈加沉重，最终病逝。孙权在位二十四年，终年七十一岁。

早有细作探知此事，报入洛阳。司马师听闻孙权已死，便令司马昭为大都督，起兵伐吴。吴太傅诸葛恪得知魏兵前来，便带兵前来迎敌。吴国的丁奉率领三千士兵，在东

---

①嘉平三年：公元 251 年。

②赤乌四年：公元 241 年。

③太元元年：公元 251 年。

兴取得了大胜，司马昭败退。于是诸葛恪乘势起二十万大军进取中原，还派人给姜维送信，请他一起出兵伐魏。诸葛恪领大军来到新城，守城将军张特，见吴兵来到，闭门坚守。诸葛恪久攻不下，又因天气炎热，士兵多病，只得退兵还吴。早有细作报知魏将毌丘俭，毌丘俭率领大军前来追杀，吴兵大败而归。

姜维在成都，接到诸葛恪共同伐魏的书信，便入朝上奏刘禅，带二十万大军，出阳平关北伐中原；同时和羌人联络，共同进兵。魏左将军郭淮得知，飞奏洛阳。司马师便令司马昭为大都督，领兵前去迎敌。姜维知道司马昭定会来断粮道，便先设下埋伏，待魏军来时，伏兵尽出，蜀军大胜。司马昭慌忙撤退，带兵上铁笼山据守。不料此时羌人背叛，投靠了魏国，同郭淮一起来攻蜀兵。姜维抵挡不住，只好领兵回到汉中。

司马昭班师回洛阳，与司马师大权在握，把持朝政，群臣没有敢不服的。魏主曹芳每次见到司马师入朝，都战栗不已，如针刺背，便与太常夏侯玄、中书令李丰、光禄大夫张缉三人偷偷商议，想要除掉司马师、司马昭两兄弟。没想到事情泄露，夏侯玄、李丰、张缉三人被司马师处死。之后，司马师废掉曹芳，立高贵乡公曹髦为新君，改嘉平六年为**正元元年**①。自此之后，司马师、司马昭两人的权力更大了。

正元二年②春正月，有人飞报司马师，说镇东将军毌

---

①正元元年：公元 254 年。
②正元二年：公元 255 年。

丘俭、扬州刺史文钦，以废主为名，起兵前来。司马师此时已患病，但心中大怒，执意领兵前去。司马师率军驻扎襄阳，儿番大战，杀了毌丘俭，文钦去东吴投奔了孙峻。不过由于连日征战，司马师卧病不起，自料难保，于是令人去洛阳唤司马昭前来。司马昭哭拜于床下，司马师将印绶交给他后，大叫而死。当时是正元二年二月。自此，魏国大权皆落于司马昭之手。

蜀国细作探知此事，报入成都。姜维便上奏刘禅，趁机伐魏。姜维带兵五万，向**枹罕**①进发，在洮水取得了大胜，便继续攻打**狄道**②。无奈狄道城墙坚固，连攻数日不下。忽又有流星马报说："征西将军陈泰、兖州刺史邓艾，带两路兵马前来。"姜维大惊，便退入剑阁。休整之后，姜维自领前部，令众将随后跟进，杀向祁山。姜维令手下将领在祁山虚张声势，自己却提大兵直奔南安。邓艾早已看破姜维计策，在南安附近设下埋伏，蜀兵大败，又退回汉中。

到了**景耀元年**③，姜维在汉中自觉兵强马壮，粮草充足，便表奏刘禅，再次兴兵伐魏。姜维的手下傅佥说："魏国将粮草屯在长城，我们可先到长城，烧其粮草，然后直取秦川，那么中原就指日可待。"姜维同意了，便起兵向长城而来。姜维来到长城，胜了几次，正要攻城，忽然背后喊声大震。姜维勒马回看，原来是邓艾领兵前来。双方约定第二日决战，于是各自暂退。到了第二天，邓艾只是推

①枹罕：在今甘肃省临夏市。
②狄道：在今甘肃省定西市临洮县。
③景耀元年：公元 258 年。

脱，并不出战，一连几天都是如此。姜维知道这是缓兵之计，邓艾在等援军来到。此时忽然有细作来报，司马昭要带兵前来。姜维大惊，便率军撤退。

吴国大将军孙綝，手握兵权，把持朝政，吴主孙亮想将他杀掉。没想到事情泄露，孙綝大怒，立刻点起精兵入宫，逼迫孙亮退位，然后立琅邪王孙休为君。孙休，字子烈，乃是孙权第六子。自此以后，孙綝骄横愈甚，经常说要自立为君。于是，孙休与张布、丁奉合谋，谎称请孙綝入宫赴宴，借机将他擒住，随后斩首。

孙休派使者将此事通报刘禅，同时提醒说，司马昭即将篡魏，之后必会入侵吴、蜀两国用来示威，应早做准备。姜维知道此事后，便上表请求再次出师伐魏。此时是景耀元年冬，大将军姜维以廖化、张翼为先锋，共起蜀兵二十万，向祁山进发，到谷口下寨。邓艾得知，便领兵来迎，两军列于祁山之前。姜维按诸葛亮所传授的，摆出八卦阵。邓艾见姜维布成八卦阵，于是也布下八卦阵，左右前后，全部相同。两军各自按阵法向前，姜维忽然把旗一招，蜀军变成长蛇卷地阵，将邓艾困在当中，四面喊声大震。邓艾心中大惊，带众将冲突不出。忽然西北角上一**彪**①军杀入，原来是司马望率军来救，邓艾这才脱身。等到救出邓艾时，祁山的魏军大寨已被蜀兵所夺。邓艾只好带着败军退到渭水南下寨。

邓艾与司马望商议如何抵挡姜维，司马望说："近日

---

①彪：旧小说、戏曲里用作人马队伍的量名。

蜀主刘禅重用宦官黄皓，可用反间计让刘禅召回姜维，蜀军自退。”邓艾大喜，便命人携带金珠宝物，到成都贿赂黄皓，并散布流言说姜维怨恨刘禅，打算投魏。黄皓奏知刘禅，刘禅立即派人宣姜维入朝。姜维连日叫阵，邓艾坚守不出。姜维心中甚疑，忽使者至，命姜维入朝。姜维不知何事，只好班师回朝。邓艾、司马望知道姜维中计，于是领魏军准备追杀，但见蜀军旗帜整齐，人马有序，知道姜维深得诸葛亮兵法，因此不敢追赶，便带兵返回祁山大寨。

姜维来到成都，入见刘禅说："臣已得祁山之寨，正欲进兵，没想到**半途而废**①。您肯定是中了邓艾的反间计。"刘禅良久才说："我不怀疑你，你先回汉中，再找机会伐魏便是了。"姜维叹息而出，返回了汉中。

魏国的司马昭愈加骄横，怀有忤逆之心，曹髦便决定带心腹三百余人亲手斩杀司马昭。可禁军都是司马昭的手下，曹髦刚一出宫门，便被禁军杀死。司马昭随后赶到，装作吃惊的样子，一面装哭，一面令人报知各大臣。之后，司马昭在同年六月，立曹奂为帝，改元**景元元年**②。姜维得知此事，大喜说："我又有伐魏的理由了。"于是联络吴国一道起兵向司马昭问弑君之罪，并奏准刘禅，起兵十五万，杀奔祁山而来。

邓艾听说蜀兵杀到，心生一计。他派参军王瓘领五千兵马前去诈降，作为内应。姜维识破了邓艾的计策，于是将计就计，收下王瓘，然后令人在路上设下埋伏，用来拦

①半途而废：做事情没有完成而终止。

②景元元年：公元 260 年。

截王瓘的奸细。没几日，果然捉到替王瓘给邓艾送信的人。密信中约定八月二十日，王瓘从小路运粮送到邓艾寨中，让邓艾派兵在墁山谷中接应。姜维将信中日期改为八月十五日，约邓艾亲自率大兵于墁山谷中接应，然后令人扮作魏军去送假信，自己领大军去山谷中埋伏。

邓艾得了王瓘书信，大喜。等到八月十五日，邓艾带五万精兵前往墁山谷，远远派人凭高眺探，只见无数粮车，接连不断。左右说："天色已晚，可速去接应王瓘出谷口。"邓艾说："前面山势复杂，若有伏兵，极难脱身，只可在此等候。"正说着，忽一人赶到，报说："王将军运粮被蜀军发现，背后人马赶来，请将军速救。"邓艾大惊，急忙催兵马前进。

到了初更，月明如昼，只听得山后呐喊，邓艾以为王瓘在山后厮杀。邓艾奔过山后时，忽树林后一支人马撞出，为首的是蜀将傅佥，傅佥纵马大叫说："邓艾匹夫！已中我主将之计，何不早早下马受死！"邓艾大惊，勒马回走。霎时间，蜀兵尽出，魏兵死伤无数。只听四周山上叫道："拿住邓艾的，赏千金，封万户侯！"吓得邓艾丢盔弃甲，撇了坐下马，混在步兵之中，爬山越岭而逃。姜维领兵去接王瓘粮车。王瓘密约邓艾，早已将粮草马车准备妥当。忽有心腹人报："事已泄露，邓将军大败，不知性命如何。"王瓘大惊，令人哨探，回报蜀军已将他包围。王瓘下令放火，烧尽粮草车辆。一时间，火光四起，烈火烧空。王瓘大叫说："情况危急，只能死战！"于是他带兵向西杀出。背后姜维率军追赶。王瓘因兵少，怕追兵赶上，于是将栈道和各关口全都烧毁。王瓘被蜀兵四面攻击，投江而死。姜维虽然胜了邓艾，却折了许多粮车，又毁了栈道，只好带兵返回汉中。邓艾带败兵逃回祁山寨内。姜维连夜修了栈道，又要出师。欲知胜负如何，且看下文分解。

❖ 精华赏析

作为诸葛亮的接班人，姜维继承了诸葛亮的遗志，没有放弃，只要抓住一丝一毫的机会就起兵北伐。姜维的坚持令人感动，他为蜀汉奋斗到了最后一刻。

❖ 成长启示

姜维并没有因为困难而轻易放弃，始终坚持北伐。这启示我们，无论情况多么困难，我们都应秉持坚韧不拔的精神，永不放弃。只有持之以恒，才能实现目标。

第五十回 灭蜀吴三分归一统

❖ 要点思考

· 你觉得刘禅是个什么样的人？

· 你最喜欢的人物是谁？为什么喜欢他？

姜维上奏刘禅，再次出兵伐魏。姜维率领三十万大军，向**洮阳**[①]进发。消息传到祁山大寨，邓艾立即派人前去打探，回报蜀兵尽从洮阳而出。邓艾带领祁山大寨的兵马迎战，只留下偏将师纂守卫营寨。

姜维令夏侯霸作为先锋，率领一军直接攻取洮阳。夏侯霸领兵深入，中了司马望的埋伏，死于乱军之中，蜀军大败而逃。姜维率兵接应，杀退了司马望，并在城下扎营。当夜二更，邓艾率领的军队突然杀到，与司马望形成两面夹攻之势，蜀军再次大败。姜维拼死突围，得以逃脱，退了二十余里才安营扎寨。张翼说："魏军现在都在这里，祁山必然守备空虚。我愿意带领一军去攻取祁山。"姜维同意了，令张翼率领后军直接进攻祁山，自己则率军与邓艾交战。

两军对垒，双方不分胜负，各自收兵回营。第二天，姜维再次领兵挑战，邓艾心想："蜀人被我大杀一阵，不但没有撤退，反而连日来战，必定分兵去袭击祁山寨了。"于是他吩咐邓忠："你用心守住此处，不要出战。我今晚

---

①洮阳：在今甘肃省甘南藏族自治州临潭县。

亲自率军去援救祁山。”

当晚二更，姜维忽听得寨外喊声震地，鼓角喧天，有人报邓艾带三千精兵夜战。原来邓艾带兵到蜀寨前哨探了一遍，乘势去救祁山。姜维唤诸将说：“邓艾假意夜战，必然去救祁山寨。”于是吩咐傅佥：“你守此寨，不可轻易进兵。”然后自带三千兵去助张翼。

张翼正在攻打祁山，眼看就要攻破城池，忽然邓艾兵至，冲杀了一阵，蜀兵大败，把张翼隔在山后，绝了归路。正慌忙之间，忽听到喊声大震，鼓角喧天，只见魏兵纷纷倒退，原来是姜维带兵杀到。张翼乘势驱兵接应，两下夹攻，邓艾抵挡不住，急退上祁山寨不出。姜维令兵四面攻围。

刘禅因宠信宦官黄皓，又一次听了他的谗言，将战场上的姜维召回了成都。姜维回成都后想杀黄皓，却被刘禅阻止。为了避免被黄皓报复，姜维上奏刘禅，前往**沓中**①屯田。

司马昭得知姜维在沓中屯田后，立即令邓艾为主将，钟会为副将，各领一支队伍前去伐蜀。此时是魏**景元四年**②秋七月初三日，钟会出师，直取汉中。邓艾在陇西接到钟会的檄文，便起大军来攻沓中。

姜维在沓中得知邓艾领大军前来，便领军前去迎战。双方互有胜负。忽然流星马到，说：“钟会攻破阳安关，汉中已属魏了。”姜维听罢大惊，立即起兵要去再夺汉中。无奈邓艾穷追不舍，姜维只得先来到剑阁。

---

①沓中：在今甘肃省甘南藏族自治州舟曲县以西、定西市岷县以南。

②景元四年：公元 263 年。

邓艾与钟会两人会合，商议攻下剑阁的办法。邓艾说：“以我之见，可领一军从阴平小路直取成都，姜维必撤兵来救，将军便可乘虚攻下剑阁。”商议已定，两人依计行事。邓艾带精兵，从阴平小路而出，来到**江油城**[①]。江油城守将马邈不知邓艾从何而来，已经攻入城中，便投降了。邓艾取了江油，随后又攻下了**涪城**[②]。

蜀人飞报入成都，许久不理朝政的刘禅慌忙上朝同大臣商议，众人面面相觑，并无一言。郤正说：“事情紧急！陛下可宣武侯之子诸葛瞻商议退兵之策。”刘禅立即召诸葛瞻前来，让他领兵七万前去迎敌。诸葛瞻领大军来到绵竹，魏军兵多，将绵竹围得像铁桶一样。诸葛瞻在城中见救兵不来，对众将说：“久守并非良策。”于是亲自披挂上马，杀出城来。邓艾早就布下埋伏，将诸葛瞻困在当中。邓艾令众军放箭，蜀兵四散，诸葛瞻中箭后自刎而死。邓艾趁势攻下了绵竹，便领军来取成都。

刘禅在成都，听闻邓艾取了绵竹，诸葛瞻已死，大惊，急召文武官员商议。忽然哨马来报，说魏兵已经兵临城下，于是刘禅下令投降，将邓艾迎入成都。姜维兵败自刎。自此蜀亡。

咸熙元年[③]春三月，吴国中书丞华覈上奏吴主孙休说：“吴、蜀乃是唇齿相依，唇亡则齿寒。臣料司马昭伐吴**在即**[④]，望陛下加强防御。”孙休听从他的意见，在沿江一带屯兵

①江油城：在今四川省绵阳市江油市。

②涪城：在今四川省绵阳市三台县西北。

③咸熙元年：公元 264 年。

④在即：（某种情况）在最近期间就要发生。

数百营，老将丁奉总督兵马，以防魏军。

因司马昭收川有功，魏国众臣表奏魏主曹奂，建议封司马昭为晋王，曹奂不敢不从。一日，司马昭正要吃饭，忽然中风不能言语，以手指其子司马炎而死。于是司马炎即晋王位。之后，司马炎带剑入宫，逼曹奂让位。曹奂无奈，只得令人筑受禅台，在十二月甲子日，请晋王司马炎登坛，将皇位禅让给他。司马炎登基为皇帝，国号为大晋，改元为**泰始元年**①，大赦天下。自此魏亡。

晋帝司马炎，追谥司马懿为宣帝，伯父司马师为景帝，父亲司马昭为文帝。大事已定，司马炎准备伐吴。

吴主孙休听说司马炎已篡魏，知其必将伐吴，忧虑而死。孙休已死，吴国大臣认为太子年纪太小，便立乌程侯孙皓为新君。孙皓，字元宗，是孙权太子孙和之子。当年七月，即皇帝位，改元为**元兴元年**②。孙皓性格残暴，沉溺酒色，宠信宦官岑昏。孙皓还大兴土木，兴建昭明宫，令文武官员入山采木。

咸宁四年③十一月，司马炎任命杜预为大都督，带领大军伐吴。晋将王濬扬帆而行，过三山，擂鼓大进。吴将张象领军投降。王濬说："若是真降，便先立功。"张象回到石头城下，叫开城门，接入晋兵。孙皓听闻晋兵已入城，便要自刎。中书令胡冲、光禄勋薛莹说："陛下为何不效仿刘禅？"孙皓答应了，便率领文武官员前去投降。很快，

---

①泰始元年：公元265年。
②元兴元年：公元264年。
③咸宁四年：公元278年。

杜预也到了，犒赏三军，开仓赈济百姓，吴民安定。王濬上表报捷。朝廷听说吴已平，君臣皆贺。自此吴亡。

王濬班师，将吴主孙皓带到洛阳面君。孙皓登殿来见司马炎。司马炎赐座说："朕设此座等你很久了。"孙皓回答："臣于南方，也设了此座等待陛下。"司马炎大笑。

自此，三国全归于晋帝司马炎。此所谓"天下大势，合久必分，分久必合"。

❖ 精华赏析

"天下大势，合久必分，分久必合"，蜀国灭亡，司马炎篡魏并灭掉吴国，统一天下。蜀国后主懦弱无能，吴国后主残暴骄横，二国灭亡合情合理。文中的结局还原了历史，增添了历史真实性。

❖ 成长启示

三国时期是一个英雄辈出的时代，同时也是一个黑暗的时代。我们往往只看到那些英雄人物叱咤风云，但更多的普通人却在混乱和痛苦中艰难求生。虽然他们默默无闻，但也展现了不屈不挠的精神和无穷的创造力。

附录一

好词好句欣赏

风起云涌

释义：大风刮起，乌云涌现。比喻事物迅速发展，声势浩大。
近义词：风起潮涌
反义词：风流云散

喜出望外

释义：指因遇到意外的喜事，心中非常高兴。
近义词：欣喜若狂、大喜过望
反义词：大失所望

不计其数

释义：没法计算数目。形容极多。
近义词：数不胜数、不胜枚举
反义词：寥寥无几、屈指可数

锣鼓喧天

释义：敲锣打鼓的声音响彻天空，形容激烈搏斗或热烈喜庆的景象。
近义词：敲锣打鼓
反义词：万籁俱寂

慷慨陈词

释义：情绪激昂地发表言论，陈述自己的见解。
近义词：慷慨激昂
反义词：张口结舌

肆无忌惮

释义：非常放肆，毫无顾忌和畏惧。
近义词：无法无天
反义词：循规蹈矩、投鼠忌器

面面相觑

释义：你看我，我看你，都不知如何是好。不知所措而互相望着，都不说话。
近义词：目目相觑
反义词：从容不迫

茅塞顿开

释义：一下子心里开了窍。比喻豁然领悟、明白了。
近义词：恍然大悟、醍醐灌顶
反义词：一窍不通、冥顽不灵

高枕无忧

释义：把枕头垫高，无忧无虑地睡觉。形容太平无事，无忧无虑。
近义词：安枕而卧、无忧无虑
反义词：寝食不安、辗转反侧

探囊取物

释义：掏口袋，取东西。比喻事情极容易办成。
近义词：手到擒来、瓮中捉鳖
反义词：海底捞针、难上加难

寄人篱下

释义：寄居在人家的篱笆下面生活。比喻依靠别人过日子。
近义词：仰人鼻息、俯仰由人
反义词：自力更生、自食其力

投鼠忌器

释义：用东西打老鼠，又担心打坏老鼠旁边的器皿。比喻做事有所顾忌，放不开手脚。
近义词：瞻前顾后、畏首畏尾
反义词：肆无忌惮、无所畏惧

里应外合

释义：外面攻打，里面接应，内外行动，互相配合。
近义词：内外夹攻、里勾外连
反义词：孤立无援、孤军深入

以卵击石

释义：用蛋去打石头。比喻自不量力，自取灭亡。
近义词：螳臂当车、自不量力
反义词：量力而行

无济于事

释义：对事情不会有什么补益。表示不顶用，不解决问题。
近义词：于事无补、杯水车薪
反义词：行之有效、立竿见影

窃窃私语

释义：偷偷地或在背地里小声交谈。
近义词：交头接耳
反义词：高谈阔论

海枯石烂

释义：海水干涸，石头风化成土。形容经历极久远的时间。
近义词：天长地久、矢志不渝
反义词：朝秦暮楚、见异思迁

信口开河

释义：随口乱说。
近义词：胡说八道、信口雌黄
反义词：言之凿凿、一诺千金

唇齿相依

释义：像嘴唇和牙齿一样互相依存。比喻关系密切，互相依存。
近义词：休戚相关、唇亡齿寒
反义词：势不两立

迫不得已

释义：由于形势所迫，不得不如此。
近义词：万不得已
反义词：心甘情愿

进退两难

释义：前进不是，后退也不是。形容处境困难。
近义词：进退维谷、骑虎难下
反义词：无往不利、左右逢源

名不虚传

释义：流传开来的名声不是虚假的。表示名声与其实际完全一致，不是空有虚名。
近义词：名副其实、当之无愧
反义词：名不副实、虚有其表

弃暗投明

释义：离开黑暗，投奔光明。现指在政治上脱离黑暗反动势力，投向进步方面。
近义词：弃恶从善、改过自新
反义词：明珠暗投、死不悔改

神机妙算

释义：指十分高明、巧妙地计谋。
近义词：料事如神、足智多谋
反义词：束手无策、无计可施

刘备看此人：身长九尺，髯长二尺，面如重枣，唇若涂脂，丹凤眼，卧蚕眉，相貌堂堂，威风凛凛。

头戴三叉束发紫金冠，体挂西川红锦百花袍，身披兽面吞头连环铠，腰系勒甲玲珑狮蛮带；弓箭随身，手持画戟，坐下嘶风赤兔马：果然是“人中吕布，马中赤兔”！

龙能大能小，能升能隐：大则兴云吐雾，小则隐介藏形；升则飞腾于宇宙之间，隐则潜伏于波涛之内。

淡泊以明志，宁静而致远。

大梦谁先觉？平生我自知。草堂春睡足，窗外日迟迟。

北方曹操占天时，南面孙权占地利，将军可占人和。将军要想成就霸业，先取荆州为家，后取西川建立基业，以成三足鼎立之势，然后可图谋中原。

张飞声如巨雷，曹军听了全都颤抖不已。曹操回顾左右说：“我曾听云长说：‘翼德于百万军中，取上将之首，如探囊取物。’今日相逢，不可轻敌。”话还没说完，张飞再次大喝：“燕人张翼德在此！谁敢决一死战？”

对酒当歌，人生几何？譬如朝露，去日苦多。慨当以慷，忧思难忘。何以解忧，唯有杜康。青青子衿，悠悠我心。但为君故，沉吟至今。呦呦鹿鸣，食野之苹。我有嘉宾，鼓瑟吹笙。皎皎如月，何时可掇？忧从中来，不可断绝。越陌度阡，枉用相存。契阔谈宴，心念旧恩。月明星稀，乌鹊南飞。绕树三匝，无枝可依。山不厌高，水不厌深。周公吐哺，天下归心。

我听闻用武则先威，用文则先德，威德相济，而后王业成。如今天下，不遵从王命者，只有吴与蜀。吴有长江之险，蜀有崇山之阻，难以取胜。我认为应休养生息，待时而动。

华佗下刀，割开皮肉，露出骨头，发现骨头已经变为青色。华佗用刀刮骨。帐中的将士听到刮骨的声音，全都掩面失色。关羽饮酒食肉，谈笑对弈，全无痛苦的神色。不一会儿，血流了一盆。华佗刮尽箭毒，敷上药，用线缝上。关羽大笑而起，对众将说：“此臂活动自如，完全不痛了。先生真是神医！”华佗说：“我行医一生，从未见过您这样的人。君侯真乃天神也！”

我乃一介武夫，承蒙我主以兄弟相待，怎能背信弃义，投靠敌国？城若破，我死便是。玉可碎，而不可改其白；竹可焚，而不可毁其节；身虽殒，名节可传于后世。

天下大势，合久必分，分久必合。

附录二

主要人物解析图

主要人物解析图

人物	简介	性格特点与主要事迹
刘备	字玄德，三国时期蜀汉开国皇帝	性格特点：仁义谦和、礼贤下士、有胆识有谋略 主要事迹：桃园三结义、煮酒论英雄、三顾茅庐
关羽	字云长，三国时期蜀汉名将	性格特点：忠肝义胆、勇敢坚毅、骄傲自负 主要事迹：温酒斩华雄、过五关斩六将、单刀赴会
张飞	字翼德，三国时期蜀汉名将	性格特点：疾恶如仇、尊贤爱士、勇猛无畏 主要事迹：桃园三结义、当阳一吼、义释严颜
诸葛亮	字孔明，三国时期蜀汉丞相	性格特点：足智多谋、谨慎小心、矢志不渝 主要事迹：隆中对、草船借箭、七擒孟获
曹操	字孟德，三国时期曹魏的奠基者	性格特点：雄才大略、唯才是举、阴险多疑 主要事迹：煮酒论英雄、官渡之战、挟天子以令诸侯
孙权	字仲谋，三国时期孙吴开国皇帝	性格特点：有才有谋、忍辱负重、知人善任 主要事迹：坐领江东、赤壁之战、东吴称帝
吕布	字奉先，东汉末年名将	性格特点：英勇善战、刚愎自用、冲动易怒 主要事迹：三英战吕布、辕门射戟
周瑜	字公瑾，东汉末年东吴名将	性格特点：文韬武略、才华横溢、忠心耿耿 主要事迹：赤壁之战、蒋干盗书
鲁肃	字子敬，三国时期东吴名将	性格特点：深谋远虑、忠厚老实、仁义守信 主要事迹：联刘抗曹、制定江东三分政策
赵云	字子龙，三国时期蜀汉名将	性格特点：智勇双全、重情重义、胆识过人 主要事迹：长坂坡救阿斗、截江夺阿斗
吕蒙	字子明，三国时期东吴名将	性格特点：发奋勤学、有勇有谋 主要事迹：白衣渡江、袭取荆州
司马懿	字仲达，西晋王朝的奠基人	性格特点：目光长远、善用权谋、深藏不露 主要事迹：空城计、诈病诛曹爽

附录三

阅读思维导图

三国演义

作者背景

罗贯中（约1330—约1400年），名本，字贯中，号湖海散人，山西太原人，元末明初小说家。代表作有《三国志通俗演义》，另外著有《隋唐两朝志传》《三遂平妖传》《残唐五代史演义》等小说。

作品背景

《三国演义》是我国长篇章回体历史小说开山之作。元末明初，罗贯中在陈寿《三国志》和裴松之注解的基础上，吸收民间传说并经过艺术加工，写成了《三国演义》。

内容概括

《三国演义》以东汉末年为背景，生动描绘了魏、蜀、吴三国时期一幕幕波澜起伏、惊心动魄的战争场面，深刻勾画了当时的社会风云；塑造了诸葛亮、关云长、曹操等多个经典人物形象；讲述了东汉末年群雄混战，魏、蜀、吴三国鼎立，西晋武帝司马炎建立晋朝的故事。

情节分析

《三国演义》以魏、蜀、吴三国兴亡为纵线，以战争发展和人物活动为材料，其大约可分为三个主要阶段：第一阶段是从黄巾起义到赤壁之战；第二阶段是从三国鼎立到诸葛亮病逝；第三阶段是从诸葛亮病逝一直到晋朝一统天下。期间穿插了魏、蜀、吴之间错综复杂的纷争，讲述了大大小小的战争和文臣武将的奇谋险计，最后呈现了一个完整的大故事。

精神主旨

《三国演义》以人物为载体，形象地演绎了中国传统文化的基本精神，即仁、义、礼、智、信、勇等，这也是中国传统文化价值体系中的核心因素。

《三国演义》通过魏、蜀、吴三国纷争，揭示了“天下大势，合久必分，分久必合”的历史现象；通过三国之间政治、军事、外交等各种事件，生动形象地展现了历史上各种斗争的经验和智慧。

语言特色

文不甚深，言不甚俗。

半文半白，简洁明快，通俗易懂。